LA GUERRA DEGLI ELFI

HERBIE BRENNAN

LA GUERRA DEGLI ELFI

traduzione di Angela Ragusa

MONDADORI

www.ragazzi.mondadori.it

Titolo dell'opera originale *Faerie Wars*
Prima edizione nella collana "I Grandi" maggio 2003

Titolo dell'opera originale *The Purple Emperor*
Prima edizione nella collana "I Grandi" maggio 2005

Titolo dell'opera originale *Ruler of the Realm*
Prima edizione nella collana "I Grandi" ottobre 2006

Titolo dell'opera originale *Faerie Lord*
Prima edizione nella collana "I Grandi" aprile 2008

Prima edizione in raccolta giugno 2010
Stampato presso Mondadori Printing S.p.A.
Stabilimento N.S.M., Cles (TN)
Printed in Italy
ISBN 978-88-04-60404-4

Anno 2011 - Ristampa 4 5 6 7

LA GUERRA DEGLI ELFI

Per Jack
sempre

Uno

Henry si alzò presto, il giorno in cui la sua vita cambiò. La sera prima aveva completato l'ultimo modellino di cartapesta e ormai la colla doveva essersi asciugata. Non doveva fare altro che aggiungere uno stuzzicadenti e qualche decorazione, girare la manovella, e il porcello volante si sarebbe sollevato da terra agitando le ali di cartone. *I porcelli possono volare*, c'era scritto sulla base.

Henry saltò giú dal letto alle sette, si vestí in tre minuti esatti e andò a controllare la colla. Sembrava asciutta. Ma, dopo una notte intera, non avrebbe potuto essere altrimenti. Era questo il segreto dei modellini di cartapesta: non avere fretta. Ritaglia con calma. Procedi un passo alla volta, proprio come dicono le istruzioni: *Procedi un passo alla volta*. Lascia alla colla il tempo di seccare. Soltanto cosí otterrai modelli solidi quanto il Taj Mahal. Ed Henry ne aveva già sette, incluso quello dèl Taj Mahal medesimo. Il porcello volante però era il massimo. Al suo interno c'era un meccanismo, anch'esso di cartone, che lo avrebbe fatto sollevare dalla base lungo una colonna, battendo le ali.

O cosí promettevano le istruzioni. Adesso lo avrebbe verificato.

Bucò il cartone con un chiodo e inserí uno stecchino nel foro. Non doveva fare altro, decorazioni a parte. Però non era facile infilare lo stecchino nel modo giusto. Invece, era facile *sbagliare.* E nelle istruzioni c'era un avvertimento in rosso: *Sbaglia, e ti ritrovi al punto di partenza. Fai centro, e sei un* Re.

Henry pensava di aver fatto centro.

Studiò la propria opera. La base era un cubo nero su cui spiccavano le parole *I porcelli possono volare.* Sopra c'era il maialino, roseo e porcellesco, con le ali ripiegate in modo cosí ingegnoso da essere praticamente invisibili. Mancavano solo le decorazioni, ma quelle non erano importanti: non avevano niente a che fare con il meccanismo. Era arrivato il momento della verità.

Trattenendo il fiato, Henry girò la manovella.

E il porcello risalí agilmente la piccola colonna spiegando le ali. Quando arrivò in cima, un invisibile ingranaggio di cartone scattò e il porcello rimase lassú, battendo le ali. E ci sarebbe rimasto fino a che lui non avesse girato la manovella all'indietro. Ma Henry se ne guardò bene.

I porcelli possono volare.

— Sí! — esclamò, sollevando vittorioso il pugno.

Trovò sua madre in cucina, seduta davanti a una tazza di caffè. Sembrava una zombie.

— 'giorno, mamma — la salutò allegramente, puntando verso la credenza per prendere i fiocchi d'avena. — Funziona — annunciò fiero, versandoli in una ciotola gialla. Mise la ciotola sul tavolo e prese il latte.

Sua madre staccò a fatica gli occhi dal caffè per posarli su di lui. Erano lucidi e spenti. — Che cosa?

— Il porcello volante. Funziona. Non ci contavo troppo, sai... figurati, un meccanismo di cartone! Invece sí. È una forza. Se vuoi, dopo te lo faccio vedere.

— Sí, d'accordo — borbottò lei distrattamente,

continuando a non capire. — Mi farebbe piacere — aggiunse con un sorriso forzato.

Martha Atherton era una bella donna, perfino Henry se ne rendeva conto. I suoi capelli cominciavano a ingrigire, ma né l'FBI né l'Inquisizione Spagnola sarebbero mai riusciti a farglielo ammettere. Per il mondo intero era ancora una brunetta con riflessi ramati. Aveva una figura morbida: non paffuta, ma nemmeno con l'aria di chi è sempre a dieta. Henry la trovava carina perfino quand'era stravolta. Del resto, chi non ha l'aria stravolta la mattina presto?

— Dov'è papà? — le chiese, cominciando a ingozzarsi di fiocchi d'avena. — È tornato, ieri notte? — A volte, se doveva lavorare fino a tardi, suo padre restava a dormire in ufficio. E la sera prima, quando Henry era crollato a letto, non era ancora rientrato.

Per un istante, vide qualcosa guizzare negli occhi della madre. Poi lei parlò con noncuranza e quel bagliore sparí, portandosi via anche lo sguardo spento: — Oh sí. Credo che scenderà fra un minuto.

Lo credeva anche Henry. Suo padre aveva un treno da prendere e non gli piaceva fare le cose di fretta. — Che hai in programma per oggi, mamma? — Sua madre era preside della locale scuola femminile, al momento chiusa per le vacanze estive.

— Niente di speciale.

Chissà, si chiese Henry, se anche lui si sarebbe trasformato in uno zombie mattutino quando avesse raggiunto l'età dei suoi genitori. Ripulí la ciotola, tornò a riempirla di fiocchi d'avena e prese una banana dalla fruttiera. Lo aspettava un'altra giornata di lavoro dal signor Fogarty. Perciò aveva assoluta necessità di fare rifornimento di carboidrati.

Sentí i passi del padre e alzò lo sguardo appena in

tempo per vederlo attraversare il pianerottolo, diretto in bagno. — 'giorno, papà! — gli gridò, ricevendo in cambio un grugnito. Mentre la porta del bagno si richiudeva, inclinò indietro la sedia e recuperò un coltello dal cassetto. Tagliò la banana a pezzi piuttosto grossi – strano a dirsi, ma la misura influiva sul sapore – e poi ci aggiunse una mela. — Abbiamo abbastanza banane? — chiese.

— Che cosa?

— Banane, mamma. Ne abbiamo?

La donna lo fissò confusa per un istante. — Sí, penso di sí — rispose alla fine.

— Posso prenderne un'altra? — insisté Henry, chiedendosi cos'avesse sua madre. Quel comportamento era anche peggio dell'abituale *La Mattina dei Morti Viventi.*

Lo sguardo della signora Atherton guizzò verso il pianerottolo. — Prendine quante ne vuoi — rispose in modo sgarbato, che di solito Henry interpretava come segno di disapprovazione. Ma perché farla cosí lunga per una banana? Alla fine ne prese un'altra e la tagliò, reprimendo il familiare senso di colpa. Poi si alzò e andò a controllare se in frigo era rimasto un barattolo di yogurt alle fragole.

Stava spazzolando la seconda ciotola di cereali, quando suo padre riemerse dal bagno lavato, sbarbato e nel suo completo da lavoro a righine blu-grigie. Soltanto allora Henry si rese conto di un particolare. Quando il suo vecchio era *andato* in bagno, veniva dalla stanza degli ospiti.

Oppure no? Fissò accigliato i fiocchi d'avena, sforzandosi di ricordare. Gli *sembrava* che fosse venuto da lí, però non ne era sicuro. Ma perché avrebbe dovuto dormire nella stanza degli ospiti? Forse era rientrato cosí tardi che mamma era già andata a letto, e lui non aveva voluto svegliarla. Però gli capitava spesso di rientrare tardi e non aveva mai fatto niente del genere. Forse si era sbagliato. In fin dei conti l'aveva appena intravisto.

— Ciao, papà — disse, mentre Timothy Atherton entrava in cucina. — Il mio nuovo modellino funziona.

Qualcosa non andava, ma Henry non riusciva a capire che cosa.

— Farai di nuovo tardi, stasera? — La domanda di sua madre suonò brusca e inaspettata.

— Non lo so — rispose suo padre. — Forse.

— Tim, dobbiamo... — S'interruppe. Henry avrebbe giurato che si fosse interrotta perché papà le aveva lanciato un'occhiata di avvertimento.

— Ti telefono, Martha — le disse rigido Tim Atherton.

Non erano le parole – in effetti stava dicendo ben poco – quanto il tono. Non solo di mamma, ma di tutt'e due. Henry aggrottò la fronte. Forse la sera prima avevano litigato. Quando suo padre era rientrato, lui dormiva alla grande: avrebbero potuto urlare a squarciagola e non li avrebbe sentiti. Riprese in considerazione il pensiero di poco prima. Forse papà aveva *davvero* dormito nella stanza degli ospiti. Forse ce l'aveva spedito mamma. Doveva essere stata una litigata coi fiocchi: per quanto ne sapeva lui, fino allora non avevano mai dormito separati.

All'improvviso si chiese se il padre avesse un'altra donna. Un sacco di uomini d'affari se la facevano con la segretaria. Forse avevano litigato per quello. Di colpo rabbrividí. Un'altra donna era davvero un brutto affare. Si può *divorziare* quando c'è di mezzo un'altra donna.

Lanciò un'occhiata furtiva al padre. Negli ultimi tempi sembrava piú magro e piú vecchio, con rughe di tensione sulla fronte e intorno agli occhi. Se davvero aveva una relazione con Anaïs, la cosa non lo rendeva molto felice. Ma era impossibile che avesse una relazione con Anaïs... non papà. Non era il tipo.

Sentí sua madre chiedere: — Vai da Charlie, stasera? — All'improvviso si rese conto che stava parlando con lui. Sussultò e rispose: — Sí. Pensavo di sí.

— Probabilmente resterai a cena lí... di solito la signora Severs ti invita.

— Sí, pensavo...

Ma sua madre si era già voltata verso il marito. — Pensavo che, se fossi rientrato un po' prima, avremmo potuto mangiare qualcosa insieme, magari andare da qualche parte. A mangiare, voglio dire. Aisling è al Pony Club per il fine settimana, e anche Henry sarà fuori. Saremmo soltanto noi due. — Tornò a rivolgersi a Henry. — Non ti dispiace, vero? Visto che tanto cenerai dai Severs...

— No — disse Henry. — Posso anche restare a dormire da loro, se volete. — Lo faceva abbastanza spesso, ma stavolta sua madre ignorò la proposta, il che significava che probabilmente non voleva.

Vide il padre lanciare un'occhiata all'orologio. Aveva mezz'ora per arrivare al treno. — Mi sembra un'idea eccellente — fece nervoso. — Ti telefono piú tardi.

La tensione ricopriva la cucina come un tappeto. Henry guardò il sole oltre i vetri. — Un'altra bella mattinata! — esclamò, tentando di alleggerire la situazione. — Peccato che oggi debba andare dal signor Fogarty.

— Potremmo parlare — proseguí mamma, senza badare a lui. — Di... diverse cose.

Papà chiuse gli occhi un momento. — È meglio che vada — disse.
— Non hai fatto colazione.
— Ho preso il caffè.
— Ti preparo qualcosa. — Mamma si alzò, facendo strisciare la sedia sulle mattonelle. — Hai tutto il tempo che vuoi.
— Non ho tutto il tempo che voglio — fu la secca replica. — E non voglio perdere il treno. — Si alzò. Per una frazione di secondo furono faccia a faccia, vicinissimi, poi papà distolse lo sguardo e mormorò: — È meglio che vada.
— Puoi darmi un passaggio dal signor Fogarty, papà? — chiese in fretta Henry. Evitò di guardare la madre... non sapeva perché, ma si sentiva in colpa, come se stesse prendendo le parti del padre.
— Pensavo che dovessi andarci solo nel pomeriggio — osservò sua madre.
— No, stamattina — ribatté sempre senza guardarla.
— Neanche tu hai fatto colazione.
— Sí che l'ho fatta. — Indicò la ciotola vuota.
— Non è abbastanza.
— Ci ho messo chili di *banane*, mamma. E posso mangiare qualcos'altro dal signor Fogarty. Gli fa piacere avere compagnia.
— Il signor...
— Se vuoi un passaggio, farai meglio a muoverti — disse suo padre.
— Ciao, mamma. — Henry la baciò sulla guancia, ignorando la sua espressione avvilita.
Papà invece uscí di casa senza baciarla.

— Che succede, papà? — chiese Henry allacciandosi la cintura.

Suo padre uscí dal vialetto senza rispondere, con troppa fretta e troppa poca attenzione. Henry notò che mamma non era sulla porta a salutarli come al solito.

Cominciava a sentirsi inquieto. Non sopportava che i suoi genitori litigassero. Probabilmente si trattava di qualche sciocchezza, si disse, ma questo non fece diminuire la sua ansia. Conosceva ben cinque ragazzi i cui genitori avevano divorziato.

Suo padre aveva bofonchiato qualcosa. — Come, papà? — chiese Henry, accantonando i suoi pensieri tetri.

— Questo Fogarty... che tipo è?

— Vecchio. Lo sai... — Scrollò le spalle. Non voleva parlare del signor Fogarty. Voleva scoprire cos'era che non andava fra i suoi genitori.

— No, non lo so — replicò brusco il padre. — Perché non me lo dici tu?

— In pensione. Sui settanta... ottant'anni... non saprei. Vecchio. Ha una casa che è un disastro.

— Lo aiuti a pulirla?

Se al suo posto ci fosse stata mamma, alla domanda sarebbe seguito un: *Allora com'è che non pulisci mai la tua stanza?*, ma papà non era tipo da domande trabocchetto. — Piú o meno — rispose Henry. — Pulisco un po', ma ogni tanto vuole solo chiacchierare. — E ogni tanto no. Il signor Fogarty era un tipo bislacco, che credeva nei fantasmi, negli elfi e negli alieni, ma Henry preferí sorvolare. Bislacco o no, il signor Fogarty pagava sull'unghia, e lui stava risparmiando per comprarsi un nuovo videogioco.

— Di che cosa?

— Eh?

— Di che parlate? Hai detto che ogni tanto gli piace chiacchierare.

— Oh... di un po' di tutto.

Tutta la frustrazione che suo padre aveva accumulato esplose d'un colpo. — Santiddio, Henry, ti ha fatto giurare il segreto? Voglio solo sapere di cosa parlate. Sei mio figlio. M'interessa.

— Ti dispiacerebbe rallentare, papà? — replicò Henry. — Hai l'erede con te... ricordi?

Per un momento suo padre lo guardò con occhi di fuoco, ma poi, per la prima volta quella mattina, sorrise e la tensione nell'auto calò. — Scusa, figliolo — disse a voce bassa. — Non dovrei prendermela con te. — Allentò la pressione sull'acceleratore.

Henry si appoggiò allo schienale e guardò alberi e cespugli sfrecciargli accanto.

Il signor Fogarty viveva in una piccola casa a due piani in fondo a un vicolo cieco, alla periferia della città. Il padre di Henry si fermò all'angolo. — Sei arrivato — disse. — Non lavorare troppo.

— Neanche tu — replicò il ragazzino. Fece per aprire lo sportello, ma si bloccò.

— Magari ci vediamo stasera, figliolo. Prima che tu vada da Charlie.

Fu allora che Henry glielo chiese: — Hai una storia con Anaïs, papà?

Il silenzio era cosí profondo da sovrastare il brontolio del motore. Henry era immobile, la mano ancora sulla maniglia e gli occhi fissi sul genitore. Aveva pensato che suo padre si sarebbe arrabbiato, invece sembrava semplicemente assorto nei suoi pensieri, come se si trovasse sullo sgabello arroventato di *Chi Vuole Diventare Milionario?*

Domanda: Ha una storia con Anaïs?

A. Sí.
B. No.
C. Non piú.
D. Siamo solo buoni amici.
Una di queste risposte vale 64 000 sterline, signor Atherton. Ma se sbaglia farà un bel tonfo.

Finalmente, dopo un pezzo, si decise a dire: — Se non ti muovi, perderò il treno.

— Insomma, papà — insisté Henry. — Non credi che abbia il diritto di sapere? — Per un pelo evitò di aggiungere: *Hai tutto il tempo che vuoi,* proprio come aveva fatto sua madre. Quello che invece disse fu: — Non lo dirò a mamma, giuro. — Per un momento gli sembrò di avere sei anni e di promettere di non fare la spia alla maestra.

Ma suo padre continuò a tacere. Finalmente, quando il silenzio divenne insopportabile, Henry aprí la portiera dell'auto: — E va bene — bofonchiò.

Era già fuori, quando suo padre bisbigliò qualcosa. Henry non afferrò le parole, cosí infilò la testa nell'auto.

— Non sono io quello che ha una storia con Anaïs — ripeté suo padre a voce bassa. — È tua madre che ce l'ha.

Due

La sala da tè era stata ricavata da una vecchia scuderia e si trovava in un dedalo di stradine cosí strette, che dovettero parcheggiare in parte sul marciapiede.

— Ce la fai a uscire?

Henry aprí cautamente lo sportello. — Sí, papà. — Sgusciò fuori. — Non perderai il treno? — chiese, mentre suo padre chiudeva l'auto.

— All'inferno il treno — fu l'incredibile risposta.

Scesero tre gradini ed entrarono in una saletta accogliente, col pavimento coperto di moquette e tovagliette di chintz sui tavolini. Non c'erano molti clienti e nell'aria aleggiava un profumo di pancetta fritta. Suo padre puntò verso un tavolino incuneato dietro una porta con la scritta PRIVATO. Henry lo seguí e si sedette sotto una finestra che dava su un piccolo cortile deserto. Al centro del tavolo c'era un menú infilato in una cartellina di plastica, ma suo padre neanche lo guardò. — Ti vanno uova con pancetta e salsiccia?

Henry aveva lo stomaco chiuso. — Non ho fame.

Suo padre sospirò. — Io prenderò tutto... ne ho bisogno. Sicuro di non volere niente? Uova strapazzate? Toast? Una tazza di tè?

— Una tazza di tè — accettò Henry, tanto per farlo contento. Avrebbe voluto non avergli mai chiesto di Anaïs. L'improvviso cambiamento del padre lo preoccupava. In realtà non voleva sapere. Gliel'aveva chiesto solo perché potesse rispondere: "Anaïs? Certo che no... non dire sciocchezze." E in effetti era quello che aveva detto... piú o meno. Però Henry non voleva neanche sentirsi dire che era sua madre ad avere una relazione. Era perfino peggio, in un certo senso. E con *chi*, poi? Henry non l'aveva mai vista guardare due volte un uomo, eccetto papà. Forse era tutto un equivoco. Un equivoco colossale.

La porta a vento si aprí e una giovane cameriera ne uscí in fretta portando due piatti di uova. — Ehi, Tim — disse mentre passava.

— 'giorno, Ellen — rispose brusco Tim.

Henry trasalí. A quanto pareva, suo padre era un cliente abituale. Chissà perché, la scoperta gli fece un effetto sinistro. Evidentemente ignorava parecchie cose dei suoi.

La cameriera, Ellen, tornò estraendo un taccuino dalla tasca del grembiule.

Era una brunetta graziosa, piú vecchia di Henry di circa dieci anni, e indossava una gonna nera stretta, una camicetta bianca e scarpe comode. Le scarpe gli ricordarono Charlie: lei diceva sempre di preferire la comodità all'eleganza, e che l'avrebbe pensata cosí anche da grande.

— Il solito, Tim? — chiese allegramente. Al suo cenno d'assenso, spostò lo sguardo su Henry e sorrise. — E chi è questo fusto?

Henry arrossí, mentre Tim rispondeva: — Mio figlio Henry. Henry, ti presento Ellen.

— Ciao, Henry... non è che ti sta venendo un infarto, eh?

— Prendo un tè, grazie — bofonchiò Henry, arrossendo ancora di piú al pensiero di essere arrossito.

— Le focaccine non sono male — insisté Ellen. — Ne vuoi una?

— Sí, grazie — disse Henry per levarsela di torno.

Non funzionò. — Semplice o con l'uvetta?

— Semplice.

— Burro o panna?

— Burro.

— Conserva di fragole o marmellata?

— Fragole.

— Bene. — Finalmente Ellen chiuse il taccuino e si allontanò.

— Brava ragazza — commentò Tim.

— Vieni spesso qui, papà?

Tim scrollò le spalle. — Sai com'è... — disse in tono vago.

Henry guardò fuori della finestra. — Vuoi parlarmi di mamma?

A quanto pareva, pancetta, uova e salsicce dovevano essere rimaste a bagnomaria, perché in quell'istante Ellen tornò al loro tavolo con un piatto in una mano e la teiera nell'altra. Mise il piatto davanti a Tim. — La tua portata è in arrivo — rassicurò poi Henry prima di allontanarsi di nuovo.

Aspettarono in silenzio che la ragazza tornasse, portando la focaccina affiancata da un quadratino di burro e da una minivaschetta di confettura di fragole. Henry guardò la colazione del padre e si congratulò con se stesso per non essersi fatto convincere a ordinare la stessa cosa.

La pancetta era piena di grasso e le uova sembravano sassi. Disgustato, vide un rognone appostato sotto un pomodoro fritto. Era *quello*, che suo padre mangiava di solito?

Ellen consegnò la focaccina e posò sul tavolo altre

tazze e piattini vari. — Il latte è lí — li informò prima di andarsene.

Lo sguardo di Tim passò dal proprio piatto a quello del figlio. — Sicuro di non volere altro?

Con un cenno di diniego, Henry prese il coltello per tagliare la focaccina. Prima cominciava, prima sarebbe finita. — Voglio sapere tutto, papà.

— Sí — disse suo padre. — Penso che sia giusto.

In realtà Tim Atherton non disse proprio tutto al figlio. Però, fra un boccone e l'altro, cominciò a parlare. E una volta iniziato, sembrò incapace di fermarsi.

— Sai già che tua madre e io avevamo... qualche problema... vero? — Henry non lo sapeva. Non fino a quella mattina, per lo meno. Ma prima che potesse dirlo, suo padre proseguí: — Sí, certo che lo sai, non sei uno sciocco. E non sei piú un bambino. Avrai visto i segnali... erano fin troppo ovvi.

Ma per Henry non lo erano stati. Per niente. Imbarazzato, vide una lacrima sgorgare dall'occhio sinistro del padre e scivolargli lungo la guancia senza che lui se ne accorgesse. Rimase in silenzio, incapace di trovare qualcosa da dire. — Forse sei troppo giovane per capire — riprese suo padre dopo qualche minuto — ma il nostro rapporto non andava bene già da un paio di mesi. Anche di piú. Lei... era cambiata, ecco. Era chiaro che il matrimonio non le stava piú a cuore. È stato allora che ho cominciato a rimproverare di continuo te e Aisling. Mi dispiace... era piú forte di me.

Te la sei cercata, pensò Henry. Non si era minimamente accorto che suo padre fosse piú nervoso del solito. Senza parole, tenne gli occhi fissi sul piatto.

— Cosí... — disse suo padre. — Capisci...

Tutto lí? *Cosí. Capisci.* — Ma la relazione di mamma...? — sussurrò Henry.

Suo padre sospirò. Sembrava affranto, eppure stranamente sollevato. — Difficile crederci, eh? Io non ci riesco ancora. — Si raddrizzò e spinse lontano il piatto: non aveva toccato né le uova né quel rognone disgustoso.

Henry prese fiato. — Lui chi è? — domandò.

Suo padre lo fissò perplesso. — Lui?

— L'uomo col quale mamma ha una relazione.

L'intensità dello sguardo di suo padre gli mise quasi paura. — Te l'ho detto. Non mi hai sentito? Non è un uomo. Tua madre ha una relazione con la mia segretaria, Anaïs.

Le parole rimasero lí, sospese fra loro.

Suo padre si offrí di accompagnarlo dal signor Fogarty, ma Henry gli disse che preferiva camminare. Passò per le stradine secondarie, cosí deserte da sembrare spettrali. Camminò e pensò. Aveva l'impressione di muoversi su un isolotto di pochi metri, circondato dal nulla e continuava a ripetere mentalmente la conversazione avuta con il padre.

«Stai dicendo che mamma ha una relazione con un'*altra donna*?»

L'angoscia sul viso del padre era penosa. «Sí. Lo so, è... è...»

«Ma tu e mamma .. insomma, avete avuto due *figli*. Aisling e me... È *assurdo*, papà!»

Suo padre si era mosso a disagio sulla sedia. «Non è cosí semplice. Certe donne e certi uomini possono andare avanti per anni senza rendersi conto di essere attratti da persone del loro stesso sesso.»

Avrebbero divorziato. Non c'era soluzione.

Per una volta, il signor Fogarty gli aprí subito, neanche fosse stato appostato dietro la porta. — Sei in ritardo — gli disse. — E hai l'aria distrutta.

— Scusi — bofonchiò Henry. — Dovevo fare qualcosa per mio padre.

— Vuoi chiacchierare o lavorare? — Il signor Fogarty era un vecchietto rinsecchito e pelato come un uovo, e quando il clima era umido l'anca destra gli faceva un male cane. Però la sua faccia sembrava incisa nel granito e aveva occhi cosí penetranti da fare quasi paura.

Per quella mattina, Henry ne aveva abbastanza di chiacchierare. — Lavorare — rispose. — È già tardi.

— D'accordo. Non riesco piú a entrarci, in quella rimessa. Getta via le schifezze, riordina e pulisci il resto. E non toccare il tosaerba.

Il giardino del signor Fogarty consisteva in una trascurata striscia di prato circondata da un alto muro di pietra e allietata da un cespuglio. La "rimessa" era una baracca cadente, che aveva conosciuto giorni migliori. Il vecchio aveva spinto davanti all'entrata tre cassonetti della spazzatura vuoti: evidentemente, si aspettava che ci fosse parecchia roba da gettare.

Henry raddrizzò la schiena. Sarebbe stato un lavoraccio, ma la prospettiva non gli dispiaceva. Almeno, per un po', non avrebbe pensato ad altro. Stava per aprire la rimessa, quando una farfalla marrone sbucò dal cespuglio di buddleia e svolazzò sul davanzale dell'unica finestrella, per poi cadere a terra. La meta successiva furono le grinfie di Poutpourri, il paffuto gatto del signor Fogarty.

— No, Poutpourri! — gridò Henry. — Non si mangiano le farfalle! — Gli piacevano i gatti, perfino quelli tracagnotti come Poutpourri, ma non gli andava che ammazzassero uccelli e insetti. Il guaio era che se un gatto acciuffava una farfalla, era difficile portargliela via senza ucciderla comunque – Lasciala! — ordinò con fermezza, ma senza troppe speranze.

E poi si rese conto che la creatura stretta fra i denti di Poutpourri non era una semplice farfalla.

Tre

Piú di ogni altra cosa al mondo, Pyrgus Malvae teneva al suo pugnale Halek. Da quando aveva litigato con il padre, aveva dovuto lavorare per comprarsi qualunque cosa, e la lama di cristallo gli era costata sei mesi di paga.

Quel prezzo assurdo era colpa degli Halek. Si rifiutavano di fabbricare piú di dieci lame l'anno, e otto servivano a sostituire quelle spezzate o comunque ormai inutilizzabili. Le nuove lame erano tagliate dalle gelide rocce cristalline che abbondavano nel paese degli Halek, e levigate fino ad assumere una lucida trasparenza azzurrina. Solchi scorrisangue erano incisi su entrambi i lati; poi alla lama veniva fissata un'impugnatura intarsiata. Infine, il pugnale era incantato e consacrato da uno stregone Halek.

Il risultato era un'arma che dava la garanzia di uccidere.

Una lama Halek non infliggeva mai ferite superficiali: una volta che affondava nel corpo (e poteva trapassare ogni tipo di pelle, cuoio o armatura), una violenta corrente di energia attraversava la vittima e ne fermava il cuore. Niente e nessuno poteva sopravvivere, uomo o animale che fosse. Però era sempre possibile che la lama si spezzasse, e in tal caso l'energia rimbalzava indietro e uccideva chiunque impugnasse l'arma. Ecco perché un pugnale Halek era usato soprattutto per incutere rispetto, anche se poi era comunque un conforto averlo al fianco quando le cose si mettevano male.

Pyrgus accarezzò l'impugnatura. Aveva la sensazione che qualche creatura poco raccomandabile lo stesse tenendo d'occhio.

Di sicuro era nel posto adatto per avere quel tipo di sensazione. Stava attraversando il Ponte Lomanio, la grande struttura scricchiolante carica di case e botteghe che attraversava il fiume a nord di Boscalto. Giorno e notte il ponte era sempre affollato. Attraeva i campagnoli come una calamita. Questi ciondolavano a bocca aperta davanti alle botteghe, facile preda di ladri, tagliagole, borsaioli, scippatori, rapinatori, bari, taccheggiatori e altri esemplari assortiti di infima specie. Per non parlare delle orde di commercianti avidi... i peggiori del mazzo. Là si vendeva mercanzia di ogni tipo, ma dovevi imparare a contrattare e a riconoscere le fregature. I commercianti sapevano svuotare le borse con la stessa maestria dei ladri.

— Attenzione! — gridò qualcuno dall'alto. Pyrgus si scansò agilmente per evitare il contenuto odoroso di un vaso da notte e finí sotto il tendone di un farmacista. La sensazione d'essere osservato aumentò. Si guardò attorno cauto. Era circondato da migliaia di facce, per lo piú sporche e sconosciute.

— Un bel caoscorno? — sussurrò invitante il farmacista.

La truce occhiata di Pyrgus lo fece indietreggiare. — Scusa tanto — brontolò sarcastico. — Devo chiederti il permesso di respirare? — Poi l'avidità ebbe la meglio e la sua espressione si addolcí. — Qualcos'altro? Chiamaoro? Un omuncolo?

Pyrgus lo ignorò e si rituffò nella calca. Ogni suo istinto gli urlava di stare in guardia e lui si fidava dell'istinto. Affrettò il passo, facendosi largo a gomitate. Un tizio robusto, con la testa rasata, imprecò e cercò di afferrarlo, ma Pyrgus lo schivò. A fatica raggiunse il lato opposto del ponte e si lasciò il fiume alle spalle. C'era meno gente, su quella riva, ma aveva ancora la sensazione di essere osservato. Mentre si dirigeva verso Miseranda, si sentiva formicolare la nuca e si aspettava che da un momento all'altro una mano gli calasse sulla spalla.

Sapeva perché, naturalmente. Lo avevano beccato mentre lasciava il castello di Lord Rodilegno a un'ora impossibile. A dire il vero, non era stato proprio beccato, ma visto di sicuro. Probabilmente, le guardie si erano insospettite perché si stava calando da una finestra. O forse perché aveva con sé la fenice dorata di Cossus Rodilegno. Rodilegno non era tipo da ingoiare un affronto del genere. E neanche tipo da rivolgersi ai tribunali. Se i suoi uomini lo avessero acciuffato, gli avrebbero fatto pagare la fenice con il sangue e con un certo numero di ossa rotte.

Allora era piú al sicuro stare in mezzo alla gente o da solo? Il problema della folla era che non riuscivi a distinguere gli amici dai nemici, quindi gli uomini di Rodilegno potevano farlo a polpette prima che qualcuno trovasse il coraggio di intervenire. Miseranda era affollata – un covo di osterie e teatri che attirava il meglio e il peggio della città. Il suo istinto gli suggeriva di trovare in fretta un posto da dove vedere ogni eventuale aggressore. Svoltò in Via Schiumarola, quasi deserta grazie alla puzza soffocante, proseguí per un po' a passo svelto e s'infilò in un portone, da dove poteva osservare sia l'inizio del vicolo, sia la folla brulicante di Miseranda. Nessuno lo aveva seguito. Cominciava a rilassarsi quando una figura massiccia comparve all'imbocco del vicolo. Sembrava un gigante, ma i tre individui che lo seguivano sembravano perfino piú grossi. Il quartetto s'inoltrò nel vicolo, fianco a fianco.

Era anche possibile che non ce l'avessero con lui, ma Pyrgus non ci avrebbe messo la mano sul fuoco. Si chiese se Via Schiumarola fosse stata una buona idea. Non c'era modo di evitare quei quattro e tornare sulla strada principale. E se avesse tentato di fuggire verso sud sarebbe finito in un vicolo cieco. Fino a poco tempo prima, la strada sboccava sulle Piane Selvagge, ma da quando Bombix e Sulfureo avevano costruito la loro fabbrica di colla era impossibile uscirne.

All'improvviso gli venne un'idea. In tutti i romanzi d'avventura l'eroe in trappola spinge una porta e la trova aperta. Allora entra, affascina la graziosa, giovane figlia dei padroni di casa e la persuade a nasconderlo finché il pericolo è passato. Valeva la pena provarci. Allora spinse la porta. Era chiusa.

I quattro uomini continuavano ad avanzare, bloccando totalmente Via Schiumarola. Si muovevano con apparente indifferenza, ma controllavano ogni androne. E fra poco avrebbero raggiunto il suo. Pyrgus picchiò cauto sul battente, pregando in silenzio che la graziosa, giovane figlia dei padroni di casa avesse l'orecchio fino. Dopo un momento, bussò piú forte. I quattro erano ormai cosí vicini che poteva sentirli respirare... e questo significava che loro potevano sentire lui bussare. Infatti affrettarono il passo. Pyrgus tirò al battente una pedata, che si rivelò del tutto inutile. Allora si girò e si slanciò fuori.

— Eccolo! — urlò uno degli omaccioni. Un attimo dopo tutti e quattro gli erano dietro.

Pyrgus era veloce, ma questo significava semplicemente che avrebbe raggiunto piú in fretta la fine del vicolo. Via Schiumarola terminava davanti a un alto cancello su cui campeggiava una sfilza di cartelli preoccupanti che menzionavano guardie armate e forze mortali. Pyrgus non riusciva a capire perché una squallida fabbrica di colla avesse bisogno di tante misure di sicurezza, ma Bombix e Sulfureo erano Elfi della Notte, una genía notoriamente sospetta. A parte questo, ci tenevano a mantenere segreto il processo di produzione della loro colla. Lui afferrò le sbarre del cancello e lo scrollò. Chiuso. Alle sue spalle, i passi affrettati si facevano sempre piú vicini.

C'era un cornofono, di lato al cancello, ma lui non aveva tempo da perdere in convenevoli con i sorveglianti del collificio. Senza neanche voltarsi, cominciò ad arrampicarsi: con la camicia e i pantaloni mimetici che indossava sotto il farsetto, sembrava un grosso insetto verde.

A dispetto dei cartelli minacciosi, al di là del cancel lo c'era solo un vasto cortile acciottolato circondato da edifici. Anche se il posto era aperto da non piú di un paio di mesi, aveva un aspetto decrepito e uno strato di sudiciume copriva ogni superficie visibile. Sopra i fabbricati, tozze ciminiere sputavano un disgustoso fumo nero, cuocendo la Colla Miracolosa di Bombix e Sulfureo, capace d'incollare qualsiasi cosa a qualunque altra.

I suoi inseguitori non ci avrebbero messo molto a raggiungere il cancello. Non pensava che lo avrebbero scavalcato, ma potevano sempre corrompere una guardia perché lo aprisse. Comunque, non era proprio il caso di perdere tempo ad ammirare il panorama. Stava per attraversare il cortile quando un ratto ben pasciuto lo precedette. Ma saltò per aria dopo neanche due metri.

Paralizzato, Pyrgus fu investito da una pioggia di ciottoli e rimasugli di ratto. Bombix e Sulfureo avevano *minato* il cortile della fabbrica? Rabbrividí. Per poco non era esploso lui, su quel ciottolo.

Che cosa volevano nascondere? Un campo minato era eccessivo perfino per l'innata diffidenza degli Elfi della Notte, e di sicuro era eccessivo per proteggere la formula di una colla. Cosa combinavano là dentro?

Un sorvegliante uscí da una porta abbottonandosi i pantaloni. Avrebbe potuto vedere da un momento all'altro Pyrgus, troppo atterrito per muoversi, ma per fortuna l'attenzione dell'uomo era concentrata sul cratere lasciato dalla mina. Comunque era solo una questione di secondi: prima o poi avrebbe guardato nella sua direzione. Dove andare? Che fare? Con gli scagnozzi di Rodilegno in Via Schiumarola non poteva scavalcare di nuovo il cancello, ma se avesse tentato di attraversare il cortile avrebbe rischiato di fare la fine del ratto.

Il cornofono muggí.

— Arrivo! — gridò la guardia senza voltarsi. Raggiunse con tutta calma il cratere e lo esaminò come se sperasse di trovarci dentro qualche indizio che spiegasse l'esplosione.

Il cornofono strepitò di nuovo. — Va bene! Arrivo! — gridò impaziente la guardia.

A quel punto Pyrgus fu fulminato da un'idea che gli diede i brividi. Non tutti i ciottoli erano minati. Il ratto aveva percorso almeno due metri prima di saltare per aria. Forse lui, correndo veloce, poteva essere piú fortunato.

O forse no.

E poi ebbe un'altra idea da brivido. E se non avesse corso? Se avesse saltato? Se avesse eseguito balzi da canguro? In questo modo avrebbe toccato meno ciottoli, diminuendo le probabilità d'imbattersi in una mina.

Si guardò attorno. La porta piú vicina era a dieci metri scarsi. Se fosse riuscito a fare salti piú o meno di due metri, avrebbe toccato solo cinque ciottoli. Quanti erano quelli minati? Impossibile a dirsi, ma difficilmente Bombix e Sulfureo ne avrebbero minato uno su cinque.

O forse sí?

No, certo che no. Dunque... se avesse toccato solo cinque ciottoli, avrebbe avuto una possibilità – una buona, anzi un'*ottima* possibilità – di raggiungere la porta tutto d'un pezzo. Il ratto doveva aver toccato almeno dieci ciottoli prima del botto. E probabilmente non era un ratto fortunato. Uno fortunato ne avrebbe toccati senza problemi quindici, venti, forse addirittura trenta. E lui?, si chiese Pyrgus. Lui rientrava nella categoria dei ratti fortunati? E la porta verso la quale puntava sarebbe stata aperta o chiusa?

Il cornofono riprese a muggire. Era il momento di muoversi. Quel fracasso avrebbe coperto qualunque altro rumore. Saltò.

Il mondo rallentò, mentre guardava con affascinato orrore il proprio piede avvicinarsi a un ciottolo, sfiorarlo e atterrarvi di schianto. Trattenne il fiato, ma il ciottolo non esplose.

Saltò di nuovo, e di nuovo guardò inorridito il suo piede atterrare su un secondo ciottolo... che non esplose. A metà del terzo balzo si accorse che il ciottolo successivo era di un colore diverso e d'istinto chiuse gli occhi. Atterrò, barcollò, zampettò su altri tre – *tre!* – ciottoli, ma miracolosamente riuscí a saltare di nuovo.

Poi tutto si sfocò e riprese a scorrere a velocità normale: aveva raggiunto la porta. La guardia si era infine decisa ad andare al cancello – stranamente senza badare a dove metteva i piedi – e i suoi borbottii irritati rimbombarono nell'improvviso silenzio del cornofono.

Pyrgus spinse la porta. Questa volta si aprí.

Era in un corridoio deserto dalle pareti bianco sporco. Sulla destra c'erano diverse porte, e quando aprí la prima, la sua fortuna ebbe un netto miglioramento. Si ritrovò in un ripostiglio pieno di camici bianchi, del tipo indossato dagli operai di una fabbrica di colla. Su ogni camice c'era una specie di targhetta, e di colpo capí perché la guardia aveva attraversato con tanta noncuranza il cortile minato. Le targhette impedivano alle mine di esplodere. Non c'era altra spiegazione... doveva esserci *qualcosa* per evitare che gli operai saltassero per aria. Afferrò un camice e lo infilò.

Poi chiuse il ripostiglio e si concesse un momento di riflessione. Targhetta o non targhetta, non aveva intenzione di andarsene da dov'era entrato, quindi doveva trovare un'altra uscita.

La stava ancora cercando quando scoprí il segreto della Colla Miracolosa di Bombix e Sulfureo.

Grazie al camice, poteva muoversi liberamente nella fabbrica senza che nessuno lo degnasse di un'occhiata, anche se fece comunque attenzione a passare inosservato senza destare sospetti. In altre parole, se ne andò in giro con aria sicura, come se sapesse esattamente cosa fare e dove andare. Il problema era che in realtà non ne aveva la minima idea. Cosí, invece di trovare l'uscita, finí per addentrarsi sempre piú all'interno della fabbrica.

Finché non sbucò in quello che doveva essere l'impianto di produzione.

Il calore era spaventoso e l'odore rivoltante. Si guardò attorno ansioso, lottando contro la nausea.

Il locale era attraversato da tubi incrostati che collegavano fra loro tinozze puzzolenti ricolme di liquido ribollente. Alcuni macchinari azionavano pompe che spingevano faticosamente i fluidi vischiosi verso un gigantesco bricco, dentro un forno aperto. All'interno del bricco ribolliva una massa giallo-verdognola torbida e ripugnante. Il locale era gremito di operai dai camici macchiati di colla e di sudore. Alcuni si occupavano delle macchine, altri mescolavano il liquido nelle tinozze gorgoglianti. Soltanto pochi si attardavano nelle vicinanze del forno con le facce arrossate dalla vampa.

Pyrgus si fece avanti cauto, tenendo sotto controllo l'impulso di vomitare. A quattro metri e mezzo di altezza, una specie di piattaforma si affacciava sull'impianto. Poche guardie si appoggiavano alla ringhiera, sorvegliando con espressione annoiata la scena sottostante, ma la maggior parte della piattaforma era occupata da tecnici che controllavano i fluidi nelle tinozze. Diversi operai facevano la spola fra loro, parte di un flusso costante che percorreva senza sosta una scala di metallo proprio accanto al forno. Con enorme sollievo, Pyrgus scorse in fondo alla piattaforma una porta con su scritto USCITA.

Si intrufolò deciso in quello sciame di lavoratori, e sicuro che le guardie non avrebbero fatto caso a lui, si avviò verso la scala di metallo. Di tanto in tanto si fermava, fingendo di controllare un ingranaggio o il contenuto di una tinozza.

Man mano che si avvicinava alla scala, il calore del forno diventava cosí intenso da farlo sudare a profusione. Non avevano torto, gli operai là attorno, a lavorare a torso nudo. E poi notò una gabbia appesa proprio accanto alla bocca del forno: non era molto piú grande di una gabbia per uccelli, ma dentro c'era una gatta che allattava paziente quattro micetti grassi.

Pyrgus si bloccò. Amava gli animali – in fin dei conti si era cacciato in quel guaio proprio per aver salvato la fenice di Lord Rodilegno – ed era lieto di vedere che la fabbrica di Bombix e Sulfureo avesse adottato una mascotte. Ma era certo che quei gattini fossero troppo vicini al forno per non risentirne. Esitò un momento ai piedi della scala, poi fece dietrofront e puntò verso un operaio.

— Qui fa troppo caldo per loro — gli disse severo, indicando la gabbia. — Dovreste metterla piú lontano dal forno.

L'uomo si voltò a lanciargli un'occhiataccia. Si deterse il sudore dalla fronte con un braccio e fissò il camice pulito di Pyrgus. — Sei nuovo, eh?

— Sí — rispose Pyrgus. — E con ciò?

— Ancora non lo sai, eh?

— Non so cosa? — sbuffò Pyrgus. Forse aveva beccato l'idiota della fabbrica. Quel tizio aveva l'espressione malignamente soddisfatta di un bambino che strappa le ali alle mosche.

— Che non importa se ora hanno caldo, perché fra poco ne avranno molto di piú... di sicuro uno dei piccoli ce l'avrà, eh?

Qualcosa nel suo tono fece rabbrividire Pyrgus. — Di che parli?

L'uomo sogghignò. — Dell'ingrediente segreto... di quello che fa il miracolo della Colla Miracolosa.

— L'ingrediente segreto?

Il ghigno dell'uomo si allargò. — Gattini! — annunciò. — *Un gattino al giorno fa la colla andare attorno!* Non te l'hanno detto, quando ti hanno assunto? Basta un gattino e hai una colla che attacca meglio di qualunque altra sul mercato. Nessuno sa perché. Il signor Sulfureo l'ha scoperto per caso. — Si chinò verso Pyrgus. — È un segreto, naturalmente. Perderemmo parecchi clienti, se si spargesse la voce.

— Vuoi dire che affogate i gattini nella colla? — chiese Pyrgus, decidendo d'ignorare l'eco di voci agitate nelle vicinanze della porta da dov'era entrato.

— Uno al giorno — fu la compiaciuta risposta. — Fra poco tocca al prossimo. Puoi assistere allo spettacolo, se vuoi.

Le voci erano piú vicine e piú forti. Pyrgus si voltò di scatto e, con un tuffo al cuore, vide una squadra di guardie farsi largo fra gli operai. Lanciò un'occhiata alla scala. Nessun ostacolo si frapponeva fra lui e l'uscita.

Pyrgus spintonò bruscamente l'uomo che aveva di fronte e agguantò la gabbia dal gancio. Senza smettere di allattare i micetti, mamma gatta lo fissò ansiosa. Ma quando Pyrgus girò sui tacchi, pronto alla fuga, scoprí che una guardia gli bloccava il passaggio.

— E ora vediamo che fai — ghignò l'omaccione, allargando le gambe.

Era un bersaglio troppo allettante: Pyrgus gli sferrò un calcio dritto in mezzo alle cosce e quando l'uomo si piegò in due lo superò con un salto.

Poi, sempre con la gabbia stretta a sé, sfrecciò verso l'uscita.

Quattro

Silas Sulfureo chiuse la porta della sua soffitta, con un sorriso stampato sulla vecchia faccia avvizzita e un libro stretto fra le vecchie mani avvizzite. Il libro, un impolverato tomo di pergamena racchiuso fra due pesanti tavolette di legno, sembrava perfino piú vecchio di lui. Le dita grinzose accarezzarono le lettere dorate del titolo: *Il libro di Beleth.*

Il libro di Beleth! Quasi non riusciva a credere a tanta fortuna. *Il libro di Beleth!* Tutto quello che aveva sempre desiderato era racchiuso là dentro. Tutto.

La soffitta era tetra, bassa e angusta, ancora piú sporca della fabbrica di colla e con pochi mobili. Ma Sulfureo aveva tutto quello che gli serviva. Oh sí, tutto. Ridacchiò fra sé, staccandosi una crosta dalla pelata. Tutto quello che gli serviva, per procurarsi tutto quello che desiderava.

Portò il volume verso la luce scarsa che penetrava da un'unica finestrella sudicia e lo aprí. Il frontespizio era occupato da un ingombrante simbolo nero, tutto svolazzi e ghirigori come lo scarabocchio di un bambino idiota. Sotto, uno scriba scomparso da tempo aveva tracciato sei semplici parole:

Beleth custodisce le chiavi dell'Inferno

— Sí — ridacchiò Sulfureo mentre i vecchi occhi cisposi gli si accendevano di gioia. — Sí! Sí! Sí!

Che incredibile colpo di fortuna! Per anni aveva cercato quel libro, aspettandosi di pagarlo una fortuna se mai lo avesse trovato. E invece gli era letteralmente caduto fra le mani... praticamente senza nemmeno spendere un soldo! A parte la misera bustarella all'ufficiale giudiziario che aveva sfrattato la vedova, sequestrando le sue carabattole come risarcimento del mancato affitto.

Naturalmente Sulfureo aveva voluto assistere allo sfratto. Come al solito. Era un godimento ascoltare le implorazioni di chi si ritrovava senza casa. Con la vedova non era andata diversamente, a parte il fatto che lei era un po' piú giovane e piú carina del solito... il che aveva reso l'intera faccenda ancor piú divertente. Suo marito – quel goffo idiota – era morto da appena tre ore cadendo in una tinozza. Aveva rovinato l'intera partita. Del resto era sempre stato un piantagrane, uno di quei teneroni che si rifiutavano di aggiungere alla colla l'indispensabile gattino. Sulfureo si era precipitato ad avvertire la vedova – adorava portare cattive notizie – e le aveva chiesto di pagare l'affitto senza neanche darle il tempo di asciugarsi le lacrime. Come previsto, adesso che il marito era morto, lei non aveva un soldo. L'ufficiale giudiziario era arrivato nel giro di venti minuti.

Lo sfratto era andato a meraviglia. La donna aveva pianto, urlato, lottato, strepitato. A un certo punto gli si era addirittura gettata ai piedi, supplicandolo e aggrappandosi alle sue gambe. Si era trattenuto a stento dal riderle in faccia. L'ufficiale giudiziario naturalmente, ben conoscendo il proprio tornaconto, gliel'aveva staccata di dosso. Meraviglioso. Il suo sfratto migliore... a parte il cane della vedova che gli aveva annaffiato una scarpa.

Gli scagnozzi dell'ufficiale giudiziario avevano portato le proprietà della donna nel suo ufficio. Erano solo poche cianfrusaglie, ma a Sulfureo piaceva frugare fra i beni dei suoi affittuari e distruggere qualunque cosa potesse avere un valore affettivo. Le proprietà della giovane vedova non erano diverse da quelle di tutti gli altri: pochi stracci, poche pentole ammaccate e pochi gioielli da quattro soldi. Però c'era un baule che sembrava di qualità superiore al resto, chiuso da fasce di metallo e da un lucchetto.

— E questo cos'è? — chiese sospettoso Sulfureo.

— Non lo so — rispose una guardia. — A sentire la vedova, non potevamo prenderlo perché non era suo. Gliel'aveva affidato uno zio, qualcuno di famiglia. Ma noi l'abbiamo preso lo stesso.

— Ben fatto. — Sulfureo annuí e tastò il lucchetto con nuovo interesse.

Quando la guardia se ne andò, aprire il baule si dimostrò piú difficile del previsto. Non solo era impossibile forzare il lucchetto, ma le fasce metalliche si rivelarono molto piú robuste del ferro, quasi fossero di un qualche materiale ignoto. Persino il legno era attraversato da una carica di sicurezza che rendeva impossibile spaccarlo senza rischiare seri contraccolpi. Ormai Sulfureo era certo che ci fosse qualcosa di valore là dentro: nessuno si sarebbe preso tanto disturbo per conservare il corredo.

Alla fine, dopo svariati tentativi del tutto inutili, ricorse a una roccifiamma che fuse il lucchetto senza danneggiare il contenuto. Passò quasi mezz'ora prima che il baule fosse abbastanza freddo da poterlo toccare, e a quel punto Sulfureo non stava piú nella pelle per l'eccitazione. Quale tesoro poteva mai custodire? Oro? Gioielli? Segreti di famiglia? Opere d'arte? Di qualunque cosa si trattasse, la voleva per sé. Ma prima di sollevare il coperchio non avrebbe mai immaginato la sua fortuna.

Guardò dentro e sbarrò gli occhi, incredulo. Il volume era adagiato su un letto di paglia e chiuso da un nastro color ambra, ma riuscí ugualmente a leggere le lettere sbiadite: *Il libro di Beleth*.

Lo sollevò con mani tremanti. Poi respirò piú volte a fondo, per calmarsi. Poteva essere un falso. Ce n'erano tanti, in circolazione... lui stesso ne aveva comprato un paio da certi commercianti che non si erano rivelati migliori di volgari ladri. Ma quando sciolse il nastro e lo aprí, capí al volo di avere davanti l'unico vero *Libro di Beleth*. La pergamena era scurita e macchiata dal tempo, la calligrafia arcaica, l'inchiostro sbiadito. Ma a dissipare ogni dubbio bastava il contenuto. S'intendeva abbastanza di magia da riconoscere un rituale genuino. Finalmente era suo! Aveva trovato *Il libro di Beleth*!

Rimase rintanato a studiarlo per tre giorni e per tre notti, rifiutando qualsiasi bevanda alcolica e qualsiasi cibo, a parte pochi cucchiai di pappa d'avena. Per una volta lasciò che Bombix si occupasse degli affari senza interferenze. Perfino quell'idiota non poteva perdere troppi soldi in cosí poco tempo; in ogni caso, adesso che aveva *Il libro di Beleth*, non avrebbe avuto problemi a recuperarli. Quel volume gli avrebbe spalancato le porte dell'Inferno. Era la chiave di ricchezze smisurate. Chiunque lo possedesse, poteva avere tutto l'oro del mondo. Che sciocca, la vedova! Se avesse anche solo sospettato il contenuto del baule, avrebbe potuto pagare non uno, ma diecimila affitti! Avrebbe potuto comprare anche l'intera fabbrica di colla. E magari rovesciare persino il Monarca in persona! Invece era rimasta a crogiolarsi nella sua beata ignoranza, come quell'idiota del suo defunto marito, mentre il libro era finito nelle mani di Silas Sulfureo.

E ora, in quella soffitta, Sulfureo era pronto a usarlo.

Lo lasciò un attimo vicino alla finestra e ciabattò verso un armadio, da dove prese un sacchetto di chiodi da bara, un martello e il cadavere di un capretto che aveva sacrificato quattro giorni prima. Poi preparò un secchio per gli avanzi, brandí un grosso coltello e si accinse a scuoiarlo.

Era un lavoraccio, ma lui era un esperto: ammazzava animali da una vita. Una volta finito, gettò i resti del corpo nel secchio e tagliò la pelle a strisce sottili, che fissò alle assi del pavimento con i chiodi da bara, in modo da formare un cerchio. I tonfi del martello erano assordanti, ma aveva dato ordine di non essere disturbato e i servi sapevano che disobbedire significava rischiare qualcosa di piú della vita. Il cerchio doveva avere un diametro di nove metri. Fissò l'ultimo chiodo e arretrò d'un passo per ammirare la sua opera.

Il cerchio di pelle aveva un aspetto sinistro. In certi punti sembrava quasi che una bestia spaventosa stesse emergendo lentamente dal pavimento. Sulfureo ridacchiò fra sé. Era perfetto. Perfetto. A Beleth sarebbe piaciuto.

Dopo aver ripreso fiato, tirò il capretto fuori dal secchio, gli tagliò la pancia e ne estrasse le budella. Il libro non specificava di quale bestia dovessero essere e lui non era tipo da sprecare niente. E poi, cosí era piú economico che cercare qualcos'altro da uccidere. Con le budella e gli ultimi chiodi, formò un triangolo equilatero che collocò davanti al cerchio. Bene. *Molto* bene.

Tornò all'armadio e ne tirò fuori la macchina intrappolalampi che aveva fatto costruire secondo le istruzioni del libro: tre globi di metallo collocati ciascuno su una piccola torre di acciaio e collegati a un comando a distanza. Era incredibilmente pesante, ma per fortuna i cavi erano abbastanza lunghi da permettergli di trascinarne un pezzo alla volta. Posizionò un globo a ogni angolo del triangolo e sistemò il comando a distanza a metà strada fra triangolo e cerchio. L'intero armamentario gli era costato piú di cinquemila pezzi d'oro, una vera follia... e anche una scocciatura, perché aveva dovuto sottrarli alla ditta e falsificare i libri mastri in modo che il suo socio non lo scoprisse Ma per evocare Beleth ne valeva la pena.

Comunque, per quanto ansioso di dare inizio al rituale, sapeva bene quanto fossero importanti i preparativi. Un passo falso e Beleth avrebbe potuto liberarsi. Il che era altamente sconsigliabile: dopotutto niente creava piú guai di un principe demone in libertà. Mangiava bambini, distruggeva i raccolti, provocava uragani e siccità. Molto peggio dei demonietti di second'ordine con i quali era abituato a trattare. Inoltre, un demone libero non esaudiva desideri. Neanche mezzo.

Cosí controllò cerchio e triangolo con estrema cura. Entrambi erano ugualmente importanti: Beleth sarebbe apparso nel triangolo, ma il circolo serviva a proteggere Sulfureo nell'infausta eventualità che il demone fosse riuscito a liberarsi. Come spesso accadeva prima di un'evocazione demoniaca, fuori si stava addensando una tempesta e la soffitta era sempre piú buia. Sulfureo eseguí gli ultimi controlli a lume di candela. Il cerchio era perfetto. E cosí anche il triangolo.

Tornò all'armadio per prendere il resto: un po' di carbone, un braciere di metallo, un mazzo di assafetida, una ruvida ematite, ghirlande di verbena, due candele complete di candelieri, una bottiglietta di brandy Rutaniano, canfora e, soprattutto, la sua bacchetta fulminante. Quest'ultima era una vera bellezza: quarantacinque centimetri buoni di sanguilegno di prima qualità, lucidato al punto da fare risaltare perfino la piú piccola venatura.

Per finire, Sulfureo portò nel circolo *Il libro di Beleth* e controllò per l'ultima volta che ogni cosa fosse al suo posto. Quando si iniziava un'evocazione, era impossibile interromperla per recuperare qualcosa di cui ci si era dimenticati.

Finalmente, quando fu sicuro che non mancasse niente, usò l'ematite per tracciare un secondo triangolo all'interno del cerchio, toccandone per tre volte la circonferenza. Poi infilò le candele nere nei candelieri, ne piazzò una a sinistra e una a destra del triangolo e, prima di accenderle con un rapido tocco della bacchetta, le circondò ognuna con una ghirlanda di verbena. Bene, *molto* bene.

Un rombo di tuono echeggiò in lontananza, mentre Sulfureo tracciava sulle assi del pavimento l'indispensabile iscrizione protettiva. Ancora una volta usò l'ematite per scrivere *Aay* sul lato rivolto a est del triangolo interno al cerchio, e *JHS* lungo la base. Mentre terminava la S, i caratteri di entrambe le parole cominciarono a emettere una luminescenza fioca. Buon segno.

Un attimo dopo, riempí il braciere con carbone annaffiato di brandy Rutaniano e vi avvicinò la bac chetta: il fuoco si accese con un sibilo e quando le fiamme calarono un poco vi aggiunse la canfora. Un odore inebriante riempí la soffitta. Sulfureo prese fiato. Era il momento!

Aprí *Il libro di Beleth*, si raddrizzò e chiuse gli occhi. — Questo incenso, O Sommo, è il migliore che abbia trovato — intonò con voce simile al fruscio delle foglie secche. — Purificato al pari di questo carbone, ricavato dal miglior legno. — Aspettò un momento e proseguí: — Queste mie offerte ti presento, O Sommo, dal piú profondo del cuore e dell'anima. Accettale, O Sommo, accettale quale sacrificio.

Nelle sue mani *Il libro di Beleth* cominciò a brillare.

La cantilena dedicata al Sommo andava avanti per un pezzo: il libro insisteva su quel punto, quindi Sulfureo presumeva fosse consigliabile procedere con la sviolinata... Finalmente, esaurite le preghiere previste, arrivò al dunque.

— Principe Beleth — intonò, riaprendo gli occhi per leggere la formula — Signore degli spiriti ribelli, ti chiedo di lasciare la tua dimora, ovunque si trovi, per venire a parlare con me. Ti comando e ti ordino, in nome del Sommo, di presentarti a me senza odori disgustosi, in forma e aspetto gradevoli, per rispondere con chiara e intelligibile voce a quanto ti chiederò... – Come procurarmi piú oro, tanto per cominciare. E piú potere. – Te lo ordino, Principe Beleth, e lo esigo, e faccio voto che se non comparirai immantinente, ti colpirò con la mia bacchetta finché ti cadranno i denti, ti si aggrinzirà la pelle, ti verranno le vesciche sul didietro e sarai soggetto a caldane, ronzii nelle orecchie, slogature alle caviglie, forfora, artrite, lombaggine, sbrodolamento, sordità, goccia al naso e unghie incarnite. Amen.

Finora, era la solita pappardella. Non parola per parola, è ovvio, ma a piú riprese in passato aveva utilizzato quel tipo di evocazione per chiamare a sé alcuni demoni minori. Ma ciò che accadde subito dopo fu diverso. Molto diverso.

Una scintilla crepitò sulla superficie del globo piú lontano. Quasi subito, un lampo s'inarcò da un globo all'altro, creando un triangolo a immagine di quello tracciato sul pavimento. Un odore di ozono si diffuse nella soffitta, mentre l'intero marchingegno crepitava e ruggiva.

— Vieni, Beleth! — strillò Sulfureo, sovrastando il frastuono. — Vieni, Beleth, vieni! — Il libro splendeva e vibrava nelle sue mani. Da qualche parte aveva letto che era proprio quel volume, fosse o no in possesso dello stregone di turno, a rendere possibile qualunque evocazione demoniaca. Finché il libro esisteva, la via dell'Inferno restava aperta.

Si zittí e drizzò le orecchie. Coperto appena dal crepitio dei lampi, risuonò l'eco lontana di un'orchestra e l'aria all'interno del triangolo scintillò. Sulfureo sollevò la bacchetta e la puntò come un fucile. — Vieni, Beleth! — gridò di nuovo.

La musica aumentò di volume e lo scintillio si condensò in una forma incappucciata che lentamente si solidificò. La creatura nel triangolo era alta piú di due metri e mezzo, ben piantata, con grandi occhi iniettati di sangue. Spinse indietro il cappuccio, rivelando due possenti corna di capro.

— Basta! — ruggí Beleth.

Sulfureo deglutí. In Beleth c'era qualcosa che lo innervosiva. Anzi, per la precisione, *tutto* in lui lo innervosiva Aveva già evocato altri demoni, ma erano pesci piccoli. Questa era la prima volta che si trovava a tu per tu con un principe. Si leccò le labbra. — O possente Beleth — cominciò — ti imploro... no, ti *comando* di restare entro il triangolo di intestini per il tempo...

— Comandi? — ringhiò Beleth. — Tu osi *comandare* qualcosa *a me*? — Aveva una voce eccezionalmente acuta per uno della sua stazza.

— Ti co... comando di restare entro il triangolo di in... intestini per il tempo da me stabilito e... — Parecchi demoni davano in escandescenze, e se non dimostravi un certo polso, tentavano di metterti i piedi in testa.

— Taci! — ruggí Beleth.

Sulfureo ammutolí. Sperava solo che quel mostro non si accorgesse di come tremava. Forse, tutto sommato, evocarlo non era stata un'idea brillante. Si sentivano di continuo storie orripilanti su demoni maggiori sfuggiti al controllo del loro evocatore. Certo, era tutta propaganda messa in giro degli Elfi della Luce, ma ovviamente conteneva un pizzico di verità. Incredulo, Sulfureo vide Beleth curvarsi fino a torreggiare sui lati del triangolo, sforando addirittura i confini del cerchio. Questo non era previsto. Non era affatto previsto. Con mano tremante, gli puntò contro la bacchetta.

Il demone fissò l'arma e sorrise.

— Bada, Beleth! — farfugliò Sulfureo, stringendo i denti per evitare che battessero. — O ti colpirò con la mia bacchetta fulminante fino a che ti cadranno i den...

Il sorriso del demone si allargò e uno strano ronzio stonato riempí la soffitta, insinuandosi nella testa di Sulfureo, arruffandogli i pensieri e coprendogli gli occhi di un velo sanguigno. La bacchetta stretta nella sua mano tremante si afflosciò e si sciolse. Pur atterrito com'era, Sulfureo non seppe trattenere un ululato di protesta. Tutti quei soldi!

— Non c'è bisogno di minacciarmi — tuonò Beleth quando la bacchetta si fu dissolta completamente.

— No?

Beleth scrollò le spalle. — Basterà un semplice sacrificio a procurarti quanto desideri.

Sulfureo si sentí sommergere da un'ondata di sollievo. I demoni avevano un debole per i sacrifici. — Colombe? Gatti? Cani? Una pecorella? Non vorrai mica un toro? — I tori costavano. E ammazzarli non era per niente facile. Un pensiero improvviso lo colpí. — Aspetta... vuoi qualche animale raro? Di una specie in via d'estinzione?

— Niente del genere. Dovrai semplicemente sacrificarmi la seconda persona che vedrai dopo essere uscito dal cerchio.

Sulfureo spalancò gli occhi. — Un sacrificio *umano*?

— Sí! — ruggí Beleth.

A Sulfureo sfuggí un sospiro di puro sollievo. — Affare fatto.

Qualcuno bussò alla porta della soffitta proprio mentre Sulfureo intonava il rituale di congedo. Ormai aveva il suo contratto, firmato con il sangue da entrambe le parti, ma Beleth occupava ancora il triangolo.

— Non voglio essere disturbato — strillò Sulfureo. — Andate via! — Abbassò la voce e continuò a borbottare la formula: — ... ti comando e t'impongo di lasciare questo posto, interamente e senza esitazione, e tornare da dove sei venuto, e là restare fino a che... — Una parte della sua mente si stava chiedendo come avrebbe fatto a spegnere la macchina intrappolalampi senza la bacchetta.

— Ho qualcosa per te, mio caro amico... — La voce di Jasper Bombix.

Lasciando perdere la formula di congedo, Sulfureo gettò nel fuoco una manciata di assafetida. Beleth sparí con uno schiocco, come un palloncino bucato, in una nuvola di fumo. Coi demoni, plebei o principi che fossero, l'assafetida funzionava sempre: puzzava tanto che a confronto lo zolfo sembrava profumo. — Arrivo! — gridò Sulfureo. Spense in fretta le candele e usci dal cerchio, frugandosi nelle tasche alla ricerca della chiave, mentre dietro di lui il lampo prigioniero continuava a passare crepitante da un globo all'altro. Girò la chiave nella serratura e socchiuse la porta. La prima persona che vide fu Bombix, un sorriso radioso stampato sulla faccia. Aveva fatto qualcosa ai denti, perché alla luce frizzavano e scintillavano.

Il sorriso si spense mentre Bombix tirava rumorosamente su col naso. — Hai appena congedato un demone?

— Che c'è? — ringhiò Sulfureo, ignorando la domanda. — Perché volevi vedermi?

Il sorriso ricomparve. — Abbiamo una visita — annunciò Bombix. — Un grazioso giovinetto che si è intrufolato in fabbrica.

Sulfureo aprí un po' di piú la porta per vedere chi c'era con il suo socio.

Cinque

Le voci alle sue spalle crebbero di volume fino a diventare grida concitate, ma Pyrgus Malvae era piú preoccupato da quello che succedeva davanti a lui. Le guardie sulla piattaforma, non piú annoiate, accorrevano da ogni parte per tagliargli la strada. Un paio di loro stavano già fra lui e l'USCITA.

Pyrgus scartò di lato facendo lo sgambetto all'energumeno che aveva tentato di placcarlo. Ammaestrata dall'esperienza, la seconda guardia fu di gran lunga piú cauta: estrasse uno storditore dalla cintura, si piazzò fra lui e la porta, e aspettò.

Per una frazione di secondo, Pyrgus esitò. Passi in corsa tambureggiavano sulla piattaforma e sulla scala alle sue spalle. Il tempo non giocava a suo favore. Fece una finta a destra, ma la guardia non abboccò e non gli scollò gli occhi di dosso. L'uomo non era particolarmente robusto, e in una lotta alla pari Pyrgus avrebbe anche potuto avere la meglio. Ma quella non era una lotta alla pari: la guardia aveva lo storditore, e lui era impacciato dalla gabbia con i gatti.

Si fissarono. Gli inseguitori convergevano da ogni lato. Per un istante gli occhi di Pyrgus guizzarono verso la gabbia: i micetti si erano staccati dalla madre e adesso erano in fila con il naso premuto contro le sbarre, guardandolo con i loro occhi tondi e fiduciosi. Non aveva scelta. Estrasse il pugnale Halek.

La guardia sbarrò gli occhi. E aprí bocca per la prima volta. — Io ho lo storditore — disse.

— Vero — concesse Pyrgus. — Ma se non mi becchi al primo colpo, sei morto.

Gli occhi della guardia sfrecciarono dal suo viso al pugnale. Correnti di energia strisciavano come serpi sulla lama di cristallo. Pyrgus sollevò la lama e le diede un buffetto con un dito, provocando una pioggia di scintille. — Basta un graffio — sussurrò. — Soltanto un graffio... — Gli sembrò di cogliere un lampo di paura negli occhi dell'uomo e agí senza esitare. Se non fosse riuscito a filarsela in pochi secondi, i suoi inseguitori gli sarebbero piombati addosso come una valanga.

Scattò in avanti, contorcendosi in modo che il pugnale non toccasse la guardia. Per una frazione di secondo, l'uomo mantenne la posizione, ma poi i suoi nervi cedettero e fece un salto di lato, agitando disperatamente lo storditore per non perdere l'equilibrio. L'istante successivo, Pyrgus si sbatteva la porta alle spalle e sfrecciava in un altro corridoio.

Sapeva che non sarebbe mai riuscito a fuggire. Le guardie gli erano alle calcagna, dappertutto echeggiavano sirene di allarme: non era difficile immaginare che per prima cosa avrebbero chiuso le uscite. Fra poco lo avrebbero acciuffato, e la gatta e i suoi gattini sarebbero tornati al loro triste destino. A Pyrgus non importava molto di cosa lo aspettava – se l'era cavata in situazioni peggiori – ma non sopportava l'idea che i micetti fossero uccisi. Svoltò a tutta velocità e per un momento perse di vista i suoi inseguitori. BAGNI, lesse su un cartello appeso al soffitto. Una freccia puntava a destra.

La seguí senza esitare e s'infilò nel locale. Era vuoto e sporco. Si guardò attorno, incerto. Era possibile che le guardie passassero lí davanti senza entrare, ma non ci avrebbe messo la mano sul fuoco. E le porte a vento dei gabinetti erano prive di chiavistello. Lo scalpiccio in corridoio era sempre piú vicino. Tornò a guardarsi attorno alla ricerca di qualcosa da incastrare nelle maniglie per bloccare la porta. Niente di niente. I passi erano ormai davanti all'entrata. Sarebbero passati oltre?

— Controlla i bagni! — gridò qualcuno.

Era finita. A meno di trovare qualcosa per bloccare le maniglie. Gli venne un'idea. La respinse. Poi lanciò un'occhiata ai gattini e la riprese in considerazione.

Mise giú la gabbia ed estrasse il pugnale Halek. Sei mesi di risparmi. Non sarebbe mai riuscito a procurarsene un altro. Mamma gatta scelse proprio quel momento per mettersi a fare le fusa. — Oh, piantala! — bofonchiò Pyrgus. Non poteva lasciarla morire. Incastrò il pugnale fra le maniglie.

Naturalmente sarebbe andato in pezzi alla prima spallata, ma cosí facendo avrebbe scaricato tutta la sua energia nella porta, e anche se il legno ne avrebbe assorbito la maggior parte, sarebbe stata comunque sufficiente a stordire chiunque si trovasse nelle vicinanze. E anche se non avrebbe bloccato le guardie, avrebbe permesso a lui di guadagnare tempo. Si chinò a riprendere la gabbia mentre la prima ondata di uomini si scagliava contro la porta. Non si voltò, ma dalle urla che seguirono capí che il pugnale si era spezzato. Si slanciò verso la finestrella al capo opposto del locale, arrampicandosi su un lavandino per raggiungerla. Per un momento temette che fosse bloccata, ma la disperazione aumentò le sue forze e finalmente riuscí ad aprirla. Era abbastanza grande da permettergli di sgusciarvi attraverso e dava su un tetto spiovente. Spinse fuori la gabbia e aprí lo sportello. Gatta e gattini lo fissarono immobili.

— Via! — sibilò Pyrgus. — Fuori! Muovetevi! Siete *gatti*, no? I gatti sono a casa loro, sui tetti.

Dietro di lui risuonò un tonfo: a quanto pareva, le guardie si erano fatte coraggio ed erano ripartite all'attacco. Mamma gatta si drizzò, gli lanciò un'occhiata e uscí sul tetto. I micetti le trotterellarono dietro. Pyrgus scaraventò lontano la gabbia vuota, ma prima che potesse seguirli, due mani robuste gli afferrarono le caviglie.

— No che non mi scappi! — ringhiò una voce rabbiosa.

Per quanto scalciasse e lottasse, fu trascinato lontano dalla finestra. L'ultima cosa che vide fu la gabbia volare oltre il tetto e precipitare verso terra.

Pyrgus si rilassò. I gattini erano al sicuro, e difficilmente le guardie lo avrebbero ucciso per averli salvati. — Va bene, va bene! — gridò. — Mi arrendo.

— Facciamolo fuori — bofonchiò una guardia. Erano piú di una dozzina, e due gli bloccavano le braccia. Si fece avanti un omaccione con i gradi da sergente sulla divisa. — Sicuro, facciamolo fuori! — ringhiò, mollandogli un pugno nello stomaco. Pyrgus si piegò in due e tentò di riprendere fiato.

— Buona idea — disse uno dei due che gli tenevano ferme le braccia. — Ammazziamolo di botte, e poi raccontiamo che ha opposto resistenza. — Lo agguantò per i capelli e lo costrinse a raddrizzarsi con uno strattone. Il sergente gli tirò un altro pugno.

A Pyrgus sfuggí un gemito, mentre si sentiva sprofondare nel buio. Scosse la testa con forza, consapevole solo di un suono martellante. Quando tornò in sé, si rese conto che tre guardie lo stavano colpendo senza tregua sul petto e sulla pancia. Con le braccia bloccate, non poteva fare molto per difendersi. Tentò di prenderli a calci, ma le gambe non gli funzionavano a dovere: aveva l'impressione che fossero immerse nella melassa. Si afflosciò, rendendosi conto che erano davvero capaci di ammazzarlo di botte. Come la maggior parte degli scagnozzi di Bombix e Sulfureo, avevano l'aspetto goblinesco degli Elfi della Notte, e con tipi del genere non potevi mai sapere fino a dove si sarebbero spinti.

Stava lottando contro il dolore, quando un uomo dagli occhi scuri si fece largo fra le guardie. Indossava una divisa verde da capitano. — Che succede, qui? — sbraitò. — Che state facendo a questo ragazzo?

Le guardie si bloccarono di colpo, e le due che gli tenevano ferme le braccia scattarono sull'attenti, trascinandoselo dietro. — Niente, signore. Scusi, signore.

— Chi è... un operaio?

— Un intruso e un ladro, signore... il camice non è suo — rispose pronta una guardia. — Si è intrufolato nella fabbrica e ha rubato la nostra gatta.

— E cinque gattini della colla — aggiunse una seconda guardia.

Il capitano si accigliò. — E lo stavate picchiando per *questo*?

— No, signore. Non solo, signore. Ha gettato la gabbia dalla finestra. Ormai le povere creaturine saranno morte.

Povere creaturine? Perfino stordito com'era dal dolore, Pyrgus trovò la cosa quasi divertente. Tentò di parlare, ma dalle labbra gli uscí solo un gemito.

— Zitto! — gli sibilò una guardia.

— Lasciatelo andare — ordinò gelido il capitano.

— Signore?

— Mi avete sentito. Lasciatelo andare. Subito!

Le guardie che lo tenevano allentarono la presa, e Pyrgus scivolò grato nelle tenebre.

Quando rinvenne, il capitano era curvo su di lui con espressione ansiosa. — Stai bene? Per un momento ho temuto che ti avessero davvero ammazzato.

Pyrgus si mosse cauto. Era tutto dolorante, ma gli sembrava di non avere ossa rotte. — Sto bene — sussurrò a fatica.

— Riprendi fiato — gli consigliò il capitano. — Quegli idioti ti hanno pestato di brutto.

Con uno sforzo, Pyrgus si mise a sedere. — Sto bene — ripeté piú deciso. Si trovava in una specie di ufficio, probabilmente quello del capitano. Gli unici mobili erano una scrivania, uno schedario e un paio di sedie. Come tutto il resto nella fabbrica, ogni superficie visibile era incrostata di sudiciume.

Il capitano arretrò per fargli spazio e Pyrgus si alzò, anche se sapeva che le gambe tremanti non lo avrebbero sorretto per molto. Crollò infatti su una sedia, sommerso da un'ondata di nausea che lo costrinse a mettere la testa fra le gambe. — Va meglio? — gli chiese gentilmente il capitano dopo un po'.

Pyrgus si raddrizzò e annuí.

— Papilio Macaone — si presentò il suo salvatore. — Ti chiedo scusa per il comportamento di quegli imbecilli. Sono stati davvero imperdonabili.

Pyrgus lo fissò in silenzio. Il capitano era di una testa piú basso delle guardie che lo avevano picchiato e sarebbe stato attraente se non avesse avuto la pelle butterata.

L'espressione ansiosa di Macaone si accentuò. — Il

fatto è che ti *sei* intrufolato nello stabilimento, quindi devo farti alcune domande. Mi capisci, vero?

Pyrgus annuí.

— Te la senti di parlare, o preferisci aspettare un po'?

— No, va bene. — Prima si fosse levato il pensiero, prima sarebbe uscito da quel manicomio. Cosí avrebbe potuto adoperarsi per farlo chiudere alla massima velocità, sibilò una voce furibonda dentro la sua testa. Era fuori discussione che si dimenticasse di quella fabbrica sapendo cosa facevano ai gatti. Se necessario, avrebbe riferito personalmente la storia al Monarca. Forse fra gli impiegati di Bombix e Sulfureo c'erano un paio di tipi decenti come il capitano, ma questo non giustificava un simile orrore. Anche se la fabbrica era aperta da poco, era incredibile che fossero riusciti a mantenere il segreto: prima o poi, una cosa del genere era destinata a venir fuori.

— Allora... perché per cominciare non mi dici il tuo nome?

— Pyrgus. Pyrgus Malvae.

— Un nome regale! — esclamò Macaone, strappandogli un sorriso fiacco. — Bene, Pyrgus: cercherò di non trattenerti un minuto piú del necessario. Vorresti dirmi perché ti sei introdotto nella fabbrica?

Pyrgus esitò un momento, e poi decise di dire la verità. — Ho scavalcato il cancello perché qualcuno m'inseguiva.

L'espressione ansiosa ricomparve sulla faccia di Macaone. — E chi ti inseguiva?

— Credo fossero uomini di Cossus Rodilegno.

Macaone fischiò fra i denti. — Quel degenerato! Sí, capisco che tu non volessi finire nelle *sue* grinfie. Cosí hai scavalcato il cancello?

— Sí, signore.

— Papilio, Pyrgus, chiamami Papilio. Ho la sensazione che noi due potremmo diventare amici... Allora, ti rendi conto che scavalcare il cancello è stata un'azione avventata e anche pericolosa?

Pyrgus annuí di nuovo. — Adesso sí.

— Ho detto e ridetto al signor Sulfureo che le sue misure di sicurezza sono eccessive. — Macaone sospirò. — Ma mi ha forse ascoltato? Un giorno o l'altro qualcuno salterà per aria, e allora che succederà? Ma tu non sei saltato per aria, vero?

— No, signore... cioè, no, Papilio.

— E naturalmente per te sarebbe stato estremamente sgradevole essere catturato dagli uomini di Cossus Rodilegno.

Pyrgus annuí. Probabilmente era vero. Specialmente dopo avergli rubato la fenice. Però decise di non parlare al capitano della fenice.

— Insomma, non ti sei introdotto nella fabbrica per *cercare* qualcosa? Era semplicemente una... via di fuga.

— Sí.

— E i gattini? Le guardie hanno detto che li hai rubati.

— Non li ho rubati! Li ho salvati.

Macaone sospirò. — Un amante degli animali, eh? Anch'io, sai... È terribile quello che fanno ai gatti...

— Allora perché non glielo impedisci? — sbottò Pyrgus.

Macaone allargò le braccia. — Non è illegale. Credimi, ho controllato e non c'è proprio niente che io possa fare.

— Potresti spargere la voce! Se la gente ne venisse a conoscenza, li costringerebbe a smettere.

Il capitano sorrise tristemente. — Temo che alla gente non importerebbe affatto. So che alla tua età è difficile da accettare, però è cosí che va il mondo. Ma non litighiamo... forse in futuro potremo fare qualcosa anche riguardo a questo. Ma ora devo presentare un rapporto, capisci. Insomma... dovrei scrivere che hai un debole per i gatti, come tanti ragazzi del resto, e che il problema è stato tutto qui? I giovani sono giovani e via dicendo?

Probabilmente era il modo migliore. Pyrgus annuí, grato.

Il sorriso del capitano si spense di botto. — Mi hai preso per un imbecille? — sibilò rabbioso.

Nell'ufficio di Jasper Bombix c'era piú profumo che aria. Il pavimento era coperto da un tappeto folto e le pareti da velluto; davanti all'enorme scrivania c'erano le pelli di due rare tigri albine e una collezione di statuette orientali occupava svariate teche di cristallo. Ma la figura piú esotica là dentro era lo stesso Bombix. Era avvolto in una vestaglia multicolore, sulla testa aveva un cappello piumato e ai piedi calzava pantofole dorate. Pieghe di grasso gli pendevano dalle braccia e dal viso.

— Macaone, carissimo Macaone... che cosa mi hai portato? — Attraversò la stanza con un'agilità sorprendente per un uomo cosí grasso e scrutò Pyrgus da capo a piedi. — Un giovinetto! Come sei premuroso, Macaone, cosí premuroso! — A distanza ravvicinata, Pyrgus si accorse che era truccato.

— Si è intrufolato nella fabbrica, signor Bombix — spiegò mellifluo Macaone. — E ha rubato una gatta con i suoi gattini. Sospetto che intendesse scoprire... — abbassò la voce e si guardò alle spalle prima di terminare la frase — ... la formula.

— Un ladruncolo! — esclamò entusiasta Bombix. — Un grazioso ladruncolo! Bene, bene... Dev'essere punito, sí? Cosa gli faremo, Macaone? Lo picchieremo? Gli daremo una bella lezione? Oh, che divertimento! — Mentre Bombix si chinava su di lui in una nuvola profumata, Pyrgus pensò che, su quell'uomo, avrebbe potuto usare la lama del suo Halek senza pensarci due volte. Per un momento si chiese se sputargli in un occhio, ma alla fine si limitò a sibilare ferocemente: — Stammi lontano, puzzolente palla di lardo!

— Oooooh! — Bombix rivolse a Macaone un sorriso giulivo. — Che spirito! Che ferocia!

— Ha un caratteraccio, signor Bombix. Quando l'ho trovato, stava facendo polpette dei miei uomini. Chissà cos'avrebbe combinato se non fossi arrivato in tempo...

Pyrgus lo fulminò con gli occhi, ma non aprí bocca. A quanto pareva, quel posto pullulava di bugiardi

— Bravissimo, capitano! — lo elogiò Bombix. Sorrise a Pyrgus e scintille multicolori gli danzarono sui denti. — Allora, giovanotto, cosa ne faremo, di te?

— Mi lascerete andare all'istante! — sbottò Pyrgus. — O mio padre...

— Un cocco di papà, sí? Personalmente ho sempre preferito la mamma, però i gusti sono gusti. Temo che il tuo paparino non mi faccia grande impressione. È grosso? Con tanti muscoli? Sai che paura. — Si rivolse a Macaone. — Allora, capitano, immagino che tu lo abbia interrogato...

— Sí, signore. Ma è furbo, signore. Non ha aperto bocca. Ecco perché l'ho portato da lei. Pensavo che le sarebbe piaciuto torturarlo.

— Sicuro! — si entusiasmò Bombix. — Sicuro che mi divertirebbe. Ma prima di passare a metodi... estremi, forse gli farò anch'io qualche domandina. —

Tornò a voltarsi verso Pyrgus. — Cos'è che ha spinto un bravo giovanotto come te a intrufolarsi di nascosto in una ditta rispettabile?

— Rispettabile? — farfugliò Pyrgus. L'improvvisa ondata di collera lo fece venire meno alla decisione di non aprire piú bocca. — Che razza di fabbrica rispettabile affoga gattini nella colla?

Gli occhi di Bombix si sgranarono comprensivi. — Ti dispiace per i micetti, sí? Ma non ti rendi conto, piccolo mio, che la città brulica di gatti randagi? La maggior parte di loro ha una vita terribile: malattie... fame... Praticamente è un atto di bontà eliminarne qualcuno.

— E rende bene — ringhiò Pyrgus.

— Che c'è di male nel guadagnarci qualcosa? — ribatté allegramente Bombix. — Voi giovani non apprezzate queste cose, ma sospetto che il tuo papino sarebbe d'accordo con me. Deve guadagnarsi la pagnotta anche lui, sí? Fare qualche lavoretto *proficuo*, sí? — Sollevò una mano. — Risparmiami la predica, ragazzo. Il capitano ha ragione. Se non vuoi rivelarci perché ti sei introdotto nella fabbrica, saremo costretti a *spremerti* per fartelo dire.

— Ma gliel'ho detto, com'è che sono finito qui! — gridò Pyrgus. Si chiese se fosse il caso di tentare una fuga verso la porta. Bombix, grasso com'era, non avrebbe battuto nemmeno una tartaruga, ma c'erano Macaone e le due guardie in corridoio. — Avevo alle calcagna gli uomini di Lord Rodilegno!

— Capisco perché non gli hai creduto. — Bombix guardò il capitano e scosse la testa. — Lord Rodilegno è un mio amico... un mio *carissimo* amico. E ha di meglio da fare che mandare i suoi uomini a inseguire mocciosi. È stato Argus, sí?

Pyrgus lo fissò allibito. — Argus?

— Plebejus Argus — sbuffò Bombix. — Sono anni che ci sta addosso... al caro signor Sulfureo e a me. Non disturbarti a negarlo: te lo leggo negli occhi e te lo tirerò fuori, credimi. — Si portò una mano alla fronte. — Ma ho passato una notte terribile. Sono troppo *stremato* per torturarti io stesso. Capitano Macaone...

— Sí, signore!

— Portiamolo dal signor Sulfureo, capitano. Ci penseranno i suoi *demoni* a tirargli fuori la verità.

Sei

La seconda persona che vedrai...
Bombix era stata la prima – un vero peccato, da molti punti di vista. Ma quando la porta si spalancò, una faccia sconosciuta entrò nella visuale di Sulfureo. Apparteneva a un ragazzo dai capelli rossi, che indossava una di quelle ridicole tute finto-mimetiche tanto di moda fra i giovani. Non era grazioso, checché ne dicesse Bombix, ma aveva lineamenti abbastanza gradevoli. Sulfureo non azzeccava mai l'età delle persone, ma perfino per lui era chiaro che non poteva avere piú di quattordici anni.

Un interessante sacrificio per Beleth.

Quell'idiota leccapiedi di Macaone era dietro il ragazzo. E dietro di loro c'erano altre due guardie. Avevano tutti la faccia seria, a parte Bombix che era sempre pronto a esibire i suoi raffinati denti magici.

— Silas, mio caro, abbiamo bisogno dei tuoi piccoli amici. — Allungò il collo, tentando di sbirciare oltre le spalle di Sulfureo. Nella soffitta, il lampo prigioniero crepitava e soffiava. — Ne hai qualcuno sottomano? O li hai mandati tutti via con quell'erbaccia puzzolente?

— Che succede? — chiese Sulfureo. Bisognava andarci cauti, con Bombix.

— Quel che succede, amico mio, è che Plebejus Argus ha mandato questo giovanotto a sabotare la nostra impresa. Ma per fortuna Macaone l'ha colto sul fatto.

— Che fatto? — latrò Sulfureo.

Colto alla sprovvista, Bombix agitò elegantemente le mani. — Il fatto... sí, mentre sabotava la nostra impresa.

— Te l'ha detto lui?

— Detto che cosa?

Sulfureo sospirò. — Che l'ha mandato Argus.

— Ovviamente no, Silas... che *sciocchino* sei! Ha negato tutto, naturalmente. Ma è qui che entri in ballo tu, sí? Tu e i tuoi piccoli amici.

— Vuoi che gli tiri fuori la verità?

— Esatto.

— Benissimo. — Sulfureo annuí. Gli tornava a pennello. Il ragazzo era la seconda persona che aveva visto dopo essere uscito dal cerchio, perciò lo avrebbe sacrificato a Beleth. Avrebbe sempre potuto dire che era morto durante l'interrogatorio. Bombix se la sarebbe bevuta. Quella creatura disgustosa non faceva che ammazzare gente... era uno dei motivi per i quali avevano aperto quella fabbrica di colla: era ottima per sbarazzarsi dei cadaveri.

Bombix lo scrutò fra le palpebre socchiuse. — Lo farai?

— Sí.

— Lo affiderai ai tuoi piccoli demoni?

Sulfureo annuí. Non esattamente piccoli, ma... — Sí.

— Lo tortureranno?

— Sí.

— Quando cominciamo? Ti aiuto io — disse Bombix.

Maledizione! Doveva aspettarselo. Lo stupido grassone voleva essere coinvolto, tentava sempre d'interferire col lavoro dei suoi demoni. Ma stavolta Sulfureo non poteva permetterglielo. — Neanche a parlarne — replicò secco.

Bombix lo fissò sbigottito. — Neanche a parlarne?

Neanche a parlarne? Perché «neanche a parlarne»? *Devo* aiutarti. Digli che devo aiutarlo, Macaone. Non ti consegnerò il ragazzo, se non mi permetti di aiutarti, Silas.

— Mio caro Jasper — disse Sulfureo, sforzandosi d'infondere un po' di calore alla propria voce — non avevo intenzione di sciuparti il divertimento... ormai mi conosci, giusto? No... volevo semplicemente dire che non si può cominciare *subito*. Devo essere sicuro di chiamare i demoni giusti. Ti suggerisco — proseguí disinvolto — di lasciare qui il ragazzo... Il capitano Macaone può restare per accertarsi che non gli capiti nulla di male. Intanto tu va' a farti un riposino, magari a bere qualcosa. Poi, quando sarà tutto pronto, manderò Macaone a chiamarti, cosí potrai divertirti anche tu. Che ne pensi?

Trattenne il fiato, chiedendosi se Bombix avrebbe abboccato. Quell'individuo poteva anche avere il QI di un carciofo, ma quando si trattava dei suoi piaceri perversi era dotato di una certa astuzia animale.

Bombix aggrottò la fronte. — Macaone resta qui? — indagò sospettoso.

— Naturalmente! — lo rassicurò Sulfureo.

Scintille lampeggiarono sui denti di Bombix. — Splendido! Splendido! Un riposino... qualcosa da bere. E *manderai* Macaone a chiamarmi *appena* sarà tutto pronto?

— Assolutamente.

— Allora affiderò questo giovanotto alle tue abili mani! — annunciò maestoso Bombix. Poi si allontanò nel corridoio.

Sulfureo congedò Macaone e le due guardie appena ebbero finito di legare saldamente il ragazzo all'interno del circolo. Nessuno dei tre si sognò di protestare e lui sapeva perché. Macaone in particolare si rendeva conto benissimo da che parte stava il suo tornaconto. Poteva adulare Bombix per ottenere piccoli favori, ma anche se il ciccione aveva i soldi, Sulfureo aveva il potere. Era lui quello che dovevi tenerti caro. Era lui che poteva licenziarti, sbatterti in mezzo a una strada o mandare un demone a invaderti i sogni.

Era lui che faceva i sacrifici.

Sulfureo fissò il ragazzo, chiedendosi perché Beleth ci tenesse tanto. Era sicuro che avesse organizzato tutto lui. Non c'era altra spiegazione. L'arrivo del ragazzo appena lui era uscito dal circolo... anzi, a pensarci bene, addirittura *prima* che ne uscisse. La sua posizione dietro Bombix, in modo che fosse la seconda persona sulla quale Sulfureo avrebbe posato gli occhi. Perfino il fatto che Bombix glielo avesse offerto, e soprattutto che avesse accettato di affidarglielo. Non era da lui comportarsi cosí, quindi *doveva* essere opera di Beleth. Quando chiami un demone, gli offri l'opportunità d'interferire col tuo mondo. I demoni minori possono fare soltanto danni limitati, ma un principe poteva agire in modo piú sottile. E avere piani di piú vasta portata.

Perché Beleth aveva scelto proprio quel ragazzo per il sacrificio? E perché un semplice ragazzo? Perché non una persona importante, qualcuno ricco e potente? Quel giovanotto aveva un aspetto assolutamente ordinario. Perfino i suoi abiti non erano niente di che. I calzoni sembravano rammendati, e nemmeno troppo bene.

Sulfureo scrollò le spalle. Tutto sommato non era affar suo scoprire perché Beleth volesse il ragazzo. L'importante era che il demone rispettasse la sua parte del contratto. Nient'altro. Attraversò la stanza ciabattando, prese il libro e lo sfogliò fino al capitolo dov'era descritto il sacrificio. Niente di complicato. Evocavi Beleth nel solito modo e sgozzavi la vittima. Beleth ne assorbiva l'essenza vitale, onorava il contratto e portava l'anima all'Inferno. Una bazzecola. A quel punto, a Sulfureo non restava che sbarazzarsi del cadavere... e questo, con tutte quelle tinozze piene di colla, non sarebbe stato un problema. Poi non avrebbe nemmeno piú dovuto preoccuparsi di Bombix: con il contratto di Beleth in tasca, il suo socio era storia antica.

Sulfureo prese dall'armadio un coltellaccio affilato e rafforzò il circolo in previsione dell'arrivo di Beleth. Due evocazioni in un giorno solo! Praticamente un record.

Pyrgus guardò il vecchio zampettare nella soffitta come uno scarafaggio rinsecchito e tentò di calcolare quanto tempo gli restasse. Non riusciva a credere che nessuno lo avesse perquisito. Le guardie avevano pensato solo a pestarlo, capitan Macaone a giocare al "poliziotto buono", Bombix a divertirsi. Persino questo vecchio, Sulfureo, sembrava avere altro per la testa. Cosí Pyrgus aveva estratto da una tasca sulla gamba dei pantaloni un piccolo pugnale e stava tagliando silenziosamente le corde che lo legavano. La lama non era molto affilata, ma poteva farcela. Sempre che avesse tempo a sufficienza.

Gli sarebbe piaciuto sapere cosa stava organizzando Sulfureo. Bombix gli aveva chiesto di evocare qualche demone torturatore... Ma il vecchio doveva avere piani tutti suoi... piani dei quali Bombix non era a conoscenza. Pyrgus sospettava che questo non giocasse a suo favore. Però, se fosse riuscito a liberarsi in tempo, era sicuro di potersela cavare. Sulfureo sembrava un cadavere ambulante: non sarebbe stato difficile sfuggirgli, e magari togliergli anche di mano il coltello senza problemi. Ma prima doveva liberarsi.

Continuò a sfregare alacremente la lama sulle corde.

Sulfureo finí di ricalcare simboli e scritte, poi accese le candele. — Ho quasi finito — annunciò allegramente.

— Perché vuoi uccidermi? — chiese Pyrgus. Non si aspettava una risposta sincera, ma forse facendolo parlare avrebbe guadagnato un po' di tempo.

— Non t'interessa — rispose pronto Sulfureo.

— Cos'è che non m'interessa? — Non riusciva a capire fino a che punto avesse indebolito le funi. Comunque non si erano ancora spezzate.

— Niente — replicò Sulfureo. — Niente di niente. Non sentirai male. Be', quasi — precisò voltandosi e aprendo un librone. — Adesso sta' buono... devo lavorare.

A quanto pareva, il piano di farlo parlare era fallito. Trepidante, Pyrgus lo vide dare inizio all'evocazione.

Incredulo, Pyrgus fissò la creatura che si stava materializzando dentro il triangolo. Come chiunque altro, aveva visto schizzi di demoni e letto di loro sui libri di scuola. Ma quei libri parlavano di demoni piccoli, alti un metro scarso. Con un caratteraccio, d'accordo, e sicuramente pericolosi. Certi avevano poteri magici: facevano avvizzire le piante e provocavano malattie d'ogni tipo. E tutti potevano impadronirsi della tua mente, se eri abbastanza sciocco da guardarli negli occhi. Comunque, anche se era preferibile non incontrarli, non erano poi cosí terribili.

Ma la creatura nel triangolo era un'altra storia.

Era enorme. Orribile. Rumorosa. Puzzolente. Emanava malvagità e potere allo stato puro. E sorrideva.

— Ah — disse. — Hai trovato il ragazzo.

— Sapevi che sarebbe stato lui — replicò Sulfureo. — Lo sapevi, vero? Tutte quelle storie sulla seconda persona che avrei visto... sapevi già chi sarebbe stato.

— Naturalmente — ringhiò Beleth. — Non penserai che lasci queste faccende al caso, vero?

— Perché proprio lui? — insisté Sulfureo. A giudicare da come strusciava i piedi, la creatura sembrava innervosirlo.

— Mostrami in quale clausola del nostro contratto c'è scritto che sono tenuto a darti spiegazioni — sibilò Beleth.

Sulfureo fece subito marcia indietro. — Curiosità, era solo curiosità. So che non è affar mio. Il contratto è sempre valido, sí?

— Firmato col sangue. E sarà onorato appena avrai fatto la tua parte. Ragion per cui...

— Sí, sí, subito. Inutile perdere altro tempo. — Sollevò il coltellaccio e si curvò su Pyrgus. — Sta' fermo, ragazzo.

Le corde che legavano i polsi di Pyrgus si spezzarono. Aveva ancora i piedi legati, perciò non poteva scappare, ma il piccolo pugnale scattò e finí nella mano di Sulfureo, che squittí lasciando cadere il coltellaccio. — Mi hai ferito! — strillò. — Sanguino!

Pyrgus rotolò lontano da lui e tentò di afferrare il coltello, ma il vecchio, con velocità sorprendente per una persona della sua età, fu piú rapido e afferrò l'arma un attimo prima che le dita di Pyrgus si chiudessero sull'impugnatura. — Non mi scapperai! — esclamò. I piedi ancora legati di Pyrgus scattarono, colpendolo al polpaccio. Per un momento Sulfureo barcollò, agitando le braccia nel tentativo di recuperare l'equilibrio. Poi piombò a terra, mezzo dentro e mezzo fuori del circolo.

— Ah — disse Beleth. — Libero!

— No... — urlò Sulfureo. Pyrgus notò che aveva fatto di nuovo cadere il coltello

Stavolta non commise errori. Rotolò di nuovo su se stesso e afferrò l'arma al volo, mentre con la coda dell'occhio vedeva il demone uscire dal triangolo. Era impossibile combatterli entrambi, quindi si concentrò sulle funi. Il coltello doveva essere affilatissimo, perché le tagliò come fossero burro.

— Sta' lontano da me! — ululò Sulfureo.

Pyrgus scattò in piedi, lo scavalcò con un salto e filò verso la porta. Non ricordava se fosse stata chiusa a chiave, ma era la sua unica speranza.

— Sono dalla tua parte, idiota! — ringhiò il demone, probabilmente a Sulfureo, e attraversò la soffitta con due falcate.

Pyrgus stava per afferrare la maniglia quando un artiglio smisurato gli calò sulla spalla.

Una scarica di energia gli attraversò il corpo: ogni suo muscolo s'irrigidí e, spinto dal suo stesso impeto, finí faccia a terra. Gli usciva sangue dal naso e sentiva nelle orecchie una pulsazione sorda. Dietro di lui, Sulfureo piagnucolava come un poppante. Il demone ruggí. E poi calò un silenzio di morte.

Per un'eternità Pyrgus attese il colpo di grazia. La pulsazione riprese, ma non era dentro la sua testa: qualcuno stava colpendo con forza la porta. Provò a muovere un braccio: gli faceva male tutto il corpo, ma i muscoli avevano ripreso a funzionare. Si alzò lentamente. Frammenti della macchina intrappolalampi erano sparsi dappertutto e un intero segmento del circolo era stato distrutto. Il braciere era ridotto a un pezzo di metallo contorto. Sulfureo, con il librone ancora stretto fra le braccia, era afflosciato con aria stordita contro una parete.

I tonfi si fecero sempre piú violenti, finché la porta saltò dai cardini e quattro omaccioni entrarono nella soffitta a passo di marcia. Beleth svaní all'istante. Sulfureo si rimise faticosamente in piedi. — Fuori! — gridò. — Fuori di qui! Chi vi credete di essere?

Pyrgus li fissò a bocca aperta. Sapeva benissimo chi erano quegli uomini. Indossavano tutti l'uniforme e le insegne di Sua Suprema Maestà, il Monarca Danaus Plexippus.

— Dov'è il mio ragazzo? — mugolò Bombix.

— Chiudi il becco! — bofonchiò Sulfureo, fissando le rovine della soffitta. Era ancora sbigottito per come fossero precipitati gli eventi: un momento stava per portare a termine con successo il piano piú ambizioso che avesse mai concepito, e quello successivo tutte le sue speranze erano in frantumi. Beleth era scomparso. Il ragazzo era scomparso. La sua costosa attrezzatura era distrutta. Ci sarebbero volute settimane per rimetterla insieme... settimane! Però aveva ancora il libro. Almeno quello. E il contratto. Anche se pensare al contratto lo innervosiva. Perché il contratto aveva una penale in caso d'inadempienza.

— Devi dirmelo! Insisto, Silas! Assolutamente, decisamente insisto! — Per meglio dimostrare la propria esasperazione, Bombix pestò un piede pantofolato.

Sulfureo sospirò. — Lo hanno portato via.

— Chi lo ha portato via? Perché non gliel'hai impedito?

— Non gliel'ho impedito perché erano in quattro,

e io ero solo. Ed erano le guardie del Monarca. Ecco perché non gliel'ho impedito.

Bombix sbarrò gli occhi. — Del Monarca? Danaus Plexippus?

— C'è un altro Monarca? — sbottò Sulfureo. Se almeno quel grassone idiota se ne fosse andato! Gli serviva tempo per riflettere. Per pianificare. Per decidere la prossima mossa.

— Che vuole il Monarca da quel ragazzo?

— Cosa vuoi che ne sappia? Perché non gli scrivi una lettera e glielo chiedi?

— Non dovresti trattarmi cosí, Silas. Pensa alla mia delusione.

Sulfureo decise di ricorrere alla diplomazia. — Anch'io sono deluso, Jasper, anch'io. Ma cos'avrei dovuto fare... oppormi a un mandato del Monarca?

— Avevano un mandato? Del Monarca in persona?

— Non so se fosse del Monarca in persona. Forse li stampano a dozzine. So solo che mi hanno sventolato una pergamena sotto il naso e si sono portati via il ragazzo.

— E tu l'hai letta? — chiese Bombix.

Sulfureo lo fissò come se fosse ammattito. — Cosa credi che sia... un avvocato? Erano uomini del *Monarca*! — In effetti, si era già pentito di *non* averla letta. Avrebbe potuto fornirgli un minimo indizio su cos'avesse di tanto speciale quel giovanotto. A quanto pare non lo voleva solo Beleth, ma anche il Monarca Danaus.

Il vecchio prese Bombix sottobraccio e si sforzò di parlargli in tono comprensivo e rassicurante. — Ascolta, Jasper, dammi il tempo di rimettere le cose a posto qua dentro, poi escogiterò un modo per ritrovare il ragazzo.

— Davvero?

— Si è intrufolato nella nostra proprietà. Ha rubato i nostri gatti. E chissà quali altri danni avrà provocato. — Annuí solenne. — Ha *infranto la legge*, Jasper. Non so perché lo voglia il Monarca, ma noi abbiamo la precedenza. Lasciami una mezz'oretta per riordinare tutto, poi manda Tignola e Tortrice nel mio ufficio...

— I nostri avvocati?

— Sí. — Sulfureo annuí paziente. — *Quei* Tignola e Tortrice. Dirò loro di preparare un'istanza... un'istanza *legale*. — Fissò Bombix per vedere se riusciva a seguire il discorso. — Un'istanza al Monarca, capisci? Con un po' di fortuna, potremmo riavere il ragazzo nel giro di una giornata.

— Lo pensi davvero, Silas?

— Lo penso davvero, Jasper — mentí Sulfureo.

L'ufficio di Sulfureo non somigliava affatto a quello del suo socio. Era molto piú piccolo, piú disordinato, piú buio e piú polveroso. Lungo ogni parete erano allineati antichi tomi di stregoneria e demonologia collezionati nel corso di una vita intera. La scrivania era sommersa di pergamene, il pavimento un percorso a ostacoli tra montagne di fascicoli e registri. Quando Tignola e Tortrice entrarono fianco a fianco, Sulfureo stava giocherellando con una Mano Gloriosa.

Gli avvocati sembravano due gemelli. Erano entrambi bassi, panciuti e con pochi capelli. Indossavano giacca, panciotto e scarpe ultralucide. E ognuno di loro portava una valigetta di pelle d'elefante con il monogramma dorato T impresso su un lato. Entrambi usavano occhiali senza montatura e tentavano invano di farsi crescere i baffi. Si guardarono intorno alla ricerca di un posto dove sedersi e, non trovandolo, sospirarono all'unisono.

— Jasper Bombix ci ha detto che desiderava vederci — esordí Tignola.

— Afferma che lei ha del lavoro per noi — aggiunse Tortrice.

— Un mascalzoncello — disse Tignola.

— Un piantagrane — confermò Tortrice.

— Ci ha parlato di furto.

— Di effrazione.

— E sparizione — concluse secco Sulfureo.

— Ah sí — disse Tignola. — Sparizione! Prelevato dagli uomini del Monarca, a quanto ci risulta.

— Rapito, potremmo dire — precisò Tortrice, tirando su con il naso.

Tignola sorrise. — E il signor Bombix lo rivorrebbe indietro.

Tortrice sorrise. — Il signor Bombix lo rivorrebbe indietro — fece eco al collega.

— Per il momento lasciate perdere il ragazzo. Prima voglio che diate un'occhiata a un contratto.

— La legislazione sui contratti — esclamò Tignola, per niente smontato. — La sua specialità, signor Tortrice.

— Voglio che lo controlliate *tutti e due* — sibilò Sulfureo. — E voglio il miglior consiglio legale che siate in grado di darmi — continuò giocherellando nervosamente col pollice della Mano Gloriosa, mentre piccole fiamme si accendevano sulla punta delle dita. Sulfureo si affrettò a soffiarci sopra per spegnerle.

— L'avrà — disse Tignola.

— L'avrà — gli fece eco Tortrice.

Sulfureo estrasse una pergamena dal cassetto della scrivania e la tese ai due avvocati. Tignola la prese, la lesse, e la passò senza commenti a Tortrice. Tortrice impiegò un po' piú di tempo a leggerla, ma alla fine alzò lo sguardo anche lui.

— È vincolante? — chiese Sulfureo.

— Sí — rispose Tignola.

— Sí — confermò Tortrice.

— È con un demone — precisò Sulfureo.

— Non fa differenza — disse Tortrice. — Anche i contratti con i demoni hanno valore legale.

Tignola tolse la pergamena di mano al collega. — So che tutti provano a tirarsene fuori e che i demoni vanno notoriamente per le spicce quando si tratta di problemi legali...

— Preferiscono uccidere chiunque tenti di fregarli — precisò Tortrice.

— ... ma il fatto resta — proseguí Tignola. — Se questo... — sollevò gli occhiali sulla fronte e scrutò piú da vicino la pergamena. — ... *Beleth* decidesse di procedere per vie legali sulla base del presente documento, nessun tribunale avrebbe dubbi. A meno che la sua firma, signor Sulfureo, non sia stata falsificata, o che lei possa provare di aver agito sotto costrizione. Ossia che il demone l'abbia costretta a firmare — spiegò.

Sulfureo scosse la testa. — L'ho firmato io. Senza costrizione. — Mise giú la Mano Gloriosa, ormai sudaticcia. — C'è una penale...

— L'ho notata. — Tortrice annuí compunto.

— Ne deduco che il contratto non è stato onorato — disse Tignola.

Sulfureo scosse di nuovo la testa. — Non ancora. — La Mano Gloriosa cercò di strisciare via, e lui la inchiodò alla scrivania col tagliacarte. Tutt'e cinque le dita si contorsero debolmente. — Voglio sapere quante probabilità ho di tirarmene fuori.

Tortrice fece oscillare gli occhiali. — Mio caro signor Sulfureo, lo ha firmato con il sangue.

— È chiarissimo — concordò Tignola. — Lei ha acconsentito a fare un preciso sacrificio a questo Beleth. E in cambio lui ha acconsentito a esaudire un suo preciso desiderio.

— La penale è chiarissima — riprese Tortrice. — Se il sacrificio non avrà luogo entro un mese, il suddetto Beleth s'impadronirà della sua anima, signor Sulfureo.

— Impossibile venirne fuori — affermò Tignola.

— Impossibile venirne fuori — confermò Tortrice.

Sette

Pyrgus riusciva a vedere soltanto l'ampia schiena della Regia Guardia che gli marciava davanti, coprendogli la visuale. Al suo fianco e dietro di lui, marciavano altre guardie impassibili, pronte a bloccare ogni tentativo di fuga. Quei tizi erano degli esperti.

Ma valeva la pena di tentare comunque.

— Ho un sassolino nella scarpa — annunciò a voce alta. Se si fossero fermati, forse avrebbe avuto una possibilità di distrarli.

Invece lo ignorarono.

— Potrei azzopparmi a vita, se insistete a farmi camminare in queste condizioni. E il vostro capo non vi ringrazierà, se gli riportate un prigioniero ferito.

A quanto pareva, al loro capo non importava: le guardie continuarono a ignorarlo.

Quando raggiunsero il ponte, altre sei guardie si unirono alle quattro che già lo circondavano. Indossavano maschere e tute mimetiche antisommossa, e tenevano gli storditori pronti. La faccenda si stava facendo seria.

Pyrgus cominciò a chiedersi cosa bolliva in pentola. Lí per lí, quando le Regie Guardie l'avevano preso in consegna, era stato cosí sollevato all'idea di sfuggire a Sulfureo e al demone che neanche aveva pensato a chiedersi perché fossero venute a cercarlo. — Dove mi portate? — domandò. — Ho il diritto di saperlo! — Attese invano una risposta, poi si rassegnò. Non che avesse importanza: ormai nutriva fondati sospetti sulla loro meta.

Attraversarono il ponte a passo di parata, mentre la folla si apriva davanti a loro per ricompattarsi subito alle loro spalle a guardare il prigioniero. Una volta sulla riva opposta, seguirono il corso del fiume fino a raggiungere il guado ufficiale. Quando si fermarono ad aspettare il regio barcone, Pyrgus capí di avere indovinato: stavano andando a Palazzo. Dal Monarca.

Sospirò. E ora cos'è che voleva, suo padre?

Il Palazzo sorgeva su un'isola nell'ansa piú ampia del fiume, in mezzo a cinque chilometri quadrati di giardino, a loro volta circondati da un boschetto. Era stato costruito piú di quattrocento anni prima, con massi purpurei ormai anneriti dalle intemperie, anche se all'alba e al tramonto i raggi del sole ne traevano riflessi del loro colore originario. Questo, unito allo stile arcaico, conferiva all'edificio un aspetto sinistro che intimidiva la maggior parte dei visitatori. Per Pyrgus, era semplicemente la sua casa.

Varcò il cancello principale al passo con le guardie, poi si fermò mentre Limenitis Archippus andava loro incontro. L'anziano Viceré indossava la veste verde cerimoniale che lo faceva somigliare piú che mai a una lucertola.

— Da qui lo accompagno io — disse.

— Abbiamo ordini di condurlo direttamente dal Monarca.

— Gli ordini sono cambiati — ribatté Archippus, fissando negli occhi la guardia. Pyrgus ebbe quasi l'impressione di sentire la volontà del malcapitato milite che si sgretolava.

Alla fine, borbottando un rassegnato: — Sí, signore — l'uomo rivolse un cenno ai suoi commilitoni e fece dietrofront.

— Vedo che non hai perso il tocco, Archippus — commentò Pyrgus.

— E io vedo che il tuo gusto in fatto di abbigliamento è peggiorato — fu la brusca replica. — Pensi di cambiarti, prima di vedere tuo padre?

— Direi di no... cosí potrà vedere come mi ha ridotto. — Il sorriso di Pyrgus svaní. — Che succede, Archippus? Perché mio padre ha mandato l'artiglieria pesante?

— Veramente è stata un'idea di Aurora. Seguimi. Faremo il giro lungo... devo dirti parecchie cose.

— Che cos'ha Aurora? — si affrettò a chiedere Pyrgus. Aurora, il cui nome ufficiale era Antocharis Cardamines, era sua sorella, la persona a Palazzo di cui sentiva maggiormente la mancanza. — Sta male?

— Tutt'altro. Ma ha ricominciato con i suoi trucchetti.

Pyrgus gemette. — Che ha detto a nostro padre?

— Che ti eri messo nei guai con Lord Rodilegno. È vero?

— In un certo senso. — Cos'aveva scoperto, Aurora? Aveva un anno meno di lui, ma aveva organizzato una rete di spie che faceva invidia persino al Regio Servizio Segreto.

— Che significa «in un certo senso»?

— Mi ha sorpreso mentre rubavo la sua fenice dorata.

Archippus chiuse gli occhi. — Santi numi! — Li riaprí. — Speravo che si fosse sbagliata. Hai un'idea delle implicazioni?

— La trattava malissimo! — protestò Pyrgus.

— Naturale che la trattava malissimo. È di Cossus

Rodilegno che stiamo parlando. Tratta malissimo perfino la propria madre, ma non penso che tu abbia intenzione di rapire anche lei.

Nonostante la situazione, a Pyrgus sfuggí un sorriso mentre scuoteva la testa in silenzio.

— Cosa ne hai fatto?

— L'ho lasciata libera. Ma prima le ho dato da mangiare.

Archippus lo fissò un momento e sospirò. — Prima le hai dato da mangiare. Pyrgus, sai quanto costa catturare una fenice dorata?

— No.

— Lo sospettavo. Però sai che Rodilegno è un uomo potente?

— Questo non gli dà il diritto di maltrattare...

— Risparmiami la predica. In teoria sono d'accordo con te, ma non è questo il punto. Il punto è che Rodilegno rappresenta una Nobile Casa...

— È un Elfo della Notte!

— È un *nobile* Elfo della Notte. Con importanti relazioni politiche e ambizioni perfino piú grandi. Ed è il portavoce ufficiale di quella specie turbolenta.

— A proposito di specie turbolenta... — sogghignò Pyrgus. — Come se la passa Colias?

— Non cambiare discorso. Soprattutto non per fare battute meschine. Colias è Colias. Per quanto mi risulta, il tuo fratellastro non è affetto da malattie letali. A parte questo, m'interesso ben poco a lui. Stavamo parlando di Rodilegno. Non avresti dovuto rubargli la fenice. È deciso a vendicarsi.

— So proteggermi da solo — disse fiducioso Pyrgus.

— Come dirai al Monarca, senza dubbio. — Archippus sospirò. — Pyrgus, ritengo sia giunto il tempo che tu accetti la tua posizione. Non sei il figlio di un mercante o di un artigiano, per quanto possa divertirti indossarne le vesti. Sei Sua Altezza il Principe Ereditario. E questo, anche se non vivi piú a Palazzo, comporta certe responsabilità.

— È una faccenda seria, eh?

Archippus annuí. — Questa faccenda fra te e Lord Rodilegno ha interferito con negoziati politici estremamente delicati. Forse qualcuno può non riconoscere il Principe Ereditario senza i suoi abiti eleganti, ma gli uomini di Rodilegno non hanno avuto problemi. Gli hanno presentato un rapporto circostanziato in meno di un'ora. Può darsi che maltrattasse la sua fenice, però ne conosceva bene il valore. E ora ha presentato una richiesta difficile da esaudire. Nel frattempo, i suoi uomini ti danno la caccia. Date le circostanze, nel caso ti trovassero, sarebbero autorizzati ad arrestarti. Riesci a immaginare che scandalo ne nascerebbe? Il Principe Ereditario prigioniero di un Elfo della Notte? Neanche oso pensarci. Tuo padre è fuori di sé.

Come capitava spesso quando il discorso cadeva su suo padre, Pyrgus si sentí sprofondare. — Che vuole farmi? — chiese.

— Te lo dirà lui stesso. Ho ricevuto istruzioni esplicite a questo riguardo. Ma permetti un consiglio: non dare in escandescenze, quando parlerai con lui. Qualunque cosa ti dica.

Pyrgus diede in escandescenze. — Non me ne sono andato da casa! — urlò. — Non sono sfuggito alle mie responsabilità! Non ho abbandonato mia sorella... anche se lei non ha alcun bisogno di essere protetta. Mi hai costretto *tu* ad andarmene! È vergognoso che tu insista ad andare a caccia. E tenga uno zoo. E queste usanze medievali...

— Sembra che gli animali t'interessino molto piú del tuo popolo — lo interruppe gelido il padre. — Ma ora non stiamo parlando di animali, anche se forse lo preferiresti. Qui si parla del futuro del Regno.

— Piantala con questo tono da melodramma — sbuffò Pyrgus, usando l'esatto tono di voce che, lo sapeva per esperienza, avrebbe fatto infuriare il padre ancora di piú.

Si trovavano nella serra dietro la sala del trono, circondati dal profumo denso delle orchidee. Il Monarca non era alto, ma ben piantato: sotto questo aspetto, Pyrgus aveva preso da lui. Sulla sua testa spiccava la tonsura papale, perché il Monarca era anche a capo della Chiesa della Luce. La camicia aperta sul collo mostrava le farfalle rituali che aveva tatuate sul petto: sembravano quasi svolazzare, mentre lui lottava per non perdere il controllo.

Sembrava riuscirci perché, quando replicò, la sua voce era quasi pacata: — Questo non è un melodramma. È la vita reale... la tua, oltre che la mia. Presumo che Archippus ti abbia ricordato le tue responsabilità.

— Presumo che tu gliel'abbia imposto.

— È vero. So che di solito dai piú ascolto a lui che a me. Avevo sperato che potesse renderti ragionevole prima del nostro colloquio, ma a quanto pare non c'è riuscito...

— Sai che in una fabbrica di Via Schiumarola fanno la colla affogandoci gattini vivi? — lo interruppe Pyrgus. — Sai che certi Elfi della Notte evocano principi demoni? E che uno di loro mi ha quasi ucciso? E sai che tre volte la settimana Cossus Rodilegno entrava nella gabbia della fenice e...

— Sappiamo tutti che il comportamento degli Elfi della Notte lascia molto a desiderare, ma...

— Molto a desiderare? — gli fece il verso Pyrgus. — Molto a desiderare? Padre, tu stai *negoziando* con questa gente! Li tratti da pari!

— Li tratto come sudditi del Regno quali sono. Ti piaccia o no. Sono tipi sgradevoli, è vero...

— Sgradevoli? Vorrebbero distruggere tutto quello che noi difendiamo!

— È vero. Per questo è necessario agire con estrema cautela. Da mesi sto negoziando con i loro capi, incluso Lord Rodilegno. E proprio ora questi negoziati hanno raggiunto un punto critico. L'ultima cosa di cui sento la necessità è che il mio sciocco figlio combini pasticci e mi complichi le cose ancora di piú!

— Mia madre non avrebbe mai approvato i tuoi negoziati!

— Lascia tua madre fuori da questa storia! — sbottò suo padre, furioso. — Non hai la minima idea di cosa avrebbe o non avrebbe approvato. E non hai la minima idea nemmeno di cosa sta succedendo! Ho tentato d'interessarti alla politica, ma tu riesci a pensare soltanto ai tuoi stupidi animali e a te stesso! Sei cosí sensibile, Pyrgus, cosí sensibile verso gli uccelli e le altre piccole creature. Ma se non raggiungiamo un accordo al piú presto, non saranno soltanto loro a morire... moriranno esseri umani!

— Tanto i Notturni li stanno già uccidendo — replicò Pyrgus, usando apposta quel termine insultante.

Per un attimo suo padre sembrò lí lí per avere un colpo apoplettico, ma alla fine riuscí a recuperare il controllo. — Basta — disse. — Ne ho abbastanza. Non ti ho fatto venire qui per discutere di politica o giustificare le mie decisioni. Sono il Monarca, e questo deve bastarti. Quando *tu* salirai al trono, potrai occuparti di tutti i cani e gatti randagi del Regno, ma fino ad allora...

— Non voglio...

— Taci! E *ascolta*, per una volta in vita tua! È del *tuo* futuro che sto parlando... il tuo! Perciò vuoi farmi il piacere di *ascoltare*?

Pyrgus lo guardò storto, ma tacque.

Suo padre abbassò lo sguardo sulle proprie mani, che senza accorgersene avevano appena ridotto a brandelli una preziosa orchidea. Lasciò cadere i petali stracciati e tornò a fissare il figlio. — Sei in pericolo — sussurrò.

— Aurora non sa...

— Ti ho detto di ascoltare.

— Chiedo scusa.

— L'informazione non viene da Aurora. Oh, sí, è stata lei a dirmi della tua impresa ai danni di Rodilegno, ma quest'informazione arriva dritta dai Servizi Segreti. Ed è stata passata al vaglio fino allo spasimo. A quanto pare, nel momento in cui hai lasciato il Palazzo, sei diventato un bersaglio. — Il Monarca sollevò una mano per bloccare le proteste del figlio. — So che hai tenuto segreta la tua identità. Che hai vissuto come... — lanciò un'occhiata disgustata ai suoi abiti — ... una specie di cantastorie. Ed è un sollievo sapere che la tua faccia non è particolarmente conosciuta. Ma non siamo i soli ad avere spie. Sarebbe da ingenui credere che i nostri amici della Notte non siano al corrente delle... divergenze che ci separano. Sappiamo che ti stanno cercando sistematicamente. Il piano era, *è*, di rapirti per chiedere un riscatto. Non denaro, no... Quello che vogliono è costringermi ad accettare le loro richieste. La tua ultima impresa ai danni di Rodilegno...

— Padre... — cominciò Pyrgus, per la prima volta realmente preoccupato.

— In effetti non è solo colpa tua — lo interruppe pacato suo padre. — Quell'uomo è un rettile. Tratta tutti in modo abominevole: servi, animali, seguaci, chiunque. Immagino che alla tua età avrei agito esattamente come te. Ma il fatto è che in questo modo ti sei messo nelle loro mani. Non hanno piú bisogno di rapirti. Rodilegno può arrestarti legalmente. E se pensi che trattasse male la sua fenice dorata... — Fece una pausa e riprese: — Naturalmente lui sa che io so. E userà questa consapevolezza come un'arma per strapparmi concessioni.

— Ma dovrebbero sapere che non mi anteporresti mai al bene del Regno — protestò Pyrgus.

— Certo che lo farei — disse suo padre. — Sei mio figlio, e io ti voglio bene.

Fianco a fianco, i due percorsero l'ampio corridoio che attraversava il Palazzo. Per la prima volta in vita sua, Pyrgus notò che in alcuni punti il tappeto scuro era un po' logoro. — Che cosa...? — Esitò. Stava per chiedere: *Che cosa farai di me?*, ma poi decise di riformulare la frase in modo diverso. — Cosa vuoi che faccia?

I servi s'inchinavano al loro passaggio, come onde sulla spiaggia. — Voglio che tu sparisca per qualche tempo — rispose suo padre.

— Capisco.

Erano arrivati negli alloggi privati del Monarca, dove un silentincanto continuo permetteva di parlare senza il rischio di essere ascoltati da orecchie indiscrete. — Al momento, nessun posto del Regno è davvero sicuro per te.

Pyrgus non fece commenti.

— Perciò ho preparato la tua traslazione.

— Il Mondo Analogo? — L'aveva sospettato.

Il Monarca annuí. — Non andrai solo, naturalmente. Archippus è troppo anziano, ma Acteon e Tristano verranno con te per servirti e proteggerti. Anche Aurora voleva venire, ma le ho detto che era fuori discussione: presumo che per te questo sia un sollievo. Ti manderemo su una remota isola del Pacifico. Disabitata. Ottimo clima, frutti esotici, anche se naturalmente abbiamo provveduto a inviare una certa quantità di provviste. — Accennò un sorriso. — Animali in abbondanza... ti sentirai a casa. Tornerai quando i negoziati saranno conclusi. Ci vorrà al massimo un mese. Considerala una vacanza.

— Quando devo partire?

Suo padre gli mise una mano sulla spalla. — Acteon e Tristano sono già traslati e ti aspettano sull'isola. Il portale è aperto. Preferirei che tu partissi subito.

— Per un mese?

Suo padre annuí.

Pyrgus prese fiato. — Non arrabbiarti, ma c'è qualcosa che devo dirti... — Suo padre lo fissò, in attesa. — C'è una fabbrica...

Il Monarca annuí di nuovo. — Mi chiedevo quanto ci avresti messo a scoprirlo.

Di nuovo Pyrgus si sentí soffocare dalla collera, ma per una volta non era diretta contro suo padre. — Uccidono animali! Uccidono...

— Lo sappiamo. E stiamo cercando un modo per impedirglielo. Il problema è che non si tratta di un'azione illegale in senso stretto. Per generazioni la colla è stata ricavata da animali uccisi.

— Ma...

— Lo so, lo so. Questo va oltre la normale macellazione. Il problema è provarlo.

— Posso provarlo io! Li ho visti! Ho visto cosa fanno!
— Temo che sia la tua parola contro la loro. Ma non temere, *faremo* qualcosa. I miei avvocati ce la stanno mettendo tutta per riuscire a chiudere quella fabbrica. È la sola possibilità. So quello che provi, Pyrgus, ma devi lasciar fare a me. Ti fidi?
— Sí, naturalmente — sussurrò Pyrgus. Chissà perché, si sentiva molto piú vecchio rispetto a quella mattina.

Sua sorella Aurora e il suo fratellastro Colias erano già nella cappella. Aurora gli corse incontro e lo abbracciò. — Temevo che quell'orribile Rodilegno ti avesse ucciso! Sono passati quasi *tre giorni* prima che riuscissi ad avere tue notizie!

Pyrgus si liberò gentilmente dall'abbraccio. — Rodilegno non c'è andato neanche vicino. Purtroppo, per poco non c'è riuscito qualcun altro. — Si pentí subito di quelle parole, ma per fortuna suo padre – impegnato in una conversazione con i sacerdoti-tecnici che azionavano il portale – non le aveva sentite. Aurora invece sí. — Chi? — domandò furiosa. — Se non vuoi che nostro padre lo sappia, posso occuparmene io.

Quanto a questo, Pyrgus non aveva dubbi. Si chiese per l'ennesima volta come sarebbe diventata da grande la sua sorellina. Già adesso era una delle persone piú temibili di sua conoscenza. Perfino Archippus la trattava con rispetto. Scosse la testa. — Nessuno, Aurora. Era solo una battuta.

Ma, dall'occhiata sospettosa che gli rivolse, capí che appena fosse stato traslato lei avrebbe tirato fuori le antenne per scoprire dov'era stato e cos'aveva fatto prima che le Regie Guardie lo trovassero.

— A nostro fratello piace scherzare — s'intromise Colias. — Vero, fratellone? — chiese col solito sorrisetto ambiguo. — Ma ora faremmo meglio a lasciarlo partire. Prima se ne va, prima sarà al sicuro... — I suoi occhi scintillavano come i denti di Jasper Bombix.

Il portale, simile a un fiammeggiante fuoco azzurro, era già stato aperto fra i pilastri accanto all'altare. Chiunque lo avesse visto per la prima volta non avrebbe mai creduto che si potesse entrare in quelle fiamme e uscirne vivi, ma Pyrgus sapeva che in realtà le fiamme non esistevano. O, se pure esistevano (un argomento sul quale i filosofi continuavano a discutere) allora si trovavano *fra* i mondi. Non erano altro che uno schermo visibile, un confine che segnava il passaggio da una dimensione all'altra. Il vero potere di quel portale consisteva nelle migliorie che vi erano state apportate, nei macchinari incredibilmente costosi che distorcevano spazio e tempo in quell'unico punto. Tutti, nel Regno, sapevano che la tecnologia esisteva - se ne vociferava da secoli - ma soltanto il Monarca poteva permettersela. Perciò il Mondo Analogo rappresentava l'estrema via di fuga per la Famiglia Reale. Laggiú, nessuno avrebbe potuto trovarli.

Il Monarca si avvicinò in tempo per sentire l'ultima frase. — Colias ha ragione — disse. — Prima parti, prima ti saprò al sicuro. Hai fatto i vaccini?

Un sacerdote-medico li raggiunse di corsa, brandendo una siringa. — Siamo pronti a farli, Maestà. — Pyrgus arrotolò la manica e distolse lo sguardo mentre l'ago gli scivolava sotto pelle. Provò un bruciore momentaneo, che subito svaní.

— Pronto? — gli chiese suo padre.

— Penso di sí.

— Non devi portare niente con te. Sull'isola troverai tutto quello che ti serve, e Acteon e Tristano avranno già preparato tutto.

— Grazie, Padre.

Aurora lo abbracciò di nuovo e gli scoccò un bacio su una guancia. — Mi mancherai *tanto*! — sussurrò. — Sta' attento.

Con un sorriso forzato, Pyrgus ricambiò rapidamente il bacio.

— Non dai un bacetto anche al tuo fratellino? — disse Colias. — Chissà *quanto* tempo passerà prima che ci rivediamo.

Pyrgus lo ignorò e varcò il portale.

Otto

Henry Atherton rimase per un attimo con gli occhi sgranati e la bocca aperta, cercando di decidere con quale creatura avesse a che fare. Poutpourri era convinto di aver preso una farfalla, ma quella non era una farfalla. Aveva ali di farfalla, d'accordo, però per il resto...

Henry scosse la testa. Quella era una *fata*!

Naturalmente lui non credeva alle fate. E non *conosceva* nemmeno qualcuno che ci credesse. A parte... il signor Fogarty! Già, il vecchio credeva alle fate! Credeva anche ai fantasmi e ai dischi volanti. E credeva che il mondo fosse dominato da una coalizione segreta di banchieri svizzeri con base a Zurigo.

Ma quella non era una fantasia del vecchio strambo: era davvero una fata.

— Poutpourri! Lasciala subito! — Henry si slanciò sul gatto, lo acciuffò per la collottola e lo scrollò. Con un miagolio indignato, Poutpourri mollò la... la... la sua preda, qualunque cosa fosse. E soltanto allora Henry mollò *lui*. Fissandolo con occhi accusatori, il gatto andò ad accucciarsi poco lontano, mentre il ragazzino prendeva la fata fra le mani a coppa, facendo attenzione a non schiacciarle le ali.

Un attimo dopo, sbirciò fra le dita, per darle un'occhiata. Sembrava stordita e teneva la testa piegata di lato... probabile conseguenza dei biascicamenti di Poutpourri. Forse aveva anche una spalla insanguinata.

Henry si sforzò di esaminarla meglio. Era una specie di ometto alato. Un ragazzino, per la precisione. Sembrava uno della sua età, ma in piccolo. Portava una specie di tenuta mimetica verde scuro... difficile distinguere il colore. Le ali erano grigiastre, picchiettate di bruno.

Henry deglutí. — Chi sei?

La fata... anzi l'elfo, visto che era un maschio, si tappò di scatto le orecchie e tentò di prendere il volo, ma Henry richiuse le dita bloccandogli la via di fuga. Un attimo dopo le riaprí appena e ripeté a voce piú bassa: — Chi sei?

Gli venne in mente che forse dava troppe cose per scontate. In tutti i libri di fiabe, fate ed elfi parlavano... ma era vero? E poi... cos'erano, elfi e fate? D'accordo, la creatura che teneva fra le mani somigliava a un essere umano, sia pure in formato ridotto, ma forse era di una specie *animale*.

In caso contrario, quante probabilità c'erano che parlasse la sua lingua?

Henry ebbe l'impressione che le labbra dell'elfo si muovessero, anche se non udí alcun suono. Decise di dare per scontato che la creatura lo capisse. — Non voglio farti del male — sussurrò. — Ti ho salvato dal gatto, giusto? — Colto da ispirazione improvvisa, aggiunse: — Se mi capisci, fa' un cenno con la testa.

L'elfo infilò la testa fra le dita di Henry e annuí.

— Prometti che se apro le mani non tenterai di scappare?

L'elfo annuí entusiasta... e ritentò di prendere il volo appena le dita del ragazzo cominciarono a schiudersi. — Non ci provare! — esclamò Henry, imprigionandolo nuovamente nella coppa delle mani. Poi entrò nella rimessa, prese un barattolo di vetro vuoto e con cautela vi infilò dentro la creatura, avvitando infine il coperchio. Quando sollevò il barattolo per controllare le condizioni dell'elfo, vide che si teneva una mano intorno alla gola e si contorceva come se stesse soffocando. — Ho capito — disse. — Fatti da parte. — Non aveva intenzione di aprire il barattolo, ma usando il temperino forò il coperchio in piú punti, sotto lo sguardo attento della creatura.

E ora? Che ci fai, con un elfo?

Gli venne un'idea. — Per caso esaudisci tre desideri? — sussurrò, pur sentendosi molto sciocco.

L'elfo annuí con vigore e gli fece cenno di aprire il barattolo.

— Oh no — replicò Henry. Aveva la sensazione che volesse imbrogliarlo. Solo i bambini piccoli credevano alla storia dei tre desideri. Del resto, solo i bambini piccoli credevano agli elfi. Si grattò la testa. Cosa doveva fare?

Forse il signor Fogarty poteva aiutarlo. Dopotutto il vecchio aveva un grosso vantaggio: era convinto dell'esistenza di elfi e fate. Il che, probabilmente, significava che aveva studiato a fondo l'argomento. Forse non ne aveva mai *visti*, però se leggi abbastanza libri su un determinato argomento, prima o poi diventi un esperto. Piú ci pensava, piú gli sembrava sensato mostrargli l'elfo. Cosí, prima di cambiare idea, afferrò il barattolo, se lo infilò in tasca e rientrò in casa.

Il vecchio era in cucina, a prepararsi una tazza di caffè istantaneo. — Hai finito?

Henry scosse la testa. — Non ho neanche cominciato.

— Vuoi un caffè?

— No. Io...

— Meglio cosí, perché questo è l'ultimo. L'ho già

messo sulla lista del supermercato. Schifezza Istantanea con Additivi Tossici, confezione maxi. Negozi al dettaglio... puh! Fosse per me, chiuderebbero tutti.

— Posso mostrarle una cosa, signor Fogarty? — lo interruppe Henry, che non aveva voglia di discutere.

Per qualche motivo, il vecchio si mise subito in guardia. — L'hai trovata nella rimessa?

— Non proprio. Veramente l'ho trovata *fuori* della rimessa. — Con qualche difficoltà, estrasse il barattolo dalla tasca.

Il vecchio aggrottò la fronte, chinandosi a scrutare oltre il vetro sporco. — È un giocattolo? — L'elfo si mosse. — Perbacco! — Fogarty fece un salto. Poi sorrise. — Notevole. Per un momento ci sono cascato. Come funziona? Con un telecomando?

— È un elfo — rispose Henry.

Erano seduti l'uno di fronte all'altro, con l'elfo imbarattolato sul tavolo della cucina, in mezzo a loro.

— Pensi che sappia parlare?

— L'ho visto muovere le labbra, però non ho sentito niente.

— Sarà un problema di registro — osservò Fogarty. — Deve avere corde vocali piuttosto corte. Probabilmente produce suoni molto acuti, come i pipistrelli. A proposito, riesci ancora a sentirli?

— I pipistrelli? Sí, certo.

— Quando invecchi non ci riesci piú. Ti succede qualcosa alle orecchie. Io non li sento da cinquant'anni buoni. — Fogarty tornò a occuparsi dell'elfo. — O forse è il volume. Dev'essere piuttosto scarso anche a polmoni.

— Comunque lui mi sente — lo informò Henry. — E mi capisce.

— Sicuro che capisce. Sono carognette intelligenti, da tutti i punti di vista. E pericolose.

Henry aggrottò la fronte. — Come può essere pericolosa una creatura cosí piccola?

Fogarty lo fissò serio. — Astuzia animale. Ti attirano in Elfolandia, e a quel punto sei fritto.

— Cioè... usano la magia o roba del genere?

— Noooo — sbuffò Fogarty. — La loro forza sta nel numero. Certi hanno un pungiglione avvelenato, come le api africane.

— Crede davvero che esista... Elfolandia? Una specie di posto incantato?

— Perché continui a blaterare di magia e incantesimi? — replicò Fogarty, infastidito. — Io parlo di una realtà alternativa. Non v'insegnano la fisica, a scuola?

— Veramente...

Il vecchio continuò senza sentirlo. — Einstein... sai chi era? — Henry annuí. — Be', Einstein ha calcolato che ci sono piú o meno un miliardo di universi confinanti col nostro. E i ragazzi che studiano la quantum fisica dicono la stessa cosa... Mai sentito parlare della Teoria della Moglie Nuova di Hoyle? Ogni mattina ti svegli accanto a una moglie nuova perché ti sei trasferito in un nuovo universo, però non te ne rendi conto perché anche i tuoi ricordi sono nuovi di zecca. — Guardò la faccia di Henry e aggiunse in fretta: — Lascia perdere. Personalmente ritengo che questa creatura provenga da un universo parallelo. Non è che hai visto in giro qualche UFO?

Sbalordito, Henry fece un cenno di diniego.

L'elfo stava seduto a gambe incrociate nel barattolo e li fissava, però non dava segno di seguire la loro conversazione.

— Svita il coperchio — ordinò Fogarty.

— E se scappa?

— Dov'è che dovrebbe scappare? Porta e finestre sono chiuse. E se ci prova, lo spiaccico con lo schiacciamosche. — Fogarty sogghignò. — Ha sentito, eh? Il piccolo farabutto capisce ogni parola. Ma guardalo! Capito, ragazzo? Se fai qualche scherzo, ti aspetta lo schiacciamosche. *Comprendez*?

Dentro il barattolo, l'elfo annuí.

— Te l'avevo detto — commentò Fogarty. — Svita il coperchio.

Con riluttanza, Henry obbedí. Dopo un momento, l'elfo raggiunse il bordo del barattolo e lo scavalcò, lasciandosi scivolare sul tavolo. Henry notò che usava le ali il meno possibile e che non perdeva d'occhio Fogarty.

— Ora ascolta — disse il vecchio. — Noi due dobbiamo riuscire a comunicare. Il guaio è che tu mi senti, ma io non sento te. Comunque a questo si può provvedere. Se è un problema di registro o di volume, una soluzione è possibile. Non sarà elegante, ma funzionerà. Sta a te decidere se semplificare le cose, oppure no. Puoi cercare di dartela a gambe, ma non arriveresti lontano. Non userò lo schiacciamosche. Era solo una battuta... Sei troppo prezioso. Però posso riacchiapparti con un retino per farfalle e rimetterti nel barattolo. Allora, cosa decidi? Farai il bravo?

L'elfo annuí.

— Ottimo. Non ci vorrà molto.

L'elfo si sedette con la schiena appoggiata al barattolo, mentre Fogarty toglieva da uno scaffale una vecchia scatola da scarpe piena di cavetti aggrovigliati e materiale elettrico. Ci rovistò dentro deponendo sul tavolo diversi aggeggi. Henry notò un piccolo altoparlante che un tempo doveva essere appartenuto a un transistor. — Nessuno usa piú questa roba — borbottò Fogarty, aprendo un tubetto strizzato per controllarne il contenuto. — Solo schifosi microchip e circuiti elettronici.

Affascinato, Henry lo guardò mettere insieme qualcosa con l'altoparlante a un'estremità. Le vecchie mani picchiettate di scuro di quell'uomo erano sorprendentemente agili, quasi fossero abituate a montare apparecchiature complesse.

All'improvviso l'elfo sembrò aver capito il funzionamento di quell'affare, perché si alzò e cominciò a passargli i pezzi via via che gli servivano.

— Vedi se nel cassetto sotto l'acquaio c'è una pila — disse il vecchio rivolgendosi a Henry, quando anche l'ultima vite fu a posto. — A nove volt. È quadrata.

Il cassetto era pieno di pezzi di spago. Non sembrava esserci altro, ma Henry trovò una pila proprio sul fondo. — È questa?

Fogarty, impegnato a dare gli ultimi tocchi alla sua creazione, alzò appena la testa. — Sí. — Gliela tolse di mano e fissò due cavetti attorno ai poli. — Parla qua dentro — disse all'elfo, indicandogli un microfono piú grosso della sua testa.

L'elfo si accoccolò davanti al microfono, guardando prima Fogarty e poi Henry. Le sue labbra si mossero e, fra crepitii sfrigolanti, dall'apparecchio scaturí una voce acuta. — L'hai trattato male, quel povero gatto.

Henry trasalí. — Quel povero gatto voleva mangiarti! — protestò. — Ti aveva preso per una farfalla. — Però gli sfuggí un sorriso. Anche a lui piacevano i gatti, perfino quelli tracagnotti come Poutpourri.

— Potevo cavarmela da solo — replicò la voce acuta.

— Lasciate perdere il gatto — intervenne Fogarty. — Abbiamo cose piú importanti di cui discutere. Capisci quello che dico?

— Sicuro.

— Allora parli la mia lingua.
— Cosí pare.
— Dove l'hai imparata?
— Non l'ho imparata.
Fogarty aggrottò la fronte. — Vuoi farmi credere che sarebbe la tua lingua madre?
— Non ho detto questo.
— Ti va di fare il furbo?
L'elfo gli lanciò un'occhiata torva. — Perché la fai tanto lunga? Tu capisci me, io capisco te. Dovete aiutarmi.
— Sia chiaro che non ho intenzione di mettermi a spiare...
— Aiutarti come? — lo interruppe Henry. Magari, in cambio, l'elfo avrebbe fatto qualcosa per loro. Continuava a pensare ai suoi genitori. E alla storia dei tre desideri. Però non poteva parlarne davanti al signor Fogarty. E neanche poteva parlare dei suoi.
— A tornare a casa.
Henry esitò. — A Elfolandia?
— Se è cosí che la chiamate.
— Perché *tu* come la chiami? — indagò Fogarty.
Entrambi videro l'elfo scrollare le spalle: — Non è niente di speciale. Il Regno, suppongo. O il Mondo.
— Sarebbe una specie di dimensione parallela, giusto?
— Sí.
Fogarty guardò Henry. — Te l'avevo detto. È un alieno.
Henry guardò l'elfo. — Come ti chiami?
— Pyrgus. Pyrgus Malvae.

Il signor Fogarty tornò a ribattere sulla faccenda della lingua... un argomento che sembrava deciso a spolpare come un osso. Il microfono amplificò il sospiro esasperato di Pyrgus. — Senti — sbottò — non so come funziona, ma una volta Archippus mi ha detto...

— Chi è Archippus? Il vostro capo?

— Quand'ero piú giovane, era il mio tutore. Insomma... mi ha detto che questo mondo è analogo al mio. O il mio è analogo a questo...

— Che significa? — chiese Henry.

— Che sono connessi. Secondo Archippus, passare dall'uno all'altro è come sognare, però portandosi dietro il corpo. E in sogno, anche se finisci nei posti piú strani, si parla tutti la stessa lingua.

Henry era in alto mare, ma il signor Fogarty sembrò soddisfatto. — Insomma sei partito da questo mondo analogo e hai viaggiato fin qui?

— Non è proprio un viaggio. Noi la chiamiamo *traslazione*. Non è come spostarsi per andare da qualche parte. Piú che altro, è come passare a un altro livello di esistenza, anche se poi la sensazione è proprio quella di spostarsi.

— E voialtri traslate nel nostro mondo da secoli, giusto? — indagò Fogarty con aria indifferente.

— Qualcuno sí — rispose Pyrgus. Perfino con tutti gli sfrigolii dell'altoparlante, era chiaro che la sua voce era diventata cauta.

— Nel senso che non tutti possono permetterselo? — interloquí Henry.

— Qualcosa del genere. — Pyrgus cambiò posizione, ma il microfono continuò a trasmettere forte e chiaro. — Insomma, non so chi siate voi due...

— Henry Atherton — si presentò Henry. Aveva deciso che il piccoletto era simpatico: un tipo tosto come piaceva a lui.

Pyrgus però lo ignorò. — ... Ora non risponderò ad altre domande se prima non promettete di aiutarmi a tornare a casa.

— Non puoi tornarci da solo? — chiese Fogarty, aggrottando la fronte.

Pyrgus non rispose.

— Come possiamo aiutarti, se non rispondi alle nostre domande?

Pyrgus incrociò le braccia e fissò il soffitto.

— E va bene — si arrese Fogarty. — Ti aiuteremo. Però sia chiaro: non facciamo niente per niente.

— Cosa volete... che esaudisca tre desideri?

— Questo lo decideremo in seguito. — Fogarty si accigliò. — Lo dico tanto per farti sapere che nulla è gratis.

— Come so di potermi fidare di voi? — chiese Pyrgus sospettoso.

— Vedi in giro qualcun altro disposto ad ascoltarti?

Pyrgus lo fulminò con gli occhi.

— Allora?

L'elfo continuò a guardarlo storto, ma alla fine borbottò qualcosa tipo: — Non può essere peggio di Sulfureo. — Poi, a voce piú alta, aggiunse: — D'accordo, affare fatto. Voi mi aiutate, e io vi spedisco l'oro appena torno a casa.

— Bah!

— Che pretendi? — ribatté Pyrgus, stizzito. — Piccolo cosí, quanto oro credi che possa portarmi dietro?

Qualcosa nel tono del ragazzo alato spinse Henry a chiedere: — Di solito non sei cosí piccolo?

Pyrgus scosse la testa. — E non ho nemmeno queste stupide ali.

— Faresti meglio a raccontarci tutto dal principio — intervenne Fogarty.

Una volta iniziato il racconto, Pyrgus parlò a raffica. Certi particolari sembravano assurdi e su altri sorvolò, ma nel complesso la sua storia era affascinante.

Gli Elfi della Luce avevano scoperto l'esistenza del Mondo Analogo piú o meno cinquemila anni prima, quando tre famiglie di mercanti di semi avevano fatto naufragio su un remoto isolotto vulcanico. Era un luogo spoglio e arido, e sarebbero morti di fame se una delle bambine non si fosse imbattuta in due bizzarre colonne di basalto fiammeggianti che però non emanavano il minimo calore. La bambina, che si chiamava Seminia, era passata in mezzo alle colonne e di colpo si era ritrovata in una giungla lussureggiante, ricca di piante e fiori giganteschi. E il suo entusiasmo era aumentato quando aveva scoperto di avere le ali e di poter volare da un fiore all'altro.

Per un po' era rimasta a giocare in quel mondo fantastico, ma alla fine aveva sentito la mancanza della famiglia. Era passata di nuovo in mezzo alle colonne fiammeggianti, per ritrovarsi sull'isolotto arido, senza piú ali.

Quando lo aveva raccontato ai suoi, naturalmente non le avevano creduto, ma alla fine era riuscita a convincere il fratello maggiore, Sylvanus, ad andare a vedere le colonne insieme a lei. Una volta lí, prima che il fratello riuscisse a fermarla, si era lanciata tra le fiamme. Sylvanus si era tuffato in avanti per tentare di salvarla... ed entrambi si erano ritrovati, con le sembianze di creature alate, in mezzo alla foresta rigogliosa. Sylvanus era abbastanza grande da capire che non erano fiori e piante a essere enormi, ma loro a essersi rimpiccioliti. Quando erano tornati indietro sull'isola avevano ripreso le loro normali dimensioni perdendo le ali.

La scoperta del portale aveva salvato i naufraghi, perché se l'isola era deserta e arida, il mondo oltre le colonne era ricco di cibo. Da esperti di piante quali erano, avevano usato i semi salvati dal naufragio introducendo cosí nel nuovo mondo alcune specie del Regno.

— Quali? — chiese Fogarty.

— Campanule... digitale... la maggior parte dei fiori a forma di campanella.

Dapprima Sylvanus era tornato regolarmente sull'isolotto nella speranza di scorgere una nave di passaggio, ma col passare del tempo i suoi viaggi si erano diradati. Alla fine aveva scritto un resoconto della loro esperienza, lo aveva conservato in un posto sicuro, e su un masso vicino alle colonne aveva lasciato un avviso per spiegare dove trovarlo. Sperava che, se mai qualcuno fosse approdato sull'isola, lo avrebbe letto e sarebbe andato a recuperare la sua famiglia nel Mondo Analogo.

Ma non era arrivato nessuno. All'inizio Sylvanus aveva aggiornato il diario ogni sei mesi, poi una volta l'anno, poi ogni due anni. E alla fine aveva lasciato perdere. Ormai era di mezza età e la piccola Seminia si era fatta donna. I membri piú giovani delle tre famiglie si erano sposati fra loro e avevano messo al mondo bambini alati. Le nuove generazioni non avevano mai conosciuto il Regno (a parte l'isolotto arido) e non nutrivano alcun interesse nei suoi confronti: la loro casa era fra le piante e i fiori del Mondo Analogo.

Erano passati quasi quattrocento anni prima che qualcun altro sbarcasse sull'isolotto: un mago di nome Arion, che aveva problemi col motore della sua barca da pesca.

— Ci sono maghi, nel Regno? — chiese subito Henry.

Pyrgus gli strizzò l'occhio. — Sono soltanto persone capaci di far funzionare le cose, come il tuo signor Fogarty.

— Va' avanti — ringhiò quest'ultimo.

— Arion trovò il messaggio sulla roccia, sbiadito ma leggibile, ne seguí le indicazioni e recuperò il diario di Sylvanus, che era ancora in discrete condizioni. Ma per quanto cercasse, non trovò traccia delle colonne di basalto fiammeggianti né dell'antico naufragio. Alla fine decise che il diario era uno scherzo, ma pensò che uno scherzo vecchio centinaia di anni aveva comunque un valore storico e donò il tutto alla biblioteca della Gilda dei Maghi.

— C'è anche una Gilda dei Maghi? — lo interruppe di nuovo Henry, e di nuovo il signor Fogarty lo zittí.

Il diario di Sylvanus era rimasto a impolverarsi nella biblioteca per altri sessant'anni, finché non era capitato fra le mani di un nobile avventuroso: Urtica. Pyrgus lo definí un Elfo della Notte, senza però dilungarsi in spiegazioni.

— Ci sono *nobili*?

— Piantala, Henry! — sbottò il signor Fogarty.

Urtica, che aveva molto tempo libero, si era messo alla ricerca dell'isolotto. Neanche lui era riuscito a localizzare le colonne di basalto, ma aveva scoperto tracce di un terremoto che poteva averle fatte crollare. Alla fine, si era convinto che il portale era esistito per davvero e eveva intuito che l'accesso a un altro mondo poteva avere importanti ripercussioni politiche e militari. Aveva intuito anche che il portale doveva essere collegato alle caratteristiche geologiche dell'isola, cosí aveva passato i tre anni successivi visitando ogni luogo che presentasse tracce di attività vulcanica, nella speranza di trovarne un altro. Ci era riuscito il giorno successivo al suo trentatreesimo compleanno.

Ma il secondo portale, pur trovandosi su un terreno incolto, era di proprietà di un nobile Elfo della Luce di nome Danaus. Quando Urtica gli aveva fatto un'offerta per il terreno, Danaus si era insospettito e aveva rifiutato di venderglielo. Allora Casa Urtica aveva scatenato un attacco contro Casa Danaus, dando inizio al conflitto tra Elfi della Notte ed Elfi della Luce che ancora si trascinava.

Era stato Danaus a vincere, e solo quando le armate di Urtica erano state disperse aveva scoperto la causa di tutto quel putiferio. Aveva perlustrato da cima a fondo il terreno conteso e alla fine si era imbattuto nel portale. Anche se lí per lí non lo aveva riconosciuto per quello che era, una serie di rapide indagini gli aveva fornito tutte le informazioni necessarie. La sua scoperta aveva posto le basi del potere e dei beni accumulati col tempo dalla sua famiglia.

— Vorresti dire — chiese Fogarty protendendosi verso di lui — che esiste un solo portale fra i nostri due mondi?

Pyrgus scosse la testa. — No. Ne sono stati scoperti diciotto, però non tutti sono aperti. Certi crollano, come probabilmente accadde al primo. Altri smettono di funzionare, senza che nessuno sappia il perché. E ogni tanto ne viene scoperto uno nuovo. Al momento ce ne sono cinque in attività, mi pare, incluso quello del M... — S'interruppe, per riprendere dopo un istante: — ... incluso quello che Urtica tentò di strappare a Danaus.

La vecchia faccia dura di Fogarty era priva d'espressione, ma i suoi occhi scintillavano di curiosità. — Come mai è durato tanto? Da quello che ci hai raccontato, dev'essere vecchio migliaia di anni.

Pyrgus esitò. — È stato... modificato — ammise finalmente.

Fogarty aspettò che proseguisse, ma, visto che non lo faceva, chiese: — Modificato come?

— Il Mon... oh, un mago ci ha studiato sopra. Insomma... è successo prima che io nascessi. È stato un portale come tutti gli altri per parecchi secoli, ma alla fine Casa Danaus ha fatto costruire alcune macchine per stabilizzarlo e modificarne il funzionamento. Gli altri portali conducono solo in un posto e due di essi non possono nemmeno essere utilizzati: uno si apre in fondo all'oceano e l'altro all'interno di un vulcano attivo. Ma il portale di Casa Danaus può trasferirti dove preferisci.

— Ed è quello il portale che hai usato tu, giusto?

Pyrgus annuí. — Come l'hai capito?

— Mi sarei accorto se ci fosse stato un portale in mezzo al mio giardino — fu la brusca replica. — Quindi è chiaro che deve essere stato aperto per l'occasione. Ma perché volevi venire qui?

Pyrgus esitò. — Non volevo. Non *dovevo* venire qui. E nemmeno rimpiccolirmi. Né avere le ali. Nel portale di Casa Danaus c'è un filtro che evita di farti rimpiccolire, ma stavolta non ha funzionato. Non so perché.

Fogarty tirò su con il naso. — Secondo me — annunciò — questa faccenda puzza di sabotaggio.

Nove

— Quanto gli credi? — chiese il signor Fogarty
Henry trasalí. Lui aveva creduto a ogni singola parola. — Non pensa che abbia detto la verità?

— Non proprio. Tutta quella storia sul rimpiccolirsi e farsi spuntare le ali...?

— Però è piccolo e ha le ali!

— Lo so. Ma questo non significa che sia rimpiccolito o che gli siano appena spuntate. Forse è sempre stato cosí.

I due si trovavano nel caotico soggiorno del vecchio, mentre Pyrgus Malvae era rimasto in cucina a sgranocchiare una patatina grossa quasi quanto lui.

— Perché avrebbe dovuto dire una cosa del genere, se non è vera?

— Per coglierci alla sprovvista. Cosa potrebbe essere piú innocente di un dolce piccolo elfo con alucce di farfalla... e per giunta nei guai?

— Coglierci alla sprovvista su *cosa*?

Fogarty strinse le labbra, si protese verso di lui e sussurrò: — L'invasione aliena.

— L'*invasione* aliena? — gli fece eco Henry. — L'invasione *aliena*?

— È inutile che mi guardi cosí. Sai quanti americani sono stati rapiti dagli alieni, l'anno scorso? Sei milioni!

— Signor Fog...

— E questo solo in America. Pensa a quanti devono averne rapiti in tutto il mondo! Dammi retta: qui c'è sotto qualcosa. Ha già ammesso di provenire da un universo parallelo. Cosa credi che sia... un tenero, innocente orsacchiotto di pezza? Quanto credi che ti fideresti di lui, se fosse verde con i tentacoli? O se somigliasse a quella cosa che esce dal petto di John Hurt in *Alien*?

Henry non aveva visto *Alien*, però sospettava che qualunque cosa fosse uscita dal petto di John Hurt avesse un aspetto decisamente sgradevole. Aprí la bocca per replicare, ma ormai Fogarty era partito in quarta.

— Non ti fideresti, giusto? Staresti in guardia. Pensaci bene. Se sei brutto come l'inferno e magari anche bavoso, non sarebbe logico assumere un aspetto molto piú innocuo? Cosí usi la tua avanzata tecnologia aliena per cambiare forma... un modificatore molecolare, direi. E in cosa ti trasformi? In un elfo, ecco! Un *elfo*!

— Ma perché? — chiese Henry. Aveva già visto il signor Fogarty in quelle condizioni e sapeva che l'unico modo per fermarlo era precederlo sul suo stesso terreno.

— Perché un elfo è qualcosa di familiare... — socchiuse le palpebre — eppure stranamente estraneo. Ogni ragazzino del pianeta ha visto disegni di elfi e fate su qualche libro illustrato. Gli elfi sono simpatici a tutti.

— Comunque, se *fosse* davvero parte dell'invasione aliena, perché dirci che di solito non è cosí piccolo?

— Insomma, secondo te possiamo fidarci di lui... — chiese il vecchio.

— Sí!

— E dovremmo aiutarlo...

— Sí — ripeté Henry, ma con meno enfasi. Era per

via del «dovremmo». Voleva aiutare Pyrgus. Lo voleva davvero. Ma era convinto di non riuscirci: al momento aveva molti altri problemi.

Il vecchio scrollò le spalle. — D'accordo — disse. — Torniamo in cucina.

— Ne abbiamo parlato — annunciò Fogarty — e abbiamo deciso...

— Cos'era quella roba? — lo interruppe Pyrgus.

— Quale roba?

— Quella che mi avete dato da mangiare.

— Una patatina — rispose Fogarty. — Non era avvelenata, se è questo che pensi.

Pyrgus lo fissò stupito. — Non pensavo che lo fosse... pensavo che aveva un buon sapore.

— Una patatina — ripeté Fogarty. — Al gusto di formaggio e cipolla.

— Non ne avevi mai mangiate? — chiese Henry.

Pyrgus scosse la testa. — Non le abbiamo, nel Regno.

— Davvero? — Henry era affascinato. Non riusciva a immaginare un mondo dove non fosse possibile comprare un sacchetto di patatine. — E per merenda che mangiate?

— Brindelli. Quelli vanno forte. E fumbolle. Formignacci, se ti piacciono i dolci. Una fetta di ordunzo. O un caoscorno, però quello è roba forte... afrodisiaca. E a Miseranda ci sono bancarelle che vendono retinduculi.

— Questo caoscorno... — cominciò Henry.

— Possiamo parlarne in un altro momento? — intervenne Fogarty, lanciando a entrambi un'occhiataccia. — Come dicevo, ne abbiamo parlato e abbiamo deciso di concederti il beneficio del dubbio...

— Che dubbio? — chiese Pyrgus.

— Che dubbio? — chiese Henry.

Fogarty li ignorò. — Abbiamo deciso che forse sei davvero chi dici di essere, anche se in effetti ancora non ce l'hai detto. Ma prima dobbiamo farti qualche altra domanda. — Fece una pausa, poi proseguí: — Il tuo aspetto attuale, questa storia di ritrovarti piccolo e con le ali... dici che non è naturale? Ti succede solo quando attraversi un portale?

— Se non ho il filtro, sí. — Pyrgus si accigliò. — O se è stato rotto.

— Adesso ti farò una domanda importante — annunciò Fogarty. — Perciò pensaci bene. In tutto il mondo, il *nostro* mondo, circolano leggende su fate, elfi e simili. Gente come te, insomma... piccoletti con le ali.

— Qual è la domanda?

Lo sguardo di Fogarty s'incupí. — Be', non vorrai raccontarmi che tutte le leggende su elfi e compagnia bella sono solo coincidenze? Che non hanno niente a che fare con il tuo popolo?

— No. Non voglio raccontarle niente del genere.

— Allora parecchi visitatori del tuo mondo, visitatori *alieni*, non-umani, sciamano attraverso i portali. E senza filtri.

— Signor Fogarty... — cominciò Henry. Pensava che avessero chiarito una volta per tutte quella faccenda degli alieni.

Ma Pyrgus lo interruppe. — Non dico neanche questo. Non sono in molti, a usare i portali. Del resto perché dovremmo venire qui? Non fa che piovere. E nessuno ci tiene a diventare un microbo con le ali. Pensa che sia divertente essere acchiappato da un gatto e finire chiuso in un barattolo? Esiste solo un portale dotato di filtro, e tenerlo in funzione costa.

Mio pa... il proprietario non fa che lamentarsi dei costi, perciò viene usato solo in caso di necessità. Ve l'ho detto: al momento c'è solo un altro portale che si apra su un qualunque posto utile. E credete a me, nessuno ci *sciama* attraverso.

Fogarty aveva la stessa espressione di Poutpourri quando si preparava a saltare su un topo. — Allora da dove vengono tutte le fatine che popolano il nostro mondo? — chiese trionfante.

— Discendono da Sylvanus e dai naufraghi... i mercanti di semi.

Fogarty restò a bocca aperta. — Oh. — Però si riprese alla svelta. — E va bene. Allora rispondi a questo: come sei, quando non somigli a un elfo?

— Bello — rispose Pyrgus, e sorrise

Andarono avanti cosí per un pezzo, con Fogarty che faceva le domande, e Pyrgus che gli dava risposte ragionevoli. Per l'ora di pranzo, il vecchio si fidava abbastanza da lasciarlo uscire dalla cucina, cosí mangiarono in soggiorno. Come faceva spesso quando andava a trovare il signor Fogarty, Henry preparò pane abbrustolito con fagioli in scatola. Tagliò un pezzetto piú piccolo di pane per Pyrgus, che lo mangiò tenendolo fra le mani come una fetta di cocomero. Quando ebbe finito, si passò una manica sulle labbra con aria soddisfatta. Piú tardi, quando rientrarono in cucina, l'elfo, che era seduto sulla spalla di Henry, svolazzò verso il microfono.

— Era perfino meglio della patatina. Che roba era?

— Fagioli in scatola.

— Sei un cuoco eccezionale. Come hai fatto quella salsa super?

— Era la brodaglia dei fagioli — borbottò Henry, imbarazzato.

— Vedi se nel cassetto c'è anche una scatoletta, Henry — intervenne il signor Fogarty. — Ci serve un altoparlante portatile. — Si alzò. — No, lascia perdere, la cerco io... mi serve anche un altro microfono. — Rovistò nel cassetto e tornò con una scatoletta arrugginita, che intorno al 1918 doveva essere stata una tabacchiera. — Questa andrà bene. — Un attimo dopo ripescò un microfono piú piccolo. — Anche questo dovrebbe andar bene.

Sotto lo sguardo incuriosito di Henry e Pyrgus, il vecchio infilò nella scatoletta i vari pezzi dell'altoparlante e lo collegò al microfono piú piccolo, allungando il cavo. — Fatto — annunciò poi. — Portatile. Piú o meno. — A quel punto tornò al cassetto e ripescò due elastici che passò attorno al marchingegno. — Bene, giovanotto, pensi di farcela a trasportare quest'affare?

Pyrgus esaminò il tutto. — Credo di sí — rispose cauto. Chiuse le ali e infilò le braccia negli elastici, mettendosi il marchingegno in spalla, come uno zaino.

— Di' qualcosa — suggerí Fogarty.

Dopo un momento, Pyrgus parlò: — Che vuoi che dica? — La sua voce emerse dalla scatoletta, un po' soffocata ma comunque udibile.

— Bene — disse Fogarty. — Tu porta Pyrgus e la scatola, Henry. Abbiamo qualche indagine da fare!

Henry tese una mano per permettere a Pyrgus di salirgli sul braccio fino alla spalla. — Dove andiamo, signor Fogarty?

— In giardino. Se dobbiamo rispedire a casa il piccoletto, prima voglio vedere in che punto è arrivato.

Henry nascose un sorriso. Alla fine, il signor Fogarty sembrava essersi convinto che Pyrgus non fosse un invasore alieno.

Uscirono, mentre Pyrgus si guardava attorno. — Spero che il gatto se ne sia andato — disse.

— Se c'è, basterà una pedata per metterlo al suo posto — fece il signor Fogarty, che fingeva di non condividere il debole di Henry per gli animali. — Allora — disse poi quando furono alla rimessa — è qui che l'hai trovato, giusto?

— Vicino alla buddleia, credo — precisò Henry.

— A dire il vero, un po' piú in là — lo corresse Pyrgus. — Però non ne sono del tutto sicuro perché ero confuso. Insomma... non mi aspettavo di finire qui, e nemmeno di diventare un tappo con le ali, cosí ho frullato attorno per un po'. Poi mi sono sentito attrarre dal cespuglio...

— La buddleia? — chiese Fogarty.

— Se è cosí che si chiama. Quello. — Lo indicò.

— Che significa: *attrarre dal cespuglio*?

— Solo... non so... provavo una sensazione piacevole. L'odore, o qualcos'altro. Sentivo che sarei stato al sicuro, là dentro.

Fogarty scosse la testa. — Davvero strano. La buddleia attrae le farfalle.

In effetti, avvicinandosi al cespuglio, Henry notò diverse farfalle e le esaminò con attenzione per vedere se c'era qualche altro elfo. — Sono venuto da solo — gli ricordò Pyrgus.

Henry annuí, ma finí comunque il suo controllo. Fino al giorno prima avrebbe giurato che gli elfi esistevano soltanto nelle favole. E adesso ne *conosceva* uno. Non solo: ce n'erano in giro altri, i discendenti di Sylvanus e dei suoi, che probabilmente avevano scordato da un pezzo la loro provenienza. All'improvviso, gli venne in mente qualcosa. — Sylvanus, Seminia e gli altri... — chiese allora voltando la testa verso Pyrgus — in che punto del nostro mondo sono sbucati quando hanno attraversato il portale?

— Non lo so. È roba che ho studiato da piccolo e mi ricordo poco. Comunque nessuno sa dove sbucarono precisamente. In fondo è successo centinaia d'anni fa. Chissà... forse era l'Inghilterra.

— *Questa* è l'Inghilterra! — esclamò Henry.

— Lo so. — Pyrgus sorrise. — Me l'ha detto anche il signor Fogarty.

— Mi prendi in giro, eh?

— Piú o meno. Però è vero che ho sentito parlare dell'Inghilterra. Nel mio mondo, voglio dire. Dev'essere stato a scuola, anche se non ricordo a che proposito.

Dietro la buddleia c'era un angolo derelitto dove il signor Fogarty aveva abbandonato un paio di bidoni in decomposizione e pezzi di macchinari arrugginiti, inclusa una coppa dell'olio proveniente dal motore di chissà quale auto. Ora quei rottami spuntavano come lapidi fra le erbacce.

— Era qui — disse all'improvviso Pyrgus.

— Sicuro?

— Sí. Quando ho visto tutto quel ciarpame ho creduto di essere ammattito. Non mi aspettavo di rimpiccolire. Ci ho messo un po' a capire cos'era successo.

— Ti ricordi il punto esatto? — insisté Fogarty, mentre si guardava attorno cauto, come se si aspettasse d'essere attaccato da un momento all'altro.

— Non ne sono sicuro... Laggiú, credo.

Si mossero nella direzione indicata e ancor prima d'arrivarci, Henry individuò un anello ingiallito nell'erba. — È un cerchio delle fate? — chiese al signor Fogarty.

L'uomo aggrottò la fronte. — Sembra piú uno di quei segni che lasciano gli UFO quando atterrano.

— Non è un po' piccolo per un UFO? — chiese Henry, accigliandosi a sua volta.

— Sembrerebbe... a meno che gli alieni non siano arrivati su un'utilitaria. Ma guarda il colore dell'erba. Dev'essere l'effetto di una specie di radiazione. — Fogarty si voltò verso Pyrgus. — Come funziona, questo vostro portale?

— Non saprei...

— Non saprei? Lo usate per spostarvi da una dimensione all'altra, e non sai come *funziona*?

— Forse, signor Fogarty — intervenne Henry per calmare le acque — è come per la televisione. Insomma... so come accenderla eccetera, però non ho idea di come funzioni, non precisamente.

— Io sí — replicò Fogarty. — Con la massima precisione. Se avessi i vari pezzi, potrei costruirne una.

— Sí, ma lei queste cose le sa. — Henry si chiese per l'ennesima volta che tipo di ingegnere fosse stato il signor Fogarty prima di andare in pensione. Sembrava in grado di costruire qualunque cosa.

— Funziona a energia — spiegò volenteroso Pyrgus, dall'alto della spalla di Henry. — Una qualche energia collegata ai vulcani... — Esitò. — Però non ne sono sicuro. Tutti i portali naturali compaiono dove c'è attività vulcanica... soffioni, sorgenti termali, roba cosí. Ma il vulcano vicino a quello che ho usato io si è estinto da cinquecento anni e passa.

— Forse il vulcano serve solo a dare il via al portale — suggerí Henry. — Forse, una volta partito, va avanti da solo.

Entrambi lo ignorarono. — E il filtro — aggiunse Pyrgus — funziona grazie ai lampi intrappolati.

— Lampi intrappolati? — Fogarty si accigliò. — Intendi dire elettricità?

— Non saprei.

— La stessa energia che fa funzionare il tuo microfono.

— Non saprei — ripeté Pyrgus.

— Per forza dev'essere elettricità — borbottò Fogarty. — E il portale dev'essere una specie di campo di forza. Le fiamme che si vedono non sono calde, vero? E nemmeno tiepide.

— No.

— Da' un'occhiata attorno, Henry. Vedi se noti qualcosa di strano. E tu, Pyrgus, sforzati di ricordare qualcosa... qualunque cosa che possa esserci utile. — Con quelle parole, l'uomo si accoccolò a scrutare l'erba scolorita.

Henry invece si fece strada fra le erbacce. Non era un'impresa facile. Quell'angolo, oltre al ciarpame ammassato dal signor Fogarty, era pieno di sassi. — È cosí strano essere piccolo — osservò Pyrgus dalla sua spalla. — Perdi tutti i punti di riferimento. Credo d'essere sbucato dove c'è quel cerchio d'erba secca, però non ne sono sicuro.

— Non preoccuparti — cercò di rassicurarlo Henry. — Troveremo il modo di rimandarti a casa.

Il ragazzo proseguí in cerchio fino a tornare da Fogarty, che continuava a fissare l'erba. Stava per dire qualcosa, quando uno squillo lo fece sobbalzare.

— Attento! — sibilò Pyrgus.

Fogarty estrasse dalla tasca un cellulare, lo aprí goffamente e se lo accostò all'orecchio, come se fosse una bomba. — Che c'è? — Dopo un momento borbottò: — D'accordo — e rimise il telefono in tasca. — Ti viene il cancro al cervello, se usi troppo questi aggeggi — spiegò guardando Henry. — Tua madre — fece poi, brusco. — Vuole che torni a casa. Subito.

Henry si sentí sprofondare. Con tutta l'eccitazione, si era quasi scordato di cosa stava succedendo a casa sua.

Dieci

La Sua Graziosa Maestà Antocharis Cardamines, Principessa Aurora, capí che qualcosa non andava appena vide un sacerdote scapicollarsi nel corridoio. I sacerdoti, come i sacerdoti-tecnici, non correvano mai. *Incedevano* con studiata dignità a passi misurati, indipendentemente da quanta fretta di vederli potevi avere. Questo invece correva a rotta di collo, con la lunga veste cerimoniale che svolazzava intorno agli stinchi pelosi. Eseguí una curva secca, e pochi istanti dopo i suoi passi precipitosi risuonarono sulla scalinata.

Aurora rientrò in camera e andò ad affacciarsi. Il sacerdote velocista emerse dall'arcata sotto la sua finestra, attraversò a precipizio il cortile e sparí sotto l'arcata opposta. Poteva essere diretto alla cappella, o alle cucine, o anche all'ingresso principale del Palazzo. Ma perché correva?

Aurora si mordicchiò le labbra pensosa. C'erano troppe cose delle quali era all'oscuro. Ci aveva messo giorni interi per individuare Pyrgus, e solo il cielo sapeva cosa sarebbe potuto succedere se qualcun altro l'avesse trovato.

Purtroppo Pyrgus sapeva essere incredibilmente sciocco. Lo dimostrava anche la sua idea di voler vivere come un qualsiasi plebeo. Un *plebeo*. Rabbrividí. Ci volevano vite di abnegazione per nascere principe, e lui era pronto a gettare via tutto quanto. E poi lui non era un semplice principe. Era il Principe Ereditario. Avrebbe dovuto imparare a *governare* invece di mescolarsi alle masse, agli *hoi polloi*. Per fortuna, quando fosse diventato Monarca avrebbe potuto contare sui suoi consigli...

Ma questa volta non si trattava soltanto di Pyrgus. C'era qualcosa in ballo fra suo padre e gli Elfi della Notte. Non soltanto i negoziati. Qualcos'altro. Se lo sentiva. Troppi andirivieni. Troppi sussurri nell'ombra. Troppe facce estranee a Palazzo. E suo padre aveva smesso di parlare con lei. Non del tutto naturalmente, ma appena tentava di discutere di politica, lui cambiava discorso. E le bastava *menzionare* gli Elfi della Notte per vederlo sparire a tutta velocità. Perfino quando gli aveva detto che Cossus Rodilegno ce l'aveva con Pyrgus, era sembrato piú a disagio che grato. Ma almeno era passato all'azione, il che era già qualcosa.

La ragazza si allontanò dalla finestra lentamente e si sedette davanti alla toletta, fissando pensierosa il portagioie. Mai fino ad allora aveva fatto una cosa del genere a suo padre. Del resto fino ad allora non ne aveva avuto bisogno. Tese una mano e toccò il gancio che lo chiudeva. Forse questo significava spingersi troppo in là. Ma perché suo padre aveva smesso di avere fiducia in lei? Che altro poteva fare, una ragazza? Aurora sfilò il gancio, ma ancora esitò a sollevare il coperchio.

In fondo che male c'era? Ci si poteva fidare di lei. Non era una spia dei Notturni. Aveva a cuore soltanto gli interessi del padre. E poi lei era una Principessa di Casa Danaus. Terza nella linea di successione al trono. Non contava niente, questo?

Si alzò bruscamente, attraversò la stanza e chiuse a chiave la porta. Principessa di Casa Danaus o no, stava per compiere un'azione illegale, e se suo padre l'avesse scoperto sarebbe finita nei guai. Per fortuna non era molto probabile che accadesse.

Tornò alla toletta e aprí il portagioie. Dopo un momento ne zampettò fuori un ragno psicotronico. I suoi grandi occhi ammiccavano nella luce e il dorso multicolore era simile a una pellicola d'olio che rifletteva il sole. Per un po' zampettò sul tavolino, esaminando spazzola, pettine e bottigliette di profumo. Infine, rivolse la propria attenzione alla ragazza e attese.

Aurora lo sfiorò, chiuse gli occhi e spalancò la mente, sintonizzandosi con quella dell'aracnide.

Fu come se all'improvviso fosse uscita dal proprio corpo. Le sue percezioni si espansero al massimo rendendola consapevole di tutto ciò che la circondava: la sua stanza, il Palazzo, l'isola.

Un attimo dopo, si trovava negli appartamenti privati di suo padre, Danaus Plexippus, il Monarca.

C'erano due uomini nella stanza tappezzata di libri, papà e il Viceré Archippus. Entrambi erano vestiti informalmente e avevano in mano un bicchiere di brandy, ma la loro espressione dimostrava che quella non era una visita di cortesia.

— ... dato in escandescenze. Tutti e due, in realtà — stava dicendo suo padre. — Ma almeno mi ha ascoltato. Penso di dover ringraziare te, per questo.

Archippus scrollò le spalle. — Adesso è al sicuro. Soltanto questo importa.

— Vero. Purtroppo non basta a risolvere i nostri problemi.

— Però li semplifica — disse pacato Archippus. Poggiò il bicchiere sul tavolo e si voltò a guardare dritto in direzione di Aurora.

La sensazione fu cosí vivida che la Principessa sentí l'impulso di nascondersi. Però sapeva che non ce n'era bisogno: per quanto avesse l'impressione di essere lí, soltanto la sua mente invisibile stava visitando la stanza.

— Altre notizie dai Servizi Segreti sui movimenti di truppe? — chiese suo padre.

Aurora s'irrigidí. Movimenti di truppe? Lei non sapeva nulla al riguardo. Chi le comandava? Suo padre? No, in tal caso ne sarebbe stata al corrente. Probabilmente stavano parlando delle truppe di qualcun altro.

Benché priva di corpo, si sentí attraversare da un gelo improvviso. Fra suo padre e Lord Rodilegno erano in corso negoziati che, in teoria, avrebbero dovuto sanare l'antico dissidio tra Elfi della Luce ed Elfi della Notte. Per quanto ne sapeva, andavano avanti da mesi. Fino a quel momento aveva dato per scontato che si trattasse del solito mercato-delle-vacche, dove tutti cercavano di ottenere piú vantaggi possibili, arrivando a una specie di tregua per qualche anno. Però «movimenti di truppe» significava qualcosa di molto serio. Significava guerra. O almeno la minaccia di una guerra. Non c'era da meravigliarsi che suo padre fosse preoccupato.

— Lord Rodilegno continua a dire che si tratta di semplici manovre — rispose Archippus — senza il minimo rapporto con i negoziati, ma il concentramento di forze è eccessivo per una normale esercitazione, e continuano ad affluire rinforzi.

— Che voglia mostrare i muscoli per strappare qualche concessione in piú?

— Forse. Comunque, ho preso la precauzione di mettere all'erta le nostre truppe.

— Pensi davvero che rischierebbe un attacco frontale?

Archippus aggrottò la fronte. — Qualunque cosa abbia in mente, potrebbe fare parte di uno schema piú ampio. In fin dei conti, voleva assassinare Pyrgus.

Assassinare? Gli occhi incorporei di Aurora si sgranarono. Questa era nuova! Perché Rodilegno voleva assassinare suo fratello? Per lui sarebbe stato molto piú conveniente tenerlo prigioniero e usarlo come merce di scambio.

— Continuo a non capire cosa ci avrebbe guadagnato — disse il padre.

— Neanch'io — ammise Archippus — ma non c'è dubbio che avesse in mente proprio questo.

— Forse... — Il Monarca si bloccò, interrotto da un brusco colpo alla porta. Lanciò un'occhiata ad Archippus.

Senza aprire bocca, il Viceré andò alla porta e la socchiuse, parlottando sottovoce con qualcuno in corridoio. Aurora si avvicinò per origliare, ma Archippus si scostò e fece entrare un sacerdote della cappella, che si gettò in ginocchio davanti al Monarca. — Maestà... brutte notizie... — Non ne era sicura al cento per cento, però sembrava lo stesso sacerdote che aveva visto correre a perdifiato.

Suo padre aspettò, impassibile.

— Maestà...

— Coraggio — lo esortò pacato il Monarca. — Parla!

Incapace d'incrociare il suo sguardo, il sacerdote deglutí, esitò ancora e infine balbettò: — Maestà, il Principe Ereditario Pyrgus non è giunto a destinazione.

Per un momento, il viso del Monarca mostrò soltanto confusione. — Di che parli?

— Sire, la traslazione sembrava essere riuscita. L'avete visto voi stesso. Non avevamo motivo... nessun motivo... — Lanciò al Monarca uno sguardo implorante. — Come stabilito, poco fa ci siamo messi in contatto con Acteon e Tristano. Il Principe Pyrgus non li ha raggiunti.

— Che cosa? — esplose il Monarca.

— Ma l'ho visto varcare il portale con i miei stessi occhi — disse brusco Archippus.

Il sacerdote gli lanciò un'occhiata infelice. — Tutti noi lo abbiamo visto, Viceré.

— Allora dov'è finito?

— Non lo so.

— Dove *può* essere finito? — insisté Archippus.

Il sacerdote riabbassò lo sguardo. — Dovunque — sussurrò.

Aurora tornò in sé cosí bruscamente che il suo corpo fu scosso da una convulsione. Per un momento rimase immobile, ansimante, con il cuore in gola. *Pyrgus... sparito!* Rimise il ragno psicotronico nel portagioie e corse fuori della stanza.

La cappella era nel caos. Dozzine di sacerdoti-tecnici sembravano affannarsi qua e là senza scopo. Gli occhi di Aurora andarono al portale. Lo spazio fra le colonne gemelle era privo delle fiamme familiari, sostituite da una foschia grigiastra... quanto restava del portale naturale di Casa Danaus. Di lato, parzialmente incassati nel pavimento della cappella, c'erano i macchinari che lo mantenevano in funzione. Erano sventrati.

All'improvviso, un sacerdote isterico le sbarrò la strada. — Vietato l'ingresso! — le gridò. — Nessuno... — E poi la riconobbe e si scostò vergognoso. — Chiedo scusa, Vostra Grazia. Perdonatemi.

Aurora gli passò davanti senza una parola, sforzandosi di mantenere la calma. A Pyrgus non sarebbe successo niente di male. Pyrgus *stava* bene. Si era trattato solo di un guasto, di uno sciocco errore, ma, qualunque fosse, poteva essere corretto. Pyrgus era sano e salvo. Si guardò intorno e, individuato Parnassius Phoebus, l'Ingegnere Capo, andò dritta da lui. Lo conosceva e lo trovava simpatico. Sebbene fosse un sacerdote, non gli importava granché dei rituali. Erano le macchine ad affascinarlo. Esattamente l'uomo che serviva ad Aurora. — Che succede? — gli domandò brusca.

Phoebus sembrava preoccupato... anzi, sconvolto. — Vostro fratello è scomparso. Non è mai arrivato a destinazione.

— Questo lo so. Voglio sapere come mai.

— Stiamo cercando di scoprirlo — replicò accennando al macchinario sventrato.

— C'è stato un guasto?

Phoebus si morse le labbra. — È possibile, ma personalmente penso a un sabotaggio.

Lottando contro il panico crescente, Aurora riuscí a mantenere ferma la voce. — Perché?

— Sappiamo che il portale non ha funzionato a dovere, visto che non lo ha traslato dove previsto. Ma neanche il filtro funziona. L'ho appena smontato. A prima vista *sembra* a posto. Anche a un esame superficiale. Però non funziona. Il filtro e il portale sono due cose diverse, indipendenti l'uno dall'altro. Le possibilità che due guasti del genere si verifichino nello stesso momento sono praticamente inesistenti. È mia opinione che qualcuno ci abbia messo le mani.

— Il filtro non funziona?

— Solo fino a un certo punto, Vostra Altezza.

— Che significa?

— Che nel Mondo Analogo è piccolo e alato, proprio

come se avesse attraversato un portale naturale. Ma il danno non è definitivo — si affrettò ad aggiungere notando l'espressione della ragazza. — Nel filtro era comunque rimasta energia sufficiente per riportarlo alle sue dimensioni reali... dopo qualche tempo.

Aurora lo fissò. — Quanto tempo?

— Difficile a dirsi.

— Fai un'ipotesi!

— Qualche giorno, forse un paio di settimane. Un mese al massimo. Difficile a dirsi.

— Giorni? Settimane? Un mese? — gli fece eco Aurora. — Potrebbe essere ucciso da qualunque cosa. Da un topo... perfino da una libellula!

— Probabilmente non succederà...

Era una rassicurazione futile e Aurora la ignorò. — Sai... — cominciò a dire, ma s'interruppe subito vedendo suo padre e Archippus entrare nella cappella e dirigersi verso l'Ingegnere Capo. Intorno a loro, i sacerdoti s'immobilizzarono ansiosi.

— Aurora — disse suo padre — torna nella tua stanza. Devo parlare con l'Ingegnere Capo...

— So cos'è successo, Padre — replicò lei. — E preferirei restare.

Dopo una breve esitazione, il Monarca si voltò verso Phoebus. — Sappiamo se è vivo?

— No, Sire.

— Presumendo che lo sia, sappiamo dove si trova?

— Non ancora, Sire. Ma stiamo facendo del nostro meglio per scoprirlo.

— Quanto ci vorrà?

— Piú o meno una settimana, Sire.

— Una settimana! Non posso aspettare una settimana per sapere se mio figlio è vivo o morto!

— Sire, dobbiamo smontare ed esaminare ogni

componente dell'attrezzatura. Potremmo essere fortunati e ottenere qualche risultato anche prima... — azzardò, ma la sua espressione diceva chiaramente che non ci avrebbe scommesso.

— Qualcuno ha manomesso il filtro — intervenne Aurora.

— Manomesso? — Il Monarca le lanciò un'occhiata, poi tornò a voltarsi verso l'Ingegnere Capo. — Allora non si è trattato di un semplice incidente?

— *Potrebbe* non essersi trattato di un incidente — ammise Phoebus, soppesando ogni parola.

— Temo che *non* si sia affatto trattato di un incidente — interloquí una nuova voce. Si voltarono e videro avvicinarsi il sacerdote-medico anziano. Era un uomo dai capelli grigi e dall'atteggiamento di solito placido, ma adesso aveva gli occhi iniettati di sangue e il suo viso tradiva la tensione. — Vostra Maestà, possiamo parlare a quattr'occhi?

Aurora stava per seguirli, ma il padre le fece cenno di restare dov'era. Cosí non poté fare altro che assistere al loro colloquio da lontano, con crescente frustrazione. Dopo pochi istanti, suo padre tornò indietro, il viso inespressivo come una maschera. — Aurora, vieni con me. Archippus, trova Colias e raggiungeteci tutt'e due nei miei appartamenti.

— Sí, Sire — disse Archippus. Poi si allontanò senza aggiungere altro.

— Il Principe Colias, Vostra Maestà — annunciò Archippus dopo un breve colpetto alla porta. Quando Colias entrò nella stanza, aveva l'aria sfuggente di chi si aspetta di essere accusato, anche se in realtà, in presenza del padre, quello era il suo normale atteggiamento.

— Resta, Archippus — disse il Monarca. — Prego, sedetevi. — Il suo sguardo grave passò dall'uno all'altro. — Colias, ti ho convocato perché sei il secondo Principe Ereditario nella linea di successione al trono. E tu, Aurora, fai parte di Casa Danaus, perciò quello che devo dire riguarda anche te. — L'uomo trasse un profondo sospiro. — Quanto a te, Archippus, sei il Viceré e in quest'occasione avrò piú che mai bisogno del tuo consiglio... È possibile che ci troviamo di fronte a un atto di guerra mascherato.

Aurora lo fissò a bocca aperta, poi lanciò un'occhiata a Colias, ma il fratellastro si guardava le scarpe con aria scontrosa. Archippus era impassibile come sempre.

— Aurora — proseguí il Monarca — so quanto sei affezionata a Pyrgus, e se conoscessi un modo per dirtelo gentilmente, lo farei. Temo che tuo fratello, l'erede al trono, possa fra breve... — s'interruppe, poi si corresse — ... *morirà* fra breve.

— So del filtro — disse Aurora. — Ma anche se il portale l'ha rimpiccolito, Pyrgus è in gamba. So che alcuni sono rimasti uccisi, ma lui sa badare a se stesso... piccolo o grande che sia. E non resterà piccolo per sempre... L'Ingegnere Capo mi ha detto che tornerà alle sue dimensioni normali e può sempre nascondersi finché...

Un cenno del padre la zittí. — Non si tratta del filtro, sebbene anche questo faccia parte del piano per ucciderlo. Il fattore critico non è il portale. Credo sia stato manomesso per impedire a Pyrgus di ricevere aiuto quando avesse scoperto... di essere stato avvelenato.

— Avvelenato? — Aurora sbarrò gli occhi. Colias staccò lo sguardo dalle scarpe. Perfino Archippus sembrò sbigottito.

— Il Medico Anziano — proseguí rigido il Monarca — mi ha appena informato che l'ampolla del vaccino iniettato a Pyrgus è stata manomessa. Sulla siringa ci sono tracce di triptio.

— Che roba è? — chiese Colias, aprendo bocca per la prima volta.

L'angoscia era evidente sul viso del Monarca e Archippus pensò di intervenire. — È una droga — disse — usata a volte dagli assassini dell'Oscurità.

— Grazie, Archippus — fece il Monarca — ma devono sapere tutta la verità. — L'uomo tornò a rivolgersi ad Aurora e Colias. — A vostro fratello è stato iniettato un veleno ad azione ritardata, che reagisce con gli agenti naturali presenti nel sangue, diffondendosi nell'organismo come un batterio. Non ci sono sintomi immediati, ma dopo un certo periodo, dai pochi giorni a circa due settimane, il triptio si raccoglie nel cervello e comincia a fermentare. In seguito all'aumento della pressione, la vittima è soggetta a nausea ed emicranie sempre piú forti. Finché... — Deglutí. — ... finché... — S'interruppe, incapace di proseguire.

— Finché cosa? — domandò Aurora, angosciata. — Devi dirci che cosa succede!

Il Monarca chiuse gli occhi. — Finché non gli esplode la testa.

Undici

Pyrgus guardò Henry allontanarsi con una sensazione simile alla nausea. Si era trasferito sulla spalla del signor Fogarty e il vecchio puzzava un po', ma non era questo il problema. Il problema era... be', il problema non era solo uno. Ce n'erano cosí tanti che non sapeva da quale cominciare.

Per prima cosa, detestava essere cosí piccolo e inerme. Era sempre stato in grado di cavarsela da solo, e ora senza lo zaino magico che aveva sulle spalle non riusciva neanche a farsi sentire. Per di piú, non capiva con quale magia funzionasse quel marchingegno: era il suo primo viaggio nel Mondo Analogo e lí utilizzavano incantesimi molto diversi da quelli che conosceva lui.

Questo era solo il suo problema piú immediato. Continuava a pensare alla fabbrica di colla e ai gattini che Bombix e Sulfureo avrebbero affogato mentre lui era bloccato lí. E a suo padre e ai negoziati in corso con gli Elfi della Notte. Ma soprattutto lo rodeva la deduzione del signor Fogarty, quando gli aveva detto che il filtro non aveva funzionato. *Questa faccenda puzza di sabotaggio*. Piú ci pensava, piú lo riteneva probabile. Ma chi era il sabotatore?

Doveva essere qualcuno che lo voleva morto, su questo non c'erano dubbi. Spedire chiunque nel Mondo Analogo senza un'adeguata preparazione né guardie del corpo significava fargli passare grossi guai. Al signor Fogarty e a Henry non l'aveva detto, ma tutti i libri di storia parlavano di migliaia di visitatori del Mondo Analogo che avevano perso la vita nel giro di un'ora. Con il tempo, il suo popolo aveva imparato a prendere adeguate precauzioni, e soprattutto a usare il filtro, ma prima di allora il Mondo Analogo era stato una trappola mortale. Del resto anche lui aveva rischiato di rimetterci la buccia: se Henry non fosse intervenuto, il gatto lo avrebbe stritolato come un topo.

Ma il problema piú grosso era come tornare a casa. Era un pensiero tormentoso, ossessionante, che gli martellava nel cervello di continuo. Portali naturali esistevano in entrambi i mondi, naturalmente. Ne attraversavi uno, davi un'occhiata al nuovo mondo e tornavi indietro. Una bazzecola, sempre che non finissi in fondo all'oceano. Ma il portale modificato di Palazzo funzionava in modo diverso. Siccome poteva traslare in qualunque punto del Mondo Analogo, non restava sempre in funzione: appariva quando lo accendevi, e si richiudeva quando lo spegnevi.

Si sforzò di riordinare le idee. Se fosse arrivato sulla prevista isola dei Mari del Sud, il portale sarebbe rimasto aperto quanto bastava perché le guardie del corpo riferissero che tutto era filato liscio. Dopo, probabilmente, i sacerdoti-tecnici lo avrebbero riaperto ogni giorno a un'ora stabilita per accertarsi che non ci fossero problemi.

— Cosa ti preoccupa? — chiese Fogarty.

Pyrgus si rese conto di aver fatto un salto. — Potrebbero riaprire il portale — disse.

— Chi?

— Quelli che mi hanno mandato qui. — Aveva deciso di non raccontare proprio tutto al signor Fogarty finché non lo avesse conosciuto meglio.

— Quando?

— Non lo so. A dire il vero, non sono sicuro che lo faranno, però è possibile. Probabilmente lo riapriranno una volta al giorno per controllare che tutto vada bene.

— Come sapranno che sei arrivato sano e salvo?

Pyrgus gli lanciò un'occhiata ammirata. Fogarty era vecchio, ma di sicuro non era uno sciocco. Ormai suo padre doveva essersi reso conto che qualcosa era andato storto, e sacerdoti e maghi dovevano essere già al lavoro per scoprire esattamente cosa. Avrebbero tentato di localizzarlo e di riportarlo indietro. In teoria, questo pensiero avrebbe dovuto rassicurarlo, ma in realtà non gli era di alcun conforto. Era possibile rintracciare una persona traslata nel posto sbagliato?

— Non lo sapranno — rispose. — Voglio dire: non sanno che sono arrivato sano e salvo. Ma di sicuro *sanno* che *non* sono arrivato dove sarei dovuto arrivare.

Fogarty afferrò l'idea al volo, anche se detta cosí sembrava confusa. — Insomma la tua gente capirà che qualcosa non ha funzionato e comincerà a cercarti?

— Sí. Quasi sicuramente.

— Ragion per cui potrebbero riaprire il portale?

— Non ne sono sicuro. Penso di sí. Dipende se riescono a scoprire dove sono finito. Non sarei dovuto arrivare qui.

— Questo è quello che dici tu — borbottò Fogarty. — Ascolta: se riuscissero a individuare dove sei finito, riaprirebbero il portale nello stesso posto?

Pyrgus ci pensò su... Avrebbero tentato di rintracciare le coordinate, non avevano altre possibilità. Annuí. — Sí.

— Allora sarà meglio tener d'occhio quel cerchio d'erba vizza — bofonchiò il vecchio. Poi girò sui tacchi e si diresse verso casa, con Pyrgus sulla spalla. — E dato che non possiamo restare qui a guardarlo tutto il giorno, vedrò di organizzare qualcosa che funzioni da allarme nel caso il tuo portale si riapra.

Henry prese l'autobus all'inizio della strada e si sedette dietro l'autista, con gli occhi persi a fissare il nulla. Si sentiva... strano. Adesso che era lontano da Pyrgus e dal signor Fogarty, ogni cosa gli sembrava irreale.

Da qualunque parte si voltasse, non riusciva a vedere uno spiraglio. L'incontro con Pyrgus lo aveva distratto, ma adesso la realtà era tornata a piombargli addosso con tutto il suo peso. Aveva l'impressione che il sedile dell'autobus fluttuasse nel vuoto. Oltre il finestrino scorreva il buio. Il suono del suo stesso respiro lo assordava; si sentiva stordito ogni volta che muoveva la testa. Soprattutto, era sudato e spaventato.

Non riusciva ancora a credere a cosa stesse accadendo a casa sua. Mamma aveva due figli, accidenti!

Si rese conto di essersi alzato e di aver percorso il corridoio del bus. Rimase accanto all'uscita, aggrappato a un sostegno, fino alla sua fermata. Sempre che fosse davvero la sua fermata. Era cosí confuso da non capire piú niente.

Gli occhi gli si riempirono di lacrime. E scoppiò in singhiozzi.

Dodici

— Ci sono buone notizie — annunciò Tignola.

— E notizie cattive — precisò Tortrice.

Sulfureo li fissò accigliato. Gli sarebbe piaciuto inchiodarli al pavimento e segare i piedi a tutt'e due, ma sapeva per esperienza personale che niente avrebbe potuto sviarli quando avessero cominciato a parlare. Era quello a renderli cosí terrificanti in tribunale: intrappolati tra due fuochi come loro, anche gli innocenti finivano per confessarsi pluriomicidi. Meno male che erano dalla sua parte.

— La buona notizia è che abbiamo il processo in pugno — disse Tignola sorridendo.

— Senza alcun dubbio — confermò Tortrice.

— Anche se il ragazzo è il Principe Ereditario — proseguí Tignola — agli occhi della legge è un comune fellone.

— Si è introdotto abusivamente nell'altrui proprietà.

— Ha rubato i gatti.

— E dunque ha derubato voi.

— La legge non approva queste cose. Anzi, non è disposta a tollerarle. Abbiamo parlato con la giudice...

— Per l'appunto...

— E lei ha ordinato che il ragazzo sia arrestato in attesa del processo.

— E tenuto in custodia da noi o da nostri rappresentanti.

— Ha emesso un mandato di cattura. Eccolo. — Tignola estrasse dalla borsa una pergamena e la sventolò trionfante.

— Per quanto tempo possiamo tenerlo in custodia? — chiese Sulfureo.

— Parecchio — rispose Tortrice. — Sei mesi minimo. E una volta iniziato il processo possiamo richiedere altri sei mesi per preparare il caso. Un anno in tutto. Ci è sembrato sufficiente...

— Altroché! — Sulfureo si strofinò le mani sogghignando. Quella si stava rivelando una delle sue giornate migliori.

— La cattiva notizia — riprese Tignola — è che tutte queste buone notizie hanno un valore puramente accademico.

— Sono inutili. Totalmente teoriche.

— Di che state parlando? — indagò Sulfureo, smettendo di sogghignare.

— È impossibile eseguire il mandato — spiegò Tignola. — Allo stato attuale delle cose, non è che un pezzo di carta privo di valore.

— Totalmente privo di valore — gli fece eco Tortrice.

— E perché? — ringhiò Sulfureo, sporgendosi sulla scrivania.

Tignola rimise la pergamena nella borsa e la chiuse con uno scatto. — Il ragazzo... ovvero, per essere precisi, l'imputato, non si trova piú sotto la presente giurisdizione. Ha lasciato questo mondo.

— È morto? — balbettò Sulfureo. Non bastava che Pyrgus morisse. Doveva essere sacrificato a Beleth. E da Sulfureo in persona. Nient'altro avrebbe soddisfatto i termini del contratto.

— Non mi risulta. La Famiglia Reale sostiene che è stato traslato.

— Nel Mondo Analogo — precisò volenteroso Tortrice.

— Il tribunale non ha giurisdizione sul Mondo Analogo. Finché resta lí, è intoccabile.

— Siete sicuri che lo abbiano traslato per davvero? — chiese sospettoso Sulfureo.

Tignola sembrò sbigottito. — Abbiamo una dichiarazione ufficiale con il sigillo personale del Monarca. Questi sono Elfi della Luce. Non metterebbero mai una menzogna per iscritto. Possiamo essere ragionevolmente sicuri che dicono la verità.

Sulfureo li guardò accigliato. — In tal caso dobbiamo riportarlo qui.

— Ah — disse Tignola.

— Ah — disse Tortrice.

— Che c'è? — sbottò Sulfureo. — È semplice, no? Spediamo un paio di scagnozzi ben piantati nel Mondo Analogo; loro lo acchiappano per la collottola e lo riportano qui. Da quanto mi avete detto, non è nemmeno illegale... visto che laggiú la nostra legge non ha valore.

— Un piano ammirevole — ammise Tignola. — Ma con un difetto.

— Un difetto *fatale* — precisò Tortrice. — Il fatto è che non abbiamo la minima idea di dove si trovi... nel Mondo Analogo, voglio dire.

— A differenza degli altri portali, quello di Casa Danaus è multidirezionale. Possono averlo mandato dovunque.

— Non possiamo costringerli a rivelare la sua destinazione?

Tignola guardò Tortrice. Tortrice guardò Tignola. All'unisono, si voltarono a guardare Sulfureo. — È possibile — rispose Tortrice. — Ma se facessero resistenza, potrebbe volerci del tempo. E il tempo, in questo caso, è essenziale.

— Casa Danaus ha al suo servizio ottimi avvocati. — Tignola abbassò lo sguardo. — Hanno scelto di non contestare il nostro mandato sapendo bene che era impossibile eseguirlo.

— Ho le mie spie nel Palazzo — disse Sulfureo. — E anche Bombix. Fra tutt'e due dovremmo riuscire a scoprire le coordinate della traslazione.

— Possibile — annuí Tortrice. — Ma anche in tal caso sarebbe impossibile seguirlo. Casa Danaus possiede l'unico portale multidirezionale esistente.

— Forse non proprio l'*unico* — mormorò pensoso Sulfureo.

Perfino con l'aiuto di Bombix, ci vollero giorni per ottenere un colloquio... e anche allora fu solo con un tirapiedi. Il rappresentante di Lord Rodilegno era un omaccione arcigno che rispondeva al nome di Harold Trochilium, indossava un completo grigio argento ed era accompagnato da un canvero dagli occhi iniettati di sangue. Stranamente, aveva insistito perché l'incontro avesse luogo allo zoo.

— È un piacere conoscerla — disse mellifluo Sulfureo, tendendogli la mano.

— Il piacere è tutto suo — replicò Trochilium, ignorandola.

Il canvero girò diverse volte attorno alle gambe di Sulfureo, poi annunciò: — È pulito, capo. Niente armi... solo i normali incantesimi e amuleti. — A quel punto si stese a terra come uno stuoino spelacchiato e li fissò.

— Il signor Bombix ha spiegato cosa m'interessava? — chiese Sulfureo, sforzandosi d'ignorare il frastuono dei pappagalli.

Bombix sosteneva da sempre di essere amico di Lord Rodilegno, ma Trochilium non sembrò impressionato nell'udire il suo nome. — No — rispose. E aveva tutta l'aria che la cosa non gli interessasse.

Adesso veniva la parte complicata, e Sulfureo non aveva affatto voglia di strepitare. — Possiamo allontanarci da questi maledetti pappagalli? — chiese.

— A me piacciono i pappagalli — replicò Trochilium.

— A lui *piacciono* i pappagalli — ribadí un pappagallo, aggrappandosi alle sbarre della voliera.

— Anche a me — mentí Sulfureo — ma quello che ho da dirle è strettamente confidenziale.

— Ha paura che lo riferiamo — spiegò compiaciuto l'uccello.

— Va bene — concesse Trochilium. — Andiamo nel Rettilarium.

Il rettilario era caldo e asciutto e diede il colpo di grazia alla sinusite di Sulfureo. Ma almeno era silenzioso. Inoltre lucertole e serpenti non hanno l'abitudine di riferire quello che sentono. Il canvero si arrampicò su una teca di cristallo e ingaggiò una gara a chi-abbassa-prima-gli-occhi con un cobra. Trochilium guardò Sulfureo con aria sprezzante.

Sulfureo si guardò attorno per accertarsi che nessuno potesse udirli, ma abbassò comunque la voce: — M'interessava il...

— Non la sento — lo interruppe Trochilium.

— È una faccenda *confidenziale*! — sibilò Sulfureo. Fece cenno a Trochilium di avvicinarsi e, quando l'altro obbedí riluttante, allungò il collo per bisbigliargli all'orecchio: — M'interessava il portale di Lord Rodilegno.

— E perché?

Sulfureo tornò a guardarsi attorno. — Ho sentito dire che è *multidirezionale.*

— Chi lo dice? — sbuffò Trochilium.

Sulfureo si batté un dito sul lato del naso e si sforzò di apparire scaltro. — Ho le mie fonti. — In effetti, la sua unica fonte era Bombix: una volta, mentre era ubriaco, si era lasciato sfuggire l'informazione. Purtroppo da ubriaco Bombix si lasciava sfuggire un sacco di informazioni inattendibili. Sulfureo si augurava che questa non rientrasse nella categoria.

— Qualcuno ha voluto prenderla per il naso — affermò Trochilium.

— Vuol dire che non ce l'ha? — chiese Sulfureo. Poi si affrettò ad aggiungere: — Il fatto è che *se* l'avesse avuto, sarei stato pronto a pagare parecchio per usarlo. *Parecchio.*

— Peccato che non ce l'abbia — replicò Trochilium. Il canvero si allontanò dalla gabbia. A quanto pareva, il colloquio era terminato.

— Un momento — aggiunse affannato Sulfureo. — Quando dico *parecchio*, mi riferisco a un milione di pezzi in oro. — Avrebbe dovuto ipotecare la fabbrica per mettere insieme tanti soldi, ma se non ritrovava Pyrgus era morto, e se lo trovava avrebbe avuto tutto il denaro del Regno.

Trochilium lo fissò impassibile. Il canvero lo tirò per una gamba dei pantaloni, ansioso di andarsene.

— Per Lord Rodilegno — aggiunse Sulfureo. — E un altro quarto di milione per lei.

— Mi par di capire che lei abbia un bisogno davvero disperato di un multiportale — commentò Trochilium. — Le dispiacerebbe spiegarmi perché?

Sulfureo soppesò i pro e i contro. Aveva previsto la

domanda, ma si era aspettato di parlare con Cossus Rodilegno in persona, non con uno dei suoi lacchè. In ogni caso quel buffone doveva essere piú furbo di quanto sembrasse, o Rodilegno non l'avrebbe mai tenuto al suo servizio. Quindi avrebbe fiutato una menzogna. E c'era anche il canvero. In teoria quelle bestiacce erano in grado di fiutare una balla a un chilometro di distanza. Ovviamente era per questo che Rodilegno le usava. Ultimamente nel Regno non abbondava la fiducia reciproca.

Comunque Lord Rodilegno non nutriva un grande affetto per il Monarca, perciò forse avrebbe visto di buon occhio la morte del Principe Ereditario. Ecco perché Sulfureo decise di dire la verità. O per lo meno *parte* della verità. Quanto bastava per non allertare il canvero. — Devo rintracciare il Principe Ereditario Pyrgus — disse.

— E perché? — chiese Trochilium con aria innocente. — Si è perso?

— Si trova nel Mondo Analogo. Mi serve un multiportale per raggiungerlo.

— Perché desidera raggiungerlo?

— Ho un affare in sospeso con lui.

— Che tipo di affare?

Oh, all'inferno, pensò Sulfureo. — Voglio ucciderlo.

— Perbacco, capo! — guaí eccitato il canvero. — Uccidere il Principe Ereditario!

Harold Trochilium si chinò solenne e di colpo sembrò estremamente minaccioso. — Intendo farle un favore, signor Sulfureo. Le dirò qualcosa che le farà risparmiare un bel mucchio di soldi. Mi ascolta, signor Sulfureo?

Sulfureo arretrò d'un passo. — Sí.

— Non ha alcun bisogno di affannarsi per uccidere il Principe Pyrgus. Vuole sapere perché, signor Sulfureo?

— Sí — ripeté Sulfureo con voce soffocata.

Con suo sbalordimento, all'improvviso Trochilium sorrise. — Perché il Principe Pyrgus è già morto!

— Stecchito come un baccalà — confermò il canvero. — O quasi.

Sulfureo ebbe l'impressione che l'intera volta celeste gli fosse piombata addosso. Doveva essere impallidito, ma si sforzò comunque di mantenere ferma la voce. Deglutí. — Ne è sicuro?

Trochilium era chiaramente raggiante. — Il canvero gliel'ha appena confermato.

Anche con un incantesimo-toglipeso, l'oro pesava. Sulfureo tentò di sollevare la cassa e la sua schiena scricchiolò in modo preoccupante. Inutile. Gli serviva un facchino. Lo avrebbe ucciso subito dopo, naturalmente... qualcosa nella minestra, o meglio ancora un coltello nella schiena. Era l'unica garanzia che non avrebbe parlato. Solo cosí nessuno avrebbe saputo dov'era finito Silas Sulfureo.

Doveva sparire alla svelta. Immediatamente. Beleth era tornato nella sua dimensione e non lo avrebbe cercato prima della scadenza del contratto. E per allora Sulfureo doveva essere scomparso. Era l'unica soluzione. Bruciarsi i ponti alle spalle e sparire. Nonostante le perdite. La fabbrica, i suoi affari, la casa, la maggior parte dei libri... Avrebbe portato con sé solo i piú importanti... quanto bastava per ricominciare. E poi aveva l'oro, che tornava sempre utile.

Sempre che Beleth non riuscisse a scovarlo. A *rintracciarlo*!

Com'era possibile che tutto fosse andato cosí storto? Un momento stava per tagliare la gola al moccioso, e quello dopo era costretto a fuggire per salvare la pelle. La pelle *e* l'anima. Beleth non avrebbe avuto esitazioni. I principi demoni non ne avevano mai. Se lo avesse trovato, per Sulfureo sarebbe stata la fine. E la sua anima, o quanto ne restava, sarebbe finita ad azionare un golem, o a sorvegliare qualche stupida tomba, o affettata per l'eternità e data in pasto a demoni infanti. Che pensiero spaventoso. Orripilante. Inimmaginabile.

Spalancò la porta dell'ufficio e ruggí: — Facchino!

Naturalmente non poteva portarsi dietro tutto l'oro, nemmeno con l'aiuto di un facchino. Doveva lasciarne parecchio. Decine di migliaia di pezzi. Centinaia di migliaia. Il pensiero gli provocava quasi un dolore fisico. Avrebbe dovuto ricominciare daccapo. E ricominciare senza contatti era un incubo. Si sarebbe dovuto rintanare nelle viuzze sudicie di qualche letamaio fuori del mondo... un villaggio di contadini magari, dove mai nessuno sarebbe andato a cercarlo. E anche quando fosse tornato in affari, avrebbe dovuto fare attenzione a non avere troppo successo, perché non poteva piú richiamare l'attenzione su di sé.

Un uomo comparve sulla soglia.

— Che vuoi? — ringhiò Sulfureo.

— Facchino, signore. Mi ha chiamato.

— Sí, sí... Ce la fai a tirarla su? — Indicò la cassa piena d'oro accanto alla scrivania.

Il facchino entrò nell'ufficio e se la mise in spalla come se fosse una piuma. — Ci ha messo su un incantesimo-toglipeso — commentò stupito.

— Portala giú e mettila nella mia carrozza. Quella nera parcheggiata qua davanti. E dopo torna qui... — Abbozzò un sorriso falso — ... per la mancia.

Rimasto solo, aprí il cassetto della scrivania e studiò la sua collezione di pugnali: erano tutti a lama lunga, affilati come rasoi. Ne prese uno col bordo ricurvo a lama ionica, si nascose dietro la porta e aspettò.

Il facchino stava tornando. Sulfureo aveva già sollevato il pugnale quando un pensiero lo fulminò. Non aveva bisogno di fuggire! Non aveva bisogno di nascondersi! Come aveva fatto a non pensarci? Bastava che bruciasse *Il libro di Beleth*! Era cosí semplice. Era stato il libro a evocare Beleth nel mondo di Sulfureo. Una volta distrutto il libro, Beleth non avrebbe avuto modo di raggiungerlo. Cosí avrebbe risolto il problema alla radice. Con Beleth fuori dei piedi, avrebbe potuto scordarsi del contratto. E anche di sacrificare il ragazzo, che si era comunque rivelato una fonte di guai. Beleth non si sarebbe impadronito della sua anima, e lui si sarebbe potuto tenere l'oro, gli affari, i libri e andare avanti esattamente come prima. Poi, quando le acque si fossero calmate, avrebbe escogitato qualche altro piano per diventare piú ricco e piú potente. La vita era di nuovo meravigliosa!

Lasciò cadere a terra il pugnale proprio mentre il facchino rientrava nell'ufficio. L'uomo trasalí vedendolo appostato dietro la porta, ma si riprese quanto bastava per dire: — La cassa è sulla carrozza, signore. Aveva accennato a una mancia...?

Sulfureo sogghignò. — Scordatela! — disse allegramente. — Non parto piú! Non parto piú! — Saltellando gioioso, scostò il facchino e filò a tutta velocità giú per le scale, nel corridoio che andava dalla fabbrica al suo alloggio e alla soffitta. Dopo l'ultima disastrosa evocazione, il posto era ancora sottosopra, ma lui ignorò le macerie e puntò dritto all'armadio, borbottando la formula che rimuoveva il proteggincanto. L'armadio si aprí obbediente.

Ma *Il libro di Beleth* non c'era piú.

E quando, dopo pochi istanti, tornò alla fabbrica, anche la cassa d'oro era scomparsa. Solo a stento Sulfureo evitò di mettersi a urlare. Quel farabutto d'un facchino si era preso la mancia da solo!

Tredici

Quando Henry arrivò nella sua strada, aveva cominciato a piovere. Si strascicò avvilito verso casa. La voce del signor Fogarty continuava a risuonargli nella testa. *Tua madre. Vuole che torni a casa. Subito. A casa subito. Subito.* E lui sospettava di sapere perché.

Notò l'auto del padre sul vialetto.

Sua madre doveva averlo visto dalla finestra perché gli venne incontro con espressione ansiosa, furiosa e colpevole al tempo stesso. — Dove sei *stato*? Il signor Fogarty non ti ha detto di venire subito a casa?

Invece di risponderle, Henry entrò a testa bassa, sgocciolando sullo stuoino con la scritta BENVENUTO, anche se in quel momento non si sentiva affatto benvenuto. Suo padre emerse dalla cucina e gli rivolse il fantasma d'un sorriso. — Tua madre era preoccupata — disse.

Henry si sfilò il giubbotto e lo appese. Anche quello sgocciolava. — Sei bagnato fradicio — notò sua madre. — Va' a cambiarti prima di prenderti un malanno.

— Penso che mi farò un bagno — ribatté lui, tanto per metterle i bastoni fra le ruote. Sapeva che volevano fare una conferenza di famiglia.

Fissò imbronciato le emozioni conflittuali sul viso della madre, sentendosi soddisfatto, ma anche in colpa. — D'accordo — annuí lei alla fine. — Però sbrigati.

Il bagno era una buona idea. S'immerse nell'acqua calda e schiumosa, fissando la luce sul soffitto e sforzandosi di tenere a bada la paura. Quello che sarebbe successo fra poco non sarebbe stato piacevole, e si era già pentito di aver rimandato il momento della verità. Potevano decidere di divorziare. Chiuse gli occhi e si augurò di avere un posto dove nascondersi.

Infilò un paio di jeans puliti, ma la sola camicia che riuscí a trovare fu quella da boscaiolo che zia Millie gli aveva regalato per il compleanno. La fissò con occhi spenti, poi se la infilò. In fondo non doveva partecipare a una sfilata di moda.

Probabilmente i suoi stavano con le orecchie tese ad aspettarlo, perché appena lo sentirono scendere le scale, gli si fecero incontro. — Siamo qui, Henry — lo chiamò papà. — Puoi raggiungerci? — Esitò, e aggiunse bruscamente: — Abbiamo qualcosa da discutere.

Henry si trascinò in cucina senza una parola.

Suo padre fece un tentativo di prendere il timone. — Sarebbe stato meglio che ci fosse anche tua sorella, ma pensavamo fosse utile fare questa chiacchierata prima possibile. Parleremo con Aisling quando tornerà dal suo fine settimana.

Avrebbero fatto meglio a cambiare stuoino.

— Vuoi sederti, Henry? Del tè... qualcos'altro?

— Dacci un taglio, Tim — lo interruppe sua moglie. Poi si rivolse al ragazzo: — Mi pare di capire che hai parlato con tuo padre...

Henry annuí.

— Per cominciare, voglio dirti che questo non riguarda affatto te o Aisling — esordí sua madre. — Cioè, è ovvio che vi riguarda, ma tu... — scosse rigidamente la testa — ... lo sai, non sei certo *responsabile*. — Abbozzò perfino un sorriso.

Doveva aver letto qualche libro di psicologia. C'è un divorzio, i figli si mettono in testa che è colpa loro, e dopo un tot di anni si sfogano con qualche psichiatra. — Non penso sia colpa di nessuno — disse Henry. Sorprendendo se stesso. Suonava molto piú adulto di quanto si sentisse.

Sua madre batté le palpebre. — Be', no. Naturalmente no. Volevo solo accertarmi che tu... — Lasciò il discorso in sospeso. A quel punto papà decise di tornare in campo. In realtà tenere testa a mamma era fuori discussione, ma in fin dei conti era un dirigente ad alto livello: non poteva comportarsi da femminuccia. — Il fatto è — cominciò — che una faccenda del genere cambia le cose. È inevitabile, comunque la si metta...

— Eri d'accordo a lasciare parlare me — disse pacata mamma.

— Volevo solo rassicurarlo... — ribatté suo padre, con una sfumatura di collera nella voce. Poi però lasciò perdere.

— Tuo padre mi ha riferito la conversazione che ha avuto con te stamattina — riprese lei. — Abbiamo discusso a fondo la situazione. Per decidere il da farsi. È stato... — Sembrò imbarazzata. — ... molto comprensivo. — Abbassò gli occhi. — Probabilmente piú di quanto mi meriti. — Tornò a fissare Henry e proseguí in fretta: — Ci siamo resi conto che non siamo i soli a essere coinvolti. C'è Aisling. E ci sei tu. Per Aisling sarà meno facile capire, perché è la piú giovane. Tu invece sei grande... Comunque, il punto è che né tuo padre né io possiamo pensare soltanto a noi stessi. Dobbiamo... sí, dobbiamo considerare cosa sia meglio per Aisling e per te. E anche per noi, naturalmente.

Il cervello di Henry non funzionava. Di solito gli era facile anticipare le mosse dei genitori, ma ora non riusciva a capire se volessero prepararlo a un divorzio o al plotone d'esecuzione.

— Innanzitutto voglio dirti che non divorzieremo — continuò sua madre. — Non pensiamo sarebbe giusto per voi ragazzi. — La donna si passò la lingua sulle labbra. — Però ci separeremo. — A quel punto, lo fissò, cercando di valutare la sua reazione. — Non temere... — aggiunse subito dopo. — Non succederà subito. Per organizzare tutto, ci vorranno diverse settimane, forse un mese. E non ci separeremo *completamente*. Di tanto in tanto ci ritroveremo tutti insieme, come una famiglia, cosí sembrerà piú come... sí, come se uno di noi fosse partito per una lunga vacanza, un viaggio all'estero... — Tacque esitante, senza staccargli gli occhi di dosso.

— A chi va la casa? — chiese Henry con voce spenta.

Sua madre lanciò un'occhiata al marito, che non aprí bocca. — Pensavamo — disse dopo un momento — che per voi sarebbe stato piú facile se ad andarsene fosse papà. — Aspettò una reazione di Henry, e quando lui restò zitto, aggiunse ansiosa: — È ragionevole, sai, cosí può trovarsi un posto piú vicino all'ufficio. — Si sforzò di sorridere. — Per lui sarà piú semplice.

Henry la fissò allibito. Ne era davvero convinta.

— E noi a chi andiamo? — chiese Henry.

— Non metterla cosí! — lo supplicò sua madre.

— E come dovrei metterla? — Si sentiva il cervello intorpidito.

Sua madre sospirò. — Pensavamo che sarebbe stato meno traumatico se tu e Aisling foste rimasti qui.

Insieme a me. Non sareste costretti a traslocare, né a farvi nuovi amici o cambiare scuola. Tutto andrebbe... sí, come prima. Vostro padre verrebbe a trovarvi... spesso. — Di nuovo si costrinse a sorridere.

— Anaïs verrà a stare con noi?

— È possibile — ammise sua madre. — Ma solo se tu e Aisling sarete d'accordo. — Tornò a fissarlo, sperando in una sua reazione, e dopo un momento aggiunse: — Potrebbe essere divertente, Henry. Come avere due madri. — Batté le palpebre. — Lo so che Anaïs ti piace.

Sicuro che Anaïs gli piaceva. Aveva tutto il necessario per piacergli. Ma due madri? No, grazie. Una era piú che sufficiente. Si voltò a guardare il padre: — A te va bene cosí, papà?

— No — disse suo padre — però mi sembra la soluzione piú giusta.

La soluzione piú giusta? Mamma ha una storia con un'altra donna, però si tiene la casa e i figli e sbatte fuori papà.

— Cosa ne pensi, caro? — chiese sua madre.

Henry scrollò le spalle. In realtà non le importava affatto cosa pensava, perciò perché perdere tempo a spiegarglielo? — Se tu e papà siete d'accordo... — Si alzò.

— Dove vai? — chiese subito sua madre.

Henry la fissò. — Da Charlie. La signora Severs mi aspetta a cena.

Mentre lui raggiungeva la porta, i suoi genitori si scambiarono un'occhiata. — Non lo dirai a Charlie, vero? — gli gridò dietro sua madre.

— Tua madre è *che cosa*? — esclamò Charlie quando glielo disse.

— Papà ha una segretaria, Anaïs. Mamma ha una storia con lei.
— Vuoi dire che tua mamma è *gay*?
Henry annuí.
— Forte! — commentò Charlie.
L'acquazzone era finito ed erano seduti l'uno accanto all'altra in giardino. La signora Severs, convinta che i figli non diventassero mai grandi, aveva servito loro una cena a base di patatine, salsicce, popcorn, marmellata e una torta rosa acceso, dopodiché li aveva lasciati per conto proprio. Gli avanzi erano sparsi sul tavolo, insieme a due bottiglie di limonata vuote. Henry era sorpreso dal proprio appetito. Detestava quello che stava succedendo alla sua famiglia, ma ora che sapeva il peggio provava una strana sensazione di sollievo.
— Trovi forte che mia madre sia lesbica?
— Eccome. Tu no?
— Veramente non ci ho mai pensato...
— Io sí. Alla faccenda d'essere gay, voglio dire, non a tua madre. Le ragazze a scuola non fanno che parlarne.
— Davvero?
— Sí, certo. Alcune ci hanno pure provato.
— Le tue compagne di scuola?
— Sí. È una fase che attraversi, pare...
— Anche *tu*? — Impossibile. Del resto, stamattina l'avrebbe creduto impossibile anche di sua madre.
— No, non fa per me — rise Charlie, spingendo indietro i capelli. — Di'... non sarai sconvolto, vero?
— A proposito di mamma? Sí.
— Sei terribilmente all'antica, Henry.
— Non m'importa. Papà ci sta soffrendo.
Charlie sembrò riflettere. — Suppongo di sí. — Era una ragazza piccola, con i capelli biondi e gli occhi

azzurri. Al di fuori della scuola, Henry l'aveva sempre vista in jeans e camicia da uomo. A volte gli sembrava tutta matta, però con lei potevi parlare di tutto. E non andava mai in giro a raccontare quello che le confidavi. — Che farai? — gli chiese.

— Io? Che posso fare, io?

— Non lo so — ammise Charlie. — Divorzieranno?

— Dicono di no. Ma è inevitabile che succeda, prima o poi.

— Che pensano di fare? Di restare insieme *per il bene dei bambini*?

— Qualcosa del genere.

Charlie gli mise una mano sul braccio. — Mi dispiace, Henry. Questa storia ti ha proprio turbato, eh?

Henry si morse le labbra e annuí di nuovo. — Sí.

— Anche mamma e papà hanno divorziato.

Henry la fissò perplesso. — E poi si sono rimessi insieme? — Il signore e la signora Severs gli erano sempre sembrati una coppia affiatata.

Charlie ridacchiò. — Peter non è il mio vero padre.

— No?

— Mamma divorziò da papà quando avevo tre anni. O quattro Diciotto mesi dopo conobbe Peter, e il secondo tentativo le è andato molto meglio.

Henry la fissò a bocca aperta. — Non lo sapevo.

— Non lo sa nessuno. Quando ha sposato mamma, Peter mi ha adottata legalmente. È un tipo a posto.

— E il tuo vero papà?

— Che cosa?

— Lo vedi mai?

— No.

— Proprio mai?

— No.

— Dov'è, adesso?

— Non lo so.
— Non vorresti vederlo?
Charlie scosse la testa. — Neanche so che faccia abbia — disse con tono quasi trionfante. — Non me ne ricordo.
— Già — disse serio Henry.
All'improvviso Charlie sorrise. — Come vedi, non sei il solo ad avere problemi con i genitori. E comunque non si può mai dire... le cose fra i tuoi potrebbero rimettersi a posto.
— Al momento non sembra probabile — disse Henry. Inorridito, sentí che gli salivano di nuovo le lacrime agli occhi. Tentò di voltarsi, ma Charlie se ne accorse.
Allora gli si avvicinò, gli mise un braccio attorno alle spalle e se lo strinse al petto. Aveva ancora poco seno. Miracolosamente Henry riuscí a ingoiare le lacrime.
— Dev'essere stata una giornataccia — disse Charlie, tenendolo ancora stretto.
Una farfalla svolazzò davanti a loro, diretta verso la siepe. Henry trattenne il fiato, ma poi si rilassò.
E non sai il resto, pensò.

Quattordici

Aisling tornò a casa venerdí sera, impaziente di raccontare del pony di nome Chester e dell'istruttore di equitazione Damien Middlefield. Sembrò sbalordita quando, senza neanche ascoltarla, i suoi genitori la trascinarono in soggiorno per spiegarle la situazione. Henry aspettò in cucina, mangiò un po' di yogurt e due budini al cioccolato, ma alla fine si fece cosí tardi che se ne andò a letto. La mattina seguente scoprí che Aisling aveva deciso di rifiutare *in toto* la realtà.

— È cosí *grande* — lo informò entusiasta — ma cosí *dolce*. Ed è disposto a tentare qualsiasi cosa, davvero, non importa quanto alti siano gli ostacoli. Mi sarebbe piaciuto tantissimo metterlo in valigia e portarmelo via. — Si riferiva a Chester, il cavallo-meraviglia. — Pensi che mamma e papà mi lascerebbero avere un pony? Insomma... il posto lo abbiamo. Cioè, lo avremmo se togliessimo la pergola. Forse Chester è *in vendita*. E se papà comprasse il campo dal dottor Henderson avremmo pascolo a volontà e potrei...

— Cosa ti hanno detto? — la interruppe Henry. Erano soli in casa. Mamma era uscita a fare spese e papà, nonostante fosse sabato, si era recato in ufficio. Entrambi avevano detto che sarebbero tornati solo nel pomeriggio. Henry sospettava che lo avessero fatto di proposito per permettere a lui e alla sorella di parlare in libertà.

— Be', veramente non ho chiesto loro di comprare Chester — disse Aisling. — A dire il vero, ho *accennato* alla cosa, ma...

— Smettila, Aisling! Tanto prima o poi dovremo parlarne.

— Parlare di che?

— Di quello che sta succedendo fra mamma e papà.

— Cos'è che sta succedendo fra mamma e papà? — chiese allegramente Aisling.

Henry provò l'impulso di strangolarla. — Ti hanno detto che mamma ha una storia con la segretaria di papà? — le chiese brutalmente.

— Oh, quello. Non significa niente. Mamma non è gay.

— Mamma non è gay?

— No — replicò Aisling in tono indisponente. — Impossibile. Del resto, ieri sera me l'ha detto lei stessa.

— Ti ha detto che non è gay, però ha una storia con Anaïs Ward? Non ti sembra che fra le due cose ci sia una vaga contraddizione?

— No. — Aisling si guardò intorno distrattamente, come alla ricerca di una via di fuga. — Non devi andare a lavorare per quel vecchio bacucco di Fogarty o qualcosa del genere?

Henry ignorò la domanda. — Non ti hanno detto che si stanno separando? Che papà andrà a stare da qualche altra parte e noi resteremo qui con mamma?

— Non sarà per molto — affermò Aisling sicura.

— Che cosa non sarà per molto?

— La separazione. Mamma non dice sul serio... è una specie di crisi ormonale. Non è come se fosse un altro *uomo*. È solo che a una certa età alle donne viene voglia di sperimentare. Tu sei un ragazzo, non puoi capire. Finirà tutto in una bolla di sapone, vedrai.

Henry non aveva mai pensato che sua sorella avesse un cervello da Nobel, ma questo era troppo perfino per lei. — E secondo te papà si limiterebbe a... perdonarla?

— Che dovrebbe perdonare? Non è un altro uomo.

Henry ci rinunciò. Ognuno affrontava i problemi a modo proprio e ovviamente Aisling preferiva credere che tutto andasse bene e che niente sarebbe cambiato. Non per molto, almeno. — Va bene — disse.

— Va bene cosa? — chiese sospettosa Aisling.

— Che forse non c'è di che preoccuparsi. — Il ragazzo si alzò e infilò il giubbotto.

— Dove vai?

— A lavorare per quel vecchio bacucco di Fogarty.

Per qualche strano motivo, questo la mandò in bestia. — Forse, se tu fossi rimasto piú tempo a casa, tutta questa storia non sarebbe mai successa.

Henry la fissò ammutolito. Era appena tornata da una settimana di vacanza al suo stupido Pony Club, trattava la casa come un albergo e osava dire che *lui* sarebbe dovuto restarci di piú? Ma prima che potesse trovare la risposta adatta, sua sorella proseguí imperterrita: — E poi che ci fai, da quel vecchiaccio?

Salviamo elfi, pensò. Naturalmente si guardò bene dal dirlo e con notevole sforzo riuscí a mantenersi calmo e ragionevole. — Gli pulisco la casa, a volte la rimessa. Lascia andare parecchio le cose. Deve avere piú di ottant'anni.

— Tutto qui? — lo aggredí Aisling. — Soltanto le pulizie?

— No, in realtà non faccio solo le pulizie.

Sua sorella lo fissò, in attesa.

Al diavolo, pensò Henry, tanto non mi crederebbe comunque. E poi c'era una specie di giustizia poetica nel dirle la verità. — Se vuoi proprio saperlo, abbiamo salvato un elfo. Uno strano tipetto con le ali... un certo Pyrgus — disse. Poi, prima che Aisling potesse riprendersi, si diresse verso la porta.

Se la stava richiudendo alle spalle, quando lo raggiunse uno strillo esplosivo. — Sei tu quello strano, Henry! Sei *tu* quello strano!

Davanti alla casa del signor Fogarty c'era un praticello spelacchiato come quello sul retro. L'erba era cosí ingrigita che sembrava coperta da un velo di fuliggine, ma il signor Fogarty si rifiutava di tagliarla. Una volta Henry si era offerto di farlo lui, ma il vecchio era convinto che non fosse in grado di manovrare il tosaerba. Perché – fatto strano – possedeva un tosaerba incredibilmente potente, fin troppo grande per quelle misere erbacce, ben lubrificato e coperto da un telo di plastica in fondo alla rimessa.

Henry prima suonò il campanello, poi usò il batacchio. A volte il signor Fogarty ci metteva anche cinque minuti per venire ad aprire; altre non apriva affatto ed Henry doveva andare sul retro e bussare alla finestra della cucina. Ma oggi la reazione fu immediata.

— Via! — strepitò dall'interno della casa. — Andate via... sciò!

— Sono io, signor Fogarty — disse Henry, paziente. E aspettò.

Dopo un momento, la porta si socchiuse e nella fessura comparve un vecchio occhio cisposo. — Sei tu, Henry?

— Sí, signor Fogarty.

La porta si aprí ancora un po'. Il vecchio mise fuori la testa e si guardò rapidamente attorno. Poi agguantò Henry per un braccio e lo trascinò dentro. — Dove t'eri cacciato? — sibilò. Ma inaspettatamente si esibí in uno dei suoi rari sorrisi. — C'è qualcuno che vorrei farti conoscere. Vieni.

Henry lo seguí in soggiorno, dove oltre al caos regnava la penombra: per impedire ai vicini di sbirciare in casa, Fogarty aveva appiccicato fogli di carta da pacchi alle finestre. Per un momento Henry non vide nessuno, a parte Fogarty. Poi avvertí un movimento alla sua sinistra e un ragazzo dai capelli rossi, piú o meno della sua età, si alzò da una poltrona sventrata. — Ciao, Henry — disse.

— Ciao... — rispose Henry, incerto. — Ci conosciamo? — Il ragazzo aveva un'espressione allegra e un abbigliamento insolito: qualcosa che somigliava a una di quelle mimetiche tanto alla moda, però del colore e del modello sbagliato.

Il ragazzo gli tese la mano e sorrise. — Pyrgus — si presentò. — Pyrgus Malvae.

Per un momento Henry si accigliò, chiedendosi chi fosse Pyrgus Malvae. Poi capí. — Pyrgus! Sei tu! Ma... ma... — Si voltò verso il signor Fogarty, e vide che sorrideva anche lui. Tornò a guardare Pyrgus. — Niente ali?

Pyrgus scosse la testa. — Non piú.

— E sei... grande!

— Si nota, eh?

Henry gli strinse la mano con entusiasmo e poi tornò a fissare il signor Fogarty. — Come ha fatto?

— Non sono stato io. L'effetto restringente si è esaurito da solo.

— Mi sono addormentato che ero un insetto con le ali — disse Pyrgus — e quando mi sono svegliato ero normale.

— Però! — Henry non riusciva a credere che quel ragazzo robusto fosse la stessa creaturina delicata che pochi giorni prima aveva portato sulla spalla.

Gli occhi di Fogarty scintillarono. — E devi chiamarlo Altezza. È al *Principe* Pyrgus che stai stringendo la mano.

— Non dargli retta — disse Pyrgus.

Anche Henry sorrise. — Non sei un principe? — Di sicuro non ne aveva l'aspetto.

Pyrgus sembrò imbarazzato. — Veramente sí. Mio padre è il Monarca del Regno. Però tutti mi chiamano semplicemente Pyrgus.

— Sono successe un bel po' di cose, da quando te la sei svignata — annunciò Fogarty. — Secondo Pyrgus, dietro i rapimenti degli UFO devono esserci gli Elfi della Notte.

Henry batté le palpebre. — Un momento... che c'entrano gli UFO? — *E chi sono gli Elfi della Notte?*

— Il signor Fogarty mi ha raccontato che spesso membri del vostro popolo sono rapiti da piccole creature con grandi occhi e arti sottili — rispose Pyrgus. — Gli Elfi della Notte usano creature simili... nel mio mondo le chiamiamo demoni.

Demoni, pensò Henry. Pyrgus era sbarellato quanto il signor Fogarty. — E chi sarebbero — domandò cauto — gli Elfi della Notte?

— È un po' complicato da spiegare — disse Pyrgus. — Sono diversi dagli Elfi della Luce.

Henry cominciò a sentirsi in alto mare. — E chi sono gli Elfi della Luce?

— La mia gente — lo informò allegramente Pyrgus.

— Ora capisci perché la tua presenza è cosí importante — aggiunse Fogarty rivolto a Henry.

— Veramente no — disse Henry.

— Cosí possiamo rimandare Pyrgus a casa il prima possibile — spiegò paziente il vecchio. — Lo avremmo aiutato comunque, naturalmente, ma ora abbiamo un motivo in piú. Almeno, appena arriva a casa, potrà dire al suo vecchio di chiudere i portali usati dai demoni. E porre fine ai rapimenti.

— Capisco — mormorò Henry. Portali. Elfi. Rapimenti. UFO. Demoni. Lanciò un'occhiata alla carta da pacchi appiccicata ai vetri. Non c'era poi una gran differenza con la gabbia di matti che aveva appena lasciato. — È importante che io sia qui, cosí possiamo rimandare Pyrgus a casa.

— Bene — disse Fogarty impaziente. — Adesso ti spiego come faremo.

— I dischi volanti non esistono, sai... — sussurrò Henry a Pyrgus mentre seguivano il vecchio in cucina.

Pyrgus aggrottò la fronte. — Ma il signor Fogarty mi ha detto che l'anno scorso sono stati rapiti sei milioni di americani. Gli americani sono persone, no?

— Sí. Certo che lo sono. Però non è vero. È il signor Fogarty a *pensare* che lo sia.

— E perché lo pensa? — chiese Pyrgus.

Perché è matto da legare, pensò Henry.

— Che bisbigliate, voi due? — chiese Fogarty, sospettoso. Non gli piaceva la gente che bisbigliava.

— Niente, signor Fogarty — lo rassicurò Henry.

Sul tavolo della cucina era stesa una cianografica enorme, che mostrava una macchina inconsueta. Due schizzi erano indicati come "bobine tesla" e sembravano roba elettrica, qualcosa che spuntava da una specie di generatore. Però c'erano anche disegni di attrezzi piú convenzionali: il tipo d'ingranaggi, leve e rotelle di un mulino vittoriano. Ma lo schizzo piú strano era un circuito indicato come "Macchina Hieronymus". Da un'estremità usciva un'antenna a spirale che emetteva, o assorbiva, una lucina lampeggiante contrassegnata dalla scritta "radiazione eloptica". Henry sollevò lo sguardo sul signor Fogarty — Che roba è?

— Il tracciato del primo portale artificiale fra i Mondi Analoghi — rispose fiero il vecchio.

Lo sguardo di Henry andò da Pyrgus alla cianografica. A parte gli ingranaggi e le rotelle, niente di quella roba sembrava avere senso. — Come funziona?

— Mentre te ne stavi spaparanzato a *casa* — lo rimbeccò Fogarty — Pyrgus e io abbiamo lavorato. Pyrgus mi ha riferito tutto quello che ricordava sul portale, e alla fine ho capito che il principio base doveva essere lo stesso della Macchina Hieronymus.

— Che roba è una Macchina Hieronymus? — chiese Henry.

Fogarty gli lanciò un'altra occhiataccia. — Non v'insegnano niente a scuola? La prima fu brevettata da Galen Hieronymus nel 1949. Una cosetta che aveva messo insieme per individuare il contenuto metallico delle leghe... cosí, se uno ti vendeva un lingotto, potevi usarla per controllare che fosse davvero d'oro.

— Non avevo mai sentito parlare di... questo Hieronymus — fece Henry, impermalito.

— Perché la sua invenzione non prese piede — spiegò Fogarty. — Purtroppo una persona su cinque non riusciva a farla funzionare.

— Troppo complicata?

Fogarty scosse la testa. — No: la accendevi, mettevi un campione vicino alla bobina di rilevazione e leggevi i risultati su un quadrante. Una quisquilia.

— Allora qual era il problema?

— Nessuno ci capiva niente. Finché un certo Campbell lo scoprí. Organizzò una serie di esperimenti con tutti quelli che riuscivano a far funzionare la macchina. Uno era un ragazzo non molto piú grande di te. Accese la macchina, la regolò e controllò un mucchio di campioni. Funzionava benissimo. E poi Campbell si accorse che si era scordato d'inserire la spina nella presa.

— Ma è impossibile! — Henry non s'intendeva granché di aggeggi elettronici, però sapeva che non funzionavano senza elettricità. — Forse raccoglieva elettricità statica o roba del genere.

— Campbell controllò anche questo. Niente elettricità statica. Neanche una scintilla di elettricità, di nessun genere. Sembrava una macchina elettronica, funzionava come una macchina elettronica, ma non lo era. Perciò doveva funzionare in qualche altro modo. Era l'unica ipotesi logica. Alla fine decisero che a farla funzionare era la fede.

— Mi prende in giro, vero? — chiese Henry dopo un breve silenzio.

Fogarty, che era totalmente privo di senso dell'umorismo, lo guardò con aria solenne. — Henry, tutti sanno che le macchine elettroniche funzionano... ci siamo abituati, capisci. Funzionano *sempre*. Perciò se costruisci qualcosa che sembra una macchina, ma fatta a dovere, con tutti i componenti al posto giusto, *dovrà* funzionare. Scatta qualcosa fra la tua mente e la macchina.

Henry lanciò un'occhiata a Pyrgus. — A te sembra sensato?

— Oh sí — rispose serio Pyrgus. — Nel mio mondo i maghi usano di continuo lo stesso principio.

— Non importa se sembra sensato o no — intervenne Fogarty. — La teoria è a prova di bomba. Quest'affare funzionerà. Non dobbiamo fare altro che costruirlo.

Henry guardò di nuovo la cianografica. — E dove troverà i componenti?

— Qui ne ho già qualcuno e so dove possiamo comprare le bobine tesla. L'unico problema sono alcuni pezzi dei circuiti Hieronymus, che non saranno facili da recuperare alla svelta. Invece a noi servono subito.

— Allora come facciamo? — chiese Henry candidamente.

— Li ruberai nella tua scuola — rispose Fogarty.

Quindici

Quando Henry tornò a casa, scoprí d'essere nei guai fino al collo.

— Siamo preoccupati per questa storia delle fate — disse di punto in bianco suo padre dopo cena.

Lo sguardo di Henry andò da lui alla mamma. — Quali fate?

— Dal signor Fogarty — precisò sua madre.

Aisling gliel'aveva riferito! La piccola carogna! Henry non avrebbe mai creduto che avrebbe fatto la spia. — Non c'è molto da dire — commentò scrollando le spalle.

— No, penso di no — annuí suo padre con un sorriso. — Insomma, un ragazzo grande come te che crede alle fate... — Il sorriso sbiadí. — Però ho svolto una piccola indagine e ho scoperto un paio di cosette sul tuo signor Fogarty. Francamente lascia parecchio a desiderare. Crede nelle fate, giusto? E all'invasione di ometti verdi? È paranoico, Henry.

— Papà, ho detto dell'elfo solo per fare dispetto ad Aisling.

— Sí, sospettavo che la ragione fosse questa — intervenne sua madre. — Ma il signor Fogarty non è una frequentazione adatta a te, Henry.

— Mamma, io mi limito a pulirgli la casa — disse lui, tentando di riportare la discussione su un piano razionale.

— Lo sapevi — fece allora sua madre — che il tuo prezioso signor Fogarty ha *precedenti penali*?

Una volta in camera sua, Henry si ritrovò a fissare il maialino volante di cartapesta chiedendosi cosa fosse successo al suo mondo. Girò la maniglia e il porcello si sollevò agitando le ali di cartone. Aveva l'impressione di averlo costruito in un'altra vita, quando era soltanto un ragazzo. Adesso si sentiva un altro. Si sentiva piú vecchio del signor Fogarty, che gli era stato proibito di rivedere.

Precedenti penali? Sua madre si era rifiutata di aggiungere altro, compreso dove lo aveva saputo, ma a giudicare dall'aria imbarazzata del padre, Henry sospettava che quell'informazione fosse frutto delle sue *piccole indagini*. Ma era impossibile che il signor Fogarty avesse precedenti penali. Aveva quasi ottant'anni, santiddio, forse perfino di piú. Che precedenti penali poteva avere un ultraottatenne? Aveva tirato in testa a qualcuno il libretto della pensione?

Ma i suoi genitori si erano rifiutati di ascoltarlo. Tutti e due. Risultato: Henry non doveva piú andare a trovare "il pericolo Fogarty".

Si distese sul letto senza neanche togliersi le scarpe da ginnastica e ripensò alla sua ultima conversazione con il vecchio.

— Allora come facciamo? — aveva chiesto, riferendosi ai componenti della Macchina Hieronymus.

— Li ruberai nella tua scuola — aveva risposto Fogarty.

A quel punto, Henry aveva detto qualcosa di molto sciocco. — Ma la scuola è chiusa per le vacanze estive.

— Perciò sarà piú facile sgraffignarli.

— Non voglio derubare la mia scuola!

— Be', io non posso farlo. Quasi non riesco ad arrivare in fondo alla strada, figurati a scalare un muro. *Devi* farlo tu, Henry. Pyrgus ti aiuterà. Vero, Pyrgus?

— Sicuro — aveva annuito Pyrgus.

— Ma siete matti? E se mi scoprono?

Fogarty lo aveva fulminato con lo sguardo. — Sai quanti furti vengono risolti in questo distretto? Il dieci per cento. *Dieci* per *cento*. Uno su dieci... capisci? E anche cosí, la metà degli accusati è rilasciata per mancanza di prove o altre fesserie legali. Comunque, soltanto gli scemi vengono presi. Un minimo di pianificazione, un minimo di buonsenso, e filerà tutto liscio come l'olio. È una scuola deserta, non i Gioielli della Corona!

— Già — aveva convenuto Henry.

— Vuoi aiutare Pyrgus, giusto?

— Certo che voglio aiutarlo. Però non voglio derubare la mia scuola!

— Vuol dire che dopo li rimetteremo a posto. Cosí non sarà rubare, ma prendere in prestito. Un prestito a breve scadenza, se vuoi fare tanto lo schizzinoso.

— Come sarebbe, li rimett*iamo* a posto? Pyrgus tornerà a casa sua e lei non arriva alla fine della strada. Dovrò rimetterli *io* a posto. Insomma dovrei introdurmi nella scuola due volte. Neanche a pensarci.

— E se trovassi qualcun altro che li rimettesse a posto? In tal caso lo faresti?

— Chi? A chi potrebbe chiedere di fare una cosa del genere?

— Ho i miei contatti.

— Allora li faccia rubare dai suoi contatti!

— Non c'è tempo. Pyrgus deve tornare a casa prima possibile. — Il vecchio aveva tirato su con il naso. — Comunque vedo che non hai obiezioni se sarà qualcun altro a derubare la tua preziosa scuola.

— Certo che ho obiezioni. Si tratta di rubare e io non voglio farlo.

— Senti, Henry — era intervenuto Pyrgus — puoi almeno mostrarmi dov'è la scuola? Andrò io a prendere quello che serve.

— Non puoi *rubare*!

— Sí che posso. Non mi entusiasma, però qualcuno ha tentato di uccidermi. Inoltre temo che mio padre possa essere nei guai, e c'è una fabbrica dove affogano gattini nella colla... Se per fermare tutto questo dovrò rubare un paio di cose, allora lo farò. Soprattutto se in seguito il signor Fogarty troverà il modo di rimetterle a posto.

Henry aveva aperto e richiuso la bocca un paio di volte, senza emettere un suono.

— Non puoi farlo tu, Pyrgus. — Era stato Fogarty a parlare.

— Perché no?

— Perché non sai cosa cercare.

— Può darmi una lista.

— Sicuro. — Fogarty aveva annuito. — Ma per te non avrebbe significato. Sai che aspetto ha un transistor?

— Potrebbe farmi un disegno — aveva proposto Pyrgus dopo un momento.

— Non sono molto bravo a disegnare e ci servono parecchi pezzi. Posso dare a *Henry* una lista. Henry frequenta quella scuola. Va in laboratorio. Sa dov'è ogni cosa e sa che aspetto ha. Deve farlo lui.

Pyrgus aveva lanciato a Henry un'occhiata implorante. — Potresti almeno venire con me a indicarmi cosa prendere? Il furto vero e proprio lo farò io. E se ci scoprono, dirò che ti ho costretto.

Henry aveva sospirato. — E va bene, lo farò. Ti procurerò quello che ti serve. Preparate una lista.

— Bravo! — aveva esclamato Fogarty.

— Non c'è bisogno che vieni anche tu, Pyrgus. Non ha senso rischiare tutti e due.

— Io vengo con te — aveva ribadito Pyrgus.

Henry si era voltato verso il signor Fogarty. — Quando vuole che lo faccia?

— Domani mattina — era stata la sua risposta. — È domenica e non ci sarà nessuno in giro.

Era domani dunque. Ma mentre Henry stava disteso sul letto a rodersi il fegato, non riusciva a trovare un modo per rispettare il piano stabilito. Avrebbe dovuto passare da Fogarty di buon'ora per prendere Pyrgus e la lista; poi sarebbero andati alla scuola, vi si sarebbero introdotti e avrebbero portato al vecchio i pezzi necessari... proprio come due personaggi di *Oliver Twist*. Infine avrebbero passato la domenica costruendo quell'ingegnosa macchina. Ai suoi avrebbe detto solo che il signor Fogarty aveva bisogno di un giorno di lavoro extra.

Ma adesso gli era stato proibito di tornare dal signor Fogarty.

Peggio ancora, per il giorno dopo era in programma un picnic di famiglia. Sua madre era in piena crisi ormonale; suo padre era sconvolto; sua sorella era innamorata di un cavallo e la cosa migliore era fare un picnic fingendo che tutto andasse bene. Chiuse gli occhi. Cosa poteva fare?

Parecchio tempo dopo, si alzò e si tolse le scarpe, poi si avvicinò alla porta e tese le orecchie. La casa era silenziosa. Aveva sentito i genitori ritirarsi nelle loro stanze piú di un'ora prima: con un po' di fortuna, ormai stavano dormendo. Ma se anche fossero stati svegli, era difficile che scendessero di nuovo.

Aveva sentito rientrare Aisling – sbatteva sempre la porta – e ormai doveva essere a letto anche lei.

Fece capolino dalla sua stanza. L'unica luce sul pianerottolo era quella della lampadina a basso voltaggio, per arrivare al bagno di notte senza rischiare di rompersi l'osso del collo.

Il ragazzo si affacciò alla ringhiera. Anche a pianterreno le luci erano spente, ma il chiaro di luna che entrava dalle finestre gli permetteva di vedere bene. Si guardò attorno. Dalla porta della stanza degli ospiti filtrava ancora luce: probabilmente suo padre stava leggendo, ma difficilmente si sarebbe alzato. Nella stanza di mamma e in quella di Aisling invece era tutto spento. Henry scese le scale in punta di piedi.

C'era un telefono in soggiorno e un'estensione in cucina. Scelse il soggiorno perché era piú lontano dalle scale. Aveva due numeri di telefono per il signor Fogarty: quello dell'abitazione e quello del cellulare. Durante il giorno era inutile telefonare a casa perché il vecchio si rifiutava di rispondere, ma Henry pensava che forse di notte avrebbe preso la chiamata. Al quinto squillo, sentí la sua voce scorbutica nella cornetta.

— Signor Fogarty... — sussurrò prima di rendersi conto che stava parlando con la segreteria telefonica.

Riappese e chiamò il cellulare, pregando che non fosse spento. Una pausa, seguita da uno squillo. Aspettò, sempre piú sulle spine. Se non rispondeva, la chiamata sarebbe stata dirottata sulla segreteria... che però Fogarty non avrebbe controllato prima di domani, e allora sarebbe stato troppo tardi.

— Meglio che sia un buon motivo — raschiò la voce di Fogarty. — Stavo dormendo.

Henry si guardò alle spalle. La casa era ancora silenziosa. — Sono io, signor Fogarty — bisbigliò. — Mi dispiace averla svegliata, ma...

— Chi sei? Non sento niente.

— Sono Henry — disse lui, alzando di poco la voce e tentando di scandire ogni sillaba.

— Allora, chi è... CIA o FBI? Non sapete che ora è?

— Sono Henry — ripeté il ragazzo, sempre piú ad alta voce.

— Henry? Sei tu, Henry? Che succede?

— Mamma e papà non mi permettono piú di lavorare per lei. Perciò...

— Non ti sento, Henry. Stai bisbigliando Non sopporto le persone che bisbigliano. Per lo piú sono subdole.

Al diavolo, pensò Henry. — Mamma e papà non mi permettono piú di lavorare per lei, signor Fogarty — disse a voce abbastanza alta perché il vecchio lo sentisse.

— Me l'aspettavo — grugní Fogarty.

Henry si chiese perché, ma disse soltanto: — Sa per quel lavoretto di domattina? Quello che dovevo fare insieme a Pyrgus?

— Sí.

— Pensavo che se andassimo presto... sa...? in modo da tornare qui prima che gli altri si sveglino. Cosí non se ne accorgerebbero. Però dopo lei e Pyrgus dovrete lavorare alla macchina senza di me.

— D'accordo.

— Il fatto è che devo tornare a casa per le otto. Devo venire da lei e poi andare a sc... a fare il lavoro. Dovrei uscire da qui alle quattro e mezzo... di sicuro prima delle cinque. — Henry prese fiato. — Gli autobus non ci sono, a quell'ora.

— Fatti trovare all'inizio della tua strada a un quarto alle cinque. Passeranno a prenderti.
— A prendermi?
— Con un'auto.
— Ma lei non ce l'ha, l'auto.
— Non sono io che passerò a prenderti.

Sedici

Quando Henry uscí da casa c'era una luce fioca e faceva piuttosto fresco. Arrivò in cima alla strada con cinque minuti d'anticipo e trovò ad aspettarlo una vecchia Ford blu parcheggiata con due ruote sul marciapiede. I finestrini scuri impedivano di vedere chi c'era dentro, ma mentre si avvicinava, quello dalla parte del guidatore si abbassò.

— Henry Alison?

— Atherton.

— Sí. Quello. — Il tizio al volante doveva avere l'età del signor Fogarty, ma era piú basso e assomigliava a un uccello. O si tingeva i capelli, o usava un parrucchino color pece che faceva a pugni con il reticolo di rughe del viso. Indossava un completo grigio spiegazzato. — Mi manda Alan — annunciò.

— Alan?

— Alan Fogarty. Tu sei Henry, giusto?

— Sí, signore — confermò Henry.

— Bernie — si presentò l'uomo. — Salta su.

L'auto puzzava di polvere e di vecchio. Bernie guidò rispettando scrupolosamente il limite di velocità, con l'occhio fisso nello specchietto retrovisore. — Una cosa va detta, delle Ford — osservò di punto in bianco. — Ci si può fidare di loro. Ed è facile trovare i pezzi di ricambio. Non ho mai avuto fiducia nelle auto straniere. Sono uguali alle femmine di fuori: belle a guardarsi, ma se qualcosa non va, ti tocca aspettare i pezzi di ricambio per mesi. Con le Ford non è cosí. Trovi i ricambi dappertutto, da un capo all'altro dell'Inghilterra. Ai vecchi tempi, erano le preferite di Alan. Non ne voleva altre. Neanche c'era bisogno di chiederglielo. Sempre e solo Ford. Cosí ci ho preso l'abitudine, e quando siamo andati in pensione ho continuato con le Ford. Va detto che questa beve come una spugna: in pratica si ferma da sola a ogni stazione di servizio. Ormai è un pezzo d'antiquariato, però continua ad andare. Pioggia o sole, giorno o notte. Non puoi chiedere di meglio, giusto? Invece le auto che fanno sul continente...

Dapprima Henry tentò di partecipare alla conversazione, ma si rese conto alla svelta che non era necessario. Cosí si appoggiò allo schienale e chiuse gli occhi, lasciandosi avvolgere dalla voce di Bernie. Era nervoso, ma non quanto avrebbe creduto. Forse, era grazie alla luce irreale dell'alba e alle strade deserte. Era come essere in un sogno.

— Eccoti arrivato — annunciò Bernie, fermandosi davanti alla casa di Fogarty. Henry scese, ma lui rimase dov'era, con lo sguardo fisso davanti a sé e le mani sul volante.

Fogarty aprí la porta immediatamente. Indossava un completo blu che aveva visto giorni migliori, anche se aveva ancora l'aria del vestito della domenica... Doveva forse andare in chiesa? Pyrgus era dietro di lui, con un'espressione d'eccitazione ansiosa sul viso.

— Devi andare in bagno? — chiese Fogarty.

— No — rispose Henry.

— Allora sbrigatevi. Occhi aperti e nervi saldi. E tornate subito qui. Buona fortuna.

— Come arriviamo alla scuola? — chiese Henry.

Fogarty lo guardò stupito. — Vi accompagna Bernie.

Lo sguardo di Henry andò da Pyrgus al vecchio. — Ma lui, ecco... insomma, non sa che dobbiamo... voglio dire, come facciamo a spiegargli la roba... quello che prenderemo?

— Certo che lo sa — fu l'impaziente risposta. — A che serve un autista se non conosce l'obiettivo?

— Ma... ma... — Henry guardò inutilmente Pyrgus in cerca di sostegno. — Insomma... non disapprova...?

Fogarty abbozzò un sorriso. — Chi? *Bernie*? — Il sorriso scomparve. — Bernie e io *lavoravamo* insieme.

— Sí, ma all'epoca facevate gli ingegneri! Questa è un'altra cosa.

Il vecchio lo fissò allibito. — Non ho mai fatto l'ingegnere.

Henry lo fissò altrettanto allibito. Il signor Fogarty era in grado di costruire qualunque cosa: meccanica, elettronica, qualunque cosa... Le sue vecchie mani riuscivano a compiere miracoli. Henry aveva sempre dato per scontato che da giovane fosse stato ingegnere. — E che faceva, allora? — domandò.

— Rapinavo le banche.

— Rapinava... le banche? — ripeté Henry a pappagallo.

— A mano armata — precisò Fogarty. — Pensavo che lo sapessi.

— No — disse Henry, stupefatto. — No...

— Nel cinquantotto mi hanno beccato, ma a parte quello, è stata una vita niente male. Quattrini a volontà, e nessuno che ci rimettesse granché.

— Rapina a mano armata? — balbettò Henry. — Nessuno che ci rimettesse...?

— Rapinavo *banche*, Henry. Tu affidi i tuoi risparmi a una banca, ma anche se vado a rapinarli, loro devono comunque ridarteli. Puoi andarci il giorno dopo e ritirare tutto fino all'ultimo centesimo. Nessuno ci rimette.

— E la banca?

— Le banche hanno tanti soldi da non sapere che farsene. Neanche sentivano la mancanza di quei pochi che sottraevo io. E non ho mai fatto male a nessuno — aggiunse in tono solenne. Dopo una breve esitazione, precisò: — A parte un sorvegliante, e comunque se l'era cercata. Del resto, non l'ho nemmeno *ammazzato*: dopo un paio di settimane in ospedale, era di nuovo al lavoro a pavoneggiarsi con i colleghi. — Sorrise. — Bei tempi, quelli. Bernie era l'autista. Quando non era dentro, naturalmente.

— Vuol dire che Bernie guidava l'auto sulla quale fuggivate dopo la rapina? — Era pazzesco.

— Era un asso — specificò Fogarty. — E sai perché?

— No. — Ma date le circostanze, probabilmente avrebbe fatto meglio a scoprirlo.

— È assolutamente anonimo. Sa come passare inosservato. Si procura una vecchia auto, di solito una Ford... non supera mai il limite di velocità, mette sempre la freccia quando deve svoltare, non insulta mai gli altri automobilisti, parla a voce bassa ed è rispettoso. Neanche lo sbirro piú pignolo lo degna di un'occhiata. Sia chiaro, se necessario va come una scheggia. Certe volte ci pareva d'essere in uno di quei telefilm americani. Dopo lo prendevamo sempre in giro, io e i ragazzi.

— Quali ragazzi?

— Quelli della mia banda. — Notò l'espressione di Henry e si affrettò ad aggiungere: — Ormai sono in pensione da anni, è chiaro. E anche Bernie, sebbene sia piú giovane di me. Ma per questo tipo di lavoro resta il migliore. Non affiderei te e Pyrgus a nessun altro.

Faceva un effetto strano essere in giro a quell'ora di domenica mattina. Tutti i negozi erano chiusi, tutte le strade deserte. Il monologo di Bernie – che era passato dalle auto al modo in cui gli americani rovinavano il tè – faceva apparire tutto ancora piú irreale.

Pyrgus sembrava un po' teso, come se avesse l'emicrania, ma poteva anche dipendere dal fatto che non fosse mai salito su un'auto. Henry invece sembrava uno zombie. La scoperta della passata carriera del signor Fogarty gli aveva provocato una specie di corto circuito nel cervello, facendolo sprofondare in un torpore non lontano dalla serenità.

Raggiunsero la loro meta appena un po' piú tardi del previsto. La scuola era separata dalla strada da un muro piuttosto alto, e il cancello era chiuso.

— Facciamo il giro — suggerí Henry. — C'è uno slargo dove si può parcheggiare.

Bernie, che negli ultimi tre minuti era rimasto zitto, obbedí. Una volta fermi, Henry prese il comando. — Scavalcheremo il muro sul retro — disse. — È piú basso e ci sono parecchi alberi... i ragazzi lo fanno di continuo. Non so quanto ci vorrà per entrare nella scuola.

— Non importa — disse Bernie. — Aspetterò. Hai la lista di Alan?

Henry si batté una mano sulla tasca. — Sí. — Non era troppo lunga, e per fortuna non comprendeva niente d'ingombrante, perciò lui e Pyrgus avrebbero potuto trasportare il tutto senza problemi. Ora che il momento era arrivato, gli sembrava che un interruttore fosse scattato dentro di lui, azzerando l'ansia. Anche Pyrgus sembrava rilassato, ma Henry sospettava che fosse avvezzo a imprese del genere: probabilmente nel suo mondo aveva avuto una vita piuttosto eccitante.

— Fate con calma — li consigliò Bernie. — La fretta è cattiva consigliera. Buona fortuna. — Con quelle parole, si voltò a fissare davanti a sé, le mani sul volante, esattamente come davanti alla casa del signor Fogarty. Stavolta però non spense il motore.

Henry e Pyrgus scavalcarono il muro senza problemi, ritrovandosi in mezzo agli alberi che circondavano il campo da cricket. Piú in là c'erano due campi da tennis e, ancora oltre, la scuola, un complicato edificio vittoriano con un caos di tetti e camini in disuso.

— Vieni — disse Henry.

Il laboratorio di fisica si trovava in una costruzione di legno sul lato ovest dell'edificio: era stato costruito nel 1999, grazie alla consistente donazione di un ex allievo che aveva fatto fortuna con le salsicce. Era una struttura a sé stante, con un ingresso indipendente e una fila di finestre basse. Per la prima volta, a Henry venne in mente che dal punto di vista di un ladro quelle finestre erano una vera manna, sebbene chiuse a dovere.

— Che strane — osservò Pyrgus, mettendosi in punta di piedi per esaminarle meglio. — Le finestre del signor Fogarty vanno su e giú come quelle nel mio mondo, ma queste... — S'interruppe.

— Che succede?

— Niente... solo una fitta dietro gli occhi. Dicevo... queste sembrano aprirsi verso l'esterno e hanno grossi chiavistelli di metallo.

— In teoria sono a prova di ladro.

— Non mi pare... — Pyrgus si guardò attorno finché individuò un mattone semisepolto nell'erba. Lo usò per spaccare il vetro della finestra piú vicina.

— Non puoi farlo!

— L'ho appena fatto.

— Qualcuno può averci sentito!

— Allora sbrighiamoci. — Pyrgus infilò una mano nel foro e, nonostante la scarsa dimestichezza con quel tipo di serrature, aprí la finestra in un baleno. Un momento dopo, si trovavano in un'aula vuota.

Henry aveva pensato che un furto con scasso fosse una faccenda complicata... nei film di solito lo era, e per giunta i cattivi venivano sempre beccati con le mani nel sacco. Ma quella fu una passeggiata. Trovò tutti i pezzi della lista, e in un cassetto scoprí persino due borse di plastica per trasportarli.

Erano fuori prima di quanto si sarebbe aspettato.

Dalla parte interna, ai piedi del muro, si era formato un bordo erboso che facilitava la scalata di ritorno. Henry si issò per primo... ma mollò subito la presa ricadendo all'interno del giardino.

— Che succede? — chiese Pyrgus.

— C'è un agente che parla con Bernie. — Il ragazzo tornò a issarsi per sbirciare oltre il muro. Una volante era ferma dietro la Ford e un poliziotto era curvo davanti al finestrino del guidatore. A quella distanza, Henry non poteva sentire cosa si dicevano, ma dopo un attimo vide il poliziotto raddrizzarsi e arretrare. Bernie gli rivolse un allegro saluto, ingranò la marcia e si allontanò. L'agente risalí sulla volante, e se ne andò anche lui.

— Che succede? — ripeté Pyrgus.

— Bernie se n'è andato.

— E ora come torniamo dal signor Fogarty con tutta questa roba?

Henry ci pensò su. — A piedi — rispose poi.

Diciassette

La Sala Controllo era una caverna scavata nelle viscere della roccia sotto il Palazzo. Era protetta da attacchi di ogni tipo, compresi quelli magici, perché il granito circostante aveva un alto contenuto di quarzo, ma anche usando pozzi a sospensione, per arrivare laggiú ci volevano quasi venti minuti. Danaus Plexippus controllò la propria impazienza. Era importante che il Monarca si mostrasse sempre calmo.

In realtà, non lo era affatto. Non aveva ancora avuto nessuna notizia di Pyrgus, nessun indizio se fosse vivo o morto. Il portale di Casa Danaus non aveva ancora svelato i propri segreti: i suoi pezzi erano tuttora sparpagliati nella cappella e i sacerdoti-tecnici lavoravano senza sosta per scoprire dove fosse finito il Principe Ereditario, per il momento senza risultato. Ma i tecnici lavoravano senza sosta. Fino ad allora non avevano mai perso nessuno, in un portale, e avevano preso la scomparsa di Pyrgus come un affronto personale. Se qualcuno poteva riportarlo indietro, quelli erano proprio loro.

Ma sarebbero riusciti a recuperarlo in tempo? Il Monarca aveva trascorso ore con il sacerdote-medico per scoprire tutto quello che c'era da scoprire sul triptio. L'effetto letale della sostanza poteva essere annullato, se si agiva in tempo. Il trattamento era penoso e durava diversi giorni, ma era sempre meglio che vedere la propria testa esplodere.

Quanto tempo restava, a suo figlio? *Quanto?* Non riusciva a pensare ad altro, anche se avrebbe fatto bene ad affrontare problemi piú immediati.

Con ogni probabilità Rodilegno aveva mirato proprio a questo. Non dubitava che ci fosse lui, dietro l'intera faccenda, anche se non aveva ancora modo di provarlo. Il portale di Casa Danaus era stato manomesso con l'indubbio scopo di provocare la morte di Pyrgus. Ma un'operazione del genere implicava risorse particolari. Risorse che solo Rodilegno poteva avere a disposizione.

Come la presenza di un traditore a Palazzo.

Senza un traditore, nessuno avrebbe potuto sabotare il multiportale di Casa Danaus. Di chiunque si trattasse, doveva avere assoluta libertà di movimento fra le mura, perfino nelle aree piú sorvegliate, e questo significava che doveva trattarsi di un personaggio di alto rango. Non era un pensiero confortante.

Ormai il filtro era stato riparato. Questa era stata la parte piú semplice del lavoro. E l'Ingegnere Capo gli aveva assicurato che il portale poteva tornare in funzione nel giro di poche ore... ma soltanto *dopo* aver scoperto dov'era finito Pyrgus. Fino a quel momento, doveva restare smontato per essere controllato a fondo. La frustrazione di Plexippus aveva raggiunto livelli insopportabili.

Due soldati scattarono sull'attenti, mentre il Monarca usciva dal pozzo e si sfilava l'imbracatura. Poi lo seguirono nel corridoio crudamente illuminato. In qualunque altro momento li avrebbe congedati, ma ora anche dare un ordine gli appariva eccessivo. Inoltre, forse aveva bisogno di protezione. Se suo figlio veniva avvelenato sotto il suo naso, poteva essere in pericolo anche lui.

Sotto scorta, Plexippus raggiunse la Sala Controllo, dove altre due guardie spalancarono la porta. Poi entrò, anche se temeva quello che avrebbe potuto vedere.

Come buona parte del Palazzo, in quel momento anche la Sala Controllo era in piena attività. Innumerevoli globi di cristallo erano stati collegati direttamente alle telecamere-spia dei Regi Servizi Segreti, in modo che ogni immagine fosse aggiornata al secondo. Il centro della stanza era occupato da un tavolo coperto da una mappa del Regno, che diventava tridimensionale quando si eseguiva l'appropriata salmodia. Al momento ne era visibile solo una porzione, riconoscibile dalle bandierine indaco degli Elfi della Notte. Giovani donne andavano dai globi al tavolo, modificando di continuo la scena. Tre generali erano già nella sala, come anche il Viceré Archippus.

All'ingresso del Monarca, i militari si misero sull'attenti, mentre Archippus si affrettava ad andargli incontro. — Notizie? — chiese Danaus Plexippus.

Il Viceré aggrottò la fronte. — Temo che la situazione peggiori di momento in momento.

— È imminente un attacco?

— Forse. — Archippus abbassò la voce. — Si sa qualcosa di Pyrgus, Maestà?

Il Monarca scosse la testa dirigendosi verso i globi di cristallo, ognuno dei quali mostrava da una diversa angolazione quello che sembrava senza dubbio l'esercito degli Elfi della Notte. Plexippus si impose la calma e si concentrò su una vista aerea a bassa quota. Un momento dopo il globo lo attirava al suo interno.

Si ritrovò a guardare dall'alto uno stadio gremito di folla. Alla luce delle torce, truppe in uniformi nere marciavano a ranghi serrati, in una sorta di serpente luminoso che s'inoltrava nello stadio al ritmo dei tamburi. I primi squadroni innalzavano le insegne di Casa Cossus, ma dietro di loro venivano le uniformi di altre Case della Notte. Si trattava per lo piú di membri dell'antica Alleanza Notturna, ma, come notò preoccupato il Monarca, sembrava che anche altre Case si fossero unite a loro. A quanto pareva, la popolarità di Lord Rodilegno era in aumento.

Osservò la scena con inquietudine. I soldati in marcia sembravano automi tetri, e la disciplina della quale davano prova era impressionante. Si divisero in file, mentre gli stregoni che li accompagnavano cambiavano il colore delle torce, trasformandoli in un grande arcobaleno. In breve le fiamme formarono l'insegna palpitante di Casa Cossus.

A quel punto il rullo dei tamburi crebbe d'intensità e i riflettori si concentrarono sulla figura solitaria che era appena apparsa sul podio.

I soldati s'immobilizzarono, i tamburi tacquero, il silenzio calò sulla folla. Dopo un momento, la figura cominciò a parlare e, grazie a un amplincanto, le sue parole echeggiarono in tutto lo stadio. — Ammirate — declamò — la potenza degli Elfi della Notte. Che tremino i nostri nemici!

Per un momento Plexippus pensò che fosse Cossus Rodilegno in persona, ma quasi subito si rese conto che era invece Panolis, Duca di Flammea, nonché il piú fedele alleato di Rodilegno. Dotato di maggiore presenza scenica di quest'ultimo, parlava infinitamente meglio di lui e, probabilmente, per questo gli era stato assegnato il compito di arringare la folla. Ma forse non solo. Negli ultimi tempi, era stato Panolis a condurre i negoziati e la sua comparsa sul podio poteva benissimo significare: *prendimi sul serio, o...!*

Plexippus non aveva dubbi che quel raduno fosse

destinato ai suoi occhi, e agli occhi di chiunque si fosse preso il disturbo di guardare. Certo, non lo avevano annunciato in pompa magna, ma nemmeno tenuto segreto. La conclusione era ovvia.

Plexippus rientrò in sé. — Notevole — commentò. — E dov'è la vera azione?

Bastò un cenno di Archippus a un tecnico, perché il raduno scomparisse, sostituito da una scena meno spettacolare ma di gran lunga piú sinistra. Solo una delle lune gemelle era sorta, perciò c'era poca luce e gli occhi del Monarca ci misero un momento per adattarsi alla penombra.

Si trovava su una collina e stava utilizzando una delle nuove telecamere, praticamente impossibili da individuare con qualunque incantesimo, ma a bassa risoluzione. Comunque, anche se la scena appariva sbiadita e sfocata, il suo significato era chiaro. Un vasto accampamento militare occupava l'intera pianura. File di tende nere disposte con precisione geometrica si stagliavano contro la luce guizzante dei falò. Anche qui c'erano soldati a migliaia, forse decine di migliaia, ma questi erano in tenuta da combattimento, non nelle eleganti uniformi nere dei loro colleghi al raduno. Si muovevano silenziosi e determinati, e non si sentivano tamburi, né folle plaudenti. Non si udiva un rumore, come se la scena sotto di lui fosse coperta da un sudario.

Il Monarca chiuse gli occhi. Conosceva quella zona. Era la Pianura di Gnammeth Croz, il cuore del territorio degli Elfi della Notte; uno Stato nello Stato, in pratica, popolato quasi esclusivamente dai Notturni. Era sotto il loro totale controllo, al di là di ogni rispetto formale tributato all'alleanza con lui.

Ancora una volta Plexippus ritrasse la mente dal

globo e riaprí gli occhi. La Valle Zannuta segnava il confine ufficioso fra il Regno della Notte e i campi ondulati di Lilik, curati dagli Elfi della Luce. Fissò Archippus. — È come se fossimo minacciati da una potenza straniera.

— È anche peggio — replicò il Viceré. — Le guerre civili sono notoriamente piú feroci. E piú sanguinose.

— Pensi che arriveremo a questo? A una guerra civile?

— Mi auguro di no, Maestà. — Ma dal suo tono era chiaro che nutriva scarse speranze in proposito.

I globi tornarono a mostrare il raduno e la voce possente di Panolis, Duca di Flammea, riempí la sala: — ... diremmo al Monarca che le vecchie usanze non ci servono piú, che gli Elfi della Notte si rifiutano d'essere trattati come cittadini di seconda classe, che non...

Il Viceré abbassò il volume, ma il Monarca tornò ad alzarlo con un cenno. — ... non aspetteremo piú di due settimane — stava dicendo Panolis — e anche meno, se il Monarca non rimedierà alle ingiustizie passate... — Le ultime parole furono sommerse dagli applausi.

— È sembrato anche a te quello che penso io? — chiese Plexippus, azzerando definitivamente il volume.

— Un ultimatum? — chiese a sua volta il Viceré.

— Sí. Fatemi avere al piú presto una copia del discorso. Voglio controllare qualcosa. — Poi si avvicinò al tavolo e tornò a osservare Gnammeth Croz e i territori limitrofi degli Elfi della Luce. — La posizione delle nostre forze, Lampides — fece rivolgendosi al generale piú vicino.

— Subito, Maestà. — Il generale toccò un pulsante sul lato del tavolo, e chiazze color bronzo comparvero sulla mappa intorno a Gnammeth Croz, indicando le forze degli Elfi della Luce.

Il Monarca studiò a lungo la scena, sforzandosi di ricordare. — Manca qualcosa — disse a voce alta.

— Prego, Maestà?

Ignorando Archippus, il Monarca fece cenno ai tre generali di avvicinarsi. — Guardate — disse, indicando il tavolo. — Cosa vi fa venire in mente?

Il generale Podalirio, sempre il primo a esprimere un'opinione, aggrottò la fronte. — Che le nostre difese sono ben piazzate. Li abbiamo bloccati. — E fissò i colleghi come per sfidarli a contraddirlo.

— Non mi sembra che manchi qualcosa, Maestà — osservò Lampides. Alla sua destra, il generale Silvicolus annuí.

— Non parlo del nostro esercito — disse il Monarca. — Mettetevi al posto del... — si trattenne dal dire "nemico". — ... dei nostri concittadini Notturni. Date per scontato che quello del Duca di Flammea *fosse* un ultimatum. Un ultimatum è inutile, addirittura controproducente, se non si è pronti a sostenerlo fino in fondo. Al momento, tutto sembra indicare che Casa Cossus progetti di sostenerlo con la forza delle armi. Ma ora chiedetevi, signori, se foste al comando delle forze di Rodilegno, sareste soddisfatti della vostra posizione a Gnammeth Croz?

Seguí un lungo silenzio, poi il generale Silvicolus esclamò: — Perdiana, Maestà... no che non lo sarei!

— No, Silvicolus, non lo saresti — gli fece eco il Monarca. — E nemmeno tu, Lampides; o tu, Podalirio. I numeri sono sbagliati. L'ho pensato subito mentre usavo la globovisione, ma lí per lí mi mancava un metro di paragone. *Sono troppo pochi per un attacco!* Guardate, signori. La loro posizione non è difensiva... su questo siamo d'accordo. Le prime linee sono pronte ad attaccare e senza dubbio potrebbero effettuare qualche sortita, impegnarci in una guerriglia a lungo termine. Però non riuscirebbero mai a sostenere il genere di ultimatum che, secondo me, Rodilegno ha voluto inviarci tramite il Duca di Flammea.

— Pensate che sia un bluff, Maestà? — chiese Archippus.

— Penso che ci manchi un elemento — replicò Plexippus. — È possibile che abbiano truppe nascoste, sfuggite ai nostri controlli?

— Impossibile! — esclamò Podalirio.

— I nostri Servizi Segreti sono eccellenti, Maestà — osservò Silvicolus. — E del resto i Notturni non hanno compiuto il minimo sforzo per nascondersi.

— In effetti — replicò il Monarca — *sembra* che non vogliano nascondersi. Il che, ovviamente, fa parte della loro strategia. Quello che m'interessa è sapere *se* possono aver nascosto truppe e munizioni a nostra insaputa.

— È possibile, ma altamente improbabile — intervenne Archippus prima che i generali potessero rispondere. — Li teniamo sotto osservazione da tempo.

— Possono contare sull'aiuto militare di forze esterne ai Notturni?

— Difficile immaginare quali — replicò Archippus.

Era esattamente questo il problema che turbava il Monarca. Lo schieramento delle truppe di Rodilegno non si accordava con la sua strategia politica. Alle loro forze di attacco mancava qualcosa. Se non poteva contare su truppe nascoste – cosa di cui dubitava anche lui – era difficile immaginare da dove pensasse di ricevere aiuto. Eppure Cossus non era uno sciocco e i suoi consiglieri militari erano all'altezza di quelli del

Monarca. Allora quale asso nella manica aveva? Qual era il pezzo mancante?

Stava ancora tentando di trovare una risposta quando gli arrivò il messaggio dell'Ingegnere Capo.

Plexippus e il Viceré si precipitarono nella cappella. Per prima cosa, il Monarca notò che il portale era di nuovo tutto intero. Lí vicino, l'Ingegnere Capo stava eseguendo gli ultimi controlli con aria soddisfatta.

— Ce l'hai fatta? — chiese Plexippus, sorridendo nonostante le preoccupazioni.

— Sí, Maestà.

— Sai dove si trova mio figlio?

— Sí, Maestà.

— E adesso il portale funziona di nuovo come si deve?

— Sí, Maestà.

Il sorriso di Plexippus si trasformò in un'espressione solenne. — Bene, Archippus, organizza una squadra. Andiamo a cercare Pyrgus. — Lanciò un'occhiata al portale, che già cominciava a scaldarsi e luccicare. — Si parte fra quindici minuti!

Diciotto

— Dove sei stato? — chiese irritata la madre di Henry, mentre imburrava i panini. Il cestino da picnic era aperto accanto a lei, già pieno di frutta, bibite e qualcosa che somigliava in modo sospetto alle sue disgustose uova vegetariane.

— Eravamo preoccupati — disse suo padre in tono molto piú pacato. Per una volta non era in giacca e cravatta, bensí in tenuta da fine settimana: calzoni comodi, camicia sportiva e scarpe da tennis immacolate. A dispetto della facciata allegra, sul suo viso si leggeva un'espressione infelice. Henry sospettava che fosse entusiasta quanto lui di quel picnic di famiglia.

— Ho fatto una passeggiata — rispose. Era una bugia, ma non del tutto, il che lo fece sentire un po' meglio.

— *Sapevi* che avevamo in programma un picnic — insisté sua madre. — Ormai è cosí tardi che quasi non ne vale la pena.

— Ma se non sei ancora pronta — la rimbeccò poco saggiamente Henry.

— Solo perché non sapevamo dove fossi finito *tu*! Insomma, Henry, ultimamente ti comporti in modo cosí strano...

Lui si comportava in modo strano? Henry la fissò allibito, ma preferí soprassedere. — Ho fatto solo una passeggiata — ripeté. E nella maligna speranza di farla sentire in colpa, aggiunse: — Avevo bisogno di pensare.

— Non ha fatto una passeggiata — annunciò la voce di Aisling alle sue spalle. — È andato da quel Fogarty, anche se glielo avete proibito. Gli ha telefonato ieri notte... l'ho sentito io.

Henry si voltò di scatto a fissarla, e Aisling ricambiò il suo sguardo con uno stupido sorriso soddisfatto. L'aveva saputo fin dalla notte prima, ma aveva aspettato a dirlo quando era sicura di metterlo nei guai al massimo.

— È vero? — chiese la madre. Dal suo tono era chiaro che convincerla del contrario sarebbe stata un'impresa.

Mentre lottava contro l'improvviso senso di colpa, Henry fu fulminato da un'idea spaventosa. Al telefono aveva forse accennato alla scuola? Non gli sembrava, però non ne era sicuro al cento per cento. Che Aisling aspettasse il momento giusto per sganciare anche quella bomba? Prese fiato. C'era un solo modo per scoprirlo.

Abbassò gli occhi. — Sí — ammise — è vero. — Rialzò lo sguardo e aggiunse con piú forza: — Mi ero impegnato a fare un lavoro per lui. Non potevo piantarlo in asso. — Il suo sguardo guizzò verso Aisling. Se sapeva cos'aveva fatto, questo era il momento di dirlo. Gli pareva di sentirla già gongolare: *E sai che impegno era, mamma? Derubare la sua stessa scuola!*

Ma per una volta Aisling tenne la bocca chiusa.

— Piantarlo in asso? — ripeté sua madre. — Tuo padre e io ti abbiamo *proibito* di avere a che fare con lui. Da subito. Non dal mese prossimo o dalla prossima settimana. Quell'uomo non è la compagnia adatta per un ragazzo della tua età. E ora il punto è che non possiamo piú fidarci di te...

Con stupore di Henry, suo padre mormorò: — Ma se era un impegno, Martha...

— D'accordo — concesse lei. Poi tornò a guardare il figlio. — Adesso hai finito di fare qualunque cosa dovessi fare per il tuo signor Fogarty?

Henry la fissò un momento, poi annuí. — Sí. — Henry il Sincero.

— E non hai altri *impegni* con lui?

— No. — Vero anche questo.

— In tal caso — proseguí sua madre — puoi evitare di avere ancora contatti con lui, giusto?

— Giusto — ammise Henry.

— Allora non lo rivedrai piú?

— No.

— Promettilo. Voglio la tua parola d'onore.

— Parola d'onore — disse Henry con aria infelice.

— Bene — concluse sua madre. — Adesso la sola cosa che resta da decidere è la tua punizione.

La sua punizione era il divieto di uscire di casa da solo per due settimane. (La mamma avrebbe voluto per un mese, ma il papà aveva interceduto in suo favore.) Poteva soltanto uscire accompagnato da uno dei genitori o – umiliazione massima – da sua sorella.

Ma Henry si sentiva cosí in colpa che non protestò nemmeno. La sua unica consolazione era il pensiero di aver contribuito ad aiutare Pyrgus a tornare nel suo mondo.

Aspettò tre giorni prima di telefonare al signor Fogarty. In realtà, gli era stato proibito anche questo, però non aveva promesso riguardo alle chiamate: aveva semplicemente promesso di non *rivederlo*. Al primo tentativo, il signor Fogarty non rispose al telefono di casa e il cellulare era spento.

Riprovò il giorno dopo. Ormai i suoi non gli stavano piú alle costole. Perfino Aisling aveva smesso di tallonarlo come un cane da guardia. Cosí Henry andò in cucina, prese una ciambella e chiamò il cellulare del signor Fogarty. Ancora spento.

Non diede segni di vita nemmeno venerdí e sabato mattina. A quel punto, Henry cominciò a chiamarlo ogni volta che ne aveva l'occasione, sempre senza successo. Tentò di convincersi che fosse soltanto fuori servizio, ma non ci riuscí. E ogni telefonata a vuoto aumentava in lui la sensazione che qualcosa non andasse. Non sapeva che cosa, ma la sua immaginazione gli forní un certo numero di possibilità.

Sabato pomeriggio era cosí preoccupato che prese una decisione inaudita: sarebbe venuto meno alla propria parola d'onore. Doveva assolutamente scoprire cos'era successo al signor Fogarty.

Diciannove

Alan Fogarty si svegliò di soprassalto. La camera era avvolta da una forte luce bluastra e un ronzio acuto gli trapassava le orecchie. Erano venuti a prenderlo!

Rotolò su un fianco, cercando il fucile a pompa che teneva sempre sotto il letto. Poi si ricordò che lo stupido aggeggio era in pezzi sul tavolo di cucina, pulito e oliato ma non rimontato, perché era andato a dormire pensando di risistemarlo la mattina seguente. Si era scordato della Prima Legge di Murphy: se una cosa può andare storto, lo farà di sicuro. Difatti erano venuti a prenderlo l'unica notte che non aveva il suo sputafuoco a portata di mano.

Si mise a sedere sul letto. Non gli erano ancora addosso, perciò gli restava una possibilità. Però doveva sbrigarsi, anche se non era facile. La vecchiaia era una fregatura. Probabilmente trent'anni prima avrebbe combattuto, e vent'anni prima si sarebbe già trovato a distanza di sicurezza, ma quando passi gli ottanta ti muovi al rallentatore.

Appoggiò i piedi sul pavimento di legno. Doveva sbrigarsi, ma non poteva muoversi troppo velocemente, perché ogni volta che si alzava di scatto gli girava la testa. Imponendosi la calma, raggiunse l'armadio e tirò fuori una mazza da cricket.

Quelli potevano passare attraverso i muri. Bisognava non farsi impressionare e batterli sul tempo. Tenendo stretta la mazza, si avvicinò alla finestra.

C'era una folla, sul suo prato!

Riabbassò la tendina e ciabattò fuori della camera da letto. C'erano buone possibilità che non si fossero ancora introdotti in casa e questo tornava a suo vantaggio. Una piccola parte di lui si chiese se sarebbe riuscito a rimontare il fucile prima che lo facessero. Nel cassetto del tavolo c'era una scatola di proiettili...

Entrò in cucina. Una forma umanoide, i cui contorni erano distorti dal vetro smerigliato, si stagliava al di là della porta sul retro. Il visitatore bussò. Fogarty andò alla porta, aprí i cinque chiavistelli, girò la chiave e spalancò la porta.

E appena la figura entrò, la colpí con la mazza da cricket.

Il tizio con il mantello porpora non era molto alto, e Fogarty aveva conosciuto parecchi uomini piú robusti, ma intuí che era il capo appena varcò la soglia.

— Che succede qui? — domandò.

Fogarty non rispose... in parte perché il braccio che gli stringeva la gola stava bloccando il suo rifornimento d'aria, in parte perché era profondamente imbarazzato. Quelli non erano alieni. E nemmeno agenti della CIA o dell'FBI. Erano vestiti in modo troppo appariscente. Per giunta l'uomo in porpora aveva un'aria vagamente familiare.

— Senza dubbio un equivoco, Maestà — rispose il tizio che Fogarty aveva abbattuto con la mazza da cricket.

— Perché cerchi di strangolare quell'uomo? — Il personaggio che avevano appena chiamato Maestà si rivolse al soldato che teneva il braccio stretto attorno alla gola del vecchio. — Lascialo andare — ordinò poi.

— Sí, Maestà! — Il soldato mollò il vecchio, fece un passo indietro, batté i tacchi e si mise sull'attenti.

Fogarty si massaggiò la gola. Era la seconda volta che qualcuno chiamava *Maestà* il tizio col mantello. Che fosse un re? Aveva un'aria cosí familiare... Trasalí. — Ehi! — esclamò. — Tu devi essere il padre di Pyrgus!

A giudicare dalle facce attorno a lui, si sarebbe detto che avesse appena sganciato un'atomica. S'immobilizzarono tutti, con gli occhi sbarrati e la mascella pendula. Il primo a riprendersi fu proprio il tizio con il mantello. — Sono Danaus Plexippus, il Monarca — si presentò. — Che cosa sa di mio figlio?

Dunque erano venuti, proprio come aveva previsto Pyrgus. — Siete arrivati troppo tardi — annunciò. — È già tornato a casa.

Il Monarca lanciò un'occhiata al tizio magro che aveva colpito. — A casa?

Fogarty annuí. — Sí. — Il suo sguardo passò dall'uno all'altro. C'erano cinque uomini nella sua cucina, ed era sicuro che fuori ce ne fossero parecchi altri. — Che succede? — chiese. — Che problema c'è?

Danaus Plexippus lanciò un'occhiata ai pezzi del fucile sul tavolo. — È un'arma, quella?

Fogarty annuí. — Sí.

— La *sua* arma?

— Sí.

— Può rimetterla insieme?

Fogarty lo fissò cauto. — Sicuro. — Andò al tavolo e si sedette, senza staccare gli occhi dal Monarca. Le sue mani cominciarono a raccogliere i pezzi e a rimetterli insieme.

— Lui è il Viceré Archippus — disse il Monarca, accennando all'uomo magro.

— Mi dispiace di averti colpito — borbottò Fogarty, lanciandogli un'occhiata.

— Niente di grave — replicò secco Archippus.

— Alan Fogarty — si presentò il vecchio.

— Sono costernato di imporle la nostra presenza, signor Fogarty — riprese Plexippus, in tono educato ma con espressione rigida. — Però le sarei grato se potessimo parlare di mio figlio. Mi dica come sa di lui e cos'è successo.

Fogarty aveva già incontrato tipi del genere: non te li metti contro a meno d'esserci costretto. Nel giro di un paio d'anni, anche Pyrgus sarebbe diventato cosí: era chiaro da chi aveva preso...

— Non sono affari miei — disse Fogarty — ma fossi in te aumenterei le misure di sicurezza. Mi sa che qualcuno ha tentato di fare un brutto scherzo al tuo ragazzo.

Plexippus lo fissò impassibile. — Anch'io sono arrivato alla stessa conclusione, signor Fogarty. Dall'inizio, per piacere.

Fogarty prese fiato e cominciò a raccontare.

Quando arrivò al piano per rispedire Pyrgus a casa, lo fissavano tutti con grande attenzione.

— E come pensava di riuscirci? — chiese il Monarca.

— Con un portale — fu la brusca risposta. A Fogarty non piaceva essere interrotto.

— Il portale era fuori uso — disse altrettanto bruscamente uno del gruppo, un certo Phoebus.

— Il vostro — ribatté Fogarty. — Non il mio.

Un fremito sembrò attraversare la stanza. — C'è un portale naturale qui, signor Fogarty? — chiese il Monarca, protendendosi verso di lui.

— No. Perciò ne ho fabbricato uno.

Seguí un silenzio assoluto, sbigottito. Lo sguardo di Fogarty passò dall'uno all'altro. — La cosa vi crea qualche problema?

— Sta dicendo di aver fabbricato un portale partendo da zero? — chiese il tizio chiamato Archippus.

— Esatto — rispose Fogarty, irritato dal suo tono. — Hai capito bene.

— Ma come... — Il Monarca intercettò un'occhiata di avvertimento di Archippus, e cambiò tattica. — Lei deve avere un talento eccezionale, signor Fogarty.

Un po' ammansito, ma solo di poco, Fogarty borbottò: — Nel mio lavoro non facevo che mettere insieme un sacco di marchingegni. — Detonatori, grimaldelli, blocca-sistemi di allarme... non c'era bisogno di entrare nei dettagli.

— Anche cosí — riprese soave Archippus — non sapevo che il suo mondo conoscesse la tecnologia dei portali.

— Pyrgus mi ha spiegato le basi.

— E lei ne ha realizzato uno partendo dai principi base? — chiese Archippus.

— Una bazzecola. Metà del problema è sapere che si può fare... in questo modo ti risparmi un sacco di false partenze.

— Capisco — disse Archippus.

L'altro tizio, Phoebus, si tratteneva a stento dal saltellare di eccitazione. — Posso vederlo? — chiese.

— Il signor Phoebus è il nostro Ingegnere Capo — spiegò Archippus. — Credo che sia estremamente interessato all'aspetto tecnico.

Quel Phoebus aveva un'aria leale che piaceva a Fogarty. Aprí il cassetto del tavolo e ne tirò fuori un cubetto di alluminio satinato.

— E questo cos'è? — balbettò Phoebus quando glielo consegnò.

— Il portale.

Phoebus si rigirò il cubo fra le mani e poi guardò di nuovo Fogarty. — Questo non è un portale.

Fogarty sogghignò. — Eccome. Schiaccia il bottone rosso. Prima però è meglio portarlo fuori... a usarlo qua dentro, si rischia di spaccare un po' di roba.

Phoebus guardò il Monarca, che annuí seccamente. Pochi istanti dopo erano tutti nel giardino sul retro. Fogarty aveva visto giusto: c'erano minimo un'altra dozzina di uomini appostati nell'ombra, e la maggior parte aveva l'aria decisamente soldatesca. Era chiaro che il Monarca era preparato ad affrontare guai. E la previdenza era qualcosa che Fogarty apprezzava, in un uomo.

— Dove posso azionarlo...? — chiese Phoebus.

Fogarty scrollò le spalle. — Dove ti pare.

Phoebus schiacciò il bottone rosso. E il velo della realtà si stracciò con un fruscio, mostrando un corridoio coperto da tappeti, nella luce caleidoscopica dei candelabri di cristallo. — Il Palazzo! — bisbigliò Plexippus dopo un breve silenzio sbalordito.

— Mi pareva — commentò fiero Fogarty. — Ho fatto del mio meglio per sintonizzarlo sul vostro portale... Pyrgus mi ha spiegato che lo tenete in una specie di cappella. Cosí ho provato a centrarlo sul Palazzo.

— Non somiglia ai nostri portali — commentò Phoebus in tono quasi reverente.

Fogarty fece del suo meglio per restare impassibile. — L'ho un po' migliorato.

— Che succede se premo il bottone verde? — chiese Phoebus.

— Si chiude.

Phoebus premette il bottone e il portale sparí senza un suono. — Dov'è la fonte di energia? Non può averla compressa in questo cubetto.

A Fogarty sfuggí un sorriso, ma non se ne preoccupò. Quel Phoebus era un'anima gemella. — Il cubo è semplicemente un controllo. Il portale trae l'energia direttamente dal pianeta.

— Energia vulcanica? — chiese Phoebus.

— Non da queste parti.

— I nostri sono di origine vulcanica. — Phoebus ignorò, o forse non vide, le occhiate di avvertimento di Archippus e del Monarca. — Tutti quanti.

— Risonanza planetaria — spiegò Fogarty. — Molto tempo fa ci lavorò sopra un certo Tesla. Pompava elettricità... Pyrgus dice che voi la chiamate lampo intrappolato. Ho usato un interruttore psicotronico.

— Interruttore psicotronico... però! — Phoebus era ammirato. — Abbiamo lavorato sulla risonanza planetaria, ma non ci è mai venuto in mente di usare un interruttore psicotronico.

— Senza quello potete anche pomparci dentro tutta l'elettricità che vi pare e non funzionerà mai.

— Lo so — disse Phoebus, con aria entusiasta e sbalordita al tempo stesso.

— Sarebbe meglio proseguire questa conversazione in un altro momento — suggerí brusco Plexippus. Poi si rivolse a Fogarty: — Lei sostiene di avere usato questo portale per mandare Pyrgus a casa?

— Be'... — Fogarty sembrò a disagio. — Non proprio...

Non... *proprio*? — interloquí Archippus.

— È impaziente, il tuo ragazzo — disse Fogarty al Monarca, che annuí brusco. — Ha azionato il portale da solo il giorno stesso in cui l'ho finito. L'ha aperto mentre dormivo, lasciandomi un biglietto. Quando l'ho scoperto, un po' mi sono preoccupato... non avevo avuto tempo di effettuare gli ultimi controlli, né prove, niente. Però quando l'ho provato io, funzionava a meraviglia.

— L'ha provato?

— Sicuro. Non mi sarei sentito tranquillo finché non mi fossi accertato che il ragazzo stava bene.

— E cos'è successo quando l'ha provato? — chiese il Monarca.

— Quello che avete appena visto. Si è aperto. E io sono entrato a Palazzo. L'ho riconosciuto da come me l'aveva descritto Pyrgus.

— La sua visita non ci è stata segnalata — osservò Archippus.

— Non è stata esattamente una *visita*. Sono entrato, mi sono dato un'occhiata attorno e sono tornato qui. Non avevo tempo per fare il turista. Volevo solo controllare che Pyrgus fosse tornato a casa.

— È questo il problema, signor Fogarty — disse solenne il Monarca. — Il mio ragazzo non è tornato a casa.

Venti

Lo specchio mostrava un ragazzo snello con i capelli corti e un viso aperto. Indossava vestiti di tela grezza fatti in casa: calzoni marrone infilati dentro scalcagnati stivali di pelle. Poteva essere un qualunque operaio. Aurora esaminò il proprio riflesso soddisfatta. Un travestimento vero era sempre meglio di un illudincanto, che poteva essere cancellato da un controincanto quando meno te l'aspettavi.

La sua carnagione invece poteva crearle qualche problema. Molti ragazzi della sua età avevano la faccia coperta di brufoli, ma non c'era molto che potesse fare in proposito. Raggiunse un compromesso scurendosi un po' la faccia con una tintura per ottenere il colorito dorato di chi passa parecchio tempo all'aria aperta.

Poi si dedicò alle armi. Non erano molte. Il problema era che doveva essere tutto in carattere. Nessun apprendista poteva permettersi armi magiche, o anche solo una spada: al massimo, per difendersi, aveva un manganello. La ragazza optò per un pugnale e uno spaccatimpani inserito in una moneta di rame. Il pugnale era passabile – sembrava molto piú economico di quanto in realtà fosse – e se qualcuno avesse scoperto lo spaccatimpani, poteva sempre dire di averlo rubato. Dopo una breve riflessione, s'infilò in tasca uno scassinincanto, che a prima vista sembrava una banana.

Lanciò un'ultima occhiata allo specchio, poi si avvicinò alla libreria e sfiorò uno smilzo volumetto, i

Saggi di Crudité. A quel punto, una sezione della scaffalatura scivolò indietro. Appena entrata, i luccìglobi nel passaggio si accesero e gli scaffali tornarono al loro posto. In meno di mezz'ora, si faceva largo fra la calca della Porta Nord.

Il primo teatro aveva aperto da quelle parti cinquecento anni prima, e fin da allora il quartiere era diventato un centro di attrazione... Ma adesso non offriva solo innocenti spettacoli. Insegne scintillanti pubblicizzavano turbocabine, covi saturanti, caoscaffè, musica simbala, spettacoli dal vivo e – ecco la vera novità – qualcosa chiamata Frizzesperienza Organica. I marciapiedi erano gremiti, come sempre a quell'ora tarda, e gli artisti di strada facevano del loro meglio per scucire qualche soldo ai passanti. Aurora avanzò davanti a giocolieri e acrobati, a un gruppo di mimi e a uno strano tizio che sembrava impegnato a mangiarsi un drago vivo: un'illusione, ovviamente, però niente male.

Una vecchia trulla si affacciò a un portone. — Ci facciamo un caoscorno insieme, bel giovanotto?

Aurora le rispose con un sorriso e un cenno di diniego. A quanto pareva, il suo travestimento stava passando l'esame a pieni voti.

Da giorni non faceva che ripensare alle ultime parole scambiate con il fratello:

«Temevo che quell'orribile Rodilegno ti avesse ucciso! Sono passati quasi tre giorni prima che riuscissi ad avere tue notizie!»

«Rodilegno non c'è neanche andato vicino. Ma per poco non ci è riuscito qualcun altro.»

Qualcun altro... Naturalmente Pyrgus si era subito affrettato a farla passare per una battuta, ma lei lo conosceva troppo bene. Non era una battuta, quella: era la verità, e gli era sfuggita di bocca. C'era qualcosa che Pyrgus non voleva far sapere né a lei né a nessun altro. Voleva sempre cavarsela da solo, lui. Dunque aveva rischiato di essere ucciso. E non da Rodilegno. E poi, poco dopo, qualcuno aveva di nuovo provato a eliminarlo, avvelenandolo e sabotando il portale di Casa Danaus. Una coincidenza? Improbabile.

Passò davanti a una fila di mangiatori di spade sincronizzati ed entrò in Via Sipario. Era lí che era stato aperto il primo teatro. L'edificio era sparito da un pezzo, ma la strada era ancora il cuore pulsante del quartiere. Passò davanti alle facciate sgargianti della Luna e del Globo e del Sipario stesso, prima di raggiungere la stretta scala accanto a un malandato negozio di forniture magiche. Quando raggiunse il primo pianerottolo, un illudiguardia le bloccò la strada.

— Chi osa chiedere udienza a Brintesia, la grande Madama Circe? — domandò in tono solenne.

Aurora sorrise. Un tipico illudiguardia era programmato per dire qualcosa tipo *Prego favorisca nome e motivo della sua visita*, ma per Madama Circe non era abbastanza. Lei ci teneva a impressionare i futuri clienti. Per giunta, quello era un illudiguardia su ordinazione: un genio alto due metri abbondanti, con tutti gli accessori – barba nera, pantaloni a sbuffo, turbante e occhi simili a braci.

— Cardamines il Giovane — rispose a bassa voce mentre la creatura si dissolveva in una nube di fumo verde. Aurora salí un'altra rampa e bussò a una porta nascosta da una tenda.

— Entvaaaa, mia caaaavaaa, entvaaa! — ordinò una voce acuta.

Il salotto di Madama Circe era uno spettacolo. Ridondanti onde di colore fremevano alle pareti, facendo da sfondo a una folla di manticore e unicorni. Gli unici mobili erano cuscini di seta e di velluto intervallati da bassi tavolini, dove facevano bella mostra pipe ad acqua di oppio porporino e ciotole di cristallo piene di gelatine zuccherate. L'aria era satura d'incenso al gelsomino e una sensuale melodia simbala vibrava in sottofondo, insinuandosi nel corpo e nella mente.

Ma piú di ogni altra cosa, era Madama Circe in persona ad attrarre l'attenzione. Avvolta in una vestaglia di pizzo nero, era distesa sui cuscini, affiancata da uno gnomo arancione e da un gatto persiano trasparente. Automi in miniatura trafficavano sul tavolino lí accanto, preparando praline esotiche e sacchetti di strane polverine. Madama Circe era esile come un giunco, a parte l'ampio seno che aveva fatto la sua fortuna quando calcava le scene, e anche se il trucco pesante nascondeva male le rughe e le venuzze che le solcavano il volto, gli occhi erano scuri, luminosi e liquidi come un tempo.

La donna sorrise, mostrando denti scarlatti. — Giovane Cardamines — disse con calore — che gioia, rivederti cosí presto. — Batté una mano su un cuscino. — Vieni, siediti accanto a me.

— Siete sola, signora? — chiese Aurora con apparente noncuranza.

Madama Circe aspirò con forza, come per assaporare il profumo dell'incenso. — Sola, ma forse non del tutto in privato — disse in tono teatrale. Agitò una mano languida. — Provvedi, Ciancia.

Sorridendo, lo gnomo arancione andò a prendere un piccolo cono bruno da una cassetta di cedro che stava su un tavolino vicino alla porta. Lo avvicinò a un lucciglobo finché la punta non brillò, poi lo mise su un reggincenso. Mentre tornava dalla sua padrona, il cono esplose come un fuoco d'artificio, stendendo sul salotto un elaborato silentincanto.

— Fatto! — Madama Circe si raddrizzò, stiracchiandosi. — Allora, Vostra Grazia... — disse vivacemente. — Presumo si tratti sempre del Principe Ereditario.

Aurora annuí. — Esatto.

— Pensavo fosse tornato a Palazzo sano e salvo.

— Sí. Ma poi mio padre ha deciso di farlo traslare nel Mondo Analogo.

Madama Circe strinse le labbra e annuí. — Probabilmente il posto piú sicuro in attesa che si calmino le acque.

— Purtroppo qualcuno ha manomesso il nostro portale.

— Ah. Un sabotaggio, o semplicemente uno scherzo di cattivo gusto?

— Un sabotaggio. — Aurora preferí non parlare del veleno. Si fidava di Madama Circe piú che di qualunque altro fra i suoi informatori, ma l'esperienza le aveva insegnato che era meglio fornire solo le notizie strettamente necessarie. — Inoltre sospetto che qualcuno abbia tentato di ucciderlo prima che tornasse a Palazzo.

— Non Rodilegno?

— No, qualcun altro.

— Lo stesso che ha sabotato il portale?

— È possibile.

— Sapete chi ha tentato di ucciderlo?

— No. Speravo lo sapeste voi.

— Capisco.

Il gatto trasparente saltò sulle ginocchia di Aurora

e si accoccolò. — Siete stata voi a rintracciarlo — riprese Aurora. — Sul momento m'interessava soltanto sapere che fosse sano e salvo. Adesso voglio anche sapere dov'era.

Madama Circe si alzò faticosamente in piedi. — Vi rendete conto che un giorno diventerete vecchia anche voi, Vostra Grazia? — Prima che Aurora potesse replicare, sollevò una mano con fare drammatico e proseguí: — No, natuvalmente no, mia caaaava. Perché dovreste indugiare su pensieri cosí mesti? Pur con tutta la vostra nascita e intelligenza, siete appena una fanciulla. Perché pensare all'inverno, quando si è appena cominciato a godere la primavera? — Sospirò. — Sapete qual è la cosa peggiore dell'invecchiare? Peggiore perfino degli acciacchi e dello svanire della bellezza? Perdere la memoria. O meglio... le cose poco importanti restano. Ti ricordi benissimo di uno sciocco ragazzo che hai baciato quando avevi cinque anni, ma non sai piú cos'hai fatto la settimana scorsa. È cosí fastidioso. Credo di potervi aiutare, ma devo fare un controllo.

Lo gnomo arancione l'accompagnò premuroso verso una parete che, al suo avvicinarsi, si trasformò in un caotico ipnoschema. La donna allora vi appoggiò il palmo della mano e sulla superficie comparve una cavità dalla quale estrasse un mazzo di carte da gioco. — Il mio Mazzo delle Meraviglie — disse. — Vi ho mai raccontato che un tempo ero l'assistente di un illusionista? Il Grande Mefisto. Un gran bell'uomo, e con mani cosí abili. Però non ha mai avuto un mazzo cosí. — Mischiò le carte finché trovò il Fante di Cuori, che infilò nella testa dello gnomo.

Ciancia s'irrigidí e la sua espressione diventò vacua. — Principe Ereditario Pyrgus Malvae — recitò in tono meccanico. — Figlio di Danaus Plexippus, il Monarca, erede del Trono del Pavone, capelli rossi, occhi castani, alto un metro e mezzo...

— Va' avanti fino al Settimo Nodo di Ricerca — lo interruppe Madama Circe. — Elenca tutti coloro con i quali si è scontrato nell'arco di sei settimane... — Lanciò un'occhiata ad Aurora. — Sei settimane saranno sufficienti?

— Meglio due mesi.

— Nell'arco di *otto* settimane.

— Lord Rodilegno — disse pronto Ciancia. — Il Principe Ereditario Pyrgus si è introdotto nel suo castello e gli ha rubato una fenice dorata. Di conseguenza, Rodilegno ha ordinato la sua cattura. Tracciatori...

— Non è stato Rodilegno — lo bloccò Aurora. — Me l'ha detto Pyrgus. «*Rodilegno non c'è neanche andato vicino. Ma per poco non ci è riuscito qualcun altro.*» Penso che sia successo dopo.

— Va' avanti — ordinò Madama Circe.

— Gremio — cantilenò Ciancia.

— Che cosa? — Aurora aggrottò la fronte.

— Penso sia un nome — suggerí Madama Circe. — È un nome, Ciancia?

— Sí.

— Chi è questo Gremio?

— Va' avanti, Ciancia — ordinò Madama Circe.

— Gremio, Sergente delle Guardie di Sicurezza, capelli neri, occhi castani, alto un metro e ottantasette, età quarant'anni e quattro mesi, ha aggredito il Principe Ereditario Pyrgus il primo giorno della seconda luna. Jorchio, Guardia di Sicurezza, capelli castani, occhi azzurri, alto un metro e sessantacinque, ventinove anni e un mese, ha aggredito il Principe Ereditario Pyrgus il primo giorno della seconda luna. Pracchius, Guardia di Sicurezza, capelli castani, occhi verde-azzurri, altezza un metro e settanta, trentatré anni e sette mesi, ha aggredito il Principe Ereditario Pyrgus il primo giorno della seconda luna...

— Una giornataccia — mormorò Madama Circe.

— Daccilo, Guardia di Sicurezza...

— Cosa gli hanno fatto, queste guardie? — domandò Aurora.

— Lo hanno assalito, procurandogli seri danni fisici. Tentato omicidio, livello otto — rispose Ciancia.

Tentato omicidio! Aurora si sentí stringere lo stomaco. Era a questo che si era riferito Pyrgus? Un'aggressione delle guardie di sicurezza di qualcuno? *Per poco non ci è riuscito qualcun altro.* Non sembrava riferirsi a un gruppo di guardie, ma piú a una persona in particolare. O forse a chi gli aveva scatenato contro le guardie stesse. Ma anche cosí, si trattava solo di un'aggressione a livello otto: in teoria un tentato omicidio. Quindi significava semplicemente che lo avevano picchiato sino a farlo svenire. Un serio tentativo di omicidio avrebbe dovuto essere almeno a...

— Livello nove — ordinò Madama Circe. — Esamina gli scontri a livello nove.

Ciancia ticchettò rumorosamente e qualcosa nella sua testa scattò. — Papilio Macaone, Capitano delle Guardie di Sicurezza, capelli neri brizzolati, occhi castani, quarantaquattro...

— Cosa gli ha fatto? — lo interruppe Aurora.

Ciancia sembrò paralizzarsi, e i suoi occhi presero a ruotare in senso orario, mentre dalla bocca gli usciva uno strano suono, simile a quello di un trapano bloccato.

— Probabilmente questo Papilio non gli ha fatto niente di persona — spiegò Madama Circe. — Uno scontro a livello nove implica un *potenziale* danno serio, perfino mortale, ma la persona in questione può non essere quella che lo procura.

Aurora aggrottò la fronte. — Non capisco.

— Per esempio questo Papilio potrebbe aver tenuto ferme le braccia di vostro fratello mentre qualcuno lo pugnalava. O averlo consegnato al boia perché lo decapitasse. O condotto alla forca. O... vi prego, non agitatevi, mia caaava: parlo in via *ipotetica*. Sappiamo solo che il bravo capitano è stato *coinvolto* in un attentato alla vita di vostro fratello, non che ne è stato il diretto responsabile.

— E come possiamo scoprire il diretto responsabile? — scattò Aurora. Non era facile avere a che fare con persone come Madama Circe: avevano i loro ritmi, purtroppo non sempre abbastanza veloci.

— Ciancia, passa al livello dieci!

Di nuovo, qualcosa nella testa dello gnomo scattò. — Bombix, Jasper — declamò. — Capelli tinti, occhi celesti, un metro e settanta, novantotto anni e dieci mesi.

— Bombix e Sulfureo! — sussurrò Madama Circe. — A quanto pare, abbiamo trovato chi ha tentato di uccidere vostro fratello.

— Chi sono Bombix e Sulfureo? — chiese Aurora. I nomi le suonavano familiari, ma non appartenevano a nessuno delle Nobili Case e, se erano in politica, non occupavano posizioni di primo piano.

— *Mercanti* — rispose Madama Circe, riuscendo chissà come a farlo sembrare il nome di una malattia. — Elfi della Notte, ovviamente.

— Mercanti?

Madama Circe sollevò lo sguardo al soffitto. — Vendono colla.

Ecco dove aveva sentito quel nome. La Colla Miracolosa di Bombix & Sulfureo... l'aveva vista nei quartieri della servitú. — La fabbricano anche, vero?

— Penso di sí — rispose sprezzante Madama Circe. — Bombix ha precedenti interessanti. Aveva una reputazione come parrucchiere, poi si è messo a fare il decoratore d'interni. Uno stile originale, ma un po' troppo vistoso per i miei gusti. È stato allevato da una zia, una persona piuttosto perbene. A quanto si dice, l'ha avvelenata per ereditare i suoi soldi.

Aurora drizzò le orecchie. — Avvelenata? Ha per caso usato il triptio?

— Non saprei. Era soltanto una voce... nessuna prova. L'unica cosa certa è che ha ereditato la sua proprietà e l'ha venduta per una bella somma. Quando si è messo in affari con Sulfureo, scialacquava a destra e a manca.

— I precedenti di Sulfureo?

— Stregoneria. Negromanzia e demonologia di infimo livello. Innervosisce perfino i suoi compari Notturni. — Sfilò la carta dalla testa di Ciancia e lo gnomo la riaccompagnò a stendersi sui cuscini. — Non ci sono dubbi, Vostra Grazia: o l'uno o l'altro, o tutt'e due insieme, possono aver attentato alla vita di vostro fratello.

Aurora la fissò. — Allora fareste meglio a dirmi dove trovarli.

Ventuno

— Faceva male? — chiese Aurora curiosa. — Quando ti ha infilato la carta nella testa?

— Non proprio — rispose Ciancia. Madama Circe aveva insistito che lo gnomo l'accompagnasse per proteggerla. — Ma è una sensazione strana.

— Come funziona? È un incantesimo?

— No, Vostra Grazia... ho una fessura. — Scostò i capelli e si chinò per mostrargliela: nel cranio c'era una fessura bordata di metallo. — Le carte contengono informazioni cifrate e io mi limito a leggerle. Richiede un certo allenamento... soprattutto per restare diritti con la carta nella testa.

— Però...!

Si trovavano in Miseranda. Era la prima volta che Aurora visitava quel quartiere, e non era sicura di volerci tornare. Formavano una strana coppia, lei ancora travestita da ragazzo e Ciancia – con la pelle e il vestito color arancio – che a stento le arrivava alla spalla. Per quanto ben piantato, lo gnomo sembrava troppo basso per essere una valida guardia del corpo, però Madama Circe le aveva assicurato che era estremamente tossico: un suo morso bastava ad abbattere un cavallo da tiro, anche se poteva volerci un po' di tempo.

Ormai era piuttosto tardi, ma Miseranda era affollata quanto la Porta Nord. L'intero quartiere sembrava il paradiso del rapinatore.

— Ci siamo — la avvertí Ciancia a un tratto. — aggiú.

Le stava indicando Via Schiumarola, dove si trovava la fabbrica di colla di Bombix e Sulfureo. Naturalmente a quell'ora era chiusa, ma Madama Circe le aveva fornito l'indirizzo di casa di entrambi. Bombix aveva una proprietà nelle Piane Selvagge; Sulfureo invece, abitava proprio in Via Schiumarola. Aurora vide uno stretto androne buio fiancheggiato da un salone di tatuaggi e da un barbiere, entrambi chiusi. Il posto era tetro e squallido. Come mai Pyrgus era andato da quelle parti?

Vista da vicino, Via Schiumarola era ancor meno attraente. Vi ristagnava una puzza nauseante ed era cosí poco illuminata che chiunque si sarebbe potuto appostare nell'ombra per assalire gli incauti passanti.

Quasi le avesse letto nel pensiero, Ciancia estrasse di tasca una torcia fiammeggiante e la sollevò. — Meglio che vada avanti io, Vostra Grazia. — Aurora annuí e gli andò dietro, stringendo nervosamente il pugnale.

La strada era deserta e una volta lasciato il centro di Miseranda, i loro passi sollevarono echi spettrali dall'acciottolato. — Ci siamo — annunciò Ciancia dopo un attimo. — Ecco il numero ottantasette. La casa del signor Sulfureo.

La casa di Sulfureo, che sembrava incuneata a forza fra altre due, s'innalzava per tre piani completamente avvolti nel buio.

— Sembra che non ci sia nessuno — mormorò Aurora.

— Devo controllare, Vostra Grazia?

Dopo una breve esitazione, Aurora annuí. Non era particolarmente ansiosa d'incontrare Bombix o Sulfureo. Il suo piano era cercare la prova che avevano attentato alla vita del fratello; soltanto allora avrebbe agito. In caso di necessità era pronta a parlare con loro, ma quello che le interessava era fare una piccola perquisizione. Chissà se Sulfureo faceva uso di sicurincanti...

— Forse sarebbe bene che Vostra Grazia si portasse fuori vista. Il posto sembra vuoto, ma non possiamo esserne certi e non vogliamo che il signor Sulfureo scopra di aver suscitato l'interesse della famiglia reale.

Aurora dubitava che Sulfureo potesse riconoscerla, ma Ciancia aveva comunque ragione. Meglio non correre rischi. Gli rivolse un cenno d'assenso e scivolò nell'ombra. L'istante successivo, Ciancia bussò con forza.

Dopo un momento, una testa si affacciò alla finestra di una delle case vicine. — Piantala, sgorbietto, o vengo giú e ti busso io.

— Ho una consegna per il signor Sulfureo — replicò Ciancia, per niente intimidito.

— A quest'ora?

— È una consegna speciale. Per la colla.

— Allora portagliela in fabbrica, imbecille! E non disturbare chi dorme.

— La fabbrica è chiusa. Pensavo fosse meglio consegnarla al signor Sulfureo.

— Be', Sulfureo non è in casa, topo di fogna. Sparisci!

— Quando tornerà?

— Quando? Cosa vuoi che ne sappia? Mica sono la sua balia!

— No, signore. Grazie, signore. Me ne vado subito, signore. Spiacente d'averla disturbata. — Ciancia fece finta d'allontanarsi, ma tornò indietro appena la testa scomparve. — La casa è vuota, Vostra Grazia. Dobbiamo entrare?

— Sí. Proprio cosí.

Sulfureo faceva uso di sicurincanti, eccome. Il portone aveva l'aria di poter essere buttato giú da un bambino, ma resistette sia ad Aurora, sia ai quindici minuti di trattamento da parte di Ciancia.

— Mai visto chiavistelli del genere — borbottò lo gnomo. — Sono tutti collegati. Ne apri uno e se ne chiude un altro. Un'idea semplicissima, ma non riesco a venirne a capo. — Lo gnomo si raddrizzò e fissò Aurora. — Come reagirebbe Vostra Grazia a un approccio piú... robusto?

— Cos'hai in mente?

— Il candelotto di dinamite che mi sono appena ritrovato in tasca.

Aurora si accigliò. — E per il rumore?

— Lo useremo insieme a un silentincanto. L'unica controindicazione è che lasceremo un buco al posto della porta e probabilmente crollerà parte del muro. In altre parole, Sulfureo capirà di aver ricevuto visite. — Esitò. — Non penso che crollerà l'intera casa. — Scosse la testa. — No, sono sicuro di no... questi edifici vecchi sono piuttosto solidi.

— Avanti — disse Aurora.

Ciancia prese da una tasca dei calzoni un candelotto panciuto e accese la miccia. Poi, mentre questa bruciava rapida, lo appoggiò alla porta e cominciò a frugarsi nelle altre tasche. — Dove ho cacciato quel silentincanto...?

Aurora si mordicchiò nervosamente le labbra fissando la fiammella scintillante avvicinarsi al candelotto. — Ciancia...

– Eccolo... no, non è lui.

— Ciancia, non pensi...

— Perché non si riesce mai a trovare le cose quando servono? Forse dovremo fare a meno di... No! Eccolo! — Estrasse un piccolo cono da una tasca interna. — Che sollievo. — Lo accese utilizzando la miccia, ormai arrivata a pochi centimetri dal candelotto. — L'incantesimo dovrebbe entrare in azione prima dell'esplosivo... — Si voltò verso Aurora e sorrise. — Ora, Vostra Grazia, suggerirei di porre una certa distanza fra noi e la porta. Se Vostra Grazia mi permette... — A quel punto, la prese per un braccio e insieme risalirono Via Schiumarola a rotta di collo.

Avevano percorso sí e no cinquanta metri quando una palla di fuoco eruttò dall'androne alle loro spalle. Comunque, il silentincanto aveva battuto la dinamite, perché non si sentí nemmeno un fruscio.

Ciancia sorrise. — Vediamo che fine ha fatto quella serratura.

Il portone di Sulfureo era scomparso, come parte della strada di fronte e delle case laterali. Nella luce incerta, scorsero una scala che portava al piano di sopra.

— Meglio che tu rimanga qui, Ciancia — disse Aurora. — Cosí potrai avvertirmi se Sulfureo dovesse ricomparire.

Si augurava che lo gnomo non sollevasse obiezioni. Se là dentro c'era qualche prova a carico di Sulfureo, preferiva controllarla da sola... va' a sapere cosa poteva aver combinato Pyrgus. Per fortuna lo gnomo assentí: — Idea eccellente, Vostra Grazia. L'esplosione avrà assorbito il silentincanto, perciò fischierò se ci fossero problemi. Quando voglio, so farmi sentire.

Aurora gli credette sulla parola. Cominciava a nutrire il massimo rispetto per Ciancia. Scavalcate le macerie, scoprí che i primi gradini erano scomparsi, ma il resto della scala sembrava solido. Si arrampicò senza problemi e raggiunse un pianerottolo con due porte. La prima dava su un gabinetto puzzolente, la seconda su un soggiorno.

Esitò un momento, chiedendosi se fosse il caso di accendere le luci, ma alla fine decise di rischiare. Se Sulfureo fosse tornato, gli sarebbe bastata un'occhiata per capire che qualcuno si era introdotto in casa sua, e una luce al piano di sopra non avrebbe fatto differenza.

La stanza era piena zeppa di mobili cosí vecchi da cadere a pezzi. Non c'erano tappeti e i rari stuoini sparsi sulle assi del pavimento erano logori e sfilacciati. Si capiva subito dov'era solito sedersi Sulfureo: di lato al caminetto spento c'era una vetusta poltrona mezza sfondata. Su un tavolino lí accanto c'era una tazza vuota, mentre dall'altro lato del camino un secchio con qualche pezzo di carbone e una cesta di rametti secchi.

Un momento. Qualcosa non tornava. Aurora si guardò attorno di nuovo. Dai fiochi lucciglobi ai mobili decrepiti, tutto quel posto parlava di miseria e di squallore. Però Sulfureo non era povero. Impossibile. Possedeva una fabbrica di colla e, se Madama Circe era attendibile, aveva le mani in pasta in parecchi altri affari. Allora perché un uomo benestante decideva di vivere come un poveraccio? Possibile che fosse cosí taccagno? No, non ci credeva. Doveva essere un illudincanto messo in atto per ingannare i ladri. Molto astuto.

Probabilmente era entrato in azione quando aveva aperto la porta, o forse c'era un interruttore a pressione sul pianerottolo.

Comunque doveva trattarsi di un illudincanto di ottima qualità, perché tutto sembrava reale. Quando si avvicinò alla presunta poltrona di Sulfureo, poté annusarla e toccarla oltre che vederla; e quando infilò un dito nei cuscini sudici, si levò uno sbuffo di polvere che la fece tossire. Cominciava a credere di essersi sbagliata (che Sulfureo fosse semplicemente un avaro spaventoso?), quando la sua attenzione fu attratta da un piccolo ritratto incorniciato su un cassettone malconcio. Rappresentava un vecchio segaligno dall'espressione soddisfatta. Mentre si curvava a esaminarlo da vicino, il vecchio ammiccò.

Sbigottita, Aurora fece un salto indietro; poi tornò a chinarsi sul ritratto e di nuovo il vecchio ammiccò. La ragazza mosse la testa, e scoprí che l'ammiccamento si ripeteva solo se si trovava in una certa posizione. Allora ammiccò di rimando. L'odore tipico di un incantesimo spezzato si diffuse all'istante e i fiochi lucciglobi coperti di cacche di mosche avvamparono di luce. Aurora si raddrizzò e si guardò attorno. La stanza si era trasformata. I vecchi mobili malridotti erano scomparsi, sostituiti da raffinati – e costosi – mobili antichi. Sul pavimento era comparso un folto tappeto d'importazione che andava da una parete all'altra. La poltrona di Sulfureo era diventata una moderna sdraio completa di vassoio pieghevole e cuscini. Fu proprio uno dei mobili antichi ad attrarre la sua attenzione: uno scrittoio ad avvolgibile in ottimo stato.

Si aspettava che fosse chiuso, ma Sulfureo doveva nutrire la massima fiducia nel suo illudincanto perché lo trovò aperto. C'erano caselle piene di fogli, e altri fogli nei cassetti. Li controllò a uno a uno, alla ricerca di un indizio su Pyrgus, ma tutte le carte si riferivano agli affari di Sulfureo, ed erano per lo piú connessi alla compagnia Bombix & Sulfureo. Sembrava tutto in ordine: nessuna traccia di attività sottobanco o di affari sporchi; niente di illecito, insomma.

Terminò di perquisire frettolosamente la stanza e salí al secondo piano. Anche lí trovò due porte. La prima conduceva in una piccola cucina ordinata senza nulla d'interessante.

Ma dietro la seconda la aspettavano i demoni.

Li sentí prima di vederli. Il ticchettio da insetti e il clic-clac di chele di aragoste in sottofondo erano inconfondibili. Poi i lucciglobi avvamparono.

Si trovava in una biblioteca... infestata da almeno cinque demoni. Erano del tipo piú comune: grigi, piccoli e smilzi, con una grossa testa ed enormi occhi neri come la pece. Quattro erano maschi e uno femmina, e indossavano tutti la stessa tuta argentea, con stivali argentei dalla suola spessa. Li riconobbe all'istante: Guardie Goblin. Bastava evocarli e accordarsi con loro perché sorvegliassero quello che t'interessava. Ti costava un sacrificio ogni tanto, però funzionava. Le Guardie Goblin erano letali.

Aurora voltò la testa – tutti sanno che non si deve mai guardare un demone negli occhi – e chiuse di scatto la porta. Un'azione istintiva. Sapeva bene che non sarebbe servita, ma la fece sentire meglio. Non per molto, però. Nel giro di pochi secondi, un raggio di luce azzurrina attraversò la porta, seguito dal primo demone. Aurora volò verso le scale.

Aveva già raggiunto il primo piano quando si rese conto che non l'avevano inseguita. Si fermò col cuore in gola e si guardò alle spalle. Niente demoni. Trattenendo il fiato risalí qualche gradino. Ancora niente. Strano. Una volta che le Guardie Goblin ti mettono gli occhi addosso, ti restano alle calcagna finché non ti hanno eliminato... o finché qualcosa li ferma. Ma lí niente poteva fermarli. Avrebbero dovuto precipitarsi giú per le scale come una valanga, invece salí un altro gradino.

Arrivò quasi al pianerottolo. Dove si erano cacciati? Era un comportamento insolito, per i demoni. Che qualcosa li avesse spaventati? Dopo un momento, decise che non le importava saperlo. Per sua fortuna se n'erano andati, e ora poteva perquisire tranquillamente la biblioteca. Socchiuse la porta... e scoprí inorridita che erano ancora tutti là.

Senza perdere tempo a chiudere la porta, filò giú per le scale alla massima velocità.

Ma i demoni non la inseguirono nemmeno questa volta! Si fermò su uno scalino e si voltò, mentre un pensiero si faceva strada nella sua mente. Un'altra illusione! Sembrava che gli illudincanti fossero la specialità di Sulfureo. Ma dopotutto un illudincanto era piú economico di una vera Pattuglia Goblin e ti toglieva dall'imbarazzo dei sacrifici.

La ragazza risalí le scale fermandosi sull'ultimo gradino. Doveva agire con cautela. La porta della biblioteca era ancora aperta, e se le Guardie Goblin l'avessero vista, si sarebbero precipitate sul pianerottolo: un demone illusorio poteva ammazzarti esattamente come uno vero, perché finché l'illudincanto era in atto, la creatura era reale.

Comunque l'interruttore per annullare l'illudincanto doveva trovarsi lí da qualche parte, prima di entrare in biblioteca.

Ma dove? E, soprattutto, *come trovarlo*?

Sulle scale non c'erano ritratti, né quadri d'alcun

genere. Niente decorazioni sulle pareti, niente pannelli, niente... L'unica cosa "anomala" era uno scalino che scricchiolava. L'aveva notato vagamente mentre saliva, e di nuovo quando era scesa di corsa. Non ci aveva dato peso, perché le vecchie case sono sempre piene di scricchiolii. Ma ora valeva la pena di controllare.

Ridiscese le scale e raggiunse il gradino scricchiolante. Ci salí sopra diverse volte, e ogni volta quello scricchiolò. Era l'interruttore? Metteva in azione i demoni quando salivi?

Provò a tornare su evitandolo. E trovò la biblioteca vuota.

Le sfuggí un sospiro di sollievo. Ormai, pur non avendo incontrato Sulfureo di persona, riusciva a immaginarselo benissimo: un vecchio pericoloso e scaltro che non si preoccupava di cosa potesse succedere agli altri. Pyrgus era stato fortunato a sfuggirgli.

Però ancora non sapeva come erano andate le cose fra loro. La biblioteca traboccava di tomi di stregoneria, magia, sortilegi, negromanzia e fatture, ma per quanto frugasse non trovò alcuna prova che Sulfureo avesse davvero tentato di uccidere suo fratello.

Uscí dalla biblioteca e salí al terzo piano, che si rivelò una delusione. Una porta dava su un bagno e l'altra su una camera da letto. Niente Guardie Goblin e niente illudincanti. Sulfureo sembrava convinto che nessun intruso potesse superare il secondo piano. E lei non aveva ancora scoperto niente su Pyrgus.

Ventidue

Pyrgus si trovò circondato da un'oscurità soffocante. Per un istante si chiese se fosse per caso finito nel portale che si apriva in fondo all'oceano, ma poi si rese conto di respirare aria e non acqua. Aria con un odore di zolfo che gli bruciava la gola. Avanzò incerto, tendendo le braccia, finché le sue mani incontrarono una parete rocciosa, poi continuò ad avanzare a tentoni, tossendo.

Sembrò passare un'eternità, ma alla fine si lasciò alle spalle i vapori irrespirabili e vide comparire una luce fioca davanti a sé. Rallentò e si mosse cauto in quella direzione. Si era già ammaccato un ginocchio e sbucciata una caviglia, e qui – dovunque fosse *qui* – era cosí buio che si sarebbe potuto ammazzare precipitando in una voragine sotterranea. Quindi avanzò lentamente, sempre con la mano appoggiata alla roccia, tastando il terreno a ogni passo. Era la solita storia ogni volta che usavi un nuovo portale: non sapevi mai dove saresti finito. Il signor Fogarty era convinto che sarebbe sbucato a Palazzo, ma a quanto pareva si era sbagliato. Inoltre, Pyrgus sapeva di aver peccato d'impazienza: aveva usato il portale prima che il vecchio avesse completato tutti i controlli.

La luce davanti a lui aumentò, rivelandosi un'apertura. Man mano che si avvicinava, Pyrgus si rese conto che le sue ipotesi erano esatte: si trovava in un corridoio sotterraneo, probabilmente di origine naturale, che doveva far parte di un sistema di caverne.

La luce entrava da un varco che si apriva in alto: non era molto largo, ma probabilmente sarebbe riuscito a passarci. Il problema era raggiungerlo.

D'accordo, la superficie della caverna era ricca di appigli utili per arrampicarsi, ma se fosse caduto, sarebbe morto. Per la prima volta sentí la mancanza delle ali. Si fece coraggio e dopo essersi passato le mani sudate sui calzoni per asciugarle, cominciò a salire.

Era meno difficile di quanto sembrasse, ma quando raggiunse la stretta sporgenza davanti al varco, aveva l'affanno e i muscoli indolenziti. Si sedette un momento a riprendere fiato, poi si voltò ad affrontare l'apertura e uscí.

Si ritrovò su una collina sassosa, ma non era vicino al portale del Palazzo, e nemmeno vicino a Palazzo. In effetti, non era neanche vicino alla città. Non solo: l'aria puzzava ancora di zolfo. E il cielo era del colore sbagliato: aveva quella sfumatura giallastra che precede gli uragani, sebbene non ci fossero uragani – né nuvole – in vista.

Si accigliò, respingendo un attacco di nausea e chiedendosi se nelle vicinanze c'erano fumarole sulfuree. Doveva scoprire esattamente dove si trovava, e poi tornare a Palazzo piú in fretta possibile. Nonostante la sua breve assenza, temeva quello che poteva essere successo. Non si era mai interessato molto alla politica, però non era uno sciocco: qualcuno aveva attentato alla sua vita e, per quanto ne sapeva, suo padre poteva essere il prossimo. Doveva metterlo in guardia prima possibile.

Si guardò attorno. Il paesaggio ondulato era roccioso e arido, a parte radi cespugli baccellosi che non riconobbe. Cominciava a chiedersi se avrebbe raggiunto la città a piedi: conosceva bene la regione dove sorgeva la capitale, e niente nel panorama che aveva davanti gli appariva familiare.

I fumi sulfurei, o qualunque cosa fossero, conferivano all'orizzonte una rabbiosa sfumatura fiammeggiante. Doveva mettersi in moto subito: il sole sarebbe tramontato presto. Passò rapidamente in rassegna le sue proprietà. Per fortuna aveva accettato il coltello offertogli dal signor Fogarty. Certo, non era una lama Halek, ma era meglio di niente.

Aveva anche una sacca piena di cibo. Non che avesse pensato di averne bisogno, ma il cibo del Mondo Analogo gli piaceva, cosí ci aveva infilato un sacchetto di patatine, qualche stecca di cioccolata e una scatola di fagioli.

Si mise lo zaino in spalla e cominciò a scendere la collina.

Camminò per un'ora buona prima di decidere che qualcosa non andava. Il paesaggio non era cambiato e il sole fiammeggiante sembrava non essersi mosso di un millimetro. Secondo i suoi calcoli, il tramonto doveva essere passato da un pezzo. Forse aveva camminato meno di quanto credeva...

Si fermò. Il paesaggio sembrava identico a quello che lo aveva accolto quando era emerso in superficie. E se fosse stato davvero lo stesso? Che avesse girato in tondo? Respinse l'idea. Impossibile. Se il sole non si era mosso, significava che non era passato molto tempo. Anche se lui si sentiva stanco come se avesse camminato per un'ora buona. Ma se il sole non si era mosso, era *impossibile* che avesse camminato per un'ora. Si chiese se i vapori sulfurei gli avessero scombinato il cervello. Allucinazioni?

Si rimise in moto, facendo attenzione a mettere un piede davanti all'altro. A un tratto si sfilò lo zaino, lo mise giú e, senza perderlo d'occhio, arretrò di qualche passo. Lo zaino rimase dove lo aveva lasciato. Allora tornò a prenderlo, soddisfatto. Stava camminando. Certo che camminava! E aveva camminato per un'ora abbondante. Allora perché il sole non si era mosso?

Si diresse verso ovest, esattamente come prima. Però era inquieto. Tutta quella immobilità, la puzza di zolfo... e il cielo giallastro. Qualcosa *non* andava, ma non riusciva a capire che cosa.

Poi arrivò in cima a una salita e scorse, sotto di sé, le rovine di una città.

Gli antichi edifici spiccavano come denti marci sulla piana desolata. Le mura non erano che mucchi di macerie, ma in piedi restava abbastanza da mostrare che un tempo quella doveva essere stata una metropoli. Scorse i resti di un cancello, le fondamenta di torri di pietra, una piazza centrale dal selciato coperto di crepe. Viali e strade erano sepolti dagli stessi strani arbusti che aveva visto prima. Perfino cosí ridotta, la città era impressionante. Le pietre delle mura erano gigantesche. Dovevano pesare tonnellate.

Rabbrividí. Non aveva mai saputo che nel Regno degli Elfi ci fosse una città uguale a quella, e di sicuro non nei dintorni del Palazzo. Quindi doveva essere ancora scoperta... probabilmente si trovava su un altro continente, il che avrebbe spiegato gli arbusti sconosciuti. Quanto era lontano da casa? Avrebbe potuto impiegare settimane, perfino mesi, per raggiungere il padre e metterlo in guardia.

Sempre che fosse riuscito a raggiungerlo...

Pyrgus era un ottimista nato, ma sapeva anche fare

due piú due. Aveva camminato per un pezzo in quella specie di deserto. Razionando il cibo che aveva nello zaino, avrebbe potuto cavarsela per un paio di giorni, ma dopo sarebbe dovuto andare a caccia e finora non aveva visto neanche un grugniratto, tantomeno qualcosa di commestibile.

Peggio ancora: non aveva visto una sola sorgente e non aveva acqua con sé. In quelle condizioni non sarebbe sopravvissuto piú d'una settimana. Certo, in quel momento faceva abbastanza fresco, ma l'indomani a mezzogiorno avrebbe grondato sudore come una fontana.

Alzò lo sguardo. Il sole era esattamente nello stesso punto, come se il tempo si fosse fermato.

Doveva procurarsi dell'acqua. Assolutamente. Forse, come ultima risorsa, avrebbe potuto spremere un po' di liquido da quelle strane piante, però ignorava se fossero velenose o meno. Gli serviva un ruscello, uno stagno, un...

Un pozzo!

La città-fantasma doveva avere avuto sorgenti d'acqua! E cisterne per raccogliere la pioggia, e pozzi... Si diresse deciso verso le rovine. Magari sarebbe stato cosí fortunato da trovare un'iscrizione che gli permettesse di capire dov'era finito. E una volta che si fosse rifornito d'acqua e avesse scoperto dov'era, non avrebbe avuto difficoltà a tornare a casa, per quanto lontana fosse.

Deciso a condurre una ricerca sistematica, imboccò il viale che portava alla piazza centrale. Esistevano due tipi di pozzi: quelli enormi, capaci di rifornire un'intera città, che probabilmente si trovavano in pieno centro, e quelli piú piccoli, a uso familiare, trivellati dai cittadini benestanti nei pressi della propria casa o addirittura al suo interno. Era in questi ultimi, e non negli ipersfruttati pozzi municipali, che poteva trovare ancora un po' d'acqua.

Ma individuare le abitazioni dei ricchi si rivelò piú difficile del previsto fra quelle rovine.

Un'area, però, sembrava piú promettente. Fu la struttura delle fondamenta ad attrarre la sua attenzione, perché sembrava disegnare la pianta di parecchie case una vicina all'altra. E poi c'erano un paio di fenditure che valeva la pena di esplorare. Anzi, per essere precisi, c'erano due lastre spaccate che forse – forse – avevano coperto un pozzo.

Si stava arrampicando sulle macerie per controllare piú da vicino, quando i demoni gli furono addosso.

Anche Pyrgus lottò come un demone. Non ebbe il tempo di estrarre il coltello del signor Fogarty, ma tirò calci e pugni come un forsennato. Quelle creature erano semplicemente ripugnanti: quasi nude, con viscidi corpi color gesso e lunghi arti sottili.

Erano piú piccoli di lui, ma erano in molti e continuavano ad arrivare. Non ne aveva mai visti tanti tutti insieme. Perfino gli stregoni piú abili potevano evocarne al massimo tre alla volta. Ticchettando come insetti, lo circondarono afferrandolo per i vestiti.

Sapeva di non doverli guardare negli occhi, perciò si concentrò sulle gambe, che erano fragili e potevano essere facilmente spezzate con un calcio bene assestato. Il problema era che anche loro lo sapevano e stavano bene attenti a evitare i suoi stivali.

Un demone gli si portò alle spalle e gli bloccò la testa come in una morsa. Nonostante la loro taglia, quelle creature erano forti, e per quanto Pyrgus si dimenasse e si contorcesse, non riuscí a liberarsi.

Inevitabilmente, i suoi occhi incrociarono quelli di uno di loro. Occhi neri, enormi.

— Fermo — ordinò una voce.

Era orribile, come se della fanghiglia gli filtrasse nel cervello. Si sentí pervadere dalla paralisi.

— Fermo — ripeté la voce.

— Tigre contro tigre — mormorò Pyrgus. — Tigre contro tigre. Tigre contro... tigre contro... tigre contro tigre. — Gliel'aveva insegnato Archippus, quel trucco: a volte uno scioglilingua assurdo poteva bloccare la mente quanto bastava a liberarla dall'incantesimo di un demone. — Tigre contro tigre. Tigre contro tigre. Tigre contro, tigre contro...

— Nome? — domandò la voce, ormai nella sua mente.

Non pensare il tuo nome! Qualunque cosa, ma non pensare... Se un demone conosce il tuo nome, il suo potere sopra di te aumenta. Nessuno era mai sfuggito ai demoni dopo aver rivelato loro il nome. *Non pensare P... P... No, non pensare! Tigre contro tigre. Tigre contro tigre. Tigre contro... Non pensare...* Sentí il proprio nome librarsi ai margini del cervello ed espandersi, fluttuarvi, strisciarvi... *tigre... contro tigre... contro tigre, contro pigre... contro pir... No! Non pensare P-P-P-P... Non pensare PYRGUS! Accidenti, accidenti, accidenti! Be', almeno non ho pensato Pyrgus Malvae. Oh, doppio accidenti!*

— Seguimi, Pyrgus Malvae — gli ordinò la fanghiglia muffosa che gli aveva occupato il cervello.

Gli altri demoni lo lasciarono andare e si fecero indietro. E Pyrgus lo seguí, docile come un agnellino.

Ventitré

Mani artritiche o no, Fogarty aveva rimesso insieme il fucile.

Prima di caricarlo, prese la mira e lo fece scattare un paio di volte per accertarsi che funzionasse a dovere. Andava che era una bellezza.

— Il tuo ragazzo non è qui — disse.

Il Monarca lo fissò dritto negli occhi. — Le credo, signor Fogarty. Credo a tutto quello che mi ha detto. Credo che lei sia amico di mio figlio, come anche quel ragazzo del quale mi ha parlato... Henry. Ma Pyrgus non è tornato a casa, e io mi auguro che lei vorrà essere anche amico mio. — L'uomo sostenne a lungo il suo sguardo prima di aggiungere: — Scoprirà che non sono un ingrato. E nemmeno avaro.

— Che vuoi che faccia?

— Mi aiuti a trovarlo.

— Com'è che devo chiamarti? Altezza? Maestà? Roba del genere?

— Mi chiami come le pare, signor Fogarty. Lei non è uno dei miei sudditi. Il mio nome è Danaus Plexippus.

— D'accordo, signor Plexippus. Tuo figlio mi è simpatico. Parecchio simpatico. È un tipetto tosto... proprio com'ero io alla sua età. Se posso aiutarti a trovarlo, lo farò. Però non vedo come...

— Ci sono tre possibilità. Una è che il suo portale abbia funzionato male...

— Impossibile.

Il Monarca accennò un sorriso. — Era solo una possibilità, signor Fogarty. Per quanto improbabile le possa sembrare, è possibile che il suo portale abbia funzionato male e mio figlio sia finito chissà dove, lontano dal Palazzo. Un'altra possibilità, molto piú verosimile, è che Pyrgus abbia commesso qualche errore nel regolarlo, con l'identico risultato. Ci ha detto lei stesso che mio figlio lo ha regolato personalmente.

— Vero.

— La terza è che sia tornato sano e salvo, piú o meno nel posto stabilito, ma abbia deciso di dover fare qualcosa prima di renderci nota la sua presenza. — Si voltò verso Archippus. — C'è altro, Viceré?

Archippus scosse la testa. — Non mi sembra, Maestà.

Il Monarca tornò a rivolgersi a Fogarty. — Se Pyrgus è finito chissà dove, adesso starà cercando di tornare a Palazzo. Ci sarebbe utile scoprire dove lo ha inviato il portale, e pensavo che lei potesse cooperare con l'Ingegnere Capo Phoebus e i suoi tecnici per tentare di calcolarlo esattamente. E nel frattempo potrebbe tentare di ricordare se le ha detto qualcosa che possa fornirci un indizio sulla sua destinazione... nel caso avesse in mente di fare qualcosa di particolare.

— Dovrei venire con voi? Nel vostro mondo?

— Mi sembrerebbe opportuno. E anche quel ragazzo, Henry... Pyrgus potrebbe avergli detto qualcosa.

— È un po' che non vedo Henry, ma penso che farà un salto qui fra non molto. Gli lascerò un controllo del portale. Cosí potrà seguirci e tu potrai parlare anche con lui.

Plexippus esitò. — Qualcuno ha attentato alla vita di mio figlio. Non mi sembra opportuno lasciare aperta una via d'accesso fra i nostri due mondi.

Il sorriso di Fogarty si mutò in un ghigno letale. — Non starti a preoccupare — disse. — Mi accerterò che soltanto Henry riesca a passare.

— Questo significa che verrà con noi, signor Fogarty? — chiese il Monarca.

Fogarty inserí l'ultimo proiettile nel caricatore e lo chiuse con uno scatto secco. — Puoi giurarci! — rispose.

A Ciancia bastò un'occhiata per capire com'era andata. — Non ha avuto successo, Vostra Grazia?

— Macché. Niente di niente.

Lo gnomo strinse le labbra. — E ora, Vostra Grazia? Ci occupiamo di Bombix, o preferisce che la riaccompagni a Palazzo?

Nessuna delle due alternative la entusiasmava, ma ormai si era fatto tardi, molto tardi, e lei aveva bisogno di dormire se voleva proseguire le indagini a mente fresca. Però, l'idea di non aver trovato niente in casa di Sulfureo la infastidiva. Le sembrava strano non aver scoperto nulla di sospetto... non solo riguardo a Pyrgus, ma a *qualsiasi* cosa. Ogni documento che aveva letto dimostrava che Sulfureo era un cittadino modello. Eppure, a quanto le aveva detto Madama Circe, il vecchio era un bugiardo e un imbroglione che trafficava coi demoni. La ragazza s'irrigidí. Com'era potuto sfuggirle? Come accidenti le era sfuggito?

— Dove va, Vostra Grazia? — le gridò dietro Ciancia.

Aurora aveva già superato le macerie e stava risalendo le scale. — Aspettami! — rispose. — Non ci metterò molto!

Raggiunse il primo piano e rientrò nel soggiorno. Era identico a come lo aveva lasciato: con i mobili raffinati, lo scrittoio traboccante di carte innocenti, il ritratto ammiccante... Aurora lo raggiunse in un attimo chinandosi fino a individuare l'angolatura giusta per farlo ammiccare. E quando gli strizzò l'occhio di rimando, seppe subito di aver visto giusto. L'odore di un illudincanto spezzato era inconfondibile.

Si guardò attorno. A prima vista la stanza era identica. Stesso tappeto, stessi mobili. Eppure *doveva* essere cambiata per la terza volta. Sulfureo era furbo. Aveva inserito un'illusione dentro l'illusione. Chiunque avesse scoperto la prima avrebbe pensato che non c'era altro... e, infatti, lei c'era cascata in pieno. Non le era venuto in mente che ci fosse un secondo illudincanto. Invece sí. Ma ora l'aveva annullato. Non le restava che trovare cos'aveva voluto nascondere.

Il suo sguardo cadde sullo scrittoio.

Sicuro! Doveva essere quello! Le *vere* carte di Sulfureo! Mentre le sfogliava con dita nervose, trovò una prova dopo l'altra di affari poco puliti: frode, corruzione, appropriazione indebita, evasione fiscale, sfratti illegali, contratti loschi. Non c'era niente su Pyrgus, d'accordo, però era sicura che adesso avrebbe trovato qualcosa. In un cassetto, scovò gli appunti del lavoro di Sulfureo con i demoni. Disgustoso. Li pagava sacrificando loro animali. Aurora non aveva un debole per le bestie come il fratello, ma la lettura di quelle carte la nauseò. Se Pyrgus ne era al corrente, non c'era da stupirsi che si fosse cacciato nei guai.

Si impose di controllare i fogli a uno a uno – un lavoro esasperante, che ben presto la ripagò con gli interessi.

Infatti, trovò la nota. Erano solo cinque parole scarabocchiate su un pezzo di carta, una specie di promemoria:

La soffitta! Non le era venuto in mente che ci fosse, perciò non l'aveva cercata. Non sapeva cosa fosse *Il libro di Beleth*. Roba magica, probabilmente... Beleth sembrava il nome di un demone. Forse Pyrgus aveva ficcato il naso negli esperimenti del vecchio. Comunque fosse, c'era un altro posto da perquisire.

Salí di corsa al secondo piano, ricordandosi di non far scricchiolare il gradino. Aveva pensato che ci fosse una botola nel soffitto della camera da letto, ma non ne trovò traccia. Idem per quanto riguardava il soffitto del bagno. Che ci fosse un illudincanto anche qui? Passò un altro quarto d'ora cercando interruttori magici, senza risultato. Se davvero c'era un illudincanto, era ben nascosto.

Si sedette sul letto e rifletté. Sapeva di essere rimasta in quella casa troppo a lungo. Ogni minuto che passava, aumentavano le probabilità che Sulfureo tornasse. Ma c'era una soffitta. Un nascondiglio perfetto. Non poteva arrendersi, doveva trovarla!

Perquisí di nuovo la stanza, cercando soprattutto un interruttore. Su una parete si apriva un guardaroba pieno di vecchi vestiti puzzolenti. Lo spazio angusto aveva un odore cosí sgradevole che prima lo aveva degnato solo di un'occhiata. Ma adesso vi entrò, trattenendo il fiato, e cominciò a battere le nocche sui pannelli di legno.

Un falso fondo! Non c'era dubbio. La parete suonava a vuoto. La spinse, la colpí, ci batté sopra i pugni e la prese a calci, ma quella non si mosse. Scostò i vestiti e la tastò palmo a palmo, sempre senza risultato. — Insomma, apriti una buona volta! — urlò alla fine, frustrata. Il pannello di fondo si spalancò silenziosamente, aprendosi su una scala illuminata da lucciglobi a basso voltaggio.

Aurora esitò. La scala portava di sopra, alla famosa soffitta. Però, scendeva anche, immergendosi nelle tenebre. Per arrivare dove?

Sciocchezze, si disse. *Sapeva* che Sulfureo aveva nascosto qualcosa in soffitta. *Sapeva* di non avere tempo da perdere. Sapeva che scendendo sarebbe potuta incappare in altri illudincanti, se non peggio. Sapeva tutto questo, ma non poteva resistere: *doveva* scoprire dove portavano quelle scale.

Fece un passo avanti e si fermò. Troppo facile. E Sulfureo era troppo subdolo. Se la casa era piena di illudincanti e trappole magiche, come mai il pannello che conduceva alla soffitta dove il vecchio si dedicava ai suoi trucchi diabolici era azionato da un semplice *sesamo*? Chiunque avrebbe potuto spalancarlo pronunciando *apriti*. E, a essere onesti, non era stato molto difficile trovare il pannello.

D'impulso, tolse un mantello da un appendiabiti, lo gettò sulla scala... e lo guardò inorridita passare attraverso i gradini, scomparendo nell'abisso sottostante. Le scale non esistevano. Erano un'altra illusione.

Se avesse provato a salirle, sarebbe precipitata.

Ventiquattro

Archippus tossicchiò.

— Sí, Viceré? — chiese il Monarca.

— Sire, c'è il problema di quale portale utilizzare... — Quando il Monarca si limitò a fissarlo in silenzio, proseguí: — Possiamo usare quello di Casa Danaus...

— Sí, certo — assentí il Monarca.

— Ma abbiamo anche la possibilità di usare quello del signor Fogarty, con il suo consenso, naturalmente. In questo modo forse ricaveremmo qualche indizio su dove si trova il Principe Ereditario Pyrgus.

Per la prima volta nell'ultima ora, il viso del Monarca s'illuminò. — Eccellente idea, Archippus! — esclamò. Poi si rivolse a Fogarty, fermo accanto alla porta con il fucile puntato verso il soffitto. — Signor Fogarty, ci dà il permesso di usare il suo portale?

Il vecchio scrollò le spalle. — Accomodatevi pure.

Aurora pensava di aver capito, ma non ne era sicura al cento per cento. Se aveva ragione, l'interruttore magico che aveva appena azionato lanciando il mantello avrebbe reso solida la scala. In caso contrario, sarebbe rimasta un'illusione. Prese uno dei berretti di Sulfureo e lo lanciò sulla rampa. Il cappello atterrò sui gradini e vi rimase. A quanto pareva, aveva bloccato l'illudincanto, ma per scoprirlo non c'era che un modo. Trattenne il fiato, chiuse gli occhi e mise i piedi su uno scalino.

Era reale, solido.

Aprí gli occhi e cominciò a scendere senza esitazione. La casa di Sulfureo era troppo pericolosa per una seconda visita. Se voleva scoprire dove portava quella scala, avrebbe dovuto farlo ora.

I gradini scendevano tre piani buoni, ma non si fermavano a livello del terreno. Se i suoi calcoli erano esatti, proseguivano per altri sei metri sotto. Quando raggiunse il fondo, si trovò davanti un lungo corridoio illuminato da lucciglobi che si stavano già accendendo automaticamente. Il suo senso dell'orientamento le diceva che il corridoio passava sotto Via Schiumarola e andava verso la fabbrica di colla. Il che era probabilmente esatto. Chissà cosa veniva trasportato dalla fabbrica alla casa di Sulfureo, e viceversa. Per quanto ne sapeva, anche Pyrgus poteva essere stato trascinato in quel corridoio.

Doveva seguirlo? No, meglio di no. Si sarebbe occupata della fabbrica un altro giorno. Prima doveva perquisire la soffitta. Risalí le scale, e nel giro di pochi minuti era davanti a quella che doveva essere la porta del covo di Sulfureo.

Bastò una spinta ad aprirla.

Davanti a loro si stendeva un lungo corridoio, coperto di tappeti e illuminato da candelabri di cristallo.

— Non è la cappella — mormorò il Monarca — ma di sicuro è il Palazzo.

— Mi sembra l'ala est, vicino agli appartamenti di vostra figlia, Sire — disse Archippus, guardandosi attorno.

— Credo che tu abbia ragione. Dunque, se noi siamo qui, anche Pyrgus dev'essere arrivato a casa sano e salvo.

— Sempre che Fogarty ci abbia detto la verità — sussurrò Archippus.

— Sento che possiamo fidarci di lui — sussurrò di rimando il Monarca. — Per ora. — A quel punto, alzò la voce. — Siamo passati tutti?

— Tutti, Maestà — rispose l'Ingegnere Capo Phoebus.

— Signor Fogarty... siamo nello stesso posto che lei ha visto quando ha attraversato il portale l'altra volta?

Fogarty tirò su con il naso. — Direi di sí.

— Allora sembra che mio figlio abbia deciso di andare da qualche altra parte. Ma almeno è tornato nel nostro mondo. — Il Monarca si avvolse nel mantello. Era sollevato, anche se c'era comunque la possibilità che Pyrgus avesse sbagliato a regolare il portale e fosse finito a parecchi chilometri di distanza. Il ragazzo era particolarmente abile a cacciarsi nei guai. — Signor Fogarty, gradirei che andasse con l'Ingegnere Capo Phoebus. Provvederà ad assegnarle un alloggio confortevole. Mi rendo conto che è tardi e che lei dev'essere stanco, ma spero che già da domattina sarà in grado di collaborare con i nostri ingegneri.

— Farò del mio meglio — replicò secco Fogarty, togliendosi di tasca un telecomando con cui spense il portale.

— Viceré Archippus, seguimi — ordinò il Monarca, allontanandosi a passo svelto in direzione delle scale. Erano vicini agli appartamenti reali, quando un servo angosciato li raggiunse con la notizia che anche sua figlia era scomparsa.

La soffitta puzzava di sangue. Strisce di pelle di chissà quale bestia erano state inchiodate al pavimento per formare un rozzo cerchio. E sul lato opposto della stanza c'erano i resti di uno strano marchingegno: Aurora non aveva mai visto niente del genere, ma quello aveva tutta l'aria di essere un intrappolalampi. C'erano anche un braciere pieno di cenere, diverse ciotole rovesciate e un triangolo tracciato sul pavimento, di fronte al cerchio. In un angolo c'era un mazzo di assafetida e alle pareti erano fissati stendardi coperti di simboli magici.

Aurora entrò.

Aveva il cuore in gola, ma entrò. Non accadde niente. Naturalmente non poteva escludere al cento per cento la presenza di qualche altro illudincanto, ma era quasi certa che non ve ne fossero. La soffitta era letteralmente sottosopra, come se una delle stregonerie di Sulfureo fosse andata storta. Senza perdere altro tempo, cominciò a perquisirla.

C'era un solo armadio, chiuso con un semplice proteggincanto, ma il suo scassinincanto non ebbe difficoltà ad aprirlo... L'armadio era pieno di attrezzature magiche: bacchette fulminanti, calici raccoglisangue, medaglie pentacolate, talismani, mandragole, pugnali volanti. Ma furono i libri ad attirare la sua attenzione. Erano due, proprio in fondo all'armadio, e uno aveva tutta l'aria di essere un diario.

Aurora li prese. La copertina del piú piccolo era vuota, ma aprendolo vide che le pagine erano coperte dall'ormai familiare calligrafia di Sulfureo. Il suo diario magico! Probabilmente conteneva le descrizioni di ogni demone evocato, di ogni magia nera compiuta! Lo sfogliò, e un nome le saltò subito agli occhi:

PYRGUS

Eccolo! Con il cuore in gola, la ragazza si guardò attorno cercando un posto meglio illuminato dove sedersi a leggere, quando all'improvviso un suono acuto le trapassò le orecchie.

Ciancia aveva fischiato. Stava arrivando qualcuno.

Senza esitare, s'infilò i due libri sotto braccio e fuggí.

Venticinque

Henry andò direttamente alla porta sul retro. Lanciò un'occhiata al cespuglio di buddleia, perché sapeva che il signor Fogarty avrebbe tentato di aprire un portale proprio lí, ma non vide niente di particolare.

Scrutò attraverso la finestra della cucina. Sembrava che non ci fosse nessuno. Bussò con forza. Niente. La casa pareva davvero vuota.

Si frugò in tasca e ne tirò fuori una chiave attaccata a un lungo spago. *Questo non lo sapevi, eh, mamma?* Aprí la porta ed entrò. — Sono io, signor Fogarty, Henry — gridò. Poi rimase in attesa. Una volta, usando la chiave, aveva spaventato il vecchio, che gli era saltato addosso brandendo un coltellaccio da cucina.

Nessuno comparve. Né il signor Fogarty, né Pyrgus. — Salve... — chiamò. Poi, cautamente, si spostò dalla cucina al disordinato soggiorno. — Signor Fogarty? Sono Henry, signor Fogarty... — La stanza puzzava di muffa ed era vuota.

Dieci minuti piú tardi, aveva controllato tutta la casa.

Solo quando tornò in cucina notò qualcosa che prima gli era sfuggito: una busta marrone appoggiata a una saliera vuota, in mezzo al tavolo.

Per Henry, c'era scritto sopra.

La aprí, e dentro ci trovò un foglietto su cui erano scarabocchiate poche lettere e qualche numero:

Ubhmjb m'fscb
6851

Henry fissò il foglio a bocca aperta. La calligrafia del signor Fogarty era sempre chiara, perciò non c'erano dubbi che avesse scritto proprio quelle parole però non avevano senso! All'improvviso, si rese conto che si trattava di un codice. Per forza! Il signor Fogarty non gli aveva mai lasciato un biglietto in vita sua, e se ora si era deciso a farlo non poteva essere che in codice. Soprattutto se si riferiva a Pyrgus e al portale. Fogarty non lasciava mai in giro qualcosa di scritto per paura che lo leggesse chissà chi... era troppo sospettoso. Henry si sentí attraversare da una scarica di eccitazione.

E poi l'eccitazione svaní. Come decifrarlo?

Non poteva essere troppo difficile. Il signor Fogarty sapeva che lui non era un genio, perciò *doveva* essere facile. Per cominciare decise di ignorare i numeri e concentrarsi sulle parole. Prima parola UBHLJB. E la seconda parola era una consonante con l'apostrofo. Impossibile. Un momento... che fosse un articolo? In tal caso, la M stava per L. C'erano altre M nel messaggio? Sí, ce n'era un'altra nella prima parola. Sembrava promettente.

C'erano altre ripetizioni? Macché. Dunque aveva:

– – – L – – / L' / FSCB

Bella roba. Fissò a lungo la frase, sentendo l'entusiasmo calare. Però dopo L'... doveva esserci per forza una vocale... A? E? I... Un momento!

Di punto in bianco, tutto gli fu chiaro. Il codice consisteva nel sostituire una lettera dell'alfabeto con un'altra. E il modo piú semplice per farlo era slittare di una: A diventava B, B diventava C, C diventava D e cosí via.

Ragion per cui, bastava sostituire ogni lettera con quella che la precedeva. M diventava L, F diventava E, S diventava R, B diventava A e cosí via... Prese una biro dalla tasca e sotto il messaggio originale scrisse in fretta:

UBHMJB M FSCB
6851
TAGLIA L'ERBA
6851

Fissò il foglio a occhi sgranati. Aveva decifrato il codice. Sapeva di averlo decifrato perché tornava tutto. Però il messaggio continuava a non avere senso. *Taglia l'erba*? Perché il signor Fogarty gli aveva lasciato un'istruzione del genere *in codice*?

Il tosaerba! Il signor Fogarty gli aveva sempre proibito di toccarlo! E invece adesso gli ordinava di tagliare l'erba.

Appallottolò il foglio e se lo infilò in tasca, poi si precipitò nella rimessa. Dentro c'era il solito caos: ragnatele e polvere ricoprivano la piú ricca collezione di cianfrusaglie in assoluto. Sulla sua sinistra c'era una vetusta serra di pomodori, dalla quale spuntavano come ragni avvizziti i resti delle piante dell'anno prima. Il tosaerba era in fondo al locale.

Quando lo raggiunse, sollevò cauto il telo di plastica che lo copriva, aspettandosi di trovare un'altra busta. Niente. Sfilò la cassetta raccoglierba e ci guardò dentro, ma era troppo buio per vedere qualcosa. Allora la portò fuori e la inclinò alla luce. Niente neanche lí.

Decise di portare fuori il tosaerba per esaminarlo

da cima a fondo. E soltanto allora trovò la cavità nel pavimento.

Era stata coperta con una tavola di compensato sottile, che Henry sollevò prontamente. La cavità era un rettangolo di novanta centimetri per sessanta, profondo novanta, con i bordi netti, ovviamente scavato quando era stato gettato il cemento. Dentro c'era una cassetta di metallo con un lucchetto a combinazione.

Ubhmjb m'fscb
6851

Il cuore gli batteva all'impazzata, scuotendogli le membra. Ecco cos'erano i numeri: una combinazione! Con dita tremanti formò 6851 e tentò di sollevare il coperchio.

Ma questo non si mosse.

Ci riprovò, con maggiore attenzione. 6... 8... 5... 1... La cassetta rimase chiusa.

Perché? I numeri dovevano essere la combinazione, per forza. Aggrottò la fronte. Un momento... il messaggio non era *Tosa il prato 6851*. Il messaggio era *Ubhmjb m'fscb 6851*. Per decifrarlo dovevi slittare di una lettera. Perciò forse dovevi anche slittare di un numero!

Tentò la nuova combinazione. 5... 7... 4... 0. E la cassetta si aprí senza problemi. Dentro c'erano un cubo di alluminio con due pulsanti di plastica sulla faccia superiore e un altro foglio. Henry lo lesse:

ANDATO AVANTI. VIENI PRIMA CHE PUOI.

Con cautela, il ragazzo prese in mano il cubo.

Ventisei

A Pyrgus sembrò di scorgere una botola spalancata e gradini di pietra che s'immergevano nelle viscere della Terra, ma la sua mente aveva smesso di funzionare. Aveva l'impressione di essere prigioniero in un angolo buio del proprio cervello. I suoi occhi vedevano e le sue orecchie udivano, ma tutto gli appariva distante, come quando si guarda in un telescopio dalla parte sbagliata. Niente aveva piú importanza: né dove stava andando, né tornare a Palazzo, né il padre, la sorella o il suo nuovo amico Henry. I suoi pensieri erano lenti, sfocati come immersi nella melassa, e sgusciavano via ogni volta che tentava di metterli a fuoco. Aveva mal di testa, non sapeva piú chi era né da dov'era venuto. Al massimo, concentrandosi, riusciva a ricordare il proprio nome.

I demoni lo guidarono in una galleria rocciosa sulle cui pareti crescevano funghi verdognoli che emanavano una luce fioca. Cosí fioca, in effetti, che Pyrgus inciampava di continuo. Li sentiva bisbigliare e ticchettare ai margini della sua mente. La fanghiglia muffosa che gli aveva invaso il cervello si era un po' ritratta, ma era ancora là, pronta ad avvolgerlo al primo segno di ribellione.

La galleria portava in un labirinto di altre gallerie, finché non sbucarono in una caverna vastissima, interamente occupata da una città sotterranea, che era l'immagine speculare delle rovine in superficie. Qui, però, le costruzioni erano di metallo lucente, non di pietra, e in condizioni infinitamente migliori. Scintille rossastre guizzavano sulle superfici lucide, eppure quel posto sembrava in qualche modo immerso nell'ombra.

Mentre veniva trascinato lungo le strade tetre che conducevano alla piazza centrale, Pyrgus rimuginava sui demoni. Non facevano che rapire persone e portarle via dentro navi di metallo. Gliel'aveva detto qualcuno, ma non riusciva a ricordare chi. Avevano preso sei milioni di americani. Si chiese che se ne facessero, di tanti americani. Forse li mangiavano. Chissà se avevano lo stesso sapore delle patatine.

Al centro della piazza s'innalzava un gigantesco edificio a cupola dal quale sbucò una rampa metallica che si allungò verso di loro. Di colpo tutto gli fu chiaro. Erano attesi da un personaggio importante. Salí sulla rampa e scordò il resto.

Entrando nell'edificio notò diversi macchinari incassati nelle pareti. *Questo* sí che era strano.

Poi si ritrovò in un salone dal soffitto alto (*Sala del Trono? Sala Controllo?*), dove un demone avvolto in una veste scarlatta stava osservando una mappa aperta su un tavolo di metallo.

Al loro ingresso, la creatura alzò lo sguardo. — Principe Ereditario Pyrgus — disse in tono mellifluo — com'è gentile da parte tua venire a farci visita.

Di colpo la mente di Pyrgus si schiarí e il mondo si rimise a fuoco. Si trovava in Infera, il mondo dei demoni. Non aveva la minima idea di come ci fosse arrivato, ma era l'unica spiegazione logica. Chissà come, era lí che il portale del signor Fogarty lo aveva spedito. Ricordò la puzza di zolfo, l'arida pianura desolata, il sole immobile, la luce rossastra, la città di metallo... *doveva* essere Infera.

Fece per slanciarsi contro il demone con la veste scarlatta... e scoprí di non potersi muovere.

— Sta' calmo — lo ammoní la creatura. — Sarà tutto piú semplice se eviti colpi di testa. Per tutti e due.

Se non poteva muoversi, poteva almeno parlare?

— Come fai a sapere il mio nome? — chiese. Le parole gli uscirono di bocca un po' biascicate, ma comprensibili.

Il demone gli puntò addosso i grandi occhi scuri, ma non fece il minimo tentativo di controllare la sua mente. — Ci siamo già incontrati.

Pyrgus aggrottò la fronte, perplesso.

— Non ricordi? — chiese il demone, leggendo i suoi pensieri. — Ma in fondo è comprensibile. In quell'occasione avevo un aspetto un po' diverso.

Davanti agli occhi sbigottiti di Pyrgus, la creatura cominciò a espandersi in tutte le direzioni. Il corpo si allungò fino a un'altezza di oltre due metri, ricoprendosi di muscoli guizzanti, mentre sulla fronte comparvero due corna possenti che gli si arricciarono sulle tempie. — Questo ti rinfresca la memoria? — Anche la voce era cambiata, e ogni parola rombava come una tempesta. La bocca di Pyrgus si aprí e si richiuse come quella d'un pesce. Aveva davanti l'essere evocato da Sulfureo, quello che aveva tentato di ucciderlo poco prima che arrivassero le guardie di suo padre. — Ma tu... tu sei...

— Principe Beleth, al tuo servizio!

— È questo il tuo vero aspetto?

Beleth scosse la testa. — Naturalmente no. Fa solo parte della messa in scena organizzata per i vecchi idioti come Sulfureo. Si crede un Maestro d'Illusioni, ma neanche lo sfiora l'idea di mettere in dubbio quello che vede *lui*. — La gigantesca figura cominciò a restringersi finché Pyrgus ebbe nuovamente di fronte la creatura avvolta nella tunica scarlatta. Che non sembrava comunque meno terrificante di quella con le corna.

— Presumo che adesso vorrai sapere come hai fatto a cacciarti in un guaio simile.

Pyrgus, che si stava chiedendo esattamente questo, sentí un brivido sgradevole strisciargli lungo la schiena. Come puoi sfuggire a qualcuno in grado di leggere i tuoi pensieri?

— È praticamente impossibile — rispose Beleth alla sua domanda inespressa. — Perciò puoi anche smettere di lambiccarti il cervello. In compenso io soddisferò la tua curiosità su un paio di cosette. Che ne dici, Principe Ereditario? Affare fatto?

Il mal di testa di Pyrgus stava peggiorando. Non gli andava di fare affari con un demone, ma non riusciva a farsi venire in mente nient'altro. Chiaramente, fuggire era impossibile. Ed *era* curioso di sapere com'era finito lí... e anche diverse altre cose. Per esempio perché Sulfureo era stato cosí ansioso di sacrificarlo a quella creatura.

— Bene — disse Beleth. — Prima ti spiegherò come mai sei finito qui, e dopo ti racconterò di Sulfureo... teniamo il meglio per ultimo, giusto? Sei arrivato qui perché abbiamo interferito con il portale... ecco perché. Non sono in molti a sapere che siamo in grado di farlo.

Pyrgus infatti non lo sapeva. Si chiese se...

— Sí, certo: siamo stati noi a spedirti fuori rotta anche quando sei traslato nel Mondo Analogo. Ma stavolta è stato molto piú facile... conoscevamo già le coordinate per il tuo ritorno, perciò ci è bastato stare all'erta per individuare il segnale e deviarlo non appena hai attraversato il portale.

— Ma perché?

— Perché Sulfureo non è riuscito a tenere fede al suo contratto — spiegò paziente Beleth. Sorrise, esibendo piccoli aguzzi denti da demone. — Perciò adesso dovrò occuparmene personalmente.

— Soltanto sette gnutti a settimana — gracchiò la vecchia. — Per cosí poco non troverai niente di meglio in tutto il Regno, giovanotto — aggiunse poi con un ghigno sdentato e un'espressione furba. — E niente di altrettanto tranquillo.

Sulfureo fissò disgustato il suo nuovo alloggio. Era una stanza sudicia, con una finestra chiusa da persiane. In un angolo, c'era un giaciglio di paglia cimiciosa e gli unici mobili erano un tavolo traballante e una sedia di legno. Adesso era lí che avrebbe dovuto dormire e mangiare, azzardandosi a uscire solo di notte. — La prendo — disse alla megera, consegnandole alcune monete. — Eccoti un mese d'anticipo... E ora sparisci.

La vecchia biascicò fra le gengive un paio di monete che evidentemente trovò di suo gradimento. — Grazie, signore. — Sulla sua faccia ricomparve l'espressione furba. — Tranquillo, signore... finché avrò fiato, nessuno saprà che è qui. Garantisco la tranquillità dei miei inquilini, io. La *garantisco*. — Si fermò sulla soglia. — Per cena c'è pappa d'ossa. Molto nutriente.

Rimasto solo, Sulfureo andò a socchiudere le persiane, ma le richiuse subito. La stanza dava su una fogna a cielo aperto: almeno era improbabile che qualcuno tentasse di entrare da lí. Un istante dopo, si sedette davanti al tavolo e contò con cura le monete d'oro che gli restavano. Per sette gnutti a settimana poteva restare lí un pezzo... sempre che la pappa d'ossa non lo ammazzasse prima. Ma, presto o tardi, sarebbe dovuto uscire dal suo nascondiglio.

Sperava soltanto che per allora Beleth avesse smesso di cercarlo.

A Pyrgus sembrava di essere un palloncino legato a Beleth da un filo invisibile. Mentre percorrevano le strade della città aveva l'impressione di fluttuare piú che di camminare. E pur sapendo che Beleth poteva coglierne ogni suo pensiero, aveva la mente in fermento.

— Pazienza — lo ammoní il demone, voltandosi a lanciargli un'occhiata. — Presto ti sarà tutto chiaro. Ti rivelerò ogni cosa, non temere. È un piano *cosí* delizioso che morivo dalla voglia di dirlo a qualcuno. Naturalmente finora non potevo correre il rischio che si spargesse la voce, ma dato che ormai sei mio prigioniero potrò dirti tutto. È perfetto, assolutamente perfetto!

Superarono il perimetro della città e raggiunsero una tetra spianata di metallo, dov'erano schierati a perdita d'occhio battaglioni di demoni in assetto di guerra. Erano armati di lance termiche, bacchette fulminanti, lanciarazzi, bandoliere di granate laser e coni di bioincanti, oltre naturalmente a servostivali che permettevano balzi di oltre cinquanta metri ed elicozaini che consentivano loro di volare. Erano l'esercito piú temibile che Pyrgus avesse mai visto.

— Saluta le truppe — ordinò Beleth.

Pyrgus sentí il proprio braccio scattare verso la fronte in un goffo saluto militare. — Ecco di che si tratta — disse Beleth.

Pyrgus fissò perplesso quell'esercito smisurato. —

Vi aspettate guai? — domandò. Forse Infera era minacciata, forse qualcuno voleva invaderla...

— Altroché. Però *aspettare* non è il termine giusto. I guai saremo noi a provocarli, e presto. Con un piccolo aiuto da parte dei tuoi amici. Fra non molto, decenni di piani accurati daranno i loro frutti. E nel Regno ci saranno grossi cambiamenti

Pyrgus *stava* fluttuando. Quando abbassò lo sguardo, vide che i suoi piedi erano a quindici centimetri buoni da terra, mentre Beleth se lo tirava dietro come un giocattolo fra le schiere di demoni impassibili. La puzza di zolfo era fortissima.

— In che rapporti sei con tuo padre? — domandò Beleth.

— Ottimi — rispose lealmente Pyrgus, anche se questo era ben lontano dalla verità.

— Il mio invece l'ho mangiato.

— È cosí che sei diventato Re di Infera? — chiese Pyrgus. Forse, se fosse riuscito a farlo parlare, non avrebbe avuto tempo di leggergli i pensieri.

— Principe delle Tenebre — precisò Beleth. — Il titolo esatto è Principe delle Tenebre. Non abbiamo Re, qui, e nemmeno Monarchi... quello di Principe è il titolo piú importante. Ero Duca prima, ma da quando sono diventato Principe ci sono stati molti cambiamenti, da queste parti. Infera aveva ristagnato per secoli. Ma io avevo grandi *progetti*. Ti piacerebbe conoscerli, Principe Ereditario Pyrgus?

— Sí, certo. — Forse era solo frutto della sua immaginazione, ma piú Beleth parlava, meno sembrava controllarlo. Ancora non poteva *fare* niente e doveva tenere sotto stretto controllo i propri pensieri, ma col tempo...

— Ho fatto progetti per espandere la mia sfera d'influenza. È cosí che si dice, giusto? Nessuno parla piú di conquista, ma vedi, in fondo è meglio parlare chiaro. I miei progetti prevedono la conquista, il saccheggio e la devastazione del Regno. Dopodiché le mie legioni invaderanno il Mondo Analogo... ma questo non ti riguarda. In breve, Pyrgus, il mio piano è di diventare il piú grande Principe delle Tenebre mai esistito. — Quando tacque, i suoi occhi scintillavano.

— Interessante — commentò Pyrgus. — E come pensi di riuscirci?

— Da sempre noi demoni siamo in contatto con gli Elfi della Notte... un aiutino qui, un sacrificio lí, un contratto di sangue di tanto in tanto. Questo lo sai, naturalmente. Quel che non sai è che pochi mesi fa ho stipulato personalmente un trattato segreto con uno dei loro capi piú importanti...

— Lord Rodilegno!

— Esatto. Sei proprio un ragazzo sveglio... saresti un demone eccellente. Sí, proprio con Lord Rodilegno. Anche lui sogna di conquistare, saccheggiare e devastare il Regno, e io ho deciso di aiutarlo. Unirò le mie forze alle sue quando lancerà il suo attacco all'ormai decrepito Governo della Luce. Ossia al Governo di tuo padre. L'attacco è imminente.

— Rodilegno sta per dichiarare guerra a mio padre?

— Non esattamente. È sempre meglio utilizzare l'elemento-sorpresa. Ma di sicuro lo attaccherà fra breve, e i robusti giovanotti che vedi attorno a te lo aiuteranno a vincere.

Il sangue di Pyrgus era piú ghiacciato di un ghiacciolo. Sapeva che c'erano tensioni con gli Elfi della Notte, ma non fino a questo punto. E con le legioni di Beleth alleate dei Notturni, suo padre sarebbe stato sconfitto di sicuro. A fatica controllò il panico che gli stava invadendo i pensieri. — Rodilegno progetta di deporre mio padre?

— Sí.

— E autoproclamarsi Monarca?

— Qualcosa del genere. — Beleth sorrise con benevolenza.

— I nostri sudditi non lo accetteranno mai! — esclamò Pyrgus dopo un breve silenzio sbigottito.

— Una volta persa la guerra ci saranno costretti. Ma, come giustamente sospetti, la cosa non sarà di loro gradimento. E Rodilegno lo sa bene. Per questo mi ha chiesto di ucciderti.

— Rodilegno ti ha chiesto di uccidermi? — ripeté a pappagallo Pyrgus.

— Niente di personale — lo rassicurò Beleth. — È solo politica.

Il controllo di Beleth era chiaramente diminuito. Ormai i piedi di Pyrgus toccavano terra e la sensazione di fluttuare era scomparsa, però quando lasciarono l'accampamento e rientrarono nella tetra città di metallo continuò a seguirlo senza opporsi. Anche se fosse riuscito a fuggire, sarebbe stato inutile. Prima doveva scoprire tutto quello che stava succedendo.

Per fortuna Beleth sembrava in vena di chiacchiere. — Il punto è che tu sei il Principe Ereditario, il legittimo erede al trono nel caso a tuo padre capiti qualche... incidente.

— Tipo restare ucciso in guerra?

Beleth gli lanciò un'occhiata sorpresa. — Oh no... tuo padre non sarà ucciso in battaglia. Questo farebbe di lui un martire. Deve morire prima che inizino le ostilità. E anche tu.

Ventisette

Aurora avrebbe voluto strozzare suo padre.

— Mi hai fatto impazzire dalla preoccupazione, signorina!

— Non ce n'era motivo...

— Non ce n'era motivo? Sai che ora è?

Quanto a questo non aveva torto. Era quasi l'alba. Ma non era comunque il caso di parlarle con quel tono davanti alla servitú. — Mi dispiace di avere fatto tardi, Padre, ma ero impegnata in una missione importante.

— Non m'importa se eri andata a trovare il Sommo Sacerdote di Coridone! — scattò il Monarca. — Non pensi che la scomparsa di tuo fratello mi dia già abbastanza grattacapi, senza bisogno di sparire anche tu?

— È appunto per Pyrgus che...

— Non m'interessa. Non m'importa cosa ti sei messa in testa di fare. Sono stufo di questa tua fissazione con lo spionaggio. Stufo di vederti sgattaiolare in città fingendo d'essere una specie di agente segreto. Sei una Principessa, non una squallida spia!

— Padre — insisté paziente Aurora — avrei preferito parlartene in privato, ma i libri che ho portato contengono importanti informazioni. Potrebbero darci qualche indizio su dove si trova Pyrgus.

Fissò il padre. Le aveva confiscato i libri sottratti a Sulfureo appena era tornata a Palazzo... a dire il vero, appena aveva ammesso di averli rubati. Ma lei era comunque riuscita a dare un'occhiata al diario: non c'erano dubbi che Sulfureo avesse tentato di uccidere Pyrgus per incarico di qualche orrido demone. Ed era stato il socio di Sulfureo, Bombix, a catturare Pyrgus e consegnarglielo. Che stavano combinando, quei due? Erano stati loro a sabotare il portale? Sapevano forse dove fosse suo fratello?

Sulfureo sembrava essere sparito, ma Aurora aveva in programma una visita a Bombix per tirargli fuori la verità... con le buone o con le cattive.

— Quei libri sono stati rubati, signorina. E li hai rubati *tu*. Non avrei mai pensato che mia figlia potesse diventare una ladra. Il Viceré Archippus li restituirà domani mattina stessa. Nel frattempo ti suggerisco di andare in camera tua, toglierti quegli abiti ridicoli e filare dritta a letto.

Come poteva essere cosí cocciuto? — Padre, *non devi* restituirli. Potrebbero aiutarci a trovare Pyrgus...

— Puoi tranquillamente lasciare le ricerche di Pyrgus a gente che conosce il suo mestiere — replicò gelido suo padre. Poi, con tono di poco piú dolce, aggiunse: — So che sei preoccupata per lui, Aurora, ma mentre tu eri impegnata nella tua ridicola scappatella, Archippus e io abbiamo accertato che è tornato sano e salvo nel Regno. È solo questione di tempo prima di trovarlo...

Dunque non l'avevano ancora trovato. Lo sapeva! Lo sapeva! — Padre...

— Non un'altra parola. Neanche mezza. Ho avuto una lunga giornata, e una lunga notte, e molte piú preoccupazioni di quante avessi bisogno... buona parte delle quali, ti faccio notare, procurate da te. E ora fila in camera tua.

— Ma Padre...

— Niente "ma"! — Suo padre le voltò le spalle, ponendo fine alla discussione.

Bombix doveva essere davvero ricco sfondato per permettersi un beltempincanto su tutta la sua proprietà. Si vedeva il varco fra le nuvole a chilometri di distanza, e quando Aurora raggiunse l'entrata principale notò che la temperatura era quasi subtropicale. Con grande stupore, trovò il cancello aperto.

Anche Ciancia sembrò sorpreso. — Entra nella mia casa, disse il ragno alla mosca... — mormorò.

Era la tarda mattinata del giorno successivo alla discussione con il padre. Aurora si era fatta prestare di nuovo Ciancia da Madama Circe, e ora stavano fianco a fianco su un anonimo vailà del Palazzo, che li teneva sospesi sulla spinerba rigogliosa delle Piane Selvagge. Al momento sorvolavano l'impeccabile viale d'ingresso, ammirando il prato curato e i bordi profumati di gelsomino. Quando giunsero in vista della villa, Aurora notò una gigantesca aiuola di rose bianche e rosa, piantate in modo da formare la parola *Jasper* a lettere ondeggianti.

— Probabilmente è cosí che si chiama — commentò, disgustata da tanta volgarità.

— Credo di sí, Vostra Grazia — confermò Ciancia.

— Smettila di chiamarmi «Vostra Grazia», Ciancia. È importante che Bombix non mi riconosca.

— Giusto, Vostra Grazia. Come devo chiamarvi?

Ancora una volta, indossava gli abiti che secondo suo padre la facevano sembrare un ragazzo. Cosí, dopo una breve riflessione, rispose: — Rogna. Chiamami Rogna.

— Rogna, Vostra Grazia? — Ciancia arricciò il naso — Piuttosto... da mercanti, direi.

— Dobbiamo farci passare per mercanti — gli ricordò Aurora. La scusa da propinare a chiunque li avesse accolti, era che vendevano una nuova crema antirughe capace d'invertire il processo d'invecchiamento e rendere la pelle soffice come quella d'un pupo. A sentire Madama Circe, era il tipo di assurdità capace di farli ricevere da Bombix. — Tutto bene? — chiese Aurora.

— Certo... signor Rogna — sbuffò lo gnomo arancione. — Possiamo muoverci al fischio di partenza. — Diede un colpetto sulla borsa e alzò lo sguardo al cielo con aria misteriosa.

Il vailà si fermò davanti alla casa e atterrò leggero sulla ghiaia. Aurora e Ciancia saltarono giú agilmente. C'erano parecchi giardinieri al lavoro, ma ignorarono i due visitatori.

La villa era un miscuglio di stili. Il corpo centrale aveva la struttura di un piccolo palazzo, e sarebbe stato perfetto se non vi fossero state aggiunte due grandi ali barocche, nonché svariate torri gotiche con intarsi cristallini che scintillavano al sole. Il piano superiore – chiaramente costruito di recente – stava acquattato sotto il sole come un mostruoso copriteiera. Ogni superficie visibile, eccetto quelle scintillanti, era dipinta di un rosa uniforme che contrastava con il delicato azzurro cielo degli infissi. Ma la ciliegina sulla torta era il liquincanto che creava l'illusione di cherubini danzanti sui vetri delle finestre.

— Un po'... eccessivo per i miei gusti — commentò Ciancia.

Aurora lo zittí. — Forse dentro è meglio.

Ciancia rabbrividí.

Due grandi manticore di roccia cristallina sorvegliavano i gradini d'ingresso. Anche le finestre dovevano essere stregate, perché si voltarono a guardarli.

Aurora tirò il cordone del campanello, che pendeva dal portone rosa vibrante. Dall'interno della casa proveniva l'eco di un'orchestra fantasma. A quanto pareva, Bombix aveva speso un'incredibile quantità di denaro per gli incantesimi piú assurdi.

Quando la porta si spalancò, Aurora trattenne il fiato. Il ragazzo che le aprí era alto. Bruno. Bello. Per la precisione, era il ragazzo piú bello che avesse mai visto. Indossava una formale tenuta da maggiordomo, ma con i pantaloni tagliati a mezza coscia, i calzini alla caviglia e morbide scarpe verdi a punta.

— Sí? — Non sembrava lieto di vederli.

Aurora staccò gli occhi dalle sue gambe. — Sono Rogna Rognonis — si presentò sfacciatamente. — E questo è il signor Ciancia. Vogliamo vedere il signor Bombix.

Si aspettava che il giovanotto chiedesse il motivo della loro visita e aveva già pronta la storiella della crema antirughe, ma lui disse solo: — Non potete entrare. — Squadrò Ciancia da capo a piedi. — Stonerebbe col mobilio.

La porta si richiuse, lasciando Aurora a bocca aperta.

— Rogna *Rognonis*? — esclamò Ciancia. — Ci credo che non ci ha fatto entrare!

— E ora che facciamo? — chiese Aurora, smarrita.

— Posso suggerire, Vos... signor Rogna, di fare il giro della casa? Secondo le informazioni di Madama Circe, il signor Bombix dovrebbe possedere una specie di piscina. Magari è lí a fare il bagno o a godersi il suo sole incantato.

— Pensi che ce lo lasceranno fare?

— Non vedo nessuno pronto a fermarci — le fece notare Ciancia.

Vero. Strano, ma vero. Dopo la sua esperienza a casa di Sulfureo, si era aspettata che la villa di Bombix fosse altrettanto ben protetta, ma per adesso era filato tutto liscio. Difficilmente il maggiordomo che aveva vietato loro l'ingresso poteva essere considerato una guardia armata.

Un'aiuola di digitale e campanule canticchiò un motivetto mentre giravano intorno alla villa. Il sentiero attraversava serpeggiando un boschetto a forma di cuore e costeggiava un campo da croquet con archetti rosa fosforescente. E la piscina non era meno originale.

Era stata tagliata in una singola enorme ametista bordata d'oro e riempita di acqua frizzante.

Gli occhi di Aurora si staccarono a fatica dalla piscina per posarsi sull'apparizione variopinta distesa su una sdraio. Anche se quella creatura era abbondantemente svestita, per un momento non riuscí a capire se fosse un uomo o una donna. Di sicuro era cicciuta e truccata in modo stravagante, piú di Madama Circe. Lo striminzito costume da bagno era un misto di lamé dorato e piume di struzzo.

— E quello chi è? — chiese sottovoce.

— Quello — la informò Ciancia — è il signor Bombix.

— E adesso? — sussurrò Aurora.

— Ritengo — suggerí Ciancia, come sempre padrone di sé — che potremmo avvicinarlo apertamente. In fin dei conti, abbiamo l'aspetto di onesti venditori... È previsto che il nostro comportamento sia un po'... aggressivo.

— E poi? – insisté Aurora, sentendosi stranamente vulnerabile. Aveva preferito di gran lunga affrontare le pericolose trappole di Sulfureo.

— Poi — disse Ciancia paziente — gli spiattelliamo il nostro discorsetto, lo impegniamo in una bella conversazione e ci auguriamo che... — A quel punto, una mano gli calò sulla spalla, interrompendolo.

L'uomo non era un gigante, ma confronto a Ciancia lo sembrava. Aurora colse i lineamenti regolari e la pelle butterata. Indossava l'uniforme verde di un Capitano di Servizi di Sicurezza e aveva alla cintura uno storditore dall'aspetto preoccupante. Li fissò minaccioso. — Che ci fate, voi due, qui?

Aurora deglutí a fatica. — Rogna Rognonis — replicò d'istinto. — Siamo qui per vedere il s... signor Bombix. Per affari — aggiunse in tono poco convincente.

Gli occhi scuri del capitano Papilio la trapassarono, si spostarono su Ciancia e poi tornarono su di lei. — Il signor Bombix ha autorizzato la vostra visita?

— Be', no — disse Aurora — ma...

— Documenti?

— Ecco, in effetti... — cominciò Aurora.

E poi Ciancia si voltò e gli morse la mano.

— È morto? — chiese Aurora, fissando il corpo afflosciato a terra.

Ciancia scosse la testa. — No, ma resterà in coma per diverse ore. E al suo risveglio avrà una bella emicrania. Tremori. Una leggera zoppía. Vista offuscata. Calo dell'udito. Tic facciali. Nausea, perdita dell'appetito, allucinazioni occasionali, flatulenza, mal di schiena. Il danno al sistema nervoso guarirà nel giro di qualche anno. Sempre che stia a riposo, naturalmente.

— Che ne facciamo?

— Forse potreste gentilmente aiutarmi a trascinarlo sotto quei cespugli. Dubito che per un paio d'ore noteranno la sua assenza. E per allora avremo finito i nostri affari con il signor Bombix.

Aurora si avviò verso la piscina con il cuore in gola. Bombix li vide subito.

— Visite! — esclamò. — Che piacere inaspettato. Che sorpresa. — Si tolse gli occhiali da sole e fissò Aurora. — Un giovanotto... affascinante. — Il suo sguardo si spostò su Ciancia. — E un piccoletto arancione. — L'uomo si alzò a fatica dalla sdraio. — Stavo giusto per rientrare. Mi tenete compagnia? Troppo sole è assolutamente *disastroso* per la carnagione. — Esitò. — A meno che *preferiate* stare fuori.

— No, grazie — disse rapida Aurora.

— Molto bene. — Bombix infilò un accappatoio. — Andremo dentro, e Raul ci porterà un buon tè ghiacciato con tanto zucchero. — Sorrise, e i suoi denti scintillarono multicolori. — Dopodiché mi racconterete chi siete e a cosa devo il piacere della vostra visita.

Aurora lanciò un'occhiata a Ciancia: era occupato a esaminarsi le unghie. A quanto pareva, toccava a lei prendere l'iniziativa. Seguirono Bombix in una stanza dove facevano bella mostra un pianoforte rosa e svariate sedie canterine bianco sporco. — Signor Bombix — esordí — sono Rogna Rognonis e questo è il signor Ciancia. Rappresentiamo i Prodotti Panschifium, la famosa ditta di cosmetici. Il motivo per il quale siamo qui è che i nostri maghi hanno sviluppato una nuova, stupefacente crema per il viso, che genera un campo capace d'invertire in modo permanente i danni provocati dall'età.

Bombix la ascoltò affascinato, emettendo trilli e cinguettii eccitati mentre Aurora gli spiegava gli ipotetici benefici del loro miracoloso prodotto. Aveva due vasetti di prova, riempiti soprattutto di sugna, nel caso le avesse chiesto di prenderne visione, ma Bombix non lo fece. — Questa crema — domandò invece — si può usare solo per il viso?

— No, no — lo rassicurò Aurora, mentre Raul tornava con una caraffa di tè freddo. Quando la posò sul tavolino di fronte a Bombix, lui e il suo padrone si scambiarono una strana occhiata.

— Bene — disse Bombix quando Raul si allontanò — sei davvero una piccola, abile bugiarda.

Aurora sgranò gli occhi. — Prego? — Ma Bombix stava cambiando davanti ai suoi occhi. Indossava ancora il ridicolo costume da bagno e l'ampio accappatoio candido, ma chissà come sembrava piú diritto e piú alto, e i suoi occhi avevano uno scintillio d'acciaio.

— Tu non sei... Rogna Rognonis. E neanche un ragazzo, per quanto appropriato sia il tuo abbigliamento. Sei Sua Graziosa Altezza Antocharis Cardamines, Principessa Aurora, in una delle sue famose gitarelle nei bassifondi. Su, su... non fare quella faccia sorpresa. Non crederai che i tuoi sudditi siano cosí sciocchi da non riconoscerti! — Bombix alzò gli occhi al soffitto e sorrise. — Mia cara, ti assicuro che in taluni ambienti sei una fonte di continuo divertimento. — Il sorriso si spense bruscamente mentre una lama Halek emergeva dalle pieghe dell'accappatoio. — Di' al tuo gnomo di restare fermo, Vostra Grazia. Conosco perfettamente le conseguenze del morso di un triniano.

Ciancia non sembrava intimorito, ma un'occhiata di Aurora lo fece rimettere a sedere. — Signor Bombix... — cominciò lei.

— Come? Vorresti convincermi che mi sono sbagliato? No, no, Vostra Grazia, il gioco è finito una volta per tutte. Sarà un sollievo smetterla con questa mascherata.

— Mascherata?

— Ma sí... lo sciocco con piú soldi che cervello. Ecco un indovinello per te, Principessa: se uno sciocco e i suoi soldi si separano presto, com'è riuscito a farli? Hai visto la mia casa. Dovresti essere cieca per credere che non mi sia costata un occhio della testa. Dove credi che abbia trovato tanti soldi? — I penetranti occhi azzurri dell'uomo la fissarono.

Tanto valeva giocare a carte scoperte. — Ho sentito dire che hai avvelenato tua zia.

Bombix sorrise, ma stavolta i suoi denti non emisero scintille. — La povera Matilda... Ma non è stata lei all'origine della mia fortuna: mi lasciò soltanto una piccola eredità. Tutto il resto mi è stato gentilmente fornito da Lord Rodilegno.

— Rodilegno! — sussurrò Aurora. Un brivido improvviso la percorse. — Ma perché?

— Perché io sono qualcosa che a dispetto di tutte le tue manovre dilettantesche tu non sarai mai — rispose fiero Bombix. — Il miglior agente segreto di Lord Rodilegno.

Fu Ciancia a rompere il silenzio che seguí. — Caso mai lo *eri*, dal momento che ce l'hai rivelato.

— Nient'affatto, triniano. E ho in mente di rivelarvi ancora di piú. — Di nuovo rivolse la sua attenzione ad Aurora. — Vedi, Vostra Grazia, ho sempre vantato ai quattro venti la mia lunga e profonda amicizia con Lord Rodilegno, ma naturalmente nessuno ci ha mai creduto. Era la copertura perfetta. Erano tutti cosí occupati a ridere che neanche sospettavano la verità.

— Una copertura per che cosa? — lo rimbeccò Aurora. — Per i tuoi interessi nella fabbrica di colla?

Bombix sembrò sinceramente sorpreso. — E me lo chiedi? M'immagino che tu sia qui per il tuo povero, caro fratellino scomparso... giusto?

— Cosa sai di Pyrgus? — chiese Aurora dopo un lungo silenzio.

— Che cosa so? Vediamo... — Il suo sguardo sembrò perdersi nel vuoto, contemplando pensieri gradevoli. — So che è il primo nella linea di successione al trono. So che se qualcuno progettasse di deporre il Monarca, sarebbe tutto piú semplice se anche l'erede immediato scomparisse. So...

— Vuoi deporre mio padre?

— Non io, Vostra Graziosa Altezza... Lord Rodilegno.

Aurora lo fissò, ammutolita. Era tutto concatenato: i negoziati falliti, la minaccia di guerra, la scomparsa di Pyrgus...

— Vedo con piacere che sembri stupita — riprese Bombix. — È da non credere quanta cura ci siamo dati per nascondere i nostri piani. All'inizio avevamo pensato di far uccidere tuo fratello da quell'idiota del mio socio. Il caro, vecchio Sulfureo, sempre lí a giocare con i suoi demoni. S'illude di controllarli, ma in realtà sono anni che lo prendono per il naso... specialmente quelli sul libro-paga di Lord Rodilegno. Comunque, ho fatto sí che alcuni scagnozzi di Cossus inseguissero il Principe Pyrgus in Via Schiumarola. Conosci per caso la zona?

— Sí — rispose brusca Aurora, senza dilungarsi in spiegazioni.

— Allora saprai che è un vicolo cieco e che l'unica via di fuga è attraverso la fabbrica. Astuto, vero? Ho costretto Pyrgus a commettere un'effrazione. Ha anche rubato alcuni dei gattini che usiamo per la colla, ma quello è stato un sovrappiú. Una volta nella fabbrica, era solo questione di tempo prima che le guardie lo acciuffassero e me lo consegnassero. Dopo l'ho consegnato a mia volta a Sulfureo. Lord Rodilegno aveva già avvertito uno dei suoi amici demoni di chiedere un sacrificio umano. L'idea era che Sulfureo uccidesse Pyrgus durante uno dei suoi rituali disgustosi, e a quel punto noi... io cioè... lo avremmo denunciato. Che processo grandioso sarebbe stato! Perfetto per distogliere l'attenzione dai nostri veri scopi. — Allargò le braccia e sospirò con aria mesta. — Invece Sulfureo ha pasticciato tutto. Temo che il vecchio abbia superato di gran lunga il suo tempo. Le guardie di tuo padre sono comparse in scena, e lui ha ceduto al panico.

Il viso di Aurora rimase impassibile, ma in cuor suo tremava. Era stata lei a insistere perché le guardie andassero a cercare Pyrgus, ma finora non aveva idea che lo avessero salvato per il rotto della cuffia. Tipico di suo fratello non fare neanche un accenno al grosso guaio nel quale si era cacciato. — E cosí — disse, sforzandosi di controllare il panico — hai sabotato il portale e lo hai avvelenato?

Bombix scrollò le spalle. — Non so niente del veleno, ma sí, certo, siamo stati noi a sabotare il portale. Non avevamo alternativa. E ora che lui è fuori gioco, possiamo occuparci della cosa piú importante: assassinare tuo padre.

— Non pensi che lo avvertiremo? — chiese Aurora.

Bombix si alzò e sorrise. — Mi deludi, mia cara. Pensavo avessi capito che non sei in posizione di avvertire nessuno. Ucciderò subito il triniano, naturalmente. — Rabbrividí. — Gli gnomi mi fanno schifo... sono cosí piccoli. E quanto a te, Principessa, resterai mia ospite, almeno per qualche tempo...

Aurora arrossí, ma prima che potesse aprire bocca, Ciancia disse: — Non riuscirai a venirmi vicino, neanche con un pugnale Halek.

— Probabilmente hai ragione — ammise Bombix — ma si dà il caso che questo non rientri nei miei piani. Ora, Raul! — chiamò, e cinque guardie robuste entrarono nella stanza, armate di flessibili spade di ossidiana e storditori. — Potrai avvelenare uno di loro, triniano, ma gli altri ti fermeranno.

Lo sguardo di Aurora andò dallo gnomo a Bombix. — Ha mai sentito fischiare il signor Ciancia? — gli domandò con aria noncurante.

Bombix batté le palpebre. — Fischiare? — chiese perplesso.

— Fischia per i signori, Ciancia.

Senza neanche sporgere le labbra, lo gnomo lanciò un fischio penetrante che sembrò uscire dritto dalla fessura che aveva nella testa. L'istante successivo, una squadra di robusti soldati di Palazzo armati fino ai denti entrava d'impeto dalle finestre, mentre altri si calavano dal lucernario facendo volare vetri dappertutto.

— Non avrai davvero creduto che fossi venuta da sola, vero? — chiese Aurora dolcemente.

Bombix lasciò cadere il pugnale che, nonostante la garanzia Halek, si spaccò in mille pezzi.

Ventotto

Henry restò a bocca aperta.
Nella rimessa del signor Fogarty si era aperto uno squarcio enorme. Tutt'intorno erano ancora visibili vasi di fiori, attrezzi, scaffali, il tosaerba, ma erano allungati e contorti come se si stessero squagliando. Ogni cosa aveva un aspetto tremolante, come se l'intera baracca dovesse esplodere da un momento all'altro.

Henry schiacciò il bottone verde.

Lo squarcio si chiuse di botto. Per un attimo non ci furono né suoni strani, né rumori. Ma poi si levò un concerto di tonfi e sferragliamenti mentre i vasi di terracotta finivano a terra, gli scaffali crollavano, gli attrezzi precipitavano.

Il ragazzo premette di nuovo il pulsante rosso.

Davanti a lui comparve un corridoio, ma i suoi contorni sfumavano nella realtà circostante. Era come se qualcuno avesse costruito un corridoio in giardino. Piú o meno.

Il pavimento era coperto da un tappeto, e al soffitto erano appesi lampadari di cristallo dall'aria costosa. C'erano porte incassate nelle pareti, e altri corridoi che si staccavano da quello principale. Un altro mondo! E il cubo doveva essere un portale! Anche se non somigliava a quello che Pyrgus aveva descritto, *doveva* essere un portale! Stava guardando il mondo di Pyrgus!

Entrò nel corridoio.

Si voltò subito di scatto e con sollievo scorse il giardino del signor Fogarty. Gli sarebbe bastato fare un passo indietro per tornare nel proprio mondo. Andava tutto bene.

Però, non poteva lasciare il portale aperto. Il signor Fogarty si era dato un gran daffare a inventarsi codici e messaggi segreti per nasconderlo. Era meglio non divulgarne l'esistenza. Se lo lasciavi aperto e qualcuno lo trovava, non ci sarebbe voluto molto perché qualche agenzia turistica cominciasse a organizzare viaggi in autobus, pacchetti-vacanza e cosí via. Pyrgus non gliel'avrebbe mai perdonata. Doveva chiuderlo.

Schiacciò il pulsante verde e il giardino del signor Fogarty sparí. Riaprí e richiuse il portale per l'ultima volta, giusto per essere sicuro. Poi si infilò il cubo in tasca e con crescente eccitazione partí alla scoperta di quel nuovo mondo.

Si trovava in un palazzo enorme e lussuoso. Tappeti, stucchi, pannelli di legno, tappezzerie. E quadri e statue. Che fosse il Palazzo di Pyrgus? Probabilmente, ma non si vedeva un'anima in giro.

Dapprima ne fu sollevato, poi però cominciò a sentirsi inquieto. Percorse corridoi deserti e sbirciò dentro stanze vuote. Nessuna traccia di Pyrgus o del signor Fogarty. Niente servitú, niente valletti, niente maggiordomi. Nessun segno di vita, insomma.

Era come se tutti fossero stati... cancellati.

Aprí un'altra porta e si ritrovò in un guardaroba pieno di biancheria. Lo chiuse, si voltò e chiamò: — Salve...? — Aspettò. Niente. — C'è qualcuno? — La sua voce non suscitò echi – troppi tappeti e troppi tendaggi – ma risuonò esile e solitaria. Dov'erano finiti? Un palazzo di quelle dimensioni doveva brulicare di gente.

Poi, all'incrocio fra due corridoi gli sembrò di sentire una voce. Si fermò e tese le orecchie. Niente. Aspettò. Infine, la risentí: non una, ma parecchie. E risate.

Il sollievo lo sommerse come un'onda. Fino a quel momento, non si era reso conto di quanto lo avesse spaventato quell'enorme palazzo vuoto.

S'incamminò fiducioso in direzione delle voci.

Era la prima volta che vedeva una ragazza nuda. Era in piedi sul bordo di un'enorme vasca incastonata nel pavimento e circondata da colonne. Aveva capelli ramati, grandi occhi castani e un'espressione franca. Parecchie altre giovani - grazie al cielo vestite! - le preparavano il bagno e le intrecciavano i capelli, chiacchierando fra loro.

Henry non riusciva a staccarle gli occhi di dosso. La guardò con lo stomaco stretto in una morsa. Sapeva di avere la faccia in fiamme, ma non riusciva a distogliere lo sguardo. Aveva il cuore in gola e gli tremavano le mani. E cominciavano a tremargli anche le gambe.

La ragazza scese i gradini e s'immerse nell'acqua fumante. Doveva avere la sua età, forse un anno di meno. Non era molto alta, però si muoveva con grazia. Con *molta* grazia.

Henry non sapeva che fare. Sapeva che non era giusto restare lí a guardarla e che avrebbe dovuto girare sui tacchi e svignarsela in silenzio. Però, rimase dov'era.

E poi una delle ancelle alzò la testa e lo vide.

— Che ne pensi? — chiese il Monarca.

— Sinceramente, Maestà — rispose Archippus — Sua Grazia aveva tutto il diritto di requisire un contingente di guardie del Palazzo. In quanto Principessa Reale è il loro Comandante in Capo. Un titolo puramente onorario, è ovvio, ma...

Il Monarca agitò una mano. — Non mi riferisco a questo. Voglio sapere che ne pensi della storia con la quale è tornata.

— Il presunto attentato?

— Presunto? Non credi sia vero?

Archippus sospirò. — Non credo che Jasper Bombix sia la piú attendibile delle fonti.

— Eppure lo ha affermato di sua spontanea volontà — gli ricordò Plexippus. — O forse non credi a mia figlia?

— Certo che credo alla Principessa Aurora. Può essere impulsiva, ma non è una bugiarda. Inoltre, abbiamo la conferma del triniano. È di Bombix che sono meno sicuro.

— Non pensi che sia un agente di Rodilegno?

— Questo sí. I nostri Servizi Segreti lo sospettavano da tempo. Niente prove, ma... — Scrollò le spalle e proseguí: — Però l'idea di deporvi... — Allargò le braccia e scosse la testa.

— Sappiamo che hanno cercato di uccidere Pyrgus. E potrebbero ancora riuscirci...

— Vero, Maestà, ma c'è un punto debole nella storia di Bombix. Da quanto ho capito, ha detto che Lord Rodilegno voleva uccidere Pyrgus perché cosí non vi sarebbero stati eredi legittimi dopo il vostro presunto assassinio. Però ce ne sono altri due...

Il Monarca lo fissò pensoso. — Colias e Aurora.

— Esatto, Sire: il Principe Colias e la Principessa Aurora. Se Pyrgus morisse, Colias diventerebbe a sua volta Principe Ereditario. E se voi moriste, il Principe Ereditario diventerebbe Monarca. Se Lord Rodilegno volesse avere libero accesso al trono, dovrebbe assassinare anche Colias e Aurora. Invece non ci sono prove al riguardo. Sospetto che l'intera storia sia un'invenzione.

— A quale scopo?

Archippus scrollò di nuovo le spalle. — Per confondere le acque... Questi sono tempi tumultuosi.

— Quindi non credi necessario aumentare le misure di sicurezza?

— Per adesso non direi. Aspettiamo la fine dell'interrogatorio di Bombix. Non ci vorrà ancora molto per scoprire la verità.

Erano negli appartamenti del Monarca, protetti come sempre da un silentincanto. Plexippus andò alla finestra e guardò fuori pensoso. — Penso che tu abbia ragione, Viceré. Aumentare le misure di sicurezza potrebbe essere interpretato come un segno di debolezza.

— Grazie, Maestà. Ora, se volete scusarmi...

Fu interrotto da un brusco colpo alla porta.

— Ho dato ordini che non ci disturbassero. — La voce del Monarca tradiva l'irritazione.

— Potrebbero essere notizie di Pyrgus — gli fece presente Archippus, andando ad aprire.

Il signor Fogarty lo scostò bruscamente ed entrò. Aveva lo sguardo vitreo e imbracciava il fucile.

Le guardie furono rudi, ma non brutali. Gli fecero scendere parecchie rampe di scale e lo chiusero in una stanza che somigliava a un magazzino. Quando lo lasciarono solo, Henry raddrizzò una sedia di legno e vi si lasciò cadere sopra, fissando avvilito la porta. Si vergognava terribilmente.

Per distrarsi, si alzò e girellò nella stanza. Non era molto grande ed era strapiena di paccottiglia e casse da imballaggio addossate a una parete. In alto si apriva una finestrella. Si chiese cosa ci fosse fuori.

Non che volesse tentare di scappare, però era curioso. Spinse una cassa sotto la finestra e ci piazzò sopra uno sgabello. Sembrava abbastanza stabile, cosí ci salí sopra e guardò fuori. E dato che non riusciva a vedere granché, a parte un prato accuratamente rasato, si aggrappò al davanzale e si mise in punta di piedi.

— Che credi di fare? — chiese una voce alle sue spalle.

Solo per un pelo evitò di precipitare. Si voltò goffamente, annaspando per non perdere l'equilibrio. Una ragazza era entrata nella stanza. Per una frazione di secondo non la riconobbe, poi si rese conto che era la giovane della vasca da bagno. Adesso naturalmente era vestita, ma Henry arrossí lo stesso.

— Vieni giú! — gli ordinò bruscamente. — Subito!

Augurandosi di sprofondare, Henry scese lentamente dallo sgabello.

Ventinove

Pyrgus sentí le ultime tracce dell'influenza del demone abbandonargli la mente, sostituite da una collera bruciante. Come osava quell'essere parlare con tanta calma di uccidere il Monarca? Come osava minacciare il Regno? Gli sarebbe piaciuto saltargli addosso e strangolarlo. Invece si concentrò sull'esame della gabbia dov'era rinchiuso, alla ricerca di una via di fuga.

Gli ricordava quella dov'erano stati tenuti prigionieri la gatta e i suoi gattini alla fabbrica di colla, sebbene piú grande. Ma non abbastanza da permettergli di stare in piedi. Si accoccolò dietro le sbarre, osservando la scena sotto di lui.

La gabbia era appesa a una catena fissata alla volta della caverna. Sotto di essa, una pozza di lava fusa sprigionava uno splendore rossastro, mentre trenta o piú accoliti di Beleth erano al lavoro. Stavano forgiando un missile gigantesco, con i corpi muscolosi coperti da squame corazzate che permettevano loro di maneggiare il metallo rovente. Beleth aveva ripreso l'aspetto terrificante con il quale era apparso a Sulfureo. Da un enorme corno ricurvo, gli pendeva una lanterna.

Poco piú in là, appena sopra le teste dei demoni, alcuni proiettori triangolati ricreavano su una piattaforma le immagini formato ridotto delle truppe demoniache accampate davanti alla città. A prima vista sembravano soldatini-giocattolo. Ma solo a prima vista.

— All'attacco! — ringhiò Beleth.

I soldati, che si erano divisi in due parti piú o meno di pari forza, si slanciarono l'uno contro l'altro nell'ennesima esercitazione. Bacchette fulminanti luccicarono e sfrigolarono. Globi infuocati rotolarono. Missili esplosero. Le truppe di Beleth sembravano indistruttibili. Attraversavano indenni fiamme, esplosioni e campi affettanti, sopravvivendo a tutto e continuando a combattere con ferocia sconvolgente. E fra non molto si sarebbero uniti a Rodilegno per affrontare le forze del Monarca.

Il padre di Pyrgus non aveva alcuna possibilità.

— Sarà un vero spasso — commentò Beleth. — Ma ora basta con questi giochetti... è arrivato il momento di dirti come morirai. — Mentre Beleth avanzava verso una leva accanto alla pozza infuocata, il terreno tremò. Il principe demone alzò lo sguardo su Pyrgus e sorrise. — Le macchine moderne saranno anche affascinanti, ma niente batte le buone vecchie rotelle e le leve. Sono ingranaggi che puoi *capire*. E a me piacciono, Principe Ereditario. Mi danno soddisfazione. — Accarezzò la leva.

Le gambe di Pyrgus cominciavano a protestare e l'emicrania era tornata piú forte di prima. Ecco altri due piccoli problemi in quella che, nel complesso, era già di per sé una giornataccia. Gli sarebbe piaciuto trovare una battuta pungente da gettare in faccia al demone, ma non ci riuscí.

— Morirai con estrema lentezza — continuò il demone. — E con enorme sofferenza. Questa leva aziona il macchinario che vedi sopra di te. Quando l'abbasserò, la gabbia comincerà a calare. Lentamente. *Molto* lentamente. Dubito addirittura che tu possa accorgertene, ma credimi sulla parola: ti muoverai. Verso il basso.

Pyrgus abbassò lo sguardo. Sotto di lui, la pozza di lava ribolliva e borbogliava.

Beleth scoppiò in una risata roca e accarezzò il rivestimento metallico del gigantesco missile in costruzione accanto alla pozza. — L'ultima cosa che vedrai sarà la mia Bomba del Giudizio.

— Bomba del Giudizio? — chiese Pyrgus.

— L'arma che mi permetterà di conquistare il Regno. Questo guscio di metallo contiene il potere distruttivo di un piccolo sole. Lo lancerò da uno dei miei energivà... quelli che i tuoi amici umani chiamano cosí pittorescamente dischi volanti. Ucciderà un milione dei vostri soldati, dozzina piú dozzina meno. Con un notevole risparmio di manodopera. Distruggerà i vostri palazzi e raderà al suolo l'intera città in una singola vampa di luce mortale.

— Perché lo fai? Posso capire che tu voglia eliminarmi, ma perché la lenta tortura?

Beleth sorrise. — Perché questa è la mia natura. — Le sue dita strinsero la leva. — Quanto mi piace, questa parte! Mi dà un tale brivido! — La tirò.

I demoni sudati interruppero per un momento il lavoro e si voltarono a guardare la scena. Si udí un cigolio e Pyrgus sentí la gabbia sussultare, per poi fermarsi oscillando appena.

— Non la senti muoversi, vero? — s'informò Beleth. — Ma credi a me: si muove. Hai appena iniziato il tuo ultimo viaggio e sarà... molto lungo. Ora ti lascerò a godertelo da solo, ma prima voglio aggiungere una piccola angoscia mentale alla tua sofferenza fisica. Voglio dirti da chi è stato tradito tuo padre, e come sarà ucciso. Voglio dirti cosa accadrà al Trono del Pavone e alla tua cara sorellina. Voglio parlarti di slealtà e di tradimento e dell'assoluta, totale distruzione di Casa Danaus. Descriverti come saccheggeremo il Regno. Voglio...

Pyrgus avvertí un'altra fitta della solita strana emicrania, come se la pressione all'interno del suo cranio stesse aumentando. Un'ondata di nausea lo sommerse: per un glorioso momento pensò che avrebbe vomitato dritto su Beleth, ma poi la nausea passò, lasciando solo l'emicrania. Attribuí il tutto alla tensione e si sforzò d'ignorarla.

Sotto di lui, Beleth continuò a chiacchierare allegramente.

— Ma Vostra Grazia... — protestò la guardia.

— Va' via — ordinò Aurora. — Non corro alcun rischio.

La guardia la fissò incerta, poi fece dietrofront e uscí a passo di marcia. I suoi compagni lo seguirono in ordine perfetto. Aurora fissò severa il ragazzo che si era nascosto dietro una colonna a guardarla fare il bagno. Aveva un aspetto gradevole ed era vestito in modo strano, ma non sembrava cosí coraggioso da rischiare tanto. — Allora... — gli disse freddamente. — Hai qualche spiegazione da dare?

— Mi dispiace — balbettò Henry. Non erano piú nel magazzino. Le guardie lo avevano condotto in un salone lussuoso dove la ragazza sembrava completamente a suo agio.

— Ti dispiace di averlo fatto, o di essere stato sorpreso a farlo?

— Di averlo fatto. Non volevo... — Le guardie l'avevano chiamata "Altezza" e "Vostra Grazia". Perciò doveva far parte della famiglia reale... una principessa, forse. Magari era parente di Pyrgus. Non gli aveva parlato di una sorella? Non ricordava bene, ma se era davvero sua sorella, come avrebbe potuto guardare l'amico negli occhi? Con sforzo, tentò di riacquistare il controllo. — È solo che cercavo qualcuno e...

— Chi cercavi?

— Be'... una persona qualsiasi, ecco — spiegò Henry a disagio. — Il posto era cosí *vuoto*. — Balbettando aggiunse: — E poi non eri in una *stanza* da bagno. Insomma, te ne stavi nel corridoio con... senza... in mezzo al corridoio — concluse farfugliando. — *Chiunque* avrebbe potuto vederti. Sono stato sfortunato, ecco. — Si rese conto di cos'aveva detto e aggiunse in fretta: — Cioè, non sfortunato ad averti *vista*... Sei molto graziosa, bella... ma sfortunato ad averti *vista* quando non volevi essere vista. Però se non volevi essere vista non avresti dovuto fare il bagno in mezzo al corridoio. Ecco.

— Insomma è stata colpa *mia*? — replicò gelida Aurora. — Sarei *io* quella da biasimare?

— No, no. Non è questo che ho detto. Dico solo che se avessi fatto il bagno in una stanza da bagno, come fanno tutti, io non ti avrei vista. Là in mezzo invece poteva passare chiunque.

— Poco probabile. Avevo ordinato di sgombrare quell'ala del Palazzo. Come sempre quando faccio il bagno.

Henry soffocò un gemito. *Ecco* perché il posto era deserto. La Principessa stava facendo il bagno e aveva dato ordine che tutti si tenessero alla larga. E lui si era trovato proprio lí. Chiuse gli occhi nel tentativo di nascondere tutto il suo imbarazzo. Quando li riaprí, chiese: — Sei la sorella di Pyrgus?

Aurora s'irrigidí. Il silenzio si prolungò. — Che sai di Pyrgus? — chiese finalmente. — Da dove vieni? Chi sei?

— Mi chiamo Henry Atherton — rispose il ragazzo. E le raccontò tutto.

Aurora aggrottò la fronte e andò alla finestra. — Probabilmente Pyrgus è ancora vivo. Sto facendo del mio meglio per convincermene. Da quando ho saputo che è stato avvelenato, porto con me un antidoto, ma non possiamo fare niente finché non lo troviamo.

— Mi dispiace. Non so che fine abbia fatto... nessuno mi ha detto niente. Insomma, tu sei la prima persona con cui parlo. Non è tornato a Palazzo?

— È sparito. E se non lo troviamo alla svelta, il veleno lo ucciderà. È tutto cosí complicato...

Stava per dire qualcos'altro quando la porta si spalancò e una cameriera isterica entrò di corsa. — Principessa... venite, presto! È successa una cosa terribile!

— Che c'è, Anna? Cos'è successo?

Ma la ragazza era troppo stravolta per rispondere e cominciò a piangere. — Sua Maestà... il Monarca! — balbettò fra i singhiozzi.

— Vieni! — Aurora prese Henry per mano e lo trascinò in corridoio. Dappertutto c'erano guardie che sbraitavano ordini e inciampavano l'una sull'altra. Una tentò di fermarli.

— Fatti da parte! — sibilò Aurora, e la guardia obbedí in silenzio.

Il Palazzo era nel caos. — Dove andiamo? — ansimò Henry.

— Agli alloggi di mio padre.

Mentre si avvicinavano alla porta spalancata, videro una piccola folla sconvolta. Un uomo alto con un mantello verde venne loro incontro. — Vostra Grazia, no...

— Cos'è successo, Archippus?

— Un incidente... vostro padre... — L'uomo deglutí. — Vostro padre è stato ferito gravemente. Molto gravemente.

— Cos'è successo? — insisté Aurora.

— Un intruso. Era armato...

Aurora tentò di passare, ma Archippus le bloccò la strada.

— Vostra Grazia — sussurrò angosciato — non ho potuto fare niente. È successo tutto cosí in fretta... — Vide Henry. — Chi è questo ragazzo?

Aurora fissò inorridita Archippus.

— È...?

Archippus chiuse gli occhi un istante. — Vostra Grazia — rispose in tono formale — ho il tragico dovere d'informarvi che vostro padre, il Monarca, è morto.

Per un momento Aurora non aprí bocca. Poi disse: — Non ci credo. Voglio vederlo. È là dentro?

— Vostra Grazia, sarebbe meglio di no. L'arma... — Di nuovo, Aurora tentò di passare. E di nuovo Archippus le bloccò la strada. — Bambina mia, non era un'arma come le nostre ed è stata azionata a breve distanza. La testa di vostro padre...

Un ragazzo in porpora emerse dalla stanza alle spalle di Archippus. Era pallido e aveva tutta l'aria di essere sul punto di vomitare.

— Colias! — esclamò Aurora. — Cos'è successo? Che...?

Il ragazzo la fissò con sguardo spento e scosse la testa. Sembrava stordito. — Mi dispiace, Aurora — mormorò.

— Archippus — disse Aurora. — Voglio vedere mio padre!

Qualcosa nel suo tono convinse l'uomo dal mantello verde a farsi da parte. — Come Vostra Grazia desidera. Ma sarebbe meglio...

Aurora era già nella stanza. Henry la seguí.

Vide un'ampia sala piena di mobili raffinati... e di un cadavere. Buona parte del viso era scomparsa, come se gli avessero sparato a distanza ravvicinata. L'odore del sangue era soffocante. Sul tappeto si allargava una pozza sanguigna.

— Papà, no! — gemette Aurora. Fece un passo avanti. — Noooooo!

Henry la sorresse prontamente, prima che si accasciasse a terra.

Trenta

Una paffuta cameriera di mezza età spinse Henry fuori della stanza. — I dottori si prenderanno cura di lei. Un cosí brutto colpo... — La donna aveva gli occhi lucidi, ma tornò a dedicarsi a lui. — Ora, signorino, non ti ho mai visto prima, perciò non so come ti chiami.

— Henry — rispose il ragazzo, stordito. Anche lui era sconvolto.

— Io sono Comare Cedronella — si presentò la donna. — Ti accompagnerò in una delle stanze degli ospiti. Sarà meglio che ti fermi qui: la povera piccola avrà bisogno di amici, in un momento del genere.

La stanza degli ospiti era sontuosa, molto meglio della sua stanza a casa, anche se non sembrava esserci un letto.

— Nel guardaroba ci sono vestiti puliti e un po' piú adatti al Palazzo... Se hai problemi chiamami. La biancheria è nei cassetti. — La donna gli rivolse un sorriso materno e se ne andò, chiudendosi la porta alle spalle.

Rimasto solo, Henry scoprí che il letto non era nel locale perché quella non era semplicemente una camera, bensí un piccolo appartamento. Trovò, infatti, una stanza da letto e un bagno con una vasca incassata nel pavimento, che ricordava in piccolo (*molto* in piccolo) quella dove si era tuffata Aurora. Sul bordo c'erano parecchi vasi di terracotta pieni di oli profumati. Tornato in camera, puntò verso il guardaroba che, come gli era stato annunciato, era pieno di vestiti di taglie diverse. Scelse un farsetto verde, calzoni alla zuava e un paio di morbide scarpe, anch'esse verdi. Quando si guardò nello specchio ebbe l'agghiacciante impressione di vedere Pyrgus. Ma forse si era solo integrato bene in quel mondo... il che non era una cattiva idea.

Aprí un'altra porta, aspettandosi di trovare un secondo guardaroba, e scoprí uno studiolo senza finestre, che si illuminò misteriosamente al suo ingresso. Dentro c'erano uno scrittoio, una sedia e scaffali su scaffali carichi di libri. Gli venne in mente che, avendone il tempo, da quei libri avrebbe potuto imparare parecchio sul mondo di Pyrgus. Ma probabilmente avrebbe potuto imparare molto di piú esplorando il Palazzo.

Tornò nel salottino, aprí la porta che dava sul corridoio e mise fuori la testa.

— Eccoti qui — lo accolse Comare Cedronella, facendolo sussultare. A quanto pareva, era rimasta ad aspettarlo in corridoio. — Adesso scommetto che vorrai mangiare qualcosa. Seguimi... ti porto alle cucine. — La donna lo guardò con aria di approvazione. — Il verde ti dona — aggiunse poi.

— Grazie — mormorò Henry.

Le cucine potevano essere un buon posto per cominciare le indagini. Per giunta – strano ma vero – stava morendo di fame.

Il calore dei fornelli lo colpí come una mazzata. Entrando, ebbe la sensazione di trovarsi in uno di quei film in costume tratti dai romanzi di Dickens. Tutto aveva un aspetto vecchio stile, dai tavoli di pino ai cosciotti di carne appesi al soffitto. Probabilmente, all'ora dei pasti là dentro doveva esserci un'attività frenetica. Già in quel momento, c'erano almeno una ventina di persone che ciondolavano chiacchierando e bevendo dalle loro tazze in attesa dell'ora di punta.

Comare Cedronella lo presentò a una cicciona vestita da cuoca che stava affettando verdure in un pentolone. — È la capocuoca — gli bisbigliò. — Maniola Jurtina. Comportati bene, o ti avvelenerà. — Sorrise per fargli capire che scherzava, e a voce alta disse: — È possibile avere qualcosa da mangiare per un giovanotto affamato, Maniola? È amico della Principessa Aurora.

Lentamente Maniola mise giú il coltello e, sempre lentamente, si asciugò le mani sul grembiule. Scrutò Henry e aggrottò la fronte. — Amico della Principessa, eh? E quest'amico ce l'ha un nome?

Henry fece per rispondere, ma Comare Cedronella lo precedette. — Si chiama Henry, Maniola. Ed è un leale Luminoso, non un Notturno.

— Henry, eh?

Henry annuí. — Sí, signora... Henry.

Maniola Jurtina sorrise deliziata. — Sentito questo, Comare Pontia? Signora! Che giovanotto educato. Lascialo qui e ci penserò io a nutrirlo a dovere. E visto che è cosí un bel ragazzo, m'immagino che un paio di sguattere vorranno tenergli compagnia. — Strizzò l'occhio a Henry, facendolo arrossire.

Pochi minuti piú tardi, era seduto davanti a un tavolo di pino e s'ingozzava di stufato tenendo la testa bassa e le orecchie aperte. L'argomento dei pettegolezzi era naturalmente l'assassinio del Monarca.

— Gli ha fatto sparire tutta la testa...

— Proprio tutta?

— Cosí ha detto Bert, e lui è una guardia. Era rimasto solo il collo, ma niente sangue. Il Viceré pensa che abbia usato un raggio affettante... è l'unica cosa in grado di cauterizzare mentre taglia.

— Non è cosí che l'ho sentita io. La testa non è stata tagliata, ma è esplosa. Si parla di una nuova arma dei Notturni.

— Sí, devono essere stati loro... tutta gentaglia, dal primo all'ultimo.

— Non è stato un Notturno, lo sai...

— Io vorrei sapere chi ci governerà adesso. Con il Monarca morto e il Principe Ereditario sparito...

— Potrebbe essere la fine di Casa Danaus. — Questo lo disse un giovanotto che fissava tetro un calice di ceramica, ma fu subito zittito.

— Bada a come parli, Luigi.

— È Casa Danaus che ti paga. E paga anche noi.

— C'è il Principe Colias...

— Quella piccola serpe!

— Tieni a posto la lingua, ragazza — intervenne Maniola. — Anche se è una piccola serpe, è pur sempre figlio del Monarca.

— Sí, e se anche tu avessi una madre come la sua...

— Ssshhh! — La cuoca si guardò intorno preoccupata.

— Perché dovrei stare zitta? Tutti sanno la verità. Non c'è da stupirsi che il povero Colias sia com'è... prima o poi, il sangue cattivo viene fuori, lo dico sempre.

— Comunque non possono farlo Monarca — interloquí una certa Nell. — È troppo giovane.

— Il Principe Pyrgus ritornerà — affermò Maniola. — In caso contrario, toccherà a Colias salire sul trono, e il Viceré sarà Reggente fino a quando lui diventerà maggiorenne. Ma Pyrgus tornerà, date retta a me.

— Cos'è successo al Principe Pyrgus? — chiese Henry. Non gli andava di richiamare l'attenzione su di sé, ma per scoprire che stava succedendo doveva fare domande.

— Nessuno lo sa — rispose la cuoca. — Ha attraversato uno di quegli stupidi portali e non è piú tornato. O, se è tornato, non sanno dov'è finito. Io ci sto alla larga, dai portali. Non ci tengo, a finire in uno strano mondo pieno di stupidi giganti con la forfora. E con sei dita e la pelle blu... lo sai, no?

— Veramente no — ammise Henry.

— Me l'ha detto Larry — gli confidò Maniola, senza spiegare chi fosse Larry.

— Quello che ha ucciso il Monarca non aveva la pelle blu — intervenne Nell. Sul suo viso comparve un'espressione compiaciuta. — L'ha detto il mio Tom, e lui era presente.

— Se era presente, perché non gliel'ha impedito? — replicò aspra Maniola.

— Non quando è *successo* — ribatté Nell. — Quando è successo non c'era neanche una guardia. Ma Tom è stato il primo ad arrivare. O comunque uno dei primi. Ha detto che il vecchio era uguale sputato a noi. Cinque dita, pelle del solito colore e niente forfora. Però era pelato.

Di colpo, Henry si sentí mancare il fiato. — Cioè il Monarca è stato ucciso da qualcuno venuto da... dal Mondo Analogo?

— Non lo sapevi? Un vecchio che si chiama Foca... Forca... qualcosa del genere. Il Monarca era andato di là per cercare il figlio, e invece è tornato insieme a quel vecchio. Maniola ha ragione... niente di buono è mai venuto dall'altro mondo. Si è piú al sicuro fra i demoni.

— Non era Forca, ma qualcosa del genere… Fogary, credo — disse Luigi. — E aveva un'arma spaventosa. Proprio non capisco perché gli abbiano permesso di portarsela dietro.

— Il Monarca era sempre troppo fiducioso.

— Ora ha smesso di fidarsi, che riposi in pace.

— Riposi in pace! — ripeterono tutti, e per un po' restarono in silenzio.

Dopo un momento, Henry chiese con voce tesa: — Fogary… o Fogarty?

— Giusto. — Luigi annuí. — Fogarty. È lui che ha ucciso il Monarca. Si chiama proprio Fogarty. Lo hanno rinchiuso nelle segrete.

— E dove sarebbero, esattamente, queste segrete? — s'informò Henry con aria innocente.

Henry ricordava quanta paura aveva avuto quando il signor Fogarty lo aveva mandato a derubare la scuola. Ma adesso era anche peggio. Il cuore gli batteva come un tamburo. Aveva le gambe molli e il fiato corto. Per scendere le scale ripide che portavano alle segrete dovette ricorrere a tutto il suo coraggio.

Quando arrivò in fondo, lo accolse una sorpresa. Si era aspettato una prigione vecchio stile: buia, umida, tetra. Ma la realtà era diversa. La scala sfociava in un vestibolo, con il pavimento coperto da una moquette azzurro pallido. Nel corridoio piú avanti si scorgevano le porte di diverse celle. Una era aperta: dentro c'erano lettini a castello, uno scrittoio e qualche sedia.

Una guardia robusta gli si fece incontro, alzandosi da dietro una scrivania. — Cosa posso fare per te? — gli chiese.

Recitando mentalmente una preghiera, Henry prese fiato. — Avete qui un certo Fogarty?

— E se anche fosse?

Non riuscirà a intimidirmi, pensò Henry. La guardia non era realmente sospettosa... era solo il suo modo di fare. I secondini devono essere tipi tosti. Il trucco consisteva nel mostrarsi sicuri di sé. — Un prigioniero venuto dal Mondo Analogo? L'uomo accu... l'uomo che ha ucciso Sua Maestà il Monarca?

La guardia lo squadrò da capo a piedi, ma il tono sicuro sembrò funzionare. — In effetti sí. Sei un parente o qualcosa del genere?

Henry gli rivolse un sorriso fiacco. — No, ma *sono* venuto a parlare col prigioniero. — Adesso arrivava la parte difficile. — Ordini della Principessa Aurora.

— Hai un'autorizzazione? — chiese la guardia.

Henry lo fissò. — No — disse alla fine. Un lanoso stuoino marrone dimenticato in fondo al bancone si mosse all'improvviso, facendolo sussultare.

— In tal caso non posso lasciarti passare. Neanche se ti avesse mandato il Monarca in persona, pace all'anima sua.

Henry decise di ritentare suscitando la sua simpatia. — Senta, io sono nuovo di qui. Nessuno mi ha parlato di autorizzazioni. Non potrebbe fare un'eccezione?

— Non mi va di rischiare il posto — obiettò la guardia. — Perché non torni dalla Principessa e te ne fai dare una?

Bella domanda. Con la coda dell'occhio, vide il tappetino lanoso strisciare sul bancone e verso di lui. — Il fatto è — improvvisò — che la Principessa Aurora è indisposta... ha avuto un brutto colpo. Vedere il padre cosí... be', è comprensibile. Non va disturbata, ecco. Può controllare... — Voltò la testa di scatto verso lo stuoino, e quello si fermò. Due occhietti marrone lo scrutarono fra il pelo arruffato.

La guardia si morse le labbra. — Non dovrei farti passare senza un'autorizzazione...

— Sí, certo, capisco. Però magari potrei firmare qualche modulo per assumermi la responsabilità, e appena la Principessa Aurora starà meglio le chiederò l'autorizzazione. È una faccenda urgente, capisce... — Lo stuoino con gli occhi marrone scivolò sul pavimento. Inquieto, Henry lo osservò avvicinarsi. La guardia non lo degnò di uno sguardo.

— E se mi dicessi di che si tratta...? — gli chiese. — Mi piacerebbe aiutare la Principessa, ma... — L'uomo strinse le labbra e scrollò le spalle.

Ma Henry aveva una risposta pronta. — La Principessa vuole sapere perché quell'uomo ha ucciso suo padre. Nel caso ci siano altri complotti, capisce...

— Non sei un po' giovane per interrogare un prigioniero su un argomento del genere?

Henry aveva una risposta pronta anche a questo. — Secondo la Principessa, sarà meno sulla difensiva con qualcuno della mia età. — Tacque e aspettò: aveva imparato a proprie spese che era sempre sbagliato tirare troppo la corda. Adesso lo stuoino lanoso gli stava annusando le caviglie.

La guardia si sporse sul bancone e abbassò lo sguardo. — Che ne pensi? — chiese allo stuoino.

— Tutte balle — rispose il canvero. — Il ragazzo non riconoscerebbe la verità neanche se gli azzannasse il didietro.

Henry si divincolò come un forsennato, ma le guardie erano abituate ai prigionieri difficili e si tennero alla larga dai suoi piedi scalcianti. Un po' trascinandolo, un po' trasportandolo di peso, lo condussero davanti a una cella in fondo al corridoio.

— Com'è che fai tante storie? — sghignazzò una guardia. — Volevi vedere il pazzo che ha ucciso il Monarca. E adesso sarai accontentato.

A quel punto, lo scaraventarono dentro. Henry si alzò e si scagliò verso l'uscita, ma la porta era già stata chiusa a chiave. — Risparmia le forze — gli consigliò una voce familiare.

Si voltò di scatto e vide i piedi del signor Fogarty, a penzoloni dalla cuccetta superiore di un letto a castello. — Questa gente sa come costruire serrature. È da quando mi hanno chiuso qua dentro che cerco di scassinarla. — Saltò giú. — Non mi aspettavo di vederti, Henry. — Il vecchio lo squadrò dall'alto in basso. — Specialmente vestito da folletto.

— Cos'è successo, signor Fogarty? Che cosa...

Il vecchio si posò un dito sulle labbra. — Il tempo non è male, per questa stagione — disse. Andò ai letti a castello e da sotto il materasso tirò fuori un taccuino e una matita. Scribacchiò qualcosa e glielo passò.

Possono esserci microspie. Meglio scrivere le cose importanti. Dopo mangiamo i biglietti. Parla del piú e del meno.

Gemendo in cuor suo, Henry prese la matita e scrisse in fretta: *Cos'è successo a Pyrgus?*

— Perché ti hanno messo dentro? — chiese Fogarty a voce alta. Prese la matita e scrisse: *Quel piccolo farabutto ha usato il portale prima che avessi finito di controllarlo.*

— Mi ha fregato una specie di stuoino — rispose Henry. Riprese il taccuino e andò dritto al nocciolo della questione: *Perché ha ucciso il Monarca?*

Non sono sicuro d'averlo fatto.

— Non ne è sicuro? È accusato di omicidio e non è sicuro di averlo fatto...?

— Zitto! — sibilò Fogarty. Si guardò attorno allarmato e gli ricacciò in mano il taccuino.

— Sono stufo di scrivere! — sbottò Henry. — È troppo importante. Devo sapere che sta succedendo.

— E va bene — si arrese Fogarty. — Però abbassa la voce. Se ci sediamo fianco a fianco sul letto, possiamo bisbigliare.

Qualunque cosa era meglio dei bigliettini. — Allora... l'ha ucciso lei, il Monarca? — fece di nuovo a voce bassa.

— No — sussurrò Fogarty.

— Non gli ha sparato?

— No.

— E allora chi l'ha fatto?

— Un demone.

Henry lottò contro l'impulso di strozzarlo. L'ultima cosa della quale sentiva il bisogno era ascoltare le sue assurdità. — Signor Fogarty — disse paziente — i demoni non esi...

— Ascolta... — lo interruppe Fogarty con un sussurro ansioso. — So che mi credi completamente fuori di testa, ma sarà meglio per te ficcarti alla svelta nella zucca che al mondo ci sono piú cose di quante ne insegnano a scuola. Non credevi negli elfi... finché ne hai chiuso uno in un barattolo, giusto? E nemmeno credevi che fosse possibile aprire un portale ed entrare in un altro mondo, giusto? E adesso dove credi d'essere? Sulle giostre? Sai che facevo, prima di rapinare banche?

Henry lo fissò allibito. Dopo un momento, scosse la testa. — No.

— Studiavo fisica nucleare. Ed ero anche bravo. Mi credi forse un idiota?

Henry scosse di nuovo la testa, stavolta con piú vigore. — No, ma...

— E sai perché ho smesso?
— No, ma...
— Perché mi pagavano settemila sterline l'anno. Sette*mila*! Perfino a quell'epoca erano noccioline. Facevi piú soldi vendendo saponette, e senza bisogno di una laurea.
Henry lo fissò sbalordito. — Lei è laureato in fisica? — chiese incredulo.
Ma ormai Fogarty era partito in quarta. — Cosí ho fatto quello che avrebbe fatto qualunque persona ragionevole: mi sono messo a rapinare banche. Però, non ho mai scordato la fisica. Esistono moltissime realtà alternative... lo sapeva perfino quel vecchio scemo di Einstein. E una è quella che nel nostro mondo chiamiamo Inferno. Completo di demoni e dei loro UFO. È lí che si trova Pyrgus.
— Pyrgus è all'Inferno?
— Abbassa la voce — sibilò Fogarty. — Sí, esatto: all'Inferno.
— Ma come fa a saperlo?
— L'ho visto nella mente del demone.
Era sempre piú assurdo. Eppure, l'incrollabile sicurezza del signor Fogarty stava convincendo Henry. — Del demone? — ripeté.
— Ascolta... Cuciti le labbra, spalanca il cervello e *ascolta*! Demoni, alieni, UFO, sono tutti collegati. Ai vecchi tempi, li chiamavano demoni e ora li chiamano alieni, ma sono sempre gli stessi. Non so come c'è finito, ma adesso Pyrgus è nel loro mondo... all'Inferno, se vuoi chiamarlo con il suo vecchio nome. E io lo so perché in questo palazzo c'è un demone. Ti risulta nuova, eh? Il fatto è che non lo sa nessuno.
— E *lei* com'è che lo sa?
— Perché si è impossessato di me. I demoni ci san-

no fare, quanto a possessioni. Lo fanno da anni. Basta guardarli negli occhi e hai chiuso. T'impacchettano il cervello e prendono il controllo del tuo corpo. Uno abbastanza in gamba può dirti perfino cosa pensare.

— E cos'è successo? — chiese Henry, nonostante tutto il suo scetticismo.

— Mi ha preso alla sprovvista — ammise Fogarty. — È sbucato fuori da una parete e mi sono ritrovato a guardarlo dritto negli occhi. Poi è stato come combattere contro la mia stessa volontà. Mi ha fatto andare fino agli appartamenti del Monarca. Non ho ancora capito come mai non abbiamo incrociato neanche una guardia. E strada facendo il demone dentro la mia testa continuava a ripetermi che dovevo uccidere il Monarca. Nessun problema, quanto a questo: avevo il mio fucile, no? Naturalmente ho provato a opporre resistenza, ma quando sono entrato nella stanza dov'erano Archippus e il Monarca, il demone stava vincendo. Ho fatto di tutto per togliermelo dal cervello, ma non ci sono riuscito.

— Vuole dire che è ancora là?

— Non dire idiozie. A un certo punto ho come perso conoscenza... è stato allora che ho scoperto di Pyrgus e dell'Inferno.

— Non capisco.

— Quando un demone s'impossessa di te, è una strada a doppio senso: lui ti entra nella mente, ma anche tu puoi entrare nella sua. Almeno fino a un certo punto. E cosí ho assorbito parte dei suoi ricordi. Hanno portato Pyrgus dal loro capo, un certo Beleth· Però non so cosa gli sia successo.

— D'accordo — disse cauto Henry. — E poi?

— Quando sono tornato in me, ho scoperto di aver sparato al Monarca. A distanza ravvicinata. Gli era partita mezza testa. E il demone se l'era filata dopo avermi fatto fare il suo sporco lavoro... o almeno, averlo fatto fare al mio *corpo*. Mi ha usato come capro espiatorio. Ecco perché sono finito qui.

— Non si preoccupi. Quando spiegherò alla Principessa Aurora cos'è successo, ci penserà lei a tirarla fuori. — O almeno se lo augurava di cuore.

— Meglio che ti sbrighi — replicò Fogarty. — Questi vogliono impiccarmi domani mattina.

Trentuno

Aurora respinse la mano del dottore e si tirò su. — Sto benissimo — disse con calma. Si guardò attorno. Qualcuno l'aveva trasportata nei suoi appartamenti, l'aveva svestita e messa a letto. Nella stanza c'erano tre medici di corte e diverse cameriere. Tutti avevano l'aria preoccupata.

— Vostra Grazia — disse il dottore che aveva tentato di farla restare distesa — sarebbe meglio che rimaneste a letto. Le conseguenze del colpo subito, ed è stato davvero un brutto colpo...

Un brutto colpo. Suo padre era morto e il mondo era sottosopra. Un brutto colpo?

— Gradirei che voi gentiluomini usciste — disse decisa. — Vorrei vestirmi.

— Vostra Grazia... — Il medico incrociò lo sguardo della ragazza e decise di non insistere. Lui e i suoi colleghi si congedarono.

Una volta sola, Aurora si rivolse alle cameriere. — Per piacere, procuratemi un vestito adatto. — Con quelle parole, spinse indietro le coperte e mise i piedi sul pavimento. Si sentiva il corpo stranamente leggero, ma non aveva importanza. Doveva scoprire perché suo padre era morto, perché la creatura venuta dal Mondo Analogo lo aveva ucciso. Doveva assicurarsi che l'assassino fosse punito nel modo piú severo... E doveva trovare Pyrgus.

Un colpetto alla porta la fece voltare di scatto. — Sí?

Anna entrò esitante. Aveva qualcosa in mano. — State bene, Principessa? Mi hanno detto che eravate sveglia...

— Sto bene. — Era stata Anna a darle la notizia. Sapeva che non lo avrebbe piú scordato. — Cosa c'è?

— Non sapevo se fosse il caso d'infastidirvi, ma sembrava urgente e so che ci tenete a essere informata... — S'interruppe e le tese un pezzo di carta. — Il ragazzo che vi ha sorpresa nel bagno... si è cacciato in un altro guaio. Vi ha mandato questo tramite una guardia.

Aurora prese il foglietto e lo aprí.

Beleth era sparito, ma i suoi demoni erano ancora al lavoro attorno alla Bomba del Giudizio. Di tanto in tanto alzavano lo sguardo, come se fossero curiosi di vedere cos'avrebbe fatto Pyrgus.

Ma Pyrgus non faceva niente. Aveva la schiena a pezzi, le gambe doloranti per la posizione accucciata cui era costretto e una crescente emicrania che aveva raggiunto livelli preoccupanti. Colpa della tensione, si disse.

Ma nonostante il mal di testa, la sua mente era in fermento. Si chiese se suo padre fosse già morto, se l'esercito di Beleth avesse già invaso il Regno. Si chiese se sua sorella fosse sopravvissuta. Doveva fare qualcosa, liberarsi, fuggire... Purtroppo la gabbia era robusta, la serratura inattaccabile, e lui inerme quanto i gattini che aveva salvato nella fabbrica di colla.

E stava scendendo. Lentamente, un centimetro alla volta. E aveva l'impressione che la testa gli sarebbe scoppiata da un momento all'altro.

— Che roba è? — chiese Henry.

— La tua parte di carta — rispose Fogarty. — Sta arrivando qualcuno.

Lo sguardo allibito di Henry andò alla carta appallottolata che il vecchio aveva in mano.

— Dobbiamo mangiarli — gli spiegò Fogarty.

— Non ci penso nemmeno.

Fogarty aveva l'aria di voler discutere, ma aveva la bocca piena. Un attimo dopo una chiave raspò nella serratura e la porta si aprí. Due guardie robuste entrarono piazzandosi davanti alla soglia, una per lato. Dietro di loro comparve una figura minuta, vestita di nero.

— Aurora! — esclamò Henry, sollevato.

Lei lo fissò freddamente. — Seguimi — ordinò.

— Venga, signor Fogarty — disse Henry. — Questa è la Principessa Aurora. Gliel'avevo detto, che ci avrebbe tirati fuori dei guai.

Ma Aurora non sorrideva. — Soltanto tu — disse a Henry. — Il mostro che ha ucciso mio padre uscirà da qui solo per salire sulla forca.

— È vero? — gli chiese Aurora, fissandolo con sguardo penetrante. Teneva in mano un pezzo di carta, probabilmente il biglietto che le aveva mandato. — Sai dov'è Pyrgus?

— Ecco, è un po' complicato...

— Allora farai meglio a semplificare — replicò gelida, senza staccargli gli occhi di dosso.

Henry ripeté la storia di Fogarty a proposito del demone.

Ma piú parlava, piú avvertiva lo scetticismo della ragazza. Poi, all'improvviso, la sua espressione cambiò. — Hai detto *Beleth*? — gli chiese.

— Sí. Dev'essere una specie di re dei diavoli... Lo so che sembra assurdo, ma conosco il signor Fogarty da un sacco di tempo e non avrebbe mai...

— Beleth era il nome del demone evocato da Sulfureo — lo interruppe Aurora. — Quello che ha quasi ucciso Pyrgus. Com'è che il tuo signor Fogarty conosce questo nome? Pyrgus non ne ha parlato con nessuno. Io stessa lo conosco solo perché ho letto il diario di Sulfureo... — Tacque e aggrottò la fronte.

— Allora mi credi? — chiese ansioso Henry.

— Non ne sono sicura.

— Ma tu credi ai demoni?

Aurora lo fissò stupita. — Nessuno *crede* ai demoni. *Esistono* e basta. — Notò l'espressione di Henry e aggiunse: — Nel loro mondo, è ovvio, anche se tentano continuamente d'intrufolarsi nel nostro. I Notturni collaborano spesso con loro.

— E possono impossessarsi delle persone? Controllarne la mente?

— Sicuro. Infatti, tutti sanno che non bisogna mai guardare un demone negli occhi. — All'improvviso, rendendosi conto di dove la stava portando quel ragionamento, si affrettò ad aggiungere: — Però non credo alla presenza di un demone a Palazzo, e nemmeno che abbia costretto quel Fogarty a uccidere mio padre.

— Però è *possibile*, giusto?

Aurora rifletté a lungo prima di rispondere: — Sí, è possibile.

— Ci servono piú informazioni — affermò Aurora. — Devo dare un'altra occhiata a quei due libri. — Vide l'espressione perplessa di Henry e spiegò: — Pyrgus si è immischiato negli affari di uno stregone Notturno, un certo Sulfureo, che ha tentato di sacrificarlo a quel demone... Beleth. L'ho scoperto quando ho rubato il diario magico di Sulfureo, e anche un altro libro su Beleth. Però mio padre... — batté le palpebre, ma proseguí decisa: — ... non ha approvato la mia azione e ha sequestrato i libri. Sono riuscita soltanto a sfogliarli.

— E dove sono, adesso?

— Deve averli ancora Archippus.

— Puoi chiedergli di restituirteli? Se gli spieghi che possono essere importanti...

Aurora annuí, incerta. — Penso di sí. Manderò un servo.

Pochi minuti dopo, il valletto di Archippus, un individuo taciturno di nome Pamphilus, porgeva i suoi ossequi alla Principessa. Era in livrea e portava a tracolla una sacca di tela. — Brutte notizie, Vostra Grazia — annunciò.

— Che succede? — domandò Aurora.

— Il Viceré mi ha chiesto d'invitarvi a restare nei vostri alloggi. Al momento è impegnato in Sala Controllo. Siamo stati informati che gli Elfi della Notte hanno lanciato un attacco militare in piena regola.

Aurora era già pallida, ma impallidí ancora di piú. — Dovrei essere anch'io in Sala Controllo. Forse potrei essere d'aiuto...

— Il Viceré preferirebbe sapervi al sicuro nelle vostre stanze, Vostra Grazia. Teme per la vostra sicurezza — replicò Pamphilus, impassibile.

— La mia sicurezza? Che cosa dovrebbe minacciare la mia sicurezza?

I grandi occhi scuri e immobili di Pamphilus fissarono Aurora. — Dopo la morte del vostro illustre padre, il mio padrone ha assunto la Reggenza in attesa del ritorno del Principe Ereditario. In qualità di Reggente è ora incaricato della difesa del Regno. Sono rimasto al suo fianco sino a poco fa. Stiamo... — Esitò, soppesando ogni parola. — Stiamo incontrando qualhe difficoltà nel contenere l'attacco del Popolo della Notte.

— Ma sono in netto svantaggio numerico! — protestò Aurora. — I miei... — S'interruppe. I suoi contatti nei Servizi Segreti l'avevano messa al corrente della consistenza dell'esercito Notturno, ma preferiva che la cosa non si risapesse.

— L'esercito Notturno — le comunicò Pamphilus in tono monotono — ha ricevuto rinforzi dal mondo dei demoni.

Aurora lo fissò sconcertata. — Ma come? Come hanno fatto a passare? — Nel Regno c'erano sempre un paio di demoni evocati da stregoni, negromanti e via dicendo, ma un'invasione su vasta scala era impossibile.

— Purtroppo lo ignoriamo, Vostra Grazia. Ma hanno già attraversato la Valle Zannuta e al momento si combatte nella Piana di Lilik. Nuovi rinforzi demoniaci sono in marcia per unirsi all'esercito della Notte. — Prese fiato. — Vostra Grazia, può essere solo questione di ore prima che giungano in vista della città. La salvezza della Famiglia Reale è la principale preoccupazione del mio padrone. Posso assicurargli che rimarrete nelle vostre stanze?

Aurora annuí seccamente. — Sí, Pamphilus. Puoi.

— Molto bene, Vostra Grazia. — Stava già per andarsene, quando si fermò, tolse un involto dalla sacca che portava a tracolla e lo consegnò ad Aurora. — I libri che avevate richiesto, Vostra Grazia.

— Sembra una faccenda seria — disse Henry quando rimasero soli.

— Avanti... diamo un'occhiata a questi libri.

Trentadue

Il libro gli diede una sensazione sgradevole appena lo ebbe fra le mani. Era stretto fra due tavolette di legno e la copertina era di pelle liscia... *Il libro di Beleth* c'era scritto sopra a lettere dorate. Henry rabbrividí, ma si fece coraggio e lo sfogliò

Era diverso da qualunque altro libro che avesse mai visto. Perfino la carta era strana: piú spessa del solito, ruvida e leggermente porosa, con uno strano odore. E non era stampato. Ogni parola, ogni disegno erano tracciati da una mano paziente che aveva utilizzato inchiostri diversi... uno dei quali sembrava sangue. Sulla pagina che aveva aperto comparivano rozzi schizzi di un occhio, una mano, un piede, una corona, un cimiero e due lunghe corna ricurve. Di fianco c'erano strani simboli. Sotto a una specie di *I* inclinata, c'era scritto "Obliqua". Piú in là, accanto a sei linee affiancate, compariva la parola "Molteplice". Per Henry, nessuno di loro aveva senso.

Chiuse il libro e lo riaprí dall'inizio. Sulla prima pagina, c'era un simbolo a inchiostro nero, che sembrava uno scarabocchio. E subito sotto spiccavano sei parole che gli fecero formicolare la nuca: *Beleth custodisce le chiavi dell'Inferno*.

Si trovava nell'assurda situazione di dover leggere un libro che lo atterriva.

Lanciò un'occhiata ad Aurora che era immersa nella lettura dell'altro tomo. Era molto piú piccolo di quello che aveva lui, e meno terrificante. Per un momento si chiese se avrebbe potuto chiederle di fare cambio, ma subito si vergognò di se stesso. Riportò lo sguardo sul volume e, girando pagina, trovò l'indice. Il suo nervosismo crebbe.

Sembrava tutto estremamente sinistro, il genere di cose che faresti meglio a non leggere. E per di piú non c'era nulla che avesse a che fare con Pyrgus. Decise di cominciare dall'inizio: *Opere Relative a Odio e Distruzione.*

Era un capitolo sgradevole e, nonostante la decisione di leggere con attenzione, finí per scorrerlo in fretta. Comunque, quand'ebbe finito, era abbastanza sicuro che non ci fosse niente su Beleth. Né su Pyrgus.

La Mano Gloriosa descritta nel capitolo successivo aveva un suo fascino morboso. Per procurartene una, aspettavi finché impiccavano un assassino a un crocicchio, gli tagliavi la mano destra e la infilavi in un vaso di terracotta insieme a nitrato, sale, peperoncino e zimort.

— Cos'è lo *zimort*? — chiese ad Aurora.

— Ssshhh! — replicò lei.

Dopo due settimane, prendevi la mano e la lasciavi seccare al sole durante i giorni del cane, oppure dentro un forno a legna riscaldato da felci e verbena.

— Che sono i giorni del cane? — borbottò Henry.

— Sta' zitto!

In attesa che la mano si seccasse, preparavi una candela col grasso di un impiccato, mischiato a cera vergine, cacca di cavallo e sesamotto.

— Cos'è il ses...? — Si morse la lingua e riprese a leggere. A quel punto infilavi la candela fra le dita avvizzite e la mano era pronta. Non dovevi fare altro che accendere la candela: chiunque dormisse nella casa non si sarebbe svegliato finché non la spegnevi.

Tutto lí? Una cura per l'insonnia? Sembrava un sacco di lavoro per niente, anche se il libro assicurava che, dopo essere stata usata un paio di volte, la Mano Gloriosa prendeva vita e se ne andava in giro alla ricerca di qualcuno da strangolare. Di notte, per non correre rischi, ti toccava chiuderla a chiave dentro un cassetto.

Saltò i due capitoli successivi e cominciò a leggere il Rito di Evocazione, rendendosi subito conto che rientrava in una categoria diversa rispetto alle assurdità superstiziose di poco prima. Nelle nuove pagine c'erano le indicazioni per fare arrivare qualcuno dall'Inferno. Venivano descritte le cose da usare, le precauzioni da prendere, il...

S'immobilizzò. Aveva appena avuto un'idea geniale. La piú geniale di tutta la sua vita. — Aurora... — cominciò.

Aurora chiuse di scatto il diario. — Non serve a niente! — esclamò rabbiosa. — Parla di Pyrgus. Ma questo lo sapevo già. E di uno stupido patto con Beleth, e come hanno tentato di uccidere Pyrgus, e come Pyrgus è riuscito a scamparla. Ma neanche una parola su cosa gli è successo dopo, o come salvarlo. Niente di niente. È inutile! Inutile! Inutile! — Esasperata, batté sul libro i piccoli pugni.

— So come salvare Pyrgus — annunciò Henry.

Con gli occhi di Aurora fissi su sé, Henry sentí la propria sicurezza dissolversi. Si morse le labbra.

— Allora? — chiese Aurora impaziente.

— Il fatto è — balbettò — che il Rito di Evocazione spiega come chiamare qualcuno dall'Inferno. Parla di Beleth in particolare, perché questo è *Il libro di Beleth,* però credo che si potrebbe usare lo stesso sistema per evocare *chiunque.* Perciò se il signor Fogarty ha ragione e Pyrgus è davvero all'Inferno, potremmo riuscire... ecco, sí... a evocare *lui.* — Esitò e aggiunse debolmente: — A tirarlo fuori da lí.

Aurora lo fissò a lungo, il viso completamente privo d'espressione. Poi disse: — Tanto vale provarci.

Seguita da Henry, Aurora salí una rampa di stretti scalini che portavano a una stanza in una torre. — Se ci provassimo nei miei appartamenti, qualcuno potrebbe interromperci — spiegò. — Ma quassú non viene mai nessuno... Adesso dimmi che cosa ci serve.

Henry consultò *Il libro di Beleth.* — Qui parla di una macchina intrappolalampi, ma serve solo se evochi Beleth in persona. E poi... oh... — Tacque.

— Cosa c'è?

— Devi uccidere un animale e scuoiarlo per fare un cerchio con la pelle. Non so se potrei... Un momento: questo è opzionale.

— Allora cos'è che ci serve *davvero*? — chiese Aurora paziente.

Henry guardò il pavimento di legno nudo. — Qualcosa per disegnare un cerchio sul pavimento. E anche un triangolo. Un gessetto dovrebbe andar bene. E carbone e incenso...

— Che tipo d'incenso?

— Non lo dice. No, aspetta, penso che si debba usare la canfora. Canfora. Sí, canfora.

— Va bene.

— E qualcosa per farcela bruciare. Un braciere o roba del genere...

— Va bene.

— E ghirlande di verbena...

— Quante?

Henry consultò il libro. — Due.

— Va bene.

— E due grosse candele complete di candelieri. Qui dice nere, ma dato che vogliamo chiamare Pyrgus e non un demone, dovrebbero andare bene bianche... il nero è collegato a stregoni e demoni, giusto? Come nei vecchi film dell'orrore... — Notò la sua espressione perplessa. — Non ne hai mai visti, eh? Comunque, due candele con i candelieri. — Aggrottò la fronte. — Sai cos'è il brandy Rutaniano?

Aurora annuí.

— Ce ne serve una bottiglia. E un pezzo di ematite... sai che roba è?

— Sí. Posso procurarmela. È tutto?

Henry tornò a consultare il libro. — Dice che ci vuole una bacchetta fulminante, ma serve solo per controllare il demone. Non penso che Pyrgus possa darci problemi.

— Sempre che funzioni.

— Che vuoi dire?

— Che la tua idea funzioni — spiegò Aurora. — Che compaia davvero Pyrgus. Che per sbaglio non evochiamo Beleth o qualche altro demone.

Henry provò un'improvvisa vertigine allo stomaco. — Pensi che potrebbe succedere?

— È possibile.

— Allora ci serve una bacchetta fulminante, tanto per non correre rischi.

Aurora si passò la lingua sulle labbra. — Sí, per non correre rischi.

— Sai dove procurartela?

— No. — Si fissarono. — Insomma, se avessimo piú tempo potrei incaricare un servo... ma se dobbiamo agire alla svelta... No.

— Allora dovremo farne a meno — disse Henry dopo un momento. — Sono sicuro che andrà tutto bene. — Tornò a guardare il libro. — Ci serve soltanto un'altra cosa che si chiama... — Inciampò sulla parola. — ... Assafetida? Un'erba? Sai cos'è?

— Sí, certo. Si usa per cucinare. Posso prenderne un po' in cucina.

— No, aspetta — la fermò Henry. — Va bruciata per mandare via il demone evocato. E noi non vogliamo mandare via Pyrgus...

— Forse sarebbe comunque meglio averla a portata di mano — osservò Aurora. — Visto che non abbiamo la bacchetta...

— Giusto. Assafetida, allora. Un *mucchio* di assafetida.

Aurora impiegò solo quindici minuti per procurarsi tutto il necessario, ma per Henry furono i quindici minuti piú lunghi di tutta la sua vita.

Henry sollevò il libro e lesse le istruzioni, mentre Aurora tracciava con attenzione circolo e triangolo. — Cosí va bene? — gli chiese dopo un po', mettendo le candele in posizione.

— Un po' piú vicino, credo.

— Cosí?

— Piú vicine al triangolo.

— Se fossero piú vicine, sarebbero *dentro* il triangolo — sbottò Aurora, con tutta l'aria di volergliele tirare addosso.

— Bene cosí — concesse allora Henry.

Un attimo dopo, indietreggiarono per controllare il loro lavoro. — Oh — fece lui.

— Oh? Perché dici *Oh*? Qualcosa non va? Ho commesso qualche *errore*? — Aurora lo fulminò con gli occhi.

— È solo che hai disegnato un cerchio completo.

— Sí, Henry. Ho disegnato un cerchio completo. Mi hai detto di disegnare un circolo, e io l'ho fatto. Incredibile, ma è cosí.

— Il fatto è che non avresti dovuto chiuderlo finché non c'eravamo dentro. Altrimenti non funziona.

Per un momento pensò che Aurora gli sarebbe saltata alla gola, invece lei si limitò a dire: — Facciamo cosí: ne cancello un pezzo col fazzoletto... non è che gesso, in fondo. Poi entriamo dentro e lo richiudo. Funzionerà?

— Sí, certo — si affrettò a dire Henry, anche se non ne era affatto sicuro.

Poco dopo, presero entrambi posizione all'interno del cerchio, ridisegnato con cura. Henry si leccò le labbra. — Chi lo fa?

— Il rito? Tu.
— Perché io?
— Perché sei tu quello che ha il libro.
Ancora non riusciva a crederci. Stava per eseguire un rito di magia nera per tirare un amico fuori dell'Inferno. Era ridicolo. E non voleva farlo. Però non voleva neanche fare la figura del fifone di fronte ad Aurora. Prese fiato. — D'accordo, tu... oh...
— Se dici *oh* un'altra volta... — cominciò Aurora. Poi chiuse gli occhi e li riaprí. — Cosa c'è? Cosa c'è che non va, adesso?
— Dovremmo accendere il carbone e bruciare la canfora, ma ho scordato di dirti di prendere dei fiammiferi. O un accendino. — O una pietra focaia, o qualunque cosa usassero in quel mondo.
— Per fortuna, a volte sono capace di pensare da sola — replicò Aurora. Toccò il braciere con una bacchetta sottile, lunga piú o meno quanto una matita: una fiamma blu guizzò un istante e il carbone avvampò. In silenzio, ci gettò sopra la canfora.
Henry aprí *Il libro di Beleth*, si voltò verso il triangolo, arrotolò le sue paure in uno stretto gomitolo in modo che non interferissero con quello che doveva fare, e cominciò a leggere ad alta voce le orazioni di apertura.
Ogni volta che incontrava il nome *Beleth* faceva bene attenzione a sostituirlo con *Pyrgus*. Si augurava di tutto cuore che funzionasse.

Chiuse gli occhi. — Ti chiamo, Be... Pyrgus... ti chiamo, Pyrgus, e ti impongo di presentarti a me... in forma e aspetto gradevole... — Eccetera eccetera, seguendo alla lettera le pedanti istruzioni del libro. Dopo un po', ebbe l'impressione che i vapori della canfora gli stessero dando alla testa. Aurora ne aveva gettata parecchia nel braciere, e lui cominciava a sentirsi stordito. Doveva essere effetto di quella roba se la stanza gli sembrava cosí strana. Gli spigoli si erano arrotondati e ogni cosa si contorceva e fluttuava come se fossero finiti sott'acqua. *Doveva* essere la canfora, se aveva la nausea e gli ronzavano le orecchie. Aveva la sensazione di cadere in avanti, ma quando controllò si rese conto di essere diritto. Stava per scoppiare una tempesta? Gli era sembrato di sentire un tuono in lontananza.

La stanza era piena di fumo. Tentò di rivolgere un cenno ad Aurora per avvertirla di non bruciare altra canfora, ma il braccio rifiutò di muoversi. Allora continuò con le invocazioni rituali.

I vapori turbinanti formarono un cono al di sopra del triangolo. E poi il cono si consolidò in una forma umana.

Trentatré

Pyrgus tossiva tanto da non riuscire quasi a respirare. Era sudato fradicio e aveva l'impressione che gli scoppiasse la testa. Ormai la lava era a pochi centimetri dai suoi piedi, e il calore era cosí intenso che la suola degli stivali cominciava a fumare.

Attraverso i vapori e il fumo, vide che Beleth era tornato. Per godersi lo spettacolo, probabilmente. Al Principe delle Tenebre piaceva veder soffrire le persone, ascoltare le loro urla e le loro suppliche. Ma Pyrgus era deciso a non dargli soddisfazione. Niente urla. Niente suppliche. Niente spettacolo di sofferenza. Piuttosto, avrebbe ingoiato piombo fuso per darsi una morte rapida. Sarebbe stato meglio che bruciare un centimetro alla volta.

— Speri in una morte rapida? — gridò Beleth. Aveva riassunto la forma cornuta, e la sua voce somigliava al rombo di un tuono lontano. Sogghignò. — Temo, Principe Ereditario, che resterai deluso, perché...

S'interruppe. Dentro la gabbia, la figura di Pyrgus tremolava come una fiamma in mezzo a un uragano. Un momento era solida, e quello dopo trasparente. Beleth lo fissò a bocca aperta. Pyrgus non c'era piú. Sí, c'era. No, non c'era. Sí... no... Era scomparso! Fino a un istante prima era stato lí, in mezzo ai vapori e al fumo, ma ora la gabbia era vuota. Assolutamente vuota.

Beleth ringhiò. Impossibile sbagliarsi. Non c'era proprio piú. Si guardò intorno furioso, come per cercare il responsabile fra i suoi stessi sudditi, ma i demoni al lavoro nella caverna erano altrettanto sbalorditi.

— Dov'è? — Beleth afferrò quello piú vicino e lo scrollò fino a spezzargli il collo. Poi scaraventò via il corpo. — Dov'è il Principe Pyrgus?

E poi gli venne un'idea. Invisibilità! Sicuro! Il ragazzo doveva avere un cono d'invisibilità. Non era fuggito. Naturale che non era fuggito. Impossibile che fosse fuggito. Era ancora dentro la gabbia! Poteva ancora soffrire, *bruciare*, essere *schiacciato*...

Entrò nella lava fusa, che gli lambí i piedi come acqua tiepida. Mentre avanzava a grandi passi verso la gabbia, inciampò in qualcosa appena sotto la superficie e barcollò, agitando le braccia gigantesche. Che urtarono la Bomba del Giudizio, facendola cadere dal suo piedistallo. — Nooooooo! — ululò.

Ogni cosa sembrò rallentare. La Bomba del Giudizio rotolò verso la pozza, un centimetro alla volta. Un demone tentò di bloccarla, e la mancò. Beleth si slanciò in avanti, ma la mancò anche lui. Lentamente, molto lentamente, la bomba scivolò nella lava.

L'urlo di Beleth rimbombò nella caverna, mentre una bolla saliva in superficie, simile al rutto di un gigante. Lampi smisurati, carichi di energia primordiale, serpeggiarono attraverso la lava. Da qualche parte, in profondità, si levò un rombo che crebbe fino a diventare un ruggito. Beleth fuggí, ma non abbastanza in fretta, né abbastanza lontano. La pozza di lava esplose, facendolo a pezzi. Una frazione di secondo piú tardi, l'enorme città di metallo rintoccò come una campana e i suoi edifici cominciarono a crollare.

Tutti i dubbi di Henry svanirono di colpo. La sensazione d'imbarazzo lo abbandonò, sostituita da una fiducia nuova. Si raddrizzò e la sua voce diventò piú sicura, mentre avvertiva un'ondata di energia attraversarlo, trascinando le parole che gli uscivano dalle labbra oltre spazio e tempo, verso dimensioni aliene. *Il libro di Beleth* vibrava tra le sue mani. — Vieni a noi, Pyrgus, vieni! — La stanza stessa vibrava di potere. — Vieni, Pyrgus, vieni!

Ma la creatura che comparve non era Pyrgus. E neanche si trovava dentro il triangolo. Attraverso i vapori turbinanti vide avvicinarsi un essere che sembrava uscito da un incubo. Aveva forme umane – due braccia, due gambe, un tronco, una testa – ma di sicuro non era nato da madre umana. Era piccolo, esile e grigiastro, con enormi occhi neri e sottili arti da insetto.

— Non guardarlo negli occhi! — gridò Aurora. La sua voce sembrava arrivare da molto lontano.

Sembrava un alieno uscito da un UFO, come in una immagine sfocata di qualche libro di fantascienza. Però, secondo Aurora era un demone. E lui lo aveva evocato con un rito magico. Il signor Fogarty aveva ragione. Aveva sempre avuto ragione. Alieni e demoni erano la stessa cosa!

— Non guardarlo negli occhi!

La creatura sembrava confusa. Attraversò la stanza a zigzag, a volte fermandosi, a volte voltandosi, a volte muovendo qualche passo a ritroso. — Uccidi il Monarca! — disse in tono imperioso; e con voce piú sottile, incerta: — Mi stanno alle costole! Mi stanno *tutti* alle costole.

Henry ebbe l'impressione che non ci vedesse.

Il demone tese le mani come un bambino che chiede l'elemosina. — Devi uccidere il Monarca — gemette. — O Beleth mi punirà. — Batté le palpebre sui neri occhi ciechi. — Stammi fuori dalla mente, vecchio! Non ti voglio nella mia mente! — Di scatto si guardò alle spalle. — È il Governo, sai... loro, e la CIA. Hanno tutte quelle macchine per controllarti la mente.

Suonava stranamente familiare. Soprattutto la parte sulla CIA. Che poteva saperne, un demone, della CIA? Henry eseguí una capriola mentale e *capí*! — Aurora — gridò — è il demone che si è impossessato del signor Fogarty!

Sentendo quel nome, l'essere si voltò verso di lui. — Mi dispiace, Beleth — piagnucolò. — Non mi ha obbedito. Aveva una mente troppo scivolosa per tenerla ferma. Non mi ha obbedito. Avevo contro l'intera CIA. — La creatura barcollò verso Henry, con le braccia tese. Aurora urlò. Il demone raggiunse il bordo del circolo protettivo e sparí di colpo, come se qualcuno avesse spento un interruttore.

Dal triangolo provenne un gemito. Henry si voltò di scatto, sicuro che ora avrebbe visto Beleth in persona. Si sentiva lo stomaco di gelatina.

Accucciato sul pavimento c'era qualcuno.

— Pyrgus! — strillò Aurora.

— Non uscire dal cerc... — gridò Henry. Troppo tardi. Aurora stava già attraversando la stanza.

Pyrgus era raggomitolato dentro il triangolo, la testa stretta fra le braccia. Per qualche motivo, dalle suole delle sue scarpe si levavano fili di fumo. Gemette di nuovo.

Aurora lo raggiunse e gli gettò le braccia al collo. — Pyrgus! Pyrgus! — Sempre abbracciandolo, voltò la testa. — Ha funzionato, Henry! Ha funzionato!

Al diavolo!, pensò Henry e uscí dal circolo magico per dirigersi verso la figura nel triangolo. Il demone non ricomparve.

— La mia testa! — mugolò Pyrgus.

Subito Aurora lo lasciò andare e cominciò a frugarsi

in tasca. — A questo provvediamo subito! — Tirò fuori una siringa e infilò l'ago nella coscia di Pyrgus. — Fatto! Me la porto dietro da quando ho saputo che ti avevano avvelenato. È l'antidoto... presto comincerai a stare meglio. — A quel punto, strinse il fratello di nuovo fra le braccia.

Aveva ragione. A poco a poco, Pyrgus smise di oscillare avanti e indietro, e staccò le braccia dalla testa. Aurora lo lasciò andare e si alzò sorridendo. Anche Pyrgus si raddrizzò e si guardò attorno. — Ciao, Henry. Che ci fai qui? — All'improvviso si mise a saltellare su una gamba sola, cercando di togliersi gli stivali. — Maledetta lava! — sibilò.

— Pyrgus — disse Aurora, affannata — nostro padre è morto... assassinato. Adesso sei tu il Monarca. E i Notturni ci hanno attaccati con l'aiuto dei demoni. Ci stanno sconfiggendo!

— Distruggi il libro! — gridò Pyrgus.

Non aveva reagito all'annuncio della morte del padre, pensò Henry. Come se già ne fosse al corrente.

— Distruggi il libro! — ripeté Pyrgus.

All'improvviso Henry si rese conto che diceva a lui. — Come?

— Quello che hai in mano... è *Il libro di Beleth*, giusto?

Henry abbassò lo sguardo sul libro. — Sí... — disse incerto. Poi, piú deciso: — Sí, lo è.

— Distruggilo! — Pyrgus glielo strappò di mano. — Cosí! — Strappò la disgustosa copertina di pelle. Sotto, sottili vermi di luce bluastra serpeggiavano attraverso quello che sembrava un assurdo circuito elettronico. Pyrgus scaraventò il libro sul pavimento. — Saltaci sopra! — ordinò. — Distruggilo!

Henry lo fissò con gli occhi sgranati.

— Insomma! — urlò Pyrgus. — Aiutami! Io non ho le scarpe!

Emergendo dalla sua paralisi, Henry calpestò il libro con forza, mentre il circuito si spezzava inviandogli una leggera scossa lungo le gambe. Non ancora soddisfatto, raccolse ciò che ne era rimasto e lo gettò nel braciere, mentre una fiammata riempiva la stanza di una strana luce verde. Soltanto allora tornò a voltarsi verso Pyrgus. Chissà come, il suo amico sembrava piú alto e piú imperioso.

— Devo vedere subito Archippus — disse Pyrgus.

Anche Aurora lo fissava intimidita. — È in Sala Controllo — disse. — È Reggente per Colias, adesso che papà è morto. Nessuno sapeva dove tu... be', lo sai... — Scrollò le spalle. — Colias era il secondo in linea di successione. Cosí Archippus ha preso il comando mentre tu eri via.

— Ma ora sono qui — disse Pyrgus in tono cupo. Per un momento il suo viso si addolcí e vi comparve un rapido sorriso. — Grazie a voi due. — Poi il sorriso svaní. — Venite... abbiamo del lavoro da fare.

Per un istante i soldati di guardia li fissarono sbigottiti mentre loro uscivano dal pozzo a sospensione, ma un attimo dopo scattarono sull'attenti. — Principe Pyrgus! — esclamò uno di loro.

— È al tuo Monarca che ti rivolgi — gli ricordò Pyrgus.

— Maestà — balbettò il soldato.

Con Pyrgus in testa, furono scortati fino alla Sala Controllo. Qui, Henry vide alcuni globi di cristallo all'interno dei quali guizzavano immagini in movimento. C'era anche un grande tavolo coperto dal modellino di un paesaggio.

— Si sono fermati — disse una voce. A parlare era stato un uomo robusto in uniforme. — I demoni hanno smesso di avanzare.

— Non è possibile! — esclamò un'altra voce.

— E invece sí, Archippus — disse Pyrgus.

Archippus si voltò di scatto, con un'espressione sgomenta sul viso. — Pyrgus! — Un attimo dopo, in tono piú formale, aggiunse: — Principe Ereditario. Che piacere...

— Non piú Principe Ereditario — lo corresse gelido Pyrgus. — Mi accetti come tuo nuovo Monarca?

— Ma... naturalmente, Pyrgus, io... Maestà...

Pyrgus lo interruppe voltandosi verso uno degli uomini in uniforme. — Generale Silvicolus, mi accetti come tuo nuovo Monarca?

— Naturalmente, Maestà — rispose pronto Silvicolus.

— Allora, generale Silvicolus, metti agli arresti il Viceré Archippus.

— Pyrgus! — esclamò Aurora.

— Ai suoi ordini, Monarca — annuí Silvicolus, impassibile. Poi fece cenno alle guardie, che circondarono Archippus.

— Pyrgus! — farfugliò Archippus. — Maestà, che significa?

Pyrgus si fece avanti, fissandolo negli occhi. — Significa che sei un traditore, Viceré — disse a voce bassa.

— Ma Pyrgus... — protestò Aurora — lui è *Archi*!

— Era necessario che ricoprissi la carica di Reggente, Maestà — ribatté Archippus. — Voi eravate assente. Colias è troppo giovane. Il Regno era in pericolo. Qualcuno doveva prendere il comando.

Un sorriso gelido stirò le labbra di Pyrgus. — Beleth mi ha detto tutto mentre ero chiuso dentro la sua gabbia. Incluso il tuo tradimento.

— Tradimento? — Archippus guardò il generale Silvicolus. — Non può credere una cosa del genere! — I suoi occhi guizzarono verso gli altri generali. — Lampides, Podalirio... sapete che è assurdo. — Entrambi ricambiarono il suo sguardo senza una parola.

— Portatelo via — ordinò Pyrgus.

Le guardie lo trascinarono fuori della stanza, travolgendo quasi Colias che stava arrivando di corsa.

Lo sguardo di Colias andò da Pyrgus ad Aurora, si posò un momento su Henry e infine tornò su Pyrgus. — Che succede? Perché portano via Archippus?

— Era un traditore — fu la secca risposta. — Ha tentato di uccidermi. E ha organizzato l'omicidio di nostro padre.

Gli occhi di Colias guizzarono verso la porta. In qualche modo, riuscí ad apparire colpevole e spaventato al tempo stesso. — Come lo sai?

— Me lo ha detto Beleth. Era sicuro che non potessi sfuggire alla morte e mi ha detto tutto per farmi soffrire ancora di piú.

— Ti ha detto qualcosa di me? — chiese rapido Colias.

Pyrgus lo fissò severo. — No, fratello. Avrebbe dovuto?

Colias scosse con forza la testa. — No. No, certo. Mi stavo solo...

— Chiedendo? — concluse Pyrgus per lui.

Colias aveva l'aria di un coniglio in trappola, ma non replicò. Il silenzio si prolungò fino a diventare insostenibile.

— Ma perché? — chiese Aurora, spezzando la tensione. — Perché ci ha traditi? Lo conoscevamo fin da quando eravamo piccoli. Era amico di nostro padre da sempre...

— Le sue simpatie andavano ai Notturni. Era convinto che potessero vincere. — Pyrgus sospirò. — Beleth gli aveva promesso di nominarlo Monarca.

— Archippus? Monarca?

— Non agitarti — disse Pyrgus. — Beleth lo aveva promesso anche a Rodilegno. E a Sulfureo. E probabilmente ad altri cento che non conosciamo. Beleth ha mentito a tutti... è la sua natura. In realtà, voleva impadronirsi del Regno. Ma la collaborazione di Archippus gli era indispensabile. Era il Viceré e noi ci fidavamo di lui.

Aurora scosse la testa. — Ancora non riesco a crederci.

— Archippus teneva un demone nascosto nel Palazzo — proseguí Pyrgus. — Lo usava per trasmettere messaggi a Beleth. Ecco come hanno organizzato l'invasione dei demoni.

— Come mai si sono fermati? — chiese Henry.

— Li hai fermati tu — fu la sorprendente risposta.

Henry guardò Pyrgus, poi Aurora e infine ancora Pyrgus. — Io?

— Distruggendo *Il libro di Beleth*. Era il controllo principale che metteva in comunicazione l'Inferno e il Regno. Una volta distrutto, tutti i portali hanno smesso di funzionare.

— Anche il portale fra questo mondo e il mio?

Pyrgus scosse la testa. — No, solo fra questo mondo e quello dei demoni. Beleth lo avevo preparato secoli fa e lo aveva mascherato con un libro, cosí a nessuno sarebbe venuto in mente di chiuderlo. I riti erano interruttori psicotronici, perciò il volume poteva essere usato per le evocazioni, ma il suo vero scopo era mantenere i portali aperti in modo che i demoni avessero accesso al Regno.

— Però! — disse Henry.

— Dev'essere stato il demone di Archippus che ha costretto l'amico di Henry a uccidere papà — osservò Aurora.

— Accidenti! — strillò Henry.

Tutti lo guardarono allarmati. — Che succede?

— Il signor Fogarty! Con tutto quello che è successo mi sono scordato di lui. Lo abbiamo lasciato in cella... pronto per essere impiccato!

— Dobbiamo tirarlo fuori. — Pyrgus si rivolse a uno dei tanti aiutanti che si aggiravano nei pressi. — Provvedi tu.

— Sí, Maestà.

Sí, Maestà, pensò Henry. Il suo amico era un re. Il nuovo Monarca.

— È stata colpa mia — gemette Aurora, guardando Henry. — Tu volevi che lo liberassi, ma io ero convinta che fosse l'assassino.

— Era quello che volevano farci credere — disse Pyrgus. — Forse il signor Fogarty ha ucciso *materialmente* nostro padre, ma è stato il demone a costringerlo.

— Non penso che sia stato lui a ucciderlo — intervenne Henry. — Penso che Fogarty sia riuscito a sconfiggere il demone.

— Cosa te lo fa pensare? — domandò Pyrgus.

— Poco prima che tu... sí, arrivassi nel triangolo, è comparso un demone...

— Mi ero scordata di dirtelo — interloquí Aurora.

— Quando l'ho visto mi è quasi preso un colpo — proseguí Henry. — Era confuso e penso che fosse quasi cieco. Credeva di parlare con Beleth, e continuava a scusarsi per non essere riuscito a impossessarsi di chi doveva uccidere il Monarca. Secondo me, era il demone che Archippus nascondeva a Palazzo, quello che doveva costringere Fogarty a eliminare vostro padre. Solo che quando ha tentato di entrargli nella mente, è ammattito. È un po' strano... il signor Fogarty, voglio dire...

— È un uomo saggio e potente — replicò serio Pyrgus. — È mia intenzione chiedergli di diventare il nuovo Viceré.

— Ma se non è stato lui a uccidere papà, allora chi...? — chiese Aurora.

— Sospetto che sia stato Archippus — rispose Henry. — Il signor Fogarty era troppo preso a lottare contro il demone che aveva nella testa. Secondo me, quando Archippus si è reso conto che non avrebbe mai sparato, gli ha tolto di mano il fucile, ha ucciso tuo padre e poi ha accusato il signor Fogarty. Dopotutto il mio amico era troppo confuso per contraddirlo.

— Sicuro — intervenne all'improvviso Colias. — Dev'essere andata cosí. — Riuscí quasi a sorridere. — Proprio cosí. È stato Archippus. Soltanto Archippus. Ha fatto tutto da solo.

Pyrgus era uno spettacolo, nella sua veste ufficiale da Monarca. Il pesante mantello e la corona imponente lo facevano apparire molto piú alto di quanto fosse in realtà, e il Trono del Pavone gli conferiva una dignità inconsueta. Aurora occupava un trono piú piccolo accanto a lui: era vestita di bianco ed era assolutamente... Henry deglutí e distolse lo sguardo. Si era già messo nei guai una volta per essersi mangiato con gli occhi la Principessa. Ma adesso lei gli rivolse un sorriso incoraggiante.

La sala del trono, tutta decorata con stendardi dorati, era gremita di cortigiani in abiti vivaci, e al suo centro erano disposte due file di impassibili soldati in alta uniforme. Henry doveva passare in mezzo a loro, e la prospettiva lo terrorizzava.

— Muoviti! — sibilò Fogarty, spunzonandogli la schiena. Cosí bardato com'era, con una lunga veste ricamata a stelline e un cappello a cono, somigliava a un mago eppure sembrava del tutto a suo agio. Una fusciacca con l'emblema del Viceré gli attraversava il petto.

Henry barcollò, poi, ritrovando l'equilibrio, iniziò la lunga marcia verso il trono. Con suo profondo imbarazzo, ogni guardia d'onore scattò sull'attenti al suo passaggio e fra i cortigiani si levò un applauso. Si sentiva la faccia in fiamme, cosí tenne gli occhi fissi sul pavimento e continuò a camminare.

Gli sembrò che ci volesse un'eternità, ma finalmente raggiunse i gradini davanti al trono e, memore delle istruzioni di Fogarty, s'inchinò. Mentre si raddrizzava, vide Pyrgus e Aurora scendere maestosamente i gradini. Chiuse gli occhi per un istante, chiedendosi come aveva fatto a cacciarsi in quella situazione. Quando li riaprí, Aurora gli stava rivolgendo un sorriso radioso. Ma fu Pyrgus a parlare.

— In ginocchio! — ordinò, e la sua voce echeggiò nel salone.

Henry si piegò su un ginocchio. «Come i cavalieri di Re Artú» gli aveva detto il signor Fogarty. Lui, però, non si sentiva un cavaliere. A essere sinceri, si sentiva un cretino. Per nascondere l'imbarazzo, chinò di nuovo la testa.

Nella sala calò un silenzio di tomba.

— Che tutti i presenti sappianc — intonò Pyrgus

con la sua nuova, imperiosa voce ufficiale — che in ricompensa dei coraggiosi e incondizionati servigi resi al Regno e al Monarca, questo cittadino del Mondo Analogo, Henry Atherton, è ora qui compensato con il nobile titolo di Cavaliere del Pugnale Grigio, il piú antico Ordine del Regno, e sarà noto in tutto il Regno con il suo nome elfico: *Acciaio Invitto*! — Un valletto gli consegnò un pugnale grigio posato su un cuscino purpureo. Pyrgus lo prese e lo passò a Henry. — Naturalmente — sussurrò — in privato continueremo a chiamarti semplicemente Henry.

— Grazie — mormorò Henry.

— Alzati, Acciaio Invitto — ordinò Pyrgus.

Risuonò uno squillo di tromba accompagnato da uno scroscio di applausi. — E ora — bisbigliò Pyrgus — non ci resta che una cosa da fare.

Erano in una stradina che rispondeva all'appropriato nome di Via Schiumarola e stavolta, per fortuna, Henry non si trovava al centro dell'attenzione. Pyrgus era accanto a lui, vestito come quando lo aveva visto la prima volta. Tutt'attorno erano schierati i soldati dall'aria piú tosta che avesse mai visto.

— Eccola. — Pyrgus fece un cenno. — Mio padre non voleva chiuderla per motivi politici, ma ormai i Notturni sono in fuga, perciò presumo di poterne fare quello che mi pare.

Henry pensava che la fabbrica di colla in fondo al vicolo avesse un aspetto davvero squallido. Era coperta di sudiciume e avvolta dal fumo, ed era piú tetra di qualunque altro edificio avesse mai visto in vita sua. A un segnale di Pyrgus, i soldati spinsero avanti un'enorme macchina che ricordava un po' una catapulta. Il capitano delle guardie azionò personalmente il meccanismo che ne tirava indietro il braccio.

— Gli animali sono stati evacuati? — chiese Pyrgus.

— Sí, Sire.

— E le persone?

— Sí, Sire.

Pyrgus si voltò verso Henry. — Uno dei proprietari, Bombix, è in prigione. E ci resterà per un pezzo. L'altro, Sulfureo, è uccel di bosco, ma prima o poi lo troveremo.

Henry si passò la lingua sulle labbra. Era affascinato dalla catapulta. Quattro soldati spinsero nel cucchiaio una roccia gigantesca.

— Avete applicato il rivestimento incendiario? — chiese Pyrgus.

— A volontà, Sire — gli assicurò il capitano, finendo di riavvolgere le funi. A quel punto, inserí un cuneo per bloccare la manovella. — Pronti, Monarca!

Pyrgus fissò la fabbrica con determinazione. — Fuoco — ordinò.

Il capitano tolse il cuneo e indietreggiò rapido. Henry sentí una raffica di vento, mentre l'enorme cucchiaio scattava in avanti con violenza inimmaginabile. Guardò la roccia tracciare un arco al di sopra dei tetti per ricadere come un meteorite sulla fabbrica.

Atterrò esattamente al centro del tetto, di lato a una ciminiera, e lo attraversò come se fosse di cartapesta. Per un istante, seguí un totale silenzio, poi il rivestimento incendiario entrò in azione.

Una cortina di fiamme eruttò dal fianco dell'edificio, spaccando mura e finestre, facendo crollare i tetti, scaraventando in aria pietre e travi. Il rumore era assordante. Henry guardò i camini rotolare, i tubi di metallo trasformarsi in scorie, i macchinari fondersi, mentre l'intera struttura veniva cancellata dal fuoco. Finí tutto in pochi istanti. Al posto della fabbrica della Colla Miracolosa di Bombix & Sulfureo rimase solo una fumante desolazione che sfociava nelle Piane Selvagge.

— Per i gattini — sussurrò Pyrgus.

Il signor Fogarty disse a Henry che poteva usare il cubo dove gli pareva, perché avrebbe comunque aperto un portale, però era meglio farlo all'aperto. Quindi, decisero tutti di salutarsi nei giardini del Palazzo.

— Tienimi d'occhio la casa — gli raccomandò il vecchio. Indossava un'incredibile tunica bordata di ermellino che, a sentir lui, era la veste ufficiale. — Verrò a fare un salto ogni tanto, però penso che passerò qui la maggior parte del mio tempo. — Lanciò un'occhiata al cielo e aggiunse serio: — I Servizi Segreti non sanno ancora come arrivare quaggiú, perciò è probabile che per un po' mi lascino in pace.

— D'accordo — disse Henry. Avrebbe avuto problemi con i suoi, ma non gliene importava.

Pyrgus gli mise una mano sulla spalla, guardandolo negli occhi. — Voglio ringraziarti anch'io, Henry. Ti devo la vita.

Henry arrossí. — Non è stato niente — borbottò imbarazzato. — Insomma, ecco... — S'interruppe, senza sapere cosa dire. Dopo un momento aggiunse: — Be', ora devo proprio andare.

— Henry? — disse Aurora.

Il ragazzo si voltò verso di lei, mentre si toglieva il cubo di tasca. Era la prima volta che gli parlava da quando si era rimesso i suoi vecchi abiti. — Sí?

— Ricordi quando hai detto che eri stato sfortunato a vedermi senza vestiti?

Henry diventò ancora piú paonazzo di quando Pyrgus lo aveva ringraziato. Deglutí e annuí. — Sí. Pe... p... perché?

— Lo pensavi sul serio, quando hai detto che sono bella? — gli chiese lei, sorridendo timidamente.

Trentaquattro

Anche se era stato via soltanto una notte, si aspettava una scenata, quindi si era preparato una storia da raccontare. Avrebbe detto di essere andato a trovare Charlie, e di essere stato poi invitato dai suoi a passare la notte lí. Avrebbe detto anche di aver provato a telefonare per avvertire i genitori, ma la linea era interrotta. Suonava abbastanza convincente – in fondo, era capitato spesso che si trattenesse a dormire dai Severs. Naturalmente, doveva sperare che i suoi non avessero chiamato a casa di Charlie. In tal caso era fritto. Fritto e strafritto, perché avrebbero capito che mentiva per nascondere qualcosa. Ma cos'altro poteva dire? Era quanto di meglio gli fosse venuto in mente.

Appena mise piede in casa, però, scoprí che i suoi genitori erano troppo presi dai loro problemi per preoccuparsi di lui.

— Ciao — disse, ansioso di superare il primo impatto. — Scusate se sono rimasto fuori senza avvertirvi. Ero da Charlie. Il telefono non funzionava. — Aspettò. Adesso avrebbe scoperto se avevano chiamato i Severs.

Sua madre comparve accigliata sulla soglia della cucina. — Oh, Henry. Avevamo immaginato che fossi rimasto da loro. Puoi venire qui un minuto?

In cuor suo, Henry gemette. Era sollevato che avessero bevuto la sua storiella, ma ora lo aspettava un'altra di quelle odiose conferenze-in-cucina. Sperava che fosse breve. Aveva solo voglia di andare a letto.

Gli sprofondò il cuore quando vide anche suo padre in cucina, benché per lui fosse passata da un pezzo l'ora di andare al lavoro. Un'altra novità. L'unica nota positiva era l'assenza di Aisling. Rimase impalato accanto alla porta e aspettò.

— Henry — esordí la madre... Era sempre lei che prendeva la parola per prima in queste piccole riunioni di famiglia — tuo padre ci lascia.

Henry annuí. Si sentiva intorpidito. — Lo so. Me l'avete detto.

Sua madre scosse la testa. — No, non voglio dire fra qualche settimana o fra un paio di mesi. Ha trovato un appartamento. — Lanciò un'occhiata al marito, che si sforzò di abbozzare un sorriso. — Ne abbiamo parlato e abbiamo deciso che era inutile prolungare l'agonia. Traslocherà questo fine settimana. Volevamo solo dirti... rassicurarti... che questo non avrà su di te nessuna... sí... conseguenza. Vivrai sempre qui, avrai sempre la tua stanza e i tuoi modellini. E la scuola. Tu, io e Aisling formeremo ancora una famiglia, e vostro padre vi verrà a trovare spesso, perciò...

— Mezzo e mezzo — la interruppe Henry.

Sua madre sbatté le palpebre. — Come?

— Non è giusto — disse Henry con fermezza — che io stia tutto il tempo con te. Voglio passare sei mesi all'anno con mio padre. — Si voltò a guardarlo. — Per te va bene? C'è posto a casa tua?

— Ah... io... be', sí. Sí, certo che va bene — balbettò stupefatto suo padre. — Sí, se è questo... insomma, se è questo che vuoi.

— È questo che voglio. Penso che anche Aisling dovrebbe fare lo stesso, ma questo sta a lei deciderlo.

— Un momento, Henry — intervenne sua madre. — Questo potrebbe essere molto scomodo. C'è la tua scuola e... — Ammutolí sotto lo sguardo del figlio.

— Sono sicura che riuscirai a trovare una soluzione — disse Henry, voltandosi per uscire dalla cucina. — Ci riesci sempre.

Il porcello volante era ancora sul cassettone. Per un attimo, gli sembrò piú assurdo di qualunque cosa avesse visto nel Regno. Girò la manovella, e il porcello s'innalzò sul pilastro battendo con forza le ali.

I porcelli possono volare.

Scosse la testa con un mezzo sorriso. Era incredibile quello che era successo. Sorprendente. Sbalorditivo. Si tolse di tasca il pugnale e lo fissò, ricordando. Poi si guardò intorno. Sullo scaffale in cima al guardaroba c'era una scatola da scarpe dove conservava l'attrezzatura per i suoi modellini. Nessuno andava mai a guardarci dentro. Aprí il guardaroba, indietreggiò in fretta per evitare una valanga di paccottiglia varia, e recuperò la scatola. Quando la aprí, ne uscí un odore di colla che gli ricordò Via Schiumarola.

Si tolse il cubo di tasca. Aveva la sensazione che l'avrebbe usato di nuovo fra non molto, ma per ora doveva metterlo al sicuro. Lo depose con il pugnale nella scatola, che rimise sullo scaffale. Nonostante tutto, la vita sembrava in fase di miglioramento.

Acciaio Invitto, pensò. Cavaliere del Pugnale Grigio.

E Aurora gli aveva sorriso.

IL NUOVO RE

Per Steve. Con affetto
e grazie di cuore

Uno

La casa del signor Fogarty si trovava in fondo a un vicolo cieco. Le finestre bloccate da assi le davano un'aria abbandonata, ma dal momento che erano cosí anche quando il signor Fogarty ancora ci abitava, Henry sperava che i vicini non notassero la differenza. Del resto nessuno dotato di un minimo di buonsenso si sarebbe sognato di andarlo a trovare. All'ultimo visitatore, il signor Fogarty aveva spezzato un braccio con una mazza da cricket.

Pur avendo le chiavi dell'ingresso principale, Henry preferí passare dal retro. Il giardinetto era buio come al solito – il signor Fogarty aveva messo una staccionata altissima per impedire ai vicini di spiarlo – e poco invitante: nient'altro che una distesa d'erba grigiastra coperta qua e là di muschio, e la rimessa accanto al cespuglio di buddleia dove Henry aveva incontrato Pyrgus per la prima volta. Andò verso il cespuglio, uno dei covi preferiti da Poutpourri, e chiamò: — Poutpourri! Vieni, micio! È ora di cena!

Poutpourri doveva essersi rintanato fra le erbacce, perché comparve subito, la coda ritta, e cominciò a strofinarsi contro le sue caviglie. — Ciao, Poutpourri — lo salutò il ragazzo. Il vecchio gatto gli stava simpatico, anche se aveva reso il posto uno scannatoio per ratti, topi, uccelli e conigli.

Si diresse verso la porta sul retro, muovendosi con cautela mentre Poutpourri continuava a corrergli fra i piedi. Appena Henry aprí la porta, il gatto entrò di corsa, chiaramente ansioso di ricevere la sua razione di cibo. Il signor Fogarty gli aveva sempre dato una schifezza puzzolente che costava meno di 25 pence a scatoletta. In mancanza di meglio Poutpourri mangiava anche quella, però preferiva di gran lunga il Whiskas. Non si era mai strusciato al signor Fogarty come si strusciava a Henry.

Il ragazzo aprí la credenza e tirò fuori due scatolette e una ciotola di latta.

— Ti rendi conto che lo stai rovinando, quel gatto? — brontolò una voce dall'ombra.

Preso alla sprovvista, Henry lasciò cadere la ciotola che piombò rumorosamente sul pavimento, mentre Poutpourri schizzava verso la porta con un miagolio di protesta.

Due

— Coniglio! — sbuffò Sua Grazia la Principessa Aurora.

— Non sono un coniglio! — protestò Pyrgus. — Voglio solo rendermi conto di quello che farà. — Sfogliò il catalogo con calma ostentata, e sontuosi incantesimi di animazione fecero fremere le ali delle farfalle dipinte.

— Sai esattamente quello che farà — replicò Aurora. — I tatuaggi tradizionali sono gli stessi da secoli! E li hai visti migliaia di volte su nostro padre. — I suoi occhi si velarono. — Quando era vivo.

— Sí, sí. — Pyrgus girò un'altra pagina.

— Allora che aspetti?

Pyrgus bofonchiò qualcosa sottovoce.

— Che hai detto? — fece Aurora.

— Non mi piacciono gli aghi — borbottò il fratello a voce un po' piú alta.

Si trovavano negli appartamenti privati del Monarca... ora di Pyrgus. Il Regio Scalpellatore stava aspettando fuori da quasi un'ora.

— Lo so che non ti piacciono gli aghi — disse Aurora in tono piú dolce. — Però devi farlo. E devi farlo subito, altrimenti ti pruderanno ancora il giorno dell'Incoronazione. È fuori discussione che il nuovo Monarca si gratti durante la cerimonia... penserebbero che hai le pulci.

— Potrei usare un incantesimo di guarigione.

— Potresti darti una mossa — sbottò Aurora. — Hai già rispedito indietro due volte quel pover'uomo. Stringi i denti e falla finita.

— E va bene — si arrese Pyrgus. Rivolse un cenno al valletto impalato accanto alla porta. — Fallo entrare.

Il valletto spalancò il battente e si sprofondò in un inchino. — Sir Tristano Aphantopus — annunciò a gran voce. — Regio Scalpellatore.

L'uomo che entrò impettito fece tornare in mente ad Aurora il suo vecchio nemico Jasper Bombix. Come lui, infatti, era sovrappeso e aveva un debole per gli abiti stravaganti: in quel momento indossava una lunga veste di seta cangiante, e fra le pieghe intessute di illudincanti fluttuavano ninfe sfocate. Ma la somiglianza finiva lí. Incedeva con passo scattante, e bastava guardare gli occhi per capire che non era un Notturno. Dietro di lui venivano due aiutanti segaligni, che spingevano un carrello carico di barattolini multicolori, diverse bottiglie e un vassoio dov'erano disposti gli aghi tanto temuti da Pyrgus.

Lo Scalpellatore s'inchinò con fare cerimonioso davanti al Principe. — Vostra Maestà. — Si voltò verso la Principessa per indirizzarle un inchino meno profondo. — Vostra Grazia.

Aurora notò che aveva mani delicate e piuttosto belle. — Mio fratello è pronto — disse in fretta, prima che Pyrgus potesse cambiare idea.

Pyrgus le lanciò un'occhiataccia, ma a quanto pareva anche lui era deciso a farla finita. Si rivolse a Tristano Aphantopus e gli disse con enfasi: — Sono nelle tue mani, Scalpellatore. Sbrighiamoci.

I due assistenti stavano già stappando barattoli e bottiglie e disponendo accanto agli aghi una sfilza di strumenti scintillanti. Aurora vide il fratello impallidire. A giudicare dall'attrezzatura, sembravano pronti ad affrontare un'operazione chirurgica.

— Presumo che Sua Maestà gradirebbe conoscere le possibili alternative — esordí in tono solenne Tristano Aphantopus.

Pyrgus lo fissò confuso, e Aurora temette che ancora una volta decidesse di battere in ritirata. Invece si limitò a dire: — Alternative? Sí, mi piacerebbe conoscerle.

— Secondo la tradizione — intonò Tristano Aphantopus — i tatuaggi sono eseguiti senza anestesia né ausilio magico di alcun genere, a parte una piccola trasfusione nel caso il regio dissanguamento debba superare il litro l'ora.

— Dissanguamento? — squittí Pyrgus. — Un litro l'ora?

— In effetti succede di rado — lo rassicurò Tristano Aphantopus. — A meno che, è ovvio, non capiti di recidere un'arteria durante la Regia Trasposizione.

— La Regia Trasposizione? — gli fece eco Pyrgus. Aurora gli si accostò con aria indifferente, pronta a sorreggerlo in caso di svenimento.

— Prima di procedere con i tatuaggi, dovremo prelevare un consistente campione di tessuto per valutare su di esso gli effetti delle tinture. Una precauzione in caso di reazioni allergiche. Prima si esegue un tatuaggio sul campione: un'ape, per l'esattezza; poi, in assenza di reazioni, si procede con i tatuaggi rituali sul corpo di Vostra Maestà. Di solito il campione è prelevato dal regio didietro.

Aurora era sicura che Pyrgus avrebbe protestato. *Lei* avrebbe protestato: una cosa del genere significava non potersi sedere per una settimana. Invece suo fratello si limitò a chiedere: — Un'ape? Perché proprio un'ape?

— Non ne ho la piú pallida idea — ammise Tristano Aphantopus. — Mi limito a rispettare la tradizione. — Fissò Pyrgus per qualche momento, come aspettandosi altre domande, e riprese bruscamente: — Ma stavo spiegando le alternative alla Maestà Vostra. Come dicevo, il metodo tradizionale esclude l'uso sia di anestetico che di magia, ma uno dei vostri illustri avi, il Monarca Scolitandes il Fiacco, decretò che il Monarca Designato avrebbe potuto scegliere di sottoporsi ai tatuaggi rituali sotto anestesia generale o locale — accennò alle bottiglie sul carrello — usando particolari erbe. Oppure, a scelta, usare un conincanto che lo avrebbe reso temporaneamente immune al dolore. — S'interruppe e inarcò un sopracciglio. — La Maestà Vostra gradirebbe comunicarmi l'alternativa di sua scelta?

Pyrgus stava fissando preoccupato il carrello. — A che servono quegli strumenti? Per prelevare il campione di tessuto?

— No, sire. Vostra Maestà ricorda che fra i miei compiti secondari rientra quello di radere la testa di Vostra Maestà nella Regia Tonsura. Gli strumenti hanno forse un aspetto sgradevole, ma quella parte della procedura è assolutamente indolore. A meno che Vostra Maestà non faccia movimenti bruschi.

— È proprio necessaria, la tonsura? — chiese Pyrgus. Ci teneva parecchio ai suoi capelli.

Tristano Aphantopus annuí. — Assolutamente. Vostra Maestà è anche capo della Chiesa della Luce, perciò la tonsura è indispensabile. Ma se Vostra Maestà lo desidera, potrei utilizzare i capelli rasati per fare un toupet che la Vostra Maestà potrà usare quando non sia impegnata in cerimonie ufficiali.

— Sí — disse in fretta Pyrgus. — Sí, d'accordo.

— E riguardo all'alternativa scelta da Vostra Maestà? Anestetico, conincanto...?

— Cosa scelse mio padre?

Per la prima volta l'espressione di Tristano Aphantopus si addolcí. — Vostro padre, sire, scelse il metodo tradizionale: né incantesimi né anestetico. Non ci fu neanche bisogno che i miei assistenti lo tenessero fermo.

Aurora s'irrigidí. Erano passate solo poche settimane dalla morte del padre: una morte orribile, procurata da un'arma del Mondo Analogo che gli aveva spappolato metà faccia. Quando era vivo, lui e Pyrgus non erano mai andati molto d'accordo; anzi, a un certo punto le cose fra loro si erano messe talmente male che Pyrgus aveva abbandonato il Palazzo per vivere come un cittadino qualunque. Che avrebbe fatto, adesso? Avrebbe seguito l'esempio del defunto Monarca?

— In tal caso farò come lui — annunciò Pyrgus in tono regale, e cominciò a sbottonarsi i calzoni.

Aurora si eclissò discretamente. Era fiera del fratello e lieta della sua scelta, ma non ci teneva ad assistere al prelievo del campione di tessuto.

C'erano ancora un milione di cose da fare prima dell'Incoronazione. Ordinare la foglia d'oro per rivestire la Cattedrale, le candelincanto per la navata, i doni per gli invitati; scegliere i musici; organizzare i giochi per i festeggiamenti; provvedere ai conigli per la Distribuzione Rituale; e poi bisognava occuparsi della Guardia d'Onore, delle donazioni al clero, del Vascello di Gala, dei sette gruppi di evocatori, del Coro di Canveri, del Sostegno Maschile – Pyrgus aveva insistito che fosse Henry, e Aurora non era neanche sicura che il Viceré Fogarty lo avesse già contattato – del Sostegno Femminile, cioè lei stessa, a parte che ancora doveva fare le prove per l'abito, del Saluto Solenne, della nuova statua da inaugurare in Piazza Grande, del menu per il ricevimento... la lista proseguiva all'infinito.

E toccava a lei occuparsi di tutto, dal momento che Pyrgus si rifiutava di prendere la cosa sul serio.

Si stava dirigendo verso la sua stanza e la temuta lista delle "Cose da Fare", quando d'impulso decise di togliersi il pensiero dell'abito. Girò sui tacchi e scese i ripidi, stretti scalini che conducevano agli alloggi della servitú. Non era una parte del Palazzo che visitasse di solito – se la Principessa aveva bisogno di qualcosa, erano i servi ad andare da lei – ma per tradizione l'abito indossato dal Sostegno Femminile era fatto di seta filiera e *senza l'uso di incantesimi.*

Assurdo, ma era la tradizione. Tutti sapevano che la seta filiera era la sostanza piú fragile del mondo... finché non si stabilizzava. Dopo, è chiaro, diventava la piú resistente. Purtroppo, per ottenere lo straordinario effetto aderente che la rendeva tanto preziosa, era necessario provare l'abito prima che il tessuto si stabilizzasse. Provarlo con *grande attenzione,* dal momento che non era permesso usare uno stasincanto. Con un pizzico di fortuna la seta non si stracciava e avevi l'abito piú splendido del Regno. In caso contrario le Filaseta ne preparavano un altro – a prezzo esorbitante – e si ricominciava daccapo.

La maggior parte dei clienti, nobili compresi, dovevano recarsi nei padiglioni commerciali delle Filaseta, sopra i pozzi filieri. Solo per una specialissima concessione l'abito della Principessa era stato tessuto e cucito all'interno del Palazzo. Aurora sarebbe stata ben lieta di offrire alle Filaseta un appartamento di rappresentanza, ma loro avevano preferito sistemare il laboratorio negli alloggi della servitú. Ne scoprí il motivo appena vi mise piede.

— Perché fa cosí freddo? — chiese, sbuffando nuvolette di vapore.

Una delle Filaseta alzò lo sguardo dal lavoro. Non sembrava particolarmente impressionata dall'improvvisa comparsa della Principessa. — È impossibile lavorare il tessuto a temperature piú alte — rispose.

— Sono venuta per provare il vestito — annunciò Aurora. Rabbrividendo, si strinse le braccia attorno al corpo. — È pronto?

La Filaseta – una donna alta ed elegante, con capelli lunghi fino alla vita e un abito stupendo – si alzò e le andò incontro. Era questa la caratteristica piú portentosa della seta filiera: faceva apparire incantevole ogni donna... cioè ogni donna abbastanza ricca da potersela permettere.

— Naturalmente, Vostra Grazia. Venite.

Aurora la seguí in silenzio. A giudicare dalla quantità di stoffa che vedeva attorno a sé, le Filaseta dovevano aver trasferito l'intero laboratorio nel Palazzo. Sperava solo che non vi avessero trasferito anche i filatori. Non aveva niente contro i ragni, addirittura ne possedeva illegalmente uno psicotronico, ma i filatori erano grossi come terrier... troppo, perfino per lei.

La Filaseta spalancò una porta che dava in una stanza piú piccola dove, su un manichino di legno e illuminato dal bagliore soffuso di un lucciglobo, troneggiava uno stupefacente abito color porpora e oro. La stoffa scintillava come se fosse intessuta d'incantesimi.

Suo malgrado Aurora trattenne il fiato. — È... incredibile.

La Filaseta accennò un sorriso. — Sí, Vostra Grazia.

— Come ti chiami? — le chiese Aurora.

— Fior di Pesco, Vostra Grazia.

— È la cosa piú bella che abbia mai visto, Fior di Pesco — ammise la Principessa, avvicinandosi all'abito. Anche se là dentro la temperatura era forse di qualche grado superiore a quella nel laboratorio, il suo fiato continuava a condensarsi. — Devo svestirmi per provarlo?

— Sí, Vostra Grazia. Il calore corporeo è indispensabile per stabilizzare la seta in modo che aderisca perfettamente alla vostra figura. Sempre che non si stracci mentre lo infilate.

— Farò attenzione — promise Aurora.

La stoffa aveva un che di... elusivo. Non esattamente scivolosa, ma in un certo senso sgusciante, come se appartenesse a un'altra dimensione. Aurora desiderava disperatamente infilarlo in tutta fretta, ma costrinse le dita intorpidite a muoversi con lenta sicurezza. L'abito le scivolò sulla testa e sul corpo come una patina di olio profumato. Sentí subito piú caldo mentre i fili di seta cominciavano a stabilizzarsi.

— Benissimo, Vostra Grazia! — disse Fior di Pesco. — Ora potete muovervi, non c'è piú alcun rischio.

Aurora fece un passo, e il vestito ondeggiò attorno a lei. Di colpo si sentí piena di energia, come se qualcuno avesse acceso un coneuforico.

— Vi sta alla perfezione, Vostra Grazia. Venite, vi prego, e mostratelo alle altre Filaseta.

Aurora non si era mai curata molto del proprio aspetto, ma ora si sentiva attraente. Si sentiva bella. Si sentiva elegante almeno quanto la Filaseta. Ogni movimento era un passo di danza. Non c'era da stupirsi che le Filaseta chiedessero prezzi cosí folli per le loro creazioni: indossare un abito di seta filiera era un'esperienza assolutamente unica.

Quando rientrò nel laboratorio, fu accolta da applausi. Diverse Filaseta si alzarono in piedi sorridendo. Aurora ricambiò grata il loro sorriso, ma in quel momento di esultanza le balenò un pensiero inatteso: "Chissà quando Henry Atherton mi vedrà cosí!"

Tre

L'uomo che emerse dall'ombra era alto, magro e indossava una lunga veste color indaco, dove erano ricamati schemi elettrici e simboli zodiacali. Trapassò Henry con lo sguardo. — Lo sai che là dentro ci mettono droga per gatti? Cosí diventano dipendenti da quella roba e non mangiano altro. Perciò costa tanto.

Gli occhi di Henry andarono dalla scatoletta che aveva in mano all'alta figura corrucciata. — Signor Fogarty! Che ci fa qui?

— Io abito qui — fu l'acida risposta.

— Di sicuro non in quest'ultimo mese. — All'improvviso Henry sentí dentro di sé una strana eccitazione. — Come sta Pyrgus? Tutto bene nel Regno? E come sta... — si sforzò di usare un tono disinvolto — ... ehm, la Principessa Aurora?

Fogarty si chinò ad aprire l'armadietto sotto il lavandino, ne tirò fuori una scatoletta e cominciò a rovistare nel cassetto del tavolo alla ricerca di un apriscatole. La scatoletta era cosí vecchia che neanche aveva l'apertura a strappo. — Pyrgus è un disastro. Quel ragazzo non vive nel mondo reale, perciò come può governare un impero? Quanto al Regno... be', è di questo che volevo parlarti. — Notò l'espressione di Henry e aggiunse: — Non preoccuparti, la tua fidanzatina sta bene.

— Non è la mia fidanzata! — protestò Henry arrossendo.

Senza neanche ascoltarlo, Fogarty prese un coltello dal cassetto e lo usò per trasferire grumi grigiastri dalla scatoletta alla ciotola. Poutpourri, che si era ripreso dallo spavento, era tornato in cucina e lo osservava con aria interessata. — Apparentemente fila tutto liscio — riprese Fogarty. — In linea di massima i Notturni si comportano bene. Rodilegno si è dato una calmata. Circolano voci di una catastrofe nel Regno di Infera, anche se personalmente non ci credo. Comunque di sicuro i portali sono chiusi e perciò per il momento i demoni non possono procurarci altri guai. Si fa un gran parlare di stringersi la mano, colombe della pace e fesserie del genere. Ma in realtà non è cambiato niente.

Posò la scodella sul pavimento e aspettò. Poutpourri si avvicinò trotterellando, l'annusò appena, girò la coda e si sedette dandole la schiena. — Hai visto? Rifiuta dell'ottimo cibo, cibo normale... È come un drogato che vuole la sua dose!

— Signor Fogarty, quella roba non gli è mai piaciuta. Puzza da fare schifo e sembra...

— Quando c'ero io la mangiava senza tante storie — lo interruppe il vecchio. — Soprattutto quando aveva fame. — Sbuffò. — Tanto vale dargli quella scatoletta che hai in mano, ormai lo hai trasformato in un tossico.

Henry decise che non era il caso di discutere. Gettò la poltiglia vomitevole nella spazzatura, sciacquò la scodella e la riempí di Whiskas. La coda di Poutpourri scattò verso l'alto e il gatto si catapultò sul cibo.

Fogarty prese una sedia, la piazzò davanti al tavolo e si sedette. — Un paio di cose. Dunque... Pyrgus vuole farti traslare per la sua Incoronazione. — Per un momento Henry lo fissò confuso, ma poi si ricordò che nel Regno chiamavano *traslare* il passaggio da un mondo all'altro. — C'è qualcosa chiamato "Sostegno Maschile" — proseguí Fogarty. — Una specie di testimone dello sposo. E lui vuole che sia tu. Ti toccherà vestirti da idiota.

Henry fissò l'abbigliamento del signor Fogarty, ma

non fece commenti. Sentí un sorriso stirargli le labbra. Aspettava solo un pretesto per tornare in quel posto fantastico che era il Regno. Per giunta da quelle parti lui era una specie di eroe. Aveva vissuto avventure incredibili, e salvato Pyrgus da Infera. Sarebbe stato bello rivedere Pyrgus. E Aurora. Soprattutto Aurora. Sostegno Maschile, eh? Quello che per il signor Fogarty era "vestirsi da idiota" significava probabilmente qualche costume colorato e sfarzoso... qualcosa che gli avrebbe fatto fare un figurone davanti ad Aurora.

— Quand'è l'Incoronazione?

— Fra due settimane, di sabato. I festeggiamenti durano tre giorni, però tu dovresti arrivare venerdí per provare l'abito da cerimonia.

L'eccitazione di Henry si sgonfiò come un palloncino. Poteva imbrogliare sua madre per una notte, mettersi d'accordo con Charlie e fingere di restare a dormire da lei, ma sparire per quattro giorni era fuori discus sione. — Non posso andarmene per tanto tempo.

— Hai altri impegni, o non sai cosa raccontare ai tuoi genitori?

— Non ho nessun impegno. E anche se ne avessi, li rimanderei. Sono i miei genitori... cioè, solo mamma, in effetti. Non vedo papà molto spesso. — Di colpo si rese conto che, mancando da tanto tempo, il signor Fogarty non poteva sapere cos'era successo. — Vivo con mamma e basta, papà abita per conto suo. Se sparissi per quattro giorni, lei vorrebbe sapere dove sono finito.

Fogarty scrollò le spalle. — Nessun problema, per questo: puoi usare un lete.

Henry batté le palpebre. — Che cos'è un lete?

— Serve a fare dimenticare le cose. Le vai vicino, le spezzi un cono sotto il naso, e lei si scorda perfino di *avere* un figlio. C'è qualcun altro, in casa?

— Mia sorella Aisling — rispose Henry, sgranando gli

occhi. Aveva visto operare incantesimi nel Regno, ma non lo aveva mai sfiorato l'idea di poter fare qualcosa del genere anche lui.

— Te ne fornirò una scatola: non si sa mai quando possono tornarti utili. Dovrai usarne uno per ciascuna. E sta' attento a trattenere il fiato finché sei nella stanza.

— Grazie. — All'idea di fare una fattura alla sorella, Henry provò una sensazione di calore allo stomaco.

— Allora dico a Pyrgus che verrai?

— Sicuro!

— Bene. Ora la seconda cosa. Ho deciso di restare... per sempre.

— Qui? — chiese Henry.

Provava emozioni contrastanti, ma soprattutto sollievo. Da quando Pyrgus aveva nominato il signor Fogarty Viceré del Regno degli Elfi – difficile credere che fossero passate appena poche settimane! – il vecchio aveva diviso il suo tempo fra il Palazzo e il proprio mondo. In sua assenza Henry teneva d'occhio la casa e dava da mangiare a Poutpourri. Ma ultimamente il signor Fogarty era rimasto assente per periodi sempre piú lunghi, e Henry non sapeva come se la sarebbe cavata quando, a settembre, sarebbe ricominciata la scuola. Già cosí era una situazione abbastanza delicata: sua madre non nutriva una gran simpatia per il signor Fogarty.

— No — replicò il vecchio scuotendo la testa. — Nel Regno. Come ho detto, in apparenza fila tutto liscio, ma sotto sotto non è cambiato niente. Nonostante le sue chiacchiere su ponti da costruire e tutti i "vogliamoci bene", Rodilegno continua a complottare. E Pyrgus non capisce un fico secco di politica... non gli interessa, ecco. Per giunta è un'anima candida: è convinto che qualunque cosa uno gli dica sia la verità. Se vuole tenersi stretto il trono ha bisogno che io gli guardi le spalle. E sospetto che sarà un lavoro a tempo pieno.

— Sí — Henry annuí pensoso. Probabilmente il signor Fogarty aveva ragione. A parte tutto, Pyrgus era terribilmente giovane per diventare Monarca: aveva solo pochi anni piú di lui. Poi notò l'espressione del signor Fogarty e chiese: — C'è dell'altro, giusto?
— Sei meno tonto di quanto sembri. — L'uomo scosse la testa. — Sí, c'è qualcos'altro. Sto invecchiando. Ormai ho piú di settant'anni e ho superato la data di scadenza. Ho l'artrite e, se provo a fare una corsetta, mi ritrovo senza fiato dopo neanche quindici metri. Qui tirerei avanti alla meno peggio altri cinque anni, dieci se mi va bene, ma nel Regno hanno certe cure speciali che potrebbero garantirmene trenta... e sbarazzarmi dell'artrite. Però non funzionano se continuo a saltellare avanti e indietro. Fattori ambientali, roba cosí. Il fatto è che, una volta iniziata la cura, la tolleranza a questo mondo va a picco. E io l'ho appena iniziata. Piú resto qui, piú rischi corro. Perciò stavolta, quando tornerò nel Regno, ho intenzione di restarci.
— Ma che farà della casa?
Fogarty lo fissò pensoso. — È per questo che sono tornato.

Quattro

Chissà come, l'abito aiutò Aurora a mettere le cose nella giusta prospettiva. Anche se ormai se l'era tolto per indossare come al solito casacca e calzoni, non si sentiva piú cosí allarmata al pensiero di organizzare l'Incoronazione. D'accordo, rimaneva parecchio da fare, ma in fondo mancavano ancora due settimane. E non era vero che a Pyrgus non importasse. In realtà l'intera faccenda lo sconvolgeva. Non aveva mai desiderato diventare Monarca, né desiderava diventarlo ora, perciò si rifiutava di pensarci. Forse era meglio cosí. Quel ragazzo era capace di mandare a rotoli praticamente qualunque cosa. Meglio lasciare a lei il compito di organizzare: ci sapeva fare e aveva tutto l'aiuto che le serviva.

Svoltò un angolo e andò a sbattere contro il fratellastro, Colias. Stava mangiando qualcosa che gli aveva fatto diventare le labbra scarlatte. Era ingrassato parecchio dalla morte del padre.

— Scusa — bofonchiò lui. Si lanciò un'occhiata alle spalle come se temesse di essere seguito e le rivolse un sorrisetto forzato. — Vai di fretta, sorellina.

Aurora detestava essere chiamata "sorellina" e l'irritazione la rese brusca. — Ho parecchio da fare. — Neanche Colias aveva alzato un dito per aiutarla a organizzare i festeggiamenti, e non si sentiva affatto disposta a perdonarlo.

— In camera tua c'è qualcuno che ti aspetta — la informò il fratellastro.

Aurora batté le palpebre. — Come lo sai? — Anche se

in realtà avrebbe voluto chiedergli: "Che ci facevi in camera mia?"

Colias scrollò le spalle nel suo solito modo esasperante e riprese a camminare.

— Chi è? — domandò Aurora.

Per tutta risposta il ragazzino agitò una mano senza voltarsi. — Una delle tue *spie*, suppongo.

— Cosa mangi? — gli gridò dietro Aurora. — E che ci facevi in camera... — Troppo tardi. Colias era sparito in un corridoio laterale.

Schiumando di rabbia, Aurora si diresse a passo svelto verso i suoi appartamenti.

In camera non c'era nessuno, a parte la cameriera che faceva le pulizie. Stava per andarsene, giurando di vendicarsi di Colias per averle fatto perdere tempo, quando una specie di solletico mentale la bloccò. I suoi occhi percorsero rapidi la stanza mentre un fremito le scendeva lungo la schiena. Qualcosa non andava. Per un momento non riuscí a capire di che si trattasse, ma di sicuro qualcosa era fuori posto.

Controllò mentalmente i mobili. Sembrava che niente fosse stato spostato. Lanciò un'occhiata alla toletta. C'era tutto. Eccetto il portagioie che conteneva il suo ragno psicotronico, naturalmente: quello lo aveva infilato in un cassetto prima che la cameriera venisse a pulire. Principessa Reale o no, i ragni psicotronici erano illegali e terribilmente pericolosi. Potevano afferrarti la mente e trascinarla cosí lontano che non riuscivi piú a tornare nel tuo stesso corpo.

Lo sguardo di Aurora percorse le pareti, controllando i quadri, indugiando dolorosamente sul ritratto del padre. Niente era stato mosso. Niente era cambiato.

Eppure qualcosa era fuori posto...

All'improvviso capí. La poltrona che di solito stava accanto al letto era sparita. Rimase un momento immobile, poi disse con calma alla cameriera: — Preferirei che finissi in un altro momento, Anna.

— Sí, Vostra Grazia. — La ragazza sprofondò in una riverenza e si affrettò a uscire.

Aurora si mosse cauta verso la toletta. C'era un pugnale dentro un cassetto, anche se probabilmente non le sarebbe servito. In quei tempi turbolenti c'erano sempre diverse guardie a portata di voce. Ma per quanto vicino fossero, avrebbero impiegato un po' per raggiungerla, ed era meglio essere in grado di proteggersi da sola.

— Fatti vedere — ordinò con voce squillante.

Nell'aria accanto al letto vibrò uno scintillio e la poltrona riapparve. Sopra c'era seduta una donna dall'aspetto decisamente fuori del comune.

— Madama Circe!

— Mia caaava, chiedo scusa per il trucchetto dell'invisibilità... cosí maleducato da parte mia. Ma ho ritenuto opportuno non farmi vedere dalla cameriera.

— Sí, certo. — Aurora annuí. Brintesia, la famosa Madama Circe, era un elemento di primo piano nella sua rete di informatori, ma era sorprendente vederla a Palazzo. Ormai era anziana, da un pezzo si era ritirata dalle scene, e di rado si avventurava fuori dalla sua casa a Miseranda. — Siete sola?

— Ahimè, sí. Ciancia è dovuto andare a trovare certi suoi parenti, altrimenti avrei mandato lui. Tornerà domani, ma ho preferito occuparmene io stessa. Si tratta di una faccenda urgente.

— Urgente? — le fece eco Aurora, sentendosi raggelare.

— Mia caaava — disse Brintesia — dobbiamo farci forza. C'è un complotto in atto.

Aurora attraversò la stanza e si sedette sul bordo del letto. Si fidava di Madama Circe quasi piú di chiunque altro al mondo. L'anziana attrice era affettata ed eccentrica, ma i suoi contatti erano leggendari e la sua lealtà assoluta. Se affermava di aver scoperto un complotto, la Principessa era pronta a crederle.

— Una cospirazione brutale, mia caaava — proseguí Madama Circe. — Si potrebbe credere che con Lord Rodilegno sconfitto, Sulfureo rintanato chissà dove e quell'orrido Bombix dietro le sbarre non ci sia niente di cui preoccuparsi. — Sospirò con fare teatrale. — Ma ahimè no. Mi è giunta voce di un piano mirato a uccidere un membro della casa reale.

Il disagio che Aurora aveva avvertito fin da quando aveva visto Madama Circe si trasformò in terrore. Tuttavia la sua voce rimase calma mentre chiedeva: — Chi?

Un'espressione inquieta attraversò il viso di Brintesia. — Questo è il problema. Non sono riuscita a scoprirlo.

Cinque

Di nuovo pappa d'ossa.

Sulfureo fissò la scodella sbreccata e sentí seccarsi le labbra. Il liquido aveva la consistenza di risciacquatura: un fluido grigiastro, cosparso di cartilagini bianchicce, che puzzava peggio della fogna a cielo aperto sotto la finestra della sua stanza. Alzò lo sguardo sulla vecchia megera sdentata e aggrottò la fronte.

— È roba buona — ridacchiò la Vedova Atropos. — Aiuta a stare in forza... il mio defunto marito ci avrebbe scommesso la pelle. — Piazzò un cucchiaio sporco accanto alla scodella e una fetta di pane scuro accanto al cucchiaio. Uno scarafaggio attraversò zampettando il tavolo traballante, e Sulfureo lo schiacciò col pollice.

— Probabilmente l'ha fatto — brontolò acido.

— Non c'è bisogno di trattarmi cosí — si lagnò la Vedova Atropos. — Sono una povera donna e faccio tutto quello che posso con la miseria che mi pagate.

Sulfureo le dava uno gnutto al giorno, il che era in effetti una miseria, ma i pasti erano extra e la pappa d'ossa gli procurava la diarrea. Aveva progettato di restare rintanato in quel posto miserabile almeno sei mesi, ma cominciava a chiedersi se sarebbe riuscito a sopravvivere altri sei giorni. Perfino la minaccia rappresentata da un principe demone impallidiva a confronto della pappa d'ossa della Vedova Atropos.

La vecchia megera borbottò qualcosa che gli sfuggí.

— Che c'è? — domandò irritato Sulfureo. Senza un sentincanto era sordo come una campana, ma era stato costretto a lasciarsi dietro anche quello e non osava comprarne un altro. Un negozio di forniture magiche era il primo posto dove Beleth lo avrebbe cercato. Probabilmente faceva sorvegliare ogni bottega della città. Un principe demone poteva contare su risorse illimitate.

E non si trattava soltanto dell'udito. Sulfureo aveva novantotto anni. Senza un po' di puntelli magici non ci avrebbe messo molto a crollare. Perfino con quelli dimostrava tutta la sua età.

— Dicevo che ci sarebbe un modo per farvi stare piú comodo — ripeté con aria scaltra la Vedova Atropos. — E procurarvi cibo migliore.

— Non ho intenzione di sganciare uno gnutto di piú — replicò pronto Sulfureo. L'affitto era basso, d'accordo, ma la maggior parte della sua fortuna in contanti gli era stata rubata e il resto del patrimonio era fuori portata. Anche se era riuscito a prendere con sé un discreto gruzzolo, non sapeva per quanto tempo gli sarebbe dovuto durare. Anni, forse... I demoni avevano la memoria lunga.

La vecchia arpia accostò un'altra sedia al tavolo e prese posto accanto a lui. Sulfureo arricciò il naso. La donna sembrava essersi versata addosso qualche profumo da quattro soldi, ma l'odore predominante era quello di letame.

Sempre piú a disagio, Sulfureo spinse indietro la propria sedia. — Vedova Atropos... — cominciò.

— Acherontia — tubò lei. — Chiamami Acherontia. — Abbassò gli occhi, vezzosa. — E io ti chiamerò Silas.

— Sciocchezze — scattò Sulfureo. Bastava ritrovarsi un po' a corto di contante, e subito le classi inferiori tendevano a prendersi troppe confidenze.

— Quello che avevo in mente, Silas — proseguí imperterrita la Vedova Atropos — era un piccolo... accomodamento.

— Cioè? — chiese sospettoso Sulfureo. Valeva la pena ascoltare qualunque proposta potesse procurargli pasti migliori a costo zero. Ma naturalmente la vecchia avrebbe voluto *qualcosa* in cambio: era sempre cosí. Probabilmente il suo aiuto per un incantesimo illegale. Non le aveva rivelato niente di sé, ma sapeva di puzzare di zolfo e quell'arpia era furba quanto disgustosa. Probabilmente aveva capito che era uno stregone appena aveva messo piede in casa. Di sicuro si trattava di un incantesimo illegale. Be', che problema c'era? Aveva avuto a che fare con i demoni per tutta la vita, e il suo ultimo contratto con Beleth aveva richiesto un sacrificio umano. La vecchia non avrebbe potuto chiedergli niente di peggio.

— Sono una povera vedova, Silas — sussurrò civettuola Acherontia. — Tutta sola da quando è morto il mio povero Stanley.

— E io che c'entro? — ringhiò Sulfureo.

— Pensavo che potremmo sposarci — fu la sbalorditiva risposta.

Sulfureo la fissò allibito. Perfino da giovane quella creatura doveva essere stata la donna piú brutta del paese. Adesso – senza denti, piena di verruche, rugosa, catarrosa, pelata, puzzolente, sudicia, malvestita e flatulenta – era attraente quanto un cadavere.

— Sposarci? — farfugliò.

— Andremmo via da qui — rispose compunta la Vedova Atropos. — Nei boschi ho una casetta tutta mia, una baita di tronchi d'albero molto confortevole, con una credenza piena d'incantesimi e un comodo letto matrimoniale. Tengo i soldi sotto il materasso. Non ci va mai nessuno. Nessuno sa che esiste. — Gli rivolse un sorriso sdentato che voleva essere seducente.

Sulfureo aggrottò la fronte. Una bella baita isolata nei boschi era esattamente quello che gli serviva. Senza contare i soldi della Vedova Atropos e gli incantesimi nella credenza. Stirò le labbra in un sorriso glaciale. Una volta là, avrebbe potuto tagliarle la gola e seppellirla nei boschi.

— Affare fatto — assentí allegramente.

Sei

La Gran Fortezza di Massakr si stagliava imponente contro lo sfondo desolato delle Steppe Nikure, ma la maggior parte della struttura si trovava sottoterra. Il forte, antico di milleottocento anni, ospitava un alveare di camere sotterranee inizialmente progettate come magazzini, ma ormai c'erano soltanto prigionieri a marcire nelle sue celle tenebrose. Da oltre tre secoli Massakr era il carcere di massima sicurezza per criminali recidivi e dissidenti politici.

Al momento Harold Trochilium aveva il suo daffare con il Governatore del carcere.

— Non dico che questo mandato non sia autentico — brontolò il Governatore. — Dico solo che il sigillo è rosso, mentre, a quanto mi risulta, dovrebbe essere rosa.

— Rosso, rosa... che differenza fa? — sbottò Trochilium. Era un tipo grande e grosso, e non era abituato a incontrare ostacoli, specialmente quando era vestito in quel modo.

— Sfumature — replicò il Governatore. Alzò lo sguardo e sorrise. — Ma una sfumatura di differenza potrebbe fare un'enorme differenza.

Trochilium non ricambiò il sorriso. — Conosce il prigioniero a cui si riferiscono queste carte?

Il Governatore riabbassò lo sguardo sul foglio che aveva in mano. — Sí, eccome.

— Feccia, giusto?

Il Governatore annuí. — Della peggior specie.

— Meritevole della pena indicata sul mandato?

— Le pene non mi riguardano — replicò altezzoso il Governatore. — Quello che mi riguarda è imprigionare, e se necessario torturare, i detenuti affidati alle mie cure. Comunque, dato che me lo chiede, ritengo che il prigioniero si meriti pienamente la pena indicata. Anzi, a mio parere è troppo poco per lui. Un'opinione strettamente personale, sia chiaro.

Trochilium aggrottò la fronte. — Troppo poco? Stiamo parlando della pena capitale, giusto? Niente può essere peggio della morte.

— In effetti no. Ma che *tipo* di morte? È questo che mi piacerebbe sapere.

— A lei che tipo piacerebbe? — chiese Trochilium, punto dalla curiosità.

Il Governatore si appoggiò allo schienale, uní la punta delle dita e alzò gli occhi al cielo. — Dunque... si potrebbe farlo morire lentamente di fame, o frantumargli i piedi e metterlo a girare la ruota di un mulino, lasciarlo dissanguare lentamente, somministrargli un veleno ad azione lenta, rimuovere uno alla volta i suoi organi vitali, trapiantargli il cervello nel corpo di un ratto, infilargli nelle orecchie aghi arroventati, inchiodargli i piedi al pavimento in modo che non possa raggiungere il cibo (il che, lo ammetto, equivarrebbe a farlo morire di fame, ma con piú stile), infornarlo a fuoco lento, farlo calpestare da un branco di elefanti, cucirgli labbra e naso cosí che non possa respirare, affogarlo in un pozzo nero, scuoiarlo, sbattergli un'incudine sulla testa, farlo squartare da un paio di cavalli da tiro, darlo in pasto ai cani, scaraventarlo giú da una torre, iniettargli saponata, farlo pungere a morte dalle zanzare, trasformarlo in un topo e chiamare il gatto, seppellirlo nella neve fino al disgelo, trapanargli la testa e versare acido nei fori... — Agitò distrattamente una mano. — Questo mandato parla solo d'impiccagione.

Trochilium lanciò un'occhiata al foglio: in effetti sembrava piuttosto carente d'immaginazione. — Che ne dice se prima lo massacro di botte?
— Sarebbe d'aiuto.
— In quanto al sigillo?
Il Governatore scrollò le spalle. — Rosso, rosa... che differenza fa? — Si alzò. — Si rimetta il cappuccio. Chiamerò qualcuno che l'accompagni alla cella.

La cella tipo di Massakr era un cubo di quattro metri scarsi con uno scarico per l'acqua che trasudava dalle pareti di roccia. Gli unici mobili erano un pagliericcio umido in un angolo e un secchio. Non c'erano finestre, e ai prigionieri era concesso un solo mozzicone di candela alla settimana.

Ma, grazie a una piccola fortuna dilapidata in bustarelle, l'alloggio di Jasper Bombix era molto piú lussuoso. Per prima cosa aveva piú spazio, un tappeto rosa sul pavimento, un vero letto in un angolo, lucciglobi incassati nel soffitto, una poltroncina, una sedia, una libreria, un tavolo, un minifrigo pieno di merendine appiccicose e bibite varie. Probabilmente la sua era la cella piú confortevole di Massakr, anche se paragonata agli alloggi delle guardie.

Non che questo gli impedisse di lamentarsi.

— Non ero abituato a vivere cosí — stava dicendo all'inserviente che aveva assunto a una paga esorbitante perché gli facesse da valletto. — Sento la mancanza dei miei piccoli incantesimi. Non mi permettono neanche un pizzico di magia, qui. — Non era strettamente vero, dato che un assorbincanto settimanale si occupava di eliminare l'umidità, ma di sicuro i lussi magici non si sprecavano.

L'inserviente, un paziente triniano di nome Cincischia, era impegnato in un qualche lavoretto domestico mentre Bombix stava semisdraiato sul letto, oppresso dalla noia. — Presumo di non poterti convincere a fare una partita di mahjong — aggiunse. — Potremmo puntare dolcetti. Qualunque cosa, pur di alleviare questa spaventosa noia. — Si passò con fare teatrale il dorso della mano sulla fronte per dare enfasi alla proposta, pur sospettando di conoscere già la risposta.

— Spiacente, signore, ma non conosco il gioco — replicò infatti Cincischia. — Inoltre, signore, con tutto il rispetto, giocare non rientra nel mio contratto. Solo le Quattro C basilari: cucinare, chiacchierare, cucire, candeggiare. Quattro C, signore. Il gioco è escluso, temo, visto che inizia con la G. — Cominciò a disporre le posate sul tavolo.

— Come sarebbe... — Bombix s'interruppe. — Che succede? — Il triniano si era avvicinato bruscamente alla porta della cella e annusava freneticamente la parete.

— Pericolo, signore. In rapido avvicinamento.

Bombix si raddrizzò. — Come lo sai?

— Lo fiuto, signore. Rientra nel mio addestramento.

Bombix poggiò i piedi sul pavimento. Era un grassone con un debole per gli abiti appariscenti, e anche se al momento non aveva molte possibilità di soddisfare questa sua debolezza, era comunque riuscito a procurarsi una vestaglia verde marcio completa di pantofole ornate di pietre preziose.

— Mi proteggerai? — chiese. Poi, senza lasciare a Cincischia il tempo di rispondere, aggiunse: — Non rientra nel tuo contratto, lo so, lo so. — Sospirò. — Santi numi, il pericolo si avvicina... questo sí che è eccitante!

— Un modo come un altro di considerare la cosa, signore. Ora, se non ha piú bisogno di me, la lascerei ad affrontarlo.

— Va' pure, Cincischia. Grazie. — Gli occhi fissi sulla porta, Bombix si passò nervosamente la lingua sulle labbra. Pressoché qualunque cosa sarebbe stata meglio di quell'infinita, spaventosa *monotonia*.

Il valletto aprí la porta e uscí in fretta dalla cella, mentre una figura alta e solenne vi faceva il suo ingresso. Qualunque speranza Bombix avesse nutrito si dissolse come neve al sole. Il nuovo arrivato indossava una veste nera e aveva la faccia nascosta da un cappuccio che mostrava solo un paio di scintillanti occhi scuri. Fra le mani stringeva la grande falce affilata e la clessidra in legno di quercia del Boia di Stato.

— Santo cielo! — esclamò Bombix, atterrito. — Ti hanno mandato a uccidermi!

Sette

Il boia sembrava avere fretta. Simile a un araldo di sciagura, percorse rapido i corridoi di Massakr trascinandosi dietro il prigioniero.

— Rallenta — ansimò Bombix. A quel ritmo sarebbe morto prima di essere impiccato.

Il Governatore li aspettava al cancello principale. — Dov'è, esattamente, che lo sta portando? — chiese al boia.

— Non c'è bisogno che lei lo sappia — fu la secca risposta. — Diciamo... dove nessuno vedrà quello che gli farò.

— Eccellente! — Il Governatore fece un segnale alle guardie e il cancello si aprí lentamente.

Fuori c'era una carrozza nera tirata da quattro cavalli neri. Un cocchiere gobbo, avvolto in un mantello nero e con un tricorno nero in testa, stringeva le redini fra le mani ossute. Con stupore di Bombix, i finestrini erano privi di sbarre. E, con stupore ancora piú grande, il boia lo spinse dentro e venne a sedersi accanto a lui. La carrozza partí sussultando appena lo sportello si chiuse.

Bombix guardò fuori del finestrino, chiedendosi se sarebbe riuscito a saltare a terra senza rompersi l'osso del collo. Ma il boia sollevò il cappuccio mostrando una faccia a luna piena stranamente familiare. — Harold Trochilium — si presentò sorridendo. — Lord Rodilegno mi ha mandato per tirarti fuori.

Bombix lo fissò sbalordito. Per anni aveva lavorato sottobanco per Lord Rodilegno, ma conosceva fin troppo bene le regole: una spia catturata veniva abbandonata al suo destino. Sua Signoria avrebbe negato anche solo di essere al corrente della sua esistenza e lo avrebbe lasciato marcire in galera. Il che era esattamente quello che aveva fatto. — E il mandato dell'esecuzione? — indagò sospettoso.

— Falso, ovviamente. — Trochilium notò la sua espressione e sorrise. — Non temere, Sua Signoria ha un lavoretto per te

Un lavoretto? Questo spiegava tutto. Bombix cominciò a rilassarsi. — Non sapresti per caso di che lavoro si tratta? — chiese.

— Certo che lo so — rispose Harold Trochilium, con un sorriso che andava da un orecchio all'altro. — Devi ammazzare il giovane Pyrgus Malvae prima che diventi Monarca.

Otto

Aurora trovò Pyrgus nella Sala del Trono. — Dove ti eri cacciato? — sibilò esasperata. Suo fratello fissava imbambolato la Corona Imperiale, un diadema d'oro e ametiste che crepitava di fuoco purpureo perfino all'interno della teca protettiva. Entro due settimane quelle stesse energie avrebbero attraversato il suo corpo per consacrarlo Monarca a pieno titolo. — Lascia perdere — sbottò impaziente, senza lasciargli il tempo di rispondere. — Ho bisogno di parlarti.

Pyrgus si voltò a fissarla con occhi da sonnambulo.

— In privato — precisò Aurora.

Lui batté lentamente le palpebre. — Siamo soli. — Chiaramente aveva il cervello chissà dove.

— Insomma, Pyrgus! — La Sala del Trono, progettata perché vi fossero pronunciate le dichiarazioni pubbliche piú solenni, era dotata di gallerie acustiche che trasportavano ogni sussurro nel tortuoso corridoio esterno. Era il posto meno privato dell'intero Palazzo.

Pyrgus sembrò tornare in sé, almeno in parte, e il suo sguardo si rimise a fuoco. — Come vuoi. Andiamo negli appartamenti di nostro padre.

Adesso erano i suoi appartamenti, lo erano da quando era diventato Monarca Designato, ed erano costantemente protetti da incantesimi.

Percorsero i corridoi in silenzio, quasi senza notare le sentinelle che scattavano sull'attenti. Mentre si avvicinavano, Aurora provò quella sensazione di terrore che negli ultimi tempi non la lasciava quasi mai. Le sembrava di sentire ancora l'odore nauseante del sangue del pa dre, tuttavia il suo viso non tradí la minima emozione.

Pyrgus chiuse la porta. — Allora? Di che si tratta?

— Non riesco a trovare il Viceré.

— Tutto qui? Il signor Fogarty è tornato nel Mondo Analogo. Rientrerà domattina.

— No, non è tutto qui! — scattò Aurora, per poi aggiungere incuriosita: — Perché è andato nel Mondo Analogo?

— Per invitare Henry all'Incoronazione. Dev'essere il mio Sostegno Maschile, lo sai.

— Ma perché tornerà soltanto domani?

— Henry?

— No, il signor Fogarty! Insomma, Pyrgus, si può sapere che cos'hai?

Lui scrollò le spalle. — Aveva certi affari personali da sistemare.

— Che affari?

— Non gliel'ho chiesto.

Aurora chiuse gli occhi un momento, lottando contro l'esasperazione. Sembrava che a Pyrgus non importasse minimamente quello che gli succedeva attorno, neanche se riguardava un dignitario importante come il Viceré.

— Senti, Aurora, sono piuttosto stanco, perciò se non c'è altro...

— C'è dell'altro. Qualcuno vuole ucciderti.

Neanche questo serví a riscuoterlo. La sua unica reazione fu: — Chi?

— Non lo so, chi! Se lo sapessi, avrei detto: "Lord Rodilegno vuole ucciderti, o il Duca di Flammea vuole ucciderti", non credi? In effetti non sono sicura che voglia uccidere proprio te, però mi sembri il candidato piú probabile.

Di colpo Pyrgus fu di nuovo se stesso. Aggrottò la fronte. — Ricomincia dall'inizio, fammi capire bene. Cos'è esattamente che hai sentito, e da chi lo hai sentito?

D'impulso Aurora gli strinse un braccio. — Oh, Pyrgus, pensavo che tutto sarebbe finito quando abbiamo schiacciato la rivolta dei Notturni. Invece no. E ora non c'è piú nostro padre a occuparsene.

Una strana espressione guizzò sul viso del fratello. Liberò gentilmente il braccio e glielo mise attorno alle spalle. — No, Aurora, non è finito, e forse non finirà mai. Però le cose possono migliorare. Raccontami tutto.

— C'è un complotto per assassinare un membro della famiglia reale. Penso che si tratti di te... non vedo chi altri possa essere.

— Tu — replicò Pyrgus. — O Colias.

— Sei tu il Monarca Designato.

Pyrgus annuí. Le tolse il braccio dalle spalle e andò a sedersi sulla poltrona dall'alto schienale che era stata la preferita del padre. Sbadigliò. — Scusa, Aurora, ma è stata una lunga giornata. — Annuí di nuovo, pensieroso. — Hai ragione, probabilmente ce l'hanno con me. Non hai idea di chi ci sia dietro?

— No. Non ancora.

— Rodilegno, immagino.

Non sembrava semplicemente stanco: sembrava invecchiato di colpo. Seduto sulla poltrona, con la figura tarchiata e i ricci capelli rossi, somigliava incredibilmente al padre.

— Lo penso anch'io — disse a bassa voce Aurora.

Pyrgus rialzò la testa di scatto, un altro gesto che le ricordò dolorosamente il padre. — La fonte è attendibile?

— Madama Circe. — Di solito Aurora non rivelava le sue fonti d'informazione, ma per Pyrgus non aveva segreti.

— Brintesia? Mi fido di lei.

— Anch'io.

— Naturalmente cercherà di scoprirne di piú.

Aurora annuí. — Naturalmente.

Pyrgus si rialzò con movimenti rigidi. — Al momento non possiamo fare altro. Raddoppierò le sentinelle e metterò all'erta la sicurezza. E ora devo assolutamente dormire un po'. Discuteremo la situazione con il Viceré Fogarty al suo ritorno, domani mattina. — Giunto sulla porta, si fermò un istante. — Ti voglio bene, Aurora.

Nonostante tutti i loro problemi, la sorella sorrise. — Anch'io ti voglio bene, Pyrgus.

Nove

Ma la mattina dopo il signor Fogarty non era ancora tornato.

Aurora trovò Pyrgus che andava freneticamente su e giú davanti all'alloggio del Viceré. — Dov'è finito? — le domandò appena la vide.

— Cosa vuoi che ne sappia? — replicò secca lei. — Sei tu quello che gli ha parlato. Quando sarebbe dovuto tornare?

— All'alba — brontolò Pyrgus. — Ore fa. — Aveva profonde occhiaie scure, come se fosse rimasto sveglio tutta la notte.

— Potremmo chiedere al suo valletto, o alla governante — suggerí Aurora.

— Non ha né valletto né governante — sbuffò Pyrgus. — E neanche un domestico. Non si fida di fare entrare gente in casa. Lo conosci, no? Perfino il passe-partout imperiale non funziona... ha fatto non so cosa allc serrature.

L'alloggio del Viceré, un conglomerato di torrette e guglie che dava sul Palazzo pur restandone separato, era circondato da giardini ordinati e risaltava contro il fondale della foresta dove un tempo Danaus Plexippus, il defunto Monarca, andava a caccia di cinghiali. Pyrgus fissò pensieroso gli alberi fitti.

— Forse — disse Aurora — gli affari personali gli hanno preso piú tempo del previsto.

— Madama Circe... — la interruppe brusco Pyrgus. — Cos'è che ti ha detto esattamente?

Aurora aggrottò la fronte. — Che c'è un complotto per assassinare un membro della famiglia reale.

— Della *famiglia* reale, o della *casa* reale?

— Della casa — rispose Aurora dopo una breve esitazione.

— Ne sei certa?

— Sí. Ha parlato di *casa* reale.

Pyrgus staccò gli occhi dalla foresta. — Se si tratta della famiglia reale significa che tu, io, Colias e... be', le opzioni sono limitate. Ma la *casa* reale include le famiglie aristocratiche al nostro servizio e i dignitari come il signor Fogarty.

— Lo so. — Aurora fissò seria il fratello. — Non penserai davvero...

S'interruppe. Un sacerdote era uscito dal Palazzo e veniva correndo verso di loro. Come Aurora sapeva per esperienza, i sacerdoti che correvano significavano guai. Con la coda dell'occhio scorse un movimento fra i cespugli sul margine della foresta – a quanto pareva Pyrgus si era ricordato di aumentare le misure di sicurezza – ma i soldati di guardia dovevano aver riconosciuto il sacerdote perché rimasero dov'erano.

Anche Aurora lo riconobbe: si chiamava Spino ed era un accolito dei Dentaria, l'Ordine Funerario piú antico del Regno. Attualmente il suo compito era quello di vigilare sul corpo del defunto Monarca e pregare quotidianamente per la sua anima fino al giorno dell'Incoronazione. Sbalordita, la Principessa lo vide gettarsi ai loro piedi.

Spino non era un giovanotto e gli ci volle un po' per riprendere fiato. — Maestà — riuscí finalmente a balbettare. — Vostra Grazia... il Monarca, vostro padre... Maestà... il corpo di vostro padre è sparito.

Dieci

Il giorno delle sue nozze, Sulfureo si alzò di buon'ora e spalancò con gesto plateale le tende della camera da letto. La situazione era già notevolmente migliorata. Invece del vicolo e della fogna a cielo aperto che impestava il suo vecchio alloggio, vedeva aiuole e un praticello curato. La Vedova Atropos era una donna superstiziosa. Convinta che dormire sotto lo stesso tetto la notte prima delle nozze portasse sfortuna agli sposi, aveva persuaso il fratello, che di sicuro possedeva una casa molto piú accogliente della sua, a ospitare il futuro consorte.

Sulfureo si stiracchiò voluttuosamente. Con una baita ben fornita nella foresta, poteva restare nascosto per mesi. Andò in bagno, si lavò i denti e se li infilò in bocca. Un residuo d'incantesimo li fissò al loro posto con un leggero schiocco.

Quando uscí dal bagno, scoprí che qualche servo silenzioso era sgusciato in camera per consegnargli il completo nuziale. Lo indossò, si ammirò allo specchio e, fischiettando un motivetto, scese a fare colazione.

Il fratello della Vedova Atropos era già a tavola.

— Buongiorno, Graminis — lo salutò allegramente Sulfureo.

— Ci sono uova — borbottò Graminis — In camicia, fritte o strapazzate. — Aveva lo stesso aspetto cencioso della sorella, ma occhi piú gentili.

— In camicia andranno benone — disse Sulfureo. Sempre meglio della pappa d'ossa. — Due per piacere: uno ben cotto e l'altro morbido.

Il padrone di casa fece un cenno a una serva acquattata nell'ombra di un'arcata, e quella ciabattò via per eseguire l'ordine di Sulfureo.

— Vuoi leggere? — chiese Graminis, spingendo i giornali verso l'ospite. — Scoprire cos'altro succede nel mondo stamattina?

Quella sí che era vita. Sulfureo aprí il giornale. Era pieno di notizie sull'Incoronazione imminente, piú o meno di lí a due settimane. Era stata dichiarata festività nazionale, la strada del corteo era stata rimessa a nuovo, gli inviti spediti. C'era una rubrica speciale dedicata all'abito del Sostegno Femminile, la Principessa Reale. Quella marmocchia aveva scialacquato una fortuna per un vestito di seta filiera: il tipo di lusso che ti permetti quando a foraggiarti sono i soldi pubblici. Il Sostegno Maschile era un certo Acciaio Invitto, un nome sconosciuto a Sulfureo... probabilmente qualche imbecille. Lesse anche che il Monarca Designato Pyrgus era *ansioso di mettersi al servizio di tutte le genti del Regno, indipendentemente dalla fede o razza...* un sentimento cosí melenso da fargli venire voglia di vomitare.

Fece per girare pagina e cercare la rubrica che dava notizie sugli Elfi della Notte, quando un altro paragrafo attirò la sua attenzione. Era solo un accenno alle misure di sicurezza predisposte per la cerimonia. *Poiché il nuovo Monarca non desidera sentirsi isolato dal suo popolo, le misure di sicurezza saranno ridotte al minimo: una situazione resa possibile dalla prolungata chiusura di tutti i portali per Infera.* Sulfureo aggrottò la fronte. — Graminis, qui c'è scritto che i portali per Infera sono chiusi.

L'altro alzò lo sguardo dalla farinata d'avena. — Non lo sapevi? Ormai è storia vecchia. Non c'è un portale per Infera che funzioni da... boh, settimane, ormai.

— Quindi non è possibile evocare demoni? — Dagli

occhi di Graminis aveva capito che era un Elfo della Notte come lui. I Notturni avevano occhi da gatto, estremamente sensibili alla luce. Ecco perché le loro città erano sempre in penombra e usavano quasi tutti occhiali scuri all'ultima moda. Il che dava loro un'affinità con i demoni che mancava del tutto ai Luminosi. Anche i demoni amavano il buio.

— Neanche un diavoletto — rispose Graminis. — È un inferno procurarsi servi decenti, di questi tempi. — Ridacchiò. — L'hai capita, Silas? Con i portali chiusi, *è un inferno* procurarsi servi decenti.

— Davvero divertente, Graminis. Ma come sono riusciti a chiuderli, i Luminosi?

— Non sono stati loro, almeno a quanto mi risulta. È successo di punto in bianco. In giro si dice che Infera è saltata per aria.

— Come? Tutta Infera?

— Cosí dicono. Sembra che il Principe delle Tenebre avesse costruito una Bomba del Giudizio, e quell'accidente gli è esploso in faccia.

Sulfureo provò un'eccitazione crescente. Se i portali di Infera erano chiusi, lui era libero. Senza i portali, per Beleth era impossibile raggiungerlo, a meno di affrontare un lungo e faticoso viaggio in vimana... un'impresa che poteva durare anni! E se Graminis aveva ragione, Beleth poteva addirittura essere morto. Fantastico!

— Sei sicuro che tutti i portali siano chiusi? — insisté.

— Sicuro che ne sono sicuro. Se ne è parlato in tutto il Regno per un bel po'. Ci sono stati parecchi stregoni che hanno tentato di riaprirli, ma... — Graminis scrollò le spalle. — Da' retta a me: appena qualcuno riuscirà a rimetterne in funzione anche solo mezzo, la notizia comparirà su tutti i giornali. In prima pagina.

Aveva ragione. Sarebbe stata una notizia da prima pagina. Sulfureo non aveva piú motivo di nascondersi. Poteva andare dove gli pareva, e Beleth non sarebbe riuscito a colpirlo... sempre che fosse ancora vivo. Gli sarebbe bastato tenere d'occhio la stampa per avere notizie su un'eventuale riapertura dei portali. Nel qual caso si sarebbe potuto nascondere di nuovo finché non avesse ricevuto conferma della morte di Beleth. Ma nel frattempo – il cuore gli balzò in petto! – poteva rimettersi in affari. Poteva annullare le nozze e tornare alla fabbrica di colla e al suo comodo alloggio in Via Schiumarola. Riprendere i contatti con Bombix. Soprattutto, poteva rimettere le mani sui suoi libri d'incantesimi e sul suo oro. Poteva...

Un pensiero fulminante agí su di lui come una doccia d'acqua gelida. Aveva tentato di sacrificare a Beleth il giovane Monarca Designato, Pyrgus. Era una cosa che difficilmente il ragazzo sarebbe stato disposto a scordare. Anzi, ora che sarebbe diventato Monarca, avrebbe potuto aver voglia di vendicarsi. Lo sanno tutti che i Monarchi sono tipi vendicativi. Forse sarebbe stato meglio non riallacciare subito i contatti con Bombix e la fabbrica di colla. Forse avrebbe fatto meglio a restare nell'ombra e sondare il terreno prima di ricomparire in pubblico. Forse sarebbe stato meglio procedere con le nozze, uccidere la Vedova Atropos come progettato e stabilirsi per qualche tempo nella baita in mezzo ai boschi. Che piano perfetto!

Sulfureo si rese conto di sorridere.

— Sembri contento, per uno che sta per sposarsi — commentò cinico Graminis.

Undici

Lord Rodilegno possedeva due residenze ufficiali: una alla periferia della capitale, dove aveva tenuto in cattività la fenice dorata prima che Pyrgus Malvae la liberasse; l'altra, piú nuova e molto piú lussuosa, era circondata da tremila acri di bosco nel cuore di Gnammeth Croz. La foresta era piena di haniel e slith, perciò di rado i visitatori indesiderati percorrevano un chilometro prima di finire divorati o avvelenati. In effetti c'era un haniel appollaiato su un ramo proteso sul prato, le ali semiaperte come se fosse pronto ad attaccare. Bombix lo occhieggiò nervosamente.

— Non temere — lo rassicurò Harold Trochilium. — Non si avvicinano mai troppo alla casa.

Aspettarono ai piedi dell'ampia scalinata di pietra mentre un imparruccato valletto in guanti bianchi la scendeva vacillando sui tacchi alti degli stivali. — Sua Signoria si degnerà di ricevervi — annunciò, lo sguardo fisso su un punto poco al di sopra delle loro teste. Consegnò a Trochilium un labirinsoldo e si scostò. — Andate! Andate! — li incitò. — Sapete che Sua Signoria detesta aspettare. — Lanciò un'occhiata a Bombix e sogghignò.

Trochilium lo guardò storto, ma lanciò in aria la moneta, che per un istante rimase librata a mezz'aria e poi cominciò a risalire i gradini. Trochilium e Bombix si affrettarono a seguirla. Il grande portone di quercia si spalancò al loro avvicinarsi. Mentre entravano, alle spalle risuonò uno strillo sorpreso. I battenti si stavano richiudendo, ma i due visitatori fecero in tempo a vedere l'haniel agguantare il valletto fra gli artigli e volare via.

Bombix fissò Trochilium, che aggrottò la fronte. — È la prima volta — commentò.

Seguirono il labirinsoldo in un intrico di corridoi fino a un'anticamera dalle pareti ricoperte da drappi di seta, dove la moneta cadde tintinnando sul pavimento.

Bombix trovò la stanza terribilmente volgare. I drappi erano color indaco con una guarnizione scarlatta e decorati da illusioni a base di demoni ghignanti. Proprio non capiva che gusto ci fosse a usare i demoni come decorazione. Creature nauseabonde. Se l'avesse decorata lui, avrebbe usato cherubini. Piccoli dolci cherubini nudi, rosei e paffuti.

— È un pezzo che non vedo Sua Signoria — disse, tanto per fare conversazione.

— Non è cambiato granché — brontolò Trochilium.

E non era cambiato neppure Sphinx Sphingidae, Viceré di Rodilegno, che apparve in quel momento. Camminava come sempre tutto rigido e impettito e la testa sembrava ancora troppo piccola per il resto del corpo. — Jasper — mormorò, rivolgendo a Bombix un rapido cenno.

— Sphinx. — Bombix gli restituí il cenno. Nessuno dei due sorrise.

— Confido che tu goda buona salute.

— Non mi lamento — rispose Bombix. Fece una smorfia e aggiunse: — Nonostante il cibo della prigione.

— Niente a che vedere con quello a cui eri abituato, immagino — commentò comprensivo Sphinx. Rivolse un cenno distratto a Trochilium. — Puoi andare, Harold, non hai altro da fare, qui.

Trochilium gli lanciò un'occhiata che avrebbe incenerito l'erba e si allontanò brontolando fra sé.

Sphinx prese Bombix sottobraccio: un gesto insolitamente amichevole, da parte sua. — Dunque, Jasper, Sua Signoria vuole vederti *in privato*. Ti aspetta nello studiolo.

Lo studiolo era una stanza tappezzata di librerie e di sette strati di segretincanti permanenti che la facevano puzzare come cuoio vecchio. Bombix c'era stato soltanto due volte: la prima quando era entrato al servizio di Lord Rodilegno, la seconda quando gli era stato ordinato di rapire la Principessa Aurora.

Sphinx lo lasciò davanti alla porta. — Solo per le tue orecchie — sussurrò allegramente. E poi, del tutto inatteso, aggiunse: — Buona fortuna.

Quando Bombix entrò, Lord Rodilegno - un ometto smilzo che vestiva sempre in velluto nero - stava guardando fuori della finestra, ma si voltò subito. — Siediti — ordinò brusco.

Bombix si affrettò a obbedire. Benché in passato avesse detto a destra e a manca che erano amiconi, in realtà Rodilegno lo atterriva. L'uomo sprizzava crudeltà da ogni poro. Bombix incrociò le mani sulla pancia e attese. Alle spalle di Rodilegno poteva vedere lo spettacolo in corso fuori della finestra, lo stesso che Sua Signoria stava osservando quando era entrato: il valletto che veniva sbranato dall'haniel.

— Mi hai deluso, Jasper — esordí a voce bassa Rodilegno. — Ti sei fatto battere da una stupida mocciosa.

Bombix si raggelò. La "stupida mocciosa" in questione era la Principessa Aurora, e in effetti lo aveva battuto su tutta la linea. Aprí la bocca per scusarsi, ma la richiuse di scatto. Meglio che fosse Sua Signoria a parlare.

— Avrei dovuto lasciarti marcire in galera, rifiuto buono a nulla — sibilò Rodilegno. — Il tuo fallimento mi è costato una fortuna.

Con un enorme sforzo di volontà, Bombix riuscí a non tremare. Era possibile che Rodilegno lo avesse fatto portare lí per torturarlo a morte, ma confidava nell'assicurazione di Trochilium che ci fosse un lavoretto per lui. O era solo un pio desiderio? Rodilegno si sarebbe fidato di lui, dopo che aveva fallito cosí miseramente?

Fuori, l'haniel spiccò il volo, trasportando fra gli artigli i resti del valletto. All'altezza di quattro metri e mezzo la testa si staccò dal corpo dilaniato e precipitò a terra, rotolando sotto un cespuglio di rose.

L'atteggiamento di Rodilegno cambiò di colpo. Si raddrizzò e il suo sguardo andò agli scaffali di libri. Bombix seguí il suo sguardo. Sua Signoria sembrava fissare affascinato i ventisette volumi dei *Sogni d'Impero* di Saturnildae.

— Ho deciso — annunciò — di offrirti l'opportunità di redimerti.

— Grazie, Lord Rodilegno — mormorò Bombix.

— Aspetta a ringraziarmi. È una missione pericolosa.

— Sí, Lord Rodilegno.

— Se fallisci, morirai.

— Sí, Lord Rodilegno.

— Ma questa volta non fallirai, vero, Jasper?

— No, Lord Rodilegno.

— Bene, Jasper, molto bene. Sai qualcosa della missione che ho in mente per te?

Bombix si passò nervosamente la lingua sulle labbra. — Il vostro... — Esitò. Che razza di titolo aveva Trochilium? Si spremette le meningi, ma non gli venne in mente. — Il vostro... ah, portavoce, ha accennato al fatto che non desiderate vedere il giovane Pyrgus Malvae diventare Monarca.

Rodilegno si voltò di scatto a fissarlo con occhi scintillanti. — Desidero che il giovane Pyrgus Malvae muoia, ecco cosa desidero! Lo voglio morto. Assassinato. Voglio farne un esempio, Bombix. Voglio che sia ucciso pubblicamente e in modo orribile. E voglio che questo accada nel momento del suo maggiore trionfo, un attimo prima che l'Arcimandrake lo incoroni Monarca. Il mondo intero deve sapere cosa succede a coloro che si mettono contro Lord Rodilegno... e gli rubano animali di enorme valore. Ecco che cosa desidero, Bombix. La domanda è: sei tu colui che mi darà tutto questo?

Voleva che Pyrgus fosse ucciso *durante l'Incoronazione*? Era una missione suicida. Uccidere il Monarca Designato nella Cattedrale, circondato da tutte le guardie e davanti a diecimila persone? Forse era fattibile, sia pure di stretta misura, ma dopo sarebbe stato impossibile cavarsela. L'assassino sarebbe stato trafitto da innumerevoli spade prima di aver mosso tre passi. Era impossibile! Impossibile!

Ma, ipnotizzato da quegli occhi scintillanti, Bombix non poté fare altro che dire: — Lo sono, Lord Rodilegno.

— Questo cos'è, Vostra Signoria? — chiese esitante Bombix. Sembrava un soffiabolle, però dubitava che lo fosse. Lord Rodilegno era un tipo serio, e un soffiabolle era poco piú che un giocattolo per bambini.

— È l'arma che userai per uccidere il Principe Pyrgus — fu la secca risposta. — Si chiama cerbottana e l'ho fatta portare appositamente dal Mondo Analogo. Somiglia un po' a un soffiabolle, vero?

— In effetti sí, Vostra Signoria. — Bombix si rigirò cautamente l'oggetto tra le mani. Non sembrava altro che un corto tubo di legno con la superficie coperta da rozze incisioni, ma la Magia Analoga non gli era familiare e non avrebbe voluto metterlo in funzione per sbaglio.

— Ci serve qualcosa che passi inosservato sotto gli occhi delle guardie di sicurezza — riprese Lord Rodilegno. — E cosa c'è di meglio di un innocente soffiabolle? Tante bollicine scintillanti per celebrare l'Incoronazione del nuovo Re. Mi aspetto che ce l'abbiano parecchi spettatori.

Bombix guardò il tubo. — Invece non è un soffiabolle?

— No.

— È una specie di arma?

— Sí.

Era terribilmente corta e del tutto priva di energia magica. — Come potrò avvicinarmi al Monarca Designato abbastanza da usarla, Vostra Signoria?

Per la prima volta Rodilegno sorrise. — Ah, Bombix, mio fedele Bombix, hai davvero temuto che volessi mandarti a morte certa, eh? Una missione suicida, è questo che sospetti?

— No, Signoria, certo che no! — protestò Bombix. — Niente potrebbe essere piú lontano... non avrei mai... Signoria, mai e poi mai...

Il sorriso di Rodilegno si allargò. — Tu sei un agente bene addestrato. La mia migliore spia, e fra breve il mio piú efficace assassino. Pensi che sprecherei in questo modo un elemento di valore? — Tornò distrattamente verso la finestra. Non c'era piú traccia dell'haniel e una piccola squadra di servi stava togliendo di mezzo i resti del valletto. Uno lasciò cadere la testa in un sacchetto di carta. — Allora, Jasper, vuoi sapere come mi propongo di tirarti fuori vivo dalla Cattedrale?

A dispetto della sua profonda sfiducia in Rodilegno, Bombix provò una briciola di sollievo. — Sí, Signoria. Sí, mi farebbe davvero piacere saperlo!

— Ecco il piano — riprese in tono vivace Rodilegno. — Primo, la cerbottana. Non è una bacchetta. Non possiede alcun tipo di magia, elfica o analoga. È una semplice arma. Cosí semplice che, te lo garantisco, nessuno in tutto il Regno la riconoscerà per quello che è. In effetti in sé è assolutamente innocua. Ma con questi... — Si tolse di tasca una scatoletta e la consegnò a Bombix che, dopo avergli lanciato un'occhiata interrogativa, la aprí. Dentro, su un cuscinetto di velluto, c'erano sei piccoli dardi piumati. — Non toccare le punte — lo avvertí Rodilegno. — Sono state immerse in veleno ragnico. Basterebbe un graffio a ucciderti.

Bombix richiuse di scatto il coperchio.

— È una fine interessante — proseguí Rodilegno in tono meditabondo. — Atroce, ma interessante. Prima la paralisi. Poi la pelle diventa blu. Poi inizia il dolore. Nel giro di quattro minuti muori lanciando urla raccapriccianti. L'ho provata su un servo. Uno spettacolo incredibile... gli è caduta la faccia a pezzi. — L'espressione meditabonda svaní. — Allora, entri nella Cattedrale con la cerbottana in mano, come se fosse un soffiabolle, e con i dardi nascosti fra le decorazioni del cappello. Per uccidere il Monarca Designato ti basterà prendere un dardo. E dato che sarai circondato dai miei uomini, nessuno si accorgerà di quello che fai. Dunque prendi un dardo dal cappello, lo infili nel tubo e soffi con forza.

— Soffio, Vostra Signoria?

— Soffi, Jasper. Sarà la forza del tuo fiato a spingere il dardo verso il bersaglio!

Lo sguardo di Bombix andò dal tubo alla scatola di dardi per poi tornare su Rodilegno. — Com'è deliziosamente... *primitivo* — commentò con un brivido involontario.

— Primitivo ma efficace. Il giovane Pyrgus neanche si accorgerà della ferita. Al massimo crederà di essere stato punto da un insetto. La paralisi inizierà dopo tre minuti, e dopo altri quattro sarà morto: tempo piú che sufficiente perché tu possa svignartela senza problemi.

Bombix esaminò il piano. Bisognava ammettere – avendone il coraggio – che Rodilegno era un disgustoso bastardo, però il suo piano non sembrava nascondere trucchi. E nemmeno pecche. Tranne...

— Vostra Signoria... — Esitò. — C'è un piccolo problema..

Rodilegno lo fissò accigliato. — Ossia?

— Ecco, ormai non sono piú quel che si potrebbe definire un agente *in incognito*. Voglio dire, tentare di rapire la Principessa Reale era un'idea assolutamente *splendida*, ma questo ha significato bruciare la mia identità segreta come vostro, ehm, capo dello spionaggio. — "E farmi finire in quell'orrida galera puzzolente" aggiunse in cuor suo. Però non sembrava questo il momento di parlarne. Si protese in avanti. — Intendo dire che ormai godo di una certa... notorietà. Temo che le guardie del Monarca non mi permetterebbero di mettere piede nella Cattedrale.

— Ah. — Un sogghigno malizioso arricciò un angolo delle labbra di Lord Rodilegno. — Ah, ah. Credi che non ci abbia pensato? Credi che possa essermi sfuggito un punto cosí *ovvio*?

— No, Vostra Signoria. Certo che no. Non intendevo affatto...

— È questa la parte migliore del piano! — proseguí Rodilegno, ignorandolo. — Il fatto è, mio caro Jasper, che io non assisterò all'Incoronazione.

— No? — domandò Bombix, chiedendosi cosa c'entrasse questo con tutto il resto. — Ma non è previsto che ci andiate?

— Certo che è previsto, razza d'idiota! Previsto nonché politicamente utile. È per questo che sto facendo preparare uno specialissimo illudincanto.

— Illudincanto? — ripeté Bombix.

— Andrai tu al posto mio — lo informò Rodilegno. — Con il mio aspetto. — Tornò a sorridere. — Te l'ho detto che sarai circondato dai miei uomini. Saranno le tue guardie del corpo.

Dodici

Per tradizione, quando moriva un Monarca il suo corpo, rivestito delle insegne della sua carica, veniva avvolto da uno stasincanto e messo in mostra nella Cattedrale fino al giorno dell'Incoronazione del successore. Quattro soldati della Guardia in alta uniforme stavano immobili come statue agli angoli del catafalco, mentre i leali sudditi sfilavano davanti in lacrime per porgergli l'estremo omaggio.

Ma quando l'ultimo Monarca, Danaus Plexippus, era stato ucciso, buona parte della sua faccia era andata distrutta e nessun incantesimo ricostruttivo era riuscito a rimetterla decentemente insieme. Ragion per cui esibire il corpo era fuori discussione. Per questo motivo era rimasto nella cripta del Palazzo, avvolto dallo stasincanto, mentre i sacerdoti gli intonavano attorno preghiere allo scoccare di ogni ora.

— Quando sono arrivato, l'ho trovato cosí — disse Spino in tono infelice, fermo insieme a Pyrgus e Aurora davanti al catafalco vuoto. Non c'era segno di vandalismo, né di danni, ma il cadavere era sparito.

— Chi ha diretto le ultime preghiere prima di te? — chiese Aurora.

— Fratello Sinapsis, Vostra Grazia. — Spino esitò. — Gli ho già parlato: ha detto che quando si è allontanato era tutto in ordine.

— Le guardie? — All'ingresso della cripta c'erano due guardie in alta uniforme che avrebbero di sicuro notato chiunque avesse cercato di entrare.

— Non hanno visto niente, Vostra Grazia.

— Voglio parlare con Fratello Sinapsis — disse Aurora. — E anche con le guardie. Per piacere, fa' condurre tutti nei miei appartamenti. E senza che abbiano contatti fra loro o che discutano dell'accaduto prima che abbia sentito cos'hanno da dire. Intendo...

— Un momento — intervenne brusco Pyrgus, aprendo bocca per la prima volta da quando Spino li aveva raggiunti davanti all'alloggio del Viceré. Aurora lo fissò stupita: nella voce del fratello vibrava un insolito tono autoritario e sul suo viso c'era un'espressione severa, tesa. — Dobbiamo discutere di questa... — le lanciò un'occhiata ammonitrice — ... e altre faccende con il Viceré.

— Il signor Fogarty non è ancora tornato — gli ricordò Aurora.

Pyrgus abbassò la voce, come se questo potesse impedire a Spino, che gli stava accanto, di sentire. — Non voglio affidare questo incarico ai servi, Aurora. Ti chiedo di traslare al piú presto nel Mondo Analogo e riportare qui il signor Fogarty: i suoi affari personali dovranno aspettare. Mi occuperò io di interrogare Sinapsis e le sentinelle. — Si voltò e la sua voce divenne tagliente. — Spino, organizza una perquisizione accurata della cripta. Di' al Capitano delle Guardie che te ne ho concesso la piena autorità. Voglio che sia perlustrata da cima a fondo. Non badare a spese, e questo include l'estrazione di immagini dalle pareti, anche se presumo che l'autore di questo crimine abbia agito usando un nascondincanto.

Aurora lo fissò sbalordita. Non lo aveva mai visto cosí: deciso, autoritario... regale. Pyrgus si voltò verso di lei. — Sei ancora qui? Devi traslare prima possibile, la situazione è grave e urgente.

— Sí, Pyrgus — disse Aurora in tono insolitamente mansueto.

Aurora trovò l'Ingegnere Capo Phoebus curvo su un catino nell'anticamera della cappella, impegnato a pulirsi le mani strofinandole con una spazzola a setole rigide.

— Cosa posso fare per voi, Vostra Grazia? — le chiese.

— Il portale funziona? — domandò Aurora con labbra improvvisamente secche.

— Naturalmente sí, Vostra Grazia.

— Voglio dire... funziona a dovere? Lo avete riparato dopo il tentativo di sabotaggio — il *riuscito* sabotaggio, compiuto su ordine di Lord Rodilegno, anche se non erano mai riusciti a provarlo — ... dopo, uhm, l'infortunio di mio fratello? — In realtà non aveva voglia né di parlarne né di ricordare. Quella volta Pyrgus ci aveva quasi rimesso la pelle, attraversando il portale.

Phoebus la fissò perplesso. — Lo abbiamo riparato da un pezzo, Vostra Grazia.

— Quanto ci vuole per azionarlo?

— Per regolare l'indicatore direzionale sul posto dove desiderate andare?

— Sí.

— Pochissimo. Basta inserire le coordinate. Dieci, quindici secondi, anche meno, probabilmente. Vostra Grazia desidera usare il portale?

Eccolo là, il problema, concentrato in un'unica domanda. — Sí — rispose Aurora.

Fianco a fianco, entrarono nella cappella. Dopo il sabotaggio era sorvegliata costantemente da guardie armate di storditori, e attorno al portale di Casa Danaus era stata eretta una recinzione ad alto voltaggio. Anche il portale vero e proprio era stato rinforzato: le colonne erano ricoperte da robuste intelaiature di metallo e i controlli incassati in un blocco di ossidiana impermeabile. L'intera cappella aveva l'aspetto severo di un accampamento militare. Le fiamme azzurrine fra le colonne sembravano uscire dritte dall'Inferno.

Aurora si accigliò. — È in funzione?

Phoebus annuí. — Lo teniamo in funzione di continuo. — La sua espressione si addolcí. — Ordini del vostro povero padre dopo... dopo l'incidente del Principe Pyrgus. In questo modo è piú facile individuare eventuali interferenze. Non che possano essercene, ormai — si affrettò ad aggiungere.

— Capisco. — Aurora deglutí a fatica. — Quanto ci vorrà per farmi traslare nel Mondo Analogo, nella casa del Viceré Fogarty?

— Le coordinate sono già note. Posso attivarlo quando Vostra Grazia lo desidera.

— Desidero traslare adesso, signor Phoebus.

L'Ingegnere Capo si guardò attorno perplesso, chiaramente alla ricerca della scorta. — Vostra Grazia non vorrà andare da sola?

Invece sí, non poteva fare altrimenti. Il signor Fogarty avrebbe voluto sapere per filo e per segno cosa stava succedendo, e quello che aveva da dirgli era unicamente per le sue orecchie.

— Sí, da sola.

— È la vostra prima traslazione, vero, Principessa? — chiese incerto Phoebus.

— Sí.

— Volete che venga anch'io?

— No, grazie. — Aurora si avvicinò decisa alla recinzione, e una guardia si affrettò ad aprire il cancello per lasciarla passare. — Mi basta camminare in mezzo alle colonne, giusto, signor Phoebus?

Phoebus, che l'aveva seguita all'interno della recinzione, si portò davanti ai controlli. — Solo dopo che avrò inserito le coordinate, Vostra Grazia. Vi dirò io quando.

Aurora aspettò, ferma a un passo dalle colonne, il cuore in gola e il viso impassibile. Nessuno avrebbe mai dovuto sospettare che una principessa di Casa Danaus fosse atterrita da una semplice traslazione. Era un metodo di trasporto assolutamente sicuro, lo sapevano tutti. E qualsiasi libro di testo assicurava che non avrebbe sentito neanche un po' di tepore: quelle erano fiamme fredde.

— Il portale è pronto, Vostra Grazia — la informò Phoebus.

Sudando di paura, Aurora avanzò senza esitare fra le colonne.

Tredici

Sulfureo si augurava che Graminis lo facesse arrivare in chiesa in tempo. — Non potremmo andare piú in fretta? — chiese in tono stizzoso.

Viaggiavano su uno scassatissimo vailà che sembrava piú vetusto di qualunque divinità: una vettura aperta, di un nero funerario e con la tappezzeria che puzzava di tomba. A quanto pareva Graminis era troppo taccagno per affittare una carrozza nuziale decente. Il sollevincanto si era quasi esaurito perciò, invece di librarsi a un'altezza rispettabile, il vailà continuava ad abbassarsi fino a urtare la strada; dopodiché schizzava verso l'alto come un coniglio spaventato, per ricominciare subito a calare verso il basso. Tutto quel su e giú stava facendo venire a Sulfureo il mal di mare.

Comunque il tradizionale annuncio di nozze era bene in vista sul retro:

QUESTO UOMO STA PER SPOSARSI.
PREGATE PER LUI.

Graminis ridacchiò. — Tranquillo, Silas, Acherontia aspetterà. Ha aspettato per gli altri cinque, no?

Sulfureo batté le palpebre. La sua futura sposa aveva avuto *cinque* mariti? Sapeva che era vedova, ma cinque volte? Forse li divorava dopo l'accoppiamento, come i ragni. O li ammazzava per intascare l'assicurazione. Doveva stare attento. Soprattutto a quello che gli avrebbe dato da mangiare e da bere. Con ogni probabilità li aveva avvelenati.

Il vailà strusciò sulla strada e ballonzolò nei vicoli finché arrivarono in vista del campanile della chiesa. E a quel punto si bloccò davanti all'ingresso del camposanto. — Dovrai fare a piedi il resto della strada — annunciò Graminis. — Mi dispiace, ma questo coso è programmato per i funerali.

La chiesa era piccola come si era aspettato – le nozze si pagavano un tanto a metro quadro – e costruita secondo il tradizionale schema di quadratura-del-cerchio. File di panche guardavano in basso verso l'altare. La moquette era tarmata e logora.

Le panche erano occupate da una manciata di vagabondi squattrinati – senza dubbio accorsi nella speranza di qualche elargizione da parte degli sposi – e il fuoco centrale era già acceso. All'ingresso di Sulfureo e di Graminis, una mezza dozzina di ninfe pelle e ossa li circondarono danzando svogliatamente.

Il sacerdote emerse da una botola nel pavimento, a suggerire che forse la cerimonia sarebbe iniziata a breve. Era un tarchiato Elfo della Notte simile a un rospo, avvolto nelle vesti gialle richieste dall'occasione. Si degnò di rivolgere a Sulfureo un sorriso lugubre, che gli fu restituito con eguale lugubre degnazione.

— Ecco la sposa! — sibilò Graminis.

Sulfureo alzò lo sguardo e vide la sagoma ossuta della sua futura consorte incorniciata dall'arcata d'ingresso. La Vedova Acherontia Atropos indossava un aderente miniabito nero con tanto di spacco laterale e reggeva un cactus in vaso fra le mani.

Le sue gambe somigliavano piú che mai a scovolini usati.

Quattordici

La luce del sole colse Aurora alla sprovvista, e ci volle qualche momento perché i suoi occhi vi si adattassero. Si trovava in quello che sembrava una specie di giardinetto angusto. Si portò rapidamente una mano dietro la schiena per tastarsi fra le scapole. Niente ali! Il filtro sembrava aver funzionato. Tirò un respiro di sollievo. Tutti i libri raccomandavano di controllare subito la presenza delle ali. Perché, se rimpicciolivi, ti spuntavano le ali, com'era successo a Pyrgus quando il portale era stato sabotato. E se non era facile rendersi conto delle proprie dimensioni in un ambiente estraneo, la presenza delle ali era netta e indiscutibile: o le avevi o non le avevi. E dato che lei non le aveva, non era rimpicciolita. Un problema di meno.

Il problema successivo era se il portale era o no rimasto aperto. Aurora si voltò e vide una piccola area fiammeggiante: nessuna traccia delle colonne, ma era senza dubbio il portale. L'idea di riattraversare quell'inferno azzurrino la faceva rabbrividire, ma almeno la via del ritorno era aperta.

E adesso, era finita nel posto giusto? Tutti dicevano che bastava fissare le coordinate del Mondo Analogo e il portale ti spediva dove avevi deciso. Ma c'era comunque la possibilità di sabotaggio o di errore umano. Dubitava che ora come ora, con tutte le misure di sicurezza in atto, un sabotaggio fosse probabile, ma un errore umano era sempre possibile. Dunque si trovava davvero nella casa del Viceré Fogarty nel Mondo Analogo?

L'avvizzito praticello era ben lontano dai giardini rigogliosi che attorniavano l'alloggio del Viceré, e la casa che circondava aveva un aspetto miserabile, tetro. Le finestre a pianterreno erano addirittura bloccate da assi. Però ricordava i commenti del padre e di Pyrgus sul bizzarro stile di vita del signor Fogarty nel suo mondo di origine.

All'improvviso qualcosa di caldo e peloso le si strofinò contro una gamba, strappandole uno strillo strozzato. Abbassò lo sguardo e vide un gatto decisamente sovrappeso impegnato a lucidarle le caviglie. L'animale la fissò con occhi scintillanti ed emise un sommesso ppppprrr.

Aurora si rilassò. Era proprio la casa del signor Fogarty, e quello doveva essere il famoso Poutpourri. — Ciao, Poutpourri — lo salutò sottovoce. — Vuoi mostrarmi dov'è il Viceré?

Come se avesse capito, il gatto trotterellò in direzione della porta sul retro, e Aurora lo seguí sorridendo.

— Signor Fogarty! — chiamò, spingendo il battente.

Dentro c'era qualcuno, ma non era il signor Fogarty.

— Henry! — esclamò Aurora.

Il ragazzo fece un salto. Aveva in mano un piccolo oggetto nero coperto da file di pulsanti numerati e lo stava fissando con aria sbigottita. Sentendola entrare, alzò la testa di scatto e la guardò con un misto di stupore e, forse, di gioia.

— Aurora — balbettò. — Che ci fai, qui?

— Cerco il Viceré Fogarty.

Henry riportò lo sguardo sull'oggetto che stringeva in mano. — L'hanno arrestato — la informò con voce stridula. — Mi ha appena telefonato.

Aurora batté le palpebre. — Chi lo ha arrestato?

Lui la fissò confuso. — La polizia. Era andato a sistemare non so cosa riguardo alla casa, e lo hanno arrestato.

— Non possono arrestarlo — obiettò Aurora. — È il Viceré.

— Qui è solo un vecchio pensionato che un tempo rapinava le banche. Altroché se possono arrestarlo. Adesso è in una cella nella stazione di polizia di Nutgrove.

— In tal caso non c'è tempo da perdere — replicò Aurora. — Dobbiamo tirarlo fuori.

Quindici

Henry si guardò attorno con aria infelice.

— Allora? — domandò Aurora. — Dov'è?

— Da queste parti — bofonchiò lui. Insomma erano in Nutgrove Street, no? La stazione di polizia di Nutgrove doveva per forza trovarsi in Nutgrove Street.

— Henry — sibilò Aurora. — Devo trovare il Viceré e riportarlo subito nel Regno.

— Sí, lo so — annuí il ragazzo.

Quello che non sapeva, però, era cosa avrebbero fatto una volta trovata la stazione di polizia. Aurora sembrava convinta di poter entrare come se niente fosse e ordinare il rilascio del signor Fogarty.

— Proviamo da quella parte — suggerí.

— Ci siamo già stati, da quella parte — protestò Aurora. Però lo seguí ugualmente.

— Insomma — si decise a chiedere Henry — posso sapere che succede?

— In realtà non lo so bene neanch'io — rispose Aurora in tono piú dolce. — Ma di sicuro qualcosa bolle in pentola. Il corpo di nostro padre è scomparso, e temo che sia in atto un complotto per uccidere Pyrgus. Cosí mi ha mandato qui per avvertire il signor Fogarty: abbiamo bisogno di lui. — Esitò, e aggiunse: — Ci farebbe piacere che venissi anche tu.

Henry sentí un imbarazzante rossore strisciargli su per la nuca. — Farò il possibile — borbottò, chiedendosi che razza di risposta fosse quella. Nel tentativo di darsi un tono, si guardò attorno e scorse la stazione di polizia in una strada laterale. — Eccola! — esclamò. E l'istante successivo si chiese: "E ora che facciamo?"

— Senti, Henry, *cos'è* esattamente una stazione di polizia?

Lui la fissò allibito, e poi si rese conto che in effetti Aurora non poteva saperlo. — È, be', è una specie di quartier generale della polizia. Cioè, non il quartier generale generale, quello è a Scotland Yard o qualcosa del genere. Una specie di quartier generale per ogni distretto.

— E tutta la polizia vive lí?

— No, non penso che i poliziotti ci *abitino*. Piú che altro è un ufficio dove vanno tutti i giorni.

— Sono come le Regie Guardie? Ti frustano se fai qualcosa di sbagliato e tagliano le mani ai ladri? Tranne che ai nobili, è chiaro.

— Non credo proprio — rispose incerto Henry.

— Perché no? Mi sembra piuttosto sciocco, da parte loro — commentò Aurora, imboccando decisa la strada laterale.

Rendendosi conto di essere rimasto solo, Henry le corse dietro e la afferrò per un gomito. — Che vuoi fare? — le chiese ansioso. — Non puoi entrare là e ordinare che lascino andare il signor Fogarty. — Notò il suo sguardo e, dopo una breve esitazione, aggiunse: — *Qui non sei una Principessa.*

— Non avevo in mente di entrare da nessuna parte — replicò gelida Aurora. Lo fissò un momento e si rilassò fino al punto da accennare un sorriso. — Non temere, mi sono portata dietro un paio di coni.

— Un paio di coni? — Per qualche secondo Henry riuscí a pensare soltanto ai coni gelato, però dubitava che si riferisse a quelli.

— Conincanti — precisò lei.

Il ragazzo la guardò a bocca aperta. — Non vorrai... non avrai intenzione di...?

— Usare la magia? Certo che sí.
— Ma non puoi!
— Perché no?
"Perché no? Perché no?" Henry si lambiccò il cervello alla ricerca di un buon motivo e non gliene venne in mente neanche mezzo... a parte il fatto che probabilmente usare la magia era illegale. O lo sarebbe stato, se i poliziotti avessero creduto alla magia. La magia poteva andare bene nel Regno, dove la usavano tutti, ma qui, su chiunque, e tanto meno su un poliziotto, era assolutamente...
— Che tipo di conincanti? — chiese con voce incerta.

Sedici

Henry si sentiva strano. In effetti temeva di vomitare da un momento all'altro. Aveva l'impressione che gli ondeggiasse tutto attorno e gli sembrava di muoversi nella melassa.

— Non mi sento granché bene — provò a dire, e la voce gli rimbombò nella testa come un gong.

— Ci farai l'abitudine — replicò allegramente Aurora. — Seguimi. — Si fermò davanti al portone e lo spinse, ma questo restò fermamente chiuso. Si voltò per lanciare a Henry uno sguardo di rimprovero. — Non si apre.

Henry stava cercando di ricordare l'ultima cosa che aveva mangiato. Nutriva il fondato sospetto che avrebbe potuto rivederla a breve. — Certo che no — rispose faticosamente. — Per via dei terroristi e simili. Non puoi entrare in una stazione di polizia come niente fosse. Devi suonare il campanello e dire al citofono chi sei.

— Ma se parlo al citocoso capiranno che qua fuori c'è qualcuno, giusto?

Henry la fissò perplesso, chiedendosi per quanto ancora sarebbe riuscito a tenere sotto controllo il contenuto del suo stomaco. — È questo il punto. Cosí ti fanno entrare.

— Ma io non voglio far sapere che sono qui — obiettò Aurora.

Era troppo. Il cervello di Henry eseguí una capriola al rallentatore. — Ma se non lo sanno, come facciamo a entrare? — riuscí a chiedere.

In quel momento il portone si aprí e ne uscí un tizio che si allontanò senza degnarli di un'occhiata. Aurora fu svelta a bloccare il battente con un piede. — Vieni! — sibilò, e sgusciò dentro.

Per un momento Henry la fissò istupidito, poi la seguí mentre la porta cominciava a richiudersi. Si trovavano in una specie di sala d'attesa col pavimento coperto di linoleum, diverse sedie da una parte e un bancone dall'altra. Dietro il bancone c'era un sergente in divisa. Alle sue spalle una giovane donna con cortissimi capelli neri scriveva al computer. Tre sedie erano occupate: due da una coppia anziana, la terza da un uomo di mezza età che si sforzava inutilmente di somigliare a Elvis Presley. Nessuno prestò attenzione ad Aurora o Henry.

— Bene — disse Aurora. — Ora non ci resta che trovare il signor Fogarty.

— Possiamo chiedere al sergente — suggerí Henry. In realtà desiderava soltanto uscire da lí, tornare a casa e, possibilmente, morire.

Attraverso la nebbia che lo avvolgeva, si rese conto che Aurora lo fissava perplessa. — È una battuta?

Henry scosse la testa. — No, perché? — E subito tese una mano per aggrapparsi allo schienale di una sedia Scuotere la testa era stato un *grosso* errore.

— A che serve essere invisibili, se poi andiamo da quel tizio e gli parliamo?

La nebbia si dissipò un poco. Henry la fissò sbalordito. — Invisibili? — le fece eco.

— A cosa credi che servisse, quel cono?

— Non possiamo essere invisibili! Ti vedo benissimo. — Il *benissimo* era un'esagerazione, però di sicuro la vedeva.

— Naturale che mi vedi! Io vedo te, e tu vedi le tue mani, e io vedo i miei piedi perché siamo *entrambi* invisibili — ribatté Aurora col tono di chi parla a un idiota. — E cerca di abbassare la voce... l'incantesimo attutisce i suoni, ma se fai troppo chiasso possono comunque sentirti. E non fare puzze, o si chiederanno chi è stato.

— Non sono stato io! — protestò Henry. Si rese conto di avere alzato la voce e si affrettò ad abbassarla. — Non sono stato io — ripeté in un sussurro.

— Be', qualcuno è stato — sbuffò Aurora. — Allora — chiese, accantonando il problema puzze — dove sarà il signor Fogarty?

— Non lo so — rispose Henry irritato. Aveva messo piede in una stazione di polizia una sola volta, perché gli mancava il faretto posteriore della bici.

— Nel retro, o al di là di quella porta? — insisté Aurora. — O per i prigionieri c'è un edificio separato?

— Non lo so!

La porta alle loro spalle si aprí per fare entrare due agenti che sorreggevano un giovanotto dall'aria corrucciata con un logoro giubbotto di pelle. Il sergente sollevò in silenzio una parte del bancone e gli agenti trascinarono il tizio al di là della porta sul retro.

— Quello era un prigioniero — disse Aurora. — Poco ma sicuro. Le celle devono essere oltre quella porta.

Forse aveva ragione, pensò Henry, ma a che serviva saperlo? Il sergente aveva riabbassato il bancone, e comunque i due agenti si erano chiusi dietro la porta. Fece per dire qualcosa, ma fu interrotto da un certo subbuglio nello stomaco.

— Muoviti! — sussurrò Aurora.

Sotto gli occhi inorriditi di Henry, spiccò una breve corsa, volteggiò al di sopra del bancone e atterrò agilmente - e silenziosamente - accanto al sergente. Che neanche sollevò la testa dalle sue carte. — Muoviti — ripeté con un cenno d'incoraggiamento.

Henry si sentí sprofondare. Non era mai stato un tipo atletico, neanche in condizioni ottimali. Se avesse tentato di imitare Aurora, di sicuro sarebbe inciampato e finito rovinosamente a terra.

— Henry... — lo chiamò lei impaziente.

Vergognoso, Henry si trascinò verso il bancone. Gli andava tutto storto. Superarlo con un balzo era fuori discussione, ma era impensabile lasciare che Aurora salvasse il signor Fogarty da sola. Evitando d'incrociare il suo sguardo, si inerpicò sul bancone cercando di fare meno rumore possibile. Non c'era molto spazio per muoversi, ed era convinto che avrebbe finito per rovesciare la tazza di tè del sergente. Aurora lo avrebbe giudicato una vera schiappa rispetto a tutti i ragazzi atletici che di sicuro le ronzavano attorno, ma non conosceva altro modo per superare quell'ostacolo.

Era a metà strada quando il sergente tese una mano verso la tazza. Henry si appiattí sul bancone e trattenne il fiato. Fu salvato dallo squillo del telefono: il sergente lasciò perdere la tazza e sollevò la cornetta. Il filo del telefono scivolò sull'invisibile posteriore di Henry formando una specie di collinetta, ma il sergente non sembrò farci caso.

Il ragazzo riprese a strisciare, cercando di sgusciare sotto il filo, ma prima che potesse completare la manovra, il sergente riattaccò. Con un sospiro di sollievo Henry scivolò giú dal bancone e raggiunse Aurora, che lo fissava stranamente. La donna al computer era a un metro scarso, il sergente addirittura piú vicino. Poteva azzardarsi a dire qualcosa? Decise di correre il rischio.
— E ora che facciamo? — sussurrò.

— Aspettiamo e teniamo gli occhi aperti — rispose Aurora. — Sgusceremo oltre quella porta quando tutti sono distratti.

Sembrava un piano semplice... a parte il fatto che i due agenti arrivati poco prima ne uscirono quasi subito, chiudendosela fermamente alle spalle. A quel punto ebbe inizio una conversazione a tre su una certa Jackie Knox, che andò avanti finché la donna si alzò chiedendo: — Volete un caffè, ragazzi? Io vado a farmene uno — e d'un tratto i dintorni del bancone divennero estremamente affollati.

Con la coda dell'occhio Henry vide Aurora eseguire con grazia una specie di danza sinuosa schivando abilmente gli agenti: ovviamente era abituata a essere invisibile. Ma lui no. Schivò e si chinò con la grazia di un rinoceronte, la nausea che aumentava a ogni movimento.

Finalmente la donna finí di distribuire caffè e tornò alla scrivania. E poi un'altra porta si aprí: ne emersero il signor Fogarty e un giovane poliziotto in uniforme, e si diressero fianco a fianco verso l'uscita.

— Grazie per la cooperazione, signore — disse il giovane poliziotto. — Ci dispiace averle procurato tanto disturbo.

Il signor Fogarty grugní qualcosa e uscí in strada.

— Hai visto? — sussurrò Aurora, entusiasta. — Lo hanno lasciato libero!

Il telefono sul bancone squillò di nuovo, e di nuovo il sergente rispose.

— Vieni, Henry — bisbigliò Aurora. Ancora volteggiò al di sopra del bancone con l'agilità di una scimmia.

— Puuuuah! — esclamò di colpo il sergente, lasciando cadere la cornetta e abbassando incredulo lo sguardo. — E questo schifo da dov'è venuto? — domandò. I due agenti si voltarono a guardare con un misto di disgusto e di sbalordimento. Henry gli aveva vomitato dritto sui pantaloni.

A Henry faceva uno strano effetto che il signor Fogarty continuasse a fissare un punto al di sopra del suo orecchio sinistro, ma presumeva che fosse normale se parlavi con qualcuno che non riusciva a vederti.

— Errore di persona — brontolò il signor Fogarty. — Un impiegato di banca mi aveva scambiato per qualcun altro.

— Perché pensate che Henry si sia sentito male? — chiese Aurora. Lei era già del tutto visibile, ma Henry aveva appena cominciato a ricomparire.

— Colpa della camicia, probabilmente — rispose Fogarty.

— Cos'ha la mia camicia che non va? — domandò Henry. Erano di nuovo in casa del signor Fogarty e, grazie al cielo, la nausea gli stava passando.

— Fibre sintetiche — lo informò il vecchio in tono lugubre. — Entrano in conflitto con l'energia del conincanto, creano una risonanza magnetica e ti mettono lo stomaco sottosopra.

— Insomma starà male ogni volta che usa la magia? — domandò Aurora.

— Solo se ha addosso quella camicia. Dovrebbe togliersi tutta la roba sintetica e provare con un altro cono. Se ho ragione, non avrà problemi.

— Un momento... — cominciò a protestare Henry. Non si trattava solo della camicia: anche i suoi pantaloni erano di fibra sintetica; quanto alle mutande, neanche osava pensarci.

Per fortuna Aurora tagliò corto. — Faremo l'esperimento un'altra volta, Viceré. Adesso noi due dobbiamo tornare subito nel Regno.

— Cos'è successo?

— Il corpo di mio padre è scomparso. E c'è un complotto per assassinare Pyrgus.

Fogarty fece una smorfia esasperata. — Di nuovo? — Inspirò a fondo e buttò fuori il fiato con forza. — Hai ragione. Sarà meglio andare. Il portale è aperto? — Quando Aurora annuí, lanciò un'occhiata a Henry. — Vieni con noi?

Henry batté le palpebre. — Prima devo sistemare un paio di cose. — Doveva anche comprare del cibo da lasciare a Poutpourri, ma soprattutto doveva inventarsi una scusa con sua madre per sparire per tutto quel tempo.

— Sbrigati — ribatté Fogarty — e raggiungici piú in fretta che puoi. Usa il cubo che ti ho lasciato.

Si diresse verso la porta insieme ad Aurora, ma sulla soglia si voltò, si tolse di tasca una scatoletta e la tese a Henry. — Mi raccomando: prima di usarli accertati di avere addosso solo fibre naturali.

— Che roba è?

Il signor Fogarty gli rivolse uno dei suoi rari sorrisi. — Un regalino per tua madre.

Diciassette

Pyrgus aveva qualcosa che non andava. Lo trovarono rintanato nei suoi appartamenti, e Fogarty pensò che aveva visto cadaveri dall'aria piú vispa.

— Stai bene? — gli chiese subito.

Pyrgus lo fissò con occhi infossati. — Sí.

— Sicuro?

— Sí, sí.

— Non si direbbe.

— Ha ragione, Pyrgus — intervenne Aurora. — Hai un aspetto orribile.

Il Principe scrollò le spalle. — Non ho dormito granché la notte scorsa. Sentite, possiamo parlare di cose importanti? Hai spiegato al Viceré cos'è successo?

— Che il corpo di nostro padre è sparito e c'è un complotto per assassinarti? Sí.

Pyrgus lanciò un'occhiata alle loro spalle. — Henry non è venuto con voi?

— Ci seguirà — lo rassicurò Fogarty. — Ci sono sviluppi?

Pyrgus si passò nervosamente la lingua sulle labbra. — Ho interrogato le guardie. Non hanno visto niente che possa spiegare la scomparsa del corpo. Prima c'era, e dopo non c'era piú.

— Magia? — chiese Fogarty.

— Non vedo come — rispose Aurora. — Non ho mai sentito parlare di incantesimi capaci di fare sparire un corpo.

— Neanch'io — concordò Pyrgus. — Però noi non

siamo maghi, perciò possono esserci incantesimi che non conosciamo, magari qualcuno sviluppato di recente. E dato che per il momento non possiamo fare niente, è anche inutile sprecare altro tempo a indagare. Tanto vale aspettare che l'autore del misfatto venga allo scoperto.

— Pensi che vogliano un riscatto? — chiese Aurora.

— Probabile — annuí Pyrgus.

Mentiva. Fogarty ne era sicuro. Ma perché?

— Secondo me dovremmo concentrarci sul complotto — riprese Pyrgus. — Spero che non ti dispiaccia, Aurora, ma ho chiesto alla tua amica Madama Circe di fare rapporto direttamente al Viceré.

— No, certo che non mi dispiace. È già qui, o vuoi che il signor Fogarty...

— Madama Circe sta aspettando in anticamera. Le ho chiesto di unirsi a noi appena il Viceré fosse arrivato. La farò... ah, eccola qui.

Sentendo aprire la porta alle sue spalle, Fogarty si voltò. E qualcosa lo colpí con la forza di una martellata.

Diciotto

Henry aprí la scatola in camera sua. Conteneva sei coni color ruggine in un involucro di ovatta. Li fissò inquieto.

All'interno del coperchio c'era una scritta nel bizzarro alfabeto elfico cosí simile all'arabo, ma doveva esserci inserito qualche incantesimo perché gli bastò un'occhiata e le parole tremolarono e cominciarono a ricomporsi nella sua lingua.

CONINCANTO LETE® D.O.C.
Scordatutto Garantito
Sei (6) conincanti LETE®
ad autoaccensione, monouso.

Istruzioni:

1. Visualizzare l'effetto richiesto (p.es. chi o che cosa dimenticare).
2. Posizionare il cono sotto il naso del soggetto e spezzare la punta usa e getta.

ATTENZIONE

I conincanti LETE® sono venduti a esclusivo uso personale e a scopo terapeutico per alleviare ricordi dolorosi. È un reato usarli su terzi senza previa autorizzazione scritta.

I produttori declinano ogni responsabilità nel caso di uso scorretto di questi conincanti, come pure di danni o lesioni da essi causati a una o piú persone. LETE® è un marchio registrato della Magic Memory S.p.A., membro della Lega Incanti Etici. Nessun rimborso.

Il cuore di Henry sembrò fermarsi un istante. Erano i coni dei quali gli aveva parlato il signor Fogarty, quelli che facevano scordare le cose. Non aveva piú bisogno d'inventarsi una scusa per sua madre: gli sarebbe bastato usare un cono su di lei e uno su Aisling, e si sarebbe potuto eclissare per tutto il tempo che voleva senza che se ne accorgessero. Per la precisione, neanche si sarebbero ricordate della sua esistenza fino al ritorno. Poteva raggiungere Aurora nel Regno, e magari salvare Pyrgus per la seconda volta. Allora sí che avrebbe fatto colpo su di lei! E forse, forse... Grazie, signor Fogarty! Era perfetto!

Ma non *proprio*. Perché lui era allergico alla magia.

Posò con attenzione la scatola sul comodino e puntò verso l'armadio: aprire lo sportello ed essere investito da una valanga di indumenti fu tutt'uno. Di malavoglia rovistò in mezzo al groviglio di biancheria e vestiti alla ricerca di fibre naturali.

Alla fine sostituí la camicia sintetica con una maglietta in puro cotone con la scritta SIETE MIE, PUPE!: gliel'aveva regalata una zia particolarmente priva di buon gusto, e non era la preferita di Henry, ma non riuscí a trovare altro che fosse anche solo vagamente pulito. Sostituí i pantaloni con un paio di sformati jeans mimetici e le mutande con altre di cotone. Anche i jeans erano un regalo della solita zia ed erano decisamente orridi, ma almeno non erano di tessuto sintetico, e comunque poteva sempre cambiarsi dopo aver messo fuori gioco mamma e Aisling.

Seguendo un suono di voci, entrò in cucina e vi trovò sua madre e sua sorella sedute davanti al tavolo che bevevano il tè. Avevano le teste vicine, ma di qualunque cosa stessero parlando, s'interruppero all'ingresso di Henry.

— Perché hai messo quell'orribile maglietta? — disse

subito Aisling. — È volgare, e un insulto per tutte le donne. — Si appellò alla madre. — Digli di cambiarsi, mamma.

Henry socchiuse gli occhi, visualizzò se stesso, poi si avvicinò alla sorella e le spezzò un cono sotto il naso. Dal lete si sprigionò un ricciolo di fumo grigiastro. Aisling ritrasse la testa di scatto, allarmata, ma l'istante successivo il suo viso perse ogni espressione.

Sua madre lo fissò sbigottita. — Che hai fatto a tua sorella? — balbettò, sbarrando gli occhi. — È una droga?

Senza risponderle, Henry mormorò: — Scusa, mamma. — Visualizzò di nuovo se stesso e le spezzò il secondo cono sotto il naso.

Provò un istante di panico quando anche il viso di sua madre perse ogni espressione. Aisling era ancora pietrificata, la bocca socchiusa, il petto immobile come se neanche respirasse. E ora anche mamma si era trasformata in una statua. Non le aveva mica uccise, vero? Non era abituato a fare magie... per la precisione, era la prima volta che ci provava. Forse aveva sbagliato qualcosa.

Tese cauto una mano e le toccò un braccio. — Mamma...?

Non poteva essere morta. Neppure il signor Fogarty gli avrebbe dato una scatola di coni che ammazzavano la gente.

O forse sí? A volte il signor Fogarty aveva strane idee...

All'improvviso sua madre e Aisling si rimisero a parlare – qualcosa a proposito dello stupido Pony Club di Aisling – ignorando Henry come se non fosse lí accanto a loro. O come se... come se si fossero del tutto scordate di lui.

Cautamente il ragazzo uscí a ritroso dalla cucina. Gli ci volle un momento per riconoscere la sensazione insolita che gli gorgogliava nello stomaco: gioia, pura e semplice gioia. C'era riuscito! Aveva fatto un incantesimo. Mamma e Aisling si erano dimenticate di lui, era *libero*! Poteva andare nel Regno. Poteva rivedere Aurora.

Salí al galoppo le scale. Aveva nascosto il cubo lasciatogli dal signor Fogarty in una scatola da scarpe spinta in fondo allo scaffale piú alto del suo armadio, insieme al pugnale consegnatogli da Pyrgus quando lo aveva nominato Acciaio Invitto, Cavaliere del Pugnale Grigio.

Tirò giú la scatola e aprí il coperchio. Il cubo era sparito.

Aisling! Non poteva essere stata che lei! Non faceva che intrufolarsi in camera sua e rubacchiargli cose. Sua madre era capacissima di perquisirgli la stanza – non aveva il minimo senso della privacy, tranne quando riguardava le sue cose – ma non avrebbe fatto sparire il cubo: aveva un aspetto abbastanza innocuo da farle pensare che avesse a che fare con il computer. Inoltre lei avrebbe fatto sparire anche il pugnale, e invece quello c'era ancora. Doveva essere stata Aisling per forza... la piccola peste!

Henry scese a precipizio le scale, ma non c'era piú nessuno in cucina. Si voltò, diretto verso la stanza di Aisling, e andò a sbattere contro la sorella che usciva dal bagno a pianterreno.

— Restituiscimi subito il mio cubo! — le gridò furibondo.

Aisling batté le palpebre. — Chi sei? — chiese con aria trasognata.

Diciannove

Panolis Duca di Flammea era un colosso che amava accentuare la propria stazza indossando un'armatura imbottita e, d'inverno, voluminose pellicce. Invece della spada si portava dietro un'ascia con il manico intarsiato d'argento, un'arma troppo pesante per essere maneggiata da una persona meno robusta.

I traghettatori continuavano a lanciargli occhiate furtive. Il Duca era famoso in tutto il Regno, non solo nella natia Gnammeth Croz, e per giunta trasudava carisma oltre che forza: una caratteristica che lo aveva aiutato a diventare il piú importante alleato di Rodilegno.

Saltò a terra appena il traghetto approdò sull'isola del Palazzo, ignorando il marinaio che si era fatto timorosamente avanti per aiutarlo. Sapeva che si stavano chiedendo perché viaggiava senza seguito, ma la sua era stata una mossa deliberata. Chiunque altro avrebbe avuto bisogno di una schiera di lacchè per fare colpo, mentre Panolis si era fatto accompagnare da un unico servo incappucciato. Sapeva che questo avrebbe reso il suo messaggio ancora piú efficace.

Come previsto, sul sentiero illuminato da torce che portava al Palazzo non c'erano guardie. Prima di poter salire sul traghetto era stato interrogato e perquisito a fondo (due volte!), e i soldati gli avevano permesso di tenere l'ascia, un simbolo di rango oltre che un'arma, solo dopo averla sigillata alla cintura in modo che risultasse impossibile estrarla. Aveva comunque ricavato una piccola soddisfazione dal fatto che a entrambe le perquisiioni fosse sfuggito il sottile pugnale infilato nello stivale sinistro: un elaborato deviaincanto aveva distolto l'attenzione delle Regie Guardie, lo stesso deviaincanto che aveva evitato la perquisizione del suo compagno incappucciato. Non che avesse intenzione di assassinare qualcuno, almeno per oggi, ma era sempre una gioia sconfiggere le misure di sicurezza del Monarca.

Dopo una curva il sentiero emerse dallo schermo degli alberi ornamentali e il Palazzo torreggiò davanti a lui, illuminato alla base da enormi lucciglobi incassati nel terreno. Era un edificio severo, eretto nell'antico stile ciclopico e pensato piú come una fortezza che come una residenza dall'aspetto armonioso. Le intemperie avevano scolorito le antiche pietre purpuree fino a renderle quasi nere (anche se gli era stato detto che con una luce particolare scintillavano ancora violacee) e il Palazzo stava acquattato come un bestione tozzo in cima alla collina che occupava il centro dell'isola. Panolis lo osservò con approvazione. Un edificio del genere era studiato per incutere terrore al nemico, e lui era un ammiratore della buona psicologia militare ovunque gli capitasse di incontrarla.

Altre guardie gli vennero incontro appena si avvicinò al cancello del giardino che circondava il Palazzo. Era loro dovere essere sempre sospettose, soprattutto di notte. Il Capitano lo riconobbe, naturalmente, ma lo trattò alla stregua di un qualunque altro visitatore.

— Il motivo della vostra presenza, signore?

— Incontrare il Monarca Designato.

— A quale scopo, signore?

— Gli reco un messaggio di Lord Rodilegno.

— Scritto o orale?

— Orale.

— Posso trasmetterlo al vostro posto?

— Il messaggio è unicamente per le orecchie del Principe Pyrgus.

Il Capitano scrollò le spalle come se si fosse aspettato quella risposta. — Sua Signoria ha armi con sé?

Panolis accennò all'ascia.

Il Capitano si chinò a ispezionarla e si tolse di tasca un piccolo strumento per apporvi un secondo sigillo. — Vi prego di togliervi la cintura e attraversare l'arcata a sinistra dell'ingresso principale, signore.

Togliersi la cintura significava abbandonare l'arma. — Io sono il Duca di Flammea — replicò Panolis in tono rigido. — Non potete disarmarmi senza un motivo valido.

— L'ascia vi sarà restituita una volta passato oltre l'arco — gli spiegò pacato il Capitano.

Furioso, Panolis si chiese che cosa fosse quella novità, ma non era certo il momento di fare storie. Si sfilò la cintura, completa di ascia, e la consegnò al Capitano.

— Sua Signoria ha altre armi su di sé?

— No — mentí Panolis.

— Prego, signore.

Appena il Duca passò con fare altezzoso sotto l'arco, attorno a lui esplose un allarme ululante. Nel giro di pochi secondi era circondato da un plotone di soldati con le armi in pugno. Sollevò le mani e indietreggiò sorridendo. Il suo istinto gli suggerí cosa poteva essere successo... e, se aveva ragione, era davvero notevole. Non conosceva nessuna magia in grado di produrre un risultato del genere.

Il Capitano gli si avvicinò di nuovo. — Forse Sua Signoria ha scordato un'arma? — chiese educatamente.

Proprio come aveva sospettato: un rivestincanto spalmato sull'arco aveva individuato il pugnale! In silenzio lo sfilò dallo stivale e lo consegnò al Capitano.

— Grazie, signore. Vi sarà restituito quando lascerete il Palazzo. Il vostro servo, ora, per piacere.

L'incappucciato passò sotto l'arco senza fare scattare

alcun allarme. Sorridendo fra sé, Panolis s'incamminò verso il Palazzo. Sospettava che l'arco incantato fosse opera del nuovo Viceré, lo stregone Fogarty arrivato dal Mondo Analogo. Se cosí era, quell'uomo aveva provato il suo enorme valore con una singola invenzione. Un incantesimo capace di individuare le armi nascoste era incredibile, senza prezzo. Forse non era il caso di parlarne al suo vecchio amico Rodilegno. Quando gli Elfi della Notte fossero stati signori del Palazzo, si sarebbe potuto impossessare di quella nuova tecnologia.

E magari convincere lo stregone Fogarty a lavorare per Casa Flammea.

Venti

Nella solitudine del suo alloggio Fogarty sollevò la mano destra e la tenne tesa davanti a sé, il palmo rivolto verso il basso. Tremava. Assurdo! Perfino quando l'artrite gli faceva vedere le stelle si era sempre vantato di avere mani fermissime. Era ridicolo che, dopo aver resistito all'avanzare dell'età, si mettessero a tremare proprio ora.

Davvero non sapeva che cos'avesse provocato il tremito.

A dire il vero lo sapeva benissimo. A parte che era impossibile... e alla sua età, poi!

Era dai tempi della sua remota adolescenza che non si sentiva altrettanto confuso.

In effetti al momento gli sembrava di essere proprio un adolescente. Aveva voglia di cantare a squarciagola, andare a cogliere fiori e altre idiozie del genere. Che fossero i sintomi iniziali di demenza senile? In fondo la chiamavano anche "seconda infanzia". Alla fine sbavavi peggio di un pupo e te la facevi addosso, ma forse prima attraversavi una fase adolescenziale.

Chissà se i maghi guaritori conoscevano qualche cura.

Però *non voleva* farsi curare. Tremito a parte, si sentiva a meraviglia. Elettrizzato, forte, sicuro di sé, pieno di energie. Pronto per andare a un concerto rock. Non gli risultava che la demenza senile producesse effetti del genere.

E se fosse stato... Fogarty scosse la testa. Non poteva essere neanche quello!

Si trasferí dalla camera da letto al bagno, dove c'era uno specchio a parete. Il suo riflesso non gli somigliava affatto. Sembrava suo nonno. Eppure non si *sentiva* vecchio. Non si era mai sentito vecchio, neanche quando l'artrite gli massacrava le mani, o quando aveva scoperto di non poter fare dieci metri di corsa senza ritrovarsi con l'affanno e una fitta dolorosa al petto. Però non si era mai sentito neppure cosí giovane. In genere pensava a se stesso come a un uomo sui trentacinque, quarant'anni al massimo, in una brutta giornata. Una bella differenza dal sentirsi un diciassettenne... come gli capitava adesso.

Era successo tutto in modo cosí repentino! Un momento era preoccupato per Pyrgus, ascoltava Aurora, cercava di capire cosa stava succedendo; quello dopo una morsa gli aveva serrato le viscere, il suo cuore era impazzito, il cervello spappolato. Solo perché nella stanza era entrata Madama Circe.

Naturalmente aveva già sentito parlare di lei — era la migliore fra le spie di Aurora – ma niente lo aveva preparato alla realtà. Era la creatura piú esotica che avesse mai visto, e alta, per essere una donna, alta quasi quanto lui. Indossava una tenuta incredibilmente sgargiante: abito e copricapo intonati, dai colori vivaci e in continuo mutamento; e, ai piedi, librelle gemmate che la sollevavano a cinque centimetri buoni dal pavimento, facendola apparire perfino piú alta.

Ricordava di averla sentita chiamare la Dama Dipinta, e ora capiva perché. Aveva il viso coperto da un trucco pesante, quasi teatrale: che un tempo avesse calcato le scene? Ricordava vagamente di aver sentito dire anche questo. Era accompagnata da uno gnomo arancione che trasportava una gabbia dorata dove dormiva un grasso gatto persiano trasparente. Ma la cosa che piú colpiva in lei erano gli occhi: scuri, liquidi, penetranti.

Occhi che lo avevano trafitto come frecce mentre Aurora faceva le presentazioni. Madama Circe aveva sorriso mostrando delicati denti scarlatti, aveva teso una mano affusolata coperta di anelli serpentini, aveva stretto con decisione la sua e aveva detto: — È un tale piacere incontrarvi, Viceré Fogarty. La caaava Principessa Aurora mi ha tanto parlato di voi. Posso presentarvi il mio servo Ciancia? — e aveva accennato allo gnomo arancione.

Folgorato, Fogarty non era riuscito a spiccicare parola. Era rimasto in silenzio anche mentre Madama Circe ripeteva quello che aveva già detto ad Aurora sul complotto per assassinare un membro della casa reale. La sola cosa che era riuscito a dire prima che lei si congedasse era stata: — Madama Circe, qual è il vostro vero nome?

Quegli occhi stupendi lo avevano nuovamente trafitto e quella voce stupenda aveva modulato: — Brintesia, Viceré Fogarty. Il mio vero nome è Brintesia.

Dopodiché era uscita dalla stanza, lasciandosi dietro Fogarty pietrificato e tremante. E meno male che era riuscito a darsi un minimo di contegno di fronte ad Aurora e a Pyrgus.

Era ridicolo, alla sua età, reagire in quel modo a una donna. Era ridicolo a *qualsiasi* età. Né, a quanto riusciva a ricordare, gli era mai capitato. Neanche quando, da ragazzo, fantasticava su qualche primo amore foruncoloso ormai dimenticato. E nemmeno quando aveva incontrato Miriam, la donna che aveva sposato a vent'anni o poco piú. In effetti Miriam era stata un po' una lagna, ma comunque...

Il problema era: che aveva intenzione di fare?

Sapeva cos'avrebbe fatto se fosse stato realmente giovane come si sentiva. Sarebbe saltato sul suo destriero a quattro ruote e le sarebbe corso dietro piú veloce del

Cavaliere Solitario. L'avrebbe agguantata e baciata fino a farle cascare le orecchie. E avrebbe fatto polpette di un qualunque rivale.

Adesso, però, non poteva fare niente del genere. Adesso era il Viceré, il lavoro piú rispettabile e di maggiore responsabilità che gli fosse mai stato offerto. Non poteva partire a razzo dietro a una sottana. Soprattutto aveva una certa età, e il tempo di fare polpette dei rivali era definitivamente passato. A meno di non usare una mazza da cricket. Si chiese meditabondo se fra lei e quello gnomo ci fosse qualcosa.

Stava uscendo dal bagno, quando un colpo deciso alla porta d'ingresso lo fece immobilizzare. In teoria nessuno poteva avvicinarsi alla casa senza fare scattare il sistema di sicurezza. All'esterno c'erano anche diverse guardie – su questo Pyrgus aveva insistito – ma anche se qualcuno fosse riuscito a sfuggire alla loro sorveglianza non avrebbe potuto eludere i congegni che aveva sistemato personalmente. Invece, a quanto pareva, qualcuno lo aveva fatto, e ora bussava alla sua porta nel cuore della notte.

Andò a controllare la sfilza di schermi che aveva installato nel suo alloggio. Il perimetro esterno sembrava sgombro, a parte le rassicuranti sagome verdognole delle sentinelle. Anche la zona intermedia era pulita, perciò non poteva trattarsi di un attacco in massa.

I suoi occhi guizzarono verso gli schermi puntati sul portico: un'alta figura incappucciata stava sollevando la mano guantata per bussare di nuovo. Non si vedeva traccia di armi – anche se il mantello avrebbe potuto nascondere qualunque cosa – però si trattava di una sola persona. Comunque neanche un visitatore solitario sarebbe dovuto passare sotto il naso delle guardie. E nessuno, assolutamente nessuno, sarebbe dovuto riuscire a battere i suoi sistemi di sicurezza. Che fosse questo il previsto tentativo di assassinio? Aurora era convinta che l'obiettivo fosse Pyrgus, ma poteva trattarsi di un qualunque membro della casa reale. Il che poteva includere Aurora, come pure una dozzina di cortigiani e consiglieri, e naturalmente lui stesso.

Ma un assassino avrebbe bussato al portone?

Fogarty socchiuse gli occhi, sforzandosi di riflettere. Tutti sanno che un assassino non bussa alla porta: un assassino sgattaiola dentro casa passando dal retro, o da una finestra, o dal camino. Oppure usa un trasformincanto per modificare il proprio aspetto e assumere quello di un amico o di una qualunque persona innocua. Il tizio là fuori non aveva affatto l'aspetto di un amico, aveva l'aspetto di un assassino. Il cappuccio nascondeva il viso; il mantello, le armi. Ma perché un assassino con l'aria da assassino sarebbe venuto a bussare alla porta? A meno che non fosse un assassino estremamente *astuto*, sicuro che nessuno avrebbe mai davvero creduto un assassino qualcuno che bussava alla porta. Però...

Fogarty lasciò perdere e prese una mazza da cricket dall'armadietto. Avrebbe preferito il suo vecchio fucile, ma dopo che lo aveva usato per uccidere il Monarca aveva ritenuto opportuno toglierlo di mezzo. Che altro poteva fare? Spiegare a tutti che all'epoca era posseduto da un demone? Inoltre non è facile ammazzare qualcuno con una mazza da cricket; e in seguito la si poteva usare per spezzare le dita al prigioniero durante l'interrogatorio. L'interrogatorio era essenziale. Potevi scoprire chi aveva cercato di farti fuori e se c'era qualcun altro che ce l'aveva con te. Sollevò la mazza e spalancò la porta.

— Buonasera, Alan — disse Madama Circe, entrando tranquilla. — Penso che alla nostra età sia meglio lasciar perdere i preliminari. — Lanciò un'occhiata alla mazza. — Guarda guarda... hai in mente qualche giochetto in particolare?

Aurora si svegliò a fatica mentre qualcuno la scrollava con forza. Assonnata, mise lo sguardo a fuoco oltre la lampada che le brillava davanti agli occhi. — Pyrgus? Che c'è?

— Rodilegno mi ha mandato un messaggio tramite il Duca di Flammea — sussurrò ansioso lui. — Ho bisogno che tu mi dica come comportarmi.

Ventuno

Henry ebbe un'idea assolutamente geniale, cosí ovvia che si chiese perché non gli fosse venuta in mente subito. Dato che non riusciva a scoprire dove Aisling avesse nascosto il cubo, poteva andare a vedere se il signor Fogarty ne aveva un altro! Ormai era buio, e sua madre avrebbe dato in escandescenze se avesse saputo che stava andando a casa del signor Fogarty a quell'ora, ma né lei né Aisling si ricordavano piú della sua esistenza, e perciò non potevano fare granché per fermarlo.

Poiché aveva cominciato a piovere, s'infilò alla svelta un impermeabile e saltò sull'ultimo autobus. Se non riusciva a trovare un altro cubo, poteva sempre restare a dormire dal signor Fogarty e il giorno dopo prendere il primo autobus per tornare a casa. Nonostante tutti i suoi problemi allergici, i lete avevano qualche vantaggio. E gliene restavano altri quattro.

Ma quando imboccò la strada dove si trovava la casa, buona parte della sua sicurezza era svanita. Riusciva a pensare soltanto ad Aurora e al fatto che ormai doveva chiedersi perché fosse sparito proprio quando aveva piú bisogno di lui. Con la sua fortuna non avrebbe trovato nessun cubo e avrebbe impiegato *mesi* per raggiungere il Regno.

La sua fortuna si dimostrò esattamente quella prevista: frugò la casa del signor Fogarty da cima a fondo senza scorgere traccia di cubi. Si stava chiedendo se fosse il caso di sbattere la testa contro il muro, quando fu fulminato dalla seconda idea assolutamente geniale nel giro di tre ore.

Corse alla scrivania in camera da letto e vi rovistò finché trovò il taccuino del signor Fogarty.

Il taccuino era affascinante, pieno zeppo di schizzi di ogni tipo di congegni – incluso uno chiamato Macchina dei Desideri – tutti classificati nella nitida calligrafia minuta del signor Fogarty. Molti erano chiaramente incompleti, alcuni erano semplici appunti relativi a parti di macchine e circuiti, e parecchi non avevano il minimo senso per Henry.

Trovò quelli che cercava piú o meno dopo aver sfogliato un terzo del taccuino.

Sotto il disegno non c'era scritto "cubo" e nemmeno "portale". C'era scritto DISTURBATORE PSICOTRONICO DI REALTÀ, con DISTURBATORE cancellato e sostituito dalla parola RIALLINEATORE. Fu il psicotronico ad attrarre la sua attenzione. Si ricordava che il signor Fogarty aveva detto qualcosa sul fatto che i suoi portali usavano un interruttore psicotronico e pompavano elettricità. Sulla pagina che aveva davanti non si parlava di elettricità pompata, però la parte psicotronica sembrava promettente.

E cosí pure il disegno. A colpo d'occhio era uguale spiccicato al cubo che aveva usato la prima volta che era traslato nel Regno. Lo schizzo dell'interno, però, era incomprensibile. L'unica cosa che Henry riuscí a capire era che ci andava infilata una di quelle piccole, costose batterie a lunga durata che si trovano negli orologi digitali. Fissò a lungo il disegno, e alla fine decise che non aveva bisogno di capirlo. Doveva farlo e basta. Era come un televisore: per accenderlo mica avevi bisogno di sapere come funzionava. Se avesse seguito esattamente gli appunti del signor Fogarty, per aprire il portale gli sarebbe bastato premere il pulsante giusto.

Il guaio era che lui non aveva mai costruito un congegno elettronico. A dire il vero a scuola gli era capitato di studiare qualcosa su circuiti e componenti, ma quasi subito aveva cambiato classe e si era affrettato a dimenticare il tutto ben prima di arrivare al punto di dover mettere insieme qualunque cosa. Però aveva costruito sculture mobili, e funzionanti!, di cartapesta: mettere insieme un aggeggio elettronico poteva essere molto piú difficile?

In realtà non lo fu affatto, ma gli prese piú tempo del previsto. Per sua fortuna il signor Fogarty aveva l'abitudine di disegnare rapidi schizzi scarabocchiati di ogni componente necessario. Gli scarabocchi strisciavano tutt'intorno agli appunti e perciò, anche quando Henry non capiva termini come "soglia di trasformazione", si trovava sotto gli occhi il disegno di quello che gli serviva.

Parecchie parti le rintracciò nel cassetto della cucina, altre nella rimessa. Con un vago senso di colpa riconobbe alcuni degli strumenti che aveva rubato a scuola per permettere al signor Fogarty di costruire un portale per Pyrgus: doveva rimetterli a posto prima che riprendessero le lezioni dopo le vacanze estive.

Solo quando cominciò a mettere insieme i vari pezzi scoprí che mancava un componente.

A quel punto eseguí una perquisizione in piena regola, ma senza risultato. Quello che cercava era un biofiltro: un dischetto piatto che sembrava fatto appiccicando insieme due strati di metallo, con un terzo strato nel mezzo, e attaccandoci sopra una piccolissima antenna circolare. Nel cassetto della cucina non c'era niente del genere, e nemmeno nella rimessa. Frugò di nuovo la casa da cima a fondo prima di decidere che, qualunque cosa fosse un biofiltro, il signor Fogarty non ce l'aveva. Sfogliò il taccuino alla ricerca di eventuali istruzioni su come costruirne uno, ma non ne trovò. E ora?

Rimuginò sullo schema, cercando di capire a che servisse in effetti il biofiltro. Per quanto riusciva a capire, non faceva niente, non sembrava neanche collegato a qualcosa. Del resto una buona parte del congegno dava quell'impressione.

Cosí alla fine Henry decise di lasciar perdere quel coso. Non era sicuro che fosse una decisione saggia, ma che altro poteva fare?

Cominciò a mettere insieme i pezzi usando un saldatore elettrico ripescato in fondo al cassetto della cucina. Era un lavoro lento e di precisione, molto simile al modellismo, ed era buio pesto quando si rese conto di essere affamato. Lasciò il congegno a metà (non somigliava neanche lontanamente agli apparecchi impeccabili costruiti dal signor Fogarty, ma in fondo era il suo primo tentativo) e andò in cerca di qualcosa di commestibile. Il frigo era vuoto come al solito, eccetto per un antico litro di latte cagliato, però nel reparto surgelati trovò uno sformato: Gioia del Pastore. *Cuocere senza scongelare nel forno a microonde* lo informò allegramente il Pastore tramite una nuvoletta stampata sulla confezione.

Il microonde del signor Fogarty era nuovo di zecca: gli era stato dato da chissà chi, e lui non lo aveva mai usato per via di quelle che chiamava "perdite radioattive". Henry ci infilò dentro lo sformato e regolò il timer su sette minuti. Poi prese una scatoletta di fagioli dalla credenza (il signor Fogarty faceva *collezione* di scatolette di fagioli) e li riscaldò in una casseruola sul fornello a gas. Quando il forno a microonde scattò, i fagioli bollivano allegramente. Sbatté tutto su un piatto e mangiò di buon appetito.

Era chiaro che non avrebbe finito il congegno tanto presto, cosí decise di passare la notte lí. Quella decisione gli fece provare un impeto di gioia. Un senso di libertà travolgente. Non era obbligato a subire l'interrogatorio della madre, né ad ascoltare l'insopportabile sorella. Poteva passare la notte fuori, e loro neanche avrebbero notato la sua assenza.

La mattina dopo, però, il senso di libertà era sparito, sostituito da qualcosa di simile al panico. Aveva sognato Pyrgus... un sogno stranissimo. Stava fuggendo davanti a un'armata di zombi putrescenti che scorrazzavano per le strade perdendo pezzi qua e là. C'era anche Aurora, nel sogno. Seguiva gli zombi armata di scopa e paletta, raccogliendo i pezzi via via che cadevano. E intanto continuava a ripetere: "Cos'è che ti trattiene, Henry? Perché ci metti tanto?"

Zombi a parte, era sicuro che Aurora stesse dicendo proprio quelle parole. Il Regno era nei guai, lei gli aveva chiesto di aiutarli, e lui aveva promesso di seguirli prima possibile. Probabilmente si era aspettata di rivederlo nel giro di poche ore. Impugnò il saldatore senza neanche fare colazione.

Finí il cubo verso l'ora di pranzo, quando sospese il lavoro per cuocersi due hamburger surgelati. A guardarlo, il cubo somigliava a un nido di ratti messo insieme con terminali e cavi, e l'interruttore era decisamente troppo grosso rispetto a tutto il resto. Quello costruito dal signor Fogarty era piú piccolo di un cellulare; questo sarebbe entrato a fatica dentro una scatola da scarpe. Henry si chiese come avrebbe fatto a portarselo dietro, ma poi decise che non ce n'era bisogno. Una volta nel Regno, ci avrebbe pensato il signor Fogarty a rispedirlo a casa. O magari Pyrgus, usando il portale del Palazzo.

Si morse le labbra, fissando incerto il congegno, e alla fine decise che era tempo di metterlo alla prova. Avendo imparato a proprie spese che non si aprivano portali in ambienti chiusi, si trasferí in giardino, nel punto dove la spazzatura si accumulava dietro il cespuglio di buddleia. Dopodiché, sapendo che se avesse esitato non avrebbe mai avuto il coraggio di azionarlo, fece scattare l'interruttore.

Niente.

Non funzionava senza il biofiltro! Era la fine. Sarebbe dovuto tornare a casa e aspettare che Aisling recuperasse la memoria, e tutto per quello stupido aggeggio!

Un momento... E la batteria?

Aveva voglia di prendersi a calci. Forse il biofiltro era un problema, ma prima di disperarsi avrebbe fatto meglio a infilare una batteria nell'apparecchio. Rientrò in casa di volata e frugò nel cassetto. Trovò diverse batterie, ma nessuna era il piccolo bottone di litio che gli serviva. Corse alla rimessa, ma non trovò niente neanche lí.

"Dove sei, Henry? Perché non sei venuto come avevi promesso?"

Era cosí in ritardo! Lanciò un'occhiata all'orologio che aveva al polso. L'una e ventotto. Erano quasi... l'orologio funzionava a batteria!

Se lo sfilò di scatto. Per aprirlo gli serviva un piccolo cacciavite, ma nella rimessa ce n'erano quanti ne voleva. Pochi istanti dopo tirò fuori la batteria e tornò precipitosamente in giardino.

Mentre la infilava nel congegno improvvisato, scoprí di avere il fiato corto. Controllò i contatti e decise che era tutto a posto. Di colpo fu assalito da un attacco di panico: era impossibile che quell'affare funzionasse senza biofiltro. Probabilmente era il pezzo piú importante di tutti. Ma che accidente era, un biofiltro?

"Ancora un controllo" pensò. "Un ultimo controllo." Era assurdo rischiare tutto per un biofiltro.

Rientrò di corsa e sottopose l'intera casa a una perquisizione cosí accurata che a un certo punto si ritrovò a guardare dietro la tazza del water. A quel punto si rese conto di aver superato i limiti del ridicolo. Davvero credeva che il signor Fogarty potesse conservare un biofiltro nel gabinetto? Assurdo. Aveva ceduto al panico. Che male c'era a collaudare il congegno senza un solo, piccolissimo componente? Nel peggiore dei casi non avrebbe funzionato.

Tornò in giardino. Il suo pastrocchio elettronico era dove lo aveva lasciato, sul vecchio traballante tavolo da giardino che il signor Fogarty non si era mai deciso a buttare via. Prima di avere il tempo di pensare, prima di farsi riprendere dal panico, Henry fece scattare l'interruttore.

Al centro del pastrocchio si accese una lucina verde.

Si guardò attorno. Niente portale, niente di niente. Non aveva funzionato. Non avrebbe mai funzionato senza quell'accidente...

Alle sue spalle, nelle vicinanze della rimessa, risuonò un ronzio, dapprima basso e profondo, ma poi lentamente il volume aumentò, vibrando come la sirena di un'unità coronarica, fino a raggiungere un livello tremendo. Quando aveva usato il cubo del signor Fogarty non era successo niente del genere. Qualcosa non andava. Parecchie cose non andavano.

La sirena si zittí di botto. E poi, con uno schiocco incredibile, un portale si aprí a neanche due metri da lui. Henry lo fissò allibito. C'era riuscito! Aveva costruito un portale funzionante! E si apriva direttamente nel Palazzo... riconosceva i corridoi. Era fantastico!

D'un tratto si raggelò. Dal portale proveniva un crepitio sommesso, come di pancetta sfrigolante. Un filo di fumo si levò da un raccordo del congegno rabberciato, e subito dopo i cavi furono avvolti da nugoli di scintille striscianti.

Il portale tremolò.

Per un momento le gambe di Henry si rifiutarono di muoversi. Il tremolio – su questo non nutriva il minimo dubbio – significava che il portale stava per richiudersi, e lui non poteva farci assolutamente niente. E poi, di colpo, la paralisi si spezzò e i suoi piedi avanzarono di slancio.

Il portale si richiuse un istante dopo che lo aveva attraversato. Ce l'aveva fatta. Si trovava nel Palazzo.

E, poco ma sicuro, qualcosa non andava.

Ventidue

Il vecchio Monarca non lo avrebbe mai ricevuto nella Sala del Trono: le trattative serie con nemici seri si svolgevano in privato. Non che Panolis ne fosse sorpreso. Giovane e inesperto com'era, il Monarca Designato aveva ritenuto un'udienza formale la sola adeguata per un Duca del suo rango. Del resto ancora non sapeva in che guaio si trovava.

Erano passati parecchi anni da quando Panolis aveva messo piede in quella sala. All'epoca vi si svolgeva un banchetto ed era piena di invitati festanti. Adesso era vuota e stranamente tetra. Sembrava esserci qualche problema con i lucciglobi, e due valletti assonnati stavano sistemando sfilze di candele accese. Le fiamme guizzanti creavano ombre sinistre... il che, considerando le notizie delle quali era latore, poteva non essere un male.

Lo sguardo del Duca vagò con distratta arroganza sulla foresta di colonne e verso le alte gallerie acustiche. Quelle strutture baroccheggianti trasportavano ogni sussurro nei corridoi esterni. Neanche questo era un male. Se, come al solito, i servi avessero origliato, la voce si sarebbe sparsa con la stessa velocità del fuoco fra l'erba secca, causando altrettanto panico

Il Principe Ereditario Pyrgus e sua sorella, la Principessa Aurora, lo aspettavano al capo opposto della sala, seduti su massicci troni sopraelevati. Chiaramente avevano scelto quella posizione nel tentativo di incutere rispetto, ma in realtà sembravano solo due bambini nervosi. Somigliavano entrambi al padre, soprattutto Pyrgus. Si diceva che fosse una testa calda, come sono spesso i giovani, ma i suoi occhi scintillavano d'intelligenza e nel giro di pochi anni sarebbe diventato un discreto Monarca. Peccato che non ne avrebbe mai avuto la possibilità.

Panolis s'incamminò verso di loro. Silenzioso come uno spettro, il suo compagno incappucciato lo seguiva a tre passi di distanza.

Aurora guardò Panolis attraversare la Sala del Trono con lentezza quasi insultante, come se stesse facendo una passeggiata. A quanto le risultava, il Duca di Flammea era un esperto di diplomazia e di manipolazione, il che lo rendeva perfino piú pericoloso di Lord Rodilegno. Anche se aveva visto molti suoi ritratti e osservato alcune sue apparizioni pubbliche al vistaschermo, di persona risultava ancora piú imponente. Era muscoloso come un guerriero e il suo viso era ingannevolmente sensibile; nel complesso aveva un aspetto attraente, eroico perfino, che spiegava il numero crescente dei suoi seguaci fra gli Elfi della Notte.

Panolis s'inchinò. — I miei omaggi, Principe Pyrgus. Vi ringrazio per avermi concesso udienza a un'ora cosí tarda. "Principe Pyrgus" notò Aurora, non "Monarca Designato". Gli occhi fulvi del Duca, cosí simili a quelli di un haniel, si spostarono su di lei. — Vostra Grazia.

Aurora inclinò appena la testa. Era lieta che Pyrgus avesse avuto il buonsenso di avvertirla. Panolis era attraente, ma anche pericoloso come una vipera e astuto come un ratto.

— Dato che l'ora è tarda, Duca — disse gelido Pyrgus — vi sarei grato se ci comunicaste alla svelta lo scopo della vostra visita.

— Naturalmente — replicò con tutta calma Panolis.

— Ma prima, con il vostro permesso, mi è d'obbligo presentarvi i complimenti e i saluti del mio amico e sodale Lord Rodilegno, il quale mi ha espressamente incaricato di chiedere notizie della salute vostra e di vostra sorella.

— La mia salute è perfetta — rispose secco Pyrgus. — E cosí pure quella di mia sorella.

Suo fratello non avrebbe mai, mai, appreso l'arte della diplomazia. — Vi prego di trasmettere i nostri saluti a Lord Rodilegno — interloquí Aurora — nonché la nostra speranza che anche la sua salute sia perfetta.

— E ora andiamo al punto — sbottò Pyrgus, sciupando l'effetto.

Se Panolis ne fu offeso, non lo diede a vedere. Infatti sulle sue labbra comparve un accenno di sorriso. — Come desiderate, Principe Ereditario.

Aurora ebbe l'improvvisa, angosciosa intuizione che stesse per succedere qualcosa di terribile. Una sensazione cosí forte che, se il terrore non le avesse paralizzato la lingua, avrebbe voluto urlare per impedire al Duca di proseguire.

— Principe Ereditario Pyrgus — declamò Panolis in tono formale — vostro padre il Monarca ha stipulato un trattato con Lord Rodilegno, quale capo riconosciuto degli Elfi della Notte. Con il suddetto trattato, egli acconsente che d'ora innanzi, in seguito alle proprie malferme condizioni di salute, le funzioni di governo siano affidate a suo figlio Colias. Che, fino al raggiungimento della maggiore età, sarà consigliato in tutto e per tutto da Lord Rodilegno in veste di Reggente. — Panolis estrasse da una tasca della casacca una pergamena arrotolata e la tese a Pyrgus. — Ho anche ricevuto l'incarico, Principe Ereditario, di consegnarvi una copia del trattato, completo di Sigillo Reale e firmato da vostro padre, il Monarca in carica, con la certezza che voi e tutti i membri della famiglia e della casa reale ne rispetterete i termini e le decisioni, fornendo al Principe Colias e a Lord Rodilegno l'aiuto e l'assistenza necessari al pieno svolgimento dei loro doveri. — A quel punto, vedendo che Pyrgus non accennava a prendere la pergamena, Panolis gliela lanciò ai piedi.

— Duca di Flammea — balbettò Aurora — nostro padre è morto! — Quello che era stato appena detto era sconvolgente, disgustoso, offensivo, spregevole, stupido...

Il sorriso di Panolis si allargò. — Vostra Grazia — annunciò in tono solenne — mi è gradito obbligo informarvi che il vostro illustre padre è vivo e vegeto. — Fece un cenno.

La figura incappucciata alle sue spalle avanzò di tre passi e spinse indietro il cappuccio che ne celava il volto.

Ventitré

— Quello non era nostro padre! — protestò Aurora.
Pyrgus non aprí bocca.

— È impossibile che fosse lui... è morto! Ho *visto* il suo cadavere! — Incapace di restare ferma, la Principessa cominciò ad andare avanti e indietro nella stanza. — No! Non lo era! — Esitò, fissando il fratello con occhi lucidi. — Non lo era, vero, Pyrgus?

— Di sicuro gli somigliava — rispose lui con voce spenta.

Ad Aurora sembrava di rivedere ogni movimento del cappuccio, ogni piega formata dal tessuto mentre scivolava indietro. Vedeva gli occhi del padre volgersi verso di lei, le frettolose riparazioni fatte al suo viso devastato dall'arma proveniente dal Mondo Analogo.

— Forse è un doppio — suggerí. Le tremavano le mani. — O un sosia. O un'illusione magica. Un trucco organizzato da Rodilegno e Panolis. Ne sarebbero capaci. Rodilegno non si fermerebbe davanti a niente pur...

— Non penso che fosse un doppio — la interruppe Pyrgus. — E neanche un'illusione.

In effetti neanche Aurora lo pensava. L'aveva capito appena l'individuo si era tolto il mantello. Era inconfondibile: la postura, l'inclinazione della testa, perfino il modo di sollevare la mano. Del resto un'illusione o un doppio potevano ingannare per un paio d'ore, un giorno al massimo; e nessun sosia sarebbe mai riuscito a sostenere un attento esame per un lungo periodo. Perciò quello che avevano visto doveva essere reale.

Lí per lí un'ondata di emozione l'aveva sommersa. Suo padre era vivo! Poteva vedere il suo viso, sentire la sua voce, avvertire il tocco della sua mano sulla guancia. Avrebbero potuto di nuovo passeggiare insieme, chiacchierare insieme. Tutto sarebbe tornato come prima!

E poi, improvvisa com'era arrivata, l'ondata si ritirò. Niente era come prima. Il padre aveva rifiutato di parlare con loro, di avvicinarsi, perfino di restare nella Sala del Trono. Aveva mostrato il suo viso, confermato il trattato con voce atona, e se n'era andato. Non era giusto. Non era affatto giusto! Senza preavviso Aurora scoppiò in singhiozzi sommessi.

Pyrgus si portò subito al suo fianco e le passò un braccio attorno alle spalle. — Va tutto bene, Aurora. Andrà tutto bene.

Ma, lo sapevano entrambi, erano parole prive di senso.

— Ci credi, a quello che ha detto Panolis? — Aurora ricacciò indietro le lacrime mentre Pyrgus la fissava confuso. — Ha detto che nostro padre non era affatto morto, che era semplicemente in coma, e quando Rodilegno lo ha tirato fuori dalla stasi, si è... si è risvegliato. Ci credi?

— Può essere possibile — rispose cauto il fratello. — Cioè, la gente va in coma. A volte...

Aurora lo afferrò per le spalle e lo scrollò. — Ma tu ci *credi*, Pyrgus? Credi che sia davvero andata cosí?

Lui scosse la testa con aria infelice. — No.

Aurora lo fissò tetra. — Allora è una resurrezione — sussurrò. Le sue parole sembrarono restare sospese nell'aria come un annuncio di sventura.

Pyrgus non aprí bocca.

Con uno sforzo sovrumano, la Principessa smise di piangere e si asciugò gli occhi con un angolo della veste. — Qualcuno deve avvertire il Viceré — disse in tono deciso. — E Madama Circe. Ci servono tutti i consigli che possiamo ottenere.

Anche se Madama Circe si era trattenuta a Palazzo, il servo incaricato di convocarla non la trovò nel suo alloggio. Per fortuna doveva averla trovata il Viceré Fogarty, dal momento che arrivarono insieme. Aurora pensò che avevano tutt'e due un'aria stranamente compiaciuta, ma al momento aveva troppe cose per la testa per curarsene. Appena si chiusero la porta alle spalle, si affrettò a riferire loro cos'era successo.

— Rodilegno può resuscitare i morti? — chiese il signor Fogarty quando Aurora si fermò a riprendere fiato.

Fu Pyrgus a rispondere con aria stranamente vergognosa, come se stesse dicendo un'oscenità. — I negromanti possono farlo. Alcuni di loro. Pochi. Per lo piú riescono soltanto a parlare ai... ai...

— Ma alcuni possono? — insisté Fogarty. — Davvero ci riescono?

— Se... ecco, se il... il... se le cose non sono andate troppo oltre.

— Cioè se il corpo non ha cominciato a decomporsi?

Pyrgus deglutí a fatica. — Sí.

— Allora perché non l'avete fatto subito voi? — domandò Fogarty.

Pyrgus lo fissò allibito. — Noi?

— Tu e Aurora, sí.

— Resuscitare nostro padre? — Anche Aurora lo fissò a occhi sbarrati.

— Gli volevate bene, giusto? — continuò Fogarty. Il suo sguardo andò dall'uno all'altra, chiaramente sconcertato dalla loro reazione. — A pensarci, com'è che non resuscitano tutti? Quelli ammazzati in battaglia e via dicendo?

Seguí un lungo silenzio.

— È proibito, signor Fogarty — rispose finalmente Aurora a voce bassa.

— Proibito da chi?

Aurora deglutí. — Dalla legge. E dalla Chiesa della Luce.

— Tutto qui? — esclamò Fogarty incredulo.

Pyrgus rimase in silenzio, lo sguardo fisso sul pavimento. A occhio e croce, sembrava sul punto di vomitare.

— È *male,* signor Fogarty! — sbottò Aurora rabbrividendo.

Ma lui non aveva intenzione di arrendersi. — Supponiamo che io muoia e mi mettiate in stasi, sareste in grado di resuscitarmi?

— È *proibito* — ripeté Aurora.

— Dalla vostra religione? Io sono presbiteriano.

Altri lunghi secondi passarono in silenzio prima che Aurora dicesse d'impeto: — Viceré, il negromante avrebbe il pieno controllo del vostro corpo.

Ecco il punto! Ecco perché erano tanto sconvolti. Fogarty si protese verso di loro. — Insomma viene fuori uno zombi? — Pensavano che il padre fosse stato resuscitato per diventare una specie di fantoccio agli ordini di Rodilegno. — Fatemi capire. Lord Rodilegno ha rubato il cadavere di vostro padre e poi lo ha resuscitato? Cosí ora è il suo schiavo? Deve obbedirgli in tutto e per tutto?

— Non a Rodilegno personalmente — precisò Aurora. — Dev'esserci dietro un negromante. Un esperto. Ma è chiaro che il negromante lavora per Rodilegno. Oppure... — deglutí di nuovo e chiuse brevemente gli occhi — oppure qualcuno lo ha resuscitato e poi glielo ha *venduto*. Succede, a volte, l'ho letto nei libri di storia. Ma questo non ha importanza. La cosa importante è che lo spirito di nostro padre è in trappola e deve obbedire a Lord Rodilegno. Ecco perché ha firmato quel trattato. Non c'è altra spiegazione.

Il signor Fogarty aggrottò la fronte. — Ma se è uno zombi la gente capirà che non ha firmato di sua volontà e nessuno prenderà il trattato sul serio.

— Ah — disse Pyrgus, ma poi sembrò troppo prossimo alle lacrime per continuare.

— Ecco perché Lord Rodilegno sostiene che nostro padre era semplicemente in coma — spiegò Aurora. — Se non era morto, non è stato resuscitato. E perciò adesso agisce di propria spontanea volontà.

— È ancora qui? — chiese bruscamente il Viceré.

Aurora scosse la testa. — Non credo. Non lo so. È venuto assieme al Duca di Flammea, ma se n'è andato subito dopo averci ordinato di rispettare il trattato.

— E che mi dite del tirapiedi di Rodilegno? Questo Duca di nonsoché?

Aurora lanciò un'occhiata al fratello, che a sua volta la guardò e scosse la testa. — Se n'è andato mezz'ora fa — rispose.

— Peccato — commentò Fogarty. — Potevamo rapirlo e proporre a Rodilegno un piccolo scambio.

Madama Circe parlò per la prima volta da quando era arrivata. — Temo che una soluzione cosí semplice non sia piú possibile, Alan. — Aurora la fissò stupita. Era la prima volta che sentiva qualcuno chiamare "Alan" il signor Fogarty. — Questa è una situazione estremamente delicata, miei caaavi, e assolutamente spaventosa. Quanto ci vorrà prima che quel miserabile ometto renda pubblico il trattato?

Il miserabile ometto era chiaramente Lord Rodilegno.

— Vuole che io abbandoni la carica di Monarca Designato — rispose Pyrgus. — Il trattato sarà reso pubblico subito dopo.

— Per quanto tempo puoi tenerlo a bada? — chiese Fogarty.

— Al massimo fino all'Incoronazione.

— In tal caso — disse Madama Circe — non abbiamo molto tempo per preparare un piano.

Aurora annuí. Avrebbe voluto che Henry fosse lí. Perché non li aveva seguiti come aveva promesso?

Ventiquattro

Il Mutaforma sospirò. — Per piacere, signor Bombix, le dispiacerebbe concentrarsi?

— Ma sono migliorato — protestò Bombix. — Sono decisamente migliorato.

Erano soli nella vasta Sala di Esercitazione dell'Accademia degli Assassini di Rodilegno, con il lucido pavimento in legno di quercia e le pareti ricoperte da specchi. Le loro immagini si estendevano all'infinito. Il Mutaforma era bruno, snello, muscoloso e con l'aria gelida del professionista.

— Migliorato? — disse. — Sí, un minimo sí. Però ha ancora molta strada da fare, signor Bombix. Francamente, se dovesse tentare la missione domani, sarebbe un fallimento. E allora che succederebbe?

"Sarei morto" pensò Bombix. "E tu dovresti spiegare a Rodilegno come mai non sei riuscito a prepararmi." Il Mutaforma era una delle quattro persone al corrente della sua missione; le altre tre erano lo stesso Bombix, Lord Rodilegno e lo stregone assunto per lanciare l'illudincanto: un pagliaccio con un pizzico di addestramento Halek che rispondeva al nome di Caccola, Cicciolo, Catocala... o qualcosa del genere. Tutti gli altri erano convinti che all'Incoronazione avrebbe partecipato Rodilegno in persona. Nessuno sospettava che Bombix avrebbe preso il suo posto. Sempre che fosse riuscito a superare l'addestramento base.

Naturalmente, se non lo avesse superato, Rodilegno lo avrebbe fatto uccidere. In modo lento e penoso, senza dubbio.

— Non capisco a che serve agitarsi tanto — protestò Bombix in tono petulante. — L'illudincanto mi farà sembrare identico a Sua Signoria.

— Sí, signor Bombix, ma non l'aiuterà a muoversi come lui, ed è a questo che stiamo lavorando. Il problema è che lei risulta un po' troppo... corpulento, diciamo.

— Corpulento? — gli fece eco Bombix, inorridito. Era un po' sovrappeso, d'accordo, forse abbastanza da essere definito cicciottello, ma dubitava che chiunque con un minimo di buonsenso lo avrebbe definito corpulento.

— Lei è piú grosso di Lord Rodilegno — spiegò accigliato il Mutaforma — perciò si muove in modo diverso. Non è una critica, semplicemente qualcosa che dobbiamo modificare. Anch'io sono piú robusto di Sua Signoria, ma guardi...

Era da brivido. Mentre attraversava la stanza, il Mutaforma sembrò rattrappirsi. La spalla destra si abbassò nel modo tipico di Rodilegno, i lineamenti si trasformarono in una tetra maschera spietata. E, soprattutto, la sua andatura diventò un arrogante zampettio da insetto. Non c'era nessun trasformincanto, né la minima somiglianza fisica, eppure sembrava di avere davanti Lord Rodilegno in persona.

— Provi lei, adesso — disse il Mutaforma Xylophanes.

Bombix ci provò. Abbassò una spalla, si rattrappí e fece una corsetta dopo l'altra sul pavimento lucido. Studiò il proprio riflesso negli specchi. Si sforzò di *pensare* a se stesso come Lord Rodilegno, come un attore che si prepara per una parte. Andò avanti e indietro, e provò e riprovò fino a consumarsi i piedi.

— Inutile — decretò alla fine il Mutaforma. — Ci toccherà usare il verme.

Venticinque

Sulfureo si ritrovò senza fiato già al terzo giro attorno al fuoco, ma per fortuna il sacerdote fece loro cenno di fermarsi. — Mettetevi fianco a fianco — ordinò a voce alta. Abbassò la voce e gli sibilò all'orecchio: — E cerca di far finta di divertirti.

Troppo sfinito per rispondere, Sulfureo si accontentò di fulminarlo con gli occhi, per poi rivolgere un rapido sorriso ipocrita alla sposa, che lo ricambiò allegramente. *Cinque mariti!* Se davvero li aveva stecchiti tutti e cinque, doveva avere accumulato una fortuna. Quelle nozze potevano rivelarsi un affare d'oro.

— Amici — declamò il sacerdote in direzione dei malandati spettatori — siamo qui riuniti per bla bla bla, eccetera, rabarbaro ed eccetera, aaaa... eeehmmmm.

Sulfureo lo fissò sbalordito.

— La cerimonia completa richiede costi extra — bisbigliò il sacerdote. — La sposa non vuole pagare, però potrei addebitare il tutto allo sposo.

— Va bene cosí — sibilò Sulfureo, scuotendo la testa.

— Avendo amministrato l'introduzione religiosa e la benedizione — intonò il sacerdote — passiamo alla parte simbolica del rito. Come vedete la sposa reca un cactus spinoso quale simbolo delle avversità sperimentate da ogni coppia nel corso della vita in comune. Cactus che ora consegnerà allo sposo il quale, accettandolo, assume l'impegno solenne di sopportare per lei quelle avversità da ora e per sempre, aaaa... eeehmmmm.

"Scordatelo" pensò Sulfureo, ma tese comunque la mano verso il cactus, facendo attenzione a prenderlo dal vaso. I perdigiorno applaudirono svogliatamente.

— Alzalo! — bisbigliò il sacerdote.

Sulfureo sollevò il cactus sopra la testa. Stavolta fu la Vedova Atropos ad applaudire. *Cinque mariti!* Doveva essere un record; se non lo era, appariva comunque degno di ammirazione.

Una delle ninfe avanzò barcollando e liberò Sulfureo dal cactus. Aveva l'aspetto sciupato e lo sguardo vitreo di un'intossicata di musica simbala, ma non era cosí rintronata da scordarsi di chiedergli una moneta per eseguire la sua parte nella cerimonia. Sulfureo le allungò uno gnutto e lei si allontanò danzando imbronciata.

— E ora, gli impedimenti — bisbigliò il sacerdote. — Dopodiché potremo dichiarare legali le nozze. — Alzò la voce fino a farla echeggiare in tutta la chiesa. — Invito chiunque possa vantare su questa donna diritti precedenti che risultino di ostacolo alla Sacra Cerimonia di Nozze in corso a esporli chiaramente e per esteso, qui e ora; invito inoltre chiunque dei presenti sappia di questi o altri impedimenti a farsi avanti e parlare, o sarà suo obbligo tacere per sempre.

"Ora dovremmo scoprire se qualcuno dei cinque è sopravvissuto" pensò Sulfureo in un momento di raro umorismo. Il celebrante rimase a lungo in silenzio, lo sguardo fisso sul soffitto della chiesa, ma nessuno fiatò.

Il sacerdote si tirò su la veste come se, ora che il rito era agli sgoccioli, si preparasse a battersela in tutta fretta. — Invito chiunque — ripeté — possa vantare su questo uomo diritti precedenti che risultino di ostacolo alla Sacra Cerimonia di Nozze in corso a esporli chiaramente e per esteso, qui e ora; invito inoltre chiunque dei presenti sappia di questi o altri impedimenti a farsi avanti e parlare, o sarà suo obbligo tacere per sempre.

Stavolta toccò a Sulfureo puntare lo sguardo sul soffitto. Una breve pausa, le ultime formalità, e poi via nei boschi a liquidare la sposa.

Era davvero un gran bel giorno.

Ventisei

Il verme somigliava di piú a un'anguilla o a un serpentello, a parte il fatto che era segmentato e protetto da una naturale corazza lucida. I suoi occhietti neri fissarono Bombix dal fondo di un contenitore di vetro riscaldato, con un letto sabbioso per simulare il deserto del suo ambiente naturale e qualche piantina avvizzita per tenergli compagnia. Su un sasso dalla superficie piatta erano sparse fette di ordunzo.

Bombix guardò il Mutaforma.

— È un simbionte — spiegò lui. Poi, interpretando correttamente l'espressione vitrea di Bombix, aggiunse: — Una creatura che coopera con un'altra a beneficio reciproco. — Sembrava leggesse un libro di testo. — La aiuterà a camminare nel modo giusto. — Esitò un momento e precisò: — Nello stesso modo di Lord Rodilegno.

Bombix guardò il verme: era lungo quasi diciotto centimetri e la corazza trasudava una specie di fanghiglia puzzolente. — Vediamo di capirci — disse. — Questo coso mi farà camminare come Rodilegno?

Il Mutaforma annuí. — Esatto.

— E che vuole, in cambio?

— Prego?

— È un simbionte, no? Società di mutuo soccorso. *Do ut des*. Tu gratti la schiena a me, e io la gratto a te. — Bombix comprendeva benissimo cos'era un simbionte: era quello che aveva fatto per quasi tutta la sua vita.

— Il verme userà una piccola parte della sua pigmentazione, signor Bombix, per il rituale d'accoppiamento.

— Di nuovo notò l'espressione vuota del suo discepolo. — A quanto pare le femmine preferiscono maschi picchiettati di bianco. A questo mancano le picchiettature, perciò le estrarrà dalla sua pelle.

— E a me che effetto farà? — chiese Bombix sospettoso.

— La farà sembrare un po' pallido.

— Fa male?

— Neanche un po'.

Sembrava facile e per niente doloroso. — Allora che faccio? Me lo metto in tasca?

Il Mutaforma esitò. — Non esattamente. Il simbionte deve trovarsi *dentro* il suo corpo, per funzionare.

Bombix lo fissò a bocca aperta. — Devo ingoiarlo?

Il Mutaforma scosse la testa. — Purtroppo la saliva umana risulta tossica per la sua specie. Di conseguenza dev'essere inserito in una narice. Da lí scivola in gola, percorre lo stomaco, l'intestino crasso, poi il tenue, per raggiungere infine le budella e installarsi permanentemente nel sedere.

Bombix lo fissò inorridito. — Ma siamo matti? — chiese incredulo. — Dovrei infilarmi questo coso nel naso perché mi strisci nelle budella?

— Neanche per me è uno spasso — disse il verme.

Ventisette

Nonostante tutto la mattina dopo Pyrgus dormí fino a tardi. Anche gli altri dovevano essere esausti, perché nessuno venne a svegliarlo. Aprí gli occhi su una giornata piena di sole e gravida di sciagura. Dopo un momento si stiracchiò ed emerse dallo strato di lanosi canveri che fungevano sia da sentinelle interne che da trapunta. — Buongiorno, capo — lo salutarono allegramente.

— 'Giorno — brontolò Pyrgus. Prese gli asciugamani che qualcuno aveva lasciato per lui e andò verso il cubicolo lava-e-striglia. Di mattina non era mai nella sua forma migliore, ma quel giorno era perfino peggio del solito. La riunione della notte prima si era prolungata quasi fino all'alba, senza che nessuno riuscisse a trovare una soluzione.

— Buongiorno, Altezza Reale — cinguettò la voce sommessa del cubicolo. Pyrgus soffocò un gemito. Perfino quell'infame aggeggio doveva essere al corrente degli ultimi sviluppi: da quando suo padre era stato ucciso lo aveva sempre chiamato Monarca Designato. Ormai la notizia doveva essersi sparsa per tutto il Palazzo.

Il cubicolo si riempí di foschia calda e diversi pseudopodi si allungarono per strofinargli dalla schiena sudore e impurità. Rivoli di acqua profumata zampillarono ai suoi piedi, gli si insinuarono fra le dita e gli si arricciarono attorno alle gambe. Una musica soffusa lo circondò, rilassandolo e assorbendo la tensione di spalle e collo.

Che fare? C'era un'altra riunione in programma fra...

— Diciassette minuti e trentotto secondi — lo informò il cubicolo. Non era senziente e nemmeno telepatico, soltanto costoso. Spesso il solo fatto di usarlo faceva sentire Pyrgus in colpa. La vita era molto piú semplice quando viveva fra la gente comune e la sua massima preoccupazione erano i litigi con il padre.

Diciassette minuti e trentotto secondi e bisognava prendere una decisione alla svelta. Era impossibile permettere a Lord Rodilegno di averla vinta, né ora né mai, neanche se avesse dovuto... dovuto che cosa? Era inutile stare ad aspettare che gli altri gli scodellassero un piano bell'e pronto. Doveva escogitarne uno lui personalmente. Una mossa audace, decisiva, spietata. *Doveva prendere l'iniziativa!*

A parte il fatto che gli sembrava di avere il cervello fuori uso.

Il cubicolo avvertí il suo dilemma e lo investí con una raffica di acqua gelida, facendolo saltare fuori con uno strillo. Tuttavia, mentre si asciugava, dovette ammettere di essersi un po' schiarito le idee. Forse poteva rifiutarsi di riconoscere il trattato, dichiarare che il padre era morto e che Rodilegno aveva falsificato il suo sigillo e la sua firma. In tal caso che avrebbe potuto fare, quella carogna?

Esibire il Monarca, si rispose. Ormai suo padre era uno schiavo di quel Notturno.

Si vestí lentamente, mentre la depressione lo avvolgeva come muco grigiastro. In una situazione del genere c'era una sola consolazione.

Le cose non potevano andare peggio.

Ma quando si uní agli altri, scoprí che le cose stavano andando peggio.

— Che ci fai tu qui? — chiese, scorgendo Colias insieme a loro.

Fu il Viceré Fogarty a rispondergli. — Il tuo fratellastro ha qualcosa da dirti.

— Gli ho spiegato che avevi da fare — aggiunse Aurora — ma lui ha insistito. Non ha voluto dirci di che si tratta.

Pyrgus fulminò con lo sguardo Colias, che negli ultimi tempi sembrava ingrassato. — Allora, che vuoi? — Notò che Madama Circe non era presente: forse Aurora le aveva affidato qualche incarico. E non si vedeva traccia di Henry. Era un vero peccato. Si sentiva meglio quando l'amico era lí intorno.

— Non ci si rivolge cosí al Monarca Designato — lo ammoní Colias.

— Non sono piú il Monarca Designato — replicò secco Pyrgus. — Perciò non ho tempo...

— Lo so che non sei il Monarca Designato. Il Monarca Designato sono io, te l'ho appena detto. — Lo fulminò con gli occhi, esattamente come Pyrgus aveva fulminato lui. — Non mi hai avvertito che nostro padre era vivo, brutto *porco*!

— Colias... — tentò di intervenire Aurora. Per la prima volta da mesi si scoprí a guardare il ragazzino con un minimo di simpatia.

Ma lui non intendeva farsi distrarre. — Mi hai fatto credere che fosse morto — proseguí, con voce insieme furente e piagnucolosa. — E anche tu, Aurora. Vi siete messi d'accordo per imbrogliarmi!

— Nessuno vuole imbrogliarti... — cominciò Fogarty.

Colias lo ignorò. — Be', non è morto! — urlò a Pyrgus. — Non è mai morto. E vuole che il Monarca sia io!

Pyrgus lo fissò a lungo in silenzio, e infine sussurrò: — A quanto pare, te l'hanno già detto.

— Vuole che sia io, il Monarca. Non tu, Pyrgus... io! Non vuole essere piú Monarca perché è malato.

Di colpo la testa di Pyrgus fu piena di domande. Come aveva fatto, Colias, a scoprire tutto cosí in fretta? Il Duca di Flammea aveva lasciato capire che non ci sarebbero stati annunci ufficiali finché lui non avesse formalmente abdicato. Ma ora... come doveva reagire a quella chiara sfida? Neanche riusciva a pensarci.

Fu Aurora a chiedere con voce insolitamente gentile:
— Chi ti ha detto di nostro padre, Colias?

E il ragazzino rispose trionfante: — Lord Rodilegno!

Il signor Fogarty tentò di salvare la situazione. — Non è come pensi... — cominciò. Poi s'interruppe e guardò Pyrgus, in attesa che chiarisse la situazione.

Ma Pyrgus non riusciva a parlare. Come poteva spiegare un abominio spirituale a qualcuno dell'età di Colias? Come poteva spiegare che quello zombi era semplicemente un guscio vuoto agli ordini di Lord Rodilegno? Come poteva spiegare una cosa del genere a un ragazzino che desiderava soltanto riavere suo padre? In fin dei conti era quello che voleva anche lui.

— Lord Rodilegno è un bugiardo — affermò Aurora.

Colias si voltò di scatto, gli occhi fiammeggianti. — È una bugia che nostro padre è vivo?

Aurora scosse la testa. — Non proprio. Ma...

— Che significa "non proprio"? O è vivo o è morto. Non può essere *non proprio* vivo. Ti credevo migliore di Pyrgus, sai, invece sei cattiva quanto lui. Nostro padre è vivo. Non me l'avevate detto perché non volevate che diventassi Monarca. Ma il vostro trucco schifoso non ha funzionato. Non mi volete bene, non me ne avete mai voluto. Ma Lord Rodilegno sí.

— Rodilegno non ti vuole bene — sbuffò il signor Fogarty. — Rodilegno non vuole bene a nessuno.

Ancora una volta Colias lo ignorò. — Guardate! — strillò. — Guardate qui! — Tirò fuori dal giustacuore un rotolo di pergamena stranamente simile a quello esibito dal Duca di Flammea e lo sventolò sotto il naso di Pyrgus.

Facendosi forza, già sapendo di che si trattava, Pyrgus glielo tolse di mano. Ancora per un istante sostenne lo sguardo di Colias, poi lanciò un'occhiata rapida alla pergamena.

— Che c'è scritto? — sussurrò Aurora.

Pyrgus trasse un respiro profondo, tremante. — È la nomina ufficiale di Colias a Monarca Designato e, in attesa che raggiunga la maggiore età, di Lord Rodilegno a Reggente.

— Vedi chi lo ha firmato? — urlò Colias. — Leggi la firma, Pyrgus!

— Lo ha firmato nostro padre — disse Pyrgus a voce bassa.

— Visto? Visto? — esclamò Colias. — Anche se lo stracci, non serve: ho altre copie, e le ha anche Lord Rodilegno.

Pyrgus lasciò cadere a terra la pergamena.

— Colias — intervenne Aurora — nostro padre non sa quello che firma. È tutta opera di Lord Rodilegno... vuole farti diventare Monarca solo per poter essere Reggente.

Un pensiero colpí Pyrgus. Rodilegno avrebbe potuto *uccidere* Colias prima che diventasse maggiorenne. Una volta Reggente, non avrebbe mai rinunciato al trono.

— Mi aveva avvertito che avresti detto cosí! — ribatté Colias. — Che ti saresti inventata qualunque cosa pur di non farmi diventare Monarca.

— Non puoi diventare Monarca — lo rimbeccò Aurora. — È fuori discussione. Non capisci cos'ha in mente Rodilegno? Non...

— Mi aveva avvertito che avresti detto proprio queste parole — la interruppe Colias. — E mi ha anche detto come avrei dovuto comportarmi. Mi lascerai diventare Monarca senza fare storie, Pyrgus?

Pyrgus scosse la testa. — Colias...
Il ragazzino corse alla porta e la spalancò d'impeto. — Venite, presto! — strillò.
Il generale Podalirio entrò nella stanza, seguito da un intero squadrone di guardie. Pyrgus notò che indossava l'uniforme di gala e aveva un'espressione addolorata ma decisa.
— Non vogliono che diventi Monarca — strillò Colias. — Ho mostrato loro la pergamena, e Pyrgus l'ha gettata a terra!
Lo sguardo severo del generale si concentrò su Pyrgus. — È un ordine indiscutibile, Principe Ereditario. Vostro padre l'ha firmato e vi ha impresso il Sigillo Reale.
— È tutto un complotto di Rodilegno — sbuffò il signor Fogarty.
— Che Lord Rodilegno diventi Reggente non mi piace piú di quanto piaccia a voi, Viceré — ribatté il generale. — Ma ho prestato giuramento al Monarca, e se è questo che vuole, questo sarà.
— Il Monarca è morto, Podalirio. Hai visto il corpo.
— Ho visto un corpo avvolto da uno stasincanto: in quelle condizioni vivi e morti si somigliano parecchio. Ma quando mi ha trasmesso i suoi ordini mi è sembrato decisamente vivo.
— Nostro padre è qui? — chiese d'impeto Aurora. — Nel Palazzo?
— Prima era nelle caserme insieme a Lord Rodilegno. Non so dove siano adesso, però so che questo ordine è legale, Vostra Grazia. — Podalirio sembrava turbato ma risoluto.
— Basta con le chiacchiere! — strepitò Colias. — State zitti, tutti quanti! Adesso dovete ascoltare me e fare quello che vi dico io!
Pyrgus lanciò un'occhiata ai soldati impettiti dietro Podalirio.

Colias notò l'occhiata, e sulle labbra gli spuntò un sorriso scaltro. — Ora sono io il Monarca Designato, e questi sono i miei ordini. Lord Rodilegno ha detto che se tentavi di fermarmi, dovevo farvi imprigionare e giustiziare... ma non lo farò. Dopotutto siete la mia *famiglia*. Però non posso permettervi di combinare guai e mettermi i bastoni fra le ruote, perciò vi spedirò in esilio tutti quanti: Pyrgus, Aurora e anche il Viceré. Avete mezz'ora per mettere insieme le vostre cose e lasciare il Palazzo. Generale Podalirio, ti ordino di provvedere alla loro partenza! — gettò indietro la testa con aria regale e uscí dalla stanza.

Seguí un lungo, tetro silenzio. — Può farlo, generale? — chiese finalmente il signor Fogarty.

— Lo ha appena fatto, Viceré — fu la secca risposta.

Ventotto

— Perfetto! — esclamò eccitato il Mutaforma. — Ma si guardi, signor Bombix, si guardi!

Bombix non aveva bisogno di guardarsi allo specchio. *Sapeva* di camminare esattamente come Lord Rodilegno. E non solo camminava, ma si muoveva in tutto e per tutto come lui, facendo i suoi stessi gesti, parlando perfino con la sua stessa voce.

Però aveva il sedere in fiamme, gli pizzicava il naso e sentiva di non avere il controllo di braccia e gambe, tale e quale a una marionetta.

Ma la cosa peggiore era la voce dentro la sua testa.

Parlando in senso stretto, gli stava per l'appunto dicendo in un insopportabile tono acuto, *ora non siamo piú entità separate, bensí fuse insieme. Una fusione di corpo e, come direbbero alcuni, di spirito, oppure anima, se le due cose sono differenti, ma qui si sconfina nel regno della teologia, è vero, e taluni – le Tribú Halek, per esempio – negano del tutto la dimensione spirituale. Ragion per cui...* e via cosí, all'infinito.

Sta' zitto! urlò Bombix dentro il proprio cranio. Da quando gli era stato infilato nel naso, il verme non aveva smesso un momento di parlare. Se avesse continuato cosí, avrebbe finito per farlo ammattire. — Perché questo coso non sta zitto? — chiese al Mutaforma.

— Il verme? Temo che sia una caratteristica della sua specie. La maggior parte degli ospiti ci fa l'abitudine.

— La maggior parte? — gli fece eco Bombix. — E gli altri che fanno?

— Di solito s'impiccano.

Il che crea un interessante problema legale, osservò il verme, che evidentemente aveva origliato la conversazione. *In questi casi si dovrebbe parlare di suicidio o di omicidio? Secondo taluni avvocati, la relazione simbiotica crea di fatto una nuova entità, nel qual caso l'atto di impiccarsi va catalogato come suicidio. Secondo altri, però, le due entità senzienti – i wyrm wangarama e gli elfi – rimangono distinti, anche se collegati, nel qual caso il suicidio dell'uno diventerebbe l'omicidio dell'altro. Ciò nondimeno...*

— E perché non possono semplicemente farsi estrarre il verme? — chiese Bombix, sforzandosi d'ignorare il monologo interiore. — Non posso farmelo estrarre? — Forse sarebbe riuscito a sopravvivere fino all'Incoronazione e alla morte di Pyrgus, ma dopo si sarebbe sbarazzato del verme al massimo entro un'ora.

— Temo che estrarlo sia un po' piú complicato che inserirlo. L'intera procedura richiede circa sei mesi.

— Sei mesi? Non posso starmene con questa creatura che mi ciarla nella testa per sei mesi!

Ci fu un breve parapiglia alla porta della Sala di Esercitazione, mentre un messaggero che indossava la livrea di Rodilegno si faceva largo fra le guardie con aria arrogante.

Il Mutaforma Xylophanes riuscí a esibire un'espressione comprensiva. — In effetti sei mesi è una stima per eccesso — disse. — Ma l'unica alternativa possibile è quella chirurgica che, statisticamente, uccide un ospite su tre. Personalmente non la raccomanderei.

— Chi di voi è Bombix? — chiese a gran voce il messaggero.

— Lui.

— Io. — "E ora che succede?" si chiese Bombix. Che altro aveva in serbo per lui, Rodilegno?

— Lord Rodilegno vi invia i suoi saluti — recitò impettito il messaggero — e vi informa che, in seguito a un repentino quanto fortuito cambio di circostanze, i vostri servigi nella faccenda che sapete non sono piú richiesti. In breve, l'operazione è cancellata.

Bombix lo fissò con sbigottito orrore.

Ventinove

Quello non era il Palazzo, pensò Henry. Lo era stato quando aveva guardato al di là del portale, e anche quando lo aveva varcato di slancio, ma adesso non lo era piú. Si trovava in una vasta pianura coperta di una strana erba scura che gli arrivava alle caviglie. Gli venne in mente che, usando un portale costruito dal signor Fogarty, Pyrgus era finito a Infera. Che ci fosse finito anche lui? Si guardò attorno. Non gli sembrava sufficientemente caldo, ma va' a sapere che temperatura c'era a Infera... mica c'era mai stato, lui.

Del resto non era mai stato in nessun posto simile a questo. L'erba era assurda. Cresceva a ciuffi, ogni stelo simile a un filo sottile, ed era molto piú resistente dell'erba normale: era impossibile strapparla o spezzarla. E non aveva l'odore dell'erba. Casomai odorava di lana... forse di recente c'era passato un gregge di pecore. C'erano pecore, a Infera?

La pianura si stendeva a perdita d'occhio, ma l'orizzonte sembrava sbagliato. O la sua vista aveva qualcosa che non andava, o la pianura non incontrava il cielo da nessuna parte: finiva e basta. In effetti non era neanche sicuro di guardare davvero l'orizzonte. Sembrava piú una parete rocciosa a strapiombo, però *enorme*, la piú alta che avesse mai visto, cosí alta da non riuscire a scorgerne la cima.

Anche il cielo era strano. Era azzurro, d'accordo, ma questa era la sola caratteristica familiare. Non c'era una nuvola e, a dirla tutta, sembrava piú che altro una cupola rigida... come il cielo di certi vecchi quadri medievali. Tutta colpa dei suoi occhi, probabilmente: proprio non riusciva a metterli a fuoco.

Il che poteva spiegare l'aspetto degli alberi. Perché c'erano anche alberi, nella pianura, radunati in gruppi stranamente geometrici di quattro. Quattro qui, quattro là, quattro poco piú avanti. Niente nel mezzo, niente sotto, nient'altro che dritti tronchi rotondi senza un ramo né una foglia. Non aveva mai visto alberi del genere. E nemmeno aveva mai visto cime di alberi che, come dire, si univano a formare una specie di tetto di legno. Cos'era successo ai suoi occhi? Dove accidente era finito? Poco ma sicuro, quello non era il Palazzo.

Si guardò alle spalle: il portale era scomparso, come del resto si aspettava. Aveva cominciato a crollare già mentre lo varcava. Di colpo si sentí mancare il fiato. Cosa sarebbe successo se il portale avesse ceduto proprio mentre lo attraversava? Lo avrebbe ucciso? Sarebbe finito tagliato a metà, con la testa e il torso a sanguinare nel Regno e le gambe a scalciare e a contorcersi nel giardinetto del signor Fogarty?

Respirò a fondo un paio di volte per calmarsi. Era vivo e vegeto e tutto d'un pezzo, e non c'era niente di cui preoccuparsi.

A parte il fatto che il portale non c'era piú. Quello che aveva costruito era rimasto nel suo mondo, e se tutte quelle scintille significavano qualcosa, ormai doveva essere carbonizzato. Naturalmente se fosse arrivato nel Palazzo, dove c'era un portale funzionante e in grado di riportarlo a casa, la cosa non avrebbe avuto la minima importanza. Il guaio era che non si trovava nel Palazzo. Era chissà dove, in mezzo a quella stupida erba, *e non aveva modo di tornare indietro*!

Niente panico, si disse. Doveva solo mettersi a camminare fino a raggiungere un paese o una città. O almeno una fattoria. Era arcisicuro di non trovarsi a Infera. Niente caldo, niente demoni, nessuno che impugnasse un forcone. Era semplicemente finito in una regione un po' strana del Regno. Avrebbe chiesto la strada per arrivare a Palazzo alla prima persona che avesse incontrato. Forse avrebbe trovato un passaggio, e in caso contrario avrebbe camminato. Non importava quanto tempo ci metteva. Cioè, importava eccome – di sicuro Aurora continuava a chiedersi che fine avesse fatto – ma non c'era rimedio. Doveva assolutamente trovare qualcuno. Se avesse seguito il sole sarebbe stato certo di camminare sempre nella stessa direzione e non si sarebbe perso. Ovvio, no?

A parte il fatto che non riusciva a vedere il sole.

Eppure avrebbe dovuto! Il cielo era di un azzurro abbagliante, però il sole non si vedeva. Un sacco di luce, uguale spiccicata alla luce del giorno, però niente sole.

A fatica riuscí a mantenere il controllo. Non aveva bisogno di seguire una rotta. Dato che non sapeva dov'era, non aveva importanza da che parte andava. Ovunque si fosse diretto, prima o poi avrebbe trovato qualcuno. L'importante era smetterla di piagnucolare e muoversi.

S'incamminò nella pianura.

Aveva qualcosa sulla schiena! Se ne accorse appena si mise in moto. Gli stringeva le scapole e sbatacchiava con un suono flaccido e un effetto da incubo. D'impulso portò le mani dietro le spalle e le mosse finché toccarono qualcosa di spaventosamente fragile e... solleticoso.

Henry sbarrò gli occhi. Gli erano spuntate le ali.

Trenta

Aveva temuto per la propria sopravvivenza, si era sobbarcato ore di fatiche, aveva sopportato l'indegnità di farsi piazzare un verme nel sedere. E tutto per niente! Ma perché, si chiese furibondo, Lord Rodilegno aveva cancellato la missione?

In questo posso aiutarti, disse il verme.

Davvero? chiese mentalmente Bombix. Riusciva a ignorare buona parte dell'incessante chiacchiericcio del suo ospite, ma il wyrm era comunque capace di richiamare a piacere la sua attenzione.

Certo che posso, gli assicurò. *Mi basta collegarmi alla Rete.*

La Rete? indagò Bombix aggrottando la fronte.

I wangarama sono telepatici, spiegò il wyrm dentro la sua testa. *Fra di noi, voglio dire, non con altre specie, eccetto durante una simbiosi, è ovvio. Ho sempre ritenuto che ciò denoti una certa superiorità, ma qui si sconfina nella filosofia elaborata dai sapienti wangarama, perciò...*

Che cos'è la Rete? lo interruppe Bombix.

Una Ragnatela telepatica cui sono collegati tutti i wangarama. In questo modo ogni wyrm – io, per esempio – ha accesso alle conoscenze, informazioni, credenze e memorie di ogni altro wyrm.

Cioè puoi sapere tutto quello che sanno loro?

Potenzialmente sí.

Insomma, se qualche altro verme sa perché Rodilegno ha annullato la missione, tu puoi scoprirlo?

Esatto, confermò il wangarama. *Però preferirei che tu non usassi quella parola.*

— Quale parola? — chiese Bombix a voce alta, scordandosi per l'ennesima volta che non aveva in realtà bisogno di parlare.

Verme, spiegò il wyrm. *Il termine corretto è wyrm. O, meglio ancora, wangarama.*

Bombix non vedeva poi una gran differenza fra verme e wyrm, ma tanto valeva accontentarlo. *Chiedo scusa*, disse. E aggiunse: *Come ti chiami? Come individuo, voglio dire.*

Cyril.

Dopo che era stato riferito il messaggio di Lord Rodilegno, il Mutaforma si era eclissato per andare a istruire qualche altro disgraziato, e Bombix aveva colto l'occasione per svignarsela. Al momento si trovava nel parco dell'Accademia degli Assassini e si dirigeva con aria disinvolta verso il cancello. Non gli era ancora del tutto chiaro se la notizia appena ricevuta fosse buona o cattiva. Se Rodilegno non aveva piú bisogno di lui, questo poteva significare che era libero di andarsene per i fatti propri e fare quello che gli pareva purché si tenesse alla larga dalle Regie Guardie, il che era abbastanza facile se si fosse stabilito a Gnammeth Croz. Ma poteva anche significare che Rodilegno lo avrebbe eliminato, nel qual caso avrebbe fatto meglio ad abbandonare Gnammeth Croz il piú in fretta possibile. Era un dilemma. Per prendere una qualsiasi decisione gli servivano maggiori informazioni.

Me lo faresti un piacere... Cyril? chiese in tono flautato. *Potresti collegarti alla Rete e scoprire cos'ha in mente Rodilegno?*

Sicuro, Jasper, fu la pronta risposta. *Se qualcuno possiede questa informazione, la troverò.*

Di punto in bianco nella sua testa calò il silenzio.

Bombix provò un'ondata di sollievo cosí profonda che quasi svenne. E poi esplose un putiferio: centinaia, migliaia di voci che blateravano a tutto volume. Il chiasso crebbe finché ebbe l'impressione che gli si sarebbe spaccato il cranio. Gli si appannò la vista e crollò in ginocchio, stringendosi le tempie.

— Sta bene? — gli chiese una voce lí accanto, ma non riuscí a capire a chi appartenesse.

Le voci dentro di lui tacquero. In quel silenzio mentale, sentí Cyril stiracchiarsi. *Bene bene,* disse il wangarama, *non c'è voluto molto. Ed è una buona notizia, Jasper. Lord Rodilegno non ha piú bisogno di te per uccidere il Principe Pyrgus prima che sia incoronato Monarca perché il Principe Pyrgus non sarà mai incoronato Monarca. Lord Rodilegno ha tirato fuori un asso dalla manica, e il Principe e i suoi sostenitori sono stati spediti in esilio. Adesso il Regno è governato da Lord Rodilegno in veste di Reggente per conto del Principe Colias. A breve la notizia sarà resa pubblica.*

Per un lungo istante Bombix rimase paralizzato, incredulo. Il Regno, l'intero Regno, governato da Rodilegno? Ma allora i Notturni avevano trionfato. Era incredibile. Meraviglioso. L'occasione di una vita. *Ne sei assolutamente sicuro?* domandò.

L'ho saputo da un wyrm di nome Wilhelm che si trova nel didietro di uno dei consiglieri di Rodilegno, gli assicurò Cyril.

— Sta bene? — chiese di nuovo la voce accanto a lui.

Bombix batté le palpebre. A parlare era stata una giovane donna, una delle inservienti dell'Accademia, a giudicare dal vestito. Le sorrise. — Non mi sono mai sentito meglio — rispose entusiasta. — Assolutamente mai.

Trentuno

Era stranissimo. Se provava a pensarci, non succedeva niente. Ma se non ci pensava, se lo faceva e basta, le ali si muovevano. Non molto, d'accordo, ma si muovevano. Il guaio era che non lo facevano assieme. A volte sventolava una, a volte l'altra. Ma senza la minima coordinazione, né la minima forza.

Mentre tentava di muoverle, Henry scoprí di avere fra le scapole una fascia nuova di zecca di muscoli collegati alle ali. Mettendocela tutta, riusciva anche a contrarli, ma appena appena. Era immobile in mezzo alla pianura marrone, profondamente concentrato. Tutto sommato, per quanto gli mettesse un po' paura, la faccenda delle ali era la cosa piú elettrizzante che gli fosse successa da un'eternità.

All'improvviso le ali si allargarono e si tesero dietro di lui come... come... Non gli veniva la parola, ma con gli occhi della mente si vide nei panni di un fantastico ragazzo alato, statuario e fiero sul confine di terre ignote. Eroico e sicuro di sé. Però sarebbe stato decisamente meglio se fosse riuscito a usarle.

Voltò la testa per guardarle. Gli penzolavano dietro, grandi e meravigliose, simili a quelle di una farfalla o di una falena: color ruggine, con un disegno a chiazze dalle sfumature smorzate. Ne aveva visto di piú spettacolari, ma erano comunque belle. Aveva le ali! Era un ragazzo alato! Era troppo per descriverlo a parole.

Cominciò a correre. Forse, cosí, sarebbe riuscito a spiccare il volo.

Le ali si allargarono dietro di lui, cercando il sostegno dell'aria. Era incredibile. Avvertí una sensazione particolare, una tensione nei muscoli fra le scapole, e l'aria sembrò schiacciarsi sotto le ali come un cuscino. Per un momento pensò che si sarebbe sollevato da terra. Invece no. Le ali continuarono a vibrare e a sventolare, ma niente di piú.

Gli venne in mente che forse avrebbe dovuto cercare di tenerle rigide. Ricominciò a correre. Le ali s'irrigidirono e sentí una lieve, rassicurante spinta verso l'alto. Forse era sulla strada giusta.

Vicino a un gruppetto di alberi individuò una collinetta spugnosa con un pendio graduale che terminava bruscamente in un salto di diversi metri. Perfetta come pista di decollo.

Allargò le ali, le irrigidí e si lanciò giú per il pendio e verso il precipizio.

Cominciò ad avvertire la spinta ascensionale già mentre scendeva a rotta di collo. Le ali lo facevano barcollare e sbandare verso destra, ma stringendo i denti riuscí a non deviare. Anche prima di aver raggiunto il bordo seppe che avrebbe funzionato... eppure all'ultimissimo momento fu assalito dai dubbi. Era pazzesco. Stava scendendo a una velocità folle un'assurda collina su un'assurda pianura in chissà quale mondo assurdo, e con tutta probabilità avrebbe finito per rompersi l'osso del collo.

Di colpo si ritrovò oltre il bordo.

E spiccò il volo.

S'innalzò nell'aria. Era fantastico. Come se fosse stato sollevato da una mano gigantesca. Era una sensazione diversa da qualunque altra... diversa da correre, diversa da nuotare. Un magnifico, meraviglioso, esaltante, gioioso *qualcos'altro*.

Ed era incredibile come gli veniva naturale. Neanche soffriva piú di vertigini! Era come se avesse volato per tutta la vita. Si sentiva sicuro come se stesse camminando.

Questione di secondi, e scoprí di avere il pieno controllo delle ali, anche se non sapeva esattamente come fosse successo. Eseguí capriole e scese in picchiata e s'innalzò, planò, s'innalzò di nuovo. Era assolutamente, totalmente meraviglioso.

Volò sempre piú in alto. Sentiva il vento sul viso e il cuore traboccare di entusiasmo. Continuò a volare finché pensò che presto avrebbe toccato il cielo.

E poi tese una mano e lo *toccò*. La volta azzurra non era affatto il cielo: era un soffitto. La scoperta lo colpí come un fulmine a ciel sereno. E finalmente capí. Si trovava in una stanza gigantesca. Quelli che aveva creduto tronchi d'albero erano in realtà le gambe delle sedie. L'orizzonte era una parete. E la strana formazione a sud era un letto. C'erano una toletta, un cassettone, un armadio. La "collina" che aveva usato come pista era un indumento spiegazzato che qualcuno aveva lasciato cadere sul pavimento.

Cioè, no, non era la stanza a essere gigantesca! Era lui a essersi rimpicciolito! Adesso sí che era tutto chiaro. Aveva effettivamente raggiunto il Palazzo – si trovava nella camera da letto di qualcuno – ma aveva subito una trasformazione.

Atterrò sul tavolino da toletta e si esaminò nello specchio. Era una creatura fatata. A parte il disegno delle ali, somigliava a Pyrgus la prima volta che si erano incontrati. Era una creatura fatata e poteva volare! Aveva voglia di ballare di gioia.

Fu allora che vide il ragno.

Trentadue

Sul prato del Palazzo erano schierate sull'attenti due file di soldati della Guardia. Pyrgus camminò in mezzo a loro con tutta la dignità possibile. Aurora era al suo fianco e il signor Fogarty li seguiva con espressione rigida a tre passi di distanza. Avevano impiegato il poco tempo a disposizione per indossare abiti di gala, conferendo cosí all'intera, sgradevole faccenda l'aspetto di una cerimonia ufficiale.

Colias li aspettava tronfio accanto al cancello. — Evita di darmi problemi, caro fratellastro — disse a Pyrgus appena lo ebbe davanti. — Se tenti di tornare o di interferire in qualunque modo, Lord Rodilegno insisterà perché ti faccia uccidere. Io non vorrei, lo sai, però sarebbe legale. Abbiamo un Regno da governare e non possiamo tollerare interferenze. Inoltre io diventerò Monarca, e ogni opposizione al Monarca è considerata *tradimento*. — Il sorriso compiaciuto svaní, sostituito da un'espressione quasi comprensiva, mentre aggiungeva a voce bassa: — Tieni pure tutti i tuoi soldi, Pyrgus, e se te ne servono altri, fammelo sapere e te li manderò. Se non combini guai e non ci crei problemi, ti inviterò alla mia Incoronazione. A Lord Rodilegno non farà piacere, ma sono io a comandare.

— Questa me la paghi, Colias! — sibilò Aurora.

Pyrgus non aprí bocca.

— Scortateli fuori dall'isola! — ordinò Colias in tono pomposo. — E accompagnateli al confine della Terra di Halek. Potranno tornare nel Regno soltanto per mio ordine. — Gettò indietro la testa e aggiunse impettito: — Ordine scritto. E con tanto di Sigillo Reale.

— Dov'è Lord Rodilegno, Colias? — chiese il signor Fogarty in tono distratto, neanche stesse andando a fare una passeggiata.

— *Principe* Colias, Viceré — replicò stizzito il ragazzino. — E tu non sei piú Viceré. Ti ho licenziato. Nominerò Viceré qualcun altro, un Elfo della Notte.

— Chiedo scusa, *Principe* Colias — si corresse il signor Fogarty. — Ero solo curioso di sapere dove fosse Lord Rodilegno. In fin dei conti è il Reggente.

— Dovresti essere contento che non ci sia — replicò Colias — o vi avrebbe sbattuti tutti in cella invece di lasciarvi partire come niente fosse. Però tornerà appena avrà finito di sbrigare certi suoi affari, e d'ora in poi abiterà a Palazzo. Insieme a mio padre.

— Proprio come pensavo — commentò il signor Fogarty.

— Perciò fareste meglio ad andarvene prima che arrivi — concluse Colias, facendosi di lato per lasciar passare Pyrgus e gli altri, tallonati dalla scorta.

Mentre varcava il cancello, Pyrgus si lanciò un'occhiata alle spalle. Non ne era sicuro, ma gli sembrò di vedere suo padre fermo davanti a una finestra ai piani superiori del Palazzo.

— Giuro che lo ammazzo! — sibilò Aurora appena rimasero soli.

— Non è che un bambino — commentò inaspettatamente il signor Fogarty. — S'illude che essere Monarca lo renderà speciale.

— Temo che Lord Rodilegno possa ucciderlo prima che raggiunga la maggiore età — disse Pyrgus, esprimendo ad alta voce un pensiero che lo tormentava già da un po'. — Una volta diventato Reggente, non rinuncerà mai al potere.

— È già Reggente — gli ricordò tetra Aurora. — È tutto pronto per la proclamazione ufficiale.

Pyrgus scrollò le spalle. — Sai cosa voglio dire.

Si trovavano su uno dei vailà del Palazzo, un grande veicolo dorato e dai lussuosi sedili purpurei che, procedendo ad andatura costante, divorava i chilometri con ingannevole velocità. Dai finestrini potevano vedere le guardie della scorta sui loro fluttuanti: uomini robusti armati di tutto punto incaricati di accertarsi che lasciassero il Regno.

— Questa Terra di Halek — disse Fogarty. — Qualcuno di voi c'è mai stato?

Pyrgus continuò a guardare fuori del finestrino. — Io... per un po'.

— Com'è?

— Un sacco di montagne. Rocce. Arida e piuttosto primitiva, tutto sommato. In certe regioni si vive ancora nelle caverne. Però nostro padre era in buoni rapporti con la casa reale, perciò dovrebbero accoglierci di buon grado.

— Non ci resteremo a lungo — disse decisa Aurora.

— No — concordò Pyrgus. — Certo che no. — Però sembrava distratto.

— Quale sarebbe la casa reale? — chiese Fogarty.

— Casa Halek. Non ci sono altre case, in effetti.

— Ci aiuterebbero a riconquistare il Regno?

— Ne dubito — rispose Pyrgus. — Ma anche se volessero, non avrebbero la minima possibilità davanti all'Esercito Imperiale.

— È un paese arretrato — intervenne Aurora. — Ecco perché nostro padre non si è mai curato di conquistarlo: non ne valeva la pena.

— Perché c'eri andato, Pyrgus? — chiese il signor Fogarty.

— Volevo un pugnale Halek — rispose il ragazzo imbarazzato.

— È un pugnale che uccide sempre — spiegò Aurora, con un'espressione di chiaro disprezzo.

— Non potevi comprarne uno?

— Non avevo abbastanza soldi. E poi ci vuole tempo per fabbricarne uno. Bisogna contrattare con gli stregoni Halek. Sono i migliori del mondo, ma tendono a imbrogliare e non si fanno mettere fretta da nessuno.

Il signor Fogarty lanciò un'occhiata ad Aurora. — Loro non potrebbero esserci d'aiuto?

— Gli stregoni? Potrebbero, sí. Possiedono tecniche magiche di potenza incredibile. Ma prima dobbiamo escogitare un piano.

Con un cenno d'assenso Fogarty si riappoggiò allo schienale e chiuse gli occhi.

Trentatré

— Partiti? — ruggí Lord Rodilegno. Era vestito di velluto nero da capo a piedi. Colias aveva insistito che il loro incontro si svolgesse nella Sala del Trono.

— In esilio — precisò Colias, calcando su *esilio* come per sottolinearne l'importanza, o forse solo per mostrare che sapeva cosa diceva. Aveva indossato un abito di gala purpureo, decisamente troppo grande per lui, e aveva preso posto sul maestoso Trono del Pavone. Adesso, appollaiato lassú, si esaminò distrattamente il dorso delle mani.

— Ti avevo detto di farli arrestare — ringhiò Rodilegno. — Per la precisione, ti avevo detto di farli giustiziare!

— Invece ho deciso di mandarli in esilio — replicò il ragazzino, e aggiunse petulante: — Nessuno dice al Monarca che cosa fare.

Quel marmocchio era un incubo, esattamente come lo era sempre stata sua madre. — Non sei ancora Monarca — sbottò Rodilegno. — E fino a quel giorno farai bene a ricordarti che è il Reggente a tenere le redini.

Colias lo guardò imbronciato. — Be', ormai è fatta.

— Dove li hai mandati?

Per un istante Colias sembrò intenzionato a non rispondere, ma alla fine borbottò: — Terra di Halek.

Rodilegno imprecò sottovoce. La Terra di Halek era uno dei pochi paesi dove non era riuscito a infiltrare nessun agente. Una cosa particolarmente irritante, considerata l'arretratezza del posto: in pratica i suoi abitanti erano appena scesi dagli alberi. Ma gli stregoni erano un'altra storia. Organizzare un'incursione era possibile... ma a quale prezzo? La magia Halek riguardava soprattutto le armi e, volendo, gli stregoni avrebbero potuto decimare un esercito: un altro buon motivo per lasciare in pace il loro paese. Meglio fermare Pyrgus e sua sorella prima che raggiungessero il confine. O, se questo non avesse funzionato, organizzare un attentato.

— Quando sono partiti? — chiese bruscamente.

— Poco prima che arrivassi tu — rispose distrattamente Colias.

— Che mezzo di trasporto usano?

— Un vailà. Un vailà del Palazzo: fanno comunque parte della famiglia reale.

Poteva andare peggio. I vailà non viaggiavano alla velocità del fulmine, e per arrivare a destinazione ci avrebbero messo minimo un paio di giorni. C'era il tempo per agire. — Che strada hanno preso?

— Non ne ho la minima idea — rispose Colias in tono altezzoso. — Lascio questo tipo di decisioni ai miei *lacchè*.

Con notevole sforzo Rodilegno sostituí la furia con una calma gelida. Sarebbe stato abbastanza semplice scoprire il tragitto seguito dal vailà. Neanche Colias sarebbe stato cosí stupido da fare partire Pyrgus e la sua banda senza una scorta. E una volta che l'avesse scoperto, avrebbe potuto inviare sulle loro tracce una squadra dei suoi uomini migliori. Le guardie non si sarebbero aspettate un attacco: del resto perché avrebbero dovuto? Pyrgus sarebbe morto prima che avessero il tempo di reagire. E cosí pure i suoi compagni di viaggio.

— Sei stato uno sciocco a lasciarli in vita, Colias — commentò seccamente. — Ma ora me ne occuperò io. Nel frattempo lascia che ti dica una cosa. Se oserai di nuovo contraddire i miei ordini, te lo farò rimpiangere amaramente. Non avrai certo scordato che il tuo bena-

mato padre mi ha concesso la piena autorità sul Regno...
La trasformazione di Colias fu stupefacente, ma ben diversa da quella che Rodilegno si aspettava. Il ragazzino sollevò la testa di scatto e lo fissò con occhi fiammeggianti. — Quella cosa che chiami mio padre è un guscio vuoto che cammina soltanto grazie alla magia nera! Mi credi uno sciocco? Pensaci bene, *caro zio*!
Rodilegno girò sui tacchi e uscí furibondo dalla Sala del Trono. Doveva affrettarsi a organizzare l'inseguimento di Pyrgus e Aurora.
Di Colias si sarebbe occupato piú tardi.

Trentaquattro

Henry scoprí di pensare due cose nello stesso momento. Una era che conosceva quella stanza perché c'era già stato: era la camera di Aurora. L'altra era: aaaaaahhh! I ragni lo atterrivano anche quando erano piú piccoli del suo pollice. E quello era piú grosso di lui.

Per giunta lo aveva riconosciuto: era il ragno che Aurora teneva nel portagioie come una specie di animaletto da compagnia. Ma al momento era un mostro che poteva divorarlo in un solo boccone.

A parte il fatto che Henry era in grado di volare, e il ragno no.

Fece per tuffarsi dal tavolo da toletta... e scoprí di non riuscire a muovere un muscolo.

Era la sensazione piú spaventosa che avesse mai provato nella sua vita. Come se qualcosa gli avesse preso all'amo la mente per poi avvolgerla in fili cosí stretti da impedirgli quasi di pensare. Si sentiva paralizzato, inerte come un pezzo di carne congelata. Bloccato sul bordo della toletta, guardò atterrito il ragno zampettare verso di lui.

Gli occhi enormi della creatura, neri come le profondità dello spazio, liquidi e spaventosamente saggi, lo fissarono senza traccia di emozione.

Il ragno si muoveva con sicurezza, sollevando le zampe e riabbassandole con cautela, come per tastare la granulosa superficie di legno. A ogni passo corrispondeva un ticchettio sommesso, e soltanto allora Henry notò che il ragno aveva artigli.

Quando fu a neanche un metro da lui, si sentí avvolgere da un odore soffocante e investire da un sibilo appena percettibile.

Il ragno allungò guardingo una zampa. Henry lottò freneticamente contro la paralisi, ma invano. L'artiglio in cima alla zampa era coperto da un ciuffo di pelo giallo, era curvo come una falce, poco piú lungo di un pugnale e, come gli occhi della creatura, nerissimo. Era anche lucido come se fosse fatto di corno... e si muoveva deciso verso il suo occhio.

Il ragno colpí.

L'artiglio mancò l'occhio di Henry, ma gli squarciò la guancia fino all'osso. Stranamente, anche se il sangue zampillò come una fontana, finendogli negli occhi e accecandolo, non provò dolore. Nello stesso momento la paralisi finí. Henry indietreggiò di scatto, fece un passo nel vuoto e precipitò. Mentre si stropicciava affannosamente gli occhi, la rossa foschia pungente che gli annebbiava la vista cominciò a schiarirsi un po' di piú a ogni battito di palpebre. Stava cadendo come un masso, e il pavimento sembrava corrergli incontro.

D'istinto spalancò le ali e volò.

Aveva il cuore in gola, tremava da capo a piedi e gli sembrava di avere la mente paralizzata. La guancia, coperta da un calore appiccicoso, prese a fargli male: una pulsazione rovente, profonda, che in breve si estese a tutto il viso. Ma le ali lo sostennero e lo portarono al sicuro al di sopra del tavolo e del suo spaventoso occupante, allontanandolo dal pericolo e permettendogli di riprendere fiato.

Il ragno stava bevendo il suo sangue!

Henry si librò sulla toletta per accertarsene, ma non c'erano dubbi. Il sangue uscito dalla ferita era caduto sul legno lucido e l'insetto lo stava bevendo tramite una specie di tubicino carnoso.

Per un momento Henry lo fissò sbalordito... e poi qualcosa gli raspò ai bordi della mente, come un cane che raspa una porta. Era una sensazione cosí strana da paralizzarlo, e solo quando cominciò a planare verso il ragno si ricordò di usare le ali. Nell'ansia di allontanarsi si ritrovò a svolazzare in cerchio come una falena ferita. Ma sfuggire al raspio era impossibile: ce l'aveva dentro la testa.

Lí per lí si sentí impazzire. Avrebbe voluto urlare e contorcersi, raggomitolarsi e nascondersi e non venire piú fuori finché...

Il ragno si fermò. Incombeva ai margini della sua mente, all'erta ma cauto. E poi alzò di scatto lo sguardo e lo fissò con quegli enormi occhi neri. Due ragni distinti, eppure lo stesso ragno. La creatura là sotto era appena a un pensiero di distanza. La creatura là sotto... A Henry venne in mente un pensiero stupido, stupidissimo. La creatura là sotto voleva solo fare amicizia.

La stessa creatura che lo aveva ferito per bere il suo sangue! Sarebbe stato come fare amicizia con una vipera!

Ciò nonostante si concentrò sul ragno e lo osservò. L'insetto rimase immobile, in attesa. "Devo essere impazzito" pensò Henry. "Mi ha dato di volta il cervello anche solo a pensare una cosa del genere." Continuò a librarsi, e il ragno continuò ad aspettare. Non riusciva a smettere di pensare che l'insetto voleva soltanto fare amicizia.

La creatura lanciò un trillo gioioso.

Avrebbe potuto accarezzarlo come se fosse un gattino. Era folle, però avrebbe potuto farlo. Il ragno sotto di lui era la creatura piú spaventosa che avesse mai visto, ma il ragno che aspettava ai margini della sua mente era... diverso. Sembrava lo stesso, eppure...

Il ragno gli si insinuò nella mente. Gli ricordò irresistibilmente un cucciolo che avanzasse strisciando sulla pancia in cerca di carezze e di coccole, ma anche un po' impaurito.

"Questo mostro non è un cagnolino. È l'essere piú pericoloso, piú terribile..."

La mente di Henry si protese e accarezzò il ragno.

Trentacinque

Il signor Fogarty aprí gli occhi di scatto, con il presentimento che stesse per succedere qualcosa di brutto. Eppure, quando successe, lí per lí non se ne rese conto.

Il finestrino del vailà inquadrava uno degli uomini della scorta: un idiota che aveva l'abitudine di avvicinarsi alla carrozza e guardare dentro come per accertarsi che il Principe Pyrgus e i suoi compagni fossero sempre lí. Era quello che stava facendo proprio allora, e quando incrociò lo sguardo del signor Fogarty gli rivolse un ghigno sgradevole.

Dopodiché scomparve. Un momento c'era, quello dopo era sparito. Fogarty si dimenò sul sedile. Il fluttuante, librato a un metro scarso da terra, viaggiava ancora affiancato al vailà, ma senza cavaliere. Finché, privo com'era di controllo, sterzò bruscamente e filò via a zigzag. Risuonarono urla e ordini frenetici.

— Qualcuno ci ha attaccati — disse calmo Fogarty.

Pyrgus smise di chiacchierare sottovoce con la sorella e scattò in piedi, afferrando il finestrino del vailà come se volesse aprirlo.

— Pyrgus! — gridò Aurora.

— Penso che sarebbe consigliabile tenersi alla larga dal finestrino — suggerí Fogarty.

Ma il Principe si era già affacciato. Risuonò un altro urlo, e un altro fluttuante schizzò via senza piú cavaliere. — Giusto. — La testa di Pyrgus rientrò nella carrozza. — Qualche idea?

— Per cominciare potresti richiudere il finestrino — suggerí secco Fogarty. — Siete armati?

— Un pugnale da cerimonia — mormoro Pyrgus, rialzando il finestrino.

— Io ho un vaporizzatore — confessò Aurora.

Il signor Fogarty le lanciò un'occhiata ammirata. — Questo sí che è armamento pesante. Mi stupisce che tu non l'abbia usato sul Principe Colias.

Per tutta risposta Aurora si limitò a sorridere.

— Qualche idea su chi possa esserci dietro questo attacco? — riprese il signor Fogarty.

— Rodilegno? — suggerí Pyrgus.

— Lo pensavo anch'io. Voi due lo conoscete meglio di me... qual è il suo stile?

— Agire furtivamente. Prendere alla sprovvista. Se possibile preferisce un attacco in forze, ma tutto sommato fa piú affidamento sulla rapidità che sul numero.

— Allora è lui — disse Fogarty, lanciando un'occhiata fuori del finestrino. — Usano piedischi senza contrassegni. Pensate che voglia ucciderci?

— Sí — rispose secca Aurora.

— Allora faremmo meglio a dargli una delusione. Avete fatto caso a quanta gente c'era a cassetta di questo vailà?

— Soltanto un valletto — rispose Pyrgus. — La rotta è stata tracciata per portarci dritti alla Terra di Halek: è una strada conosciuta. Il cocchiere non ha altro da fare che ammirare il panorama. La scorta serviva a controllare che non ce la svignassimo.

— Al momento la nostra scorta sembra avere altre priorità... i superstiti, intendo dire — commentò il signor Fogarty. — Pensi di riuscire a sbarazzarti del conducente? Lo farei io, ma sono un po' troppo vecchio per arrampicarmi sopra veicoli in movimento.

Pyrgus annuí.

— Noi ci occuperemo del vaporizzatore — disse il signor Fogarty ad Aurora. Le rivolse un sogghigno, che lei ricambiò. Usato dentro il vailà, il vaporizzatore li avrebbe uccisi tutti quanti; perfino usato all'esterno, per sbarazzarsi del cocchiere, avrebbe potuto provocare danni considerevoli.

— Non riusciremo mai a distanziarli, neanche se prendiamo il controllo del vailà.

— Puntalo sopra una distesa d'acqua — suggerí Fogarty. — I piedischi non servono sull'acqua. Non c'è un lago nelle vicinanze?

— Mi pare di sí. — Pyrgus annuí e si guardò attorno. Dall'esterno provenne uno schianto.

— Usa l'altro finestrino — gli consigliò il Viceré. — Da questa parte c'è troppa confusione.

Senza esitare Pyrgus abbassò il finestrino e ne sgusciò fuori agilmente.

— Buona fortuna — gli sussurrò Aurora.

Attorno al vailà era in corso una battaglia in piena regola fra la scorta e una banda di individui vestiti di verde. L'aria era piena di dardi elfici che ronzavano come api infuriate. Pyrgus si appiattí contro la fiancata per poi issarsi sul tetto del vailà.

La cabina di guida era un aggeggio sovraccarico di decorazioni, con lo schienale alto e ali cerimoniali cosí ampie che il conducente non aveva la minima possibilità di vedere Pyrgus strisciare sul tetto alle sue spalle. Però sia schienale che ali erano rinforzati con argento adamantino, cosí da mettere il cocchiere al sicuro da ogni attacco, tranne uno frontale. Pyrgus non aveva intenzione di ucciderlo – in fin dei conti il pover'uomo faceva soltanto il suo dovere – perciò si sarebbe dovuto azzuffare con lui per gettarlo fuori dal veicolo. Temeva che non sarebbe stato facile.

Un dardo elfico gli graffiò il lobo di un orecchio.

Meglio sbrigarsi. Piegato in due corse sul tetto del vailà e raggiunse la cabina di guida. Alla sua destra un uomo della scorta era impegnato in un duello all'arma bianca con uno degli aggressori vestiti di verde. Per un momento si librarono troppo vicino al vailà, che reagí allontanandosi di scatto dalle armi appena entrò in azione il sistema di sicurezza. Pyrgus fu quasi sbalzato a terra, ma in qualche modo riuscí ad aggrapparsi al tetto del veicolo e a mantenere la presa. L'istante successivo si lasciò scivolare nella cabina di guida, pronto a saltare addosso al cocchiere.

Ma il cocchiere era morto. Era seduto al suo posto, gli occhi sbarrati e fissi, un rivolo di sangue che ancora scorreva dall'angolo della bocca. Non c'erano ferite visibili e aveva un'espressione di incredulo stupore.

Per un momento Pyrgus lo fissò stupefatto. L'uomo era proprio morto, su questo non c'erano dubbi, e non c'era niente che potesse fare per lui. Adesso la cosa essenziale era allontanare il vailà dalla battaglia. Afferrò il cocchiere per le braccia e cercò di spostarlo, ma la testa sembrava incollata allo schienale del sedile.

Un dardo elfico! Era penetrato nella cabina e aveva trafitto il conducente. Ma era impossibile che un dardo elfico, o qualunque altra cosa, riuscisse a perforare l'argento adamantino rivestito da incantesimi capaci di resistere a ogni attacco. Pyrgus diede uno strattonc al corpo e finalmente la testa si staccò dallo schienale portandosi dietro il dardo. Mormorando una scusa, Pyrgus spinse il cadavere fuori dal vailà e prese posto sul sedile.

Non c'erano controlli. Il vailà rispondeva ai comandi vocali del guidatore purché conoscesse la parola d'ordine. Per fortuna tutti i vailà del Palazzo avevano la stessa parola d'ordine, e Pyrgus la conosceva: era il nome del nonno paterno, un Monarca molto amato e ormai morto da lungo tempo. — Dispar — mormorò. E: — A destra!

Il vailà non deviò di un capello dalla rotta prestabilita.

— Dispar! — ripeté Pyrgus, e poi imprecò fra sé. Colias aveva cambiato la parola d'ordine! Il vailà era diretto alla Terra di Halek per la via piú breve e niente nel Regno lo avrebbe fermato. E ora? Che poteva fare?

C'era un comando frenante universale, di questo era sicuro. Non dava il controllo del veicolo, però riusciva a fermarlo. E dato che era inserito nella struttura stessa del vailà, non poteva essere modificato. Si affacciò un istante al finestrino della cabina, e un coltello gli sibilò a pochi centimetri dal naso. La battaglia proseguiva con immutata violenza. Se fermava il vailà, sarebbero successe due cose. La prima era che sia i fluttuanti sia i piedischi li avrebbero superati d'impeto, proseguendo la loro battaglia aerea. La seconda era che lui, Aurora e il signor Fogarty avrebbero potuto darsela a gambe. Stavano attraversando una zona selvaggia della foresta, sicuramente piena di ottimi nascondigli. Nella confusione avrebbero avuto una possibilità – forse una buona possibilità – di cavarsela.

Ma qual era il comando frenante? Non riusciva a ricordarlo!

Un rumore sordo gli fece sporgere di nuovo la testa dal finestrino: uno dei sicari di Rodilegno era saltato sul tetto del vailà e si dirigeva verso di lui.

Se Pyrgus era riluttante a combattere contro il personale del Palazzo, non nutriva simili riserve nei confronti degli scagnozzi di Rodilegno. Sfilò il pugnale dalla cintura, s'inerpicò fuori dalla cabina di guida e, una volta raggiunto il tetto, si lanciò sul nemico.

Era una ragazza!

Ne fu cosí stupito che quasi gli cadde di mano il pugnale. Non sapeva che le truppe di Rodilegno comprendessero reparti femminili. L'aveva afferrata per il giustacuore e aveva già sollevato il pugnale, pronto a colpire, ma la ragazza aveva splendidi occhi viola. Li stava ancora guardando ammirato quando lei gli rifilò una ginocchiata in mezzo alle gambe.

Il dolore fu indescrivibile. Pyrgus sentí il pugnale sfuggire alla presa delle sue dita intorpidite e si disse che doveva afferrarlo, opporsi al suo aggressore, che sarebbe morto se non faceva qualcosa per eliminare quella ragazza... eliminarla alla svelta. Ma in realtà mollò il pugnale e si piegò in due con un ululato.

La ragazza in verde gli premette una piccola arma dall'aspetto insignificante dietro l'orecchio sinistro, e Pyrgus precipitò nelle tenebre.

Trentasei

Henry precipitò nella luce.

Fu una sensazione incredibile. Bastò che la sua mente lo sfiorasse, perché il ragno si facesse avanti ad abbracciarlo. Accadde tutto cosí all'improvviso che non ebbe il tempo di avere paura. L'effetto fu indescrivibile. Come se una finestra si spalancasse, lasciando entrare una luce abbagliante che lo inghiottí.

La sua percezione si ampliò a una velocità tale da lasciarlo senza fiato. Si rese conto di planare verso il basso per atterrare accanto al ragno, ma ora sapeva di non correre alcun pericolo. Il suo corpo si afflosciò e la sua mente si espanse. In rapida successione vide la camera da letto di Aurora, l'insieme delle stanze che componevano i suoi appartamenti, i corridoi all'esterno, il piano superiore del Palazzo, il Palazzo nella sua interezza.

E non finí lí. La sua percezione continuò a espandersi fino a inglobare l'isola dove sorgeva il Palazzo e, subito dopo, la città oltre il fiume. Era tutto cosí bizzarro, cosí fantastico. Vide strade affollate. Vide un salone simbala avvolto da luci fioche e ne assaporò la musica intossicante. Vide un musico camminare impettito pizzicando le corde di un liuto. Vide un gatto randagio sbranare un topo.

Era una sensazione di pura estasi. I viticci della sua mente si stesero a raggiungere ogni angolo del Regno. Ascoltò il cuore pulsante della realtà, scorse i filamenti che univano tutte le cose. Gli sarebbe piaciuto espandersi fino al punto di inglobare il mondo intero e tutti i mondi al di là di esso. Assorbire l'intero universo.

E trovare Aurora!

Tanto bastò a bloccare la sua espansione. Infatti gli fu sufficiente concentrarsi un momento per vedere Aurora... ma in modo cosí strano! Vide il sentiero tortuoso della sua vita attraversare lo Spazio e il Tempo, toccare diversi luoghi del Regno e una volta, mentre Aurora lasciava il suo mondo, squarciare in modo inquietante il tessuto stesso della realtà. E poi il sentiero riapparve poco lontano e proseguí uguale a prima.

Ma adesso dov'era? Scoprirlo non era facile, ma porsi la domanda lo aiutò. Ebbe l'impressione di essere uscito dal proprio corpo per entrare in una radura della foresta. Scorse Aurora e Pyrgus e, poco lontano, il signor Fogarty in un abito di gala sporco e sgualcito. Erano tutti e tre stesi a terra.

E tutti e tre sembravano morti.

— Aurora! — urlò angosciato. La sua concentrazione svaní, e cosí pure ogni traccia di controllo. La sua mente si espanse all'infinito e la sua consapevolezza esplose.

Si risvegliò con l'impressione che qualcuno gli avesse infilato la testa in un tritacarne e il resto del corpo in una pressa. Gli faceva male dappertutto e si sentiva debole come un agnellino. Perfino aprire gli occhi era una faticaccia, e le palpebre sembravano graffiargli le pupille come carta vetrata.

Era steso su un pavimento, raggomitolato in posizione fetale, le mani strette fra le ginocchia.

Non era ben sicuro di sapere chi fosse.

Né dove si trovasse.

Aveva in bocca un sapore di fogna, la lingua gonfia e nelle orecchie come l'eco di un trillo. Si mosse con estrema cautela. Per un momento il dolore aumentò, poi cominciò a diminuire: gli ricordava la sensazione provata quando gli veniva un crampo a una gamba giocando a calcio, a parte il fatto che ora aveva crampi a tutti i muscoli. Comunque era sopportabile. Si mosse di nuovo e il dolore rimase piú o meno stabile. Lentamente si raddrizzò e si rimise in piedi. La stanza aveva qualcosa che non andava. Si sforzò di capire che cosa, ma il cervello gli funzionava a rilento.

Stordito, si aggrappò a una sedia per non cadere.

Ecco di cosa si trattava! La stanza di Aurora era di grandezza normale. *Lui* era di grandezza normale. Anche la sua schiena aveva qualcosa che non andava. Gli sembrava... era assurdo, ma gli sembrava vuota.

Le ali erano sparite!

Mentre barcollava aggrappato alla sedia, gli venne in mente che a Pyrgus era successa la stessa cosa: quando il portale di Casa Danaus era stato sabotato e lui si era trasformato in una specie di fatina alata, dopo un po' l'effetto si era esaurito e le ali erano scomparse. Però c'era voluto qualche giorno. Possibile che fosse rimasto svenuto cosí a lungo? Si sentí sprofondare. Come avrebbe spiegato ad Aurora un simile ritardo? Probabilmente ormai l'emergenza era superata, e lui non aveva fatto niente per essere di aiuto. Era umiliante.

Cos'è che gli aveva detto? Che il cadavere del padre era sparito e c'era un complotto per assassinare Pyrgus? Un pensiero agghiacciante lo colpí. E se il complotto avesse avuto successo? Se Pyrgus fosse stato ucciso? Non se lo sarebbe mai perdonato... e neanche Aurora lo avrebbe fatto.

Stava riacquistando le forze di momento in momento, ma via via che il suo cervello riprendeva a funzionare si sentiva sempre peggio. Di colpo, dal nulla, gli arrivò un'immagine mentale di Pyrgus, Aurora e il signor Fogarty stesi in una radura nella foresta. Sembravano morti. Li aveva visti. Sapeva di averli visti. Ma dove?

Provò a dirsi che era stato solo una specie di sogno.

Non poteva essere che un sogno! Però non ci credeva, proprio per niente. Doveva scoprire cos'era successo ai suoi amici. E doveva scoprirlo *subito*!

Puntò a passi incerti verso la porta. L'aveva quasi raggiunta quando si rese conto che qualcuno lo stava fissando.

Trentasette

Era bello essere di nuovo libero. Non solo dalla prigione, anche se era comunque un gran sollievo, ma dalle responsabilità. Con un po' di fortuna Rodilegno si sarebbe scordato di lui... quel miserabile tappo avrebbe avuto il suo daffare per governare il Regno. Bombix si grattò pensoso un orecchio: per precauzione sarebbe stato opportuno cambiare nome, magari adottare qualcosa di eroico tipo Tricura Cerberus, ma a parte questo poteva andare dove voleva e fare quello che voleva. Avrebbe venduto tutte le sue proprietà, naturalmente, e usato il ricavato per ricominciare daccapo, magari insieme al suo antico socio Sulfureo, un individuo disgustoso, però bisognava ammettere che aveva un certo talento per gli affari.

Ma prima di tutto doveva liberarsi del verme.

La targa di ottone diceva semplicemente DR VAPOURER ed era discreta come tutto il resto della clinica. Bombix c'era già stato una volta per sbarazzarsi di un piccolo imbarazzante problema beccato al salone dei tatuaggi. Il dottore era un chirurgo costoso ma riservato e, in taluni campi, estremamente abile. Tutto sommato Bombix nutriva la ragionevole certezza che sarebbe riuscito a liberarlo dalla creatura, e senza il minimo dolore, in una frazione del tempo menzionato dal Mutaforma.

Tese una mano verso il campanello... e il verme gli bloccò il braccio.

— Che credi di fare? — chiese stizzito Bombix. In effetti era sbalordito: non si era reso conto che il verme potesse controllarlo in quel modo. Forse però era solo un effetto temporaneo e con uno sforzo di volontà sarebbe riuscito a liberarsi dall'influenza vermicolare. Di nuovo tentò di muovere il braccio, ma inutilmente.

Non vuoi farlo davvero, lo informò il verme dentro la sua mente.

Credi?

No che non vuoi, insisté il verme. *Non prima di aver sentito quello che ho da dirti.*

Bombix gemette in silenzio. Poco ma sicuro, la creatura stava per imbarcarsi in una delle sue interminabili disquisizioni filosofiche. *Cyril,* replicò in tono paziente, *è stato un piacere conoscerti, ma è ormai tempo che le nostre strade si dividano.* Una coppia anziana lo superò lanciandogli un'occhiata perplessa, ma Bombix non se ne curò. *Certo ti renderai conto...*

Mi è stato ordinato di reclutarti, lo interruppe Cyril.

Bombix restò a bocca aperta. *Reclutarmi?*

Sei un uomo intelligente, disse mellifluo il verme. *Ragion per cui ti sarai reso conto che il Regno è nel caos. Gli elfi si saltano alla gola per bazzecole quali la forma degli occhi o il tipo di Chiesa cui aderire. Un Monarca è stato assassinato e il suo successore sostituito prima ancora dell'Incoronazione. Viviamo sotto minaccia costante di guerra. La crisi economica impazza. Avidità ed egoismo la fanno da padroni. Crollano gli antichi valori familiari. Se i portali non fossero chiusi, il Regno andrebbe all'inferno in quattro e quattr'otto.*

Be', sí, le cose non sono perfette, ammise Bombix, augurandosi che il verme gli lasciasse libero il braccio. Gli stava venendo un crampo. *Ma non vanno certo peggio del solito, e comunque nessuno può farci niente. E ora, se volessi mollarmi il brac...*

Noi possiamo fare qualcosa, lo interruppe ansioso Cyril. *Nella fattispecie, tu puoi fare qualcosa. Unirti alla Rivoluzione Wangarama.*

Di punto in bianco, Bombix scoprí di poter muovere il braccio. Flettendo le dita per alleviare il formicolio, allontanò lentamente la mano dal campanello. *E cosa sarebbe la Rivoluzione Wangarama?*

Trentotto

Pyrgus riemerse indolenzito dalle tenebre, e si trovò davanti il piú bel paio di occhi viola che avesse mai visto. "Che schianto di ragazza!" fu il suo primo pensiero. Gli bastò guardarla per andare in fibrillazione e sentirsi scuotere da capo a piedi da un tremito incontrollabile. Si chiese di sfuggita se fosse effetto del classico colpo di fulmine, ma poi decise che molto piú probabilmente stava per morire. Gli sembrava di avere un formaggio pieno di buchi al posto della testa, i suoi occhi rifiutavano di mettersi a fuoco e si sentiva pronto a vomitare da un momento all'altro.

La ragazza doveva essersi accorta che aveva gli occhi aperti, perché si chinò su di lui per sussurrare: — Mi dispiace di averti colpito con lo storditore, ma temevo che usassi quel pugnale.

Lentamente Pyrgus mosse gli occhi intorno e scoprí di trovarsi in mezzo agli alberi. Sembrava che lo avessero disteso su un giaciglio di aghi di pino in una radura della foresta. Alle spalle della bella ragazza fluttuavano sagome sfocate vestite di verde. Per un momento non riuscí a capire cosa fosse successo, e poi la realtà lo colpí come una mazzata: era stato catturato da Rodilegno!

Richiuse gli occhi, sforzandosi di riprendere il controllo. Si chiese se Aurora e il signor Fogarty fossero ancora vivi, anche se in quel momento non avrebbe potuto fare niente per loro. Era debole come un gattino, ma notò di avere le braccia libere: un grosso errore, questo, da parte dei suoi assalitori. Si esibí in un mugolio teatrale. Forse, fingendosi ferito piú seriamente di quanto fosse in realtà, sarebbe riuscito a prenderli di sorpresa appena gli fossero tornate le forze.

Ma poteva aggredire una ragazza cosí bella? Dopo una breve riflessione decise che poteva. Questo e altro, per salvare Aurora e il signor Fogarty. Ma perché era al servizio di Rodilegno? Socchiuse gli occhi e scoprí che era ancora china su di lui, il viso stupendo, dai lineamenti delicati, contratto dalla preoccupazione. Pyrgus gemette di nuovo, stavolta con piú convinzione. Era una vera sfortuna incontrare la prima ragazza che davvero gli piacesse e scoprire che lavorava per il peggior...

— Penso che stia per rinvenire — disse lei. Aveva una voce fresca e limpida, simile al tintinnio delle campanelle di un tempio.

Forse aveva esagerato con i gemiti. Non voleva attrarre troppo l'attenzione.

Gli occhi viola della ragazza avevano qualcosa di strano. Non riusciva a capire che cosa, però non erano come...

Vide altre figure radunarsi attorno a lui. Una era interamente celata da un mantello e da un cappuccio neri: poteva essere Lord Rodilegno. Quando l'incappucciato si chinò su di lui, Pyrgus si rese improvvisamente conto che quella era un'occasione unica. Se solo fosse riuscito a convincere il proprio corpo a obbedirgli, poteva saltare alla gola di Rodilegno e, con un po' di fortuna, strozzarlo o spezzargli il collo prima che i suoi scagnozzi facessero in tempo a intervenire. Era perfetto. Rodilegno aveva commesso un atto illegale attaccandoli dopo che il Monarca Designato li aveva mandati in esilio. Perciò, se ora l'avesse ucciso, non ci sarebbero neanche state serie ripercussioni politiche.

Ma sarebbe riuscito a farsi obbedire dal proprio corpo?

Radunò le forze e si tenne pronto. Una parte della

sua mente era vagamente consapevole che l'impresa era un suicidio. Anche se fosse riuscito ad ammazzare Rodilegno, avrebbe comunque avuto poche possibilità di sfuggire ai suoi sicari. Ma se – per quanto improbabile potesse sembrare – fosse riuscito a cavarsela, avrebbe modificato l'equilibrio di forze del Regno.

Galvanizzato da quel pensiero, entrò in azione senza concedersi il tempo di riflettere oltre. Scattò verso l'alto, le labbra contratte in un ringhio inconsapevole, e le sue mani si serrarono attorno alla gola di Rodilegno. Che sobbalzò, lasciando scivolare indietro il cappuccio.

— Mio caaavo, ma che *maniere*! — ansimò una voce sbigottita.

— Oh Signore! — esclamò Pyrgus. — Mi dispiace tantissimo, Madama Circe.

Trentanove

Era una donna snella e bruna e anche molto bella, pensò Henry, a parte gli occhi, che avevano pupille stranissime. Era seduta su una poltrona di fianco alla porta, e in lei c'era un'immobilità paziente che le conferiva un aspetto decisamente sinistro. Doveva essere stata seduta là per tutto il tempo che lui era rimasto svenuto, osservandolo mentre rinveniva e si rialzava barcollando. E anche adesso i suoi occhi a mandorla continuavano a fissarlo, facendogli venire in mente un serpente che puntasse un uccellino.

Quando però sorrise, ogni sfumatura sinistra svaní e il suo viso s'illuminò di una gioia quasi palpabile. — Devi essere uno dei giovani amici di Aurora — disse.

— Aurora sta bene? — si affrettò a chiedere Henry.

— Ormai dovrebbe essere sana e salva nella Terra di Halek — rispose la donna in tono sognante. — Devi essere un amico molto intimo, per avere accesso alla sua camera da letto.

Henry diventò paonazzo. — Veramente sono amico di Pyrgus — balbettò. Il che era vero. Si chiese se fosse il caso di spiegare la faccenda del portale, del biocoso e del ragno, ma alla fine decise di lasciar perdere. — Io, ecco, cercavo la camera di Pyrgus e mi sono... perso. — Il che era quasi vero, in un certo senso.

— Se vuoi, posso mostrarti io dov'è la sua camera — disse la donna. — È qui vicino. — Si alzò e rimase in attesa, fissandolo.

— Be', grazie. — Henry non era ancora riuscito a capire con chi stava parlando. Sapeva che Aurora aveva parecchi domestici, ma quella donna non era vestita come una cameriera e nemmeno come una dama di compagnia. Il suo abito di seta color porpora doveva costare un patrimonio. E anche se non ne era sicuro al cento per cento, gli sembrava di ricordare che il color porpora fosse riservato alla famiglia reale. D'un tratto fu colto da un'ispirazione. — Non ci siamo ancora presentati — disse. — Io mi chiamo Henry Atherton. — Le tese la mano e aspettò.

— E io Quercusia — replicò la donna. Lo prese per mano e lo trascinò gentilmente fuori dalla stanza di Aurora. — Regina degli Elfi.

Henry non aveva mai saputo che esistesse una Regina degli Elfi. E ora che lo sapeva, non riusciva a inquadrarla. Pyrgus e Aurora gli avevano detto che la loro mamma era morta, perciò quella non poteva essere la moglie del defunto Monarca, e nemmeno era abbastanza vecchia da essere sua madre. Allora chi era? Forse una zia che governava una parte del Regno? O magari il suo era solo un titolo onorario?

Si sentiva uno scemo a farsi tenere per mano.

Quella di Quercusia era piccola, affusolata e freddissima. Gelida, per la precisione, come se fosse appena uscita da una tormenta.

Varcarono un'arcata, dove due sentinelle accigliate scattarono sull'attenti alla vista di Quercusia. Qualunque cosa significasse il suo titolo, la donna conosceva il Palazzo a menadito. Henry si voltò a guardare le sentinelle e sorprese sul loro viso un'espressione strana: se non fosse stato assurdo, avrebbe giurato che avessero una fifa blu.

Pyrgus occupava l'alloggio che un tempo era stato del padre. Anche lí davanti c'erano sentinelle armate che subito scattarono sull'attenti, ma le loro facce rimasero totalmente inespressive. Quercusia aprí la porta e lo precedette nella stanza.

Una volta dentro, Henry si guardò attorno, ma non vide traccia di Pyrgus. Liberò la mano e andò verso il camino, fingendo di esaminarne la mensola. Lo colpí la miniatura incorniciata di un'ape, eseguita con tale abilità da far credere che fosse stata tatuata sulla pelle di qualcuno. Era un sollievo stare lontano da Quercusia. Non sapeva perché, ma quella donna lo metteva a disagio.

Si girò, e vide che gli sorrideva trasognata.

— Pensa che starà via molto? — provò a chiederle.

— Chi?

— Pyrgus.

— Pyrgus non c'è.

— No?

— Certo che no.

Henry restò a bocca aperta. — Allora perché siamo venuti qui?

Quercusia alzò lo sguardo e fissò un angolo vicino al soffitto. — Hai detto che volevi andare in camera sua.

Sempre piú a disagio, Henry aggrottò la fronte e abbozzò un sorrisetto nervoso. — Veramente intendevo dire che volevo *vedere* Pyrgus. Chiedo scusa.

Gli scuri occhi a mandorla tornarono a posarsi su di lui. — Non puoi vederlo. Pyrgus è in esilio. — Un'espressione fiera le balenò sul viso. — Adesso il Monarca è mio figlio. — Batté piú volte le palpebre, come risvegliandosi da un sonno profondo. All'improvviso il suo viso si fece estremamente serio. — E ora penso che ti farò sbattere in prigione. Sei un ragazzo *orribile.*

Raggelato, Henry deglutí e cominciò a indietreggiare verso la porta. — Vostra Altezza... — balbettò nel tentativo di ingraziarsela.

Non l'aveva vista suonare campanelli, e nemmeno fare segnali di alcun tipo, ma all'improvviso la stanza si riempí di omaccioni forzuti.

— Nelle segrete! — urlò stridula Quercusia, con gli occhi sbarrati e la bava alla bocca. — Chiudetelo nelle segrete e *gettate via la chiave*!

Quaranta

Dal momento che il vailà si era bloccato, rifiutandosi di uscire dal cimitero, i signori Sulfureo partirono per la loro luna di miele su uno sguiscio a due posti. Era un veicolo scomodo e dalle sospensioni malridotte, ma economico e sorprendentemente veloce in aperta campagna... così almeno aveva assicurato loro l'uomo dello sguiscionoleggio.

Per Sulfureo il problema principale era lo spazio. Gli era impossibile sfuggire a Madama Sulfureo, che continuava ad appendersi al suo braccio cinguettando soddisfatta mentre lui guardava impassibile fuori del finestrino aperto.

Il sistema di navigazione integrato dello sguiscio era stato creato appositamente per la città e affrontò con disinvoltura i vicoli tortuosi di Miseranda. Riuscí a cavarsela perfino nelle vicinanze della Porta Ovest, una zona notoriamente difficile perché l'alto contenuto di quarzo delle rocce interferiva con la magia. Ma appena uscí dai confini urbani, si fermò in attesa di istruzioni.

— Le coordinate della nostra casetta, cuoricino mio? — chiese Sulfureo con un sorriso stitico.

— 80-42 — trillò Madama Sulfureo, ricambiando il sorriso.

— Davvero? Cosí fuori mano? — commentò lui. Si sporse a ripetere le coordinate al cruscotto dello sguiscio che, dopo averci rimuginato su un momento, partí in direzione nord-ovest verso i boschi. Sulfureo tornò ad appoggiarsi allo schienale e ammirò il panorama, sforzandosi di ignorare la pressione della mano della consorte sul ginocchio.

Raggiunsero la "casetta" dopo una novantina di minuti. A Sulfureo bastò vederla per sentirsi decisamente meglio. Si era aspettato una capanna di tronchi, abbastanza confortevole, ma piccola. Invece aveva davanti una dimora opulenta... di legno, d'accordo, ma spaziosa e chiaramente opera di un architetto. Doveva essere costata parecchio, e dato che in un luogo cosí isolato non c'era bisogno di mascherincanti, lo si vedeva chiaramente.

— Ti piace? — chiese Madama Sulfureo scendendo dallo sguiscio.

Sulfureo non rispose. Era troppo concentrato a calcolare quanto ne avrebbe ricavato dopo aver pagato le spese funebri per la defunta consorte.

Nonostante una vetrinetta piena di servitori magici chiusi dentro fiale di ottone nuove di zecca, Madama Sulfureo insisté per cucinare personalmente la cena. Sulfureo s'insospettí all'istante. Non gli era venuto in mente che potesse tentare di avvelenarlo fin dalla prima notte di nozze – di solito era bene lasciare passare qualche settimana per non suscitare sospetti – però quelle smanie da cuoca gli puzzavano.

Cosí, quando Madama Sulfureo sparí in cucina, la seguí dopo pochi minuti con aria innocente nella speranza di sorprenderla con le mani nel sacco, ma ne fu scacciato in tutta fretta.

— Questo non è posto per un uomo — gli disse lei ridacchiando. — O almeno, non per il mio uomo. Va' nell'altra stanza a leggerti un bel libro. Lasciami fare e ti servirò una cenetta da leccarsi i baffi. Niente piú pappa d'ossa, Silas, mai piú!

Sulfureo obbedí riluttante. Dato che non era ancora pronto a ucciderla – la sposina aveva un fratello, perciò la cosa doveva sembrare un incidente e questo richiedeva un minimo di pianificazione - avrebbe dovuto rischiare con la cena. Per fortuna i veleni piú subdoli erano anche i piú costosi, ragion per cui difficilmente la vecchia taccagna li avrebbe usati. E con un po' di fortuna e una buona dose di attenzione sarebbe probabilmente riuscito a individuare quelli a buon mercato cui avrebbe fatto ricorso. Il problema sarebbe stato evitarli senza insospettirla.

Recuperò un libro e finse di mettersi a leggere. Dopo un bel po' Madama Sulfureo fece capolino nella stanza.

— È tutto pronto — annunciò. — Ho apparecchiato in sala da pranzo.

Sulfureo la seguí e scoprí che non solo aveva apparecchiato, ma aveva già messo in tavola gli antipasti.

— Siediti, siediti — lo invitò la moglie, fissandolo con occhi avidi.

Sulfureo si sedette e guardò gli antipasti: una qualche sostanza grigiastra e flaccida, ricoperta da frammenti coagulati di carne bianchiccia. Forse la vecchia arpia aveva fatto uno sforzo, ma quel piatto non aveva un'aria molto piú appetitosa della pappa d'ossa. In linea di massima sembrava vomito di gatto su una foglia di lattuga.

— Che roba è? — indagò cauto.

— Mousse di pesce — rispose Madama Sulfureo, sedendosi di fronte a lui. — Lascio la pelle per economia.

Poteva fargli venire il mal di pancia, ma lo avrebbe ammazzato? Sulfureo lanciò un'occhiata alla sposina.

— Non ne hai preso granché — osservò.

— La donna meno mangia e piú vale — ribatté Madama Sulfureo, citando un vecchio proverbio elfico.

— Mia cara, non posso accettare una cosa simile! — protestò calorosamente Sulfureo. — Sei stata tu a cucinare, e ti meriti la porzione piú grande. — Costringendo i propri lineamenti a contorcersi in una specie di sorriso, scambiò in fretta il piatto con quello della moglie. "Vediamo se ora lo mangia" pensò.

Madama Sulfureo abbassò gli occhi sul cibo che aveva davanti. Era un'espressione costernata, la sua? Si era resa conto che il suo stesso petardo le era stato rispedito contro? Ma l'istante successivo sollevò lo sguardo e gli rivolse un sorriso abbagliante. — Grazie, Silas! Quanto sei premuroso. — Afferrò la forchetta e cominciò a ficcarsi la mousse in bocca.

Sulfureo fece altrettanto. Strano a dirsi, ma il sapore era buono.

Per secondo c'era un cosciotto di maiale arrosto, e suo malgrado a Sulfureo venne l'acquolina in bocca quando la novella sposa lo portò in tavola. Era preparato esattamente come piaceva a lui: ben ripieno, avvolto da pancetta croccante e immerso in un laghetto di sugo agli aromi.

All'improvviso Madama Sulfureo brandí un coltellaccio dall'aria minacciosa. — Come lo preferisci? — domandò in tono truce.

Prima di rendersi conto che si riferiva all'arrosto, Sulfureo fece quasi un salto fino al soffitto. — Qualche fettina da qui, magari? — insisté allegramente la sua dolce metà. Senza lasciargli il tempo di rispondere, conficcò il coltello nel cosciotto e cominciò a tagliare.

Doveva aver sparso il veleno in una parte precisa dell'arrosto, in modo da placare i suoi eventuali sospetti tagliando la propria porzione da un'altra parte. — No, no — si affrettò a dirle. — Non da lí. Preferirei da qui. — E puntò il dito al capo opposto del cosciotto.

Senza fare una piega lei sbatté le fette nel proprio piatto e cominciò a tagliare nel punto indicato. Dunque l'arrosto non era avvelenato.

— Pancetta? — chiese. — Scommetto che hai un debole per la pancetta. Io neanche posso assaggiarla... mi massacra lo stomaco.

Era nella pancetta! Per forza! Lui l'avrebbe mangiata e lei no. Che astuzia! E pensare che *adorava* la pancetta!

— Neanch'io posso mangiarla — disse in fretta. — Mi fa venire la gotta.

Se Madama Sulfureo ci rimase male, non lo diede a vedere. — Un po' di ripieno?

— Se ne prendi anche tu.

— Altroché. E anche patate, carote, piselli e formignacci alla menta. Bisogna mangiare bene, lo dico sempre.

Sulfureo guardò il proprio piatto traboccante. Forse l'aveva giudicata male. Non c'era veleno, nell'arrosto, a meno che anche lei non fosse pronta a inghiottirlo. Un pensiero lo fulminò. E se avesse usato un veleno speciale? Se avesse già preso l'antidoto? Se...

Fesserie. Doveva tenere a freno l'immaginazione. La vecchia megera era troppo scema e troppo spilorcia per una cosa del genere. Del resto non aveva senso che lo avvelenasse la loro prima notte di nozze. Non quando aveva già seppellito ben cinque mariti. Una cosa del genere avrebbe per forza fatto nascere sospetti. Sicuramente avrebbe aspettato un paio di mesi prima di agire. Ma a quel punto sarebbe stato troppo tardi.

— Scusa, tesoro? — borbottò soprappensiero. La sposina aveva detto qualcosa che gli era sfuggito.

— Un brindisi! — ripeté la vecchia.

Inorridito, Sulfureo si accorse di avere davanti un bicchiere già pieno. Ecco dov'era il veleno! L'aveva versato nel vino approfittando della sua distrazione. Come sarebbe riuscito a cavarsela senza farle capire che sapeva cos'aveva in mente?

— Alla salute nostra e di quelli come noi — trillò Madama Sulfureo. Sollevò il bicchiere e aspettò che lui facesse altrettanto.

— Che razza di brindisi è? — chiese accigliato Sulfureo, cercando disperatamente di guadagnare tempo. Sulla tavola era comparsa una pesante caraffa di vetro intagliato, ed era evidente che il vino veniva da lí.

— Ne conosci uno migliore? — replicò stizzita lei, senza staccare gli occhi dal bicchiere del novello sposo.

Sulfureo scattò in piedi. — Sicuro! *Alla felice vita coniugale,* naturalmente! — esclamò, mulinando le braccia e riuscendo abilmente a rovesciare il bicchiere. Il vino si riversò sulla tovaglia come un fiume di sangue. — Povero me! — strillò compunto. — Come sono goffo! Ma non importa, mia cara, me ne verserò un altro bicchiere. — Mentre tendeva la mano verso la caraffa, notò che la tovaglia cominciava a sfrigolare e a sbrindellarsi.

Prima che gli schizzi del liquido potessero raggiungerla, Madama Sulfureo spinse indietro la sedia e si alzò a sua volta. — Vado a prendere uno straccio per pulire — disse con voce acuta.

— Aspetta, colombella! — squittí Sulfureo, fingendo di non accorgersi che adesso il vino stava corrodendo il tavolo. — Prima il nostro brindisi, il nostro favoloso brindisi! — Si riempí un secondo bicchiere e saltellando fece il giro del tavolo per prenderla sottobraccio. — A una felice vita coniugale! — ripeté, e le sbatté la caraffa di vetro intagliato sulla testa.

Madama Sulfureo crollò come un masso.

Quarantuno

Era un albero stranissimo. Il tronco enorme somigliava a quello di un'antica quercia, ma i rami erano intrecciati come quelli di un'araucaria. Fogarty ci girò attorno due volte, battendo sul tronco, ma non riuscí a trovare nessuna apertura, per cui non si trattava di un illudincanto. Forse gli incantesimi non c'entravano affatto. A livello atomico la materia era soprattutto spazio vuoto, ed era solo un campo elettrico a impedire che la materia del tuo didietro passasse attraverso quella della sedia. Perciò era possibile che avessero interferito con il campo elettrico dell'albero in modo che il corpo del soldato potesse penetrarvi. La qual cosa spiegava come, ma non perché. Perché a uno sarebbe dovuto saltare in mente di entrare in un albero?

— Tocca a voi — gli disse un altro soldato in verde con un cenno incoraggiante.

Fogarty non esitò: era troppo curioso di venire a capo del segreto dell'albero. Raggiunse a passo svelto il tronco massiccio, puntò deciso verso l'area indicatagli dal soldato, avvertí il contatto con il legno ruvido e solido... e lo attraversò senza problemi. Provando la bizzarra sensazione di scivolare di lato.

Si trovava nel pozzo di un ascensore, foderato di metallo e abbastanza ampio da permettergli di stare in piedi e a braccia spalancate senza toccarne i lati. Doveva essere una specie di sfasamento dimensionale. Non eccessivo, probabilmente, ma sufficiente a spostare il pozzo dell'ascensore lasciando intatto il nucleo dell'albero. Una tecnologia affascinante. Quei tizi erano molto piú all'avanguardia di quanto sembrasse.

Si accorse di risalire fluttuando verso l'alto e riconobbe la familiare sensazione di un sospendincanto all'opera. L'istante successivo emerse su una vasta piattaforma di legno costruita sulla cima degli alberi. Il giovane soldato che lo aveva preceduto – Fogarty si rese conto con sorpresa che era una ragazza – si affrettò a sorreggerlo. Poi l'ex Viceré si guardò attorno e trattenne il fiato, stupefatto.

Ai livelli superiori della foresta c'era un intero sistema viario, assolutamente invisibile dal terreno, che serpeggiava da un albero all'altro, con arterie principali ampie come autostrade e completo di incroci, aree di carico e di scarico, parcheggi, marciapiedi e viali. Era un trionfo dell'ingegneria, ottenuto mettendo insieme legno e metallo, piú qualcos'altro che Fogarty non riuscí a riconoscere.

Aurora, che già si trovava sulla piattaforma, si guardava attorno con studiata indifferenza. Madama Circe e Pyrgus emersero pochi secondi dopo, in apparenza di nuovo in eccellenti rapporti nonostante il loro piccolo scontro.

— Eri al corrente di tutto questo? — chiese subito Fogarty a Madama Circe. Poteva passarci un esercito, in quelle strade. Cercò di calcolare quanto grande fosse la foresta, ma la sua geografia del Regno era ancora troppo scarsa per permetterglielo.

Madama Circe annuí. — Oh sí. Da parecchio tempo.

— Non me ne avete mai parlato — intervenne Aurora con una punta di asprezza nella voce.

— Non ce n'era bisogno, mia caaava — affermò Madama Circe, dando voce a uno dei principi base dello spionaggio. Guardò Fogarty e fece lampeggiare un sorrisetto. — Inoltre alla nostra età è sempre bene avere un asso nella manica. Come assicurazione, intendo.

Fogarty dubitava che Aurora fosse d'accordo, ma lui lo era di sicuro. — Chi sono questi tizi? — chiese a Madama Circe.

— Li chiamano Elfi Selvatici, mio caaavo... non è ridicolo? Si è sempre creduto che fossero primitivi abitanti della foresta. Che splendida mimetizzazione! Hanno una loro cultura, complesse strutture sociali, un governo, un esercito. Quando l'ho scoperto, sono rimasta sbalordita.

— Sono Luminosi o Notturni? — chiese Fogarty.

— Non è rilevante. — Madama Circe scrollò le spalle. — Non sono alleati con nessuna delle due parti. Mi dispiace, Pyrgus.

Pyrgus, che fissava affascinato una delle grandi strade arboree, quasi non la sentí. — Si potrebbe spostare un esercito, quassú — mormorò, echeggiando il primo pensiero di Fogarty.

— Ci sono anche città, qua sopra? — chiese Fogarty aggrottando la fronte.

Madama Circe scosse la testa. — Soltanto strade. Sono nomadi, la vita nelle città li soffocherebbe. Si riuniscono in piccole comunità che abitano *dentro* gli alberi viventi.

Uno dei soldati in divisa verde che ora sciamavano sulla piattaforma si avvicinò e le sussurrò qualcosa all'orecchio.

— Vogliono che ci muoviamo, miei caaavi — annunciò Madama Circe.

— E dove dovremmo andare? — le chiese Fogarty.

— A incontrare la Regina delle Fate — rispose lei con un sorriso radioso.

Per spostarsi usarono una specie di grande zattera di legno che si librava a quindici centimetri dalla superficie stradale. Quando Pyrgus salí a bordo, dondolò come una barca sul mare. Un soldato in verde si occupava dell'unico controllo: un grosso joystick situato a prua. La zattera era abbastanza grande da accoglierli tutti, anche se, a parte una piccola area sgombra attorno al pilota, erano stretti come sardine.

— Tenetevi forte! — gridò il conducente.

Pyrgus si stava chiedendo che avesse voluto dire, quando la zattera partí di scatto, a velocità spaventosa, scaraventandolo all'indietro: se non fosse stato strizzato fra i suoi compagni di viaggio, avrebbe fatto un bel volo. Notò che tutti i tizi in verde erano protesi in avanti per neutralizzare il movimento del veicolo.

Riprese rapidamente l'equilibrio e guardò i rami degli alberi sfrecciare sopra di loro. Aveva qualche difficoltà a riordinare le idee. Nelle ultime ore erano successe troppe cose. Il colpo di stato di Rodilegno. Colias sul trono. La partenza per l'esilio insieme ad Aurora e al Viceré. L'attacco al vailà, dapprima creduto opera di Rodilegno, ma in realtà opera degli Elfi Selvatici. E il salvataggio. Almeno presumeva che si trattasse di un salvataggio. Doveva assolutamente parlare con Madama Circe.

Si voltò, e quasi andò a sbattere contro la persona alle sue spalle. Era la ragazza che lo aveva stordito durante lo scontro.

— Ti faccio le mie scuse — gli disse lei a voce bassa. — Non sapevo che tu fossi il Principe Ereditario.

— Va tutto bene — balbettò Pyrgus. Chissà perché era cosí imbarazzato.

— Di questo non sono sicura — ribatté la ragazza. — Ma quando mi sei venuto contro con quel pugnale, ho dovuto fare *qualcosa*.

— Uh-uh — bofonchiò lui. Avrebbe tanto voluto parlarle come si deve, ma riusciva a esprimersi solo a grugniti.

— Insomma, ecco... — La ragazza lo fissò un momento. — Volevo solo chiederti scusa. — Scrollò le spalle con aria rassegnata e si voltò.

— Come ti chiami? — chiese in fretta Pyrgus, vincendo finalmente la paralisi vocale.

Lei tornò a voltarsi con espressione compiaciuta. — Nymphalis — rispose. — Nymphalis Antiopa. — Dopo una breve esitazione, aggiunse quasi timidamente: — Gli amici mi chiamano Nymph.

— Io mi chiamo Pyrgus Malvae — disse lui, incapace di farsi venire in mente altro.

— Sí, lo so.

L'uniforme verde le stava bene, anche se aveva un taglio maschile. Non che la facesse sembrare mascolina. Pyrgus non riusciva a immaginare niente che potesse farla sembrare mascolina. Casomai la faceva sembrare... *elegante.* Del resto con quel fisico sarebbe sembrata elegante anche infilata in un sacco.

— Ah, la faccenda dello storditore e la ginocchiata... Va tutto bene, davvero. Insomma, ho capito. La foga della battaglia eccetera... — La fissò in silenzio, sorridendo scioccamente. Chissà se era un soldato di mestiere. Chissà se aveva un ragazzo. — Hai... cioè, avevi, cioè... — S'interruppe e ricominciò daccapo: — Insomma... perché avete attaccato il vailà?

Nymph lo fissò perplessa. — Non crederai a tutte quelle chiacchiere, vero? Che gli Elfi Selvatici sono briganti e via dicendo...

— No, no — si affrettò a negare Pyrgus. — In effetti lí per lí vi avevo presi per le truppe di Rodilegno. — Gli venne in mente che forse Nymph non sapeva chi fosse Rodilegno, ma continuò ugualmente: — Però mi chiedevo perché. Perché ci avete attaccato?

La zattera sussultò sotto i loro piedi.

— Ah — disse Nymph — siamo arrivati.

Quarantadue

Anche se per poco, Henry era già finito una volta nelle segrete del Palazzo mentre tentava di liberare il signor Fogarty, che era stato arrestato perché credevano che avesse assassinato il Monarca. A confronto, quell'esperienza era stata una bazzecola. Adesso le guardie lo avevano scaraventato in una cella sotterranea umida e buia, che puzzava come un orinatoio e aveva per gabinetto una piccola grata incassata nelle corrose lastre di pietra del pavimento. Anche le pareti erano di pietra, e l'intera cella trasudava antichità, come se risalisse ai tempi della prima Fortezza. Non c'erano finestre, e la sola luce proveniva da una candela che sembrava sul punto di spegnersi a ogni spiffero.

Quanto alla porta, era spessa trenta centimetri buoni e fasciata di metallo per aumentarne la robustezza, come se i suoi costruttori avessero avuto intenzione d'imprigionare un dinosauro. Era anche ricoperta da un rivestincanto che, appena ci andavi vicino, scatenava un suono come di unghie sulla lavagna. Non pensava che le guardie avessero letteralmente gettato via la chiave, però sospettava che sarebbe potuto restare chiuso là dentro per un pezzo.

Appoggiò la schiena al muro e si lasciò scivolare sul pavimento, sforzandosi di riflettere. Che fine aveva fatto Aurora? E Pyrgus? E chi diavolo era Quercusia?

Doveva trovare i suoi amici, scoprire cos'era successo. E doveva uscire da lí.

Si guardò attorno in cerca di qualcosa da usare per

fuggire, qualcosa che fosse possibile spezzare o smontare per procurarsi uno strumento adatto a scavare o a forzare la serratura, o da sbattere sulla testa della guardia come si vedeva nei film. Ma la cella era vuota. Niente mobili. Zero tavoli e zero sedie. Neanche un materasso sul pavimento. Nient'altro che un tappetino tarmato in un angolo.

Di colpo i suoi occhi smisero di perlustrare la cella e tornarono sul tappetino. Che ci faceva, un tappetino, là dentro?

Si rialzò bruscamente. Quello non era un tappetino!

— Puoi anche smetterla di imboscarti in quell'angolo — disse.

— Non mi ero imboscato — lo rimbeccò il canvero. — Dormivo. Mi hai svegliato da un sogno stupendo. — Prese a strisciare verso di lui. — Ehi, ma tu sei Henry! Ciao, Henry... o adesso preferisci farti chiamare Acciaio Invitto?

Henry aggrottò la fronte. — Ci conosciamo?

— Altroché. Sono stato io a denunciarti alla guardia, l'altra volta. Per quello che ci ho guadagnato...

Per un momento Henry continuò a fissarlo perplesso, poi ricordò. Il canvero si riferiva al suo tentativo di liberare il signor Fogarty nel corso della loro prima visita al Regno. Henry aveva tentato di rifilare una balla al soldato di guardia alle segrete, e un canvero lo aveva individuato all'istante.

— Eri tu, quello? — chiese.

— In carne e pelo.

— Ti hanno mandato quaggiú a spiarmi? — Non riusciva a capire perché, ma del resto non riusciva neanche a capire perché l'avessero sbattuto in cella.

— Ah, il presuntuoso egocentrismo della gioventú! — esclamò il canvero in tono filosofico. — No, tu non c'entri. È stata quella vecchia lunatica a sbattermi in galera.

Chissà come, Henry intuí che la vecchia lunatica era Quercusia. — Perché?

— Perché mi ha spedito in cella? Perché non le piaceva il colore della mia pelliccia. O quello dei miei occhi. Va' a sapere perché quella matta fa qualunque cosa! Se va avanti cosí, riempirà le segrete nel giro di un mese... e anche Massakr. È stata una vera disgrazia per il Regno che Colias l'abbia fatta liberare.

Colias? Forse il canvero non gli sarebbe stato molto utile per aprirsi una via di fuga, però avrebbe potuto fornirgli qualche informazione. — Sono settimane che manco dal Regno — spiegò il ragazzo. — Cos'è successo?

Per un orribile momento pensò che il canvero non avrebbe risposto, ma dopo un po' la creatura tirò un sospiro profondo. — Da dove iniziare? Sai già che il Principe Pyrgus è stato mandato in esilio?

Henry annuí. — Aurora è con lui?

— La Principessa Aurora e il Viceré Fogarty. Ormai sono storia vecchia. — Il canvero sospirò di nuovo.

— Ma com'è successo? — insisté Henry. Non riusciva a crederci. Secondo le ultime notizie ricevute, Pyrgus si stava preparando per l'Incoronazione.

— Ordini di suo padre — fu la stupefacente risposta.

Henry lo fissò allibito. — Ma suo padre è morto!

— Quando l'ho visto io, era vivo e vegeto. Cioè, di sicuro era vivo, anche se non aveva un gran bell'aspetto.

— L'ultima volta che l'hai visto? E quando sarebbe stato?

— Un paio di giorni fa. Prima che la vecchia lunatica mi facesse rinchiudere.

— Ne sei sicuro?

— Non ne sai granché dei canveri, giusto? — commentò la creatura. — Non possiamo mentire, noi. — Si contorse come se avesse prurito da qualche parte. — E tutto perché ci mancano settantotto cellule cerebrali.

Magari non ti sembreranno molte, però bastano a renderci impossibile mentire. Se un canvero afferma qualcosa, sta' certo che è la verità. Quando non siamo sicuri al cento per cento, diciamo "forse", o "può essere", o "qualcuno mi ha detto che", o roba del genere. Perciò, se ti dico che un paio di giorni fa ho visto il Monarca vivo, qui a Palazzo, significa che ne sono sicuro. Puoi fidarti.

Eppure Henry non riusciva a crederci. Il padre di Pyrgus si era beccato una fucilata in testa a distanza ravvicinata. Possibile che il colpo non lo avesse ucciso? D'accordo, anche nel suo mondo una persona poteva finire in coma ed essere creduta morta, ma...

— Cosí adesso sul trono c'è Colias, o ci sarà, una volta incoronato. Monarca Designato nonché Regale Spina-nel-fianco. Colias! Te l'immagini? Il suo primo ordine è stato quello di tirare fuori mammina.

— Fuori da dove? — La madre di Colias doveva essere la seconda moglie del vecchio Monarca. Chissà perché, Henry aveva creduto che fosse morta.

— Fuori dall'Ala Ovest. Erano anni che l'avevano confinata là dentro.

Di colpo Henry comprese di chi stava parlando il canvero. — La madre di Colias è Quercusia, giusto? Ma perché l'avevano rinchiusa?

— Perché è matta, naturalmente. Dovresti averlo capito, mi pare. Sono tutti matti, in famiglia.

— Quale famiglia?

— Quercusia è la sorella di Lord Rodilegno — rispose il canvero

Quarantatré

Pyrgus non riusciva a credere ai propri occhi.

Un migliaio di elfi affollava già la radura, e altri continuavano ad arrivare di minuto in minuto. Sembravano sbucare dagli alberi, come aveva fatto lui stesso pochi istanti prima, insieme a Nymph e agli altri sulla zattera. Probabilmente usavano incantesimi connessi alla tecnologia dei portali, capace di traslarti in un'altra dimensione, ma lui non aveva mai visto niente del genere. Il fatto è che non traslavi in un'altra dimensione. Entravi in un pozzo d'ascensore piazzato dentro un albero. E, per farlo, attraversavi il tronco dell'albero. Il che era già un notevole incantesimo di suo. A quanto gli risultava, neanche uno stregone Halek sarebbe stato in grado di fare una cosa simile. Si chiese come ci riuscissero gli Elfi della Foresta.

Un'idea gli attraversò la mente, lasciandolo senza fiato. Con un incantesimo del genere a disposizione, nessuna fortezza era sicura: sarebbe stato possibile trasportare un esercito dritto attraverso le mura.

Gli Elfi della Foresta stavano prendendo ordinatamente posizione, anche se nessuno di loro indossava la divisa verde. Forse erano soldati in licenza, o forse erano disciplinati per natura. Si voltò a cercare Nymph per chiederglielo, ma non la vide da nessuna parte. Anche Madama Circe era sparita.

Aurora sbucò accigliata dal tronco, seguita da Fogarty, che subito si voltò a guardare l'albero.

— Avete capito come riescono a farlo? — domandò Pyrgus sottovoce.

— No, però mi piacerebbe — rispose il signor Fogarty.

— Pyrgus, cos'è successo a... — cominciò a chiedergli Aurora, ma subito s'interruppe mentre il brusio nella radura cessava di colpo e tutti si voltavano in direzione di un sentiero. In lontananza risuonò un tintinnio sommesso.

Due cavalieri entrarono al trotto e si fermarono ai lati del sentiero. Anche se nessuno parlò, la folla si aprí con un movimento fluido fino a formare un cerchio attorno alla radura. Insieme ad Aurora e al signor Fogarty, Pyrgus si trovò spinto in prima fila. Si chiese se fosse il caso di arretrare, ma decise di no. Almeno da lí aveva una buona visuale di qualunque cosa stesse per succedere. Neanche Aurora e Fogarty, notò, sembravano intenzionati a muoversi.

Un gruppo di arcieri a cavallo avanzò lentamente sul sentiero. A prima vista le loro armi potevano sembrare primitive, ma Pyrgus stava imparando in fretta a non sottovalutare quella gente. In fin dei conti usavano dardi elfici capaci di trapassare l'argento adamantino, perciò forse anche le loro frecce avevano uno speciale rivestincanto magico. E anche se una freccia non era l'arma tecnologicamente piú avanzata del Regno...

Un'idea lo fulminò. Forse i dardi utilizzavano lo stesso incantesimo che permetteva agli Elfi della Foresta di attraversare gli alberi. In tal caso non c'era armatura al mondo capace di proteggere dai loro colpi. Sarebbero riusciti a perforare perfino le rocce!

Sentendo avvicinarsi il suono di campanelle, tornò a rivolgere la propria attenzione al sentiero. Era in arrivo un folto gruppo di cavalieri. — Chissà perché usano i cavalli — mormorò aggrottando la fronte. A giudicare dalla zattera librata e dai piedischi, era chiaro che conoscevano i sollevincanti. Perché non li utilizzavano?

— Fra gli alberi i cavalli funzionano meglio — mormorò in risposta Fogarty. — Non c'è bisogno di manovrare un cavallo: trova da solo il modo di scansare gli ostacoli. Molto piú sicuro di un disco volante e, tutto considerato, probabilmente molto piú rapido.

Il secondo gruppo aveva un aspetto decisamente regale, almeno a giudicare dall'andatura maestosa Pyrgus allungò il collo per cogliere il maggior numero possibile di particolari, ma gli alberi attorno erano fitti e un baldacchino di foglie s'inarcava sul sentiero, lasciandolo in penombra.

Gli arcieri entrarono nella radura e, come i primi due cavalieri, si fermarono ai lati del sentiero, formando un semicerchio. Poi con stupore – e anche con un certo allarme – di Pyrgus, alcuni passarono a cavallo dietro di lui, isolandolo all'interno del cerchio insieme ad Aurora e al signor Fogarty.

A quel punto fece la sua comparsa il piú incredibile dei cortei. Era formato da cavalieri affiancati da servi che facevano capriole, saltavano e si sbracciavano come matti, tenendosi senza apparente difficoltà al passo con i cavalli. Sia i cavalieri che i servi indossavano abiti bizzarri, passati di moda da almeno cinquecento anni, con una preponderanza di cappelli a cono e morbide scarpe di velluto con la punta all'insú.

— Santo cielo! — esclamò il signor Fogarty. — La Wild Hunt!

Pyrgus lo fissò perplesso.

— Un'antica leggenda del mio mondo — spiegò il vecchio. — Cioè... finora pensavo fosse soltanto una leggenda. Nel Medioevo si credeva che, durante certe notti particolari, le streghe e altri esseri soprannaturali cavalcassero nella foresta a caccia di... boh... anime, suppongo. La chiamavano Wild Hunt, la Caccia Selvaggia, oppure la Caccia degli Elfi. Probabilmente la leggenda si basava su quello che abbiamo davanti... le descrizioni sono identiche: cappelli a cono, arcieri, cavalli, la donna alla loro guida.

Soltanto allora Pyrgus si accorse della donna che precedeva il gruppo maestoso, e si chiese come avesse fatto a non accorgersene subito. Era la creatura piú incredibile che avesse mai visto: non solo era vestita di verde da capo a piedi – un manto bordato di pelliccia, ampia camicia, calzoni aderenti – ma anche la sua pelle era verde, un colore che faceva risaltare ancora di piú gli enormi occhi dorati.

— E quella chi è? — bisbigliò. Non riusciva a staccarle gli occhi di dosso. Aveva perfino i capelli verdi, a cui era intrecciata una ghirlanda di fiorellini selvatici. Dietro di lei cavalcava un uomo: anche lui aveva la pelle verde, ma i suoi occhi erano neri e i capelli di un biondo dorato. Sotto il mantello, il corpo muscoloso era nudo fino alla cintola, e aveva un arco infilato di traverso sulla schiena.

La donna andò dritta verso Pyrgus, tirò le redini a neanche un metro da lui e si lasciò scivolare a terra con grazia. A distanza ravvicinata il colore della sua pelle risultava perfino piú sconcertante. Fissò il ragazzo negli occhi come se volesse leggergli nella mente, poi disse in tono pacato: — Principe Ereditario Pyrgus Malvae, io sono la Regina Cleopatra. — Si voltò a indicare l'uomo verde, che era rimasto a cavallo. — Questo è il mio Consorte, Gonepterix. — Gonepterix chinò la testa in un rapido cenno di saluto. Aveva un'espressione aperta, ma guardinga.

— Regina Cleopatra? — disse accigliato il Viceré Fogarty. — Avete detto *Cleopatra*?

La donna lo guardò con la coda dell'occhio e sul suo viso comparve un'espressione vagamente divertita. — Questo è il mio nome. E tu sei il Viceré venuto da un altro mondo. Madama Circe mi ha parlato di te.

Regina Cleopatra? Regina di cosa? Di dove? Pyrgus cominciava a sospettare che gli Elfi della Foresta non fossero affatto come tutti credevano. Di sicuro erano molto abili a nascondersi... e a nascondere la loro tecnologia. Vivevano dentro gli alberi. In pratica formavano un regno separato dentro il Regno.

La Regina Cleopatra tornò a puntargli addosso quegli inquietanti occhi dorati. — Vorrei darti il benvenuto e conoscere tua sorella. È con te?

— Sono qui — disse Aurora, che era rimasta in parte nascosta dal signor Fogarty, facendosi avanti.

Cleopatra le rivolse un sorriso caloroso. — Madama Circe mi ha parlato molto di te, Principessa Aurora, perfino piú del Viceré.

Anche se sembrava un benvenuto piuttosto cordiale, c'erano parecchie domande alle quali Pyrgus avrebbe voluto ricevere risposta.

— Dov'è Madama Circe? — chiese Aurora, senza lasciargli il tempo di aprire bocca. — Era con noi poco fa, ma adesso è sparita.

— Ci ha preceduti — rispose la Regina. — E ora ci aspetta nella Sala Grande. La raggiungeremo subito: abbiamo molte cose di cui discutere.

— Io e i cavalli non andiamo troppo d'accordo — disse d'impulso il signor Fogarty, lanciando un'occhiata sospettosa al destriero della Regina.

Cleopatra tornò a guardarlo, vagamente perplessa, ma quasi subito la sua espressione si schiarí. — Ti riferisci al viaggio? — Sorrise. — Viceré, la Sala Grande è piú vicina di quanto tu pensi.

Quarantaquattro

— La *sorella* di Rodilegno? — esclamò Henry. — Ma perché il Monarca ha sposato proprio la sorella di Rodilegno? — Per l'età che aveva, Quercusia non era male, però non la si poteva definire uno schianto. Sbarrò gli occhi e aggiunse: — Per giunta è un Elfo della Notte.

Il canvero fece lo strano movimento ondeggiante che sembrava equivalere a una scrollata di spalle. — Proprio per questo l'ha sposata: perché è un Elfo della Notte. Nonché la sorella di Rodilegno. Pura e semplice diplomazia. Danaus Plexippus sperava che quelle nozze potessero avvicinare i Luminosi e i Notturni. Pur essendo Quercusia una palla al piede, era comunque meglio della guerra civile. E poi quando l'ha sposata non sapeva che era matta.

Quella sí che era una brutta notizia. Una pessima notizia. Nel Regno erano successe cose che avevano dell'incredibile, e tutte a svantaggio di Pyrgus e di Aurora. Ma almeno erano ancora vivi, anche se sembravano essersela cavata per un pelo, e avevano piú che mai bisogno di lui. Non riusciva a togliersi dalla testa l'immagine dei suoi amici stesi a terra nella foresta.

— Dev'esserci un modo per uscire da questa cella — gemette disperato.

— Sí che c'è — replicò il canvero, che si era arrampicato fino a metà di una parete e ora stava appeso lí come un arazzo.

Henry lo fissò. — Cos'hai detto?

— C'è un modo per uscire.

— Come no! — sbuffò il ragazzo. — Dalla porta, però si sono scordati di lasciarci la chiave

— Non apprezzo il tuo atteggiamento sarcastico — lo rimbeccò altezzoso il canvero. — Mi era sembrata una domanda diretta, e ti ho dato una risposta diretta. — Si ancorò meglio alla parete e chiuse gli occhi.

— Ti chiedo scusa — si affrettò a dire il ragazzo. — Davvero è possibile uscire da qui? Dove? Come?

— Non credo che te lo dirò. Non reagisco bene al sarcasmo.

Se il canvero avesse avuto una gola, Henry lo avrebbe strozzato volentieri. — Ti chiedo scusa — ripeté. — Sul serio, mi dispiace, non volevo offenderti. È solo che... be', insomma, eri qui prima di me, no? Se conosci il modo di svignartela, perché non l'hai usato?

— Ho detto che lo conosco, non che potevo usarlo. Non sono abbastanza forte. Ma tu sí. Almeno a me sembri robusto. Robusto e sarcastico.

Con uno sforzo sovrumano Henry riuscí a controllarsi. — Me lo dici, qual è? Per piacere? Finora mi sei stato di grande aiuto. — Colto da un'ispirazione, aggiunse: — Se riesco a scappare, ti porto con me.

Il canvero riaprí gli occhi. — Questa è una delle segrete piú antiche del Palazzo — disse. — Non le riparano da secoli, e per giunta a suo tempo le hanno costruite al risparmio. Vedi la grata in mezzo al pavimento?

Si riferiva al buco usato dai prigionieri per espletare i loro bisogni. Il naso di Henry si arricciò involontariamente. — Sí.

— Se tiri abbastanza forte, viene via.

Henry fissò la grata. Era larga al massimo una quindicina di centimetri. — Non ci passo, là dentro.

— La lastra di pietra viene via insieme alla grata — spiegò paziente il canvero.

— E sotto che c'è? — chiese Henry, sentendosi attraversare da un brivido di eccitazione crescente. Non era il caso di nutrire troppe speranze, però...

— Uno scarico. È una sozzeria, e anche piuttosto stretto, ma probabilmente riuscirai a passarci.

— Probabilmente? — gli fece eco Henry.

— Tira su la pietra e giudica da te, visto che non ti basta la mia parola.

— Va bene, va bene, secondo te dovrei farcela. Dove porta lo scarico?

— Nelle fogne, suppongo. Non prenderla come verità di vangelo, ma una volta ho visto una mappa che mostrava l'intero sistema fognario del Palazzo. Ritengo che tutti gli scarichi finiscano lí.

— Che mi dici delle fogne? Pensi che riuscirei a passarci?

Il canvero sbuffò. — Passarci? Non fosse per la puzza, potresti tenerci una festa da ballo. Sono enormi.

— E se non riesco a venirne fuori? Dalle fogne, voglio dire.

— Insomma! — sbottò il canvero. — Ti ho detto come uscire da qui: vuoi anche una mappa e una garanzia firmata?

— Chiedo scusa — ripeté per l'ennesima volta Henry.

— Se ti fa sentire meglio, ti resterò appiccicato. Non ho la minima voglia di affrontare da solo i puzzoratti.

— Ci sono puzzoratti laggiú? — Henry rabbrividí. Una volta gli era capitato di vedere un ratto, e il solo pensiero gli dava ancora i brividi.

— Grossi come cavalli, a quanto si dice. Però neanche questa la prenderei come verità di vangelo. — Il canvero strisciò lentamente giú dal muro. — Con un pizzico di fortuna non li incontreremo, ma anche in caso contrario è sempre meglio che restare qui a marcire, ti pare?

— Be', sí...

— Allora che aspetti? Tira su quell'affare.

Henry si avvicinò esitante alla grata. Era macchiata dall'uso prolungato, avvolta da una puzza mefitica e presentava incrostazioni dall'aspetto a dir poco sgradevole. — Sei sicuro di non poterla tirare su da solo?

— Assolutamente. Noi canveri siamo intelligenti, ma debolucci. Tu dovresti farcela senza problemi.

Henry tornò a guardare la grata. — Non ho guanti.

Il canvero sospirò. — La mia solita fortuna. Fra tutti i venti milioni di abitanti del Regno, mi ritrovo una mammoletta come compagno di cella.

Stringendo i denti, Henry prese fiato, si chinò ad afferrare la grata (a mani nude... puah!) e tirò. La sentí muoversi, e scoprí che il canvero aveva ragione: anche il pietrone attorno alla grata si mosse. Ma da qui a dire che veniva via come niente, ce ne passava.

— Usa tutt'e due le mani — gli suggerí il canvero.

— Come ti chiami? — chiese Henry con calma forzata.

— Scassatimpani. Perché?

— Sta' zitto, Scassatimpani. — Prese fiato e strinse la grata con tutt'e due le mani.

— Fa' forza sulle gambe — gli consigliò servizievole il canvero. — Di solito sono piú forti delle braccia.

Henry rafforzò la presa e stese le gambe. Per un momento temette che non ce l'avrebbe mai fatta, ma finalmente la lastra venne su con uno schiocco e ricadde con un tonfo sul pavimento.

Incerto, Henry scrutò nel varco puzzolente che gli si apriva davanti. — Non ci passerò mai.

— Andrò io per primo — si offrí Scassatimpani. — Cosí, nel caso tu resti bloccato, almeno uno di noi due riuscirà a fuggire.

Quarantacinque

Henry doveva prendere una decisione difficile. Non gli andava di restare incastrato di testa in uno scarico... specialmente in uno che aveva accolto i bisogni corporali di chissà quanta gente. Se però si fosse calato di piedi e non si fosse incastrato, avrebbe dovuto procedere a ritroso fino alle fogne, facendosi guidare da un canvero estremamente permaloso, che poteva decidere di piantarlo in asso di punto in bianco. Perciò cos'era meglio? Affrontare le tenebre di testa o di piedi?

— Allora? — lo chiamò Scassatimpani dallo scarico. — Non ho intenzione di restare qui tutto il giorno: c'è una puzza da morire.

Henry prese di nuovo fiato e s'infilò di testa nel varco lasciato libero dalla lastra di pietra.

E s'incastrò quasi subito.

— Spingi forte — suggerí il canvero.

Non era un consiglio che Henry fosse ansioso di seguire. Forse sarebbe riuscito a strisciare indietro e a tornare nell'aria relativamente respirabile della cella, ma strisciare piú avanti poteva equivalere a incastrarsi del tutto. Già cosí la puzza era sconvolgente. Non riusciva a farsi venire in mente una sorte peggiore che morire là dentro.

— Piantala di trattenere il fiato! — strillò Scassatimpani. — Cosí ti gonfi... ci credo che sei rimasto incastrato!

— Sono le spalle che si sono incastrate! — sibilò Henry nell'oscurità nauseabonda. — Non sono gonfio.

— Comunque lasciò andare il fiato e tentò di strisciare un po' piú avanti. Si mosse ancora pochi centimetri e si fermò.

In cuor suo sapeva di non spingere abbastanza forte... o, almeno, non con tutte le forze. Era atterrito all'idea di restare incastrato, ma d'altro canto il canvero aveva ragione: era assurdo tornare indietro per restare a marcire in una cella tetra, alla mercé dei capricci di una regina lunatica.

Il pensiero della cella gli diede un'idea. — Torno indietro a prendere la candela. Un po' di luce può farci comodo.

— Porta una fiamma nelle fogne, e sentirai che botto farà il metano — replicò Scassatimpani. — Potrebbe saltare per aria tutto il Palazzo.

— E va bene — brontolò Henry. Non potendo rimandare oltre, strisciò avanti e rimase incastrato, incastrato per l'eternità, condannato a morire soffocato dalla puzza, nelle tenebre... finché all'improvviso schizzò in avanti come un turacciolo sparato da una bottiglia e scoprí di avere spazio sufficiente per lavorare di gomiti e avanzare lentamente.

— Quaggiú è piú largo — lo incoraggiò Scassatimpani.

— Mi fa piacere saperlo — borbottò Henry. — Non è che per caso sai dirmi dove stiamo andando? — Aveva percorso appena un paio di metri, e già il buio era cosí denso da sembrare solido.

— Segui la mia voce — gli consigliò il canvero. — Continuerò a parlare.

Henry aggrottò la fronte. — Ci vedi al buio?

— No, però so fischiare — fu l'assurda risposta. — Comunque nelle gallerie principali non avremo problemi. C'è un fungo luminoso che cresce sulle incrostazioni di tu-sai-cosa. Non fa una gran luce, però dovrebbe bastare.

— Com'è che conosci tante cose?

— Sono già stato quaggiú

Henry si chiese perché, ma prima che potesse domandarglielo, Scassatimpani annunciò: — Ci siamo. Angolo in arrivo.

Questo Henry lo aveva già scoperto quando aveva sbattuto contro un pietrone. Mentre si massaggiava la testa, notò un baluginio fioco alla sua destra e strisciò rapido in quella direzione... precipitando dritto nella fogna principale, dopo un volo di quasi due metri, proprio mentre Scassatimpani diceva: — Attento!

Atterrò di faccia nell'acqua - almeno si augurava che fosse acqua - e si rialzò d'impeto, tossendo e sputacchiando freneticamente. Il canvero aveva ragione: la fogna era enorme. E aveva ragione anche riguardo al fungo: cresceva in livide chiazze verdi sul soffitto, emanando un bagliore spettrale che permetteva di vedere fino a qualche metro di distanza.

— Dove sei? — chiamò, e l'eco della sua voce rimbalzò lontano.

— Davanti a te, un po' sulla destra — rispose Scassatimpani. — A galla nella fogna. Cerca di non pestarmi.

Henry scrutò fra le ombre. Effettivamente nell'acqua si vedeva galleggiare una forma scura: forse era Scassatimpani, o forse qualcosa di molto meno edificante. — Sei sicuro di saper uscire da qui?

— Abbastanza. Ho una buona memoria per le mappe. Ci sono diverse vie d'uscita dalle fogne: ripostigli, gabinetti, scarichi. E se li manchi tutti, basta seguire la corrente e arrivi al fiume. È lí che si scarica l'intero sistema. Probabilmente sarebbe la cosa migliore, cosí saremmo sicuri di trovarci a una buona distanza dal Palazzo. Sai nuotare, giusto?

— Mica tanto — ammise Henry.

— Hmm — borbottò pensoso il canvero. — Questo

potrebbe essere un problema *prima* di arrivare al fiume.

Qualcosa nel suo tono paralizzò Henry. — Perché *prima* di arrivare al fiume?

— Ogni sedici ore tirano lo sciacquone per ripulire il sistema da cima a fondo. Trenta miliardi di litri di acqua riciclata sparati qua sotto. Abbastanza da stroncare perfino i nuotatori piú abili. In effetti, a quanto mi risulta, *nessuno* è mai sopravvissuto.

— Però, se succede soltanto ogni sedici ore, abbiamo un sacco di tempo per filarcela — obiettò Henry.

— Dipende a che ora l'hanno tirato l'ultima volta — fu la deprimente replica.

Quarantasei

La Rivoluzione Wangarama, annunciò Cyril il wyrm nella mente di Jasper Bombix, *è potenzialmente lo sviluppo politico piú importante verificatosi nel Regno nel corso degli ultimi cinquecento anni; in verità...*

Non potresti lasciar perdere la pubblicità? lo interruppe Bombix con una traccia di disperazione nella voce. In un certo senso il verme era di compagnia, però tendeva a sproloquiare.

Sí, forse è meglio, il tempo è essenziale. Se siamo d'accordo che il Regno è in condizioni disastrose, e a giudicare dai tuoi pensieri è chiaro che lo siamo, la Rivoluzione Wangarama è il modo per rimettere le cose a posto.

Perché non provi a dirmi di che si tratta?

Ci arrivo, ci arrivo... ma quanto sei impaziente! Senza dubbio avrai sentito parlare di Munchen, politologo wangarama di fama mondiale...

Sospirando, Bombix sollevò la mano verso il campanello della clinica.

Aspetta! strillò il verme. *Devo partire dall'inizio per farti apprezzare a fondo la nostra offerta. Sarò breve, te lo prometto. Noi wangarama siamo la specie superiore su questo pianeta da oltre due milioni e ottocentomila anni. I nostri filosofi hanno affrontato questo dilemma per generazioni, elaborando, esaminando e accantonando una teoria dopo l'altra... NON TOCCARE QUEL CAMPANELLO! Finché un filosofo wangarama contemporaneo...*

Senti, sbottò Bombix, *sono sicuro che tutto questo è molto interessante, ma francamente, mio caro Cyril, ora come ora ho di meglio da fare: per esempio rimettere in sesto la mia vita, il che, poco ma sicuro, non include la tua presenza. Perciò mi scuserai, ma adesso prenderò accordi per l'operazione e mi preparerò per il nostro divorzio. Ovviamente cercherò di fare in modo che non te ne venga alcun danno, e dato che in passato sembri essertela cavata benissimo da solo, immagino che...*

Faremo di te il prossimo Monarca! strillò Cyril.

Quarantasette

La Sala Grande era enorme, e Fogarty non aveva la minima idea di come ci fossero arrivati. Cominciava a provare una sincera ammirazione per gli Elfi della Foresta: tiravano fuori dal loro cilindro trucchi sempre piú strepitosi. E per giunta erano riusciti a restare nascosti per generazioni senza che nessuno sospettasse la loro esistenza. Nessuno, tranne Madama Circe. Era seduta quasi di fronte a lui: le lanciò un'occhiata affettuosa che gli fu subito ricambiata.

Alla destra di Madama Circe era seduta la Regina Cleopatra. Pyrgus occupava il tradizionale posto d'onore alla destra di Sua Maestà, e accanto a lui sedeva Aurora con espressione impenetrabile. Di seguito venivano un pallido Elfo della Foresta di nome Limenitis, che era stato presentato come Consigliere della Regina, il signor Fogarty e, per finire, il muscoloso Achillides che aveva guidato l'attacco al vailà ed era ovviamente un militare. Fogarty notò stupito che il Consorte della Regina, Gonepterix, non aveva preso posto al tavolo della conferenza, pur essendo anche lui nella stanza. Era rimasto in piedi davanti a una finestra dove un illudincanto mostrava il panorama di un mare in tempesta, ed era l'unico cui fosse stato permesso di portare con sé un'arma: l'arco tipico del popolo della foresta. Non staccava gli occhi dalla Regina e, a giudicare dalla sua espressione, doveva provare per lei un profondo affetto. Sembrava che avessero un buon rapporto, si disse Fogarty, ma non c'erano dubbi su chi fosse il capo.

— E ora che si fa? — chiese la Regina a nessuno in particolare. Un'interessante mossa d'apertura, pensò Fogarty.

— Signora — replicò pronto Pyrgus — siamo vostri ospiti o vostri prigionieri?

Il tono era educato, ma la domanda colse tutti alla sprovvista. Fogarty lo fissò stupito, ma ovviamente il Principe non aveva ancora parlato con Madama Circe e perciò non sapeva come stessero le cose. In ogni caso era una domanda intelligente e andava dritta al punto. Forse Pyrgus aveva piú fiuto politico di quanto sembrasse.

Per tutta risposta la Regina si limitò a sorridere.

— Miei caaavi — intervenne con voce roca Madama Circe — Sua Maestà ha ordinato il vostro salvataggio dietro mia richiesta.

— Siete miei ospiti — precisò Cleopatra.

Il cervello di Fogarty brulicava di domande. Chi erano, esattamente, questi Elfi della Foresta? Come li aveva conosciuti, Brintesia? E com'era riuscita a convincere la Regina a rischiare la vita dei suoi sudditi - e, soprattutto, il segreto della loro esistenza - in una missione di soccorso?

— Quello che dobbiamo decidere ora — proseguí Madama Circe — è la nostra mossa successiva. — Stava guardando Aurora, non Pyrgus, ma fu quest'ultimo a rispondere.

— Perché avete ritenuto che fosse necessario salvarci?

Gli occhi di Madama Circe tornarono a puntarsi su di lui. Per l'occasione aveva rinunciato al mantello con cappuccio a favore di una delle sue vesti piú appariscenti, e il rivestincanto di serpenti arcobaleno formava un contrasto abbacinante con gli abiti sobri dei suoi compagni. — Qualunque cosa quel povero illuso del tuo fratellastro avesse avuto in mente, Rodilegno non aveva la minima intenzione di lasciarvi vivi. Vi ha spedito dietro una squadra dei suoi sicari. — Il suo sguardo serio passò da un viso all'altro. — Se non fossero intervenuti gli Elfi della Foresta, sareste morti nel giro di un'ora.

A Pyrgus girava la testa e si sentiva sopraffatto dalla situazione. Però la domanda fatta dalla Regina della Foresta era giusta: «E ora che si fa?» Comunque, prima che potesse dire qualunque cosa, Cleopatra tornò a parlare: — La nostra amica, Madama Circe, mi ha spiegato la vostra situazione. Io e la mia gente siamo pronti ad aiutarvi.

"Perché?" si chiese Pyrgus.

— Come? — chiese il signor Fogarty.

Sua Maestà gli lanciò una delle sue strane occhiate. — In qualunque modo si renda necessario, Viceré. Compreso il ricorso alle armi.

Pyrgus s'irrigidí. Ricorso alle armi? Il Regno aveva appena evitato la guerra civile e già si parlava di un'altra. Non poteva permetterlo, ma neanche poteva permettere che quella situazione si prolungasse.

— Perché? — chiese ancora Fogarty, esprimendo ad alta voce il primo pensiero di Pyrgus.

— Perché? — ripeté la Regina. Sospirò e il suo sguardo passò dal Viceré a Pyrgus. — Principe Ereditario, da generazioni la mia gente è rimasta estranea al conflitto fra Luminosi e Notturni. Abbiamo usato con successo tutte le nostre arti per rimanere nascosti. La foresta è un luogo pericoloso, e solo pochi osano avventurarvisi. Chi lo fa, vede solo quello che noi vogliamo: un pugno di Elfi della Foresta che vivono rozzamente, come briganti. — Il sorriso ricomparve, e negli occhi dorati brillò uno scintillio d'acciaio. — Siamo conosciuti come gli Elfi Selvatici, poco piú evoluti degli animali che popolano la foresta.

— Regina Cleopatra — intervenne Aurora — non...

Con un gesto la Regina la zittí. — La cosa non ci turba, non ha la minima importanza. Anzi, va a nostro vantaggio. Significa che nessuno conosce la verità, nessuno ci invidia, nessuno indaga su di noi, nessuno ci muove guerra. Ci lasciano in pace... un dono prezioso; o almeno un dono che il mio popolo ritiene prezioso. Però la nostra pace non durerà ancora a lungo. Di recente un nobile elfo si è fatto costruire una dimora nella foresta. Abbiamo tentato di scoraggiarlo, ma c'è un limite a quanto possiamo fare senza rivelare la nostra presenza. Si tratta di una tenuta vasta, ma avremmo potuto tollerarla: in fondo abbiamo tutta la foresta per nasconderci. Quello che non possiamo tollerare è il fatto che costui abbia aperto una serie di pozzinferi sotto la sua casa.

— Pozzinferi? — chiese Aurora aggrottando la fronte.

— Una qualche forma d'intrattenimento, credo — rispose la Regina in tono disgustato. — La foresta non può tollerare la presenza di demoni. Seminerebbero distruzione in lungo e in largo. Abbiamo sorvegliato i confini per secoli, ma questo individuo ha introdotto la possibilità di un'invasione dall'interno.

— I portali di Infera sono chiusi — sussurrò Aurora.

La Regina annuí. — Sí, e questo ci ha concesso qualche tempo per preparare i nostri piani. Ma non resteranno chiusi per sempre e temiamo che, quando riapriranno, il nostro antico habitat possa subire danni irreparabili. — Lanciò un'occhiata a Limenitis. — Stavo per l'appunto discutendo il da farsi con il mio Consigliere, quando Madama Circe mi ha proposto una possibile soluzione.

— Il nostro aiuto per distruggere i pozzinferi in cambio del vostro per rimettere il Principe Pyrgus sul trono? — suggerí il signor Fogarty.

— Si direbbe che i nostri obiettivi coincidano — disse secca la Regina. — Il nobile di cui parliamo è Lord Rodilegno.

— *Il nemico del mio nemico è mio amico* — citò sogghignando il signor Fogarty.

— Perché non lo attaccate direttamente? — chiese cauto Pyrgus. — Da quello che ho visto non avreste problemi per radere al suolo il suo palazzo.

L'espressione della Regina non mutò. — Per due motivi. Il primo, come ho detto, è che preferiamo farci vedere il meno possibile. Per avere il nostro aiuto dovrete promettere di non rivelare a nessuno la verità su di noi. Il secondo è che, secondo me e secondo i miei consiglieri, per garantire la nostra sicurezza non basta attaccare il palazzo di Rodilegno e chiudere i pozzinferi. È necessario eliminarlo in modo radicale e definitivo, e questo può essere ottenuto solo alleandoci con voi.

Il signor Fogarty annuí. — Sembra logico.

Per la prima volta da quando avevano lasciato il Palazzo, un sorriso rischiarò il viso di Aurora. Lanciò un'occhiata riconoscente a Madama Circe e poi tornò a fissare la Regina. — Vostra Maestà — disse formalmente — la vostra offerta d'aiuto non sarebbe potuta arrivare in un momento migliore. Ritengo scontato che mio fratello e io...

Pyrgus scattò in piedi, interrompendola. — Grazie per l'offerta, Maestà — disse bruscamente. — Ma un attacco congiunto a Lord Rodilegno è fuori questione.

Quarantotto

Mentre Sulfureo lo trascinava fuori, il corpo della defunta Acherontia Atropos somigliava a un mucchietto di stracci e non pesava molto di piú. Che posto perfetto per commettere un delitto! Neanche un'anima in giro e, nell'improbabile caso che qualcuno si fosse avvicinato, le cornacchie lo avrebbero avvertito in tempo.

Sulfureo si guardò attorno. Era la sua prima occasione di esaminare a dovere la proprietà appena ereditata. L'interno lo avrebbe controllato piú tardi, ma ora come ora gli serviva urgentemente una vanga. Ci fosse stato altro vino, avrebbe potuto sciogliercі il corpo della consorte, ma le poche gocce rimaste sul fondo della caraffa non sembravano sufficienti. (Però la tavola si era sbriciolata.) Quello che gli serviva era una bella tomba appartata e un paletto da piantarle nel cuore per assicurarsi che nessun impiccione ficcanaso la facesse resuscitarc prima che andasse ai vermi.

Trovò la vanga nella rimessa in giardino, afferrò la defunta sposa per i capelli e la trascinò nel bosco.

Per quanto il corpo fosse leggero, bastarono poche centinaia di metri a fargli mancare il fiato, ma per fortuna individuò quasi subito un punto sotto una vecchia quercia dove il terreno sembrava ragionevolmente soffice, e cominciò a scavare.

Intanto lasciò che la sua mente si volgesse al futuro. Era abbastanza sicuro che un giorno o l'altro quel suo disgustoso fratello sarebbe venuto a cercarla, ma non prima che finisse la luna di miele... una settimana o giú di lí. Nel frattempo lui avrebbe avuto tutto il tempo di svuotare e vendere la casa, e trasferirsi da qualche parte a Gnammeth Croz, in una confortevole dimora di campagna abbastanza appartata da non attirare l'attenzione dal nuovo Monarca Pyrgus. Era la perfetta fine di un matrimonio.

Quando la fossa fu abbastanza profonda, ci gettò dentro il corpo senza esitare. — Addio, carissima — disse allegramente. — È stato splendido, finché è durato.

Stava per cominciare a ricoprirla, quando le cornacchie esplosero in volo dagli alberi.

Quarantanove

Bombix trovò un salone simbala con una terrazza esterna all'ultima moda e ordinò un bicchierino. Sorseggiò lentamente la musica liquida, ascoltandola scivolare nella gola ed espandersi in una sinfonia selvaggia che eliminò ogni tensione.

Ora posso parlare? chiese nella sua mente Cyril il wyrm.

No.

Lasciò che la musica lo avvolgesse, creando visioni eroiche. Si vide avvolto dalla porpora imperiale – ovviamente un modello piú elegante di quella specie di palandrana usata dal vecchio Monarca – mentre dispensava giustizia, vinceva guerre, contava il suo oro e, soprattutto, dava ordini a destra e a manca. Jasper il Monarca... aveva un gran bel suono.

Adesso posso parlare? ripeté Cyril.

La sinfonia stava sfumando, e anche se nel bicchiere restava ancora un pizzico di musica, Bombix lo spinse lontano e lasciò che le visioni svanissero. *Va bene. Sono disposto a discuterne. Ma niente conferenze, Cyril. So che la cosa va contro la tua natura, ma sforzati di essere breve.*

Dopo una pausa strozzata, il wyrm disse: *D'accordo. Ho sentito bene, o mi hai offerto di diventare Monarca?*

Esatto.

Come? Come puoi farmi diventare Monarca? In breve, grazie.

La spiegazione non fu poi cosí breve, ma molto piú

interessante delle solite sbrodolature di Cyril. I wyrm, che a quanto pareva dopo essersi connessi nella Rete mentale avevano sviluppato una specie di coscienza collettiva, nel corso dell'ultimo anno avevano formato piú relazioni simbiotiche che in tutto il resto della loro storia.

Non solo, la natura della simbiosi aveva subito una trasformazione sorprendente. In passato gli ospiti dei wyrm erano scelti piú o meno a caso, mentre ora erano selezionati con cura. Con un misto crescente di eccitazione e preoccupazione, Bombix scoprí che i wyrm si erano infiltrati ai massimi livelli del Regno.

Mi sono offerto di entrare in simbiosi con te per via delle tue conoscenze politiche, spiegò Cyril. *Hai lavorato per Lord Rodilegno, hai incontrato il Principe Pyrgus e la Principessa Aurora, sei un uomo ricco e ti muovi all'interno dell'alta società. Puoi portarci in posti dove nessun altro potrebbe.*

Di questo Bombix non era altrettanto sicuro, ma si affrettò a nascondere i propri dubbi. *Anche gli altri ospiti conoscono i vostri piani per la Rivoluzione?*

Seguí una lunga pausa prima che Cyril rispondesse. *Non tutti...*

Quanti?

Un'altra lunga pausa. *Pochi. Dobbiamo sceglierli con cura. È una questione di fiducia.*

E perché avete scelto proprio me? chiese Bombix. Considerati i suoi trascorsi, non riusciva a immaginare che chiunque con un pizzico di buonsenso potesse avere fiducia in lui.

Perché sei praticamente il solo che non abbia il minimo scrupolo, rispose allegramente Cyril.

Cinquanta

Il canvero si arrampicò su una liscia parete della fogna e si guardò attorno. — Sai una cosa? — disse alla fine. — Mi sa che ci siamo persi.

— Credevo di aver capito che ti ricordavi la mappa — protestò Henry.

— Me la ricordo, ma questa parte del sistema fognario non c'era, sulla mappa, e quindi ho paura che ci siamo persi.

— Non importa. Possiamo comunque tentare di raggiungere il fiume. Faremo come avevi detto all'inizio e seguiremo la corrente fino all'uscita.

Scassatimpani si lasciò scivolare sul pavimento. — Mi piaci, Henry. Mi sei stato simpatico fin dalla prima volta che ti ho visto, anche se come bugiardo facevi schifo. E ora che ti conosco meglio ti trovo ancora piú simpatico. Non molti reagirebbero con altrettanta calma sapendo di essersi persi nelle fogne: strillerebbero e mi darebbero la colpa di tutto. Conosci il vecchio detto: "La colpa è sempre del canvero"? Verità sacrosanta. Tutti danno sempre la colpa di tutto ai canveri. Ma non tu, Henry. Tu mantieni la calma e prendi le cose come vengono. Mi sei proprio simpatico, e penso che potremmo diventare buoni amici.

— Anche tu mi sei simpatico, Scassatimpani — disse Henry. E lo pensava davvero. Vagavano nelle fogne da oltre un'ora, e il suo compagno non aveva mai perso il buonumore. Cominciava a capire perché tanti elfi tenevano in casa un canvero. Non solo il loro fiuto per la verità era utile, ma avevano un carattere fantastico.

— Guarda in basso, prima di sbilanciarti troppo — replicò Scassatimpani.

— Cosa hai detto?

— Guarda in basso — ripeté il canvero. — E poi dimmi se continui a trovarmi simpatico.

Henry abbassò lo sguardo. — Che dovrei vedere?

— Qualcosa che non c'è. La corrente che stavamo seguendo.

— Non c'è piú acqua! Ora che facciamo?

— Continuiamo a muoverci. E auguriamoci di trovare in fretta un punto che mi sembri familiare.

Si rimisero in moto. Davanti a loro la galleria sembrava stendersi all'infinito.

— Come mai la fogna si è prosciugata? — chiese Henry dopo un centinaio di metri. Il flusso d'acqua aveva indicato loro la via verso il fiume fin da quando avevano raggiunto la galleria principale.

— È questo che mi preoccupa — disse Scassatimpani. — Di solito succede quando stanno per tirare lo scarico.

Henry si fermò di botto. — Vuoi dire che stanno per tirare lo scarico... *ora*?

— Non posso dire bugie: penso di sí.

Da un punto imprecisato alle loro spalle arrivò un rombo lontano. — Che facciamo? — chiese Henry in preda al panico.

— Togliamoci dalla galleria principale — propose Scassatimpani, roteando gli occhi per guardare dietro di sé. Ovviamente anche lui aveva sentito il rombo. — Possiamo avere una minima possibilità se ci infiliamo in uno scarico.

Henry si guardò attorno frenetico. — Non vedo scarichi.

— Neanch'io.

Il rumore era sempre piú fragoroso.

— Allora che si fa?

— Scappiamo — suggerí Scassatimpani.

Henry scappò, l'eco dei passi inghiottito dal rombo in rapido avvicinamento.

Solo dopo diverse centinaia di metri si rese conto di essere solo. Si fermò. — Scassatimpani? — balbettò.

Del canvero non c'era traccia.

— Scassatimpani! — gridò. Con un crescente senso d'orrore, intuí che non avrebbe ricevuto risposta. Stupido! Stupido! Stupido! Avrebbe dovuto capire da solo che i canveri non si muovevano velocemente come gli esseri umani. Non avevano piedi, e avanzavano strisciando e contorcendosi come serpenti. Avrebbe dovuto tirarlo su e portarlo con sé. Sarebbe stato facile, pensò, soffocato dal senso di colpa: poteva pesare poco piú di un chilo. Invece era stato cosí ansioso di mettersi in salvo da non averci neanche pensato. Se l'era svignata come un coniglio, lasciando Scassatimpani a... a...

— Scassatimpani! — urlò, tornando indietro di corsa.

E poi vide la muraglia d'acqua che si avventava contro di lui.

Cinquantuno

— Che gioco stai facendo? — sibilò Aurora furibonda. Erano soli in una piccola anticamera all'esterno della Sala Grande.

— Non possiamo attaccare Lord Rodilegno — balbettò Pyrgus. — Lui... lui... — Scosse la testa, impotente.

— Lui che cosa? — sbottò Aurora. — Insomma, riprendi il controllo!

— Collabora con nostro padre! — esplose Pyrgus, con tutta l'aria di volersi mettere a piangere.

— Non collabora affatto con nostro padre! Nostro padre è sotto la sua influenza... non è la stessa cosa. Non capisci che questa è un'occasione unica? Con l'aiuto degli Elfi della Foresta possiamo sbarazzarci di Lord Rodilegno una volta per tutte. Non hai visto cosa riescono a fare i loro dardi? E una volta eliminato Rodilegno, riavremo nostro padre. Potremo curarlo, procurargli il miglior trattamento medico del Regno. E potrà tornare sul trono... Colias si farà da parte, lo sai che lo farà; e se non volesse, ci penseremo noi a convincerlo. Tornerà tutto come prima... anzi meglio, perché non dovremo piú preoccuparci di Rodilegno.

Di colpo Pyrgus sembrò rattrappirsi, diventando tremendamente grigio e piccolo. — Niente sarà piú come prima — sussurrò. — Niente può essere come prima, né ora né mai.

— Invece sí! Faremo i nostri piani. Se necessario, faremo intervenire l'intero esercito degli Elfi della Foresta. E poi...

— Aurora, nostro padre non è malato, è *morto*. Non gli servono cure o medici... — Pyrgus mosse le mani in un gesto impotente. — È morto! Ecco perché Rodilegno può controllarlo. Qualunque cosa facciamo, non cambierà niente, resterà comunque morto.

Per un momento Aurora rimase in silenzio. — Andrà tutto bene, Pyrgus — disse infine. — Faremo in modo che vada tutto bene. Naturalmente il primo passo è liberare papà... lo riporteremo qui, nella foresta. Possiamo nasconderlo e avere tutto il tempo necessario per riportarlo alla normalità. La Regina Cleopatra ci aiuterà. — Si alzò, e nei suoi occhi si accese uno scintillio. — E ora torniamo dagli altri — annunciò.

Cinquantadue

Henry si addossò alla parete di una galleria laterale e aspettò. Non sapeva se sarebbe sopravvissuto, e a una parte di lui – quella che continuava a rimproverarsi di aver abbandonato Scassatimpani – quasi non importava. Ma a un'altra parte, piú consistente, importava, eccome! Voleva assolutamente uscire vivo da quelle fogne disgustose per trovare Aurora e Pyrgus.

Il rombo era ormai cosí forte da assordarlo. Lo sbocco dello scarico dove si era infilato fuggendo dalla fogna principale era a una decina di metri... sufficienti, si augurava, per metterlo al sicuro. Se aveva visto giusto e con un po' di fortuna – cioè... con molta, *molta* fortuna – l'ondata sarebbe passata oltre cosí in fretta da non sommergere la galleria laterale, posta a un livello un po' piú alto. Naturalmente se i suoi calcoli si fossero dimostrati sbagliati, sarebbe stata la fine.

Comunque l'avrebbe scoperto fra non molto. Povero Scassatimpani.

All'improvviso una ruggente massa schiumosa riempí l'ingresso dello scarico.

L'ondata tumultuosa si ritrasse, simile a una smisurata marea. Il torrente ruggiva ancora nella fogna principale, ma lo scarico laterale era rimasto completamente asciutto. Rendendosi conto di aver trattenuto il fiato, Henry lo lasciò andare di colpo. Era salvo!

E poi d'un tratto si ritrovò trascinato verso l'imbocco della galleria.

Non c'era niente a cui aggrapparsi. Le pareti dello

scarico erano ricoperte di fanghiglia viscida e i suoi piedi non riuscivano a fermarsi. Raffiche di vento gli sibilavano nelle orecchie come se fosse sballottato da una tempesta. Mentre scivolava verso la ribollente massa liquida, si rese conto di cos'era successo. La quantità d'acqua scaricata nelle fogne era cosí imponente da creare un effetto risucchio nelle gallerie laterali, attirandolo senza scampo verso quel torrente mortale. Il ruggito del vento e dell'acqua aumentò fino a riempire completamente il suo universo.

E poi tutto finí.

Il rombo si allontanò, il risucchio svaní con uno schiocco, il vento si placò. Henry si rimise in piedi vacillando, senza fiato. Aveva braccia e gambe coperte di graffi, ma per il resto era incolume. L'ondata di scarico era passata. E lui era sopravvissuto.

Anche se mancavano ancora parecchie ore al torrente successivo, non aveva intenzione di restare nelle fogne un minuto piú dello stretto necessario. Non che avesse molta voglia di affrontare il fiume, però. Durante l'ultima lezione di nuoto era arrivato appena a metà della piscina prima di andare a fondo annaspando.

Nell'ora successiva esplorò i canali laterali, uno cosí angusto che dovette strisciarci dentro a quattro zampe. Tre finivano davanti a solide grate; il quarto era un vicolo cieco dal cui soffitto si scaricavano diverse tubature, nessuna abbastanza larga da poterci infilare dentro piú di un braccio.

Cominciava a chiedersi se, alla fine, gli sarebbe toccato rischiare il fiume, quando raggiunse un bivio e scorse la luce del giorno in fondo al corridoio alla sua destra. Era il bianco-azzurro di una giornata limpida e serena. Affrettò il passo e poi cominciò a correre, travolto dall'euforia.

Incredibile! Aveva trovato una botola di controllo! La fissò e, pur non essendo particolarmente religioso, mormorò una preghiera. Non poteva andare meglio! Aveva davanti una larga grata di metallo incassata nel soffitto, attraverso la quale si riversava la luce del giorno. A giudicare dai cardini, la grata era chiaramente stata progettata per essere aperta. Meglio ancora, si trovava al di sopra di una specie di nicchia ed era facilmente raggiungibile grazie a una rampa di larghi gradini di pietra.

Li salí di corsa, quasi inciampando nei propri piedi per la fretta, tese le mani per spingere la grata... e si bloccò. La botola non aveva serratura, ma una di quelle strane scatolette che qui usavano al posto dei lucchetti. Il problema era che di solito quegli aggeggi possedevano una carica magica, e lui non aveva la minima idea di come funzionassero. Il cuore gli sprofondò sotto le scarpe. Di sicuro, con la fortuna che si ritrovava, sarebbe stata chiusa a doppia mandata.

La spinse ugualmente, sia pure senza troppa convinzione, e la grata si spalancò! Henry la fissò a bocca aperta. La serratura doveva essere rotta, oppure qualcuno l'aveva lasciata aperta. La luce del giorno splendeva invitante davanti a lui. Salí d'impeto gli ultimi tre gradini.

Era libero!

Cinquantatré

Bombix svuotò il bicchiere e sentí la musica avvolgersi attorno al cervello come piacevole sottofondo alle parole di Cyril. Sollevò una mano per bloccare il torrente di parole del wangarama. Hai detto che vi siete infiltrati nei piú importanti centri di potere del Regno?

In quasi tutti. La casa di Rodilegno. La Corte del Monarca, anche se ora lí le cose sono un po' cambiate. Il Consiglio...

Gente importante, insomma?

Oh sí, eccome.

Allora perché scegliere me come Monarca?

Era convinto che vi sarebbe stata un'esitazione, seguita da una quantità di adulazioni e una valanga di chiacchiere sufficienti a permettergli di individuare il vero motivo. Invece il wyrm rispose all'istante. *Perché occupi la posizione perfetta per il lavoro da svolgere.*

Posizione perfetta? chiese Bombix.

Secondo i nostri filosofi, perché la Rivoluzione abbia successo è necessaria una transizione pacifica, un trasferimento indolore di potere dal governo attuale al nostro ospite selezionato. In altre parole, il popolo deve accettare di buon grado il suo nuovo sovrano. Senza sospettare che ha dentro un wyrm, è ovvio.

Esattamente quello che volevo sapere, replicò Bombix. *Perché mai dovrebbero accettare me? Non sono di sangue reale, e neanche nobile... tranne nel senso piú ampio del termine.*

Ma non diventerai Monarca in quanto Jasper Bombix. Diventerai il primo Monarca Rodilegno.

Seguí un lungo silenzio. Di colpo l'interno della testa di Bombix si trasformò in una vasta cattedrale vuota, dove le ultime parole del wyrm calavano lente, fluttuando come fiocchi di neve. E poi tutto fu chiaro. *Vuoi che vada avanti con l'impersonificazione!* esclamò. *Che partecipi all'Incoronazione di Colias nelle vesti di Rodilegno! E quando ucciderò Colias, perché naturalmente sarà lui che ucciderò, non Pyrgus, vuoi che prenda il suo posto come Monarca. Con l'aspetto di Rodilegno.*

Esatto, assentí compiaciuto Cyril. *Pensi già come un wangarama.*

Era il piano piú assurdo che avesse mai sentito, però poteva funzionare. Rodilegno faceva parte di una nobile casa e sua sorella aveva sposato il vecchio Monarca. Inoltre, quale capo riconosciuto degli Elfi della Notte, godeva dell'appoggio entusiasta di metà Regno. In fondo, colpi di stato molto piú avventati avevano avuto successo.

A parte un piccolo dettaglio.

E il vero Rodilegno? obiettò Bombix. *Non resterà certo tranquillo a vedermi salire sul trono con la sua faccia.*

Il vero Rodilegno non sarà presente all'Incoronazione, te l'ha detto lui stesso.

Un momento, ha detto che non sarebbe stato presente all'Incoronazione di Pyrgus. Non ha motivo di mancare all'Incoronazione di Colias. In fin dei conti è una sua creatura.

Giusto, però non ha intenzione di assistere neanche all'Incoronazione di Colias. Ritiene che gli Elfi della Luce possano accettare la situazione piú facilmente se si manterrà defilato per un po' di tempo.

Sembrava logico. Eppure... *Come lo sai?*

Dal suo Viceré.

Bombix restò a bocca aperta. *Avete infilato un verme*

dentro Sphinx? chiese incredulo. Era troppo bello per essere vero. *Ho sempre pensato che camminasse in modo strano.*

Sphinx è uno dei nostri simbionti piú importanti. Perciò puoi essere sicuro che il nostro amico non assisterà all'Incoronazione. Dopo aver ucciso Colias ed essere diventato Monarca, potrai accusare il vero Rodilegno di essere un impostore, farlo arrestare e impiccare.

Ma non dirà a tutti che è lui il vero Rodilegno?

Certo che lo dirà, ma chi crederà alla sua parola contro quella del nuovo Monarca? Senza contare che abbiamo infiltrato anche la sua guardia del corpo. Con l'aiuto dei wangarama filerà tutto liscio come l'olio. Devi solo fare in modo di passare inosservato fino a quando non ci sarà bisogno di te.

Passare inosservato era l'ultima delle sue preoccupazioni, e Bombix aveva già in mente chi poteva aiutarlo a sparire dalla circolazione per un po'. Restava solo un altro piccolo dubbio. *E per l'illudincanto che avrei dovuto usare? Quello avrebbe dovuto fornirlo Rodilegno.*

Insomma, Jasper, sbuffò il wyrm, *pensi che le risorse del popolo wangarama non possano fornirti un semplice illudincanto? A parte il fatto che non sarà un illudincanto, ma un trasformincanto permanente.*

Vuoi dire che sembrerò Rodilegno per tutto il resto della vita?

Esatto.

— Forte! — esclamò Bombix a voce alta. Rodilegno era temuto da tutti, e per giunta possedeva una fortuna. Potere! Ricchezza! Gloria! Tutto con un semplice trasformincanto!

A un suo cenno, un cameriere di passaggio gli portò un altro bicchiere di musica inebriante.

Cinquantaquattro

Mentre aspettava che Pyrgus e Aurora tornassero nella Sala Grande, Fogarty si chiese cosa fosse successo a Henry. Non era da lui un ritardo del genere. Soprattutto dal momento che era cotto di Aurora.

Si alzò dalla sedia e, a passi rigidi, raggiunse Gonepterix davanti alla finestra. Gli bastò un'occhiata piú attenta al panorama per rendersi conto che non si trattava di un illudincanto. Quello che stava guardando erano *davvero* una costa rocciosa e un mare in tempesta.

— Dove diavolo siamo? — domandò.

— In un altro mondo — rispose Gonepterix in tono vagamente sorpreso.

— Un *altro* mondo?

— Motivi di sicurezza — spiegò il Consorte.

Quegli elfi potevano spostarsi *fuori dal pianeta*? Fogarty aggrottò la fronte. Dovevano usare una variante della tecnologia utilizzata per i portali, a parte che non si vedeva traccia di portale. Comunque facessero, era stupefacente.

Per prima cosa bisognava trovare il pianeta adatto: un posto con aria respirabile, un sole non troppo caldo e una gravità che non ti spiaccicasse. Poi bisognava centrare le sue coordinate. E aprire una soglia spazio-temporale. E...

Gli girava la testa al solo pensarci. Era un risultato incredibile, e ottenuto con tale disinvoltura! Per fortuna che non volevano altro che essere lasciati in pace! Con una tecnologia del genere si sarebbero potuti impadronire dell'intero Regno in un paio di settimane, e ingoiare Infera e il Mondo Analogo in due bocconi.

— Quanto siamo lontani dalla foresta? — chiese a Gonepterix.

— Trentottomila anni luce — rispose l'altro senza esitazioni.

Fogarty batté le palpebre. Forse non era diventato Consorte solo per la sua bella faccia. Stava per fargli qualche altra domanda, quando Aurora e Pyrgus rientrarono nella sala.

Fogarty notò all'istante l'espressione del ragazzo: aveva tutta l'aria di avere mal di pancia.

— Vostra Maestà — disse Aurora, rivolgendosi in tono deciso alla Regina Cleopatra — mio fratello e io vi ringraziamo per la vostra generosa offerta di aiuto e siamo grati di accettarla. — I suoi occhi passarono in rassegna i presenti, come per sfidare chiunque a sollevare obiezioni. — E ora possiamo discutere i nostri piani.

Cinquantacinque

C'era un freddo incredibile. Dapprima Henry pensò di sentirlo particolarmente perché in contrasto con le fogne, calde quanto puzzolenti, ma il fiato che gli usciva di bocca formava nuvolette di vapore e la parete accanto alla porta era coperta da uno strato di brina. Dov'era finito? Ovviamente stava nei piani piú bassi del Palazzo, ma dove esattamente? Una dispensa, forse? Uscendo dalla botola di controllo si era trovato in una stanza dalle pareti di pietra, con due porte e una finestra cosí alta da arrivare al soffitto, e assolutamente vuota. Niente armadi, niente tavoli, niente scaffali, niente ganci; nessun posto dove conservare il cibo.

Ma perché era cosí fredda? Una temperatura del genere non poteva essere naturale. Non vedeva tubi refrigeranti, ma forse nel Regno usavano la magia anche per quello, magari uno speciale rivestincanto.

Le dita cominciavano a intorpidirsi e si rese conto che rischiava di morire congelato mentre si scervellava a capire come mai faceva tanto freddo.

Andò alla porta piú vicina. Non era chiusa a chiave, ma anche la stanza successiva era altrettanto fredda e molto piú buia: la sola illuminazione proveniva da un lucciglobo avvolto da ragnatele in fondo a una rampa di ripide scale di pietra che portavano di sopra.

Le scale attrassero la sua attenzione. Forse era finito nelle cantine del Palazzo, e in tal caso il solo modo di uscirne era salire. Una volta fuori dal Palazzo poteva...

Poteva cosa? Seguire Aurora e Pyrgus nella Terra di

Halek? Non sapeva dov'era, ma ci avrebbe pensato dopo essersi portato a distanza di sicurezza dal Palazzo e dalla vecchia pazza.

Salí le scale. E scoprí che la porta era saldamente chiusa a chiave.

Si sedette sugli scalini a riflettere. Perché non si era portato dietro qualcosa di utile? In casa del signor Fogarty c'era una scatola degli attrezzi con un grosso martello di legno. E anche...

La porta alle sue spalle si aprí.

Henry si voltò di scatto e si trovò davanti un gruppetto di donne che indossavano gli abiti piú incredibili che avesse mai visto: aderenti e scintillanti e fluttuanti a ogni passo.

— Salve — balbettò alzandosi, sentendosi di colpo imbarazzato con i suoi jeans mimetici, la maglietta SIETE MIE, PUPE! e il tutto, faccia compresa, ricoperto dalla sporcizia delle fogne. Fissò incerto le donne, chiedendosi se fossero al servizio di Quercusia e se avrebbero capito di avere davanti un evaso. Alla fine deglutí e disse scioccamente: — Mi sono perso.

— Allora sarà meglio aiutarti a ritrovare te stesso — disse una delle donne, e gli sorrise.

Cinquantasei

Fu imbarazzante, però piacevole. Le donne lo accompagnarono in una stanza da bagno nel cui pavimento era incassata un'enorme vasca piena di acqua fumante e schiumosa, e insistettero perché vi entrasse. Rimasero nella stanza mentre lui si spogliava – per fortuna si voltarono – e, immergendosi nella schiuma profumata, Henry tremò all'idea che volessero aiutarlo a lavarsi. In realtà si limitarono a portare via i suoi abiti puzzolenti.

Mentre si crogiolava nella vasca, si rese conto di quanto fosse esausto. Nell'acqua doveva esserci qualcosa – qualche erba, probabilmente – che serviva ad allentare la tensione. Si accorse di essere piuttosto indolenzito, ma lentamente il dolore svaní. Agitò le dita dei piedi e pensò ad Aurora. Buffo: la prima volta che l'aveva vista era circondata dalle sue ancelle e stava entrando proprio in una vasca da bagno.

Affondò rapidamente nella schiuma, quando una delle donne entrò portando una pila di asciugamani sormontata da un mucchio di stoffa multicolore. Pur non somigliandosi affatto – erano diverse per età, taglia, aspetto – si muovevano tutte con la stessa incredibile grazia, e tutte indossavano lunghi abiti che aderivano e ondeggiavano a ogni passo. Ed erano tutte molto gentili.

— Ti ho portato dei vestiti puliti — disse sorridendo la donna, lasciando la pila multicolore sul bordo della vasca. — Raggiungici quando hai finito, e vedremo di trovarti qualcosa da mangiare.

Uscí dalla stanza da bagno e Henry la seguí con lo

sguardo, fulminato dalle parole che aveva appena sentito. Un minuto prima stava seriamente contemplando l'idea di appoggiare la testa al bordo della vasca e farsi un pisolino. Ma adesso si era improvvisamente reso conto di essere affamato.

Si tirò su e si asciugò in fretta. La stanchezza era svanita, ma non la fame.

I vestiti che gli avevano portato non erano i suoi, ma un completo di seta multicolore che comprendeva calzoni, camicia e calze in tinta, il tutto di foggia vagamente zingaresca. Ma, per quanto le cercasse disperatamente, non trovò traccia di mutande. Alla fine, non avendo scelta, indossò calzoni e camicia. Mentre stava per infilarsi le calze, cominciò a sentirsi molto sicuro di sé.

Una sensazione decisamente insolita, per lui.

I vestiti erano diversi da qualunque cosa avesse mai indossato, troppo colorati e un po' femminei, eppure ci si sentiva perfettamente a proprio agio. Molto *macho* e anche un po' eroe. Era una sensazione piacevole avvertire come la stoffa seguiva ogni movimento. Aveva l'idea di fare un figurone, vestito cosí. Insomma... sempre meglio della stupida maglietta SIETE MIE, PUPE!

La parte piú strana dell'intero completo erano gli stivali: marrone scuro, gli arrivavano appena sotto il ginocchio, erano della stessa seta di camicia e calzoni, e le suole erano costituite da diversi strati di seta sovrapposti a formare una specie di cuscinetto imbottito. Su un terreno sassoso non avrebbero retto cinque minuti, ma di questo si sarebbe preoccupato in seguito. Per il momento gli avvolgevano morbidamente piedi e gambe ed erano comodi come pantofole.

Uscí dalla stanza da bagno sentendosi in gran forma, e si trovò davanti le donne in attesa.

— Non conosco i vostri nomi — disse sorridendo — però mi piacerebbe ringraziarvi.

— Io mi chiamo Fior di Pesco — lo informò quella piú vicino ricambiando il sorriso. — Ringraziarci per cosa?

Stavano disponendo una serie di vassoi su un tavolino: parte dei cibi non gli erano familiari, ma dal profumo sembravano squisiti. — Be', per il bagno. — E per il cibo, pensò Henry, anche se in effetti ancora non lo avevano invitato a servirsi. Ricordandosi delle buone maniere, aggiunse in ritardo: — Io mi chiamo Henry.

— Sappiamo chi sei.

Per un momento il ragazzo rimase senza parole. — Voi chi siete? — domandò finalmente, quando riuscí a recuperare la voce.

— Le Filaseta — rispose Fior di Pesco. — Le Sorelle della Gilda della Seta.

Stava mangiando della roba chiamata strangugliolo: aveva un gusto affumicato ed era assolutamente squisita. — Spero che non finiate nei guai — disse d'impulso.

— E perché dovremmo finire nei guai? — replicò pronta Fior di Pesco.

Oh-oh. Aveva voglia di mordersi la lingua. Non c'era motivo d'informarle che era appena evaso dalle segrete. Se avesse tenuto la bocca chiusa, avrebbe potuto fingere di essere un visitatore che si era perso. Forse sarebbe ancora riuscito a convincerle che era cosí. Però, quando aveva detto loro il suo nome, Fior di Pesco aveva replicato: «Sappiamo chi sei.» Come faceva a saperlo? E, se lo sapeva, sapeva anche che era stato scaraventato nelle segrete?

Forse avrebbe fatto meglio a tastare il terreno. — La nuova Regina non mi trova molto simpatico — disse con la maggiore disinvoltura possibile. Se giocava bene le sue carte, sarebbe riuscito a scoprire come la pensavano su Quercusia senza compromettersi troppo.

— La nuova Regina è piú matta di un Testarossa Frontaliero — replicò Fior di Pesco.

Cinquantasette

Sapeva di aver trascurato qualcosa. L'aveva gettata nella fossa senza piantarle un paletto nel cuore. Sulfureo alzò lo sguardo sulle cornacchie che volavano in cerchio strepitando sopra la sua testa. Ormai era troppo tardi. Si stava avvicinando qualcuno e, chiunque fosse, non sapeva quanto tempo ci avrebbe messo ad arrivare. Di sicuro era vicino, e lui non poteva permettersi di essere sorpreso accanto a una fossa aperta con dentro il cadavere della sua fresca sposa. Specialmente considerando che il cranio della suddetta sposa era spaccato e che il suo stupido cervello avvizzito le gocciolava fuori dal naso.

Agguantò la vanga e cominciò a riempire la fossa di buona lena.

Era un lavoraccio, ma non poteva prendersela comoda. Quegli stupidi uccellacci sembravano impazziti, e Sulfureo già sentiva qualcuno farsi rumorosamente largo nel sottobosco. Per fortuna riempire la buca si rivelò molto piú rapido che scavarla. Vi gettò sopra l'ultima palata di terra e si guardò attorno ansioso. Quel posto sembrava esattamente quello che era: una fossa appena scavata. Tanto valeva piantarci sopra un cartello: QUI C'È UNA TOMBA.

Foglie secche!

Ecco che cosa gli serviva: un bel po' di foglie secche!

Se fosse riuscito a coprire il corpo alla meglio, e a liberarsi dell'importuno in arrivo, sarebbe potuto tornare piú tardi a completare il lavoro. Cominciò a gettare bracciate di foglie sulla fossa, ma era ben lungi dall'averla nascosta in modo soddisfacente quando un'accecante luce blu lo paralizzò, e un essere alto e orribile fece il suo ingresso nella radura. Sulfureo lasciò cadere il resto delle foglie. Sentí il cuore fermarsi e il sangue defluirgli dal viso.

A neanche cinque metri di distanza era sbucato Beleth, Principe delle Tenebre.

Beleth aveva un gran brutto aspetto.

Era comparso nella sua forma demoniaca gigantesca, ma aveva un corno accartocciato, due zanne spezzate, un orecchio smozzicato, un livido sbiadito sotto l'occhio destro, un bozzo pulsante sulla testa e una orrida cicatrice gli attraversava la guancia sinistra, la mascella e la gola. Sulfureo era sempre stato atterrito dal Principe dei Demoni, ma al momento quella creatura non sembrava capace di staccare una gamba a un bambino. Il suo cuore ricominciò a battere e il colore gli riaffluí sulle guance.

— Che ti è successo? — chiese.

Beleth lo fissò ingrugnato. — Non ha importanza.

— Dico davvero — insisté Sulfureo. — Non hai un bell'aspetto.

— Mi è esplosa una bomba in faccia — ribatté il principe demone. — Per fortuna questa forma è praticamente indistruttibile. Quello che importa...

— Come mai tutti i portali per Infera sono chiusi? — indagò Sulfureo. Beleth doveva essere arrivato in vimana: non c'era altro modo. E dato che il viaggio su un vimana dei trasporti pubblici sarebbe durato anni, doveva essere venuto da solo, usando uno dei rapidi dischi monoposto... cosa che fino ad allora non aveva mai fatto.

Di scatto Beleth coprí la distanza fra loro in tre passi, gli serrò una mano artigliata attorno alla gola e lo sollevò di peso. — Gaak! — ansimò Sulfureo. — Gaak!

— Quello che importa — scandí Beleth, avvicinando la faccia alla sua — è che il resto di Infera non è stato fortunato quanto me. — Lasciò andare Sulfureo, che piombò a terra con un tonfo

— Infera è distrutta? — balbettò, massaggiandosi la gola.

— Non dire idiozie. Però ha urgente bisogno di riparazioni. — Il principe demone lo fissò con occhi iniettati di sangue. — Ci costerà un patrimonio.

Sulfureo deglutí a fatica. — Al momento sarei un po' a corto... — Intercettò l'espressione di Beleth e si zittí. — Non è per questo che sei qui, giusto? — Si chiese perché fosse lí, ma una cosa era certa: doveva trattarsi di una buona notizia. Con Infera in rovina, Beleth avrebbe avuto per la testa ben altro che un contratto andato a monte. Per giunta ormai la storia di sacrificare Pyrgus era acqua passata, neanche valeva la pena di pensarci.

— Si tratta — ringhiò Beleth — di tradimento! Di ingratitudine! Di accordi non rispettati, di promesse non mantenute, di vermiciattoli voltagabbana!

Forse, tutto sommato, *valeva* la pena pensarci. — Mi dispiace per il contratto — balbettò Sulfureo. — Circostanze indipendenti dalla mia...

— Non parlo di te, imbecille! — ruggí Beleth. — Parlo di quel piccolo arrivista dalla lingua biforcuta di Rodilegno!

Sulfureo batté le palpebre. — Rodilegno? Lord Rodilegno? — Beleth e Lord Rodilegno erano stati alleati nell'ultimo tentativo di rovesciare gli Elfi della Luce.

— Sí, Lord Rodilegno! Quel dissoluto, spregevole, vomitevole rifiuto di fogna...

Beleth era chiaramente fuori dai gangheri. I suoi occhi lanciavano lampi di sette colori e sputacchiava a ogni parola. Il bozzo sulla testa si era messo a pulsare e la cicatrice che gli circondava la gola si socchiuse a mostrare una fila di punti. Sulfureo si chiese se avessero dovuto riattaccargli la testa, ma chiaramente non era quello il momento di abbandonarsi a riflessioni oziose.

— Ma tu e Rodilegno non eravate alleati? — domandò perplesso.

— *Eravamo* — replicò acido Beleth. — In passato. Rodilegno è stato ben lieto di accettare il mio aiuto quando pensava che sarebbe servito a farlo salire sul Trono del Pavone. Ma adesso che io ho bisogno del suo, si rifiuta di darmelo.

— Terribile — commentò comprensivo Sulfureo, chiedendosi cos'altro Beleth si fosse aspettato da un Notturno. — Insomma, ti ha tradito nel momento del bisogno.

— Esatto!

A Sulfureo sembrava una mossa eccellente. Beleth era palesemente debole. In ginocchio, per la precisione. Il momento perfetto per prenderlo a pedate. A parte che i principi demoni hanno sempre qualche asso nella manica, per esempio incantesimi assolutamente spaventosi. Per giunta ora Beleth sapeva che lui aveva appena seppellito un cadavere. Forse sarebbe stato meglio mostrarsi accondiscendente.

— Allora — chiese cauto Sulfureo — cosa posso fare per te?

Beleth glielo spiegò.

Cinquantotto

Era strano avvicinarsi al Palazzo come un nemico, cercando di individuarne i punti deboli e le sentinelle sugli spalti, esaminando il terreno alla ricerca di un riparo. Pyrgus provava un misto di eccitazione e di nausea. Era tutto cosí familiare: il fiume, l'isola, il Palazzo...

Lanciò un'occhiata ai compagni. Aurora, naturalmente, la sua cara sorella. Non sarebbe riuscito a farcela, senza di lei. Era sempre stato piú bravo ad agire che a pianificare. Era stato solo grazie ad Aurora che avevano messo insieme un piano. E sempre grazie a lei, con un pizzico di fortuna, avrebbero forse risolto quell'immenso pasticcio.

Accanto alla Principessa c'era un ingegnere mago che rispondeva al nome di Ziczac: un piccolo Elfo della Foresta i cui occhi castani, scintillanti al di sopra della barba che gli ricopriva la faccia avvizzita, lo facevano somigliare stranamente a un animaletto selvatico appena sbucato da un cespuglio. La sua specialità era l'attraversamento dei muri.

Pyrgus ricordò come si era sentito smarrito quando Ziczac aveva cercato di spiegargli in che modo funzionava quel particolare tipo di magia, anche se ovviamente il signor Fogarty aveva seguito la discussione senza problemi. Il punto essenziale sembrava essere che, per mettere gli Elfi della Foresta in grado di sfasare la realtà in modo da attraversare superfici solide, serviva, la prima volta almeno, l'opera di uno specialista. E il collaudo, li aveva avvertiti la Regina Cleopatra, era sempre pericoloso: bastava un minimo errore per ritrovarsi intrappolati dentro la solida roccia e morire soffocati. Ziczac era uno dei pochi ingegneri maghi dotati di quella particolare abilità, e viaggiava portandosi dietro tutta l'attrezzatura necessaria in uno zainetto.

Per proteggere Ziczac, Aurora e Pyrgus c'erano tre Elfi della Foresta in divisa verde. Uno, con gioia di Pyrgus, era Nymph.

Per un po' avevano discusso se fosse o no il caso di inviare altri soldati, ma Aurora aveva bocciato l'idea senza neanche prendersi il disturbo di consultarlo, affermando che un attacco su larga scala avrebbe potuto scatenare proprio la guerra civile evitata di stretta misura poche settimane prima. Per portare in salvo il vecchio Monarca era molto meglio organizzare l'incursione di un piccolo commando, e decidere il da farsi dopo averlo sottratto all'influenza di Rodilegno.

Dal momento che l'intera operazione si basava sull'elemento sorpresa, Pyrgus si augurava di trovare il padre alla svelta; in ogni caso era convinto di poter contare sulla lealtà di parecchi abitanti del Palazzo.

Era fuori questione usare il traghetto per raggiungere il loro obiettivo. Né Pyrgus né Aurora si fidavano di usare un illudincanto personale, e la faccia di entrambi era fin troppo conosciuta perché potessero avvicinarsi apertamente all'isola. Ecco perché adesso erano accucciati dietro gli alti giunchi a circa duecento metri dal molo.

Pyrgus lanciò un'occhiata a Nymph. — Devo credere alla vostra Regina, o dobbiamo prepararci a nuotare?

Nymph gli lanciò un'occhiataccia, appena addolcita da un'ombra di sorriso. — Per oggi non ti bagnerai i piedi, Principe Ereditario — replicò. Non lo chiamava mai per nome, notò Pyrgus, e pronunciava sempre con una certa enfasi il suo titolo, come se lo trovasse ridicolo. Di sicuro quella ragazza aveva gambe splendide. La divisa verde finiva con una specie di calzamaglia, verde anch'essa, che le metteva magnificamente in evidenza.

Con riluttanza Pyrgus sollevò lo sguardo in tempo per vedere Nymph estrarre una specie di rete da un tascapane che portava alla cintura e lanciarla davanti a sé e sopra il fiume come per catturare un pesce. Strada facendo, la rete si trasformò in una versione ridotta di quelle specie di zattere che gli Elfi della Foresta usavano per spostarsi sulle loro strade sopraelevate. In teoria la corrente avrebbe dovuto trascinarlo via all'istante, invece il battello rimase dov'era, come se fosse ancorato.

Pyrgus fece uno sforzo per non guardarlo a bocca aperta. Gli Elfi della Foresta usavano una tecnologia magica diversa da qualunque altra. Modificare l'aspetto di un oggetto era abbastanza semplice: bastava usare un illudincanto. Modificare quello che l'oggetto in questione faceva era piú difficile, ma comunque possibile se avevi abbastanza denaro. Però nessun incantesimo di sua conoscenza poteva modificare l'essenza stessa di una qualunque cosa. Si poteva usare un illudincanto perché un pantodattilo sembrasse un canvero e si comportasse di conseguenza, ma niente avrebbe potuto modificarne il peso e la massa corporea. Eppure, in forma diversa, quella stessa zattera poteva essere arrotolata fino a diventare cosí piccola e leggera da entrare nel tascapane di una ragazza. Non ci avrebbe mai creduto se non l'avesse visto con i propri occhi.

— Sulla zattera! — sibilò Nymph. — Dobbiamo ammantarci alla svelta.

Quella ragazza aveva qualcosa che gli ricordava Aurora. Non si somigliavano affatto, e Nymph era chiaramente maggiore di qualche anno, ma piú la conosceva, piú scopriva in lei un aspetto autoritario. Di sicuro non aveva problemi a sparare ordini. Si chiese cosa avesse voluto dire con "ammantarci", ma decise di fidarsi.

Aurora era meno fiduciosa. — Che significa "ammantarci"?

— Nasconderci in modo da non essere visti dal Palazzo

— Invisibilità?

Nymph scosse la testa. — Con l'invisibilità resti comunque dove sei.

Pyrgus la trovò una risposta del tutto insensata, ma era troppo ansioso di procedere. — Sbrighiamoci a salire là sopra, Aurora — sussurrò. Sua sorella gli lanciò un'occhiataccia, però obbedí.

Sia lei che la zattera scomparvero.

— È invisibilità — disse Pyrgus.

Di nuovo Nymph scosse la testa. — È un ammanto — insisté. — Finché non lo disattivo, non potrai toccare né la zattera né tua sorella. — Notando la sua espressione incredula, aggiunse: — Prova, su, tanto abbiamo tempo.

Pyrgus tese le mani verso il punto dove si era trovata Aurora subito prima di sparire... e incontrò il vuoto. — Aurora? — bisbigliò.

— Può vederti e può sentirti — spiegò Nymph — ma tu non puoi avvertire in alcun modo la sua presenza. Né quella del battello. Prova.

Pyrgus s'inginocchiò e passò le mani sull'acqua davanti a sé, senza però trovare nessuna zattera invisibile. Aurora poteva essersi allontanata per sfuggirgli, ma la zattera sembrava solidamente ormeggiata. Eppure adesso era sparita.

— Ora sali a bordo — lo invitò Nymph, chiaramente divertita.

— Ma la zattera non c'è piú — obiettò Pyrgus raddrizzandosi perplesso.

Nymph sorrise. — Ti basterà fare un passo avanti, Principe Ereditario. Non ho forse detto che per oggi non ti saresti bagnato i piedi?

Sempre pronto ad accettare una sfida, Pyrgus fece senza esitare un passo su quella che sembrava la superficie increspata del fiume.

E si ritrovò sulla zattera insieme ad Aurora. Voltò la testa, e vide i loro compagni ancora allineati sulla riva.

— Che combinavi? — chiese Aurora.

— Mi vedevi?

— Perfettamente — sbuffò lei.

— Potevi vedere tutto quello che facevo?

— Tutto... compreso scodinzolare dietro a Madamigella Nymph So-tutto-io — replicò la sorella.

Anche se non c'era traccia di un sistema di propulsione e nemmeno si avvertiva l'odore caratteristico della magia, la zattera attraversò sicura il fiume.

— Cos'è che ci fa muovere? — chiese Pyrgus sottovoce.

— Non c'è bisogno di bisbigliare — rispose Nymph. — Finché siamo ammantati, nessuno può sentirci. — Si guardò attorno come per sottolineare il fatto che comunque in mezzo al fiume non poteva sentirli nessuno. Riportò lo sguardo su Pyrgus e accennò un sorriso. — C'è un sistema d'incantoguida automatico. Spinta in avanti, controlli direzionali, un pizzico di levitazione per ridurre l'attrito.

— Ma non si sente nessun odore — obiettò lui.

— L'ammanto non servirebbe a molto se fosse comunque possibile fiutarci — replicò Nymph, senza però spiegare come facessero gli Elfi della Foresta a ottenere un risultato del genere.

Pyrgus stava per insistere con le domande, quando si accorse che erano già vicini alla meta. L'Antica Fortezza, costruita in tempi preistorici usando massi cosí grandi da mettere in difficoltà la moderna tecnologia, torreggiava alta sulla parete rocciosa dell'isola. Unita al corpo principale dell'edificio, la Fortezza era ormai usata soprattutto come magazzino ed era poco sorvegliata, perché si era sempre creduto che fosse impossibile introdurvisi dal fiume. Un'idea, pensò Pyrgus, che se la loro missione avesse avuto successo si sarebbe presto rivelata errata.

La zattera approdò silenziosa in una piccola insenatura fra gli scogli. Davanti a loro c'era una stretta striscia di spiaggia sassosa che terminava contro la ripida parete di roccia sormontata dalle imponenti mura della Fortezza. Pyrgus sollevò lo sguardo e si raggelò. Sugli spalti c'erano diverse sentinelle, e perfino a quella distanza poteva vedere che erano armate con kriss letali.

Avvertí la presenza di Aurora alle sue spalle e capí che anche lei fissava la Fortezza. — Rodilegno non vuole correre rischi — gli sussurrò.

— Ci sono guardie armate — annunciò Pyrgus, voltandosi verso gli altri.

Nymph venne al suo fianco, sul lato opposto ad Aurora. — Finché restiamo sulla zattera siamo al sicuro — disse. — Ma per entrare dovremo attraversare la spiaggia. Dopo sarà la scogliera stessa a proteggerci, nascondendoci alla vista delle sentinelle, però se ci vedono prima che la raggiungiamo, possono abbatterci come mosche. — Chiaramente anche lei aveva riconosciuto i kriss.

— Puoi renderci invisibili? — chiese Aurora all'ingegnere mago.

Ziczac si strinse nelle spalle. — Sono uno specialista, io. L'invisibilità non è il mio campo.

— Che mi dici dell'ammanto? — chiese Pyrgus. — È possibile estenderlo? Portare la zattera sulla spiaggia?

Stavolta fu Nymph a rispondere: — No. La zattera può essere usata solo in acqua, ed è impossibile estendere l'ammanto.

Aurora guardò il fratello. — C'è qualche altra insenatura piú vicino alle mura?

— Non mi risulta.
— Allora dovremo rischiare la spiaggia — decise la Principessa.
— Noi soldati scorteremo Ziczac e lo proteggeremo mentre fa il suo lavoro — li informò Nymph. — Voi due resterete sulla zattera, al sicuro, e ci raggiungerete quando tutto è pronto.
Aurora le lanciò un'occhiata che avrebbe frantumato il vetro. — Andremo tutti assieme. Due gruppi raddoppiano la possibilità di essere individuati. La distanza è minima, e una volta raggiunta la scogliera, la sporgenza rocciosa ci riparerà.
Nymph si voltò verso Pyrgus. — È questo che desideri, Principe Ereditario?
— Sí — rispose pronto lui. Nymph gli piaceva parecchio, ma sapeva per esperienza che era meglio non contraddire Aurora quando era di quell'umore.

Il piano era semplice: appena le sentinelle avessero guardato da un'altra parte, loro si sarebbero fiondati verso la scogliera. Il guaio era che le sentinelle non guardavano mai da un'altra parte tutte insieme. Alcune tenevano d'occhio il fiume, altre guardavano a sinistra e altre ancora a destra, ma ce n'era sempre qualcuna che teneva d'occhio la spiaggetta. Tutte indossavano le uniformi del Palazzo, ma Pyrgus era sicuro che fossero Elfi della Notte: avevano quel tipico atteggiamento nervoso, paranoide, che li rendeva eccellenti cani da guardia.
— Ci serve un diversivo — disse dopo un momento Nymph. Lanciò un'occhiata a Ziczac, e l'ingegnere mago rispose con un rapido cenno d'assenso.
— Cos'avete in mente? — chiese Aurora. A Pyrgus sembrò di avvertire nel suo tono una sfumatura di sospetto.
Nymph scrollò le spalle e si voltò a guardare la distesa d'acqua alle loro spalle. In quel punto il fiume era

piuttosto ampio, ma potevano comunque scorgere sulla riva opposta la periferia abusiva della città: alcune case erano dotate perfino di pontili e vascelli personali.

Ziczac si accovacciò agilmente sulla zattera, rassettò la veste per coprirsi le ginocchia e cominciò a cantilenare.

— Che fa? — chiese Pyrgus.

— Roba da maghi — rispose Nymph. — Non avete mormoranti, nella vostra corte?

Pyrgus ne dubitava. Per l'esattezza non ne aveva mai neanche sentito parlare.

— Si tratta di un illudincanto, giusto? — intervenne Aurora. — O qualcosa del genere.

Nymph la guardò con un pizzico di ammirazione. — Giusto. Qualcosa del genere.

All'improvviso uno dei soldati sugli spalti lanciò un grido. Pyrgus alzò gli occhi in tempo per vederlo indicare qualcosa nell'acqua. Nel giro di pochi secondi le altre sentinelle stavano correndo da lui.

— Che vedono? — chiese Aurora.

— Un drago, probabilmente — rispose Nymph. — Ziczac ha un debole per i draghi. O un serpente marino, visto che siamo vicino all'acqua. O magari sirene piú o meno svestite: a volte Ziczac si comporta da birbantello. — Lanciò al mago uno sguardo affettuoso, seguito da uno malizioso a Pyrgus.

— Muoviamoci — sibilò Aurora, guardando Ziczac senza la minima traccia di affetto. — Riesce a mormorare e correre allo stesso tempo?

Ziczac le rivolse un cenno di assenso.

Impiegarono meno di un minuto per attraversare la spiaggia. L'ingegnere mago smise di mormorare appena furono al riparo della scogliera e sorrise ad Aurora e Pyrgus. — Una grossa palla di fuoco — disse. — Hanno visto una gigantesca, abbagliante palla di fuoco. Penso che i ragazzi lassú siano Notturni, perciò i loro occhi dovrebbero essere particolarmente sensibili alla luce. Vedranno macchie luminose per i prossimi cinque minuti. Tanto per tenerli occupati. Cosí avremo tutto il tempo per entrare.

Pyrgus lo fissò grato. In una missione del genere era essenziale poter contare sull'ausilio di un mago in gamba. Cominciava a pensare che forse, tutto sommato, sarebbero riusciti a raggiungere suo padre.

Cinquantanove

— Nel Regno — disse Fior di Pesco — c'è chi non avrà pace finché il Principe Pyrgus non tornerà a occupare il posto che è suo di diritto. Il Principe Colias è manovrato dai Notturni. Tutti sanno che in realtà è Rodilegno a governare. La Regina, la madre di Colias, è pericolosa come uno slith, ma le redini del potere sono nelle mani di suo fratello. Non si può permettere che questo stato di cose prosegua.

Dalla sua espressione, e da quella delle sue compagne, Henry non ebbe dubbi che le Filaseta fossero fra coloro che volevano Pyrgus sul trono. — Sapete dove si trovano il Principe Ereditario e sua sorella? — chiese. — È vero che sono partiti per la Terra di Halek?

Fior di Pesco annuí. — Sí.

Henry la fissò battendo le palpebre. — E sapete dov'è questo posto?

— È un paese di confine, fuori del Regno.

Henry si sentí sprofondare. — È molto lontano?

— Vorresti raggiungerli?

Per un momento Henry rimase in silenzio. Fin dal suo ritorno nel Regno si era sentito come un pesce fuor d'acqua. Aveva effettuato la traslazione per aiutare Aurora e Pyrgus, ma non si era aspettato di trovarsi coinvolto in una crisi del genere. Voleva raggiungerli, unirsi a loro nell'esilio? Poteva realmente fare qualcosa per aiutarli? Di sicuro prima o poi avrebbero dovuto combattere, e lui non era un soldato. Per giunta sembrava che ci sarebbe voluto molto piú tempo del previsto.

Quanto sarebbe durato l'effetto del lete su sua madre e su Aisling? Però... Batté di nuovo le palpebre.

— Sí — disse. — Voglio raggiungerli.

— Forse potremmo aiutarti — replicò Fior di Pesco. Gli lanciò un'occhiata. — E fare qualcosa per quel taglio che hai sulla faccia. Se non sapessi che è impossibile, penserei alla zampata di un ragno filatore.

Quelle donne erano diverse da qualunque altra Henry avesse mai conosciuto, anche se in loro c'era qualcosa – una certa durezza – che un po' gli ricordava sua madre. Non si discuteva, con loro: si obbediva e basta.

Gli abiti colorati che lo avevano fatto sentire cosí sicuro di sé furono sostituiti da altri di seta grezza, dal taglio semplice ma elegante.

— Non devi farti notare — gli aveva spiegato Fior di Pesco — però non puoi andare in giro vestito di stracci. Gli Halek devono prenderti sul serio, e i loro stregoni tengono molto alle apparenze. Niente di eccessivo, ma il modello giusto ti sarà utile perché ti si aprano tutte le porte.

— Grazie — disse Henry, chiedendosi di che stessero parlando.

— In questo modo ti sarà piú facile trovare il Principe Ereditario — proseguí Fior di Pesco, come leggendogli nel pensiero. Poi gli tese un tascapane di una stoffa sottile che sembrava insieme impermeabile e resistente. — Qui dentro troverai una mappa e dell'oro.

Henry sgranò gli occhi. — Oro?

— Non puoi raggiungere la Terra di Halek a piedi, è troppo lontana. E non saresti di molto aiuto ai tuoi amici se arrivassi fra un mese. L'oro servirà a pagarti un posto sui mezzi di trasporto pubblico.

Trasporto pubblico? Quale trasporto pubblico? Henry si sentiva smarrito come se lo avessero scaricato in mezzo al deserto del Sahara. Come poteva prendere un trasporto pubblico se non sapeva dove trovarne uno, e nemmeno che aspetto avesse? Ma, nonostante la confusione crescente, disse: — Oro? Non posso accettare...

— Non hai scelta — lo interruppe Fior di Pesco. — Credi a me, senza contante non sopravviveresti un minuto. Se ti fa sentire meglio, considerati al servizio della Gilda della Seta. Porterai un nostro messaggio al Principe Pyrgus e alla Principessa Aurora.

— È anche quello nel tascapane?

Fior di Pesco scosse la testa. — No. Devi solo informarli che le Filaseta sono rimaste leali al loro legittimo sovrano e lotteranno fino alla morte per rimetterlo sul trono. — Esitò. — E per correggere l'abominio che Lord Rodilegno ha fatto del precedente Monarca.

— Glielo riferirò — balbettò Henry. Provava una sincera ammirazione per le Filaseta. Dal quel po' che fino ad allora aveva visto del Regno, sospettava che stessero rischiando la vita.

— Una delle Sorelle ti accompagnerà in città — riprese Fior di Pesco. — Rodilegno non sospetta ancora della Gilda. Ma devi... — S'interruppe. — Che succede?

Guai, pensò Henry. Nel corridoio risuonarono rumori vari e un grido di donna, e l'istante successivo la porta della stanza si spalancò con violenza. Henry intravide un gruppo di ombre scure e di soldati in uniformi nere prima che una palla di fuoco attraversasse ruggendo la stanza e lo colpisse in pieno petto. L'impatto fu cosí violento da sollevarlo da terra e scaraventarlo contro il muro, facendogli sbattere dolorosamente la testa.

Scivolò al suolo, lottando disperatamente per non perdere i sensi, ma quando toccò il pavimento, braccia e gambe erano flosce come quelle di una bambola di stracci. E poi tutto diventò nero.

Sessanta

L'ultima, nonché unica, volta che Pyrgus aveva messo piede nella Fortezza aveva quattro anni. L'esperienza lo aveva atterrito al punto da farlo scoppiare in singhiozzi finché il padre si era deciso a prenderlo in braccio. In seguito, quando Danaus Plexippus gli aveva chiesto perché si fosse tanto spaventato, il piccolo aveva risposto convinto che la Fortezza era piena di fantasmi.

In effetti, pensò Pyrgus mentre aspettava che anche gli altri sbucassero dalla parete di pietra, aveva tuttora l'aspetto di un posto infestato dagli spettri. Le sue stanze erano vaste al punto da fare apparire ridicolmente piccole le pile di casse e di ceste addossate alle pareti. Ed erano anche buie, perché la luce che riusciva a filtrare dalle feritoie era assorbita all'istante dalle pareti di pietra grigia. L'architettura era diversa da quella usata nel resto del Palazzo: un insieme di differenti livelli uniti da corte rampe di scalini bassi e larghi che le conferivano l'aspetto di un labirinto tridimensionale.

Aurora emerse dal muro solido e si guardò attorno rabbrividendo.

— Eri mai stata qui? — le chiese Pyrgus.

— Mai. Sai come venirne fuori?

— Non ne sono sicurissimo. È passato molto tempo dall'ultima volta che ci sono stato. — Preferí non dirle esattamente *quanto* tempo.

Nymph e i suoi soldati – due tipi silenziosi e robusti, con occhi che guizzavano attorno di continuo come se si aspettassero un attacco da un momento all'altro –

emersero tutti insieme dalla pietra. Per ultimo comparve Ziczac, che osservò sbalordito la stanza a piú livelli.

— Architettura arcaica — mormorò. — Mai vista prima.

— Sai come raggiungere l'area principale del Palazzo? — chiese Nymph a Pyrgus.

Lo sguardo del ragazzo passò lentamente da un livello all'altro. — Credo di sí. Cioè, sí, penso di riuscirci. Questi sono i magazzini, perciò le porte saranno chiuse, però dovrebbero riconoscere sia me che Aurora. Rodilegno non dovrebbe avere già cambiato l'aprincanto. — Esitò. — Se ci fossero problemi, Ziczac può portarci ovunque?

Lo aveva chiesto a Nymph, ma fu l'ingegnere mago a rispondergli. — Non esattamente.

— In che senso? — intervenne Aurora.

Ziczac le rivolse un sorriso mite. — Posso farvi attraversare soltanto le superfici spesse. Ma non un muro sottile, e neanche una porta.

— È assurdo! — protestò accigliato Pyrgus.

— Sono d'accordo — annuí Ziczac. — Però è cosí che funziona, anche se non ho mai capito bene perché. Ci si può spostare soltanto dentro qualcosa piú largo di te. Le mura esterne sono enormi, come in tutti gli edifici delle antiche civiltà, ma quelle interne potrebbero non esserlo. Potremmo azzardarci ad attraversarle in caso di emergenza, ma...

— C'è il rischio di restare incastrati — concluse Nymph.

— Il che abitualmente si rivela letale — precisò Ziczac. Aggrottò la fronte e aggiunse: — In effetti non ho mai sentito di nessuno che sia sopravvissuto a un'esperienza del genere.

Tutto sommato se la cavarono egregiamente. I vari livelli confondevano un po' le idee, e a volte Pyrgus si sentiva assai meno sicuro di quanto facesse vedere, ma le porte lo riconobbero senza problemi, permettendo loro di passare in fretta da una stanza all'altra, finché raggiunsero un arco dall'aria familiare.

A Pyrgus sfuggí un sospiro di sollievo. — Ci siamo — disse, indicando il corridoio al di là dell'arcata. — Quello ci farà raggiungere i livelli inferiori del Palazzo. — Lo superò di slancio... e gli uomini di Rodilegno gli furono addosso come una valanga.

Il suo primo pensiero fu che non aveva un'arma pronta. Aveva una corta spada, uno sprizzafuoco fornitogli dalla Regina della Foresta e il suo pugnale Halek, sfuggito all'attenzione delle guardie di Rodilegno quando lo avevano caricato sul vailà e spedito in esilio. Ma la spada era nel fodero, lo sprizzafuoco infilato alla cintura e la lama Halek dentro uno stivale. In breve, era inerme. Ruotò su se stesso, assestando una gomitata nella pancia del soldato piú vicino, ed ebbe la soddisfazione di vederlo piegarsi in due e mollare la spada. Ma c'erano altri soldati che lo fissavano sogghignando e con le armi pronte. Lo avrebbero ammazzato nel giro di pochi secondi.

Di colpo Nymph comparve al suo fianco, e fu assolutamente sbalorditiva. Si mosse piú rapida di quanto Pyrgus avrebbe creduto possibile, cosí rapida da sembrare una chiazza sfocata, impugnando una strana arma degli abitanti della foresta: una lama triangolare, troppo corta per essere una spada e troppo lunga per un pugnale, che si lasciava dietro una scia di energia argentata simile a quella delle lame Halek. Con un calcio nelle parti basse fece piegare in due la guardia piú vicina a Pyrgus e le tagliò la gola nello stesso istante. Dopodiché prese posizione davanti al Principe e dedicò la propria attenzione ad altre due guardie.

Mentre Pyrgus sguainava la spada per affrontare un

altro dei loro aggressori, con la coda dell'occhio vide i soldati della foresta lanciarsi nella mischia. Usavano anche loro lame simili a quella di Nymph, e si muovevano rapidi quasi quanto lei.

Finí tutto nel giro di pochi minuti. Due guardie erano morte, le altre tre agonizzanti. Ora che la foga della battaglia si era placata, Pyrgus tolse gli occhiali scuri che in parte nascondevano la faccia dei caduti, e dai loro occhi vide che erano tutti Notturni: uomini di Rodilegno, senza dubbio. Anche le uniformi nere recavano l'emblema di Casa Rodilegno. Chiaramente il nuovo Reggente non si fidava dei soldati del Palazzo e li aveva sostituiti.

— Mi è venuta un'idea — disse Ziczac, fissando i cadaveri. — Se indossassimo uniformi nere e occhiali, nessuno ci attaccherebbe. Cioè, se le indossaste voi, perché per me sono tutte troppo grandi.

Per un momento Pyrgus lo fissò confuso, e poi di colpo capí. — È un'idea grandiosa, Ziczac! Non importa se tu non hai la divisa. Se dovessero chiederci qualcosa, diremo... diremo...

— Direte che sono vostro prigioniero. O il mago personale di Lord Rodilegno. O...

Pyrgus stava già spogliando il cadavere piú vicino.

Il trucco escogitato da Ziczac funzionò a meraviglia. Come una squadra disciplinata di guardie di Casa Rodilegno, raggiunsero a passo di marcia i piani superiori del Palazzo e superarono senza problemi due postazioni di sentinelle in uniforme nera. Mentre percorrevano un corridoio buio, Pyrgus si avvicinò a Nymph e le sussurrò: — Penso che poco fa tu mi abbia salvato la vita.

— Penso che tu non fossi pronto a difenderti.

Lui nascose un sorriso. — Poco ma sicuro. — La guardò negli occhi. — Grazie.

Con sua sorpresa, Nymph arrossí e mascherò l'imbarazzo con una scrollata di spalle. — Non ho fatto niente di particolare.

Era il suo primo segno di debolezza.

— Pensi che salvarmi la vita sia stato niente? — insisté Pyrgus in tono scherzoso

Nymph arrossí ancora di piú. — Non volevo dire questo — si affrettò a ribattere. — Solo...

Ma non finí la frase perché all'improvviso qualcuno tornò ad attaccarli. Un braccio circondò il collo di Pyrgus e uno stiletto calò rapido verso il suo cuore, ma prima che il Principe avesse il tempo di reagire, la lama si bloccò a pochi centimetri da lui, mentre il suo aggressore soffocava un'esclamazione. Contorcendosi, Pyrgus scoprí di essere stato aggredito da una donna che ora lo fissava a bocca aperta. Esitò una frazione di secondo, poi le tirò un calcio per farle perdere l'equilibrio. La donna cadde malamente, sbattendo la testa contro il muro: i suoi occhi si velarono e si chiusero lentamente.

Altre donne li assalirono: due erano veloci quasi quanto Nymph e i suoi compagni, ma dotate di armi decisamente inferiori. Gli Elfi della Foresta puntarono gli sprizzafuoco.

— No! — urlò Pyrgus.

Nymph lo fissò sorpresa.

— Non uccidetele! — gridò ancora lui. Le loro avversarie erano Elfi della Luce, la sua gente. E avevano assalito quella che credevano una squadra di guardie di Rodilegno. Dunque nel Palazzo c'era una resistenza organizzata, forse si preparava addirittura una ribellione. Quelle donne erano dalla loro parte. — Non mi riconoscete? — gridò.

Ma quelle avevano visto gli sprizzafuoco e si erano date alla fuga.

— Lasciatele andare! — gridò Aurora, che aveva ovviamente raggiunto la stessa conclusione del fratello. Ma entrambi avevano parlato troppo tardi. Gli Elfi della Foresta, Ziczac compreso, erano partiti all'inseguimento. — La tua amichetta è un pericolo pubblico! — sibilò Aurora cominciando a correre.

Pyrgus la seguí continuando a gridare: — Fermi! Aspettate! — Le donne varcarono di slancio una porta mentre Ziczac scagliava una specie di palla di fuoco. Pyrgus raggiunse gli Elfi della Foresta e si fece largo fra loro. — Basta! Smettetela! — Afferrò Nymph per un braccio proprio mentre stava per pugnalare...

Alle sue spalle sentí il sussurro sconvolto di Aurora: — Santo cielo, sono le Filaseta! — E poi anche lei urlò: — Fermi! Smettetela!

Nymph obbedí, ma nella confusione generale Pyrgus non riuscí a vedere cosa stessero combinando gli altri. Si spinse avanti freneticamente. Non dovevano uccidere la sua gente!

Dietro il gruppo di donne scorse un corpo afflosciato sul pavimento. Aurora, che si trovava subito dietro di lui, lo scorse un istante dopo. Pyrgus la sentí trattenere il fiato, poi sua sorella lo scostò bruscamente e si slanciò verso il corpo, gemendo: — Henry! Nooo!

Sessantuno

Sei sicuro di sapere quello che fai? chiese nervosamente Bombix quando giunsero in vista del palazzo nella foresta di Rodilegno.

Cyril lo aveva guidato lungo un sentiero tortuoso che puzzava di slith e sbucava in mezzo ai fitti cespugli di rose sul bordo dello splendido prato.

Bombix fissò la distesa verde, fin troppo consapevole che attraversandola si sarebbe trovato in piena vista per ogni centimetro di strada.

Si guardò attorno alla ricerca di haniel appostati sugli alberi, ma a preoccuparlo erano soprattutto le guardie di Rodilegno: godevano della meritata fama di colpire prima e interrogare poi.

Certo che so quello che faccio, rispose stizzito il wyrm. *Sphinx ti aspetta.*

Sí, questo me l'hai già detto. Ma che succede se mi vede Rodilegno?

Il wangarama si esibí nell'equivalente mentale di uno sbuffo impaziente. *Cosa vuoi che succeda? Lord Rodilegno non ha la minima idea dei nostri piani, giusto? Per quanto lo riguarda sei ancora un suo servo leale. Se dovessi incontrarlo – il che, fra parentesi, non succederà – gli dirai semplicemente che sei tornato per ricevere nuove istruzioni.*

Sembrava sensato, ma il solo pensare a Lord Rodilegno gli faceva venire la tremarella. Disperato, Bombix riprese una discussione che lo aveva già visto sconfitto diverse volte. *Perché non andiamo a rintanarci da qualche altra parte? In fondo non devo fare altro che aspettare l'Incoronazione di Colias.*

Cyril esalò l'equivalente mentale di un sospiro esasperato. *Non è tutto quello che devi fare. Te l'ho detto e ripetuto non so quante volte: devi riuscire a farti passare per Lord Rodilegno. Secondo il Mutaforma non eri esattamente un asso, giusto?*

Si trattava solo dell'andatura, replicò impermalito Bombix. *Ma adesso ci sei tu ad aiutarmi. Ecco perché ci hanno messi insieme.*

Io posso aiutarti con l'andatura, però ci sono moltissime altre cose che devi sapere. Quali persone conosce Rodilegno, salutarle per nome. La situazione è cambiata. All'Incoronazione di Pyrgus, Rodilegno si sarebbe potuto mostrare nervoso e immusonito: nessuno si sarebbe stupito, visto che Pyrgus non gli piaceva. Ma tutti sanno che Colias è un suo fantoccio. Si aspetteranno che Lord Rodilegno vada in giro facendo la ruota. Per giunta dovrai continuare a impersonarlo anche dopo l'Incoronazione. Qui non si tratta di prendere qualche lezione da un Mutaforma, avrai bisogno di ogni minuto che ci resta per prepararti. Ti addestrerà Sphinx in persona. Devi fare pratica. Imparare a dare ordini, cose del genere.

So come dare ordini, replicò acido Bombix.

E a trattare con demoni di alto rango, proseguí il wyrm, ignorandolo. *E poi c'è il problema di...*

Come al solito, a questo punto della conversazione Bombix era esausto. — D'accordo — disse a voce alta. — Hai vinto.

S'incamminò sul prato pensando che se un haniel lo avesse mangiato in quello stesso momento, tutto sommato sarebbe stato un sollievo.

Sessantadue

Henry aveva un atroce dolore alla testa, ma neanche paragonabile a quello che provava alle mani e al petto. Aveva grossi problemi a mettere a fuoco, tuttavia riusciva a vedere ugualmente che il palmo delle sue mani era un ammasso di carne viva. Provò a muoversi, e tutto il corpo lanciò un ululato di dolore.

Mugolò, ma dalle labbra non gli uscí alcun suono.

C'erano diverse persone attorno a lui, però non riusciva a ricordare chi fossero. Entravano e uscivano dal suo campo visivo, e le loro voci salivano e si abbassavano, si avvicinavano e svanivano.

Una somigliava a quella di Aurora. Sperava che fosse lei. Chissà se era molto arrabbiata perché ci aveva messo tanto a raggiungerla!

— È ancora vivo. Mi sembra che sia vivo.

— Respira?

— No.

— Ha aperto gli occhi.

— Un semplice riflesso. Capita, quando si è colpiti da una palla di fuoco.

— Il corpo continua a reagire per ore, anche dopo che il cuore si è fermato.

— Una volta ho visto uno fare cinque passi, ed era morto stecchito.

— È vivo, porca miseria! — Era la voce di Aurora. Ne era praticamente sicuro.

Tentò di dire: "Ciao, Aurora", ma ancora una volta la lingua si rifiutò di obbedirgli, le palpebre si riabbassarono e sprofondò in una dolorosa oscurità sanguigna. Stava morendo, pensò, ma non gliene importava.

— È vivo! — ripeté Aurora. — Respira!

— Non mi sembra che respiri.

Qualcuno gli sfilò la camicia che gli era stata fornita dalle Filaseta. Sentí un'esclamazione sbigottita.

— Le palle di fuoco fanno sempre questo effetto — commentò una controllata voce femminile. — Se la camicia non fosse stata di seta filiera, gli avrebbe bruciato il petto fino al cuore.

— La pelle si sta spaccando... Che schifo! Trasuda sangue...

— Vesciche. La pelle è coperta di vesciche.

— Si sta spaccando!

Henry sentí qualcosa cedere dentro di sé, e poi il dolore si allontanò e lui affondò lentamente nelle tenebre.

— Fate qualcosa! — gridò Aurora. Era fuori di sé. Terrorizzata. Suo padre era morto in quel modo. E ora stava succedendo a Henry.

Nymph aggrottò la fronte. — Gli serve della pelle nuova. È l'unica soluzione.

— Allora procuragliela! — ordinò Pyrgus.

— Non ce l'ho. Non siamo equipaggiati.

Aurora si voltò furibonda verso Ziczac. — Sei stato tu a ridurlo cosí! — urlò. — Non puoi guarirlo?

Il piccolo mago scosse la testa con aria affranta.

— Aurora... — cominciò Pyrgus.

— L'ha lanciata lui, quella maledetta palla! Deve poter fare qualcosa! Invertire l'incantesimo. Guarirlo...

— Aurora...

— Non sono un guaritore — si scusò Ziczac. — Non so molto neanche di incantesimi militari.

— Aurora — disse gentilmente Pyrgus. — Credo proprio che l'abbiamo perso.

Sessantatré

Era un sollievo essere di nuovo in città, anche se era stato via solo per poco. La campagna era troppo vuota per i gusti di Sulfureo, e le notti troppo silenziose. Salutò allegramente le guardie alla Porta dello Storpio e fece pochi passi prima di rendersi conto che erano Elfi della Notte. Bene, bene, bene. Lord Rodilegno non aveva perso tempo. Da cinquecento anni alle porte della città non si vedevano sentinelle Notturne.

Si fermò e respirò a fondo. Gli era sempre piaciuto l'odore della città: un misto di sudore e biancheria sporca con un delicato sottofondo di fogna. Trecentoventiduemila e settecento anime stipate in un labirinto di vicoli e catapecchie. Non c'era niente di simile al mondo.

Vedendo passare un corteo danzante, si fermò a osservare i giocolieri e, con un sussulto di gioia, si rese conto che era una celebrazione della Notte. Di solito cortei del genere non uscivano mai dai quartieri Notturni. Incredibile, com'erano cambiate le cose.

Percorse il labirinto di vicoli noto come il Rifugio del Marinaio, dirigendosi verso il fiume. Attraversò lentamente l'alzaia, esaminando una dopo l'altra le corte rampe di gradini di legno che scendevano verso l'acqua, finché ne trovò una dov'era ormeggiata una barca a nolo. Il barcaiolo appoggiato alla pertica era un furfante con la barba lunga, ma Sulfureo indossava il suo scialle da demonologo completo di emblema cornuto e perciò non si aspettava guai.

— Ventisette gnutti — borbottò l'uomo, provando a fare il colpo, ma quando Sulfureo gliene allungò sei, infilò la pertica in acqua e cominciò a spingere la barca senza protestare.

Il fiume era sempre stato il modo piú facile per spostarsi in città. Sulfureo occupò il sedile a prua e osservò soddisfatto le file di magazzini cedere il passo prima ad alti palazzi di uffici e poi a dimore maestose. Si sentiva... *bene.* Aveva fatto pace (e stipulato un nuovo patto!) con Beleth. Pyrgus non sarebbe piú salito sul trono. Rodilegno aveva vinto e il comando era passato nelle mani degli Elfi della Notte. La vita era bella. Il futuro, un tempo confinato al miserabile tugurio della Vedova Atropos, si spalancava su piú rosei panorami.

— Le cose sono cambiate, di recente — commentò compiaciuto.

Il barcaiolo sembrava frutto di uno dei rari incroci fra Luminosi e Notturni, ma a parte questo, dato il lavoro che faceva, la sua lealtà andava inevitabilmente al miglior offerente. — Pare di sí — replicò laconico.

Sulfureo si guardò attorno. Anche sul fiume c'erano stati cambiamenti. Il traffico sembrava aumentato e diversi vascelli innalzavano stendardi a indicare una certa propensione alla pirateria. Un tempo la polizia fluviale li avrebbe affondati senza esitare, ma ora eccoli lí a pavoneggiarsi. C'era perfino una grande imbarcazione da diporto, o almeno cosí sembrava, a giudicare dal tricheco che campeggiava sulla sua bandiera. Se era nel giusto, era la prima volta da quattro decenni che i trullori solcavano le acque.

Le case in riva al fiume si allargarono attorno a una vasta piazza pavimentata in pietra, dominata dall'antica Chiesa di San Grullino, un santo Luminoso venerato perché aveva l'abitudine di mangiare vespe vive, e proprio là davanti era sorto un mercato brulicante di gente! Alcuni sbalorditi pellegrini in veste bianca tentavano di farsi largo tra la folla, ma furono bloccati da un mangiafuoco che si rifiutò di interrompere l'esibizione per lasciarli passare. Ai vecchi tempi i Guardiani della Fede si sarebbero precipitati a bastonarlo, ma non oggi. Il nuovo corso trionfava ovunque.

La barca si fermò ai moli di Miseranda. — Bene cosí? — chiese il barcaiolo, lanciando una cima.

— Ottimo — rispose allegramente Sulfureo. Prese perfino in considerazione l'idea di allungargli una piccola mancia, ma decise di non esagerare con il buonumore.

Miseranda era affollata come al solito, anzi, sembrava che ci fossero perfino piú ladruncoli. Sulfureo si strinse lo scialle attorno alle spalle e s'inoltrò nella calca, notando compiaciuto come tutti gli facessero largo. Effetto dell'emblema, naturalmente. Anche con i portali di Infera chiusi, tutti temevano chi era capace di comandare le gerarchie infernali. Probabilmente perché sospettavano che i portali non sarebbero rimasti bloccati per sempre.

Quando raggiunse Via Schiumarola, era praticamente al settimo cielo. Poteva riprendere possesso del suo alloggio. Il vecchio Monarca era morto, il Principe Pyrgus in esilio, Beleth placato... che gli restava da temere? Poteva tornare a casa e mettere in moto qualche ingranaggio estremamente piacevole. Per esempio vendere parte dei beni della sua defunta sposa. Spremere altri quattrini da Bombix. Occupare la sua antica posizione alla fabbrica di colla. Cercare...

Qualcosa non andava. Via Schiumarola non aveva l'*odore* giusto.

Silas Sulfureo si bloccò, sbigottito. La Fabbrica della Colla Miracolosa di Bombix & Sulfureo era sparita! Alla fine di Via Schiumarola non c'era che un ammasso di macerie preceduto da un contorto cancello di ferro.

Una brezza proveniente dalle Piane Selvagge gli portò l'odore asprigno del pizzichello.

Schiumando di rabbia, fissò la via con occhi di fuoco. Qualcuno aveva distrutto una delle sue attività piú proficue.

E quel qualcuno gliel'avrebbe pagata.

Sessantaquattro

— Potremmo usare la seta — suggerí Fior di Pesco.

Chino sul corpo immobile di Henry, Pyrgus gli stava premendo delicatamente le dita sul lato del collo. Sembrava stordito. — Troppo tardi — mormorò. — Non trovo il battito.

— Che significa, usare la seta? — domandò Aurora.

— È troppo tardi — ripeté Pyrgus, spostando gli occhi lucidi da Aurora a Nymph.

— Temo che Pyrgus abbia ragione — disse Nymph.

— Tappatevi la bocca, tutti e due — sibilò Aurora. Tornò a rivolgersi a Fior di Pesco. — Che significa, usare la seta?

Fior di Pesco si mordicchiò pensosa le labbra. — È possibile fonderla col tessuto vivente. A volte lo facciamo su una piccola porzione di pelle per fare sí che un indumento cada come si deve. Una soluzione temporanea, è ovvio, ma non c'è motivo perché non debba essere permanente... o non debba coprirgli tutto il petto — aggiunse dopo un momento.

— Tessuto *vivente* — ripeté Nymph in tono enfatico, scoccando un'occhiata compassionevole ad Aurora.

— Fatelo! — ordinò la Principessa.

Fior di Pesco abbassò lo sguardo sul corpo devastato ai suoi piedi. — Se riuscirà a sopravvivere, avrà uno strano aspetto...

— In che senso, strano?

— La seta fusa diventa multicolore — spiegò Fior di Pesco aggrottando la fronte. — È impossibile conoscerne l'esatta sfumatura o il disegno prima che il procedimento si concluda. Nel caso specifico sarà necessario avvolgere l'intero torso. Per fortuna la faccia non è ustionata, ma quando si toglierà la camicia sembrerà che si sia fatto tatuare un arcobaleno. Per non parlare delle mani. Dovremo fondervi sopra dei guanti. In questo modo la seta diventerà la sua nuova pelle, e si ritroverà con mani che rifletteranno la luce del sole come olio. Non potrà nasconderle. Saranno in piena vista.

— Per l'amor del cielo! — sbottò Aurora esasperata. — Se non lo fate *morirà*!

— Sempre che non sia già morto — mormorò Nymph.

Aurora le si rivoltò contro come una furia. — Un'altra parola, e sarai tu a morire! È stato il tuo mago a fare questo, non illuderti che me ne sia dimenticata. Ora sta' zitta e sforzati di essere d'aiuto.

Nymph non replicò. Quando Aurora tornò a voltarsi, due Filaseta erano già curve su Henry e srotolavano una pezza di seta cosí sottile da fluttuare attorno al suo corpo come lanugine soffiata dal vento.

Sessantacinque

— Questa è gente pericolosa — mormorò Fogarty.

— Perché? — chiese Madama Circe.

Erano tornati nella foresta, e adesso erano seduti uno accanto all'altra su un'altura coperta di muschio, sotto un grande albero. Nella radura davanti a loro gli Elfi della Foresta danzavano attorno a uno strano falò seguendo il ritmo ipnotico di tamburi e flauti.

— Non mi piace la loro tecnologia magica — rispose serio Fogarty. — Portali che si aprono su altri pianeti, armi capaci di perforare qualunque cosa, capacità di attraversare pareti solide... Metti tutto questo assieme, e niente nel Regno potrebbe opporsi a un loro attacco.

— Sono nostri amici — replicò pacata Madama Circe. — Ce lo hanno provato.

— Lo sono adesso. Puoi garantire che lo saranno anche in futuro?

Lei rimase in silenzio.

— E guarda quel falò — proseguí Fogarty. — Emette calore, ma le fiamme sono nere. È incredibile! Fiamme nere! Questo significa zero emissioni luminose per evitare che i nemici li scoprano o anche solo sospettino la loro presenza. Non riusciremo mai a duplicare questo tipo di magia.

— È per non bruciare la foresta — disse Madama Circe.

— Che cosa?

— Il falò, mio caaavo. Le fiamme sono nere perché cosí non c'è rischio che incendino la foresta. Per evitare che appicchino il fuoco agli alberi.

— Complimenti — commentò Fogarty. — Ma questo che c'entra?

Madama Circe scrollò le spalle. — Amano la foresta.

— Ah — disse Fogarty dopo un momento — capisco dove vuoi arrivare. Secondo te non hanno interesse ad attaccarci.

— Alan, conosco questa gente da anni. Non hanno il minimo interesse ad attaccare *chiunque*. Vogliono unicamente essere lasciati in pace. E hanno deciso di aiutarci a combattere Lord Rodilegno solo perché i suoi stupidi pozzinferi costituiscono un pericolo per la loro foresta. Se li lasceremo in pace, loro lasceranno in pace noi.

Fogarty non sembrava molto convinto. Dopo un momento aggiunse: — Mi chiedo come se la stiano cavando.

— Aurora e Pyrgus? Ti sarebbe piaciuto accompagnarli, vero?

— Naturalmente. Invecchiare non è uno spasso.

Per un po' rimasero seduti in silenzio, ascoltando la musica triste che veniva dai pressi del falò.

— Raccontami come sei arrivato qui — disse d'un tratto Madama Circe. — Quale *fato* ti ha condotto nel Regno?

— Pensavo che lo sapessi già, Brintesia. Dalle tue fonti d'informazione.

Lei accennò un sorrisetto. — Mi piacerebbe sentirlo da te.

Lo sguardo di Fogarty si spinse nel vuoto e anche lui accennò un sorriso. — Una cosa pazzesca — disse. — Superati i settanta ho cominciato a lasciarmi andare, e alla fine la casa era in condizioni penose. Cosí ho pensato di cercarmi un aiuto per tenerla in ordine prima che mi piombasse addosso l'Ufficio d'Igiene. Però non volevo trovarmi tra i piedi una vecchia impicciona tre volte la settimana. — Scrollò le spalle. — Insomma, ho incontrato un ragazzino, Henry Atherton. Era in un centro commerciale: si era fermato a trafficare in un negozio di computer e si era perso la sorella. La capacità di concentrazione di una zecca, sai come sono gli adolescenti, ma aveva un che di... simpatico. Piú o meno. Ed era robusto: un po' di lavoro non l'avrebbe ammazzato. Decisi che era esattamente quello che mi serviva. I ragazzi di quell'età pensano soltanto a due cose: sesso e musica pop. Non avrebbe mai provato il minimo interesse per quello che facevo. Cosí gli offrii il lavoro.

— E lui?

— Lo accettò, naturalmente. Stava risparmiando per comprarsi non so che stupido videogioco, e i soldi gli facevano comodo. Lo misi alla prova e si dimostrò perfetto. Era puntuale, svolgeva il suo lavoro, teneva la bocca chiusa e non ficcanasava. Finché un giorno arrivò con una fatina chiusa in un barattolo!

Madama Circe sorrise. — Pyrgus, naturalmente.

Fogarty ridacchiò. — Proprio lui. All'epoca non lo sapevo, ma fu da lí che iniziò tutto. Buffa, la vita.

— È venuto anche lui nel Regno, vero?

— Chi?

— Henry. Mi sembra di ricordare che Pyrgus lo abbia nominato Cavaliere del Pugnale Grigio.

— Non sono sicuro che fosse legale al cento per cento — disse pensoso Fogarty. — All'epoca Pyrgus era soltanto Monarca Designato. Però voleva dimostrargli la sua gratitudine: Henry lo aveva tirato fuori da Infera. Presumo che avesse intenzione di confermare la nomina dopo l'Incoronazione. Non si aspettava certo questo genere di guai... Nessuno di noi se li aspettava. — Fissò le fiamme nere del falò. — Spero che stia bene. Henry è un bravo ragazzo, non si merita che gli succeda qualcosa di brutto.

Sessantasei

Lentamente Henry riemerse da un abisso oscuro e tiepido. Il petto non gli faceva piú tanto male, però aveva l'impressione che fosse avvolto in bende cosí strette da togliergli il fiato. Vedeva sprazzi di luce e sagome confuse, ma dato che i suoi occhi si rifiutavano di mettere a fuoco non riuscí a capire cosa stesse succedendo.

— Mi pare che abbia riaperto gli occhi.

— Sicura?

— No. Mi sembrava...

— Cerca di nuovo il battito, Principe Pyrgus.

Pyrgus era lí! Fantastico. Henry si sforzò di dire: "Ciao, Pyrgus", ma non riuscí a trovare fiato sufficiente a formare le parole. Si sentí sfiorare il collo, un tocco lieve come ali di farfalla.

— No... niente. — Era la voce di Pyrgus? Non gli sembrava, però aveva le orecchie piene di echi rimbombanti.

— La seta funziona?

— La fusione ha attecchito, Vostra Grazia, ma questo non significa necessariamente...

Vostra Grazia? C'era anche Aurora? Con uno sforzo immane, Henry aprí gli occhi. La luce lo accecò.

— Ora proviamo i guanti. Le mani sono in condizioni peggiori del petto. Deve aver tentato di proteggersi.

— La fusione è immediata, è una proprietà della seta. Ma questo non significa che possa farlo guarire.

— Soltanto il corpo può guarire se stesso.

— Anche se a volte la fusione può essere d'aiuto.
— Sempre che il corpo sia in grado di sostenerla.
— Nel qual caso la guarigione potrebbe essere estremamente rapida.
Non era la voce di Aurora. C'era una donna china su di lui, ma non era Aurora. Forse si era ammalato tutto d'un colpo, pensò Henry. Aveva occhi e orecchie fuori uso, gli mancava il fiato, si sentiva tirare la pelle e mani e petto gli facevano un male cane. Decisamente qualcosa non andava. Che stesse per venirgli l'influenza?
A fianco della donna scorse Pyrgus e tentò di sorridergli, ma aveva anche la faccia fuori uso.
— Ha aperto gli occhi, Vostra Altezza — disse una sommessa voce femminile.
Vero: aveva aperto gli occhi. Lentamente, il mondo circostante si rimise a fuoco.
Pyrgus gli posò due dita sul collo. — Henry, mi senti?
"Ti sento, Pyrgus" pensò Henry. "È solo che non riesco a dirtelo."
— Il battito c'è — annunciò Pyrgus. — E anche piuttosto forte.
— L'odore di cannella significa che...
Qualcuno scostò bruscamente Pyrgus e si chinò su di lui. Henry sbarrò gli occhi offuscati. Era Aurora. Quella era decisamente Aurora.
— Oh, Henry! — esclamò lei, e lo baciò sulla bocca.
Il dolore era sempre terribile e non riusciva ancora a muovere un dito, ma di colpo Henry si sentí infinitamente meglio.

Si rimise in piedi a fatica. Ormai gli si era schiarita la vista e riusciva perfino a ricordare, piú o meno, cos'era successo, anche se non aveva molto senso. Aveva l'impressione di essere stato colpito da un fulmine: un'enorme palla di fuoco gli era corsa incontro un attimo prima che svenisse. Comunque, in qualche modo era sopravvissuto.

Aveva ripreso a respirare normalmente e il petto aveva smesso di fargli male. Si ricordava che le Filaseta avevano tentato di aiutarlo, e adesso c'erano anche Aurora e Pyrgus. Si domandò che stesse succedendo.

Sorrise ad Aurora che lo aveva appena baciato. (Lo aveva appena baciato!!!) — Ciao, Aurora.

— Ciao, Henry — disse lei.

— Ciao, Henry — fece Pyrgus. Alla sua destra c'era una bella ragazza in uniforme nera, come i due tizi dietro di lei.

Anche Pyrgus e Aurora, chissà perché, indossavano una divisa nera. Erano tutti armati e avevano l'aria nervosa che di solito, nei documentari trasmessi alla tivú, è tipica delle forze di occupazione in territorio nemico.

Respirò a fondo. Non aveva piú l'impressione di poter finire a terra da un momento all'altro. Aveva smesso di tremare. E provava nel petto un calore piacevole che sembrava infondergli energia.

— Ehi, Pyrgus — chiese — che succede?

— Principe Pyrgus — intervenne la ragazza in nero — non abbiamo molto tempo. Dobbiamo sbrigarci.

— Henry viene con noi — affermò Aurora decisa.

— Lei è Nymphalis — disse Pyrgus, accennando alla ragazza in nero.

— Se ce la fa — precisò Nymphalis.

— Henry viene con noi — ripeté Aurora. — Che ce la faccia o no.

A conti fatti Henry si sentiva in grado di farcela. Era come avvolto da un calore e stranamente pieno di energia. — Piacere di conoscerti, Nymphalis — disse, tendendole la mano.

— Dobbiamo trovare mio padre — intervenne Pyrgus. — Ti spiegherò tutto strada facendo.

— Come ti senti? — domandò Nymphalis a Henry, aggrottando la fronte.

Ma lui non era in grado di rispondere. Stava fissando pietrificato le proprie mani multicolori.

Sessantasette

Sphinx venne incontro a Bombix sui gradini dello scalone d'ingresso. — Che piacere rivederti, Jasper — disse brusco.

Vuole che ti comporti normalmente, spiegò il wangarama Cyril. *Nessun cenno ai wyrm. Rodilegno ha disseminato il palazzo di origlincanti.*

Come lo sai? chiese mentalmente Bombix.

Da Bernadette, è ovvio.

Chi è Bernadette?

Il wangarama nel sedere di Sphinx.

— È un piacere anche per me — disse Bombix al Viceré di Rodilegno, obbedendo agli ordini.

Sei venuto a fare rapporto a Lord Rodilegno, gli suggerí Cyril.

— Sono venuto a fare rapporto a Lord Rodilegno — ripeté obbediente Bombix.

— Al momento Sua Signoria non è qui — replicò impassibile Sphinx. — Ti suggerisco di entrare ad aspettarlo.

Bombix lo seguí sulle scale e dentro il palazzo. Sphinx imboccò un corridoio a passo cosí svelto che Bombix ebbe difficoltà a seguirlo, e si sentí meglio quando un sollevincanto li trasportò in un accogliente appartamento privo di pareti divisorie, ammobiliato nell'antico stile Notturno e completo di persiane chiuse e luci basse.

— Il mio alloggio — annunciò Sphinx. — Qui possiamo parlare liberamente. Ho programmato il mio golem perché riversi conversazioni innocue negli origlincanti.

Bombix sgranò gli occhi. — Un golem? Ma non è illegale?

— Sí — fu la secca risposta.

— E anche terribilmente pericoloso. — Bombix si guardò attorno, in parte sperando di scorgere la creatura, in parte timoroso di vederla.

— Gradisci da bere? — chiese Sphinx.

— Sí, grazie.

Stava ammirando un quadro, quando Sphinx lo raggiunse portando un vassoio d'argento e due bicchieri. Dietro ogni bicchiere c'era una siringa ipodermica.

— Quelle a che servono? — chiese Bombix, perplesso.

— Tendi il braccio — gli ordinò Sphinx.

All'improvviso Cyril prese a dimenarsi nel suo sedere e nella sua mente. *Fermalo!* urlò.

Ma Sphinx aveva già una siringa in mano. Quando l'ago gli penetrò nel braccio, Bombix avvertí una puntura dolorosa, seguita da un'improvvisa vampata di calore mentre veniva premuto lo stantuffo.

La stanza prese a girargli lentamente attorno e per un momento i suoi occhi ebbero qualche difficoltà a mettere a fuoco. — Cosa mi hai fatto?

Per tutta risposta Sphinx gli rivolse un sorriso tetro e impugnò la seconda siringa.

S'infilò l'ago nel braccio.

— Che fai? — strillò Bombix. Affascinato, osservò il liquido fluire nelle vene di Sphinx. Per fortuna Cyril aveva smesso di agitarsi, perciò Bombix non provava piú il disperato bisogno di correre al gabinetto. Anche il momentaneo stordimento era passato, sostituito da una strana specie di... vuoto, come se gli avessero scavato un buco in testa.

Sphinx estrasse l'ago e tamponò una piccola goccia di sangue. — Mi assicuro di poter parlare in privato. Come sta il tuo sedere?

Bombix s'impettí. — Ti sarò grato se terrai il tuo naso lontano dal mio sedere.

Sphinx chiuse un momento gli occhi e sospirò. — Volevo semplicemente accertarmi che il tuo wyrm avesse perso coscienza.

— In effetti sí. — Bombix aggrottò la fronte. — Però non intendo rispondere ad altre domande personali se prima non mi spieghi cosa succede.

— Avevo bisogno di parlare con te a quattr'occhi, perciò ho messo a dormire i vermi. Resteranno fuori combattimento per piú di un'ora, e dato che nell'iniezione ho aggiunto un po' di lete, non potranno ricordare cos'è successo.

Bombix lo fissò sospettoso. — Di cos'è che vorresti parlarmi?

— Forse sarebbe meglio che fossi io a rispondere — disse una voce familiare alle sue spalle.

Il cuore di Bombix fece un balzo e un'ondata di gelo gli attraversò il corpo. Non avrebbe voluto muoversi, né vedere chi era comparso dietro di lui, ma i suoi piedi si mossero ugualmente, costringendolo a voltarsi. Contrasse le labbra in un sorrisetto stirato.

— Che piacere rivederla, Lord Rodilegno.

Sessantotto

— Dove andiamo? — chiese Henry. Era ancora stordito da quello che Pyrgus e Aurora gli avevano raccontato, soprattutto dalla notizia che fosse possibile resuscitare la gente.

— Dobbiamo strappare mio padre alle grinfie di Rodilegno — disse Aurora.

— È qui nel Palazzo? Tuo padre? Insieme a Rodilegno?

— C'era quando Colias ci ha mandati in esilio.

Henry aveva incontrato Colias solo una volta, per pochi momenti, e l'aveva trovato subito antipatico. E ora Rodilegno lo aveva messo a capo del Regno. O almeno ne aveva fatto il suo fantoccio.

— Probabilmente dovremo combattere — aggiunse Aurora. — Per te sarebbe piú sicuro restare nella retroguardia.

Henry batté le palpebre. Non era mai stato bravo ad azzuffarsi, tranne forse con sua sorella, ma qui nel Regno le cose andavano diversamente. Comunque era fuori discussione restare imboscato nelle retrovie di un qualsiasi gruppo che comprendesse Aurora. — Preferirei stare in prima linea — disse. Con un sorriso timido si azzardò ad aggiungere: — Insieme a te.

— Non hai armi — intervenne Nymphalis.

Sia Henry che Aurora la fulminarono con lo sguardo, ma Pyrgus s'intromise suggerendo pacato: — In tal caso sarà meglio fornirgliene una.

Nymphalis scrollò le spalle e consegnò la propria spada a Henry. Era molto piú pesante di quanto sembrasse, e gli tirò bruscamente il braccio verso il basso. Per coprire l'imbarazzo, lui si affrettò a chiedere: — A te non serve?

Nymphalis lo fissò impassibile. — Sono addestrata nel corpo a corpo. E ho i miei dardi. — I suoi occhi si soffermarono sulla spada. — Sai come usarla?

— Sicuro — rispose Henry pronto. — Sono un esperto.

Percorsero rapidamente i corridoi del Palazzo senza trovare la minima opposizione. Diverse Filaseta si erano unite al gruppetto, e anche se nessuna di loro portava armi, Henry aveva imparato a non sottovalutarle.

Aurora aveva cominciato a dire: — Senti, Henry, secondo me... — quando s'interruppe bruscamente. Verso di loro, scortato da sette robuste guardie armate, veniva Colias.

Entrambi i gruppi si fermarono di colpo. Senza farsi notare Pyrgus mosse cauto una mano per rivolgere un segnale a Nymph: "Aspetta." A parte le Filaseta, che avevano comunque il diritto di trovarsi nel Palazzo, indossavano tutti l'uniforme nera di Rodilegno. C'era una minima possibilità di non essere identificati, almeno non subito, e questo poteva tornare a loro vantaggio.

Colias lo guardò dritto in faccia senza dare segno di riconoscerlo. Pyrgus sentí Nymph avvicinarsi, pronta a entrare in azione. Dalla loro c'era un leggero vantaggio numerico, però non voleva che venisse fatto del male a Colias: in fondo, pur con tutti i difetti, era comunque sempre il suo fratellastro.

Una delle guardie si curvò a bisbigliare qualcosa all'orecchio di Colias, e l'espressione dell'uomo fece capire a Pyrgus che erano stati riconosciuti: ormai la decisione se evitare o no lo scontro non era piú nelle sue mani. La guardia si raddrizzò e latrò un ordine ai suoi: — Armi pronte!

Aurora si piantò davanti a Henry. Gli Elfi della Foresta si prepararono a estrarre le armi.

— No! — gridò Colias.

Il soldato al suo fianco lo fissò sbalordito. — Sire?

— Riposo! — ordinò Colias.

— Ma Sire, è il...

— Sta' zitto! — strillò Colias. — Zitto! Zitto! Voialtri dovete prendere ordini da me, e io dico: riposo! — Guardò di nuovo davanti a sé, sempre con la stessa espressione pietrificata. — Pyrgus, ordina ai tuoi di non attaccarci.

Pyrgus rivolse un'occhiata interrogativa ad Aurora che, senza staccare gli occhi da Colias, gli rispose con una scrollata di spalle. — State fermi — sussurrò Pyrgus.

— Sono soldati di Lord Rodilegno, quelli? — gli chiese Colias.

— Naturalmente — mentí Pyrgus, fissandolo attento.

Colias si rivolse alla sua scorta. — Visto che non c'è bisogno di agitarsi? — disse in tono petulante. Tornò a voltarsi verso Pyrgus, che colse nei suoi occhi un'espressione supplichevole, disperata. — Venite con me, tutti quanti. — Si passò la lingua sulle labbra. — Negli alloggi di nostro padre.

— Non andremo da... — cominciò Aurora.

— D'accordo — la interruppe Pyrgus. C'era qualcosa, in Colias, nella sua espressione, nella rigidità del corpo...

Aurora lo fissò sorpresa. — Pyrgus!

— Fidati di me — bisbigliò lui. Però fece l'antico, superstizioso Segno della Luce dietro la schiena.

Gli appartamenti del Monarca erano poco lontano e l'ingresso era piantonato da guardie in divisa nera. Colias passò in mezzo a loro senza esitare. — Aprite! — ordinò con voce acuta. — Sapete chi sono. — Si rivolse alla sua scorta. — Voi restate a sorvegliare l'ingresso, tutti quanti. E non battete la fiacca. Nessuno deve entrare o uscire da qui. Nessuno. Non senza mio ordine, è chiaro?

A Pyrgus venne in mente che sarebbero stati molto piú tranquilli con gli uomini di Rodilegno fuori dai piedi. — Mandali via, Colias.

Colias si voltò di scatto. — Sta' zitto, Pyrgus. I miei uomini resteranno qua fuori, ho detto!

La scelta era fra accondiscendere o combattere. — Come vuoi. — Pyrgus fissò il fratellastro con occhi attenti. — Ma i miei compagni entreranno insieme a me.

Con suo stupore, Colias annuí. — Sí, certo che sí.

L'alloggio del Monarca era di dimensioni stranamente modeste rispetto al resto del Palazzo, e quando furono tutti dentro sembrò quasi affollato. Pyrgus si accorse che Aurora si era irrigidita: era lí che aveva visto il corpo del padre neanche un'ora dopo la sua morte. Avrebbe voluto metterle un braccio attorno alle spalle per confortarla, ma quell'insopportabile Colias gli stava strattonando una manica.

— Pyrgus, non oso mandarli via. Il Capitano vi ha riconosciuto... te e Aurora. Se li mando via avvertiranno Lord Rodilegno. Però non possono disobbedire a un ordine diretto. — Notò l'espressione del fratellastro. — Se restano davanti alla porta — spiegò — almeno sappiamo dove sono.

— Oh, sí — disse distratto Pyrgus. — Senti, Colias...

Ma il ragazzino, sempre attaccato al suo braccio, continuò a farfugliare: — E poi ho ordinato di non fare passare nessuno. Terranno lontano mia madre.

Quelle parole colpirono Pyrgus come una doccia d'acqua gelida. — Tua madre?

— Tua madre? — gli fece eco Aurora.

— È fuori — disse Colias. — Da subito dopo che siete partiti. Lei è... ecco, è *libera*. — Batté le palpebre. — Nel Palazzo, da qualche parte.

— Chi l'ha liberata? — domandò Aurora.

Lo sguardo di Colias guizzò da lei a Pyrgus, per poi abbassarsi sul pavimento. — Io.

— Sei ammattito? — esplose Aurora.

— Non sapevo che lei...

— Certo che lo sapevi! — sbottò Aurora. — Lo sappiamo tutti!

— Parlate di Quercusia? — intervenne Henry, sempre a disagio in mezzo alle liti in famiglia, sperando che la domanda servisse in qualche modo a calmarli.

Aurora si voltò a guardarlo sorpresa. — Che sai di Quercusia?

— L'ho incontrata. Insomma, be'... le ho parlato.

Aurora chiuse gli occhi. — E sei sopravvissuto?

— Piú o meno. Mi ha fatto chiudere nelle segrete. — Il ricordo di Scassatimpani gli procurò una fitta di dolore.

Colias, ancora aggrappato alla manica di Pyrgus, ignorò entrambi. — Mi dispiace tanto, Pyrgus. Non pensavo che sarebbe andata cosí. Zio Rodilegno diceva che sarei diventato Monarca, però mi aveva promesso che non ti avrebbe fatto del male. Diceva che ti avrebbe dato una nuova casa, e che tanto lo sapevamo tutti che non ci tenevi a diventare Monarca, e che avrei potuto fare quello che volevo, e dare ordini, e tutti avrebbero dovuto obbedirmi. Ma quando ho mandato in esilio te e Aurora è cambiato tutto. Lui...

— Colias — lo interruppe Pyrgus — lo sai anche tu che nostro padre è vivo.

— Sí.

— È ancora qui? Puoi portarci da lui?

Colias scosse la testa. — No.

— Dov'è? — intervenne Aurora.

— Zio Rodilegno l'ha portato via.

— E dove l'ha portato? — chiese in fretta Pyrgus, vedendo la smorfia esasperata della sorella.

— Nel suo nuovo palazzo nella foresta.

Lo sguardo di Pyrgus andò da Nymph ad Aurora. — Dobbiamo tornare subito indietro! — Si voltò verso Colias. — Manda via le guardie.

Di nuovo il fratellastro scosse la testa. — Se lo faccio, capiranno che siete scappati, e probabilmente anche dove siete andati, e avvertiranno Lord Rodilegno.

— Ma se non lo fai, siamo bloccati qui — obiettò Aurora.

— Invece no! C'è il passaggio segreto.

Pyrgus aggrottò la fronte. — Passaggio segreto? Non ci sono passaggi segreti, qui. — Aveva occupato l'alloggio del Monarca per settimane ed era convinto di conoscerne ogni centimetro.

— Invece sí! — replicò tronfio Colias. — Guarda! — Corse alla cappa del camino e girò con forza una decorazione a intarsio. L'intero caminetto scivolò di lato con un sommesso suono raschiante, rivelando una piccola stanza e una lunga rampa in discesa di scalini di pietra. — In fondo c'è una galleria che sbuca fuori dai boschi all'estremità opposta dell'isola. C'è perfino una vecchia barca a remi, laggiú.

Pyrgus lo fissò con occhi diversi. Per una volta il piccolo ranocchio pestifero aveva fatto centro. — Fantastico, Colias — disse. — Se chiudi l'ingresso dopo che siamo usciti e resti qui tranquillo per un po', possiamo lasciare l'isola senza che le guardie si rendano conto che ce ne siamo andati.

— Chiuderò l'ingresso dall'interno del passaggio — replicò Colias. — Io vengo con voi.

Sessantanove

Qualcosa aveva fatto saltare la porta della sua vecchia casa in Via Schiumarola. Sulfureo ne scostò a calci i resti carbonizzati e salí le scale riproponendosi di farla riparare il prima possibile. Naturalmente i sistemi di sicurezza avrebbero tenuto alla larga gli intrusi, ma una porta rotta era un invito a ficcare il naso.

Controllò il primo piano dell'abitazione e trovò tutti gli illudincanti al loro posto: sembrava di essere in un tugurio, niente che potesse attrarre un aspirante ladro. Salí un'altra rampa di scale e quando entrò nella biblioteca le sue Guardie Goblin gli vennero incontro farfugliando e saltellando. Sulfureo le zittí con un gesto, e poi sottopose ogni stanza a un'ispezione accurata.

Solo quando fu sicuro che le trappole e gli interruttori magici erano intatti, che non mancava niente e che tutto era a posto, entrò nel guardaroba della camera da letto e ne chiuse lo sportello dietro di sé.

Avvertendo la sua presenza, un lucciglobo soffuse un fioco bagliore sui controlli della scala segreta. Sulfureo premette un pulsante, abbassò una leva e la falsa parete dell'armadio scivolò di lato. Salí di buon passo la scala che portava alla mansarda.

C'erano ancora in giro i resti della sua ultima evocazione: il cerchio di budella disseccate e pelle di capra, la macchina intrappolalampi distrutta, il carbone ormai freddo, il braciere rovesciato.

Si fece strada fra le macerie e aprí l'armadietto che conteneva la sua attrezzatura magica.

L'ampolla era lí, esattamente come promesso da Beleth, piena di una luminosa, vorticante fanghiglia verde. C'era la storia, intrappolata là dentro, pensò Sulfureo. Una sostanza pressoché unica, piú preziosa dell'oro. Inutile per un demone, ma utilissima per un elfo. E con deliziosi effetti collaterali.

A stento riuscí a tenerne lontane le mani: sapeva di dover prima procedere con i preparativi. Beleth lo aveva risparmiato una volta, ma un secondo fallimento gli sarebbe di sicuro costato vita e anima insieme. Impiegò solo pochi minuti per trovare le altre cose che Beleth aveva lasciato per lui. Si sentiva stranamente eccitato, come un bambino sul punto di andare in vacanza.

Con un rapido scatto del pollice stappò l'ampolla e tracannò la fanghiglia turbinante.

Per un momento tutto il suo corpo brillò di luce verde. Poi Sulfureo scomparve.

Settanta

Erano seduti tutti attorno a un tavolo ovale in un angolo della stanza. Bombix teneva d'occhio il golem di Sphinx, che si muoveva goffamente, servendo da bere. Non aveva mai visto niente di piú orribile in vita sua: la creatura era alta oltre due metri e aveva la pelle grigia come l'argilla usata per fabbricarla. Erano soprattutto i denti a inquietare Bombix. Chissà cos'aveva utilizzato Sphinx per quelli: scintillavano come guglie di ossidiana.

Ma i denti non erano la cosa peggiore. La cosa peggiore era che, di tanto in tanto, il golem sussultava. Un gran brutto segno, questo. Bombix si teneva il piú possibile alla larga dalla magia nera, ma aveva letto su una rivista che un golem che sussultava poteva perdere il controllo da un momento all'altro. Da oltre cinquecento anni i golem erano stati dichiarati illegali perché avevano la tendenza a impazzire e a strangolare i loro creatori; dopodiché, una volta liberi, si scatenavano uccidendo chiunque fosse a portata delle loro enormi mani. La stessa rivista sosteneva che la forma di attacco preferita era lo squartamento.

Sphinx aveva fatto indossare al suo golem un grembiulino ornato di gale. Quell'uomo era clinicamente pazzo.

Naturalmente la creatura serví per primo Rodilegno. Sua Signoria beveva succo di pimento, e lo stesso fece il suo Viceré. Ma Bombix, che sentiva il bisogno di qualcosa di piú forte, chiese un bicchiere di gin. Il golem gliene piantò davanti un boccale pieno fino all'orlo, lo guardò dritto negli occhi e sussultò.

Bombix tracannò una sorsata di liquore e fissò Lord Rodilegno. Questi gli sorrise, mostrando i denti macchiati dal succo di pimento, sollevò il bicchiere in un brindisi e, con orrore di Bombix, esclamò: — Alla Rivoluzione Wangarama!

Nymph, stesa accanto a Pyrgus, gli strisciò piú vicino per sibilargli all'orecchio: — Sono ancora convinta che avremmo fatto meglio a fermarci per chiedere rinforzi, Principe Ereditario!

Pyrgus voltò la testa. Nymph aveva un delizioso nasetto all'insú. Arrivò a un pelo da sfiorarle la guancia con le labbra mentre le si avvicinava all'orecchio. Una guancia estremamente graziosa, liscia e invitante.

— Elemento sorpresa — le sussurrò di rimando. — Eravamo d'accordo fin dall'inizio.

Nymph scostò la testa, aspettò che lui voltasse la sua, e gli riavvicinò le labbra all'orecchio. — La situazione era diversa. Nel Palazzo potevamo contare sull'aiuto dei tuoi amici e dei sudditi rimasti leali a Casa Danaus. Questa è la dimora di Lord Rodilegno. Dentro ci sono soltanto nemici. E non ne conosci l'interno. Non abbiamo idea di cosa può aspettarci.

— Indossiamo tutti l'uniforme di Rodilegno — obiettò Pyrgus. — Tranne Ziczac e Colias, e in caso di necessità possiamo fingere che siano nostri prigionieri. — Dopo avere ordinato alle Filaseta di restare a Palazzo, perché non erano combattenti e gli piaceva l'idea che potessero mettere i bastoni fra le ruote ai tirapiedi di Rodilegno, lui e i suoi compagni erano tornati nella foresta.

— Potevamo fermarci strada facendo — insisté Nymph. — Praticamente abbiamo *attraversato* l'accampamento della Regina.

Questa era una novità per Pyrgus. Gli era ancora impossibile individuare gli Elfi della Foresta se loro non volevano farsi vedere. — Ormai è troppo tardi — disse quasi sgarbatamente. Il guaio era che Nymph lo distraeva, e invece lui doveva concentrarsi sul compito che lo aspettava. Per quanto si sforzasse di non pensarci, era atterrito all'idea di quello che sarebbe successo quando avessero trovato suo padre.

— Potrei tornare indietro — suggerí Nymph. — Non è lontano. E voi potreste rimanere qui a tenere d'occhio la situazione. Tornerei con soldati sufficienti per un attacco frontale. So che la Regina sarebbe d'accordo: vuole che quei pozzinferi siano chiusi a tutti i costi.

Per un momento Pyrgus fu tentato, ma aveva i suoi piani, ed erano diversi da quelli degli Elfi della Foresta. Però, se Nymph fosse tornata dai suoi, si sarebbe potuta portare dietro Colias. Lui si sarebbe sentito molto meglio con il fratellastro fuori dai piedi... magari sotto chiave. E qualche rinforzo avrebbe fatto comodo: non per un attacco frontale, ma perché stavano per inoltrarsi in territorio davvero nemico.

Aprí la bocca per dirle di Colias, e la richiuse bruscamente. Le sentinelle di Rodilegno stavano marciando impettite verso la loro caserma: nel giro di pochi secondi scomparvero tutte, lasciando la strada libera. Pyrgus prese una decisione immediata.

— Non c'è tempo! — sibilò. — Muoviamoci!

Senza aspettare la reazione di Nymph, si alzò e corse a perdifiato, piegato in due, verso il palazzo di Rodilegno.

Di colpo Bombix smise di preoccuparsi del golem. Deglutí, tentò di tenere a freno la lingua, e poi sentí la propria voce balbettare: — Sua Signoria è al corrente della Rivoluzione?

Lord Rodilegno scrollò le spalle sogghignando. — Sono anni che i vermi ne parlano. E il loro stupido piano diventa piú stupido a ogni generazione.

— Ogni generazione?

— I vermi hanno vita breve — spiegò Rodilegno, sorridendo apertamente. — Prima che facciano in tempo a mettersi d'accordo, metà di loro tira le cuoia e devono ricominciare tutto daccapo. — Il sorriso sparí bruscamente mentre puntava gli occhi scaltri su Bombix. — Non li avrai presi sul serio, eh, Jasper?

— Neanche per un momento — rispose lui.

Settantuno

Era bello essere di nuovo a New York. Sulfureo alzò lo sguardo sulla Chiesa della Trasfigurazione, meravigliato dalla precisione con la quale la pozione lo aveva traslato. Una donna urlava a pochi metri di distanza, probabilmente perché lo aveva visto apparire dal nulla. Sulfureo si mise la sacca in spalla e le sorrise. Ah, i newyorkesi! Continuavano a sciamare sul marciapiede, ignorando la donna urlante, ignorando lui, ignorando la bella architettura della chiesa, schivando ogni contatto visivo, ognuno rinchiuso nel proprio mondo. Se la donna avesse raccontato quello che aveva appena visto, l'avrebbero presa per matta. E anche in caso contrario, non avrebbero fatto una piega.

Dalla sua ultima traslazione la chiesa aveva subito vari restauri, ma il flusso di fedeli in entrata suggeriva che vi si celebrasse ancora la messa giornaliera. Per un momento fu tentato di sgusciare dentro – lo divertiva sempre la pittoresca magnificenza della magia bianca – ma decise di portare a termine il proprio compito prima di dedicarsi alla visita della città. Inoltre non gli era ancora chiaro come procedere.

In passato gli sarebbe bastato percorrere Mott Street per poi svoltare nella Bowery, ma il quartiere non era piú quello di un tempo. Naturalmente c'erano ancora straccioni in quantità, però trovarne qualcuno di utilizzabile poteva non essere facile. Il guaio era che di questi tempi perfino i peggiori pezzenti si portavano dietro una bottiglia di vino da quattro soldi in un sacchetto di carta, e nessuno di loro era piú disposto a bere l'alcol al metanolo che diluiva cosí bene il sangue. Si poteva girare tutto il giorno prima di individuare gli elementi giusti. E dopo c'era la scocciatura di ucciderli. No, meglio spendere un po' dello strano denaro fornitogli da Beleth, procedere con ordine e sbrigare tutto nel modo piú semplice.

Attraversò la strada e puntò verso Doyers Street e il caro vecchio Angolo Insanguinato. C'erano meno passanti, lí, come se avvertissero il tocco gelido di orrori passati. Sulfureo procedette di buon passo, un'espressione soddisfatta sulla faccia rugosa, annusando di gusto l'aria inquinata.

Nel giro di pochi istanti era svanito nel reticolo di strade e vicoletti al di là della Doyers.

— Non avresti dovuto farlo! — sbottò Nymph. — Potevi farti ammazzare! — Era stata la prima a raggiungerlo.

— Prima o poi dovevamo muoverci — replicò ragionevolmente Pyrgus. Anche gli altri stavano arrivando di corsa, preceduti da Aurora. Pyrgus lanciò un'occhiata a Henry che, nonostante il suo recente incontro con la morte, sembrava cavarsela piuttosto bene.

Girarono silenziosi attorno al palazzo, allontanandosi dalla caserma dov'erano entrati i soldati di Rodilegno, e la loro fortuna continuò a reggere anche quando raggiunsero il retro dell'edificio: non c'erano sentinelle in vista. Non che ci fosse da stupirsi, vista l'altezza del muro di pietra levigata. Probabilmente Rodilegno lo riteneva inattaccabile.

Pyrgus aspettò che Ziczac li raggiungesse. — Che ne pensi?

Il piccolo mago esaminò una sporgenza rocciosa accanto al muro. — Quella sembra interessante.

— Dici? — Pyrgus aggrottò la fronte.

Ziczac si morse le labbra. — È una formazione tipica

— mormorò, senza spiegare di che cosa fosse tipica. — Sapete se nel palazzo ci sono cantine?

— Naturalmente — sbuffò Nymph. — Cantine e pozzinferi. Ecco perché la Regina ha deciso di aiutare il Principe Ereditario.

— Non sai se le ha ricavate da una grotta naturale?

Nymph lo fissò confusa e Pyrgus scosse la testa, ma Aurora chiese: — Pensi che qua sotto ci sia una grotta naturale?

Ziczac annuí. — Esatto.

— Che avete in mente? — domandò Pyrgus.

D'un tratto Aurora sorrise. — Ziczac sta pensando di portarci sotto il palazzo! Giusto?

Il piccolo mago annuí di nuovo. — Esatto.

— Puoi farlo? — chiese Henry.

— Oh sí. Dovremo muoverci su un asse verticale invece che laterale, e poi spostarci orizzontalmente. È un po' complicato, ma posso riuscirci. Se state fermi, è chiaro. Anzi, è meglio che vi prendiate tutti sottobraccio e restiate cosí finché lo attraversiamo.

— Questo significa — obiettò Nymph — che se ci attaccano non potremo usare le armi.

— In questo modo, spero di evitare che ci attacchino — replicò paziente Ziczac.

— Che ne pensi, Principe Ereditario? — gli chiese la ragazza.

Pyrgus non aveva la minima idea di cosa stesse dicendo il mago, però li aveva portati sani e salvi dentro il Palazzo reale, perciò probabilmente poteva fare altrettanto qui. — Penso che dovremmo ascoltare Ziczac.

Nymph scrollò le spalle rassegnata.

Henry si portò rapidamente al fianco di Aurora e aspettò che tutti si prendessero sottobraccio. Aurora gli lanciò uno sguardo affettuoso e chiese sottovoce: — Stai bene?

— Mai stato meglio — rispose lui. Avrebbe voluto chiederle cosa succedeva, ma temeva di sembrarle un imbranato. O uno stupido. O tutt'e due.

Come se gli avesse letto nel pensiero, Aurora sussurrò: — Ziczac può farci attraversare i muri.

— Con la magia?

Lei annuí.

— Forte! — esclamò Henry.

— Su, diamoci una mossa — disse Pyrgus.

Ziczac fece qualcosa, e tutti precipitarono nell'oscurità.

Settantadue

Si trovavano in un corridoio privo di soffitto. Le alte pareti e il pavimento sembravano costituiti di blocchi di ossidiana, ma al posto del soffitto c'era un vasto spazio aperto e piú su, avvolta dalle ombre, una cupola di roccia, come se il corridoio fosse stato costruito all'interno di un'enorme caverna.

— Questo posto non mi piace — osservò subito Pyrgus.

Gli altri non dissero niente. Rimasero immobili, guardandosi attorno cauti. Il corridoio si stendeva in entrambe le direzioni, svoltando a destra da una parte e a sinistra dall'altra. Sospesa sopra di loro c'era una specie di piattaforma racchiusa da pareti di vetro nero opaco.

— Non ho un gran senso dell'orientamento — disse Henry. E il poco che aveva era stato annientato da quella discesa attraverso rocce in apparenza solide. Ma almeno non aveva voglia di vomitare.

— Lí c'è il Nord — disse sicuro Ziczac, puntando il dito.

— Quella roba usa un sollevincanto? — chiese Pyrgus, fissando la piattaforma.

Ziczac alzò appena lo sguardo. — Sí.

Il corridoio era illuminato, anche se mancavano fonti di luce visibili. Riuscivano a vedersi l'un l'altro, eppure sulle pareti non c'erano lucciglobi, né torce.

— Sono d'accordo con Pyrgus — disse Aurora. — Questo posto mette i brividi. — Voltò la testa. — Ora puoi lasciarmi andare, Henry.

Confuso, lui le mollò il braccio e domandò: — Lo sentite anche voi?

Tutti tacquero un momento, le orecchie tese.
— Come acqua che scorre?
Henry annuí. — Sí. Forse c'è un fiume sotterraneo.
— Dove siamo? — chiese Nymph a Ziczac.
— Nella caverna sotto il palazzo.
— Ma perché Rodilegno ha costruito un corridoio senza soffitto dentro la caverna? — chiese di nuovo lei.
— Forse non è finito — suggerí perplessa Aurora.
— A me sembra finito — replicò Pyrgus. Esitò. — C'è qualcosa che non torna. Puoi farci attraversare queste pareti, Ziczac?
— Non ne sono sicuro. Dipende dallo spessore.
— Insomma siamo intrappolati qua dentro?
— Oh no, Principessa Aurora. Posso sempre trasportare tutti noi piú in basso e poi di lato. Però preferirei una strada piú diretta.
— Attraverso le pareti?
— Sí. Penso di poter scoprire quanto sono spesse.
— Nymph ha ragione — disse Aurora. — Anche a me piacerebbe sapere perché Rodilegno ha costruito un corridoio dentro una caverna. E perché ha usato proprio l'ossidiana?
— C'è qualcosa a proposito dell'ossidiana... — mormorò Pyrgus. Guardò Ziczac. — Sarà meglio scoprire alla svelta lo spessore delle pareti. — Sguainò il pugnale Halek.
— Sai eseguire una triangolazione mistica? — gli chiese l'ingegnere mago.
Pyrgus scosse la testa. — Che roba è?
— Allora è meglio che me ne occupi io. Il posto migliore è un angolo. Aspettate qui. — Si diresse svelto verso nord, ma si fermò dopo appena quattro passi. — C'è una specie di campo di forze — annunciò. Tese le mani e tastò cauto l'aria davanti a sé.
— Non vedo niente — disse scioccamente Henry.

— Neanch'io — replicò Ziczac — però lo sento.

— Allontanati, Ziczac — disse ansiosa Nymph.

— Va tutto bene, è solo una barriera. Se necessario posso farvela attraversare, ma... — Girò sui tacchi. — Vediamo se è bloccato anche dall'altra parte. — Tornò indietro e si diresse verso sud.

— Voialtri... — cominciò Pyrgus.

Fu interrotto da una specie di guaito e da uno strano squittio strozzato.

Henry si voltò di scatto. — Dov'è Ziczac? — Era impossibile che il mago avesse già raggiunto l'angolo.

— State indietro! — gridò Pyrgus, correndo nella direzione presa dall'ingegnere mago.

Ignorando il suo ordine, Nymph, Colias e Aurora scattarono alle sue calcagna. E si fermarono tutti sul bordo di uno stretto pozzo che si era spalancato nel pavimento. Pyrgus abbassò lo sguardo.

Il corpo di Ziczac era impalato in sette aguzze aste di metallo infisse in fondo al pozzo. Aveva gli occhi sbarrati ed era inequivocabilmente morto.

Settantatré

Sulfureo individuò la stretta scala fra un negozio di souvenir buddisti e una botteguccia specializzata in uova in salamoia.

Il primo pianerottolo era piantonato da uno scagnozzo che stava appollaiato su una sedia di legno leggendo il "National Inquirer". La giacca sbottonata metteva in bella mostra la fondina a spalla.

Riconobbe all'istante Sulfureo. — Ho? — sibilò.

— Yo — replicò Sulfureo, usando uno degli orribili modi di dire appresi durante una precedente visita alla Harlem spagnola. Nessuno qui sapeva da dove veniva, e preferiva che le cose restassero cosí.

L'omaccione accennò col pollice alla rampa successiva e tornò al suo "National Inquirer".

Due ragazzine introdussero Sulfureo nell'ufficio del signor Ho al primo piano, nascondendo risolini dietro le mani.

Il signor Ho occupava una logora poltrona di pelle e fumava qualcosa di resinoso in una lunga pipa d'argilla. I suoi occhi avevano le pieghe tipiche dei Notturni, ma non le pupille feline.

Si tolse la pipa di bocca e gratificò Sulfureo di un sorriso affabile. — Signor Sulfureo.

— Signor Ho — rispose lui con un cenno. Si guardò attorno, vedendo soddisfatto che gli scaffali erano come sempre ben riforniti di libri e mercanzie varie.

— Mi scuso se non mi alzo in segno di deferenza alla sua veneranda età — disse Ho. Di nuovo il sorriso affabile. — Ma non sono in grado di riverirla degnamente a causa dei miei eccessi intossicanti.

— Si figuri, signor Ho.

— Tè, signor Sulfureo? O una pipata?

— Niente, grazie. Posso informarmi sulla salute delle sue nipotine?

Il signor Ho tornò a sorridere. — Eccellente, mi pregio d'informarla. Dall'anello al suo dito intuisco che si è sposato, signor Sulfureo. Posso a mia volta chiederle notizie sulla salute della sua riverita sposa?

— Morta.

— Capisco — commentò Ho con un cenno. — Lasciti?

— Cospicui.

Ho tirò un'altra boccata dalla pipa e sorrise. — Cosí è venuto a fare provviste, signor Sulfureo? Qualche gingillo da acquistare grazie alla sua fortuita eredità?

— Cerco un grimoire, signor Ho.

Ho allargò appena gli occhi. — Il *Lemegeton*, signor Sulfureo? O la versione completa della *Clavicola*? O forse il *Grimorium Verum*? O devo chiedere alle mie fanciulle di cercarle il *Libro delle Meraviglie del Mondo*?

Entrambi risero di cuore. Il *Libro delle Meraviglie del Mondo* era un testo di magia bianca. Sulfureo scosse la testa. — No, signor Ho. Mi serve il *Grimoire di Papa Onorio Magno.*

La risata del signor Ho si spezzò di colpo. — Dice sul serio, signor Sulfureo?

— Sono assolutamente serio, signor Ho.

— Non ce l'ho.

— Però può procurarselo?

— Il costo sarebbe astronomico — lo informò Ho senza tanti giri di parole.

Sulfureo sorrise. — Ho un'American Express platinum.

Gli occhi di Ho tornarono ad allargarsi. — Potrei vederla?

Sulfureo rovistò nella sacca e ne estrasse la tesserina fornitagli da Beleth.

Ho la prese, esaminò la striscia magnetica sul retro, la mordicchiò attento. — Sembra a posto, signor Sulfureo.

— Allora può procurarmi il libro?

Il signor Ho sollevò un dito. — Un'ora, signor Sulfureo. Mi conceda soltanto un'ora.

Settantaquattro

Aurora era ferma accanto al fratello, lo sguardo fisso nel pozzo e l'aria di poter vomitare da un momento all'altro. — Hai capito cos'è questo posto, vero? — le chiese sottovoce Pyrgus.

Sua sorella annuí. — Un labirinto di ossidiana. Rodilegno ha costruito un labirinto di ossidiana. Pyrgus, quel mostro ha nostro padre!

— Cos'è un labirinto di ossidiana? — chiese Nymph, aggrottando la fronte.

— È un gioco — rispose Pyrgus. — Un labirinto pieno di trucchi e trappole mortali, demoni, bestie feroci... roba cosí. Ci getti dentro qualche disgraziato, e il gioco è vedere se riesce a sopravvivere.

Nymph lo fissò sbigottita. — Per voi è un gioco vedere qualcuno lottare per la vita?

Pyrgus scosse la testa. — No. È illegale. Da un pezzo... secoli. Neanche ricordo da quanto.

— Ma sembra — disse cupa Aurora — che il nostro amico Rodilegno ne abbia costruito uno. — Guardò il fratello. — Mi chiedo come mai non siano circolate voci.

— Ovviamente ha un ottimo sistema di sicurezza — sospirò Pyrgus, lo sguardo ancora fisso sul corpo contorto del piccolo mago. — Che facciamo con Ziczac?

— È morto, Pyrgus. Non possiamo fare niente.

— Mi riferivo al corpo.

— Scendo a prenderlo io, se voi siete troppo schizzinosi — intervenne brusca Nymph. — Era mio amico.

— Era anche amico nostro — le ricordò Pyrgus. — Il guaio è che in un labirinto di ossidiana quasi tutte le trappole hanno un doppio fondo.

— Che significa, Principe Ereditario? — sibilò Nymph.

— Significa — rispose Aurora — che se qualcun altro prova a scendere nel pozzo, azionerà una seconda trappola peggiore della prima. Potrebbe perfino sigillare questa parte del labirinto, riempirla di gas venefico, roba del genere. Con un po' di attenzione alle trappole normali si può sfuggire ma, secondo le regole del gioco, quelle secondarie possono essere costruite senza via d'uscita.

— Si direbbe che Vostra Grazia conosca molto bene questo gioco — osservò acida Nymph.

— Aurora conosce ogni genere di cose — disse Colias, lo sguardo ancora fisso nel pozzo.

— L'ho studiato a lezione di storia — replicò brusca la Principessa.

Il viso di Nymph rimase impassibile, ma la sua voce si addolcí un po'. — Dovremo lasciarlo dov'è, non possiamo correre rischi inutili. È una morte da guerriero.

— Però era la nostra unica possibilità di uscire da qui — disse Aurora.

Si voltarono tutti a fissarla.

— Senza Ziczac — spiegò lei — non possiamo attraversare le pareti. Dovremo farci strada nel palazzo di Rodilegno combattendo.

— Sempre che usciamo vivi dal labirinto di ossidiana — sussurrò Colias.

Sulfureo fissò il volume con un'emozione prossima alla reverenza. Era scritto su pergamena ed aveva piú di settecentocinquant'anni.

Trinitas, Sother, Messias, Emmanuel, Sabahot, Adonai, Athanatos... Le parole strisciavano sulla pagina attorno allo schizzo di un circolo magico.

Il signor Ho lanciò un'occhiata ansiosa al di sopra della spalla di Sulfureo. — È quello che desiderava?

Era esattamente quello che desiderava. Esattamente il grimoire che Beleth gli aveva chiesto di procurarsi: il testo basilare delle arti oscure del Mondo Analogo, il libro di magia nera piú diabolico che fosse mai stato concepito. Ed era stato un papa, a scriverlo! Continuò a sfogliarlo. Avrebbe dovuto studiarlo con grande attenzione.

— È perfetto, signor Ho — disse finalmente. — Ma oltre a questo, vorrei anche un grande foglio di pergamena vergine.

— Nessun problema.

— E un galletto nero.

— Nessun problema.

— Un litro e mezzo di sangue umano.

— Che gruppo?

Sulfureo sgranò gli occhi. — Gruppo?

— Gruppo sanguigno. Vorranno saperlo, quando lo comprerò alla Banca del Sangue.

Nel Mondo Analogo usavano Banche del Sangue? Che idea geniale. Evitava la scocciatura di trovare una vittima. Forse valeva la pena di metterne su una nel Regno.

— Non importa — rispose — purché sia fresco.

— Lo consideri già suo! Qualcos'altro?

— Una stanza tranquilla dove esaminare questo testo affascinante.

— Subito, signor Sulfureo.

— E un posto dove portare a termine il mio compito. Domani, diciamo, o dopodomani.

— Le andrebbe bene una chiesa abbandonata, signor Sulfureo? Con il cimitero intatto? Ne ho notato una in vendita negli annunci economici. Per raggiungerla, le basterà un breve viaggio in taxi.

— Perfetto.

Ho sventolò la carta di credito e sorrise. — Tutto sull'American Express, signor Sulfureo?

Non finiva mai di sbalordirlo il fatto che gli abitanti del Mondo Analogo attribuissero a un piccolo, ridicolo pezzo di plastica lo stesso valore dell'oro. Sulfureo sorrise. — Tutto sull'American Express, signor Ho.

Settantacinque

— Voglio farti vedere qualcosa, Jasper — annunciò Rodilegno con un sorriso soddisfatto, una delle sue espressioni meno piacevoli.

— Sí, certo, Vostra Signoria — disse Bombix, mettendocela tutta per mostrarsi interessato.

Rodilegno si alzò di scatto. — Accompagnaci, Sphinx — ordinò.

Il Viceré chinò appena la testa, e tutti e tre lasciarono la stanza. I nervi di Bombix erano sempre piú tesi, ma almeno non era costretto ad avere sotto gli occhi quello spaventoso golem.

Rodilegno li precedette scendendo di buon passo una lunga scala tortuosa, e il nervosismo di Bombix aumentò mentre si rendeva conto che erano diretti nelle segrete: un cerchio di celle attorno alla stanza della tortura, nella classica struttura dei palazzi signorili. Con Rodilcgno non potevi mai essere sicuro...

Sua Signoria staccò una chiave da un gancio sulla parete, spalancò la porta di una cella e fece un passo indietro. Sempre piú nervoso, Bombix osservò la cella piccola, buia e senza finestre, che puzzava come se ci fosse morto dentro qualcuno. Era lí che sarebbe finito? Tutta colpa sua, naturalmente. Non avrebbe mai dovuto dare retta a quello stupido verme.

Deglutí a fatica. — Vostra Signoria... — cominciò. E si zittí di botto. C'era già qualcuno nella cella, una figura accasciata contro una parete. Era da lí, si rese conto Bombix, che proveniva la puzza.

— Lo riconosci? — chiese allegramente Rodilegno.

Lí per lí Bombix non riuscí a capire che cosa volesse dire, ma dopo un momento intuí che si riferiva alla creatura nella cella. Si arrischiò a guardarla meglio. Era ovviamente qualche vecchio derelitto, forse un criminale, o piú probabilmente qualcuno che aveva dato fastidio a Rodilegno e ora affrontava una routine quotidiana a base di tortura, fame e privazione del sonno. Però non aveva idea di chi fosse, e in tutta sincerità sospettava che la cosa non avesse importanza: probabilmente Rodilegno voleva solo mostrargli cosa succedeva a chi osava mettersi contro di lui, una piccola pressione psicologica prima dell'accusa di tradimento. Perché, oh, perché aveva dato ascolto al verme?

— No? — insisté Rodilegno. — Tu, alza la testa!

Per un momento Bombix pensò che si rivolgesse a lui, ma poi vide il derelitto nella cella raddrizzarsi lentamente. Lo guardò, e trattenne il fiato. Stava fissando gli occhi sofferenti di Danaus Plexippus, il defunto Monarca.

— Adesso lo riconosci? — chiese Rodilegno.

Bombix annuí in silenzio.

— Ecco perché sei qui, Jasper. Strane sono le vie del destino.

Bombix si voltò verso Sphinx, che ricambiò inespressivo il suo sguardo, poi abbassò gli occhi sul pavimento. Non voleva guardare il vecchio Monarca, era uno spettacolo assolutamente orribile, e lo atterriva la sola idea di fissare Rodilegno.

— Capisci cos'abbiamo davanti? — insisté Lord Rodilegno.

Senza staccare gli occhi da terra, Bombix fece un cenno di diniego.

— Una resurrezione! Qualunque imbecille riconosce i segni di una resurrezione.

— Be', sí — balbettò Bombix. — Insomma, avevo immaginato che fosse una *resurrezione*... — Il guaio con Rodilegno era che non sapevi mai di cosa parlava finché non era troppo tardi. A quel punto eri nei guai fino al collo, oppure morto. Soffocò a stento un gemito disperato.

— È questo il problema — proseguí Rodilegno. — Basta un'occhiata per capirlo. — Sfilò una corta bacchetta dalla tasca interna della giacca e la puntò sulla creatura, che subito si ritrasse. — Vedi? Noi sosteniamo che Danaus non è mai morto. Che era in coma, ma poi si è risvegliato ed è in grado di governare il Regno. Finora ce la siamo cavata tenendolo nascosto, permettendo soltanto a pochi di vederlo, ma credi che la nostra storia reggerebbe a un'apparizione pubblica?

Cosa voleva che gli rispondesse? Una parola sbagliata poteva significare prigione, o morte, o tortura, o... Ancora una volta Bombix lanciò un'occhiata disperata a Sphinx, che ancora una volta non gli forní il minimo aiuto.

— Sí — balbettò. — Cioè... no. — Attese, lo stomaco sottosopra.

— Certo che no! — sbottò Rodilegno. — Tutti capirebbero subito che è una resurrezione. E dato che fare resuscitare qualcuno è illegale, ogni suo proclama sarebbe anch'esso illegale. Ti dirò una cosa, Jasper: noi Notturni abbiamo fatto passi da gigante negli ultimi tempi, ma non riusciremo a mantenere le nostre conquiste a meno di risolvere questo problema.

— Che problema? — gracchiò Bombix.

— Faresti meglio ad aprire le orecchie — sibilò Rodilegno. Lanciò un'occhiataccia alla figura accasciata del Monarca. — Come saprai, solo una cosa può porre rimedio a questa situazione.

— Lo so?

— Un wyrm, idiota! In particolare, il trasferimento di un wyrm maturo!

Bombix si chiese in che cosa consistesse il trasferimento di un wyrm maturo, ma ritenne piú prudente non fare domande. Invece rivolse a Rodilegno un sorriso incoraggiante e annuí con vigore. — Già, come no — disse. — Sicuro.

Rodilegno sospirò. — Insomma, Jasper, se di tanto in tanto non ti dimostrassi di una minima utilità, ti avrei dato in pasto agli slith da un pezzo.

— È solo... — Bombix esitò. — Solo che... ecco, non capisco *bene* come io... in effetti potrei, ecco, entrarci, Vostra Signoria.

Con suo stupore, Rodilegno sorrise. — Non sei tu che devi entrarci, Jasper, quanto piuttosto il tuo wyrm. Entrare nel Monarca, per l'esattezza. Ti ho fatto venire qui per procedere al trapianto di Cyril, il tuo esperto wangarama.

Settantasei

— Non possiamo dirigerci a nord — obiettò Nymph. — Non ricordi che Ziczac ha parlato di un campo di forze?

— Il Nord è bloccato, Aurora — disse servizievole Colias. Se era preoccupato per la loro situazione, non si notava.

— Fate come vi dico — sbuffò la Principessa. Ripercorse decisa il corridoio e superò senza problemi il punto dove Ziczac si era fermato. — Il campo di forze era solo un trucco per mandarci a sud — spiegò, voltandosi a guardare gli altri — in modo da azionare il pozzo. Una volta che la trappola è entrata in funzione, il campo di forze si spegne automaticamente. È una delle regole basilari del gioco. Se non lo sai, pensi di non poter andare a nord, superi il pozzo con un salto e vai verso sud, dove ti aspettano altre trappole.

— Perciò andare a nord è meno pericoloso?

— Non molto — ammise Aurora — ma secondo le regole del gioco in questo modo dovremmo avere *qualche* possibilità di sopravvivere. Andando a sud non ne avremmo neanche mezza.

— Come possiamo essere certi che Lord Rodilegno abbia costruito il labirinto secondo le regole? — chiese Nymph.

Aurora la fulminò con gli occhi. — Non possiamo. Ma conosci un modo migliore per uscire da qui?

Per scaricare la tensione Pyrgus si piantò fra le due ragazze con un sorriso forzato. — Sentite — disse — siamo tutti nella stessa barca. Abbiamo perso un valido compagno perché non avevamo capito subito cosa stava succedendo, ma ora che sappiamo di trovarci in un labirinto di ossidiana, abbiamo una possibilità. Questi labirinti sono progettati per una vittima alla volta. Se restiamo uniti e ci aiutiamo a vicenda, possiamo farcela. — Fissò i due Elfi della Foresta che avevano accompagnato Nymph e si rese conto di non conoscere i loro nomi. — Mi dispiace — disse. — Non so come vi chiamate.

— Ochlodes — disse uno.

— Palaemon — disse l'altro.

— Ochlodes, Palaemon, so che avete già ampiamente dimostrato il vostro valore. È possibile che prima di uscire da qui dovremo combattere di nuovo, ma ora è soprattutto importante usare il cervello e stare all'erta. La maggior parte dei pericoli sono costituiti da trappole. — Il suo sguardo passò da Nymph ad Aurora, a Colias. — Questo vale anche per voi. Riflettete prima di fare qualunque cosa, prendete tempo e non date mai niente per scontato.

Dopo un momento di silenzio, Aurora disse: — Suggerisco che ci allarghiamo, in modo da tenerci d'occhio a vicenda. Cosí, se uno dovesse finire in trappola, sarà meno probabile che ci finiscano anche gli altri e potremo aiutarci.

— Una strategia brillante, Vostra Grazia — annuí Nymph.

Aurora le rispose con un sorrisetto gelido.

Si allargarono il piú possibile e cominciarono a spostarsi cautamente verso nord. Avevano percorso cinquanta metri scarsi, quando una lama guizzò fuori da una parete laterale e affettò il lobo di un orecchio di Palaemon.

Solo i suoi riflessi eccezionali evitarono che gli affettasse la gola.

Settantasette

— Sono preoccupato per quel ragazzo — disse all'improvviso Fogarty.

— Henry?

— No, Pyrgus. Ci stanno mettendo troppo.

— Lo pensi davvero, mio caaavo?

— In teoria dovevano solo entrare nel Palazzo, acchiappare il padre e filarsela. Quanto dovrebbe volerci?

— Forse piú di quanto credi — obiettò Madama Circe. — Il Palazzo è un edificio imponente. Prima di tutto Pyrgus dovrà *trovare* il padre.

— In effetti non sono sicuro che siano ancora nel Palazzo — replicò Fogarty. — E nemmeno che ci sia il Monarca.

— Pyrgus ha detto di averlo visto a una finestra quando sono stati costretti ad andarsene.

— Ha detto che gli era *sembrato* di averlo visto alla finestra — la corresse Fogarty. — Ma anche se avesse ragione, non significa che sia ancora lí. — Si protese verso di lei. — In un caso come questo bisogna sforzarsi di pensare come il nemico. Al momento Danaus non è se stesso: obbedisce a Rodilegno. Se fosse libero, resterebbe nel Palazzo, ma Rodilegno glielo permetterebbe?

— Tu cosa dici?

— Credo proprio di no. Io non lo farei. Sto strillando ai quattro venti che il vecchio Monarca è in piena forma, ma guarda caso voglio governare al posto suo. Nessuno abboccherebbe se vedesse Danaus andare in giro come uno zombi. Al posto di Rodilegno lo terrei ben nascosto a casa mia.

— Lord Rodilegno ha due case... — disse Madama Circe dopo un momento. — Una in città e l'altra... — S'interruppe e fissò Fogarty.

— L'altra da qualche parte nella foresta — concluse lui. — Non terrebbe mai il Monarca nella sua casa di città, è troppo esposta.

Si scambiarono un'occhiata.

— Perché non ne hai accennato prima? — chiese Madama Circe.

— Non mi è venuto in mente — replicò tetro lui.

— Cosa pensi di fare?

Fogarty si alzò di scatto. — Andrò a parlare con la Regina.

Settantotto

Il viaggio in taxi si rivelò piuttosto lungo, ma l'autista accettò senza discutere l'American Express. Sulfureo fissò con un crescente senso di gioia la chiesa che il signor Ho aveva appena acquistato per suo conto. Era perfetta: abbandonata, isolata, circondata da alberi che garantivano tutta la privacy necessaria. E, come promesso dal signor Ho, c'era anche un vecchio cimitero. Un paio di tombe avevano perfino fiori freschi, il che suggeriva la possibilità di procurarsi cadaveri recenti. Non che ne avesse bisogno. Secondo il grimoire, nel Mondo Analogo se ne poteva fare a meno.

La chiesa era stata lasciata andare in rovina. C'erano file di panche tarlate, vetrate rotte, statue spaccate dentro nicchie piene di muffa, mattonelle scheggiate e, soprattutto, un altare polveroso, ancora coperto da una logora tovaglia intessuta di fili d'oro e d'argento.

Sulfureo trascinò dentro i bagagli dal vestibolo dov'erano stati lasciati dal tassista, chiuse a chiave il portone e si accinse ad aprirli. Il lavoro che doveva svolgere per Beleth avrebbe richiesto un po' di tempo, perciò era meglio iniziare prima possibile. Controllò il grimoire e si avvicinò all'altare. Sapeva bene perché doveva fare quella cosa: era una specie di preparazione mentale, volta a metterlo nella giusta disposizione di spirito.

Cosí, ritto davanti all'altare della cadente chiesa sconsacrata, Silas Sulfureo cominciò a confessare a voce alta i propri peccati.

Sospettava che ci sarebbe voluto un pezzo.

Gli avevano detto che era una sala d'attesa, ma Bombix non ci credette neanche per un attimo. L'arredamento era minimo e la porta chiusa a chiave. L'avevano messo in una cella per evitare che se la squagliasse prima dell'imminente, orribile operazione chirurgica. E per di piú Cyril si era svegliato

Il verme era frenetico. Sapeva di essere stato messo fuori combattimento con mezzi chimici, ma il lete gli impediva di ricordare com'era successo, Ora, non essendo riuscito a estrarre l'informazione direttamente dalla mente di Bombix, tentava di strappargliela con altri mezzi.

Ma siamo amici! esclamò. *O almeno credevo che lo fossimo. Tu lo sai cos'è successo! Perché non me lo dici? Sono quello che ti farà diventare Monarca, te lo sei scordato? Non provi la minima lealtà verso di me? Verso la Rivoluzione?*

La tua Rivoluzione è una barzelletta, replicò acido Bombix. Poi, riecheggiando le parole di Rodilegno, aggiunse: *Sono secoli che non riuscite a fare progressi.*

Seguí un repentino silenzio mentale. Poi il wangarama disse: *Come l'hai scoperto? Chi te l'ha detto?*

Di sicuro non tu.

Non ha importanza, strillò Cyril. *Stavolta non falliremo!*

Come no, disse stancamente Bombix. Scrollò le spalle. *Comunque non ha importanza. Il nostro amico Lord Rodilegno ha deciso di farti espiantare chirurgicamente dal mio didietro e trapiantare nel corpo di Danaus, il Monarca.*

Il wangarama lanciò l'equivalente mentale di uno squittio. *Il vecchio Monarca? Ma è stato fatto risorgere!*

È questo il punto. A quanto pare, con te dentro sembrerà piú vivo.

Lo sai che questo mi ucciderà, vero?

Come se la cosa importasse a qualcuno. *Non dire sciocchezze, Cyril. Ovviamente non ti ucciderà. Da morto non serviresti a Rodilegno.* Colpito da un pensiero improvviso, aggiunse a voce alta: — Chissà perché non si è limitato a infilargli un wyrm nel naso...

Cyril gli rispose all'istante: *Non funzionerebbe con una resurrezione. Dev'essere un trapianto.*

Be', disse Bombix compunto, *mi dispiace per te, Cyril, davvero. Penso che Lord Rodilegno si stia comportando schifosamente, e non è certo la prima volta. Se potessi aiutarti lo farei, ma purtroppo sono anch'io prigioniero di quella carogna.*

Tienila per te, la tua simpatia, sbuffò stizzito Cyril. *Tanto, probabilmente, l'operazione ucciderà anche te.*

Settantanove

Percorsero a passo di lumaca il resto del primo livello. La maggior parte delle trappole erano mortali, ma facili da evitare con un minimo di cautela.

Finalmente, con i nervi a fior di pelle, raggiunsero le scale che portavano al secondo livello.

Henry si trovava nelle retrovie, irritato e spaventato al tempo stesso. Irritato perché Aurora gli aveva chiesto di tenere d'occhio Colias (che preferiva imboscarsi in fondo al gruppo) e perciò non poteva stare vicino a lei. Spaventato perché quel posto avrebbe spaventato anche Arnie Schwarzenegger.

Si fermarono davanti alla lunga rampa di scalini di pietra in discesa, fiocamente illuminati da torce disposte a intervalli regolari sulle pareti. Probabilmente servivano solo a creare un'atmosfera adeguatamente sinistra, pensò Henry. Però avevano qualcosa di strano. Non producevano fumo, per esempio. E le fiamme sembravano tutte uguali, come quelle generate da un caminetto finto, o da un incantesimo. Come le torce, anche le staffe dov'erano infilate erano tutte uguali: di ferro, arrugginite e screpolate nello stesso identico modo. Non poteva essere una coincidenza. Avevano un che di fasullo.

— Pyrgus... — disse incerta Aurora.

Suo fratello era in testa al gruppo, tallonato da Nymph. Lui era sempre davanti a tutti e sembrava non avere paura di niente. Henry pensò che, se mai fossero usciti vivi da quel terribile labirinto, gli avrebbe chiesto se era davvero cosí coraggioso o faceva solo finta.

Pyrgus si fermò subito. — Tutto bene, Aurora? — La sorella era pochi passi dietro di lui, dall'altro lato rispetto a Nymph. Dopo venivano Ochlodes e Palaemon, seguiti da Colias e Henry.

— Vedi una statua? — chiese Aurora.

— Eh?

— C'è una statua in fondo alle scale?

— Ancora non vedo il fondo delle scale — rispose Pyrgus. — Di che si tratta?

— Voglio sapere se in fondo alle scale c'è una statua. Dimmelo appena la vedi.

— D'accordo.

— C'è una statua — annunciò Pyrgus appena raggiunse la curva delle scale.

— Indica qualcosa?

— Ha un braccio teso, sí.

— Lo sapevo! — sussurrò Aurora affrettandosi a raggiungerlo. — Fermiamoci un momento — disse preoccupata.

Henry si bloccò. Una delle torce *non* era uguale alle altre. Era simile, molto simile, ma a guardarla bene si vedeva che le scaglie di ruggine erano in un posto diverso. Perché tutte le altre erano identiche e quella no? Rimuginando su un'idea ancora incompleta, tese una mano e toccò la torcia... Sembrava solida, e la fiamma emanava calore. Poi notò che la staffa era innestata su un perno. Controllò le altre torce: niente perni. Erano tutte fisse. Quella diversa era una specie di leva. Una leva nascosta!

— Che cos'è? — stava chiedendo Pyrgus.

— Nessuno si avvicini alla statua! — disse ansiosa Aurora.

— Cos'ha di speciale? — domandò Nymph.

La voce della Principessa vibrava di eccitazione. —

So come uscire da qui! Lasciatemi riflettere soltanto un minuto e sono sicura di farcela. Rodilegno ha basato il suo labirinto su un modello classico!

— Sai dove sono le uscite? — esclamò Pyrgus.

— Credo di sí. Ho studiato questo labirinto a scuola, e ricordo qualcosa. Di sicuro ricordo la statua: è possibile farla ruotare ed è molto importante il punto che indica. Se la ruoti nel modo sbagliato ti giochi la vita, ma in una certa posizione si apre una via d'uscita. Se riesco a farmela venire in mente siamo salvi!

Henry strinse le dita attorno alla staffa. Se quella era una leva nascosta, doveva aprire qualcosa.

— Sta' attenta — raccomandò Pyrgus alla sorella.

— Restate dietro di me. Se ci fossero pericoli, arrivate di corsa. Penso di ricordare cosa fare, è la nostra occasione per uscire vivi da qui.

— Buona fortuna — sussurrò Pyrgus.

Aurora cominciò a scendere le scale.

Henry abbassò la leva.

Risuonò un rumore raschiante di pietra su pietra, e un'ampia porzione dei gradini scomparve sotto i loro piedi, facendoli precipitare nell'abisso sottostante.

Ottanta

La confessione di Sulfureo era durata piú del previsto, ma ne era valsa la pena. La giusta disposizione di spirito era tutto, in quel tipo di magia. Potevi trascurare quasi ogni altro preparativo, e perfino alcune misure di sicurezza, una volta che avevi la giusta disposizione di spirito.

Ripercorse trotterellando la navata, sollevò la sacca con dentro il galletto nero e cominciò a trafficare con i lacci. Dopo avergli staccato la testa con un morso, avrebbe usato il sangue per tracciare il cerchio e le protezioni del caso. Il sangue umano fornito dalla Banca del Sangue sarebbe entrato in scena solo in seguito.

La sacca si aprí di botto. Il gallo ne schizzò fuori in una frenesia di strilli e di piume e, sfuggendo alle mani di Sulfureo, prese il volo sulle panche rotte. Sulfureo partí all'inseguimento, ma dopo pochi passi dovette fermarsi senza fiato. Avrebbe dovuto cavarsela senza quella stupida bestia. Per fortuna gli restava il sangue umano: usato a dovere, avrebbe funzionato quasi come un sacrificio.

Cominciò a spostare di buona lena le panche per liberare uno spazio dove lavorare. Quando ebbe finito, tolse dalla sacca un pezzo di gesso e, con l'esperienza derivata dalla lunga pratica, tracciò sul pavimento un grande triangolo equilatero con il vertice puntato verso l'altare. Tracciò in fretta i simboli protettivi e si mise in posizione, con una mano sollevata e il grimoire stretto nell'altra.

— Salvaci dal terrore dell'Inferno — intonò, leggendo l'orazione scritta nel libro. — Fa' che i demoni non divorino la mia anima quando li evocherò dall'Abisso e ordinerò loro di eseguire il mio volere. Fa' che il giorno sia chiaro, e sole e luna risplendano, mentre li chiamo. Invero essi sono d'aspetto spaventoso e mostruoso e deforme, ma fa' che quando accorreranno a eseguire i miei ordini, compaiano in forme familiari e non offensive alla vista!

Mise via il libro, tirò fuori il sacchetto di sangue e lo piazzò al centro del triangolo. Era davvero incredibile: sangue in un sacchetto... il Mondo Analogo era un posto da brividi.

Nel suo equipaggiamento c'era un athame, il coltello rituale con il quale tracciò nell'aria, al di sopra del triangolo, i contorni dei sigilli di apertura. Nel Regno sarebbero apparsi chiaramente, ma qui bisognava visualizzarli, immaginando una scia di fuoco bluastro scaturire dalla punta dell'athame. Quando ebbe finito, infilò il coltello al centro del sacchetto di sangue, inchiodandolo al pavimento della chiesa. — *Trinitas* — intonò a voce alta — *Sother, Messias, Sabahot, Athanatos, Pentagna, Agragon...* — Le parole del potere non finivano piú. Dopo un po' le loro vibrazioni cominciarono a forzare il tessuto della realtà. — ... *Ischiros, Otheos, Visio, Flos...*

Il rivolo di sangue che usciva dal sacchetto bucato strisciò verso l'apice del triangolo e schizzò verso l'alto come un serpente. Adesso le parole pronunciate da Sulfureo erano diventate una cantilena pulsante. — ... *Origo, Salvator, Novissimus...* — Il serpente sanguigno prese a ondeggiare a tempo.

Si avvicinava il momento cruciale dell'operazione. Sulfureo poteva sentire il potere sfrigolargli attorno come lampi intrappolati. Per la prima volta provò una fitta di dubbio sull'opportunità di trascurare le misure di sicurezza, ma ormai era troppo tardi. — ... *Primogenitus, Sapientia, Virtus, Paraclitus*... — Il serpente di sangue si allungò al massimo e arretrò bruscamente, preparandosi a colpire. La familiare Sinfonia di Beleth riempí la chiesa, sommessa dapprima, e via via sempre piú sonora. — ... *Via, Mediator, Medicus, Salus, Agnus, Ovis, Vitulus, Spes!* — urlò Sulfureo. Il serpente di sangue scattò.

Un portale si aprí con uno schiocco davanti all'altare, e ne sciamò fuori un'orda schiamazzante di figure demoniache.

Ottantuno

Fogarty trovò la Regina Cleopatra impegnata a scuoiare un cervo, le braccia verdi insanguinate fino al gomito e le gambe nude coperte di schizzi di sangue.

— Non c'è qualcun altro che possa occuparsene? — le chiese incuriosito.

La Regina lo guardò con quegli incredibili occhi dorati. — Le cose non funzionano cosí nella foresta, Viceré. — Maneggiando abilmente il coltello, lo affondò nella carcassa. — Collaboriamo tutti. — Accennò un sorriso. — Non è lo stesso nel Mondo Analogo?

— Non riesco a immaginare la nostra amata Regina con qualcosa fra le ginocchia a parte un cavallo — borbottò acido Fogarty. — Maestà, io...

— È sufficiente Cleopatra. O Cleo. Nella foresta non perdiamo tempo con le formalità.

Fogarty si sedette su un basso ceppo, gradevolmente stupito dalla flessibilità della propria schiena. — Penso che i nostri amici possano trovarsi nei guai — disse senza tanti preamboli.

Cleopatra abbassò il coltello e si voltò a guardarlo. Non fece domande: aspettò e basta.

— Non credo che il Monarca fosse a Palazzo — spiegò Fogarty. — Penso che Rodilegno lo abbia trasferito nella sua casa nella foresta. E penso che in questo stesso momento i nostri amici stiano tentando d'introdursi là dentro. — Quello che in realtà pensava era che ci fossero già dentro e in pericolo, ma in mancanza di prove preferí non esagerare.

Stranamente la Regina non gli chiese perché pensasse una cosa del genere. Invece replicò: — I miei soldati mi avrebbero avvertita se l'obiettivo della loro missione fosse cambiato.

— Potrebbero non averne avuto la possibilità.

— Per raggiungere il palazzo di Rodilegno sarebbero dovuti tornare nella foresta.

Ed era sottinteso che se fossero tornati lí, si sarebbero fermati ad avvertirla. Fogarty sospirò. — È Pyrgus a guidarli — le ricordò. — Il ragazzo è imprevedibile.

— Sei preoccupato per lui? — domandò Cleopatra.

— Sí.

— Mia figlia è con loro.

Fogarty batté le palpebre. — Tua figlia? — Eseguí un rapido calcolo. Poteva essere solo... — Nymphalis è tua figlia?

La Regina annuí. — Sí. — Si raddrizzò. — Mi fido del tuo intuito, Viceré.

— Cosa farai?

— Lancerò il mio esercito contro il palazzo di Lord Rodilegno — fu la pacata risposta. — Se hai ragione, per noi è finito il tempo di restare nascosti.

Ottantadue

Digli di no! urlò disperato il wyrm.

Bombix, che non aveva certo bisogno d'incoraggiamento, stava già strillando: — No, mi rifiuto! Né ora né mai. Lasciatemi! Non osate mettermi le mani addosso. Non voglio! Non potete costringermi!

Rodilegno lo fissò in qualche modo divertito. — A dire il vero sí. — Fece cenno a due soldati in uniforme nera che si portarono ai lati di Bombix e lo afferrarono per le braccia.

Combatti! Ti aiuterò io. Prendili a testate!

Sta' zitto*!* sibilò mentalmente Bombix. *Non riuscirò mai a tirarci fuori da qui se non mi lasci pensare.*

Appena il wyrm si zittí, Bombix passò in rapida rassegna le sue opzioni... per scoprire di non averne. Poteva affrontare l'operazione mortale come un agnello che va al sacrificio, o lottare con le unghie e con i denti prima di farsi trascinare comunque all'operazione mortale. In entrambi i casi sarebbe morto.

— Non capisco perché la fai cosí lunga per un'operazioncina da nulla — commentò Rodilegno.

— Che mi ucciderà! — sbraitò Bombix. Rodilegno continuava ad atterrirlo, ma aveva superato da un pezzo lo stadio della buona educazione nei suoi confronti.

Rodilegno inarcò un sopracciglio. — E questo chi te l'ha detto?

Bombix lo fissò a bocca aperta. Era stato Cyril a dirgli che l'operazione era mortale, e in passato Cyril non era risultato eccessivamente affidabile.

Presumo di non poterti convincere...
Sta' zitto! ringhiò Bombix.
A pensarci bene, non aveva senso che Rodilegno lo uccidesse: dopotutto in passato gli era stato piuttosto utile. Perciò forse la cosa non era pericolosa per lui. Forse...
— D'accordo, Lord Rodilegno — disse Bombix. — Sarò felicissimo di sottopormi all'operazione. Qualunque cosa, pur di esserle di aiuto. — Si liberò dalla stretta dei soldati e marciò verso la porta aperta.
Noooooooooooooo! gemette Cyril dentro la sua testa.

Era irritante, ma l'uscita maestosa fu sciupata dal fatto che non sapeva dove andare. Bombix si fermò in corridoio e aspettò che i tirapiedi di Rodilegno lo raggiungessero.
— Fate strada, ragazzi — li incitò con atteggiamento di superiorità.
Le guardie lanciarono un'occhiata a Rodilegno, che annuí e si avvicinò con passo tranquillo. — Sono lieto di vedere che ti è rimasto ancora un po' di buonsenso, Jasper — commentò. — Ti assicuro che si tratta di un'operazione sicura al cento per cento.
Con stupore di Bombix, Cyril non emise neanche un pigolio.

Non aveva mai visitato quella parte della dimora di Rodilegno, però ne aveva sentito parlare. Attraversarono parecchi sotterranei dall'aria sinistra e scesero larghi gradini di pietra per emergere in quella che sembrava un'enorme caverna naturale. Bombix riconobbe all'istante il labirinto di ossidiana, e subito distolse lo sguardo facendo finta di niente. Chi scopriva i piú oscuri segreti di Sua Signoria aveva l'abitudine di sparire per sempre. Si guardò attorno in modo ostentato, alla ricerca della sala operatoria.

Un pensiero spaventoso lo fulminò. Forse tutte le chiacchiere sull'operazione erano state solo un trucco per portarlo laggiú. Forse ora lo avrebbero scaraventato nel labirinto ad affrontare...

Sicuro! esclamò Cyril. *Ecco che cos'ha in mente! Dobbiamo uscire subito da qui. Dagli una ginocchiata, colpiscilo con...*

No, impossibile. Se Rodilegno avesse voluto gettarlo nel labirinto, lo avrebbe fatto trascinare dalle guardie senza tante storie. Non c'era bisogno di un trucco cosí elaborato.

— Sopra di te — disse Rodilegno.

— Prego?

— Cerchi la sala operatoria? È sopra la tua testa.

Bombix sollevò lo sguardo.

Ottantatré

Buio.

— Stai bene, Pyrgus? — Il tono di Nymph era ansioso ma fermo. — Come state, tutti quanti?

Qualcuno mugolò.

— Aurora? Sei tu, Aurora? Cos'è successo? Che cosa...? — A giudicare dalla voce, Henry stava per cedere al panico.

— Sono atterrato su qualcosa di soffice — disse Pyrgus.

— Sono io — protestò Colias stizzito.

— Aurora? Dove sei?

— Va tutto bene, Henry, ho solo battuto la testa. Qualcuno può accendere la luce?

— Io ho uno scintillino — disse Colias. — Se Pyrgus mi si toglie di dosso...

Ma Nymphalis fu piú veloce di lui. D'un tratto la sua faccia emerse dall'oscurità, illuminata da un lucciglobo portatile grande piú o meno quanto un uovo di gallina. Quando lo lasciò andare, fluttuò verso l'alto, per poi espandersi e avvampare fino a illuminare tutti.

Si trovavano in un ampio corridoio dalle pareti percorse da scintillanti tubature metalliche. Il calore era soffocante e una pulsazione ritmica faceva vibrare il pavimento.

— Nymph... — sussurrò Aurora.

— L'ho visto — disse lei.

Pyrgus seguí la direzione del suo sguardo. Ochlodes era steso a terra, e teneva ancora stretti i resti del suo arco.

Dalla posizione della testa, era chiaro che si era spezzato il collo.

Ottantaquattro

Per un momento Sulfureo fu assalito dal panico: non si era preso il disturbo di tracciare un circolo protettivo e ora si ritrovava con una schiera di demoni da tenere sotto controllo. Sollevò una mano e col dito tracciò nell'aria una serie di sigilli di comando. Sarebbero dovuti apparire contornati di fiamme, invece niente. Ci riprovò. Di nuovo niente. Soffocando un'imprecazione, si ricordò che nel Mondo Analogo la magia non funzionava in quel modo. Bisognava concretizzare ogni visualizzazione!

I demoni si stavano già sparpagliando nella chiesa, saltando sulle panche e arrampicandosi sui muri. Uno cominciò a picchiare risoluto la statua di un santo. Sulfureo estrasse un pezzo di pergamena dalla sacca, si morse la punta del pollice destro e, appena il sangue prese a sgorgare, tracciò alla meglio i sigilli sulla carta:

— Concedi a questa pelle il potere di farsi carico dei segni che vi ho tracciato! — declamò a labbra strette. (Mordersi il pollice si era rivelato estremamente doloroso.) — Essi sono scritti con il mio sangue al fine che a tale iscrizione possa essere conferito il potere che desidero. — Ma quanto era prolisso quell'Onorio Magno! — Fa' che respinga la diavoleria dei demoni che atterriranno e tremeranno alla vista di questi caratteri. — In teoria adesso avrebbe dovuto funzionare.

Sventolò la pergamena, il lato con i simboli rivolto verso i demoni scatenati. — Vedete? — strillò. — Ora datevi una calmata e mettetevi in riga!

I demoni lo ignorarono. Parecchi saltellarono verso le finestre rotte dietro l'altare e si lanciarono all'esterno. — Tornate qui! — gridò Sulfureo. Solo una corsa in taxi li separava dal centro di New York, una distanza che potevano coprire in un baleno. Sarebbe successo un putiferio se fossero comparsi in Times Square. Tornò a sventolare la pergamena. — Se non vi comportate bene, questa pergamena...

Di colpo i demoni smisero di schizzare qua e là e cominciarono a radunarsi da un lato dell'altare. Quelli arrampicati sulle pareti scivolarono a terra vergognosi. — Cosí va meglio — cominciò Sulfureo, prima di rendersi conto che il loro comportamento non aveva niente a che fare con la sua pergamena. Un'enorme figura cornuta stava emergendo faticosamente dal portale.

— Potevi farlo piú grande — ringhiò Beleth.

Il principe demone aveva un aspetto molto migliore dell'ultima volta che Sulfureo lo aveva visto. Il corno spezzato era ricresciuto e la pelle aveva assunto una tonalità di rosso acceso, come se gli andassero a fuoco le budella. E sembrava che gli fossero spuntati gli artigli. O li aveva sempre avuti? Sulfureo scosse la testa: di sicuro li avrebbe notati.

— Onorio non sapeva come regolare automaticamente le dimensioni del portale — spiegò. — O, se lo sapeva, non lo ha scritto. — Fissò cauto Beleth, piú consapevole che mai dell'assenza del circolo protettivo, ma il Principe delle Tenebre si limitò a stiracchiarsi voluttuosamente.

— Non importa — disse. — Hai aperto un portale funzionante, e questa è la cosa essenziale.

— Allora siamo pari? — chiese in fretta Sulfureo. — Posso andare? — Non gli piaceva ammetterlo, ma si sentiva sempre a disagio nel Mondo Analogo: la sua magia non funzionava a dovere, e un sacco di gente sembrava fuori di testa. Non riusciva a immaginare perché Beleth avesse voluto un portale d'accesso proprio lí, ma ora che i demoni erano passati, Sulfureo era ben contento di lasciarli infliggere a New York tutti i danni che volevano.

— Pari? — ripeté Beleth, e la sua voce si riverberò attraverso la chiesa. Sorrise. — Non esattamente, Sulfureo. Non esattamente.

Ottantacinque

Quando lo trasportarono sulla piattaforma sospesa, Bombix si trovò davanti lo spettacolo piú spaventoso che avesse mai visto. Anche se qualche aspetto rassicurante c'era. Per prima cosa, tutto sembrava pulitissimo: le superfici metalliche scintillavano, il pavimento era stato lucidato di recente, e sui tavoli operatori c'erano lenzuola fresche di bucato.

I tavoli operatori erano due, fianco a fianco. Danaus Plexippus, il Monarca, era steso su uno. Era nudo, e i suoi occhi aperti fissavano inespressivi il soffitto. Bombix sospettava che non fosse sotto l'effetto di un anestincanto, anche se probabilmente glielo avrebbero somministrato. Rodilegno di sicuro avrebbe voluto che, dopo l'operazione, il Monarca si rimettesse in forma il prima possibile.

Fra i due tavoli c'era un tizio dalla carnagione scura rivestito solo da un perizoma da sciamano. Aveva gli occhi cosí neri che era impossibile capire se fosse un Elfo della Notte o un Luminoso eccentrico. Aveva mani grandi, possenti.

— Ti presento Merveille du Jour — disse Rodilegno. — Il nostro chirurgo psichico.

— Piacere di conoscerti — disse Bombix senza il minimo entusiasmo.

La cosa spaventosa, pensò Bombix stendendosi sul tavolo operatorio, era l'attrezzatura. Un sacco di ferri dall'aspetto per niente rassicurante. Riconobbe una cucitrice automatica per chiudere le ferite e delle forbici rinforzate e regolabili capaci di amputare qualunque arto. C'era anche un armadietto con lo sportello di vetro e gli scaffali carichi di parti corporee: mani, piedi, dita varie, orecchie e, ancor piú allarmante, un'incredibile quantità di occhi disposti in lotti differenziati per colore.

Spero che usino tutto quanto su di te, borbottò acido Cyril nella sua mente.

Bombix lo ignorò. Lo avevano fatto spogliare e, mentre se ne stava nudo là sul tavolo, si sentiva gelato fino alle ossa. Naturalmente non sempre i chirurghi psichici usavano strumenti chirurgici. Quelli bravi si limitavano a infilarti le mani nel corpo e a rovistarti nelle budella. Il solo pensiero era disgustoso, e aveva letto da qualche parte che il procedimento era diciassette volte piú doloroso che avere i testicoli schiacciati in una pressa senza anestincanto.

Si dimenò, cercando di mettersi comodo e augurandosi che lo coprissero con qualcosa, possibilmente una coperta pesante. Probabilmente Merveille du Jour gli avrebbe infilato una mano dentro e gli avrebbe frugato negli intestini finché avesse trovato Cyril. Dopodiché lo avrebbe tirato fuori e sbattuto dentro il Monarca.

Avrebbe fatto meglio a non pensarci. Di colpo fu assalito da una nausea cosí violenta da fargli gorgogliare lo stomaco. Peggio ancora, anche Cyril aveva un attacco di nausea: l'effetto, pensò Bombix disgustato, era di un cagnolino che gli vomitasse nel cervello.

Chiuse gli occhi e pregò che Rodilegno non lo avesse imbrogliato; pregò che, per quanto atterrito fosse, l'operazione cominciasse alla svelta e finisse alla svelta; pregò che...

— Ci manca solo lo stregone anestesista — annunciò allegramente Rodilegno.

Un mago decrepito entrò a passi incerti nella sala operatoria e si guardò attorno smarrito.

— Ah, mi fa piacere che tu sia riuscito a trovarci — lo accolse Rodilegno.

Un'espressione di panico guizzò sulla faccia del vecchio. — Chiedo scusa, Vostra Signoria, avevo scordato che giorno era. — Spremette un sorriso che esibí una sfilza di denti marci e agitò una mano tremante. — Ma ora sono pronto, Vostra Signo... ah... Vostra Signo... ah... Vostra Signo...

— ... ria — concluse Rodilegno.

— Ria — ripeté lo stregone. — Sono pronto, Vostra Ria. Oh, sí, davvero.

— Ti presento l'anestesista, Jasper — disse Rodilegno.

Bombix fissò inorridito quel rottame ambulante. Gli occhi dell'uomo lacrimavano tanto da offuscargli la vista. E la goccia che gli pendeva dal naso stava a indicare che probabilmente aveva qualche malanno. Di tanto in tanto il tremito si estendeva dalle mani al resto del corpo, facendolo fremere incontrollabilmente da capo a piedi. La veste sudicia gli ciondolava addosso come uno straccio su un palo. E *quello* sarebbe stato l'anestesista? Neanche si ricordava che giorno era, e tutti i suoi pote ri magici non erano riusciti a salvargli i denti!

— Oh no — disse Bombix, e tentò di mettersi seduto. All'istante le cinghie di cuoio fissate al tavolo operatorio scattarono a bloccarlo. — Ahia! — Si dimenò come un forsennato, ma ormai era prigioniero.

— È per il tuo bene, Jasper — sogghignò Rodilegno. — Non vogliamo che tu ti muova mentre il chirurgo è al lavoro.

Ci rimetterai la pelle, sibilò Cyril. *Te l'avevo detto, ma tu mi hai forse dato ascolto?*

Bombix neanche si curò di zittirlo.

Rodilegno guardò lo sciamano. — Sei pronto, Merveille?

L'uomo annuí.

Rodilegno si voltò verso il tavolo operatorio dove giaceva Danaus Plexippus. — Pronto, Maestà? — chiese con beffarda deferenza.

Il Monarca non rispose. Bombix notò che, pur muovendo appena gli occhi, non respirava affatto.

Lord Rodilegno sorrise soddisfatto. — In tal caso – annunciò — possiamo cominciare.

Ottantasei

— Che cosa? — sbottò Sulfureo. — Non siamo pari? Ti ho aperto un portale nel Mondo Analogo, e funzionante dal momento che sei qui. Ci sono demoni in viaggio per New York. Puoi fare tutto quello che vuoi... gli idioti di questo mondo hanno smesso di credere alla tua esistenza. Potresti farti eleggere Presidente, e neanche noterebbero la differenza.

— Non dire stupidaggini! — ruggí Beleth. — Perché dovrei perdere tempo in questo piccolo mondo miserabile? No, è il Regno degli Elfi che voglio. Ho diversi conti da regolare, e per riuscirci mi serve un portale.

— Ma i portali da Infera non funzionano piú — disse Sulfureo, non senza una punta di malizia.

— I portali *diretti* non funzionano piú — lo corresse Beleth. — I demoni non possono piú raggiungere il Regno degli Elfi da Infera... in questo hai ragione. Ma cosa impedisce un viaggio in due tappe?

Di colpo Sulfureo capí. Beleth voleva fargli aprire un secondo portale fra il Mondo Analogo e il Regno degli Elfi. Forse piú di uno. Forse dozzine di portali fra il Mondo Analogo e il Regno; e magari qualche altro fra il Mondo Analogo e Infera.

Era cosí semplice! In questo modo avrebbe potuto invadere il Regno quando voleva. Gli sarebbe bastato fare passare le sue truppe dal Mondo Analogo. E dato che nessuno avrebbe sospettato l'esistenza dei nuovi portali finché non fossero stati usati, Beleth e i suoi demoni avrebbero potuto mettere a ferro e fuoco l'intero Regno prima che qualcuno si rendesse conto di cosa stava succedendo. Sarebbe stata una calamità di proporzioni colossali. Avrebbe segnato la fine del Regno degli Elfi come lo avevano conosciuto fino a quel momento.

— E io che ci guadagno? — chiese Sulfureo.

Ottantasette

Abbassarono lo sguardo sul cadavere.

— Non possiamo lasciarlo qui — disse Pyrgus.

— Sí che possiamo — replicò Nymph. — Ochlodes era nato nella foresta ed era un soldato. Ogni soldato morto si aspetta di essere lasciato dov'è caduto. Gli alberi si prendono cura del corpo e la sua anima diventa parte della foresta.

Henry si morse le labbra. — Ma quaggiú non ci sono alberi — sussurrò. Si sentiva malissimo. La morte di Ochlodes era stata tutta colpa sua.

Nymph lo fulminò con lo sguardo. — Ochlodes la pensava comunque cosí.

Aurora si rivolse al fratello. — Del resto non abbiamo scelta.

Pyrgus si allontanò da lei e si guardò attorno perplesso. — Ci troviamo nel secondo livello? Qualcuno sa cos'è successo? Siamo caduti in una trappola?

— Penso... — balbettò Henry con le labbra secche. — Io, ecco... — Deglutí a fatica.

Aurora scosse la testa. — Questo non è il secondo livello. Non è nessun livello. — Batté le palpebre. — Almeno a me non sembra un livello.

— È un corridoio di servizio — disse Colias.

Si voltarono tutti a fissarlo.

— Be', guardatelo — aggiunse lui sulle difensive. — Osservate quei tubi del riscaldamento sui muri. Scommetto che se lo percorriamo, scopriremo le macchine che azionano le varie parti del labirinto. Zio Rodilegno avrebbe fatto cosí, costa meno che usare incantesimi.

Aurora lanciò un'occhiata al fratello. — Che ne pensi? — chiese sottovoce.

— Perché non ci sono luci? — sbuffò Pyrgus. — Non ha senso, un corridoio di servizio senza luci...

— Cosa vuoi che ne sappia? — borbottò Colias. — Forse questa non è l'area principale. Forse è solo un corridoio di passaggio, e in tal caso le luci non servirebbero.

— Che ne pensi, Nymph? — chiese Pyrgus.

— Qualcuno sa come abbiamo fatto a finire qui? — chiese a sua volta Nymph.

— Sono... stato io — balbettò Henry.

— Tu? — esclamò Aurora. — Non capisco...

— Ho mosso una torcia... era una leva... — disse Henry, soffocato dal bisogno di confessare. — Insomma, mentre scendevamo le scale mi sono reso conto che le torce erano false. Voglio dire, non me ne intendo di queste cose, ma era una leva e io l'ho tirata, le scale si sono aperte e siamo caduti e... be', ho ucciso Ochlodes — concluse, prossimo alle lacrime.

Con suo sbalordimento, nessuno gli urlò contro.

— Una leva? — esclamò Pyrgus.

Henry annuí, fissando Aurora con la coda dell'occhio. Neanche lei sembrava particolarmente sconvolta.

— Allora questo è davvero un corridoio di servizio — disse Pyrgus. — I tecnici sanno della leva, ma naturalmente non la userebbero senza una scala o un sollevincanto portatile.

— E una luce — aggiunse vivacemente Colias.

— Ma ho uc... — Henry si rimangiò il resto della frase. Stava imparando che nel Regno la vita e la morte erano trattate in modo diverso che nel suo mondo. Ormai Ochlodes non era che un altro frammento da aggiungere al suo fardello di sensi di colpa. Ripensò a Scassatimpani e rabbrividí.

— Molto bene, vediamo se Colias ha ragione e se riusciamo a raggiungere una sala controllo — decise Pyrgus. — Però fate attenzione: ancora non ne siamo sicuri al cento per cento. Potrebbero esserci altre trappole. — Esitò. — Ma se questo è davvero un corridoio di servizio, allora siamo fuori del labirinto e di questo dobbiamo ringraziare Henry.

Henry lo fissò sbalordito: aveva ucciso Ochlodes e Pyrgus lo ringraziava per averli salvati. Mentre lottava contro un turbine di emozioni, si trovò a pensare che il Regno non era un posto per lui. Non era abbastanza coraggioso, né duro, né...

— Se è un corridoio di servizio, avrà una via d'uscita — disse Colias sorridendo felice.

Si avviarono tutti insieme senza ulteriori discussioni, lasciandosi dietro il corpo di Ochlodes.

Ottantotto

Era incredibile. C'erano Elfi della Foresta dappertutto: sciamavano fra i rami, uscivano in lunghe file dai tronchi degli alberi piú grossi, correvano sul reticolo di strade sopraelevate.

A centinaia, a migliaia, a decine di migliaia attraversavano la foresta e si allineavano ordinatamente nelle radure. Ed erano armati fino ai denti: archi, giavellotti, spade, piccoli dardi letali e, con stupore di Fogarty, anche uno sparaghiaccio, uno sfasatore, uno sfracellasassi e altro armamento magico pesante. Nella foresta risuonava un ronzio costante, come di un gigantesco alveare.

— E l'ha fatto solo perché le ho parlato della mia sensazione a proposito di Pyrgus — sussurrò il Viceré sbalordito. Nella foresta si stava ammassando un esercito abbastanza grande da rovesciare un regno. Se un giorno quegli Elfi avessero deciso di lasciare i loro amati alberi, nessun trono sarebbe stato al sicuro.

— Non montarti la testa, mio caaavo — replicò Madama Circe. — Erano settimane che la Regina Cleopatra fremeva dalla voglia di attaccare Rodilegno. A trattenerla era solo il timore di attrarre attenzione indesiderata. Forse sperava che Pyrgus potesse sistemare le cose senza un maggior coinvolgimento della sua gente, però non ci ha mai creduto fino in fondo. Le hai semplicemente dato una spintarella, non c'è voluto molto. Mi stupisce che abbia aspettato cosí a lungo.

— Bah! — sbuffò Fogarty. — In fondo, finché i portali

di Infera non si riaprono, i suoi amati alberi sono al sicuro. E potrebbero non riaprirsi mai piú.

— Non sono soltanto i demoni a preoccuparla, Alan... Non le è mai piaciuto che Rodilegno si fosse costruito una casa nella foresta, recintando il terreno e tagliando gli alberi. Cleopatra temeva che potesse lanciare una moda, che altri occupassero lotti di terreno e tirassero su palazzi. All'epoca ha chiesto il mio parere...

— E tu cosa le hai consigliato?

— Di aspettare e stare a vedere.

Fogarty fissò le truppe sempre piú numerose. — Mi sa che si è stancata di aspettare.

Ottantanove

Luci violente si accesero di colpo, facendo sbiadire il lucciglobo di Nymph. Henry fece un salto, e sia Pyrgus che Nymph sollevarono allarmati le armi, ma Colias strillò entusiasta: — Ve l'avevo detto!

Poco ma sicuro, quella era una sala controllo, anche se Henry non aveva mai visto macchinari del genere. Per lo piú consistevano in grovigli di tubi trasparenti che trasportavano fluidi e vapori di colori diversi, ma c'erano anche scintillanti armadietti di metallo coperti di leve e interruttori, e una robusta scrivania semicircolare con pannelli pieni di luci lampeggianti. Appesa sopra la scrivania si trovava una mappa luminosa del labirinto, affiancata da schermi che ne mostravano i vari settori. Su uno Henry scorse la scala dalla quale erano precipitati quando aveva mosso la torcia.

— Avevi ragione — disse Pyrgus a Colias.

— Una sala controllo — mormorò Aurora pensosamente. — Potremmo sabotare l'intera organizzazione di Rodilegno.

— Sconsigliabile — disse brusca Nymph.

Aurora si voltò di scatto, furiosa. — Perché devi contraddirmi ogni volta che dico qualcosa?

Nymph scrollò le spalle. — Di questo non sono sicura, ma nella fattispecie non penso che il tuo piano sia consigliabile. — Sostenne con fermezza lo sguardo della Principessa.

— C'è qualcosa, laggiú — sussurrò Henry.

Qualcosa infatti si era mosso fra le ombre in mezzo a

due armadietti. Un pensiero spaventoso lo fulminò: e se, nonostante le apparenze, quella non fosse stata un'area di servizio? Se avesse fatto anch'essa parte del labirinto... un livello segreto studiato per prendere le vittime alla sprovvista? Il pannello di controllo poteva essere pieno di trappole. Chissà quali mostri si potevano nascondere negli armadietti. Piú di qualunque altra cosa Henry avrebbe voluto saper usare la spada che gli era stata fornita.

Si voltarono tutti a guardare nel punto che aveva indicato. Per un'imbarazzante frazione di secondo, Henry pensò di esserselo immaginato – in fin dei conti aveva i nervi piuttosto tesi – ma poi il movimento si ripeté.

— C'è qualcosa! — sibilò Aurora.

— Sí. — Nymph mosse un passo a destra, piazzandosi fra l'angolo buio e Pyrgus. Silenziosamente, Pyrgus le girò attorno.

— Che cos'è? — domandò Colias. Non sembrava impaurito, ma del resto aveva considerato l'intero labirinto come se fosse una specie di gioco.

— Probabilmente un ragno gigante — brontolò Henry. Che altro c'era da aspettarsi, con la fortuna che si ritrovava?

Ma la creatura che si lanciò fuori dalle ombre non era un ragno.

Novanta

Quello sí che era uno spasso, pensò Sulfureo. Intimoriti dalla presenza di Beleth, i demoni ce la mettevano tutta per costruire alla svelta il secondo portale.

E che portale! Mai in vita sua aveva visto niente di lontanamente simile. Per cominciare era enorme. La maggior parte dei portali permetteva il passaggio di un paio di persone per volta, ma nella navata era già stata eretta una costruzione che avrebbe permesso il passaggio di almeno una decina di demoni affiancati. Ovviamente Beleth aveva in mente un'invasione su larga scala.

I demoni lavoravano come... be', come demoni. Bizzarre strutture di legno furono tirate su in un baleno e demolite altrettanto in fretta. Mattoni sbattevano su mattoni, pietre su pietre, dischi di metallo venivano cementati, fili di rame serpeggiavano attraverso l'intera costruzione. Era uno stile architettonico decisamente nuovo. Beleth doveva aver progettato il prototipo a Infera e spiegato alla sua squadra come costruirlo.

Tre demoni trascinarono un cavo fuori dalla chiesa e lo collegarono al nuovo portale. Poi strisciarono avanti e si gettarono ai piedi di Beleth.

— Abbiamo finito, Vostra Magnificenza — annunciò uno.

Beleth tese una mano e fece scattare un interruttore. Un gigantesco lampo bianco-azzurro percorse crepitando il cavo. Quando raggiunse il portale, le maglie metalliche avvamparono e si fusero, lasciando fra le colonne un luminoso campo di forze verdastro. Plotoni di demoni armati cominciarono a marciare in quella direzione.

Novantuno

Palaemon sollevò la lancia e Nymph l'arco.

Henry lanciò un grido. — No! Non colpitelo! — Ma era già troppo tardi per colpire. Scassatimpani gli si era spalmato addosso come una maglietta pelosa, e qualunque cosa lo avesse colpito, avrebbe colpito anche Henry. — È Scassatimpani! — gridò, abbracciando il canvero. — Scassatimpani!

— Calma — disse Pyrgus. — È solo un canvero. — Sorrise. — Ciao, amico!

Sia Palaemon che Nymph abbassarono riluttanti le armi.

— È Scassatimpani — ripeté Henry, raggiante. — Pensavo che fossi morto. Che ci fai, qui?

— Sono venuto a salvarti la pelle, come al solito — rispose acido il canvero.

Henry ascoltò col fiato sospeso il racconto di Scassatimpani. L'ondata di piena lo aveva trascinato lungo la fognatura principale finché il condotto aveva curvato bruscamente a destra, mandandolo a sbattere contro un muro. Quando era rinvenuto, galleggiava nel fiume.

— Noi canveri siamo duri da affogare — spiegò tutto serio. — Non ci serve molta aria per respirare, e possiamo perfino estrarre un po' di ossigeno dall'acqua, come i pesci. Se restiamo troppo sotto, alla fine moriamo, però ci vuole parecchio.

— E dopo cos'hai fatto? — chiese Henry eccitato.

— Ho nuotato verso riva.

La riva piú vicina, guarda caso, era quella dell'isola dove sorgeva il Palazzo. Scassatimpani si era asciugato al sole – quando sono fradici i canveri tendono a muoversi lentamente – e poi era tornato nel Palazzo sperando di trovarci Henry.

— Hai avuto fegato — commentò il ragazzo sorridendo. — Tornare là dentro con Quercusia che vuole tenerti sottochiave.

Scassatimpani si esibí nel movimento increspato che Henry aveva imparato a interpretare come una scrollata. — Quercusia ha la capacità di concentrazione di un cespo di lattuga. E comunque ora hanno rimesso lei sottochiave.

— Mia madre è di nuovo rinchiusa? — chiese Colias. Piú che altro c'era sollievo nella sua voce.

— Cos'è successo? — chiese Henry.

— Non lo so di sicuro — rispose Scassatimpani, lasciandosi scivolare sul pavimento. — Qualcuno dice che l'ordine è arrivato da Sphinx, il Viceré di Lord Rodilegno.

Pyrgus lanciò un'occhiata alla sorella. — Rodilegno deve aver deciso che gli procurava troppi guai.

— È pazza. Lo è da anni. Non puoi lasciare in circolazione una matta scatenata che dà ordini a destra e a manca. Non so perché tu l'abbia lasciata libera — replicò Aurora rivolgendosi al fratellastro.

— Non è pazza — protestò Colias. — Voi due ce l'avete sempre avuta con lei. — Il tono era imbronciato, ma non del tutto convinto.

— Be' — commentò Pyrgus — una preoccupazione di meno.

— E poi, Scassatimpani? — insisté Henry. — Che hai fatto quando sei tornato nel Palazzo?

— Le Filaseta mi hanno raccontato cosa ti era successo. Sapevo che il Monarca non era lí...

— Come facevi a saperlo? — lo interruppe Pyrgus.

— Ho sentito parlare alcune guardie. Dicevano di averlo portato nel palazzo di Rodilegno. Mi sono immaginato che alla fine l'avreste scoperto pure voi, e cosí sono venuto qui ad aspettarvi.

— Ma come sapevi che eravamo nel labirinto?

— Non lo sapevo. Mi sono perso e sono finito nei condotti di aerazione. Stavo cercando di uscirne quando vi ho visti su uno schermo.

Henry non riusciva a smettere di sorridere. — Sei stato in gamba.

— Insomma — proseguí il canvero — una volta capito come funzionavano i controlli, vi ho tenuto d'occhio e ho spento le trappole tutte le volte che potevo.

— Non è che per caso conosci il modo di uscire da qui? — intervenne Nymph.

E Scassatimpani rispose: — Oh, sí... da quella porta.

Novantadue

— Ora siamo pari — disse Beleth.

Sulfureo guardò i soldati sparire dieci per volta al di là del gigantesco portale. Quella non era un'incursione, ma un'invasione demoniaca su larga scala. Gli venne in mente che avrebbe fatto meglio a tornare nel Regno prima possibile. A parte tutto, non voleva perdersi il divertimento.

— Ora posso andare? — chiese brusco a Beleth.

Il Principe dei Demoni si stiracchiò, trasformandosi nella sua enorme, rossa forma cornuta. Probabilmente anche lui aveva in programma di unirsi al divertimento. — Il tuo lavoro per me è compiuto. Va'!

— Posso usare quello? — chiese Sulfureo, accennando al portale.

— Se lo desideri.

Sulfureo radunò le sue cose e si uní al successivo squadrone di soldati in marcia. Mentre raggiungeva il portale, si chiese distrattamente in quale punto del Regno lo avrebbe portato.

— Questo sí che è *stile* — commentò Fogarty, sorridendo come un ragazzino. Era su una portantina sostenuta da due robusti Elfi della Foresta che, a giudicare dal passo scattante, dovevano utilizzare un sollevincanto.

L'intera foresta vibrava sotto i piedi dell'esercito in marcia: migliaia e migliaia di creature in divisa verde e dall'espressione decisa. — Sarà un massacro — aggiunse dopo un momento.

— Una bella quantità di truppe! — commentò Madama Circe guardandosi attorno.

— Penso — disse Fogarty — che l'idea sia di radere al suolo il palazzo di Rodilegno.

— Sí, lo so. E naturalmente lui ha le sue guardie, ma non sono certa di capire perché servano tanti soldati.

Fogarty arricciò il naso. — Secondo me la Regina vuole colpire con forza e in fretta, demolire il palazzo mattone su mattone, non può bruciarlo per via degli alberi, e magari coprire le macerie di terra. Ora c'è, e subito dopo non c'è piú. Quindi la sua gente scompare fra gli alberi, lasciandosi dietro un mistero. Spera che la scomparsa del palazzo scoraggerà chiunque altro avesse voglia di costruire nella sua foresta.

— Hmm — mormorò Madama Circe. — Forse.

Fogarty la osservò di sottecchi. — Cosa ti preoccupa, Brintesia?

— Oh, caaavo, non sono esattamente preoccupata. Piuttosto... un po' ansiosa. Per mia esperienza, una volta messa in moto una forza di queste dimensioni, si trova sempre un buon motivo per continuare a farla avanzare.

Fogarty scrutò fra gli alberi davanti a sé. — Be', lo scopriremo presto. Ormai siamo quasi arrivati.

Lo stregone anestesista si fece sfuggire di mano due coni e ne spaccò un terzo prima di riuscire a eseguire l'incantesimo. Che aveva, quel tizio? L'anestesia non era esattamente fisica nucleare. Bastava spezzare un cono, che funzionava per autoaccensione, e puntarlo nella direzione giusta. Nient'altro. Ci sarebbe riuscita una scimmia ammaestrata.

Bombix osservò la nuvoletta scintillante serpeggiare nella stanza prima di calare sul Monarca e su di lui. Respirò a fondo, lasciando che i puntolini di luce gli penetrassero dentro. Ben presto l'anestetico sarebbe entrato in azione, trasportandolo fuori dal corpo e su nuvolette di beatitudine. Fra poco tutto sarebbe finito. Si sarebbe sbarazzato di quel chiacchierone di Cyril, e Rodilegno sarebbe stato ancora una volta in debito con lui. C'erano situazioni peggiori. Molto peggiori... Aspettò.

Si trovava ancora nel suo corpo. Niente nuvolette di beatitudine. Lo fulminò il pensiero che probabilmente a preparare i coni era stato quel vecchio idiota...

— Basta cosí — disse brusco Rodilegno. Rivolse un cenno a Merveille du Jour. — Procedi con l'operazione.

Bombix si tirò un pizzicotto. Faceva un male cane. Provò a divincolarsi, ma le cinghie lo bloccarono con facilità. Tentò di urlare, di avvertire il chirurgo psichico che non era neanche lontanamente pronto, ma un rigurgito di terrore gli strozzò le parole in gola.

Con rapidità impressionante, Merveille du Jour tuffò le mani nell'addome del Monarca per aprirvi uno squarcio sanguinante che sarebbe diventato la nuova casa di Cyril.

Il Monarca urlò.

Si trovavano in una grande caverna naturale, però fuori del labirinto di ossidiana. Pyrgus si guardò attorno con una stretta allo stomaco. Sopra di loro, enormi piattaforme sostenute da sollevincanti galleggiavano poco sotto il soffitto; a tutte si poteva accedere tramite un ramificato sistema di pozzi librati. Una ospitava una grande sala con pareti trasparenti: chiaramente un punto di osservazione da dove gli spettatori potevano assistere al gioco mortale in corso nel labirinto.

— Lassú si è mosso qualcosa — sussurrò Aurora.

Di colpo Pyrgus si rese conto che si trovavano in una posizione estremamente vulnerabile. Lí per lí erano stati sopraffatti dal sollievo di essere finalmente fuori del labirinto, ma adesso erano in piena vista: se gli uomini di Rodilegno li avessero scoperti, li avrebbero eliminati in pochi minuti.

Nymph doveva avere avuto la stessa idea, perché disse: — Principe Ereditario, è meglio portarci al coperto.

— Dobbiamo uscire da qui — replicò Pyrgus. — Rodilegno non terrebbe mio padre sottoterra. — S'interruppe un attimo. — Qualcuno di voi vede una via d'uscita?

— Mi sembra che laggiú ci sia una scala — disse Henry.

Aveva ragione. — State giú e non fermatevi! — sibilò Pyrgus. — Henry, prendi Colias per mano. Mi raccomando, assoluto silenzio.

Corsero tutti insieme verso la scalinata di pietra. L'avevano quasi raggiunta, quando un urlo agghiacciante echeggiò nella caverna.

— È papà! — esclamò d'impeto Aurora.

Novantatré

Era terribilmente pericoloso, ma si pigiarono tutti insieme nel pozzo librato. I sollevincanti erano programmati per un massimo di tre persone, con un dieci per cento di margine di errore... e, a parte questo, c'erano buone probabilità di incontrare le guardie di Rodilegno dentro il pozzo o quando fossero usciti.

Ma dopo quell'urlo nessuno esitò. Per un istante il sollevincanto si tese fin quasi al punto di rottura, si alzò, vibrò, e infine li sparò bruscamente verso l'alto. Colias gemette impaurito, ma nel giro di pochi secondi si trovarono su una piattaforma galleggiante al centro di un reticolo di passerelle. Una conduceva alla sala d'osservazione vuota; un'altra serpeggiava verso un'arcata oltre la quale si svolgeva una scena terrificante.

Il Monarca era disteso nudo su un tavolo operatorio, l'addome squarciato e sanguinante, e su di lui era chino un Notturno coperto dagli schizzi del suo sangue. Su un secondo tavolo operatorio era legato un altro uomo, che Aurora riconobbe con un sussulto di sorpresa: era il suo vecchio nemico Jasper Bombix, che in teoria sarebbe dovuto essere chiuso a doppia mandata in una cella di Massakr. Dietro di loro c'era un vecchio dall'espressione confusa con una cenciosa veste da stregone. E, a sovrintendere il tutto, c'era Lord Rodilegno in persona.

E non c'erano guardie! Neanche mezza!

— Prendete Rodilegno! — gridò Pyrgus. — Io mi occupo di mio padre!

Una furia omicida avvolse Aurora come una foschia scarlatta mentre si slanciava contro Rodilegno.

Nymph tese l'arco e infilò con tutta calma una freccia nell'uomo chino sul Monarca. Colpito alla gola, il Notturno si afflosciò con un gorgoglio strozzato: era già morto, quando una seconda freccia lo infilzò.

Dopodiché Nymph si voltò per occuparsi di Lord Rodilegno, ma la Principessa Aurora si era messa nel mezzo.

Scosso da un tumulto di emozioni, Henry si tenne fuori dalla lotta. Non sapeva usare l'arma che gli avevano dato! Perché doveva restarsene in un angolo come un imbranato mentre gli altri si lanciavano nella mischia?

Pyrgus attraversò di corsa la stanza. Aveva quasi raggiunto il padre quando, sbalordito, vide il vecchio stregone scagliargli contro una palla di fuoco.

Si tuffò a terra. La palla fiammeggiante gli bruciacchiò i capelli per poi centrare Palaemon in pieno petto.

L'Elfo della Foresta fu scaraventato all'indietro, il corpo trasformato in un cratere fumante. Si contrasse un paio di volte sul pavimento, quindi rimase immobile, fissando il soffitto della caverna con occhi spenti.

Il vecchio stregone abbassò lo sguardo su Pyrgus e sogghignò. — Stavolta non ti manco — disse.

Sogghignava ancora, quando Nymph lo ammazzò infilandogli una freccia in pieno petto.

Rodilegno scappò.

Aurora lo inseguí, la corta spada sguainata. Lo avrebbe eliminato una volta per tutte, e al diavolo le conseguenze politiche.

Henry esitò meno di una frazione di secondo prima di correrle dietro. Nymph abbandonò l'arco a favore di un pugnale affilato e corse dietro a entrambi.

Rodilegno percorse rapidamente la passerella che portava alla sala d'osservazione. Era veloce, ma Nymph aveva già superato gli altri due e guadagnava terreno.

— Lascialo a me! — urlò Aurora, accelerando. Lo avevano in pugno. Nella sala di osservazione non c'erano passerelle. Non poteva andare da nessuna parte. E poi vide il pozzo librato. A differenza di quello che li aveva portati su, questo era collegato direttamente alla sala di osservazione. — Il pozzo! — gridò.

— Lo vedo! — gridò di rimando Nymph. Sembrava già correre al massimo, ma incredibilmente riuscí ad accelerare ed entrò d'impeto nella sala a pochi passi da Rodilegno. Poi, con uno scatto che aveva del miracoloso, riuscí a mettersi fra lui e il pozzo.

Una mano di Rodilegno scattò in un gesto sferzante, e Nymph indietreggiò barcollando, stringendosi un braccio, il sangue che le scorreva fra le dita. Rodilegno saltò. Nymph scattò verso di lui... e lo mancò.

Aurora e Henry entrarono di slancio nella sala d'osservazione. — Dov'è? — ansimò la Principessa, guardandosi attorno frenetica. — Dov'è il pozzo?

Nymph si voltò. — È... — S'interruppe confusa.

— Lo ha schermato! — urlò Aurora.

— Dov'è? — chiese Henry.

— Ha schermato il pozzo! — gridò di nuovo Aurora, furibonda. — Dev'esserci un interruttore automatico, ma non possiamo usarlo. Neanche possiamo vederlo.

Affacciandosi alla piattaforma, Henry scorse molto piú in basso Lord Rodilegno correre a perdifiato verso i gradini tagliati nella pietra. Anche Nymph doveva averlo visto perché disse a voce bassa: — Darà l'allarme. Dobbiamo tornare dal Principe Pyrgus.

— Sí — annuí Aurora.

"Sí" pensò Henry. "E poi faremmo meglio a trovare un modo per uscire da qui."

Quando lo raggiunsero affannati, Pyrgus li fissò senza dire una parola. Sembrava che la sala operatoria fosse appena stata teatro di una carneficina. Colias era rannicchiato in un angolo, raggomitolato in una palla tremante.

— Pyrgus! — Il grido di Aurora fu quasi un urlo.

— È... — Pyrgus deglutí, ci riprovò. — Aurora, è... è... — Aveva gli occhi pieni di lacrime. — Io... è troppo tardi. Papà è morto.

Aurora si mosse come una sonnambula verso il fratello, che si affrettò a fermarla. — Non guardare, Aurora. Nostro padre... non è... — Fece per stringerle un braccio, ma lei si divincolò e lo superò, il viso trasformato in una maschera rigida.

Si avvicinò al tavolo operatorio e abbassò lo sguardo sul corpo del padre. — Gli hanno tagliato la testa — sussurrò.

— Lo so — mormorò Pyrgus. — Andiamo via.

Ma Aurora non voleva muoversi. — Nessuno potrà piú resuscitarlo. — I suoi occhi sconvolti andarono dal fratello a Henry, mentre ripeteva: — Nessuno potrà piú resuscitarlo.

— Chiedo scusa — interloquí Bombix — ma qualcuno sarebbe cosí gentile da liberarmi da queste cinghie e restituirmi i vestiti?

Novantaquattro

Si mossero fianco a fianco, tremanti di stanchezza e di angoscia, ma all'erta per le guardie che potevano attaccarli da un momento all'altro. Aurora e Pyrgus avevano discusso brevemente se portarsi dietro o no il corpo del padre, ma Nymph aveva tagliato corto facendo notare che ci sarebbero volute due persone per reggere il cadavere e una terza per la testa. E dato che avrebbero dovuto combattere per uscire dal palazzo di Rodilegno, la cosa era fuori questione.

Dopodiché, notò Henry, fu Nymph a prendere il comando. Il che era probabilmente un bene. Il loro gruppo era ridotto a sei. Colias, che era poco piú di un bambino, sembrava in condizioni penose e si rifiutava di guardare chiunque negli occhi. Henry aveva preso un lungo pugnale dal corpo dello sciamano, ma non nutriva illusioni sulla propria capacità di usarlo. Sia Pyrgus che Aurora si muovevano come automi. Perfino Scassatimpani sembrava abbacchiato.

Nymph li guidò al pozzo librato che avevano usato per salire, e lasciò Henry ad aspettare insieme a Colias mentre lei scendeva con Aurora e Pyrgus. Henry li guardò calare lentamente verso terra, poi mise un braccio attorno alle spalle di Colias e, a un cenno di Nymph, entrò a sua volta nel pozzo.

Quando si ritrovarono di nuovo tutti insieme, fu ancora Nymph a guidarli verso la scalinata, sussurrando di tenere le armi pronte. Nella sua voce c'era una tale autorità che perfino Colias tirò fuori una specie di pugnale e lo strinse con mano tremante.

Tuttavia, mentre salivano verso l'ala centrale del palazzo, non incontrarono guardie, né trovarono traccia di Rodilegno o dei suoi servi. L'intero edificio sembrava deserto. A un certo punto, passando davanti a una porta aperta, videro su un tavolo i resti di un pasto interrotto.

Stavano avanzando cauti al pianterreno, quando sentirono le urla provenire dall'esterno.

— Santi numi! — esclamò Fogarty.

Madama Circe, di solito un modello di flemma, lanciò un brusco ordine che bloccò entrambe le loro portantine. — Mio caaavo, questo sí che è straordinario.

Sul prato davanti al palazzo di Lord Rodilegno si era aperto un portale gigantesco e truppe demoniache ne sgorgavano in un flusso ordinato. Una battaglia campale era in pieno svolgimento fra il portale e il palazzo.

— Quelle sono le guardie di Rodilegno — disse Fogarty. — E lottano contro i demoni. — Si accinse a scendere dalla portantina. Non c'erano soltanto le guardie... tutti i servi di Rodilegno sembravano essere là fuori, come se il palazzo fosse stato attaccato.

— Dove vai, Alan? — chiese brusca Madama Circe.

— A dare un'occhiata da vicino.

— Mio caaavo, sii prudente!

Ma Fogarty si stava già facendo largo fra i ranghi immobili degli Elfi della Foresta. Era assurdo. Prima di tutto i portali per Infera erano chiusi. Secondo, non aveva mai visto un portale del genere: era del colore sbagliato, non c'erano fiamme fredde ed era enorme. Terzo, i Notturni erano in combutta con i demoni, e si vociferava perfino che Rodilegno avesse stretto un patto a lungo termine con il loro capo. Allora perché i demoni lo attaccavano?

Individuò la Regina Cleo e si affrettò a raggiungerla. — Che succede? — le chiese ansimante.

— Lo ignoro, Viceré. Ma quelli sono demoni, e sono nella mia foresta, esattamente come temevo.

— Stanno attaccando la gente di Rodilegno. Forse dovremmo lasciarli fare, prima di interferire.

La Regina osservò pensosa la scena. Le sue truppe erano ammassate disciplinatamente fra gli alberi, fuori vista. Neanche un suono tradiva la loro presenza. — Pensi che potrebbero portare a termine il lavoro per noi?

— Potrebbero. — Gli uomini di Rodilegno stavano perdendo, su questo non c'erano dubbi. I loro corpi erano sparsi dappertutto. Fogarty non sapeva cosa avesse scatenato la battaglia, ma era convinto che sarebbero stati spazzati via entro mezz'ora al massimo. E con Rodilegno fuori gioco, gli Elfi della Foresta avrebbero potuto demolire il palazzo con tutto comodo.

— Come la mettiamo con i demoni, Viceré? — La voce della Regina interruppe le sue riflessioni.

Fogarty la guardò. — Bella domanda — disse dopo un momento. A preoccupare gli Elfi della Foresta era stata proprio la possibilità che fossero aperti dei portali per Infera. Quella cosa sul prato di Rodilegno doveva essere il loro peggiore incubo diventato realtà. E continuava a uscirne una diabolica quantità di demoni.

— È una questione di tempismo — osservò lentamente la Regina. — Come dici tu, Viceré, può esserci utile che i demoni abbiano attaccato Lord Rodilegno, ma non possiamo comunque permettere che invadano la foresta. Gli interessi del mio popolo sarebbero meglio serviti se Rodilegno fosse scacciato, il suo palazzo distrutto, i demoni rispediti a Infera e il portale chiuso in modo definitivo. Il tutto, se possibile, senza rivelare la nostra esistenza al resto del Regno.

— Mi sembra chiedere troppo — commentò Fogarty.

— Non se attacchiamo ora, quando possiamo ancora tenere la situazione sotto controllo.

Sembrava sensato. Mentre la Regina si voltava per inviare un segnale ai suoi, Fogarty pensò ad Aurora e a Pyrgus. Si augurava che avessero il buonsenso di tenersi fuori tiro, se erano nelle vicinanze. Stava per scoppiare una battaglia di proporzioni epiche, e sarebbe stato facilissimo farsi ammazzare dal fuoco incrociato.

— Quelli sono demoni — disse Nymph.

I ragazzi, fermi davanti a una finestra aperta, fissavano la carneficina all'esterno. Forse la cosa migliore era mantenersi defilati mentre i demoni spazzavano via le guardie e i servi di Rodilegno. A occhio e croce non ci sarebbe voluto molto.

Però dal portale ne uscivano sempre di piú, e una volta liquidati i difensori, si sarebbero probabilmente riversati nel palazzo. Pyrgus era già stato catturato da loro e non desiderava ripetere l'esperienza. Meglio fare una sortita ora, cercando di svignarsela approfittando della confusione.

Una cosa soltanto era certa: non dovevano farsi coinvolgere.

— Quella è la mia gente! — gridò all'improvviso Nymph.

Pyrgus seguí la direzione del suo sguardo. Gli Elfi della Foresta si riversavano dagli alberi come un fiume in piena. Prima che lui avesse il tempo di reagire, Nymph era saltata fuori dalla finestra e correva verso la battaglia.

— Nymph! — urlò Pyrgus, e saltò fuori per seguirla.

— Pyrgus! — urlò Aurora. Anche lei saltò fuori dalla finestra e partí all'inseguimento.

Henry esitò meno di un secondo prima d'imitarla. Nel palazzo rimase soltanto Colias, che continuò a guardare con espressione vuota fuori della finestra aperta.

Mentre osservava gli Elfi della Foresta combattere, Fogarty si sentí raggelare. Erano le macchine per uccidere piú efficienti e spietate che avesse mai visto. La cosa strana era che nessuno sembrava dare ordini, eppure ognuno sapeva esattamente cosa fare. I soldati che emergevano dalla foresta si divisero per circondare sia i demoni che i pochi sopravvissuti difensori del palazzo, ma invece di lanciarsi nella mischia, rimasero a distanza e scagliarono sui nemici una pioggia di frecce. Seguí un momento di confusione, poi i demoni cominciarono a cadere.

Per un momento sembrò che l'intera battaglia potesse essere combattuta a distanza, ma in breve i demoni serrarono le file e si voltarono ad affrontare i nuovi aggressori. Simili a insetti incuranti della propria incolumità, partirono all'attacco senza preoccuparsi della pioggia mortale che li martellava. Nello stesso momento un manipolo di Elfi della Foresta eseguí una sortita lampo verso il portale aperto.

— Una strategia astuta — commentò Madama Circe. — Scollegare il portale e bloccare i rinforzi.

Chiaramente l'esercito demoniaco era giunto alla stessa conclusione, perché un contingente sostanzioso di truppe infernali tornò verso il portale. Gli elfi arretrarono, ma appena ricevettero a loro volta rinforzi, tornarono a incalzare i demoni. Ora dal portale stavano emergendo nuove truppe dotate di armamento pesante. Un soldato sollevò un robusto sprizzafuoco, ma un dardo elfico gli trapassò l'occhio destro mentre premeva il grilletto, e il getto fiammeggiante passò sopra le teste dei combattenti e incendiò un albero.

— Alla Regina non farà piacere — osservò Fogarty. Si sentiva ribollire il sangue. Gli sarebbe piaciuto essere nella mischia... il che era piuttosto strano, perché quando era un soldato – quasi sessant'anni prima! –

aveva passato il tempo evitando le battaglie ogni volta che era umanamente possibile. La vecchiaia era una scocciatura: ti riempiva di idee audaci e ti privava della capacità di metterle in pratica.

Aveva avuto ragione sul fatto che alla Regina l'incendio dell'albero non avrebbe fatto piacere. Il flusso di Elfi della Foresta che emergevano dagli alberi divenne una piena che travolse i demoni, mentre gli arcieri continuavano a sommergerli di dardi. Una squadra puntò verso l'albero in fiamme, aprendo coni spegnincanto per soffocare le fiamme. Il plotone diretto verso il portale ricevette rinforzi massicci, e al suo centro Fogarty notò un drappello di tre maghi.

Tutto accadde a velocità incredibile. Il portale si trovò al centro di un'esplosione priva di fiamme e si disintegrò in frammenti che ricaddero a terra come grandine, insieme a parti sanguinolente dei demoni rimasti intrappolati dallo scoppio. Privi di rinforzi, i superstiti si dispersero davanti all'orda elfica. Finí tutto in pochi minuti.

Mentre squadre di Elfi della Foresta si occupavano di demolire il palazzo di Rodilegno, Fogarty e Madama Circe s'inoltrarono sul campo di battaglia. C'erano morti e agonizzanti dappertutto, ma squadre di pulizia elfiche erano già al lavoro per cancellare ogni traccia dell'accaduto.

— Mio caaavo, quello non è il Principe Pyrgus?

Fogarty seguí lo sguardo di Madama Circe e sentí un artiglio gelido serrargli lo stomaco. Pyrgus era steso sull'erba, il giustacuore inzuppato di sangue. Aurora e un ragazzo dall'aria ansiosa erano inginocchiati accanto a lui. Con un sussulto Fogarty riconobbe Henry. Nymph era ritta dietro di loro come una sentinella, una freccia incoccata e l'arco teso. Stranamente, ai piedi di Henry c'era un canvero.

— Pyrgus! — urlò Fogarty, correndo verso il gruppo.

Il Principe aprí gli occhi lentamente e gli rivolse un sorriso stanco. — È solo una ferita superficiale, Viceré. Me la caverò.

— Potete trovarci un guaritore, signor Fogarty? — chiese Aurora. — E dite a qualcuno di portare Colias fuori dal palazzo prima che glielo facciano crollare in testa. — Esitò, ma solo un momento. — Là dentro c'è anche il corpo di mio padre. Gradirei che fosse riportato al Palazzo per le esequie.

Novantacinque

Aurora si svegliò di soprassalto.

C'era qualcuno nella sua stanza! Lo sentiva respirare. Come aveva fatto a superare le guardie?

Annaspò alla ricerca di un'arma e trovò invece un lunacono di emergenza. Lo spezzò e una luce pallida riempí la stanza. Colias era fermo ai piedi del letto.

— Che ci fai, qui? — sbottò furiosa la Principessa. Quel ragazzino non faceva che sgattaiolare dove non doveva, ma questo era davvero troppo.

— Non riuscivo a dormire — borbottò lui. — E volevo parlare con te.

— Non m'interessa. Puoi parlarmi di mattina, di mattina tardi. Anzi, no, non puoi. Lasciami in pace e va' a parlare con qualcun altro. Io voglio dormire. — Aurora si voltò e si tirò la coperta fin sopra le orecchie.

Per tutta risposta Colias si sedette sul bordo del letto. — Hanno di nuovo rinchiuso mamma.

— Sí, lo so. E mi fa piacere. È...

— A volte, di notte, la sento gridare.

— Impossibile, sono soltanto sogni.

— Avrei parlato con lei, se non l'avessero rinchiusa. Lei saprebbe dirmi cosa fare a proposito di Pyrgus.

Nel suo tono c'era qualcosa che attirò l'attenzione di Aurora. Si mise seduta. — Che c'entra Pyrgus?

— Ha ucciso nostro padre — rispose Colias in tono quasi assonnato.

— Nient'affatto, lo sai benissimo, piccola peste. È stato il demone che possedeva il signor Fogarty. E se vai in giro...

— Però la seconda volta è stato Pyrgus — insisté Colias con una strana voce cantilenante. — Ha tagliato la testa di papà quando credeva che non lo vedessi.

— Basta cosí! Fuori! Vattene subito!

— D'accordo, me ne vado — disse in fretta il ragazzino. Saltò su dal letto e trotterellò verso la porta, ma prima di varcarla si fermò. — Puoi chiederlo a quell'altro tizio — aggiunse. — L'ha visto anche lui. — E finalmente se ne andò.

Per un po' Aurora rimase a letto, friggendo di collera. Per quanto male andassero le cose, si poteva sempre contare su Colias perché andassero peggio.

Ormai dormire era impossibile, perciò si alzò e si infilò la vestaglia. Perché faceva cosí? Perché inventarsi storie del genere, e per giunta nel cuore della notte? Danaus era già morto quando erano entrati in quella spaventosa sala operatoria. Aveva uno squarcio nell'addome e la testa... la testa...

In effetti non ricordava di essersi accorta che gli avevano tagliato la testa, ma doveva essere cosí. Di sicuro ricordava l'orribile squarcio nella pancia. Rodilegno doveva aver...

Comunque Colias era proprio una carogna. O pazzo come la madre. Altrimenti perché si sarebbe inventato una storia del genere? E poi confondeva sempre tutto. Chiedi all'altro tizio, aveva detto. Ma non c'era nessun altro tizio. Nymphalis aveva ucciso tutti gli occupanti della stanza, eccetto Rodilegno, che era scappato. Non erano rimasti che Colias e Pyrgus e il cada...

C'era anche Bombix! Se n'erano andati lasciandolo legato al tavolo operatorio, che urlava insulti e ordinava che tornassero indietro, e minacciava... Minacciava che cosa? Aurora non riusciva a ricordare, ma di sicuro non aveva niente a che fare con Pyrgus e con il padre. Erano solo minacce, nient'altro.

Si chiese che fine avesse fatto Bombix quando gli Elfi della Foresta avevano demolito il palazzo.

Se il signor Fogarty fu sorpreso di vederla bussare al suo alloggio nel cuore della notte, non lo dimostrò. Con quel suo bizzarro berretto da notte e il lungo camicione sembrava, pensò Aurora, piú mago di tutti i maghi del Regno.

— Sí — le disse in risposta alla sua domanda. — Gli Elfi della Foresta lo hanno trovato. Lo hanno affidato alla mia custodia e io l'ho rispedito a Massakr.

— Il carcere?

— Deve scontare il resto della pena. Lord Rodilegno lo aveva fatto uscire con un trucco.

— Devo parlare con lui — disse Aurora.

— Adesso?

— Sí. — Si aspettava che le facesse notare l'ora.

— Fammi vestire e ti accompagno — disse invece il signor Fogarty.

Novantasei

— Chiedo scusa, signore — disse Cincischia — ma avete visite. Ho spiegato che avete già compagnia, ma...

Gli avevano ridato la solita vecchia cella ma, nonostante il letto comodo, Bombix non riusciva a dormire. Cosí era rimasto steso a guardare il soffitto e a parlare con Cyril. — Non ho compagnia — disse.

Bugiardo! bisbigliò il wyrm dentro la sua testa.

Cincischia si guardò attorno. — Vedo, signore, tuttavia vi ho sentito parlare con qualcuno — aggiunse impassibile. — Li faccio entrare?

Bombix si tirò su. — Chi sono?

— La Principessa Aurora e il Viceré Fogarty.

Bombix si mise in guardia all'istante. Quella visita poteva preannunciare il suo rilascio, ma poteva altrettanto facilmente preannunciare guai. Avrebbe dovuto giocare le sue carte con grande cautela.

— Sí — disse. — Falli entrare.

Aurora fissò Bombix con aperto disgusto. Era un po' dimagrito, ma a parte questo era la solita caccola nauseabonda. — Sono qui per farti una domanda — disse senza preamboli.

Bombix le sorrise. Perfino in cella era riuscito a procurarsi quell'orrido dentifricio magico, e i suoi denti scintillavano e lampeggiavano come fili di lamé. — Ma prego, mia cara.

Aurora ingoiò l'impulso di dirgli di non chiamarla

mia cara. Quella era una missione difficile, delicata, e non aveva senso metterselo contro. — Congeda il triniano — disse bruscamente.

— Cincischia è qui per proteggermi in caso di aggressione — obiettò Bombix.

— Chi credi voglia aggredirti? Io?

Gli occhi di Bombix indugiarono sul Viceré, che era rimasto con le spalle appoggiate alla porta.

— Per amor del cielo! — Aurora si voltò verso il signor Fogarty. — Lasciateci soli, Viceré... non corro pericoli.

Il signor Fogarty annuí. — Se hai bisogno di me, sono qua fuori.

Il sorriso di Bombix ritornò e questa volta raggiunse gli occhi, deponendovi uno scintillio di malignità soddisfatta. — Puoi andare, Cincischia — disse.

— Hai buone possibilità di rimanere ospite di Massakr per parecchio tempo — esordí Aurora appena rimasero soli. — Forse perfino per il resto della vita, ma basterebbe una parolina a mio fratello per modificare la sentenza. Ci siamo capiti?

— Perfettamente, Vostra Grazia — disse Bombix. — Che cosa desiderate?

— Sapere cos'è successo in quella sala operatoria.

Bombix la fissò con uno sguardo vuoto.

— C'eri anche tu. Voglio sapere cos'è successo... — esitò, ma solo per una frazione di secondo — ... a mio padre.

— Ah — disse Bombix.

— Allora? — chiese Aurora dopo un momento.

Bombix si passò la lingua sulle labbra. — Questa, hmm, modifica della sentenza... sareste disposta a parlarne a vostro fratello Pyrgus?

— Sí.

— E pensate che lui sarebbe disposto a mostrarsi... indulgente?

— Non posso garantirlo, ma penso che potrebbe.

— E se cosí non fosse?

Aurora si voltò di scatto e bussò alla porta. — Ho finito! — chiamò.

— No, un momento — si affrettò a dire Bombix. — Non c'è bisogno di essere precipitosi. Naturalmente ve lo dirò. Perché non dovrei? Se posso essere d'aiuto a un qualunque membro della vostra illustre Casa...

— Taglia corto — lo esortò Aurora.

Bombix sembrò prendere una decisione. — Molto bene, l'operazione. Lord Rodilegno aveva scoperto di non poter controllare vostro padre quanto desiderava. Il Monarca era... è... era un uomo di forte e nobile volontà. Perfino da morto era troppo per Lord Rodilegno, che tramite l'operazione voleva tentare di accrescere il livello di controllo interferendo con il suo cervello.

— Come?

Ancora una volta Bombix si passò la lingua sulle labbra. — Aveva intenzione di... voleva tentare... di ricollegare le connessioni neurali in ordine diverso.

Aurora lo fissò disgustata. — E perché gli ha tagliato la testa?

— Quello è stato un errore. Un terribile errore. Lord Rodilegno aveva assunto quel... *primitivo* per eseguire l'operazione. Merveille du Jour. Si può immaginare un nome piú ridicolo? Un individuo nauseante, ma un chirurgo psichico di prim'ordine. Purtroppo aveva un'eccessiva opinione di sé... Dato che le connessioni principali si trovano alla base del cervello, aveva deciso di raggiungerle attraverso il collo. S'illudeva di poter ricollegare la testa in seguito. — Sulla faccia di Bombix si dipinse un'espressione mesta. — Invece non c'è riuscito. Se non lo aveste fatto voi, sarebbe stato Lord Rodilegno in persona a ucciderlo.

— Dunque è stato quel... quel Merveille du Jour a tagliare la testa di mio padre?

— Sí.
— Lui e nessun altro?
— No, Vostra Grazia, naturalmente no. Chi altri avrebbe dovuto farlo?
— Un'ultima domanda. Qual era la tua parte nell'operazione? Perché eri lí?
— Donatore di sangue — fu la pronta risposta. — Si dà il caso che abbia lo stesso gruppo sanguigno del vostro illustre genitore. Ero a portata di mano semplicemente in caso di emergenza; e lieto di poter essere di qualche utilità a vostro padre, naturalmente. — Guardò ansioso Aurora. — Ma non ho potuto fare niente.
La Principessa lo fissò per un momento, poi disse: — Grazie. Mi sei stato... d'aiuto. — Bussò alla porta, che subito si spalancò per farla uscire.

Bombix mentiva, ne era sicura. La domanda era: perché? A parte il fatto che aveva la sensazione di conoscere la risposta, o almeno di conoscere qualcuno che conosceva la risposta.
— Un incontro soddisfacente? — chiese brusco il signor Fogarty.
— In un certo senso.
— Ora dove andiamo?
— A Palazzo. Voglio parlare con Pyrgus.

Novantasette

— Non raccontarmi bugie! — urlò Aurora. — Sono stata in piedi tutta la notte, ho parlato con quell'odioso Bombix e non intendo sopportare altro!

Pyrgus aveva un aspetto un po' migliore. Un braccio era bendato, e altre bende gli fasciavano il petto sotto la camicia, ma il colorito era buono, a parte le occhiaie scure. Forse neanche lui aveva dormito molto.

— Insomma, Aurora... — replicò. — Era tutto molto confuso. Non credo che riusciremo mai a scoprire...

— Colias va in giro raccontando storie orribili — lo interruppe la sorella. — Io non gli credo, però non credo neanche a te. Voglio sapere la verità!

— Cos'è che va raccontando Colias? — chiese brusco Pyrgus.

— Che hai tagliato... che hai tagliato... — Aurora non riuscí a concludere la frase. Di colpo era cosí stanca che a stento riusciva a stare in piedi.

Pyrgus distolse lo sguardo. — E tu gli credi?

— No, certo che no. Però Bombix mi ha mentito, *so* che mi ha mentito. Quello che non so è *perché*!

— Ti ha mentito — disse Pyrgus a voce molto bassa — perché gli ho promesso che, se lo avesse fatto, lo avrei rimesso in libertà.

— Gli hai promesso che cosa? E perché dovresti rimetterlo in libertà?

Pyrgus sospirò. — La scelta era fra comprare il suo silenzio o ucciderlo, e non me la sentivo di uccidere ancora.

Aurora lo fissò a bocca aperta. — Non ti capisco, Pyrgus. Proprio non riesco a capire.

— Non è stato Rodilegno a resuscitare nostro padre — disse Pyrgus. — Sono stato io.

Aurora fissò il fratello con sbigottita incredulità. Si erano trasferiti nella serra dove un tempo il padre aveva coltivato le orchidee, e il profumo dei fiori era quasi soffocante. Rinforzincanti la rendevano uno dei posti piú sicuri del Palazzo. — Hai fatto che cosa? — chiese con voce strozzata.

Pyrgus sembrò lottare contro la nausea. — Avevo paura di diventare Monarca.

— Paura?

— Lo sai che per certe cose sono un incapace: politica, negoziati, diplomazia. Neanche riuscirei a comandare l'Esercito. Se fossi Monarca, il Regno crollerebbe. Peggio ancora, finirebbe nelle mani dei Notturni. Ci sarebbero guerre e caos e...

— E per questo — scandí Aurora allibita — hai resuscitato nostro padre?

Pyrgus annuí con aria infelice. — Non sapevo che altro fare.

— Hai idea di quanto sia illegale una cosa del genere? Di quanto sia terribile? Di quanto sia... *proibita*?

Pyrgus annuí di nuovo. Era accasciato su una panca e aveva l'aria di poter vomitare da un momento all'altro.

— Come hai potuto? Come? — Un pensiero fulminò Aurora, che aggiunse: — Come hai fatto?

— Sono andato da un negromante — bofonchiò Pyrgus.

— Da un Notturno? — Per forza doveva essere un Notturno! Nessun Elfo della Luce trafficherebbe con la magia nera necessaria per una resurrezione.

— Sí.

— Ma non hai un minimo di cervello? — sbottò Aurora. — Non sapevi che un negromante *controlla* chiunque resusciti? Per forza è andata male. Dovevi sapere che sarebbe andata male!

Pyrgus scosse la testa in silenzio.

Fino a quel momento Aurora era stata travolta dalla collera, ma ora l'enormità delle azioni del fratello cominciò a delinearsi chiaramente davanti ai suoi occhi. Non aveva mai studiato a fondo la magia, ma ne sapeva abbastanza per rendersi conto che la negromanzia – la stregoneria relativa ai morti – era dieci volte peggiore delle tecniche demonologiche utilizzate dagli Elfi della Notte.

— Farai meglio a raccontarmi tutto — disse.

Pyrgus prese fiato e raccontò.

Novantotto

Aveva seminato le guardie del corpo fra Miseranda e la Porta Nord, e si era inoltrato nel brulicante labirinto di vicoli che conduceva ad Arrafal, una mano stretta sull'impugnatura della sua nuova lama Halek. Quello era uno dei quartieri peggiori della città, e anche se non era molto preoccupato per la propria sicurezza, sarebbe stata una scocciatura farsi derubare. Sospettava di aver bisogno di ogni scheggia dell'oro che aveva portato con sé.

Via via che il lungo crepuscolo si addensava in tenebre, ad Arrafal si accendevano le torce. Niente lucciglobi, qui: a causa della miseria, affermava il Consiglio locale, ma la verità era che i lucciglobi non sopravvivevano a lungo, neanche circondati da proteggincanti. Gli abitanti erano un miscuglio di Notturni, la feccia dei Luminosi, Triniani Viola, Glaistig semicivilizzati, canveri inselvatichiti e una spruzzata di maghi Halek intossicati di musica simbala, qui piú economica che nei saloni autorizzati della Porta Nord. Tutti costoro preferivano nascondersi nell'ombra ed evitare che i loro affari attirassero l'attenzione delle autorità.

Tutto il quartiere era impregnato da un odore caratteristico: un misto di sudore e di fogna. Pyrgus arricciò il naso e continuò a farsi largo tra la folla che, con il calare del buio, emergeva in cerca di intrattenimenti illegali.

— Piantala di spingere — ringhiò un colosso con un giustacuore di pelle.

— Chiedo scusa — borbottò Pyrgus, allontanandosi

svelto. Tenne la testa bassa, ma non era stato riconosciuto. Un piccolo illudincanto gli distorceva i lineamenti e cambiava il colore dei capelli.

Aveva imparato a memoria la via da seguire, ma i vicoli lo confondevano e non osava chiedere indicazioni, perciò gli ci volle quasi un'ora per trovare Vico Vomitorio. Se il resto di Arrafal era fiocamente illuminato, Vomitorio non lo era per niente, a parte la luce guizzante che filtrava attraverso le fessure nelle imposte delle finestre. Si fermò per dare modo agli occhi di abituarsi alla penombra, e dopo un po' riuscí a distinguere abbastanza bene dov'era finito.

Quello che vide non era incoraggiante. Come buona parte di Arrafal, le case erano edifici decrepiti a tre o quattro piani, e alcuni sembravano sul punto di crollare da un momento all'altro. Pur non essendo sicuro di essere nel posto giusto – un pezzo del cartello stradale era marcio e mancavano le prime tre lettere – Pyrgus s'inoltrò nel vicolo.

Era voce comune che in Vico Vomitorio fosse possibile procurarsi un certo tipo di servizi, ma lí non si vedevano negozi. Alcuni portoncini di legno esibivano una modesta targhetta, ma niente faceva intuire cosa poteva esserci in vendita. Si era quasi arreso quando trovò il portone blu che gli era stato descritto.

Mentre tendeva la mano per bussare, si rese conto che quanto stava per fare non era soltanto illegale, ma terribilmente pericoloso. Eppure doveva farlo! A dispetto della disinvoltura esibita davanti ad Aurora e agli altri, sapeva di non poter diventare Monarca. Non era adatto a quel ruolo, e nemmeno lo voleva. Non lo aveva mai voluto. Per questo aveva litigato cosí spesso con il padre. Danaus gli aveva sempre ripetuto che doveva comportarsi da Monarca Ereditario, mentre lui desiderava soltanto una vita normale.

Bussò alla porta.

Per un po' non successe nulla. Stava per bussare di nuovo, quando sentí un rumore di passi all'interno. Qualcuno si stava avvicinando lentamente. Col cuore in gola ritrasse la mano e aspettò. La porta si socchiuse, e due scintillanti occhi neri brillarono fra le ombre.

Pyrgus deglutí. — Sei... — cominciò. — Sei... Pheosia Gnoma?

Gli rispose una voce che ricordava il fruscio di foglie morte. — Avanti, Vostra Maestà. Vi stavamo aspettando.

Il portoncino blu dava su uno stretto corridoio che quasi subito sprofondava in una rampa di traballanti gradini di legno. Pyrgus seguí la figura ricurva in una cantina male illuminata che sapeva di polvere e di muffa. Neanche qui c'erano lucciglobi, solo luccignoli e una lampada fumosa punteggiata da cadaveri di moscerini. Libri di sapere arcano tappezzavano una parete. In un armadietto aperto era in mostra una collezione di teschi. Su una panca in un angolo c'era un'attrezzatura da alchimista e, lí accanto, una tromba kangling ottenuta da un femore umano.

— Sai chi sono? — domandò.

— Naturalmente, Maestà. Il vostro illudincanto si è del tutto esaurito.

Era impossibile intuire l'età di Gnoma. Aveva le palpebre e le pupille feline di un Elfo della Notte, la testa completamente rasata, e gli incisivi limati fino a renderli aguzzi davano alla sua faccia uno strano aspetto vampiresco. Indossava una lacera tonaca marrone che sembrava troppo piccola per lui.

— Chi altro c'è qui? — chiese Pyrgus.

— Nessuno, Maestà. — La sommessa voce frusciante non era piú di un sussurro.

— Hai detto «vi stavamo aspettando». A chi si riferiva quello *stavamo*?
— Agli spiriti miei aiutanti — rispose Gnoma.

Gnoma non era come Pyrgus si era aspettato. L'uomo aveva un'inquietante espressione avida e non gli toglieva gli occhi di dosso. Meglio passare agli affari e andarsene alla svelta.
— Pheosia Gnoma — disse — voglio che richiami mio padre dalla morte.

Si sedettero l'uno di fronte all'altro davanti a un tavolaccio di legno. Gnoma gli piazzò davanti un bicchierino e vi versò un liquido azzurrognolo da una bottiglia dal collo ricurvo. Pyrgus lo occhieggiò incerto.
Gnoma sorrise, mostrando i bizzarri denti da serpente. — Un po' di Libatrix. Un semplice estratto di erbe che prolunga la vita e schiarisce la mente. — Prese un secondo bicchiere, riempí anche quello e lo vuotò d'un fiato. — Visto? Assolutamente innocuo. Non ho alcun interesse ad avvelenare i miei clienti.
Dopo un momento Pyrgus sollevò il proprio bicchiere e bevve un sorso: il liquido era fresco, aspro e insieme dolciastro.
Gnoma poggiò le mani sul tavolo. — Può essere difficile resuscitare vostro padre.
— Pagherò quello che vuoi.
— Non è questione di denaro — replicò il negromante con un sorriso gelido.
Pyrgus non gli credette. Con i Notturni era sempre questione di denaro. Invece domandò: — Ma puoi resuscitarlo?
— Oh sí. — Gnoma tirò su col naso. — Conosco diversi metodi. Sfortunatamente...
— Che cosa? — sibilò Pyrgus. — Sfortunatamente che cosa?

Il silenzio sembrò prolungarsi per un'eternità. Finalmente Gnoma completò la frase: — Sfortunatamente il metodo piú affidabile è illegale.

— Sono io il Monarca! — replicò Pyrgus. — Decido io cos'è legale!

— Monarca Designato — lo corresse Gnoma. — Ma capisco il vostro punto di vista. Comunque ho l'obbligo di avvertirvi che il metodo in questione risulta contrario alle leggi *spirituali*. Che esulano decisamente dal vostro campo d'azione.

Pyrgus spinse indietro la sedia cosí bruscamente da farla ribaltare. — Devo parlare con mio padre! — gridò. — Come tuo Monarca Designato ti ordino di resuscitarlo!

Impassibile, Gnoma alzò lo sguardo su di lui e sorrise di nuovo, lentamente. — In tal caso, Maestà, portatemi il cadavere.

Novantanove

Il laboratorio di Gnoma era uno sterile cubo sotterraneo privo di finestre. In un angolo, vicino a un'incudine e a una selezione di alambicchi custoditi in un armadietto aperto, c'era una fornace alchemica. Al centro della stanza, una lettiga di metallo lunga quasi due metri era già in posizione sotto una fila di lucciglobi ad alta potenza e accanto a un vassoio di strumenti che faceva apparire uno scherzo l'attrezzatura del Regio Scalpellatore.

La cassa era sul pavimento, vicino alla lettiga.

— Nessuno è al corrente che l'avete portata qui? — chiese Gnoma.

Pyrgus scosse la testa. — Nessuno tranne il cocchiere, però non sa quello che c'è dentro. — Era cosí nervoso da non riuscire a stare fermo.

— Devo chiedervi di nuovo, Pyrgus Malvae, se è vostro desiderio procedere con l'operazione. Una volta iniziata, è impossibile fermarsi.

Pyrgus si morse nervosamente le labbra. — Procedi.

Gnoma gli lanciò un'occhiata intrisa di disprezzo. — C'è un lievincanto sulla cassa e il suo contenuto?

Pyrgus annuí.

— Aprila — disse Gnoma in tono imperioso.

Pyrgus gli lanciò un'occhiataccia, ma non protestò. Anche se era Principe Ereditario e Monarca Designato, ormai si era impegnato in un'operazione cosí proibita da non poter protestare se il suo complice veniva meno al cerimoniale. S'inginocchiò accanto alla cassa, mormorò una breve preghiera e premette il pollice sul lucchetto. I chiavistelli scivolarono indietro con un fruscio. Pyrgus alzò lo sguardo.

— Aprila — ripeté Gnoma in tono piú pacato. Gli brillavano gli occhi.

Pyrgus lasciò andare di colpo il fiato che – se ne rese conto soltanto allora – aveva trattenuto, e sollevò il coperchio della cassa, che ricadde di lato con un tonfo pauroso. All'interno il corpo di suo padre era posato su un giaciglio di paglia fresca.

Lo stasincanto aveva bloccato il processo di putrefazione, perciò il solo odore avvertibile era quello di carne fredda, ma tutta l'arte degli imbalsamatori non aveva potuto rimediare ai danni subiti dal viso di Danaus Plexippus. Henry gli aveva spiegato che l'arma che l'aveva ucciso si chiamava fucile e utilizzava una carica esplosiva per espellere con violenza pezzi di piombo. Nel caso specifico, era stato usato a distanza ravvicinata. Le lacrime riempirono gli occhi di Pyrgus, offuscandogli la vista.

— Mettilo sul tavolo operatorio — disse Gnoma.

Si era aspettato qualcosa del genere. Ancora accecato dalle lacrime, si chinò sulla cassa. Erano anni che non stringeva il padre fra le braccia, e il lievincanto lo rendeva assurdamente leggero, come un fiocco di lanugine. Si raddrizzò con il cadavere fra le braccia e, soffocando i singhiozzi, lo posò gentilmente sulla lettiga.

— Faccia in giú — disse Gnoma.

— È necessario? — chiese brusco Pyrgus. Era sconveniente che un Monarca giacesse bocconi.

— Devo avere accesso alla luz — spiegò secco Gnoma.

In silenzio, Pyrgus obbedí.

— Allontanati — ordinò Gnoma. — Il tuo compito è terminato.

Pyrgus indietreggiò, lottando contro le emozioni che

minacciavano di travolgerlo. Non ricordava piú perché avesse litigato cosí spesso e con tale violenza con il padre. Ormai i loro dissensi sembravano trascurabili, perfino sciocchi. Il corpo sul tavolo era cosí piccolo, cosí inerme, cosí... vuoto. Ma forse ora avrebbe potuto rimediare. Rimettere le cose a posto.

Gnoma sollevò un paio di grosse forbici e cominciò a tagliare il dorso della giubba di porpora del Monarca.

— Che fai? — domandò Pyrgus, preso improvvisamente dal panico.

— Taci! — sibilò Gnoma. — Tu mi hai ordinato di fare questo. Ora lasciami lavorare!

Le forbici stracciarono la stoffa come se fosse ragnatela, mettendo in mostra la schiena del Monarca. Pyrgus fissò le farfalle che vi erano tatuate, identiche a quelle che c'erano ora sulla sua schiena.

Gnoma tese la mano verso un bisturi.

— Che vuoi fare? — sussurrò Pyrgus.

— Estirpare la luz — fu la brusca risposta. E il negromante infilò il bisturi nella spina dorsale del Monarca.

Era un pezzetto d'osso grande piú o meno come una nocca, simile a una vertebra ma senza le caratteristiche protuberanze. Una volta pulita e lucidata, scintillò candida.

— Che cos'è? — chiese meravigliato Pyrgus.

Gnoma sollevò l'ossicino fra il pollice e l'indice. — Guarda — sussurrò. Attraversò in due passi la stanza e poggiò l'osso sull'incudine. Poi aprí un cassetto dell'armadio alchemico e ne estrasse un robusto martello col manico corto e la testa metallica attraversata da energie serpentiformi.

Dopodiché lanciò una rapida occhiata a Pyrgus, e abbatté il martello sulla luz con violenza spaventosa. Risuonò un fragore di tuono. Lampi intrappolati esplosero dalla testa del martello.

— No... — urlò Pyrgus.

L'incudine si sbriciolò. Gnoma lasciò cadere il martello e si chinò a frugare fra i detriti, per poi risollevarsi stringendo fra le dita l'osso, ancora intatto. — La luz è indistruttibile — spiegò.

Pyrgus si portò al suo fianco per esaminarla: non aveva un graffio.

— È l'osso che Dio userà per resuscitare ogni uomo il Giorno del Giudizio — mormorò Gnoma.

Pyrgus chiuse gli occhi.

— Ed è quello che io userò — concluse il negromante — per resuscitare tuo padre.

Pyrgus sentí uno scalpiccio lontano e fu assalito dalla paura.

In mancanza di sedie si era appollaiato su una vecchia cesta di vimini in una stanza piena di polverosa attrezzatura teatrale. Marionette a grandezza naturale pendevano dai fili, simili a cadaveri sogghignanti. Diversi armadietti esibivano fiamme dipinte rozzamente. Maschere lo osservavano dalle pareti con occhi spenti. La stanza si trovava al livello della strada. Gnoma gli aveva spiegato che era pericoloso incontrare i morti sottoterra.

I passi raggiunsero le scale e si fermarono. Per una frazione di secondo Pyrgus provò un guizzo di sollievo, ma l'istante successivo udí lo scricchiolio dei gradini di legno mentre qualcuno (o qualcosa?) cominciava a salire.

Il ripostiglio puzzava di fuliggine e scintillava dietro la cortina di lacrime che velavano i suoi occhi.

Cos'aveva fatto?

Mancavano meno di due settimane all'Incoronazione, e dopo sarebbe stato impossibile tornare indietro. Nessuno sapeva quello che provava. Henry, il signor Fogarty, Aurora... Tutti si aspettavano che facesse il suo dovere. Tutti davano per scontato che volesse diventare Monarca. Nessuno sapeva quanto la sola idea lo terrorizzasse.

Eppure quel terrore era niente paragonato a quello che provava adesso.

Cos'aveva fatto?

Non poteva diventare Monarca. Non c'era portato, assolutamente. Tutti erano convinti che fosse pronto a seguire le orme del padre. Ma Pyrgus e suo padre avevano sempre litigato praticamente su ogni cosa.

Il fatto era che lui odiava la politica: le menzogne e gli inganni, la doppiezza e la corruzione. Però sapeva che era impossibile occupare il trono e sopravvivere senza farne uso. Perfino suo padre, che era un uomo d'onore, di tanto in tanto era stato costretto a compiere atti discutibili. Ma lui non ci sarebbe riuscito. Avrebbe tentato di restare fedele ai propri principi, e cosí facendo avrebbe mandato in rovina il Regno.

Il rumore di passi era sempre piú vicino.

Che strano... Era convinto che Gnoma potesse resuscitare i morti: per questo si era rivolto a lui. Ma in fondo al cuore non riusciva a crederci. La morte era la morte. Tornare indietro era impossibile. Una volta uscito dallo stasincanto, il corpo del padre sarebbe rapidamente diventato polvere. Non c'era via di scampo, nessun incantesimo era capace di...

Eppure credeva in Gnoma. E qualcuno si stava avvicinando.

I passi avevano raggiunto la sommità delle scale... il corridoio... Forse era Gnoma che veniva ad ammettere il proprio fallimento, ad accampare un mare di scuse, mille motivi per essere pagato ugualmente.

Perché era cosí lento? Sembrava che seguisse una processione, che i suoi piedi fossero di piombo. Un passo... un altro... un altro ancora. Senza fermarsi né rallentare, senza inciampare né esitare, ma orribilmente, spaventosamente lento.

Tuttavia ormai i passi erano vicini. Con gli occhi della mente Pyrgus riusciva a immaginarsi la figura nel corridoio, e in cuor suo sapeva che non era Gnoma.

Cos'aveva fatto?

Una sagoma scura comparve sulla soglia. Danaus Plexippus entrò nella stanza.

Danaus Plexippus, un tempo Capo di Casa Danaus, ex Monarca del Regno degli Elfi e Lord Protettore della Chiesa della Luce, nonché padre di Pyrgus Malvae, era stato un uomo imponente, non esattamente bello – i suoi lineamenti erano troppo grossolani – ma dotato di carisma e fascino. Ogni suo gesto esprimeva nobiltà ed eleganza.

Adesso era un mostro, la spina dorsale contorta dall'asportazione della luz. Non c'era da stupirsi che camminasse lentamente: a stento riusciva a stare dritto, e il suo corpo sembrava attanagliato da una sofferenza innaturale. Ma il vero orrore era un altro. La cera usata per rimediare ai danni della fucilata si era sciolta con il ritorno della vita, lasciando esposto lo squarcio che gli sfigurava il viso. Soltanto un occhio era intatto, e scintillava bruno nella massa di carne lacerata. Il naso regale non esisteva piú. La bocca sembrava essa stessa una ferita.

— Padre... — sussurrò Pyrgus. Ma quell'essere non era piú suo padre. Non era che un involucro vuoto guidato dalle forze oscure.

Preceduta da una zaffata di carne putrefatta, la creatura venne verso di lui e tese una mano, le dita contratte come artigli.

Cos'aveva fatto? Cos'aveva fatto?

— Uccidimi — disse Danaus Plexippus.

Cento

— Perché non lo hai fatto? — domandò Aurora. — Se era cosí orribile, perché non lo hai ucciso subito?

— Non potevo.

— Ma...

Pyrgus sembrò radunare tutte le proprie forze. — Anche se era orribile, era comunque papà. Come potevo ucciderlo? Lo avevo appena fatto resuscitare. Non sapevo quello che sarebbe successo. Non sapevo che Gnoma sarebbe corso da Rodilegno. Pensavo di portarlo a casa e curarlo... sí, la faccia e tutto il resto... e allora sarebbe stato come prima. Lui sarebbe tornato a regnare e tutto sarebbe andato a posto.

— Però non lo hai portato a casa.

— Gnoma ha detto che il procedimento... la resurrezione... non era completo. Ha detto che sarebbe stato pericoloso lasciarlo libero prima che si fosse stabilizzato. Perciò l'ho lasciato lí. — Pyrgus trasse un lungo respiro tremante.

— E Gnoma lo ha consegnato a Rodilegno.

Pyrgus annuí mestamente. — Sí.

Dopo un momento Aurora mormorò: — Chissà come sono riusciti a farlo sembrare quasi normale.

Pyrgus scrollò le spalle. — Illudincanti. E forse anche un po' di incanti guaritori. Ma non potevano reggere a lungo. Ecco perché Rodilegno aveva organizzato l'operazione. Volevano trapiantargli un wangarama.

Aurora lo fissò a occhi sbarrati, rendendosi lentamente conto di quello che le aveva detto. Il wyrm avrebbe permesso al corpo di suo padre di funzionare molto piú efficacemente, creando l'illusione di salute e di vita, e permettendo a Rodilegno di continuare a fingere che il Monarca non fosse mai morto. — Bombix era portatore del wyrm?

— Sí.

— È stato lui a dirti cos'aveva intenzione di fare Rodilegno?

— Sí.

— E allora tu hai tagliato la testa di papà.

— Sí. Sí, sí, sí!

— Cosa possiamo fare? — chiese Aurora.

— Niente. Ormai è finita. Non avrei mai dovuto farlo resuscitare... adesso lo so. È stato orribile per papà, e un disastro per il Regno. Ma ora è tutto a posto. Papà è morto, morto per sempre. Rodilegno non può riportarlo in vita. Nessuno può farlo. — D'impulso Pyrgus afferrò le mani della sorella. — Ho pensato a tutto, Aurora. Useremo contro Rodilegno le sue stesse bugie. Lui ha messo in giro la storia che nostro padre non era morto, che era soltanto andato in coma e poi si era risvegliato. Noi diremo che in realtà non si era mai ripreso pienamente, che ha tirato avanti per un po' e alla fine è morto per le ferite riportate a suo tempo. Rodilegno non oserà contraddirci, altrimenti dovrebbe ammettere il suo coinvolgimento. Procederemo con l'Incoronazione. E quando sarò Monarca, straccerò lo stupido patto che Rodilegno lo aveva costretto a firmare.

Aurora scosse la testa. — Non puoi. Il trattato è vincolante per te come lo era per nostro padre. Rodilegno non voleva correre rischi: il tuo nome è chiaramente menzionato.

Pyrgus accantonò l'obiezione con un cenno. — Mi verrà in mente qualcosa. Rimetterò tutto a posto. In fondo, a parte noi due, nessuno sa che è successo qualcosa di illegale.

— Colias lo sa — replicò Aurora.

Convocarono una riunione. Pyrgus non avrebbe voluto, ma Aurora insisté. Vi parteciparono il signor Fogarty, Madama Circe e Henry. Pyrgus propose di invitare anche Nymphalis, ma Aurora pose subito il veto.

— Non la conosciamo abbastanza — obiettò. — E in ogni caso la sua lealtà va principalmente alla foresta, non a Casa Danaus. Sono sicura che sia una persona stupenda, ma questa faccenda è troppo delicata per correre rischi.

Quando furono tutti riuniti nella Serra delle Orchidee, con la porta chiusa a doppia mandata e bloccata da sicurincanti, Aurora spiegò il problema senza tralasciare il minimo particolare. Gli altri la ascoltarono attenti, annuendo di tanto in tanto. — Ora — disse la Principessa alla fine — vorrei conoscere la vostra opinione.

Henry fu il primo a parlare. — Ma anche Rodilegno sa quello che hai fatto, Pyrgus. Gnoma non gliel'ha detto?

— Sí, certo che sí — rispose lui. — Però Rodilegno non può ammetterlo, o tutti saprebbero che ha mentito, che nostro padre era davvero morto e che il suo accordo non ha il minimo valore.

— Varrebbe quasi la pena di rendere pubblica tutta la faccenda — osservò il signor Fogarty. — Rodilegno finirebbe nei guai fino al collo.

Pyrgus fece per dire qualcosa, ma Aurora lo precedette. — Pyrgus non può permettersi di rivelare la sua par te in questa storia.

— Perché no?

— Lo sapete, Viceré: la resurrezione è proibita.

— E cosa gli farebbero? — sbuffò Fogarty. — Lo condannerebbero a recitare cinque Ave Maria?

— Lo impiccherebbero — rispose cupa Aurora.

Seguí un lungo silenzio. Poi Fogarty chiese: — Dici sul serio?

— È la pena prevista.

— Perfino per il Monarca Designato?

— Solo il Monarca è al di sopra della legge, ma un Monarca incoronato. Il Monarca Designato può essere processato come chiunque altro.

Il signor Fogarty scosse la testa. — Davvero ci sarebbe un processo? E chi sosterrebbe le accuse?

— Il clero. Si tratta di un crimine morale.

— Che succede se scoprono che Pyrgus ha tagliato... cioè, ucciso... — balbettò Henry.

— Un corpo resuscitato è un abominio — spiegò Aurora. — Non c'è punizione per avere ridato pace al suo spirito.

— Ma in teoria il corpo di vostro padre non era stato resuscitato — le ricordò Henry. — Rodilegno ha raccontato a destra e a manca che il Monarca non era morto, e voi avete sostenuto la sua storia, giusto? Altrimenti Pyrgus sarebbe impiccato perché l'ha fatto resuscitare.

Aurora e Pyrgus si scambiarono un'occhiata sgomenta.

— Ha ragione, miei caaavi — intervenne Madama Circe. — Se appoggiamo la storia di Rodilegno, e Colias racconta quello che ha visto, potresti trovarti ad affrontare un'accusa di omicidio invece di una di resurrezione. Temo che anche in questo caso la pena sia l'impiccagione.

— La risposta è semplice — disse Fogarty. — Mettiamo Colias sottochiave e in isolamento finché diventi Monarca a tutti gli effetti.

Madama Circe inarcò un sopracciglio. — Un po' brutale per il ragazzino, non ti pare, Alan?

Fogarty scrollò le spalle. — Possiamo fare incoronare Pyrgus nel giro di una settimana. Una settimana non è troppo dura, in isolamento: l'ho fatta anc... — S'interruppe, tossicchiò, e concluse: — Risolverebbe tutti i problemi, giusto? Non impiccheranno il Monarca per omicidio.

Aurora sospirò. — Quando ho detto che il Monarca è al di sopra della legge, ho dimenticato di precisare che c'è un'eccezione...

— L'omicidio?

— Non esattamente. — Stavolta fu Pyrgus a rispondere. — L'omicidio del precedente Monarca.

— Esatto — confermò Aurora. — La Legge del Regno stabilisce che il Monarca *possiede* i suoi sudditi e perciò può disporne a suo piacere: fare giustiziare qualcuno... ossia omicidio sotto un altro nome... o farlo uccidere da un sicario, oppure perdonare chiunque abbia commesso un omicidio. L'unica eccezione riguarda il precedente Monarca, che non è proprietà di nessuno.

— Capisco perché — disse allegramente Madama Circe. — Impedisce che altri membri della famiglia reale si facciano strada verso il trono a colpi di omicidio.

— Insomma — concluse Fogarty — se Colias parla, Pyrgus finisce sulla forca. Le minacce possono farlo stare zitto per un po', ma se non troviamo una soluzione permanente, sappiamo tutti che prima o poi *parlerà*.

— Non vi permetterò di farlo uccidere — disse gelida Aurora. — So che è una peste, ma è comunque nostro fratello.

Fogarty la fissò perplesso. — Veramente pensavo di comprare il suo silenzio. Offrirgli qualcosa che desidera tanto: giocattoli, denaro, un titolo fantasioso, un seggio nel Governo, qualunque cosa, purché non abbia il minimo potere. E purché sappia che perderà tutto se Pyrgus non è Monarca.

— Il guaio è che Pyrgus *non vuole* essere Monarca — gli ricordò sottovoce Aurora.

— Credo di avere un'idea — disse Henry.

Dopo averla esposta, si guardò intorno in attesa delle reazioni.

Pyrgus scosse la testa. — Non è possibile. — Aveva un'espressione quasi di rimpianto.

— Non è legale — gli fece eco Aurora.

— Veramente lo è — obiettò Madama Circe. — La legislazione è in vigore fin dall'antichità, anche se non se ne parla spesso. — Accennò un sorrisetto. — Il vero problema, Henry, è che non può funzionare.

— Nel mio mondo funziona — replicò lui. — Di continuo.

— È vero, Alan? — chiese Madama Circe.

Il signor Fogarty scrollò le spalle. — Forse *funziona* è un po' un'esagerazione.

Henry lo fissò disgustato.

Cento e uno

Il Vascello di Gala si staccò dall'isola del Palazzo mentre la luce rosea dell'alba scintillava sui filamenti dorati che lo ricoprivano. Il movimento iniziale fu accompagnato dai primi rombi delle 101 salve di tuonincanto, il tradizionale segnale per annunciare un'Incoronazione imminente. Non che la popolazione ne avesse bisogno: fin dalla mezzanotte le folle avevano cominciato ad allinearsi sul percorso del corteo.

Il Vascello virò subito a nord-ovest per evitare di interferire con il traffico sul Guado Ufficiale – che da giorni era particolarmente intenso – e costeggiò la riva nord del Wirmark a valle della Porta Est. Al primo applauso della folla assiepata sul molo, i maghi sull'imbarcazione unirono i loro sforzi per creare due gigantesche illusioni: una mostrava la Corona del Pavone, l'altra la farfalla emblema di Casa Danaus.

Con lo sbocciare delle illusioni, gli applausi aumentarono e gli spettatori furono ricompensati da un effetto interattivo: le illusioni cambiavano colore reagendo all'intensità e al volume degli applausi. Il popolo era ansioso di vedere il nuovo sovrano, ma le uniche figure sul ponte erano quelle dei marinai nelle loro eleganti uniformi purpuree e quelle dei maghi che lavoravano agli incantesimi.

Una volta al largo dell'isola, il Vascello iniziò il lento, imponente percorso zigzagante che avrebbe toccato ogni segmento del lungofiume. Prima a sud verso Zotinkinstal, un quartiere cosí sottosviluppato da avere ancora campi coltivati fin sulla riva del fiume: anche lí la folla si accalcava per ammirare il fastoso corteo. Poveri ma leali, pensò con affetto Pyrgus osservando la scena attraverso un oblò oscurato. In quella zona il colore predominante era il bruno grigiastro degli abiti tessuti a mano dei contadini; la seta e il raso dei cittadini piú sofisticati sarebbero apparsi solo piú avanti.

Il Vascello di Gala virò a sud-ovest, immettendosi nel ramo principale del fiume prima del Ponte Lomanio.

Henry aveva un problema con i calzoni.

Non era piú Sostegno Maschile – quello che, in seguito alla sua proposta, sarebbe successo all'Incoronazione l'aveva reso superfluo – ma era pur sempre Acciaio Invitto, Cavaliere del Pugnale Grigio, e questo significava che doveva mettersi in ghingheri. La camicia e la giubba, intessute di incantesimi in modo da cambiare colore a ogni mutamento di luce, erano già abbastanza disastrose, ma i calzoni dorati erano semplicemente letali.

Il guaio era che risultavano troppo stretti. Gli avevano preso le misure il giorno che Pyrgus gli aveva consegnato il pugnale, e l'abito era stato cucito mentre lui si trovava nel Mondo Analogo. Perciò aveva provato il tutto soltanto oggi... e decisamente i calzoni non andavano. Gli stringevano sul didietro, gli stringevano in vita, e quando finalmente riuscí a infilarli trattenendo il fiato, erano troppo corti di quindici centimetri buoni.

Lentamente, a fatica, chiuse un bottone dopo l'altro con dita tremanti per lo sforzo.

— Datti una mossa, Henry — lo chiamò il signor Fogarty. — Il Vascello Reale è già salpato.

— I calzoni mi stanno stretti.

— Sí — disse lui. — In effetti hai un'aria ridicola.

Anche se Henry si sarebbe amputate le caviglie prima di ammetterlo, il signor Fogarty era magnifico. Aveva sostituito la veste da Viceré con l'uniforme collegata a uno dei suoi titoli minori, Brikkon Stordito della Chiesa e del Regno: era di velluto azzurro, con calze bianche fino al ginocchio e scarpe con le fibbie. Quando calzò il tricorno, Henry pensò che era l'immagine sputata di Lord Nelson.

— Mi preoccupa l'idea di sedermi — disse poi.

— Devi?

— Non lo so. Nessuno mi ha spiegato come si svolge la cerimonia. Lei lo sa?

— Se lo sapevo non te lo chiedevo. Come sto?

— A posto — fu la riluttante risposta.

Le Filaseta le avevano cucito un nuovo abito piú appropriato, almeno secondo loro, per l'occasione: un'elaborata creazione di lucentezza ultravioletta che dava l'illusione di ali ripiegate. Aurora fissò il proprio riflesso e decise che la faceva apparire piú alta, probabilmente un bene, date le circostanze, ma che non le donava come l'altro abito. Stava per toglierselo, quando Colias fece irruzione nella cabina con l'aspetto di un radioso raggio di luna.

— Ma non bussi mai? — protestò Aurora. — Potevo essere nuda!

— Be', non lo eri — borbottò Colias, accigliandosi. L'istante successivo era tornato a sorridere. — Posso salire sul ponte a salutare la folla?

— Sí.

— Pensi che a Pyrgus dispiacerà?

— Perché non glielo chiedi?

— Non mi va. — Colias vide il proprio riflesso nello specchio alle spalle di Aurora e subito si ringalluzzí. Era vestito di bianco da capo a piedi: scarpe bianche, calze bianche, calzoni bianchi, camicia bianca, cappello bianco. — Mi vestirò sempre cosí — annunciò. Si voltò prima a destra e poi a sinistra. — Mi sta proprio bene, non trovi?

— Non riuscirai mai a restare pulito — sbuffò Aurora.

— Posso sempre usare i pulincanti. Potresti pagarmeli tu.

Aurora lo fulminò con gli occhi. — Perché non vai a pavoneggiarti sul ponte? Non sono ancora pronta, e approderemo fra poco.

— Non approderemo per *ore* — replicò Colias. — Ancora non hanno neppure aperto il ponte.

Cento e due

All'avvicinarsi del Vascello di Gala, l'addetto al ponte e la sua squadra percorsero a passo di marcia il Ponte Lomanio, preceduti da un plotone di soldati della Guardia in divise purpuree. I regolamenti di sicurezza intimavano di tenere il ponte sgombro finché il vascello fosse passato, ma la popolazione festante vi si era ugualmente accalcata sopra.

L'addetto si fermò davanti al massiccio meccanismo. Al suo segnale uno della squadra sollevò una bandierina grigio-azzurra. Sotto di loro il Vascello di Gala si fermò in attesa, librandosi come un'enorme, meravigliosa bestia.

— Ai vostri posti — ordinò l'addetto.

I suoi uomini si mossero con precisione meccanica. Tre andarono dritti alla Grande Ruota. La folla diventò di colpo silenziosa. Il giorno dell'Incoronazione la tradizione imperava, perciò dovevano essere usati gli antichi macchinari, quelli che facevano parte del ponte originario.

Il guaio era che, nonostante tutte le cure e le attenzioni, non c'era la minima garanzia che avrebbero funzionato. L'Incoronazione del Buon Re Glaucopsyche era stata rimandata per due settimane mentre i tecnici si affannavano attorno alla Grande Ruota.

Per un momento sembrò che la storia potesse ripetersi; poi, con un cupo, minaccioso scricchiolio, la Ruota cominciò a girare. La folla applaudí e lanciò grida di incoraggiamento agli uomini tesi nello sforzo. Il ponte vibrò sotto i loro piedi, si mosse.

Si levò un applauso assordante.

In quello stesso momento una figuretta bianca sbucò sul ponte del Vascello e salutò la folla. Gli applausi raddoppiarono. Il ponte cominciò a dividersi. Seguí un breve panico mentre gli spettatori si affrettavano a portarsi sull'una o sull'altra riva prima che il varco fra le due sezioni si allargasse troppo, ma nessuno cadde in acqua. Fra grida di gioia e ruggiti di approvazione, il Ponte Lomanio si aprí.

Il Vascello di Gala si rimise in moto e lo attraversò con solennità.

— Hai visto? — strillò Colias. — Mi amano! Mi hanno applaudito e mi hanno salutato! È stata la migliore idea che abbia mai avuto!

— Santo cielo! — sibilò Aurora. — Ma non mi puoi lasciare un po' in pace?

— Ti sta bene, quel vestito — osservò Colias.

— Davvero? — Aurora tornò a guardarsi allo specchio. — Non pensi che mi faccia sembrare troppo vecchia?

— Che intendi farne di quel coso, durante la cerimonia? — chiese accigliato il signor Fogarty.

— Si riferisce a me? — lo rimbeccò Scassatimpani.

— Non è un *coso* — replicò Henry.

Il signor Fogarty scrollò le spalle. — Il canvero. Che intendi farne durante la cerimonia?

— Non lo lascio qui — disse il ragazzo.

— Non mi lascia qui — confermò Scassatimpani.

— Ho forse detto questo? È solo che... — Il Viceré scrollò di nuovo le spalle. — Insomma, puzza parecchio, ed è un po' tardi per fargli il bagno.

— Santi numi! — strillò Scassatimpani. — È vero, puzzo. — Cominciò a strisciare verso la porta.

— Dove vai? — chiese Henry, allarmato.

— Sono perfettamente in grado di farmi il bagno da solo — rispose il canvero.

Cento e tre

Ora il Vascello di Gala costeggiava Miseranda, tenendosi a distanza di sicurezza per evitare eventuali missili lanciati da elementi antimonarchici del quartiere. Ma a quanto era possibile vedere, non c'era segno di proteste. La riva era una massa ondeggiante di bandierine di Casa Danaus, e gli applausi erano cosí fragorosi da echeggiare contro i grandi magazzini sulla sponda opposta del fiume.

Pyrgus si chiese se l'idea di Henry avrebbe funzionato.

— Pensa che la mia idea funzionerà? — chiese Henry.

— Non avevamo scelta — rispose il signor Fogarty. — E bisogna ammettere che sarà uno spettacolo interessante. Specialmente quando Rodilegno scoprirà cosa succede.

— Lei crede che sia ancora vivo?

— Ne sono sicuro. I "contatti" di Brintesia hanno riferito che era al suo posto nella Cattedrale già prima dell'alba. Ci vuole altro che un'invasione demoniaca per eliminare quella viscida larva.

— E se tentasse di creare problemi?

— Lascia che ci pensi io — ringhiò il signor Fogarty.

Scassatimpani sgusciò sotto la porta, avvolto da una nuvola di profumo. — Il nostro vailà ci aspetta — annunciò.

— Andiamo — disse il signor Fogarty. — Non vogliamo certo arrivare dopo il Vascello Reale. — Lanciò un'occhiata ai calzoni di Henry. — Farai meglio a viaggiare in piedi.

— Aurora — disse di punto in bianco Colias — perché i demoni hanno attaccato il palazzo di zio Rodilegno?

Aurora si voltò a fissarlo sospettosa. Il guaio con Colias era che non sapevi mai cosa gli passava per la testa. Dalla notte che le era inaspettatamente comparso in camera, non aveva piú accennato a Pyrgus. Era rimasto tranquillo anche quando erano andati da lui per spiegargli il piano di Henry. Si era aspettata che strepitasse e strillasse e avanzasse richieste e minacce, invece si era limitato a dare il suo assenso con una scrollata di spalle, come se i loro piani non lo riguardassero. E non era parso molto interessato neppure alle offerte del signor Fogarty: un nuovo titolo, un fondo fiduciario da spendere come meglio gli pareva... Lí per lí si era chiesta se il fratellastro si fosse sentito in colpa per avere in parte collaborato con Rodilegno. Di sicuro non aveva piú parlato di quello che aveva fatto Pyrgus, e a volte Aurora si chiedeva se avesse addirittura scordato cos'era successo nella sala operatoria. Ma ora stava ripensando a quel giorno. La sua domanda preannunciava qualcosa di molto piú sinistro?

Decise di rispondergli con franchezza. — Penso che Lord Rodilegno abbia fatto arrabbiare il Principe dei Demoni.

Colias lanciò un'occhiata al di là dell'oblò aperto. — Siamo vicini alla Cattedrale — annunciò.

Sul lungofiume comparve la grande torre che segnava il confine esterno della Porta Ovest. Avrebbero raggiunto il Molo della Cattedrale entro venti minuti, mezz'ora al massimo. Pyrgus sospirò. Non era mai stato cosí nervoso in vita sua. Però sapeva che stava facendo la cosa giusta. Piú ripensava all'idea di Henry, piú gli sembrava sensata. Avrebbe dovuto pensarci lui stesso, settimane fa, invece di...

Si alzò. Meglio concentrarsi sui preparativi.

Il mantello di ermellino che avrebbe dovuto indossare durante la cerimonia era appeso nel guardaroba della sua cabina. Lo tirò fuori e se lo drappeggiò sulle spalle, fissando il proprio riflesso nello specchio.

Pensò a suo padre, che aveva indossato quello stesso mantello alla sua Incoronazione. Pensò a sua madre, che era stata Regina degli Elfi per un periodo cosí tragicamente breve. Poi si voltò e salí sul ponte dorato per permettere ai leali sudditi di ammirarlo mentre il Vascello di Gala si accostava lentamente al molo.

Cento e quattro

Il vailà si fermò in mezzo ai soldati della Guardia e alla folla sempre piú fitta che applaudiva senza sosta. Quando scese, Henry si stupí vedendo gli uomini in uniforme rivolgergli uno scattante saluto militare, e solo dopo un momento si rese conto che quei saluti non erano affatto rivolti a lui ma al signor Fogarty, Viceré, nonché responsabile della sicurezza.

Alan Fogarty, abbagliante nella sua tenuta alla Lord Nelson, restituí il saluto con un cenno distratto della mano e poi bloccò il Capitano piú vicino.

— Ci sono tutti?

— Sí, signore.

— Lord Rodilegno?

— Sí, signore.

— I nostri uomini sono in posizione?

— Sí, signore.

— Avete spostato i segnaposti secondo i miei ordini?

— Sí, signore.

Henry fissò la Cattedrale, chiedendosi distrattamente che c'entrassero i segnaposti. L'edificio era enorme, molto piú grande di St Paul o di Westminster o di qualunque cattedrale avesse mai visto. Comunque, piú delle dimensioni, era impressionante l'architettura. L'intera struttura aveva un aspetto lieve, smerlettato, di filigrana, che pareva uscire direttamente da un dipinto fiabesco. Sembrava poter crollare alla prima raffica di vento, ma qualcuno gli aveva detto che era in piedi già da settecento anni e una volta era sopravvissuta alla caduta di un meteorite.

— Il Principe Ereditario Pyrgus? — chiese il Viceré al Capitano.

— Il Vascello di Gala ormeggerà a minuti.

— Eccellente. — Il signor Fogarty si voltò verso Henry. — Vieni, Acciaio Invitto, sarà meglio andare a occupare i nostri posti.

Era il momento che Henry aveva temuto. I suoi calzoni erano piú stretti che mai.

Henry entrò nella Cattedrale e si bloccò sbalordito. File e file di panche erano occupate dai nobili del Regno, ognuno che rivaleggiava con l'altro per ricchezza e raffinatezza degli abiti. Vide blocchi colorati di Triniani, maestosi maghi Halek e rappresentanti di razze a lui ignote. Il ronzio delle conversazioni ricordava uno sciame di api giganti.

— Ciao, Henry — lo chiamò sommessa una voce dalla navata alla sua sinistra.

Gli ci volle un momento per riconoscere Nymphalis: aveva sostituito la familiare uniforme verde con una tenuta di pelliccia che la faceva somigliare a Conan il Barbaro.

— Ciao, Nymph. — Henry sorrise. — Mi piace il tuo abito.

— Volevo assistere all'Incoronazione del Principe Pyrgus — sussurrò lei, sporgendosi verso l'amico — però non volevo far capire a nessuno che vengo dalla foresta.

— Nessuno potrebbe neanche immaginarlo — le assicurò il ragazzo, mentre il signor Fogarty lo strattonava per incitarlo a muoversi.

Percorrendo la navata centrale, Henry scoprí che l'altare, disposto al centro dell'edificio, era un cubo dorato sormontato da una scintillante sfera di luce che attraeva ipnotica lo sguardo. — Che cos'è? — chiese.

— Un congegno che dovrebbe permettere a Dio di manifestarsi. — Il signor Fogarty sbuffò e aggiunse cinicamente: — Anche se non credo che si prenda spesso il disturbo.

Insieme si diressero verso l'altare e, seguendo l'esempio di Fogarty, Henry s'inchinò davanti al trono vuoto.

Ignorando il Seggio del Viceré, Fogarty cominciò a salire verso le gradinate piú alte. Finalmente trovarono due posti vuoti che davano direttamente sull'altare. Su ognuno c'era una targhetta di ottone con il loro nome.

— Ciao, Nottambulo — disse allegramente il signor Fogarty. — Lieto di vedere che ce l'hai fatta a venire.

L'uomo seduto accanto a lui aggrottò la fronte, ma non replicò. Henry si sedette con estrema cautela e scoprí sollevato che la stoffa dei calzoni si tendeva senza strapparsi.

Soltanto allora si rese conto che l'uomo a cui il signor Fogarty si era rivolto era Lord Rodilegno.

Quando Aurora raggiunse Pyrgus sul ponte del Vascello di Gala, gli applausi crebbero di volume. — Tutto bene? — bisbigliò.

Pyrgus prese fiato. — Sí.

Lei esitò. — Non vuoi cambiare idea? Sei ancora in tempo.

— Non credo proprio, Aurora. E comunque non voglio.

— Che farai... dopo? — Di questo non avevano discusso.

— Intanto cerchiamo di sopravvivere a oggi — replicò Pyrgus.

Con un cigolio raschiante, il Vascello si fermò accanto al molo e una passerella dorata si stese silenziosa davanti a loro. Fratello e sorella si scambiarono un'occhiata.

— Ci siamo — disse Pyrgus. — Muoviamoci.

Fianco a fianco, percorsero lentamente la passerella.

— Lunga vita a Re Pyrgus! — gridò qualcuno dalla folla. — Lunga vita al nuovo Re!

Il grido fu raccolto da migliaia di voci: — Lunga vita a Re Pyrgus! Lunga vita al nuovo Re.

Pyrgus si aggiustò il manto di ermellino. Con passo misurato, lui e la sorella iniziarono il lungo tragitto verso la Cattedrale.

Cento e cinque

Uno squillo di trombe richiamò l'attenzione di Henry, facendogli staccare gli occhi da Lord Rodilegno. Allungò il collo, voltandosi verso l'ingresso principale della Cattedrale, sicuro di veder arrivare Aurora e Pyrgus. Invece era un corteo di sacerdoti e maghi avvolti in fluttuanti vesti di seta filiera.

— Il buffone barbuto è l'Arcimandrake Apollinus — bisbigliò il signor Fogarty. — È lui che provvede di fatto all'Incoronazione.

L'Arcimandrake era un uomo alto e robusto con la faccia quasi completamente nascosta da fitti capelli neri. Apollinus prese posto dietro il trono vuoto e i sacerdoti si allargarono a semicerchio attorno a lui. Diverse graziose fanciulle si affrettarono ad avanzare reggendo brocche di unguento scintillante e piccole ampolle argentee di olio sacro. Le trombe squillarono una seconda volta e Pyrgus fece il suo ingresso nella Cattedrale, seguito a un passo di distanza dalla sorella. Era a testa nuda, in modo da mostrare la tonsura regale. Di solito Henry non riusciva a staccare gli occhi da Aurora, ma in quell'occasione fu Pyrgus a richiamare tutta la sua attenzione.

Mentre si dirigeva a passi misurati verso il trono, sembrava in tutto e per tutto un Monarca.

— Pensi di riprovare a ucciderlo? — chiese disinvolto il signor Fogarty. — Illudincanti, vermetti, qualcosa del genere?

Rodilegno tenne lo sguardo fisso davanti a sé. — A

quanto pare, certe voci assurde hanno raggiunto l'orecchio del Viceré.

— Direttamente dalla fonte — rispose allegramente Fogarty.

— Che peccato non poterle provare — replicò Rodilegno.

— Sí, vero? Però potremmo, se tu decidessi di ritentare.

— Sarà difficile, dal momento che ho questo. — Estrasse un rotolo di pergamena dall'interno del farsetto.

Sotto di loro, i sacerdoti attorno all'Arcimandrake intonarono un canto che echeggiò potente nella Cattedrale.

— Che roba è? — chiese Fogarty.

— Una copia del patto firmato dal defunto e compianto Danaus Plexippus quando si è ripreso dal coma. Anche se non è piú fra noi, il patto rimane vincolante da un punto di vista legale.

— Suppongo di sí.

Rodilegno lo fissò sospettoso. — Vincola anche il figlio, Viceré. Ricordalo. Clausola cinque. Il Principe Ereditario Pyrgus è indicato per nome. Nel momento in cui diventa Monarca, è obbligato ad applicare il trattato.

— Sicuramente non nel *preciso* momento — obiettò Fogarty. — Non vuoi neanche lasciargli concludere la cerimonia?

Ignorando l'obiezione, Rodilegno gli rivolse un sorrisetto rigido. — Ci saranno parecchi cambiamenti, Viceré. Anche se dubito che durerai tanto da vederli.

La salmodia s'interruppe bruscamente mentre Pyrgus occupava il trono. Aurora si portò alla sua destra. L'Arcimandrake Apollinus continuava a torreggiare dietro.

— Senza dubbio lo scopriremo presto — disse Fogarty.

L'Arcimandrake prese un'ampolla e versò l'olio sacro in una piccola fiala.

Due sacerdoti si fecero avanti sorreggendo la Corona Regale, punteggiata di ametiste luccicanti e circondata da un alone purpureo.

L'Arcimandrake Apollinus si versò un po' di olio sul palmo della mano sinistra, vi immerse il pollice destro e lo usò per tracciare un simbolo mistico sulla tonsura di Pyrgus. — Prepariamo la testa che Dio ha chiamato a sorreggere la corona — intonò.

Pyrgus guardava dritto davanti a sé, il volto inespressivo.

Da qualche parte nella chiesa si levarono le voci limpide di un coro femminile, innalzandosi e librandosi come uccelli in volo. Dopo un momento, in sottofondo, risuonarono i toni inconfondibili di un Coro di Canveri, mentre un lento corteo di monaci percorreva la navata verso l'altare.

L'Arcimandrake Apollinus prese la Corona Purpurea, la sollevò e la depose sulla testa del Principe Ereditario. Energie crepitanti avvolsero il corpo di Pyrgus. Calò un silenzio profondo, e poi...

— Ecco il vostro Monarca! — proclamò in tono squillante l'Arcimandrake.

Henry si rese conto di trattenere il fiato. Con la coda dell'occhio vide Lord Rodilegno protendersi in avanti con aria soddisfatta.

— E ora il Monarca emetterà il suo primo proclama — annunciò pacato il signor Fogarty.

Pyrgus si alzò in piedi. La corona doveva essere pesantissima, ma la portava con disinvoltura. Parlò a voce bassa, ma l'amplincanto che circondava il trono diffuse le sue parole in ogni angolo della Cattedrale.

— È tradizione — disse — che un Monarca emetta il primo proclama ufficiale del suo regno al momento stesso dell'Incoronazione. Perciò oggi, nel pieno rispetto della tradizione, proclamo la mia abdicazione, con effetto immediato, a favore di mia sorella, Sua Grazia Serenissima Antocharis Cardamines, Principessa Aurora, che in virtú di questo proclama governerà d'ora innanzi quale Regina degli Elfi e Monarca del Regno, Campionessa di...

Nonostante l'amplincanto, il resto delle sue parole fu sommerso dal tumulto che si levò nella Cattedrale. Rodilegno si alzò di scatto, la pergamena accartocciata nel pugno. — Non può farlo! — ruggí.

— L'ha appena fatto — replicò soave il signor Fogarty. L'idea di Henry aveva funzionato alla perfezione. Lanciò un'occhiata alla pergamena. — Mi sa che il tuo trattato non vale piú niente. Non mi pare che vincoli anche Aurora.

Rodilegno si voltò a fissarlo furente. — Non è finita qui, Viceré. Sappiamo entrambi quello che ha fatto Pyrgus e, credimi, farò in modo che paghi per le sue azioni.

Il signor Fogarty non batté ciglio. — Sospetto che la nuova Monarca si affretterà a perdonare tutte le marachelle del fratello. — Si esibí in uno dei suoi piú gelidi, tetri sorrisi. — Potrebbe perfino essere questo, il suo primo proclama.

Epilogo

Henry si chiese perché si sentisse cosí infelice. Era splendido che Aurora fosse Monarca. Naturalmente sarebbe stata molto impegnata nella sua nuova posizione e con tutto quello che aveva da fare, ma andava bene lo stesso. L'essenziale era che fosse Monarca, un compito che avrebbe svolto magnificamente, e Pyrgus non era piú obbligato a esserlo, ed era anche stato perdonato, cosí Rodilegno non poteva metterlo nei guai. Insomma era tutto a posto e tutti erano felici e contenti, e non importava se Aurora non avrebbe piú avuto tempo per uno come lui, che del resto non era un elfo, né un eroe, né un mago, né tutto sommato un personaggio particolarmente eccitante. Non importava. In fondo, non è che prima filassero o roba del genere.

Forse a deprimerlo era il pensiero di tornare a casa. I coni lete lo avrebbero aiutato, ma restava il fatto che aveva mani multicolori, anche se ormai si erano un po' sbiadite. E c'era da pensare alla casa del signor Fogarty. E c'era Aisling. Il pensiero di Aisling lo deprimeva sempre. Doveva essere questo. Aurora non c'entrava affatto, macché.

Chiuse la porta della sua stanza nel Palazzo e si sfilò in fretta i calzoni dorati. Il sollievo fu immediato. Era diretto al guardaroba per procurarsi un paio di pantaloni sformati quando vide la rosa sul tavolo e, subito accanto, una fialetta piena di un liquido ambrato. Benché la stanza fosse calda, sui petali della rosa brillavano goccioline di rugiada.

Incuriosito, prese la fialetta e la stappò. Lí per lí aveva creduto che contenesse profumo, ma l'odore, per quanto gradevole, era troppo delicato. Cautamente se ne versò una goccia sulla punta della lingua.

E si sentí scuotere da una specie di boato silenzioso. La depressione si dissolse come foschia mattutina e fu sommerso da una sensazione di estasi. Il Palazzo si dileguò in una vampa di abbagliante luce bianca. La sua anima esplose a riempire l'universo. Era tutto e ogni cosa, e tutto era beatitudine.

L'esperienza durò una vita intera e si concluse in un secondo. Richiuse la fialetta tremando. Mentre se la rigirava fra le mani, individuò le lettere piccolissime incise nel vetro:

Essenza d'Amore

Ma chi poteva avergliela mandata?

IL REGNO IN PERICOLO

Di nuovo per Jack,
con affetto

Prologo

All'esterno delle grandi città di metallo, protette da incantesimi e a temperatura controllata, il clima dell'Inferno era semplicemente infernale. Nell'atmosfera di anidride carbonica, la temperatura raggiungeva i 460°, provocando un effetto serra così intenso da sciogliere il piombo. Una nuvola di acido solforico alta ventiquattro chilometri avvolgeva il mondo, sprofondandolo in un'eterna penombra.

A causa delle condizioni atmosferiche, gli aiutanti del Principe delle Tenebre erano stati costretti ad assumere il tradizionale aspetto demoniaco – tarchiato e massiccio, con pelle coriacea e ali tozze – mentre Beleth in persona aveva optato per la forma torreggiante e muscolosa, la cui fronte cornuta era familiare agli stregoni di tutto il mondo.

Adesso erano seduti nella Gran Sala del castello di Beleth, un edificio di basalto aggrappato come una gigantesca rana a una rupe solitaria frustata da raffiche di pioggia acida sospinte da un uragano pressoché ininterrotto. I loro occhi sfaccettati trapassarono senza difficoltà il buio sempre più denso al di là del vetro butterato delle finestre per soffermarsi sulla pianura ondulata cosparsa di cunei rocciosi e delimitata a est da un vulcano in eruzione.

— I portali...? — tuonò Beleth.

— A posto, signore — si affrettò a rispondere Asmodeo, un demone particolarmente puzzolente.

— Tutti?

— Sì, signore.
— Le truppe?
— Pronte, signore.
— Gli assaltincanti?
— A posto, signore.
— Illudincanti?
— A posto, signore.
— Fiori?
— Pronti a fiorire, signore.

Il vulcano a est sputò fumo nero e un fiotto di lava attraversò la pianura come un fiume fiammeggiante, mettendo in fuga una piccola colonia di niffoli zanne-d'acciaio.

Beleth si protese sul tavolo, gli occhi cupi. — Il ragazzo?

— A po... — Asmodeo s'interruppe e modificò la risposta. — Il ragazzo, signore?

Di solito avrebbero comunicato telepaticamente, così da evitare ogni possibilità di essere fraintesi; ma lì, lontano dagli amplificatori delle città, era più semplice usare la comunicazione verbale.

— Il ragazzo! — ringhiò impaziente Beleth. — Il ragazzo! Lo stupido ragazzo!

Asmodeo si leccò le labbra. — Pochi giorni ancora, signore. — Si augurava di cuore che fosse vero. Se qualcosa fosse andato storto, Beleth lo avrebbe scorticato vivo.

Ma per il momento il Principe dei Demoni sembrava soddisfatto. Si alzò e andò avanti e indietro nell'antico salone. Si voltò. Si guardò attorno con sguardo truce. Sorrise.

— Ottimo — disse trionfante. — La conquista del Regno degli Elfi può avere inizio!

Uno

L'odore di spezie era soffocante.

C'erano tre sacchi aperti subito oltre la porta: uno pieno di baccelli di vaniglia seccati, uno di grani di pepe e uno di halud giallo-oro, tutti tritati finemente in modo da aumentarne l'aroma. Al di là dei sacchi c'erano altri barili e cesti colmi di spezie, e più oltre ancora c'erano un bancone di legno scuro e scaffali gremiti di segreti: assafetida per controllare i demoni, radici di loto grattugiate, tubetti di cannella, baccelli di cardamomo, miscele a base di semi di sesamo e mandragora utili per aprire chiavistelli magici.

Lo Speziale scrutò Aurora da dietro il bancone. Era un ometto basso, magro e curvo: o aveva rifiutato le cure di ringiovanimento, o era ormai così vecchio che niente poteva ridare colore ai suoi capelli o cancellargli le rughe dal viso. Gli occhi acquosi, però, erano svegli e acuti.

Aurora gli si avvicinò guardinga, chiedendosi se l'avrebbe riconosciuta nonostante il travestimento. Ovviamente stavolta aveva dovuto rinunciare ai vestiti da ragazzo per non rischiare uno scandalo, ma un trasformincanto artigianale l'aveva mutata in una donna ben oltre la trentina (più del doppio della sua vera età!) e indossava abiti anonimi da casalinga bersagliata dalla sorte. Le mancavano soltanto – rabbrividì al pensiero – un paio di marmocchi attaccati alle sottane... Nessuno, guardandola, avrebbe immaginato di essere in presenza della Regina. In effetti, grazie al travestimento, in pratica nessuno la guardava.

Il solo problema erano i capelli. In un momento di vanità si era procurata ondulati capelli biondi in puro stile dea-del-sesso e lunghi fino alla vita, che sciupavano l'effetto generale. Ragion per cui era stata costretta a raccoglierli e – trasformincanto o no – quei capelli *pesavano*. Le sembrava di avere un elmo calcato sulla testa. Ci avrebbe fatto caso, lo Speziale? Di sicuro la sua reputazione era temibile. Sarebbe riuscito a vedere al di là dell'illudincanto con la stessa facilità con la quale si diceva vedesse... altre cose? Non che questo avesse importanza. In fin dei conti, la sua visita gli era stata annunciata.

Per un momento pensò che stesse per dirle qualcosa, magari offrirle un pizzico di polvogusto, invece si limitò a fissarla. — Madama Circe ti ha parlato di me — sussurrò Aurora.

Per un momento il vecchio la fissò con sguardo assente, poi mormorò: — Ah — e fece lentamente il giro del bancone per andare a chiudere la porta. Aurora sentì tintinnare una serie di serrature magiche e la vetrina si oscurò. Erano soli. E nessuno poteva guardare dentro il negozio.

Lo Speziale si voltò verso di lei. — Graziosa Maestà... — Nella sua voce c'era una sfumatura interrogativa, ma sprofondò ugualmente in un inchino sbilenco.

— Qualcuno può ascoltarci?

Il vecchio si raddrizzò a fatica e scosse la testa. — I segretincanti sono entrati in funzione appena ho chiuso la porta.

— Bene. Speziale, io...

— Memnon. — Poi, notando l'espressione di Aurora, aggiunse: — Chiedo scusa, Maestà, ma non è opportuno che la Regina debba rivolgersi a me usando il mio titolo. — Abbassò gli occhi. — Il mio nome è Memnon.

Aurora nascose un sorriso. A quanto pareva, anche Memnon lo Speziale era fissato con le buone maniere e il protocollo; non c'era da stupirsi che Madama Circe gliene avesse parlato tanto bene.

— Mastro Memnon — disse Aurora, sostituendo un titolo con un altro. — Madama Circe ti ha detto perché sono qui?

— Sì, Maestà.

— Sai che questa visita dovrà restare un segreto?

— Sì, Maestà.

— Puoi fare quello che desidero?

Stavolta il "Sì, Maestà" fu preceduto da una lievissima esitazione.

— Qualcosa non va? — chiese subito Aurora.

— Maestà, mi è concesso sedermi in vostra presenza?

Per un momento Aurora lo fissò perplessa, e poi si rese conto di cosa le stava chiedendo. Memnon era vecchio, e la sua schiena doveva rendergli penoso stare in piedi.

— Sì, naturalmente.

Muovendosi lento, lo Speziale andò ad appollaiarsi su uno sgabello dietro il bancone e riprese: — Posso fare quel che desiderate, Maestà... però Madama Circe mi ha detto che dovrò lavorare da solo.

— È una faccenda confidenziale — disse Aurora. — Nessuno deve sapere quello che sarà detto, tranne noi due. — "E neanche tu lo saprai" pensò "se Madama Circe mi ha detto la verità."

Il vecchio abbassò imbarazzato lo sguardo. — In tal caso dovrete assistermi *voi*, Maestà.

Di questo Aurora era stata avvertita.

— Non sarà un problema, Mastro Memnon. Dimmi che cosa devo fare, e lo farò.

— Sì, Maestà.

Ma c'era ancora qualcosa... era chiaro dal suo tono.

— Che c'è?

Lo Speziale rialzò la testa e la guardò dritto negli occhi. — Restare da sola con me nel labirinto può comportare certi rischi, Maestà. — Esitò, poi aggiunse: — Grossi rischi.

Due

Ogni volta che andava a fare visita a suo padre, Henry era nervoso.

Non capiva perché. In teoria avrebbe dovuto essere contento all'idea di stare alla larga dalla madre per un po'. E lo era. Però questo non gli impediva di essere nervoso. Appena papà lo avesse visto, gli avrebbe dato il cinque, avrebbe sorriso e avrebbe detto: "Avanti, giovanotto, accomodati." (Da quando i suoi genitori si erano separati, papà lo chiamava sempre "giovanotto".) Però Henry era comunque nervoso.

Forse per colpa del quartiere. Fino a un anno prima, se finivi nella zona del canale rischiavi la vita. Adesso, invece, era diventato un posto alla moda. Neanche osava pensare a quanto suo padre doveva pagare d'affitto. (Una volta gli aveva mostrato la brochure del complesso di appartamenti dove abitava: un opuscolo lussuoso e costoso, su carta patinata e pieno di foto coloratissime. E non lo chiamavano brochure, lo chiamavano *prospetto*.) Per fortuna stavolta se la sarebbe sbrigata in fretta. Aveva già pronta la scusa: doveva andare a dare da mangiare a Poutpourri, il gatto del signor Fogarty.

Schiacciò il campanello e aspettò. Dopo un minuto suonò di nuovo. Forse, pensò con un bizzarro senso di sollievo, suo padre era uscito. Suonò una terza volta, decidendo che, se nessuno gli avesse aperto entro pochi secondi, se ne sarebbe andato.

... Nove... dieci... undici... dodici... tredici... quattordici... Poco ma sicuro, in casa non c'era anima viva.

Era libero, aveva fatto il suo dovere. Poteva filarsela a cuor leggero.

E poi, va' a sapere perché, diede una spintarella alla porta.

Era aperta! Si socchiuse leggermente. Henry la fissò a bocca aperta. Nessuno usciva di casa lasciando la porta aperta. Significava andare in cerca di guai. Fin lì doveva arrivarci perfino suo padre! Anche se negli ultimi tempi quell'area era diventata alla moda, la zona tutt'intorno non era precisamente raccomandabile. E i nuovi appartamenti con vista-fiume erano un facile bersaglio per ogni delinquente della zona.

Spinse di nuovo la porta, spalancandola. Un pensiero orribile lo fulminò. E se papà *non* fosse uscito lasciando la porta aperta? E se l'avesse chiusa come al solito? E se un malvivente avesse *forzato la serratura*? Un malvivente che ora si aggirava nell'appartamento rovistando nei cassetti...

Il terrore gli serrò lo stomaco. Aveva visto troppi film dell'orrore. Spingi una porta aperta ed entri in un appartamento vuoto... e qualche maniaco più o meno mostruoso ti sguscia alle spalle e ti spacca la testa con un attizzatoio. Ma non era solo per se stesso che aveva paura. Continuava a pensare che forse il padre era già rientrato e che il pazzoide di turno era sgusciato alle sue spalle. Continuava a vedere un cadavere sul pavimento e macchie di sangue sulla moquette.

Col cuore in gola, entrò nell'appartamento.

Si fermò nell'ingresso formato francobollo dove si stipavano un appendiabiti, uno specchio a parete e uno stupido tavolino lucido finto Settecento. E altre due porte. La più lontana dava in quello che il prospetto chiamava "camera padronale", completa di moquette pelosa, letto matrimoniale – ma che se ne faceva papà di un letto matrimoniale, visto che non viveva più con mamma? – e un'angusta porta finestra che dava su un balconcino con una scala antincendio. Nella camera padronale c'erano pure una porta che dava nel soggiorno e un'altra che si apriva su un minuscolo bagno. Anche la seconda porta nell'ingresso dava nel soggiorno...

Trattenendo il fiato, Henry ne abbassò la maniglia.

Si sforzò di non fare rumore, ma ormai il cuore gli batteva così forte che di sicuro lo si poteva sentire fino in strada. Aveva la gola e lo stomaco stretti come un pugno. Sapeva – lo *sapeva* – che avrebbe trovato suo padre agonizzante sul pavimento. E ormai era troppo tardi per procurarsi un'arma di qualunque tipo.

Il soggiorno era la stanza più grande dell'appartamento, con divani di leziosa finta pelle bianca e una tozza scala a chiocciola che saliva verso una specie di cella che il prospetto chiamava "stanza degli ospiti". Anche lì c'erano diverse porte: una che dava in cucina, una nel secondo bagno, una in uno studio che il padre non usava mai (probabilmente perché era stato pensato per uno gnomo), e una che riportava nella camera padronale. E anche lì c'era una porta finestra che dava su un altro balcone, stavolta senza scala antincendio, affacciato sul canale. La prima cosa che Henry notò fu che sulla moquette non c'erano né sangue né cadaveri.

Tirò il fiato e sentì il cuore rallentare. — Papà...? — Niente cadaveri, niente sangue... E l'appartamento era luminoso e allegro e senza ombre dove potessero acquattarsi mostri di vario genere. — Papà...? — Nessuna risposta. Non c'era proprio nessuno.

Si concesse un sospiro di sollievo, anche se non riusciva a capire perché il padre fosse uscito lasciando la porta aperta. Forse aveva problemi di memoria. In fondo negli ultimi tempi aveva parecchi pensieri per la testa.

Prima mamma si era messa con la segretaria del marito; poi lo aveva sbattuto fuori di casa. (A sentire loro avevano agito "d'accordo", però Henry sapeva com'erano andate veramente le cose.) Per finire, aveva insistito che entrambi i figli – Henry era quello riluttante – restassero a vivere con lei. A pensarci bene, mamma aveva parecchio di cui rendere conto.

Tanto valeva, pensò Henry, restare lì per un po'. Non poteva andarsene e lasciare la porta aperta. E nemmeno poteva chiuderla, nel caso il padre fosse uscito senza le chiavi, magari solo per fare un salto al negozio all'angolo, sfidando la sorte e l'Anonima Canaglie. Non gli restava che farsi un tè e aspettare. Poi, quando papà fosse tornato, lo avrebbe salutato e sarebbe andato a dar da mangiare a Poutpourri.

Non ebbe problemi a trovare le bustine del tè: chissà perché, suo padre le teneva in frigo, e là dentro non c'era molto altro. Mise una bustina in infusione in una tazza con la scritta: ANDIAMO VIA, SCOTTIE, QUI NON C'È TRACCIA DI VITA INTELLIGENTE. In mancanza di latte, ci aggiunse un cucchiaio di yogurt e tornò in soggiorno. Si sedette sul lezioso divano di finta pelle e fissò tetro il suo tè. Lo yogurt era stato un errore: si era raggrumato, formando piccoli globuli irregolari che galleggiavano in superficie. Si chiese se fosse meglio correre il rischio di berlo o tornare in cucina e prepararsene un altro.

Non aveva ancora preso una decisione, quando la porta del bagno si aprì e ne uscì una giovane donna. Aveva i capelli bagnati, le gambe nude e un asciugamano avvolto attorno al corpo.

Guardò Henry e lanciò un grido.

Tre

Il labirinto era tracciato sul pavimento della stanza sotto il negozio dello Speziale. Aurora lo fissò, stupita che fosse così piccolo, ma certo il vecchio sapeva quello che faceva. A sentire Madama Circe, esercitava quell'arte – per lo più in segreto - da due generazioni.

Aurora si guardò attorno. I contorni del labirinto erano evidenziati da piccoli cristalli; vicino all'ingresso, dell'incenso bruciava in un tripode d'ottone, e su un tavolino basso lì accanto c'erano una ciotola di rame e due ampolle di vetro: una conteneva spezie, l'altra un liquido chiaro. Vicino al tavolo c'era un antiquato sgabello di cuoio e, di lato a quello, una credenza... o forse un armadio: difficile a dirsi. Nient'altro, a parte i fiochi lucciglobi coperti di cacche di mosca fissati alle travi del soffitto.

— Che devo fare? — chiese.

— Maestà — insisté ansioso Memnon chiudendo la porta — siete sicura di non volere che altri siano presenti? Una guardia fidata...?

— No — replicò Aurora. Era decisa a non correre il minimo rischio che le sue domande, e le risposte eventualmente ricevute, arrivassero all'orecchio di... be'... di chiunque. Aveva intenzione di trattare segreti di Stato, in quella stanza sotterranea. — Che pericoli ci sono? Per me, voglio dire.

Memnon lo Speziale sembrava a dir poco turbato. — Potrei tentare di uccidervi, Maestà.

Aurora gli lanciò un'occhiata e nascose un sorriso. Quell'ometto non sembrava abbastanza forte da uccidere una mosca, tanto meno lei. Ma dato che apprezzava sia la sua ansia che la sua lealtà, si limitò a dire: — Mi assumo piena responsabilità di qualunque cosa possa accadere. Se cercherai di farmi del male, ti assicuro che non sarai perseguito per azioni criminali, tradimento o qualunque altra accusa. — Poi, intuendo dalla sua espressione che era ben lungi dall'essere rassicurato, aggiunse gentilmente: — Perché non mi spieghi quello che succederà, così potrò tenermi pronta? — Sorrise. — A difendermi, se fosse necessario.

Memnon sospirò. — È una cerimonia semplicissima, Maestà. Indosso il manto, ingoio la spezia ed entro nel labirinto. La spezia comincerà a fare effetto prima che io raggiunga il centro. Quando il dio si sarà manifestato, entrerete anche voi e gli porrete le vostre domande.

— E quando potrei essere in pericolo?

— Quando il dio si sarà manifestato.

Abbastanza semplice. Ma dato che il dio si sarebbe manifestato nello Speziale, usandone il corpo, il suo non sarebbe stato esattamente l'attacco di un toro infuriato. Sempre che decidesse davvero di attaccarla.

— Come posso aiutarti?

— Avrò bisogno della vostra assistenza per indossare il manto, Maestà. E dovreste suonare il tamburo mentre entro nel labirinto.

Anche questo sembrava abbastanza semplice. Doveva porgergli il mantello e suonare il tamburo. In effetti avrebbe potuto benissimo fare tutto da solo, ma anche le cerimonie più semplici hanno le loro formalità.

La colpì un pensiero. — Non ho mai suonato un tamburo.

— Basta imitare il battito del cuore — fu l'enigmatica risposta. — Siete sicura, Maestà...?

Aurora annuì, e finalmente lo vide accantonare gli ultimi dubbi: malvolentieri, ma le avrebbe obbedito.

— Tenete, Maestà — le sussurrò.

Per un momento Aurora lo fissò perplessa, poi si rese conto che le tendeva un pacchetto di spezie giallo-arancione poco più grande di una moneta.

— Che roba è? — chiese prendendolo.

— Spigo balsamico modificato... forse potrà proteggervi. — Memnon abbassò lo sguardo. — Cominciamo, Maestà?

La credenza - che si rivelò essere un armadio - conteneva un mantello a dir poco magnifico: lungo fino a terra, folto, fatto con le penne di un uccello esotico che avrebbe fatto vergognare un pavone. Perfino nella luce fioca dei lucciglobi vibrava di colori danzanti. Un mantello degno di un dio, pensò Aurora, e non poté fare a meno di chiedersi che effetto avrebbe fatto addosso al vecchio corpo curvo dello Speziale.

Dall'armadio venne fuori anche un piccolo, malconcio tamburo di legno. — Pelle di drago — mormorò Memnon, consegnandoglielo.

Aurora fissò la consumata superficie verde. — Pelle di *drago*?

— Appena un brandello, Maestà. La creatura non ha sofferto in alcun modo.

Aurora continuò a fissare il tamburo, chiedendosi come fosse possibile strappare la pelle a un drago, sia pure un brandello, senza fargli male... o farsi divorare in un boccone. Ma forse lo Speziale mentiva. I draghi erano una specie protetta da anni, e per chiunque ne uccidesse uno erano previste severe punizioni. Comunque, al momento aveva altre preoccupazioni. Tornò a guardare Memnon.

— Che devo farci?

— Se Vostra Maestà volesse sedersi e... — il vecchio riuscì a sembrare preoccupato, nervoso e imbarazzato al tempo stesso — ... mettere il tamburo fra le ginocchia... — Aurora obbedì con prontezza, spingendo il tamburo fra le pieghe della veste. — Ora, Maestà, colpitelo gentilmente: uno-due...

Aurora batté la punta delle dita sul tamburo. Per essere così piccolo, aveva un suono incredibilmente forte. Guardò di nuovo lo Speziale.

— *Gentilmente*, Maestà — ripeté lui. — Lasciate che sia la pelle di drago a fare il lavoro.

Stavolta Aurora si limitò a sfiorarlo con le dita: il suono era ancora forte, ma lo Speziale sembrò soddisfatto.

— Bene — le disse. — Uno-due... come il battito del cuore.

Aurora continuò a sfiorare la pelle di drago: sembrava liscia, ma sotto le dita avvertì una sottile peluria verde. *Tap-bum*. Fissò lo Speziale. *Tap-bum*.

— Perfetto! Esattamente così e alla stessa velocità finché avrò raggiunto il centro della spirale. Poi più lento e più sommesso. È chiaro? — Memnon batté le palpebre e aggiunse: — Maestà.

Aurora annuì.

— Ora, Maestà, se voleste lasciare il tamburo sulla sedia e aiutarmi a indossare il mantello...

Il mantello la colse alla sprovvista. Si era aspettata che fosse leggero - in fondo, pcr quanto voluminoso, era fatto di piume! - invece, appena lo sfilò dalla gruccia, si contorse e si dimenò come se fosse vivo, ed era così pesante che dovette ricorrere a tutta la sua forza per non lasciarlo cadere. Si chiese se non avrebbe schiacciato lo Speziale sotto il suo peso!

— Lottate! — le ordinò ansioso il vecchio. — Non siete in pericolo, però tenterà di strangolarvi!

Come poteva non essere in pericolo se qualcosa tentava di strangolarla? E perché quello sciocco ometto non l'aveva messa in guardia, se era tanto preoccupato della sua sicurezza?

— Sulle spalle! — gridò lo Speziale. — Mettetemelo sulle spalle! Si calmerà appena avrà fatto presa su di me!

"Se glielo metto addosso, come minimo lo farà cadere" pensò Aurora. Sembrava pesare una tonnellata. Ma lo Speziale era già pronto a riceverlo, e il mantello era ormai così agitato che quasi le sfuggì di mano. E finalmente calò sulle spalle del vecchio. Che per un momento barcollò e piegò le ginocchia, ma riuscì a mantenersi eretto. Come preannunciato, il mantello si calmò all'istante.

— Grazie, Maestà — disse lo Speziale.

Aurora si sedette sullo sgabello. Con una mano sfiorava la pelle di drago che vibrava gentilmente, come se facesse le fusa, ma teneva gli occhi fissi sullo Speziale, fermo all'ingresso del labirinto. Il mantello gli conferiva un aspetto maestoso, quasi assurdo per un ometto così piccolo. Per la prima volta Aurora si chiese se tutto sommato non sarebbe stata una buona idea portarsi dietro una guardia, ma subito respinse il pensiero. In fondo, sotto il mantello voluminoso, c'era sempre il solito fragile vecchietto. E lei non correva il minimo rischio.

Lo Speziale versò il liquido – acqua? – contenuto nella prima ampolla nella ciotola di rame, poi stappò la seconda. Un inebriante aroma di noce moscata riempì la stanza, però quella non era noce moscata: c'erano sfumature di agrumi e un denso sottofondo muschiato che faceva pensare alla decomposizione. Lo Speziale versò la spezia nel liquido e mischiò il tutto con una spatolina. Poi tornò a guardare Aurora.

— Il tamburo, per piacere, Maestà.

Aurora sussultò e cominciò a battere il tamburo. Con un gesto rapido, lo Speziale ingoiò il contenuto della ciotola ed entrò nel labirinto.

Quattro

Anche se non era disposto ad ammetterlo, Pyrgus aveva una gran fifa.

In quanto Principe Ereditario non gli era mai stato permesso di visitare Gnammeth – o qualunque altra città di Croz – e anche quando si era allontanato dal Palazzo, un'innata cautela lo aveva tenuto lontano da lì. E invece ora eccolo nel bel mezzo di Gnammeth... e la cosa non gli piaceva affatto.

La città non era come se l'era immaginata. Per cominciare, era pulita... molto più pulita della capitale, che pure ogni Elfo della Luce esaltava come la più bella del Regno. E aveva anche – per quanto detestasse ammetterlo – un migliore piano urbanistico... il che, essendo più nuova, non era sorprendente. In fondo, Gnammeth era stata edificata non più di quattrocento anni prima, quando il Croz era stato ceduto agli Elfi della Notte dopo la Guerra di Parziale Indipendenza. L'avevano tirata su dal nulla, con l'aiuto di maestranze demoniache, e secondo alcuni il suo piano urbanistico rispecchiava quello delle città metalliche e senz'anima di Infera.

Forse era questo a innervosirlo. O forse il buio.

Pyrgus era abituato ai vicoli bui. (Lui c'era *vissuto*, in mezzo ai vicoli bui, prima di essere riacciuffato dalle guardie del padre.) Però qui era diverso. Perfino le strade principali di Gnammeth erano immerse nella penombra. E non solo: i lucciglobi emanavano una luce azzurro-verdognola che dava a ogni cosa un aspetto malato, come se fosse stata attaccata da un fungo. E gli occhiali scuri peggioravano la situazione. A Gnammeth tutti portavano gli occhiali, ma se agli Elfi della Notte servivano per proteggere gli occhi delicati, per Pyrgus erano parte integrante del suo travestimento... e servivano solo a fargli sembrare tutto ancora più buio. Era già inciampato due volte, e una era finito contro una porta di cristallo. Doveva essere ammattito, a venire lì.

E il traffico non gli era certo di aiuto. La forma di trasporto più popolare tra i Notturni sembrava essere una specie di navetta volante monoposto da cavalcare come se fosse un cavallo. Purtroppo le navette erano azionate da incantesimi da quattro soldi, studiati per la velocità più che per l'altitudine, e la maggior parte dei Notturni viaggiava a rotta di collo e a bassa quota. Se eri a piedi come lui, avevi buone probabilità di farti spaccare la testa se non sintonizzavi in tempo le orecchie sul ronzio di una navetta in avvicinamento. Il che significava che Pyrgus doveva evitare le buie strade principali per sgusciare in vicoli secondari ancora più bui. E ci metteva un'eternità per andare da qualunque parte.

Finalmente vide davanti a sé il muro di cinta di Casa Ogyris. Anche in quella luce stentata riconobbe lo stemma rosso e oro sul fregio che ne percorreva la sommità.

Si guardò attorno. Non poteva certo usare il cancello principale, però sapeva che ce n'erano altri... e a lui ne serviva uno in particolare. Per cominciare, doveva trovare la statua di Lord Rodilegno: però era scolpita in vetro vulcanico e quindi quasi impossibile da individuare a meno di non sbatterci contro. E per il momento non riusciva a scorgerla. In effetti vedeva a stento qualunque cosa.

Disperato, si azzardò a togliersi gli occhiali – quanti passanti gli avrebbero dedicato attenzione sufficiente ad accorgersi che non aveva pupille feline? – ed eccola! O almeno così gli sembrò: una chiazza nera con tanto di mantello fluttuante. Ora doveva esserci un vicolo poco più a sud...

Sì! Eccolo. Un vicolo di lato alla recinzione.

Si rimise gli occhiali e lo imboccò furtivo. Per fortuna sembrava deserto... ma come poteva esserne sicuro, con quei maledetti occhiali? Se li tolse di nuovo: il vicolo era realmente deserto. Avanzò in fretta, tenendo una mano appoggiata al muro, finché si trovò davanti il cancello laterale. Era chiuso, naturalmente, e il viscidume marrone di un rivestincanto lasciava intendere che scalarlo poteva rivelarsi letale. Ma non era il cancello a interessargli. Secondo le sue informazioni, lì accanto doveva esserci un piccolo ingresso pedonale, poco più che una porticina di legno...

Eccola! C'era una nicchia nel muro. Raggiunse la porta, abbassò la maniglia e... sì, era aperta, proprio come promesso. La varcò, si richiuse la porta alle spalle e mormorò fra sé una preghiera di ringraziamento. Era dentro!

Sollevato, si tolse gli occhiali. Tanto, se qualcuno lo avesse sorpreso là dentro, era un elfo morto... avessero scoperto o no che era un Luminoso. Si guardò attorno. Davanti a lui, uno stretto sentiero percorreva una striscia di prato per sparire tortuoso in un boschetto. Poco ma sicuro, alla fine del sentiero ci sarebbero state un bel po' di guardie. Magari Ogyris non era di nobili natali, però era ricco sfondato... il che rendeva la sua casa una calamita per ogni ladro del Regno. Probabilmente non affidava la sua protezione soltanto alle guardie. Pyrgus rabbrividì al ricordo del campo minato che aveva protetto la Fabbrica di Colla Miracolosa di Bombix e Sulfureo. Gli Elfi della Notte erano imprevedibili.

Rendendosi conto di essersi fermato subito dopo la soglia, raddrizzò la schiena e si impose di mantenere la calma. Finché avesse seguito le istruzioni, non avrebbe corso rischi. Neanche mezzo. Assolutamente.

Il guaio era che le istruzioni erano *complicate.*

Tirò fuori un foglietto dalla tasca del giustacuore e scoprì inorridito che, perfino senza gli occhiali, era così buio da non poterne leggere una parola. Ma che testa aveva? Perché non si era portato dietro un lucciglobo portatile o almeno uno sprizzafuoco? Invece niente. Forse perché era un po'... su di giri?

Su di giri o no, adesso aveva poche scelte. Poteva tornare in strada e rileggere le istruzioni sotto un lampione, in piena vista. O poteva affidarsi alla propria memoria. Non aveva scelta, in effetti. Non poteva rischiare di essere scoperto.

Lasciò il sentiero e tagliò in diagonale il prato, pregando di essere davvero diretto verso un pergolato di rose.

La proprietà era molto più grande di quanto avesse pensato. Dopo un quarto d'ora ancora non vedeva la casa... però aveva trovato l'obelisco, il che era rassicurante. E, cosa ancora più rassicurante, aveva anche evitato guardie e trappole. Una volta raggiunto il lago, gli sarebbe bastato costeggiarlo fino alla rimessa delle barche.

Anche il lago, quando finalmente lo trovò, era molto più grande del previsto. Una proprietà di quelle dimensioni, e nel cuore della città, doveva essere costata una fortuna. Stava seguendo la riva, aguzzando la vista per individuare la rimessa, quando alla sua sinistra lampeggiò un bagliore improvviso.

L'istante successivo Pyrgus era faccia a terra. Il suo primo pensiero fu di avere azionato una trappola, ma poi, scrutando nel sottobosco, vide una grande serra illuminata. Per un po' rimase immobile, in attesa. Qualcuno doveva avere acceso i lucciglobi, però non si vedevano figure in movimento, né ombre, né niente. Forse i lucciglobi si accendevano automaticamente.

Dopo un po' si decise a strisciare in avanti.

Più si avvicinava, più era convinto che la serra fosse deserta. O, se c'era qualcuno, non muoveva un muscolo. Finalmente si rialzò. Era ritto ai margini della pozza di luce che si riversava dalla serra, visibile a chiunque guardasse da quella parte, ma anche abbastanza lontano da potersela dare a gambe se fosse stato avvistato.

Niente. Niente voci allarmate, niente strilli. I luccіglobi dovevano davvero essersi accesi automaticamente.

Accorgendosi di trattenere il fiato, lo lasciò andare di botto e finalmente si permise di osservare a dovere la serra. Era un edificio molto più solido di quanto avesse pensato e, avvicinandosi, notò sul vetro il bagliore rivelatore di proteggincanti magici. A quanto pareva, conteneva roba di valore. Di colpo gli tornò in mente la volta che aveva liberato la fenice di Lord Rodilegno: la povera bestia era stata rinchiusa in una gabbia di vetro rivestita dagli stessi proteggincanti. Che Ogyris tenesse prigioniera qualche creatura?

Ma gli bastò schiacciare il naso contro il vetro per vedere che il contenuto della serra era ben diverso: file e file di delicati fiori esotici, i petali scintillanti sotto la luce, si susseguivano sotto le luci violente. E non erano piante normali, naturali: ogni stelo, ogni bocciolo, ogni fiore, ogni foglia era di cristallo finissimo. Il contenuto della serra era uno stupefacente insieme di opere d'arte dal valore pressoché inestimabile, disposte per chissà quale capriccio in un ambiente naturale.

Possibile che ogni singolo fiore fosse stato scolpito nel cristallo? L'unica altra alternativa era la magia, e Pyrgus non conosceva incantesimi in grado di creare qualcosa del genere: le illusioni erano troppo rozze, le trasformazioni troppo limitate. Chissà quale eccelso artista aveva amorosamente creato quei fiori perché il Mercante Ogyris potesse collocarli nella sua serra. Dovevano essercene centinaia! E costare un occhio della testa.

Li stava ancora fissando a bocca aperta, quando una mano gli calò sulla spalla.

Cinque

— Sei il *figlio* di Tim? — chiese incredula la ragazza dopo che Henry fu riuscito a calmarla. — Non mi aveva detto di avere un figlio.

"Bel colpo, papà" pensò Henry. La ragazza non dimostrava più di venticinque anni, decisamente troppo giovane per un uomo decisamente di *mezz'età*! Aveva i capelli ramati come... be', come una certa ragazza in un altro posto, e un bel po' di curve che l'asciugamano faceva fatica a coprire.

— Almeno te l'ha detto che ha una moglie? — chiese Henry, e subito desiderò tagliarsi la lingua. Era un tipo di commento davvero *troppo* meschino. Se papà non gliel'aveva detto, allora era possibile che lui gli avesse appena distrutto il suo nuovo romanzetto. E anche se la ragazza era troppo giovane, non poteva biasimarlo. Non dopo come lo aveva trattato mamma.

— Sicuro — rispose lei aggrottando la fronte, ma per niente smontata. — Però avevo capito che era lesbica. Non credevo che le lesbiche potessero avere figli.

In effetti anche Henry c'era rimasto di sale quando l'aveva scoperto. — Invece sì — si affrettò a dire. — Cioè, mamma li ha avuti. Ma forse quando siamo nati noi non era lesbica... a volte succede.

Era una spiegazione così penosa che l'espressione della ragazza si addolcì. — Mi dispiace — gli disse. — Dev'essere stato terribile... Oh! Neanche so come ti chiami...

— Henry. — Ma perché, *perché* non era andato dritto filato a casa del signor Fogarty? — E tu?

— Non ridere... Laura Croft.

Henry la fissò perplesso.

— Come il videogioco, sai. E anche il film. Solo che lei si chiama Lara.

— Oh, già... — balbettò lui. Non s'intendeva di videogiochi e gli sembrava di non avere mai il tempo di andare al cinema. — Piacere di conoscerti, Laura. — Le tese la mano, e subito si augurò di non averlo fatto. Va' a sapere che poteva succedere se la ragazza mollava la presa sull'asciugamano.

Comunque non ci furono incidenti e poi, come leggendogli nel pensiero, o forse solo seguendo il suo sguardo, la ragazza disse: — Senti, aspetta qui mentre mi vesto. Ero nella doccia... ecco perché non ti ho sentito arrivare. Tuo padre dovrebbe tornare a momenti. Preparati un tè. Qualcosa... — Guardò la tazza che Henry aveva in mano. — Oh, l'hai già fatto. Bene. Ci metto un secondo. — Non salì la scala a chiocciola, notò Henry, ma entrò sicura nella camera padronale.

Rimasto solo, si afflosciò sul divano, chiedendosi come fare a svignarsela prima del ritorno di suo padre. Era già abbastanza imbarazzato, e il solo pensiero di una conversazione a tre con papà e la sua nuova fiamma era troppo orribile per prenderlo in considerazione. Sorseggiò il tè e scoprì che si era raffreddato... non che la cosa avesse importanza: era comunque disgustoso. Forse avrebbe fatto meglio a prepararne un altro. Di sicuro non avrebbe parlato a sua madre di quella storia.

La ragazza ricomparve inguainata in un completo giallo mostarda che avrebbe fatto orrore addosso a chiunque altro, ma chissà come s'intonava ai suoi colori. I capelli ancora umidi erano spazzolati all'indietro. Di colpo sorrise.

— Sai come ho capito che eri *davvero* il figlio di Tim, e non un maniaco assassino?

Henry scosse la testa.
— Gli somigli — disse Laura. Poi aggiunse seria: — Avete tutt'e due occhi così profondi.
— Senti... — Henry era sempre più imbarazzato. — Ora devo proprio andare... — Evitò per un pelo di aggiungere: "a dare da mangiare al gatto." Sarebbe sembrato troppo stupido.
— Non puoi andare via così — lo bloccò Laura. — Tim non mi perdonerebbe mai. Lascia che ti prepari un altro tè. — Diede un'occhiata ai globuli di yogurt che galleggiavano nella tazza. — Quello ha un aspetto strano.
Henry tornò a sedersi. Per quanto lo volesse, filarsela era chiaramente impossibile. Laura andò in cucina. Attraverso la porta aperta, la guardò muoversi con la disinvoltura tipica di chi vive in un posto.
— Latte e zucchero? — gli chiese.
— Non c'è latte — disse Henry.
— Sì che c'è. — E in effetti c'era. La ragazza tornò con un tè decente in una tazza decente, anche se Henry non riusciva a capire dove l'avesse trovata. O dove avesse trovato il latte.
Bevve un sorso. — Tu e papà... ecco...
Laura lo fissò un momento, accennò un sorrisetto, e finalmente accorse in suo aiuto. — Stiamo insieme, sì. In fondo non è *tanto* più vecchio di me.
— No, penso di no — disse Henry, anche se non era vero.
— E non sono una che va a caccia di soldi — aggiunse Laura.
Henry la fissò stupito. Non gli era mai venuto in mente che il padre avesse abbastanza soldi da rendere proficuo dargli la caccia. Però, a pensarci bene, Tim Atherton era un dirigente di successo – guidava una Mercedes, no? – e questo significava che doveva essere ben remunerato. Aveva un ricco conto spese per invita-

re i clienti, perciò conosceva i migliori ristoranti. Tutto sommato, probabilmente sarebbe sembrato ricco a chiunque non facesse parte della famiglia.

— Non pensavo che lo fossi — disse Henry, stavolta sinceramente.

Anche Laura si sedette sul divano, con una tazza di tè fra le mani. Esitò, ma solo per una frazione di secondo. — Non so perché non mi ha mai parlato di te... forse per la faccenda dell'età: è molto sensibile sull'argomento... Però voglio dirti che amo tuo padre. Insomma, non pretendo la tua approvazione e nemmeno che ti faccia piacere... so che vuoi bene a tua madre. Però non sono stata io a mandare all'aria il loro matrimonio. Non c'entro affatto. Ed è importante che tu sappia che non sono una sgualdrinella da quattro soldi.

Era tutto così imbarazzante!

— Non pensavo che lo fossi — disse Henry. Forse, se l'avesse lasciata sfogarsi, gli avrebbe permesso di andarsene prima del ritorno di suo padre. Dubitava di essere in grado di affrontarlo. Per incoraggiarla, chiese esitante: — Come vi siete conosciuti... tu e papà?

— In un club — fu la stupefacente risposta.

Per un momento pensò che scherzasse, ma la sua espressione gli fece capire che così non era. Suo padre che andava nei club? Il più vecchio festaiolo in città? Aprì la bocca e, non sapendo che dire, si affrettò a richiuderla. Per fortuna Laura continuava a blaterare.

— Di solito non frequento i club... mi ci aveva trascinato mia sorella. Per tirarmi su di morale, diceva, ma in realtà voleva solo compagnia. Era orribile, come sono di solito quei posti, pieni di musica e di ragazzi. Non mi interessano gli uomini della mia età, davvero, sono sempre in tiro e non sanno parlare che di calcio. Avevo deciso di trattenermi soltanto mezz'ora, per fare contenta Sheila, mia sorella... ma poi ho visto Tim, tutto solo al bar. Beveva vino mentre tutti gli altri uomini... ragazzi, cioè... bevevano birra. Aveva un'aria così alla Lord Byron, una figura tragica.

Quello avrebbe dovuto essere papà, poco ma sicuro: una figura tragica. Aveva appena perso la moglie a favore della segretaria, perso i figli a favore della moglie, perso la casa in cambio di un appartamento con vista sul canale e un prospetto pretenzioso. Ma... alla Lord Byron? Henry poggiò la tazza sul pavimento.

— Senti, mi dispiace, ma adesso devo proprio andare. È stato... un piacere conoscerti e mi dispiace averti spaventata quando, be', quando sei uscita dalla doccia eccetera. Grazie per il tè, era ottimo. Se puoi dire a papà che sono passato...

Una porta sbatté. — Puoi dirglielo tu stesso — ribatté Laura. — Questo dev'essere lui.

Henry si guardò freneticamente attorno alla ricerca di una via di fuga, ma poi suo padre entrò nel soggiorno. Laura sorrise e disse: — Guarda, Tim. Guarda chi c'è!

Sei

Lo Speziale raggiunse il centro del labirinto, e il suo aspetto mutò. La schiena si raddrizzò, facendolo sembrare più alto. Il manto piumato si allargò, facendolo apparire molto più massiccio. Ma più impressionante di tutto fu veder cambiare il suo modo di muoversi: i passi esitanti, faticosi di un vecchio furono di colpo sostituiti da un portamento da guerriero. Si voltò di scatto per fissare Aurora con occhi di fuoco e sibilò.

Rabbrividendo, lei vide che anche il suo viso si era trasformato. Era ancora riconoscibile, sia pure a fatica, ma adesso le guance scavate si erano riempite, le labbra sottili erano tumide e bluastre. E i denti si erano ingranditi tanto da sembrare quelli di un animale. Sibilò di nuovo, un lungo sibilo strascicato che perforò l'aria come una lama. Poi rovesciò gli occhi e cominciò a tremare da capo a piedi.

— Speziale... — balbettò Aurora, allarmata. Il tamburo di pelle di drago le scivolò dalle mani e rotolò sul pavimento.

Il tremito di Memnon si trasformò in una specie di convulsione, come se stesse per avere un attacco epilettico, e la sua testa prese a scattare avanti e indietro con forza crescente.

— Speziale! — gridò Aurora. Lui era a terra carponi, come un animale, scosso da convulsioni sempre più violente. Erano soprattutto gli scatti della testa a preoccuparla... se continuava così, poteva spezzarsi il collo. Nonostante la paura, fece un passo avanti. Qualunque cosa stesse accadendo, gli serviva aiuto.

— Indietro! — sibilò lo Speziale. Gli occhi brucianti incontrarono per un attimo i suoi, poi ululò come un lupo e si strinse la testa tra le mani. — Sta'... indietro... — ansimò. — Non... sei... al sicuro... nella spirale!

Aurora si bloccò a un passo dall'ingresso, il cervello in tumulto. In fondo il labirinto era soltanto uno schema tracciato sul pavimento: dentro o fuori, che differenza faceva? Per giunta, gli serviva aiuto. Non poteva permettergli di farsi del male. Ma, nonostante tutto, esitò.

Di colpo lo Speziale si raddrizzò e si rimise in piedi... però non era più lui. Al posto del vecchio torreggiava una creatura gigantesca e muscolosa, alta almeno due metri e mezzo. Per un momento Aurora si chiese se fosse l'effetto di un illudincanto, ma quella non era un'illusione... Eppure, in realtà, lo Speziale non era cambiato: se ne distinguevano ancora i lineamenti rugosi, il misero corpo contorto. Era piuttosto come se in lui si fosse introdotta un'entità aliena, gonfiandolo come un palloncino. Aurora quasi si aspettava che la carne del vecchio si spaccasse per lasciare emergere un mostro.

E poi la creatura che era stata lo Speziale cominciò a danzare.

Una danza rozza, brutale, di piedi pestati e strascicati, una danza che evocava scene di violenza e di furia bestiale. In un angolo della mente, Aurora ebbe l'impressione di sentire risuonare il ritmo selvaggio di una musica primordiale.

La creatura ruotò. La fissò...

E sorrise.

La voce che echeggiò nella stanza sotterranea non sarebbe mai potuta uscire dalla gola dello Speziale. Echeggiava come i suoni prodotti dalla pelle di drago, e portava con sé il gelo infinito dello spazio, una voce così aliena, così *diversa* che Aurora tremò da capo a piedi.

— Sei qui, Regina degli Elfi — disse la creatura.

Sette

Pyrgus si voltò di scatto, portando d'istinto una mano al pugnale. E poi riconobbe i lunghi capelli neri.

— Per Infera, che ci fai qui? — chiese Gela irritata. — Ti avevo detto la *rimessa delle barche*! — Aveva una voce stupenda, però con un accento strano, probabilmente perché gli Ogyris erano originari della Terra di Halek.

— Mi sono perso — spiegò in fretta Pyrgus. Il che non era del tutto vero: in fondo aveva solo fatto una deviazione mentre cercava la rimessa, ma aveva scoperto che con Gela dovevi fare attenzione o ti tempestava di domande. Aveva ancora il cuore in gola, anche se stavolta la paura non c'entrava.

— Come hai fatto a perderti? — insisté lei. — Ti ho dato istruzioni precise. Lo sai che potresti farti *ammazzare*, se ti perdi?

Rieccoci. Pyrgus decise di rispondere alla prima domanda e ignorare la seconda.

— Non sono riuscito a leggere le istruzioni — spiegò.

— Perché no? Le hai scritte tu. Non è certo colpa della mia calligrafia.

— Certo che no. Non sono riuscito a leggere quelle che ho scritto io, perché... — Stava per dire "perché non ci vedevo", ma si rese conto in tempo che questa spiegazione avrebbe provocato l'ennesima domanda, e così la modificò in: — ... perché non mi ero portato dietro una luce.

— Non ti sei portato dietro una luce? — Gela lo fissò incredula.

Pyrgus decise di porre fine a quell'assurdo botta e riposta facendo a sua volta una domanda: — Cos'è quella roba nella serra?

Gela aveva più o meno la sua età, ma lì finivano le somiglianze. Pyrgus era un principe che sembrava un contadino, basso e tarchiato; nessuno invece si sarebbe mai sognato di prendere Gela per una contadina. I suoi vestiti uscivano tutti da una sartoria di grido, i suoi capelli avevano la lucentezza e il taglio tipici di un parrucchiere famoso, e il suo viso aveva lineamenti delicati, con occhi grandi per un'Elfa della Notte, grandi e liquidi. In parole povere, era la creatura più esotica che Pyrgus avesse mai visto.

— Ah! — disse.

Pyrgus aspettò. — Ah?

— Quelli non avresti dovuto vederli.

Lui lanciò un'altra occhiata nella serra. — Perché no?

— Sai com'è... — Gela scrollò le spalle. — Non è che hai toccato il vetro, eh? — aggiunse distrattamente.

— No... — Oppure sì? Non ci aveva schiacciato contro il naso? La vicinanza di Gela gli confondeva le idee. La guardò sospettoso. — Perché?

— Papino ha riempito questo posto di allarmi. Forza letale e tutto il resto.

— Forza letale e tutto *cosa*?

Di nuovo Gela scrollò le spalle. — Lo sai. Roba che ammazza.

— Solo *toccando* il vetro? — Non riusciva a crederci. Questo era *peggio* del campo minato di Bombix e Sulfureo.

— Non ne sono certa. Forse toccarlo non basta. Ma se cercassi di entrare...

— Non l'ho fatto. E nemmeno ho toccato il vetro. — Pyrgus aggrottò la fronte. — Non è un po'... eccessivo? Insomma, mi rendo conto che quelle sculture devono valere parecchio, ma...

— Non è per quelle. È tutta stupida politica.

Politica? La faccenda diventava sempre più confusa.

— Cosa c'entra una serra con la politica?

Gela sospirò. — In teoria non dovrei saperlo, ma papino li coltiva per conto di qualcuno.

— Coltiva che? — chiese Pyrgus, sempre più perplesso.

— I fiori, no?

— Ma quelli non sono fiori. Sono sculture.

Gela inclinò la testa e lo fissò altezzosa. — Se non sono *fiori* — sbuffò — perché pensi che le luci siano accese?

Pyrgus la fissò confuso.

— Se fossero solo *sculture*, perché papino accenderebbe le cresciluci nel cuore della notte? — insisté lei con ostentata pazienza. — Perché illuminerebbe questo posto a giorno, attirando l'attenzione, se non ce ne fosse bisogno? E perché li terrebbe in una serra? E com'è che non hai già addosso tutte le sue stupide guardie?

L'unica domanda che avesse un senso era l'ultima. — Già... com'è che *non* ho già addosso tutte le sue stupide guardie? — chiese Pyrgus. Non credeva a una parola di quello che Gela aveva detto riguardo ai fiori, ma nella serra c'erano centinaia di sculture di cristallo, e ognuna valeva una fortuna. Come mai Ogyris non le faceva sorvegliare da un esercito di guardie? Poco ma sicuro, se lo sarebbe potuto permettere.

Sul viso di Gela comparve l'espressione impaziente che Pyrgus aveva imparato a temere. — Perché le guardie richiamano l'*attenzione*, ecco perché. E invece lui non vuole. Circondi qualcosa di guardie, e tutti capiscono che è importante. Papino vuole coltivare i suoi fiori senza che nessuno lo sappia. Perciò di giorno il vetro della serra è opaco: così nessuno vede cosa c'è dentro. — Batté lentamente le palpebre, coprendo e scoprendo i magnifici occhi. — E ha riempito la serra di alcuni incanti davvero pericolosi.

— Perché non è opaco anche di notte? Le cresciluci sono all'interno.

— C'entra la luce delle stelle — rispose lei in tono vago. Si guardò alle spalle. — Insomma, dobbiamo restare qui tutta la notte a discutere di floricoltura?

— Ma per chi li coltiva? — insisté Pyrgus. Ancora non era sicuro di credere alla storia di Gela, che fossero *davvero* fiori, però poteva essere utile darle spago.

— È un segreto — fu la severa risposta.

— Ma tu lo sai?

— Certo che lo so... sono la cocca di papino, no? — Tirò su col naso. — Ti ho già detto troppo. Ora andiamo alla rimessa delle barche per il nostro incontro, o ti sei scordato quanto hai insistito per vederci a quattr'occhi?

— Andiamo alla rimessa delle barche — concordò Pyrgus.

In effetti la rimessa non era lontana: tutto sommato si era ricordato le istruzioni abbastanza bene prima di essere distratto dalla serra. Seguì Gela lungo la riva del lago e poi su un breve sentiero che portava a un piccolo imbarcadero e a una rimessa di legno. Lei ne spinse la porta e sparì all'interno. Pyrgus esitò un istante, poi la seguì.

Dentro era buio pesto. La voce di Gela sgorgò imperiosa dall'oscurità: — Chiudi la porta.

Pyrgus obbedì, e subito un lucciglobo si accese sopra la sua testa. Emanava la luce fioca tanto cara agli Elfi della Notte, ma gli permetteva di vederci. Gela era a neanche un metro di distanza, fra due barche a remi e varia attrezzatura da pesca. Era bellissima.

— Allora — gli chiese — ti decidi a dirmi perché siamo qui?

Per tutta risposta, Pyrgus la baciò.

Otto

Finalmente Henry riuscì a svignarsela, vagamente consolato dal fatto che il padre era perfino più imbarazzato di lui.

Capiva fin troppo bene perché avesse tralasciato di parlare dei figli a una ragazza abbastanza giovane da poter essere lei stessa sua figlia. Niente di grave, tutto sommato. Invece papà era stato assalito all'istante da un megasenso di colpa... glielo leggevi negli occhi. Quando vide la sua nuova fiamma e un Henry estremamente a disagio seduti fianco a fianco sul divano, dalla sua espressione c'era da credere che fosse stato colto con le mani nel sacco.

— Henry, ragazzo mio. Non ti aspettavo, oggi. Vedo che hai conosciuto la mia... ehm... Laura. Si tratterrà, oh, per un paio...

Mentre lui annaspava, Laura disse maliziosa: — Non mi avevi mai detto di avere un figlio, Tim. — Batté le palpebre e aggiunse: — E una figlia.

E il povero vecchio Tim, che ora si era messo a frequentare i club per giovani, si lanciò in una spiegazione così complicata che Henry non riusciva a ricordarne una parola. Sarebbe stato ancora lì a spiegare se il figlio non avesse detto: — Va tutto bene, papà. — Qualcosa nella sua voce convinse Tim che tutto *andava* bene: se aveva commesso un'azione terribile, se era stato sleale o altro, era stato perdonato. Non sembrava altrettanto preoccupato del perdono di Laura... probabilmente perché dal suo sorriso era chiaro che non le importava affatto.

Superata la fase delle spiegazioni, Tim aveva invitato il figlio a trattenersi per poi andare a mangiare tutti assieme... come se alla mamma non sarebbe preso un colpo se l'avesse scoperto. Henry disse che non poteva, che aveva da fare, e borbottò qualcosa a proposito del signor Fogarty.

Dopodiché la conversazione degenerò in una del tipo: "Allora, giovanotto, come te la passi?", finché Henry si alzò e annunciò con fermezza – e probabilmente con sollievo generale – che doveva proprio andarsene. E ora stava percorrendo meditabondo la strada del signor Fogarty.

Fino a quel momento era convinto di avere dato per scontato il divorzio dei genitori: in fin dei conti vivevano separati e mamma aveva una nuova compagna, perciò che alternativa c'era? Ma il fatto che papà avesse un'altra donna rendeva la cosa... come dire?, *definitiva*. Se anche ci fosse stata un'infinitesimale possibilità che tornassero assieme, ormai era svanita. O sarebbe svanita appena mamma avesse scoperto che papà aveva una nuova fiamma. E non aveva importanza che fosse stata lei a sfasciare la famiglia. Appena saputo che papà si stava consolando con un'altra – per di più giovane e carina – sarebbe diventata una furia. Dopodiché si sarebbe passati alle formalità legali.

Custodia inclusa.

Henry si chiese se lui e Aisling sarebbero dovuti comparire in tribunale. Se il giudice avrebbe chiesto loro con quale genitore avrebbero preferito vivere. Quello sì che sarebbe stato un incubo! Ora che suo padre tubava con Laura, difficilmente avrebbe potuto chiedere di trasferirsi da lui... non in quell'appartamento microscopico dove potevi sentire il minimo rumore. Però, se avesse scelto mamma, papà ci sarebbe rimasto malissimo. Senza contare che lui *non voleva* restare con mamma. La detestava quasi quanto l'amava, ed era sicuro che fosse solo questione di tempo prima che Anais si trasferisse da loro.

Ma forse il giudice non gliel'avrebbe chiesto. Forse avrebbe preso una decisione senza interpellare né lui né sua sorella.

— Ciao, Poutpourri — mormorò mentre il vecchio gatto sbucava dal nulla e cominciava a lustrargli le caviglie. Dato che la cucina del signor Fogarty era buia, accese la luce prima di prendere una scatoletta di Whiskas dalla dispensa; poi, d'impulso, ne prese una seconda. Il signor Fogarty non approvava le scatolette di Whiskas (secondo lui erano troppo costose per un gatto) ma ultimamente Poutpourri era dimagrito – niente niente aveva i vermi – e il signor Fogarty non c'era. In teoria era andato a trovare la figlia in Nuova Zelanda.

O *non soltanto* in teoria?

Il pensiero lo colpì con la forza del fulmine. Sapeva che il signor Fogarty era il Viceré del Regno degli Elfi. Sapeva che Aurora era stata incoronata Regina degli Elfi. Aveva visitato il Regno. Ma ora, mentre stava nella cucina del signor Fogarty e dava da mangiare al suo gatto, gli sembrò tutto... tutto...

La luce si spense come se la lampadina si fosse fulminata, ma Henry non ci fece caso. Non era ancora completamente buio e poteva comunque cambiarla più tardi. Tanto se ne sarebbe andato fra un minuto.

Gli sembrò tutto una *follia*, ecco. Non era che un *ragazzino*, santo cielo! Quanti adolescenti di sua conoscenza credevano all'esistenza degli elfi? Gli elfi e le fate non esistevano, e nemmeno esisteva un Regno degli Elfi. "Non esiste un Regno degli Elfi." Il pensiero gli rimbombò nella testa.

Però lui se lo *ricordava*, il Regno. Appoggiò le scatolette di Whiskas sul ripiano della cucina, accanto alla ciotola di Poutpourri. Dunque... se lui ricordava il Regno degli Elfi, c'era qualcosa che non andava. Qualcosa nella sua memoria. Abbassò lo sguardo sul micio in avida attesa ai suoi piedi. Qualcosa nella sua *testa*!

Di colpo fu assalito da una paura terribile.

Seguito da un miagolio indignato di Poutpourri, uscì nel giardino sul retro. Si sentiva la gola stretta e aveva bisogno d'aria. Il crepuscolo aveva una tinta bluastra e il terreno vibrava leggermente, come se in strada passasse una colonna di automezzi pesanti. Aveva voglia di vomitare.

"Non esiste un Regno degli Elfi" ripeté la voce nella sua testa.

Tornava tutto. Sapeva che la tensione poteva fare ammalare – per anni suo padre si era lamentato di un'ulcera dovuta al superlavoro – e troppa tensione poteva provocare malattie mentali. Lo sapevano tutti.

E ultimamente lui era stato sottoposto a un sacco di tensione. Sua madre aveva una relazione con una donna. Suo padre era stato sbattuto fuori di casa. (E si era trovato una nuova fiamma.) I suoi genitori avrebbero divorziato, anche se nessuno dei due era disposto ad ammetterlo. Il che significava che forse lui sarebbe finito in una specie di orfanotrofio fino ai diciott'anni. O, peggio ancora, che avrebbe dovuto vivere con sua madre e Aisling. Era *naturale* che fosse superteso! Sognava solo di fuggire, lontano dalla sua insopportabile madre e dalla sua insopportabile sorella e dal suo sciocco debole padre e da tutti i problemi a casa...

E non era esattamente quello che aveva fatto? Non era fuggito? Non aveva creato un mondo fantastico e poi...

"Non esiste un Regno degli Elfi."

... Vi si era trasferito?

Più ci pensava, più sembrava logico. Il Regno degli

Elfi della sua fantasia non somigliava a quello dei libri di favole. Era pieno di eroi, per esempio... esattamente quello che Henry sognava di essere e non era. Ed erano gli adolescenti a comandare: Pyrgus era un principe e, volendo, sarebbe potuto diventare Monarca; invece era diventata regina sua sorella Aurora, e in quanto Monarca del Regno poteva fare tutto quello che voleva. Se eri un ragazzo, e avevi bisogno di rifugiarti in un mondo fantastico, non sarebbe stato logico crearne uno dove a comandare fossero stati gli adolescenti?

La vibrazione sotto i suoi piedi sembrò aumentare. Ma quanti automezzi pesanti stavano passando?

Fissò il cespuglio dove aveva visto Pyrgus per la prima volta. Dove *credeva* di avere visto Pyrgus per la prima volta. Sembrava tutto così reale, ma anche i sogni sembrano reali finché non ti svegli... proprio come le allucinazioni sembrano reali a un matto.

Di sicuro Aurora sembrava reale. Henry ricordava la prima volta che l'aveva vista... nuda, mentre entrava nella vasca da bagno.

All'improvviso seppe da dove gli era venuta *quella* fantasia. Lui non aveva una ragazza. Cioè, aveva Charlie Severs, d'accordo, però Charlie era un'amica che per caso era anche una ragazza. Non facevano coppia o cose del genere. Non... insomma, be'... quello. Tutti i suoi compagni di scuola avevano la ragazza. O uscivano con un sacco di ragazze. La maggior parte di loro affermava di averlo fatto. A volte anche Henry fingeva di averlo fatto, invece non era vero. Era timido con le ragazze. Neanche riusciva a immaginare di... Però questo non significava che non volesse farlo. Eccome se voleva! Ogni ragazzo della sua età voleva farlo... lo facesse o no.

E c'era un'altra cosa. Henry si sarebbe tagliato i pollici piuttosto di ammetterlo, ma lui era un romanticone. Non voleva una semplice avventuretta. Voleva una ragazza da... be', da *amare*. Correre insieme nei campi di granturco, salvarla nel momento del pericolo, tenersi per mano, portarle fiori e scrivere poesie e... e...

E tutto il resto.

Però le ragazze non erano più interessate a cose del genere. Cominci a scriverle poesie e a portarle fiori, e una ti prende per un molestatore.

Ragion per cui la sua fantasia aveva creato una bella ragazza della quale innamorarsi. Una ragazza all'antica, una specie di principessa fatata. In effetti Aurora *era* una principessa fatata. E insieme avevano compiuto imprese eroiche, tipo salvare suo fratello da Infera. E il fratello di Aurora era il suo migliore amico. E tutto questo era accaduto nel Regno degli Elfi! Un Regno che si era creato per sfuggire alla sua insopportabile madre e alla sua insopportabile sorella e a tutti gli altri problemi *reali*.

Muovendosi come uno zombie, uscì dal giardino del signor Fogarty e percorse la strada verso la fermata dell'autobus. La vibrazione era cessata: a quanto pareva, gli autocarri avevano smesso di passare.

E poi arrivò a casa e scoprì che – a dispetto di tutte le promesse e le assicurazioni di sua madre – Anais si era trasferita da loro.

Nove

— Chi sei? — bisbigliò Aurora. Avrebbe voluto dire "cosa sei?", ma sembrava scortese e forse pericoloso. La creatura al centro del labirinto non era più lo Speziale. Torreggiava su di lei come un gigante piumato e la fissava con gli occhi infuocati di una belva feroce.

— Io sono Yidam — rispose.

Aurora non aveva mai sentito quella parola prima e non era sicura se fosse un nome o un titolo. Madama Circe diceva che, quando lo Speziale faceva le sue predizioni, era posseduto da un dio... uno degli Antichi Dei, quelli che avevano percorso il mondo prima dell'avvento della Luce.

Agli occhi di Aurora, gli Antichi Dei erano spaventosi quanto i demoni. Di sicuro, quello che aveva davanti somigliava a un demone.

— Lord Yidam — disse cauta — puoi vedere il futuro?

— Io esisto al di fuori del tempo — fu la sibillina risposta.

Aurora esitò. Non voleva irritarlo, però la chiarezza era essenziale. — Puoi vedere il *mio* futuro?

Con suo stupore, l'Yidam sorrise. — Vieni a sederti accanto a me, Regina degli Elfi — la invitò.

L'unico suono nella stanza era il battito del cuore di Aurora. Che, dopo un lungo momento, optò per l'onestà a scapito della diplomazia.

— Lo Speziale mi ha avvertita che avresti potuto uccidermi, se fossi entrata nel labirinto.

— Lo Speziale si sbagliava.

Eccola sistemata. Quattro semplici parole. Credeva allo Speziale? O all'Yidam? Era disposta a correre il rischio?

D'un tratto si rese conto che la sola cosa a separarla dall'Yidam era la spirale tracciata sul pavimento. La creatura avrebbe potuto superarla con un solo balzo. Ogni senso di sicurezza era puramente illusorio. Così inghiottì la paura ed entrò nel labirinto.

Mentre si accoccolava accanto all'Yidam, si rese conto di come fosse totale la trasformazione del vecchio, e si sforzò di non arretrare mentre l'essere tendeva verso di lei mani da strangolatore.

Però, quando quelle mani enormi si posarono gentilmente sulla sua testa, Aurora sentì un fremito di lampi scorrerle lungo la schiena e capì di avere ricevuto una benedizione. — Grazie, Lord Yidam — mormorò. Una benedizione faceva sempre comodo, ma se la creatura non poteva vedere il suo futuro, stava solo perdendo tempo.

L'Yidam si piegò verso di lei. — Tu sei coraggiosa, Regina degli Elfi. — Sembrava incredibile, ma per un momento le parve di scorgere uno scintillio malizioso negli occhi brucianti. — Ma lo sei abbastanza da affrontare quello che potrei dirti?

Aurora trattenne il fiato, turbata. Le parole dell'Yidam riflettevano un timore che le si era annidato in fondo alla mente fin da quando aveva deciso di consultare lo Speziale. Voleva *davvero* conoscere il futuro? Un futuro che poteva includere la sua stessa morte? O, peggio ancora, la morte di Pyrgus o di Henry? Poteva sopportarlo?

Voleva davvero conoscere il futuro del Regno? E se l'Yidam le avesse detto che sarebbe caduto per opera dei nemici o delle orde demoniache? Che lo aspettava un destino di decadenza? Come avrebbe potuto continuare a lottare, sapendo che tutti i suoi sforzi sarebbero stati vani?

Ma adesso era qui, e le serviva una guida. Il che prevaleva su ogni altra preoccupazione.

— Lord Yidam — chiese in tono fermo — che succederà se dichiaro guerra agli Elfi della Notte?

Dieci

— Credi agli elfi? — chiese Henry.
—Prego?
— Credi agli *elfi*? — ripeté lui, abbassando ancora di più la voce. Si trovavano in un nuovo locale, "Ropo", molto popolare fra gli studenti della loro scuola. Ce n'erano almeno otto, seduti ai tavoli vicini (parecchi abbigliati in puro stile gotico), e di sicuro Henry non voleva che sentissero.
— Elfi? — ripeté perplessa Charlie. — Tipo quelli delle favole?
— Sì. Però veri.
— Veri? — Charlie sembrava un pappagallo. — Vuoi dire tipetti alati piccini picciò che svolazzano fra le campanule?
— Ecco... una volta mi è parso di vederne uno.
— Ti è parso di...?
— Charlie — sibilò Henry — vuoi smetterla di ripetere tutto quello che dico? Sì, una volta mi è sembrato di vederne uno.
— Hai visto un tipetto alato che svolazzava fra le campanule?
— Be'... in quel periodo ero parecchio sotto stress.
Questo risvegliò di colpo l'attenzione di Charlie. Sapeva tutto sul tipo di stress che Henry stava affrontando. — Cioè con tutti i problemi causati da tua madre, ti sei messo a vedere cose? — Sembrava sconvolta.
— Mi sa di sì. Insomma, che altro potrebbe essere? — Henry ci pensò su un attimo. — Veramente non svolazzava fra le campanule. L'aveva catturato Poutpourri.

— Il gatto del signor Fogarty?

— Sì.

L'ombra di un sorriso guizzò sulle labbra di Charlie. — Il gatto del signor Fogarty ha catturato un elfo?

— Senti — disse ansioso Henry — fino a oggi pensavo che fosse tutto vero, ma poi sono andato a trovare papà e ho scoperto che ha un'amichetta, e poi sono tornato a casa e ho scoperto che Anais si è trasferita da noi.

— Santo cielo! — Ogni traccia di sorriso svanì dal viso di Charlie. — Cioè adesso ti tocca vivere non solo con tua mamma e Aisling, ma anche con quella donna orribile?

— Non è che sia esattamente orribile. In effetti è gentile. Insomma, ci prova. Ma sai...

— Altroché se lo so. Divorzieranno, vero? Ora che tuo padre ha un'amichetta?

Henry annuì avvilito. — Mi sa di sì.

Charlie gli strinse una mano. — Non è brutto quanto credi, Henry. È brutto, sì, però non quanto credi. E quando è finita, è finita.

Anche i suoi genitori avevano divorziato, e sua madre si era risposata con un uomo che Charlie adorava.

— Sai che succede ai figli? — le chiese incerto Henry. — Tipo... io e Aisling? Dovremo andare in tribunale? Chi decide chi vive con chi? — Deglutì. — Insomma... io non voglio vivere con mamma e Anais, però adesso che ha un'amichetta nemmeno posso trasferirmi da papà... te l'ho detto che è giovane? Pochi anni più di noi, in pratica. Non potrei mai vivere insieme a loro... e comunque dubito che lui mi vorrebbe... perciò dovrò andare in un orfanotrofio o qualcosa del genere finché non avrò diciotto anni?

— Non lo so. Quando è successo ai miei ero troppo piccola per ricordare granché. Penso che mamma e papà abbiano sistemato tutto fra loro, e io ero contenta di restare con mamma... lo odiavo, il mio vero padre. Niente a che vedere con la tua situazione. — Per un momento il suo sguardo si perse nel vuoto, e poi tornò a fissarsi su Henry. — Allora... quella storia di fate ed elfi?

Lui sospirò. — È così stupido. — Scosse la testa e si sforzò di sorridere. — È successo dopo che è cominciata tutta questa faccenda... di mamma e Anais. O almeno dopo che l'ho saputo. Probabilmente mi riusciva difficile accettarla. Insomma, non è che capiti spesso di scoprire che tua madre è lesbica... Probabilmente volevo fuggire dalla realtà... fuggire da tutto. E dato che non potevo fuggire davvero... be'... mi sono inventato cose. Insomma, mi sono creato una specie di mondo alternativo... — Di nuovo si sforzò di spremere un sorriso. — E, be'... ecco... mi ci sono trasferito. — L'espressione di Charlie gli fece venire voglia di piangere.

— Ma... cos'è successo in effetti? — chiese lei con un bizzarro miscuglio di confusione e simpatia.

Aveva detto troppo per smettere ora. E poi si fidava di Charlie. Si erano sempre raccontati tutto, fin da quando erano bimbi. Così prese fiato e in qualche modo riuscì a iniettare una nota di vivacità nella voce. — Avevo questa... non so, allucinazione o roba del genere, una specie di sogno...

— Dimmi cos'è successo e basta.

Henry si dimenò, a disagio. — Ecco... subito dopo aver saputo di mamma ero andato dal signor Fogarty. Per pulirgli la rimessa. E mentre ero lì, Poutpourri è arrivato con qualcosa in bocca. Una specie di farfalla. Sai come sono i gatti. L'aveva presa, però non era morta, così ho tentato di portargliela via. — Esitò e aggiunse: — E poi ho visto che era un elfo.

— Cioè hai *pensato* che fosse un elfo?

— Sì.

— Va' avanti.

— Cioè, non era che una farfalla, è chiaro, però mi sono inventato tutta una storia sulla farfalla che era un principe elfo di nome Pyrgus.

— Pyrgus? — gli fece eco Charlie.

Henry annuì.

— Aveva qualche altro nome?

— Pyrgus Malvae.

— È il nome di una farfalla. È il nome latino di una farfalla della famiglia delle Esperidi.

— Davvero? — Henry la fissò stupito. Dopo un momento aggiunse: — Probabilmente era qualcosa che sapevo. Nel subconscio, sai. Questa Pyrgus Malvae è una farfalla con piccole ali marrone picchiettate di bianco?

Charlie annuì in silenzio.

Henry scosse la testa. — Probabilmente conoscevo il nome e l'ho fatto diventare parte della mia fantasia. Una farfalla diventa un elfo a cui do un nome di farfalla. — Scosse di nuovo la testa. — Sono nei guai, Charlie.

E a bassa voce Charlie disse: — Mi sa proprio di sì.

Undici

Aveva perso l'ultimo autobus per tornare a casa. Abitava più di sei chilometri fuori città e quando aveva telefonato alla madre nella speranza che potesse venire a prenderlo, gli aveva risposto la segreteria telefonica (ancora con la voce di papà!). Così adesso gli toccava camminare sotto la pioggia. Non che ci facesse caso. Non riusciva a pensare ad altro che alle cinque parole uscite di bocca a Charlie: "Mi sa proprio di sì."

Charlie era la ragazza più dolce e più gentile che conoscesse, e se ci fosse stato un qualunque modo di attutire il colpo, di sicuro lo avrebbe trovato. Però era convinta che lui fosse nei guai. Che – per dirla con molto tatto – avesse bisogno di *aiuto*. Aiuto psichiatrico, cioè, anche se aveva detto "terapista".

Sentendo il rombo di un motore alle sue spalle, e vedendosi avvolgere dalla luce dei fari, Henry si spostò sul bordo della strada senza neanche voltarsi: indossava una giacca chiara, perciò l'auto l'avrebbe visto senza problemi. Charlie si era anche ben guardata dal parlare di "problemi psichiatrici": "pressione emotiva" e "tensione", aveva detto con estrema gentilezza. Esattamente quello che aveva pensato lui. Si era mostrata calma e ottimista e rassicurante, come bisogna fare con i matti. Ma il succo era comunque lo stesso: pensava che lui fosse suonato come una campana.

Sembrava che l'auto alle sue spalle avesse rallentato, però non si decideva a superarlo. Henry si voltò.

Un luminoso disco argenteo si librava al di sopra della strada.

Dodici

Proprio come la volta che era scappato dal Palazzo e da suo padre. Un momento ti facevi i fatti tuoi e cercavi di convincere l'oste che avevi l'età per bere una birra; quello dopo ti trovavi circondato da uno squadrone di soldati grandi e grossi che ti chiamavano "signore" con esagerata cortesia, ma erano pronti a spezzarti le braccia se non facevi esattamente quello che volevano.

Però stavolta non erano stati mandati da suo padre, ma dalla sua *sorellina*! L'aveva sempre saputo che diventare Regina le avrebbe dato alla testa. Era già abbastanza prepotente quando era ancora principessa.

Ragion per cui adesso Pyrgus sorrise ai sei soldati grandi e grossi che avevano circondato il suo tavolo nella taverna e si sforzò di mostrarsi più sicuro di quanto si sentisse.

— Presentate i miei complimenti a Sua Maestà — disse in tono ufficiale — e informatela che la raggiungerò a Palazzo prima possibile. — Però sapeva che non avrebbe funzionato.

— Chiedo scusa, signore — disse infatti il capitano — ma Sua Maestà ha insistito che veniate subito, signore. Abbiamo l'ordine di scortarvi, signore. — Batté lentamente le palpebre. — Adesso, signore.

Pyrgus sapeva cosa c'era sotto. Aurora gli aveva già mandato due messaggi, consegnati da un triniano arancione. Il primo era un biglietto cordiale che gli chiedeva di recarsi a Palazzo "per discutere problemi di rilievo".

Lo aveva ignorato, e qualche giorno più tardi il triniano era ricomparso. Stavolta il tono del biglietto era meno amichevole: gli veniva "ordinato" di recarsi immediatamente a Palazzo "per discutere faccende di importanza critica per il Regno". Ma lui aveva ignorato anche quello. Ad Aurora avrebbe fatto bene rendersi conto che non tutti erano disposti a scattare sull'attenti a un suo schiocco di dita. E adesso aveva spedito la cavalleria.

Fece un ultimo tentativo. — Dovrei andare a casa a cambiarmi... — disse con un gesto vago, senza smettere di sorridere. — Come potete vedere, non sono esattamente abbigliato per partecipare a una riunione a Palazzo. — Il che era abbastanza vero. Da quando aveva abdicato, si era impegnato a vestirsi come uno straccione. Ora indossava un logoro giustacuore di pelle e un paio di brache marrone che avrebbero fatto vergognare un allevatore di maiali. Provava un meraviglioso senso di libertà.

— Chiedo scusa, signore — ribatté il capitano — ma gli ordini di Sua Maestà dicevano "immediatamente". Su questo punto è stata chiarissima. Nessun cenno a un abbigliamento formale. — Gli lanciò un'occhiata maliziosa. — Presumo perciò che i vostri vestiti siano accettabili, signore.

Pyrgus sospirò. — D'accordo, capitano... verrò con voi.

— Adesso, signore?

— *Immediatamente*, capitano.

Davanti alla taverna, un vailà dorato si librava all'altezza delle ginocchia per facilitare la salita, ronzando per l'eccesso di energia provocato da un incanto nuovo di zecca. Almeno Aurora aveva a cuore la sua comodità.

Il veicolo ondeggiò come una barca quando Pyrgus salì a bordo. Con sua sorpresa, ci salirono anche il capitano e due soldati e presero posto impassibili di fronte a lui, mentre gli altri tre si univano al guidatore all'esterno. Il veicolo si mosse silenzioso appena lo sportello si chiuse. Pyrgus abbozzò un sorriso sentendo lo scatto di una serratura magica: a quanto pareva, non volevano correre il rischio di farselo sfuggire.

— Immagino che tu non sappia di che si tratta, vero? — chiese disinvolto al capitano.

— No, signore, temo di no, signore.

— Nessuna crisi? Nessuna guerra imminente? Niente demoni a piede libero?

— Non che io sappia, signore.

— No — mormorò Pyrgus. — Non mi aspettavo che lo sapessi. — I soldati di professione non sapevano mai niente di niente. Rinunciò a fare conversazione, si appoggiò allo schienale e chiuse gli occhi.

I sedili erano del nuovo tipo che si adattava al tuo didietro, strizzandolo di tanto in tanto per prevenire l'intorpidimento durante i lunghi viaggi. Sembrava di stare seduti su una mano gigantesca, e Pyrgus non era sicuro che gli piacesse. Per quanto si sforzasse di essere preparato, ogni strizzata lo prendeva alla sprovvista, facendolo sussultare. Era come avere un fastidioso tic facciale... non alla faccia, però.

Per distrarsi, guardò fuori dal finestrino. — Questa non è la strada per il Palazzo — disse subito.

— No, signore, avete ragione, signore. Infatti non siamo diretti al Palazzo, signore.

— E *dove* siamo diretti?

— Non mi è consentito dirlo, signore. Motivi di sicurezza, signore.

Tipico di Aurora. Era paranoica quasi quanto il signor Fogarty. Però doveva trattarsi di una faccenda seria, se aveva deciso di incontrarlo lontano dal Palazzo.

Un pensiero lo colpì, spingendolo a chiedere: — Sono l'unico a partecipare a questa riunione?

— Non saprei, signore.

Il sedile strizzò il didietro di Pyrgus, distraendolo momentaneamente. Si sforzò di ignorarlo e tornò a guardare fuori dal finestrino. Forse era stato troppo precipitoso a ignorare i due messaggi precedenti. Aurora poteva essere prepotente, però non era una sciocca... ed *era* la Regina, responsabile di qualunque cosa accadesse nel Regno. Sapeva come la pensava il fratello riguardo agli affari di Stato, e difficilmente l'avrebbe mandato a chiamare se non fosse stato in ballo qualcosa d'importante. Il minimo che poteva fare era offrirle il suo sostegno. Aggrottò la fronte. Ora si sentiva in colpa.

Il veicolo lasciò la città uscendo dalla Porta dello Storpio. Quindi Aurora aveva convocato quella riunione non solo fuori dal Palazzo, ma anche dalla capitale. Probabilmente aveva affittato una residenza sicura da qualche parte, o più probabilmente aveva incaricato Madama Circe di farlo. Ma dove?

Una ventina di minuti più tardi si fermarono davanti a una villetta circondata dagli alberi e da tanti sistemi di sicurezza che Pyrgus trattenne a stento una risata. Doveva fare quattro chiacchiere con Aurora a proposito di quell'assurdità. Però ad aspettarlo sulla soglia non c'era sua sorella.

C'era suo zio, Lord Rodilegno.

Tredici

Henry s'irrigidì. Quella era una scena uscita dritta da *Incontri ravvicinati del terzo tipo*. L'astronave era enorme – più o meno quanto un paio di autocarri completi di rimorchio – e si librava ronzando a due metri scarsi dalla strada (che vibrava proprio come aveva vibrato il terreno a casa del signor Fogarty, pensò stupidamente). Somigliava a tutte le classiche foto fasulle di dischi volanti: uno scintillante piatto di metallo con un bozzo in cima e luci in basso. C'era perfino una fila di piccoli oblò rotondi (anche se dietro non si riusciva a vedere nessuno) sormontati da un altro cerchio di luci. Se fosse stato un film, adesso dal disco sarebbe sbucata una rampa argentea e ne sarebbe sceso un omino verde col testone e occhi enormi.

Dal disco sbucò una rampa argentea e ne scese un omino verde col testone e occhi enormi.

Henry tentò di fuggire, e poi di colpo si sentì calmissimo.

E in quel suo stato calmo, paralizzato, divenne consapevole di ogni cosa attorno a lui. In particolare del silenzio. Non si sentiva un suono. Il disco aveva smesso di ronzare.

Era un bel disco. Proprio bello.

L'omino era decisamente verde, però non verde bandiera o verde oliva o verde erba. Macché. Dovendo descriverlo alla polizia (anche se era un'idiozia solo pensare di descriverlo a *chiunque*), avrebbe detto che la pelle grigia aveva una sfumatura verdognola.

L'omino si voltò. Aveva occhi molto grandi, molto neri, molto belli. A guardarci dentro, ci si potevano vedere stelle e costellazioni. Le profondità dello Spazio. S'incamminò verso di lui

Da qualche parte dentro l'Henry calmo c'era un secondo Henry che strillava terrorizzato, in preda al panico, e quel secondo Henry voleva lottare, colpire l'omino verde, schiacciarlo sotto una scarpa come un insetto (e probabilmente avrebbe potuto farlo, perché l'omino aveva braccia e gambe sottili come fuscelli). Soprattutto, il secondo Henry voleva darsela a gambe, fuggire lontano dall'omino verde e dal grande disco luminoso come se avesse avuto il diavolo alle calcagna.

Henry urlò, ma dalle sue labbra non uscì un suono. L'omino lo guardava dritto negli occhi, e lui era paralizzato. Forse stava per morire.

E poi l'omino verde gli s'infilò nella testa.

Era orribile avere qualcuno dentro la testa: come quando un insetto ti striscia nell'orecchio... però peggio. L'omino verde strisciò nella testa di Henry, sollevando pieghe qua e là per osservare i suoi pensieri più segreti. Guarda guarda: ecco la sorella, Aisling, con un pugnale infilato nella testa. Guarda guarda: ecco Aurora nella vasca da bagno. Guarda guarda: ecco la mamma che spiega perché tutto quello che ha fatto in realtà lo ha fatto solo per il bene di Henry.

L'omino verde sembrava cercare qualcosa. O forse voleva solo essere sicuro di avere a che fare con la persona giusta. Strisciò e sbirciò e rovistò. Poteva andare dappertutto, *andò* dappertutto.

E poi si ritrasse.

Un raggio di vivida luce azzurra emerse dal disco volante e illuminò Henry. E anche senza muoversi, per un momento il ragazzo ebbe l'impressione di essere stato capovolto. Quando si ritrovò di nuovo dritto, cominciò a tremare. Il tremito diventò una vibrazione e la vibrazione un urlo. La luce azzurra lo afferrò e lo trascinò verso il disco volante.

Doveva essere un sogno, per forza. Era l'unica spiegazione logica. Si era stancato di camminare e si era steso sul bordo della strada per farsi un sonnellino. E adesso sognava Certo, era un sogno, perché il disco volante non aveva porte e lui stava attraversando lo scafo di metallo. . il che era possibile soltanto in un sogno.

Un momento dopo si ritrovò dentro il disco volante: la luce era sparita, così come l'omino verde; sembrava non ci fosse nessun altro. E lui non era più paralizzato. Poteva muovere mani, braccia, gambe. Si sentiva normale. A parte il fatto che niente di tutto ciò era normale. Era a bordo di un disco volante, e gli alieni erano andati a farsi una passeggiata chissà dove. Il che significava che poteva scappare.

Voleva scappare. Sa il cielo se voleva scappare. Però...

Qualcosa non andava. Adesso ne era sicuro. Non era un sogno, era tutto troppo reale per essere un sogno. Eppure era esattamente come un sogno. Succedevano cose assurde. Per esempio adesso, invece di darsela a gambe, si mise a esplorare il disco volante.

Incredibilmente all'interno sembrava perfino più grande che all'esterno. La stanza dove si trovava aveva pareti argentee e un pavimento soffice e cedevole dall'aspetto stranamente... organico. Non c'erano finestre, e non riuscì a individuare una qualunque fonte di luce. (Però la luce c'era: un soffuso chiarore roseo.) C'era una porta priva di maniglia che, quando vi si avvicinò, si aprì scivolando di lato, come in "Star Trek". O nei centri commerciali.

Si trovava in un corridoio che zigzagava come un ruscello e dal quale si staccavano altri piccoli corridoi –

talvolta appena di pochi metri – che portavano in altre stanze. Alcune avevano una porta, altre no. Henry zigzagò insieme al corridoio e scoprì camere che contenevano navette di metallo, camere che contenevano scaffali carichi di armi simili a fucili laser e una camera piena di uova gigantesche. (Cioè, sembravano uova gigantesche, dato che erano grandi e bianche e a forma di uovo.) Gli parve di zigzagare per ore, controllando una camera dopo l'altra. Stranamente, non trovò né una cucina né un bagno.

Però trovò una stanza spaventosa, raccapricciante.

Aprì una porta, e la luce improvvisa quasi lo accecò. Quando i suoi occhi si adattarono, si trovò davanti file e file di cilindri trasparenti più grandi di lui. Un labirinto di cavi e tubature andava dai cilindri a un pannello di controllo posto al centro della stanza. Quasi ogni cilindro era illuminato da una luce violacea e conteneva un denso liquido vischioso e gorgogliante. E nel liquido galleggiavano dozzine di neonati umani nudi, gli occhi chiusi, le manine che si aprivano e si chiudevano all'unisono.

Henry tentò di rompere i cilindri per tirare fuori i piccoli, ma erano infrangibili. Si chiese se fosse possibile aprirli dal pannello di controllo, però aveva paura di sbagliare e fare del male ai neonati. Dopo un po' uscì dalla stanza angosciato e frustrato.

Trovò un oblò e guardò fuori. Si aspettava di vedere la strada, invece scorse una tenebra punteggiata di stelle. Era nello Spazio. Il disco volante era decollato. Non aveva più alcuna possibilità di fuggire.

Fu invaso da una grande tristezza. Si stese accanto all'oblò e si addormentò.

Al suo risveglio si trovò circondato da omini verdi dagli enormi occhi neri, ai comandi di una donna alta e bionda che sembrava molto umana e molto, molto bella.

Voglio mostrarti qualcosa, Henry disse la donna. Non aveva mosso le labbra, però lui la sentì benissimo.

La donna lo guardò con aria triste. *Voglio mostrarti cosa accadrà se gli umani non imparano a trattare con rispetto il loro pianeta.* Gli indicò uno schermo incassato nella parete alle sue spalle, che subito si accese a mostrare immagini di un mondo devastato.

Henry vide città rase al suolo da guerre atomiche. Oceani inquinati e schiumanti. Bambini affamati su una Terra sovrappopolata. (Bambini bianchi, non i soliti bambini africani dagli occhi spalancati e il ventre tondo.) Vide esseri umani con il viso ridotto a una brulicante massa di cancro in seguito al cedimento dello strato di ozono. Vide uragani e terremoti. Maremoti che sommergevano continenti interi. Vide mutanti figli delle radiazioni strisciare in un panorama arido, desolato.

Tentò di distogliere lo sguardo, ma non riuscì a muovere la testa. *Glielo dirai?* chiese la donna. *Li avvertirai di quello che accadrà?*

Henry è l'Unto! cantilenarono altre voci dentro la sua testa.

E poi, all'improvviso, si ritrovò nudo, steso su un lettino, circondato da omini verdi in camice bianco. Con suo enorme imbarazzo, c'era anche la bella donna, pure lei in camice bianco. Accanto al lettino c'erano vassoi di strumenti chirurgici e uno strano macchinario con braccia snodabili, trapani e bisturi, che aveva tutta l'aria di essere stato costruito da un dentista pazzo.

La bella donna sorrise. *Devi essere preparato* disse.

Henry sarà Re, cantilenarono le voci. *Henry sarà unto Re.*

Mani aliene lo toccarono. Lo avvolse l'odore denso di antisettico. Gli fu spruzzata addosso una schiuma, prima fresca e poi bruciante come acido e insopportabile, finché un'altra sostanza lo avvolse e cancellò quella sensazione. Le creature gli esplorarono il didietro e i genitali.

Lasciatemi stare! pensò Henry, ma scoprì di non poter parlare.

Preparate l'impianto disse nella sua mente una voce brusca, diversa da ogni altra udita fino allora.

La bella donna si chinò sorridente su di lui. Aveva in mano il trapano da dentista, che turbinava ronzando. Però non glielo avvicinò alla bocca: glielo avvicinò a un occhio.

Henry cominciò a urlare.

Quattordici

— Sembra logico — disse Aurora.

Erano seduti fra le orchidee nella serra dietro la Sala del Trono. Un posto insolito per un Concilio di Guerra, ma suo padre l'aveva protetta con tanti incanti da renderla la stanza più sicura dell'intero Palazzo.

Gli occhi di Aurora andarono dall'uno all'altro. Il Viceré Fogarty aveva ancora l'aspetto di un vecchio, ma le cure di ringiovanimento cominciavano a fare effetto: sprizzava energia e aveva meno rughe. Accanto a lui, Madama Circe era seduta con gli occhi chiusi, però Aurora sapeva che era sveglissima. Su quei due poteva contare. Le occhiate di disapprovazione arrivavano dai tre generali in uniforme: Lampides, Podalirio e Silvicolus. Aurora avrebbe voluto che Pyrgus fosse presente. Si sentiva in minoranza.

Prese fiato. — Guardiamo le cose dal *loro* punto di vista — disse. — Il Regno è sottosopra da mesi. Zio Rodilegno ha tentato per due volte d'impadronirsi del trono e ha fallito...

— Proprio per questo è improbabile che ci riprovi, Maestà — la interruppe paziente il generale Silvicolus.

Era stato il più stretto consigliere militare di suo padre, ma lei non poteva permettersi di mostrare segni di debolezza. — Lasciatemi finire, generale. — Senza aspettare risposta, si rivolse agli altri: — Rodilegno non ha ancora rinunciato alle sue ambizioni. E anche se in precedenza ha fallito, i Notturni continuano a spalleggiarlo.

— Non avranno voglia di fallire di nuovo — borbottò il generale Silvicolus.

— Ora guardiamo l'altro lato della medaglia — continuò Aurora, ignorandolo. — La prima volta siamo stati quasi sconfitti...

— Su, su, Vostra Maestà, non direi che siamo stati quasi sconfitti. — Stavolta l'obiezione veniva dal generale Lampides. Erano vecchi, i generali. Gli alti ufficiali dell'esercito sono sempre vecchi. Monarca o no, non l'avrebbero mai presa sul serio: la guardavano, e vedevano una ragazzina.

Aurora lo fulminò con lo sguardo. — Mio padre, il Monarca, è stato assassinato, generale. Direi che questo ci ha portati molto vicino alla sconfitta.

Lampides abbassò gli occhi e non replicò. Dopo un momento Aurora proseguì: — Anche il piano successivo è andato molto vicino ad avere successo. Non scordate che mio fratello è stato bandito dal Palazzo. Siamo stati molto, molto fortunati a trovare come alleati gli Elfi della Foresta. Senza di loro non saremmo mai riusciti a riprenderci il Regno. Però non possiamo aspettarci di nuovo un simile colpo di fortuna, e mio zio lo sa.

Madama Circe aprì gli occhi. — Gli Elfi della Foresta sono nostri amici — disse gentilmente. — Sono sicura che potrebbero aiutarci di nuovo.

Per quanto nutrisse una smisurata ammirazione per Madama Circe, adesso Aurora la fissò con fermezza. — Gli Elfi della Foresta sono *vostri* amici — replicò. — Non è la stessa cosa. Ci hanno aiutati perché erano in gioco anche i loro interessi. Non possiamo essere sicuri che lo farebbero di nuovo.

Madama Circe annuì e richiuse gli occhi. — Forse avete ragione, Maestà.

Aurora tornò a rivolgersi agli altri. — Ora proviamo a

guardare le cose dal punto di vista degli Elfi della Notte. Il Monarca è stato ucciso. Il nuovo Monarca ha abdicato. E sul trono c'è una ragazzina!

Di colpo si misero a parlare tutti assieme. Perfino Madama Circe riaprì gli occhi.

— Riflettete! — Aurora sollevò una mano per imporre il silenzio. — Ho appena sedici anni. E zero esperienza di politica, o di guerra, o altre cose del genere. E sono una *ragazza*. Sono salita sul trono solo perché mio fratello non voleva farlo. Non sarei mai dovuta diventare Regina. Avrei dovuto crescere nell'ombra, sposare qualche stupido principe straniero e dargli una nidiata di stupidi marmocchi. Neanche avrei dovuto sapere cos'erano, gli affari di Stato. Non avrei dovuto fare altro che essere graziosa. Era così che mi vedeva mio padre. Così mi vede mio zio. E così mi vedono i Notturni.

— Ha ragione — disse il Viceré Fogarty, aprendo bocca per la prima volta dall'inizio della riunione.

Aurora lo guardò grata. — Provate a mettervi al loro posto. Il vostro nemico è indebolito, e per giunta è governato da una ragazzina ignorante. Quale momento migliore per un attacco?

— E quale sarebbe la soluzione? — chiese Fogarty.

Eccoci al dunquc. In realtà il signor Fogarty sapeva benissimo dove Aurora voleva andare a parare. Era tempo d'informare anche gli altri.

— Quella che vi ho comunicato prima di questa riunione, Viceré. Attacchiamo per primi.

Il generale Silvicolus emise un suono strozzato, poi sbottò con aria apoplettica: — Ma così daremmo inizio a una guerra civile!

Aurora prese fiato. — Sì.

Seguì un lungo silenzio, spezzato infine dal generale Podalirio. Era il più anziano dei tre, un veterano di molte campagne militari, e di solito il primo a esprimere la propria opinione. Nel corso di quella riunione era rimasto stranamente silenzioso, ma ora si schiarì la gola. — Voi *siete* una ragazzina, Maestà — disse audacemente. — Lo siete, e tocca a menti più mature guidarvi per quanto è possibile. Più importante ancora: non avete mai visto una guerra. Il primo attacco dei Notturni è stato fermato prima che si passasse a vie di fatto, e il secondo si è risolto con poco più di una scaramuccia. Ma ora, Maestà, stiamo parlando di una guerra vera e propria.

— Sì — replicò Aurora senza staccargli gli occhi di dosso. — E per venire al punto...?

— Il punto è — rispose severo il vecchio generale — che di solito i più propensi a *iniziare* una guerra sono coloro che non l'hanno mai sperimentata. Non comprendono l'enormità di un passo del genere. Permettete, Maestà, che vi spieghi cosa significherà una guerra, e in particolare una guerra civile, per il Regno. In primo luogo, significherà morte. Non centinaia di persone, ma migliaia, forse perfino milioni, perderanno la vita. E non i vecchi e gli inutili, ma i più giovani, i migliori, il fior fiore del Regno. — Aurora fece per parlare, ma il generale la zittì con un'occhiata e proseguì: — Secondo: la sofferenza. Per voi, Maestà, la guerra non è che una firma su un foglio. Per altri, può essere la perdita di un braccio, o di una gamba, o della vista... E non mi riferisco soltanto ai soldati. In fondo loro sono ben pagati per accettare questi rischi. È della popolazione che parlo. In ogni guerra civile, le perdite fra la popolazione sono enormi. Terzo: la distruzione. Perfino una guerra breve, e di rado le guerre civili lo sono, provoca distruzioni spaventose. Il nostro nemico è bene armato. Siete pronta a infliggere una prova del genere alla nostra gente? Pronta a farne pagare il prezzo alle generazioni future? — Raddrizzò le spalle. — Quarto e ultimo, e spero che non vogliate interpretare le mie parole come un tradimento: dobbiamo considerare la possibilità di essere sconfitti.

— La nostra causa è giusta, generale — replicò Aurora a voce bassa. Sapeva che le obiezioni di Podalirio erano esatte, tutte... ma se la scelta non fosse stata fra la guerra e la pace? Se la scelta fosse stata fra una guerra e una guerra ancora più lunga, distruttiva e sanguinosa? Per quanto tentasse di non mostrare le proprie emozioni, era terrorizzata. Era quasi certa che fosse quella la cosa giusta da fare, ma... e se non lo fosse stata? Senza saperlo, il generale Podalirio stava dando voce ai suoi stessi dubbi.

— La giustizia non c'entra con la guerra — ribatté ora il generale. — Dio assiste il più forte, e sono i vincitori a scrivere i libri di storia. Poco fa avete parlato degli Elfi della Foresta quali possibili alleati... o almeno lo ha fatto Madama Circe. Ma anche gli Elfi della Notte hanno alleati potenti: le orde di Infera. E se adesso i portali sono chiusi, la guerra potrebbe spingerli a riaprirli. Dopodiché potremmo scoprire di avere azzannato un boccone troppo duro per i nostri denti.

Vero anche quello. La chiusura dei portali di Infera aveva influito sulla decisione di Aurora, ma anche lei, come Podalirio, sapeva che non sarebbero rimasti chiusi per sempre. Tutto dipendeva dalla rapidità delle loro mosse, da quanto velocemente sarebbero riusciti a vincere. Di colpo si sentì vecchissima. Prima di diventare Monarca le era sembrato tutto così facile. Avevi il Regno e lo governavi... che poteva esserci di più semplice? Ma appena la corona le era stata posta sulla testa, ogni cosa era diventata terribilmente complicata.

— Il problema, generale Podalirio — disse paziente — è che secondo voi avremmo una scelta fra la guerra e la pace. Io invece non sono di questa opinione. Secondo me, fra non molto mio zio ci dichiarerà guerra, e dovremo affrontare tutti gli orrori che avete appena descritto... con l'aggravante di due svantaggi: non saremmo pronti, e avremmo perso l'elemento sorpresa. Attaccando per primi, potremmo ottenere una rapida vittoria e ridurre gli orrori al minimo.

— Forse potremmo evitarli completamente — la interruppe una nuova voce.

Quindici

— Dove ti eri cacciato? — chiese irritata Aurora. Avevano lasciato gli altri nella serra ed erano stretti assieme in una delle sicurcelle dietro la Sala del Trono.

— Mi hai messo alle calcagna le guardie! — replicò Pyrgus in tono accusatore.

— Che altro dovevo fare? — lo rimbeccò lei. — Hai ignorato i due messaggi che ti ho mandato.

— Be', il tuo piccolo esercito è stato dirottato.

Aurora lo fissò a bocca aperta. — Che cosa?

— Le tue guardie. Sono state dirottate. Dove credi che sia stato, finora?

— È quello che ti ho appena chiesto — gli fece notare la sorella, esasperata.

— Dal nostro caro zietto Rodilegno — rispose Pyrgus. Con una certa soddisfazione, notò che questo riuscì a chiuderle la bocca.

Non a lungo, però. — Rodilegno ti ha rapito? — chiese Aurora dopo un momento.

— Per così dire.

— Sei esasperante, Pyrgus. Che significa "per così dire"?

Pyrgus decise di essersi divertito abbastanza. — Ha messo un lien sul tuo Capitano delle Guardie. Il pover'uomo mi ha portato dritto da lui invece che da te.

— E le altre guardie?

— Hanno obbedito agli ordini.

Aurora lo fissò pensosa. Un lien era un incantesimo costoso, anche per qualcuno con le ricchezze di Rodilegno. Chiaramente doveva tenerci parecchio, a mettere le mani su Pyrgus. — Dimmi il peggio — ordinò.

— In effetti... forse non è il peggio. Ecco perché ho voluto parlarti senza che gli altri ascoltassero. Ti manda un messaggio.

— A che proposito?

Pyrgus, che in effetti stava diventando un po' troppo alto per la sicurcella, scivolò lungo la parete e si sedette sul pavimento. Dopo un'esitazione infinitesimale, Aurora lo imitò. Quante volte si erano rintanati a confabulare così quando erano bambini e la vita era molto meno complicata!

— Non so se credergli — riprese Pyrgus a bassa voce — ma ecco quello che mi ha detto...

Pyrgus aveva il pugnale Halek e si stava chiedendo quali sarebbero state le ripercussioni politiche se lo avesse usato sullo zio. Però il semplice fatto di averlo ancora era di per sé strano. La villa brulicava di uomini di Rodilegno, eppure nessuno lo aveva perquisito. E questo non era affatto tipico di suo zio, che era vivo solo perché prendeva sul serio le misure di sicurezza.

Per il momento Pyrgus decise di tenere ferme le mani e aspettare. — Qualcosa da mangiare? — chiese brusco Rodilegno. — Ordunzo? O preferisci da bere? Immagino che ormai tu sia abbastanza grande da bere birra.

Di questo Pyrgus era convinto, però aveva bisogno di mantenere la mente lucida. E neanche aveva voglia di mangiare. Era quasi tradizione avvelenare l'ordunzo quando volevi sbarazzarti di un nemico. Quattro Monarchi erano morti così negli ultimi cinquecento anni. Pyrgus era già stato avvelenato una volta, e non desiderava ripetere l'esperienza.

— No, grazie — rispose freddamente.

Erano in piedi e soli in quella che sembrava una sala da pranzo. Il caminetto era acceso e l'odore che ne sprigionava ricordò a Pyrgus la foresta. Rodilegno aveva le spalle al fuoco, un vecchio trucco per stagliarsi contro la luce e apparire minaccioso... anche se non fece il minimo tentativo di apparire minaccioso mentre diceva: — Immagino di dovermi scusare per averti fatto portare qui in questo modo.

Era la prima volta che Pyrgus lo sentiva scusarsi per qualcosa. Non fece commenti e aspettò.

— In realtà è con tua sorella che devo parlare — proseguì Rodilegno. — Ma lei rifiuterebbe di ricevermi e, in tutta franchezza, tu sei molto più facile da raggiungere. — Contorse la faccia in quello che probabilmente riteneva essere un sorriso. — Dovresti fare più attenzione alla tua sicurezza, nipote.

Pyrgus lo scrutò, chiedendosi se lo zio non avrebbe dovuto seguire il suo stesso consiglio. Tre passi, al massimo quattro, e avrebbe potuto conficcargli la lama Halek nella pancia. Se non si fosse spezzata, Lord Rodilegno sarebbe morto e il Regno avrebbe avuto un problema di meno. Comunque, per il momento quella era solo una riflessione oziosa. Continuò ad aspettare.

— Il fatto è — proseguì Rodilegno — che vorrei incaricarti di riferire un messaggio ad Aurora.

A Pyrgus venne in mente che forse sua sorella si stava chiedendo che fine avesse fatto. Più tempo restava con Lord Rodilegno, più era probabile che lei si preoccupasse. E si innervosisse. Che si preoccupasse poteva sopportarlo – in fondo era divertente fare preoccupare una sorella – ma quando Aurora s'innervosiva, poteva diventare una vera rompiscatole.

— Che messaggio? — domandò.

— Che gli Elfi della Notte desiderano negoziare — rispose Rodilegno.

— Negoziare che cosa? — domandò Aurora.

— Un nuovo rapporto con gli Elfi della Luce — rispose Pyrgus.

Sedici

Henry aprì gli occhi e si ritrovò sulla strada.
Non era più buio, anzi era giorno pieno. Si guardò attorno, chiedendosi cosa fosse successo. Il suo ultimo ricordo era che stava tornando a casa a piedi, di notte, dopo essere stato da Charlie. Si era fermato sul bordo della strada per lasciare passare una macchina... e di colpo i fari dell'auto erano diventati la luce del giorno. Sembrava impossibile... eppure eccolo lì.

Ma dov'era?

Tornò a guardarsi attorno. Si trovava su quella che sembrava una strada di campagna che serpeggiava in mezzo a un'irregolare scacchiera di piccoli campi per niente familiari.

E il sole era alto.

Com'era arrivato fin lì? A quanto pareva, aveva superato la svolta che lo avrebbe portato a casa per addentrarsi invece nella campagna. Il fatto strano – il fatto *pauroso*, per essere onesti – era che non ricordava nulla di quanto era successo fra l'avvicinarsi dell'auto e il suo risveglio. Non era un buon segno. Per niente. Doveva entrarci un qualche danno cerebrale. Forse la macchina lo aveva investito...

Si tastò cauto da capo a piedi. Non c'erano ossa rotte e non si vedeva sangue. Però una brutta botta poteva squinternarti la memoria. Era quasi sicuro di aver sentito parlare di pugili andati fuori di testa dopo che gliel'avevano smartellata ben bene. "Suonati" li chiamavano: parlavano da soli e probabilmente si scordavano le cose.

Il problema è che non sentiva male da nessuna parte, né alla testa né altrove. Un po' gli prudeva il naso, però non era il tipo di dolore che provi se un'auto ti maciulla la testa.

Ma dove si trovava? Poco più avanti vide un muro e un cartello con la scritta ALLEVAMENTO DI CAVALLI. C'erano allevamenti di cavalli nella zona, però nessuno vicino a casa sua. Ovviamente, quando aveva superato la svolta, aveva continuato a camminare. E a camminare. E a camminare...

Strano, non gli facevano male le gambe. Eppure doveva aver vagato tutta la notte.

Di colpo la paura diventò una specie di dolore di sottofondo. Non sapeva dove fosse. Non sapeva come ci fosse arrivato. Quasi con calma si disse che stava davvero diventando matto. Per forza. Prima vedeva gli elfi, e poi si perdeva in quel modo.

Girò sui tacchi e si mise a camminare verso quella che sperava fosse la direzione di casa.

Diciassette

— Che tipo di nuovo rapporto? — chiese sospettoso il signor Fogarty.

Aurora lanciò un'occhiata a Pyrgus, che si affrettò a rispondere: — Lord Rodilegno ritiene nell'interesse generale che gli Elfi della Notte e gli Elfi della Luce stipulino un patto di non aggressione.

Tutti i presenti si guardarono. La maggior parte delle facce mostravano sbigottimento e un'abbondante dose d'incredulità.

— Quali sono i termini? — chiese il generale Podalirio.

Pyrgus ancora non sapeva bene come interpretare l'intera faccenda. Diffidava dello zio almeno quanto Aurora, e la facilità con la quale Rodilegno lo aveva rapito lo aveva scosso più di quanto fosse disposto ad ammettere. Scrollò le spalle.

— In parole povere, ogni gruppo accondiscende a non muovere guerra all'altro. Se sorgono dispute, le risolviamo tramite negoziati o arbitrati. Secondo lui, i particolari possono essere stabiliti in seguito, ma se accettiamo l'offerta in linea di principio, questo potrebbe aprire una nuova era di cooperazione di cui beneficerebbero entrambe le parti e che ci aiuterebbe a lasciarci alle spalle disaccordi storici. Parole sue. Più o meno testuali.

— Gli credi? — chiese Fogarty.

Bella domanda. Nessuno che fosse sano di mente si sarebbe fidato di Lord Rodilegno... la sua buonafede non era mai andata più lontano dello sputo di un perin.

Però a lui era sembrato *sincero*. — Ho solo riferito quello che mi ha detto.

— La vostra opinione, Viceré? — chiese Aurora.

— Vorrei pensarci su.

— Secondo me dovremmo parlargli — interloquì il generale Podalirio, offrendo la sua opinione non richiesta. Guardò storto Fogarty. — In linea di principio, ritengo che parlare sia preferibile che fare la guerra.

— Generale Lampides? — chiese Aurora.

— Tutto sommato, sono d'accordo con Podalirio. Che male può fare parlargli? Entrambe le parti possono portarsi dietro canveri come pegno di buona fede.

L'idea piacque a Pyrgus, che amava gli animali. — Il canvero di Henry è ancora a Palazzo, vero? — chiese alla sorella. — Quello che avevi nominato cavaliere?

— Non sono convinta che sia opportuno per me incontrare mio zio — disse Aurora, ignorandolo.

— Gli accordi preliminari possono essere presi da pubblici funzionari di entrambe le parti — osservò il generale Silvicolus. — Vostra Maestà non avrà bisogno di entrare in scena fino alla firma ufficiale.

— Sempre che ci sia una firma — disse pigramente Madama Circe.

— Dunque anche voi siete a favore di parlare? — chiese Aurora, guardando il generale Silvicolus.

— Sì — fu la risposta.

Aurora scrutò le facce serie intorno al tavolo. Erano tutti così maturi, con tanta esperienza sulle spalle. Perfino Pyrgus era più grande di lei. Parlare sembrava ragionevole, però... se fosse stato un trucco? Rodilegno era capace di tutto. Ogni suo istinto le diceva di non fidarsi. Eppure i suoi consiglieri militari erano d'accordo sulla necessità di trattare.

Di colpo Aurora vide la sua vita come avrebbe potuto essere: se il padre fosse vissuto, o se Pyrgus avesse accettato di salire sul trono, ora lei non sarebbe stata alle prese con quelle preoccupazioni. Avrebbe avuto tempo per fare le cose che le piacevano davvero. Era una ragazza, insomma! Avrebbe potuto pensare ai vestiti e alla musica e a vedere il mondo. A romanticherie varie. A... Henry. Era ingiusto costringerla ad affrontare decisioni di vita o di morte che riguardavano il futuro del Regno.

Ma, ingiusto o no, era quella la vita che aveva scelto.

— Vi ringrazio, generali — disse dopo un momento. — Adesso vorrei discutere la questione con i miei consiglieri politici. Vi convocherò di nuovo quando avrò preso una decisione. — E poi, senza che un muscolo del suo viso fremesse, aggiunse: — Nel frattempo, voglio che vi prepariate ad attaccare Gnammeth Croz.

Diciotto

— Così non hai abboccato all'idea del trattato? — commentò Fogarty dopo che i tre vecchi soldati furono usciti. Abbozzò un sorrisetto gelido. — Ovviamente.

Aurora sospirò. In presenza dei generali la riunione doveva mantenere un tono formale, ma adesso che era tra amici poteva rilassarsi. Guardò il Viceré e scosse la testa. — Sono convinta che sia un trucco. O che potrebbe esserlo. — Con la coda dell'occhio vide Pyrgus esaminare un'orchidea: la somiglianza del fratello con il loro defunto padre era impressionante.

— Cosa pensi che stia tramando? — la incalzò Fogarty.

Aurora non sapeva che cosa stesse tramando Rodilegno. Nemmeno era sicura che tramasse qualcosa. Però di certo aveva paura di commettere un errore. Una paura che non l'abbandonava da quando aveva accettato la corona. — Vuole guadagnarc tempo — rispose con più convinzione di quanta in realtà ne provasse. — Continuo a pensare che abbia intenzione di attaccarci, ma forse non è ancora pronto. O forse vuole prenderci alla sprovvista. Se fossimo nel bel mezzo di una trattativa di pace, l'ultima cosa che ci aspetteremmo sarebbe un attacco.

— Il nostro canvero se ne accorgerebbe all'istante — obiettò Fogarty.

— Potrebbe rifiutare la presenza di canveri.

— Non sarebbe sospetto?

— Sì, però è già accaduto in passato. — Ultimamente

Aurora si era immersa nello studio della storia del Regno... una lunga, drammatica sequela di tradimenti e inganni. Guardò seria il signor Fogarty. — In effetti la maggior parte dei trattati sono stati stipulati senza canveri presenti.

— Senza contare — intervenne Pyrgus — che la presenza di un canvero non sarebbe affatto una garanzia. Il generale Silvicolus ha detto che sarebbero pubblici funzionari a prendere gli accordi preliminari. E se quelli incaricati da Rodilegno lo credessero sincero, un canvero non si accorgerebbe di niente.

— Resterebbe pur sempre la firma ufficiale — osservò Fogarty.

— Ma a quel punto potrebbe essere troppo tardi. — Lo sguardo di Pyrgus andò dall'uno all'altro. — No, i canveri non servirebbero.

— C'è dell'altro, vero, mia caaava? — disse all'improvviso Madama Circe. Stupito, Pyrgus vide che aveva lo sguardo fisso su Aurora, che a sua volta le rivolse un sorriso vagamente vergognoso.

— Avete ragione. Sono andata dall'oracolo.

— Ah — disse Madama Circe.

— Che oracolo? — chiese Pyrgus dopo un lungo silenzio.

— Lo Speziale. — Fu Madama Circe a rispondere.

— Chi è lo Speziale? — intervenne Fogarty.

— Che dio hai incontrato? — domandò Pyrgus, elettrizzato. Voltò la testa verso Fogarty e spiegò: — È un oracolo.

— Splendido — commentò lui.

— Gli ho chiesto... — Aurora esitò. — Ho incontrato l'Yidam. È uno buono? — Il suo sguardo andò da Pyrgus a Madama Circe

— Buono, ma pericoloso — rispose quest'ultima.

— Nonché un imbroglione — aggiunse Pyrgus. — O

così ho sentito dire. Io non ho mai avuto il coraggio di andare dallo Speziale. — Guardò ammirato la sorella.

— Qualcuno può degnarsi di spiegarmi di che state parlando? — chiese acido Fogarty.

Madama Circe gli strinse una mano. — Lo Speziale è in grado di evocare gli Antichi Dei, quelli che dominavano il mondo prima dell'avvento della Luce. A volte, se sei pronto ad affrontare il rischio, possono rivelarti il futuro. — Gli batté una mano sul ginocchio. — Ti spiegherò tutto con calma più tardi, mio caaavo. — Si voltò ansiosa verso Aurora. — Gli hai chiesto delle intenzioni di Rodilegno?

Aurora scosse la testa. — No. Gli ho chiesto che sarebbe successo se avessimo attaccato i Notturni. Mi ha risposto che avremmo vinto. E in fretta. — Nessuno fece commenti, e lei aggiunse: — Ha anche detto che rischiavo di essere tradita da qualcuno che mi è vicino. — Batté le palpebre. — Tutto sommato l'ho trovato simpatico. L'Yidam, voglio dire.

— Tradita? — le fece eco Pyrgus.

— Doveva riferirsi a Lord Rodilegno — riprese Aurora. — In fondo è mio zio... più vicino di così! Ora capite perché non mi fido della sua offerta? — Si guardò intorno alla ricerca di approvazione. — Sono ancora convinta che dovremmo attaccare. — A fatica, ma riuscì a evitare che suonasse come una domanda.

La voce gracchiante del signor Fogarty ruppe il silenzio. — Questo oracolo ha proprio *detto* che vinceremo? Ha detto esattamente: "tu vincerai la guerra"?

— Be', no, non con queste parole, Viceré — rispose Aurora impaziente. — Ha detto qualcosa tipo... "Un nemico sarà prontamente eliminato." Più o meno. Però il significato era chiaro.

— Ah! — Fogarty tirò su col naso. — Dannati oracoli.

Lo guardarono tutti. Alla fine Madama Circe gli chiese: — Che significa, mio caaavo?

— Ce l'avevamo anche noi, un oracolo, nel mio mondo, centinaia di anni fa. L'Oracolo di Delfi, si chiamava. Tipo il vostro Speziale, mi par di capire, però era una donna. Veniva posseduta dal dio e prediceva il futuro. È questo che è successo, sì?

Aurora annuì.

— Era un oracolo famoso in tutto il mondo antico. — Fogarty prese fiato e sospirò. — C'era un re, un certo Creso, che voleva attaccare i Persiani. L'oracolo gli disse che, se l'avesse fatto, un possente impero sarebbe crollato. — Guardò Aurora da sotto le sopracciglia aggrottate.

— E lui attaccò e vinse? — chiese lei, aggrottando a sua volta la fronte.

— I Persiani ne fecero polpette — fu l'inattesa risposta. — Il possente impero che crollò era il *suo*. — La fissò con gelidi occhi azzurri. — Bisogna fare attenzione a come s'interpreta un oracolo.

— Oh — fece Aurora.

— Allora voi non attacchereste i Notturni, signor Fogarty? — chiese Pyrgus.

— Oh, io li attaccherei eccome — rispose lui. — Non credo negli oracoli.

Diciannove

Rodilegno attese finché il cocchio che trasportava Pyrgus non fu fuori vista. Il ragazzo era un disastro, ma probabilmente era in grado di riferire un semplice messaggio alla sorella. Quello che sarebbe successo poi era un'incognita. Aurora era sempre stata una testa dura, fin da bambina. E adesso che era Regina...

Be', adesso che era Regina la sua cocciutaggine poteva tornargli utile.

Si voltò verso la villa e si accigliò. Ormai probabilmente erano arrivati tutti e lo stavano aspettando, con le loro stupide domande. Non che la cosa avesse importanza. Anche lui sapeva aspettare, più di tutti loro messi insieme.

Pelidne era immobile nell'ingresso. Rodilegno gli lanciò un'occhiata venata di disgusto. Era stato un vero peccato dover rinunciare a Sphinx. Ed era stata una scocciatura addestrare un nuovo Viceré, ma non potevi mai fidarti di un uomo con un wyrm nel didietro. E Pelidne compensava la mancanza di esperienza con un'assoluta lealtà. Per non parlare dei suoi altri, interessanti talenti.

— Sono arrivati? — latrò Rodilegno.

Pelidne annuì. — Li ho accompagnati in Sala Riunioni, signore.

— Hai azionato i sistemi di sicurezza?

— Sì, signore.

— Si sono accertati di non essere stati seguiti?

Pelidne sembrò stupito. — Presumo di sì, signore.

— Non dare niente per scontato. Sono un branco di idioti, dal primo all'ultimo. Fa' perlustrare la proprietà dalle guardie: se trovano qualcuno, che lo interroghino e lo uccidano. Dolorosamente. I cadaveri puoi darli al mio slith. La povera bestia non mangia da giorni.

— Sì, signore.

La Sala Riunioni si trovava quasi dieci metri sotto le fondamenta della villa, ed era a prova d'incantesimi. Quando Rodilegno entrò a passo deciso, calò il silenzio... come se fino ad allora i suoi ospiti avessero parlato male di lui. Il che era probabilmente vero. Lo sguardo gelido di Lord Rodilegno passò dall'uno all'altro di loro. C'era il vecchio Duca Electo, che sembrava più vecchio di qualunque dio e con i soliti disgustosi abiti color magenta. Ormai lasciava di rado il suo castello, e il fatto che fosse lì provava la serietà della situazione. Rodilegno gli rivolse un rapido cenno.

Gli altri, a parte poche eccezioni, erano gli stessi di sempre: Phragmatobia Fuliginosa, completo del solito irritante tic; le odiose gemelle Lasiommata, Maera e Megera, che lo fissavano con occhi maligni; quell'imbecille patricida di Furcula; e tutti gli altri debosciati che gli toccava sopportare per via del loro titolo. Il loro titolo *ereditato*. Neanche un solo vero talento, fra tutti.

Ma le eccezioni erano interessanti. Panolis, Duca di Flammea. Era stravaccato sul seggio a capotavola. Per la Tenebra, se era gigantesco! Perfino seduto, torreggiava sugli altri. Ci metteva anche del suo, era chiaro. Quelle spalle erano in parte dovute a un'accurata imbottitura, ma non sarebbe stato comunque consigliabile sottovalutarlo. Aveva combattuto la sua dose di battaglie, costruendosi una fama da eroe che gli aveva guadagnato un gran numero di seguaci. Un tempo era stato il più stretto alleato di Rodilegno. Ma ora? A quanto pareva, avevano idee diverse sull'attuale situazione.

E poi c era Larus Fuscus, con il suo esercito privato e gli armadi pieni di uniformi militari. Si diceva che ne indossasse una diversa ogni sera e poi facesse il giro dei bastioni agitando una spada d'ambra. Che buffone! Rodilegno dubitava che Fuscus avesse mai ucciso qualcuno, però l'esercito privato era un altro paio di maniche: combattenti di prim'ordine, bene addestrati, bene armati e pronti a obbedire al loro padrone. Il che consigliava di trattare Fuscus con i guanti. Un tempo Rodilegno era sicuro che fosse un suo stretto alleato, ma adesso era un uomo di Flammea... e lui non era più sicuro di Flammea.

L'ultima eccezione era ancora più interessante: Zosine Typha Ogyris, l'unico elfo nella stanza privo di un titolo. Ma quello che gli mancava in nobiltà, lo compensava con la ricchezza. Un ometto pelato simile a una rana, che se ne stava seduto con le mani incrociate sulla pancia. Sembrava innocuo, ma poteva disporre di più risorse di sei famiglie nobili. Era arrivato nel Regno senza un soldo dalla Terra di Halek. Qualcuno sosteneva che aveva posto le basi della sua fortuna spalando letame nei giardini del mercato. Letame! Per Rodilegno non era stato facile assicurargli un posto in quella riunione. I rappresentanti delle Grandi Case ritenevano nuocesse alla loro dignità sedersi accanto a un plebeo, ma adesso Zosine era lì. E se Rodilegno dubitava di Panolis, sapeva di poter contare totalmente su Zosine.

Con sua irritazione, fu Panolis a prendere l'iniziativa. — Allora, Rodi-Rodi — esordì, come se l'avesse convocata lui, quella riunione — tutto sistemato?

Distrattamente, Rodilegno si chiese se un pugnale avvelenato potesse attraversare un'armatura imbottita, però riuscì a rispondergli con espressione impassibile, quasi cordiale: — Naturalmente.

— Ancora nessuna risposta?

— Sarebbe difficile — disse disinvolto Rodilegno. Occupò il seggio all'altro capo del tavolo, di fronte a Flammea. — Il messaggio è appena partito.

— Perché questo ritardo? — chiese brusca Maera Lasiommata, sempre pronta a piantare grane.

Rodilegno le scoccò un'occhiata ammonitrice. — Perché *io* ho ritenuto che *questo* fosse il momento adatto. — Notando soddisfatto che Maera abbassava gli occhi, inclinò la sedia all'indietro e percorse il gruppo con lo sguardo. — Il Principe Ereditario Pyrgus... — S'interruppe, accennò un sorriso e proseguì: — O meglio, l'*ex* Principe Ereditario Pyrgus ha ascoltato i particolari della nostra offerta ed è attualmente in viaggio per riferirli alla giovane Regina. E ora...

— È stato scritto? — lo interruppe qualcuno.

Rodilegno riconobbe la voce pedante di Fuliginosa... più una scocciatura che un nemico vero e proprio. Si costrinse a sorridere. — Non ne vedo il motivo, Phragma. Al momento abbiamo solo proposto di aprire un negoziato. — Fuliginosa annuì sbuffando. Poi contrasse la faccia nel solito tic. Rodilegno tornò a rivolgersi agli altri: — Scopo di questa riunione è perfezionare la nostra posizione nel caso Sua Maestà dovesse accettare la nostra proposta... — una pausa di una frazione di secondo — ... e definirla nel caso dovesse rifiutarla.

In realtà non era affatto questo lo scopo della riunione, però suonava bene. Chiuse le labbra e attese l'inevitabile reazione.

— Pensavo che fossimo già d'accordo sulla nostra posizione — sbuffò Electo. — In entrambi i casi.

— Sembrava anche a me — ringhiò Megera, che era velenosa quanto la sorella ma, per quanto ricordava Rodilegno, un po' meglio come amante.

— Forse non esattamente in *entrambi* i casi — pigolò pedante Fuliginosa.

E la discussione ebbe inizio. Rodilegno chiuse gli occhi e si lasciò avvolgere dalle voci. Naturalmente tutto era già stato deciso. Era stata la più brutta sconfitta che avesse mai subito nel Consiglio degli Elfi della Notte. Peggiorata dal fatto di essere giunta totalmente inattesa. Negoziare una soluzione pacifica? C'era da rabbrividire. Eppure, una volta che la proposta era stata avanzata da un nobile di secondo grado – di certo agli ordini di qualcuno – gli avevano forzato la mano. Perfino Panolis lo aveva piantato in asso, e ancora Rodilegno non riusciva a capire perché.

Il risultato finale era stato chiarissimo. Gli Elfi della Notte non avevano più voglia di combattere. Lui era stato addirittura messo alla berlina per i suoi due ultimi tentativi falliti di impadronirsi del trono. Volevano la pace. Peggio ancora: la volevano a qualsiasi costo. L'offerta di negoziare nascondeva la resa totale. Se anche Aurora voleva la pace, poteva averla. E se avesse accettato subito, non c'era niente che lui potesse fare per impedirlo. Aveva perso i suoi alleati, e senza alleati era una nullità.

Però Aurora non avrebbe accettato subito... non se Rodilegno conosceva la nipote. Era sempre stata sospettosa, e per giunta aveva come consigliere un Viceré alquanto strambo. Avrebbe pensato a una trappola. Avrebbe preso tempo. Avrebbe tirato i negoziati per le lunghe mentre quella vecchia strega della sua spia tentava di scoprire cosa c'era sotto. Dando a lui il tempo di riguadagnare il pieno sostegno dei membri del Consiglio.

A cominciare da ora.

Voltando la testa, vide che Pelidne era entrato silenzioso nella stanza. — Rinfreschi — gli ordinò. E aggiunse un piccolo cenno.

Pelidne gli rispose con un altro cenno, così impercettibile che nessun altro nella stanza poteva essersene accorto. — Sì, signore — disse, e uscì.

Doveva avere un vassoio già pronto, perché rientrò subito. Furcula lanciò una rapida occhiata – correva voce che fosse un simbalomane – ma quando fu il suo turno prese un boccale di birra. Panolis scelse un simbala e lo tracannò d'un fiato, poi si appoggiò allo schienale, sorridendo e lasciandosi avvolgere dalla musica. Le sorelle Lasiommata bevvero vino, e così pure Fuscus.

Dopo che tutti gli ospiti si furono serviti, Pelidne offrì il vassoio al padrone di casa. Rodilegno stava per prendere un succo di tamarindo, quando Fuscus cominciò a tossire. La discussione era già ripresa, così dapprima la maggior parte dei presenti non ci fece caso. Ma poi Fuscus rovesciò la sedia, fece per alzarsi e crollò lungo disteso sul tavolo. Megera strillò e si ritrasse mentre Fuscus veniva scosso da convulsioni e vomitava sulla superficie lucida. L'altra gemella Lasiommata, Maera, scattò in piedi fissandolo a occhi sgranati ed emise un mugolio che somigliava in modo sospetto a un gemito di piacere.

— Che ha quell'idiota? — sbuffò il Duca Electo.

In effetti a Fuscus stava succedendo qualcosa di molto sgradevole. Per la precisione, gli si stava spaccando lentamente la testa. Nel giro di pochi istanti, il tavolo fu coperto di sangue e cervello.

Nella sala scoppiò il pandemonio. Però Flammea – notò soddisfatto Rodilegno – non si era mosso e lo fissava attento. Con tempismo perfetto, Zosine Ogyris si alzò in piedi. — Qualcuno chiami un medico — ordinò con voce tonante. — Quest'uomo ha la refinia! — La refinia era una malattia tropicale, ma ormai Fuscus era chiaramente al di là di ogni possibile aiuto medico. Comunque la diagnosi ebbe l'effetto desiderato: la refinia era contagiosa. La sala si svuotò in un batter d'occhio;

vi rimasero soltanto Rodilegno, Pelidne e il cadavere di Fuscus in rapida putrefazione.

— Qualcosa nel vino? — chiese a voce bassa Rodilegno.

Pelidne scosse la testa e socchiuse la mano destra per mostrare la punta scintillante di un ago che emergeva dal suo anello a sigillo.

— Ben fatto — commentò Rodilegno. Provò una contenuta soddisfazione. Flammea non avrebbe creduto un solo momento alla storia della refinia. Ormai doveva aver capito che il suo nuovo amico era appena stato brutalmente e pubblicamente assassinato. E diversi altri avrebbero raggiunto la stessa conclusione.

Era un messaggio importante da inviare a chiunque sapesse riconoscerlo. Presto le Grandi Case si sarebbero rese conto che non si poteva prendere sottogamba Lord Rodilegno. Col tempo avrebbero riconsiderato le loro ultime scelte politiche. Gli serviva soltanto che Aurora gli concedesse quel tempo.

Gli serviva soltanto che si rifiutasse di negoziare.

Venti

— Pensate che accetterà di negoziare? — domandò Pyrgus.

Un tempo avrebbe saputo la risposta - lui e Aurora erano sempre stati vicini - ma da quando lei era diventata Regina, le cose erano cambiate. Anche se per lo più *sembrava* ancora la sua sorellina, qualcosa in lei era cresciuto di colpo. Aveva acquisito una serietà e una durezza nuove, e Pyrgus non era sicuro che la cosa gli piacesse. Di certo non la capiva.

— Non saprei — rispose il Viceré Fogarty.

— Ma *dovrebbe* farlo? — insisté Pyrgus.

— Sì. — La risposta arrivò senza esitare.

— Mi pareva di averti sentito dire che dovremmo attaccare i Notturni, mio caaavo — interloquì Madama Circe.

Stavano passeggiando nei giardini del Palazzo insieme allo gnomo arancione di Madama Circe, Ciancia, che da lungo tempo si era dimostrato la discrezione incarnata, ed era anche un'ottima guardia del corpo.

— Non mi pare — replicò Fogarty. — Mi limitavo a esporre la mia opinione sugli oracoli. — Continuò a camminare un momento in silenzio, poi riprese: — So che l'hai mandata tu dallo Speziale, Brintesia, ma Aurora è giovane e impressionabile e non ha ancora imparato a mantenere il giusto distacco. E, naturalmente, sente quello che vuole sentire. Non mi va che, in una situazione così difficile, prenda decisioni seguendo il consiglio di qualche svitato. — Si fermò un momento per tirare il fiato e proseguì: — Perfino se l'oracolo le avesse detto chiaro e tondo: "Schiaccerai Rodilegno come l'insetto che è", neanche questo basterebbe a darle via libera. In fondo, Aurora gli ha chiesto: "Che succederà *se*..." Dire quello che succederà *se*, non significa che *devi* farlo. *Forse* vinceremo, se attacchiamo i Notturni; ma forse vinceremmo ugualmente accettando di negoziare... e perdendo molte meno vite umane.

— A quanto pare il discorsetto di Podalirio ti ha colpito — osservò gentilmente Madama Circe.

— Sì. Ho fatto una guerra, nel mio mondo. Ci ho guadagnato una cicatrice e un alluce in meno, e mi è andata bene che non ho perso la gamba. Una cosa del genere aiuta a chiarirsi le idee. La guerra non è nobile, e nemmeno "un'estensione della diplomazia con altri mezzi". — Sbuffò sprezzante. — La guerra è uno schifo. E di solito a iniziarla è qualche idiota che si guarda bene dall'andare a combattere. A rimetterci sono i poveracci spediti al fronte.

— Non sapevo che fossi stato un guerriero — disse Madama Circe.

— Guerriero un accidente! Non ero che un marmittone come tanti. Mica ci sarei andato, se non mi ci avessero costretto.

— Gliel'avete detto che dovrebbe negoziare? — chiese Pyrgus.

— Sì. Abbiamo scambiato due parole prima di andarcene.

— E pensate che lo farà?

Il Viceré lo fulminò con gli occhi. — Lo chiedi a me?

— Sì, d'accordo, ma forse dovremmo... che so, tentare di convincerla.

Fogarty gli concesse il beneficio di un'occhiata scettica. — Sei mai riuscito a convincere tua sorella a fare qualcosa?

In effetti Pyrgus non c'era mai riuscito, neanche quando era piccola. Non dubitava dell'affetto di Aurora, ma la parola "obbedienza" non apparteneva al suo vocabolario. Ma dato che non gli piaceva affatto come stavano andando le cose, rispose pensieroso: — Io no. Però penso di conoscere qualcuno che *potrebbe* convincerla.

— Henry? — chiese pronta Madama Circe. E, quando Pyrgus annuì, aggiunse: — Henry lo sa che Aurora è innamorata di lui?

— Non credo proprio. — Pyrgus sogghignò. Pensare ad Aurora e Henry lo metteva di buonumore. Gli stava simpatico, quel ragazzo.

Il signor Fogarty staccò lo sguardo dall'orizzonte. — Ghiandole — borbottò.

— Non essere cinico, Alan — lo rimproverò Madama Circe. — Se non t'innamori alla loro età, quando puoi farlo?

Per qualche motivo la domanda scaldò il signor Fogarty abbastanza da fargli accennare un sorriso. — Immagino che tu abbia ragione.

— Che dite, signor Fogarty... lo mandiamo a chiamare? — propose Pyrgus. — O farei meglio a traslare e andarlo a prendere io? — Non gli sarebbe dispiaciuto un altro viaggetto nel Mondo Analogo, anche se non sarebbe potuto restarci troppo tempo.

— Non ce ne sarà bisogno — fu la sorprendente risposta. Lo sguardo del signor Fogarty andò da Pyrgus a Madama Circe. — Avete un minuto, voi due?

Da quando si era stabilito nel Regno degli Elfi, il signor Fogarty aveva traslocato nella *Saram na Roinen*, la Dimora del Viceré: una residenza ufficiale che comprendeva un alloggio lussuoso e vari fabbricati ai margini dei giardini del Palazzo. Quando aprì la porta, Pyrgus notò che non aveva perso tempo a trasformare il posto in una specie di discarica, ma Fogarty li pilotò in fretta sul retro della casa verso uno degli edifici esterni.

Un tempo la costruzione di pietra era stata un ornitherium, ma ora gli alti finestroni trasparenti erano stati chiusi da assi e tutti i posatoi eliminati. Della struttura originaria non restava che il grande soffitto a volta; il resto era stato sventrato e sostituito da... da...

Pyrgus batté le palpebre. Sostituito dalla rimessa del signor Fogarty! La ricordava dalla volta che Poutpourri lo aveva scambiato per una farfalla. Ma questa era una rimessa dieci volte più grande. Conteneva abbastanza paccottiglia da riempire il negozio di un robivecchi, e il bancone da lavoro era enorme e ricoperto da vari macchinari di ogni genere.

— È un po' che ci lavoro — spiegò entusiasta il signor Fogarty. — Avete mai visto "Star Trek"? — Scosse la testa. — No, certo che no... sto diventando vecchio. — Li spinse dentro e chiuse la porta. — È un telefilm che vedevo a casa. Spiegalo tu cos'è la televisione, Pyrgus... l'hai vista. "Star Trek" era un telefilm sui viaggi spaziali. Hanno un'astronave e una cosa che si chiama *teletrasporto*. È solo finzione, ovvio, però mi ha dato l'idea. — Puntò deciso verso il bancone. — Ecco come funziona: *teletrasporti* la gente attraverso lo spazio, giù su un pianeta, di nuovo sull'astronave, dove ti pare, e se tu sei *sulla* nave, puoi *agganciarli* mentre sono sul pianeta e riportarli a bordo. — Il suo sguardo passò dall'uno all'altra. — Avete capito?

Pyrgus scosse la testa.

— No... — ammise Madama Circe.

— Immagino, signore — disse Ciancia — che a vostro parere questo processo presenti qualche analogia con la nostra tecnologia dei portali... ma se possibile migliorata.

— Esatto! — esclamò Fogarty. Si concentrò su Ciancia. — Stiamo parlando di trasmissione di materia, è chiaro. Scomponi una persona al suo schema-base e spedisci l'informazione da un'altra parte, dove la rimetteranno assieme usando gli atomi presenti sul posto. Il problema è sempre stato che cosa fare del cadavere.

— Che cadavere?

— Quello che viene scomposto *qui*, no? *Devi* farne qualcosa, o la persona finisce per trovarsi in due posti allo stesso tempo. Ecco perché la trasmissione di materia non è mai finita sul mercato. Pensate a una compagnia aerea che dovesse uccidere tutti i suoi passeggeri per farli arrivare a destinazione. Sarebbe sommersa dai cadaveri dopo la prima settimana.

— E nessun altro vorrebbe viaggiare per via della puzza — commentò Ciancia in tono soave.

— Mi prendi in giro? — Fogarty aggrottò la fronte.

— Non mi permetterei mai. Andate avanti, vi prego.

— Dunque... il fatto è che, con un portale, risolvi il problema del corpo. Non c'è più bisogno di trasmettere l'informazione, puoi trasmettere direttamente gli atomi. Una volta che il portale è in funzione, neanche serve aumentare l'energia.

— Ma signor Fogarty... — disse Pyrgus, che non aveva capito una parola — questo che c'entra con Henry?

Fogarty accennò a una scatoletta sul bancone. — Quello è un prototipo di teletrasporto portatile. Non si limita ad aprire un portale come quelli che ho costruito prima, ma permette di agganciare un bersaglio e trascinarlo via.

— Trascinarlo qui?

Fogarty aggrottò la fronte. — In teoria.

— Funziona?

— Non l'ho ancora sperimentato.

— Insomma — riassunse Pyrgus dopo un momento — potrebbe agganciare Henry e traslarlo qui nell'ornither... qua dentro? Anche adesso?

— Posso provarci — disse il signor Fogarty.

Ventuno

Quando Henry raggiunse la strada di casa, gli facevano male le gambe, ma i suoi veri guai cominciarono quando varcò la soglia. Sua madre doveva avere sentito il rumore della chiave nella serratura, perché la trovò nell'ingresso. Era vestita "da lavoro", con uno di quegli odiosi completi di tweed, ma la camicetta era sgualcita e aveva ombre scure sotto gli occhi. Sembrava non dormisse da mesi, ma questo non servì ad attutire la sua furia.

— Dove diavolo sei stato? — lo aggredì. — Ci siamo preoccupate da morire. Anais ha telefonato a tutti gli ospedali, e io ho appena denunciato la tua scomparsa alla polizia. Santiddio, Henry, perché non hai telefonato? Perché credi che ti abbiamo comprato un cellulare? Possibile che mai, *mai*, in tutta la tua piccola vita egoista, ti fermi un minuto a pensare a qualcun altro? — Dopodiché, facendolo sprofondare nell'imbarazzo più totale, lo strinse fra le braccia e scoppiò in lacrime. — Oh, Henry, pensavamo che fossi *morto*!

Era la prima volta che la vedeva piangere, e non sapeva come reagire. Lo stringeva tanto da togliergli il fiato, e le sue lacrime gli gocciolavano sulla mascella e gli scorrevano sul collo.

— Dove sei stato? — singhiozzò sua madre. — Dove sei stato?

Ma lui non poteva rispondere. Almeno non in modo soddisfacente. Dov'era stato? A passeggio per tutta la notte e buona parte della mattina. Ma poi lei gli avrebbe chiesto *perché*, e lui non lo sapeva. Forse lo aveva investito un'auto, però non aveva l'impressione di essere stato investito. Niente ossa rotte, niente mal di testa, neanche un livido. Che questo vuoto di memoria rientrasse fra i sintomi dell'esaurimento nervoso, insieme alla faccenda di vedere elfi e fatine?

— Mamma...

Quando ne aveva parlato a Charlie, lei aveva detto qualcosa... però non riusciva a ricordare neanche quello.

— Mamma... — ripeté, cercando di liberarsi dall'abbraccio.

Tutto sommato non capiva perché la facesse tanto lunga. Gli era già capitato di passare la notte fuori. Di solito da Charlie, dove spesso le decisioni erano prese all'ultimo minuto. Telefonava sempre per avvertire, è chiaro, ma a volte era accaduto che i suoi genitori fossero già andati a dormire, perciò non dovevano essere fuori di sé dalla preoccupazione, giusto? E in quel caso lasciava un messaggio in segreteria.

E poi ricordò che la sera prima *aveva* lasciato un messaggio in segreteria. Non aveva intenzione di restare da Charlie... voleva un passaggio per tornare a casa. E dato che nessuno gli aveva risposto, aveva lasciato detto: «Mamma ho perso l'autobus. Puoi venire a prendermi? Se non senti questo messaggio, torno a casa a piedi.» Lo ricordava con estrema chiarezza.

Di colpo gli venne in mente che per questo era così sconvolta! Non aveva sentito il messaggio fino a stamattina. Soltanto allora aveva controllato in camera, scoprendo che non era ancora rientrato. Non era preoccupata... si sentiva *in colpa*! Tipico. Come al solito era incapace di ammettere che una cosa fosse in realtà colpa sua. Non era affatto preoccupata per lui. Era andata a dormire senza neanche *pensare* a lui fino a stamattina. E ora faceva tutte quelle storie per nasconderlo.

— Mamma. — La prese per le braccia e la allontanò da sé con decisione. — Mamma, a te non importa un accidente di dov'ero.

Poi, sentendo gli occhi riempirsi di lacrime, le girò le spalle e salì di corsa le scale per andare a chiudersi in camera sua.

In piccolo, la stanza di Henry somigliava parecchio alla rimessa del signor Fogarty, a parte il fatto che c'erano indumenti sparsi invece di attrezzi, e modellini di vario tipo invece di macchinari. Si gettò sul letto e li guardò, pensando a come sembravano *infantili*. Una buona metà delle astronavi era di plastica! Per non parlare di quello stupido modellino di cartapesta di un porcello volante. Era stato l'ultimo modellino che aveva costruito, appena poche settimane prima. Incredibile pensare quanto ne era stato fiero.

Sentì bussare alla porta.

— Va' via, mamma — borbottò fiaccamente.

— Non sono Martha — rispose una voce. — Sono Anais...

Dopo un lungo momento Henry si alzò e andò ad aprire.

Ventidue

— Posso entrare? — chiese a voce bassa Anais. Indossava una maglietta, un paio di jeans e scarpe da ginnastica di marca.

Henry scrollò le spalle e tornò a sedersi sul letto senza guardarla.

Lei chiuse la porta, ma si fermò. Con la coda dell'occhio Henry vide che sembrava preoccupata, forse perfino un po' spaventata. Però la sua voce era ferma quando disse: — Henry, dobbiamo parlare.

Gli pareva di sentire sua madre dire la stessa cosa. A parte che, detto da lei, di solito significava: "Henry, devi ascoltare." Dopodiché gli spiegava per filo e per segno quello che aveva fatto di sbagliato, perché non doveva più farlo e come poteva fare molto meglio in futuro. Ma naturalmente questa non era sua madre. Era *l'altra donna* della casa.

Henry scrollò di nuovo le spalle, si guardò i piedi e disse: — Allora parla.

— Posso sedermi? — chiese Anais, accennando un sorriso.

— Non c'è posto — borbottò lui. Il che era abbastanza vero. L'unica altra sedia nella stanza, una vecchia poltrona sfondata, era così sommersa di paccottiglia varia da essere a stento visibile.

— Potrei sedermi sul letto accanto a te. — Anais inclinò la testa con aria interrogativa.

— Non ti voglio accanto a me! — scattò Henry, sforzandosi di controllare un improvviso accesso di collera.

Il sorriso sparì. — D'accordo — disse Anais. — Starò in piedi. E parlerò. Almeno finché ti andrà di ascoltare. Volevo soprattutto dirti che mi dispiace.

Era l'ultima cosa che si sarebbe aspettato. Lo stupore fece sparire la collera, e per la prima volta la guardò.

— So quanto dev'essere difficile tutto questo per te... — proseguì incerta Anais.

— No che non lo sai — la interruppe lui, di nuovo rabbioso. — Non sai un accidente di niente! — Riabbassò lo sguardo. Se non stava attento, rischiava di mettersi a piangere.

— Hai ragione: non lo so — ammise Anais. Parte del guaio era costituita dal fatto che era così carina. E giovane. E gentile. Era quello il vero problema. Gli sarebbe piaciuto odiarla. Avrebbe *voluto* odiarla, ma lei era così gentile che proprio non gli riusciva. Più gentile di sua madre, poco ma sicuro. Non riusciva a capire cosa ci trovasse Anais, in lei.

— No, certo che non lo so. Però so che devi sentirti malissimo. Vorresti che io non ci fossi... invece ci sono, e non posso farci niente. Però scappare di casa non è la risposta...

— Non sono scappato di casa! Sono solo rimasto a dormire da Charlie. — La fissò con aria di sfida. — Non è la prima volta.

— Henry — replicò Anais paziente — non sei rimasto da Charlie. È stato il primo posto dove abbiamo controllato. Charlie ci ha detto che erano arrivati dei cugini o qualcosa del genere, e non avevano posto. Anche lei era preoccupata per te.

"Ci credo che era preoccupata" pensò Henry. Le aveva appena detto che vedeva elfi e fatine. Ma quello che non sopportava era come Anais diceva *abbiamo* ed *eravamo*, come se lei e mamma fossero una coppia. Lo erano, è ovvio, però non c'era bisogno che glielo sbattesse in faccia.

— Avete telefonato a papà? — chiese.

Anais batté le palpebre. — Non subito — ammise riluttante.

— Perché no? Non vi ha neanche *sfiorato* l'idea che fossi andato da lui?

— Però non c'eri...

– No, non c'ero, ma non è questo il punto. Il punto è che *eravate* tanto preoccupate e a nessuna di voi, né a mamma né a te, è venuto in mente di telefonare subito a papà. È così, vero?

Adesso toccò ad Anais abbassare lo sguardo. — È vero. — Rialzò la testa di scatto. — Abbiamo sbagliato. Hai ragione, Henry. Abbiamo sbagliato di brutto. Ma a volte la gente fa... le cose sbagliate. Eravamo preoccupate. Non sapevamo che cosa potesse esserti successo. Sei sparito per tre giorni! Eravamo sconvolte. Tua madre ti vuole bene, Henry. Io ti voglio bene...

— Non dire che mi... — cominciò furibondo lui, e poi si bloccò. — Non sono sparito per tre giorni!

Anais attraversò la stanza e si sedette sul letto accanto a lui senza più chiedergli il permesso. Lo guardò negli occhi e gli strinse le mani. — Invece sì, Henry. È questo il punto. Eravamo sconvolte dall'ansia. Charlotte ha detto che eri stato da lei e che poi eri uscito per tornare a casa. Pensava che avessi preso l'ultimo autobus. Ma questo è successo martedì. Oggi è sabato.

— Oggi non è sabato — bisbigliò Henry. Di colpo aveva una paura folle.

— Hai usato qualche droga? — chiese Anais a bassa voce.

— Non ho usato nessuna droga! — sibilò Henry. — Non ho mai preso droghe! — Impossibile che fossero passati tre giorni. Aveva perso l'ultimo autobus appena la sera prima. La sera prima!

Qualcosa non andava. E non si trattava solo del fatto

che era confuso. Batté le palpebre diverse volte e scosse la testa nel tentativo di schiarirsi le idee. Aveva l'impressione di avere davvero preso una droga. Qualcosa stava succedendo alla realtà. La stanza gli ondeggiava attorno. Si guardò le mani per cercare di recuperare il controllo: erano strette nelle piccole mani curate di Anais... e si stavano dissolvendo!

Con affascinato orrore e un crescente senso di nausea, guardò le proprie mani disintegrarsi in piccolissime scintille. Alzò la testa a fissare Anais, e vide la sua faccia svanire in un biancore abbagliante. E poi, di colpo, anche lui cominciò a svanire.

Forse, pensò, stava morendo.

Ventitré

Gli Appartamenti Reali erano spaziosi e lussuosi, e Aurora li detestava. Le sedie erano troppo grandi, il letto troppo morbido, gli arazzi troppo sfarzosi.

I ricordi troppo penosi.

Tutto, là dentro, le ricordava il padre. Aveva continuamente l'impressione di sentire il suo odore, l'eco dei suoi passi. Una volta, di notte, le era addirittura sembrato di sentire la sua risata gorgogliante.

E continuava a vedere la macchia di sangue sul tappeto, anche se i servi l'avevano eliminata con cura e poi, dietro sua insistenza, avevano sostituito dal primo all'ultimo i tappeti che ricoprivano il pavimento. Ma dato che, per tradizione, i nuovi tappeti dovevano essere identici ai vecchi per colore e disegno, nella sua mente la macchia di sangue c'era ancora e continuava ad allargarsi.

Sempre per tradizione, la Regina doveva alloggiare negli Appartamenti Reali... ma come poteva riflettere a mente sgombra quando le sembrava di vedere il padre dovunque volgesse lo sguardo? Doveva uscire da lì.

D'impulso azionò il pannello segreto scoperto da Colias durante il suo breve regno. Dava accesso a un corridoio che per generazioni aveva fornito ai Monarchi un'utile via di fuga. Ai vecchi tempi erano fuggiti per salvarsi la vita; lei cercava di sfuggire a un fantasma. Vi entrò e si richiuse il pannello alle spalle.

Il tunnel sbucava sulle rive dell'Isola Regia, davanti a un'ansa del fiume. Stava calando il buio, e Aurora si sedette su un masso guardando accendersi le luci della città. Sembravano così vicine! Laggiù c'erano decine di migliaia dei suoi sudditi, eppure non si era mai sentita così sola. Una decisione sbagliata poteva costare la vita a tanti di loro. Che doveva fare? Qual era la cosa *giusta* da fare?

Una chiazza di muschio scivolò giù dal masso e finì a terra con un tonfo e un brontolio irritato.

Aurora scattò in piedi, una mano fra le pieghe della veste alla ricerca del letale piccolo stimlus che portava sempre con sé. Era stata stupida, più che stupida, stupidissima, a non avvertire le guardie dei suoi movimenti, ma ancora non si era abituata a essere Regina.

— Sei tu, Aurora?

Aguzzò la vista nella luce fioca. — Scassatimpani? — Batté le palpebre. — Sei tu, Scassatimpani?

— Mentirei se dicessi altrimenti — replicò sinceramente il canvero, strisciando verso di lei.

Di colpo il fardello degli affari di Stato le lasciò le spalle e Aurora sentì una piccola bolla di gioia gonfiarsi dentro di lei. — Che ci fai qui?

— Ero uscito a raccogliere l'omron. — Era un'attività cui i canveri si dedicavano al tramonto, però Aurora non aveva mai capito bene in che cosa consistesse. — E mi sono addormentato a pancia piena. Non mi aspettavo di trovarti qui. Di trovarci chiunque, per dire la verità.

I suoi problemi tornarono a sommergerla. — Tentavo di prendere una decisione su una certa cosa.

Si aspettava che le chiedesse su quale (e non era sicura che glielo avrebbe detto) ma il canvero si limitò a commentare: — Dev'essere complicato fare la Regina.

Che buffo. Era l'aggettivo perfetto per definire la sua situazione: complicata. Nessuno dei suoi cortigiani o consiglieri l'avrebbe mai usato, ma era proprio quello giusto. Per la prima volta da giorni, sorrise di cuore.

— Hai ragione, Scassatimpani. Terribilmente complicato. — Un'idea improvvisa la fece fremere di eccitazione. — Me lo faresti un piacere? — chiese impulsivamente. Non poteva dargli ordini, e nemmeno aveva intenzione di provarci. In fondo, i canveri non erano suoi sudditi in senso stretto.

— Sicuro — rispose pronto Scassatimpani.

Parte dell'eccitazione iniziale svanì, sostituita dall'ansia. — Potrebbe essere rischioso.

Scassatimpani le si era disteso su un piede, scaldandolo tanto da farle desiderare che le coprisse anche l'altro. — Rischio è il mio secondo nome — rispose. Per poi aggiungere rapidamente: — È solo una metafora, è chiaro. L'ho sentita da qualche parte. In verità non ho un secondo nome, e se lo avessi dubito che sarebbe qualcosa di pretenzioso come *rischio*. — Si dimenò inquieto. Ai canveri mancava la capacità di mentire, perciò per loro era molto difficile fare uso di metafore.

— Faresti visita a mio zio?

— Lord Rodilegno?

— Proprio lui. Dovresti arrivargli abbastanza vicino da scoprire se dice o no la verità.

— La cosa non gli farà piacere.

A dir poco. Aurora cominciava a sentirsi in colpa – in effetti era un compito estremamente rischioso – ma più ne parlava, più le sembrava la soluzione ideale. E Scassatimpani poteva farlo. Anzi, era l'unico canvero cui potesse affidare quel compito. Già molte volte si era dimostrato un amico fedele.

Così prese fiato e gli raccontò tutto.

— Insomma vuoi che scopra se quella di Rodilegno è un'offerta sincera? — le chiese lui alla fine.

Aurora annuì. — Puoi farlo?

— Se riesco ad arrivargli abbastanza vicino. Potrebbe essere un problema superare le guardie.

— Potrei farti entrare io nella villa. — Aurora rifletté

freneticamente. Se gli avesse fatto una visita ufficiale, Rodilegno si sarebbe subito messo in guardia. E se fosse comparsa circondata da guardie del corpo, avrebbe potuto reagire aumentando le misure di sicurezza. Però se fosse comparsa di punto in bianco...

Le piaceva l'idea di piombare inaspettata nella villa di suo zio. Avrebbe dovuto prendere qualche precauzione, è chiaro, attenersi a certe regole. Per esempio mettere in funzione un Conto alla Rovescia, come facevano i vecchi Monarchi quando c'era rischio di guerra. E si sarebbe portata dietro lo stimlus... no, questo non poteva farlo: i sicurincanti di Rodilegno lo avrebbero individuato all'istante. Meglio presentarsi disarmata. Sarebbe bastato il Conto alla Rovescia, a difenderla, però doveva riuscire a nascondere Scassatimpani.

— Non deve accorgersi della tua presenza. È importante non fargli capire che lo stiamo controllando.

— Senza contare che potrebbe uccidermi — le ricordò lui.

— È vero. — Era impossibile nascondere qualunque cosa a un canvero.

Comunque, quel particolare canvero era pronto a correre il rischio. — D'accordo — disse, scrollandosi allegramente. — Quando si parte?

"Adesso sarebbe l'ideale" pensò Aurora. Appena avesse dato il via al Conto alla Rovescia ed escogitato un modo per nascondere Scassatimpani.

— Sai quando mi sono addormentato là fuori? — la informò loquace Scassatimpani mentre ripercorrevano il passaggio segreto — Prima di cadere dal masso?

— Sì?

— Stavo sognando Henry. Era in un mare di guai.

— Lo sogno anch'io, a volte — confessò Aurora.

Ventiquattro

Henry era in un mare di guai. Poco ma sicuro, aveva le allucinazioni. Per esempio, vedeva una figura china su di lui. Dopo un po' riconobbe il signor Fogarty.

— Credevo che fosse in Nuova Zelanda — mormorò in tono sognante.

— Non essere sciocco — sbuffò lui.

— Che cos'ha? — La voce proveniva dalla sua sinistra e apparteneva a Pyrgus.

— È un po' disorientato. Fra un momento sarà come nuovo.

— Voglio parlargli. Di Aurora.

— Fra un momento. I suoi atomi sono stati disintegrati e rimessi assieme. Non puoi pretendere che sia fresco come una rosa.

Henry tentò di tirarsi su e ricadde disteso. Il soffitto era niente male. A volta, come quello di una chiesa, però più basso. E il pavimento di legno sapeva di vaniglia. Gli faceva un po' male dappertutto. Parecchio male, in effetti.

— Forse potrei essere d'aiuto, signore...?

Una voce di donna disse: — In effetti s'intende parecchio di pronto soccorso, miei caaavi.

— Fa' pure — disse il signor Fogarty.

Un pollice arancione affondò nello sterno di Henry. Che provò un improvviso dolore lancinante... e di colpo tutto tornò a fuoco. Si mise seduto di scatto, premendosi una mano sul petto. E si trovò davanti la faccia sorridente dello gnomo di Madama Circe.

— Ecco fatto. Va meglio, sì? — gli chiese Ciancia.

Venticinque

Henry aveva l'impressione di essere passato dentro un tritacarne. Gli faceva male tutto, incluso, notò stupito, i capelli. Ma peggio del dolore era la confusione. Un istante prima era in camera sua.

Si guardò attorno. E adesso si trovava nella rimessa del signor Fogarty. Cioè: in una versione superextralarge della rimessa del signor Fogarty. Era enorme e piena zeppa di aggeggi pazzeschi, compreso un piccolo portale che sembrava fatto di fuoco bluastro e che gli si librò un istante sopra la testa per poi sparire con uno schiocco e uno spruzzo, come una bolla di sapone.

Pyrgus sogghignava. Madama Circe sorrideva. Ciancia lo guardava. Il signor Fogarty lo fissava accigliato. Era tornato. Era di nuovo nel Regno! Non era tutto frutto della sua fantasia!

Si rimise in piedi a fatica. Al di là della finestra scorse il Palazzo con i suoi massi ciclopici usurati dalle intemperie fino a diventare quasi neri. Aveva la sensazione di essere tornato a casa. Provò a fare un passo, e per poco non cadde lungo disteso.

— Piccoli postumi — disse il signor Fogarty a nessuno in particolare.

Henry si sostenne al bancone con una mano. Guardò Pyrgus e sorrise.

— Non possiamo portarlo dalla Regina in questo stato — disse Madama Circe.

— So io qualcosa che lo tirerà su — replicò allegra mente Pyrgus.

Ventisei

— Che posto è questo? — chiese Henry. Anche se quella era la sua terza visita al Regno, non aveva mai fatto un giro in città. Era un'esperienza strana, un po' come tornare indietro nel tempo. Continuavano a venirgli in mente certi quadri della Londra elisabettiana e il film *Shakespeare in Love*. La città sembrava composta di stradine sudicie, finestrelle ed edifici aggettanti. Il fiume somigliava a una versione più larga del Tamigi. Però, a dispetto delle somiglianze, c'erano alcune differenze inquietanti. Come questa, per esempio.

— È una Frizzosala — rispose Pyrgus.

La facciata era decisamente sgargiante, coperta da abbaglianti fasce di colore create da rivestincanti che strisciavano e s'intrecciavano senza il minimo rispetto per il buongusto. Sopra la porta, una spirale ruotava esercitando un effetto ipnotico sui passanti, e attraendo, notò Henry, un folto corteo di insetti e piccoli uccelli.

— Non sarà mica una taverna... una specie di pub? — chiese. — Nel mio mondo non ho il permesso di andarci. — Anche se non era una taverna, non era sicuro di volerci entrare. Ormai si sentiva molto più stabile sulle proprie gambe, però aveva ancora i muscoli indolenziti e non desiderava altro che farsi una dormita. Chissà perché, dubitava che Pyrgus avesse in mente qualcosa del genere.

— No, non è una taverna. Possiamo andare in una taverna, se preferisci, però pensavo che questo fosse meglio. — Lo fissò perplesso. — Perché non ti è permesso entrare nelle taverne?

— Sono troppo giovane.

— Hai la mia stessa età.

— Sì, lo so. — Henry lasciò perdere e scrutò sospettoso l'ingresso del locale — Non sarà una fumeria d'oppio?

— Non so cosa sia questo oppio, però se vuoi una fumeria, possiamo andare in una Satursala. Anche quelle sono piuttosto stimolanti. Però — aggiunse allegramente — questa usa solo prodotti biologici.

— Andrà benissimo, Pyrgus — si arrese Henry, ricordando in ritardo le buone maniere.

La porta sotto la spirale turbinante dava su un corridoio tortuoso che ricordava l'interno di un intestino, con pareti, soffitto e pavimento di un rosa lucido che ondulavano e fremevano come per spingerli avanti. A Henry la cosa non piacque granché: aveva l'impressione che l'edificio fosse intenzionato a digerirlo, ma per fortuna il corridoio era breve.

Sgusciarono in una sala vivacemente illuminata, dove poltrone di pelle bianca erano sistemate a coppie accanto a parecchi tavolini bassi. Cavi serpeggianti collegavano ogni poltrona a una delle tante piccole scatole nere incassate nel pavimento. Vicino al soffitto fluttuava in lettere gotiche un grande scrittincanto:

FRIZZESPERIENZA ORGANICA

— Occupa quei due posti — gli suggerì Pyrgus. — Meglio essere vicini alla porta, nel caso ci fosse un rifrullo d'energia.

— Che succede se c'è un rifrullo d'energia? — domandò ansioso Henry, chiedendosi che diavolo fosse. Dubitava di poterlo affrontare... era già fin troppo indolenzito. Ma Pyrgus era già diretto verso la cassa, probabilmente per pagare.

Henry prese posto su una poltrona, che cigolò e squittì esattamente come una qualunque poltrona di pelle. Si guardò attorno: non sembrava che la Frizzosala – qualunque cosa si vendesse là dentro – facesse grandi affari. A parte una manciata di coppie, era ben lungi dall'essere piena.

Pyrgus tornò e si sedette sorridendo.

— Adesso che succede? — indagò Henry.

— Adesso arriva qualcuno.

Il qualcuno si rivelò una graziosa ragazza dai lineamenti delicati che portò loro un vassoio con due alti bicchieri; sollevato, Henry vide che erano pieni di semplice succo di frutta frizzante. Fece per prenderne uno appena la ragazza li lasciò sul tavolo, ma Pyrgus lo bloccò sibilando: — Quello è per dopo! — come se avesse commesso una gaffe imperdonabile.

La ragazza sorrise a Henry, infilò una mano nella scollatura, ne tirò fuori una chiavetta scintillante appesa a una fettuccia e si chinò a infilarla in una piccola fessura al centro del tavolino. — Buona Frizzesperienza Organica — augurò loro con aria professionale, e se ne andò.

— E adesso che succede? — tornò a chiedere Henry, sperando che non fosse niente di faticoso.

— Aspetta. — Pyrgus sorrise.

Henry aspettò.

Dopo un minuto, mormorò: — Che stiamo aspett... UAU!!

Si era sentito attraversare da una leggera scarica di elettricità che gli era risalita lungo la spina dorsale. La sua testa sembrò esplodere come un petardo, e tutto il corpo si frantumò in colori che danzavano seguendo il ritmo di una musica paradisiaca. Un senso di eccitazione stordente gli crebbe nello stomaco – a proposito: dov'era il suo stomaco? – finché si sentì scoppiare. E poi, di colpo, tutto finì.

— Non è stato super? — esclamò Pyrgus, gli occhi scintillanti.

Henry prese il suo bicchiere con mano tremante.

Una volta, durante una vacanza in Spagna, aveva provato succo di tamarindo: questa bevanda aveva lo stesso sapore dolce-aspro, ma ogni somiglianza finiva lì. Fin dal primo sorso gli si dimenò in bocca come un gatto che si mettesse comodo. All'inizio era una sensazione strana, ma dopo un momento decise che gli piaceva. In effetti gli piacevano parecchie cose della Frizzesperienza Organica. Gli piaceva Pyrgus, e gli piaceva il Regno. E gli piaceva parlare. Giusto... com'è che ora non stava parlando?

— Il dolore è sparito — sentì la propria voce annunciare. Sorrise.

— Davvero? — disse Pyrgus. — Proprio sparito? — Bevve anche lui un sorso.

Discussero per un po', o forse per la maggior parte del pomeriggio, degli acciacchi di Henry e giunsero alla conclusione che aveva attraversato un periodaccio e che il teletrasporto del signor Fogarty non lo aveva certo aiutato. Anzi, gli era andata bene se non era impazzito. Questa idea, chissà perché, li fece ridere a crepapelle.

— A proposito di matti — osservò Pyrgus dopo un po' — tu hai una cotta per mia sorella, giusto?

— Oh, sì — rispose Henry senza esitare. E senza neanche un briciolo d'imbarazzo.

Pyrgus mise giù il bicchiere. — Vuole dichiarare guerra ai Notturni.

— Che strano — osservò Henry.

Ogni tavolino era circondato da un segretincanto – almeno così assicurò Pyrgus – perciò si sentirono liberi di parlare di quella faccenda senza remore. Discussero dell'offerta di Rodilegno e della risposta di Aurora. Osservarono che parecchie persone – e *bestie*, si affrettò ad aggiungere Pyrgus – sarebbero rimaste uccise se fosse scoppiata una guerra. Esaminarono il comportamento di Aurora da quando era diventata Monarca.

— Il potere corrompe — affermò serio Henry. — E il potere assoluto corrompe in modo assoluto!

— Però! — esclamò Pyrgus ammirato. — È *assolutamente* vero.

Per un pezzo discussero di corruzione, e infine decisero che Henry aveva il dovere di convincere Aurora a offrire una possibilità alla pace.

Ma quando tornarono al Palazzo, Aurora era sparita.

Ventisette

— Stai comodo? — chiese Aurora.

— Sì, comodissimo.

— Mi sa che sei scivolato un po' troppo in basso.

— Chiedo scusa.

Lo sentì arrampicarsi. Aveva piedi caldi e morbidi, svariate centinaia di piedi che, chissà come, le aderivano alla pelle senza farle male.

— È solo che se scivoli troppo giù, sembra che io indossi la crinolina.

— Chiedo scusa — ripeté Scassatimpani.

Di sicuro era più comodo di certi indumenti ufficiali... un po' come avere uno scaldino attaccato alla schiena. Sopra, Aurora aveva indossato un'ampia camicetta bianca e, a patto che Scassatimpani restasse fermo, serviva egregiamente a nasconderne la presenza. Ma quando infilò la giacca aderente che faceva completo con la gonna sembrò che le fosse spuntata la gobba.

— Che effetto fa, con la giacca? — chiese Scassatimpani.

— Un po' strano — ammise Aurora controllandosi nello specchio della sua camera.

— Mi si vede?

— In un certo senso...

— Forse potrei buttare fuori tutto l'ossigeno. I canveri possono andare avanti un pezzo senza respirare...

— Prova un po'.

— Come va?

Aurora scosse la testa. — Niente da fare... Non sei tu, è la giacca. Sarà meglio non metterla. — La sfilò e tornò a specchiarsi. Era vestita un po' troppo semplicemente, anche per una visita semiufficiale. Suo zio ci avrebbe fatto caso? A Rodilegno non sfuggiva praticamente niente, ma che avrebbe potuto farle? Certo non avrebbe osato farla perquisire... non adesso che era Regina. E mai e poi mai avrebbe immaginato che avesse un canvero appiccicato alla schiena. — Puoi ricominciare a respirare, Scassatimpani... — Sì, andava bene. Purché non scivolasse troppo in basso. — Sicuro di poter mantenere la presa? Probabile che sia per un pezzo...

— Nessun problema. È una caratteristica ereditaria. I miei avi stavano attaccati ai precipizi.

Era terribilmente rischioso. Se Lord Rodilegno avesse scoperto il trucco, Scassatimpani sarebbe stato un canvero morto. Senza contare che suo zio poteva infuriarsi al punto da uccidere *lei*... soprattutto se avesse pensato di riuscire a cavarsela impunemente. A meno che non volesse davvero la pace. Ed era proprio questo che intendevano scoprire.

Di sicuro sarebbero stati completamente soli. Zero copertura, zero guardie del corpo. Per un momento Aurora si chiese se fosse il caso di comunicare a qualcuno le sue intenzioni. Ma se lo avesse fatto, si sarebbe scatenato un pandemonio. Da quando era diventata Regina, tutti non facevano che tenerla d'occhio. Ecco perché era andata a consultare l'oracolo da sola. E tutto era filato liscio, giusto?

Raddrizzò le spalle e Scassatimpani restò cocciutamente attaccato al suo posto. Poteva dare il via al Conto alla Rovescia prima di lasciare il Palazzo. Il bello dei generali era che non facevano mai domande: obbedivano e basta.

— Molto bene — disse a voce alta. — Possiamo andare!

Ventotto

— Perché mi guardate tutti così? — domandò Pyrgus.

— Sei tu il prossimo in linea di successione per il trono — gli ricordò il Viceré.

— Nient'affatto... ho abdicato!

— Vuoi che vada a cercare Colias? — replicò acido Fogarty.

Erano riuniti tutti - il Viceré, Madama Circe, Ciancia il triniano arancione, Pyrgus e Henry - nella Sala del Trono. Il signor Fogarty aveva piazzato un paio di guardie davanti alla porta.

– D'accordo — disse Pyrgus — per il momento cerchiamo di non farlo sapere in giro. — Si guardò attorno, ancora sperando di evitare di dover assumere il comando, però non si vedevano altri volontari. — Siamo proprio sicuri che non sia da qualche parte nel Palazzo?

— Non c'è — gli assicurò il signor Fogarty.

— Non l'avranno mica rapita? — chiese Henry in tono preoccupato.

Il signor Fogarty scrollò le spalle. — Forse, però è sparito anche il suo volasvelto personale.

Pyrgus lo guardò a bocca aperta. — Aurora ha un volasvelto *personale*? Com'è che io non ce l'ho?

— Sei minorenne.

— Aurora ha un anno meno di me! Non può avere un volasvelto personale!

— Aurora è la Regina. Può avere quello che vuole.

— Cioè, se non avessi abdicato avrei potuto averne uno anch'io?

— Esatto, però hai abdicato, e quindi non puoi averlo. E ora vogliamo tornare al dunque? — sbottò il signor Fogarty. — Aurora è andata, o è stata portata, da qualche parte senza dirlo a nessuno.

— Aurora non fa che andare in giro senza dirlo a nessuno — brontolò Pyrgus, ancora piccato per la faccenda del volasvelto personale. — Aveva forse avvertito qualcuno quando è andata dall'oracolo?

— No, non l'ha fatto — ammise irritato Fogarty. — Ma dato che ormai siamo a un passo dalla guerra, questa sua improvvisa scomparsa non ti pare un po' sospetta?

— A un passo dalla guerra? — chiese Pyrgus sbigottito.

— A un passo dalla guerra? — gli fece eco Henry.

Il signor Fogarty andò a sedersi sul trono con aria distratta e sospirò. — Prima di sparire ha chiamato Lampides e ha messo in moto un Conto alla Rovescia.

— Cos'è un Conto alla Rovescia? — chiese Henry, ma tutti lo ignorarono.

Pyrgus fissò il signor Fogarty a bocca aperta. A sua sorella il potere aveva dato alla testa. Una cosa era prepararsi alla remota possibilità di una guerra; tutta un'altra dare inizio a un Conto alla Rovescia, ponendo una scadenza precisa ai generali. Una volta raggiunta la data prefissata, sarebbero stati obbligati a lanciare un attacco *senza aspettare ulteriori ordini.*

— Quanto tempo ci rimane? — chiese.

— Tre giorni — rispose Fogarty.

Pyrgus gemette. — È andata da Rodilegno. — Era l'unica possibilità sensata. I Conti alla Rovescia erano una tradizione stabilita da un Monarca di nome Scolitandes lo Spaurito, che viveva nel terrore di essere rapito. Ogni volta che i suoi doveri lo obbligavano a recarsi in visita da un nemico, ordinava ai suoi generali di attaccare a un'ora prestabilita se non fosse tornato. In questo modo, se fosse stato ancora vivo lo avrebbero salvato e, in caso contrario, vendicato. Ma questo succedeva cinquecento anni prima! In seguito quel genere di strategia era stata accantonata – aveva provocato fin troppe guerre inutili – ma Aurora era fissata con la tradizione.

Pyrgus fissò Fogarty a occhi sbarrati. — Se attacchiamo Rodilegno, scoppierà la guerra civile. È questo che succederà, vero, se Aurora non dovesse tornare in tempo?

— Questo è il problema — confermò Fogarty.

— Forse *non* è andata da Rodilegno — intervenne Henry in tono vivace. — Forse è andata da qualche parte che possiamo attaccare senza fare scoppiare una guerra.

Il signor Fogarty fissò in silenzio Madama Circe che, dopo un momento, disse imbarazzata: — In effetti... ehm... sappiamo per certo che è andata a trovare Rodilegno.

Tre paia d'occhi si puntarono su di lei. Il suo caftano lilla faceva a pugni con il colorito di Ciancia, che al momento usava come sedile. Fu Pyrgus a parlare: — Lo sappiamo?

Madama Circe annuì. — Le abbiamo messo alle costole un segugio.

— Abbiamo? — ripeté Pyrgus. — Abbiamo, *chi*?

Madama Circe scrollò le spalle. — E va bene, mio caaavo — ammise imbronciata. — Le *ho* messo alle costole un segugio. Il giorno stesso che è diventata Regina.

— Avete messo un segugio alle costole di un membro della famiglia reale? — Pyrgus neanche tentò di attutire il tono indignato della propria voce. I segugi erano illegali in tutto il Regno, e perfino gli Elfi della Notte li usavano di rado.

— Dovresti essermene grato — replicò Madama Circe, nient'affatto pentita. — È grazie a lui che posso dirti dove si trova tua sorella in questo preciso istante.

— E dove sarebbe? — chiese Henry.

– Si sta avvicinando alla nuova villa di Rodilegno — rispose Madama Circe.

Pyrgus continuava a guardarla storto. — Non è che avete messo un segugio anche su di me, eh?

Lei sorrise. — Certo che no, mio caaavo... non sei più neanche lontanamente importante.

— Di questo possiamo discutere in seguito — ringhiò il signor Fogarty alzandosi di scatto dal trono, come se solo in quel momento si fosse reso conto di esserci seduto sopra. — Ora come ora, dobbiamo decidere il da farsi.

— Questo segugio... — disse Henry fissando Madama Circe — può dirci se è sola?

— È priva di protezione, ma non è sola. C'è un canvero con lei.

— Mica Scassatimpani? — chiese Henry.

Madama Circe annuì. — Temo di sì, mio caaavo.

Il signor Fogarty stava scuotendo la testa. — È ovvio quello che ha in mente. Si è portata dietro Scassatimpani per scoprire se l'offerta di Rodilegno è genuina. Una manovra degna di lei: Aurora non tiene mai conto delle possibili ripercussioni... o del pericolo per se stessa.

— O per Scassatimpani — borbottò Henry.

— Giusto! O per Scassatimpani! — gli fece eco Pyrgus, guardando truce Fogarty come se fosse tutta colpa sua.

Lui ignorò entrambi. — La domanda è: ora che facciamo?

Dopo un momento, Henry chiese ansioso: — Dobbiamo fare qualcosa? — Si guardò attorno. — Insomma, potrebbe funzionare. Se l'offerta di Rodilegno è genuina, non le farà certo del male, giusto? E se Aurora torna entro tre giorni non ci sono problemi, giusto?

Fogarty gli scoccò un'occhiata sprezzante. — Prima legge della politica: mai fidarsi di Rodilegno. Che succede se scopre il trucco di Aurora? Nel migliore dei casi, l'offerta è genuina e lui si ritiene insultato dalla sua mancanza di fiducia. Nel peggiore, l'offerta non è genuina e lui si è procurato un appetitoso ostaggio.

— Il problema — intervenne Madama Circe — è che non possiamo mandarle dietro uno squadrone di soldati. Primo: questo potrebbe dare inizio esattamente alla guerra che stiamo cercando di scongiurare. Secondo: ovviamente Aurora *non* vuole guardie tra i piedi in questa missione, e in fin dei conti *è* la Regina. Dobbiamo tenere conto dei suoi desideri. — Esitò e aggiunse: — È necessario agire con astuzia. La situazione è estremamente delicata. I miei agenti hanno addirittura sentito parlare di problemi con i demoni.

Fogarty la fissò stupito. — I portali sono sempre chiusi, vero?

Madama Circe annuì. — Tutti i portali regolari, sì. Ma...

Henry la interruppe: — Andremo a cercarla Pyrgus e io — disse deciso.

Ventinove

Il palazzo – ormai raso al suolo – che Lord Rodilegno si era fatto costruire nella foresta era rinomato per i suoi sistemi di sicurezza. In fondo la foresta pullulava di haniel, e chiunque osasse addentrarsi fra i suoi alberi aveva buone probabilità di essere mangiato. Purtroppo la sua nuova dimora era priva di quelle difese naturali: anche se era circondata da parecchie centinaia di acri di terreno, il precedente proprietario ne aveva fatto un immenso giardino, eliminando ogni traccia di animali selvatici più pericolosi che decorativi. Di conseguenza era stato quasi ridicolmente facile ucciderlo... un destino che Rodilegno non aveva intenzione di condividere.

Il nuovo sistema di sicurezza era un capolavoro. Concentrato sulla casa, la racchiudeva in una sfera azionata da incantesimi. Installarlo era costato un patrimonio e, a quanto pareva, sarebbe costato un patrimonio mantenerlo in funzione. Però lo valeva tutto, fino all'ultimo gnutto.

— È attivo? — chiese Rodilegno.

— Attivo, ma non operativo — rispose Pelidne.

— Come faccio a vedere che succede? — Non c'erano né vistaglobi né schermi, solo una fila di controlli e una leva che si adattava alla forma e alle dimensioni della mano di chi la stringeva.

— Gli occhialoni, signore. Sul tavolo.

Rodilegno eseguì un cambio di occhiali, facendo attenzione a non scompigliarsi la scriminatura, e subito ebbe l'impressione di fluttuare all'esterno della villa. La luce era strana – ricordava un po' il chiarore della luna piena, ma con una bizzarra sfumatura azzurrina – tuttavia riusciva a distinguere ogni cosa. L'effetto tridimensionale era impressionante.

— Come faccio a cambiare punto di vista?

— La leva, signore.

Istintivamente Rodilegno lanciò un'occhiata in direzione della leva e scoprì stupito che poteva ancora vederla. In effetti, con un minimo sforzo, poteva vedere ogni cosa in sala controllo, Pelidne incluso, pur restando al tempo stesso pienamente consapevole della scena all'esterno. Era un tecnoincanto incredibile, che operava sui livelli più profondi della mente. Tese una mano a stringere la leva... e l'istante successivo volteggiava senza più controllo nel suo pseudocorpo all'esterno. — Argh! — latrò, preso alla sprovvista.

— Piano, signore... occorre un po' di pratica.

Da qualche parte doveva pur esserci un manuale! In attesa di trovarlo, Rodilegno bloccò la leva (e scoprì sollevato di avere smesso di rotolare) e poi la mosse delicatamente in avanti.

Stava planando sul viale d'ingresso! Tirò indietro la leva e si librò verso l'alto al di sopra della tenuta. Era una sensazione esilarante. Se quell'attrezzatura non fosse costata tanto, avrebbe potuto essere un giocattolo fantastico.

Seguendo le istruzioni di Pelidne, si esercitò con i controlli fino ad afferrarne il funzionamento. Era davvero straordinario. Con l'aiuto di occhialoni e leva poteva sorvegliare ogni angolo della proprietà, spiare i custodi, piombare invisibile sulle guardie, perfino esaminare ogni singolo fiore che attirasse la sua curiosità. Era un'illusione, è chiaro, però incredibilmente realistica. Dopo un po' ci si abituava perfino alla luce strana.

— Siamo pronti per una prova? — chiese.

— Oh, sì — gli assicurò Pelidne.

Rodilegno esitò. — E i miei uomini? Non correranno rischi?

— No, signore, sono stati schedati.

— Eventuali estranei?

— Il sistema è studiato per attaccare gli estranei.

Rodilegno si voltò a fissarlo accigliato. — È pur sempre possibile che di tanto in tanto mi venga voglia di ricevere ospiti — osservò sarcastico.

— Il sistema può essere calibrato per ignorare particolari individui. O gruppi di individui. Tutti gli Elfi della Notte, per esempio. O persone al di sopra di una certa età. O tutti i maschi che indossano un costume da pirata. È estremamente flessibile. Molto utile se vi venisse voglia di organizzare un ballo in maschera, signore.

— Però non è stato ancora calibrato? — insisté Rodilegno. — Attaccherà chiunque gli capiti a tiro?

— Eccetto i nostri uomini. Dopo essere stato reso operativo, è ovvio.

Rodilegno si leccò le labbra. — Come faccio a metterlo in funzione?

— L'interruttore sulla destra, signore.

Con un brivido di eccitazione, Lord Rodilegno fece scattare l'interruttore, e subito s'illuminò una fila di sette luci-spia, una dopo l'altra. Tornò a rivolgere la propria attenzione alla scena all'esterno, e scoprì che la luce azzurrina era stata sostituita da una molto più realistica e dell'intensità adatta a un Elfo della Notte.

— Lasciatelo andare — bisbigliò con voce roca.

Trenta

A giudicare dal taglio degli occhi, il ragazzo era un Elfo della Luce, uno straccioncello poco più che tredicenne. I servi lo avevano scoperto aggirarsi ai bordi della tenuta... un posto abbastanza sicuro finché il sistema di sicurezza non fosse entrato in azione. Sosteneva di essersi smarrito mentre raccoglieva legna da ardere, il che poteva anche essere vero. C'erano diverse famiglie di pezzenti Luminosi che abitavano nelle vicinanze, e le notti stavano diventando fredde. Ma di sicuro, la sera prima, il fuoco nella sua capanna non era stato acceso. Le guardie di Rodilegno lo avevano catturato e rinchiuso in una gabbia che ora penzolava da un albero sul viale come avvertimento per altri aspiranti intrusi.

— In effetti non è una vera prova — disse a voce bassa Pelidne. — Difficilmente verrà *verso* la casa.

Rodilegno osservò affascinato due servi calare a terra la gabbia, farne scorrere il lucchetto e sparire fra i cespugli. Ma anche se adesso era libero, il ragazzo rimase dov'era, seguendoli sospettoso con lo sguardo.

— Andare... venire... — Rodilegno scrollò le spalle. — Non ha importanza, purché il sistema funzioni a dovere.

Guardingo, il ragazzo si avvicinò alla porta della gabbia e la spinse, sbirciando a destra e a sinistra come se si aspettasse che qualcuno arrivasse a fermarlo.

— Dov'è il nodulo più vicino? — chiese Rodilegno.

— A neanche trenta metri, signore.

— In che direzione?

— Ogni direzione. I terreni ne sono cosparsi.

Finalmente il ragazzo uscì dalla gabbia. La mossa più prevedibile sarebbe stata correre dritto sul viale verso il cancello, ma chiaramente era troppo cauto per farlo. Aspettò un momento, e poi sembrò decidersi. Piegato in due, attraversò di corsa il viale in direzione opposta rispetto a quella dov'erano spariti i servi e si tuffò fra due cespugli di rododendro. Rodilegno spinse avanti la leva per seguirne le mosse dall'alto.

Dal suo nuovo, più vantaggioso punto di osservazione, vide il ragazzo correre a perdifiato sull'erba. Come previsto da Pelidne, aveva percorso sì e no una trentina di metri prima che un tracciatore sbucasse dalla sua tana e partisse all'inseguimento.

Il ragazzo non aveva una sola possibilità. Il tracciatore gli sbatté contro il fianco, facendolo cadere a terra, e gli saltò sul petto ringhiando ferocemente. Il ragazzo aveva fegato, questo gli andava riconosciuto. Si divincolò come un forsennato nel tentativo di liberarsi, ma quando il tracciatore gli affondò in una spalla i denti di metallo, chiuse gli occhi e perse i sensi.

— Qual è il livello di allerta? — s'informò Rodilegno.

— Livello Uno, signore: cerca, blocca, immobilizza. Al Livello Due il tracciatore gli staccherebbe il braccio: cerca, blocca, immobilizza e storpia. Al Livello Tre lo ucciderebbe. — Pelidne esitò. — Vuole che alzi il livello, signore?

— No, voglio divertirmi ancora per un po'.

— Che ne faccio, del ragazzo?

— Quando si sveglia, lasciatelo andare. Ci sarà utile, se racconterà a destra e a manca la sua esperienza... servirà a scoraggiare altri intrusi. — Fece per sfilarsi gli occhialoni, e si bloccò. — Cos'è questo rumore?

— Rumore, signore?

— Una specie di ronzio.

Pelidne si chinò sul pannello di controllo, e l'istante successivo un suono penetrante riempì la stanza. — Allarme aereo, signore.

Uno sguardo di compiaciuta sorpresa guizzò sul viso di Rodilegno. — Interessante. Non mi ero reso conto che il sistema rilevasse anche i velivoli.

— Il campincanto forma una sfera tutt'intorno alla casa. Segnala ogni intrusione dall'aria e dal sottosuolo. Naturalmente in questo caso non si tratta di un attacco... più probabilmente è un trasporto commerciale o qualcosa del genere. È abbastanza sensibile da cogliere le turbolenze ad alta quota. — Pelidne trafficò di nuovo attorno al pannello. — Se voleste rilassare i muscoli del collo, signore, gli occhiali vi faranno girare la testa in direzione dell'intruso e simuleranno un'immagine se è troppo lontano per un rilevamento visuale.

Rodilegno si rilassò e lasciò che la testa ruotasse contro lo schienale. Subito il suo pseudocorpo s'innalzò ancora di più nell'aria, facendolo sentire come un haniel di montagna che si tuffa da un picco innevato.

— Non è un velivolo commerciale — sussurrò. — È un volasvelto personale.

Il gemito dell'allarme cominciò di colpo a pulsare frenetico.

— È appena penetrato all'interno della sfera — annunciò Pelidne. — Volete abbatterlo, signore?

Rodilegno inarcò un sopracciglio. — Posso?

Pelidne gli rivolse un sorriso smorto. — Potete farlo *legalmente*, signore... il velivolo è penetrato nel nostro spazio aereo. Vi basterà schiacciare il pulsante rosso in cima alla leva, e il sistema penserà al resto.

— Affascinante — disse Rodilegno.

Appoggiò il dito sul pulsante rosso.

Trentuno

Il volasvelto personale di Aurora era monoposto e a forma di freccia, di un elegante nero metallizzato e con rifiniture interne color cremisi. I controlli a comando vocale garantivano una reazione immediata e un nuovo compressincanto gli faceva percorrere ogni rotta alla velocità di una cometa. Di solito ad Aurora piaceva volare, ma non questa volta.

— Tutto bene? — domandò.

— Tutto bene — confermò Scassatimpani, contorcendosi rassicurante contro la sua schiena.

— Sicuro?

— Non posso mentire.

Il problema era che lei non riusciva a mettersi comoda. Di solito si appoggiava allo schienale, disattivava il sistema di sicurezza e volava a tutta velocità. Ma con Scassatimpani appiccicato alla schiena non poteva appoggiarsi per timore di schiacciarlo. E volendo evitare che l'accelerazione la spingesse contro lo schienale, aveva ordinato al velivolo di mantenere una noiosa velocità moderata. Purtroppo il volasvelto non era fatto per viaggiare a quel passo di lumaca e di conseguenza funzionava in modo irregolare, esigendo la sua costante attenzione. Ragion per cui Aurora era seduta dritta, accigliata e tentava di persuaderlo a comportarsi bene, lottando nel frattempo contro emicrania, mal di schiena e torcicollo.

— Qual è il nostro piano? — chiese Scassatimpani.

— Eh? — replicò distrattamente lei. Il volasvelto aveva riguadagnato un po' di velocità, ma Aurora, abbassando lo sguardo, aveva scoperto di non avere idea della loro attuale posizione. L'ultima cosa di cui sentiva il bisogno era una chiacchierata con Scassatimpani.

— Il nostro piano, quando arriviamo da Rodilegno. Che pensi di dirgli? Qual è la scusa per questa visita?

Bella domanda, pensò Aurora a dispetto dei suoi problemi. Era importante non insospettire Lord Rodilegno. Pur essendo suo zio, non erano esattamente in buoni rapporti, perciò non poteva dirgli che era passata per una tazza di seneciella.

— Gli dirò che voglio saperne di più sulla sua offerta — buttò lì dopo un momento.

— Di solito non manderesti un qualche tirapiedi?

In effetti, probabilmente lo avrebbe fatto. Del resto che altro avrebbe potuto dirle Rodilegno? Le aveva chiesto se era interessata a un negoziato. O rispondeva di sì o rispondeva di no.

— Del resto che altro potrebbe dirti? — chiese Scassatimpani, facendo eco ai suoi pensieri.

— Suggerimenti? — chiese Aurora, tanto per farlo stare zitto. — Vira a dritta, evita nuvola — mormorò al volasvelto.

— Perché non gli chiedi su quanto sostegno può contare?

Il volasvelto planò sotto le nuvole e Aurora si rese conto di due cose: che non erano più sopra la città; e che erano decisamente fuori rotta. La nuova dimora di Lord Rodilegno, l'ex Tenuta Tellervo, sorgeva non troppo lontano dalla città, fuori dalle mura e in direzione nord-ovest.

Anche dall'alto, era impossibile non riconoscerla: il vecchio Zoilus Tellervo aveva la fissa delle "follie" – per lo più imitazioni di antiche rovine – e ne aveva fatte costruire a dozzine, sparse per tutta la proprietà. Impossibile che Rodilegno avesse già avuto il tempo di demolirle. Ma il terreno sotto di loro non mostrava traccia di rovine, fasulle o no, perciò chiaramente non avevano ancora raggiunto la loro meta.

Ma dov'erano?

Aurora si guardò attorno. Le montagne erano ancora chiaramente visibili a babordo, perciò non potevano essere del tutto fuori rotta. Ma sotto di loro si vedevano solo campi anonimi. Potevano trovarsi dovunque.

E poi scorse la strada lungo il crinale! L'antico terrapieno serpeggiava verso una distesa liquida che doveva essere il lago Ormo. Il che significava che tutto sommato non erano troppo lontano dalla proprietà di Rodilegno.

— Vira a dritta — ordinò al volasvelto con un sospiro di sollievo.

Mentre il velivolo obbediva, si rilassò e distolse l'attenzione dai comandi. — Perché non gli chiedo su quanto sostegno può contare? — disse rivolta a Scassatimpani. Una domanda retorica, è ovvio. — Giusto... perché no? È un'ottima idea.

E lo era davvero. Quanto supporto aveva Rodilegno? Anche se fosse stato sinceramente pronto a negoziare, a che sarebbe servito se le Grandi Case dei Notturni non lo avessero sostenuto? Certo che avrebbe dovuto chiederglielo. Ed era logico che preferisse chiederglielo personalmente. Buon vecchio Scassatimpani!

Un allarme esplose all'interno della cabina, e una luce rossa pulsante si accese sullo schermo davanti a lei.

— E ora che c'è? — sbuffò Aurora. Con ogni probabilità un'altra lamentela perché volavano troppo lentamente o troppo in basso o troppo in alto.

— Siamo nel mirino di missili terra-aria — la informò il volasvelto.

Trentadue

"Dev'essere amore" pensò Pyrgus. Soltanto l'amore poteva trasformare Henry dal ragazzo riservato e silenzioso che lui conosceva in un energumeno che latrava ordini e non accettava un "no" come risposta. Henry aveva organizzato la missione. Henry aveva tracciato il piano. Henry si era fatto consegnare un mezzo di trasporto. E sempre Henry li aveva guidati – Madama Circe aveva insistito che Ciancia andasse con loro – fuori dal Palazzo.

— Ora che facciamo? — chiese Pyrgus.

Erano nascosti in mezzo ai cespugli, lo sguardo fisso sul cancello della tenuta di Lord Rodilegno: incredibile ma vero, era spalancato e senza sorveglianza. Il loro velivolo, un portamerci privo di contrassegni e con un motore truccato a turbincanti, era parcheggiato con aria innocente dietro l'angolo. Niente a che vedere con un volasvelto personale, pensò acido Pyrgus.

— Posso suggerire, signori — intervenne Ciancia — che sarebbe prudente ricapitolare la situazione?

Pyrgus lanciò un'occhiata al triniano. Forse era una buona idea. — A me va bene — disse. Guardò Henry.

Lui sembrava immerso nei propri pensieri e aveva l'espressione granitica di solito tipica del signor Fogarty. — Sappiamo che Aurora era diretta da Lord Rodilegno — disse a voce bassa — però non sappiamo se c'è arrivata.

— Anche se sembra molto probabile — replicò Pyrgus, e aggiunse: — Specialmente perché viaggiava su un *volasvelto personale.*

— Se mi è permesso esprimere un'opinione... Principe Ereditario, Acciaio Invitto — interloquì Ciancia — direi che possiamo dare per scontato l'arrivo di Sua Maestà nella residenza di Lord Rodilegno.

— Dobbiamo salvarla — disse Henry.

— Non dobbiamo fare niente del genere — sbottò Pyrgus. — Non ancora, cioè. — Ma che aveva Henry? Aurora, o qualunque cosa avesse a che fare con lei, sembrava mandarlo fuori di testa. — Dobbiamo solo assicurarci che stia bene, possibilmente senza provocare un incidente diplomatico. E se sta bene, la lasciamo dov'è.

— Dobbiamo salvarla — ripeté Henry, come se Pyrgus non avesse aperto bocca.

— Be', forse — ribatté lui irritato. Era d'accordo riguardo a salvare la sorella, ma dopo la morte del padre aveva cominciato a capire che nella vita non era tutto o bianco o nero. Ai vecchi tempi sarebbe partito in quarta proprio come il nuovo, battagliero Henry. Ma ora si rendeva conto che non sarebbe stato utile a nessuno se avessero caricato a testa bassa e Rodilegno li avesse uccisi. O, peggio ancora, se li avesse catturati. E neanche potevano chiamare in aiuto le truppe, perché avrebbero rischiato di provocare proprio quella guerra civile che tutti tentavano di evitare. Molto meglio usare la cautela e una buona dose di astuzia.

— Vi faccio notare, signori, che il cancello è spalancato e non sembrano esserci guardie — disse Ciancia.

Pyrgus lo fissò accigliato. — Che cosa ne deduci?

— Da quanto sappiamo di Lord Rodilegno, direi che l'apparenza potrebbe essere ingannevole.

— Le guardie ci sono di sicuro — osservò tetro Henry. — Ma non al cancello.

— Allora entriamo o no? — chiese Pyrgus.

— Entriamo — decise Henry. — Con cautela, nascondendoci nei cespugli. Raggiungiamo la casa e guardiamo dalle finestre finché non troviamo Aurora. Se vediamo che è in pericolo, attacchiamo. L'elemento sorpresa ci assicurerà il successo. Una volta che lei è in salvo, potrai distruggere l'intero posto come hai fatto con quella fabbrica di colla.

— In alternativa, signori — interloquì Ciancia — potremmo semplicemente entrare dal cancello principale.

Si voltarono entrambi a guardarlo.

— In fin dei conti siamo qui in veste, come dire?, precauzionale. Sua Maestà sembra essere impegnata in una missione diplomatica. Al momento non abbiamo motivo di credere che sia in pericolo. Se ci avvicinassimo furtivamente e fossimo scoperti, Lord Rodilegno sarebbe giustificato nell'affermare che stavamo svolgendo un'operazione di spionaggio. D'altro canto, un approccio schietto avrebbe il beneficio della trasparenza. Se le guardie ci fermassero, come immagino accadrà a un certo punto, potremo semplicemente dire di essere al seguito di Sua Maestà. In questo modo saremo scortati nella villa, e una volta lì potremo facilmente decidere le mosse più opportune. Se invece le guardie non ci fermano, bussiamo al portone principale e chiediamo udienza con Sua Signoria e Sua Maestà. In entrambi i casi eviteremmo il rischio di un incidente diplomatico, restando a portata di mano per proteggere Sua Maestà in caso di bisogno, e facendo al tempo stesso capire a Lord Rodilegno che i movimenti di Sua Maestà sono noti e che ogni sua eventuale azione contro di lei avrebbe... certe conseguenze. Tutto sommato, percorrere il viale sembrerebbe la linea d'azione maggiormente consigliabile.

Dopo un momento, Pyrgus scosse la testa. — No, è troppo assurdo.

— Un'assurdità totale — confermò Henry. — Fuori discussione.

Stavano strisciando fra i cespugli quando il primo dei tracciatori attaccò Pyrgus.

Trentatré

Rodilegno sollevò il pollice dal pulsante rosso. — Quel volasvelto mostra le insegne reali — mormorò.

— Aspettate un emissario dal Palazzo?

— No... però potrebbero averne mandato uno.

— Quali sono i vostri ordini, signore?

Rodilegno si tolse gli occhialoni con aria pensosa. — La solita procedura, Pelidne. Scortate il visitatore sulla pista d'atterraggio e trattatelo con ogni cortesia. Avvertimi appena avrete stabilito la sua identità. Se le sue credenziali sono soddisfacenti, cerca di scoprire lo scopo della visita.

— Dopodiché...?

— Dopodiché offrigli da bere, fallo ubriacare... quello che ti pare. Riferiscimi subito la minima informazione utile. Sarò nel mio studio.

— E il volasvelto, signore?

— Perquisitelo da cima a fondo appena il pilota sarà fuori dai piedi.

Pelidne esitò. — Un volasvelto regale sarà pieno zeppo di sicurincanti. Si accorgeranno che lo abbiamo perquisito.

Rodilegno scrollò le spalle. — Se lo aspetteranno... sarebbero idioti a non farlo.

— Sì, signore. — Mentre Rodilegno gli passava accanto, Pelidne aggiunse: — Il sistema di sicurezza, signore?

— Prego?

— Lo lascio in funzione?

— Ovvio. Difficilmente il nostro ospite deciderà di

farsi una passeggiata... e se lo facesse, si meriterebbe qualunque cosa possa succedergli. — Lord Rodilegno si fermò sulla porta e si voltò. — Avvertimi appena il velivolo sarà atterrato.

Però non arrivò mai nel suo studio. Stava scendendo le scale, quando una serva eccitata lo raggiunse. — Signore! — gridò ansimante. — Lord Rodilegno, signore. È Sua Maestà! — Rodilegno si voltò a fissarla con viso inespressivo. La ragazza agitò le braccia. — È la Regina, signore. Qua fuori, signore. È arrivata sul volasvelto, signore, l'atterraggio più veloce che abbia mai visto. La Regina Aurora, signore. Che facciamo, signore?

Rodilegno la fissò per un lungo momento. — La Regina Aurora? — disse finalmente. — Quel volasvelto era pilotato dalla Regina Aurora?

— Sì, signore. La Regina, signore. Aspetta qua fuori, signore. Che facciamo?

Il sorriso di Rodilegno era gelido. — Togliti dai piedi, ragazza. Darò personalmente il benvenuto a Sua Maestà.

Trentaquattro

— È stato il peggiore atterraggio che abbia mai visto — bisbigliò Scassatimpani.

— Ti sei spaventato? — chiese Aurora.

— Ero pietrificato. Sei la Regina più terrificante dopo Quercusia.

— Dovevo tenermi fuori dalla portata dei missili — replicò Aurora con un risolino.

— Sarebbe stato peggio se li avesse lanciati. — Scassatimpani prese ad agitarsi e ci volle un momento per capire che si stava grattando. — Mi piacerebbe sapere perché non l'ha fatto.

— Forse avrò la possibilità di chiederglielo. Zitto, ora... arriva qualcuno.

Si aspettava di rivedere la cameriera, ma quando il portone si spalancò, comparve Rodilegno in persona. Era vestito come al solito di nero, e le rivolse un inchino elaborato e una smorfia di sorriso.

— Vostra Maestà — disse in tono teatrale — se mi aveste preavvertito della vostra visita, avrei provveduto ai preparativi adeguati.

— Per esempio spegnere il sistema di missili terra-aria? — chiese Aurora in tono innocente.

— Normali misure di sicurezza. Deplorevole, è vero, ma di questi tempi... — Qualcosa gli guizzò negli occhi mentre aggiungeva: — È stata una vera fortuna che non siano stati lanciati.

— Una fortuna per me, zio... o per te?

— Per entrambi, mia cara. — Rodilegno raddrizzò le

spalle. — Ma è imperdonabile da parte mia lasciarti sulle scale. Accomodati, ti prego. Onora con la tua presenza la mia umile dimora. — Mentre si scostava per farla passare, Aurora notò un giovanotto magro fermo nell'ombra dietro di lui. Non aveva un aspetto sgradevole, eppure la fece rabbrividire. Rodilegno doveva essersi accorto del suo sguardo, perché a voce bassa, voltando appena la testa, disse: — Pelidne, avverti i servi di preparare un rinfresco per Sua Maestà. Nella Sala dei Banchetti.

— Non sarà necessario — disse Aurora con prontezza. Adesso che erano qui, era fin troppo consapevole di aver messo in moto il Conto alla Rovescia. Tre giorni offrivano un buon margine di sicurezza, ma anche così era sciocco perdere più tempo dello stretto necessario. — È solo una breve visita. Però apprezzerei pochi minuti in una stanza sicura.

— Naturalmente — annuì affabile Rodilegno.

La precedette in un corridoio di fianco alla scala principale e aprì una porta massiccia. Oltre, c'era una piccola camera che conteneva soltanto due sedie e un tavolino, ed era pervasa dall'odore di segretincanti.

— È una faccenda confidenziale — disse decisa Aurora quando Pelidne tentò di seguirli.

Rodilegno scrollò le spalle e gli rivolse un cenno. Pelidne li lasciò all'istante. Per tutto il tempo non aveva pronunciato una parola. — Presumo — disse Rodilegno una volta chiusa la porta — che questa visita sia collegata all'offerta trasmessa tramite tuo fratello

— Sì.

— In tal caso sediamoci e discutiamone. — Esitò. — Forse il tuo canvero starà più comodo sul pavimento che spiaccicato contro lo schienale della sedia.

Aurora s'irrigidì. Per un istante si chiese se fosse il caso di bluffare. — Canvero? Quale canvero?

Ma Scassatimpani disse a voce alta: — Sa che sono qui, Aurora. — E scivolò fuori dalla camicia.

Il sorriso di Rodilegno era decisamente acido. — Ah... Scozzatimpani, giusto? Il famoso canvero che si è infiltrato nel mio labirinto di ossidiana.

— Scassatimpani — lo corresse stizzito il canvero.

— Giusto — disse Rodilegno.

— Mi sembrava una buona idea la presenza di un canvero — spiegò Aurora arrossendo. Però, a dispetto dell'imbarazzo, riuscì a sostenere lo sguardo dello zio. — Per il bene di entrambi.

— Sì, certo — replicò Rodilegno, facendole cenno di accomodarsi sulla sedia più vicina.

Aurora attese che anche lui si fosse seduto prima di prendere la parola. — Pyrgus mi ha detto che gli Elfi della Notte vogliono la pace... È vero?

— È quello che vuole la maggior parte di loro — rispose compunto Rodilegno.

— E adesso offri di negoziare a questo scopo?

— Negoziare un trattato, sì.

Aurora prese fiato e fece ricorso a tutta la sua faccia tosta. — L'offerta è genuina?

Si aspettava una risposta irata, ma Rodilegno si limitò a scrollare le spalle. — Al cento per cento. Ma chiedi pure al canvero. È qui per questo, immagino.

Aurora arrossì di nuovo, esitò, e poi chiamò a voce bassa: — Scassatimpani'

— Dice la verità – fu la decisa risposta.

Di colpo Aurora si sentì mancare il fiato. In cuor suo aveva continuato a pensare che l'intera faccenda fosse un trucco, ma ora, con un crescente senso di eccitazione, cominciò a vederne tutte le implicazioni. L'offerta di trattare era genuina. Il che significava la possibilità di una vera pace dopo secoli. I negoziati sarebbero stati difficili, sarebbe stato necessario più di un compromesso, ma la buona volontà c'era. Era sovrana in un momento cruciale della storia del Regno. Se tutto fosse filato liscio, il suo nome sarebbe stato ricordato per migliaia di anni. Era un pensiero che dava alla testa.

Se tutto fosse filato liscio...

All'improvviso ricordò la domanda di Scassatimpani.

— Zio... su che sostegno puoi contare, riguardo a questa offerta?

— Sufficiente — fu la brusca risposta. — Il sostegno delle maggiori Case degli Elfi della Notte.

— Ma ci sono dissensi? Alcune Case non sono d'accordo?

— Esatto. Alcune non sono d'accordo, ma rappresentano una netta minoranza. Se si arrivasse alla stipula di un trattato, sarebbe rispettato da tutti.

Aurora lanciò un'occhiata a Scassatimpani. — Dice la verità — ripeté il canvero. — Però nasconde qualcosa.

— Cos'è che mi nascondi, zio?

Rodilegno sbottò in una risata che suonò assolutamente genuina. — Suvvia, Aurora, non ti aspetterai che riveli in anticipo la mia posizione! Certo non prima che tu almeno accetti la nostra proposta come base di discussione.

Era logico. E Rodilegno aveva ragione: lei non aveva ancora accettato la proposta di negoziare. Non formalmente, almeno. In cuor suo, non aveva più dubbi.

Stava per dirglielo, quando fu interrotta da un bussare frenetico.

Trentacinque

Aurora fu assalita da una paura improvvisa. Col cuore in gola guardò Rodilegno attraversare la stanza e andare alla porta. — Che succede? — bisbigliò a Scassatimpani, che le si era drappeggiato con fare protettivo sui piedi.

— Non lo so — bisbigliò lui. — È il vampiro di Rodilegno, lo riconosco dall'odore. Ed è preoccupato... sento anche questo dall'odore. Però non ne so la ragione. Mi limito a riconoscere la verità, io, mica leggo nel pensiero.

— Vampiro? — balbettò Aurora. — Zio Rodilegno ha un *vampiro*?

— Il tizio languido acquattato vicino alla porta... quello che ha tentato di venirci dietro. Non ricordo come lo ha chiamato tuo zio.

— Pelidne. Ma... Pelidne è un vampiro?

— Non ti sei accorta di com'è pallido?

A fatica Aurora abbassò la voce. — Sì, però non avrei mai pensato che fosse un vampiro. — I servi vampiri erano illegali, ma era sciocco pensare che questo potesse preoccupare suo zio. — Perché non mi hai avvertita?

— Non mi sembrava importante.

— Non ti sembrava...? Poteva bere il nostro sangue!

— Non il mio. — Scassatimpani tirò su col naso. — I vampiri sono allergici al sangue dei canveri.

Ormai la porta era stata aperta, e là fuori c'era appunto Pelidne. Quando si protese a sussurrare qualcosa all'orecchio di Rodilegno, Aurora soffocò a stento l'impulso di gridare allo zio di proteggersi il collo.

In effetti Rodilegno si ritrasse di scatto come se fosse

stato morso. — Tre? — lo sentì sibilare Aurora. E poi si voltò a lanciarle un'occhiataccia.

Pelidne gli bisbigliò qualcos'altro.

— Non mi piace — borbottò Scassatimpani. — Mi sa che faremmo meglio a filarcela. — Cominciò a strisciarle su per una gamba.

Aurora si alzò senza aspettare che le si fosse riattaccato alla schiena. — Non abbiamo altro da fare qui, zio — annunciò nel suo tono più imperioso. — Accettiamo la tua offerta di negoziato. — Tentò un'uscita regale, ma l'effetto fu sciupato da Scassatimpani che continuava ad arrampicarsi sulla sua gamba.

— Vostra Maestà — replicò in tono formale Lord Rodilegno, bloccandole la strada. — C'è un nuovo sviluppo del quale sarebbe opportuno foste messa al corrente. — Abbassò lentamente le palpebre, come una lucertola. — Sempre che non lo siate già.

Dato che Aurora non lo era, la sua espressione confusa risultava genuina al cento per cento. Per giunta, sentiva aumentare la paura. Aveva colto una sfumatura delle sensazioni di Scassatimpani, che ora le stava aggrappato tremante a una coscia, ed era più che sufficiente a terrorizzarla. Voleva soltanto uscire dalla villa e risalire sul volasvelto.

— Mi aspettano al Palazzo — tentò disperatamente di bluffare. — Mi aspettano... e per Scassatimpani è passata l'ora di andare a letto...

Con un saltello, il canvero riuscì ad avvolgersi attorno alla sua pancia. — Scappa! — squittì.

E Aurora ci avrebbe provato, se Lord Rodilegno non l'avesse afferrata per un braccio. — Da questa parte, *Vostra Maestà* — sibilò, trascinandola fuori dalla stanza in corridoio. Dopo neanche dieci passi si fermò. — Cosa mi dite di questo, *Vostra Maestà*? — chiese.

Davanti a loro c'erano tre corpi stesi ai piedi della scalinata.

Trentasei

Lì per lì Aurora non vide altro che i corpi inerti, insanguinati, poi i suoi occhi riconobbero i capelli rossi arruffati. — Per la Luce — sussurrò. — Pyrgus!

Si liberò dalla stretta di Rodilegno e corse a inginocchiarsi al fianco del fratello. Pyrgus era afflosciato su un corpo dalla pelle arancione: Ciancia, il servo triniano di Madama Circe. Col cuore sempre più stretto, Aurora spostò gli occhi sul terzo corpo.

Henry! Era Henry! E lei neanche sapeva che fosse nel Regno. Si voltò di scatto verso suo zio. — Li hai uccisi! — esclamò.

— Non essere sciocca! — ringhiò lui. — Non sono morti. La domanda è: perché si sono intrufolati nella mia proprietà?

Ignorandolo, Aurora riportò l'attenzione sui tre corpi davanti a lei. Era vero: Pyrgus respirava, e così pure Henry. Però Pyrgus aveva una chiazza rossa gocciolante su un fianco, e Henry aveva i capelli impastati di sangue. Non riusciva a capire quanto grave fosse la ferita di Ciancia, ma conoscendo il triniano, probabilmente stava peggio degli altri due: lottava sempre come un forsennato per evitare la cattura.

Si rialzò e si voltò ad affrontare con occhi fiammeggianti Lord Rodilegno. — Che cosa gli hai fatto? — domandò. Se Pyrgus o Henry fossero morti, suo zio sarebbe finito sulla forca... e al diavolo le conseguenze politiche!

— Non gli ho fatto niente — ribatté Rodilegno. — Tuo fratello e i suoi amici si sono introdotti nella mia proprietà... chiaramente per portare a termine una missione di spionaggio, o di sabotaggio. E il mio sistema di sicurezza li ha individuati e fermati. — Le sue labbra si arricciarono in un ghigno. — Mi riesce difficile credere che agissero senza il vostro consenso, *Maestà*.

"Non conosce Pyrgus" pensò Aurora. Ma era troppo preoccupata per lasciarsi intimidire. — Sistema di sicurezza? — sbottò. — Il tuo sistema di sicurezza avrebbe potuto ucciderli!

— Sciocchezze! — Rodilegno scosse la testa. — Sono semplicemente in coma. Il sistema utilizza un derivato delle tossine triniane. — Lanciò un'occhiata disgustata a Ciancia. — Ironico, vero?

— La tossina triniana è mortale — balbettò Aurora, di nuovo spaventata.

— Un derivato, ho detto! — urlò Rodilegno, senza neanche più sforzarsi di apparire educato. — Non fa altro che addormentarli per un po'.

— Dice la verità — arrivò la conferma di Scassatimpani, avvolto attorno alla sua pancia.

Ma nonostante la rassicurazione del canvero, Aurora era furibonda. — Sono feriti! — gridò.

— Pelidne, chiama il nostro medico — ordinò Rodilegno senza neanche girare la testa. E, rivolto ad Aurora, aggiunse furente: — Se vogliamo mettere i puntini sulle i, quel dannato gnomo ha fatto a pezzi quattro dei miei tracciatori.

Aurora non sapeva cosa fosse un tracciatore, ma intuì che doveva fare parte del sistema di sicurezza. Che razza di sfacciataggine! Come prendersela con qualcuno che hai appena infilzato perché ti ha insanguinato la spada! Comunque, ora che aveva superato il panico iniziale, cominciava a vedere che Rodilegno non aveva tutti i torti. Che ci faceva, Pyrgus, lì? E da dov'era sbucato Henry? Con ogni probabilità erano stati spinti dalla sciocca idea di salvarla. E ora, come al solito, toccava a lei salvare loro.

Un ometto grasso e pelato con una mandragora ricamata sulla tunica arrivò in fretta scaturendo dalle viscere della villa. Aveva l'aria di chi è stato bruscamente svegliato.

— Rimettili in piedi — ordinò Rodilegno, accennando ai corpi sul pavimento. — E avvertimi quando hai finito. — Riagguantò il braccio di Aurora. — Adesso vieni con me, nipote... hai qualche spiegazione da... ahia! — Scassatimpani gli aveva morso la mano.

— È proibito toccare la persona regale — gli ricordò il canvero, sempre avvolto attorno alla regale pancia.

Pelidne si mosse verso di loro con velocità e agilità spaventose, ma Rodilegno lo bloccò con un cenno. — Ha ragione... avevo scordato le buone maniere. — Fissò Aurora con occhi di fuoco. — Tuttavia, Vostra Maestà, è chiaro che dobbiamo parlare. Se Vostra Maestà volesse essere così gentile da accompagnarmi...?

— Naturalmente, zio — annuì Aurora. Nonostante il tono educato di Rodilegno, sapeva di non avere scelta.

La ricondusse nella solita stanzetta e chiuse con cura la porta prima di voltarsi verso di lei. — Allora...?

Era esattamente il tono usato da suo padre, il defunto Monarca, ogni volta che lo faceva irritare... di solito accompagnato dalla parola "signorina". Adesso era suo zio a essere irritato e, pur essendo furibonda anche lei, Aurora sapeva di trovarsi in una situazione estremamente delicata. Pyrgus, Henry e Ciancia non avevano alcun diritto d'intrufolarsi nella proprietà di Rodilegno, e tanto meno di sgattaiolare in mezzo ai cespugli alla ricerca di chissà cosa.

Dubitava che avessero in mente qualcosa di sinistro, e di sicuro avevano pagato cara la loro idiozia – le ferite sembravano orribili – ma questo non cambiava il fatto che avessero sbagliato... né che la politica del Regno si trovasse in un momento critico. La loro stupidità avrebbe bloccato il negoziato? Forse no, ma di sicuro avrebbe fornito a Rodilegno un vantaggio che sarebbe stato meglio non concedergli. Ora come ora, non le restava altro da fare che limitare i danni.

— Non sono venuti qui per mio ordine, zio — disse decisa.

— Allora per ordine di chi? — fu la gelida replica.

— Non lo so.

— Ti aspetti che ci creda?

— La Regina dice la verità — lo informò Scassatimpani, tornando a scivolare sul pavimento.

— In tal caso non avrai obiezioni a che siano interrogati.

Aurora prese fiato. Non aveva la minima intenzione di consegnare nessuno a Lord Rodilegno, i cui metodi erano tristemente famosi, ma non c'era dubbio che i tre dovessero essere interrogati. — Lasciali andare — disse in tono fermo. — Li interrogherò personalmente.

Rodilegno scosse la testa. — Questo è inaccettabile — replicò.

Dopodiché la disputa entrò nel vivo. Stavano ancora discutendo quando la porta si aprì silenziosamente.

Trentasette

Pyrgus aprì gli occhi e vide un ometto pelato curvo su di lui. Li richiuse in fretta. Aveva l'impressione che gli avessero scartavetrato il cervello, ma questo era niente a confronto dello stomaco, che sembrava essersi trasformato in un oceano schiumante e minacciava di schizzargli fuori dalla bocca da un momento all'altro. (Per un istante si chiese se l'ometto sarebbe riuscito a scansarsi in tempo.) Il fianco gli faceva un male pazzesco, così profondo e penetrante da fargli credere che qualcuno ci avesse lasciato dentro un coltello.

Mugolò. Il suo cervello sembrava trasformato in melassa e il suo corpo rifiutava di muoversi. Peggio ancora: non aveva idea di cosa fosse successo. Forse la cosa migliore era stare là disteso e morire in silenzio.

Da qualche parte risuonarono lo schiocco e il crepitio familiare di un conincanto.

— Che...? — riuscì a bisbigliare. Un odore acre gli riempì il naso, facendolo tossire e, se possibile, peggiorando ancora la sua emicrania. Gli fece tornare in mente la volta che era stato avvelenato. In seguito gli avevano detto che, se Aurora non fosse arrivata in tempo con l'antidoto, gli sarebbe esploso il cranio. Esattamente l'impressione che provava adesso. Com'è che Aurora non era lì con l'antidoto?

E poi, di colpo, cominciò a sentirsi meglio.

Riaprì gli occhi. Il pelato era ancora lì. — Questo dovrebbe aiutarti — lo informò in tono vivace. — Ora fammi dare un'occhiata al fianco

Anche se il cervello gli si era schiarito e lo stomaco aveva smesso di fare capriole, Pyrgus scoprì di non poter impedire all'ometto di sollevargli la giacca e tastargli la ferita al fianco. Il dolore avvampò di botto e poi si dissolse in una pulsazione sorda.

— Sembra peggio di quello che è — borbottò il pelato. — Hai perso un po' di sangue, ma sopravviverai. La cosa più brutta saranno i lividi. Per un pezzo ti faranno un gran male. Si può sapere che vi è successo?

Era un'ottima domanda, ma Pyrgus non era sicuro di conoscere la risposta. Un momento stava sgattaiolando fra i cespugli attorno alla villa di Rodilegno, e quello dopo era lì, sentendosi come l'intestino di un orso col mal di pancia... e un aspetto forse perfino peggiore.

Henry e Ciancia!

Gemendo, riuscì a mettersi seduto. — I miei amici...?

— I tuoi amici stanno meglio di te. L'altro ragazzo ha solo qualche livido su una spalla e un taglietto alla testa. Sembra perfino più resistente di te al veleno... È stato il primo a svegliarsi. Il triniano ha un braccio rotto, ma ha già cominciato a saldarsi... sai come sono i Triniani. Eri tu a preoccuparmi...

Pyrgus si guardò attorno. — Dove sono? — Provò a mettersi in piedi, e scoprì stupito di riuscirci senza difficoltà.

L'ometto pelato, che aveva lo stemma della Gilda dei Medici sulla giacca, lo scrutò con interesse mentre si appoggiava ansante a una parete. — Si stanno ripulendo nel bagno — rispose, accennando a una porta. — Faresti meglio a fare altrettanto... Siete attesi.

Erano in un angusto vestibolo ammobiliato con antichità barbariche. — Attesi? — gli fece eco Pyrgus. — E da chi?

— Da Lord Rodilegno — fu l'inquietante risposta.

Nel bagno Pyrgus trovò Ciancia impegnato a ripulire la testa di Henry dal sangue con un asciugamano. Nessuno dei due sembrava ridotto troppo male.

— Rodilegno vuole vederci — li informò. — Meglio metterci d'accordo su cosa raccontargli.

Ciancia indietreggiò, esaminò brevemente la sua opera e gettò via l'asciugamano. — Suggerisco, signore, di dire che dovevamo consegnare a Sua Maestà un messaggio urgente e personale.

— Niente male — commentò Pyrgus ammirato. — E perché ci stavamo aggirando fra i cespugli?

— Aggirando, signore? Non direi. Stavamo percorrendo il viale quali legittimi rappresentanti di Sua Maestà e del Palazzo, quando siamo stati attaccati da un sistema di sicurezza chiaramente difettoso.

Pyrgus aggrottò la fronte. — Non ci hanno trovati fra i cespugli?

— Probabile, signore. Per la precisione, ci hanno trovati là dov'eravamo stati trascinati dai congegni meccanici.

— Pensi che la berrà? — chiese Henry. Aveva una strana espressione sul viso.

— Ne dubito, signore, però gli sarà difficile provare il contrario.

— Per giunta, così gettiamo la colpa addosso al suo stupido sistema di sicurezza — aggiunse Pvrgus sorridendo.

Ciancia ricambiò il sorriso. — Esatto, signore.

— Geniale! — esclamò lui. — Che te ne pare, Henry?

L'amico alzò le spalle come se la cosa non lo sfiorasse.

— Va bene — disse Pyrgus. — Andiamo a fare quattro chiacchiere con il mio caro zietto. — Aprì la porta del bagno e si bloccò. Il medico era stato raggiunto da un giovanotto che non aveva mai visto. Era alto, magro, biondo.

E molto, molto pallido.

Trentotto

Entrarono insieme, guardandosi attorno cauti.

— Pyrgus! — esclamò Aurora. Fece per correre da lui, ma si bloccò. Il vampiro di Rodilegno era ritto proprio dietro al fratello, una mano affusolata posata leggermente sulla sua spalla.

Aurora arretrò di un passo e, dietro di lei, Scassatimpani emise un basso ringhio minaccioso. Henry e Ciancia non sembravano feriti e non mostravano segni di maltrattamenti.

— Stai bene, Henry? — chiese Aurora sottovoce.

— Sì — le rispose lui in tono inespressivo.

— Pyrgus?

— Abbiamo un messaggio confidenziale per te, Aurora — disse lui, muovendo su e giù le sopracciglia come se tentasse di segnalarle qualcosa.

— Ciancia?

— Mai stato meglio, Maestà. All'apice del vigore, per così dire.

— Ora che abbiamo esaurito i convenevoli — intervenne Rodilegno — forse questi... signori si degneranno di dirci perché si sono intrufolati nella mia proprietà e che cosa...

— Abbiamo un messaggio confidenziale per Sua Maestà — lo interruppe Pyrgus. — Stavamo percorrendo...

— Sta' zitto, Pyrgus — sbottò Aurora. Non sapeva che razza di storia inverosimile suo fratello avesse escogitato per spiegare la sua presenza lì, ma la situazione era troppo delicata per permettergli di muoversi con la delicatezza di un elefante in una cristalleria. Doveva prendere il controllo e impedirgli di dire qualunque cosa potesse peggiorare le cose. E doveva convincere suo zio a lasciarli andare senza interrogarli. Era tutto un tremendo pasticcio, ma aveva ottenuto quello che era venuta a scoprire: l'offerta dei Notturni era genuina, e Rodilegno aveva abbastanza sostenitori da farla approvare. Adesso l'importante era tornare al Palazzo prima possibile e senza provocare ancora di più suo zio. Le venne un'idea e si voltò verso di lui.

— Lord Rodilegno — disse in tono formale. — Forse se noi...

Henry si staccò dal gruppetto accanto alla porta. — Dobbiamo andare, Aurora — disse a voce bassa, prendendola per un braccio. Lei lo fissò sbalordita mentre la guidava fuori dalla stanza.

— Pelidne — ordinò Rodilegno.

Pelidne si spostò agile fra loro e la porta. E poi Henry si mosse a velocità sovrumana, così in fretta che il suo braccio diventò una macchia sfocata e Aurora neanche lo vide sferrare il colpo. Henry arretrò e Pelidne abbassò lo sguardo, fissando inorridito il paletto di legno che aveva conficcato nel petto. Barcollò per un momento, gli occhi sbarrati, e poi dalla ferita zampillò un fiotto di sangue che si tramutò rapidamente in nubi di polvere soffocante. I lineamenti attraenti del vampiro si raggrinzirono, trasformandosi in quelli di un uomo vecchio... vecchissimo. Il naso si affossò, le labbra si assottigliarono e poi si ritrassero a mostrare aguzzi denti marci. Dopodiché Pelidne crollò a terra, decomponendosi dentro i propri vestiti, mentre l'odore acre della putrefazione riempiva la stanza.

— Che...? — balbettò Aurora.

Henry l'aveva riacciuffata per il braccio e continuava a trascinarla verso la porta. Rodilegno sembrava sbigottito, ma riuscì ugualmente a estrarre un pugnale da una tasca nascosta del giustacuore. Pyrgus fece un passo indietro, sbalordito. Perfino Ciancia appariva sorpreso.

Aurora ritrovò la voce. — No, Henry! — urlò. Era un disastro. Il vampiro di suo zio era stato ucciso, e insieme a lui la possibilità di un trattato era finita in brandelli sul pavimento. Tentò di divincolarsi, ma la mano di Henry le stringeva il braccio come una morsa. — Lasciami andare! — gli ordinò.

Lord Rodilegno era già a metà della stanza quando Pyrgus si riprese dallo sbigottimento e si mosse anche lui all'inseguimento di Henry, un passo dietro a Ciancia.

E poi, di colpo, Aurora e Henry svanirono.

Trentanove

— Come sarebbe: *svaniti*? — Era una Madama Circe ben diversa da quella che Pyrgus conosceva. Neanche sapeva che avesse un ufficio nel Palazzo finché non era andato a cercarla. E non semplicemente un ufficio, ma un vero e proprio appartamento. Qui non c'era traccia dei colori assurdi che usava nella sua abitazione in città, e neanche incantesimi a profusione. Qui tutto era pratico, funzionale. E anche se in apparenza Madama Circe era sempre la stessa – capelli purpurei e veste svolazzante – in lei c'era una durezza sconosciuta. Non c'era da stupirsi che Aurora l'avesse messa a capo dei Regi Servizi Segreti.

— Semplicemente... sono svaniti — balbettò Pyrgus.

— Cioè sono diventati invisibili? Henry ha usato un invisibilia?

Pyrgus scosse la testa. — No. Lo sapete, no?, come si sparisce con un invisibilia... prima sbiadisci e poi ti scomponi e alla fine ti dissolvi in scintille... Be', non è stato niente del genere. Non era un invisibilia. Non sembrava un invisibilia. E poi il vampiro di Rodilegno aveva chiuso la porta dopo che ci aveva fatti entrare. Invisibili o no, se fossero usciti da lì l'avremmo vista riaprirsi.

— Non c'era altro modo di uscire dalla stanza?

— Neanche una finestra. Era una sicurstanza.

— Qualche tipo di teletrasporto portatile? Alan non ha fatto che parlare del suo "portale modificato"... Potrebbe essere stato qualcosa del genere?

Pyrgus si era chiesto la stessa cosa E, a proposito, dov'era il signor Fogarty? Al loro ritorno erano stati informati che non era nel Palazzo, e nemmeno nel suo alloggio. Era stato Ciancia a suggerire di andare da Madama Circe.

— Non lo so — rispose. — Non credo. — A meno che, naturalmente, non fosse stato il signor Fogarty a farli svanire. Sarebbe stata una coincidenza eccessiva che qualcun altro avesse sviluppato esattamente la stessa tecnologia nello stesso momento. A meno di averla rubata. — Dovrete chiederlo al signor Fogarty.

— Lo farò, appena riuscirò a trovarlo. Ma pensi che sia possibile?

— Non lo so — ripeté Pyrgus e aggrottò la fronte. — Immagino di sì. — Il problema era che non sapeva come sembrasse qualcuno quando il signor Fogarty lo faceva sparire. Forse semplicemente "non c'era più", come Aurora e Henry. O forse svaniva lentamente, come quando si usa un invisibilia. Non lo sapeva, accidenti!

— Penso che Alan l'avrebbe detto, se aveva intenzione di tirarli fuori da lì con il teletrasporto — mormorò Madama Circe. E, come facendo eco a quello che Pyrgus aveva pensato un attimo prima, aggiunse: — È impossibile che Rodilegno lo abbia già rubato.

— Credete che ci sia sotto Rodilegno? — chiese Pyrgus.

— In effetti no. Perché rapirli, visto e considerato che li aveva già in suo potere? — Madama Circe scosse la testa. — No, stavo solo pensando a voce alta. Ma come ha fatto Henry a uccidere un vampiro?

— Eh?

— Tutti sanno che è difficile ucciderli. E che sono pericolosi. Henry mi sta simpatico, ma non lo si può definire il tipo dell'eroe tutto muscoli. Dimmi *esattamente* cos'è successo.

Pyrgus le aveva già raccontato tutto, ma glielo ripeté comunque. Non c'era molto da dire. Henry si era mosso a una velocità incredibile (ma com'è che aveva un paletto di legno al momento del bisogno?), e altrettanto incredibile era stata anche la sua scomparsa insieme ad Aurora.

Madama Circe lo fissò a lungo pensosa, poi voltò la testa di scatto. — Stavi registrando, Ciancia?

— Naturalmente, signora — rispose lui, accarezzando la gatta trasparente di Madama Circe, distesa mollemente sui cuscini.

— In tal caso... — Madama Circe si alzò in piedi — credo sia venuto il momento di rivedere l'intero incidente.

Pyrgus li seguì in una stanzetta priva di finestre, piena di schermi e proiettori. Al loro ingresso, un realglobo si gonfiò al centro del locale.

— Non sapevo di questo posto — disse, guardandosi attorno sbalordito.

— Tua sorella ha stanziato i fondi necessari appena è diventata Monarca. — Madama Circe abbassò la luce con un gesto. — Siediti, Ciancia, per piacere.

— Sì, signora. — Ciancia prese posto su una sedia collegata al proiettore principale. Appena fu seduto, ne emersero stringhe che gli bloccarono polsi e caviglie, mentre due lucidi tentacoli di metallo gli s'infilavano nelle orecchie. Il triniano chiuse gli occhi.

— Pronto? — chiese la sua padrona.

— Sì, signora.

Madama Circe si protese verso di lui, e da un groviglio di cavi estrasse una scheda collegata al proiettore da tre fili di diverso colore: rosso, verde e azzurro. Poi divise con attenzione i capelli di Ciancia, infilò la scheda nella fessura nel cranio e azionò un interruttore sul retro della sedia.

Il realglobo s'illuminò.

Affascinato, Pyrgus vide una graziosa giovane triniana, che indossava un costume da bagno coperto di lustrini, materializzarsi al suo interno.

— Concentrati, Ciancia — lo rimproverò Madama Circe.

— Chiedo scusa, signora.

La triniana sparì, per essere sostituita da una replica della sicurstanza di Lord Rodilegno. Erano tutti lì: Aurora vicino a suo zio, Scassatimpani...

(Ma dov'è finito Scassatimpani?, si chiese all'improvviso Pyrgus. Era tornato con loro al Palazzo.)

... Henry, Ciancia e Pyrgus. E, dietro Pyrgus, la sagoma snella di Pelidne, il vampiro di Rodilegno. Nessuno si muoveva.

— Trasmetti — ordinò Madama Circe.

La scena prese vita: tridimensionale, in technicolor e stereofonia.

— Ciancia? — chiese Aurora in tono disinvolto.

— Mai stato meglio, Maestà. All'apice del vigore, per così dire. — Pyrgus notò che il Ciancia reale, quello sulla sedia, muoveva le labbra echeggiando le parole in silenzio.

— Ora che abbiamo esaurito i convenevoli — intervenne Rodilegno — forse questi... signori si degneranno di dirci perché si sono intrufolati nella mia proprietà e che cosa...

— Abbiamo un messaggio confidenziale per Sua Maestà — Pyrgus vide se stesso dire a voce alta. — Stavamo percorrendo...

— Sta' zitto, Pyrgus — disse Aurora. Si voltò verso lo zio: — Lord Rodilegno, forse se noi...

E poi successe. Henry si allontanò dalla porta e si mosse verso Aurora e Rodilegno. Aveva una strana espressione, come se ascoltasse una musica lontana.

— *Dobbiam andare, Aurora — disse, e la prese per un braccio.*

Pyrgus aguzzò la vista. Era sempre possibile che Aurora ci fosse dentro fino al collo ma, a giudicare dalla sua espressione, ne dubitava: sembrava stupita e riluttante, forse anche un po' spaventata. Avrebbe scommesso il suo pugnale Halek che se ad afferrarla non fosse stato Henry, si sarebbe divincolata. Ma dato che era lui, lo seguì, riluttante, verso la porta.

— *Pelidne!* — La voce di Rodilegno.

Quello che stava succedendo doveva avere influenzato la concentrazione di Ciancia, perché zumò fino a tagliare fuori dalla scena Rodilegno e buona parte di Pyrgus, per ingrandire invece Pelidne, Aurora e Henry.

— Al rallentatore — mormorò Madama Circe.

Nella testa di Ciancia risuonò uno scatto. Nel realglobo, Pelidne ritrasse lentamente una mano dalla spalla ancora visibile di Pyrgus e si portò fra Aurora e la porta. Anche se la scena era al rallentatore, si mosse con notevole velocità. Però niente a confronto di Henry, che agì con tale rapidità da apparire una chiazza sfocata. Lo videro girarsi e tirare qualcosa fuori dalla tasca.

Quando era successo, Pyrgus aveva pensato che avesse pugnalato il vampiro; ma ora vide che in realtà aveva lanciato il paletto. Che si era infilato nel petto di Pelidne come una spada e vi si era conficcato in profondità.

— *Che...?* — disse qualcuno. Aurora, probabilmente.

Una nuova zumata, e nel realglobo non restarono che Aurora e Henry. Henry la stringeva per un braccio e la trascinava verso la porta. Sembrava calmissimo. Era impossibile credere che avesse appena ucciso un vampiro.

— *No, Henry! — urlò Aurora, tentando di liberarsi.*

Pyrgus si protese verso il realglobo. Era a quel punto che erano spariti.

Invece no! Henry continuò a trascinare Aurora verso la porta e l'aprì con la mano libera. Lanciò un'ultima occhiata alla stanza alle sue spalle, poi tirò Aurora oltre la soglia e si chiuse dietro la porta.

Pyrgus fissò il realglobo a bocca aperta. — Ma non è affatto andata così! — disse a Madama Circe.

Quaranta

— Ah, eccoti qui, Alan — disse Madama Circe sentendolo entrare. — Dov'eri...? — S'interruppe. — Perché sei vestito in quel modo?

Pyrgus si voltò e batté le palpebre. Il signor Fogarty indossava tutti gli attributi regali di un Monarca. Gli mancava soltanto la corona.

— Ho saputo di Aurora — spiegò, fissandoli accigliato. — Qualcuno deve pur mandare avanti la bottega. — Tirò su col naso. — Anche se ciò comporta vestirsi da pagliaccio.

Pyrgus avvertì un'improvvisa fitta di sospetto. Avrebbe affidato la propria vita al signor Fogarty, ma a volte la brama di potere poteva fare un effetto strano. — Come avete saputo di Aurora, Viceré? — chiese guardingo.

Fogarty fissava Ciancia, ancora legato alla sedia e con la scheda infilata nella testa. — Eh?

— Come avete saputo di Aurora? — ripeté Pyrgus. — Lo sapevamo soltanto Ciancia e io.

Fogarty si voltò lentamente verso di lui e l'ombra di un sorriso gli curvò le labbra. — Non soltanto voi. Me l'ha detto lo stuoino parlante.

— Oh, *Scassatimpani*! — esclamò Pyrgus, sollevato.

— Avevamo un problema di protocollo — proseguì il signor Fogarty. — In mancanza del Monarca in carica, l'autorità suprema passa *pro tempore* al Viceré. Che può delegarla al prossimo erede al trono... ossia Colias. È questo che vuoi? Ne dubito. O può passarla ai parenti più stretti della Sua Assente Maestà, ossia tu, Pyrgus...

non dirlo, so che non t'interessa... o alla Regina Quercusia, che è matta e sottochiave, o... questa ti piacerà... a Lord Rodilegno. Oppure il Viceré può decidere di occupare lui stesso il trono per un mese preciso. Così ho preso la mia decisione. Per il resto di questo mese dovrai inchinarti al Monarca Fogarty. Obiezioni? No? Mi pareva. E ora... si può sapere che diavolo state facendo a Ciancia?

Quarantuno

I delegati arrivarono alla villa di Rodilegno brontolando, però arrivarono. La maggior parte occhieggiò il padrone di casa con aperto sospetto, ma nei loro sguardi c'era anche una buona dose di rispetto. L'assassinio di Fuscus aveva funzionato: non uno in quella sala aveva voglia di opporsi a Rodilegno. Tranne, forse, Panolis. Il Duca di Flammea aveva sfidato la morte troppe volte per temerla ancora. Però, entrando, rivolse a Rodilegno un cenno abbastanza cordiale.

Si sarebbero accorti della mancanza di Pelidne? Rodilegno si sentì montare dentro una collera impotente. Era incredibile che quel moccioso umano fosse riuscito a ucciderlo. Ed era ancora più frustrante non riuscire a capire *come* avesse fatto. Neppure Flammea, con tutta la sua esperienza militare, avrebbe mai affrontato un vampiro faccia a faccia. Un tempo il Duca Electo ne aveva eliminato uno, ma solo con l'aiuto di diciotto dei suoi uomini migliori... e undici erano stati massacrati durante la lotta.

Probabilmente l'assenza di Pelidne sarebbe passata inosservata. E anche se qualcuno se ne fosse accorto, avrebbe pensato che era stato mandato in missione da qualche parte. Nessuno aveva motivo di sospettare che fosse morto, e di sicuro lui non aveva intenzione d'informarli.

Senza contare che i vampiri erano rari nel Regno, perfino più rari che nel Mondo Analogo, e costavano un patrimonio. Come aveva fatto, quel moccioso, a ucciderlo?

Rodilegno accantonò il pensiero. Per il momento aveva problemi più urgenti. Aspettò che fossero tutti seduti e chiuse la porta per azionare i sicurincanti.

— Allora, Rodi-Rodi — disse allegramente Panolis — non mi aspettavo di tornare qui così presto.

E neanche gli altri, a giudicare dalle loro facce. Rodilegno decise di saltare i preliminari. — La Regina Aurora è scomparsa — annunciò. — Forse morta. — L'aggiunta non era per aumentare l'effetto drammatico: se il ragazzo era in grado di uccidere un vampiro, allora era capace di qualunque cosa.

All'istante esplose un pandemonio. Rodilegno si appoggiò allo schienale e attese, accigliato, che la smettessero di urlare. Prima o poi qualcuno avrebbe preso il sopravvento e imposto il silenzio. Meglio aspettare per mettere sul tappeto la sua carta più importante: l'impatto sarebbe stato maggiore.

Fu la voce baritonale di Electo a sovrastare il frastuono: — Se riuscite a stare zitti un momento, forse scopriremo cos'è successo. — Mentre il chiasso si smorzava, si rivolse al padrone di casa. — Allora?

Rodilegno riferì per sommi capi cos'era successo. Per una volta non nascose nulla, a parte la morte di Pelidne.

— Per Infera! — sbuffò Electo. — Vuoi dire che era *tua prigioniera* quando quella giovane canaglia l'ha rapita?

— Non era mia prigioniera — replicò Rodilegno. — Era venuta a farmi visita. E aveva deciso di venire senza guardie del corpo. Non posso essere ritenuto responsabile di quello che è successo.

— Non sono sicuro che i Luminosi la penseranno allo stesso modo — brontolò Electo.

— Sei tu il responsabile, Rodi-Rodi? — chiese Panolis, audace come sempre.

Rodilegno riuscì a contrarre le labbra in un sorrisetto

gelido. — Se ho organizzato il suo rapimento? — Scosse la testa. — No, mi ha colto di sorpresa come tutti gli altri.

— Non capisco come abbia fatto il marmocchio a svignarsela — disse accigliato Furcula, che non era mai stato il lucciglobo più luminoso nella segreta. — Non avevi guardie, chiavistelli... qualcosa? Il tuo sistema di sicurezza era fuori uso? Vedo che ne hai installato uno nuovo...

— Tutti gli abituali sistemi di sicurezza erano in funzione. Ve l'ho detto: il ragazzo e la Regina Aurora sono svaniti nel nulla.

— Non capisco. — Questo era Fuliginosa. — Vuoi dire che hanno usato un invisibilia o roba del genere?

— No. Ovviamente si è trattato di un nuovo tipo di tecnoincanto. Ma... — Rodilegno li passò in rassegna con lo sguardo — questi sono particolari di secondaria importanza. Il fatto è che la Regina Aurora è stata rapita e questo, chiunque lo abbia fatto, muta drasticamente la situazione.

Per un momento pensò che avrebbe dovuto sillabarglielo, ma finalmente Maera Lasiommata pose la domanda cruciale, forse sperando di metterlo in imbarazzo: — Perché la Regina era venuta a farti visita?

Rodilegno contrasse le labbra in un accenno di sorriso. — Per respingere la nostra offerta — rispose.

Quarantadue

La testa di Ciancia sferragliava in modo allarmante, ma Madama Circe ignorò il rumore. La replica nel realglobo era a zumata massima e al rallentatore, e le figure al suo interno sembravano quelle di giganti esausti.

— Che cos'è, Brintesia? — domandò all'improvviso Fogarty.

— Che cos'è cosa? — chiese a sua volta lei.

— Lo scintillio. — Era difficile da vedere per via dell'angolatura. — Non ti sembra che Henry abbia qualcosa in mano?

Madama Circe allungò il collo. — Fermo immagine! — ordinò a Ciancia. Poi: — Sì, penso che tu abbia ragione...

— Possiamo rivedere questa scena?

— Ciancia!

Dalla testa di Ciancia provenne uno sgradevole suono raschiante, poi la scena ricomparve nel realglobo.

— Vedete? — disse Fogarty. Il guaio era la posizione delle varie persone coinvolte. Dopotutto, Ciancia poteva registrare soltanto quello che vedeva. Sembrava che Henry avesse tolto qualcosa di tasca, ma dato che era in parte girato, non si capiva esattamente che cosa. E poi c'era uno scintillio, del tutto simile alla scia di polvere magica di un film Disney.

— Sì — confermò Madama Circe. — Qualcosa c'è...

— Conincanto? — chiese Fogarty. Non conosceva incantesimi che permettessero di uscire da una stanza mentre tutti gli altri pensavano che fossi sparito, però ne inventavano sempre di nuovi...

Lei aggrottò la fronte. — Non credo, Alan. Sembra troppo grande per un conincanto. E cos'è quello scintillio? Nessun conincanto emette scintille.

— Un nuovo tipo?

— Non saprei.

— Puoi ingrandire ancora di più, Ciancia? — chiese Fogarty. Il triniano emise un suono strozzato, e la mano di Henry riempì il realglobo. — Potrebbe essere il bordo di un calice?

— Forse. Un calice di cristallo. — Madama Circe esitò. — O un pugnale Halek? Ha lo stesso tipo di luminosità.

— E dove se lo sarebbe procurato, un pugnale Halek? Non li fabbricano, nel Mondo Analogo. — Fogarty raddrizzò le spalle. — Certo che sembra proprio di cristallo. — Guardò il triniano. — Va bene, Ciancia, spegni tutto. Pyrgus, togligli quell'affare dalla testa prima che schiatti.

— Grazie, signore — gracchiò Ciancia.

— E il segugio che avevi messo alle calcagna di Aurora? — chiese Fogarty mentre il realglobo si oscurava.

— Li ha persi.

— Pensavo che fosse impossibile sfuggirgli.

— Lo pensavo anch'io, invece è successo, mio caaavo.

— Dove li ha persi? — insisté Fogarty.

— Nella tenuta di Rodilegno.

— Ha un sistema di sicurezza da far paura — intervenne Pyrgus. — Tracciatori che ti abbattono e ti iniettano una sostanza che ti stende.

— Pensi che non siano andati lontano? — gli chiese Fogarty.

— A *noi* non è riuscito.

— Interessante — commentò Madama Circe. — Insomma, secondo te è possibile che Rodilegno li abbia fatti prigionieri entrambi.

Pyrgus si passò nervosamente la lingua sulle labbra. — No, Henry aveva qualcosa in mente. Non so che cosa, e non so come, ma di sicuro ha rapito Aurora.

— Questo lo so — ribatté Madama Circe. — Ma qualunque cosa abbia fatto, qualunque cosa avesse in mente, è possibile che il sistema di sicurezza di Rodilegno li abbia bloccati quando sono usciti dalla villa?

— È possibile — ammise Pyrgus. — Però Henry sapeva del sistema di sicurezza. Ha bloccato lui come ha bloccato me e Ciancia.

— Quel segugio — li interruppe Fogarty. — È possibile parlargli?

— È un demone, Alan, lo sai.

— Sì, lo so. Immagino che ci siano precauzioni da prendere...

— Altroché. — Madama Circe annuì. — Quando...?

Fogarty scrollò le spalle. — Ora. Possiamo parlargli ora?

— Io vado... — cominciò a dire Pyrgus.

— Voglio che resti con noi — lo interruppe Fogarty.

Quarantatré

Pyrgus si guardò attorno nervosamente. La prima volta che aveva avuto a che fare con i demoni era stato quando un vecchio Notturno puzzolente, Sulfureo, aveva cercato di sacrificarlo a Beleth. Non gli era mai venuto in mente che potesse essere necessario evocarne uno nel Palazzo. Madama Circe era piena di sorprese.

Si trovavano in una piccola biblioteca nei sotterranei – un'altra stanza della quale fino a quel momento aveva ignorato l'esistenza – piena zeppa di un incredibile assortimento di libri rari. Inclusi alcuni che, ci avrebbe messo la mano sul fuoco, provenivano dal Mondo Analogo. I suoi occhi scivolarono sui titoli: *La Monade Geroglifica... Clavis Chimicus... Misteri dei Rosa Croce... Illuminazioni... Liber Visionum... Soglie Astrali... Ars Notoria*, prima di posarsi sullo schema circolo più-triangolo incastonato nel pavimento. Ne aveva già visto uno simile, anche se quello di Sulfureo era fatto di frattaglie animali. Rabbrividì.

Nel cerchio era iscritta una stella a cinque punte, e nella stanza aleggiava un debole, denso, nauseante odore d'incenso.

Anche il signor Fogarty fissava il cerchio. — Nel mio mondo ti rinchiuderebbero per una cosa del genere — commentò.

— Rinchiudermi?

— In una gabbia di matti, Brintesia. Nessuno crede più a queste cose.

— Che idioti — commentò lei

Come Pyrgus, anche il signor Fogarty osservò i libri. Ne prese uno intitolato *Evocare gli Spiriti* e lo aprì. – Pensavo che i portali di Infera fossero chiusi.

Madama Circe era affaccendata attorno a un incensiere. — Lo sono, mio caaavo — rispose distrattamente — ma il segugio non si trova a Infera.

— No? — si stupì Pyrgus. — Credevo che tutti i demoni provenissero da lì.

Madama Circe finì con l'incensiere e accese la carbonella con una fiamma azzurrina emersa dalla punta di una lunga unghia scarlatta. Fumo profumato risalì verso il soffitto. — Sì, certo. Naturalmente, caaavo... in linea di principio è così. Ma questo è a servizio. Ormai vive nel Regno. Diversi demoni sono rimasti intrappolati qui quando i portali si sono chiusi... La maggior parte era al servizio degli Elfi della Notte, naturalmente. Quando non lavorano alloggiano nei limbo, ma è possibile controllarli esattamente come se fossero ancora a Infera. — Notò l'espressione di Pyrgus e aggiunse: — Stanno comodi, sai. I limbo sono ammobiliati. O almeno, il mio lo è: divano letto, cuscini... perfino un piccolo spassoglobo. In bianco e nero, naturalmente. — E rivolta a Ciancia aggiunse: — Controlla le difese, per piacere.

— Sì, signora.

Mentre Ciancia esaminava il pavimento, Fogarty si voltò a chiedere: — Pronto, Scassatimpani?

— Sì — brontolò il canvero, drappeggiato sullo schienale di una sedia.

— Il cerchio è intatto, signora — riferì Ciancia. — E così pure il triangolo. Tutti i campi di forza sono attivi. Riserve d'incenso sufficienti. Assafetida a posto. Specchio nero a posto. — Pyrgus si guardò attorno alla ricerca di uno specchio, ma non ne vide. — Cristalli allineati — proseguì Ciancia. — Olio da unzioni, acqua energetica, suffumigi, fiala di purificazione, mazzo di salvia, candele nere: tutto pronto. Sveglia regolata. Lampo intrappolato rinchiuso.

— Parecchie precauzioni per un demonietto — commentò il signor Fogarty.

— Non si è mai abbastanza attenti — disse Madama Circe. Li guardò e sorrise. — E ora tutti dentro il cerchio, miei caaavi. Anche tu, Scassatimpani.

Obbedienti, entrarono nel cerchio. Pyrgus si trovò accanto al canvero e si chinò a grattargli distrattamente le orecchie.

— Mi ricorda i giorni con il Grande Mefisto — mormorò Madama Circe. — Usava spesso i demoni nelle sue illusioni più sorprendenti. — Curvò le labbra in un sorrisetto quasi infantile. — E dato che era un Elfo della Luce, nessuno lo sospettava. — Il sorriso sparì. — Pronti?

— Dobbiamo fare qualcosa? — chiese Fogarty.

— Assolutamente no, mio caaavo... a parte non uscire dal cerchio. E non guardarlo negli occhi quando lo interrogate.

— D'accordo — borbottò lui. — Ti serve un libro?

— Oh, no... l'ho fatto così spesso che ormai lo so a memoria. — Si voltò verso il triangolo e sollevò le braccia. Ciancia tirò fuori un ventaglio con un gesto teatrale che avrebbe fatto invidia al Grande Mefisto e lo usò per dirigere verso di lei il fumo dell'incenso. Madama Circe diede inizio all'evocazione con una risonante voce da soprano.

Non fu come quando Sulfureo aveva evocato Beleth. Niente orchestra lontana, né comparsa per gradi. Un momento il triangolo era vuoto, quello dopo c'era dentro un demonietto che sbatteva furioso contro invisibili campi di forza. Era alto un metro scarso, coperto da capo a piedi di pelo nero e con una lunga coda prensile; aveva orecchie appuntite, due piccole corna in mezzo alla fronte, occhi scintillanti e labbra ritratte sui dentini aguzzi. Per essere più piccolo di Ciancia, era la creatura più spaventosa che Pyrgus avesse visto... a parte Beleth.

— Su, su, mio caaavo — disse stancamente Madama Circe. — Ho detto nella tua piena, esatta forma originaria.

La creatura nel triangolo cambiò all'istante. Il pelo cadde, la pelle sbiadì fino a un bianco grigiastro corna e coda svanirono e la testa cominciò a gonfiarsi come un pallone mostruoso. In pochi secondi il cambiamento era completo. Pyrgus aveva davanti una delle fragili creature dalla grande testa che lo avevano catturato quando era finito a Infera. Distolse in fretta lo sguardo.

— Alan... ti presento John il Nero — disse Madama Circe. — John il Nero, lui è il Viceré Fogarty. Voglio che tu risponda alle sue domande sinceramente, sotto minaccia di varie orribili punizioni, eterno tormento eccetera eccetera. Conosci le formalità bene quanto me.

— Sì, Madama Circe — rispose John il Nero. Aveva una piccola bocca imbronciata e un naso pressoché inesistente. La sua voce era acuta, eppure rimbombava dentro la testa.

Madama Circe rivolse un breve cenno a Fogarty, che subito chiese: — Tu saresti un segugio, giusto?

— Sì, Viceré Fogarty.

— Avevi il compito di seguire la Regina Aurora?

— Sì, Viceré Fogarty.

— E l'hai fatto?

— Sì, Viceré Fogarty.

— *Sì* può bastare.

— Sì, Viceré Fogarty.

Fogarty sospirò. — L'hai seguita fino alla villa di Rodilegno?

— Sì, Viceré Fogarty.

— *Dentro* la villa di Rodilegno?
— Sì, Viceré Fogarty.
— E quando il giovane Henry Atherton l'ha portata fuori?
— Sì, Viceré Fogarty.
— Dove sono andati?
— Non lo so, Viceré Fogarty.
— Come sarebbe "non lo so"?
— Sono usciti dalla villa e si sono diretti a nord percorrendo il viale d'accesso. — La voce di John il Nero assunse una strana cadenza meccanica. — Hanno svoltato a nord-est sul viale secondario e sono spariti nei pressi della follia Halek.
— Ci sono follie in tutta la proprietà — si affrettò a spiegare Pyrgus a un'occhiata interrogativa di Fogarty. — L'ex proprietario... — Mentre parlava, non staccò gli occhi dal demonietto. E questo lo innervosì.
— Cosa significa *spariti*? — insisté Fogarty.
— Significa scomparsi, Viceré Fogarty.
— Vuoi dire scomparsi senza lasciare traccia? Un momento lì e quello dopo... puff?
— Sì, Viceré Fogarty.
— Hanno usato un invisibilia?
— No, Viceré Fogarty.
— E non li hai più potuti seguire?
— No, Viceré Fogarty.
— La Regina Aurora è andata con Henry di sua spontanea volontà?
— Sì, Viceré Fogarty.
— E non hai idea di dove si trovino adesso?
— No, Viceré Fogarty.
— Dice la verità? — chiese Fogarty a Scassatimpani.
— Spara balle che è un piacere — rispose il canvero.

Quarantaquattro

Rodilegno osservava soddisfatto i preparativi militari. Aveva imboccato una strada rischiosa. Non *troppo* rischiosa, però. Con la scomparsa della Regina, per un pezzo il Regno sarebbe finito nel caos. Con un pizzico di fortuna i suoi alleati avrebbero scoperto troppo tardi che mentiva. C'era perfino la possibilità che Aurora non avesse comunicato ai suoi consiglieri la propria decisione – la sua riservatezza era famosa – e in tal caso neanche loro sarebbero stati in grado di contraddirlo finché non fosse ricomparsa. *Se* fosse ricomparsa. E anche in quel caso, probabilmente sarebbe riuscito a cavarsela. In fin dei conti era la parola di Aurora contro la sua... e, tra gli Elfi della Notte, la sua godeva di maggior peso. Inoltre a quel punto i preparativi per la guerra sarebbero stati a buon punto. Certe cose tendono ad acquistare una velocità crescente.

L'unica cosa a preoccuparlo davvero era non sapere chi l'avesse in effetti rapita: chiaramente il ragazzo non aveva agito da solo. Questa era una debolezza nella sua posizione. Ma sperava che le cose cambiassero a breve. Tutte le sue spie erano al lavoro per scoprire chi fosse coinvolto.

Nel frattempo gli eserciti congiunti delle Grandi Case avevano cominciato ad ammassare munizioni e provviste nelle caverne sotto Gnammeth Croz. Il Duca Electo, che in questo campo vantava una vasta esperienza, riteneva che l'intera comunità dei Notturni sarebbe stata pronta a combattere entro pochi giorni.

Non che il tempismo avesse importanza. I Luminosi non avevano la minima idea di quello che stava per succedere. Erano troppo occupati a cercare la loro Regina. A meno che le voci di un Conto alla Rovescia non fossero vere... però ne dubitava. Neanche sua nipote sarebbe stata così folle da riprendere quell'antica usanza.

Un soldato che ammucchiava casse – uno degli uomini di Flammea, a giudicare dallo stemma – scivolò, barcollò e finì per tirarsi addosso l'intera pila. Per un momento Rodilegno si chiese se lanciare l'allarme, poi decise di lasciar perdere. Era molto più interessante osservare l'uomo morire schiacciato.

Molti altri sarebbero morti nelle settimane successive.

Quarantacinque

Il Viceré si sedette, scostò la veste regale dal ginocchio e si grattò uno stinco ossuto. — Bah — bofonchiò. — Una perdita di tempo.

Pyrgus lo osservò cauto. Il signor Fogarty era sempre imprevedibile, e sapere che adesso agiva come Monarca Sostituto era a dir poco snervante. — Non potevamo costringerlo a dire la verità? — chiese.

Il signor Fogarty lo squadrò da sotto le sopracciglia grigio-acciaio. — Questa era la vecchia idea: minacciarli di tormenti vari. Hai sentito Brintesia recitare tutta la pappardella tradizionale... Ma sai una cosa? Ho letto qualcosina sui demoni, ultimamente, e mi sa che ci imbrogliano tutti da un pezzo, umani ed elfi. — Smise di grattarsi e si ricoprì il ginocchio. — Sai come funziona con loro, no? Sono organizzati come insetti. — Fece cenno a Pyrgus di sedersi vicino a lui. — Mettiti tranquillo un minuto, eh?

Pyrgus si appollaiò sul bordo di una sedia e aspettò. Erano nell'ufficio del Viceré, e avevano lasciato Madama Circe e Scassatimpani a ripulire dopo che il demone era stato congedato. — Non puoi trattare con gli insetti — riprese il signor Fogarty. — Non uno per uno, come se fossero individui. Tratti con l'alveare. È l'*alveare* che conta. E lo stesso vale per i demoni: tu pensi di parlare all'uno o all'altro, a John il Nero o a Pinco Pallino, ma in realtà stai parlando con tutti. Sono tutti collegati. Mentalmente. L'uno con l'altro e con il loro re. Perciò in realtà è sempre a Beleth che stai parlando.

— A Beleth? — gli fece eco Pyrgus.

— Non mi segui, eh? — Il signor Fogarty sospirò. — Non importa. Il fatto è che non serve a niente tormentare un qualunque demone. Che gliene importa, a Beleth, di John il Nero? Il povero piccolo idiota è stato spedito a servizio mentre Beleth incassava la sua paga. Puoi tormentare John il Nero quanto ti pare, ma non ti dirà nulla che Beleth non voglia. E Beleth ha i suoi piani...

— Ma gli Elfi della Notte *tormentano* i demoni. È uno dei modi che usano per controllarli.

Il signor Fogarty scrollò le spalle. — Non è che un trucco, per illudere la gente. Ma è impossibile controllare un demone. Ha sempre un suo piano segreto. Segue sempre gli ordini di Beleth.

— Ma allora che possiamo fare per trovare Aurora?... E Henry?

— Poco ma sicuro, John il Nero non ci aiuterà. — Il signor Fogarty gli lanciò un'occhiata in tralice. — Però tu potresti.

— Eh? — fece Pyrgus incerto, con la sensazione di sprofondare.

— Cos'è che Henry aveva in mano? — Il signor Fogarty attese un istante e aggiunse: — E dai... ho visto la tua faccia quando Ciancia ha ritrasmesso la scena. Mentre noi ci chiedevamo se fosse un calice di cristallo o un pugnale Halek... tu *sapevi* cos'era. Giusto?

Pyrgus si guardò i piedi, si guardò rapidamente alle spalle e tornò a guardarsi i piedi. — Sì — ammise finalmente.

Fogarty aspettò. — Allora... hai intenzione di dirmelo o pensi di restare lì seduto con aria infelice?

— Era un fiore di cristallo.

— E che cos'era la polvere fatata?

— Polvere fatata?

— Quella roba scintillante. La si vedeva appena, però c'era.

— Non lo so. Non l'ho mai vista. Forse è quello che resta quando sbricioli qualcosa di cristallo.

— Hai mai provato a sbriciolare il cristallo con una mano?

Pyrgus scosse la testa in silenzio.

— Lo sospettavo. Allora?

Il ragazzo deglutì a fatica, incapace di staccare gli occhi da quelli di Fogarty. — Forse era un nuovo tipo di magia. Forse Henry...

— Dacci un taglio. Henry non se ne intende di magia. È *allergico* alla magia. Non mi piace, Pyrgus, e non mi piace il tuo comportamento. Sai qualcosa che non mi stai dicendo, ma te lo tirerò fuori a costo di torcerti il collo. C'è un Conto alla Rovescia in corso, santiddio! A parte la salvezza di tua sorella, se non la troviamo in tre giorni... anzi meno ormai, saremo in guerra.

— Ho già visto fiori del genere.

— Ah! Dove?

— Ecco... c'è un Elfo della Notte... Zosine Ogyris...

— Il mercante? Ricco come Creso?

— Non conosco Creso, però Zosine è ricco.

— Che fa? Fabbrica quei fiori?

— No. Li coltiva.

— Non avevi detto che erano di cristallo?

— Sì, lo sono. Ma Gel... qualcuno mi ha detto che li coltiva. — Pyrgus esitò, guardando il signor Fogarty. — Anche a me sembra impossibile.

Per un momento il Viceré rimase in silenzio, poi decise di non perdere tempo con le cose impossibili. — Che ci fa? Li vende? — Aggrottò la fronte. — È la prima volta che sento parlare di fiori di cristallo.

La faccenda stava diventando sempre più imbarazzante, e Pyrgus si chiese se gli sarebbe stato possibile sorvolare in qualche modo sul resto. Però il signor Fogarty gli metteva soggezione, e temeva di essere già abbastanza nei guai senza bisogno di peggiorare le cose. Prese fiato. — Credo che li coltivi per conto di Lord Rodilegno.

Il Viceré lo fissò sbalordito. — E Rodilegno che vuole farci?

— Non lo so.

Fogarty si alzò e cominciò ad andare avanti e indietro, per poi voltarsi di scatto verso di lui. — Ma perché diavolo non l'hai detto subito?

Il ragazzo non fu capace di sostenere il suo sguardo. — Pché um vercc su fischia — bofonchiò.

— Che cosa?

— Mi vedo con sua figlia! — gridò Pyrgus.

Quarantasei

Madama Circe entrò disinvolta proprio in quel momento.

— Vedi la figlia di chi, mio caaavo?

Pyrgus gemette fra sé.

— Di Zosine Ogyris — rispose per lui il signor Fogarty.

L'espressione di Madama Circe cambiò all'istante. — Un'Elfa della Notte? — Fissò Pyrgus sbigottita. — Frequenti un'Elfa della Notte?

— Sì — ammise lui.

— E un'Elfa della Notte figlia di un mercante?

— Be', sì, suo padre è un mercante — disse Pyrgus, irritato dal suo tono.

— Ma sei un Principe del Regno! — gli ricordò Madama Circe.

— Sì, lo so. — Non sapendo che altro dire, Pyrgus rimase zitto.

— È una faccenda seria? — insisté Madama Circe. — Non sei... non sei...?

— Certo che lo è — sbuffò il signor Fogarty. — È un ragazzo... non pensano ad altro, i ragazzi.

— Non mi riferivo a quello, Alan. È normalissimo che di tanto in tanto un giovanotto di nobili natali si svaghi con la plebe... La famiglia reale lo ha fatto per secoli. — Tornò a rivolgersi a Pyrgus. — Voglio dire... non penserai di *sposarla*?

— Oh, no — fu la pronta risposta. Il che era abbastanza vero, ma non perché Gela fosse una plebea o altre fesserie del genere. Gela era uno schianto e Pyrgus era rimasto un po'... be'... basito quando l'aveva vista la prima volta. Però il matrimonio era fuori discussione. Anche perché non aveva ancora deciso quello che provava per Nymphalis. Anche Nymph era uno schianto, a modo suo. Era anche prepotente quasi quanto Aurora, ma a quello c'era abituato. Però non riusciva a immaginare che Nymph fosse disposta a lasciare la sua casa nella foresta.

— È un sollievo sentirtelo dire — commentò Madama Circe. La sua espressione si addolcì. — In ogni caso, mio caaavo, mi auguro che tu sia stato discreto. Sono certa che sia terribilmente graziosa e molto accondiscendente, ma un'Elfa della Notte? E in questa situazione politica, poi! Così *imbarazzante* per la tua povera, cara sorella.

— È molto graziosa — ammise Pyrgus, mentre una familiare sensazione di collera gli montava nello stomaco. Insomma, chi si credeva di essere, Madama Circe? Cominciava a parlare come suo padre. — Ma questo è...

— Lascia in pace il ragazzo, Brintesia — lo interruppe il signor Fogarty. — Questa potrebbe essere una fortuna inaspettata. Secondo Pyrgus, prima di sparire Henry ha sbriciolato un fiore di cristallo... uguale a quelli che Ogyris coltiva per conto di Rodilegno.

Madama Circe aggrottò la fronte. — Fiori di *cristallo*? Vuoi dire fiori trasparenti come cristallo, o *fatti* di cristallo?

— Non lo so. E tu, Pyrgus?

— Penso che siano fatti di cristallo — rispose lui, sollevato dal fatto che l'interrogatorio su Gela si fosse concluso. — So che sembra assurdo. Non ne avevo mai sentito parlare.

— Neanch'io — mormorò pensierosa Madama Circe. — Mi chiedo che voglia farsene Rodilegno.

— Sarà meglio scoprirlo in fretta — disse Fogarty. — Di sicuro sono collegati con la scomparsa di Aurora. Se Henry ne aveva uno, probabilmente l'ha ottenuto da Ogyris. Non capisco perché Rodilegno si sia preso tutto questo disturbo, visto che Aurora era comunque in mano sua, però scommetto che Ogyris potrà illuminarci in proposito. — Esitò, poi aggiunse: — Del resto è il nostro unico indizio.

— Cos'hai in mente, mio caaavo?

— Portare qui Ogyris e interrogarlo.

— Pensi che parlerà?

— Parlerà, quando avrò finito con lui.

Pyrgus tossicchiò. — Come pensate di portarlo qui, signor Fogarty?

Il Viceré inarcò un sopracciglio. — Uno squadrone di guardie del Palazzo dovrebbe bastare.

— Ogyris ha le sue guardie — gli ricordò Pyrgus. — Gel... qualcuno mi ha detto che in pratica è un esercito privato. E la sua proprietà si trova nel bel mezzo di Gnammeth. Se ci mandiamo uno squadrone di Luminosi armati è probabile che scoppi una zuffa. Una cosa del genere potrebbe addirittura dare inizio alla guerra.

— Hai un'idea migliore?

Pyrgus non ce l'aveva, però era abituato a pensare in fretta. — Potrei andarci io da solo... e vedere cosa riesco a scoprire. Nessuno farà caso a un solo Elfo della Luce. So dove sono i fiori, e come muovermi nella tenuta... — In effetti non era vero al cento per cento, però aveva le istruzioni di Gela e forse il piccolo cancello era ancora aperto. Inoltre, se le guardie lo avessero acciuffato, probabilmente sarebbe riuscito a cavarsela dicendo che era venuto a trovare Gela. Con un pizzico di fortuna, poteva convincerli a contattarla prima di ucciderlo. Era abbastanza sicuro che lei avrebbe garantito. Sempre che non lo sorprendessero dentro la serra, è ovvio.

Chiaramente, Ogyris non voleva che qualcuno s'immischiasse con i suoi preziosi fiori.

— Troppo pericoloso, mio caaavo — disse decisa Madama Circe. — Tua sorella non mi perdonerebbe mai se ti permettessi di fare una cosa del genere.

— Un momento, Brintesia — intervenne Fogarty. — Dobbiamo saperne di più su quei fiori, e Pyrgus ha ragione... tentare di arrestare Ogyris potrebbe davvero scatenare la guerra.

— Possiamo mandare uno dei miei agenti — suggerì Madama Circe. — Qualcuno che abbia ricevuto l'addestramento adatto.

— Però, se lo catturassero, capirebbero subito che i Servizi Segreti sono interessati — obiettò prontamente Pyrgus. — Glielo tirerebbero fuori. È coinvolto mio zio, ricordate? Anche se non sappiamo come. Però se acciuffano me... — Esitò, ma alla fine dovette dirlo: — Potrei fingere di essere andato a trovare Gela.

— Gela sarebbe quella sgualdrinella della figlia? — chiese dolcemente Madama Circe.

— Non è una... — sbottò Pyrgus.

Ancora una volta il signor Fogarty lo interruppe: — Ha ragione lui, Brintesia. È la copertura perfetta. Non possiamo permetterci errori. Aurora è stata rapita e siamo sull'orlo della guerra civile. La situazione è incerta, e di sicuro non vogliamo peggiorarla. La sola cosa che mi preoccupa è il tempo. C'è il Conto alla Rovescia. Neanche come facente funzione di Monarca posso ordinare ai generali di interromperlo... soltanto Aurora può farlo. Dobbiamo scoprire qualcosa in fretta.

— Posso andarci subito — propose Pyrgus. — Anche adesso, se volete.

— Sì — disse Fogarty. — Adesso va bene.

— Fatti accompagnare da Ciancia — suggerì Madama Circe. — È un'eccellente guardia del corpo. Nel caso...

— Sì — annuì Fogarty. — Fatti accompagnare da Ciancia. Puoi dire che è il tuo servo.

— Va bene. — Pyrgus andò verso la porta, poi si fermò. — Madama Circe... — Si schiarì la voce. — Quella faccenda a proposito di me e Gela...?

— Sì, mio caaavo?

— Non avrete intenzione di parlarne a Nymph, eh?

Quarantasette

— Vieni da me, Brintesia? — chiese Fogarty quando la porta si chiuse.

— Naturalmente, mio caaavo — rispose lei con affetto. — Hai occupato l'Appartamento del Monarca?

Fogarty accennò un sorriso. — No, gli abiti regali rappresentano il massimo che sono disposto a sopportare. Però ho deciso che è meglio dormire nel Palazzo fino alla fine dell'emergenza.

— Gli abiti ti stanno bene — commentò Madama Circe sorridendo. — Monarca Alan... ha un bel suono.

Fogarty sbuffò. — Mi fanno sembrare un buffone. Però incoraggiano la gente a fare quello che voglio.

La stanza che aveva occupato era spartana, tipo quelle riservate a ospiti di scarsa importanza. Però era calda. Fogarty si liberò della veste regale, si stese sul letto e batté una mano sulla trapunta accanto a sé.

Mentre Madama Circe attraversava lentamente la stanza, non le staccò gli occhi di dosso. Davvero strana, la vita... era finito a vivere in un'altra dimensione, tipo quelle sulle quali si divertiva a speculare quando si occupava di fisica dei quanti. Eppure niente era più strano dell'avere incontrato quella donna meravigliosa. E alla sua età!

Brintesia si stese accanto a lui e gli strinse una mano. Per una volta, la stretta non gli fece male. Le cure di ringiovanimento avevano cancellato l'artrite da tutt'e cinque le dita di una mano e stavano già lavorando sull'altra. Anche le macchie sembravano sbiadite, e quella mattina, mentre spazzolava i ciuffi superstiti di capelli grigiastri, gli era sembrato di notare una nuova crescita. Ancora un po', e i maghi lo avrebbero fatto somigliare a Robert Redford.

— Sembri pensieroso — osservò Brintesia.

— Pensavo alla guerra.

— A che cosa in particolare?

— Alla sua apparente inevitabilità. — Fogarty fissò il soffitto. — Quando ero a scuola, uno dei professori ci consigliò di guardare alla storia non come a un periodo di pace interrotto dalle guerre, ma come a un lungo periodo di guerra interrotto da momenti di pace. Non aveva tutti i torti. — Si girò su un lato per guardarla. — Mio padre si è fatto la 14-18.

— Che cos'è la 14-18?

— La Prima Guerra Mondiale. La prima nel mio mondo a essere combattuta da ogni nazione del pianeta... o almeno da quelle importanti. In tutto ci morirono otto milioni di soldati, e quasi altrettanti civili. La chiamarono la "Guerra per Porre Fine a Tutte le Guerre". Di sicuro pose fine a mio padre... si beccò una pallottola sulla Somme. Però non pose fine alle guerre. Ricominciammo daccapo ventun anni dopo. In quella c'ero anch'io.

— Me l'hai detto. — Madama Circe gli accarezzò gentilmente la mano.

— Forse mi sarei divertito di più se avessi saputo che sarei sopravvissuto. Durante quella guerra distruggemmo intere città... intere nazioni... Comunque, neanche quella servì a porre fine alle guerre — proseguì Fogarty. — Cinque anni dopo ne scoppiò un'altra in Asia... in Corea. E dopo un'altra in Vietnam, che è durata vent'anni. E dopo abbiamo avuto l'Afghanistan, la guerra arabo-israeliana, la guerra Iran-Iraq, due guerre del Golfo, le Falkland, l'Angola e va' a sapere quante altre guerre civili delle quali nemmeno abbiamo mai sentito parlare. Capisci cosa voleva dire il mio insegnante di storia?

— Nel Regno non è stato così brutto... ma quasi.

— Il guaio è che quando le cose si mettono in moto, sembra che nessuno sia in grado di fermarle. Se mobiliti le truppe, prima o poi, volente o nolente, finisci per spedirle al fronte.

— Pensi che succederà anche qui?

— Abbiamo mobilitato l'esercito. Quando Aurora ha ordinato il Conto alla Rovescia, ha messo in moto una valanga.

— Anche i Notturni stanno mobilitando le loro truppe.

— Hai informazioni sicure?

— Sì.

— Quando avevi in mente di dirmelo?

— Stasera, una volta rimasti soli. Non volevo parlarne di fronte a Pyrgus.

— Troppa pressione sul ragazzo?

— Qualcosa del genere.

— Voglio che tu faccia qualcosa per me, Brintesia... — disse Fogarty.

— Qualunque cosa, mio caaavo.

— Contatta la Regina Cleopatra degli Elfi della Foresta, e convincila a combattere al nostro fianco.

— Pensi che si arriverà a questo?

— Oh, sì. Altroché se ci arriveremo.

Quarantotto

— Ordino un vailà, signore? — chiese Ciancia.

— Neanche per sogno! — esclamò Pyrgus. — Voglio un volasvelto personale.

Quarantanove

Rodilegno stappò il vino e annusò il tappo. — Quasi cinquant'anni. E ha lo stesso colore del sangue. — Guardò il suo ospite e inarcò un sopracciglio.

— Grazie, Rodi-Rodi — disse Panolis. — Di solito preferisco la birra, ma farò un'eccezione.

Quell'uomo era un rozzo sotto parecchi punti di vista, però era utile. Per giunta era rispettato da tutti gli Elfi della Notte ed era tempo di farlo risalire a bordo. Rodilegno riempì generosamente un calice e lo spinse sul tavolo verso di lui. La sua porzione fu meno generosa. I negoziati esigevano una mente lucida e quello, che Panolis se ne rendesse conto o no, era un negoziato.

Il vino era eccellente. Rodilegno lo assaporò lentamente, un sorsetto alla volta; Panolis invece lo tracannò d'un fiato e spinse il calice per farselo riempire di nuovo.

— Tu e io ne abbiamo passate parecchie insieme, Flammea — esordì Rodilegno, riempiendo il calice fino all'orlo. — Abbastanza da superare i piccoli disaccordi, giusto? — Si costrinse a parlare con tono cordiale e cameratesco, tipo quello usato dai vecchi soldati che ricordano i tempi passati.

— Nessun disaccordo, Rodi-Rodi — replicò Panolis. — Non dopo che la regale mocciosa ha respinto la nostra offerta. — Scrutò il viso del padrone di casa. — Sempre che l'abbia fatto davvero.

Rodilegno preferì ignorare l'implicita accusa. — Era un'occasione storica di riconciliazione — commentò. — Ed è una vera tragedia che ci sia sfuggita.

— Se ben ricordo, ti sei mostrato molto meno entusiasta quando ne abbiamo parlato la prima volta. — Panolis svuotò il secondo calice.

— Sì, avevo i miei dubbi. In tutta franchezza, Flammea, temevo che mia nipote potesse reagire esattamente come ha fatto. È sempre stata una marmocchia terribilmente ostinata e sospettosa... proprio come suo padre.

Panolis poggiò il calice sul tavolo. — Che cosa ne hai fatto della ragazza?

La domanda non arrivò del tutto inattesa. Rodilegno si concesse l'ombra di un sorriso. — Corre voce che l'abbia fatta sparire io?

— Girano parecchie voci...

Rodilegno fissò il suo ospite dritto negli occhi. — Te lo dico una volta per tutte: non ho assolutamente niente a che fare con la scomparsa di Aurora. Non avevo progettato nulla del genere. Non è opera mia. E non ho la minima idea di come sia successo, né di dove sia finita. — Distolse lo sguardo e aggiunse: — Anche se i miei uomini sono all'opera per scoprirlo.

— Ti credo, Rodi-Rodi — disse Panolis dopo un momento. Riprese il calice. — In tutta franchezza, non ho mai pensato che fosse opera tua. Non che non ne saresti capace, ma raccontare una storia del genere... "è semplicemente svanita". Non è nel tuo stile. — Aggrottò la fronte. — Però mi piacerebbe sapere chi l'ha rapita. Cos'è successo, in realtà?

— È semplicemente svanita — disse Rodilegno, e sorrise. Poi tornò serio e scrollò le spalle. — In senso letterale. Il ragazzo del Mondo Analogo l'ha trascinata via... e lui e la Regina sono spariti.

— Pensi che l'abbia portata nel Mondo Analogo?

— Non vedo come. Però non ti ho fatto venire qui per discutere di questo. Aurora è scomparsa. La nostra offerta è stata respinta. Dobbiamo organizzarci.

— Dobbiamo fare tornare la Regina — disse brusco Panolis. — C'è un Conto alla Rovescia in atto.

— L'ho sentito dire, ma dubito che sia vero.

— *È* vero. Le mie spie me l'hanno confermato.

Rodilegno lo guardò allibito. — Ne sei certo?

— Ti stai chiedendo come mai le *tue* spie non l'hanno scoperto?

Era esattamente quello che Rodilegno si stava chiedendo. Di sicuro sarebbero rotolate parecchie teste. Per giunta il protocollo esigeva che tutte le parti interessate fossero messe al corrente di un Conto alla Rovescia in atto. Aurora avrebbe dovuto avvertirlo quando era venuta a trovarlo! E il facente funzione di Monarca avrebbe dovuto confermarglielo appena la Regina era scomparsa. Ma chi era il facente funzione? Pyrgus, probabilmente. Rodilegno fissò inorridito Panolis. Quasi non riusciva a credere all'enormità di quel tradimento. E alla propria stupidità per non averlo intuito. Aveva sottovalutato Aurora. E aveva sbagliato continuando a pensare a lei come a una bambina.

— Quanto tempo? — chiese.

— Tre giorni.

— Dalla sua visita o dalla sua scomparsa?

— Da quanto ho capito, sono la stessa cosa.

— Hai ragione. Questo cambia tutto.

Panolis sorrise. — Poco ma sicuro. Che stavi tramando, Rodi-Rodi?

— Tramando?

— Su, su... non sei mai stato a favore del negoziato. Avresti voluto attaccare subito, mentre gli Elfi della Luce erano guidati da una ragazzina. E anch'io...

— Anche tu? Ma se al Consiglio hai votato contro di me!

— Ovvio. Non avevi il minimo sostegno. Però adesso le cose sono cambiate. Qual è il tuo piano?

Rodilegno esitò soltanto un istante. — Attacco a sorpresa. Prenderli alla sprovvista. — Distolse lo sguardo e aggiunse acido: — Però non avevo previsto il Conto alla Rovescia.

— Potrebbe esserci un modo per riprendere l'iniziativa.

— Ossia?

Flammea era un vecchio guerriero. — Decapitare la bestia. Hanno già perso la giovane Regina. Dobbiamo cancellare il resto della loro struttura di comando. Assassinare il Principe Pyrgus, nonché ogni altro membro della famiglia reale e possibile erede al trono. Uccidere il capo dei loro Servizi Segreti... quella vecchia strega è stata una spina nel fianco per troppo tempo; e il loro Viceré Analogo... come si chiama?... Fogarty? Uccidere tua sorella Quercusia: è pazza, ma è comunque di sangue reale. Dopodiché la strada sarà sgombra per organizzare un attacco al Palazzo e catturare i generali. Fatto questo, i Luminosi diventeranno un branco di pecore, e noi potremo entrare in azione e impadronirci del Regno... *tu* potrai impadronirti del Regno, Rodi-Rodi. Posso pensarci io: ricorrerò ai servigi della Gilda degli Assassini, in modo che sia impossibile risalire fino a noi. Potremmo provvedere prima che scada il Conto alla Rovescia.

Rodilegno lo fissò per un lungo momento. Poi disse: — Procedi.

Cinquanta

La stanza era un anonimo cubo bianco, largo più o meno cinque metri e mezzo. Niente mobili, niente porte né finestre, niente arazzi né tappeti, anche se il pavimento era stranamente soffice. Non si vedevano fonti luminose, però c'era una soffusa luce biancastra né troppo forte né troppo debole. E ancora non era riuscita a capire come avessero fatto ad arrivare lì.

Henry era seduto per terra, appoggiato a una parete e con gli occhi chiusi, ma Aurora sapeva che non stava dormendo.

— Non puoi tenermi qui per sempre! — gli gridò. Non avrebbe avuto effetto, ma dire qualcosa spezzava la *monotonia*. Aveva già cominciato a perdere la nozione del tempo.

— Loro arriveranno presto — disse Henry senza neanche aprire gli occhi.

— Loro *chi*? — domandò Aurora, non certo per la prima volta.

Ma Henry non rispose. Non rispondeva mai a quella domanda. Aurora cominciava a sospettare che fosse impazzito.

— Devo andare al gabinetto! — disse di colpo.

— La stanza assorbe i rifiuti.

— Vuoi che la faccia in un angolo? — ribatté lei rabbiosa. Era furibonda con Henry, furibonda per la facilità con la quale l'aveva rapita, furibonda per il suo attuale comportamento. In lui non c'era nulla di quello che era stato un tempo.

— Non voglio che tu faccia niente — le rispose in tono brusco.

Aurora non riusciva a capacitarsi di quanto fosse cambiato. Era come se non gli importasse né di lei né di qualsiasi altra cosa. Si era mostrato così prepotente, così *aggressivo* quando l'aveva trascinata fuori dalla villa di Rodilegno, ma una volta arrivati lì, non si era più mosso. — Ho fame! — sbottò, sperando in una risposta sensata.

— Non c'è da mangiare, qui — disse Henry. — Ma loro arriveranno presto.

"Chi arriverà?" Aurora non riusciva a credere che Henry lavorasse per Lord Rodilegno, era impensabile! Però chiaramente agiva per conto di *qualcuno*. E presto *loro* sarebbero arrivati.

Era tutto così assurdo. Se suo zio avesse progettato di rapirla o di ucciderla, perché coinvolgere Henry? L'aveva già in suo potere. Era andata da lui senza portarsi dietro guardie del corpo, e in seguito non aveva avuto altra protezione che un triniano ferito. Perché...

Sgranò gli occhi. Sicuro! Rodilegno non voleva fare sapere che era stato *lui* a rapirla. Ecco perché aveva coinvolto Henry! Era semplicissimo.

Di colpo si rese conto di pensare l'impensabile. Tornava tutto. Henry l'aveva tradita a favore di suo zio. Lo guardò e si sentì annodare lo stomaco. Che cosa gli aveva offerto Rodilegno?

Si chiese come avrebbe reagito se lo avesse aggredito. Era più forte di lei – le era rimasto un livido sul braccio, là dove gliel'aveva stretto – ma non sembrava particolarmente vigile. Di tanto in tanto chiudeva gli occhi, anche se non per dormire: piuttosto come se fosse in ascolto di qualcosa. Però...

Avrebbe potuto aspettare che chiudesse gli occhi, alzarsi e premergli lo stimlus alla base del collo. Sarebbe stato semplice. Ma... poteva *davvero* ucciderlo? Poteva...

La discussione interiore si sgonfiò come un palloncino. Non aveva lo stimlus. Aveva deciso di non portarlo per evitare che fosse individuato dai sicurincanti di suo zio. E senza quello non era abbastanza forte per sopraffare Henry. E del resto, a che sarebbe servito? Non sapeva come fossero arrivati in quella stanza orribile, e non sapeva come venirne fuori. Niente finestre, niente porte...

O forse sì?

D'improvviso le venne in mente che aveva dato tutto un po' troppo per scontato. Era vero che *vedeva* una stanzetta anonima, ma forse quello che vedeva non corrispondeva alla realtà. Come quando si era introdotta in casa di Sulfureo, per esempio... Anche lì, niente era quello che sembrava. E poi aveva scoperto l'illudincanto. Forse era lo stesso anche qui. Un illudincanto poteva modificare radicalmente l'aspetto di qualunque posto. In fin dei conti la luce doveva provenire da qualche parte, perciò la sua fonte era mascherata.

Lanciò un'occhiata a Henry. Aveva di nuovo chiuso gli occhi. Si sarebbe accorto di quello che cercava di fare? Non c'era che un modo per scoprirlo. Cominciò a tastare una parete. Lui non si mosse.

Procedette lentamente. Se Henry avesse riaperto gli occhi di scatto, lei avrebbe assunto l'aria di chi si sta semplicemente sgranchendo le gambe. Non sarebbe stato facile. Un illudincanto davvero buono influiva sull'essenza di un oggetto, non solo sul suo aspetto; ma perfino il migliore non era in grado d'ingannare il senso dell'odorato o de. tatto come quello della vista. Se procedevi con calma, potevi individuare segni rivelatori. Però questo significava rischiare grosso. Se Henry l'avesse vista col naso appiccicato alla parete, avrebbe capito subito cosa stava facendo.

Si guardò alle spalle. Lui aveva ancora gli occhi chiusi, però muoveva in silenzio le labbra e il suo corpo era teso come una molla. Gli vide fremere le palpebre.

Aurora trattenne il fiato. Aveva trovato una porta! Non era neanche particolarmente ben nascosta, a parte alla vista. Poteva seguirne i contorni senza problemi. Si voltò a controllare Henry. Aveva ancora gli occhi chiusi.

Spinse cauta la porta.

Si aprì.

Cinquantuno

Il volasvelto personale era super. Raggiungeva una velocità quasi sette volte maggiore di quella di un vailà. Bastava una sola parola per fargli eseguire una capriola in volo; riusciva a librarsi senza finire in stallo, e a ogni virata brusca esplodeva un ronzio semplicemente fantastico. Se la missione non fosse stata così seria, Pyrgus si sarebbe divertito un sacco.

Sotto di lui si stendeva adesso l'intera planimetria di Gnammeth: scorgeva chiaramente la vasta distesa verdeggiante che era la loro meta. Lanciò il volasvelto in una brusca picchiata.

— Il nostro piano è schiantarci all'interno della proprietà di Ogyris, signore? — s'informò Ciancia. — In caso contrario, suggerirei di usare la pista d'atterraggio della tenuta.

— Presumo che ci siano difese aeree in quantità — obiettò Pyrgus accigliato. — Per giunta, non voglio che scoprano la nostra presenza. Pensavo di atterrare da qualche parte ai margini della città e proseguire a piedi.

— C'è una pista d'atterraggio pubblica abbastanza vicino all'ingresso principale, signore.

— Davvero? Come lo sai?

— Mi è stata fornita una mappa della città, signore.

— *Mappa*? Potevi anche mostrarmela. — Fra la mancanza di mappe, e il fatto di non avere mai usato un volasvelto personale, non era stato facile individuare la tenuta di Ogyris.

— È una mappa interna, signore. Impiantata nel cervello. Ne ho solo l'accesso visivo.

Pyrgus fece scendere il volasvelto, descrivendo ampi cerchi sulla città. — Questa pista di atterraggio pubblica... non è che un volasvelto sportivo risalterà come un pugno in un occhio? Non voglio che si sappia del nostro arrivo.

— Non penso proprio, signore. Gli Elfi della Notte fanno più spesso uso di velivoli rispetto agli Elfi della Luce, perciò la pista accoglie una grande quantità di traffico aereo. Uno in più passerà inosservato. E comunque è privo di contrassegni.

Pyrgus ci pensò su. L'ultima cosa che voleva era farsi una lunga camminata in città, e se la pista di atterraggio era vicino alla tenuta...

— D'accordo — decise. — Dov'è la pista?

— Quel grande rettangolo bordato di verde, davanti e a tribordo, signore.

— Visto. Si scende!

Ciancia aveva ragione riguardo al fatto di non essere notati. Svariate centinaia di velivoli erano parcheggiati in file ordinate, c'era un continuo viavai di Notturni e non sembrava richiesta la minima formalità. Pyrgus si mise gli occhiali e ne tese un altro paio a Ciancia.

— Che sono, signore?

— Occhiali scuri. Così nessuno può vederti gli occhi e capire che non sei un Notturno.

Ciancia batté le palpebre. — Sono alto centotrentanove centimetri e ho la pelle arancione. Penso che, anche con le lenti, risulterebbe evidente che non sono un Notturno, signore. — Gli restituì gli occhiali. — Non penso sia il caso di preoccuparci eccessivamente. Diversi Triniani prestano servizio in tutta Croz... specialmente ora che i portali di Infera sono chiusi e i demoni sono diventati merce rara. Posso chiedere se per questa missione abbiamo un piano, o se ci limiteremo a strisciare fra i cespugli finché qualcuno non ci attaccherà, com'è successo da Lord Rodilegno?

Pyrgus sorrise. — Stavolta non strisceremo fra i cespugli. E abbiamo un piano. Ci presentiamo al cancello principale e chiediamo di Gela.

— Gela, signore?

— Una mia, ehm, amica. La mia amica Gela. È la figlia del Mercante Ogyris. — In realtà si sentiva molto meno sicuro di quanto appariva. C'era il rischio che Gela non fosse disposta ad aiutarli. In effetti la cosa era alquanto improbabile, ma non aveva idee migliori, e tanto valeva fare un tentativo.

— Capisco, signore.

— Penso che Gela ci farà entrare — proseguì Pyrgus. — Magari ci inviterà a prendere una tazza di fumerba o roba del genere. Le chiederò di non parlare della nostra visita al padre, e poi uno resta a chiacchierare con lei e l'altro va a cercare i fiori di cristallo. — Esitò. — Probabilmente tu — aggiunse incerto.

— Mi è permesso dire, signore, che questo è forse il piano peggiore che abbia mai sentito esporre?

— È l'unico che ho — replicò acido Pyrgus. — Tanto vale provarci.

— Sì, naturalmente.

Il torreggiante cancello principale di Casa Ogyris era fiancheggiato da statue gemelle di demoni sorridenti in sgargiante marmo rosa. Il cancello in sé era di ferro letale, costosissimo e inattaccabile dagli elfi, rivestito di un sottile strato nero d'incantesimi a protezione di ogni visitatore legittimo che potesse toccarlo per sbaglio. Ed era chiuso.

Pyrgus lo fissò a bocca aperta. Chissà perché, non gli era venuto in mente che potesse essere chiuso... anche se ora gli sembrava la cosa più logica del mondo. — Che facciamo? — borbottò a voce alta.

— Se mi è permesso, signore... — Ciancia appoggiò il palmo di una mano sulla targa di ottone incassata nel muro a sinistra del cancello.

— Prego scandire nome e motivo della visita — disse la statua più vicina.

— Prego guardare il cancello e parlare chiaramente — disse la sua gemella dall'altro lato.

— Il cancello è di ferro — osservò disinvolta la prima statua. — Molto pericoloso per gli elfi.

— Il padrone lo ha rivestito d'incantesimi, però al momento sono parecchio logori.

— In effetti avrebbero bisogno di una rinfrescata.

— Perciò state alla larga, o fatelo toccare dal nano. Il ferro gli fa un baffo, ai Triniani.

— Il Principe Pyrgus, giusto? — disse la statua sulla destra. — Siete già venuto a trovare la padroncina Gela, giusto?

— Sì — ammise nervosamente lui.

— Mi pareva. È un piacere rivedervi. Attenzione al cancello, mi raccomando.

— Temo che dobbiate comunque dichiarare nome e motivo della visita, signore — disse l'altra statua. — Per l'archivio. Dobbiamo controllare i nominativi di tutti i visitatori con la Centrale di Sicurezza.

— Sono tempi perigliosi, questi.

— Naturalmente nel vostro caso è solo una formalità, signore.

— Però va rispettata. Nome e titoli al completo, signore. Vi prego di parlare chiaramente. E dovreste anche accennare al triniano. Dato che è la sua prima visita, deve ricevere il visto.

E con questo spariva la speranza che Gela potesse farli sgattaiolare nella tenuta senza che suo padre venisse a saperlo. — Principe Pyrgus Malvae della Casa Danaus — disse Pyrgus sottovoce per evitare di farsi sentire dai passanti. Va' a sapere che poteva succedere a un Elfo della Luce a Gnammeth... giravano storie di linciaggi.

— Più forte, signore — disse la statua.

— Principe Pyrgus Malvae della Casa Danaus! — urlò Pyrgus, gettando la cautela alle ortiche. — Comandante dei Cavalieri del Pugnale Grigio, Arconte Onorario della Chiesa della Luce, ex Monarca, ex Principe Ereditario, Socio Sostenitore della Lega Amiamo gli Animali, Presidente della Società degli Straniti, Grande Araldo Onorario del Collegio Araldico, Primo Bottilaio dell'Antico e Onorato Ordine della Mano Immacolata, più una serie di cariche secondarie. — Prese fiato e aggiunse: — E Ciancia. — Si chinò a bisbigliare: — Non è che hai qualche titolo, eh?

— Temo di no, signore.

— E il triniano arancione Ciancia — aggiunse Pyrgus a voce alta.

— Scopo della visita, signore? In breve. Qualcosa tipo "in visita al Mercante Ogyris", o "consegna di decorazioni per la casa"... qualcosa del genere, signore.

— In visita alla signorina Gela Ogyris — disse Pyrgus.

— Trasmissione in corso — mormorò la prima statua, chiudendo gli occhi per elaborare le informazioni ricevute.

— Vi dispiacerebbe venire qui, signor Ciancia? — chiese in tono cordiale la seconda statua. — Nell'attesa tanto vale procedere con il visto.

Quando Ciancia le fu davanti, la statua estrasse un grosso timbro di gomma dalle pieghe della tunica e gli stampò un luminoso OG sulla fronte. — Solo nel caso qualcuno vi fermi. È valido ventiquattr'ore. È meglio che non vi laviate finché non decidete di liberarvene: la pioggia non lo cancella, ma il sapone sì. Alcuni giovincelli li tengono per settimane... sembra che vadano di moda.

— Autorizzato — disse la prima statua.

E con un cigolio sinistro, il pesante cancello si spalancò.

Cinquantadue

Gli occhi di Henry si aprirono, rossi e lampeggianti. — È inutile — disse.

Aurora si voltò di scatto, il cuore in gola. Il ragazzo era ancora accosciato contro il muro. Impossibile che riuscisse ad alzarsi, attraversare la stanza e raggiungerla prima che lei si lanciasse oltre la porta aperta. Eppure esitò.

— Ti riporta qui — disse Henry. E richiuse gli occhi. La sua noncurante sicurezza era terrificante.

Aurora tornò a voltarsi e superò d'impeto la porta aperta, che si richiuse alle sue spalle con uno scatto sommesso.

Si trovava in un altro anonimo cubo bianco.

Identico a quello che aveva appena lasciato. Pareti bianche, pavimento bianco, soffitto bianco, le stesse luci soffuse, la stessa bizzarra morbidezza sotto i piedi.

E Henry, afflosciato contro una parete.

Cinquantatré

Chiaramente non era previsto che qualcuno percorresse a piedi il sinuoso viale di Casa Ogyris, lungo più di sei chilometri. Quando Pyrgus e Ciancia raggiunsero la casa, stava ormai calando il buio.

— Tutto bene, Ciancia? — chiese Pyrgus. A lui facevano male i piedi e aveva un crampo a un polpaccio.

— Mai stato meglio, signore — fu l'irritante risposta.

Casa Ogyris era un edificio relativamente nuovo e piuttosto bizzarro, che combinava le guglie snelle di un tradizionale castello Halek con la puntellatura massiccia alla moda in tutta Croz, e sembrava ispirato alla segreta di un troll. Ne risultava una specie di gigantesco porcospino accucciato e pronto a saltare. In una sfacciata ostentazione di ricchezza, Ogyris aveva ordinato costosi rivestincanti che trasformavano la materia base dell'edificio in rame, argento, oro, platino, oricalco, e poi di nuovo rame, ruotando all'infinito ogni sette minuti. Al momento era di rame brunito, e i raggi del sole al tramonto lo facevano sembrare in fiamme.

— Eccoci qua — disse Pyrgus, salendo i gradini che conducevano al portone d'ingresso, e bussò.

La donna che gli aprì – una domestica, probabilmente – era bassa e paffuta, con la pelle verdognola e il naso rugoso di una contadina Halek (probabilmente Ogyris l'aveva portata con sé dalla sua terra d'origine), e aveva negli occhi qualcosa che gli ricordò Gela. Indossava un frusciante grembiule a strisce azzurre e aveva le mani sporche di farina. — Mi dispiace avervi fatto aspettare

— esclamò allegramente. — Sto preparando le focaccine.

Pyrgus le rivolse un sorriso incerto. — Sono venuto a trovare Gela — disse.

— Non c'è — rispose pronta la donna. — Papà l'ha mandata a casa.

Pyrgus batté le palpebre. Non era *quella* la casa di Gela?

— A Creen — spiegò la donna. Era così che gli indigeni chiamavano la Terra di Halek. — Lì sarà più al sicuro. — E, vedendo Pyrgus fissarla confuso, aggiunse: — Per via della guerra.

— La guerra?

— Sta per scoppiare la guerra. — Lo disse in tono così tranquillo che Pyrgus si sentì raggelare. Ma prima che potesse reagire, vide la donna inclinarsi di lato in modo decisamente allarmante. Gli ci volle un momento per capire che cercava di guardare alle sue spalle. — Sei proprio tu, Ciancia? — esclamò lei all'improvviso.

— In carne e ossa, Genoveva. — Ciancia sbucò sorridente da dietro Pyrgus. — È una gioia rivederti.

— Che bella sorpresa! — esclamò la donna. — Entra, entra... anche il tuo amico, naturalmente. Vi preparo un po' di fumerba, e dopo puoi provare le mie focaccine e dirmi se ho perso il mio tocco. — Sorrise a Pyrgus e aggiunse: — Così Gela ti conosce... ragazza fortunata!

Mentre la seguivano in un corridoio dal pavimento di pietra verso un appetitoso profumo di focaccine, Pyrgus bisbigliò a Ciancia: — Non sapevo che conoscessi i servi di Ogyris.

— Non è una serva, signore — bisbigliò lui di rimando. — È sua moglie.

— Moglie? — esclamò Pyrgus a voce alta, e subito ripeté in un sussurro: — Moglie? La *madre* di Gela?

— Sì, signore, Genoveva, signore. Una donna davvero simpatica. Prepara ottime focaccine, come presumo stiamo per scoprire. Quando si sono sposati, prima che Ogyris lasciasse la Terra di Halek e diventasse ricco, lei aveva sedici anni e lui venticinque. Felici come due cozze in brodetto, a quanto mi risulta. Capita spesso, con i matrimoni Halek. C'entra qualcosa la composizione del terreno, credo.

— Ma perché sta cucinando?

Doveva avere alzato la voce, perché fu Genoveva a rispondergli: — Perché nessuna cuoca al mondo sa fare focaccine buone come le mie. O così dice Zosi. Secondo me, lo fa per tenermi rinchiusa in cucina. — Ridacchiò.

— Com'è che la conosci? — bisbigliò Pyrgus a Ciancia.

— Temo di non poterne parlare, signore.

Pyrgus lo guardò a bocca aperta. — Oh — disse poi. — Qualche missione per Madama Circe?

— In un certo senso, signore.

— Però la conosci bene?

Ciancia accennò un sorriso, ritraendo le zanne velenose. — Molto bene, signore. Davvero *molto* bene.

Pyrgus fece per insistere, ma poi decise di lasciar perdere. — Non è che potresti farla parlare dei fiori di cristallo, eh?

— Non siate sciocco, signore — replicò educatamente Ciancia. — Genoveva è estremamente leale nei confronti del marito. Sotto certi aspetti. Per giunta, dubito che ne sappia alcunché. I maschi Halek non dicono niente alle mogli, niente di niente. Un comportamento ammirevole, in effetti.

— Smettetela di fare commenti sul mio didietro — li interruppe allegramente Genoveva. — Non posso farci niente se sono una ragazza di appetito.

— Suggerisco, signore — riprese a voce bassa Ciancia — a proposito dei fiori di cristallo, di dire a Veva... a Madama Ogyris, cioè, che nutrite una vera passione per l'architettura Halek e vi piacerebbe visitare la casa. Sono sicuro che vi fornirà un lasciapassare per accedere a ogni angolo della tenuta. Io resterò con lei in cucina e la terrò occupata fino al vostro ritorno.

— Non permetterà mai che vada in giro da solo per casa sua! È la prima volta che mi vede.

— Sì, invece, signore. Rientra nella tradizionale ospitalità Halek.

— E se volesse accompagnarmi? Offrirmi una visita guidata?

— Non lo farà, signore. Credete a me.

— Eccoci qua, ragazzi — disse Genoveva, aprendo la porta della cucina. — Fumerba e focaccine... e, se siete davvero bravi, potrei trovare un vasetto della mia conserva di squincio fatta in casa.

— Non metteteci troppo, signore — bisbigliò Ciancia. — Non so quanto a lungo riuscirò a distrarla.

Pyrgus li seguì in cucina. Sembrava un piano pazzesco, però non riusciva a farsene venire in mente uno migliore.

Cinquantaquattro

— Ciao, Aurora — disse Henry, e sorrise freddamente. — Te l'avevo detto che stavano arrivando.

Era fiancheggiato da demoni. Tutti tranne uno si erano manifestati nella forma affusolata dalla pelle grigiastra. Le puntarono addosso i grandi occhi neri, e quando Aurora tentò di girare la testa, era già troppo tardi. Sentì la sua forza di volontà cominciare a venirle meno.

Quello diverso era magro, con la coda e coperto di pelo nero. Sulla fronte gli spuntava un abbozzo di corna, aveva orecchie a punta, denti aguzzi e scintillanti occhi gialli. Le sorrise e con pochi balzi attraversò la stanza e la prese per mano. Il suo pelo era morbido e piacevole al tocco, come quello di un gatto.

— Va' con John, Aurora — disse Henry.

"Andare dove?" Era un pensiero stupido, ma fu il solo che le venne in quel momento spaventoso. Come potevi andare da qualunque parte quando l'unica porta ti riportava dritto nella stanza?

Poi altri pensieri la sommersero con la forza di un maremoto. Henry non era al servizio di Lord Rodilegno! Era al servizio di Infera! Il che significava che non l'aveva tradita, perché Henry non avrebbe mai lavorato per Infera di sua spontanea volontà. Era controllato dai demoni!

Era assurdo, però si sentì sollevata.

Il sollievo durò meno di un secondo. Erano entrambi in un mare di guai, e lui neanche lo sapeva. Toccava a lei tirarli fuori da lì. Però era già prigioniera della stessa ragnatela che imprigionava Henry. Come avrebbe potuto riprendere il controllo della propria mente dopo avere guardato un demone negli occhi?

La disgustosa creatura che aveva accanto le strinse la mano con fare incoraggiante.

Aurora esaminò quello che le stava succedendo. Non si sentiva diversa dal solito, ma in realtà era un'illusione... e una trappola. Sarebbe dovuta fuggire, divincolarsi, urlare... tutto tranne che starsene lì tranquilla. Dunque, quando i demoni prendevano controllo della tua mente, ti sentivi come se *volessi* fare quello che *loro* volevano farti fare.

Poteva tornarle utile, quell'intuizione? Le restava ancora un briciolo di volontà?

Tentò di muovere il braccio sinistro. Nessun problema. Ma questo che cosa provava? Ai demoni non importava che muovesse o no il braccio sinistro. Perché piuttosto non tentava di fuggire? Però lei non voleva fuggire: voleva andare con John, come le aveva suggerito Henry.

Il pensiero le si formò nella mente in modo così naturale da toglierle il fiato.

Un raggio di luce azzurrina sembrò scaturire dal nulla per formare una pozza sul pavimento. L'essere accanto a lei le strisciò nella mente e le accarezzò la superficie del cervello. *Sono John il Nero* le disse in silenzio. *Andiamo verso la luce.*

Andare verso la luce. Giusto. Aurora mosse un passo, poi un altro. Henry la fissava a occhi socchiusi, sorridendo.

Lei cercò di ricordare cosa le aveva raccontato Pyrgus a proposito di quella volta che era stato posseduto dai demoni: quando gli era successo, si era sforzato di non pensare al proprio nome, perché se i demoni sapevano il tuo nome, potevano controllarti totalmente. Bella roba. Lo sapevano già, il suo nome: Regina Aurora, Monarca del Regno degli Elfi. Che ora camminava come un'idiota verso una pozza di luce.

Le venne in mente che non era quello il momento di opporre resistenza. Più tardi, forse, quando fossero stati distratti, occupati con qualcos'altro, le si sarebbe presentata un'opportunità di fuga.

Mano nella mano con John il Nero, continuò a camminare verso la luce.

Cinquantacinque

Il raggio la trascinò con sé. Che strano tecnoincanto! Nel Regno non avevano roba del genere. Ti faceva sentire così rilassata e sognante mentre ti trasportava gentilmente su su su...

Raggiunse la parete del cubo bianco e l'attraversò come se fosse nebbia. E per tutto il tempo la piccola mano unghiuta di John il Nero, così simile a una zampa di gatto, continuò a stringere la sua.

Di colpo fu accecata da una luce abbagliante, e d'impulso strappò la mano dalla stretta del demone. L'istante successivo, lui le afferrò la mente con furia selvaggia, lasciandola paralizzata, incapace perfino di chiudere gli occhi. Poi le riprese la mano, e la paralisi finì.

Mentre batteva le palpebre per scacciare le lacrime, Aurora si sentì invadere da una calma gelida. L'incidente si era svolto in meno di un secondo, però le aveva permesso d'imparare qualcosa. Finché il demone la teneva per mano, poteva controllarla senza ricorrere alla forza; ma quando si era divincolata, lui era stato preso dal panico e il suo controllo era diventato rozzo, brutale.

Aurora si costrinse a ignorare il dolore agli occhi e a pensare. Il problema era che nessuno sapeva granché riguardo alla possessione demoniaca. Gli Elfi della Notte usavano tecniche e incantesimi per proteggersi, ma neanche loro capivano esattamente come funzionava. Di certo Henry era sotto controllo demoniaco già da un po', e di sicuro nessuno lo toccava. Il signor Fogarty era stato posseduto da un demone quando le aveva ucciso il padre, però nessuna delle creature lo aveva toccato. Allora perché questo demone aveva bisogno di toccarla? Henry e il signor Fogarty erano umani. Forse per gli elfi funzionava in modo diverso.

Frugò nella memoria per ricordare che cosa esattamente fosse successo a Pyrgus. Aveva detto che i demoni gli erano saltati addosso, perciò fra loro c'era stato contatto. Ma dopo qualcuno lo aveva preso per mano? Non gliene aveva parlato, questo però non significava che non fosse successo. Inoltre Pyrgus era stato posseduto mentre era a Infera... il mondo stesso dei demoni. Forse laggiù le cose funzionavano diversamente.

Ma non era importante. Aveva comunque appreso qualcosa di utile. Di tanto in tanto, i demoni sembravano avere bisogno di toccarla per mantenere il controllo su di lei. Quella conoscenza poteva tornarle utile.

Voltò la testa battendo le palpebre e mettendo lentamente a fuoco quello che aveva attorno. Si trovava in una strana camera di metallo invasa da una penetrante luminosità violacea che proveniva da file di grandi cilindri trasparenti pieni di liquido gorgogliante. E in ogni cilindro c'era un neonato nudo, con la bocca aperta e gli occhi chiusi. Inorridita, si rese conto che i neonati – impossibile capire se fossero elfi o umani – *respiravano* il liquido schiumante.

— Né elfi né umani — disse Henry, leggendole nella mente. L'aveva seguita attraverso il muro su un altro raggio di luce, insieme a due demoni grigiastri dagli occhi enormi.

Ma ormai Aurora sapeva che Henry in realtà non era Henry. C'era qualcos'altro dietro i suoi occhi. — Allora che cosa sono? — gli chiese.

— Ibridi. Parte del nostro programma di allevamento.

Il *nostro*...? L'essere che parlava attraverso Henry era un demone. Doveva continuare a farlo parlare. Distrarlo. Ogni informazione poteva risultare utile. — Il vostro programma? — gli fece eco Aurora.

La creatura lasciò perdere ogni pretesa di *essere* Henry; perfino la voce cambiò, trasformandosi in un basso ringhio spaventoso. — Per ottenere una razza più robusta — disse, fissandola con occhi freddi, vuoti.

Aurora tornò a guardare i neonati nei cilindri. Alcuni erano paffuti, altri pallidi e malaticci. E tutti fluttuavano nel liquido gorgogliante, aprendo e chiudendo le mani. Lentamente, inorridita, cominciò a capire.

— Sono...

— In parte Mondo Analogo, in parte Infera — completò il demone, fissandola con gli occhi di Henry. — Ora daremo inizio alla seconda fase.

Il silenzio era profondo, come se ogni suono fosse stato risucchiato fuori dalla camera. Il terrore le strinse lo stomaco. Aveva paura di chiederlo, ma doveva farlo. La sua voce suonò roca, poco più di un sussurro.

— Qual è la seconda fase?

La creatura dentro Henry contorse le labbra in un sorriso. — Un figlio di Infera nato da una madre elfa. — I suoi occhi guizzarono verso John il Nero, che le strinse la mano.

Aurora tentò di liberarsi, di urlare, ma ancora una volta la paralisi s'impadronì di lei.

Cinquantasei

La vita era sempre così difficile senza Ciancia! Madama Circe prese in braccio Lancillotta e ne accarezzò il pelo trasparente. Il fatto era che, a una certa età, le capacità di una persona si atrofizzavano. Un doloretto qui, un acciacchino lì... niente d'insopportabile, è chiaro, specialmente ora che c'erano quei meravigliosi cerotti per ringiovanire. Ma lo sfilacciarsi della memoria era un altro paio di maniche: a quello, nessun incanto del Regno poteva rimediare. Ecco perché Ciancia era così comodo, con la sua incredibile capacità d'immagazzinamento: liste, registrazioni, appuntamenti, vecchie immagini, nuovi piani... assorbiva tutto. Si sarebbe sentita persa, senza di lui. *Era* persa senza di lui. Ma Pyrgus aveva la precedenza.

Pyrgus. Un giovanotto così vivace. E così stordito, come capita spesso ai giovani. Farsi coinvolgere da una Notturna! Tremendo, davvero. Ma naturalmente Alan aveva ragione: il fascino dell'esotico, il frutto proibito... I ragazzi non pensavano ad altro. Sospirò mentre il vailà si fermava. Da giovane anche lei aveva fatto le sue pazzie. A suo padre era preso un colpo quando gli aveva detto del Grande Mefisto. Già una carriera sul palcoscenico era un tale scandalo, all'epoca! E Mefisto era tanto più vecchio di lei.

Scese dal vailà e diede un colpetto sulla fiancata per mandarlo via. Sapeva che avrebbe fatto meglio a imitare Alan e restare nel Palazzo per tutta la durata dell'emergenza, ma in tempi di crisi fa piacere dormire nel proprio letto. Nel proprio letto e a casa propria.

— Appena siamo dentro ti troverò qualche topo tritato — promise a Lancillotta salendo le scale. La gatta (che, a sentire Madama Circe, capiva tutto, assolutamente *tutto*) cominciò a fare le fusa.

Al suo arrivo sul pianerottolo, il Guardiano entrò in azione e lei lo disattivò con un cenno impaziente. Era insopportabile dover vivere circondati da tanti sistemi di sicurezza. Non ricordava che le cose fossero state così brutte ai tempi della sua giovinezza, ma naturalmente all'epoca non si occupava di spionaggio... un'attività che implicava parecchi rischi. Sospirando, si fermò davanti alla porta del suo appartamento.

Lancillotta ringhiò.

Madama Circe si bloccò, una mano sulla porta. — Che c'è, tesorino? — chiese.

Lancillotta ringhiò di nuovo.

Con il gatto ancora in braccio, Madama Circe tornò sui propri passi e riattivò il Guardiano. — Rapporto — ordinò.

— Completo o riassunto?

— Riassunto.

— Autorizzazione?

— Madama Circe.

Il Guardiano appoggiò la mano destra al turbante. — Inizio accesso... Nessun visitatore. Nessun tentativo di scasso. Nessun incidente. Protezioni intatte. Sistemi di sicurezza intatti. Nessuna riparazione necessaria. Ultima inizializzazione del sistema: duemila e duecento ore. Situazione normale. Devo resettarmi, Madama Circe?

— No — rispose lei in tono assente, risalendo le scale.

Quando raggiunse la porta, Lancillotta le si dimenò inquieta fra le braccia.

I sicurincanti andavano benissimo, ma perfino il sistema più sofisticato poteva essere imbrogliato. Però Alan (caro Alan!) le aveva insegnato un trucco molto speciale... e nuovo per il Regno, anche se, a sentire lui, le spie del Mondo Analogo lo usavano spesso. Si accovacciò e tastò il pavimento alla ricerca del filo invisibile che aveva teso attraverso la porta. Era intatto. Da quella parte non era entrato nessuno.

Madama Circe aprì la porta.

L'appartamento era buio. — Luci — ordinò. Subito tutti i sistemi si attivarono, proiettando complicati schemincanti sulle pareti, facendo partire una rilassante musica di sottofondo e accendendo una soffusa luce rosea.

L'assassino l'aspettava al centro del soggiorno.

Era vestito di nero da capo a piedi e portava gli occhiali scuri di un Notturno: aveva attorno alla fronte la fascia con lo stemma della Gilda degli Assassini. Come la maggior parte dei suoi colleghi, era piccolo e segaligno, ma stringeva un pugnale Halek per mano. Era rimasto in attesa del suo ritorno – chissà per quanto tempo – rattrappito nell'Accuccio Mortale.

— Azzanna — bisbigliò Madama Circe.

Lancillotta saltò dalle sue braccia in una sfocata chiazza di luce. Colpì l'assassino al livello delle ginocchia e gli si arrampicò sul corpo fino alla faccia, attaccando con tutt'e quattro le zampe in simultanea. Gli occhiali volarono dall'altra parte della stanza e l'assassino urlò di terrore mentre la gatta gli strappava gli occhi. E poi gli azzannava la carotide.

Mentre il cadavere finiva di sussultare sul pavimento, Lancillotta se ne allontanò con grazia per saltare di nuovo fra le braccia di Madama Circe.

Cinquantasette

Il lasciapassare funzionava! Pyrgus quasi non osava crederci, ma ormai era stato fermato da tre diverse pattuglie di guardie e ogni volta che glielo aveva mostrato lo avevano lasciato andare con inchini e sorrisi. Incredibili le differenze culturali con la Terra di Halek. Nessun Elfo della Luce avrebbe mai permesso a un perfetto sconosciuto di girare liberamente in casa... e tanto meno gliel'avrebbe permesso un Elfo della Notte.

Anche se non del tutto *liberamente*, è ovvio. Alcune porte erano chiuse a chiave: quella dell'ufficio di Ogyris, per esempio; e quella del suo studio privato. In effetti, parecchie porte erano chiuse a chiave. Anche se agitavi davanti il lasciapassare, restavano cocciutamente chiuse. E, con le guardie che potevano comparire da un momento all'altro, forzarle era fuori discussione. Peccato, però. Nell'ufficio o nello studio potevano esserci documenti interessanti.

Comunque non aveva di che lamentarsi. Il lasciapassare gli permetteva di muoversi a piacere nella tenuta, e questo significava che poteva uscire per dare un'occhiata da vicino alla serra.

Non ebbe problemi a trovarla. Ormai era calato il buio, e l'edificio era illuminato come durante la sua prima visita. Ricordava le parole di Gela – che suo padre preferiva affidarsi ai sicurincanti invece di attrarre l'attenzione circondando il posto di guardie – ma fu comunque cauto e aspettò diversi minuti prima di avvicinarsi.

Niente era cambiato. I fiori di cristallo erano ancora lì, piantati in file ordinate. Sbirciò attraverso il vetro (facendo attenzione a non toccarlo), incapace di credere che quelle fossero vere piante. Però sembravano assolutamente perfette: andavano oltre le capacità di un artista. Ogni bocciolo, ogni foglia, ogni stelo di cristallo erano un capolavoro. Ogni fiore brillava sotto i cresciglobi, riflettendo al suo interno la luce delle stelle.

Ma stava perdendo tempo. Doveva scoprirne di più, su quei fiori, e Gela aveva detto che erano protetti da sicurincanti. Considerando le ricchezze di Ogyris e il valore dei fiori, era probabile che fossero sicurincanti letali.

Era quasi sicuro che Gela gli avesse detto di non toccare il vetro della serra, o qualcosa del genere. Secondo lei era pericoloso.

All'improvviso gli venne un'idea. Cominciò a girare attorno alla serra, esaminando il terreno, e non ci mise molto a scoprire fra l'erba i resti di parecchi insetti e anche i cadaveri bruciacchiati di diversi uccelli. Probabilmente qualunque cosa toccasse il vetro finiva incenerita.

Il che significava un rivestimento energetico.

Lo attraversò un brivido improvviso. Un pugnale Halek poteva mandare in corto circuito un energincanto.

Era terribilmente pericoloso, è chiaro. Se un pugnale Halek si spezzava, la sua energia ricadeva su chi l'aveva usato, fermandogli il cuore. (Per questo erano usati più per minacciare che per uccidere.) E una volta un soldato gli aveva detto che, se usavi un Halek su un oggetto avvolto da un energincanto, le possibilità che si spezzasse salivano a una su tre. Soltanto un pazzo lo avrebbe usato in un caso del genere.

Però riflessioni di questo tipo non avrebbero salvato Aurora e nemmeno fermato una guerra civile.

Estrasse il pugnale e lo guardò. Una possibilità su tre...

Esitò. E se avesse rotto soltanto un singolo pannello? Poteva succedere, se ognuno era rivestito individualmente. Alcuni erano abbastanza larghi da permettergli di sgusciare dentro, ma molti altri no. Doveva scegliere il suo bersaglio con cura... di sicuro non si sarebbe azzardato a usare l'Halek più di una volta.

Fece di nuovo il giro dell'edificio, stavolta esaminando i pannelli di vetro, e finalmente si fermò davanti alla porta. Era composta da un pannello largo e diversi più piccoli: se il più grande si fosse spaccato del tutto sarebbe riuscito a sgusciare dentro... e se si fosse spaccato solo in parte, sarebbe comunque riuscito a infilarci una mano e aprire la porta dall'interno. Era improbabile che il rivestimento protettivo riguardasse anche l'interno della serra: era studiato per tenere lontano gli estranei, non per mettere in pericolo chi ci lavorava dentro.

Batté la lama di piatto sul palmo della mano sinistra. Avrebbe avuto il coraggio di farlo?

Pensò ad Aurora, e pugnalò il vetro.

Il risultato fu stupefacente. Energie magiche sgorgarono dalla lama, ma il pugnale non si ruppe! Il pannello scricchiolò e si sbriciolò in un mucchio tintinnante ai suoi piedi... E prima che Pyrgus potesse muoversi, una ragnatela di crepe si allargò sull'intera serra. Un pannello dopo l'altro si spaccò e si sgretolò in una fragorosa pioggia di schegge, finché si ritrovò circondato da una tormenta di vetri rotti e da un boato assordante.

— Ooops — mormorò.

Davanti a lui non restava che lo scheletro della serra. Neanche un pannello era sopravvissuto. Sicuramente qualcuno aveva sentito il fracasso. Non aveva che pochi minuti prima dell'arrivo delle guardie.

Rimise il pugnale nel fodero ed entrò nella serra, il

vetro che gli scricchiolava sotto le scarpe. I cresciglobi appesi al soffitto erano sopravvissuti, e i fiori di cristallo sembravano miracolosamente intatti.

Si guardò intorno con aria colpevole. Che disastro! Adesso sì che era nei guai. Con il Mercante Ogyris. Con Gela. Probabilmente con metà del Regno.

Ma non aveva il tempo di preoccuparsene. A distanza ravvicinata, era evidente che Gela aveva ragione: i fiori erano vivi, gli steli piantati nel terriccio fertile e dotati di un sistema di annaffiatura che forniva loro nutrimento e umidità. Alcuni avevano perfino piccole gemme che spuntavano dalla base.

Ma ancora non aveva idea di cosa fossero, e poco tempo per scoprirlo.

Aveva già rischiato tanto che un altro rischio sembrava insignificante. Così tese una mano, spezzò il gambo del fiore più vicino e se lo mise in tasca. Non poteva restare lì a fare indagini. La sua unica speranza era portarne via qualcuno e consegnarli a chi ne sapeva più di lui.

Stava per prendere un altro fiore, quando le guardie gli piombarono addosso.

Cinquantotto

Pyrgus lottò come una furia, ma le guardie arrivarono di corsa da ogni direzione finché a circondarlo furono quasi un centinaio. Anche usando di nuovo il pugnale Halek, non sarebbe mai riuscito a fuggire. In pochi istanti si ritrovò a terra, bloccato dal peso dei corpi.

— Tenetelo, ragazzi! — ordinò una voce rauca.

Due gli afferrarono le braccia e altri due lo misero in piedi di peso. Pyrgus smise di lottare. Era circondato da uomini robusti e armati fino ai denti.

— Lo perquisisco? — chiese qualcuno. — Potrebbe avere un'arma.

— Ho un lasciapassare di Madama Ogyris — disse lui.

— Un lasciapassare, eh? — chiese il capo, guardando significativamente la montagnola di vetri rotti che fino a poco prima era stata una serra.

— Ora ve lo mostro — aggiunse Pyrgus. Non che il lasciapassare potesse fare qualche differenza, ma se fosse riuscito a guadagnare tempo, forse gli sarebbe venuto in mente qualcosa di più intelligente.

Sentì un soldato allentare la presa sul suo braccio e si divincolò. L'uomo non si curò di riacciuffarlo: tanto non poteva andare da nessuna parte.

— Ecco qui — disse Pyrgus. Gli venne in mente che forse sarebbe stato opportuno rivelare la propria identità: potevano anche decidere di ucciderlo lì per lì, è chiaro, però era un Principe del Regno, e forse avrebbero preferito consegnarlo alle autorità del Palazzo. Oppure potevano decidere di trascinarlo a pedate fino alla Terra di Halek. Come che fosse, doveva fare *qualcosa*.

Rovistò nelle tasche alla ricerca del lasciapassare e la sua mano incontrò il fiore di cristallo. Appena lo tirò fuori, un soldato gridò: — Attenti... ha un'arma!

Di nuovo mezza dozzina di uomini gli saltarono addosso. Il braccio di Pyrgus sussultò, la sua mano si strinse convulsamente: il fiore gli si sbriciolò in polvere scintillante fra le dita.

Ogni movimento cessò. Le guardie erano immobili, paralizzate, come se fossero diventate di pietra.

Cinquantanove

I demoni portarono Aurora in un'altra stanza. C'era uno strano letto coperto da una trapunta scarlatta e, sotto, tubi di metallo che s'infilavano serpeggianti nel pavimento. Lucciglobi inseriti nel soffitto diffondevano una soffusa luce rosea che riempiva gli angoli di ombre. In una parete era incassato un vistaschermo. Nient'altro.

Appena i demoni li lasciarono soli, Henry si afflosciò sul pavimento. — Oddio, Aurora — gemette. — Mi dispiace tanto!

La paralisi di Aurora svanì e il viscido controllo demoniaco le abbandonò la mente. Mentre la porta si richiudeva, si voltò a fissare Henry: stava piangendo, ma era il solito vecchio Henry, quello che lei conosceva e amava, non l'essere che aveva parlato tramite lui. Gli s'inginocchiò accanto, esitò e poi gli mise una mano sulla spalla.

— Cos'è successo? — chiese a voce bassa.

Per un momento lui non riuscì a rispondere, neanche riuscì a guardarla, ma finalmente rivolse verso di lei il viso rigato di lacrime. — Mi ci hanno costretto! — singhiozzò.

— Lo so, Henry. — Aurora lo strinse fra le braccia, cullandolo come un bambino. — Lo so.

Rimasero abbracciati a lungo, finché Henry smise di piangere e si ritrasse. — Sto bene, ora. Sto meglio.

— Devo sapere che sta succedendo — disse Aurora. Esitò. — Tu lo sai? — Non era sicura di quanto Henry potesse ricordare.

Lui si alzò lentamente. Sembrava sconvolto, malato. E continuava a evitare di guardarla negli occhi. — Ti hanno parlato del loro programma di allevamento — borbottò.

Aurora rabbrividì, pensando a John il Nero. — È fuori discussione — affermò. — Prima mi ammazzerei. — Notò la sua espressione. — Che c'è? Non crederai che io...? Con un *demone*?

— Non con un demone, Aurora — balbettò Henry. — Con me.

Sessanta

— I fiori fermano il tempo! — annunciò Pyrgus in tono drammatico. Faceva ancora fatica a crederci, ed era contemporaneamente elettrizzato e spaventato. Il solo problema era che ancora non sapeva dove Henry avesse portato Aurora. Però almeno adesso sapeva *come*.

Il signor Fogarty, ancora in camicione e calzerotti da notte, lo guardò storto. — Come sarebbe? — chiese.

— Fermano il tempo! — ripeté Pyrgus. — Ero circondato da guardie e ho rotto un fiore e il tempo si è fermato. Le guardie sono rimaste a fare le belle statuine, ma io potevo muovermi. È così che sono riuscito a fuggire.

— Stasincanto? — Fogarty aggrottò la fronte.

— No! I fiori *fermano il tempo*. Il tempo si ferma per tutti, tranne per chi rompe il fiore. Così me ne sono andato con tutta calma, ho raggiunto il volasvelto e sono tornato subito qui. — Guardò il signor Fogarty con un sorriso idiota. — Ci ho messo sì e no *cinque minuti*... Per la maggior parte del viaggio, il tempo era fermo. Ecco come ho capito che non si tratta di uno stasincanto. È come se, rompendosi, il fiore ti circondasse con una bolla, e all'esterno c'è il tempo degli altri, e tu puoi correre attorno e fare cose mentre loro aspettano che l'orologio si rimetta in moto. Se l'effetto non si fosse esaurito prima che arrivassi qui, ora non riuscirei a parlarvi.

— Guardie... — cominciò Fogarty.

— Ti sei messo nei guai con le guardie del Mercante

Ogyris? — chiese Madama Circe. Guardò verso la finestra e sorrise. Erano nel Palazzo, in una sicurstanza che dava sul giardino delle rose.

— Un altro pasticcio diplomatico — brontolò il signor Fogarty, però non sembrava troppo scocciato.

Madama Circe tornò a rivolgersi a Pyrgus. — A proposito, mio caaavo, che ne hai fatto di Ciancia?

— Ah! — disse Pyrgus, di colpo imbarazzato.

— Ah? — ripeté Madama Circe, inarcando un sopracciglio.

— Ecco... è rimasto lì.

— Perché era fuori dal tuo tempo?

Pyrgus non sapeva come rispondere. — No, ecco — bofonchiò alla fine. — Cioè, sì, era... fuori del mio tempo, ma... non ho controllato, ecco... — Questa era decisamente la parte più difficile. — Mi sono scordato di lui. — Imbarazzante, però era proprio così. Quando aveva lasciato la Tenuta Ogyris, aveva parecchie cose per la testa. Guardò vergognoso Madama Circe, in attesa dei suoi rimproveri.

Invece lei si limitò a chiedere: — Avrà problemi?

"Eccome se li avrà, se il Mercante Ogyris rientra prima del previsto" pensò Pyrgus. Ma a voce alta rispose: — Secondo me sta già tornando qui. Ciancia sa badare a se stesso.

— Sì, questo è vero.

— Quanto dura? — chiese all'improvviso Fogarty.

Pyrgus batté le palpebre. — Che cosa?

— Lo stoppa-tempo — sbuffò Fogarty. — È di questo che stavamo parlando, no? Quanto dura? Un minuto? Cinque? Un paio d'ore?

— Non lo so. Dal mio punto di vista il tempo non è passato affatto.

— Quanti fiori c'erano?

— Dozzine. Centinaia. Forse un migliaio.

— Suppongo che tu non ne abbia portato via un altro.
— No, signor Fogarty.
— E suppongo che tu non abbia distrutto gli altri.
Pyrgus ripensò al crollo della serra. — Ecco... ho distrutto il posto dove li coltivavano, perciò non credo che Ogyris possa farne crescere altri finché non rimette a posto la serra, però quelli che c'erano non sono appassiti. Tutt'al più smetteranno di crescere... sono di cristallo, in fondo.
Il signor Fogarty non sembrava ascoltare. — E suppongo che tu non abbia scoperto dov'è Aurora.
— Non esattamente, però adesso sappiamo come ha fatto Henry a portarla via. Ha rotto uno di quei fiori, e la bolla ferma-tempo deve aver incluso Aurora oltre che lui. Una volta nella bolla puoi andare dovunque, fare qualunque cosa. Niente e nessuno può fermarti.
— Ma perché portare Aurora con sé? — rifletté a voce alta Madama Circe. — Sono sicura che non le farebbe mai del male. Non lo pensi anche tu, Alan?
Fogarty si alzò di scatto. — Molto bene... Voi due, venite con me.
— Per andare dove, mio caaavo?
La faccia di Fogarty era cupa. — Voglio che tu venga con me, Brintesia, in quanto Capo dei Servizi Segreti. E tu, Pyrgus, in quanto Principe Ereditario, o fratello della Regina, o quale che sia ora il tuo titolo ufficiale. Andiamo a parlare con i generali e cerchiamo di convincerli a bloccare il Conto alla Rovescia. Se gli Elfi della Notte hanno fiori che fermano il tempo, attaccarli sarebbe un suicidio. Ci spazzerebbero via in un batter d'occhio. — Marciò deciso verso la porta.
— Alan... — lo chiamò gentilmente Madama Circe.
— Che c'è? — brontolò lui impaziente.
Lo sguardo di Madama Circe andò dal camicione ai calzerotti da notte. — Penso che faresti più effetto se indossassi la tua veste da Monarca, mio caaavo.

Sessantuno

Tutti e tre i generali del Regno – Lampides, Podalirio e Silvicolus – erano nella Sala Controllo, nelle viscere rocciose del Palazzo. Indossavano uniformi immacolate, ma avevano l'aria di chi non chiude occhio da giorni. Il posto brulicava di attività: messaggeri andavano e venivano, maghi militari stavano accucciati davanti a specchi concavi, soldati in tenuta da combattimento sorvegliavano ogni porta. Scattarono sull'attenti all'ingresso del Viceré.

Fogarty si guardò attorno incuriosito: era la sua prima visita in Sala Controllo, e i venti minuti di discesa nel pozzo librato gli avevano dato la nausea. Comunque questo non smorzò il suo interesse. Al centro della sala c'era un enorme tavolo operativo che mostrava l'intero Regno. Era un'illusione di prim'ordine, chiaramente l'ultimissimo tipo di tecnoincanto. Quando spostavi gli occhi in una direzione, il panorama si muoveva come se il tavolo ti leggesse nella mente... e probabilmente era proprio così. Bastava pensare a un posto particolare, per metterlo a fuoco. Su molte strade c'erano truppe in movimento.

Fogarty spostò lo sguardo sulle file di vistaglobi di cristallo. Per lo più erano puntati su Gnammeth Croz, la patria degli Elfi della Notte. E un terzo almeno erano puntati su Gnammeth, la sua capitale.

— Osserva quelli alla tua sinistra — sussurrò Madama Circe.

Fogarty seguì il suo sguardo: tre globi mostravano viste diverse di un'enorme caverna sotterranea, dove soldati Notturni si davano da fare ad ammucchiare munizioni.

— È subito sotto Gnammeth — spiegò lei. — Siamo riusciti a infilarci soltanto tre sensori.

— Si direbbe che si stiano preparando per il nostro attacco.

Madama Circe annuì. — Sanno del Conto alla Rovescia.

— Dobbiamo fermare tutto — sbottò Fogarty. — È una follia.

Il generale Lampides si staccò da un crocchio di soldatesse in uniforme e venne verso di loro. Il suo aspetto era quello di uno che aveva poco tempo per le interruzioni, ma annuì con relativa cortesia. — Principe Ereditario. Viceré. — La sua espressione si ammorbidì appena. — Madama Circe.

— Chiama gli altri due — disse brusco Fogarty.

Lampides lo fissò stupito. — Prego?

— Podalirio e Silvicolus. Falli venire qui. Dobbiamo parlare. — Il Viceré lo fulminò con gli occhi. Per sua esperienza, la sola cosa che i militari rispettavano era la durezza, e in una situazione del genere era pronto a dargliene quanta ne volevano.

Gli occhi di Lampides lampeggiarono, ma dopo un momento distolse lo sguardo e girò sui tacchi, per tornare quasi subito insieme agli altri due generali. Fu Silvicolus quello che decise di sfidare la propria sorte.

— Siamo piuttosto impegnati, Viceré. Mi auguro che sia importante.

— La settimana prossima possiamo fare a gara a chi piscia più lontano, Silvicolus — lo rimbeccò Fogarty — ma ora come ora non ho tempo. Dovete fermare il Conto alla Rovescia.

Se Silvicolus fu preso alla sprovvista, non lo diede a

vedere. — Sapete benissimo che non possiamo, Viceré.

— Potete e lo farete — replicò Fogarty. — Nella mia veste ufficiale di facente funzione di Monarca, vi ordino di fermare la mobilitazione di tutte le truppe. E quest'ordine è confermato dal Principe Ereditario Pyrgus e da Madama Circe in qualità di Capo dei Regi Servizi Segreti. — Guardò i suoi compagni che annuirono all'unisono.

Silvicolus sospirò, e per la prima volta permise alla stanchezza di filtrargli nella voce. — Potete chiamare in causa l'intera famiglia reale, Viceré, ma questo non cambia la legge. L'unica persona in grado di fermare un Conto alla Rovescia attivo è il Monarca in carica. Che, a quanto mi risulta, è ancora la Regina Aurora.

— La Regina non è in grado di fermare un bel niente — gli ricordò Fogarty.

— Il che è esattamente il punto di un Conto alla Rovescia — intervenne Lampides. — E, come facente funzione di Monarca, lo sapete benissimo. O dovreste.

— Ho discusso la situazione con Madama Circe — insisté arcigno Fogarty. — Se rifiutate di obbedirci, ordinerà ai Servizi Segreti di bloccare tutte le operazioni di spionaggio in corso.

Lampides sospirò. — Sono sicuro che Madama Circe non farà niente del genere — disse senza guardarla. — Ma se lo facesse, saremmo costretti ad arrestarla per tradimento.

Un altro bluff fallito. — E va bene. — Fogarty si guardò attorno per accertarsi che nessun altro potesse ascoltarli e riportò lo sguardo su Silvicolus. — Sentite questa. Gli Elfi della Notte hanno un'arma segreta, i particolari potranno essere forniti dal Principe Pyrgus, grazie alla quale saranno in grado di massacrare i nostri fino all'ultimo uomo prima che riescano ad alzare un dito per difendersi.

Si aspettava proteste, dubbi, richieste di spiegazioni, invece i tre generali lo fissarono con gli occhi di vecchi che hanno visto fin troppa guerra e sofferenza. Alla fine fu Podalirio a dire sottovoce: — Tu non appartieni al Regno, Alan. Non puoi capire. È una questione di onore e tradizione. Non ha importanza se saremo spazzati via. — Chiuse gli occhi un momento e poi li riaprì. — Se la Regina Aurora non tornerà in tempo per revocarlo, il Conto alla Rovescia andrà avanti. La guerra inizierà domani al tramonto.

Sessantadue

Aurora lo fissò. — Con te?

Henry sembrava orribilmente imbarazzato. — È complicato... — balbettò.

— Prova un po' a spiegarmelo.

Lui si sedette sul letto e subito si rialzò di scatto, come se lo avessero punto. — Scusa — disse, senza chiarire per che cosa. Le lanciò un'occhiata e si affrettò a distogliere lo sguardo. — Mi hanno infilato una cosa nella testa.

Aurora aspettò. Avrebbe voluto abbracciarlo e consolarlo, ma doveva scoprire che stava succedendo. — Va' avanti.

— Me l'hanno infilata nell'angolo di un occhio. — Vide la sua espressione e subito aggiunse: — È come quando attraversi i muri con la luce azzurra: non danneggia l'occhio, però fa un male cane. E anche paura.

— Va' avanti — ripeté Aurora.

— È una cosa che serve a collegarti con Retinfera.

Questa le risultava nuova. — Che sarebbe, Retinfera?

— L'Internet dei demoni. — Notando lo sguardo perplesso di Aurora, Henry si affrettò ad aggiungere: — Una specie di trasmissione mentale che il loro capo usa per dare ordini a tutti.

— Vuoi dire Beleth?

— Sì, lui. Retinfera è la sua rete di comunicazioni personale.

— Non capisco. — Aurora trattenne a stento l'impazienza. A volte Henry riusciva a essere terribilmente complicato quando tentava di spiegare le cose.

— Neanch'io ne sono sicuro. Non del tutto, ecco. Penso che sia una specie di rete mentale, non so se naturale o artificiale, che permette a Beleth di trasmettere ordini in un baleno. — Esitò e aggiunse: — Ed essere sicuro che siano eseguiti.

Ci fu un lungo silenzio. Aurora si stava chiedendo perchè non avesse mai sentito parlare di Retinfera. Ma forse nessuno ne era al corrente. Gli Elfi della Luce evitavano ogni contatto con i demoni, e perfino i Notturni non li comprendevano a fondo. Tutti sapevano che erano malvagi e, soprattutto, che erano *diversi*... ma forse nessuno si era mai reso conto di *quanto* fossero diversi. O forse questa era una nuova tecnologia, qualcosa che avevano appena inventato. — Insomma... — disse alla fine — ti hanno messo nel cervello qualcosa che ti collega a questa Retinfera?

— Possono attivarlo a distanza. Ora è spento. — Esitò. — Quando è acceso, sono un demone anch'io.

— Come se fossi posseduto?

— Peggio. Cambio del tutto.

Aurora cominciava a capire; e quello che capiva le faceva paura. — *Diventi* un demone.

Henry annuì.

Sessantatré

Erano seduti fianco a fianco sull'orrido letto rosso. Henry era rigido e faceva attenzione a non sfiorarla.

— Ci sono alcune cose che devi sapere.

Aurora lo fissò e attese.

— Posso parlarne solo finché il mio impianto è disattivato. Adesso sono io, però ricordo tutto. Conosco i piani dei demoni. Il piano di Beleth.

— Ossia?

— Conquista totale. Vogliono conquistare il tuo mondo, e anche il mio.

I demoni lavoravano a quel piano da anni, spiegò. Il loro scopo era dominare sia il Regno che il Mondo Analogo tramite un programma di allevamento selettivo. Beleth aveva deciso di cominciare dal mondo umano.

Fino a quel momento si erano verificati sporadici attacchi agli umani, ma con il nuovo piano i demoni si sarebbero concentrati nel rapire individui selezionati e accoppiarsi con loro. Era un procedimento complicato. La prole ottenuta era spesso malaticcia, e parecchi morivano. Ma ne sopravvivevano comunque a sufficienza da essere infiltrati in posizioni di potere fra gli umani.

— Hanno cominciato con i capitribù e gli stregoni in Africa. Poi con i re e i loro consiglieri. E papi, preti, gente così... Più di recente, politici e dittatori. Non sono tutti malvagi, naturalmente, ma alcuni sono collegati a Retinfera, e ormai da un pezzo stanno spingendo l'umanità verso Infera.

— Non se n'è accorto nessuno?

— È questa la furbata — disse Henry in tono stanco. — Appena hanno cominciato a infiltrarsi, si sono dati da fare per convincere tutti che i demoni non esistono.

— Ma è ridicolo!

— Lo so. In effetti Beleth dubitava che gli umani fossero così stupidi da cascarci, ma poi uno dei suoi consiglieri ha sviluppato una strategia davvero astuta. Invece di nascondersi, i demoni hanno cominciato ad apparire agli umani nelle forme più assurde: gnomi, folletti, roba del genere. E alla fine come omini verdi arrivati dallo spazio. Ormai nessuno li prende più sul serio.

— Un momento — lo interruppe Aurora, ripensando a qualcosa che Henry aveva detto poco prima. — Se accoppiarsi con gli umani è così problematico, perché non hanno semplicemente infilato un impianto nella testa di chi volevano... come hanno fatto con te?

— È una tecnologia nuova. Non esisteva quando Beleth ha messo in moto il suo piano. Adesso naturalmente hanno cominciato a usare gli impianti. Ce l'hanno sia il Primo Ministro britannico che il Presidente degli Stati Uniti. Però i demoni devono fare attenzione: questi affari si vedono ai raggi X, e se gli umani scoprissero che cosa sta succedendo, l'intero piano potrebbe fallire. E Beleth vuole evitarlo... Perciò adesso capisci... — S'interruppe.

— Cos'è che dovrei capire? — chiese Aurora dopo un momento.

— Perché siamo qui.

Aurora non capiva un bel niente. Lottò contro il desiderio di afferrarlo per le spalle e dargli una scrollata. — Perché siamo qui, Henry? — ripeté con calma forzata.

— Infiltrazione. Ha funzionato così bene nel mio mondo, che ora vogliono provarci nel Regno. — Esitò, distolse lo sguardo e mormorò: — Cominciando con nostro figlio.

Sessantaquattro

Risalire un pozzo librato era molto meno impressionante che scenderlo. Intanto non dovevi cominciare facendo un passo nel vuoto. — Secondo voi i generali dicevano sul serio? — chiese Pyrgus mentre fluttuavano fianco a fianco.

— Altroché. — Fogarty si voltò verso Madama Circe. — Hai contattato i Selvaggi?

— Preferirei che non li chiamassi così, mio caaavo.

— Hai contattato gli Elfi della Foresta?

— Pensi che si arriverà davvero alla guerra?

— Hai sentito i giovanotti in uniforme. La guerra avrà inizio domani al tramonto. Abbiamo tentato di evitarla, Brintesia. Adesso dobbiamo tentare di vincerla. Sei in contatto con Cleopatra?

Madama Circe abbassò gli occhi e annuì. — Le ho inviato un messaggio la notte scorsa. È stata abbastanza gentile da rispondere immediatamente.

— Non me l'avevi detto.

— Non ne ho avuto l'opportunità. Eri ancora a letto, quando è arrivato Pyrgus con la sua notizia sconvolgente, e poi siamo andati direttamente in Sala Controllo. — Scrollò le spalle. — In ogni caso, non ci è di grande utilità. La Regina Cleopatra invia le sue più sincere scuse, ma ritiene che la presente situazione riguardi soltanto gli Elfi della Luce e gli Elfi della Notte, e non tocchi minimamente gli Elfi della Foresta. Di conseguenza, rifiuta formalmente di mettere le sue forze a nostra disposizione.

Fogarty sbuffò. — Puoi organizzare un incontro fra me e lei in giornata?

— Non riuscirai a farle cambiare idea, Alan. La conosco bene.

— Neanche ci proverò. Se non si unisce a noi, pace. Però potrebbe avere qualche idea su dov'è finita Aurora... I suoi conoscono parecchi nascondigli. E potrebbe aiutarci a impadronirci dei fiortempo. O a distruggerli.

Raggiunsero la superficie e uscirono dal pozzo. — Tipo... con un'incursione, signor Fogarty? — chiese Pyrgus, animandosi di colpo.

— Qualcosa del genere. — Fogarty intercettò lo sguardo di Madama Circe e aggiunse: — Senti, Brintesia, domani saremo in guerra e dobbiamo pensare a qualche modo per vincerla.

— È una grande idea! — si entusiasmò Pyrgus. — Posso comandarla io, l'incursione!

— Toglitelo dalla testa! — dissero a una voce Fogarty e Madama Circe.

Sessantacinque

— Vogliono che abbiamo un *figlio*?

Henry annuì con aria infelice.

Aurora lo fissò a lungo, in silenzio. C'erano mille domande che le turbinavano nella testa, ma alla fine si limitò a chiedere: — Perché proprio noi?

— Tu sei la Regina — rispose Henry, un po' troppo in fretta. — Se hai un figlio demone, sarà automaticamente in una posizione di potere. Quando diventerà grande.

Le nascondeva qualcosa. — Perché tu? — insisté Aurora. — Perché non... — pensò a John il Nero, con il suo pelo bruno e la coda e la mano artigliata che stringeva la sua — ... un vero demone?

— Io *sono* un vero demone quando attivano quella cosa. È solo la forma che rimane la stessa. Pensavano che non avresti... accettato un demone in forma di demone, ecco. In effetti, pensavano che lo avresti riconosciuto anche se aveva la mia forma. Ecco perché hanno disattivato l'impianto.

— Potevano costringermi.

— No. Non a fare una cosa del genere. Sugli elfi gli impianti non funzionano.

Era un'informazione interessante. Dunque non avrebbero usato l'impianto su di lei: volevano una madre elfo, non un demone in forma elfica. Però... visto che i demoni potevano entrarti nella mente, umana o elfica che fosse, perché non avevano provato a controllarla in quel modo?

— E per quanto riguarda... la possessione? — chiese esitante.

— Gli elfi non possono essere spinti ad agire contro i loro più profondi principi morali. Possono immobilizzarti, o farti camminare, o roba così. Con gli umani è diverso: possono farci fare quello che vogliono.

Il signor Fogarty era stato posseduto da un demone quando le aveva ucciso il padre. Potevano costringere gli umani a fare qualunque cosa, omicidio incluso. Eppure aveva ancora la sensazione che Henry le nascondesse qualcosa.

— Perché hanno scelto te? — chiese di nuovo.

La faccia di Henry diventò scarlatta e i suoi occhi s'incollarono al pavimento. S'irrigidì, allontanandosi da lei, e per un momento Aurora pensò che non le avrebbe risposto, ma poi lo sentì bofonchiare: — Sono convinti che tu sia innamorata di me...

Aurora avrebbe voluto abbracciarlo, ma sapeva che non era il momento. Inoltre era divorata da una furia bruciante contro i demoni. — Cioè pensano che basti chiuderci in una stanza e faremo un figlio solo perché sono innamorata di te?

Henry la fissò stranamente, e dopo un momento mormorò: — Il fatto è che non capiscono come funziona la gente...

— No, direi proprio di no. — C'era quasi da ridere.

— Naturalmente... — cominciò Henry, e s'interruppe.

Qualcosa nel suo tono l'allarmò. — Che cosa? Avanti, Henry, ho bisogno di sapere tutto il possibile prima che ti trasformino di nuovo in un demone.

— Se non... se noi non... lo sai... se non lo facciamo... di nostra volontà, voglio dire, loro, loro... — Deglutì. — Ti costringeranno. Ti terranno ferma...

Le ci volle un momento per rendersi conto di quello che stava dicendo. — E tu mi...? — sbottò indignata.

— Mi ritrasformeranno in un demone! — gemette lui.

Di colpo Aurora si rese conto di quello che Henry stava passando. — Insomma, ci proveranno comunque — gli disse in tono più dolce — se noi non... di nostra volontà?

Lui annuì.

Sospirando, Aurora si alzò e andò davanti al vista-schermo dall'altra parte della stanza. — È per questo che è qui, vero? — chiese, toccandolo. — Per vedere quello che facciamo?

— Sì.

Con uno sforzo spaventoso riuscì a esibire una calma che non provava. Doveva essere forte abbastanza per tutti e due.

— E che succede se non dovessi concepire?

— Non ha importanza. Lo sapranno subito... hanno qualcosa che glielo dice immediatamente. Se non resti incinta, invaderanno il Regno.

Aurora lo fissò a bocca aperta. — Ma i portali sono tutti chiusi — balbettò scioccamente.

— Ne hanno aperti di nuovi — replicò lui.

Sessantasei

Raggiungere il pozzo librato includeva una serie di posti di blocco completi di guardie armate di tutto punto. Fogarty, Madama Circe e Pyrgus erano ben conosciuti, ma questo significava comunque che la loro conversazione procedeva a spizzichi e bocconi.

— Il fatto è — disse Fogarty a Madama Circe — che grazie ai tecnoincanti degli Elfi della Foresta potremmo entrare nella Tenuta Ogyris senza farci notare, spostandoci direttamente da un albero all'altro. — Guardò Pyrgus. — Ci sono alberi vicino ai fiori di cristallo?

— È logico che sia io a guidare l'incursione — insisté Pyrgus. — Conosco il posto. Ci sono già stato. E so dove sono i fiori. Non è facile trovare la serra, sapete.

— Anche se non ci fossero alberi — proseguì Fogarty senza dargli ascolto — sappiamo che sono comunque in grado di attraversare le superfici solide molto meglio di noi. Meno uomini, meno pericolo.

— In effetti è sensato, mio caaavo — ammise Madama Circe. — Però Cleo potrebbe non acconsentire lo stesso.

— E sono il solo ad avere *toccato* uno di quei fiori — incalzò Pyrgus. A parte Henry, che però al momento non c'era, ed era comunque responsabile di una buona parte di quel guaio.

— Acconsentirà — affermò sicuro Fogarty, abbassando la voce mentre superavano un altro posto di blocco.

— E sono il solo a sapere come distruggerli — aggiunse Pyrgus, chiedendosi se l'avrebbero bevuta.

— Che hai intenzione di fare? — chiese sospettosa Madama Circe.

— Affascinarla — rispose brusco Fogarty.

— Sono sicura che riusciresti ad affascinare qualunque donna, mio caaavo — commentò lei con un sorriso affettuoso mentre emergevano nel vasto seminterrato dove sfociava il corridoio dei posti di blocco. — Ma... fascino a parte?

— Pensavo di farle notare che una vittoria dei Notturni non è nel suo interesse... e vinceranno di sicuro, se non troviamo Aurora e distruggiamo i fiortempo. Già una volta Rodilegno ha portato demoni nella foresta; se vincesse, potrebbe rifarlo. I portali di Infera non resteranno chiusi per sempre. — Sospirò. — Potrei anche prometterle che, se vinciamo, li lasceremo in pace... sembra l'unica cosa che davvero interessi a lei e ai suoi sudditi. Potremmo offrire un trattato che lo garantisca, sia da parte nostra che da parte degli Elfi della Notte.

— Pensi che i Notturni accetterebbero?

— Lo faranno, se vinciamo... almeno quel che resterà di loro.

— Il fatto è — riattaccò Pyrgus testardo — che mica potete romperli e basta. Insomma, io ne ho rotto solo uno, e il tempo si è fermato per... — In realtà non aveva la minima idea di quanto a lungo si fosse fermato il tempo, ma proseguì comunque: — ... Per *ore*. A romperli tutti, va' a sapere per quanto si fermerebbe. Potrebbe fermarsi *per sempre*. Interferire con la struttura dell'univer...

Diversi uomini in nero comparvero al capo opposto del seminterrato, si disposero a freccia e assunsero una posizione da combattimento.

— Che vogliono quegli scemi?— chiese Fogarty.

Madama Circe li scrutò con lo sguardo attento dei

miopi. — Credo che appartengano alla Gilda degli Assassini. Presumo che vogliano uccidere te e Pyrgus.

Un folto gruppo di spadaccini comparve e attaccò gli intrusi.

— Presumi? — chiese Fogarty.

— Penso di sì, mio caaavo. Ieri uno di loro ha tentato di uccidere *me*.

— Davvero? — Fogarty la fissò preoccupato. — Stai bene?

— Oh, sì. Avevo Lancillotta, a proteggermi.

Lo scontro all'altro capo del seminterrato si stava trasformando in una battaglia con tutti i crismi. Pyrgus notò che gli spadaccini cercavano di catturare gli assassini vivi... ma senza successo, perché quelli lottavano con furia suicida.

— Chi li ha assunti?

— L'alleato di Lord Rodilegno, il Duca di Flammea, a sentire quello che mi ha attaccata.

Il Viceré aggrottò la fronte. — Credevo avessi detto che Lancillotta lo ha ucciso.

— Ho interrogato il cadavere.

Questo fece staccare gli occhi di Fogarty dalla zuffa in corso. — Non sapevo che fossi in grado di interrogare un cadavere.

— Solo se è fresco.

— Oh! — Lui tornò ad accigliarsi. — Avresti dovuto avvertirmi dell'aggressione.

— Non volevo farti preoccupare, mio caaavo. Del resto, che altro avresti potuto fare? Ho messo in allarme i Servizi Segreti. Eravamo al corrente dei piani della Gilda per te e Pyrgus e i generali. Come puoi vedere... — Accennò distrattamente agli uomini impegnati in combattimento.

La battaglia era quasi finita, e il risultato era scontato. Gli uomini di Madama Circe erano di gran lunga più numerosi degli assassini e, a modo loro, altrettanto abili. Un paio di cadaveri furono trascinati fuori. I restanti uomini in nero furono sopraffatti e condotti via.

— È logico che sia io a guidare l'incursione — riattaccò Pyrgus. Prese fiato. — E per giunta il mio grado è più alto di quello di Viceré.

— Ma davvero? — brontolò Fogarty.

Avevano raggiunto la base di una larga scala di pietra che saliva ai livelli superiori del Palazzo.

— Sicuro — insisté Pyrgus. — Sono ancora Principe Ereditario. Più o meno.

— E io sono ancora Sostituto Imperatore. Più o meno — brontolò Fogarty. La sua voce si addolcì. — Però hai ragione. Sei stato tu a trovare quegli accidente di fiori, sai dove sono, e al riguardo sei più informato di chiunque altro, perciò sembra logico farti partecipare all'incursione.

— Guidarla — si affrettò a correggerlo Pyrgus.

— D'accordo: la guidi tu — si arrese irritato Fogarty. Lanciò un'occhiata a Madama Circe. — Può andarci anche qualcuno dei tuoi per tenerlo d'occhio, sì? Se possono sbaragliare gli assassini non dovrebbero avere problemi con le guardie di Ogyris. E io cercherò di coinvolgere gli Elfi della Foresta. La Regina Cleopatra non ci negherà un piccolo contingente. Potrebbe perfino... — S'interruppe.

Madama Circe stava guardando Pyrgus. — Che hai, mio caaavo? — gli chiese. — Che succede?

Ma Pyrgus era troppo impegnato a fissare sbalordito le scale.

Sessantasette

Aurora si sedette accanto a Henry, lo circondò con le braccia e lo baciò.

— Che fai? — Lui si ritrasse di scatto, sbigottito.

— Ci tengono d'occhio, ricordi? — gli bisbigliò all'orecchio. — Dobbiamo convincerli che sta succedendo qualcosa.

— Perché? — Il sussurro di Henry fu soffocato dai suoi capelli.

— Per guadagnare tempo, scemo! — sbottò esasperata lei, e lo baciò di nuovo.

Dopo un po' Henry reagì come se cominciasse a prenderci gusto.

— Ehi, non esageriamo — mormorò Aurora sciogliendosi dall'abbraccio e piazzandosi fra lui e il vistaschermo. — Svuota le tasche.

— Eh?

— Svuota le tasche! Dobbiamo uscire da qui, e voglio vedere se hai qualcosa che potrebbe aiutarci. A proposito... dove siamo? Lo sai?

— Ci troviamo su una delle astronavi dei demoni. Nel mio mondo le chiamiamo dischi volanti. — Obbediente, cominciò a svuotarsi le tasche.

— Quella stanza quadrata ne faceva parte?

Henry scosse la testa. — Quello era un magazzino nel limbo — fu l'incomprensibile risposta. — Il disco ci ha recuperati da lì.

Aurora si sentì sprofondare. — E dov'è, adesso, questo disco? Nello spazio?

Henry annuì. — È possibile. — E quando vide la sua espressione, aggiunse: — Cos'è che non va?

— Se siamo nello spazio non possiamo fuggire. A meno che tu non sappia pilotare questa nave.

— No. Però mi ricordo come funziona la luce azzurra, quella che ci ha tirati fuori dal cubo.

— Ma noi non vogliamo tornare nel cubo! — protestò Aurora. Lo fissò e, di colpo incerta, chiese: — Vogliamo?

— Non direi. Però la luce può mandarci dovunque... se riesco a trovare le coordinate. Fatto... — La guardò e sorrise debolmente. Aveva finito di svuotarsi le tasche.

Aurora fissò le cianfrusaglie sul letto: alcune monete sconosciute, un foglietto scarabocchiato, un pacchettino bianco di qualcosa che forse era una merenda, vari pezzi di spago. Non esattamente l'attrezzatura adatta a fuggire da... come l'aveva chiamato? Un disco volante.

Si costrinse a pensare. Il cubo nel limbo era pieno di demoni, ma qui ricordava di aver visto i due che avevano accompagnato Henry, più John il Nero. Probabilmente ce n'erano altri... quanti demoni servivano a manovrare un disco volante?

— Tu che hai? — bisbigliò Henry. Si guardò attorno e aggiunse in un sussurro: — Non sarebbe il caso di... sai... ricominciare a baciarci?

— Che cos'ho cosa? — chiese Aurora irritata. Preferì ignorare la seconda domanda. — Senti... sai per caso quanti demoni ci sono qui? Venti? Trenta? Un centinaio?

— Nelle tue tasche — insistette Henry. — Magari hai qualcosa di utile. Soltanto tre.

Voleva davvero dire quello che le sembrava di aver capito? — Soltanto tre demoni?

— Sì. Non ne servono altri. La maggior parte dell'astronave è automatica. E poi, quando l'impianto è attivato, ci sono anch'io. — Si portò fra lei e lo schermo. — Su, controlla, magari hai qualcosa di utile.

— Ho questo — sussurrò Aurora; gli mostrò il sottile, letale stimlus seminascosto nella mano. Cominciava a sentirsi ottimista. Soltanto tre. Avevano ancora un'infinitesimale possibilità di cavarsela.

Sessantotto

— Che cos'è? — chiese Henry.

"Stimlus" sillabò Aurora in silenzio. Di colpo le era venuto in mente che i demoni avrebbero potuto sentire anche i sussurri. E lei non aveva intenzione di rinunciare all'elemento sorpresa.

"Stimlus?" sillabò Henry di rimando.

Esasperata, Aurora rovistò nella tasca della veste alla ricerca di una tavoletta di scrittura e trovò quella purpurea e decorata che la Regina era obbligata a portarsi sempre dietro. Nascondendola al vistaschermo, ne sfiorò il rivestincanto e subito le parole presero a formarsi sulla superficie.

UCCIDE AL CONTATTO.

Lo sguardo di Henry andò dalla tavoletta a lei. — Lo stimlus uccide al contatto? — chiese.

La scritta sparì all'istante, sostituita da rosse maiuscole luminose:

NON PARLARE A VOCE ALTA.
SE VUOI DIRE QUALCOSA, POGGIA IL DITO
SULLA TAVOLETTA E PENSA INTENSAMENTE.

— Forte! — mormorò Henry. Capì subito come funzionava, perché la tavoletta si svuotò e comparvero le parole: PUÒ UCCIDERLI TUTTI?

Aurora gli scostò il dito. SOLTANTO UNO. È A MONOCARICA. PER CONTATTO.

Henry le scostò a sua volta il dito. MEGLIO DI UN CALCIO SUI DENTI. QUAL È IL PIANO?

Nuove parole comparvero sulla pagina: STIAMO ACCANTO ALLA PORTA. LI ATTIRIAMO QUA DENTRO E LI ATTACCHIAMO. DI SORPRESA. LI UCCIDIAMO.

— Uccidiamo? — balbettò Henry a occhi sgranati.

— Santiddio! — sbottò Aurora. — Che ti aspettavi... di invitarli a ballare?

Henry riafferrò la tavoletta. LORO SONO TRE, E NOI SOLTANTO DUE.

SONO PICCOLI E MAGRI.

NON HO MAI UCCISO NESSUNO.

ANDRÀ TUTTO BENE, VEDRAI. BASTA NON GUARDARLI NEGLI OCCHI.

Henry la fissò come se tentasse di prendere una decisione. Dopo un po' annuì e si piazzò accanto alla porta. Aurora andò al vistaschermo e lo spaccò con un calcio; poi, appena il rivestincanto diventò color magenta e cominciò a ululare, girò sui tacchi e corse a raggiungere Henry.

Accadde tutto in fretta. I demoni entrarono d'impeto nella stanza, ma solo John il Nero aveva conservato la forma originaria; gli altri due si erano trasformati in creature da incubo, enormi e muscolose.

— Aaargh! — gridò Henry.

"Henry non è armato" pensò Aurora. "È stata un'idiozia. Prima di dare il via all'azione, mi sarei dovuta accertare che avesse un'arma." Però nel locale in cui si trovavano non c'era niente di niente. Si fece avanti e schiacciò lo stimlus sul fianco del demone più vicino: risuonò un sibilo, nella stanza si diffuse odore di carne bruciata, e la creatura si afflosciò a terra.

Aurora si voltò, e vide stupefatta che Henry aveva afferrato il secondo demone mostruoso per il collo e sembrava deciso a strangolarlo. Pur sapendo che lo stimlus era ormai inutile, si lanciò in suo aiuto, attaccando il demone nel punto più vulnerabile: gli occhi.

Ruggendo, il mostro cercò di allontanare le sue unghie e, prima che Aurora potesse affondargliele negli occhi, fu aggredita a sua volta da John il Nero, che le afferrò le spalle con le mani artigliate. — Basta così, Maestà — sibilò malevolo.

Aurora si lasciò cadere all'indietro e, con John il Nero ancora aggrappato alla schiena, rotolò sul pavimento. Sentì i suoi artigli strapparle il vestito, e un dolore acuto quando le affondarono nella carne. Nel tentativo di colpirlo alla faccia, portò indietro la testa di scatto, ma lo mancò. Un braccio sottile del demone le circondò la gola e cominciò a stringere costringendola ad alzarsi.

La vista le si offuscò quasi subito. Con l'altra mano il demone le graffiò il viso a sangue. Disperata, lei si gettò di spalle contro la parete: sentì un tonfo, la stretta soffocante sulla gola si allentò e John il Nero le scivolò giù dalla schiena. Aurora barcollò e cadde in ginocchio; poi si rimise in piedi ansimando. Il peloso demone nero era steso sul pavimento: respirava, però sembrava stordito. Senza esitare, Aurora si chinò su di lui, gli strinse la testa fra le mani e gli torse il collo ossuto. Dopodiché le cedettero le ginocchia.

L'ultima cosa che vide prima di perdere i sensi fu Henry che la guardava dall'alto e sorrideva. Incredibile ma vero, era riuscito a strangolare il suo demone.

Sessantanove

— Buon Dio! — esclamò Fogarty.

Aurora era comparsa in cima alle scale, fluttuando all'interno di un raggio di luce. Aveva lividi sulla guancia destra e il viso coperto di sangue secco, i capelli arruffati e i vestiti a brandelli. Ma peggio di tutto erano i suoi occhi: vitrei, iniettati di sangue, le pupille sbarrate.

— Aurora! — Pyrgus si lanciò verso di lei, salendo i gradini a due a due.

Un'altra figura attraversò la parete dietro di lei, anch'essa circondata da un alone azzurrino. Sbalordito, Fogarty riconobbe Henry.

Aurora atterrò delicatamente e tentò di muovere un passo verso il fratello, poi eseguì una mezza piroetta e si afflosciò.

— Aurora! — gridò di nuovo Pyrgus.

La Regina rotolò sulle scale.

Riaprì gli occhi di scatto. Un fruscio di onde su una spiaggia dorata. Il richiamo dei gabbiani mescolato a refoli di musica rilassante. Si sentiva a pezzi. Le facevano male la faccia, la testa, il naso, tutto il corpo.

— Eccellente, mia caaava... sei sveglia.

Aurora girò la testa di lato con estrema cautela, e subito fitte di dolore la costrinsero a chiudere gli occhi, ma subito li riaprì e vide il volto sorridente di Madama Circe.

— Va tutto bene. Non sforzarti a parlare.

Aurora non era sicura di *poter* parlare, ma la nebbia che aveva nel cervello si stava lentamente dissolvendo. Era stesa fra lenzuola fresche rimboccate sotto il mento; la spiaggia era un'illusione dipinta sul soffitto; e la musica rilassante era suonata da elementali rinchiusi in giare sistemate accanto al letto. Doveva trovarsi nell'infermeria del Palazzo. Gli incantesimi rientravano nella normale terapia durante la convalescenza.

— Sei al sicuro, mia caaava. Hai affrontato una dura esperienza, ma ora è finita e va tutto bene. Senti male da qualche parte? Batti le palpebre una volta se la risposta è "sì".

Aurora batté le palpebre una volta.

— Fra poco arriveranno i guaritori con qualcosa che ti farà sentire meglio. Aspettano solo i risultati degli ultimi esami. Soffri di un leggero avvelenamento da demone; niente ossa rotte né organi danneggiati. Sei stata fortunata, davvero. Se Pyrgus non fosse stato così pronto a bloccarti sulle scale, potevi romperti l'osso del collo.

Aurora aveva l'impressione che le si fosse gonfiata a dismisura la lingua, e le facevano male tutti i denti. Tentò di muovere le labbra.

Madama Circe le appoggiò una mano fresca sulla fronte. — Non sforzarti di parlare. Ecco il Capo Guaritore. Devono essere arrivati i risultati dei tuoi esami... Fra poco ti sentirai molto meglio. Ora, mentre lui fa il suo lavoro, cercherò di metterti al corrente di quello che è successo... d'accordo?

Aurora si chiese perché anche persone piene di buonsenso come Madama Circe si sentissero in dovere di trattare da idiota chiunque fosse ammalato. Guardò il Capo Guaritore: era alto e paffuto e con la testa rasata; indossava la lunga tunica azzurra tipica della sua professione. Aveva un energiglobo in una mano e un'ampolla di elementali miniaturizzati nell'altra.

— Rilassatevi, Maestà — tuonò. — Un corpo rilassato rigetta le emozioni negative. — Un sorriso professionale gli increspò la faccia da luna piena. — Presto vi sentirete meglio, ve lo assicuro.

Aurora si chiese distrattamente se fosse il caso di farlo decapitare. Comunque, quando l'ampolla fu spezzata e i minielementali le sciamarono nel corpo, cominciò a sentirsi bene quasi all'istante.

Chiaramente Madama Circe notò la differenza perché le posò un dito ammonitore sulle labbra e disse gentilmente: — Forse sarebbe meglio rimandare la nostra conversazione a quando saremo sole...

Aurora annuì e aspettò. Il Capo Guaritore controllò i risultati della sua opera, si dichiarò soddisfatto, avvertì la Sua Regale Maestà di non stancarsi, e si ritirò camminando all'indietro e inchinandosi goffamente.

— Ho fatto mettere un sicurincanto su questa stanza — disse Madama Circe appena la porta fu chiusa. — Possiamo parlare liberamente.

— Dov'è Henry? — chiese subito Aurora. — È riuscito a passare? — La sua idea era stata di usare il teletrasporto demoniaco per spedirla al Palazzo, per poi regolarlo su "automatico" e cercare di seguirla.

— Era subito dietro di te. Dove ti ha portata?

Aurora si mise seduta e scoprì sorpresa che ogni traccia di debolezza l'aveva abbandonata. — Non saprei... Un cubo? — Nonostante l'azione rigenerante degli elementali, si sentiva ancora la mente annebbiata. Però Henry ce l'aveva fatta, perciò andava tutto bene.

— Cubo? — le fece eco perplessa Madama Circe.

Aurora scosse la testa. — Non ha importanza. — Si sentiva decisamente molto meglio. Spinse indietro le lenzuola e mise i piedi sul pavimento. — Dove sono i miei vestiti?

— Avevano visto giorni migliori — rispose Madama

Circe — perciò li ho fatti distruggere. Ne troverai di puliti nell'armadio. — Esitò una frazione di secondo. — Hai un aspetto molto migliore, mia caaava, da quando il Capo Guaritore ha dato via libera ai suoi piccoli aiutanti, e non vorrei affaticarti, dopo tutto quello che hai passato, ma ci sarebbero un paio di faccenduole piuttosto *urgenti*...

— Fra un momento — disse decisa Aurora. Doveva schiarirsi le idee. Radunare i suoi e spiegare il piano di Beleth. — Dov'è Pyrgus?

— Al momento non è al Palazzo, mia caaava. Abbiamo dovuto mandarlo...

— E Henry? — la interruppe Aurora.

— In cella. L'ho fatto arrestare con l'accusa di alto tradimento. È questione di poco, poi verrà giustiziato.

Settanta

— E tu chi diavolo sei? — chiese Fogarty irritato. Era nella foresta, sul punto di dare inizio a un'altra tornata di chiacchiere con la Regina Cleopatra, e le interruzioni lo infastidivano. Specialmente ora che le cose si mettevano bene. Sua Maestà aveva già acconsentito ad aiutarli a distruggere i fiortempo: anche se Aurora era tornata sana e salva, non potevano lasciarli nelle mani di Rodilegno. Un'altra dose del fascino di Fogarty, e forse avrebbe perfino acconsentito a un'alleanza formale.

— Sorcìo, signore — lo informò l'intruso. — Il nuovo gnomo di Madama Circe, signore.

Fogarty aggrottò la fronte. — E Ciancia dov'è?

— Ancora assente, signore. Ubicazione sconosciuta. Ella mi ha promosso *pro temp* per via dell'Emergenza. Sono un esperto, quanto a fare commissioni, consegnare messaggi, roba così. Mi aspetto di tornare in cucina appena Ciancia riapparirà, ma nel frattempo ho un aumento di paga ed è pur sempre un diversivo rispetto a sbucciare patate, signore. — Sorrise, mettendo in mostra un dente mancante.

— E ora che vuoi? — chiese Fogarty, ancora accigliato.

Sorcìo si guardò attorno, gli fece un cenno con la testa e zampettò all'ombra di una grande quercia. — Confidenziale, signore, l'ha detto Ella — spiegò quando Fogarty l'ebbe raggiunto. Cominciò a saltellare.

— Che fai? — Quel tipo era matto da legare.

— Tento di portarmi all'altezza del vostro orecchio,

signore. Voi siete un uomo alto, e io sono verticalmente svantaggiato, per così dire.

— Oh, santiddio! — sbottò Fogarty, chinandosi finché il suo orecchio fu all'altezza della testa di Sorcìo.

— Ella dice che dovete tornare subito, signore — bisbigliò lo gnomo. — Sembra che ci sia un problema.

— Che tipo di problema?

— Ah! Ella non me lo direbbe mai, signore... nel caso qualche farabutto tentasse di spremermi informazioni. Sotto pressione non mi si potrebbe definire "stoico", signore.

— Non sei un triniano, eh?

— In verità no, signore, un bell'uomo alto e intelligente come voi lo avrà già probabilmente intuito dal colore. E neanche me la intendo tanto con loro, a dire la verità: troppo organizzati. Sono quel che si direbbe un Lep.

— Ah — disse Fogarty, che non aveva la minima idea di che cosa fosse un Lep. — Adesso sta' a sentire, Sorcìo: torna da Ell... da Madama Circe, e informala che sono nel bel mezzo di un negoziato estremamente delicato... — S'interruppe vedendo lo gnomo scuotere la testa con aria solenne. — Che c'è?

— Ella ha detto che avreste potuto farla lunga, chiedo scusa, signore, e in tal caso avrei dovuto dirvi una cosa soltanto... — Fece cenno a Fogarty di chinarsi di nuovo e, quando l'ebbe fatto, aggiunse in un sussurro: — Henry è nei guai, signore. Guai molto grossi.

Settantuno

Era fantastico comandare un'incursione. Pyrgus indossava una tenuta mimetica che includeva un elmetto così pieno di frasche da sembrare un'aiuola, e aveva strisce verde oliva e marrone dipinte sulla faccia. Ma non solo! Mentre strisciava sulla pancia in mezzo al sottobosco, era seguito da venti uomini armati di tutto punto, forti come l'acciaio e pronti a giocarsi la vita per il successo della missione.

E tutti quanti lo chiamavano *signore*.

— Alt! — ordinò in un sussurro.

— Signore! — scattarono i venti in un sussurro combinato, e si bloccarono. Era super.

Gli sarebbe piaciuto che Nymph potesse vederlo.

Ma forse era meglio di no. Allungò il collo per sbirciare al di sopra dell'erba e scoprì che ancora non aveva la minima idea di dove si trovassero. Il guaio è che, a strisciare sulla pancia, vedi le cose in modo diverso. Ma non potevano certo imboccare a passo di marcia il viale principale della Tenuta Ogyris. Questa era un'incursione, non un attacco frontale. Non lanci un attacco frontale con venti uomini, per quanto forti siano.

Per giunta un attacco frontale avrebbe rischiato di dare inizio a una guerra, che era appena stata evitata grazie al ritorno di Aurora. Anche se il Conto alla Rovescia era stato fermato, il signor Fogarty e Madama Circe non avevano cancellato l'incursione. Così adesso lui comandava *venti uomini*.

Ovviamente si era ben guardato dall'informarli che si

erano persi. Non aveva senso demoralizzarli praticamente all'inizio della missione. E poi doveva concentrarsi sull'incontro con Nymph. Gli Elfi della Foresta avevano acconsentito a mandare rinforzi, e sarebbe stata lei a guidarli. Aurora era sana e salva, la guerra non sarebbe scoppiata, lui era al comando di venti uomini, e fra poco avrebbe rivisto Nymph. La vita non poteva essere migliore.

Stava per riabbassare la testa e rimettersi in moto alla cieca, quando intravide un baluginio con la coda dell'occhio. Voltò la testa di scatto. Acqua! Lo scintillio del sole sull'acqua. Il lago! Una volta raggiunto quello, orientarsi sarebbe stato facile. Per forza. Era riuscito a seguire il sentiero lungo il lago quando era buio pesto, perciò di giorno, sia pure strisciando, sarebbe stata una quisquilia.

— Svoltare! — sibilò, ed eseguì prontamente.

— Signore! — risposero gli uomini, e lo imitarono.

Settantadue

— Fatelo liberare subito — ordinò Aurora. — E toglietegli quella cosa dalla testa.

— Mia caaava... *ricordi* che è stato Henry a rapirti, sì? — disse Madama Circe. Esitò. — Quale cosa?

Seduta sul bordo del letto, Aurora cominciò a infilarsi gli stivali. — Non sapeva quello che faceva — spiegò. — Riceveva ordini da Beleth.

— Beleth? — Un guizzo di comprensione attraversò il viso di Madama Circe. — Mi ero chiesta se quello fosse un raggio trasportatore demoniaco. Mia caaava, raccontami tutto per filo e per segno.

E Aurora glielo raccontò. Non ci mise molto.

— Povero Henry — commentò alla fine Madama Circe. Andò alla porta e impartì le istruzioni del caso a una guardia. Poi tornò a rivolgersi ad Aurora. — Ho dato ordine di liberarlo. Lo porteranno subito in infermeria e rimuoveranno l'impianto.

— Grazie. — Aurora aveva quasi finito di vestirsi.

Madama Circe si sedette pesantemente sul letto, sembrando di colpo molto vecchia. — Temo di aver perso il mio tocco. Stavo guardando nel posto sbagliato.

— Anch'io — la consolò Aurora. — Pensavo che tutti i nostri guai fossero opera di zio Rodilegno...

— A proposito... bisogna bloccare il Conto alla Rovescia.

— Provvederò subito.

Madama Circe esitò. — C'è una cosa...

— Sì?

— Ecco, mia caaava... — In fretta le disse dei fiortempo.

— Allora è così che Henry mi ha portato fuori dalla villa... non me l'aveva detto. Pensavo avesse usato uno stasincanto di qualche tipo.

— Il fatto è che, quando sei sparita con un Conto alla Rovescia in corso, noi... cioè il Viceré Fogarty e io... abbiamo deciso che non potevamo lasciare nelle mani degli Elfi della Notte un'arma tanto potente... puoi immaginarne le implicazioni militari! Così abbiamo ordinato un'incursione per distruggere i fiori. È già partita una pattuglia, guidata da Pyrgus.

— Perché Pyrgus? — chiese subito Aurora. Anche se era il fratello maggiore, si era sempre sentita protettiva nei suoi confronti.

— Perché è l'unico a sapere esattamente dove sono coltivati. Mi auguro solo che non ce ne siano anche altrove.

— Molto bene, Madama Circe — disse Aurora dopo un lungo silenzio. — Fiori che fermano il tempo modificherebbero drammaticamente il rapporto di forze fra noi e i Notturni. Quanti uomini ha preso, Pyrgus?

— Una ventina dei migliori, e a loro si uniranno altrettanti Elfi della Foresta. Alan li ha convinti ad aiutarci. — La notizia l'aveva colta di sorpresa, ma non bisognava mai sottovalutare quell'uomo.

— Guidati, m'immagino, da quella Nymphalis? — chiese acida Aurora.

— Possibile. — Madama Circe accennò un sorriso. — Non sono ancora al corrente degli accordi.

— Dov'è il Viceré Fogarty? Mi piacerebbe saperne di più su questa incursione.

Madama Circe la guardò con affetto. Un momento era una ragazza ammaccata e confusa, e quello dopo una Regina da capo a piedi. Tutta figlia di suo padre... specialmente quando la famiglia era in pericolo.

— Temo sia ancora con la Regina Cleopatra.

— Ditegli di raggiungermi appena ritorna. — Aurora si alzò. — Mi troverà in Sala Controllo, insieme ai generali. Dopo avere annullato il Conto alla Rovescia, dobbiamo discutere con urgenza la nostra strategia verso Infera.

— Non con tanta urgenza — obiettò in tono gentile Madama Circe. — I piani dei demoni su di te sono completamente falliti.

Aurora la guardò dritto negli occhi. — Henry mi ha detto che, se questo fosse successo, avrebbero invaso il Regno.

— Ma i portali sono chiusi! — Madama Circe esitò. — Non lo sono?

— A sentire Henry, ne hanno aperti di nuovi.

— Dove?

— Questo è il problema. Non lo sappiamo. So soltanto che dobbiamo contattare subito zio Rodilegno e accettare la sua offerta. Non possiamo permetterci di azzuffarci fra noi con Beleth alle porte.

— Sono d'accordo. Se ti senti abbastanza forte, possiamo metterci subito in moto.

Stavano uscendo dalla stanza quando arrivò un messaggero con notizie che capovolgevano completamente la situazione.

Settantatré

Pyrgus si mise in piedi guardingo.

Lui e i suoi uomini avevano raggiunto il punto fissato per l'incontro: un boschetto ornamentale sulla riva del lago di fronte alla casa, però non c'era traccia di Nymph e degli Elfi della Foresta. Il che lo preoccupava. Nessun problema se erano in ritardo... ma per quanto tempo avrebbe dovuto aspettare? Ormai Ogyris doveva essere stato messo al corrente della distruzione della serra. Avrebbe ripristinato tutti i sistemi di sicurezza, e anche aggiunto di nuovi... come minimo un reggimento di guardie scelte. Il che significava combattere. E Pyrgus avrebbe combattuto più volentieri con gli Elfi della Foresta al suo fianco.

Avvertì un movimento alle sue spalle, e poi una mano gli calò sulla spalla facendogli fare un salto.

— Nymph! — esclamò. Soffocando l'impulso quasi irresistibile di abbracciarla e baciarla, rimase impalato sorridendo come un idiota.

— Che hai sulla testa? — gli chiese lei incuriosita.

Settantaquattro

Chissà come, adesso che erano arrivati gli Elfi della Foresta, le cose filavano più lisce.

Nymph era dotata di un istintivo senso dell'orientamento.

Quando Pyrgus si perse di nuovo – a dire il vero capitava più di rado, ora che aveva smesso di strisciare sulla pancia – lo indirizzò gentilmente nella direzione giusta.

Nel giro di cinque minuti percorrevano il lungolago, puntando verso la rimessa delle barche. Pyrgus si sarebbe dovuto sentire su di giri, invece no. Era tutto troppo tranquillo.

In effetti, tutto era stato troppo tranquillo fin dall'inizio, pensò all'improvviso.

Per la Luce! Ogyris era un Elfo della Notte, la specie più spietata del Regno. I fiori di cristallo erano preziosi. E anche se all'inizio si era affidato a segretezza e incantesimi, dopo la distruzione della serra l'intera proprietà sarebbe dovuta brulicare di guardie e di nuovi sistemi di sicurezza. Ricordò quello che li aveva bloccati da Rodilegno... e non era che un sistema normale, di routine. Ogyris avrebbe dovuto sguinzagliare un migliaio di tracciatori pronti a saltare addosso a qualunque intruso.

Invece niente.

— Che succede? — sussurrò Nymph.

— È così tranquillo, qui. *Troppo* tranquillo.

— Sei semplicemente nervoso. Ancora non ci siamo?

— Dovrebbe essere oltre la prossima salita. — Pyrgus aggrottò la fronte, sempre più a disagio.

E poi arrivarono in cima alla salita e scoprirono perché non c'erano sistemi di sicurezza attivi. Le macerie della serra erano state portate via.

Non era rimasto un solo fiore di cristallo.

Settantacinque

Fogarty calò sul Palazzo come un ciclone, abbaiando ordini: — Vestiti di ricambio... non si può andare in giro con la schiena sporca di terriccio. Voglio un appuntamento con la Regina. Trova qualcuno che mi aggiorni sugli ultimi avvenimenti. Invia un ringraziamento formale agli Elfi della Foresta. Convoca quei dannati generali. Scopri dov'è Madama Circe. Prendi...

— Ah, signore, vi assicuro che li ho cambiati appena il mese scorso e non c'è sopra un briciolo di terriccio — disse Sorcìo.

Fogarty si bloccò per lanciargli un'occhiataccia, e poi si rese conto che il Lep si riferiva ai propri vestiti. — Non i tuoi, idiota... i miei!

— Ho capito, signore. Lasciate fare a me; vi farò portare qualcosa dal vostro alloggio e potrete cambiarvi qui. — Tirò fuori un taccuino dalla tasca del giustacuore e leccò la punta di un mozzicone di matita. — Ora... cos'altro si diceva, signore?

L'eccitazione di Fogarty si placò. Era stato così su di giri per le buone notizie da sentirsi esplodere fuochi d'artificio nella testa. Le cure dovevano avergli fatto qualcosa agli ormoni.

— Non sei scemo come sembra, eh, Sorcìo? Allora, vediamo... Vestiti, prima di tutto. E una doccia sonica. Poi trovami Madama Circe... ci penserà lei ad aggiornarmi. Dopodiché, la Regina e i generali.

— È in Sala Controllo, signore. — Sorcìo guardò Fogarty con espressione vacua. — *Ella*, signore. Sala Con-

trollo, signore. È là che mi ha detto di accompagnarvi.
— Sì, naturalmente.

Le guardie fermarono Sorcìo al primo posto di blocco, e Fogarty proseguì da solo. L'eccitazione di poco prima era stata sostituita da una bizzarra sensazione di disagio. Come mai, visto che il Conto alla Rovescia era stato sospeso, i corridoi brulicavano di soldati? Dovette perfino mettersi in fila davanti al pozzo librato e aspettare il suo turno ascoltando le scuse impacciate delle guardie, mentre diversi messaggeri gli passavano davanti.

Comunque, quando entrò nel pozzo, il suo peso lo fece scendere così in fretta che li raggiunse quasi subito.

— Che succede? — chiese.

— Non saprei, signore.

— Non possiamo dirlo, signore.

— I capi non ci dicono niente, signore.

— Grazie — brontolò Fogarty, la testa ormai al livello delle loro caviglie.

— Di niente, signore. — La voce di un messaggero gli fluttuò dietro.

Che diavolo succedeva?

Fra poco avrebbe saputo tutto.

In fondo al pozzo, anche il corridoio che portava in Sala Controllo era un formicolare di attività. Si fece largo tra la folla finché le sentinelle lo videro e gli fecero strada. Una volta varcata la soglia, si accorse subito che i preparativi di guerra erano al culmine. Tutti correvano qua e là, i tre generali sbraitavano ordini, tutti i vistaglobi erano accesi; e Brintesia, semisdraiata vicino alla porta, era impegnata a dare istruzioni a parecchi dei suoi agenti.

— Eccoti! — esclamò appena lo vide. Doveva avere usato un sospendincanto sulla veste, perché fluttuò verso di lui ancora semisdraiata, per poi rimettersi in piedi con grazia.

Fogarty si guardò attorno. — Che succede, Brintesia? Aurora non ha cancellato il Conto alla Rovescia?

— Il Conto alla Rovescia non ha più importanza, mio caaavo. I nostri amici, gli Elfi della Notte, hanno lanciato un attacco preventivo. — Lo guardò tetra. — Temo che il Regno sia in guerra.

Settantasei

Panolis, Duca di Flammea, dava l'impressione di essere un individuo rozzo, terra terra, ma in realtà aveva una tendenza al romanticismo che si rivelava nei suoi gusti architettonici. Il suo castello era un incubo gotico, pieno di torri e torrette tenebrose, archi acuti, contrafforti e una schiera di gargolle pronte ad aggredire gli ospiti indesiderati. L'edificio era aggrappato al bordo di una rupe solitaria schiaffeggiata dai marosi.

Dato che una vita di campagne militari gli aveva guadagnato bottino in quantità, oltre a parecchie cicatrici, Panolis poteva permettersi gli incantesimi necessari a garantirgli un clima spettrale. Dove altri cercavano il sole, il suo costoso tempincanto era caratterizzato da nebbie e piogge perpetue, con frequenti temporali e venti ululanti.

Il che significava che il suo castello era il meno visitato fra tutti quelli delle Grandi Case... e perciò il posto perfetto per nascondere un segreto militare.

Mentre il vailà nero di Rodilegno risaliva la strada della scogliera, era sballottato dalle raffiche di vento, ma il disagio del suo passeggero non aveva niente a che fare con la tempesta esterna. Gli Elfi della Notte erano di nuovo uniti. I preparativi per la guerra procedevano a ritmo serrato. Flammea era ancora una volta un alleato sicuro. In teoria tutto andava esattamente come progettato e, grazie all'elemento sorpresa, la loro vittoria era garantita.

Eppure si sentiva nelle ossa che, chissà come, il controllo della situazione gli stava sfuggendo. Per l'esattezza, provava quella sensazione da quando il ragazzo analogo aveva ucciso il suo vampiro per poi scomparire insieme ad Aurora. Come aveva fatto? La situazione presentava aspetti per lui incomprensibili... ed è impossibile controllare quello che non si comprende.

Il vailà entrò nel cortile acciottolato del castello: Panolis allevava cavalli perché una volta uno gli aveva salvato la vita, e da allora era superstizioso riguardo alle stupide creature. Prima di uscire dal veicolo, Rodilegno attese che le sue guardie lo circondassero, poi si strinse addosso il mantello e attraversò di corsa il cortile sotto la pioggia gelida, fino al grande portone dove Flammea era già in attesa.

— Per l'Oscurità, Panolis, non lo cambi mai questo maledetto tempo? — Rodilegno lanciò il mantello fradicio a un servo.

Panolis lo fissò con sincero stupore. — Sai una cosa, Rodi-Rodi? Quasi non ci faccio più caso. — Gli piantò una mano amichevole sulla spalla. — Vieni ad asciugarti davanti al fuoco con un punch caldo prima di passare agli affari. Se mandi i tuoi uomini in cucina, le ragazze si prenderanno cura di loro. L'ultima volta che ho guardato, avevano in pentola uno stufato di ordunzo.

Rodilegno si passò le dita fra i capelli e aggrottò la fronte quando le ritirò bagnate. — Preferirei andare subito nella torre.

Panolis scrollò le spalle. — Come preferisci.

La torre era un rimasuglio del castello originario. Alcuni esperti la facevano risalire alla stessa epoca del primo Palazzo: di sicuro per costruirla erano stati usati gli stessi massi ciclopici, molto più grandi di quanto qualunque incantesimo moderno riuscirebbe a maneggiare. Rodilegno aveva sempre pensato che quell'edificio sarebbe sopravvissuto in eterno, resistendo a qualunque affronto degli uomini e del tempo. A volte si era interrogato sulla dimenticata civiltà che l'aveva costruito. Che razza di elfi erano stati?

Bassi, poco ma sicuro. L'unico ingresso della torre era una porticina di quercia che dava accesso a una stretta scala a chiocciola. Perfino lui – che pure non era particolarmente alto – la trovava angusta. Panolis, che lo precedeva, doveva avanzare piegato quasi in due e camminando di traverso. Però una scala del genere li metteva al sicuro da un attacco: anche un esercito avrebbe dovuto salirla un soldato alla volta.

Quando raggiunsero la stanza in cima alla torre, Rodilegno era coperto di sudore e aveva i capelli asciutti. A dispetto del disagio, provò un fremito di aspettativa. Lì pulsava il cuore dell'esercito Notturno. Che contrasto, con la Sala Controllo sotto il Palazzo!

Molti anni prima, Danaus Plexippus, il defunto Monarca, lo aveva accompagnato nella Sala Controllo in un patetico tentativo di intimidirlo. Un tale frastuono. Una tale confusione. E la folla! Sentinelle, soldatesse in uniforme, messaggeri con fogli e foglietti, aiutanti degli aiutanti, e aiutanti degli aiutanti degli aiutanti. C'erano tre generali, che sembravano decrepiti già all'epoca, e va' a sapere quanti maghi. E vistaglobi a dozzine, segnalatori e spezzincanti, decifracodici, ben diciassette pannelli di controllo e altro ancora. E senza che neanche ci fosse una guerra in corso! Che assurdità! Esattamente il tipo di spreco così caro agli Elfi della Luce.

Che differenza con la stanza della torre!

Per cominciare, era piacevolmente spartana. Piacevolmente vuota. Niente sentinelle che potessero costituire un rischio alla sicurezza, niente personale dalle orecchie lunghe. Non c'era bisogno della presenza di nessuno... e nemmeno la si desiderava. Nessuno poteva accedere a quella stanza: gli spiriti guardiani sulla scala a chiocciola avrebbero sbranato chiunque, a parte Panolis e lui stesso. Così i segreti dei Notturni restavano tali.

Ma il bello della stanza era la sua attrezzatura. I messaggeri, i pannelli di controllo, i vistaglobi e tutte quelle altre assurdità erano stati sostituiti da una singola sfera di cristallo lucido inserita in una ciotola di ametista. Due semplici meccanismi a incanto sostituivano l'intero contenuto della sala dei Luminosi.

E tutto poteva essere controllato da un solo uomo.

Rodilegno accostò una sedia al tavolo e vi prese posto, piazzando il palmo delle mani sul supporto della ciotola di ametista. Subito la sfera di cristallo cominciò a scintillare e la ciotola a ronzare.

— Accesso consentito — mormorò la ciotola in una sommessa voce femminile.

Rodilegno guardò Panolis e sorrise. Era quello il sistema di sicurezza definitivo: che l'accesso fosse azionato dalla sua personale vibrazione. Per ottenerlo erano state necessarie lunghe trattative, ma alla fine le Grandi Case avevano ceduto: soltanto Rodilegno aveva il controllo delle forze dei Notturni. Poteva delegarlo, è ovvio (e l'aveva delegato, a Panolis e a un altro paio di subalterni), ma solo per un periodo limitato e con l'opzione di poter comunque intervenire a distanza. Si leccò le labbra, assaporando il gusto del potere.

— Vediamo come vanno le cose — disse a voce alta. — Siediti pure, Panolis, amico mio... ci vorrà un po'.

Panolis prese posto all'altro lato del tavolo, mentre all'interno del globo si formava una veduta aerea delle caverne di Gnammeth.

Incredibile quanto fosse stato realizzato nel poco tempo trascorso dall'ultima ispezione! Ora le enormi caverne erano piene di armi, munizioni, provviste... e innumerevoli soldati in paziente attesa nella loro ordinata città di tende.

Non avrebbero dovuto aspettare ancora a lungo. La prima linea stava già avanzando, e i rinforzi l'avrebbero raggiunta al momento giusto. Ormai niente poteva fermare i Notturni.

— Hanno occhi-spia nelle caverne — lo informò Panolis. — Sette, secondo gli ultimi calcoli.

— Sette? — Erano tre in più di quando le aveva ispezionate personalmente. Gli agenti della vecchia Circe stavano migliorando. — Tutti neutralizzati, immagino.

— Secondo gli ordini, Rodi-Rodi. I nostri maghetti hanno creato una delle loro migliori illusioni: i Luminosi sanno che ci stiamo preparando, ma a rilento e che per lo più si tratta di difese. Non hanno idea del nostro reale livello di preparazione. — Sogghignò. — Né della nostra capacità offensiva.

— Molto bene. Ora vediamo che fa il nemico...

— Connessione in corso... — disse la ciotola.

Il globo di cristallo lampeggiò, e al suo interno comparve la Sala Controllo. Rodilegno provò una vampa di orgoglio. Gli idioti s'illudevano che la loro sala fosse inespugnabile grazie al granito carico di quarzo che la circondava. Nessun incanto poteva penetrare il quarzo, questo lo sapevano tutti. E gli agenti di Circe la passavano di continuo al pettine fitto per cercare eventuali occhi-spia. Imbecilli. Appena il giorno prima, qualcuno aveva osservato che i generali sembravano combattere sempre l'ultima guerra, mai quella in corso. Nel caso specifico, il commento rispondeva a verità. Gli Elfi della Luce prendevano precauzioni contro le armi usate contro di loro in passato, e mai una volta, nella loro arroganza, gli veniva in mente che il nemico potesse sviluppare nuovi metodi di attacco.

Si chinò sulla ciotola. Il suo occhio-spia gli mostrò che c'era agitazione in Sala Controllo... ma del resto c'era sempre agitazione là dentro, anche in tempo di pace. C'erano tutti e tre i generali, come era d'obbligo in caso di guerra. Si concentrò, e il globo gli mostrò quello che più gli interessava: il vistaglobo della Sala Controllo. Le truppe dei Luminosi combattevano... e perdevano!

Si riappoggiò allo schienale. In quello che aveva appena visto non c'era niente in grado di preoccuparlo. Non sottovalutava i suoi avversari. Sarebbe stata una dura battaglia, però era certo di vincere. E la vittoria gli avrebbe consegnato il Regno.

— Proviamo il nostro nuovo giocattolo? — chiese a Panolis. — Immagino che sia pienamente operativo.

— Oh, sì, già da quasi un giorno.

Rodilegno mormorò una parola in codice, e la scena nel globo di cristallo cambiò, mostrandogli la zona della foresta dove un tempo si trovava la sua villa. Adesso era in rovina, e la foresta già si chiudeva a nascondere le macerie, come un animale gigantesco che guarisce le sue ferite. Ma quello era un semplice punto di riferimento, privo di reale importanza strategica. Un punto di riferimento che gli permetteva di esplorare...

Qualunque luogo!

A stento riuscì a contenere l'eccitazione. La tecnologia era meno raffinata di quella del suo sistema di sicurezza, ma era comunque tale da mozzare il fiato. Finora i Servizi Segreti si erano limitati a piazzare occhi-spia o simili, ma questo congegno... questo congegno gli consegnava il Regno! Meglio ancora: gli consegnava il mondo!

Gli bastò pensarlo, e la scena mutò, offrendogli una veduta aerea dell'intera foresta. Poi della pianura che la circondava. Poi delle montagne più oltre, della costa, dell'oceano. Volendo, avrebbe potuto mostrargli la curvatura del pianeta! Evocò una veduta aerea del Ponte Lomanio, e per un momento si librò sull'Isola Regia.

Poi calò in picchiata ed entrò nel Palazzo. Era incredibile. Non aveva limiti. Era in grado di vedere *dentro* il Palazzo. Corridoi, stanze, tutto. Nessun segreto del Regno poteva sfuggirgli. Sorridendo, vide una sguattera mettere a cuocere le verdure.

Una volta finita la guerra, avrebbe potuto spiare ogni nemico, controllare ogni suddito, sgominare complotti prima che avessero inizio, assicurarsi la totale, assoluta obbedienza di tutti, per sempre.

Quella era l'arma definitiva. Non gli sarebbe sfuggito il minimo movimento delle truppe nemiche. La minima decisione presa dagli avversari. Avrebbe potuto sorvegliare i campi di battaglia, spostare le sue truppe con precisione millimetrica. Creare la sua vittoria pezzo per pezzo, come un artista.

Richiamò un'immagine dopo l'altra, in un viaggio folle che lo portò oltre la Terra di Halek e il confine e ancora più un là, e poi di nuovo nel Regno, dove rivolse l'attenzione alle province meridionali e alla città di Gnammeth; ai vasti campi di grano a ovest, alle fabbriche e alle piste trasportatrici a nord; e poi a est, verso il deserto...

Bloccò l'immagine e si protese in avanti: — E questo cos'è, Flammea? — chiese, il cuore che all'improvviso gli batteva follemente.

Settantasette

Henry aprì gli occhi.

Si trovava in un letto sconosciuto e sopra di lui c'era uno strano soffitto che dava l'impressione di essere all'aperto. Da qualche parte risuonava una musica sommessa, ma c'era un odore strano che gli ricordava un ospedale. Era in un ospedale?

Tentò di sedersi, ma le lenzuola erano rimboccate così bene da bloccarlo come cinghie. Si dimenò, e anche quel minimo sforzo lo lasciò senza fiato. Doveva essere in un ospedale. Però non *sembrava* un ospedale. E accanto al letto c'erano barattoli pieni di strane cose sfocate che si contorcevano e fluttuavano.

Forse l'auto l'aveva investito.

Di nuovo si sforzò di mettersi seduto, e stavolta riuscì a liberarsi delle lenzuola. Dunque... era dovuto tornare a casa a piedi perché la sua stupida madre non aveva risposto al telefono. Ricordava i fari dell'auto dietro di lui. Dopodiché... zero.

Provava un dolore sordo a una narice, e un dolore lancinante a un occhio. Forse era caduto e aveva battuto la testa.

Sulla parete di fronte c'era un piccolo specchio. Strattonò le lenzuola e finalmente riuscì a mettere le gambe sul pavimento. Indossava una specie di tunica che gli lasciava il didietro scoperto, il che significava che doveva essere in ospedale. Però il letto non sembrava un letto di ospedale, e nella stanza non si vedevano macchinari di alcun genere.

Andò allo specchio. Un cerotto gli copriva mezzo naso e gli arrivava all'angolo di un occhio. Per il resto non aveva neanche un livido. E si sentiva più forte di momento in momento. Se era stato investito da un'auto, non doveva avergli procurato grandi danni.

Ma dov'era?

Sotto l'odore da ospedale ce n'era un altro, stranamente familiare. Somigliava all'odore dei coni lete che aveva usato per fare scordare a sua madre...

Sgranò gli occhi, sentendo montare l'eccitazione. Possibile...?

Non voleva uscire e rischiare di farsi vedere da qualcuno con il didietro in bella vista, però nella stanza c'era un armadio e, quando lo aprì, vide i suoi vestiti lavati e stirati, e anche altri abiti della sua taglia: un'elegante tunica verde, per esempio, e questo significava che era di nuovo nel Regno, nel Palazzo, anche se non aveva idea di come ci fosse arrivato.

Si sfilò la camiciola e si rivestì a tempo di record. E quando aprì la porta e vide il corridoio sontuoso, seppe con assoluta certezza di essere nel Palazzo. Magnifico!

Non gli restava che cercare Aurora.

Settantotto

— Ora che facciamo? — bisbigliò Pyrgus. Si sentiva davvero stupido ad ammetterlo di fronte a Nymph, però non ne aveva la minima idea. Era stato così concentrato sulla missione di trovare i fiori di cristallo che non gli era mai venuto in mente che potessero averli portati altrove.

— Non saprei — bisbigliò lei. Erano stesi fianco a fianco fra l'erba alta davanti alle macerie della serra. I vetri rotti e i fiori erano spariti, ma le fondamenta e parti della struttura erano ancora in piedi. — Pensi che Ogyris li abbia portati in casa?

Pyrgus non lo sapeva, ma se Ogyris aveva fatto una cosa del genere, avrebbero avuto bisogno di molti più uomini per tentare un attacco. E se comandare un'incursione era divertente, non si sentiva tagliato per essere un capo militare. Si girò su un fianco per guardare Nymph, e stava per dire qualcosa quando lei gli chiese: — Com'è che hai scoperto l'esistenza di qucsti fiori?

Non si sarebbe potuto sentire più raggelato se l'intero esercito di Rodilegno fosse comparso all'orizzonte. Per giunta, a completare il suo imbarazzo, era sicuro di essere arrossito. — Ero qui in visita... — borbottò, per poi aggiungere in fretta: — Che ne dici se...?

— Il Mercante Ogyris è un Elfo della Notte, giusto? — lo interruppe Nymph.

— Sì. Stavo pensando...

Il viso di Nymph non cambiò espressione. — Come mai un Principe della Luce era venuto a fare visita a un Notturno?

Pyrgus rinunciò a ogni tentativo di cambiare argomento e borbottò vago: — Certi affari... — Voltò la testa, incapace di sostenere lo sguardo di Nymph.

Che però non era disposta a mollare. — Affari con il Mercante Ogyris?

— Cn ua iiiia — borbottò Pyrgus nel cespuglio più vicino.

— Prego?

— Con sua figlia — ripeté, appena un pelo più chiaramente.

— Oh. Ogyris ha una *figlia*?

Che disastro! Prima erano spariti i fiori, e ora Nymph stava per scoprire l'esistenza di Gela. L'unica via di scampo era mentire a spada tratta. — Oh, sì. Credo di sì. Cioè, sì, certo. L'ho incontrata. Un paio di volte. Una tipa insignificante. Molto insignificante. E molto giovane. Praticamente una bambina.

— E che... affari... avevi con questa bambina molto insignificante e molto giovane?

— Oh, sai... — Pyrgus scrollò le spalle.

— No, non lo so — fu la replica gelida. — Perché non me lo dici?

Con enorme sollievo di Pyrgus, uno dei soldati arrivò strisciando fra l'erba e si fermò accanto a loro per poi irrigidirsi in un goffo saluto.

— Canale aperto, signore — annunciò.

— Canale aperto? — gli fece eco Pyrgus. Era stato divertente finché era durato, ma *decisamente* non era tagliato per comandare una operazione militare.

— Sì, signore. Canale aperto, signore — ripeté il soldato. Era un omino segaligno, con gli occhi infossati. Doveva avere notato l'espressione vuota di Pyrgus perché aggiunse: — Chiamata in arrivo, signore.

Neanche a Nymph doveva essere sfuggita quella particolare espressione, perché si avvicinò per bisbigliare all'orecchio di Pyrgus: — È un medium comunicatore. Dev'esserci un messaggio dal Palazzo. O da mia madre. Digli di andare avanti. — Esitò, poi aggiunse: — Chiamalo CC, è il titolo ufficiale. Sta per Canale Corrente.

— Oh. Spara, CC.

— Devo sedermi, signore... non posso comunicare da disteso.

Pyrgus si guardò attorno. Non c'era un soldato in vista. Probabilmente sarebbero stati al sicuro anche facendo una Danza Tonda, figuriamoci seduti.

— Come ti chiami?

— Stecco, signore.

— Va' avanti, Stecco.

L'ometto si sedette, incrociando le caviglie sulle cosce come un contorsionista. Dopodiché poggiò le mani sulle ginocchia con il palmo verso l'alto, unì pollice e indice e incrociò pure gli occhi, concentrandosi sulla punta del naso. Infine respirò a fondo e abbassò le palpebre. Dopo un momento fremette e annunciò con voce tonante: — Qui parla il Quartiere Generale delle Comunicazioni, in veste di Custode Spirituale di questo recipiente umano. Messaggio in arrivo per Sua Reale Altezza Principe Ereditario Pyrgus Malvae.

— Va' avanti — ordinò Nymph, decidendo che non era il caso di fare conto su Pyrgus.

Il CC fremette di nuovo e il suo viso sembrò infossarsi. — Sei tu, mio caaavo?

Pyrgus guardò Nymph, che gli annuì incoraggiante. — Sì — rispose incerto.

— Hai provveduto ai fiori?

— Veramente... — Un'espressione desolata comparve sul viso di Pyrgus.

— Lascia perdere, mio caaavo — disse la voce di Madama Circe, resa più profonda dalle corde vocali del CC. — C'è stato un piccolo cambiamento di piani. Sei solo?

— Sono con Nymph. E il CC, naturalmente.

— Il CC non ricorderà una parola. Mi fa piacere che ci sia anche Nymph... come stai, mia caaava?

— Bene, grazie, Madama Circe.

Il tono di Madama Circe si fece più brusco. — Dunque, Pyrgus... da quando hai lasciato il Palazzo, la situazione è cambiata. Gli Elfi della Notte hanno sferrato un attacco a sorpresa e...

— Che cosa? — esclamò lui, e perfino Nymph sembrò sbigottita. — Siamo in guerra? Una guerra civile?

— Credi a me, sono stata molto più sorpresa di te. È una tragedia, ma dobbiamo affrontarla. Quello che...

— Dov'è Aurora? — la interruppe Pyrgus.

— Accanto a me, mio caaavo. Sana e salva e...

— Voglio parlarle.

Subito risuonò la voce di Aurora, vivace come sempre: — Pyrgus, devi...

— Come stai?

— Bene. Henry era... ma adesso non importa; ti racconterò tutto al tuo ritorno. Devi ascoltare Madama Circe. Abbiamo individuato qualcosa che potrebbe essere vitale per le sorti della guerra.

"Le sorti della guerra" pensò Pyrgus. Era successo. Il maggiore disastro nella storia del Regno. — Sì, d'accordo.

— Mi par di capire che tu non abbia trovato i fiori — osservò Madama Circe.

— Non esattamente — ammise lui. Suonava meglio di "neanche mezzo".

— Per adesso non importa. Ci sono cose più urgenti. Sai come raggiungere il Deserto Orientale?

— Io lo so — bisbigliò Nymph.

— Sì — rispose Pyrgus a voce alta, lanciandole un'occhiataccia. Non era mica un idiota totale!

— Quanto ci vorrà per arrivarci?

Pyrgus aggrottò la fronte. — Non moltissimo... abbiamo i fluttuanti e siamo già a Gnammeth. Una quindicina di minuti, direi...

— Come pensavo. Siete i più vicini. Allora... voglio che raggiungiate subito il deserto. Tu, Nymphalis e il CC. Nessun altro. È una missione segreta... più che segreta! Preferirei che ci andaste soltanto tu e Nymphalis, ma dobbiamo tenerci in contatto, e per questo è indispensabile il CC. Gli altri resteranno lì a cercare i fiori... Nomina un sostituto e lascia che se ne occupino loro.

— Madama Cir... — cominciò Pyrgus, ma lei non lo ascoltava.

— La vostra triangolazione è 38/17/105. La ricorderai?

— Be', sì, ma...

— La ricordo io, Madama Circe — lo interruppe Nymph.

— Grazie, Nymphalis: è un tale sollievo sapere che c'è almeno una persona matura ed esperta in questa missione... avvertirò io tua madre, naturalmente. — Anche dalla bocca del CC fu possibile avvertire la preoccupazione insinuarsi nel suo tono. — Potete arrivare in volasvelto fino al punto di triangolazione, ma dopo dovrete procedere a piedi. Ci sono troppe correnti termali vulcaniche per poterlo manovrare. Si tratta di una missione estremamente pericolosa, e voglio che siate molto cauti.

— Ci penserò io a tenerlo d'occhio — promise Nymph, facendo infuriare Pyrgus.

— Grazie, mia caaava. Dunque, una volta atterrati, procedete verso nord-est... La buona notizia è che non è lontano: un'ora di marcia, due al massimo; inoltre potreste cercare di farvi aiutare dai nomadi, anche se non ci conterei troppo. La parte peggiore saranno le colline vulcaniche. Una volta superate quelle, dovreste avere una chiara visuale di cosa sta succedendo.

— Ma che cosa sta succed... — tentò di chiedere Pyrgus

— E niente eroismi, Pyrgus. Niente tattiche di guerriglia, niente di niente. Neanche dovete farvi vedere, è chiaro? E usate il CC per riferirmi immediatamente come stanno le cose.

— Ma *che cosa* dobbiamo riferire? — sbottò Pyrgus, esasperato.

— Sembra che Lord Rodilegno abbia trovato alleati — annunciò Madama Circe.

Settantanove

Inaspettatamente, Madama Circe si rizzò sulle punte e lo baciò su una guancia. — Ho bisogno di vederti in ufficio, Alan — bisbigliò. — La porta sulla destra... ti raggiungo fra un minuto.

"Non si finisce mai d'imparare" pensò Fogarty. Un ufficio nel Palazzo, e uno accanto alla Sala Controllo. Una donna davvero notevole. A volte si sentiva più fortunato di quanto meritasse. Tutto quello che gli serviva era il tempo di godersi quella fortuna.

Una volta nell'ufficio - piccolo ma funzionale - la sua attenzione fu attratta da un vistaglobo in miniatura incassato nella scrivania. Di sicuro faceva uso di un levitator, ed era un piccolo capolavoro. Doveva essere collegato con quelli in Sala Controllo, anche se non si vedevano né cavi né fili.

Stava per sedersi quando Madama Circe entrò in fretta e chiuse la porta. Poi schiacciò un cono e l'odore coriaceo di un segretincanto riempì la stanza mentre chiavistelli bene oliati scorrevano a posto silenziosi.

— Pensavo fosse meglio parlare a quattr'occhi, mio caaavo. I generali sono brave persone, ma non si è mai sicuri di come interpretino il concetto di lealtà. E con tutta questa confusione, non si sa mai chi possa sentirti. Inoltre sospetto che Rodilegno abbia un occhio-spia in Sala Controllo.

— Mai fidarsi di nessuno — concordò Fogarty, sedendosi su una sedia decisamente scomoda. Brintesia era come lui: non incoraggiava le lunghe visite. — Che succede?

Lei attraversò la stanza e si sedette a sua volta. — Voglio farti vedere qualcosa... — Appena posò le mani sulla scrivania, il globo si sollevò all'altezza degli occhi e cominciò a scintillare. — Avvicina la sedia, Alan. Anche da vicino non è facile vederli.

Fogarty digrignò i denti e avvicinò la sedia. Man mano che il globo si riscaldava, una scena cominciò a delinearsi, finché ebbe davanti un panorama desolato e arido, costellato di rocce nude e vapori fumosi.

— Hai piazzato un occhio-spia a Infera? — chiese. Se così era, tanto di cappello!

— No, non è Infera. È una zona del deserto a est di Gnammeth Croz. Fumarole, geyser, lava, pozze di fango bollente... la più attiva area vulcanica sulla faccia del pianeta, a quanto si dice. Ci vivono solo pochi Triniani nomadi, e perfino loro tirano avanti a fatica. I Notturni considerano questo deserto un'ottima protezione per la loro capitale: un qualunque esercito che tentasse di attraversarlo perderebbe i nove decimi dei suoi effettivi prima di vedere un singolo nemico. Ora guarda... — La mano snella di Madama Circe si mosse a indicare un punto preciso. — Vedi quel crinale? C'è una specie di apertura, un varco, in parte nascosto dalle tempeste di polvere...

— Non puoi avvicinarti di più? Fare una zumata o qualcosa del genere?

Di nuovo Madama Circe scosse la testa. — Non abbiamo occhi-spia nel deserto... là c'è tanto zolfo da trasformare in acido la minima umidità. E dato che gli occhi sono umidi, ne divora il rivestincanto nel giro di poche ore. Non vale la pena installarli. E per vedere che cosa, poi? Qualche triniano errante? No, l'occhio-spia che ci rimanda questa immagine è collocato sul cancello orientale di Gnammeth. Di solito è girato verso l'interno della città, ma la settimana scorsa una fabbrica di incanti è saltata in aria... non so che incidente a proposito di qualche spiritello, credo. Insomma, l'esplosione ha smosso l'occhio. Nessun danno, però adesso guarda il deserto. Abbiamo avuto troppo da fare per spedire un agente a rimetterlo a posto. E poi, stamattina presto, uno dei miei uomini ha notato...

— Notato che cosa?

— Guarda... la polvere sta diminuendo. C'è una specie di crepa nel crinale. Quando la vedi, cerca di guardare *attraverso*.

Fogarty guardò, ma anche se la polvere era diminuita, lì per lì non riuscì a vedere nessun varco. E poi lo individuò! Per una frazione di secondo scorse quella che sembrava una pianura coperta di puntini neri. Il guaio era che non si riusciva ad avere il senso della prospettiva. Potevano essere formiche o carri armati.

— Hai visto? — chiese Madama Circe.

— Penso di sì. Non ne sono sicuro.

— Cosa pensi che sia?

Fogarty scrollò le spalle. — Non lo so. *Tu* cosa pensi che sia?

— Penso che sia Beleth — rispose Madama Circe.

Ottanta

— Beleth? — le fece eco Fogarty. — Il re dell'Inferno?

— Tecnicamente il suo titolo è Principe delle Tenebre, mio caaavo, ma sì, *quel* Beleth.

Fogarty scosse la testa. — I portali dell'Inferno sono chiusi.

— Potrebbero essercene di nuovi. A sentire Aurora, i demoni preparano un'invasione.

— Come fa Aurora a sapere quello che preparano i demoni?

— Scusa, mio caaavo. Dimenticavo che eri dagli Elfi della Foresta quando Aurora è ricomparsa. È stata rapita dai demoni, che hanno usato Henry come loro agente.

— Santiddio! — Fogarty ebbe una reazione a scoppio ritardato. — Usato *Henry*?

— Gli hanno inserito un impianto nella testa... gliel'abbiamo appena tolto. Ti racconterò tutto quando avremo più tempo. La cosa importante è che Aurora ha informazioni su una possibile invasione demoniaca. E temo che sia questa. Se le truppe di Beleth si uniscono a quelle degli Elfi della Notte, per noi è la fine.

— Chiaro. — Fogarty si protese a scrutare nel globo di cristallo. — Sei sicura che quelli siano demoni?

— Naturalmente no. Per questo ho mandato Pyrgus a controllare.

— Hai mandato Pyrgus?

— Sì.

— Piuttosto rischioso, nel caso avessi ragione.

— Era vicino, e posso fidarmi di lui. Siamo in guerra,

e devo sapere quello che dovremo affrontare. Inoltre Nymphalis è con lui: a parte Ciancia non so chi potrebbe proteggerlo meglio.

Fogarty staccò gli occhi dalla scena nel globo. — Aurora lo sa?

Madama Circe staccò le mani dal tavolo e il globo riaffondò nella scrivania. — Di Pyrgus? Sì, era con me quando l'ho mandato in missione.

— E adesso dov'è? La Regina non dovrebbe occuparsi della guerra?

— Su questo è pienamente d'accordo con te. È rimasta in Sala Controllo finché è quasi crollata. Alla fine l'ho praticamente costretta ad andare a riposarsi... deve ancora smaltire gli effetti del veleno demoniaco. Però mi aspetto che ricompaia fra non molto.

— Forse dovremmo... — cominciò Fogarty, ma fu interrotto da una scarica di colpi frenetici alla porta.

— E ora che c'è? — sospirò Madama Circe. Si alzò e andò ad aprire.

Si trovò davanti la faccia florida del generale Lampides. Aveva una mano sollevata, pronta a bussare di nuovo. Ignorò totalmente Madama Circe.

— Viceré... Lord Rodilegno è ai cancelli del Palazzo. Ha chiesto di vedere Sua Maestà.

Ottantuno

Il calore lo colpì come una mazzata. E subito dopo arrivò l'odore. — Aaargh! — Pyrgus cominciò a tossire disperatamente mentre un fumo acre gli strozzava la gola. Alle sue spalle, anche Nymph stava tossendo. Soltanto Stecco, alla retroguardia, sembrava non avere problemi.

Senza smettere di tossire, Pyrgus si guardò attorno. Era la sua prima visita al Deserto Orientale e, per quello che lo riguardava, poteva anche essere l'ultima. Ne aveva sentito parlare, ma niente avrebbe potuto prepararlo alla realtà. Una smisurata distesa sassosa, spoglia, interrotta qua e là da pennacchi di fumo e polvere. Una ragnatela di crepe ricopriva i fiumi di lava pietrificati, e quella ancora fluida che vi scorreva sotto li faceva splendere di un rosso opaco. A neanche cento metri dal punto di atterraggio, gorgogliava un lago di fango.

Stecco gli tese una borraccia. — Provate questo, signore, chiedo scusa, signore. E anche la signorina.

— Che roba è? — chiese Pyrgus fra un colpo di tosse e l'altro.

— Qualcosa per la gola. Fornitura dell'esercito. Riveste di una pellicola le vie respiratorie e previene danni permanenti, o così dicono. Non so come funziona, signore, però funziona.

Pyrgus ingollò un sorso e tese la borraccia a Nymph. Il liquido era vischioso e aveva un saporaccio, ma la tosse cessò all'istante. Si voltò per chiudere a chiave il volasvelto, era inutile correre rischi superflui, poi disse: — A nord-est, giusto? — Lanciò un'occhiata al cielo.

Stecco accennò un sorriso. — Temo di non ricordare, signore. Fa parte dell'addestramento.

— Sì, a nord-est — confermò Nymph.

— Andiamo — disse Pyrgus, e si mise in moto.

Non fu una camminata facile, perfino in pianura, e dopo mezz'ora cominciò a chiedersi in che modo Madama Circe avesse calcolato il tempo necessario a percorrere quel tragitto. Il problema erano i vapori. Anche se la bevanda fornita da Stecco aveva bloccato la tosse, era impossibile evitare che i gas finissero nei polmoni. Da qualche parte aveva letto che, se restavi a lungo nel deserto, ti venivano le allucinazioni. (E se ci restavi troppo a lungo, morivi.)

Ma il fatto veramente irritante era che né Nymph né Stecco sembravano passarsela male come lui... ragion per cui si sentì obbligato a mantenere il passo rapido che aveva impostato all'inizio della marcia. E non solo quei due lo seguivano senza problemi, ma avevano perfino fiato per fare conversazione!

— Com'è che sei diventato un CC? — sentì chiedere Nymph.

— Ci sono nato, signorina. I miei genitori mi scoprirono a chiacchierare con la tata quando ero un bimbetto... però la cara vecchietta era morta prima della mia nascita. I miei non sapevano come comportarsi... erano gente semplice: papà, riposi nella Luce, lavorava in un allevamento di ordunzi... E così mi spedirono in una scuola speciale. Sospetto che, tutto sommato, mettessi un po' paura.

— Una specie di scuola professionale?

— Non proprio. Poi un insegnante si rese conto di cos'ero e raccolse fondi sufficienti a pagarmi un anno all'Accademia Psichica. È lì che mi hanno pescato i militari.

— Riesci ancora a parlare ai morti? — chiese Nymph; e Pyrgus, che fingeva di non ascoltare, drizzò le orecchie.

— Oh, no, signorina. L'esercito me ne ha fatto passare la voglia. Non sarebbe di nessuna utilità: i soldati passerebbero il tempo a chiacchierare con i commilitoni defunti. Invece mi hanno addestrato a contattare la Guida Spirituale... un angelo, credo, anche se riesce a imprecare peggio di un carrettiere... e lui mi ha spiegato come trasmettere i messaggi. Ricevere è stato facile fin dall'inizio; inviarli è un po' più complicato, finché non ci prendi la mano.

— Riesci a inviare messaggi a chiunque?

— Oh, no, signorina... solo a un altro CC. Formiamo una specie di rete, per così dire. Prima, quando Madama Circe vi ha chiamati, stava parlando all'orecchio di un mio collega.

Pyrgus si fermò di botto. Erano entrati in una zona estremamente sassosa ed era sicuro di avere visto qualcosa muoversi dietro una roccia. — Zitti! — sibilò.

Nymph si sfilò l'arco di spalla e, quando lui le indicò in silenzio la roccia, cominciò ad aggirarla. — Meglio andare al riparo, Stecco — disse Pyrgus.

— Sì, signore!

Di colpo Pyrgus si rese conto che Nymph poteva essere in pericolo e corse verso la roccia, sguainando il fido pugnale Halek.

E poi improvvisamente - incredibilmente - si trovarono circondati.

Ottantadue

Aurora si svegliò di soprassalto. Per una frazione di secondo non riuscì a capire dove si trovasse, poi si rese conto di essere nei propri alloggi al Palazzo, semisdraiata su una comoda poltrona. Doveva essersi addormentata. Quanto tempo prima? Minuti? Ore?

Si sentiva meglio. I dolori erano spariti, lasciandosi dietro soltanto una certa rigidità, e la mente era molto più chiara. Stava per alzarsi, quando i ricordi l'assalirono tutti assieme. La guerra. Doveva andare in Sala Controllo.

E poi, sentendo bussare, si rese conto che erano stati quei colpi a svegliarla. — Avanti! — disse, e la sua voce annullò i sicurincanti.

Il Viceré Fogarty entrò svelto, seguito da Madama Circe e da...

— Che ci fa *lui* qui? — scattò Aurora, sentendosi balzare il cuore in gola. Per un folle momento pensò che lo avessero catturato.

— Mia caaava — disse cauta Madama Circe — tuo zio ha qualcosa da dirti.

Lord Rodilegno si era già fatto avanti, arrogante come sempre, e come sempre vestito di nero. — Vostra Maestà... — esordì in tono formale.

Che ci faceva, lì? Niente guardie. Niente uniforme. Sembrava che fosse passato a fare una visita di cortesia.

— Sono qui per offrirvi una tregua immediata — proseguì.

Aurora lo fissò sbalordita, sicura di avere sentito male. Nessuno avrebbe offerto una tregua così presto. Doveva essere un trucco.

— Perché? — chiese semplicemente.

L'espressione di Rodilegno rimase imperscrutabile. — Perché — disse — se non smettiamo subito di combattere fra noi, il Regno è condannato.

Ottantatré

Pyrgus rimise lentamente il pugnale nel fodero. Con la coda dell'occhio vide Nymph poggiare con cautala a terra arco e frecce e poi raddrizzarsi e sollevare le mani per mostrare di essere disarmata. Anche Stecco aveva ignorato l'ordine di mettersi al riparo, e anche lui stava esibendo le mani vuote.

— Veniamo in pace — disse Pyrgus, sentendosi decisamente stupido.

Avevano attorno una trentina di Triniani nomadi, e solo la Luce sapeva quanti ancora potevano essere nascosti fra le rocce. A causa del caldo non indossavano altro che un perizoma, e fra loro erano rappresentati tutti e tre i tipi triniani: predominavano i Viola, come c'era da aspettarsi in un ambiente ostile, ma qua e là si vedevano diversi Arancione e perfino un paio di Verdi. Nessuno era armato, ma del resto i Triniani non avevano bisogno di armi: tutt'e tre le specie erano velenose. Il morso di un triniano risultava quasi sempre letale, e perfino un loro sputo, capace di coprire svariati metri, poteva mettere fuori combattimento per mesi. Pyrgus notò con sollievo che il capo – si distingueva per via delle piume – era un arancione.

— Uoie nnate? — chiese quest'ultimo in tono solenne. Aveva la faccia coperta da strisce bianche e porpora.

Pyrgus lo guardò confuso. In teoria i Triniani, incluso quelli nomadi, parlavano l'elfico... e forse anche questo lo parlava, ma con un accento così pesante da farlo somigliare alla lingua tutta schiocchi dell'Alto Halek.

— A nord-est, pianicolo — si affrettò a rispondere Nymph. "Pianicolo" era un titolo onorifico, equivalente grosso modo a signore.

— Om iaaa te? — chiese ancora il capo.

— Nymph — rispose pronta lei. Indicò Pyrgus. — Pyrgus. — E, accennando al terzo componente del loro gruppo: — Stecco.

Il triniano si batté un pugno sul petto. — Nagel! — annunciò a gran voce, e tossì.

Chiaramente, era il momento delle presentazioni. — Veniamo in pace — ripeté Pyrgus, in tono fievole.

Un triniano verde si fece avanti, accompagnato da un animaletto stranissimo: piccolo e tozzo, spelacchiato e rugoso... tutto sommato molto simile al suo padrone. Il triniano si lanciò in quella che sembrava una sfilza di invettive, il cui contenuto Pyrgus non riuscì neanche lontanamente a immaginare. Di sicuro ebbe un effetto galvanizzante sul resto della tribù, che si fece avanti borbottando, e anche sul capo, che cominciò ad agitare le braccia.

— Che succede? — sussurrò Pyrgus a Nymph.

Lei accennò un sorriso. — Niente di grave. Vuole semplicemente sposarmi.

Per un istante Pyrgus pensò di avere capito male. — Vuole *che cosa*?

— Sposarmi — ripeté Nymph. — Dice che ti darà quaranta placchi.

— Non può... — cominciò Pyrgus. S'interruppe, aggrottò la fronte e chiese: — Che sarebbe un placco?

— L'animaletto che si è portato dietro. Li fa lui. È lo stregone della tribù. — Il sorriso di Nymph si allargò. — È un ottimo prezzo per una moglie. Mi sento lusingata.

— Ma non può sposarti! — protestò Pyrgus. — Non voglio!

— Faresti meglio a dirglielo — replicò lei in tono soave. — Mi raccomando: parla lentamente e pronuncia con cura ogni parola.

— Non puoi sposare... — urlò Pyrgus allo stregone, poi si voltò verso Nymph: — Come si chiama?

— Innatus, mi pare.

— Senti un po', Innatus — riattaccò Pyrgus. — È fuori discussione che io ti permetta di...

— Meglio non fare minacce — intervenne Nymph. — È un tipo importante.

Ma Pyrgus si stava già riscaldando: — ... sposare questa ragazza, e se fai tanto di toccarle un capello... — estrasse di nuovo il pugnale Halek, suscitando un coro di "oooh" e grandi sorrisi triniani — ... con le tue piccole dita sudicie...

La voce di Nagel lo interruppe. Però non era rivolta a Pyrgus, ma a Innatus.

— Che tesoro — commentò Nymph. — Vuole sposarmi pure lui.

— È fuori di...

Stecco toccò un gomito di Pyrgus. — Chiedo scusa, signore, ma suggerirei di cederla al capo. È la politica dell'esercito in situazioni del genere. Cedere sempre la ragazza all'uomo più importante della tribù. Lo stregone sarà pure tenuto in considerazione, ma il tizio arancione con le penne e le strisce in faccia è il capo.

— Sei fuori di...?

Stecco sollevò le mani e arretrò. — Mi limitavo a riferire le usanze dell'esercito, signore.

— Quaranta placchi, sette balle di ordunzo e un contratto di servizio a tempo pieno — annunciò Nymph.

— In nome della Luce, di che stai parlando? — esplose Pyrgus.

— È l'offerta di Nagel. Si vede che è un arancione, eh? Un contratto di servizio a tempo pieno! Un viola ti avrebbe ammazzato e festa finita.

Lo sguardo sbigottito di Pyrgus saltellò da un triniano all'altro. — Nessuno può sposare questa ragazza! — sbraitò. — Nessuno di voi! Perché... perché... — Si guardò attorno alla ricerca d'ispirazione. L'intera faccenda era una follia. — Perché si è già impegnata a sposare me! — strillò alla fine.

— Ooooh! — esclamò Nymph. Fece un passo avanti e gli si fermò accanto con un sorriso smagliante, gonfiando fiera il petto.

Pyrgus stringeva ancora il pugnale Halek ma, con suo stupore, la crisi si sgonfiò all'istante. Innatus girò sui tacchi e se ne andò, tallonato dal buffo placco. Nagel scrollò le spalle come se la faccenda non avesse la minima importanza, e mormorò qualcosa a Nymph che gli rispose semplicemente: — Va bene.

— Che dice? — strillò Pyrgus.

— Che non possiamo andare a nord-est.

Pyrgus tornò subito a scaldarsi. — Chi crede che possa fermarci? Un branco di gnomi matti decisi a sposare la prima che passa? Digli che...

— Non vuole fermarci — lo interruppe Nymph in tono paziente. — Non possiamo andare a nord-est perché la strada è bloccata da un torrente di lava.

— Oh! — Pyrgus si sgonfiò. Aveva la sensazione di avere fatto la figura dell'idiota... e non solo per quanto riguardava la direzione da prendere Per essere il capo del loro gruppetto, sembrava avere perso completamente il controllo della situazione. — Allora che facciamo? — chiese a Nymph.

— Nessun problema — gli rispose allegramente lei. — Si è offerto di mostrarci una strada alternativa.

Viaggiare con i Triniani si dimostrò molto diverso che viaggiare da soli, e Pyrgus non ci mise molto a scoprire che, da quelle parti, non sempre la distanza più breve fra due punti era una linea retta. Gli gnomi scansavano accuratamente zone che a lui sembravano sicurissime e – in due occasioni memorabili – li guidarono in mezzo a una distesa di pozze di lava e fango che non avrebbe mai osato affrontare da solo.

E avevano ragione riguardo al torrente di lava. Prima di deviare verso sud, lo intravide a distanza: un ribollente fiume cremisi che avrebbe bloccato chiunque.

A un certo punto del loro viaggio a zigzag, Stecco, che sembrava capire il linguaggio dei Triniani quasi con la stessa facilità di Nymph, bisbigliò all'orecchio di Pyrgus: — Stanno parlando di nemici davanti a noi, signore.

— Che nemici? — bisbigliò lui di rimando.

— Lo ignoro, signore... ho colto solo uno stralcio di conversazione.

— Tieni le orecchie aperte. E riferiscimi tutto.

Ma non ce ne fu bisogno. Pochi momenti dopo Nymph gli si fermò accanto. — Nagel dice di procedere con cautela: ci sono nemici davanti a noi.

— Chi? — chiese subito Pyrgus.

— Qualcuno che loro chiamano Tenebra Fluida. Mai sentiti nominare... e tu?

Pyrgus scosse la testa. — Probabilmente qualche altra tribù. Non ci riguarda. A meno di finirci in mezzo.

— Non penso che Nagel abbia in mente di combattere... spera di evitarli. Vuole che procediamo in silenzio e al coperto, pronti a fermarci al primo segno di guai.

— A me va bene.

L'ordine di procedere in silenzio arrivò un quarto d'ora dopo. Pyrgus si accucciò dietro una roccia insieme a Nymph e allungò il collo per controllare i dintorni, ma non vide traccia di Tenebra Fluida. Comunque, tutti i Triniani sembravano spariti. Metteva i brividi quel loro modo di mimetizzarsi con il paesaggio. Si chiese come facessero a sopravvivere in quella desolazione. Da un pezzo non si vedeva una sola pianta, e nemmeno animali... a parte la creatura in teoria fatta da Innatus.

— Dicevi sul serio? — chiese Nymph in tono indifferente.

— Che cosa?

— Che ci eravamo impegnati a sposarci.

Pyrgus provò una varietà di emozioni, non ultimo una specie di attacco di panico. — Io ah... io ah... io ah... — farfugliò.

— Lo so che l'hai detto solo per salvarmi da Nagel e Innatus, ed è stato davvero cavalleresco da parte tua. — Nymph esitò. — Però mi chiedevo...

— Ti chiedevi? — le fece eco Pyrgus.

— Già. Mi chiedevo. — Lo fissò dritto negli occhi.

Finalmente Pyrgus si rese conto che non aveva intenzione di aggiungere altro. — Io ah... — bofonchiò. Si passò la lingua sulle labbra e poi, sbalordendo se stesso, aggiunse: — Io... be', sì, mi piacerebbe. — Sorrise timidamente: si sentiva un idiota, però non gli importava. Se continuava così, Aurora lo avrebbe strozzato. Il suo sorriso si allargò. Continuava a non importargli.

— E che mi dici di Gela? — chiese Nymph.

Il sorriso di Pyrgus sparì. Nymph sapeva già di Gela, perciò negare era impossibile. Passò rapidamente in rassegna un centinaio di risposte, e alla fine sentì le sue labbra dire qualcosa che si avvicinava parecchio alla verità. — Non c'è stato niente, fra noi.

— Però ne eri attratto?

— Sì, ma non c'è stato niente.

— Cioè non avete...?

— Oh, no. No, assolutamente no. — E dato che all'improvviso sembrava molto importante mettere le cose in chiaro fra loro, aggiunse: — Cioè, una volta l'ho baciata, più o meno, e lei...

L'ombra di un sorriso guizzò sulle labbra di Nymph. — Ti ha restituito il bacio?

— Mi ha tirato un pugno sul naso — rispose Pyrgus; e stavolta scoppiarono a ridere tutt'e due.

Ottantaquattro

Mano nella mano arrivarono in cima alla salita per spiare quello che i Triniani chiamavano Tenebra Fluida.

Pyrgus trattenne il fiato. Davanti a loro, sulla pianura desertica, si stendevano per chilometri le legioni demoniache. Aspettavano con pazienza inumana, ogni soldato armato e corazzato e con un cane infernale accucciato accanto ai piedi. File di veicoli giganteschi trasportavano armamento pesante verso una megalopoli di tende.

Il riflesso rossastro dei fiumi di magma sulle superfici metalliche dava l'impressione che non avessero mai lasciato la natia Infera.

Ottantacinque

— Vi fidate di lui? — chiese Aurora.

Fogarty scosse la testa. — Di Rodilegno? Per niente.

— Però dice la verità riguardo alle legioni di Beleth. Sono già entrate nel Regno — disse Madama Circe.

Aurora la fissò. — Perché non ne sono stata informata?

— Pyrgus ha chiamato per confermarlo subito dopo l'arrivo di Lord Rodilegno — rispose lei. — E non si tratta solo di pochi demoni: sembra che Beleth abbia trasferito nel deserto tutto il suo esercito. Con un simile aiuto, gli Elfi della Notte possono travolgerci nel giro di qualche settimana.

Il peso della responsabilità che accompagnava la sua carica sembrò schiacciare Aurora. Le cose andavano di male in peggio, e una vocina continuava a sussurrarle che era colpa sua. Forse, se non avesse messo in moto il Conto alla Rovescia, suo zio non avrebbe ordinato ai Notturni di attaccare. Ma se non fosse andata da Rodilegno, forse i demoni non l'avrebbero rapita e lei non avrebbe potuto scoprire i loro piani.

A parte il fatto che non ne sapeva abbastanza, dei loro piani. Non ricordava che Henry le avesse detto di un'alleanza di Beleth con gli Elfi della Notte, e nemmeno quando aveva in mente di attaccare. Doveva parlare con Henry prima possibile, ma nel frattempo... — Dunque non credete a Lord Rodilegno?

Madama Circe sospirò e scosse la testa. — Non lo so. È tutto così assurdo. I Notturni complottano con

Infera da generazioni, perché ora dovrebbe essere diverso?

— Perché Rodilegno dovrebbe *dire* che ora è diverso? — intervenne Fogarty. — A sentire lui, l'invasione dei demoni non c'entra con lui e con i Notturni.

— Mio caaavo, non crederei a Lord Rodilegno neanche se giurasse sulla tomba della madre.

— In teoria sarei d'accordo con te — assentì Fogarty. — Ma per la prima volta l'ho visto spaventato. E lo avete sentito: non vuole semplicemente la pace fra Luminosi e Notturni... vuole un'alleanza contro Beleth! Non è mai successo prima.

— Forse non ne ha mai avuto bisogno — mormorò Aurora. Guardò Madama Circe. — Voglio parlare con Henry.

— Henry, mia caaava?

— È stato liberato, no? — chiese Aurora, fulminata da un pensiero orribile. — La condanna a morte è stata sospesa?

— Naturalmente. Adesso è in infermeria, per riprendersi dalla sua piccola operazione.

— Fatelo venire subito qui — sibilò Aurora impaziente. — Soltanto lui può dirci se l'offerta è genuina. Saprà esattamente quello che hanno intenzione di fare i demoni... era collegato con Retinfera.

— Che cos'è Retinfera? — chiese Fogarty.

Aurora lo ignorò. Stava ancora guardando Madama Circe. — Che c'è?

— Temo che Henry sia ancora sotto sedativi.

Per quanto le fosse affezionata, Aurora soffocò a stento l'impulso di ucciderla. Ora come ora, era un lusso che non poteva permettersi. — Quando si sveglierà?

— Non tanto presto. Temo che dovremo prendere questa decisione senza di lui.

Aurora si sforzò di controllare la collera. — Va bene. Mandate qualcuno a tenerlo d'occhio. Nel frattempo, qual è la vostra opinione?

— Le forze di Beleth sono ammassate nel Deserto Orientale — disse Madama Circe. — Esattamente dove dovrebbero essere per aiutare Gnammeth Croz.

— O per invaderla — sottolineò Fogarty. Si sedette sul bracciolo di una poltrona e aggiunse: — Ricapitoliamo i dati in nostro possesso e cerchiamo di chiarirci le idee. D'accordo, Aurora?

Attese il suo cenno di assenso e cominciò a contare sulle dita. — Primo: l'esercito di Beleth è accampato nel Deserto Orientale. *Tutto* il suo esercito.

— Giusto.

— Lord Rodilegno afferma di non avere niente a che fare con lui. Non l'ha evocato, non ha chiesto il suo aiuto, non sapeva che i portali di Infera fossero stati riaperti. Così, quando ha scoperto la presenza dei demoni, ha deciso che erano lì per attaccarlo ed è corso a chiederci aiuto... Assurdo.

— È quello che dico io, mio caaavo. Insomma... se un tuo vecchio alleato si rifà vivo, lo accogli a braccia aperte, giusto? Come mai Sua Signoria non l'ha fatto?

— Rodilegno è ancora nel Palazzo?

Madama Circe annuì. — Ha rifiutato di andarsene, anche dopo essere stato congedato da Aurora. È in anticamera, nella speranza di essere ricevuto di nuovo.

— Proviamo a chiederglielo — propose Fogarty.

Quando Rodilegno entrò, aveva l'aria di non aver dormito da mesi, ma riusciva ancora a mantenere un certo contegno.

— Ti è finalmente entrato in zucca un po' di buonsenso? — chiese brusco ad Aurora.

— Quando avete scoperto l'arrivo di Beleth — intervenne Fogarty, altrettanto brusco — com'è che non avete mandato qualcuno a parlargli? In fin dei conti eravate in ottimi rapporti.

Rodilegno gli rivolse un sorrisetto gelido. — Oh, l'ho

fatto. Sicuro che l'ho fatto. Pensavo che fosse venuto per aiutare i Notturni. Perciò ho mandato Flammea a dargli il benvenuto e a scortare i demoni in Gnammeth Croz. — Il sorriso si trasformò in una risata vuota, agghiacciante. — Sembrava un incredibile colpo di fortuna.

— E poi cos'è successo? — chiese Madama Circe.

Rodilegno la guardò dritto negli occhi. — Mi ha rimandato la testa di Flammea dentro un sacco.

Ottantasei

Strano, pensò Aurora: di colpo Rodilegno sembrava più piccolo. Era sempre lo stesso, però sembrava stranamente rattrappito. Il signor Fogarty aveva ragione: c'era paura nei suoi occhi. E lei non aveva mai visto suo zio impaurito prima di allora.

— Però non hanno attaccato Gnammeth...? — disse Madama Circe, riferendosi alle orde demoniache. Era in parte riflessione, in parte domanda.

— Non ancora — rispose Rodilegno.

— Qualche altro posto nel Croz...?

Rodilegno scosse la testa. Ma anche se stava rispondendo a Brintesia, i suoi occhi restarono fissi sulla Regina.

Aurora rimase in silenzio: osservando, aspettando. Sperando contro ogni speranza che da quei discorsi venisse fuori qualcosa in grado di chiarirle le idee. Invece riusciva a pensare solo che erano tutti lì, riuniti a discutere con suo *zio*. Fin da piccola le era stato insegnato di pensare a lui come allo *zio cattivo*... E ora, di punto in bianco, non era più un nemico, e nemmeno lo erano gli Elfi della Notte. O così pareva.

— Come mai? — chiese Madama Circe. — Sembra che Beleth abbia piazzato bene le sue forze. Mi pare di avere capito che siano a neanche un'ora di marcia dalla vostra capitale.

— E perché rivelare le sue intenzioni uccidendo Flammea? — interloquì Fogarty. — Perché non accettare l'invito, entrare in città con tutto il suo esercito, e poi attaccare di sorpresa? È quello che avrei fatto io.

Rodilegno scosse le spalle. — Forse aspetta che facciate il lavoro sporco per lui.

Fogarty lo fissò accigliato. — Diciamo che ci credo... ma perché Beleth dovrebbe rivoltarsi contro il suo vecchio amico? Gli Elfi della Notte e l'Inferno sono stati amiconi per secoli. Beleth vi ha sempre fornito demoni-servi, demoni-lavoratori e va' a sapere che altro, in cambio... — Esitò, incerto.

— Non è esatto, Viceré — replicò gelido Rodilegno. — Beleth non ci ha mai *fornito* niente di sua spontanea volontà. Molte generazioni fa, i nostri maghi hanno sviluppato particolari tecniche per *costringere* i demoni a rispettare certi patti, obbligando quella feccia a servirci. Gli Elfi della Luce avrebbero potuto fare altrettanto, ma hanno preferito lasciar perdere per non so che... senso etico, suppongo. Non l'ho mai capito esattamente. — Riportò la sua attenzione su Aurora. — Non sono uno storico, ma a quanto ho capito, è stata proprio la questione dei demoni a provocare la scissione fra Notturni e Luminosi.

— Immagino che ora non possiate più *costringerli* a obbedirvi — disse all'improvviso Aurora.

— Ci sono più di un milione di demoni nel Deserto Orientale. Troppi anche solo per provarci.

— Insomma, questa è la loro vendetta per secoli di sfruttamento? — C'era uno scintillio maligno negli occhi di Fogarty.

Se Rodilegno era dotato di senso dell'umorismo, lo nascondeva bene. — Non penso che ce l'abbiano con noi — fu la secca replica.

— Allora cosa *pensate* che abbiano in mente? — ribatté Fogarty.

Lo sguardo di Rodilegno andò dall'uno all'altro. — Penso che aspettassero l'inizio della guerra fra gli Elfi della Notte e gli Elfi della Luce.

— Il che è successo — gli ricordò Aurora — grazie al vostro attacco preventivo.

Gli occhi di Rodilegno lampeggiarono. — Non sono stato io a innescare il Conto alla Rovescia, nipotina.

— Forse dovremmo lasciare parlare vostro zio, Maestà — interloquì Madama Circe. — In fin dei conti ha più esperienza di demoni di quanta ne abbiamo noi. — Guardò Rodilegno e gli sorrise dolcemente.

— Va' avanti, zio. I piani di Beleth...?

— Non credo che interverrà nella guerra — riprese Rodilegno. — Penso che per lui sia irrilevante chi vincerà. Ma quando avremo finito di combatterci, attaccherà il vincitore, chiunque sia, sicuro che sia stato comunque indebolito dal conflitto. E si impadronirà di tutto il Regno.

Suonava spaventosamente plausibile... proprio come molti degli schemi più tortuosi di Rodilegno. Tutto sommato, Aurora non era affatto sicura di potersi fidare di lui.

— Come potremmo fermarlo?

Rodilegno scrollò le spalle. — Ti ho presentato la mia proposta. Un'immediata alleanza fra Notturni e Luminosi. Le nostre forze congiunte possono attaccare l'esercito di Beleth nel deserto e, mi auguro, ricacciarlo a Infera.

— Perché non usate i fiortempo contro di lui? — gli chiese di punto in bianco il Viceré.

Rodilegno lo fissò perplesso. — E che cosa sarebbero questi fiortempo?

Ottantasette

— Gli credete? — chiese il Viceré Fogarty appena rimasero di nuovo soli.

— Non lo so — rispose Aurora. — Vorrei che fosse qui Scassatimpani... — Si guardò attorno. — A proposito, dov'è? È riuscito a fuggire dalla villa di Lord Rodilegno?

Madama Circe annuì. — È tornato sano e salvo, e poi è andato a caccia. I canveri fanno sempre così, quando sono stressati. Penso che la faccenda di Henry e il vampiro l'abbia scosso parecchio. È molto affezionato a Henry.

— A proposito! — esclamò Aurora. — Henry non si è ancora svegliato?

— Fra poco, mia caaava.

— Con Henry possiamo parlare più tardi — disse impaziente il Viceré. — Ma ora... crediamo o no a Rodilegno?

— Personalmente, temo di credergli — rispose lentamente Madama Circe.

Gli altri due la fissarono. — Inclusa la faccenda dei fiortempo? — chiese Fogarty.

— Non ne sono sicurissima, Alan, ma *potrebbe* avere detto la verità. In fondo le informazioni di Pyrgus provengono dalla figlia di Ogyris... lei stessa poco più di una bambina, e certo non la più affidabile delle fonti. Forse suo padre coltivava i fiori per proprio uso e consumo. O forse aveva in mente di venderli al migliore offerente.

— E forse il migliore offerente era Beleth — suggerì Aurora. Nell'attuale situazione, qualunque cosa sembrava possibile.

Fogarty batté le palpebre. — Henry ha usato uno di quei fiori per rapirti. Avevamo dato per scontato che lo avesse avuto da Rodilegno, però adesso sappiamo che Henry lavorava per i demoni. Perciò devono averglielo dato loro... e questo significa che Ogyris stava rifornendo Beleth.

Madama Circe rabbrividì. — Nel qual caso siamo perduti.

— È ridicolo! — sbottò Aurora. — Abbiamo bisogno di parlare con Henry. Come posso prendere una decisione così importante senza prima aver parlato con chi può fornirci tutte le risposte? Andrò personalmente in infermeria per vedere se si è svegliato. E se ancora non l'ha fatto, ordinerò ai maghi di farlo.

— Veniamo anche noi — disse in fretta Fogarty.

Trovarono Henry che vagava nel corridoio fuori dall'infermeria, con un cerotto sul naso e l'aria smarrita. Quando vide Aurora, le sorrise timidamente.

Ci misero meno di un minuto per scoprire che non ricordava un bel niente di quanto era successo dopo che i demoni gli avevano inserito l'impianto.

Aurora sospirò. — Dite a mio zio che dovrà aspettare fino a domattina per avere la risposta. Abbiamo tutti bisogno di dormirci sopra.

Ottantotto

Quando Rodilegno lasciò il Palazzo, era fuori di sé. Come osava, quella stupida marmocchia, trattarlo così! Come osava rifiutare di dargli ascolto quando era in pericolo il futuro stesso del Regno! Non si rendeva conto che il tempo era agli sgoccioli? I demoni potevano sferrare il loro attacco da un momento all'altro! Non c'era da stupirsi che il Regno fosse in condizioni disastrose. Né che Beleth avesse deciso di approfittarne.

Pensare a Beleth accrebbe la sua collera. Il tradimento di quell'essere aveva dell'incredibile. Però avrebbe dovuto intuirlo, anticiparlo. Non ci si può fidare di un demone. Ma era inutile starsi a battere il petto. La domanda era: che fare?

La sua scorta lo circondò appena uscì dal Palazzo. Rodilegno non si faceva illusioni: la situazione era pessima, molto peggiore di quanto la giovane Regina si rendesse conto. Il guaio era che i Luminosi non avevano mai compreso la verità riguardo ai demoni. I demoni erano pericolosi. Non potevi permetterti di scordare che avevano piani tutti loro. Esattamente quello che aveva fatto lui! E non sarebbe stato facile evitare di pagare caro quel piccolo errore.

Ordinò al volasvelto di dirigersi verso le caverne: l'area d'ingresso ovest era abbastanza grande per potervi atterrare. Nelle attuali, infelici circostanze, l'unica cosa che somigliasse a un colpo di fortuna era la morte di Panolis. Ne avrebbe sentito la mancanza, questo sì – ne avevano passate troppe, assieme – ma con Flammea fuori gioco, adesso era lui il capo indiscusso dei Notturni. Nessuno avrebbe osato mettere in dubbio le sue decisioni. O i suoi ordini.

Scese dal volasvelto e fece il suo ingresso nella caverna principale, dov'erano ammassate le truppe in paziente attesa... come i demoni nel deserto. C'era molto meno trambusto rispetto alla sua ultima visita: tutti i preparativi erano stati completati, vettovaglie e armi accumulate e approntate. L'esercito aspettava i suoi ordini, pronto all'azione come una freccia incoccata. Il problema era quale ordine dare.

Non poteva indugiare ancora molto prima di fare entrare in azione le sue truppe. Se solo Aurora avesse capito l'urgenza della situazione! Un'alleanza contro i demoni era l'unica linea d'azione sensata. Qualunque altra sarebbe stata pura follia. Ma poteva permettersi di aspettare fino a domattina? E se Aurora avesse deciso di respingere la sua offerta? Avrebbe dovuto inviare le sue riserve contro gli Elfi della Luce? O rivolgerle contro le legioni di Beleth?

Nel deserto erano ammassati un milione e passa di demoni. Non temevano la morte. Una volta in moto, erano spietati come formiche. Potevi ucciderne a volontà, e loro avrebbero continuato ad avanzare, un'ondata dopo l'altra, inarrestabili. Inoltre, se Beleth era riuscito a introdurre un esercito nel Regno, non avrebbe avuto problemi a fare arrivare rinforzi. E Infera pullulava di demoni. Un altro milione sarebbe stato niente per lui, o due, o tre, o perfino dieci. L'unica speranza era sconfiggerli assestando loro un colpo deciso e definitivo, e chiudere i portali prima che Beleth potesse reagire. Chiuderli, sabotarli e mantenerli chiusi. Per sempre, se possibile. I Notturni avrebbero dovuto fare a meno dei loro servi infernali. Il prezzo da pagare sarebbe stato troppo alto.

L'altra possibilità era attaccare i Luminosi nella speranza di ottenere una rapida vittoria prima che Beleth entrasse in azione. Era però una mossa consigliabile? Era convinto di poter sconfiggere gli Elfi della Luce, ma... rapidamente? Poco probabile. E anche se ci fosse riuscito in pochi giorni, Beleth avrebbe potuto comunque approfittarne per passare all'attacco.

Il generale Procles, comandante in capo anziano, si era già fatto avanti ad accoglierlo, fiancheggiato da tre dei suoi aiutanti. Rodilegno attese che fosse a portata d'orecchio prima di ordinare: — Manda via gli uomini, Graphium. Dobbiamo parlare in privato. — E congedò a sua volta le proprie guardie con un cenno.

Procles era alto e magro e stranamente curvo per essere un soldato. Il suo atteggiamento deferente mascherava un carattere d'acciaio.

— Presumo che la missione non abbia avuto successo, Vostra Signoria.

Rodilegno scrollò le spalle. — Mia nipote non prenderà una decisione prima di domattina. E forse neanche allora.

— Nel frattempo fermerà le sue truppe?

Rodilegno scosse la testa.

— Sappiamo perché? — Il generale era in gamba. La domanda significava in realtà: "C'è spazio per un compromesso o un negoziato?"

— Non si fida di noi. — Rodilegno sospirò. — Forse gliene abbiamo dato qualche motivo.

Procles non fece commenti. — Abbiamo un piano di riserva, Vostra Signoria? Nel caso rifiuti l'offerta?

Rodilegno sospirò di nuovo. — Uno disperato, Graphium. Ecco perché ho voluto parlarti a quattr'occhi. Voglio sentire la tua opinione. Poi, a meno che tu non possa offrirmi un'opzione migliore, dovrai passare immediatamente all'azione. Immediatamente — sottolineò. — Non so quanto tempo abbiamo, perciò la rapidità è essenziale.

Procles annuì. — Capisco, Vostra Signoria.

Rodilegno lo fissò dritto negli occhi. — Ecco la mia analisi della situazione. Se gli Elfi della Luce ci sconfiggessero, sarebbe una tragedia. Se ci sconfiggesse Beleth, sarebbe il disastro più grande nella storia del Regno... e né noi né i Luminosi riusciremmo più a riprenderci. Diventeremmo tutti schiavi dei demoni. Sei d'accordo con la mia analisi?

Procles annuì di nuovo. — Sì. *Se* ci sconfiggessero.

— Chiaramente faremo di tutto per scongiurare questa eventualità. Potremmo perfino avere successo, però ne dubito. Credo che potremmo sconfiggere Beleth, o Aurora, ma non entrambi. Sarebbe da sciocchi pensarlo. — Fissò Procles, che si limitò a scrollare le spalle. — Ho perciò concluso che, date le circostanze, la nostra assoluta priorità è sconfiggere Beleth. Sei d'accordo?

— Naturalmente. È per questo che avete proposto un'alleanza alla Regina.

— Un'alleanza che Sua Maestà potrebbe rifiutare. Aurora è ossessionata dall'idea di combatterci. Non riesce a vedere qual è il vero pericolo... la minaccia più grande. E quando lo capirà, potrebbe essere troppo tardi. Sarò franco, Procles... Il nostro attacco preventivo non ha avuto il successo che speravo, e gli Elfi della Luce sono passati al contrattacco. Per ora le nostre truppe reggono, ma se Beleth decidesse di muoversi, saremmo perduti. Ragion per cui... — S'interruppe per prendere fiato e riprese: — Ragion per cui ho deciso di impegnare ogni uomo disponibile in un attacco massiccio contro l'esercito di Beleth nel deserto. Non solo le truppe di riserva, ma anche quelle attualmente impegnate contro gli Elfi della Luce.

— Anche se la Regina non ha acconsentito al cessate il fuoco?

— Esatto.

Procles lo fissò sbigottito. — Siete pronto a lasciare indifesa la capitale?

Rodilegno annuì tetro. — Sì. — Scrollò le spalle. — Oh, possiamo schierare qualche battaglione composto da uomini troppo vecchi o troppo malati per partecipare all'offensiva principale. Potrebbe bastare a ritardare l'avanzata dei Luminosi... ma francamente sono pronto a sacrificare tutta Croz, pur di sconfiggere Beleth. — Esitò. — Un'altra cosa... Non tutti i Notturni vivono a Croz. In simultanea al nostro attacco a Beleth, dovrà verificarsi un'insurrezione cui parteciperà ogni leale Elfo della Notte. Possiamo mettere l'intero Regno sottosopra nel giro di poche ore e, con un po' di fortuna, la rivolta potrebbe tenere i Luminosi impegnati quanto basta da permetterci di eliminare Beleth. In tal caso, e se riuscissimo a chiudere di nuovo i portali senza troppe perdite, potremmo tornare a rivolgere la nostra attenzione a Sua Maestà. Forse, anche se non riusciremo a sbaragliare i Luminosi, potremmo avere abbastanza forza da deporla. — Fissò Procles. — Gradirei ascoltare la tua opinione.

— Nel vostro piano ci sono molti *se* e molti *forse*, Vostra Signoria.

— Ne hai uno migliore?

— No, Vostra Signoria.

— In tal caso, procedi con i preparativi. Passeremo all'azione appena pronti. Stanotte stessa, se possibile. — Rodilegno girò sui tacchi e tornò a grandi passi verso il suo volasvelto. Mentre saliva a bordo, aggiunse fra sé: — E prega l'Oscurità che sia la decisione giusta.

Ottantanove

Pyrgus si fermò, bloccato da una bizzarra, quasi paralizzante sensazione di disagio.

— Che c'è? — chiese subito Nymph.

— Qualcosa non va. — Erano vicinissimi al volasvelto, così vicini che il suo unico pensiero era risalirci e andarsene, ma...

Si guardò attorno: i Triniani che fino ad allora li avevano scortati allegramente erano scomparsi. Alle loro spalle, il deserto si stendeva smisurato, roccioso, desolato e spoglio.

— Nagel...?

Lo gnomo arancione spuntò all'istante da dietro una roccia. — Gna citto! — sibilò furibondo.

— Vuole che tu stia zitto — tradusse Nymph in risposta all'occhiata perplessa di Pyrgus.

— Chiedigli che succede. C'è qualcosa di strano...

Ma prima che Nymph riuscisse ad aprire bocca, Nagel si mise un dito sulle labbra, la prese per mano e la trascinò al riparo di una sporgenza rocciosa. Dopo un istante, Pyrgus li seguì.

Obbedendo ai segnali ansiosi di Nagel, allungarono cauti il collo.

Un piccolo contingente di uomini che indossavano le uniformi grigio-nere del Reggimento dei Ricognitori Notturni marciava deciso nel deserto, diretto verso le legioni di Beleth.

— Per la Luce — gemette Pyrgus. — Sono messaggeri. Le truppe di Rodilegno si uniranno a quelle di Beleth.

Per forza. Ci toccherà affrontare entrambi. — Cercò Stecco con lo sguardo. Bisognava informare subito il Palazzo!

Nagel bisbigliò qualcosa.

— Dobbiamo arretrare — tradusse Nymph. — Possono arrivarne altri. Se restiamo qui, saremo scoperti.

Il triniano si era già messo in moto, e loro tre si affrettarono ad andargli dietro. Per cinquanta frustranti minuti seguirono i silenziosi Triniani da un riparo roccioso all'altro, finché Nagel si fermò in un basso cratere avvolto dalla foschia sulfurea delle fumarole. — Dice che qui saremo al sicuro — spiegò Nymph.

Pyrgus arricciò il naso. — Capisco perché — commentò; poi, rivolto a Stecco: — Puoi metterti in contatto con mia sorella... la Regina Aurora? Con lei direttamente?

Stecco scosse la testa. — Ne dubito, signore. Di solito Sua Maestà non si tiene un CC a portata di mano.

— Allora mettimi in contatto con Madama Circe. Le trasmetterà lei il messaggio.

— Sì, signore. — Di nuovo Stecco incrociò gambe e occhi, ma dopo un momento tornò a disincrociare il tutto. — Impossibile connettersi, signore.

— Come mai? — chiese Pyrgus. — Madama Circe non ha sottomano il suo CC?

— Non è il CC, signore. È Orione. Non risponde.

— E chi diavolo sarebbe Orione?

— Difficilmente un diavolo, signore — rispose pacato Stecco. — È l'Angelo Comunicatore. Gli piace definirsi Guida Militare e Viceré Spirituale, ma solo perché ha un debole per le uniformi. Lassù il clima è sempre così perfetto che di solito i suoi abitanti vanno in giro nudi.

Nonostante l'urgenza della situazione, Pyrgus avvertì una fitta di curiosità. — Non sapevo che fossimo in contatto con il Paradiso.

— Segreto militare, signore. In effetti non avrei dovuto dirvelo, ma dato che siete un'altezza reale eccetera non dovrebbero esserci problemi.

— Come mai non riesci a contattarlo? — domandò Pyrgus, tornando a occuparsi del problema attuale.

— Forse è questo posto, signore. In effetti, già prima la ricezione non era granché. Tutta quest'attività vulcanica influenza il flusso di energia. Sprigiona campi di lampi prigionieri... un po' come i portali al contrario, ecco. Se volete, signore, continuerò a provare, ma dubito che la situazione migliori finché staremo in mezzo al deserto.

Pyrgus però aveva smesso di ascoltarlo. Aveva l'espressione di chi è colpito da un'idea improvvisa.

— Che c'è? — gli chiese Nymph.

— Portali! — Pyrgus si guardò attorno ansioso. — Nagel, tu hai chiamato i demoni Tenebra Fluida. Significa che li avevi già visti nel deserto? — Per forza doveva significare questo. Nessuno dà un nome a qualcosa che non ha mai visto.

Nagel annuì.

— Da dove vengono? — lo incalzò Pyrgus, sempre più eccitato.

Nagel puntò il dito in una direzione precisa. — Gna oria ciando cino il gnan 'upo.

Probabilmente le orecchie di Pyrgus si stavano adattando al suo linguaggio, perché ebbe l'impressione di capire quello che aveva detto. Però si voltò ugualmente verso Nymph in cerca di conferma.

— Da quella parte, più o meno a un'ora di cammino. Accanto a qualcosa che i Triniani chiamano il Gran Dirupo. — Lo fissò attenta. — Cos'hai in mente?

— Be'... c'è un esercito di demoni nel deserto: li abbiamo visti. Però non ci siamo chiesti come ci sono arrivati... giusto?

Nymph annuì incerta.

— Devono avere usato i portali! — proseguì Pyrgus. — È l'unico modo per trasportare tante truppe in così poco tempo. D'accordo... sarebbero potuti arrivare con i metodi convenzionali, però se ne sarebbero accorti tutti. Devono avere usato i portali, per forza! Non quelli che conosciamo noi, però. Se li avessero riaperti, lo avremmo saputo... giusto?

— Giusto... — confermò Nymph, ancora più incerta.

— Perciò Beleth deve averne aperti altri! So qual è il Gran Dirupo di cui parla Nagel. È una particolare formazione geologica in mezzo al deserto, quasi inaccessibile e lontanissima da qualunque sentiero frequentato. Perfetto per i portali di Beleth e le sue truppe demoniache... a loro *piacciono* i vulcani, capisci...?

— Capisco che cosa, Pyrgus? — chiese paziente Nymph.

Lui sorrise. — Non possiamo fare niente riguardo ai demoni che sono già qui, ma se sabotiamo i portali possiamo impedire che ne arrivino altri! Niente rinforzi, niente rifornimenti. Potrebbe significare la differenza fra vittoria e sconfitta.

Nymph sembrò subito interessata. — Sai come raggiungere questo Gran Dirupo?

Pyrgus scosse la testa. — Io no, ma Nagel sì. Conosce il deserto come le sue tasche... se ne avesse. E la sua gente potrebbe essere disposta ad aiutarci. I Triniani Viola sono guerrieri: potrebbero darci una mano se i portali fossero sorvegliati. E i Verdi sono tecnici di prim'ordine e potrebbero aiutarci a sabotarli. È un'occasione d'oro, Nymph. Se ci muoviamo alla svelta, potremmo avere finito prima di notte. — Si voltò verso Nagel. — Che ne dici, Nagel? Ci aiuterai?

— Oh saa — rispose Nagel.

Novanta

Pyrgus cominciava a essere stufo di strisciare sulla pancia, però – doveva ammetterlo – era sempre meglio che essere individuato dai demoni. Alzò cauto la testa.

Il Gran Dirupo torreggiava davanti a lui come la spina dorsale del deserto: un massiccio perpendicolare di arenaria così alto da creare un microclima tutto suo, sollevando polvere e sabbia in mulinelli.

Si guardò attorno e restò a bocca aperta. A intervalli di neanche un paio di metri c'erano i portali che cercava... ma più numerosi di quanti avesse potuto immaginare nel peggiore dei suoi incubi. Erano dozzine, centinaia, migliaia e forse anche di più. Si susseguivano come sentinelle lungo la base del Gran Dirupo, a perdita d'occhio. Era impossibile che fossero stati costruiti tutti dopo la chiusura di quelli consueti. Beleth doveva averli fatti edificare nel corso di molti anni.

Non c'erano sentinelle in vista, ma forse i demoni non pensavano che ce ne fosse bisogno. Ci sarebbe voluto un esercito per distruggere tutti quei portali, e anche così sarebbero stati necessari giorni, forse settimane. Per giunta, la loro esistenza era rimasta segreta così a lungo da far credere che nessuno li avrebbe mai scoperti. Nessuno si addentrava tanto nel deserto... perfino i Triniani nomadi se ne tenevano alla larga. Era la base perfetta per un'invasione demoniaca.

Gli occhi di Pyrgus passarono in rassegna la fila di portali. — Neanche a parlarne, di un sabotaggio — borbottò a denti stretti. Anche se fossero riusciti a chiuderne un paio, ne sarebbero rimasti migliaia. L'effetto sulle armate di Beleth sarebbe stato simile alla puntura di una zanzara.

— Non ne sarei così sicura — replicò Nymphalis, stesa a terra accanto a lui. Si voltò verso Stecco, sdraiato al suo fianco. — Tu che ne pensi?

— Distanza a parte, signorina?

Nymph annuì in silenzio.

— Difficile dirlo da qui. Però *potrebbero* essere un po' troppo vicini l'uno all'altro...

— Di che state parlando? — chiese Pyrgus.

— Reazione a catena — rispose Nymph. — La tecnologia dei portali è di per sé instabile... per forza, visto che in pratica sono un buco nella realtà. All'interno di ogni portale l'instabilità è sotto controllo, però esiste comunque. È chiaro?

— No — ammise Pyrgus, anche se trovava insopportabile che Nymph gli facesse la lezione.

— Per sabotare un portale dobbiamo agire sulla sua instabilità. Se lo facciamo esplodere, per esempio, non solo farà un bel botto... ma se c'è un altro portale abbastanza vicino, è probabile che si destabilizzi ed esploda anche quello. — Esaminò la fila di portali sotto la rupe. — In teoria, se sono abbastanza vicini, ci basterebbe farne esplodere uno per fare saltare in aria anche tutti gli altri. Come una fila di petardi.

Pyrgus la fissò sbalordito. — Com'è che sai tutta questa roba tecnica? Gli Elfi della Foresta non li *usano* mica i portali.

Per tutta risposta, Nymph si limitò a sorridergli.

— Il guaio è che non abbiamo niente per fare esplodere il primo — osservò Pyrgus. Quando aveva suggerito di sabotarli, aveva pensato di bloccarli riempiendoli di sassi e rocce... un vecchio trucco da guerriglia che avrebbe teletrasportato i demoni dentro la pietra.

— Invece sì, signore — intervenne Stecco. Frugò nel suo equipaggiamento e tirò fuori un bastoncino dipinto, lungo più o meno una ventina di centimetri.

— Che roba è? — chiese Pyrgus.

— Una bacchetta esplosiva. Si spezza a metà per eliminare il rivestincanto, e si lasciano i pezzi vicino all'oggetto che si intende fare saltare per aria. Restano otto secondi per portarsi fuori tiro.

— Pensavo che i CC non combattessero.

Stecco sorrise. — Ci forniscono comunque l'attrezzatura e l'addestramento base. Per precauzione.

— Qual è il problema? — chiese brusca Nymph, senza staccare gli occhi da Stecco.

Pyrgus la guardò stupito. — Perché dovrebbe esserci un problema?

— Il fatto è, signorina — rispose Stecco — che di solito otto secondi bastano e avanzano per portarsi al riparo... ma in questo caso, creandosi una reazione a catena, l'esplosione sarà *molto* più potente.

— Insomma, chiunque lo faccia saltare in aria potrebbe non avere il tempo di allontanarsi a sufficienza?

— Potrebbe restare ucciso, signorina — confermò Stecco.

— Vado io — disse pronto Pyrgus.

— Neanche per idea — replicò subito Nymph.

— Sono io il soldato — intervenne Stecco. — È compito *mio*.

— Tu sei il nostro CC — gli ricordò Pyrgus. — Ci servi per tenerci in contatto con il Palazzo.

— Qui non servo a niente — obiettò Stecco. — Orione non risponde.

— Solo perché siamo nel deserto.

— Andrò io — intervenne Nymph. — Posso correre più veloce di voi.

— Nient'affatto! — s'indignò Pyrgus.

— Altroché — ribatté lei. — Inoltre so cosa succede quando esplode un portale, e sono sicura di potermi allontanare a sufficienza entro otto secondi.

— Come fai a sapere cosa succede quando esplode un portale?

Ancora una volta Nymph si limitò a rivolgergli un sorriso esasperante.

La discussione andò avanti finché Nagel li raggiunse strisciando e suggerì: — Oate a corrae.

Pyrgus batté le palpebre. — Provate a correre? — Stavolta lo aveva capito, e sembrava una buona idea. Non pensava di avere problemi a battere una ragazza, e le gambe di Stecco erano tutto fuorché lunghe.

— Da qui a quel masso — disse Nymph, indicandolo. — Al mio "tre".

Corsero, e Nymph li batté di parecchie lunghezze. — Potete aiutarmi a sistemare la bacchetta — li consolò (senza neanche mostrarsi un minimo affannata). — Lascerò che vi allontaniate prima di spezzarla.

— Dobbiamo anche assicurarci che i portali siano abbastanza vicini — borbottò Pyrgus imbronciato.

Nymph sorrise. — Allora muoviamoci e andiamo a controllare. Vieni, Nagel?

Il triniano scosse la testa spiegando che se avevano intenzione di far saltare in aria quegli aggeggi, doveva allontanare la sua gente. A loro non piacevano i botti. Poi si girò e sparì fra le rocce.

— Vi accompagno — disse Stecco. — Ho un metro, e so a che distanza devono trovarsi perché la cosa funzioni.

Avevano quasi raggiunto il portale più vicino, quando un gruppo di rocce si trasformò in una Guardia Goblin.

Novantuno

Henry aveva il volto in fiamme. — Ho fatto cosa? — esclamò.

— E c'è di peggio. — La faccia di Fogarty era seria come al solito, ma a giudicare dallo scintillio nei suoi occhi sembrava che si stesse divertendo.

— Di peggio? — balbettò Henry.

— Hai tentato di farla accoppiare con te.

C'era una guerra in corso e il mondo stava andando a pezzi, ma dato che per il momento non potevano farci niente, erano andati nell'alloggio del Viceré e stavano dando fondo a un'ormai scarsa provvista di tè analogo mentre Fogarty aggiornava Henry sugli ultimi avvenimenti.

Il ragazzo non si divertiva affatto.

Fissò Fogarty sbigottito, aprendo e chiudendo la bocca come un pesce, e infine squittì: — *Accoppiare*?

— Qual è la parte che non capisci? I tuoi non ti hanno parlato di farfalle e api?

La mano di Henry cominciò a tremare tanto che dovette mettere giù la tazza. — Non posso avere fatto una cosa del genere — gorgogliò.

— Secondo Aurora, puoi. E lo hai fatto. Non so perché la fai tanto lunga... credevo che avessi una cotta per lei.

— Ce l'avevo... ce *l'ho*! Però... — Riprese la tazza, ma si affrettò a rimetterla giù. — Io la rispetto! — sbottò.

L'espressione di Fogarty si addolcì. — Insomma, Henry, Beleth ti aveva infilato un impianto nella testa.

Non sapevi quello che facevi. A quanto ci ha detto Aurora, quell'aggeggio ti faceva diventare un demone.

— In che senso? — chiese Henry dopo un minuto buono. — Con le corna e tutto?

— Santiddio, Henry! — sbuffò il signor Fogarty.

— Be', mica posso saperlo, no? Non ricordo *niente*! — Non ne aveva avuto l'intenzione, ma le ultime parole gli uscirono di bocca come un gemito.

— Non eri tu — replicò Fogarty. — Rientrava tutto nel programma di allevamento di Beleth.

Era terribile. Era stracotto di Aurora, e ogni volta che era con lei finiva per fare figuracce spaventose. La prima volta che l'aveva vista era nuda e stava entrando nella vasca da bagno. Ormai doveva essere convinta che fosse un maniaco. Forse avrebbe fatto meglio a tornare a casa e a non rimettere più piede nel Regno. Se avesse continuato a cacciarsi in situazioni del genere, Aurora avrebbe finito per odiarlo.

— Signor Fogarty... — cominciò.

Ma lui lo interruppe. — In poche parole, d'accordo? - Henry fece un cenno di assenso. — Qui c'entrano i dischi volanti, ragazzo. È chiaro che i demoni...

— Credevo che ci fossero gli alieni sui dischi volanti. Alieni venuti dallo spazio.

— È la stessa cosa. Demoni, alieni, sono sempre loro. Insomma, Henry, ti hanno *rapito*. Lo fanno di continuo. Te ne ho già parlato, se ti sforzassi di ricordare. E perché credi che rapiscano la gente? Qualunque cosiddetto esperto ti direbbe che hanno qualcosa di storto nel DNA e vogliono migliorare la razza, ma in realtà è molto peggio. Si stanno infiltrando! Fanno bambini con donne umane, e quando crescono li mettono in posizioni di potere. Ora vogliono fare lo stesso qui, e hanno pensato d'iniziare con te e Aurora.

— Con me e Aurora? — Dunque Beleth lo aveva tra-

sformato in un demone per fargli fare un figlio con Aurora; poi, quando il piccolo fosse cresciuto e diventato Monarca, Beleth avrebbe avuto un demone sul trono...
Henry pensò che stava per vomitare, di imbarazzo e disgusto in parti uguali. Non voleva sentire i particolari, però *doveva*. Tanto, peggio di così non poteva andare.
— Insomma, ho chiesto ad Aurora di... di...

— Sì, l'hai fatto.

— E lei che ha risposto? — si sentì chiedere Henry.

L'espressione del signor Fogarty rimase indecifrabile.
— Questo non me l'ha detto.

— Però non è che abbiamo *fatto* qualcosa? — insisté Henry. Perché, se l'avessero *fatto*, avrebbe dovuto lasciare il Regno all'istante. Non avrebbe più potuto guardarla in faccia. Non avrebbe più potuto guardarsi in faccia. Si sarebbe dovuto rinchiudere in un convento.

— Avete *fatto* un bel po', a quanto mi risulta. Per cominciare, hai ucciso un demone: gli hai torto il collo o qualcosa del genere.

Questo era così assurdo che Henry neanche si prese il disturbo di approfondire. — E poi siamo scappati.

— Oh, sì. Sei una specie di eroe. — Il signor Fogarty gli strizzò l'occhio.

Però lui non era un eroe. Proprio per niente. Come poteva affrontare Aurora, dopo quello che le aveva fatto? Beleth lo aveva trasformato in un mostro.

Aggrottò la fronte. Ma quand'è che era tornato se stesso? — Signor Fogarty — chiese lentamente — se l'impianto mi aveva trasformato in un demone, com'è che ho aiutato Aurora a fuggire?

— Lo avevano disattivato. Pensavano che Aurora avrebbe capito che non eri tu a zomparle addosso, così l'hanno disattivato. — Gli fremettero le labbra come se tentasse di frenare un sorriso. — Beleth era convinto che avreste fatto faville, se foste rimasti soli abbastanza a lungo. — Il sorriso si allargò. — Ormai devono girare voci a non finire su te e Aurora, da qui a...

Henry era ancora accigliato. — Un momento.

— ... all'Inferno! — concluse Fogarty.

E poi Henry disse: — C'è qualcosa che non torna.

Novantadue

Era la prima volta che Pyrgus si trovava ad affrontare le Guardie Goblin. Questo contingente rispettava la tradizionale formazione a cinque – quattro maschi e una femmina – e tutti i suoi componenti indossavano una tuta argentea e robusti stivaloni anch'essi argentei. Erano demoni nella loro forma originaria: pelle grigiastra, testone e grandi occhi nerissimi. E anche se gli arrivavano tutti sì e no alla cintura, erano di sicuro le creature più pericolose del pianeta. Si fecero avanti sulle gambe sottili, saltellando come scimmie giocose ed emettendo un ticchettio simile a quello di chele di aragoste.

— Non guardateli negli occhi! — urlò Pyrgus, ma era già troppo tardi. Nymphalis aveva deposto le armi e si era incamminata con sguardo vuoto verso i demoni.

D'istinto Pyrgus la placcò, facendola finire a terra.

— Chiedo scusa — borbottò, ma la sua mossa aveva raggiunto l'effetto desiderato. Nymph rotolò su se stessa e scattò in piedi, di nuovo in guardia.

E disarmata.

Stecco, gli occhi fissi ostinatamente al suolo, stava frugando nello zaino alla ricerca di qualcosa: dopo un momento ne estrasse una corta spada coperta di rivestincanti, una delle poche armi utili contro le Guardie Goblin. La lama era piena di potenti offendincanti militari. Di botto la femmina goblin si fermò e chiuse gli occhi. Stecco cominciò a gemere.

— Che succede? — gridò Pyrgus.

— I CC... molto... sensibili — ansimò Stecco. — Anche senza... contatto visivo. Prendi... la spada. Halek... — Scosse la testa.

— Nagel! — urlò Pyrgus. E poi ricordò che i Triniani si stavano allontanando di corsa dalla prevista esplosione, e probabilmente erano già fuori portata d'orecchio.

I quattro maschi goblin avevano circondato Nymph. Avevano piccole bocche sporgenti e naso a fessura, e l'espressione trionfante. Ormai Stecco era sudato fradicio, e la spada che stringeva in mano si stava rivolgendo verso la sua gola.

— Aiuto — sussurrò debolmente.

Ma fu in aiuto di Nymph che Pyrgus si lanciò. Raggiunse i goblin e infilò il pugnale Halek fra le costole del più vicino, mirando a trapassargli il cuore.

La scarica di energia fu terrificante: un alone guizzante di fiamme azzurrine avvolse il goblin, che sussultò e si contorse come un pesce spiaggiato. Per un istante gli si velarono gli occhi, ma poi afferrò il pugnale e lo spezzò di netto.

Pyrgus neanche ebbe il tempo di stupirsi prima che la scarica di energia lo sollevasse di peso e lo scaraventasse parecchi metri più indietro... stordito, ma ancora vivo.

L'istante successivo, i cinque demoni gli furono addosso.

Stecco riuscì a raddrizzarsi, ma tremava tanto che la spada gli sfuggì di mano. — Prendila! — balbettò a Nymph, che gli si era portata al fianco. — Io non posso usarla...

Con un solo movimento Nymph si chinò, afferrò la spada e ruotò su se stessa. Dopodiché, muovendosi alla velocità sovrumana che Pyrgus ricordava così bene dal loro primo incontro, tirò un fendente al goblin più vicino e gli tagliò un braccio.

L'urlo della creatura non uscì soltanto dalla bocca, ma anche dalla mente. Stecco si tappò le orecchie e cadde in ginocchio. Pyrgus, che si stava rialzando, sussultò e barcollò come se avesse ricevuto un pugno nello stomaco. Soltanto Nymph sembrò non farci caso: era ancora in piedi, e attaccava gli altri demoni.

Ma per quanto fosse veloce, loro lo erano perfino di più. Uno le corse incontro e, lasciando Pyrgus a bocca aperta, la superò con un balzo, come una cavalletta... una mossa che prese Nymph alla sprovvista, facendola esitare. Il goblin atterrò, rimbalzò e si voltò. Inorridito, Pyrgus si accorse che quello senza un braccio era ancora in piedi e in movimento, mentre una specie di fanghiglia verdastra si solidificava sopra la ferita. In un batter d'occhio Nymph fu di nuovo circondata.

Disperato, Pyrgus afferrò un sasso e lo lanciò contro il goblin più vicino, la femmina, colpendola sulla testa pelata e facendola barcollare. La creatura si girò a lanciargli un'occhiata accusatrice, costringendolo a voltare di scatto la testa per evitarne lo sguardo ipnotico. Era ovviamente più sorpresa che ammaccata, ma a Nymph bastò per scostarla con violenza e liberarsi dall'accerchiamento, la spada di Stecco ancora stretta in mano.

Pyrgus aveva afferrato un altro sasso e stava correndo verso i goblin. Perfino Stecco si era rialzato e sembrava alla disperata ricerca di un'altra arma nel suo zaino. Pyrgus si portò al fianco di Nymph, che sembrò meno contenta di vederlo di quanto avesse sperato.

— Vattene! — gli sibilò. — Il tuo pugnale si è spezzato.

Il goblin senza un braccio ritrasse le labbra sui denti aguzzi, mentre i suoi compagni estraevano corte spade di lucida ossidiana nera per poi muoversi verso Nymph. E stavolta non ebbero problemi a parare i suoi fendenti.

— Nagel! — urlò di nuovo Pyrgus.

Stecco gli passò un pugnale militare, e poi lanciò qualcosa a terra in mezzo ai goblin. — Via! — urlò. — Correte!

Nymph ruotò su se stessa, afferrò Pyrgus per un braccio e lo trascinò via. Anche Stecco stava correndo. Dietro di loro risuonò uno strano scatto, poi l'odore familiare di un incantesimo allo stato brado. Pyrgus si guardò alle spalle in tempo per vedere un lampo multicolore, seguito da una notevole quantità di fumo e di polvere.

Fu un'esplosione controllata, magia militare studiata per ottenere la massima distruzione a distanza ravvicinata. Zero rumore, zero onda d'urto, zero esplosione tonante. Pyrgus, Nymph e Stecco si fermarono e si voltarono. La devastazione era incredibile. Al posto dei demoni si apriva un cratere annerito dal quale salivano fili di fumo verso il cielo.

— Bravo, Stecco! — esclamò Pyrgus.

In mezzo al fumo emerse la testa di un goblin, arrossata dalla sabbia, ma per il resto incolume. Era la creatura ferita da Nymph, e usava il braccio superstite per issarsi fuori dal cratere. Comparve un'altra testa, poi un'altra ancora. I liquidi occhi neri sprigionavano odio.

Al di là del cratere, un secondo gruppo di rocce si trasformò in altre Guardie Goblin. E poi un terzo, e un quarto. Il ticchettio di chele di aragoste echeggiò nel deserto.

— Santiddio! — esclamò Nymph, sbarrando gli occhi.

— Correte! — urlò Pyrgus.

Ma Nymph non si mosse. — Correre dove? — ribatté.

Pyrgus si guardò attorno disperato. Dietro di loro torreggiava il Gran Dirupo, ripido, impossibile a scalarsi. Davanti a loro avanzavano le Guardie Goblin. E altre emergevano dalle rocce. Non avevano via di scampo.

Agì d'impulso, senza pensare alle conseguenze. Afferrò i suoi due compagni per un braccio e, tirandoseli dietro, si tuffò nel portale più vicino, con tre Guardie Goblin alle calcagna.

Novantatré

Dopo un colpetto discreto, la porta della camera da letto si aprì silenziosa. Madama Circe, che soffriva d'insonnia, era seduta sul letto appoggiata ai cuscini e, splendida in una vestaglia fluttuante, leggeva documenti vari. Alzò lo sguardo al di sopra delle lenti e vide sgusciare dentro una figura tarchiata.

— Ciancia! Sei tornato.

— Sì, signora — confermò lui.

— Siamo in guerra, Ciancia.

— Così ho appreso dalle guardie, signora.

— Sei riuscito a evitarla?

— Sono stato fortunato. — Cominciò a riordinare la stanza, un gesto che gli veniva spontaneo.

— Sei stato via a lungo. Madama Ogyris, suppongo.

— Temo di sì, signora. Pyrgus non vi ha informato...?

Madama Circe sospirò. — Pyrgus è stato la discrezione in persona. I tuoi sforzi hanno avuto successo?

— Per così dire, signora.

— Informazioni sulla guerra?

— Temo di no, signora. Non avevo anticipato una simile eventualità, perciò mi sono concentrato sui fiortempo.

Madama Circe si tolse gli occhiali e si pizzicò il naso. — Non l'aveva anticipata nessuno, Ciancia. Allora... i fiortempo saranno la nostra fine?

Lancillotta, la gatta trasparente, sbucò da sotto un tavolo e si strusciò contro le caviglie di Ciancia, che si curvò a grattarle le orecchie.

— No, signora, nient'affatto — affermò il triniano in tono enfatico.

— Ah — disse Madama Circe, e aspettò.

— A quanto pare, Pyrgus li ha distrutti.

— Pyrgus mi ha detto che sono stati spostati.

Ciancia scosse la testa. — Non durante la sua ultima visita... nel corso della precedente, quando ha distrutto la serra... — Si avvicinò deferente al letto, estrasse un singolo fiore di cristallo dalla tasca del giustacuore e glielo tese quasi con galanteria.

— Grazie, Ciancia. È uno dei fiori? — Era bellissimo, una vera e propria opera d'arte.

— Sì, signora, però non controlla più il tempo. Esattamente come gli altri. Per controllarlo, i fiori devono essere vivi... mentre ormai sono tutti morti. Per crescere richiedono un'atmosfera particolare e, una volta raccolti, possono essere conservati per diverse ore grazie a un sigillaspray. Dopodiché diventano inerti. In teoria la serra era inattaccabile... il Mercante Ogyris non avrebbe mai immaginato che qualcuno fosse così pazzo da colpirla con un pugnale Halek. Quando Pyrgus l'ha distrutta, nelle vicinanze non c'era nessuno pronto a spruzzare il sigillante. L'intero raccolto è avvizzito nel giro di pochi minuti.

— Capisco. — Madama Circe provò un certo sollievo... sia pure minimo. Un problema di meno. Lancillotta saltò sul letto, si raggomitolò a punto interrogativo e si addormentò.

— Un'altra cosa, signora...

Qualcosa nel suo tono l'allarmò all'istante. — Sì, Ciancia?

— Il Mercante Ogyris non coltivava i fiori per conto degli Elfi della Notte, come credeva Pyrgus. Li esportava a Infera.

Il sollievo fu sostituito da un senso di gelo. Era quello che aveva temuto. — Così che Beleth potesse usarli contro di noi?

— Sembra che il Regno abbia un notevole debito di gratitudine verso il Principe Pyrgus, anche se il ragazzo non sapeva quello che faceva. Madama Ogyris non era al corrente dei particolari, però sembra che i demoni avessero in mente da un pezzo di attaccare gli Elfi della Luce, e i fiortempo avrebbero rovesciato l'equilibrio militare a loro favore. Avevano avvicinato il Mercante Ogyris qualche tempo fa, prima che i portali fossero chiusi.

— Un piano a lungo termine, insomma?

— Sì. I fiori sono originari di Infera. Nel loro stato naturale controllano il tempo per un paio di secondi appena... una difesa contro gli insetti, credo. Ma gli ibridi che il Mercante Ogyris stava coltivando potevano crescere soltanto nel Regno... qualcosa a che fare con lo spettro della luce, ritengo. Perciò i demoni hanno stretto un patto con lui.

Madama Circe rabbrividì. Beleth si stava dimostrando un nemico implacabile, molto più pericoloso di Lord Rodilegno. Se mai il Regno avesse superato l'attuale crisi, i Servizi Segreti avrebbero dovuto prestare molta più attenzione ai demoni. Se il Regno avesse superato...

— Sembra che Madama Ogyris sia stata estremamente disponibile, Ciancia — commentò in tono secco.

Il triniano abbassò modestamente gli occhi. — *Molto* disponibile, signora.

Novantaquattro

Aurora scese dal letto.

Il fatto strano è che fino a un attimo prima stava dormendo, adesso invece era sveglissima e su di giri. I lucciglobi si accesero in risposta ai suoi movimenti, ma li spense con un ordine sussurrato. Meglio non mettere nessuno in allarme... non ancora. Andò alla finestra e aprì in silenzio le tende: le lune gemelle, basse sull'orizzonte, inondarono la stanza in un chiarore soffuso, sufficiente per aiutarla a vestirsi.

Sfilandosi la camicia da notte, andò verso l'armadio. La maggior parte dei suoi vestiti erano semplici e pratici: aveva sempre preferito abiti da ragazzo, e adesso che era Regina i suoi gusti non erano cambiati. Ma dato che quella di stanotte era un'occasione speciale, scelse l'abito che le Filaseta le avevano cucito per l'incoronazione di Pyrgus. Peccato che non fosse nuovo, ma non c'era stato tempo di ordinarne un altro, e comunque era di gran lunga il suo vestito più seducente.

Mentre la stoffa le scivolava sul corpo, sentì il familiare incantesimo entrare in azione: anche senza specchio, sapeva di apparire stupenda. Di certo si sentiva elegante e sicura di sé... esattamente come doveva essere in una notte così importante.

Uscì in corridoio e fermò con un cenno le guardie del corpo che stavano per seguirla. Ci sarebbero state chiacchiere, ovviamente. Si sarebbero chiesti dove andava a quell'ora di notte. Ma non aveva importanza. Al massimo fra un paio d'ore tutti avrebbero saputo.

Il Palazzo era così vasto che spesso i domestici appena arrivati sparivano nei suoi corridoi per giorni interi. Dieci anni prima, uno particolarmente sfortunato era morto di fame in un'ala abbandonata. Quando ne era stato ritrovato il corpo, il padre di Aurora aveva ordinato di piazzare nei punti strategici mappe ricoperte da rivestincanti capaci d'individuare la posizione di chi glielo chiedesse e tracciare un percorso per la destinazione desiderata. Ma Aurora, che si era aggirata in quel labirinto fin da quando aveva imparato a camminare, non ne aveva bisogno. Per giunta, nessun rivestincanto riguardava la *sua* destinazione.

Nei corridoi ricchi di tappeti e arazzi, i domestici ancora in giro si addossarono alle pareti, inchinandosi al suo passaggio. Ma quando entrò nei quartieri più antichi, tappeti e arazzi cedettero il posto alla nuda pietra e l'aria diventò molto più fredda; un velo di umidità condensata copriva le pareti. In seguito avrebbe dovuto provvedere: nessuna parte del Palazzo doveva essere fredda. Per il momento, però, aveva altro per la testa.

Svoltò un angolo, esitò – neanche lei conosceva bene quell'ala – e poi vide quello che stava cercando. Una porta di quercia attraversata da fasce di ferro e così piccola che un adulto si sarebbe dovuto piegare quasi in due per varcarla. Il legno puzzava di incantesimi antichi, e la serratura era arrugginita.

Aurora tirò fuori di tasca una chiave massiccia, però sapeva di non poterla usare: anche se antichi, i proteggincanti erano comunque letali. Aveva davanti qualcosa di gran lunga precedente all'ascesa di un qualunque elfo sul Trono del Pavone. Quell'ingresso era proibito perfino alla Regina. Non avrebbe mai osato varcarlo senza aiuto.

Dalla stessa tasca della chiave tirò fuori un brandello di pergamena e scrutò fra le palpebre socchiuse le rune che lo ricoprivano striscianti. C'era poca luce, lì. Per quanto riguardava l'illuminazione, gli antichi quartieri del Palazzo si affidavano a un'incomprensibile luminosità residua che traluceva dalla pietra stessa delle pareti: costava meno dei lucciglobi, e andava bene per un'area abbandonata da generazioni, però era un impiccio adesso che voleva essere sicura di quello che vedeva. Per aiutarsi, fece scivolare la punta di un dito sulle rune e avvertì il fremito tiepido della loro magia. Mentre bisbigliava le parole sottovoce, quasi ne intuì il significato.

Dopo un momento, qualcosa dentro di lei le disse che era al sicuro. Senza più esitare, infilò la chiave nella serratura. Nessun ululato, nessuno strillo indignato, nessun attacco. Comunque, dato che la serratura era irrigidita dal tempo, per fare girare la chiave dovette usare tutta la propria forza.

Lentamente la porticina si aprì. Aurora chinò la testa, varcò la soglia e si fermò. Davanti a lei, una stretta scala di pietra affondava sinuosa nelle tenebre.

Novantacinque

Pyrgus sbatté contro la rupe con tanta forza che l'arma gli sfuggì di mano. Dopodiché Nymph sbatté contro di lui e Stecco contro di lei, e tutti e tre finirono a terra in un groviglio di gambe e braccia. Nymph fu la prima a rimettersi in piedi e ruotò su se stessa, la spada in pugno, pronta a difendersi. Pyrgus si rialzò ansimando, faccia e mani coperte da graffi sanguinanti.

Le Guardie Goblin erano sparite. Non solo i demoni che avevano alle calcagna, ma pure gli altri. Le rocce erano tornate a essere semplicissime rocce.

— Dove sono finiti? — chiese Pyrgus.

— Si sono nascosti — rispose Nymph, guardandosi attorno cauta.

— Perché? — chiese Stecco. Si rialzò tastandosi braccia e gambe per controllare di avere tutte le ossa a posto.

— Sì, perché? — gli fece eco Pyrgus. — Ci avevano in pugno. Li avevamo alle calcagna. — Comunque, non erano i goblin la sua maggiore preoccupazione. — Quel portale non funziona — disse.

Erano ancora nel deserto, sotto i lunghi raggi del sole al tramonto. Niente fuochi bluastri, niente traslazione rovesciabudella. Il portale era inerte. Tese cauto una mano verso il punto dove si sarebbe dovuto trovare il campo di forza: era una mossa che in teoria poteva costargli un dito, invece non successe niente.

— La tua arma, Pyrgus! — gli ricordò brusca Nymph. — I demoni torneranno!

— Non ce l'ho, un'arma decente — la rimbeccò Pyrgus irritato. Cominciava a essere stufo di perdere costosi pugnali Halek. Quello di Stecco non era certo un degno sostituto.

— Cos'ha che non va? — chiese il CC, fissando il portale.

Qualcosa non funzionava. Poco ma sicuro. — Guardami le spalle — disse Pyrgus a Nymph. Si tolse il sangue dagli occhi e trottò verso il portale successivo.

— Attento — gridò lei, girando nervosamente la testa a scatti per guardarsi attorno.

Neanche il secondo portale funzionava. Da vicino era chiaro che era fasullo.

— I demoni non esistono — balbettò Pyrgus. Si voltò di scatto. — È tutta un'illusione!

Nymph gli lanciò un'occhiata, ma non abbassò la guardia. Stecco continuava a esaminare il primo portale.

— Non era una vera Guardia Goblin — sussurrò Pyrgus a occhi sbarrati.

— A uno ho tagliato un braccio — gli ricordò Nymph.

— Dovevamo capirlo quando sono sopravvissuti all'esplosione.

Stecco fece un passo indietro e fissò la fila di portali. — Un riflettincanto — annunciò.

— Aurora me ne aveva parlato. Quando si era introdotta a casa di Sulfureo era stata attaccata da una Guardia Goblin... però era un'illusione.

— Chi è Sulfureo? — chiese Nymph.

— Lascia perdere. Un'illusione può benissimo ucciderti... finché dura, è più che reale. Però resta un'illusione. È una specie di dispositivo di sicurezza.

Nymph cominciava a credergli, perché si rilassò un poco. — Ma che cosa sorvegliano?

— I portali — suggerì Stecco. — A parte che anche quelli sono una specie d'illusione.

— Dev'essercene uno vero da qualche parte — obiettò Pyrgus. — Lo cerchiamo?

Stecco scosse la testa. — Sarà solo un'intelaiatura. Neanche c'è bisogno che funzioni.

— Ma di che parlate? — chiese irritata Nymph.

— È tutto un trucco! — esclamò Pyrgus. — I portali sono tutto un trucco. Qualcuno ne ha messo insieme uno, e poi ha preparato un riflettincanto perché sembrassero migliaia. Come stare fra due specchi, solo che qui non ne servono di specchi.

— E poi hanno piazzato una Guardia Goblin illusoria per evitare che qualcuno lo scoprisse — aggiunse Stecco. Si guardò attorno. — Non c'era bisogno d'altro. Fin qui si spinge soltanto qualche nomade triniano.

Tornava tutto, però non aveva senso. Perché prendersi tanto disturbo e piazzare tante illusioni in un deserto dove, come aveva detto Stecco, tutt'al più circolava qualche nomade triniano?

— Non ha sen... — cominciò a dire Pyrgus, e poi s'interruppe, mentre un'altra idea lo colpiva con la forza di una saetta. — Un momento... Se tutti questi portali sono falsi, come ha fatto Beleth a fare arrivare il suo esercito?

Tutti e tre si scambiarono occhiate confuse.

— Forse... — cominciò Nymph, e s'interruppe.

— Forse ha usato... — disse Stecco, e s'interruppe pure lui.

Continuarono a guardarsi in silenzio.

— A meno che — mormorò infine Pyrgus — anche l'esercito di Beleth non sia un'illusione.

Novantasei

— Non ha senso — disse Henry. — Mi ha appena detto che l'impianto di Beleth mi trasformava in un demone a tutti gli effetti. Tipo: divento un demone e poi cambio forma in modo da sembrare Henry... qualcosa del genere? — Fissò Fogarty.

— *Esattamente* così. O almeno è quello che hai detto ad Aurora, e lei pensava che dovessi saperlo.

Henry bevve nervosamente un sorso di tè e scoprì che era freddo. — L'idea era che avrei dovuto... sa... con Aurora.

— Sì, *accoppiarti* con lei — disse brusco Fogarty. Sembrava che cominciasse a non poterne più delle fisime di Henry.

— Così i demoni avrebbero avuto un piccolo demone... o un mezzo demonietto... nel Palazzo?

— Questo era il piano, sì.

— E il demone aveva preso il mio aspetto, l'aspetto di Henry, così Aurora non avrebbe sospettato niente?

— Stai ripetendo tutto quello che ti ho detto — sbuffò Fogarty. — Dove vuoi andare a parare?

— E poi, quando ci hanno rinchiuso in quella stanza per... — deglutì — ... accoppiarci, hanno disattivato l'impianto e io sono ridiventato il *vero* Henry. Non ha senso.

— Sì che ce l'ha. Aurora è una ragazza molto sensibile. Non volevano farle capire che in realtà si stava accoppiando con un demone.

— Ma se ero di nuovo io, come avremmo fatto a concepire un demonietto?

Fogarty batté le palpebre.
— Be', tu... immagino che tu... — Batté di nuovo le palpebre. — Hai ragione. Non ha senso.
Si fissarono a bocca aperta.
— È sicuro di avere capito bene quello che ha detto Aurora? — chiese Henry dopo un pezzo.
— Non sono così rimbambito.
— Ed è sicuro che *Aurora* abbia capito bene?
— Cosa vuoi che ne sappia? Ti ho semplicemente riferito quello che ha detto a me e a Brintesia. E lei ci ha riferito quello che le avevi detto tu. Quando eri un demone. Cioè, quando non lo eri, quando l'impianto era disattivato. Mi sembra difficile che abbia frainteso.
— A meno che io non le abbia mentito.
Il signor Fogarty capì al volo. — Vuoi dire che l'impianto *non era* disattivato?
— Non lo so. Però è possibile. E se...
— Ci sono — lo interruppe Fogarty. — Forse i demoni volevano ingannare Aurora *fingendo* che l'impianto fosse disattivato, mentre invece non lo era. Forse volevano rifilarle una balla...
— Esatto. E forse tutta la faccenda di... di accoppiarsi serviva solo a nascondere il loro vero piano. — Henry si sentì al tempo stesso sollevato e appena appena un po' deluso.
— Ma nascondere che cosa? — chiese Fogarty.
— Non ne ho la minima idea.
— Potrebbe essere importante, Henry.
— Lo so, signor Fogarty! Però non *ricordo*. Non ricordo niente di quello che è successo prima che rimuoveste l'impianto. Neanche so come ho fatto ad arrivare qui!
— Forse potrei aiutarti — disse lentamente Fogarty.
Nel suo tono c'era qualcosa che fece venire in mente a Henry tubi di gomma e luci sparate negli occhi. — Come... come pensa di fare? — chiese guardingo.

— Non saresti il primo.

— Il primo che cosa?

Fogarty si alzò e cominciò ad andare avanti e indietro. — Il primo al quale i demoni hanno piazzato un impianto. È dal 1961 che rapiscono esseri umani e fanno perdere loro la memoria... ma noi sappiamo come fargliela tornare. L'abbiamo fatto dozzine di volte.

Henry avrebbe tanto voluto sapere chi fossero questi *noi*, invece chiese: — E come... come si fa, signor Fogarty?

Lui si voltò a guardarlo e sorrise trionfante. — Con l'ipnosi!

Novantasette

Appena Aurora appoggiò un piede sul primo scalino, le torce avvamparono nei candelabri fissati al muro, facendola esitare per una frazione di secondo. Si trattava di una tecnologia sconosciuta. Le torce non funzionavano grazie a incantesimi, ma erano state accese da un meccanismo che produceva una scintilla. Eppure quella parte del castello era rimasta chiusa per secoli... com'era possibile che un qualunque meccanismo fosse ancora in funzione? Com'era possibile che una scintilla potesse far accendere le torce con tutta quell'umidità?

Scacciò la domanda dalla mente e si concentrò sulle scale: i gradini erano consumati e scivolosi. Non aveva importanza come funzionassero le torce; l'importante era che funzionassero.

La scala a chiocciola era così stretta che per due volte le torce le bruciacchiarono i capelli, ma finalmente arrivò in fondo. Si trovava in un angusto vestibolo, davanti a una porta fiancheggiata da statue di guardiani zannuti, i colori sbiaditi dal tempo. La porta era fatta di rozze assi di legno nero, ma qua e là vi erano incastonate schegge di ossidiana. Non aveva maniglia e non si vedevano serrature.

Fece per spingerla, e di scatto artigli di metallo ne emersero per afferrarle la mano. Rimase immobile, con il cuore in gola, sforzandosi di non cedere al panico. Se avesse cercato di ritrarre la mano, gli artigli le avrebbero dilaniato la carne. In effetti uno l'aveva ferita, e sulla pelle si era formata una goccia di sangue.

Dalla porta emerse un nastro sinuoso dal bizzarro aspetto organico che le sfiorò la mano e leccò il sangue come una lingua. Aurora aspettò, intuendo che cosa stava succedendo. A quanto pareva il risultato dell'esame fu soddisfacente, perché gli artigli la lasciarono andare e la porta si spaccò da cima a fondo, crollando ai suoi piedi in un mucchio di schegge polverose.

Varcò agilmente la soglia e si trovò in un'immensa camera di lacca nera simile a una scatola, le cui pareti lucide riflettevano una fiammella che sgorgava da una scodella di pietra in mezzo al pavimento. L'effetto era opprimente, tuttavia quella non era che un'anticamera. Aurora l'attraversò in fretta, diretta verso un arco di fronte a lei, ma di colpo si fermò, come ascoltando un suggerimento interiore. Sul pavimento, accanto alla scodella di pietra, c'era un'antiquata lanterna spenta. Al di là dell'arcata il buio era fitto e per procedere oltre le serviva una fonte di luce; così, anche se era assurdo sperare che la lanterna fosse piena e funzionante dopo tanti anni, la raccolse ugualmente.

Le ci volle un po' per scoprirne il funzionamento, ma infine l'accese accostandola alla fiamma nella scodella, la sollevò e avanzò verso l'arco.

La camera in cui entrò era diversa da qualunque altra avesse mai visto. Per un momento ebbe l'impressione di essere uscita all'aperto e di trovarsi sotto un cielo notturno tempestato di stelle aliene. Alla luce della lampada vide uno scintillante fiume intarsiato attraversare pigro il pavimento a mosaico: sulle sue rive si affollavano creature simili a insetti, ma qualcosa le disse che erano innocue purché non fossero disturbate.

S'incamminò sul fiume, convinta che rappresentasse un sentiero sicuro. Dopo tre passi, la lanterna avvampò, mostrandole la forma del dio.

Era così diversa da qualunque altra avesse mai visto

che ogni suo istinto le urlò di rattrappirsi sul pavimento. L'immagine rosso sangue, disgustosa e nuda e deforme, si arcuava attraverso le galassie di stelle sul soffitto: le sue braccia tese contornavano l'arco che aveva appena varcato; le sue gambe massicce, la porta spalancata davanti a lei. Ma fu soprattutto il suo viso a lasciarla senza fiato, con un ghigno osceno e le mascelle spalancate, pronte a inghiottirla viva.

Distolse lo sguardo e si concentrò sul proprio respiro. Doveva ricordare perché era lì. Se questa era una prova, doveva superarla. La sua missione era molto più importante dello stupido bassorilievo di una divinità arcaica... per quanto potente fosse.

Finalmente si calmò a sufficienza da varcare la soglia, passando in mezzo alle gambe del dio.

La terza e ultima camera era la più strana di tutte. Di proporzioni colossali, come se fosse stata costruita per accogliere un gigante. Pareti e soffitto erano ricoperti di lastre di ottone ormai verdognolo per l'età, ma ancora capace di riflettere la luce della lampada. Nel lucido pavimento di granito era incastonato un cerchio di ottone, dov'era inserito un enorme pentagramma, anch'esso di ottone, al cui centro si ergeva un altare di porfido a forma di cubo. Sull'altare era aperto un antico libro.

Con lo sguardo perso nel vuoto, Aurora entrò nel circolo. Subito si levò un gemito acuto che, raggiunto un breve crescendo, calò poi a un ronzio di sottofondo. Poggiò la lanterna sul pavimento e andò verso l'altare. Camminava come una sonnambula, però sorrideva.

Dovette alzarsi in punta di piedi per raggiungere il libro sull'altare e tirarlo a sé, facendo attenzione a non perdere il segno. Le pagine erano fatte con la pelle di qualche animale sconosciuto, e puzzavano di tomba e di terra; la copertina era di cuoio coperto di decorazioni.

Per una frazione di secondo provò una fitta di panico.

Il libro era scritto a mano, con una calligrafia elaborata e in una lingua ignota, e ogni pagina era circondata da miniature delicate di scene e creature così aliene da sconvolgerle quasi la mente. Come poteva leggerlo? Non ne capiva una parola!

Di colpo, come se il libro avesse una vita propria, le parole si modificarono in modo quasi impercettibile. E anche se in realtà la forma delle lettere non mutò, adesso Aurora scoprì di riuscire a comprenderle, sia pure a fatica.

Micma Goho Mad Zir Comselha Zien Biah Os Londoh Norz Chis Othil Gigipah Vnd-L Chis ta Pu-Im Q Mospleh Teloch...

Era un linguaggio arcaico, diverso da qualunque altro di sua conoscenza, eppure all'improvviso il significato le esplose nella mente: *Guarda, dice il tuo Dio, io sono un cerchio sulle cui mani posano i Dodici Regni. Sei sono i Seggi del Respiro Vivente. I restanti sono come Falci Affilate o Corna di Morte...*

Reggendo con attenzione il libro con tutt'e due le mani, Aurora fece un passo indietro, poi un altro. Pochi istanti dopo si trovava al di fuori del cerchio di ottone. Ignorando una stretta al petto, prese fiato e, pur non avendo mai sentito pronunciare quelle parole, intonò l'evocazione scritta sulla pagina che aveva davanti: — *Micma Goho Mad Zir Comselha Zien Biah Os Londoh Norz...*

La fiamma della lanterna guizzò impazzita e il ronzio di sottofondo divenne sempre più acuto.

— *Chis Othil Gigipah Vnd-L Chis ta Pu-Im...*

Il pentagramma di ottone cominciò a risplendere.

Novantotto

Era ormai notte quando Pyrgus e i suoi due compagni risalirono la collinetta da dove avevano avvistato l'esercito di Beleth, ma in quella stagione le lune sorgevano presto, fornendo luce a sufficienza per riuscire a vedere quello che avevano davanti: l'accampamento dei demoni subito sotto di loro.

Pyrgus si stese a terra e, appoggiato sui gomiti, osservò a lungo il guizzare dei fuochi da campo e i movimenti rigidi, da automa, delle sentinelle.

— A me sembra tutto molto reale — mormorò Stecco alla sua sinistra.

— A quanto ho capito — bisbigliò Nymph che stava invece alla destra di Pyrgus — queste illusioni *devono* sembrare reali.

— Be', *tutte* le illusioni sono fatte per sembrare reali — disse Pyrgus. — Ma c'è illusione e illusione. — Quando Nymph gli rivolse un'occhiata indulgente, aggiunse: — Cioè, la Guardia Goblin è un'illusione che può ucciderti. Finché è in azione, è come se i goblin fossero reali: possono attaccarti e farti a pezzi e reagire in tutto e per tutto come se fossero veri... a parte il fatto che è impossibile ucciderli. Però non puoi fare lo stesso con un intero esercito.

— Perché no? — chiese Nymph.

— Costa troppo — rispose Pyrgus.

— Non credo che Beleth sia a corto di ricchezze.

— Non si tratta solo di soldi... devi considerare il costo energetico. Tutti gli incantesimi risucchiano energia. Se continui a ingrandirli, dopo un po' avranno bisogno di più energia di quanta la tua tecnologia riesca a dominare. Un esercito illusorio che sia anche capace di combattere è al di là delle possibilità di chiunque... per quante ricchezze possa avere.

— Chiedo scusa, signore — intervenne Stecco. — Tutto questo è molto interessante, però non ci aiuta a capire se quell'esercito è reale oppure no.

— Giusto. — Pyrgus si alzò in piedi. — C'è solo un modo per scoprirlo...

La discussione esplose all'istante. — Non puoi andare laggiù — protestò Nymph. — È troppo pericoloso. — Lanciò un'occhiata all'accampamento e aggiunse: — Ci vado io.

— Tocca a me — si offrì Stecco. — Sono stato addestrato per compiere azioni di spionaggio.

Pyrgus lo guardò stupito. — Davvero?

Stecco scosse la testa. — In realtà no, signore. Però la signorina ha ragione... un principe non può correre un simile rischio.

Andarono avanti così per un pezzo, e alla fine - con riluttanza - decisero di andare a controllare tutti e tre assieme... però mettendo bene in chiaro che nessuno avrebbe fatto l'eroe.

Comunque non ce ne fu bisogno. L'intero esercito di Beleth si dimostrò immateriale come un raggio di luna.

— Ma che succede qui? — sussurrò Stecco, passando una mano attraverso una sentinella.

— Non lo so — rispose Pyrgus — però dobbiamo avvertire subito il Palazzo. Ancora niente campo, Stecco?

— Temo di no, signore.

— In tal caso sarà meglio tornare immediatamente al volasvelto.

Novantanove

— Non credo che sia possibile ipnotizzarmi, signor Fogarty — disse Henry.

Fogarty stava rovistando in una delle tante scatole di latta ammucchiate nel suo alloggio. — Cosa te lo fa credere?

— Una volta ci ha provato l'Illustre Svengali... in un teatro, quando ero piccolo. E non c'è riuscito.

— L'Illustre *cosa*? — sbuffò Fogarty.

— Non credo che fosse il suo vero nome.

— Ah! — Fogarty estrasse un vecchio orologio da tasca dalla scatola e cominciò a districarne la catena da un groviglio di filo elettrico. — Non è facile ipnotizzare i marmocchi... hanno la capacità di attenzione di un pesce rosso. Forse adesso andrà meglio.

Trepidante, Henry lo guardò liberare l'orologio: provava l'inquietante sensazione che il signor Fogarty potesse avere successo là dove l'Illustre Svengali aveva fallito. — Non... non è che mi farà fare cose strane? — chiese.

— Santiddio, Henry! C'è una guerra in corso, i demoni ci invadono, il Principe delle Tenebre ti ha messo un impianto nella testa, e ti preoccupi che ti faccia infilare le dita nel naso e abbaiare come un cane? Siamo seri!

— Chiedo scusa... — borbottò Henry. In fondo non aveva importanza. Probabilmente non avrebbe funzionato. — Che devo fare?

— Resta seduto dove sei e guarda l'orologio. — Fogarty cominciò a farlo oscillare all'estremità della catena. — Seguilo con gli occhi.

L'Illustre Svengali non aveva usato un orologio: si era limitato a guardare la gente negli occhi e a fare strani gesti con la mano. Henry sperava che il signor Fogarty sapesse quello che faceva. E se lo avesse ipnotizzato, ma poi non fosse più riuscito a svegliarlo? Comunque continuò a seguire con gli occhi l'orologio che oscillava come un lungo, lento pendolo.

— Pesanti... — disse il signor Fogarty. — Le tue palpebre sono sempre più pesanti...

In effetti si *sentiva* le palpebre pesanti, però in fondo era normale. Se continui a fare andare gli occhi avanti e indietro, alla fine si stancano; e quando si stancano, ti senti le palpebre pesanti. Mica significava che eri ipnotizzato.

— Così pesanti che non riesci a tenere gli occhi aperti — cantilenò il signor Fogarty.

Henry scoprì che gli si stavano abbassando le palpebre e le risollevò di scatto. Se avesse lasciato che si abbassassero, sarebbe finito nei guai. L'aveva visto in televisione: quando c'era un ipnotista in azione, le sue vittime chiudevano gli occhi e diventavano come creta nelle sue mani. E lui non voleva diventare creta nelle mani del signor Fogarty.

Poi ricordò perché lo stavano facendo. Era importante scoprire che combinavano Beleth e i suoi demoni. Perché decisamente qualcosa non tornava nella storia che avevano rifilato ad Aurora.

— Pesanti... — ripeté il signor Fogarty in tono, come dire?... pesante.

Pesante, pensò Henry mentre le sue palpebre scivolavano di nuovo verso il basso. Stava così comodo. Aveva sempre pensato all'ipnosi come a una battaglia di volontà, invece non era affatto così. Strano... non si era mai accorto che il signor Fogarty avesse una bella voce.

— Così pesanti che non riesci a tenerle sollevate...

Con un sospiro di sollievo, Henry permise agli occhi di chiudersi. Tanto non aveva importanza. Il signor Fogarty era forse un po' svitato, però era uno svitato simpatico e poteva fidarsi di lui. Più o meno. Non del tutto, sia chiaro. Aveva una voce così bella, riposante... E comunque Henry non si sentiva affatto creta nelle sue mani. Volendo, avrebbe potuto aprire gli occhi senza problemi. Semplicemente non voleva. Per non offenderlo.

— Adesso stai fluttuando — disse il signor Fogarty. — Stai fluttuando nell'oscurità... un'oscurità sicura, calda. Sicura e accogliente. Ti senti felice e rilassato.

Henry si sentiva sicuro e al caldo, felice e rilassato. Fluttuava nell'oscurità, una sicura, calda oscurità dentro la testa, come quando chiudi gli occhi e ascolti...

— Ascolta la mia voce — cantilenò il signor Fogarty.

Henry non era ipnotizzato, per niente. Ne era più che sicuro. Però non voleva contraddire il signor Fogarty perché sarebbe stato da maleducati. Molto meglio galleggiare nel buio sicuro e caldo e lasciargli credere che stesse dormendo, mentre in realtà era sveglissimo e sapeva tutto quello che succedeva, e avrebbe potuto aprire gli occhi quando voleva, anche se adesso non ne aveva voglia.

Si sentì toccare il braccio destro. — Braccio pesante — disse il signor Fogarty.

E subito il braccio di Henry diventò pesante come piombo. Che strano. Tentò di alzarlo, ma pesava davvero troppo.

— Però adesso diventa leggero — continuò il signor Fogarty. — Più leggero dell'aria. Così leggero che si solleva da solo.

Henry soffocò un risolino. Il suo braccio era davvero più leggero, come un palloncino. Più leggero dell'aria. Voleva sollevarsi. Si rilassò e, senza riaprire gli occhi, guardò il braccio muoversi di propria volontà: fremette, si mosse, si sollevò. Il signor Fogarty aveva ragione... galleggiava nell'aria! Non era una forza?

— Adesso il tuo braccio resterà sollevato finché ti toccherai il viso con la mano. Appena lo farà, cadrai in un sonno profondo... senza sogni...

Non sarebbe successo niente del genere, è ovvio. Henry era sveglissimo e aveva il pieno controllo della situazione. Poteva fare quello che voleva, dire quello che voleva. Avrebbe potuto alzarsi e ballare il tip tap. Però era meglio non dirlo al signor Fogarty, che ce la stava mettendo tutta per ipnotizzarlo. E poi era interessante stare seduto là, con un braccio che galleggiava per aria.

— Un sonno... profondo... senza sogni — ripeté il signor Fogarty. — Quando ti toccherai il viso con la mano.

Ovviamente non sarebbe affatto caduto in un sonno pesante e senza sogni. Non aveva sonno, neanche un po', si sentiva solo caldo e al sicuro e molto, molto rilassato...

Si toccò il viso con la mano.

— Apri gli occhi! — ordinò il signor Fogarty.

Henry aprì gli occhi. Madama Circe stava accanto al signor Fogarty (ma quando era arrivata?) e tutt'e due avevano un'espressione molto seria.

— Non ha funzionato, eh? — commentò Henry scuotendo la testa.

Per tutta risposta, il signor Fogarty replicò: — Beleth ha messo un impianto ad Aurora.

Cento

La pressione che Aurora sentiva nel cranio era così forte che cominciò a farle male la testa. Il ronzio di sottofondo era diventato un ululato simile ai gemiti di anime dannate in agonia. La luminosità del pentacolo aumentò, riflettendosi nel soffitto e sulle pareti. L'immenso altare di porfido cominciò a tremare.

— *Od commemahé do pereje salabarotza kynutzire fabaonu, od zodumebi pereji od salabarotza...* — lesse a voce alta, sovrastando il frastuono con voce chiara e sicura. Anche se la lingua le era ignota, le sembrava di capirla: *Così t'imprigiono nel fuoco di zolfo velenoso, in mari di fuoco e di zolfo...*

Erano parole blasfeme, risalenti ai tempi degli Antichi Dei, ma non le importava più di quanto le importasse la propria sofferenza. La sua era una missione importante, vitale per il bene del Regno. Niente era più importante!

— *Niisa, eca, dorebesa na-e-el od zodameranu asapeta vaunesa komesalohé!* — intonò. *Vieni, dunque, obbedisci al mio potere e appari entro questo cerchio!*

L'ululato toccò un crescendo e le lastre di ottone ne raccolsero la risonanza creando una vibrazione insopportabile. Il dolore nella testa di Aurora era così intenso da impedirle quasi di concentrarsi sulle lettere che strisciavano e si contorcevano sulle pagine.

— *Niisa!* — gridò di nuovo. *Vieni!*

Le lastre sul soffitto si smossero, lasciando cadere un rivolo di polvere. L'intera camera tremava come se fosse scossa da un terremoto. La lanterna guizzò e si spense, ma i suoi riflessi continuarono a illuminare la stanza. Al di sotto dell'ululato si levò il battito cupo di tamburi, seguito assurdamente dalla musica di una lontana orchestra. La cacofonia le afferrò corpo e mente, rischiando di farla impazzire, eppure Aurora non esitò.

— *Niisa! Niisa! Niisa!* — urlò. *Vieni! Vieni! Vieni!*

Suono e vibrazione s'interruppero di colpo, seguiti da un istante di profondo silenzio. Poi l'altare massiccio si spaccò e cadde in pezzi.

E dalle sue viscere emerse Beleth, Principe delle Tenebre.

Cento e uno

— Guarda laggiù... a est — disse all'improvviso Nymph mentre il volasvelto sorvolava Gnammeth a bassa quota.

Seguendo la direzione del suo dito, Pyrgus vide l'esercito dei Notturni uscire dalla città portandosi dietro l'artiglieria pesante. Mai in vita sua aveva visto tanti soldati tutti assieme. Si sentì sprofondare.

— Spero che i nostri riescano a resistere.

— Vanno nella direzione sbagliata — gli fece notare Nymph.

Lui batté le palpebre. Stecco si alzò e si portò alle sue spalle per vedere meglio. — Hai ragione — disse Pyrgus dopo un momento. Le truppe dei Notturni si riversavano fuori dalla porta che dava nel Deserto Orientale. — Che succede? Si ritirano?

— A te sembra una ritirata? — ribatté Nymph.

No, non lo sembrava affatto. I soldati marciavano con ordine e non si vedeva traccia di feriti. — Forse zio Rodilegno vuole unirsi all'esercito di Beleth.

— Però l'esercito di Beleth è un'illusione — gli ricordò Nymph.

— Forse non lo sa.

— Poco probabile — replicò lei seccamente.

Pyrgus la guardò storto. — E va bene, furbacchiona... secondo te che sta succedendo?

Nymph scrollò le spalle con fare irritante. — Non lo so.

— Ancora non sei in contatto con il Centro Comunicazioni? — chiese Pyrgus a Stecco.

— Temo di no, signore. Anche se a questo punto dovrei. Mi sa che Orione si è ammalato. — Allungò il collo per avere una visuale migliore della città sotto di loro: in pratica ogni strada era ormai piena di soldati in marcia come formiche verso la porta orientale. — Perché me lo chiedete, signore?

— Perché prima il Palazzo viene messo al corrente di questa faccenda, e meglio è.

— Lo sapranno già — commentò Nymph. — I generali ne saranno stati informati. — Si sedette e aggiunse: — Dal momento che Lord Rodilegno ha ovviamente interrotto l'attacco e sta spostando le sue truppe.

— Ma perché? — sbottò Pyrgus.

— Non so neanche questo.

— Il Palazzo dev'essere informato prima possibile — insisté Pyrgus.

— Saremo lì fra non molto — disse Stecco in tono conciliante.

Per tutta risposta, Pyrgus eseguì una virata e aumentò la velocità, ignorando le proteste della vocincanto del sistema di sicurezza.

Cento e due

Henry lo fissò a bocca aperta. — Come sa che hanno messo un impianto ad Aurora?

— Me l'hai appena detto — lo informò il signor Fogarty.

— Non ero ipnotizzato!

— Altroché se lo eri, cocco bello... l'ipnosi più profonda che abbia mai visto. Te ne ricorderai fra un po'... quando scatterà la suggestione postipnotica. A volte ci mette qualche minuto per entrare in funzione.

— Avevi ragione, Henry — disse Madama Circe.

Doveva essere arrivata mentre lui era sotto ipnosi. Faceva venire i brividi, a pensare che neanche se n'era accorto. Si passò la lingua sulle labbra. — Ragione? — le fece eco.

— La storia su Beleth che voleva farti accoppiare con Aurora, mio caaavo. Un'assurdità dal principio alla fine.

— Davvero? — chiese Henry. C'erano forse un centinaio di emozioni più appropriate, ma quella che lo inondò fu di enorme sollievo.

Madama Circe sorrise. — Ve l'hanno impiantata nel cervello, a te e a lei, per distrarci dall'invasione.

— Allora in realtà quello che ricordiamo non è mai successo? — insisté Henry. Il signor Fogarty aveva ragione: nel suo cervello cominciavano ad apparire schegge di ricordi. — Non mi hanno rinchiuso in una camera da letto insieme a lei?

— No.

— Non ho ucciso un demone?

Il signor Fogarty sbuffò. — Quello mi è parso inverosimile fin dall'inizio.

— Sono sicura che potresti uccidere un demone senza problemi, mio caaavo — disse gentilmente Madama Circe — ma in realtà non è successo. E neanche Aurora ha ucciso nessuno... neanche aveva lo stimlus con sé. Erano tutti falsi ricordi.

— Allora non ho rapito Aurora?

— L'hai rapita eccome — ringhiò il signor Fogarty. — Prima Beleth ti ha rapito e ti ha fatto mettere un impianto nella testa. Dopodiché ti ha fatto rapire Aurora in modo da mettere un impianto anche a lei. La storia dei demoni che allevano bambini semiumani è vera, ma con gli abitanti del Regno non funzionerebbe... il DNA è troppo diverso. Però hanno dato a te e ad Aurora gli stessi falsi ricordi e vi hanno rispedito qui per distrarci dai loro veri piani. Davvero astuto.

Henry stava cominciando a ricordare, proprio come aveva detto il signor Fogarty. Ricordava l'impianto e la sensazione di viscidume gelido nel cervello mentre i demoni dagli occhi neri con i bianchi camici da laboratorio glielo riempivano di falsi ricordi. Ricominciò a sentirsi in colpa. Aveva rapito Aurora; era colpa sua se avevano manomesso il cervello anche a lei. Il pensiero lo turbò. E molto.

— Dovete rimuovere l'impianto — disse.

— Mio caaavo, lo abbiamo *già* rimosso. Ecco perché avevi dimenticato tutto.

— Non il mio, quello di Aurora. Dovete toglierle quella roba dalla testa.

— Adesso Aurora sta dormendo. Provvederò a farglielo rimuovere domattina appena si sveglia. Dopodiché Alan potrà ipnotizzare anche lei e restituirle i suoi veri ricordi.

— No, dovete farlo subito! — insisté Henry. Non sapeva bene perché, però sentiva che era vitale agire alla svelta.

— Henry, mio caaavo, che succede?

Avvertiva il panico stringergli la gola. Non potevano aspettare fino al mattino perché, se avessero aspettato...

Non sapeva che cosa sarebbe successo se avessero aspettato fino al mattino. Qualcosa di brutto ad Aurora. Al Regno. Però non sapeva cosa. L'angoscia era così forte da rendergli impossibile restare fermo. Si alzò di scatto.

— Henry... — cominciò il signor Fogarty.

— Qualcosa di brutto... — disse lui. E poi i ricordi lo sommersero, facendogli sbarrare gli occhi. — Oh, mio Dio! — esclamò, e si slanciò fuori dalla stanza.

— Henry, che succede? — gli gridò dietro Madama Circe.

Ma lui era già in giardino e correva a tutta velocità verso il Palazzo.

Cento e tre

Una delle cose più sagge che Pyrgus avesse mai fatto era stato nominare Henry Cavaliere del Pugnale Grigio. Ora il titolo gli permise di muoversi senza problemi nel Palazzo, spesso facendo scattare le guardie sull'attenti.

Raggiunse i corridoi degli Appartamenti Reali, si fermò davanti alla porta e ansimò: — Devo vedere subito la Regina Aurora!

Le guardie scattarono sull'attenti, ma il capitano disse in tono di scusa: — Temo che non sia nelle sue stanze, signore.

— Dov'è? — Henry aveva la spaventosa sensazione di conoscere già la risposta.

— Non saprei, signore. Ha rifiutato una scorta.

— Quando è uscita?

— Un po' di tempo fa.

Stava già succedendo! — Com'era vestita?

Il capitano batté le palpebre. — Vestita, signore?

— Vestita, sì... vestita! — urlò Henry. — Com'era vestita?

Il capitano lo guardò confuso. — Molto elegante, signore. Come se dovesse andare a una festa. Non il tipo di abbigliamento che usa di solito.

Era arrivato troppo tardi! Aveva ricordato troppo tardi!

— Qualcosa non va, signore? — chiese ansioso il capitano. — Signore...

Ma Henry si stava già allontanando di corsa. Com'era

possibile? Come aveva potuto permettere che accadesse una cosa del genere? Perché non aveva ricordato prima? Ormai Aurora poteva essere perduta... perduta per sempre. *Ed era tutta colpa sua!*

Disperatamente scacciò dalla mente il senso di colpa e di autocommiserazione. Forse era ancora in tempo. Però doveva mantenere la mente lucida. Se fosse riuscito a raggiungerla in tempo, avrebbe potuto evitare il disastro, anche a costo di fermarla con la forza. In fondo l'aveva già rapita una volta. Poteva farlo di nuovo. E dopo che le avessero tolto l'impianto, Aurora sarebbe stata salva. E avrebbe capito.

Continuò a muoversi d'istinto, percorrendo a tutta velocità corridoi sconosciuti. Anche se in realtà non era affatto istinto: stava seguendo il ricordo delle istruzioni che i demoni gli avevano infilato nella testa. Sapeva dov'era diretta perché in teoria avrebbe dovuto essere insieme a lei. E se non gli avessero tolto l'impianto, è esattamente quello che avrebbe fatto. Ma forse adesso poteva rivolgere contro Beleth il suo stesso piano.

Ormai aveva raggiunto l'ala più antica del Palazzo. Una volta Pyrgus gli aveva detto che risaliva a un'epoca anteriore al dominio degli elfi: conteneva stanze chiuse ormai da millenni, e correvano voci che fosse infestata da fantasmi. La maggior parte degli abitanti del Palazzo l'evitava, ma Henry era troppo disperato per avere paura.

Una parte di lui sperava ancora di raggiungere Aurora prima che fosse troppo tardi, ma quando imboccò il corridoio dov'era la piccola porta di legno non vide traccia di lei. Un pensiero spaventoso lo colpì: e se la porta fosse stata chiusa? I demoni di Beleth ne avevano consegnato la chiave ad Aurora, e Henry non ne avrebbe avuto bisogno perché avrebbe dovuto essere assieme a lei. Ma ora... che fare se Aurora si fosse chiusa la porta alle spalle?

Si fermò ansimando. La porta *era* chiusa, ma quando provò a spingerla si aprì senza problemi. Trattenendo a stento un gemito di sollievo, scese a rotta di collo la stretta scala a chiocciola.

Fu un sollievo di breve durata. Ancora prima di averne raggiunto la base, sentì l'ululato. Aurora aveva dato inizio all'oscena cerimonia che avrebbe finalmente spalancato i cancelli dell'Inferno.

Cento e quattro

Quando furono in vista dell'Isola Regia, Pyrgus annullò i sistemi di sicurezza del volasvelto, inviò un singolo impulso di energia in codice per neutralizzare quelli del Palazzo e puntò il velivolo verso il prato davanti all'ingresso principale.

— Cinture di sicurezza — ordinò. Nymph e Stecco furono immediatamente imbozzolati ai loro posti da una rete tuttocorpo. Le nocche di Stecco strinsero i braccioli con tanta forza da sbiancare. — Picchiata — mormorò Pyrgus.

Ululando, il volasvelto si tuffò verso il basso. Pyrgus tenne gli occhi fissi sul bersaglio, uno spiazzo fra due aiuole, mentre il terreno gli correva incontro. Aspettò, il cuore in gola, finché ebbe quasi l'impressione di poterlo toccare, poi ordinò: — Atterraggio!

Il volasvelto tentò di obbedire, ma Pyrgus aveva aspettato un po' troppo. Le forme-pensiero tulpa inserite nel sistema di propulsione valutarono la situazione in un baleno, reinserirono i sistemi di sicurezza e fecero di nuovo schizzare il velivolo verso l'alto. Il volasvelto s'inclinò, sbatté contro un ramo e si spaccò come un uovo. Pyrgus precipitò a terra. Nymph e Stecco rimasero appesi al loro bozzolo.

— Davvero eccitante — commentò Nymph. Estrasse un coltello da uno stivale e, tenendosi aggrappata al sedile con una mano, si liberò dal bozzolo. Dopodiché si arrampicò sul ramo e tagliò quello che racchiudeva Stecco.

— Grazie, signorina — mormorò grato il CC. — Ero sicuro che fosse la fine.

— Anch'io — concordò Nymph. Saltò agilmente a terra, lasciando Stecco a cavarsela da solo. Pyrgus si era rialzato e si dirigeva zoppicando verso un plotone di guardie appena emerso dal Palazzo.

— Sto bene! — le gridò, voltando la testa.

Nymph accennò un sorriso.

— Scortateci dalla Regina Aurora! — ordinò Pyrgus alle guardie appena furono a portata di voce. E poi scorse una figura allampanata sui gradini del Palazzo. — Signor Fogarty, fate riunire Aurora e i generali... e Madama Circe. Abbiamo notizie urgenti!

Ma, incredibilmente, il signor Fogarty ignorò la sua richiesta e scese le scale per raggiungerlo. Le guardie si allargarono a circondarli, e poi tornarono a dividersi per lasciare passare Nymph e Stecco.

— Santiddio — disse il Viceré. — Succede tutto oggi. — Lanciò un'occhiata ai rottami sull'albero. — Hai idea di quanto *costi* quell'affare? — Tornò a guardare Pyrgus. — Anche Henry è appena andato fuori di testa.

Pyrgus lo afferrò per un braccio e bisbigliò affannato: — L'esercito di Beleth è un'illusione! E anche i portali. Non c'è nessuna invasione, e zio Rodilegno sta mandando tutte le sue truppe nel deserto.

Per un momento Fogarty lo fissò con sguardo vacuo, poi scosse la testa. — Sto diventando troppo vecchio per queste cose — commentò.

Cento e cinque

Beleth aveva assunto la sua forma più possente. Curve corna di capro gli spuntavano dalla fronte, i denti erano zanne sorridenti, il corpo tutto muscoli. Solo l'altezza era ridotta, forse perché era rimasto rinchiuso nell'altare: poco più di un metro e ottanta. Un mantello rosso sangue lo avvolgeva dalle spalle ai piedi. Era scalzo, e ogni dito terminava in un artiglio affilato. I suoi occhi affondarono in quelli di Aurora.

Il Principe delle Tenebre si scrollò di dosso i resti del blocco di porfido, la parete di ottone alle sue spalle stava cambiando, ogni lastra scorreva liquida nella successiva prima di scivolare verso il basso. Per un istante Aurora si chiese se il cerchio del pentacolo sarebbe riuscito a bloccarlo, ma Beleth si gettò indietro il mantello e avanzò verso di lei.

Aurora fece un passo avanti e si lanciò fra le sue braccia.

— Amore mio — bisbigliò ansante, e si protese a baciarlo.

Cento e sei

— Nooo! — urlò Henry. Al di là di Aurora e del diavolo la parete era scomparsa per rivelare una scena che gli gelò il sangue. Davanti a lui si apriva un'enorme piazza di metallo circondata da tozzi edifici neri sotto un cielo tempestoso. Su un lato s'innalzavano due troni gemelli intagliati nell'ossidiana e decorati con complicati intarsi dorati. Davanti a questi, una fila dopo l'altra, c'erano migliaia, decine di migliaia di demoni cornuti, tutti in ginocchio.

Ma Henry non si fermò. Non aveva armi, tuttavia colpì Beleth con una spallata così violenta da farlo barcollare. — Lasciala, mostro! — urlò, aggredendo il demone a pugni e calci.

Beleth lo allontanò come se fosse un moscerino, scaraventandolo lontano.

Henry inciampò nelle macerie dell'altare di porfido, barcollò e cadde. Beleth lo raggiunse e gli sferrò un calcio, stracciandogli i vestiti e affondandogli gli artigli nella pancia.

— Henry! — Aurora trasalì come se avesse ricevuto lei quel calcio.

Gli occhi del ragazzo si velarono e, mentre il sangue sgorgava dalla ferita, si chiusero lentamente.

Beleth si voltò sorridendo verso di lei.

— È morto? — sussurrò Aurora.

Il demone scosse la testa. — Non ancora. Forse dovremmo usarlo come sacrificio per celebrare le nostre nozze. — Il suo sguardo sembrò trapassarla. — Ti piacerebbe, mia cara?

Dopo un momento Aurora disse: — Sì — con voce atona.

Beleth la prese per mano e la condusse al di là della parete spalancata. Ci fu un istante di transizione mentre l'antica magia faceva presa, e poi furono sulla piazza di metallo. I demoni inginocchiati si prostrarono all'istante, premendo la fronte contro il pavimento metallico. La voce di Beleth esplose con l'intensità del tuono.

— Rendete onore alla mia nuova sposa e vostra Regina! — I demoni inginocchiati ruggirono la loro approvazione.

Aurora si guardò alle spalle. Due demoni erano entrati nella camera del pentacolo e ne stavano trascinando fuori il corpo inerte di Henry. Sembrava più morto che vivo, ma lei respinse con furia selvaggia la sensazione di nausea che le serrava lo stomaco. Niente poteva interferire con il suo dovere verso il Regno.

Beleth la guidò verso il più piccolo dei due troni e attese educatamente che fosse seduta prima di prendere posto sull'altro. Lo sguardo di Aurora vagò al di sopra dei demoni che cominciavano a rialzarsi e a occupare i posti prestabiliti.

Poco ma sicuro, amavano le formalità e le cerimonie. Tutti i servi più vicini a Beleth indossavano abiti e mantelli sontuosi, ed erano completi di corna, visi affilati e occhi scintillanti. Dietro di loro si stendevano file e file di soldati demoniaci praticamente nudi, le cui squame riflettevano la scarsa luce. Quattro enormi diavoli, posti ai punti cardinali, esibivano code prensili uncinate.

L'aria era sulfurea, opprimente e caldissima. Aurora sentì il sudore scorrerle sulle guance. Due vetusti ciambellani si avvicinarono trasportando un massiccio tavolo di quercia che depositarono di fronte ai troni, per poi coprirlo con un drappo di pesante broccato nero e scarlatto come gli stendardi. Era su quel tavolo, pensò Aurora, che sarebbe stato firmato il patto nuziale.

Si sforzò di non guardare i due demoni che trascinavano Henry e lo depositavano senza tante cerimonie contro una gamba del tavolo. Era ancora vivo, ma privo di sensi, e respirava a fatica. Aurora aveva la sgradevole sensazione che nel corso della cerimonia le sarebbe stato chiesto di bere il suo sangue. Sempre che gliene restasse ancora un po': aveva i vestiti inzuppati da quello uscito dalla ferita alla pancia.

Beleth si schiarì la gola, salì sul trono per meglio dominare la folla e si guardò attorno imperioso. — Questa è un'occasione fausta — intonò con una voce quasi troppo risonante per le dimensioni di bocca e petto. — Un formale Patto Nuziale, il primo del suo genere, fra un Principe delle Tenebre e una Regina degli Elfi. — Tacque, aspettando che le acclamazioni dei suoi sudditi si acquietassero.

Poi, quando tornò il silenzio, si lanciò in un discorso inframmezzato da termini quali "storico", "fiero", "significativo", "era". Aurora ascoltò educatamente, ma quando alla fine Beleth tornò a sedersi, si protese verso di lui per chiedergli: — E il ragazzo?

Beleth la fissò accigliato. — Il ragazzo che cosa? — ruggì.

— È ancora svenuto. Se dev'essere sacrificato, non sarebbe meglio che fosse sveglio... così soffrirà di più?

Beleth riuscì ad apparire insieme sorpreso e compiaciuto. — Giustissimo, mia cara. La nostra tradizione richiede una morte lenta e dolorosa. Non avrebbe senso che dormisse tutto il tempo. — Si voltò a ringhiare qualcosa a un servo, e pochi istanti dopo due demoni guaritori erano in ginocchio accanto a Henry. Aurora notò soddisfatta che aprì gli occhi quasi subito, però i guaritori non fecero niente per la ferita.

Una creatura tutta gambe e braccia avanzò frettolosa e poggiò sul tavolo un librone rilegato in pelle. Aurora lo fissò interessata. Quello doveva essere il leggendario Libro dei Patti: risaliva a cinque secoli addietro, e vi era registrato ogni patto stipulato con i demoni. Aveva sentito dire che, in qualche recesso di Infera, un'intera biblioteca di libri simili, ma ancora più antichi, era custodita in casse a prova di fuoco. Però dubitava che qualunque patto registrato potesse uguagliare in audacia quello progettato da Beleth.

— Mai è stato stipulato un contratto simile a questo! — tuonò Beleth, neanche le avesse letto nella mente. Lei gli lanciò un'occhiata rapida, ma l'espressione del Principe delle Tenebre era impassibile.

Aurora si sforzò di rilassarsi. Quello era un momento vitale per il Regno.

L'eccitazione dei demoni sembrò addensarsi come foschia. Fra pochi istanti, lei e Beleth sarebbero stati marito e moglie. Poteva soltanto pregare che Henry riuscisse a comprendere quello che stava facendo.

Furono esibite un'antica penna cerimoniale e una pergamena intatta. Tutto secondo le regole: un'appuntita penna d'aquila e pergamena di pelle d'agnello accuratamente trattata, sbiancata e seccata, color crema e morbida al tatto. I termini del contratto nuziale erano tracciati in inchiostro nero e in una calligrafia ordinata e regolare. Una volta firmato, il documento sarebbe rimasto valido per l'eternità.

— Il Patto — annunciò Beleth, e un mormorio di approvazione si levò dalla folla. Cominciò a leggerlo con voce rimbombante, una clausola dietro l'altra.

Aurora gli prestò scarsa attenzione. Il succo dell'accordo era semplice: la obbligava a obbedire al suo futuro sposo in cambio della sua protezione. *Obbedire in tutto e per tutto* era la frase esatta. E le sue implicazioni politiche erano enormi: il Patto avrebbe consegnato ai demoni il controllo del Regno.

— Accetti le clausole del Patto? — le chiese cerimoniosamente Beleth.

Con la coda dell'occhio, Aurora vide Henry voltarsi a guardarla. Esitò. Poteva esserci un altro modo...?

— Mia cara...? — la incalzò Beleth.

Aurora raddrizzò le spalle. — Le accetto.

Cento e sette

Dalla folla di demoni si levarono ululati frenetici. Aurora rimase seduta rigida sul trono. Poteva vedere l'espressione sconvolta di Henry, anche se doveva avere intuito che cosa stava succedendo. Una parte di lei avrebbe voluto gridargli di fuggire, di mettersi in salvo, ma ormai sarebbe stato inutile.

Per giunta, era sicura che non l'avrebbe mai abbandonata.

— Che il Patto sia firmato! — ordinò Beleth in tono teatrale.

Un accordo verbale era privo di valore. La tradizione di Infera richiedeva un contratto scritto, firmato col sangue.

E Aurora sapeva qual era il suo dovere.

Le trombe degli araldi intonarono una fanfara sinistra, e il loro suono rimbalzò caotico sugli edifici di metallo. Un servo si fece avanti con un rasoio e una ciotolina d'oro.

Beleth si voltò a guardarla e sorrise. Poi afferrò il rasoio e senza esitazione se lo passò sul palmo della mano sinistra, facendo scorrere nella ciotola una certa quantità di sangue verdastro. Dopodiché prese la penna, la tuffò nel liquido vischioso e tracciò sulla pergamena la propria firma svolazzante.

I demoni applaudirono.

Beleth curvò appena la testa per ringraziarli, poi sorrise di nuovo ad Aurora. — Tocca a te, mia cara. Sii forte.

Il servo asciugò la ciotola con un panno pulito e tese il rasoio ad Aurora.

Con un'ultima occhiata a Henry, Aurora si protese verso Beleth e, con un colpo secco, gli tagliò la gola da un orecchio all'altro.

— Addio, *mio caro* — disse.

Cento e otto

Si riunirono nella Sala del Trono.

— Non lo so che sta succedendo — disse Pyrgus. — So soltanto che i demoni nel deserto non sono veri. E neanche i portali. È tutta un'illusione.

— Ma perché? — chiese Fogarty irritato. — A che scopo?

— Chiedetelo a Henry... è lui che ha passato tutto il tempo con i demoni.

— Henry non c'è — sbottò Fogarty. — Te l'ho detto. Stavamo parlando di Aurora ed è corso via.

Madama Circe arrivò dopo gli altri. — Aurora non è nelle sue stanze — annunciò. — Sono preoccupata.

— Sarà da qualche parte nel Palazzo — la rassicurò Pyrgus.

Madama Circe guardò Fogarty. — Non gli hai detto dell'impianto di Aurora?

Lo sguardo di Pyrgus andò dall'una all'altro. — Impianto? Che impianto?

— E va bene, mi scordo le cose. — Fogarty scrollò le spalle, irritato. — Il ragazzo ha appena fracassato un volasvelto contro un albero, santiddio!

— Beleth ha messo un impianto anche nella testa di Aurora — spiegò Madama Circe. — Per darle falsi ricordi.

— Un momento... — disse all'improvviso Fogarty.

— Cos'è un impianto? — chiese Nymph. Era la prima volta che apriva bocca dal momento del loro drammatico arrivo.

— Un momento... — ripeté Fogarty. Aveva aggrottato la fronte. — È assurdo. Pensavamo che i falsi ricordi fossero un diversivo per distogliere la nostra attenzione dall'invasione di Beleth. Ma Pyrgus ci ha appena detto che anche l'invasione è una bufala. — Il suo sguardo andò da una faccia all'altra.

— In tal caso... — proseguì per lui Madama Circe — qual è il *vero* motivo per l'impianto di Aurora?

— E dov'è adesso mia sorella? — sussurrò Pyrgus.

— Proprio dietro di te — rispose in tono lugubre la voce di Aurora.

Cento e nove

Aveva sangue sui vestiti, sangue sulle mani, sangue sulle braccia nude, sangue sul viso. Henry era pochi passi dietro di lei, e aveva i vestiti insanguinati.

— Portatelo in infermeria — ordinò Aurora.

— Sei ferita, mia caaava!

Aurora scosse la testa. — Non è sangue mio. — Poi, quando Pyrgus corse ad abbracciarla, cominciò a tremare da capo a piedi mentre le lacrime tracciavano lenti sentieri sulle guance sporche di sangue.

— Per l'inferno! Si può sapere che ti è successo? — domandò Fogarty.

Aurora si aggrappò al fratello e le sue lacrime si mutarono in una risata gorgogliante, spettrale. — Sono Regina d'Infera, signor Fogarty — annunciò. E svenne.

Si svegliò in infermeria, sentendosi infinitamente meglio nonostante l'emicrania. Si portò una mano alla testa e toccò bende pesanti.

— Te l'hanno tolto — disse una voce familiare.

Aurora voltò lentamente la testa. — Dov'è Henry, signor Fogarty?

— Sta bene. Hanno dovuto dargli qualche punto, però sta bene. — Sollevò fra indice e pollice un cilindretto di metallo. — Avevi questo nel cervello. Interessante, eh? L'impianto di Henry è venuto via con maggiore facilità... gliel'avevano semplicemente infilato nel naso. Mi sa che dovevano servire a due scopi diversi.

— Sì.

— C'è un'incredibile quantità di demoni in una cantina del Palazzo.

— Non vi daranno problemi.

— L'ho notato. — Fogarty inclinò la testa. — Ricordi cos'è successo?

— Sì. Tutto.

— Henry ha perso la memoria, quando gli abbiamo tolto l'impianto.

— Credo che con gli elfi funzioni diversamente.

— Allora cos'è successo?

Lo sguardo di Aurora vagò verso la finestra da dove entrava la luce del sole. Doveva essere rimasta priva di sensi per ore. — Beleth voleva sposarmi per acquisire il controllo del Regno. E l'impianto mi era stato messo nel cervello per manipolare direttamente pensieri ed emozioni.

— È quello che mi ha detto Henry — commentò il signor Fogarty. — La faccenda nel deserto era un diversivo.

— Qualcosa del genere. Beleth voleva distrarci in modo da non farci sospettare le sue vere intenzioni. Era un piano molto complicato.

— Come mai è fallito?

— Non lo so. — Si mise a sedere sul letto e accennò un sorriso triste. — Con quella cosa nella testa mi sentivo davvero attratta da Beleth. Di più: ero convinta che il matrimonio sarebbe stato un bene per il Regno. Che fosse mio dovere.

— E quand'è che hai cambiato idea?

— Quando Beleth ha aggredito Henry.

Fogarty si rigirò il piccolo cilindro fra le dita. — Sai una cosa davvero interessante? Quando te l'hanno tirato fuori dalla testa, ho dato un'occhiata a questo aggeggio. Il meccanismo interno è completamente fuso.

— Davvero?

— Non è facile fondere un affare del genere... quasi

impossibile, per la precisione. — Tacque un momento, e a voce bassa aggiunse: — Devi amarlo moltissimo.

— Sì.

Dopo un altro breve silenzio, Fogarty riprese: — Henry dice che hai tagliato la gola di Beleth.

Aurora annuì, lo sguardo di colpo perso nel vuoto.

— Non avevi paura?

— Molta.

— Devi avere pensato che i demoni vi avrebbero fatto a pezzi... te e Henry.

— Sì.

— Come mai non l'hanno fatto?

— Rientra fra le loro usanze accettare quale nuovo capo chiunque sia abbastanza in gamba da uccidere il vecchio. Per salire sul trono, Beleth mangiò suo padre.

— Strane creature — commentò Fogarty. — Lascerai il portale aperto?

— Non è un portale. È azionato da un'antica magia, di un'epoca precedente l'arrivo degli elfi. Non so come Beleth ne avesse scoperto il funzionamento. Comunque no, non lo lascerò aperto... sempre che riesca a trovare il modo di chiuderlo.

Fogarty si alzò. — Ti senti abbastanza forte da rimetterti in piedi?

— Penso di sì. Perché?

— Gli altri ti stanno aspettando. Devi parlare con i generali.

— Datemi quella vestaglia, signor Fogarty — disse Aurora.

Cento e dieci

Quando entrarono in Sala Controllo, il generale Lampides s'inchinò in silenzio. Rivolse un cenno secco a Pyrgus, ignorò il signor Fogarty e Madama Circe e, con viso impassibile, annunciò ad Aurora: — Le forze di Lord Rodilegno si stanno ritirando, Maestà. C'è stata qualche scaramuccia, ma ormai siamo penetrati in profondità in Croz e ci stiamo avvicinando a Gnammeth. Sarà nostra entro un'ora.

Ad Aurora bastò un'occhiata per vedere che non era rimasto nessuno a proteggere la capitale dei Notturni. Uno dei vistaglobi più grandi mostrava una veduta aerea dell'intera città. Nonostante la guerra in corso, appariva stranamente tranquilla, le strade in pratica deserte... finché non guardavi verso il settore orientale, dove si ammassavano truppe e armamenti in quantità. A quanto pareva, suo zio non si era ancora reso conto che i demoni nel deserto erano un'illusione. All'improvviso le venne in mente che forse Flammea lo aveva scoperto... e per questo Beleth lo aveva assassinato.

— Dobbiamo ritirarci — ordinò in tono brusco.

Lampides la fissò sgomento. — Ritirarci, Maestà?

— Immediatamente.

— Maestà... abbiamo in pugno gli Elfi della Notte. Un'opportunità che potrebbe non ripresentarsi.

— Gli Elfi della Notte sono nostri cugini, non nostri nemici — disse stancamente lei. — Il nostro vero nemico è già stato sconfitto. — Tornò a guardare il globo. — Siamo in comunicazione con mio zio?

Un'espressione circospetta comparve negli occhi di Lampides. — No, Maestà.

— Quanto ci vorrà prima di stabilire un contatto?

— Forse un'ora. Dovremo usare le staffette... la rete CC non funziona. Dipende dove si trova Lord Rodilegno.

— Cos'è successo alla rete CC? — si affrettò a chiedere Madama Circe.

A rispondere fu il generale Podalirio, che si era portato al fianco di Lampides. — Sospettiamo un sabotaggio. Ci sono stati parecchi atti di ribellione da parte degli Elfi della Notte che vivono nella capitale. Ci stiamo adoperando per limitare i danni, ma può essere necessario qualche tempo prima che la rete torni in funzione. Ora come ora, sarebbe meglio utilizzare le staffette.

— Allora le utilizzi, generale — replicò Aurora. — Un messaggio in codice, è chiaro. Informate mio zio che ci siamo ritirati. E ditegli che la sua offerta di alleanza è stata accettata.

Epilogo

Passeggiavano fianco a fianco nei giardini del Palazzo. Era sera, e nelle strade della città lontana cominciavano ad accendersi puntini di luce. Tutti i fiori della notte sprigionavano il loro profumo, un aroma strano che ormai gli era diventato familiare.

— Cos'è che non va, Henry? — chiese Aurora.

A non andare era il fatto che fra poco sarebbe tornato a casa. Avrebbe dovuto spiegare a sua madre dov'era stato, e ad Anais come aveva fatto a dissolversi davanti ai suoi occhi. Senza contare il senso di colpa per quello che aveva fatto ad Aurora... che era stata molto gentile, questo sì, però di sicuro non l'avrebbe mai perdonato.

Scrollò le spalle. — Oh, sai... tornare a casa — borbottò. Non ne aveva la minima voglia.

— Mi piacerebbe conoscere la tua famiglia — disse all'improvviso Aurora.

Henry la fissò allibito, controllando a stento l'impulso di esplodere in una risata isterica. Pensò a sua madre e alla sua amante. A suo padre, che ora viveva con una ragazza abbastanza giovane da essere sua figlia. Ad Aisling, quella mocciosa viziata di sua sorella.

— No che non ti piacerebbe — disse. — Credimi sulla parola: non ti piacerebbe affatto!

— A te non piacciono i tuoi?

— Mica tanto. Papà è a posto, più o meno. Però mamma... — Esitò. In effetti non sapeva bene che cosa dire di sua madre. Dopo un momento proseguì: — Be'... ti dice di continuo che cosa devi fare. E ne sa sempre più di chiunque altro su qualunque cosa. Ma nonostante tutto — aggiunse acido — è riuscita a mandare a rotoli il suo matrimonio. Ha sbattuto papà fuori di casa e gli ha perfino fatto credere che fosse la soluzione migliore.

— Insomma, in realtà non vuoi tornare a casa?

— Neanche un po'. — Si sforzò di sorridere nel tentativo di alleggerire la conversazione.

Aurora distolse lo sguardo. Non c'era abbastanza luce per esserne sicuro, ma Henry ebbe l'impressione che fosse arrossita.

E poi... — Perché non rimani qui? — gli chiese di punto in bianco.

Henry non seppe fare altro che fissarla a bocca aperta.

IL DESTINO
DEL REGNO

Per Nigel e Clarissa, con molto affetto

Amanti, a letto; è quasi l'ora delle fate.

William Shakespeare da
Sogno di una notte di mezza estate

Prologo

Perché non rimango qui? — ripeté Henry.
Stava per infilarsi a capofitto – lo sapeva! – in una delle sue solite figuracce, quando ripeteva a pappagallo qualunque cosa gli dicessero ed esibiva la sua migliore faccia da scemo del villaggio, però non riusciva a evitarlo.

— Già — replicò decisa Aurora. — Perché no?

Erano nei giardini del Palazzo, e Aurora era uno schianto. I fiori notturni diffondevano il loro profumo, e la luce delle torce si rifletteva nel fiume. Era uno scenario romantico assolutamente perfetto, ma Henry era sicuro che sarebbe comunque riuscito a sciupare tutto. — Perché no? — le fece eco.

— Oh, Henry, vorrei tanto che non facessi così — disse gentilmente Aurora. Lo prese per mano, e fianco a fianco s'incamminarono sulla riva del fiume. — Tu non vuoi tornare a casa, io non voglio che ci torni, e neanche Pyrgus lo vuole... Perciò perché non rimani qui?

— Pyrgus non vuole che io torni a casa? — chiese Henry sorpreso. L'istante successivo si rese conto di quanto sciocca suonasse la domanda, e riuscì a dire qualcosa che suonava perfino più sciocco. — Mia madre mi ammazzerebbe. — Guardò Aurora, nella vana speranza che capisse, e precisò: — Se non tornassi a casa.

Lei lo ignorò. — Che farai, se torni a casa?

— Esami e roba del genere — rispose lui dopo averci pensato su un momento. In realtà, era tutto estremamente vago dentro la sua testa. Avrebbe affrontato gli esami e se, come probabile, li avesse superati, sarebbe andato all'università... Non una delle migliori, sia chiaro: niente Oxbridge o simili, per lui. Comunque, in qualsiasi università fosse finito, avrebbe arrancato da un anno all'altro fino a prendere una laurea mediocre, per poi diventare un insegnante, come voleva sua madre. Perché lei era un'insegnante. Anzi: la direttrice di una scuola femminile. Continuava a ripetergli che insegnare era fantastico per via delle lunghe vacanze, come se la qualità di un lavoro fosse direttamente proporzionale alla quantità di tempo che riuscivi a starne lontano.

— A te non *piace* stare a casa — insisté Aurora. — Non ora che tuo padre se n'è andato. E nemmeno tua madre ti piace...

— No, però le voglio bene — replicò tetro Henry. Era quello il problema. Dire che sua madre non gli piaceva era poco. Non la sopportava, punto e basta. Però questo non gli impediva di volerle bene. A volte si chiedeva se sentirsi in colpa fosse una condizione di vita normale.

— Ti costringe a fare cose che non vuoi — proseguì Aurora come se Henry non avesse aperto bocca. — E continua a fare cose che a te non piacciono — aggiunse guardandolo dritto in faccia.

"Tipo vivere con Anais" pensò Henry.

— Tipo vivere con Anais — disse Aurora in tono pacato, voltandosi e riprendendo a camminare. — Non sei felice nel Mondo Analogo. Lo so. Ogni volta che torni qui, hai l'aria sempre più avvilita. Per giunta, nel tuo mondo non hai niente da fare... niente d'importante. Solo *cose*... tipo scuola ed esami. Lì non hai una posizione. Nessuno ti rispetta.

Aspetta un po', pensò Henry: quella faccenda stava diventando penosa. A parte il fatto che era vera. O quasi. Charlie lo rispettava. In effetti, sospettava che Charlie avesse una cotta per lui. Però non c'era altro. Tutto sommato, la sua vita a casa *era* un disastro.

— Se invece tu restassi qui — proseguì spietata Aurora — avresti un lavoro importante. Sei già un eroe...

Assurdo. Caso mai era un farabutto per quello che aveva tentato di fare ad Aurora, anche se all'epoca era posseduto, e quando la voce si fosse sparsa...

— ... Perché hai salvato Pyrgus da Infera, e se i tuoi appartamenti a Palazzo non ti piacciono, posso fartene assegnare di migliori, e...

— No, no, non è questo — la interruppe Henry. — *Adoro* il mio alloggio a Palazzo. — Di sicuro era mille volte meglio della sua stanza a casa, e senza sua madre che gli bussava alla porta. Aveva perfino la servitù!

Aurora si fermò e, dato che si tenevano ancora per mano, si fermò anche Henry. Allo sciabordio dell'acqua si mescolavano i suoni lontani della città: il fragore dei carri, i richiami dei venditori. Di notte la città diventava molto più viva che di giorno.

— Adesso sono Regina di Infera, non solo Regina degli Elfi — riprese Aurora sottovoce. — Ho bisogno di qualcuno che mi aiuti a mandare avanti le cose. Su Pyrgus non si può fare affidamento: a lui interessa solo mettersi nei guai e salvare animali. E Colias è troppo giovane. — Gli lanciò un'occhiata e subito distolse lo sguardo.

Henry ci mise un po' a intuire dove stava andando a parare, e quando ci arrivò, l'idea lo colpì come una valanga. Batté le palpebre. — Ehi... un momento, non è che mi stai chiedendo di governare Infera, eh?

Sempre senza guardarlo, Aurora scosse la testa. — No, Henry. Ti sto chiedendo di sposarmi.

Uno

Due anni dopo...

— Che succede? — chiese subito Henry.

Poutpourri sbirciava furibondo attraverso le sbarre della gabbietta, e Aisling si stringeva al petto con espressione indignata una mano sanguinante.

— Il tuo gatto mi ha morso! — strillò. — Bisognerebbe ammazzarla, quella bestiaccia.

— Ti ho detto e ripetuto di lasciarlo in pace — replicò Henry. Guardò sua madre. — Perché è là dentro?

— Ha morso tua sorella, Henry! E l'ha anche graffiata. Per fortuna solamente a una mano. Se le fosse saltato in faccia, avrebbe potuto sfregiarla. Farle perdere un occhio!

— Le ho detto non so quante volte di non stuzzicarlo — ripeté Henry. — Perché è là dentro?

— Non l'ho stuzzicato! — protestò Aisling.

Henry si voltò di scatto verso di lei. — Sì, invece! Lo stuzzichi di continuo! Da quando l'ho portato a casa. Gli dai pacche e lo tormenti e gli porti via il cibo. Ci credo, che ti ha morso! È un gatto, non un pupazzo. Vuole solo essere lasciato in pace, accidenti!

— Non c'è bisogno di usare un linguaggio del genere — intervenne rigida sua mamma. — Il fatto è che ha ferito a sangue tua sorella, a rischio di farle prendere il tetano o qualche altra infezione. Non possiamo ignorare una cosa del genere. Sai che fin dall'inizio ero contraria a tenerlo qui.

Henry sostenne impavido il suo sguardo. — Perché è là dentro? — chiese per la terza volta.

Adesso fu sua madre a distogliere lo sguardo. — Non preoccuparti, non vogliamo sopprimerlo. Anais è andata a prendere l'auto. Lo portiamo dal veterinario per sterilizzarlo.

Per un momento Henry riuscì solo a fissarla a bocca aperta. Poi esplose: — Vuoi farlo sterilizzare perché ha graffiato Aisling? Per *punirlo*?

— Certo che no — replicò impaziente sua madre. — Semplicemente, una volta sterilizzato diventerà più tranquillo. Meno propenso ad aggredire le persone. — Tirò su col naso. — E molto più pulito.

— Poutpourri non ha mai aggredito nessuno in vita sua a parte Aisling, e solo perché lei non gli dà tregua. Lo tormenta di continuo. E che c'entra questa storia del più pulito?

— I gatti maschi spruzzano — rispose sua madre. — Per segnare il territorio. Dubito che perfino tu sia ansioso di avere in casa quel tipo di puzza.

— Poutpourri non ha *mai* spruzzato in casa! Magari un po' in giardino, ma quello è diverso.

— È solo questione di tempo prima che cominci a farlo anche dentro. È istinto — replicò sua madre. — Perciò abbiamo deciso che è meglio provvedere in anticipo.

— Chi è che ha deciso? — sbottò Henry. — Tu e Aisling, giusto? E magari anche Anais. *Io* non ho deciso un bel niente. Neanche avete chiesto la mia opinione... E si tratta del *mio* gatto! — Veramente, in teoria, era il gatto del signor Fogarty, ma dato che il signor Fogarty non lo vedeva da due anni, ormai Poutpourri era di fatto il gatto di Henry.

— Abbassa la voce! — Sua madre aspettò un momento, come se Henry avesse bisogno di tempo per controllarsi, e poi proseguì in tono più ragionevole: — Avevamo pensato che sarebbe stato più facile metterti davanti al fatto compiuto. So quanto bene vuoi a questo vecchio gatto, e così non ti saresti dovuto preoccupare dell'effetto dell'anestesia, o che l'operazione andasse male. In effetti, pensavo che tu fossi fuori.

Era sempre stato così. Tutte le volte sua madre sosteneva che ogni piccola azione maligna, ogni piccola crudeltà, era «per il bene di Henry». E le cose erano peggiorate da quanto Anais si era trasferita a vivere con loro. Di per sé, Anais era a posto... anzi, Henry la trovava piuttosto simpatica, e lo aveva aiutato quando si era trattato di adottare Poutpourri, ma riguardo alle cose che per sua madre erano davvero importanti – tipo il graffietto sulla mano di Aisling – Anais stava sempre dalla sua parte. Come adesso. Anais era andata a prendere l'auto per portare Poutpourri dal veterinario. Non perché il povero micio avesse spruzzato in casa, o perché forse un giorno lo avrebbe fatto, ma perché aveva morso Aisling esasperato dai suoi dispetti, e sua madre aveva deciso di punirlo.

Era il genere di cose che Henry aveva dovuto sopportare fin da piccolo. E da quando suo padre se n'era andato lasciandolo in una casa tutta al femminile, la situazione era peggiorata a vista d'occhio. Ma ormai non era più piccolo e non aveva intenzione di sopportare oltre.

Marciò deciso verso la gabbietta. — Stavolta non l'avrai vinta, mamma — disse, e sollevò il gancio.

Poutpourri schizzò fuori come un razzo.

Due

— Che cosa hai fatto? — esclamò Charlie sorridendo.

— L'ho liberato — ripeté Henry. — La finestra della cucina era aperta, e da allora non lo abbiamo più visto. Secondo me, sapeva benissimo cosa avevano intenzione di fargli.

Erano seduti su una panchina del parco. La suola della scarpa sinistra di Charlie cominciava a staccarsi, e lei continuava a trafficarci attorno, ma senza risultati apprezzabili. Era piuttosto carina, pensò Henry, ora che aveva messo su un po' di peso. Di colpo la ragazza lasciò perdere la suola e chiese: — Perché non volevi farlo sterilizzare?

— Perché no. A parte tutto, non è proprio il mio gatto.

— Giusto. È il gatto del signor Fogarty. Ancora non hai sue notizie?

— Del signor Fogarty? No. Niente.

— Sono passati diciotto mesi — osservò Charlie.

In realtà erano passati più di due anni, però sull'argomento Henry doveva andarci cauto. Ufficialmente il signor Fogarty era andato a trovare la figlia in Nuova Zelanda, lasciando a Henry il compito di badare alla casa e al gatto... Ma più passavano i mesi, più quella storia sembrava assurda.

Fino ad allora Charlie non ne aveva mai parlato, però la madre di Henry non faceva che lamentarsi per quell'accordo, e solo l'arrivo regolare degli assegni le impediva di spingersi troppo oltre. E dato che gli assegni erano firmati "A. Fogarty", lei dava per scontato che la A stesse per "Alan".

— Sai come sono i vecchi. — Henry scrollò le spalle.

Lo sguardo di Charlie vagò sul laghetto per posarsi infine su due cigni che fluttuavano aggraziati verso riva. — Mi chiedevo come farai l'anno prossimo, quando dovrai andare all'università.

— Chi ti dice che ci andrò? Potrei non avere voti abbastanza alti.

— Sì che li avrai — replicò Charlie. — E a quel punto te ne andrai. A quali università pensi di fare domanda? Oxford? Cambridge?

— Macché. Non sono tanto in gamba.

Stavolta toccò a Charlie scrollare le spalle. — In ogni caso, dovunque deciderai di andare, dovrai trasferirti. E allora non potrai più occuparti della casa del signor Fogarty, o salvare Poutpourri da un destino peggiore della morte, o vedere me, o altro.

Henry individuò all'istante quello che realmente preoccupava Charlie. — Certo che continueremo a vederci. Posso sempre tornare a casa il fine settimana.

— Non *tutti* i fine settimana.

— No, forse no, ma almeno qualche fine settimana...

— Qualche?

— Sì. Qualche.

— Lo sapevi che i cigni si accoppiano a vita? — chiese Charlie di punto in bianco.

— Mi sa che l'ho letto da qualche parte.

— Se uno muore, l'altro resta solo — proseguì lei come se non lo avesse sentito. — Per sempre. — Si voltò a fissarlo, mordendosi le labbra. — Penso che faremmo meglio a smettere, Henry.

— Smettere cosa?

— Di vederci.

Quando Henry tornò a casa, per una volta la trovò deserta. Prese uno yogurt dal frigo, lo portò in camera sua e si sedette a scrivere una lettera.

Cara signora Barenbohm, scrisse. Poi esitò.

La faccenda si stava già facendo complicata. Angela Fogarty, la figlia del signor Fogarty, aveva sposato un industriale americano, un certo Clarence Barenbohm, e dopo un divorzio che le aveva fruttato parecchi soldi era emigrata in Nuova Zelanda. Angela doveva essere eccentrica quanto il padre, perché insisteva a usare il cognome Barenbohm anche se ormai Clarence era felicemente sposato con una spogliarellista di Las Vegas. O meglio, insisteva a usare il nome Barenbohm per qualunque cosa che non riguardasse gli affari: per quelli, usava il suo cognome da nubile.

La penna di Henry rientrò in azione di scatto: *Le scrivo per dirle che quest'anno terminerò le superiori e l'anno prossimo spero di andare all'università. Non so dove sarà (l'università)...*

Esitò di nuovo. Neanche era certo che ci sarebbe andato, all'università. Nonostante quanto aveva detto a Charlie, era quasi sicuro di avere voti sufficientemente alti, ma ogni volta che tentava di discutere il proprio futuro con la madre, lei diventava evasiva. Il che era un brutto segno. In parte sospettava che ci fossero problemi di soldi, però non gliene aveva mai parlato chiaramente. E Anais sosteneva di essere all'oscuro di tutto.

Scrollò le spalle. Non aveva importanza. Anche se non si fosse iscritto all'università, una volta finite le superiori difficilmente sarebbe rimasto in zona.

... Ma di sicuro nelle vicinanze non ce ne sono, proseguì. *Il che significa che fra non molto non potrò più prendermi cura della casa e del gatto (Poutpourri) di suo padre come ho fatto finora. La ringrazio per il denaro che mandava...* Cancellò *mandava* e lo

sostituì con *ha mandato*, poi fissò la pagina chiedendosi se fosse il caso di ricominciare la lettera daccapo. Dopo un momento decise che in fin dei conti non era un tema, e andò avanti: *Però devo informarla con grande dispiacere che a quel punto non sarò più in grado di rispettare i nostri accordi. Le scrivo perché volevo avvertirla con largo anticipo, così avrà tutto il tempo di sostituirmi con qualcun altro, o vendere la casa* (Angela credeva che il padre fosse morto e le avesse lasciato la casa nel testamento; solo Henry sapeva come stava veramente la faccenda), *o qualunque cosa decida di fare. Per piacere, mi risponda scrivendo "Personale" sulla busta e mi faccia sapere cosa deciderà, e se posso aiutarla ancora in qualunque modo, a parte proseguire il presente accordo oltre Capodanno.*

Firmò *Henry Atherton*, e subito aggiunse un PS.

PS Qualche ragazzino ha rotto una finestra a pianterreno, ma l'ho fatta riparare usando i soldi del Fondo Emergenze. Sapeva che non era il caso di aggiungere altro, ma in qualche modo non riuscì a impedire alla sua mano di scrivere: *PPS Potrei essere in grado di badare a Poutpourri (il gatto) anche dopo avere smesso di occuparmi della casa, o anche quando sarò all'università. Non vorrei mai che fosse eliminato o cose del genere.*

Rimase a lungo seduto, lo sguardo fisso sulla lettera. Meglio non accennare all'attuale problema con Poutpourri, o al fatto che ora come ora non aveva la minima idea di dove fosse. Prima o poi sarebbe tornato: ormai era troppo vecchio, grasso e pigro per riuscire a cavarsela da solo. A quel punto si sarebbe dovuto solo assicurare che sua madre non riuscisse a mettergli le mani addosso.

Anche quando sarò all'università. Come diavolo avrebbe fatto a badare al gatto mentre frequentava l'università? Be', gli sarebbe venuto in mente qualcosa. Era il minimo che potesse fare per il signor Fogarty. E per

Poutpourri. Quando piegò la lettera, gli tremavano le mani.

Dato che a pianterreno non c'era ancora nessuno, prese un francobollo e un adesivo di posta aerea dalla scrivania della madre e si rimise il cappotto: prima impostava quella lettera, meglio era. Quando aprì la porta di casa, Poutpourri lo aspettava sui gradini.

— Ah — disse Henry. — Eccoti qui.

Ignorando le furiose proteste del gatto, Henry lo infilò nella gabbietta. — È per il tuo bene — sibilò, succhiandosi un pollice graffiato a sangue. — È meglio per te non farti vedere da queste parti. — Sarebbe stata una faticaccia scapicollarsi ogni giorno a casa del signor Fogarty per dargli da mangiare, però non c'era alternativa. Conosceva sua madre.

Mentre aspettava l'autobus, pensò a Charlie e a quello che aveva detto sul non vedersi più. Era sorpreso di quanto poco quel pensiero lo turbasse. Lui e Charlie erano grandi amici fin da piccoli, ma l'interesse romantico era iniziato meno di un anno prima, e Charlie ci aveva messo parecchio più entusiasmo di lui.

Il viaggio in autobus fu un incubo. Poutpourri miagolò per tutto il tempo, spingendo diversi passeggeri a guardare Henry come se lo stesse assassinando. Però si calmò appena scesero, e quando il ragazzo svoltò nella strada chiusa dove si trovava la casa del signor Fogarty, cominciò a guardarsi attorno come se riconoscesse il posto.

La casa era l'ultima della via e, a dispetto di tutti gli sforzi di Henry, aveva un aspetto a dir poco cadente. In realtà la maggior parte dei problemi risalivano a quando era abitata: il signor Fogarty aveva incollato fogli di carta da pacchi sulle finestre al pianterreno per impedire a chiunque di guardare dentro, ben di rado si prendeva il disturbo di effettuare le riparazioni necessarie e aveva l'abitudine di abbandonare hamburger sbocconcellati a putrefarsi accanto al divano. E adesso che la casa era deserta, il processo di decadenza si era visibilmente accelerato. Anche se Henry non fosse stato costretto ad andarsene, sembrava ragionevole venderla prima che cadesse in pezzi.

Entrò usando la copia delle chiavi in suo possesso ormai da quasi due anni. Poi attraversò la cucina, mise giù la gabbia e l'aprì. Poutpourri si stiracchiò e uscì lentamente, guardandosi attorno sospettoso.

— Vuoi subito la tua scatoletta, o preferisci andare in giardino e ammazzare qualunque cosa si muova? — gli chiese Henry. Per tutta risposta, il gatto andò ad accucciarsi con aria paziente davanti alla porta che dava sul retro della casa. — Preferisci dedicarti alla caccia, eh? — aggiunse andando ad aprirla.

E vide due sconosciuti in mezzo al giardinetto inselvatichito.

Aggrottò la fronte. Non era certo paranoico come il signor Fogarty, però il giardino era proprietà privata, e quei due non avevano il minimo diritto di trovarsi là.

L'uomo, che doveva avere passato da un pezzo la trentina, era robusto, con folti capelli rossi prematuramente ingrigiti, ed esibiva un elegante completo verde squillante e scarpe scamosciate. La ragazza era molto più giovane: sarebbe potuta essere sua figlia, però indossava una camicetta, una gonna e un cappotto che sembravano usciti da una rivendita di abiti usati.

— Desiderate? — chiese freddamente Henry.

Fu come una di quelle scene al rallentatore, dove ogni movimento sembra lasciarsi dietro una scia. L'uomo si voltò (lentamente). — Henry...? — disse in tono interrogativo.

La ragazza si voltò altrettanto lentamente. — Henry! — esclamò. Il suo sorriso si allargò come miele versato su una tovaglia, illuminandole la faccia e trasformandola in una bellezza radiosa.

Dopodiché rimasero entrambi a fissarlo, in attesa. Henry avvertì uno strano vuoto alla bocca dello stomaco. Li osservò con sguardo vacuo. Ora che la vedeva in faccia, aveva riconosciuto la ragazza. — Nymph? — balbettò.

— Henry! — ripeté l'uomo. Anche lui sorrise, e fu quel sorriso a far capire a Henry chi aveva davanti... benché, naturalmente, fosse impossibile.

Per un momento interminabile lo guardò a bocca aperta e occhi sgranati, e poi disse quello che doveva dire, quello che sapeva essere vero, anche se non era vero, anche se era assolutamente impossibile che fosse vero.

— Pyrgus? — disse Henry.

Tre

— Ma sei *vecchio*! — esclamò Henry. Era un'osservazione stupida, ma non gliene venne in mente nessun'altra. Erano seduti attorno al tavolo della cucina del signor Fogarty. Poutpourri era saltato sulle ginocchia di Nymph e vi si era raggomitolato facendo le fusa, mentre lei gli grattava le orecchie. Visto da vicino, Pyrgus sembrava addirittura sulla *tarda* trentina, tanto che Henry pensò che avesse utilizzato un qualche incantesimo per travestirsi.

— Non esattamente — disse lui. — Però capisco che cosa vuoi dire.

— Come mai siete qui? — chiese Henry, anche se in realtà avrebbe voluto sapere perché fossero vestiti in quel modo... in particolare Pyrgus, il cui completo sarebbe potuto uscire da un qualunque centro commerciale. Era la prima volta che li vedeva indossare roba del genere. Di solito, nel Regno, i vestiti buttavano sul medievale, mentre gli Elfi della Foresta come Nymph usavano tuniche per lo più verdi tipo Antica Grecia. — Perché avete abiti... — recuperò la parola da un abisso di due anni — ... abiti analoghi?

— Perché dovrò vivere qui — rispose Pyrgus, come se questo bastasse a spiegare tutto. Poi, notando l'espressione di Henry, aggiunse con un sorriso vagamente imbarazzato: — E Nymph è venuta con me perché siamo sposati.

Per un lungo istante Henry lo fissò sbigottito, poi esplose: — *Sposati?!* — Guardò Nymph, che accennò anche lei un sorriso. — Voi due siete *sposati*?

Nymph annuì. — Sì. In effetti ci siamo sposati poco dopo la tua partenza.

— Ma è pazzesco! — esclamò Henry. Però aveva un sorriso che andava da un orecchio all'altro. Nymph gli era simpatica, ed era perfetta per Pyrgus. E, ovviamente, l'aspetto dell'amico era dovuto a un incantesimo o roba del genere. Si rivolse a Nymph: — Non senti la mancanza della foresta?

— Anche qui ci sono foreste — replicò lei, calma. — E il dovere di una moglie è restare al fianco del marito.

Charlie non sarebbe stata d'accordo, pensò Henry. Ultimamente si era tuffata a capofitto nel femminismo e non faceva che parlare di indipendenza ed eguaglianza, e di come i valori tradizionali opprimessero le donne. In genere era d'accordo con lei, ma per la verità non è che quei temi fossero in cima ai suoi pensieri. — Il tuo aspetto... — chiese voltandosi verso Pyrgus. — Cos'è? Una specie d'incantesimo?

Il sorriso sparì dal viso di Pyrgus come se fosse scattato un interruttore. — È una malattia, Henry — sussurrò. — Ecco perché siamo qui.

Quattro

Bombix indossava pantaloni alla zuava di seta rosa shocking, stivali scamosciati alti fino al ginocchio di un abbacinante blu elettrico e una vezzosa brachetta verde limone. Sulfureo lo squadrò disgustato. — Ti hanno seguito? — domandò.

— Certo che no! Ho preso le mie precauzioni. — Bombix sorrise radioso, e l'incantesimo che gli ricopriva i denti lampeggiò e scintillò e suonò un allegro ritornello. — Non è *buffo*? La vecchia squadra di nuovo al lavoro. Davvero, Silas, sono così elettrizzato che potrei *ballare*.

— Hai i soldi? — tagliò corto Sulfureo.

— Nelle mutande — rispose Bombix. Vedendo l'espressione perplessa dell'altro, si affrettò ad aggiungere: — Nel caso qualcuno tenti di derubarmi.

Erano in attesa davanti alla porta di una dimora solitaria, circondata da alberi, sul limitare di Gnammeth Croz. Secondo la leggenda, un tempo era appartenuta al Lord Vampiro Krantas e, fosse vero o no, era perfetta per la parte: torri e guglie goticheggianti si protendevano verso il cielo come dita scheletriche, e da qualche parte al suo interno risuonavano i rintocchi sordi di una campana.

— Credevo che avessi lasciato perdere queste assurdità — borbottò Sulfureo.

— Che assurdità?

— I modi effeminati. Potevano servirti quando lavoravamo come spie per Rodilegno, ma adesso lo sanno tutti che è una finzione.

Bombix sospirò. — Forse, ma ormai la finzione è diventata parte di me. — Il suo sguardo si perse nel vuoto. — Forse questa stessa vita è un grande attore in cerca di parti da recitare. Forse...

— Basta che non ci provi con la Fratellanza — lo interruppe Sulfureo.

Passi lenti avanzarono verso di loro risalendo dalle viscere dell'edificio. Dopo quella che sembrò un'eternità, la pesante porta di quercia fu aperta da un Elfo della Notte in abito da sera che li fissò con occhi vuoti. — Ah, Sulfureo — disse. Il suo sguardo sfiorò Bombix con malcelato disgusto. — Immagino che costui sia il Postulante.

Sulfureo annuì in silenzio. Tutti sapevano che l'unico vero motivo della presenza di Bombix era sganciare quattrini. Un pacco di quattrini, tirati fuori caldi dalle mutande.

— Da questa parte.

Seguirono il Notturno in un labirinto di corridoi serpeggianti fino a emergere in un'enorme cucina dal pavimento di pietra, dove l'odore proibito del caffè analogo usciva fluttuando da un pentolone sul fornello. Sulfureo si chiese se avessero intenzione di usarlo come droga.

La loro guida si guardò attorno accigliata. — Svolta errata — borbottò. Girò sui tacchi. — Da questa parte — ripeté.

Avevano appena superato un'ampia scalinata ricurva, quando: — D'Urville! — sibilò una voce rabbiosa.

D'Urville si fermò e alzò lo sguardo. — Ah, siete qui, signore — disse.

Sulfureo riconobbe subito l'Elfo della Notte fermo in cima alla scalinata: Weiskei, la Sentinella della Fratellanza, un rompiscatole dal naso adunco con l'abitudine d'impicciarsi degli affari altrui. Indossava una veste rossa con lo stemma ufficiale del suo incarico sul petto e stringeva una ridicola spada cerimoniale. Fissò Bombix con disgusto perfino maggiore di D'Urville. — Immagino che costui sia il Postulante!

Sulfureo annuì.

— Perché è vestito da pagliaccio?

Bombix fece per ribattere, ma Sulfureo gli fece cenno di tacere. — Dove dobbiamo prepararci? — chiese brusco.

Weiskei gli lanciò un'occhiata. — Sei tu il Garante, giusto, Fratello... Fratello... uhm, Fratello...?

— Sulfureo — sbuffò lui irritato. Che aveva, quel tipo? In fin dei conti loro due si conoscevano da un quarto di secolo: non un'eternità, d'accordo, ma comunque abbastanza. A meno che quel piccolo farabutto non stesse tentando di umiliarlo.

— Sulfureo — ripeté Weiskei, e per un momento nei suoi occhi apparve un'espressione inquietante. Però si riprese in fretta. — Seguitemi.

Raggiunsero l'anticamera della Loggia, una stanzetta soffocante dove ogni traccia di luce esterna era bloccata da pesanti tende nere. La sola illuminazione era fornita da un mozzicone di candela infilato dentro un teschio su un tavolino: in teoria avrebbe dovuto rammentare al Postulante la sua mortalità, però Bombix non sembrò impressionato.

Weiskei prese posizione come una sentinella davanti alla porta della Loggia e sollevò la spada cerimoniale. Sulfureo si scostò sulle spalle lo scialle da demonologo e ordinò a Bombix: — Togliti scarpe e calze. — Poi sembrò ripensarci e aggiunse: — E pure quella brachetta idiota. — Vedendo un'espressione petulante farsi strada sulla sua faccia paffuta, spiegò paziente: — Si tratta di simbolismo, Jasper. Serve a dimostrare l'umiltà del Postulante.

— Oh, e va bene! — sbuffò lui.

Quell'imbecille si era dato lo smalto alle unghie dei piedi! Possibile che il suo esibizionismo non conoscesse limiti? Sulfureo distolse schifato lo sguardo.

Aspettarono in silenzio. La candela aveva iniziato a tremolare pericolosamente prima che qualcuno si decidesse ad aprire la porta.

E ne sbucasse una creatura in perizoma e con la testa di sciacallo.

— Perbacco! — esclamò Bombix, gli occhi incollati al perizoma.

— Incappuccia il Postulante, Fratello Sentinella — ordinò la creatura, la voce soffocata dalla maschera.

— Subito, Fratello Praemonstrator! — ribatté Weiskei, scattando sull'attenti. Estrasse un cappuccio dalle pieghe della veste e lo infilò sulla testa di Bombix, mentre Sulfureo s'inginocchiava e gli arrotolava rapidamente fino al ginocchio la gamba sinistra dei pantaloni. Bombix soffocò un risolino.

Quell'individuo era insopportabile. Però, ricordò a se stesso Sulfureo, era anche oscenamente ricco. E la Fratellanza aveva assolutamente bisogno del suo denaro.

Ora più che mai, se volevano riconquistare la gloria perduta.

Cinque

Il campo di battaglia era identico al giorno della fine della guerra civile. Dovunque si scorgevano tracce di violenza. Incanti esplosivi avevano scavato crateri nella roccia, i campi erano carbonizzati, i pochi alberi superstiti si stagliavano spogli contro il cielo. Dappertutto si vedevano corpi sanguinanti, maciullati, per lo più immobili; alcuni gemevano sommessamente, pochi tentavano disperatamente di strisciare lontano dal massacro su patetici moncherini.

L'illusione era perfetta: si sentiva l'odore del sangue e la puzza inconfondibile di incantesimi militari. Con espressione impassibile, Aurora si fece cautamente strada fra le macerie. Era stata lei a ordinare quella ricostruzione. Era il suo modo di espiare.

Anche se il suo cervello sapeva benissimo che i corpi erano solo fantasmi, pietà e orrore le stringevano ugualmente lo stomaco... un orrore che lei stessa aveva provocato. Non ne aveva parlato con nessuno, neanche con Madama Circe, ma sapeva senza ombra di dubbio che se avesse preso decisioni diverse quando era diventata Regina, i soldati immortalati in quello spettacolo raccapricciante non sarebbero morti e il Regno non sarebbe stato spaccato in due dalla guerra civile. Era il senso di colpa a portarla lì. Ogni mese, per un giorno intero, si costringeva a camminare e guardare e annusare e ricordare.

Le sue guardie del corpo erano due demoni tarchiati: in quel momento si trovavano fra le rocce a parecchi metri di distanza, ma Aurora sapeva che, in caso di pericolo, le loro ali tozze li avrebbero portati al suo fianco in un batter d'occhio. Quando andava lì, si faceva accompagnare soltanto dai demoni. Era una scelta politica, diceva: in fin dei conti, adesso era Regina di Infera. Il vero motivo, però, era che non se la sentiva di esibire il proprio senso di colpa davanti a guardie elfiche. Anche le penitenze hanno i loro limiti.

Uno degli pseudocadaveri era quello di un ufficiale che aveva conosciuto di vista, un ex Capitano della Guardia del Palazzo. Se le cose fossero andate diversamente, ora sarebbe stato Maggiore, forse perfino Colonnello. Invece era morto, e il suo vero corpo era sepolto nel cimitero militare sull'Isola Regia. Una piccola tragedia nell'ambito di una tragedia più grande, eppure fu quel ricordo a strapparle una lacrima. Non per la prima volta, si chiese se il Regno sarebbe stato un posto migliore se avesse seguito l'esempio del fratello e rifiutato il trono quando le era stato offerto.

Il pensiero di Pyrgus riportò la sua attenzione al presente e alla crisi attuale, che poteva diventare per il Regno una minaccia perfino maggiore della guerra civile. C'era qualcos'altro che avrebbe dovuto fare? Che avrebbe *potuto* fare? Che avrebbe potuto fare *chiunque*? Certe cose erano fuori controllo, anche per una Regina. Almeno – grazie alle sue insistenze perché si trasferisse nel Mondo Analogo – adesso Pyrgus aveva una possibilità. Per fortuna gli eventi evolvevano lentamente. Finché andava avanti così, c'era qualche speranza.

Avrebbe tanto desiderato che Henry fosse lì con lei.

Perfino ora, dopo tanto tempo, arrossì al ricordo. Che sciocca era stata! D'accordo, all'epoca era appena quindicenne, poco più di una bambina, ma se lo sarebbe comunque dovuto aspettare. Agli uomini non piace sentirsi braccati, e ai ragazzi piace ancora meno. Era stata una follia chiedere a Henry di sposarla. Chiunque con un briciolo di cervello avrebbe potuto dirglielo. In effetti Madama Circe l'aveva messa in guardia, ma lei aveva ignorato i suoi consigli. Sospirò. Dov'era adesso Henry? Nel Mondo Analogo, ovviamente, ma... era fidanzato? Nella sua vita c'era una ragazza che lo prendeva per mano e gli ravviava i capelli?

Era sciocco, ma per un istante Aurora si sentì sommergere da un'ondata di tristezza che cancellò perfino il senso di colpa.

I demoni comparvero al suo fianco, e d'istinto Aurora si ritrasse: non riusciva ad abituarsi ai loro movimenti rapidissimi, e nemmeno a superare la ripugnanza nei loro confronti. Naturalmente non avevano intenzione di farle del male. Gli occhi rossi erano fissi su un punto davanti a lei, i corpi contratti in posizione di difesa. Ormai anche loro erano suoi sudditi e l'avrebbero protetta fino a sacrificare la propria vita.

Seguì la direzione del loro sguardo per scoprire che cosa li preoccupasse. Il campo di battaglia si allargava tetro tutt'intorno a lei, ma su una lontana collina era comparsa una figura, e il fatto che fosse in movimento significava che non era un'illusione. I demoni la fissavano attenti, pigolando fra loro con quello strano suono, simile al ticchettio di chele d'aragosta, che utilizzavano quando era impossibile usare la telepatia.

— Riposo — sussurrò Aurora. Non servì a granché. Entrambe le guardie osservavano irrigidite, come gatti concentrati su un uccellino, la figura che avanzava. Aurora tremava al pensiero che un giorno o l'altro potessero sbranare qualche innocente, magari un suddito che l'aveva avvicinata per presentarle una petizione.

La figura – ne riconobbe la strana andatura a balzi – era quella di un messaggero, e quando fu più vicino, l'insegna in bella vista della sua Gilda la informò che si trattava di un ipnocorridore. Aveva gli occhi fissi al cielo, e la mano destra stringeva un decorato pugnale da cerimonia che faceva oscillare su e giù come un bastone. Incredibilmente, pur non guardandoli, riusciva a evitare ogni ostacolo.

— Buoni — ordinò decisa Aurora. Il solo pugnale sarebbe bastato a scatenare un attacco, ma ora i demoni non si sarebbero mossi a meno che lei non fosse stata minacciata direttamente.

Era impossibile che il corridore l'avesse vista, eppure rallentò per fermarsi a pochi metri di distanza. Rimise lentamente a fuoco la vista, e poi cadde in ginocchio.

— Maestà — disse, tendendole il pugnale dalla parte dell'elsa.

Quel gesto indicava che l'uomo non intendeva farle del male, ma non solo. Aurora prese il pugnale, svitò la sommità dell'elsa e dal suo interno estrasse un frammento di pergamena arrotolata. L'istante successivo i sicurincanti che vi erano inseriti avvertirono la sua presenza, e subito il frammento acquistò le dimensioni di un normale rotolo di pergamena.

Appena Aurora cominciò a leggere, lo sgomento le fece sbarrare gli occhi.

Sei

Dato che sugli elfi il caffè aveva l'effetto di una droga, Henry preparò tè per tutti. Nymph fissò sospettosa la tazza fumante, ma Pyrgus, che lo aveva già assaggiato in passato, lo bevve a grandi sorsi fra una spiegazione e l'altra.

— Tutto è cominciato a Gnammeth Croz — stava dicendo ora. — Gli Elfi della Notte hanno un'assistenza sanitaria separata, e tuttora fra noi le comunicazioni sono scarse. Non che questo abbia fatto differenza... almeno credo. Temo che neanche i nostri guaritori avrebbero capito al volo che qualcosa non andava. Il primo caso, o almeno il primo del quale siamo a conoscenza, è stato quello di una bambina, una certa Jalindra, e all'inizio hanno pensato che avesse semplicemente il raffreddore cavallino... Prima o poi lo beccano tutti i bambini di Croz, e i primi sintomi sono praticamente gli stessi. — Pyrgus appoggiò la tazza sul tavolo e proseguì serio: — Quando Jalindra si ammalò, aveva quattro anni. Un anno dopo era una donna di mezza età. Sei mesi dopo era morta. — Abbassò lo sguardo e precisò: — Di vecchiaia.

— Anche qui c'è una malattia del genere — osservò Henry. — Invecchiamento precoce. Si chiama... — Rovistò nella memoria alla ricerca del nome e, sorprendendo se stesso, lo trovò. — ... Sindrome di Werner. Un paio di settimane fa ne hanno parlato in una trasmissione televisiva. È una cosa genetica, credo. Quelli che vengono colpiti non crescono e diventano tutti grigi e rugosi già da bambini, e si ammalano di malattie da vecchi tipo infarto e cataratta, e muoiono giovani.

Pyrgus lo fissò scuotendo la testa. — Questa malattia è diversa. È contagiosa. Non solo per gli Elfi della Notte, ma anche per gli Elfi della Luce.

— Come Pyrgus — precisò Nymph.

Henry provò una stretta allo stomaco, come se avesse paura. E *aveva* paura. Non voleva che Pyrgus avesse una malattia spaventosa e sì e no diciotto mesi di vita. Lanciò un'occhiata all'amico, e di colpo si rese conto che ora somigliava più al suo defunto padre, il vecchio Monarca, che al ragazzo che lui aveva conosciuto. — Ma tu non...? — s'interruppe, esitante. — Insomma, hanno trovato una cura, giusto? Non è che stai, be'... — sbottò in una risatina decisamente falsa — ... morendo o altro?

— No, non sta per morire — rispose decisa Nymph.

Henry la guardò. Non gli sembrava un buon segno che fosse stata lei a rispondere, ma prima che potesse fare altre domande, Pyrgus riprese a parlare: — Lascia che ti spieghi come stanno le cose — disse in tono disinvolto. — È piuttosto complicato, e voglio che tu abbia le idee ben chiare.

"Chiare su cosa?" pensò Henry. Ma tutto quello che disse fu: — Spara.

— Si tratta — cominciò Pyrgus — di una malattia diversa da qualunque altra mai comparsa nel Regno. Non se n'è trovata traccia negli archivi medici, e nemmeno negli archivi storici. È iniziata a Croz, con la povera Jalindra, e poi si è diffusa. Lentamente, all'inizio. I guaritori pensavano fosse un morbo raro e non se ne sono occupati granché. In effetti... — S'interruppe e si passò la lingua sulle labbra.

— In effetti cosa? — lo incalzò Henry.

— A essere onesti — confessò Pyrgus imbarazzato — all'inizio quasi tutti pensavano che colpisse solo gli Elfi della Notte... che soltanto loro si ammalassero. Sembrava così, ecco. — Si dimenò sulla sedia. — C'è ancora parecchia ostilità nei confronti dei Notturni. Aurora fa quello che può, ma non è sufficiente emanare leggi per condannare i pregiudizi. Bisogna cambiare quello che la gente *pensa*. E dopo tutti i guai provocati da Rodilegno, non si può biasimare se ce l'ha con gli Elfi della Notte.

— Giusto — concordò Henry. In fin dei conti, anche lui nutriva qualche pregiudizio nei confronti dei Notturni.

— Insomma — riprese Pyrgus — quando abbiamo cominciato a prendere l'epidemia sul serio, quando anche i Luminosi hanno cominciato ad ammalarsi, era già troppo diffusa per poterla tenere sotto controllo isolando i malati. Comunque, a quel punto i guaritori l'hanno studiata a fondo e hanno scoperto un fatto strano.

— *Molto* strano — ripeté con enfasi Nymph.

— Il fatto è, Henry — disse Pyrgus protendendosi verso di lui — che questa malattia non ti fa semplicemente *sembrare* vecchio, e nemmeno si limita a farti diventare rugoso e grigio. I guaritori la chiamano FT: Febbre Temporale. È una malattia che interferisce col tempo! In parole povere: ti fa vivere più in fretta del normale.

Henry batté le palpebre. — Non capisco.

Pyrgus tornò ad appoggiarsi allo schienale. — Non è facile, lo so. Dunque, immagina che io ti contagi... — Notando l'espressione dell'amico, si affrettò ad aggiungere: — Il che è impossibile, e ti spiegherò perché fra un minuto. Comunque, immagina di ammalarti. Di tanto in tanto, ti viene un attacco di febbre e sprofondi in una specie di coma. Ti mettiamo a letto e aspettiamo che finisca, e se dura più di un giorno, ti guardiamo invecchiare. Questo dall'*esterno*. Ma *dentro*, quello che provi tu, è completamente diverso. Non ti rendi affatto conto di essere a letto. Quando sei in coma, tutto attorno a te sembra accelerare, e ti ritrovi a pensare e a fare qualunque cosa a velocità folle. Per esempio, se il giorno dopo avevi in programma di andare in vacanza, ti sembra di schizzare qua e là facendo quello che si fa in vacanza... però, invece che nell'arco di qualche settimana, si svolge tutto in pochi secondi. È chiaro?

— Sì... — balbettò Henry incerto. — Cioè, no.

— È come se stessi vivendo con l'acceleratore al massimo. Finché, dopo un po', tutto rallenta, e tu freni e ti ritrovi nel presente, a letto e in convalescenza, e ricominci a vivere a velocità normale. Però sei più vecchio del numero di anni che hai visto trascorrere durante il cosiddetto coma. La febbre ha consumato il tuo futuro.

— Allora — disse Henry dopo un momento — quando torni in te *ricordi* il futuro? Sai quello che sta per succedere?

Pyrgus si morse le labbra. — Sì e no. È tutto piuttosto confuso, anche mentre succede. Ma il punto è che hai già consumato il futuro che ricordi, e non potrai riviverlo perché lo hai già vissuto. Mi segui?

Henry batté le palpebre e rimase zitto.

Dopo un po' Pyrgus proseguì: — Al massimo, se ti va bene, riesci a cogliere qualche dettaglio del futuro di qualcun altro, o della situazione in generale. Però soltanto se s'interseca con il tuo futuro *personale*... ed è incredibile quanto irrisoria sia questa parte. Per esempio, a meno di esserci dentro, potresti non accorgerti di una guerra in corso nel Regno. La maggior parte dei malati non ricorda quasi niente di utile. — Una strana espressione gli attraversò il viso. — La maggior parte...

Rimasero seduti per un pezzo, fissandosi in silenzio, finché Henry sussurrò: — Ed è questo che sta succedendo a te?

— Che *stava* — replicò Pyrgus. — Mi *stava* succedendo. L'effetto s'interrompe nel Mondo Analogo. Ecco perché ho detto che non posso contagiarti. Qui la malattia rimane latente. I sintomi scompaiono e non c'è il rischio di contagiare nessuno.

— Per questo vi siete trasferiti nel mio mondo?

— Sì — rispose Nymph. — Aurora ci ha suggerito di aspettare qui che i guaritori trovino una cura.

Henry sorrise. — Ed è per questo che siete venuti a cercarmi?

Pyrgus scosse la testa senza ricambiare il sorriso. — Siamo venuti a cercarti perché il signor Fogarty sta morendo.

Sette

La paura era tornata, e stavolta molto più forte di prima. — Impossibile! — esclamò Henry. Però sapeva che era possibilissimo. In apparenza il signor Fogarty era un osso duro, tuttavia doveva avere quasi novant'anni, e tanti tirano le cuoia prima di arrivare a quell'età. Ma questo non gli impedì di ripetere: — Impossibile. Che mi dite delle sue cure? — I maghi del Palazzo stavano sottoponendo il signor Fogarty a incanti ringiovanenti che in teoria avrebbero dovuto ricostruire i suoi organi vitali. Francamente, l'ultima volta che lo aveva visto, Henry non aveva notato in lui grandi cambiamenti, però aveva sentito Madama Circe commentare che le cure lo rendevano piuttosto "vispo".

Pyrgus ignorò la domanda. — Si è ammalato, Henry. Ha preso la FT.

— Avevi detto che gli umani non possono prenderla! — protestò lui. Spinse la sedia lontano dal tavolo e cominciò a girellare nervosamente per la cucina, guardandosi attorno con occhi di colpo umidi.

— Ho detto che la malattia resta latente nel Mondo Analogo — disse Pyrgus paziente. — Non è la stessa cosa.

— Il fatto è — intervenne Nymph — che la FT consuma il tuo futuro. I giovani ne hanno ancora parecchio, ma non il signor Fogarty. Alla sua età, e perfino con le cure ringiovanenti, non ha davanti che pochi anni. È come ha detto Pyrgus: ogni attacco di febbre brucia il tempo che ti resta. Quando sei giovane, puoi superare diversi attacchi; quando hai ottantasette anni...

— Quanti attacchi ha avuto? — la interruppe Henry.

— Solo uno — rispose Nymph. — Che lo ha lasciato molto vecchio e molto debole. Neanche riesce ad alzarsi dal letto.

— Però potrebbe riprendersi — insisté Henry. — Insomma, è un tipo tosto, e fra incantesimi e il resto...

— Un altro attacco lo ucciderà — lo zittì brutalmente Pyrgus. — E anche se un altro attacco non arrivasse, non so quanto ancora possa andare avanti.

Henry li fissò sbigottito. Non vedeva il signor Fogarty da due anni, eppure, chissà come, non aveva importanza. Esattamente come non aveva importanza che il signor Fogarty fosse un vecchio bisbetico, paranoico e brontolone. — Allora dovete portarlo subito qui! — esclamò, rendendosi conto solo allora di quanto gli fosse affezionato.

Pyrgus lo guardò quasi con pietà.

— È ovvio, no? — balbettò ansioso Henry. — Lo riportate qui, nel Mondo Analogo, in modo che non abbia più attacchi di febbre. Dopodiché può fare come voi: aspettare che trovino una cura. — Ma il suo fervore cominciò ben presto a svanire. Era ovvio. *Troppo* ovvio. Così ovvio che di sicuro ci avevano già pensato anche loro.

— Non vuole tornare — disse Nymph.

— E voi costringetelo! — gridò Henry. — Insomma, che vi prende? Lo rispedite qui e festa finita!

— Hai mai tentato di costringere il signor Fogarty a fare qualcosa che non vuole fare? — replicò Pyrgus.

Henry tornò a sedersi e si protese verso di lui. — Un momento... Perché non vuole tornare? Qui c'è ancora la sua casa. E il suo gatto. Posso occuparmi io di lui. — E all'inferno l'università, pensò.

— Non lo sappiamo — rispose Pyrgus. — Di sicuro non perché gli manca un posto dove vivere. Anche se non volesse tornare qui... — lanciò un'occhiata alla cucina buia — ... potrebbe stare con Nymph e con me. O potremmo comprargli una villa. Nel tuo mondo, Henry, l'oro facilita parecchio la vita. Però lui si rifiuta di tornare, e noi non sappiamo che cosa gli passi per la testa.

— Avete tentato di scoprirlo? — insisté Henry.

Per la prima volta, Pyrgus sembrò spazientito. — Certo che ci abbiamo provato! — scattò. — Anch'io voglio bene al signor Fogarty! Non fosse stato per lui, sarei morto da un pezzo.

— Pyrgus ha ritardato la partenza dal Regno per cercare di convincerlo a venire con noi — intervenne Nymph. — E gli è costato altri cinque anni di futuro.

Henry si afflosciò. — Mi dispiace. Scusa, Pyrgus, lo so che avete fatto tutti del vostro meglio...

— Noi sì — replicò Pyrgus. — Ma forse il signor Fogarty potrebbe dare più retta a *te* che a noi.

"Non l'ha mai fatto" pensò Henry. — Volete che torni nel Regno? — disse.

Pyrgus annuì. — Sì. Io non posso accompagnarti perché la malattia potrebbe riattivarsi all'istante, però Nymph verrà con te per assicurarsi che tu arrivi sano e salvo. — Lo guardò con occhi ansiosi.

Eccoci al dunque. Tornare nel Regno. Ci aveva pensato molte volte negli ultimi due anni. Ma come poteva? Come poteva rivedere Aurora? Solo a pensarci, si sentiva montare dentro un imbarazzo terrificante. Pyrgus sapeva che gli aveva chiesto di sposarla? E oggi come la pensava, in proposito, Aurora? E lui... perché lui era stato così idiota, così *vigliacco*, da darsela a gambe? Non poteva tornare, non poteva rivedere Aurora... No, tornare era *impossibile.*

— E poi — aggiunse Pyrgus — lui ti vuole parlare.

— Il signor Fogarty — precisò Nymph. — Non fa che chiedere di te.

— Davvero? — balbettò scioccamente Henry. Per un momento gli passò per la mente l'idea che il signor Fogarty volesse sistemare i suoi affari: il testamento, cosa fare della casa e via dicendo. A parte il fatto che aveva già sistemato tutto. E comunque non c'era bisogno che morisse adesso... soprattutto se poteva semplicemente tornare a casa e aspettare una cura, proprio come Pyrgus. Insomma, neanche il signor Fogarty poteva essere così svitato da non rendersene conto!

— Non gli resta molto tempo — disse serio Pyrgus. — Ti è possibile andare subito da lui?

Ovviamente non gli era possibile. C'erano la scuola, gli esami, sua madre, la storia con Charlie, ed era assolutamente fuori discussione che affrontasse Aurora, dopo quello che era successo fra loro.

Henry chiuse gli occhi e prese fiato. — Sì — rispose.

Otto

Aurora individuò la chiazza azzurra sui gradini del Palazzo prima ancora di fare atterrare il volasvelto. Il Capo Guaritore Croesus la stava aspettando in pompa magna, ragion per cui il messaggio rispondeva a verità – non che ne avesse dubitato un solo istante – e la situazione poteva perfino essere peggiorata.

Saltò fuori dal velivolo e attraversò di corsa il prato, costringendo la sua demoniaca scorta a usare le ali per tenerle dietro. Croesus scese in fretta i gradini per andarle incontro. Era un omone sovrappeso, ma riusciva a muoversi agilmente e in fretta, e la raggiunse all'altezza del pergolato di rose. Si inchinò ansimando, e mentre rialzava la testa rasata lanciò un'occhiata disgustata ai demoni, i cui occhi rossi ricambiarono impassibili lo sguardo.

— È...? — chiese ansiosa Aurora.

— Un altro attacco di febbre, Maestà — rispose Croesus. Dato che apparteneva alla vecchia scuola ed era stato addestrato a non guardare mai negli occhi i membri della famiglia reale, tenne lo sguardo fisso su un punto oltre l'orecchio destro della sovrana. Questa abitudine gli conferiva un aspetto stranamente sfuggente ma, per quanto riguardava la medicina, Aurora si fidava ciecamente della sua opinione.

— Non è...? — chiese di nuovo, sottovoce.

Croesus scosse la testa. — È ancora vivo, Maestà. Ma temo...

— Non a lungo?

— No, Maestà.

— Soffre?
— No, Maestà.
— Puoi fare qualcosa per lui?
— Abbiamo effettuato una trasfusione di elementali di sostegno che ha rialzato di poco i suoi livelli energetici. Continua a rifiutare la stasi. Stando così le cose, a parte tenere il dolore sotto controllo, non possiamo fare altro. Temo che una cura per la malattia continui a sfuggirci. E anche se riuscissimo a scoprirla domani... — Esitò.
— Potrebbe essere troppo tardi?
— Sì, Maestà.
— Voglio vederlo.
Un'espressione sofferente attraversò il viso paffuto di Croesus. — Maestà, le sue condizioni sono considerevolmente peggiorate dopo il secondo attacco di Febbre Temporale. Vederlo potrebbe turbare Vostra Maestà...
— Sono sicura che tu abbia ragione Capo Guaritore — lo interruppe Aurora — ma desidero ugualmente vederlo. — Prima che Croesus potesse avanzare altre proteste, gli passò accanto e salì in fretta i gradini del Palazzo.
Mentre la seguivano, uno dei demoni di scorta, forse avvertendo quanto la pomposità del Capo Guaritore la irritasse, si voltò a mordergli il didietro.

La stanza era piena di fiori, eppure puzzava di vecchiaia e di morte. Il signor Fogarty era sul letto, la schiena appoggiata a una montagna di cuscini, e Madama Circe era seduta su una poltrona accanto a lui tenendogli la mano, in apparenza addormentata. Nonostante l'avvertimento del Capo Guaritore, l'aspetto del signor Fogarty lasciò Aurora senza fiato. Il Viceré era sempre stato magro, ma ora sembrava un cadavere: la pelle tesa sul volto come una pergamena sottile, le labbra ritratte sui denti scoloriti, gli occhi infossati. Sullo scaffale sopra la sua testa erano allineate sette fiale piene di elementali guaritori che sciamavano dentro tubicini trasparenti inseriti all'inizio della spina dorsale. Aurora sospettò che fossero soltanto loro a mantenerlo in vita.

Però la sua voce era forte quando strinse la mano di Madama Circe e disse: — Svegliati, cara... è arrivata Sua Maestà.

Madama Circe riaprì gli occhi di scatto e, dopo un istante di confusione, si mise faticosamente in piedi. — Chiedo scusa, mia caaava, devo essermi appisolata. — Accennò alla poltrona che aveva appena lasciato. — Prego, accomodati. — Una scintilla di vivacità tornò ad accendersi nei suoi occhi mentre aggiungeva: — Forse tu riuscirai a cacciare un po' di buonsenso nella testa di questo vecchio sciocco.

Aurora notò che Madama Circe, sebbene non avesse contratto la Febbre Temporale, sembrava invecchiata quanto il signor Fogarty. Doveva essere distrutta all'idea di perderlo. — Come state, Viceré? — chiese poi.

— Niente male, considerato che sto morendo. — La voce del vecchio le ricordò il fruscio di foglie secche.

– Aurora, caaava, diglielo tu che *deve* tornare nel Mondo Analogo. Ordinaglielo, se è il caso.

Il signor Fogarty voltò la testa per guardare con affetto Madama Circe. — Sai che non lo farà, Brintcsia. E se lo facesse, sai altrettanto bene che non le obbedirei. E allora, che potrebbe fare? Scaraventare un vecchio malato attraverso un portale?

Madama Circe lo fulminò con gli occhi. — L'ultimo attacco di febbre ti ha quasi ucciso. Il *primo* attacco ti ha quasi ucciso! Non sopravvivverai a un altro! Sai quanto ci stai a cuore, Alan. Nessuno vuole che tu muoia. Appena effettuata la traslazione, la malattia si bloccherà. I nostri guaritori lavorano giorno e notte alla ricerca di una cura... Potresti tornare appena l'avranno trovata.

— Lo so, Brintesia — tagliò corto lui.

— Ha ragione lei, Viceré — intervenne Aurora. — E lo sapete anche voi. Non riesco a capire perché vi rifiutiate di ascoltarla.

— Non posso dirtelo — replicò il signor Fogarty, lo sguardo perso nel vuoto e l'aria impassibile.

— Potete almeno dirmi *perché* non potete dirmelo?

Fogarty la guardò di sfuggita, e un'ombra di sorriso gli contrasse le labbra. — Non ti arrendi mai, eh? Qualche altro anno di esperienza e sarai una sovrana formidabile. Canteranno le tue gesta fino al prossimo millennio. — Scosse la testa. — No, non posso dirti perché non posso dirtelo. È importante che io resti qui. E *non* in stasi, prima che riattacchi con quella solfa. E sì: sono al corrente dei rischi. So quanto sono malato, e che sono prossimo a morire, e che un altro attacco di febbre mi ucciderà. E prima che tu me lo ripeta, so pure che un altro attacco potrebbe colpirmi nei prossimi cinque minuti.

— Allora perché...? — iniziò Madama Circe.

— Niente di tutto questo ha importanza — la interruppe il signor Fogarty. — Non tornerò nel Mondo Analogo, punto e basta.

— Cosa possiamo fare per aiutarvi, Viceré? — chiese Aurora.

— Portatemi Henry — rispose Fogarty. — Ormai ho poco tempo.

Nove

— Vedi qualcosa? — chiese Sulfureo.

— Niente — rispose Bombix. — Niente di niente.

— Incrocia i polsi dietro la schiena.

— Che vuoi fare? — si preoccupò Bombix.

— Legarti! — ruggì il Praemonstrator. Nella vita reale, al di fuori della Fratellanza, rispondeva al nome di Avis e tirava a campare affittando vailà, ma la maschera di sciacallo gli conferiva una certa importanza.

— Oooooh! — esclamò Bombix, affrettandosi a obbedire.

Avis gli legò abilmente i polsi con una morbida fune di seta. — Che si cominci l'iniziazione! — ordinò.

Sulfureo prese Bombix per il gomito e lo guidò verso la porta della Loggia. — Non mi ha legato molto stretto — gli sussurrò lui all'orecchio quando si fermarono lì davanti. — Volendo, non avrei problemi a liberarmi.

— È simbolico! — sibilò impaziente Sulfureo. — Te l'ho già detto. È *tutto* simbolico. Morte e resurrezione. Se non fosse simbolico, avremmo dovuto ucciderti per davvero.

— Meglio di no — replicò allegramente Bombix. — Ora che succede?

— Succede che chiudi il becco e mi lasci proseguire con l'iniziazione — sbottò Sulfureo. Dopo un istante si calmò quanto bastava per aggiungere: — Ti presento ai Fratelli riuniti e propongo che ti accettino nella Fratellanza. Soltanto dopo ti sarà concesso di vederli. Il che spiega sia il tuo cappuccio sia la maschera di Avis.

— Quello sarebbe Callophrys Avis? — chiese Bombix. — Il tizio con la moglie ridicola?

Durante la propria iniziazione Sulfureo aveva giurato di non rivelare mai il nome di un altro Fratello, sotto pena che gli venisse tagliata la lingua, strappati gli occhi, squarciato il petto e bloccato il cuore da un'energia magica connessa all'energia stessa dell'universo. — È lui — rispose.

— Pronti? — chiese Weiskei alle loro spalle.

— Sì — sbuffò Sulfureo.

— Batti tre colpi sulla porta, Fratello Garante — ordinò Callophrys Avis.

— Ci siamo — bisbigliò Sulfureo a Bombix. — Ora fa' quello che ti viene detto, sta' zitto a meno che non ti si rivolga la parola, e soprattutto non fare l'effeminato.

— Naturalmente — bisbigliò di rimando Bombix nel tono offeso di chi è accusato ingiustamente. — Sarò buonissimo.

Sulfureo sollevò una mano e picchiò tre colpi sul massiccio battente di quercia. All'interno della Loggia echeggiò un suono cupo.

Era strano muoversi senza vedere dove stava andando. Dopo un momento, Bombix sentì la porta aprirsi e una zaffata inebriante d'incenso gli assalì le narici, insieme a un nitido odore di magia. Chissà che incantesimi erano in funzione là dentro. Probabilmente lo avrebbe scoperto presto.

Risuonò una voce sconosciuta: — Chi bussa?

— Uno che non ha... — bisbigliò Sulfureo all'orecchio di Bombix.

Lui aggrottò la fronte sotto il cappuccio. — Che non ha cosa? — bisbigliò di rimando.

— Ripeti e basta! — sibilò Sulfureo. — *Uno che non ha...*

— Uno che non ha — ripeté Bombix a voce alta. Gli venne in mente che con un sacco sulla testa non doveva apparire al suo meglio, ma ora come ora non poteva fare niente per migliorare la situazione.

— *E cerca l'ingresso* — tornò a suggerire Sulfureo.

— E cerca l'ingresso — gli fece eco Bombix, chiedendosi come fosse possibile che battute così idiote costituissero la cerimonia d'iniziazione di quella che era la più temuta Fratellanza del Regno. O che lo era un tempo. Restava da vedere se i suoi nuovi amici erano ancora all'altezza della loro fama.

— Figlio della Terra, innalzati e imbocca il Sentiero delle Tenebre — intonò la voce sconosciuta. Risuonò un colpo secco e la voce domandò: — Onorato Ierofante, accetti che il Postulante sia ammesso?

A rispondere fu una nuova voce, distorta eppure stranamente familiare: — Lo accetto. Che Jasper Bombix sia ammesso nella forma prescritta. Fratello Stolistes e Fratello Dadouchos, assistete il Praemonstrator.

Risuonò uno scalpiccio, e poi la voce del Praemonstrator Avis, ancora soffocata dalla maschera di sciacallo, risuonò pochi metri davanti a Bombix. — Figlio della Terra, non entrerai nella nostra sacra Loggia impuro e sconsacrato!

"Allora consacrami" pensò Bombix "e falla finita".

Due nuove voci intervennero. La prima declamò: — Figlio della Terra, ti purifico con l'acqua. — Qualcosa colpì il cappuccio che copriva la faccia di Bombix, e dopo un momento la stoffa diventò umida.

— Figlio della Terra — cantilenò rauca la seconda voce — ti consacro col fuoco. — Risuonò una specie di lungo sibilo, e Bombix avvertì attorno a sé il calore di una torcia.

— La consacrazione è compiuta, onorato Ierofante — intonarono all'unisono le due voci.

— Conducete il Postulante ai piedi dell'altare — ordinò la voce stranamente familiare dello Ierofante.

Bombix sentì la mano di Sulfureo stringergli il braccio, incitandolo a muoversi. Tentò di farsi avanti impettito, ma era difficile senza vedere dove metteva i piedi. Che sarebbe successo se fosse inciampato sul bruciatore dell'incenso? O fosse andato a sbattere contro una colonna?

Sulfureo lo fece fermare davanti a quello che immaginò fosse l'altare. Di sicuro, quando lo Ierofante tornò a parlare, la sua voce risuonò più vicina. — Perché, Figlio della Terra, richiedi l'ammissione a questo Ordine?

L'immaginazione di Bombix cominciò a galoppare, mostrandogli la Loggia, un salone sotterraneo dalle pareti di marmo lucido intarsiato d'oro, e i Fratelli, tutti maghi d'incredibile potere, avvolti in lunghe tuniche. E poi gli venne in mente che proprio per questo gli avevano messo il cappuccio. Il successo di un'iniziazione dipendeva in larga misura dallo stato mentale del Postulante: è vero che potevi fare colpo su di lui con un vero salone di marmo, ma era molto più economico lasciarlo lavorare di fantasia.

— *Il mio spirito vagava nel Regno cercando le Tenebre del Sapere Occulto* — ricominciò a suggerirgli Sulfureo. — *E credo che questo Ordine possa aiutarmi a ottenere la conoscenza delle Tenebre.*

— Il mio spirito vagava nel Regno cercando le Tenebre del Sapere Occulto — ripeté obbediente Bombix. — E credo che questo Ordine possa aiutarmi a ottenere la conoscenza delle Tenebre.

— Ben detto, Pellegrino! — tuonò lo Ierofante. — Che il cappuccio gli sia tolto!

Per un momento la luce improvvisa fece battere le palpebre a Bombix; poi la sala di marmo della sua fantasia svanì, sostituita dalla realtà di una stanzetta quadrata, col pavimento coperto di tappeti, un bruciatore d'incenso su un altare cubico e due misere colonne: una nera e una argentea. Bombix le guardò e sbarrò gli occhi inorridito.

In mezzo alle colonne, assiso su un trono di ossidiana, c'era Lord Rodilegno.

Dieci

Bombix si sentì torcere le budella e seppe di avere assoluto bisogno di andare al gabinetto. Erano passati anni da quando lavorava per Rodilegno, ma quella carogna era capace di giurartela a vita, e la dolorosa genialità delle sue vendette era leggendaria.

Rodilegno doveva aver intuito qualcosa del suo tumulto interiore, perché arricciò le labbra in una specie di sorriso. — Non ti aspettavi di vedermi, Jasper?

Per qualche istante Bombix aprì e richiuse la bocca come un pesce, ma finalmente riuscì a squittire: — No, non me l'aspettavo. — E dato che non conveniva mai essere sgarbato con un fetente del calibro di Rodilegno, deglutì a fatica e aggiunse: — Vostra Signoria.

Ma che ci faceva, in quel posto, Rodilegno? Non aveva mai mostrato il minimo interesse per le Arti Oscure, e ora eccolo lì, non un semplice accolito della Fratellanza magica, ma addirittura il suo capo. Le implicazioni erano pressoché impensabili.

— Bene, bene — commentò disinvolto Rodilegno. - Sono lieto di apprendere che i Fratelli hanno mantenuto il loro giuramento. — I suoi occhi trapassarono Bombix come pugnali. — E tu, Jasper... terrai fede al tuo giuramento?

— Io? Sì. Certo. Assolutamente. Vostra Signoria mi conosce. Sono la discrezione incarnata. Ossequiente. Obbediente. Fedele? Senza ombra di dubbio. E leale. Sicuro. Alla Fratellanza. Se mi accetterà. E a voi, Signoria. Parola d'onore. Giuro. Tutto quello che volete, Lord Ro... Lord

Ro... Lord Ro... — La sua lingua si bloccò, incapace di concludere la frase.

Rodilegno sospirò impaziente. — Sì, sì, ho capito, Jasper. Non ci darai problemi, né ora né mai: è questo che volevi dire?

— Assolutamente! — confermò Bombix. Si chiese se avrebbe avuto il coraggio di assoldare un assassino per eliminare Rodilegno. Sulla Gilda degli Assassini si poteva fare affidamento, e tutti sapevano che dopo la guerra civile le fortune di Rodilegno avevano subito un rovescio. Forse le sue guardie del corpo non erano più abili come un tempo.

— Ottimo — commentò lui con un sorriso agghiacciante. Lanciò un'occhiata al lacchè nerovestito alla sua destra. — Si porti la bara!

— La bara? — squittì Bombix mentre sei uomini robusti entravano in scena trasportando un'elegante bara di quercia con maniglie di ottone lucido e, particolare assai più preoccupante, schizzata da brune macchie di sangue. La deposero davanti all'altare.

— Entra dentro — gli ordinò sogghignando Rodilegno.

Ormai la porta doveva essere stata bloccata da incantesimi, perciò la sola speranza di fuga era saltare fuori dalla finestra... a parte il fatto che non c'erano finestre. Era condannato, e la bara non era fornita di un gabinetto. I pensieri che gli turbinavano nel cervello, Bombix se ne rese conto in un lampo, erano assurdi perfino per lui, però era difficile rimetterli in ordine. — Dovevi avvertirmi! — sibilò a Sulfureo.

— Avvertirti di che? — sibilò lui di rimando. Sembrava perfettamente tranquillo, ma del resto Sulfureo era sempre stato così: segaligno, brutto, rugoso, duro come un chiodo e coriaceo come un paio di vecchi stivali. A quanto si mormorava, prima che la Regina Aurora uccidesse Beleth, Sulfureo aveva addirittura vinto una battaglia contro il Principe dei Demoni. E non era poco, soprattutto perché all'epoca Infera non era sotto il pieno controllo del Regno.

— Di Rodilegno — sussurrò furibondo Bombix. — Del fatto di dover essere ucciso.

— Ti ho detto e ridetto che è tutto simbolico — sbuffò Sulfureo. — Ora piantala con queste storie ed entra nella bara. — Esitò un istante e aggiunse: — Perché prima non mi dai i soldi? Starai più còmodo.

— Scordatelo! — latrò Bombix. Aveva la sensazione che la sua vita fosse appesa proprio a quel denaro.

— Se vi siete *decisi*... — ringhiò Rodilegno.

Non avendo scelta, Bombix liberò con uno strattone il gomito dalla presa di Sulfureo e si calò nella bara senza staccare gli occhi da Rodilegno. Dai Fratelli riuniti si levò un suono bizzarro, una via di mezzo fra un sospiro soddisfatto e un sibilo coccodrillesco.

— Stenditi — ordinò Rodilegno. — E incrocia le braccia sul petto.

"Come un cadavere" pensò Bombix. Ma dato che era abituato a obbedire ai suoi ordini senza discutere, ed era un'abitudine difficile da spezzare, si distese e incrociò le braccia sul petto. La bara era imbottita e tutto sommato piuttosto comoda, però puzzava decisamente di sangue stantio. Le parole "agnello sacrificale" continuavano a turbinare nella testa di Bombix. Assieme a: "morte", "distruzione", "massacro".

Gli uomini che avevano trasportato fin lì la bara ne abbassarono il coperchio.

Bombix rischiò di farsela sotto. Questo era molto peggio del cappuccio! In fin dei conti, dai bordi della stoffa filtrava un po' di luce, ma adesso l'oscurità era totale, quasi tangibile. Cominciò a respirare affannosamente. Faceva sempre più caldo. Avevano forse intenzione di cremarlo vivo? Era fradicio di sudore. Nelle orecchie gli rimbombò una musica tetra... effetto di qualche stupido conincanto, a giudicare dall'odore. Le parole che ora gli venivano in mente erano: "putrefazione", "corruzione", "marciume". Sarebbe servito mettersi a piangere?, si chiese disperato.

La bara fu riaperta, lasciando entrare luce e aria. Avis, ancora con quella stupida maschera e quel perizoma da pervertito, era chino su di lui brandendo un pugnale. "Ci siamo!" pensò Bombix, ma dalle labbra gli uscì solo una specie di uggiolio.

— E dai, alzati — sibilò Avis, la voce soffocata dalla maschera.

Bombix schizzò fuori dalla bara e si mise in posizione di combattimento, le ginocchia piegate, un braccio teso, la mano di taglio col palmo piatto.

Ignorando quella ridicola posa, Avis gli appoggiò la punta del pugnale sul petto. — Giuri e prometti solennemente che seguirai con sincerità, fedeltà, onestà e diligenza i principi di questo Ordine Empio, e ne custodirai i segreti sotto pena di avere la lingua tagliata, gli occhi strappati, il petto squarciato e il cuore bloccato da una magica corrente che trae la sua forza dal potere stesso dell'universo? — borbottò rapido. — E in più acconsenti, attesti, giuri e t'impegni a sostenere questa sacra Fratellanza con tutti i tuoi beni materiali, presenti e futuri, secondo quanto in precedenza stabilito assieme al tuo Garante, che le Tenebre ti aiutino?

Bombix lo fissò confuso.

— Rispondi *lo voglio* — gli sussurrò Sulfureo.

— Lo voglio — disse Bombix.

Dai Fratelli si levò una salva di applausi.

— Benvenuto nel nostro Ordine — disse formalmente Rodilegno. E in tono annoiato aggiunse: — Qualche domanda, Fratello Bombix?

— Quand'è che parlo con Dio? — chiese pronto Bombix.

Undici

La città era cambiata parecchio dall'ultima volta che c'era stato. La folla chiassosa di Miseranda era sparita, lasciando le strade immerse in un silenzio sinistro. E Boscalto non era in condizioni migliori. Nonostante la giornata calda, Henry notò che Nymph teneva i finestrini della carrozza ben chiusi, e all'improvviso fu colpito da un sospetto spaventoso. — Non sono mica tutti morti, eh? — chiese d'impulso.

Nymph lo fissò perplessa. — Tutti chi?

In quel momento Henry aveva la testa piena di qualcosa che stava leggendo per l'esame di storia: un saggio sulla Peste Nera che, nel quattordicesimo secolo, si era diffusa velocissima in Europa uccidendo un terzo della popolazione. Un viaggiatore dell'epoca aveva lasciato descrizioni agghiaccianti di città vuote e puzzolenti di morte. — Tutti... la gente — balbettò.

Nymph continuò a fissarlo per un momento, poi scosse la testa. — No. La mortalità è piuttosto bassa, ma molti hanno comunque paura e preferiscono restare chiusi in casa. — Guardò fuori dal finestrino e, con apparente incongruenza, aggiunse: — Non ha ancora raggiunto la foresta.

— Ma come...? — Henry esitò. Non voleva sembrare un codardo, però ci teneva a saperlo. — Quanto è contagiosa? Insomma, è facile prenderla, questa malattia?

— Veramente neanche sappiamo come si diffonda, però è meglio non correre rischi — replicò Nymph, senza in realtà rispondere alla sua domanda. Henry si stava chiedendo se non fosse il caso d'insistere, quando fu lei a fargli a sua volta una domanda: — Henry, cos'è successo fra te e Aurora?

La domanda gli scacciò dalla mente ogni altra preoccupazione. «Cos'è successo fra te e Aurora?» Sapeva che prima o poi qualcuno gliel'avrebbe chiesto, e Nymph non aveva mai avuto peli sulla lingua. Sentì il cervello arretrare verso le familiari manovre difensive: "Io e Aurora? Perché pensi che ci fosse qualcosa fra me e Aurora?", ma con uno sforzo sovrumano decise che era tempo di farla finita con i vecchi schemi. Se non si fosse fatto coraggio, non sarebbe sopravvissuto alle prossime ore... e all'inevitabile incontro con Aurora. E poi Nymph gli stava simpatica, e gli era sempre riuscito facile parlare con lei: non lo prendeva in giro, non faceva giochetti e non aveva piani segreti. Così prese fiato, guardò fuori dal finestrino e disse: — Ho combinato un pasticcio.

— Come? — chiese gentilmente lei dopo un momento.

Henry tornò a guardarla. — Non lo dirai a nessuno, vero? Insomma, non vorrei... cioè, è imbarazzante... — Nymph lo fissò seria, in silenzio. — No, certo che non lo farai. — Henry spinse di nuovo lo sguardo fuori dal finestrino. — Tanto ormai è storia vecchia... dubito che importi a qualcuno. — Sospirò. — Aurora mi ha chiesto di sposarla.

— Davvero? — Nymph sembrò sorpresa.

— Oh, sì. Non so che le fosse preso. È successo subito dopo la faccenda con Beleth, e naturalmente, fra il rapimento e tutto il resto, m'immagino che fosse sconvolta, e...

— Le è preso che ti amava — lo interruppe a voce bassa Nymph.

Henry ammutolì. La carrozza, un veicolo di superficie, passò sferragliando sul grande ponte di legno, attraversando l'ampio fiume che serpeggiava pigro fra i magazzini portuali su una riva e le antiche case sporgenti di Boscalto sull'altra. — Ma io non potevo — disse dopo un po'. — Non potevo e basta.

— Perché no?

C'erano stati tali e tanti motivi, e non era sicuro che Nymph ne avrebbe capito anche solo uno. Non era un tipo complicato, lei. Si era innamorata di Pyrgus e l'aveva sposato. Semplice. O almeno così Henry pensava fossero andate le cose. Ma in fondo che ne sapeva? — Per prima cosa — disse finalmente — Aurora era troppo giovane.

— Nel Regno molte ragazze si sposano a tredici anni — replicò Nymph. — E perfino più giovani nella foresta: volendo, io mi sarei potuta sposare a dodici anni. Aurora ne aveva due di più.

— Sì, doveva averne quindici. Forse sedici appena compiuti, non sono sicuro. Ma questo è *qui*. Nel mio mondo non ci si sposa così giovani. Non si fa e basta! — Veramente in certi paesi si faceva, però Henry preferì accantonare quel pensiero.

— L'età era l'unico motivo? — chiese Nymph.

Per una frazione di secondo Henry temette di scoppiare in lacrime. Sarebbe stato terribile, orribilmente imbarazzante, piangere davanti a Nymph. Poi passò, e fu come se una diga fosse crollata. — Ho avuto paura — confessò con brutale onestà.

Nymph rimase in silenzio, in attesa.

— Ho ceduto al panico — proseguì lui. — Tu sei sempre vissuta nel Regno! Non hai idea di come sia per me. Nessuno di voi lo sa. Qui mi sento del tutto fuori posto. Non sono un eroe, né un principe... Non sono degno di Aurora! Sono soltanto uno studentello con una madre tremenda e un padre adorabile però debole, e tutti si aspettano che io faccia... sì, cose normali. Tipo superare gli esami, diventare un insegnante... Se avessi sposato Aurora, sarei diventato un principe consorte, o un re, o altro, e avrei dovuto governare il Regno insieme a lei, o almeno darle una mano. E io non so come si fa. A stento so come *funzionano* le cose qui. Non riuscirei mai ad adattarmi...

— Il signor Fogarty l'ha fatto — obiettò Nymph.

"Il signor Fogarty sta morendo" pensò Henry. La carrozza si fermò sussultando davanti al traghetto che li avrebbe portati sull'Isola Regia.

Dodici

L'Isola Regia sembrava la stessa di sempre, ma il cuore di Henry accelerò i battiti appena il traghetto attraccò. Era terrorizzato. Aveva paura di incontrare Aurora, paura di quello che avrebbe potuto dirgli, di quello che avrebbe potuto dirle lui. Paura dell'aspetto che avrebbe avuto il signor Fogarty dopo aver perso la maggior parte del suo già scarso futuro. Stranamente, però, non aveva paura di non riuscire a convincerlo a tornare nel loro mondo. In fondo al cuore sapeva che il vecchio non era ancora pronto a morire. E soprattutto sapeva come manovrarlo, nonostante la sua cocciutaggine. C'era sempre riuscito, giusto? Lo avrebbe persuaso ad andare a casa, la malattia si sarebbe bloccata e il signor Fogarty sarebbe tornato nel Regno quando i maghi avessero trovato una cura.

Le guardie sul molo avevano tutte mascherine da chirurgo, però parecchie le portavano arrotolate attorno al collo e nessuna sembrava preoccuparsi troppo dell'infezione. Per un momento Henry si chiese come mai trattassero Nymph con grande deferenza, poi si rese conto che in fondo era la sposa dell'ex Monarca. E anche se Pyrgus era rimasto in carica solo pochi secondi, era comunque un Principe del Regno, perciò adesso Nymph era una Principessa del Regno, oltre che della Foresta.

Anche Henry fu trattato con gentilezza, però non riuscì a scacciare la sensazione che nessuno si ricordasse di lui. Era un sollievo, in realtà: non si era mai sentito a proprio agio come Acciaio Invitto, Cavaliere del Pugnale Grigio, soprattutto perché non aveva mai pensato di meritare tutti quei titoli.

— Andiamo a piedi? — La voce di Nymph s'intromise nei suoi pensieri. — O preferisci una carrozza?

— A piedi — rispose Henry. — Non è lontano. — Senza contare che, strada facendo, avrebbe avuto il tempo di riordinare i pensieri e di decidere cos'avrebbe detto ad Aurora. O, ancora più importante, al signor Fogarty.

Ma gli bastarono pochi istanti per pentirsi di quella decisione. Il sentiero che imboccarono era lo stesso che quella sera di due anni prima aveva percorso al fianco di Aurora. I ricordi, già fin troppo chiari, lo assalirono con particolare violenza. Il suo disagio doveva essere evidente, perché Nymph gli chiese: — Stai bene, Henry? — E quando lui annuì in silenzio, aggiunse gentilmente: — Andrà tutto bene, vedrai.

Henry aveva l'idea che Aurora li avrebbe aspettati sulla scalinata d'ingresso del Palazzo, magari fiancheggiata da guardie che lo avrebbero arrestato per... per... per avere insultato la Regina o roba del genere. Però in cuor suo sapeva che era una sciocchezza, perciò non fu sorpreso di scoprire che nessuno era in attesa sui gradini. Nymph lo precedette oltre una porta laterale e, dopo avere percorso corridoi familiari, si fermarono sulla soglia della camera del signor Fogarty. — Ti lascio solo — sussurrò lei, ma Henry la udì a stento.

Il signor Fogarty aveva un aspetto orribile. A essere sinceri, pareva già morto. Era disteso sul letto, gli occhi chiusi e un colorito grigiastro che avrebbe fatto invidia a un cadavere. Non sembrava respirare, ma la vista dei tubicini che andavano dal suo corpo a una serie di fiale su uno scaffale diede a Henry una minima speranza. Di sicuro, se fosse morto, qualcuno li avrebbe staccati. A meno che non fosse morto proprio in quel momento. Nella stanza non c'era nessuno.

— Signor Fogarty — bisbigliò, già pronto a cedere al panico.

Il signor Fogarty aprì gli occhi di scatto. Per un momento restò a fissarlo senza muovere un muscolo, poi disse in tono acido: — Ce l'hai fatta per un pelo.

Henry si sedette sul bordo del letto. C'erano... *cose* fluttuanti dentro i tubi che penetravano nella spina dorsale del signor Fogarty. Avevano un aspetto ripugnante, ma lui non riusciva a staccarne lo sguardo. E non riusciva a togliersi di dosso l'impressione di essere finito per sbaglio dentro un film dell'orrore.

Per giunta, la conversazione non procedeva affatto bene.

— Si può sapere perché non vuole tornare a casa con me? — chiese per la terza o quarta volta. Si rendeva conto che la sua voce suonava piagnucolosa e stridula e perfino un po' disperata, ma era comunque incapace di controllarsi perché *si sentiva* piagnucoloso e stridulo e decisamente disperato. — La sua vecchia casa è a posto... — Questa era una bugia, ma di sicuro non era in condizioni peggiori di quando il vecchio l'aveva lasciata. — ... E Pyrgus ha detto che, se preferisce, può stabilirsi da qualunque altra parte, dove aspettare tranquillo che i guaritori scoprano una cura...

— I guaritori non scopriranno nessuna cura — sbuffò il signor Fogarty.

— Sì, invece, che la scopriranno! — replicò convinto Henry, però stavolta gli venne fuori un tono condiscendente, del tipo che di solito si usa con qualcuno molto vecchio, un po' sordo e pure svitato. Era pericoloso mostrarsi condiscendente con il signor Fogarty. Si passò la lingua sulle labbra. — Hanno la magia, loro, e tutto il resto.

— Magia! — Lasciando Henry a bocca aperta, il vecchio si tirò su a sedere, fulminandolo con lo sguardo, come se l'antico fuoco fosse di colpo tornato ad ardere in lui. — Questi buffoni non capiscono niente di magia. Hai presente un bruco?

— Un bruco? — Henry lo fissò sbalordito.

— Un vermiciattolo peloso con le zampe.

— Sì, certo, lo so cos'è un bruco. Ma che c'entra?

— Durante le sue prime due settimane di vita, un mese al massimo, il bruco non fa che ingozzarsi di foglie — continuò imperterrito il signor Fogarty. — Fino a diventare quasi trentamila volte più grosso di quando è nato. Un bell'animaletto robusto. Gli spuntano occhi e papille gustative e antenne per annusare. Ha mascelle robuste. Usa le zampe anteriori per afferrare il cibo. E dentro ha intestini e organi di ogni genere.

— Ma che cosa...?

— Sta' zitto, Henry. Finché un giorno il bruco... che, ricorda bene, in vita sua non ha mai fatto altro che mangiare... comincia a filare la seta. Questa creatura che ha trascorso la vita evitando uccelli e vespe, che fino ad allora si è preoccupato solo di *sopravvivere*, tesse la seta e se l'avvolge attorno come un sudario finché non riesce più a respirare. Si suicida.

— Ma che...

— Come altro vorresti metterla? Il bruco si *suicida*. E poi resta a marcire dentro il bozzolo che ha tessuto e lasciato appeso a una foglia, o a un ramo o dove ti pare. Non resta più niente di lui. Niente mascelle, niente occhi, niente intestino... niente. *Non resta niente di quel bruco!*

Forse era un effetto della malattia, o forse della vecchiaia, ma il signor Fogarty era decisamente fuori di testa. Un altro attacco di febbre avrebbe di sicuro finito di consumare quanto restava del suo futuro, ammazzandolo nel giro di cinque minuti. La sua unica speranza era tornare nel Mondo Analogo, e lui se ne stava lì a tenere una conferenza di storia naturale. — Signor Fog... — tentò d'interromperlo Henry.

— Così questo sacchetto di liquido putrefatto resta lì appeso — proseguì eccitato il signor Fogarty. — Finché, di punto in bianco, diventa trasparente, si spacca e ne esce...

— Una farfalla — concluse Henry. — Signor Fogarty, non abbiamo tempo per...

— Una *farfalla*! — quasi gridò il vecchio. — Una creatura con ali, cuore, sangue, sistema nervoso, ovaie o testicoli, e perfino un organo speciale che le permette di mantenere l'equilibrio mentre vola. Dal bozzolo esce una creatura che più diversa dal bruco non si può. E *nessuno sull'intero pianeta ha la minima idea di come sia possibile una cosa del genere*! — Si protese verso Henry finché i loro visi furono a pochi centimetri di distanza. — *Questa* è magia!

Henry aprì la bocca e poi la richiuse.

Il signor Fogarty tornò ad afflosciarsi sui cuscini. — Tocca a te trovare la magia — concluse a voce bassa. — Quel bruco sei tu, Henry. Sei l'unico che può riuscirci.

Tredici

— Come ha fatto a scoprirlo? — sibilò rabbioso Lord Rodilegno.

Sulfureo ricambiò lo sguardo altrettanto rabbioso. — Non da me.

— Da chi, allora?

— E io che ne so? — Di fronte a Rodilegno, Sulfureo si sentiva sempre un po' nervoso, ma molto meno di un tempo. Dopo la guerra civile, per Sua Signoria erano arrivati tempi duri. Aveva perso i suoi possedimenti in campagna, e i loro incontri si svolgevano in città, in piccole case miserabili. Rodilegno aveva bisogno della Fratellanza più di quanto la Fratellanza avesse bisogno di lui. E la Fratellanza aveva bisogno di Sulfureo. Era il solo in grado di rinvigorire le loro perdute fortune.

Però neanche Rodilegno aveva intenzione di fare marcia indietro. — Sei tu il suo Garante — insisté.

— Una pura formalità — sbuffò Sulfureo. E, tanto per rigirare il coltello nella piaga, aggiunse: — E l'ho accettata dietro *vostra* insistenza.

Funzionò. Rodilegno fece marcia indietro... glielo leggeva negli occhi. Sulfureo fece vagare intenzionalmente lo sguardo attorno a sé: un piccolo gesto che mirava a mettere Rodilegno al suo posto. La casa un tempo era stata la bottega di un artigiano, rimodernata al volgere del secolo da un mercante alla ricerca di un posticino dove alloggiare l'amante. Ormai era un buco cadente. Quanto a Rodilegno, il suo abito di velluto aveva visto giorni migliori, e gli stivali erano logori e scalcagnati.

Però non conveniva mai sottovalutarlo. Anche in disgrazia, era pur sempre un Lord, con conoscenze da Lord. E, volente o nolente, Sulfureo non poteva fare altro che accettarlo: era il capo della Fratellanza. — In effetti — disse per alleggerire la tensione — non sono sicuro che abbia scoperto qualcosa.

— Ha chiesto quando poteva parlare con Dio — gli ricordò Rodilegno. — Mi sembra un'ottima indicazione che *abbia* scoperto qualcosa!

— Girano tante chiacchiere — replicò Sulfureo. — Lo sapete anche voi. In fondo sono state proprio quelle ad attirare la sua attenzione. Chiacchiere, voci, niente di preciso, niente d'importante. — Fissò Rodilegno con occhi penetranti. — Non fa che ripetere pettegolezzi origliati in qualche taverna. Vuole metterci alla prova. Del resto, se non avesse sentito quelle voci, non avrebbe mai chiesto di entrare nella Fratellanza.

Rodilegno si alzò di scatto e spalancò un armadio celato fra i pannelli che ricoprivano la parete. — Vuoi bere? Gin, simbala, caffè analogo... — Sulfureo scosse la testa, lui invece si riempì un bicchiere prima di tornare a sedersi. — Hai i soldi?

Ancora una volta Sulfureo scosse la testa, arricciando appena le labbra.

— Perché no?

— Non mi andava di frugargli nelle mutande — replicò gelido. Poi, notando l'espressione confusa di Rodilegno, spiegò: — Li aveva messi nelle mutande. O così mi ha detto.

— Messi *dove*?

— Insomma! — scattò Sulfureo. — Conoscete Jasper bene quanto lo conosco io... è stato al vostro servizio più che a sufficienza. Quell'uomo è un pervertito.

— Sì, però è un pervertito ricco — brontolò Rodilegno. — Pagherà?

— Sì. Con un bonifico. — "Sul mio conto personale" aggiunse mentalmente Sulfureo, però non si sentì in dovere di farne cenno. In fondo, era lui che avrebbe dovuto spendere il denaro.

— Quando arriveranno i soldi?

— Entro settantadue ore. Con una somma del genere non si può fare più in fretta.

— Tre giorni... — mormorò pensoso Rodilegno.

Sulfureo aggrottò la fronte. — Qualcosa non va?

— Pensavo alle *voci* sentite da Bombix. Riguardo a Dio. Non si darà pace finché non avrà scoperto cosa c'è dietro.

— Immagino di no — annuì Sulfureo. Non solo Bombix era curioso come una scimmia, ma si stava separando da un'incredibile quantità di denaro. Nessuno col cervello a posto lo avrebbe fatto solo per aderire a una Loggia di stregoni in bancarotta e ormai incapaci di evocare anche un solo demone. Non ci avrebbe messo molto a capire che qualcosa bolliva in pentola. Poteva sopportare di esserne all'oscuro *prima* di entrare a fare parte della Fratellanza, ma una volta congedatosi dal suo oro, sarebbe stato impossibile nascondergli la verità.

— Ti fidi di lui? — chiese Rodilegno.

Era una bella domanda, che Sulfureo non aveva preso in considerazione. Si era concentrato sul modo migliore per far abboccare Bombix, non sulle eventuali conseguenze. — E voi?

— Non molto — rispose Rodilegno. — Come spia non era male, però ha sempre pensato soprattutto ai propri interessi. Quando lavorava per me, aveva troppa paura per fare un passo falso... e per giunta potevo tenerlo d'occhio. Purtroppo le cose sono cambiate.

— Sembrava piuttosto spaventato, quando vi ha visto.

Rodilegno si concesse un sorriso crudele. — Non quanto lo sarebbe stato un tempo. Non quanto avrebbe dovuto. Non fino in fondo all'anima. — I suoi occhi incontrarono quelli di Sulfureo, e il sorriso diventò ancora più agghiacciante. — È un errore che ultimamente hanno commesso in parecchi. Pensano che, avendo puntato sul cavallo sbagliato durante la guerra civile, la mia posizione abbia subito un tracollo irrecuperabile.

— Ma davvero? — replicò Sulfureo.

Rodilegno svuotò il bicchiere d'un fiato e lo riappoggiò sul tavolo. — Quando avremo i soldi, voglio che tu lo uccida.

Sulfureo lo fissò a bocca aperta. Jasper e lui avevano lavorato insieme per molto, molto tempo. Si conoscevano da quando erano poco più che bambini. Avevano vissuto tante *avventure* insieme, e insieme erano entrati in affari: era stata la Fabbrica di Colla Miracolosa a porre le basi della sua ricchezza, e la fabbrica non sarebbe mai sorta senza l'aiuto di Bombix. Per quanto irritante, Jasper lo aveva sempre sostenuto lealmente per più anni di quanti potesse ricordare. E adesso avrebbe dovuto ucciderlo?

— Affare fatto — disse Sulfureo.

Quattordici

— Che avrà voluto dire? — chiese Nymph. Si era materializzata al fianco di Henry appena era uscito dalla stanza del malato, e adesso stavano seduti in un'anticamera, bevendo quello che sembrava succo di tamarindo.

— Non lo so — ammise il ragazzo. — A essere sincero, sospetto che abbia un po'... — Voleva dire "di Alzheimer", però dubitava che Nymph conoscesse il termine, perciò si limitò a battersi un dito sulla tempia. In cuor suo, tuttavia, non ne era affatto sicuro. I discorsi del signor Fogarty sui bruchi erano semplicemente assurdi, però quello che aveva detto dopo era piuttosto ragionevole.

— Allora tornerà insieme a te? — insisté Nymph. — Nel Mondo Analogo?

— Oh, sì. — In effetti l'annuncio aveva sbalordito Henry. Appena gli aveva ripetuto la sua richiesta, il signor Fogarty aveva annuito, docile come un agnellino. Dopodiché Nymph aveva preso tutti gli accordi necessari e ora, in attesa che gli eventi si mettessero in moto, stavano ricapitolando l'intera conversazione, trovandola sempre meno sensata. E la cosa che aveva meno senso di tutte era che il signor Fogarty avesse tanto insistito perché Henry andasse da lui. Per tornare nel Mondo Analogo ad aspettare una cura per la sua malattia non aveva certo bisogno che il ragazzo lo tenesse per mano. Per lui sarebbe stato più facile e molto più sicuro usare un portale appena si era ammalato. A quel punto, se proprio ci teneva a vedere Henry, gli sarebbe bastato fargli una telefonata.

— Che altro ha detto? — chiese Nymph. — Dopo la storia della farfalla e quella sul dover trovare la magia...

— Non molto, semplicemente che ero l'unico in grado di riuscirci. E poi, quando gli ho detto che doveva tornare nel Mondo Analogo prima di avere un altro attacco di febbre e rimetterci le penne, ha annuito e si è dichiarato d'accordo. Così ho pensato che era meglio organizzare tutto alla svelta, prima che cambiasse idea. — Le sorrise, sentendosi vagamente soddisfatto di se stesso.

Nymph ricambiò. — Sapevamo che ci saresti riuscito. Pyrgus e io ne eravamo sicuri. Vedrai che ora andrà tutto bene.

— Sì — concordò Henry. — Andrà tutto bene.

Quindici

Henry rimase a bocca aperta. Era la prima volta che vedeva il portale del Palazzo, e quello spettacolo lo lasciò senza parole. Per cominciare, si trovava dentro un tempio. Davanti a lui, tumultuose fiamme azzurrine guizzavano fra due colonne gemelle poste davanti a un altare. E i tecnici che vi lavoravano erano vestiti come sacerdoti. In effetti, una volta Pyrgus gli aveva detto che in passato nel Regno il passaggio da un mondo all'altro era considerato un'esperienza religiosa. A quanto pareva, lo era ancora... almeno in apparenza.

— Di solito ne uso uno più piccolo, portatile — spiegò all'Ingegnere Capo Phoebus che li aveva accompagnati nel tempio. Per la precisione, era stato il signor Fogarty a inventarlo.

Phoebus sbuffò con aria di superiorità. — Vanno di moda, di questi tempi — commentò con un tono che non lasciava dubbi sulla sua opinione al riguardo. — Personalmente non mi fiderei. — Cambiò espressione mentre volgeva lo sguardo sulla fiamma azzurrina e aggiungeva fiero: — *Questo* funziona da secoli. — Appoggiò affettuosamente una mano sul telaio di ossidiana del pannello di controllo.

— Come si procede? — chiese Henry. — Basta entrare nel fuoco? — Anche se l'idea non lo entusiasmava, era quasi sicuro che avrebbero dovuto fare proprio così.

— Uno alla volta — disse Phoebus. — Tu per primo, dato che conosci il Mondo Analogo. Poi il Viceré Fogarty. E per ultima la Principessa Nymph. In questo modo voi due potrete assicurarvi che non abbia problemi attraversando il portale. A quanto mi risulta, il Principe Pyrgus vi sta aspettando. Non ci vorranno che un paio di secondi.

"Ancora un minuto e sarà finita" pensò Henry con sentimenti contrastanti. Era stato terrorizzato all'idea di incontrare Aurora durante quella visita, e ora sarebbe tornato a casa senza neanche averla intravista. Il sollievo si mescolò alla delusione e anche a un pizzico di risentimento. Non gli piaceva che lei lo ignorasse in quel modo. — Chissà perché il signor Fogarty ci mette tanto — disse a nessuno in particolare.

— Probabilmente dovranno trasportarlo qui — osservò Nymph. — È molto debole.

— Sarebbe dovuto tornare prima — brontolò Henry, troppo occupato a compatire se stesso per provare simpatia per quel vecchio cocciuto. Per distrarsi, tornò a rivolgersi all'Ingegnere Capo. — Mi piacerebbe sapere come funziona.

Il viso di Phoebus s'illuminò. — Certo, signore... — S'interruppe di colpo. E, altrettanto di colpo, nel tempio calò il silenzio. Lo sguardo di Phoebus era fisso alle spalle di Henry. Che si voltò.

C'era Aurora, ferma sulla soglia. E al suo fianco c'era un giovanotto alto, snello e molto attraente.

Henry non riusciva a staccarle gli occhi di dosso. Aurora era... era... Prese fiato. Aurora era un po' più alta, o forse era solo un'impressione, e aveva perso qualche chilo. E si era lasciata crescere i capelli: non erano più corti, come li ricordava lui, ma le ricadevano sulle spalle. *Era assolutamente uno schianto!*

Ma chi era il giovanotto al suo fianco?

Notò che adesso Aurora camminava in modo diverso. Non un'andatura affettata, ma sicura, decisa; e teneva la schiena ben dritta, in modo... regale. Quando entrò nel tempio, i sacerdoti s'inchinarono uno dopo l'altro, come un'onda, al suo passaggio. Henry la guardò avvicinarsi. Si chiese se anche lui dovesse inchinarsi, però non riusciva a distogliere lo sguardo. Mai in vita sua aveva visto una creatura più bella.

Aurora lo fissava seria, senza sorridere.

— Ciao, Aurora — balbettò col cuore in gola.

— Oh, Henry, mi dispiace tanto! — esclamò lei. E gli gettò le braccia al collo.

Sedici

Aurora sapeva di muschio e di gelsomino, e per un momento Henry riuscì a pensare soltanto al profumo della sua pelle e dei suoi capelli. Il cuore gli batteva così forte che di sicuro doveva sentirlo anche lei. Avrebbe voluto abbracciarla e baciarla. Avrebbe voluto...

Aurora piangeva! Sentì le sue lacrime inumidirgli le guance, e all'improvviso il mondo gli piombò addosso. Si liberò dall'abbraccio e, mentre faceva un passo indietro, sollevò la testa e si trovò a guardare negli occhi il giovanotto attraente che gli restituì impassibile lo sguardo.

Il cervello di Henry si rimise in moto. «Mi dispiace tanto...» Mi dispiace per che cosa? Di che cosa doveva dispiacersi Aurora? Era lui quello che...

Di colpo, gli occhi ancora fissi sul giovane, Henry seppe, senza ombra di dubbio, che quello era il nuovo amore di Aurora. «Oh, Henry, mi dispiace tanto.» Mi dispiace di averti preso in parola. Mi dispiace non avere aspettato. Mi dispiace avere trovato qualcun altro. Mi dispiace tanto ma stiamo per sposarci?

— Aurora... — gracchiò, e poi s'interruppe. Che cosa doveva dire? "Non avresti dovuto darmi retta quando ti ho respinta?"

— So che sei venuto appena possibile — disse Aurora.

— Non sai chi sono, vero? — chiese il giovanotto senza staccare gli occhi da Henry.

— No — rispose lui con voce esile.

Il giovanotto accennò un sorriso. — Colias — disse semplicemente.

— Colias? — gli fece eco Henry. *Colias?* Il bizzarro, infido, grassoccio fratello minore di Aurora? — Colias?! — Impossibile. Nessuno poteva cambiare tanto, sia pure in due anni. Però, guardandolo meglio, Henry si rese conto che il giovanotto aveva gli occhi e l'espressione di Colias. Incredibile.

Lui annuì, serio. Aveva una voce melodiosa e un aspetto sofisticato che mai Henry avrebbe potuto eguagliare. — Mi dispiace incontrarti di nuovo in circostanze così tristi — disse.

Ma Henry aveva occhi soltanto per Aurora. Perché l'aveva abbandonata? Cosa c'era, nella sua vita, che poteva anche solo avvicinarsi a...? La fissò adorante, rendendosi vagamente conto di doverle sembrare un cucciolo scodinzolante, e sentì montare dentro un'ondata di eccitazione. Forse non era troppo tardi!

— Adesso che farai? — gli chiese lei.

Henry la fissò senza capire di cosa parlasse, e senza che gliene importasse. Si concesse addirittura un sorriso. — Eh?

E poi tutto accadde come al rallentatore. Le lacrime di Aurora si asciugarono e un'espressione inorridita le si dipinse sul viso. Sbarrò gli occhi. — Non ti hanno avvertito! — esclamò. Si guardò attorno con collera crescente, ma gli sguardi che incrociavano il suo erano confusi quanto quello di Henry. — Non ti hanno avvertito — ripeté, ma stavolta a voce bassa, sbigottita.

Lo guardò dritto negli occhi, il viso una maschera rigida.

— Henry... il signor Fogarty è morto.

Diciassette

— Immagino che abbiano intenzione di ucciderti appena incassato il denaro — disse calma Madama Circe. Si trovavano in una Camera di Sicurezza, una calcolata confusione di tendaggi e grandi specchi che riflettevano all'infinito la sua figura incappucciata.

Bombix rabbrividì. Sospettava che Madama Circe avesse ragione, ma questo non significava che la cosa gli facesse piacere. — Sono sicuro che il mio antico socio mi proteggerà — replicò con scarsa convinzione. "E se non lo farà lui, ci penserai tu, vecchia strega" pensò. "Sei stata tu a cacciarmi in questa situazione."

Madama Circe sbuffò. — Silas Sulfureo? Venderebbe la propria madre per un pugno di spiccioli. No, temo che la tua sola speranza sia smascherare la Fratellanza prima che agiscano contro di te.

Il problema con le Camere di Sicurezza era che non sapevi mai da che parte guardare. Era questo il loro scopo, ovviamente. I riflessi moltiplicavano l'immagine del tuo interlocutore e i tendaggi ne deviavano la voce, rendendo impossibile stabilirne la provenienza. In questo modo gli assassini non sapevano chi e dove attaccare, però ogni tentativo di portare avanti una conversazione decente diventava un incubo. Bombix scelse a caso un riflesso di Madama Circe e gemette in quella direzione: — Ma mi resta tempo solo fino alla fine della settimana!

— Non puoi chiedere alla banca di rallentare il bonifico?

— L'ho già fatto. Di solito sono sufficienti settantadue ore. Hanno promesso di tirarla per le lunghe fino a un massimo di sei giorni, una settimana lavorativa, ma non un minuto di più. Sostengono che un ritardo maggiore rovinerebbe la loro reputazione.

— Che peccato — commentò Madama Circe.

Il cappuccio gli impediva di vederla in viso, ma Bombix intuì che sorrideva e si sentì raggelare. La sua proposta era sembrata così plausibile, quando lo aveva avvicinato e, in tutta sincerità, anche molto attraente. Però non si era parlato di rischiare la vita... in particolare la *sua* vita. Cominciava a sospettare che la vecchia strega avesse un programma tutto suo, ma si sentì comunque obbligato a chiedere: — Non è che *voi* potreste fare qualcosa?

— Mio caaavo, lo farei se potessi... questo lo sai. Ma non posso. Ho le mani legate. In teoria, di questi tempi siamo *amiconi* di quegli spaventosi Elfi della Notte.

Anche Bombix era uno spaventoso Elfo della Notte, però gliela lasciò passare. Nel bene e nel male, ormai il suo capo era Madama Circe. Per quanto infida, non poteva essere più pericolosa di Rodilegno... e lui era sopravvissuto per anni facendo la spia per conto di Sua Signoria. Inoltre era poco probabile che Madama Circe lo lasciasse assassinare finché le era utile. Finora, dei suoi agenti, soltanto lui era riuscito a infiltrarsi nella Fratellanza.

Bombix decise che tutto quel parlare di morte serviva solo a metterlo sotto pressione... come se non lo fosse già abbastanza. Rodilegno aveva usato lo stesso metodo. — Qualche nuova informazione? — chiese per dare una scossa alla situazione, e magari guadagnarne il controllo.

Un centinaio di teste incappucciate ondeggiarono in un cenno di diniego. — Solo conferme di quanto già sapevamo. La Fratellanza complotta qualcosa. — Un'esitazione impercettibile, e poi: — E *tu*, Bombix, hai scoperto qualcos'altro?

Per un momento si chiese se serbare l'informazione per sé, ma cambiò subito idea. Ora come ora gli conveniva tenersi buona Madama Circe. Per giunta, quello che aveva scoperto era piuttosto insignificante e di dubbia importanza. — Rodilegno è sembrato colto alla sprovvista quando ho chiesto di parlare con Dio.

— Ah — commentò Madama Circe come se la notizia fosse di qualche interesse. — Come ha reagito?

— Oh, ha trattato la cosa come se fosse uno scherzo. «Sono io il solo Dio che troverai qua dentro», roba del genere. Però sono sicuro che fosse scosso.

— La tua analisi?

Bombix aprì la bocca e subito la richiuse. Rodilegno non gli aveva mai chiesto un'analisi di qualcosa. Ovviamente Madama Circe era un genere di capo molto diverso. I suoi occhi guizzarono da un riflesso all'altro. Il fatto è che *non* aveva formulato un'analisi. Fino ad allora aveva agito spinto dall'avidità e dall'istinto. E sulla base di chiacchiere da taverna. Però dubitava che *quelle* avrebbero fatto colpo sul Capo dei Servizi segreti del Regno.

— Be', dev'essere un nome in codice...

— Sì, questo è ovvio — sbuffò Madama Circe. — Ma per indicare che cosa? Una persona? Un alleato importante? Un altro paese? O semplicemente qualunque cosa stiano complottando... forse il nome del loro attuale *piano*?

"E io come faccio a saperlo, stupida vecchia?" pensò Bombix. Ma disse: — Non credo sia importante...

— Certo che lo è! So per esperienza che spesso i nomi in codice suggeriscono esattamente quello che si cerca di nascondere. Se per esempio "Dio" si riferisse a una persona, potremmo dedurre che si tratta di un personaggio autorevole, potente. Se invece fosse il nome in codice di un piano, potremmo ragionevolmente presumere che sia un piano grandioso, di vasta portata. — La sua voce diventò tagliente. — Per esempio un complotto per rovesciare il legittimo Monarca del Regno.

Bombix sussultò come se fosse stato punto. Lo stesso sospetto era venuto anche a lui, per questo era così interessato a capire che cosa stesse combinando Sulfureo. Muovendosi con cautela ed evitando di scoprirsi, sperava di assicurarsi una posizione di rilievo nel nuovo ordine se la Fratellanza avesse avuto successo, o ingraziarsi quello vecchio se i Fratelli avessero fallito. Il guaio era che non sapeva cos'avesse in mente Sulfureo. Neppure sapeva dove abitasse, anche se a questo sperava di rimediare fra breve.

— Oh, no, Madama Circe, sono sicuro che non sia niente del genere — disse in tono untuoso. E, in ogni caso, era meglio che fosse lui a scoprirlo per primo. Brintesia era troppo sospettosa, e Bombix voleva evitare che cominciasse a ficcare il naso per conto proprio.

— Perché no? — chiese bruscamente lei. — In fin dei conti Lord Rodilegno ci ha già provato. Non conosci quel modo di dire del Mondo Analogo a proposito del lupo che perde il pelo ma non il vizio?

Bombix non era un esperto di espressioni del Mondo Analogo, ma questa la capì al volo. — Ah, sì, Madama Circe, ma in quel caso Lord Rodilegno agiva in proprio, *politicamente*, per così dire. In questo caso abbiamo a che fare con la Fratellanza... un'organizzazione, come dire, *religiosa*, della quale Lord Rodilegno è per il momento a capo. I tempi sono cambiati, come avete detto voi stessa un attimo fa, e l'una può agire come freno sull'altro. — Mentre le parole gli uscivano di bocca, si rese conto che non avevano il minimo senso, ma si augurò di riuscire a intorbidare le acque quanto bastava a deviare l'attenzione della sua interlocutrice.

Non funzionò. — Definiresti la Fratellanza un'organizzazione religiosa? — chiese incredula Madama Circe.

— Voi no? — replicò Bombix in tono innocente.

— Non esattamente. Secondo me è più... — S'interruppe: qualcosa di arancione lampeggiava negli specchi.

Bombix si ritrasse con istintivo disgusto mentre ogni specchio mostrava un nano che parlava all'orecchio di Madama Circe. Naturalmente Bombix lo riconobbe all'istante: quell'odioso triniano, Ciancia, con i suoi denti velenosi. Rabbrividì.

Madama Circe si alzò di scatto. — La mia presenza è richiesta altrove — disse bruscamente. — Torna appena avrai altre informazioni. — E se ne andò.

Con un fruscio di ingranaggi nascosti, gli specchi cambiarono posizione lasciando Bombix a fissare confuso il proprio riflesso.

Diciotto

Quando il tempo glielo permetteva, Sulfureo continuava a indossare lo scialle da demonologo, i cui simboli – o la cui puzza – tenevano tutti a distanza anche se ormai i demoni erano innocui. Il che induceva a pensare, rifletteva Sulfureo quando era di umore filosofico, che se si condizionano gli altri a reagire in un certo modo, quasi tutti poi sono troppo pigri per liberarsi anche se il condizionamento viene meno.

Al momento lo scialle gli permetteva di muoversi indisturbato in uno dei peggiori quartieri nei pressi del porto, uno dei suoi stratagemmi preferiti quando voleva evitare di essere seguito. I malviventi lo avrebbero lasciato in pace, ma chiunque avesse tentato di seguirlo, avrebbe rischiato la borsa, la salute e forse la vita. Non che ci fossero molti malviventi in giro. A quanto pareva, temevano anche loro l'epidemia. Comunque non *pensava* di essere stato seguito.

Anzi, ne era sicuro. Si fermò in riva al fiume e chiamò un aquataxi di passaggio. Il timoniere accostò cauto alla riva. — Dove andate, capo?

— Monbello — rispose Sulfureo a voce alta. In realtà non voleva affatto andare *da* quella parte, ma poteva sempre cambiare destinazione una volta a bordo. Nel frattempo, chiunque fosse stato in ascolto sarebbe partito per la direzione sbagliata. Non si poteva mai essere abbastanza cauti, perfino con le strade mezzo vuote. Fece per salire sul battello.

— Ce l'avete il certificato? — lo bloccò il timoniere.

Sulfureo lo fulminò con gli occhi. — Certificato?

— Proprio così, capo. Firmato da un guaritore. Che dichiara che siete pulito, non infetto.

Per un intero minuto Sulfureo riuscì solo a fissarlo incredulo. Dopodiché gli lanciò un'altra scarica di fulmini con gli occhi. — Si può sapere di che blateri, razza d'idiota?

— Senza certificato non potete salire su un veicolo pubblico. È una nuova regola. Proposta dal Sindaco e autorizzata dalla Regina, che Dio la protegga.

— Quando? — ringhiò Sulfureo. Ogni volta che voltava la testa, scopriva che Sua Regale Carognetta si era inventata qualcos'altro per privarti della tua libertà. Niente caccia all'orso, niente combattimenti di galli, niente duelli. Non potevi neanche più avvelenare qualcuno per vendetta. E ora se la prendeva con la libertà di movimento.

— Un'ora fa — lo informò il timoniere.

— Un'*ora* fa? Senza un annuncio pubblico?

— Sì che c'è stato, l'annuncio. Hanno attaccato un avviso sulla porta della cattedrale.

— E come pretendono che qualcuno si procuri il certificato di un guaritore — sbottò Sulfureo — se questo qualcuno è un Elfo della Notte cui non è permesso entrare nella cattedrale della Luce?

— Terribile, eh? — annuì comprensivo il timoniere. — Come che sia, signore, la legge è legge. Non l'ho fatta io, però non posso disobbedire. Non faccio altro che eseguire gli ordini. Io ci lavoro e basta, qui. Mica mi pagano per pensare.

— Tariffa doppia? — suggerì Sulfureo.

— Saltate su, capo.

Sulfureo salì a bordo. Era bello sapere che certe cose non cambiavano mai.

Prese posto a poppa e aprì la logora tenda parasole. Non che ci fosse il sole, però serviva a proteggerlo dagli sguardi indiscreti.

Il timoniere spezzò un conincanto che sfrigolò e si accese fiammeggiando. — Monbello, giusto? Il quartiere di lusso?

— Biancopozzo — replicò brusco Sulfureo. — Subito dopo la Porta dello Storpio.

— Avrei giurato che aveste detto Monbello — borbottò l'altro. — Si vede che sto diventando vecchio.

Sulfureo chiuse gli occhi mentre la barca acquistava velocità. L'ultima legge emanata dalla Regina Aurora era irritante, oltre che una scocciatura. Ogni imbecille poteva rendersi conto che sarebbe stata estremamente sgradita, specialmente a chi non aveva la possibilità di allungare bustarelle come lui. E anche se la Regina non doveva rispondere a nessuno delle proprie decisioni, il Sindaco si sarebbe ripresentato alle elezioni l'anno prossimo. Il fatto che fosse stato lui a proporre una legge del genere, mostrava la gravità dell'epidemia temporale.

Se non avesse giocato bene le proprie carte, si disse Sulfureo, quella faccenda sarebbe finita del tutto fuori controllo prima che riuscisse a sfruttarla al massimo.

Aprì gli occhi e si protese verso il timoniere. — Sette gnutti di mancia se ignori il limite di velocità.

Diciannove

Henry tirò un respiro di sollievo. Era tutto un errore. (Un errore davvero stupido, commesso da un'infermiera ancora più stupida.) Il suo sguardo attraversò la stanza per posarsi sul letto dove era steso il signor Fogarty, identico a quando lo aveva lasciato. Qualcuno gli aveva tolto quegli orribili tubi dalla schiena, il che probabilmente era un buon segno, perché significava che stava abbastanza bene da poterne fare a meno.

— Sta solo dormendo — spiegò, voltandosi verso Aurora.

— Henry...

— No, sul serio... dorme sempre in quella posizione. Sulla schiena. Era così anche quando l'ho lasciato. Il fatto è che quasi non gli si muove il petto, quando respira. Un sacco di gente farebbe lo stesso errore.

— Henry... — ripeté Aurora.

— Davvero — insisté lui. — Ora ti faccio vedere. — Attraversò la stanza. — Signor Fogarty. Sveglia, signor Fogarty. — Al vecchio bisbetico non avrebbe fatto piacere dover rinunciare al suo pisolino, ma sempre meglio che essere creduto morto. Correvano tutti qua e là come galline senza testa.

Il signor Fogarty non si mosse.

— Henry... — disse di nuovo Aurora.

Ignorandola, il ragazzo si chinò e scosse il signor Fogarty: la testa del vecchio s'inclinò mollemente di lato e i suoi occhi rimasero chiusi.

Aurora afferrò Henry per un braccio. — È morto — disse gentilmente.

Lui la guardò sgomento. — Ma è impossibile! Stavamo parlando appena pochi minuti fa. — Tornò a voltarsi e strinse il polso del signor Fogarty, cercando il battito. Non c'era.

— Dobbiamo andare, Henry. Adesso di lui si occuperanno i sacerdoti.

— I sacerdoti?

— Devono lanciare un incantesimo per aprirgli la bocca.

— E perché?

— Per liberare il suo spirito. — Lo tirò per un braccio. — Vieni. Lasciamoli fare il loro lavoro.

Non li aveva visti entrare, ma di colpo la stanza era piena di maghi e guaritori avvolti in lunghe vesti cerimoniali, alcuni seguiti da servi triniani muniti di rosari, turiboli e varia attrezzatura religiosa.

— Non appartiene al vostro mondo — protestò Henry. Ancora non riusciva a schiarirsi le idee, però non gli sembrava giusto che dovessero aprire la bocca del signor Fogarty con un incantesimo. Non avrebbero dovuto metterlo in una bara come si deve, per seppellirlo in una tomba come si deve? In effetti, pensò, neanche sapeva di che religione fosse il signor Fogarty, o perfino se ne avesse una. Però di solito, quando uno muore, ci si rivolge alla parrocchia più vicina, e il prete officia un servizio religioso e dice cose gentili sul defunto...

"Era un rapinatore di banche, però tutti gli volevano bene" disse un prete immaginario dentro la sua testa.

... E poi, dopo che tutti avessero reso omaggio alla salma, avrebbero portato la bara al cimitero e...

Si accorse di avere le guance bagnate di lacrime, anche se in realtà non si sentiva triste. A dire il vero non sentiva niente, a parte forse un certo stordimento.

— Voleva che lo onorassimo secondo i nostri riti — spiegò Aurora. — Ne abbiamo discusso alcuni giorni fa.

"Cioè prima che arrivassi io" pensò assurdamente Henry. "Addirittura prima che lo sapessi."

La stanza stava fluttuando dietro un velo di lacrime, così lasciò che Aurora lo conducesse fuori nel corridoio e giù per le scale del Palazzo.

Venti

Era come la sua prima visita nel Regno, quando era finito nelle cucine del Palazzo, a farsi coccolare da una serie di donne dall'aspetto materno. Fu lì che adesso lo condusse Aurora. Lo fece sedere davanti a un lucido tavolo di pino, fra la confusione e gli odori della cucina, e una donna grassoccia con un grembiule portò loro fumanti tazze di tè: un pensiero gentile, perché il tè era una rarità nel Regno, ma tutti sapevano da dove lui veniva e volevano metterlo a suo agio.

Henry fissò il liquido ambrato – lì non avevano l'abitudine di aggiungere il latte – e vide una serie di increspature allargarsi sulla sua superficie quando vi atterrò una lacrima. Per qualche motivo non riusciva a smettere di piangere, anche se era imbarazzante e per nulla virile.

Aurora era seduta sulla panca accanto a lui, così vicino che le loro ginocchia si sfioravano. Strinse le mani attorno alla propria tazza, come per scaldarle. Aveva dita molto lunghe, affusolate. Dita adorabili, pensò Henry. Aveva un'aria più femminile di quanto ricordasse, probabilmente per via del vestito. Anche il suo vestito era adorabile.

— Che farai? — chiese lei con voce sommessa.

Henry fissò un punto al di sopra delle sue spalle. Avrebbe dovuto scrivere alla figlia che suo padre era morto... però lei *credeva* che fosse morto già da un pezzo perché così le aveva scritto, mentendo secondo le istruzioni del signor Fogarty. Ragion per cui adesso non poteva scriverle. Però avrebbe dovuto dirlo a Poutpourri. Era giusto informare Poutpourri.

Di colpo cominciò a tremare in modo incontrollabile.
— Sssh — gli sussurrò Aurora all'orecchio, mettendogli un braccio attorno alle spalle. — Va tutto bene, Henry. Va tutto bene.

Invece no, non andava affatto bene. Era cambiato tutto. Tutto si era... fermato.

— Devo tornare a casa — disse.

— Resterai per il funerale?

Henry voltò la testa, sforzandosi di concentrarsi sul viso di Aurora. — Sì, giusto — rispose dopo un momento. — Farei bene a restare per il funerale, vero?

— A lui avrebbe fatto piacere.

Tornarono a fissare entrambi le rispettive tazze, però nessuno dei due fece il gesto di bere.

— Sarà un funerale in grande stile — disse infine Aurora. — Esequie di Stato, con tutti gli onori. Era il nostro Viceré.

Non che facesse differenza. Il signor Fogarty non aveva mai provato interesse per le cerimonie, però ormai era morto e per lui non aveva più importanza. Comunque, per fare piacere ad Aurora, Henry disse: — Bene. Molto bene.

— Farò preparare la tua vecchia stanza — mormorò lei.

Pyrgus non lo sapeva. Doveva tornare ad avvertire Pyrgus. — Devo tornare ad avvertire Pyrgus — disse Henry a voce alta.

— Non preoccuparti. Abbiamo già mandato qualcuno.

Naturale che avevano mandato qualcuno ad avvisarlo. Per forza. Era stato lui a nominare Viceré il signor Fogarty. — Nymph?

Aurora annuì. — Nymph.

Giusto. Nymph era la moglie di Pyrgus. Si chiese se sarebbe tornato per il funerale rischiando un altro attacco di febbre. — Quando sarà?

— Il funerale? Fra tre giorni.

"Come nel mio mondo" pensò.

— Henry...? Dopo il funerale... pensi di tornare subito a casa?

Era cambiato tutto, eppure niente era cambiato. Non voleva tornare a casa. A casa era infelice, ed era stato infelice negli ultimi due anni. Non voleva vivere con sua madre, non voleva andare all'università e poi rompersi a insegnare in qualche vecchia scuola ammuffita fino al giorno della sua morte. Eppure, in qualche modo, doveva farlo. Non aveva scelta, ecco. Fissò Aurora e annuì.

— Sì, penso che sarebbe la cosa migliore. Tornerò subito a casa.

— Temo che questo non sarà possibile, mio caaavo — disse alle sue spalle una voce familiare.

Ventuno

La casa era una villa stile Tudor circondata da un ampio terreno alberato. L'agente immobiliare sosteneva che un tempo era appartenuta a Sua Maestà Elisabetta I, anche se in realtà non ci aveva mai abitato. (Dopo aver comprato la casa, Pyrgus aveva fatto qualche ricerca e aveva scoperto che si trattava di una famosa monarca del Mondo Analogo.) Era una casa appartata, comoda, un po' tetra e fornita di un numero sorprendente di specchi e specchietti. Pyrgus continuava a cogliere riflessi di se stesso, e non poteva fare a meno di pensare quanto somigliasse a suo padre. Era una sensazione strana.

A fatica distolse l'attenzione dall'ennesimo riflesso.
— Allora è successo? — chiese.

Nymph annuì. — Sì.

Da quando la febbre lo aveva fatto invecchiare, aveva notato una differenza in lei: sottile, però c'era. Quando stavano insieme, Nymph era più seria. Ormai era raro che lo prendesse in giro. Era quasi come se lo trattasse con... deferenza. Sapeva a cos'era dovuto, naturalmente. Quando lo guardava, vedeva esattamente quello che lui vedeva nello specchio: un uomo di mezza età. Per quanto Nymph lo amasse, non doveva certo essere facile per lei. Bisognava fermare la Febbre Temporale al più presto... non solo per la salvezza del Regno, ma anche del loro matrimonio.

— Henry c'era? — chiese.

Ancora una volta Nymph annuì.

— Nella stanza?

— Sì. Neanche si è reso conto che il signor Fogarty era morto: pensava si fosse semplicemente addormentato.

— Il che spiega perché non ha avvertito gli altri.

— E perché è rimasto così sconvolto quando Aurora ha avvertito *lui*.

— Era pronto a portare qui il signor Fogarty?

— Lo aspettava davanti al Portale del Palazzo, esattamente come previsto.

— Però era convinto di portare a casa un Viceré *vivo*! — mormorò Pyrgus. — Non il suo cadavere, come supponevamo noi.

— Esatto.

La finestra del salotto dava su un ampio prato delimitato in lontananza da una fila di alberi. Un pavone lo attraversò impettito, la testa sussultante. I pavoni erano uccelli magnifici, ma nel Regno degli Elfi si erano estinti da un pezzo: ormai era possibile trovarli solo nel Mondo Analogo. Quello apparteneva al vecchio proprietario che non se l'era sentita di strapparlo all'ambiente nel quale era nato e cresciuto. Al crepuscolo lanciava strida spettrali. Forse, pensò Pyrgus, cercava la sua compagna, morta poco prima che la casa fosse venduta.

— Aurora ancora non sa niente? — chiese a Nymph.

— No.

— Credi che abbia intuito qualcosa? — Pyrgus conosceva bene sua sorella: il minimo sospetto, e si sarebbe lanciata sulla pista come un cane da caccia.

— Ne dubito. Come potrebbe? Ora che il signor Fogarty è morto, ne siamo al corrente solo tu, io e Madama Circe.

— Aurora è intelligente e non conviene sottovalutarla. — Pyrgus seguì il pavone con lo sguardo, e dopo un momento chiese: — Henry è rimasto molto sconvolto?

— Terribilmente. Ero così dispiaciuta per lui. Avrei tanto voluto dirglielo.

Pyrgus si voltò a fissarla. — Però non l'hai fatto?

— Certo che no.
— Bene.
Dopo un momento, Nymph si alzò e lo raggiunse davanti alla finestra. — Guardavi il pavone?
— Sì. Penso che senta la mancanza della compagna.
— Tornerai?
— Sì — rispose lui in tono incolore.
— Non sei obbligato, lo sai.
— Invece sì.
Nymph si morse le labbra. — È pericoloso. Molto pericoloso.
— Lo so.
— Per tutti.
— Lo so.
— Verrò con te.
— Sì — disse Pyrgus.

Ventidue

Era davvero strano: le persone evitavano le strade, per poi ammassarsi nelle taverne, come se una pancia piena di birra potesse proteggerle dalla febbre. Il tizio seduto di fronte a Bombix aveva parecchia pancia piena di parecchia birra. Per l'esattezza, il fiato gli puzzava come una birreria.

— Sicuro che fosse lui? — chiese Bombix.

— Uno sgorbietto pelle e ossa che pare abbia mille anni e con uno scialle da demonologo? Direi proprio di sì.

Era un quartiere da tipi tosti, e la taverna ne era stracolma. Bombix si rendeva conto che il suo abbigliamento costoso lo rendeva appariscente come un buffone a un funerale. Ma se vuoi che gli altri prendano sul serio i tuoi soldi, devi essere pronto a sostenere la parte fino in fondo. Senza contare che era armato fino ai denti.

— Dov'è andato? — chiese al suo informatore.

L'omaccionc lo fissò in silenzio.

— Oh, d'accordo — esclamò Bombix. Dato che era tornato a recitare la parte dell'effeminato, sospirò ostentatamente e aggiunse: — Vorrei proprio sapere che fine ha fatto la fiducia reciproca! — Tirò fuori un sacchetto di monete e lo lanciò sul tavolo. Le conversazioni ai tavoli vicini si interruppero all'istante, per poi riprendere appena la grossa mano dell'omaccione si chiuse sul sacchetto.

— Monbello.

Bombix si accigliò. — Monbello? — Era uno dei quartieri più eleganti della città, niente a che fare con i soliti tuguri di Sulfureo.

— Così ha detto — confermò l'uomo. Dalla sua espressione era chiaro che non aveva la minima intenzione di restituire i quattrini.

Be', forse Silas aveva fatto strada. O forse era foraggiato da Rodilegno. Sua Fetenzia poteva passare un brutto momento, ma non sarebbe stato Rodilegno se non avesse avuto un gruzzoletto da parte. O forse la Fratellanza aveva fatto una colletta. O forse Sulfureo era andato a trovare un parente ricco.

Che importanza aveva? Se era diretto a Monbello, anche lui sarebbe andato lì. La vecchia strega aveva detto chiaro e tondo che voleva risultati tangibili, e non era famosa per la sua pazienza. E nemmeno lui aveva voglia di perdere tempo.

Sentendosi più vulnerabile in riva al fiume che nella taverna, Bombix guardò nervosamente tre aquataxi passargli davanti ignorando le sue grida e i suoi cenni di richiamo. Per fortuna il quarto decise di accostare.

— Monbello — annunciò Bombix salendo a bordo.

— Tariffa doppia senza il certificato — lo informò il timoniere.

Bombix non aveva idea di cosa stesse parlando, però sapeva riconoscere un tentativo di fregatura. Senza parlare estrasse uno storditore dalla corazza nascosta sotto la veste sgargiante e glielo puntò alla testa.

— Però, a ripensarci... — borbottò il timoniere. Prese un conincanto da un sacchetto e lo spezzò. — Sicuro che volete andare a Monbello, capo?

Bombix mise via lo storditore. — Certo che sono sicuro. Ti sembro un tipo indeciso?

— Certo che no, signore. Solo che manco un'ora fa arriva un vecchietto e mi dice che vuole andare a Monbello, e poi quando è a bordo cambia idea.

Bombix batté le palpebre. — Un vecchietto? Vecchio quanto?

— Eh, un bel po', signore. A occhio e croce pareva un demonologo in pensione... si stringeva addosso lo scialle. È un lavoro che invecchia, quello, lo dico sempre io.

— E alla fine dov'è che è andato?

— Biancopozzo. Me lo ricordo bene perché è un posto parecchio diverso da Monbello.

— Che Biancopozzo? — In città c'erano due quartieri con quel nome: uno a nord, l'altro a ovest.

— Quello dopo la Porta dello Storpio. Allora, signore... — Il timoniere riuscì a spremere un sorriso fasullo. — Voi è proprio a Monbello che volete andare. Niente *indecisioni* al riguardo?

— Portami a Biancopozzo — ringhiò Bombix. — Quello dopo la Porta dello Storpio.

Ventitré

Dopo un istante di confusione, Henry aprì gli occhi e si ritrovò nell'oscurità. Non riusciva a ricordare dove fosse, né come ci fosse arrivato. Non ricordava neppure da dove venisse. Dunque: era andato nel Regno degli Elfi insieme a Nymph, e poi... poi...

Macché, niente. Era andato nel Regno per fare *qualcosa*, di questo era sicuro, però non ricordava che cosa. Ogni volta che ci provava, aveva l'impressione che il cervello gli andasse in pappa e venisse avvolto da una nebbia bianca.

Buio pesto. In tutti i sensi.

Era in ginocchio, su un pavimento duro. Non c'era motivo di essere in ginocchio (ora che ci pensava, le ginocchia gli facevano un male cane). Era molto più logico che fosse in piedi, giusto? *Prima* era in piedi, o forse seduto, ma di sicuro non in ginocchio. Prima... prima quando? Dove diavolo era?

Non ti trovavi spesso in un buio del genere. Perfino nel cuore della notte c'era sempre la luce delle stelle, o della luna, o il riverbero dei lampioni per strada che filtrava comunque dalle tende. Invece lì non c'era traccia di luce. Forse, pensò, si trovava sottoterra.

E c'era un odore strano, di putrefazione.

Cominciò ad avere paura. — C'è qualcuno...? — bisbigliò.

Tastò il pavimento con una mano. Era duro come la roccia e levigato come l'arenaria; fresco, ma non esattamente freddo, e coperto di polvere. Un po' di polvere si sollevò e gli riempì la gola, facendolo tossire. D'istinto, senza sapere bene perché, si sforzò di soffocare la tosse, di non fare rumore. Avrebbe dovuto starsene zitto e cercare di scoprire dove fosse e chi ci fosse nei paraggi. Era nel Regno, adesso, e il Regno era diverso dal suo mondo. Molto più pericoloso.

Si mise cautamente in piedi, fin troppo consapevole del battito forsennato del suo cuore. Deglutì a fatica per liberarsi la gola dalla polvere e, senza spostarsi da dov'era, mosse le mani davanti a sé. E incontrò... nulla. Le agitò dietro di sé, ottenendo lo stesso risultato.

L'aria era viziata, soffocante, come se fosse in uno spazio angusto. Fece un passo avanti. Il pavimento sembrava solido, però non lo entusiasmava camminare al buio: per quanto ne sapeva, poteva trovarsi sul bordo di un baratro, o di un pozzo, o di un crepaccio.

Gli serviva assolutamente un po' di luce.

Indossava ancora i vestiti che aveva quando Pyrgus e Nymph erano comparsi nella casa del signor Fogarty. (Pyrgus sembrava anziano, questo se lo ricordava, però non riusciva a ricordare come mai.) Cominciò a rovistare nelle tasche e quasi subito, con un sussulto di sollievo, trovò un accendino.

Che subito gli sfuggì di mano e cadde sul pavimento.

Lo sentì atterrare tintinnando e rotolare lontano. S'inginocchiò di nuovo. Dal rumore non sembrava che fosse caduto in un pozzo, però non aveva intenzione di correre rischi. L'unica possibilità di ritrovarlo era spazzare cautamente il pavimento con le mani. Lo fece, sollevando altra polvere. Avanzò carponi, un centimetro alla volta, tastando qua e là.

Qualcosa si mosse. Henry si ritrasse di scatto, immobilizzandosi. Dopo un momento, il battito frenetico del suo cuore tornò a rallentare. Qualunque cosa si fosse mossa era molto piccola... probabilmente solo uno scarafaggio.

Non che gli scarafaggi lo entusiasmassero, però non potevano fare male. A meno che a muoversi non fosse stata una qualche bestiaccia velenosa tipo uno scorpione o... Si costrinse a mettere un freno all'immaginazione. L'accendino era la sua unica speranza. *Doveva* trovarlo.

Riprese a muovere lentamente le mani finché con la sinistra non incontrò qualcosa di solido. Dopo aver tastato con cautela, decise che doveva trattarsi di una parete, però non riusciva a capire se fosse una struttura naturale o costruita dall'uomo. Forse si trovava in una caverna. (Ma come c'era arrivato?) Però poteva anche essere una specie di locale sotterraneo.

Di fronte a lui, un po' sulla destra, risuonò un fruscio sommesso.

Henry tornò a immobilizzarsi, trattenendo il fiato. "L'oscurità amplifica i suoni" ricordò a se stesso. Forse era solo un topo. Però, chissà perché, ne dubitava. Aveva bisogno di luce!

E poi, all'improvviso, ritrovò l'accendino!

Quasi incapace di credere a tanta fortuna, lo strinse con forza nella mano destra. Si rimise in piedi e lo fece scattare. La fiammella guizzò e si spense. Era quasi agli sgoccioli! Soltanto allora gli tornò in mente che in effetti aveva intenzione di comprarne uno nuovo.

Comunque, quel guizzo gli era bastato per scorgere una creatura bianchiccia e nuda a tre metri scarsi da lui.

Il suo cervello partì alla velocità della luce. In realtà non c'era niente, lì davanti. Era solo l'effetto della sua immaginazione sovreccitata. La fantasia poteva giocare brutti scherzi, quando ti trovavi al buio. E se anche ci fosse stato qualcosa, di sicuro non era vivo. Era una statua, forse uno di quegli orribili doccioni che si trovano nelle cattedrali, una gargolla, perché quello che aveva visto – quello che *credeva* di aver visto – era troppo brutto per essere una creatura vivente. Ragion per cui non aveva motivo di preoccuparsi. Soltanto una statua, o una gargolla, o magari un semplice pezzo di roccia che la sua immaginazione aveva...

Ma mentre il cervello si affannava a rassicurarlo, il pollice prese una decisione autonoma e fece scattare frenetico l'accendino che, benché scarico, scintillò coraggiosamente. E la luce miserabile di quelle scintille bastò a mostrargli la *cosa* che gli si stava lanciando addosso.

Ventiquattro

Appena Bombix posò gli occhi sulla casa, capì di aver fatto centro. Di solito Sulfureo preferiva catapecchie poco appariscenti, ma questa a Biancopozzo era ben diversa: un grande, antico edificio affacciato sul lungofiume, con le lunghe balconate aggettanti di moda cinquecento anni prima. A un occhio distratto la casa poteva apparire fatiscente, ma Bombix era tutt'altro che distratto. Quasi poteva *annusare* i rivestincanti – abilmente mascherati, ma applicati senza risparmio – che la trasformavano in una fortezza. Un sistema di sicurezza di quel tipo costava una fortuna, e la taccagneria di Sulfureo era famosa. Chiaramente doveva avere nascosto là dentro qualcosa d'importante.

Biancopozzo era un quartiere che aveva visto giorni migliori, e parecchi dei suoi eleganti palazzi antichi erano stati trasformati in appartamenti. Da uno di questi, posto quasi alle spalle della nuova casa di Sulfureo, era possibile controllare sia l'accesso dal fiume sia la strada. La vecchia megera sdentata che ci abitava accettò avidamente il denaro di Bombix, gli offrì servigi in un settore per il quale lui non nutriva il minimo interesse, dopodiché sgombrò il campo assicurandogli che non sarebbe tornata dalla taverna prima di mezzanotte.

Bombix avvicinò una sedia alla finestra sporca, si sedette e aspettò.

Sulfureo emerse dall'edificio al calare del buio.

Anche se era improbabile che il vecchio demonologo alzasse lo sguardo, Bombix si ritrasse di scatto, pur senza perderlo di vista un momento mentre percorreva la stradina e svoltava l'angolo. Aspettò altri cinque minuti buoni per essere sicuro che non cambiasse idea e tornasse indietro, dopodiché decise che probabilmente era diretto verso una taverna per mangiare qualcosa. Sulfureo era frugale riguardo al cibo almeno quanto lo era riguardo ai soldi, ma sarebbe comunque rimasto assente almeno un'ora... forse addirittura due. Bombix aspettò ancora un po', per sicurezza, e infine uscì dall'appartamento e si ritrovò in strada.

I passanti erano ancora troppo numerosi per permettergli un'ispezione approfondita del portone, ma dopo un istante notò una stretta arcata che conduceva sul retro della casa, lontano dal lungofiume. C'era sempre una minima probabilità che qualcuno lo vedesse dai balconi delle case accanto, ma era un rischio che valeva comunque la pena di correre.

Un rapido esame a distanza ravvicinata confermò i suoi sospetti riguardo i sicurincanti, ma la cosa davvero interessante era che si trattava d'incantesimi praticamente impercettibili. Quasi tutti gli esperti in materia raccomandavano di mettere in evidenza i sicurincanti, in modo che funzionassero come deterrente. Solo le Tenebre sapevano cosa combinavano quelli di Sulfureo, ma erano praticamente invisibili.

Bombix esitò, chiedendosi se avesse il coraggio di metterli alla prova. Era improbabile che Sulfureo avesse usato sicurincanti letali – di solito il loro utilizzo era tradito dalla presenza di cadaverini di uccelli e roditori – ma conoscendolo era probabile che fossero particolarmente maligni. Tuttavia, per entrare nella casa, era indispensabile superarli.

Esitò ancora, riflettendo. Se si escludeva la forza letale, i sicurincanti più popolari erano i lete e i torcimente. Ogni aspirante ladro colpito da un lete si sarebbe scordato all'istante di quello che aveva deciso di fare e se ne sarebbe andato. I torcimente erano meno specifici: alcuni ti facevano regredire all'infanzia fino al punto che finivi per fartela addosso; altri ti costringevano a cantare a squarciagola fino all'arrivo delle guardie; altri ancora ti facevano perdere i sensi e ti lasciavano svenuto finché eri arrestato, processato e impiccato. Nessuno aveva effetti piacevoli, ma anche se l'avessero trovato svenuto e con le mutande piene di cacca, avrebbe sempre potuto sostenere di essere venuto a trovare un vecchio amico e di aver fatto accidentalmente scattare il sicurincanto. Sulfureo avrebbe perfino potuto crederci.

Prese fiato e attraversò il rivestincanto per controllare la finestra più vicina.

Era a metà della strada quando si rese conto di cosa stava facendo. La casa – la casa di Sulfureo, quella che aveva così a lungo cercato – appariva squallida e insignificante. Non il genere di posto che qualcuno avrebbe voluto scassinare, o perfino guardare troppo a lungo. Era una nullità di casa, una casa noiosissima, era una...

Era un torcimente! Ma che torcimente! Così sottile che neanche ti accorgevi di avere la mente intorcinata. Niente di spettacolare o imbarazzante: solo la semplice, assoluta convinzione che avresti fatto meglio a lasciare perdere quella casa e pensare ai fatti tuoi. Questo non era un torcimente banale, di serie, ma uno fatto su misura, e da un artigiano di prima scelta. Bombix avvertì un'ondata di eccitazione. Sulfureo non era tipo da spendere tanti soldi a meno di non dover nascondere qualcosa di prezioso.

Girò sui tacchi, ma scoprì subito di essere ancora sotto l'effetto dell'incantesimo: ogni passo verso la casa di Sulfureo gli faceva andare il cervello in pappa. Dopo venti metri scarsi quasi non riusciva più a pensare. Prese fiato e indietreggiò finché la mente gli si schiarì.

E adesso? Prima o poi il torcimente si sarebbe scaricato, ma per allora Sulfureo poteva essere già tornato e l'occasione di perquisirgli la casa svanita. Poteva passare un giorno o più prima che se ne ripresentasse un'altra. Ovviamente Bombix si era portato dietro un antidoto, come ogni spia che si rispetti, però non aveva molta voglia di usarlo. Forse, se si fosse avvicinato alla casa da un'altra direzione...

Provò a fare il giro dell'isolato, ma appena la palazzina fu in vista, il cervello gli andò un'altra volta in pappa. L'unica possibilità era avvicinarsi dal fiume, attraccando al pontile di Sulfureo, ma c'erano ottime probabilità che l'incantesimo fosse omnidirezionale. Solo un idiota si sarebbe accontentato di una protezione parziale, e Sulfureo era tutto fuorché un idiota.

Non gli restava che usare l'antidoto. Ma dove? Di sicuro non là davanti. Anche se la pestilenza aveva svuotato le strade, era comunque possibile che passasse qualcuno. E nemmeno poteva prenderlo sul lungofiume: i postumi erano già abbastanza sgradevoli senza rischiare pure di affogare. Alla fine, in mancanza di meglio, s'infilò in un vicolo buio.

La viuzza puzzava di piscio ed era il posto ideale per farsi assalire e derubare, ma il timore dell'epidemia aveva fatto sparire la maggior parte dei delinquenti. Il suo unico compagno era un gattaccio pelle e ossa che gli lanciò un'occhiata distratta e tornò a frugare in un bidone della spazzatura.

Bombix si tolse di tasca l'attrezzatura da spia, estrasse la fialetta dorata di uno dei nuovi spruzzincanti ad azione rapida e, prima di perdersi di coraggio, ne schiacciò il beccuccio contro la vena del polso. Il gattaccio sentì il sibilo e si voltò a lanciargli un'occhiata guardinga.

— Aaaaahh-aaahhhh! — ululò Bombix mentre l'interno della testa gli esplodeva. Si lanciò a capofitto contro un muro, vi rimbalzò e sbatté contro una porta. Poi barcollò all'indietro, eseguì una piroetta e cadde faccia a terra, urtando con un piede il bidone della spazzatura. Il gatto gli soffiò contro e fuggì.

Bombix si rialzò a fatica, dolorante, con il sangue che gli usciva dal naso, e per un momento rimase immobile, respirando affannosamente.

— Uauuuuu! — Era arrivata la seconda ondata del contrincanto. Roteò su se stesso agitando le braccia e colpì con un pugno una finestrella piombata.

— Fila via... sono ubriaco! — sbraitò dall'interno una voce rabbiosa.

Bombix vacillò all'indietro e sbatté contro il bidone della spazzatura, facendolo cadere con fragore assordante. Nel vicolo le finestre cominciarono a illuminarsi. Epidemia o no, fra poco qualcuno si sarebbe deciso a uscire per vedere cosa stesse succedendo. Forse seguire Sulfureo non era stata una buona idea. Forse...

— Ieeeeaaaahhhhh! — Terza ondata. — Scintille gli danzavano davanti agli occhi. Il mondo gli vorticava attorno. Aveva allucinazioni a base di serpenti rosa. Intuendo la sua incapacità di difendersi, un grosso ratto sbucò dalle ombre per mordergli una caviglia. Preso da un improvviso impulso suicida, Bombix si slanciò a testa bassa contro il muro più vicino.

Di colpo, tutto si fermò. E si fermò anche Bombix, per fortuna prima di cozzare contro il muro. Rimase immobile, dolorante e ansimante, mentre le allucinazioni svanivano. Era ammaccato e sanguinava, e il ratto gli aveva strappato un pezzetto di carne dalla gamba.

Si augurava soltanto che ne valesse la pena.

Venticinque

Ne valeva la pena! Sentì letteralmente la membrana dell'incantesimo lacerarsi sotto la sua mano, ma stavolta il cervello non gli si appannò. In effetti aveva le idee eccezionalmente chiare e, a dispetto delle ammaccature e dei lividi, provava un'energia maggiore del solito. Le sue dita trafficarono attorno al chiavistello, la serratura cedette, la finestra si aprì silenziosa e la casa di Sulfureo gli si spalancò davanti.

Bombix scavalcò il davanzale, chiuse la finestra con cura, riattivò i rivestincanti che ne rendevano opaco il vetro e spezzò il cono di un lucincanto.

Si trovava in una stanza dalle proporzioni armoniose, però completamente vuota, senza neanche un mobile in vista. A quanto pareva, Sulfureo non usava l'intera casa. C'era da aspettarselo, in effetti. Il suo ex socio aveva sempre condotto una vita frugale. Probabilmente occupava solo tre o quattro locali. Questo portava a chiedersi perché si fosse stabilito in una casa tanto grande, anche se era vecchia e costava probabilmente poco.

Bombix avanzò cauto per non fare scricchiolare le assi del pavimento, poi si ricordò che nella casa c'era soltanto lui e uscì a passo sicuro dalla stanza.

Si trovò nell'ingresso principale, anche questo privo di mobili. C'era abbondanza di porte, però. Ne aprì due a caso: davano su stanze completamente vuote. Ne aprì altre due, ottenendo lo stesso risultato. Finì di esplorare il pianterreno in pochi minuti: tutti i locali erano vuoti. C'era una cucina senza traccia di pentole o padelle:

puzzava di polvere e aveva l'aria di non essere usata da secoli. Strano...

Probabilmente Sulfureo si era ritirato al piano di sopra. Forse in un'unica stanza, attrezzata come un monolocale. Forse, per cucinare, faceva uso d'incantesimi – per certa gente il sapore non aveva importanza – o forse semplicemente mangiava sempre fuori come quella sera.

Bombix salì le scale, i passi che echeggiavano sulle assi spoglie, fino a un pianerottolo dove, al di là di una porta socchiusa, vide un bagno dall'aria abbandonata come la cucina a pianterreno. Ancora una rampa e raggiunse la zona notte. Visitò una camera dopo l'altra, trovandole tutte vuote, senza neanche un materasso o una coperta tarmata sul pavimento. Quel posto era assolutamente, totalmente deserto. Che storia era questa?

Quando il lucincanto cominciò ad affievolirsi, ne spezzò un altro e si appoggiò a una parete per riflettere. Quella era senza dubbio la casa davanti alla quale l'aquataxi aveva lasciato Sulfureo. Meglio ancora: era la casa dalla quale lui stesso aveva visto Sulfureo uscire al crepuscolo. *Doveva* abitare lì, eppure dentro non c'era segno che qualcuno ci vivesse.

Ragion per cui doveva essergli sfuggito qualcosa.

Tornò a pianterreno e ricontrollò ogni stanza. Tutte vuote, compresa la cucina. Era appunto in cucina quando un suono sommesso alle sue spalle lo fece voltare di scatto, il cuore in gola. Una figura familiare si stagliava sulla soglia.

— Com'è che ci hai messo tanto? — chiese acido Sulfureo.

Ventisei

Per la prima volta nella sua lunga vita, Madama Circe si sentiva vecchia. Non si trattava solo delle giunture rigide o dei costanti doloretti, ma di come le emozioni perdevano il loro potere. Riusciva a mantenere la calma, a comportarsi in modo molto più logico che in gioventù. Però, in compenso – uno spaventoso compenso – la vita diventava fredda.

Abbassò gli occhi sul corpo del suo amato. Era sempre stato magro, segaligno, ma da quando la forza vitale lo aveva lasciato, sembrava essersi accartocciato come un baccello inaridito. Era così strano guardarlo e non riuscire a provare la minima emozione.

Le imbalsamatrici, donne dal viso serio e dalle lunghe dita affusolate, le scivolavano attorno come spettri. Avevano inserito tubicini nelle maggiori arterie e li avevano collegati a macchine orribili: una risucchiava dal corpo ogni goccia di sangue, mentre l'altra vi pompava dentro il gravistat, liquido denso d'incantesimi che serviva a dissolvere gli organi interni e iniziare il processo di pietrificazione.

Ora gli stavano rimuovendo il cervello. (Stranamente, il cervello era immune al gravistat.) Dato che, dovendo lasciare intatto il cranio, non erano permessi tagli, le imbalsamatrici inserirono un uncino d'acciaio nel naso e lo estrassero da lì.

Brintesia guardò la massa di grigiume luccicante cadere in un vaso. Strano pensare a tutte le manie e a tutta la saggezza che aveva contenuto un tempo, e a tutto l'amore. Secondo l'usanza del Regno, sarebbe stato trattato con scarsa deferenza: appena lei fosse uscita dalla stanza, lo avrebbero triturato e lasciato su una roccia dietro il Palazzo perché se ne nutrissero gli uccelli.

Ora anche il gravistat cominciava a defluire. Le imbalsamatrici erano abituate all'odore, ma Brintesia fece un passo indietro. In sé, il liquido era inodore, ma una volta mischiato a budella liquefatte, la puzza diventava quasi insopportabile. Da qualche punto alle sue spalle, un mago-sacerdote cominciò a salmodiare.

Avevano fatto la cosa giusta, lei e Alan? La domanda era irrilevante. Avevano fatto l'*unica* cosa possibile. La tragedia era il prezzo che avevano dovuto pagare per le loro azioni, e che lui aveva sopportato con tanto coraggio. Era sempre stato più determinato di lei, meno preoccupato per le conseguenze personali.

Conseguenze letali...

Dubitava che avrebbe più avuto un altro amante, non alla sua età. Non aveva figli, e la sua professione riduceva drasticamente le amicizie. (Senza contare che, con ogni probabilità, stava per perdere la più importante.) In tali circostanze non poteva che aspettarsi di morire sola. Però Alan non era morto solo. Gli era stata accanto durante i momenti peggiori della malattia, e il povero Henry era stato con lui negli ultimi istanti. Era andato tutto esattamente secondo i piani.

Di colpo si rese conto che qualcuno le stava parlando, e voltandosi scoprì di avere accanto la Capo Imbalsamatrice. — Chiedo scusa... avevo la testa altrove.

— La posa, Madama Circe — disse la donna.

Brintesia la fissò confusa. — Prego?

— Per il monumento funebre. Mi era sembrato di capire che aveste espresso il desiderio di scegliere voi la posa.

Ah, il monumento funebre! Probabilmente Alan avrebbe trovato assai divertente quell'aspetto della sua morte.

Che posa scegliere? Proteso in avanti con una spada sollevata, come tanti eroi militari? Chino su un libro o un rotolo di pergamena per enfatizzarne la cultura? Poteva quasi sentirlo sbuffare sarcastico a commento di una qualunque posa classica.

Però una posa andava scelta. In fin dei conti aveva ricoperto la carica di Viceré del Regno, e nel Giardino della Rimembranza c'era già un piedistallo che lo aspettava. Il suo Alan sarebbe stato l'ultimo di una lunga serie di Viceré. Un tributo adeguato a un grande spirito.

— Preferirebbe esaminare alcuni modelli, Madama Circe? — chiese educatamente la Capo Imbalsamatrice.

Brintesia abbassò lo sguardo sul grande volume rilegato in pelle che le porgeva la donna. Era aperto su un disegno del Giardino della Rimembranza, e una serie di rivestincanti le presentarono una dopo l'altra le statue degli altri Viceré, incluso, notò sorpresa, Tithonus Limenitis, colui che aveva tradito il vecchio Monarca.

— Dovrà indossare la sua veste da cerimonia — mormorò incerta.

— Naturalmente, Madama Circe. — La donna lanciò una rapida occhiata verso il letto e, seguendo il suo sguardo, Brintesia scoprì che le imbalsamatrici stavano già provvedendo.

Come avrebbe voluto essere ricordato, Alan? Sarebbe stato meglio discuterne con lui prima che morisse, ma c'erano state altre preoccupazioni più immediate.

— Avremmo una certa fretta, Madama Circe — la incalzò gentilmente la Capo Imbalsamatrice. — Il gravistat...

Brintesia capì al volo. Una volta introdotto, il gravistat lavorava in fretta, e il corpo doveva assumere la posizione richiesta prima che i tessuti si pietrificassero.

Esitò ancora, e poi di colpo tutto le fu chiaro. Ad Alan era sempre piaciuto trafficare con congegni e macchinari di ogni tipo, ed era così che avrebbe voluto essere ricordato.

Tolse il libro dalle mani dell'imbalsamatrice e lo chiuse di scatto. — Sistematelo sul piedistallo davanti al suo bancone da lavoro, chino su un portale tascabile. — Fissò cupa la donna. — E sforzatevi di non farlo sembrare un idiota.

— Naturalmente, Madama Circe! — esclamò indignata la Capo Imbalsamatrice.

Portato a termine quell'ultimo dovere, Madama Circe uscì dalla stanza. Adesso non le restava che affrontare la furia della sua Regina.

Ventisette

Non era grossa e non era forte, ma lo assalì con tanta furia da graffiargli a sangue la faccia prima che Henry facesse in tempo ad alzare una mano per difendersi. L'inutile accendino gli sfuggì e rotolò chissà dove, mentre agitava le braccia.

La creatura era grande più o meno quanto un cane e, a quanto aveva potuto vedere alla luce guizzante delle scintille, aveva un aspetto vagamente umano, scarno e lebbroso, però con l'aggiunta di zanne e artigli.

Gli saltò di nuovo addosso, soffiando e sibilando, e stavolta i suoi artigli gli strapparono una manica della giacca, raggiungendo la carne. Il dolore fu spaventoso, molto peggiore di quello dei graffi sulla faccia. Henry indietreggiò barcollando, e di colpo esplose la luce.

La creatura ululò.

Stringendosi il braccio ferito, Henry si guardò attorno battendo le palpebre. Scoprì di essere accanto a un sarcofago spaccato. C'erano delle ossa sparpagliate intorno. Si trovava dentro una cripta in rovina, e il bagliore del sole entrava a fiotti da una parete crollata. La creatura che lo aveva assalito se ne stava rannicchiata in un angolo, chiaramente timorosa della luce. A giudicare dagli occhi enormi, si trattava di un qualche essere notturno.

L'istante successivo Henry si rese conto di avere strappato una specie di tenda, ottenuta cucendo pelli di animali, appesa davanti all'ingresso della cripta per bloccare la luce. Possibile fosse opera della creatura che l'aveva attaccato?

Di sicuro, la luce non le piaceva. Continuava a ringhiare e a soffiare rintanata nel suo angolo buio, però senza tentare di aggredirlo di nuovo. Adesso che Henry poteva vederla bene, si rese conto che non somigliava affatto a un essere umano: aveva forma umanoide, ma ogni affinità finiva lì. Tuttavia non sembrava un animale. A dire il vero non somigliava a nessun essere che avesse mai visto prima. Gli venne in mente un vecchio film di fantascienza: quella cosa doveva provenire da un altro mondo.

Accidenti, gli sembrava di avere il braccio in fiamme! Doveva uscire da lì alla svelta.

In effetti niente glielo impediva. La parete era crollata. Ma per raggiungere l'apertura doveva passare davanti alla creatura.

Mosse esitante un passo avanti. Ma quella soffiò e fece per lanciarsi verso di lui. Nonostante l'aspetto umanoide, gli ricordava piuttosto un gatto. Henry indietreggiò in fretta, allontanandosi ancora di più dall'uscita.

Per un momento rimase immobile, sforzandosi di pensare nonostante il dolore crescente al braccio. Se fosse andato verso l'apertura, il mostriciattolo avrebbe creduto che volesse attaccarlo e avrebbe reagito. Se fosse rimasto lì... Non poteva restare lì! Se fosse rimasto, sarebbe morto dissanguato, oppure di fame, oppure quell'orribile essere l'avrebbe attaccato appena fosse calata la notte e la tomba ridiventata buia.

Senza più starci a pensare, Henry corse a tutta velocità verso l'apertura e, quando la creatura ululò e gli si lanciò contro, la schivò e la superò d'impeto. L'istante successivo se la ritrovò aggrappata, zanne e artigli, a una gamba. Se ne liberò scalciando come un forsennato. Sembrava impazzita: urlava, ululava, saltava... però si teneva alla larga dalla pozza di luce.

Henry superò d'impeto il varco. Uscendo all'aperto, inciampò e cadde pesantemente sul braccio ferito: per un po' rimase steso a terra senza fiato, con l'impressione di avere braccio e gamba in fiamme. Il dolore era così spaventoso che per un momento si chiese se quell'essere fosse velenoso. Per fortuna non l'aveva seguito fuori dalla cripta.

Alla fine si mise faticosamente in piedi e si guardò attorno. La cripta era una rovina di arenaria che doveva risalire a secoli addietro.

E si trovava nel bel mezzo di un deserto sassoso che sembrava stendersi a perdita d'occhio.

Ventotto

— Che ci fai qui? — domandò brusca Aurora.

— È un piacere rivederti — rispose Pyrgus sorridendo.

Lei però non era dell'umore giusto. Ancora non riusciva a credere a quello che aveva fatto Madama Circe, e tanto meno a capirlo. Henry poteva essere finito chissà dove... Poteva essere ferito, forse morto! Non aveva la minima idea di cosa fare. E Pyrgus sceglieva proprio quel momento per ricomparire! La cosa peggiore era la sua somiglianza con il padre. Aurora doveva ricordare di continuo a se stessa che quello era suo fratello, e le riusciva così difficile mostrarsi decisa. Strinse i denti. — Sai che non dovresti essere qui! Sei malato! Per te non è sicuro lasciare il Mondo Analogo!

Pyrgus mosse le orecchie proprio come faceva sempre il padre. — La situazione è cambiata — replicò pacato.

Erano nella Cappella del Portale. Aurora aveva assolutamente bisogno di parlare all'Ingegnere Capo Phoebus, che non c'era! E poi suo fratello era emerso dalle fiamme azzurre, seguito da Nymph. — Cambiata? — chiese, sentendo balzarle il cuore in gola. Che fosse stata trovata una cura?

— Henry ha bisogno di me — rispose semplicemente Pyrgus.

Aurora batté le palpebre. — Henry... — Non sapeva da che parte cominciare a riferirgli quello che era successo — Henry non è qui.

— Lo so — disse Pyrgus.

Di colpo si rese conto che suo fratello era all'oscuro della morte del Viceré. — Gli posò una mano sul braccio. — Il signor Fogarty è morto.

— Lo so — ripeté Pyrgus.

Era troppo. — Come fai a saperlo? Come *puoi* saperlo? È appena successo! E tu sei arrivato ora! — Guardò Nymph, che era rimasta silenziosa sullo sfondo. — Che succede, Nymph?

Non ricevendo risposta, tornò a rivolgersi al fratello. — Per la Luce, sembri così invecchiato! Non puoi rischiare un altro attacco di febbre.

— Non mi sento diverso — replicò lui infastidito. — Dentro mi sento lo stesso di sempre.

Tenendosi discretamente a distanza, i sacerdoti che si occupavano del Portale facevano del loro meglio per fingere di non ascoltare. — Chiamate l'Ingegnere Capo Phoebus! — urlò Aurora voltandosi verso di loro. — Trovatelo e portatelo subito qui!

All'istante i sacerdoti si dispersero in ogni direzione.

— Non m'importa come ti senti! — sbottò poi, tornando a concentrarsi sul fratello. — Ne abbiamo già discusso e io ti ho ordinato di andare nel Mondo Analogo e restarci, e...

— E tu sei la Regina — concluse Pyrgus. — Lo so, lo so. — Le mise un braccio attorno alle spalle, proprio come un tempo faceva il padre. — Non voglio crearti difficoltà. Ma *dovevo* tornare qui. Per Henry.

— Henry non è qui! — gridò Aurora. — Madama Circe ha usato un trasportincanto su di lui!

— Lo so — ripeté Pyrgus per l'ennesima volta.

Ventinove

Erano tornati dove erano soliti incontrarsi da bambini: la piccola serra dietro la sala del trono, piena delle orchidee un tempo coltivate dal vecchio Monarca. L'odore di magia era così forte da sopraffare quello dei fiori: in tutto il Palazzo, nessun altro posto era più sicuro.

— Ha usato un trasportincanto — disse furente Aurora. — Lo ha mandato chissà dove... Nemmeno lei lo sa! Potrebbe essere ovunque! *Ovunque*! All'altro capo del mondo! Potrebbe venire divorato da un haniel! E non ha voluto dirmi perché. Le ho *ordinato* di darmi una spiegazione, e lei si è rifiutata. Non riesco a crederci. Perché, Pyrgus? Perché? Pensi che stia diventando vecchia? — Era una domanda seria. Madama Circe era molto anziana. Aveva sempre avuto una mente affilata come un rasoio, ma alla sua età poteva cominciare a perdere colpi. Possibile che la morte del Viceré l'avesse completamente sconvolta?

— Che cosa le hai fatto? — chiese Pyrgus.

Per un momento Aurora lo fissò in silenzio, poi rispose riluttante: — L'ho fatta arrestare. — Neanche a questo riusciva a credere. Madama Circe era la sua amica più fidata, nonché il Capo dei Servizi Segreti. Ma era di *Henry* che si stava parlando! Usare un trasportincanto equivaleva praticamente a un omicidio. Quanti riuscivano a ritrovare la strada per tornare indietro?

— Capisco. — Pyrgus le voltò le spalle e si mise a giocherellare con un'orchidea.

Forse perché somigliava tanto al padre, o forse per

l'atmosfera nella serra, fatto sta che Aurora cominciò a calmarsi. O meglio: la sua collera diminuì quanto bastava per permetterle di ragionare con maggiore chiarezza.
— Perché sei tornato, Pyrgus?

— Te l'ho detto. Per Henry.

— Ma non ha senso. A meno che tu non sia al corrente di qualcosa correlato a questa faccenda...

— Che faccenda?

— Smettila, Pyrgus! Tu *sai* perché Madama Circe lo ha trasportato, è così?

— Sì — rispose lui senza guardarla.

Aurora aspettò qualche istante, ma quando vide che il fratello non aveva intenzione di aggiungere altro, esplose: — E allora? Si può sapere che succede?

— Non posso dirtelo. — Pyrgus sembrava sinceramente dispiaciuto.

Qualcuno bussò alla porta della serra, il rumore soffocato dai sicurincanti. — Per la Luce! — esclamò esasperata Aurora. Andò alla porta e la spalancò. — Adesso che c'è? Ho ordinato di non disturb...

L'Ingegnere Capo Phoebus era sulla soglia. — Chiedo scusa, Maestà. Mi avevano detto di venire immediatamente.

Aurora lo afferrò per una manica, lo trascinò dentro la serra e sbatté la porta alle sue spalle. — È possibile rintracciare un trasporto? — domandò. — Effettuato non con un portale, ma tramite trasportincanto?

L'Ingegnere Capo aggrottò la fronte. — Ecco...

— Fanno uso della stessa tecnologia, giusto?

Lui la fissò, chiaramente a disagio. — Più o meno, Maestà, però...

Aurora lo fulminò con lo sguardo. — Insomma, è possibile? Puoi scoprire dove un trasportincanto ha mandato qualcuno? Almeno in modo approssimativo?

— Dovrei sapere dov'è stato eseguito l'incantesimo...

— Nelle cucine del Palazzo.

— E mi servirebbe il contenitore dell'incantesimo.

— Il conincanto spezzato? — Che ne aveva fatto, Madama Circe? Forse era semplicemente caduto a terra. Avrebbe ordinato di perlustrare le cucine. E di perquisire Brintesia.

La fronte di Phoebus era ancora aggrottata. — A volte è possibile scoprire qualcosa dall'analisi dei residui. Ma...

— Ma...?

— Non sempre, Maestà.

— Però a volte è possibile scoprire dove il trasportincanto ha spedito una persona?

— A volte, Maestà.

— Che c'è? — insisté Aurora, notando la sua espressione. — Che c'è, Ingegnere Capo?

Phoebus si strinse nelle spalle. — Maestà... un'analisi completa può richiedere mesi di lavoro.

Dopo che l'Ingegnere Capo li ebbe lasciati, Aurora tornò ad affrontare Pyrgus. — Allora? Continui a non volermi dire che succede?

— Non è così — replicò lui scuotendo la testa. — *Non posso* dirtelo. Non è la stessa cosa.

— E perché non puoi dirmelo?

— Non posso dirti neanche questo. — Pyrgus sembrava sempre più a disagio. Smettendo di giocherellare con i fiori, si voltò a fissarla e le strinse entrambe le mani. — Lo farei, se potessi. Davvero! So quanto è importante Henry per te. E lo è anche per me. Se così non fosse, non avrei rischiato un altro attacco di febbre. Però non posso dirti di che si tratta... non ancora. Ma posso assicurarti che faremo tutto il possibile perché non gli succeda niente di male.

Aurora gli scoccò un'occhiata penetrante. — *Faremo*? Faremo chi?

— Be'... io. O meglio, io e Nymph. Anche se lei... — S'interruppe come se fosse stato sul punto di farsi sfuggire una parola di troppo. Aggiunse invece: — Ti prometto che andrò a cercare Henry. Subito. Ho... — Esitò. Sapeva che Aurora gliel'avrebbe proibito, ripetendogli i pericoli di trattenersi nel Regno.

— Tu hai idea di dove potrebbe essere. — Era più un'affermazione che una domanda.

Lo sguardo di Pyrgus guizzò tutt'intorno prima di tornare su di lei. — Sì.

— Vengo anch'io — disse Aurora decisa.

Trenta

La porta era nascosta dietro un pannello scorrevole, e il meccanismo di apertura veniva azionato sollevando un frammento di carta da parati scrostata. Da solo, Bombix non l'avrebbe trovata in mille anni. Fissò sospettoso i ripidi gradini di pietra che sprofondavano nelle tenebre. — Dopo di te — disse.

— Insomma! — sbuffò Sulfureo. — Pensi che voglia spingerti? Farti rompere l'osso del collo? — Sbottò in un risolino gracchiante. — Pensi che mi sia affannato tanto per farti venire qui solo per *ammazzarti*? Se avessi voluto farlo, avrei potuto liquidarti nella Loggia.

— Affannato tanto? — Bombix fece un passo indietro. — Per farmi venire qui?

— Non penserai che saresti riuscito a trovare questo posto se davvero avessi voluto mantenerlo segreto! — Sulfureo sbuffò di nuovo. — Ho lasciato più indizi di una caccia al tesoro. Sapevo che mi avresti seguito.

— E come facevi?

— Ma con un pizzico di fortuna — aggiunse Sulfureo ignorando la domanda — sono sfuggiti a chiunque seguisse *te*.

— Perché qualcuno avrebbe dovuto seguirmi? — chiese Bombix. Conosceva Sulfureo da una vita, ma quell'individuo lo rendeva sempre paranoico. Puzzava disgustosamente di *zolfo*.

— C'è in gioco più di quanto tu possa sospettare — replicò Sulfureo in tono misterioso. — E non c'è coinvolta solo Madama Circe.

— Com'è che sai di Madama Circe? — balbettò Bombix,

e subito si morse la lingua. Se Sulfureo non lo sapeva con *certezza*, ora glielo aveva appena confermato. Un errore da dilettante.

— E va bene, scendo io per primo — ringhiò Sulfureo. Si aggrappò al corrimano e cominciò a calarsi faticosamente da un gradino all'altro come un vecchio granchio, mentre lucincanti si accendevano a ogni suo passo.

Dopo un momento, Bombix lo seguì. — Da qui si va nelle cantine?

— Catacombe — ansimò Sulfureo voltando appena la testa. — Tre chilometri buoni di catacombe... un vero e proprio labirinto.

— Catacombe? — gli fece eco Bombix. — Da quand'è che ti sei messo a scavare catacombe?

— Non dire idiozie! — Sulfureo si fermò per riprendere fiato, e dopo un momento proseguì ansimando: — Risalgono alla Grande Persecuzione. I sacerdoti scarlatti dell'Ocra Rossa le usavano per nascondere i cadaveri e non farli divorare. E per non diventare cadaveri, si nascondevano anche loro quaggiù. Un ottimo nascondiglio. Perfino il proprietario della casa ne ignora l'esistenza... me ne sono assicurato quando l'ho presa in affitto. Io stesso le ho scoperte in un raro manoscritto antico. — Riprese a scendere.

— Ma... non mi dirai che tu *vivi* qua sotto?

— Puoi scommetterci, che vivo qua sotto. Pensi che lascerei incustodita una cosa tanto importante più dello stretto necessario?

— Una cosa tanto importante? Che cosa?

— Vedrai.

Una volta ai piedi delle scale, Sulfureo tornò a fermarsi boccheggiando.

— Ti senti bene, Silas? — chiese Bombix con finta ansia.

— Devi stargli proprio antipatico, a Rodilegno — replicò Sulfureo. — Mi ha chiesto di ammazzarti.

La scala terminava in un corridoio dal soffitto a volta scavato nella roccia. Nelle pareti, a intervalli di pochi metri l'una dall'altra, si aprivano nicchie piene di tibie e teschi. Ormai dovevano trovarsi sotto il fiume, eppure non si scorgeva traccia di umidità. Bombix si chiese se fosse il caso di risalire le scale a tutta velocità: era praticamente impossibile che Silas riuscisse ad acciuffarlo. Ma la curiosità ebbe la meglio, spingendolo a chiedere: — Pensi di provarci?

Sulfureo tirò su col naso. — Poco probabile. Riguardo a questo affaruccio, mi fido più di te che di lui.

— Che affaruccio? — domandò Bombix aggrottando la fronte.

— Capirai fra poco. — Ripreso finalmente fiato, Sulfureo imboccò il corridoio. Doveva avere inserito una serie di lucincanti anche lì, perché si accesero seguendo i suoi passi. — Stammi vicino — raccomandò. — Se non lo conosci, questo posto può confonderti le idee.

Bombix esitò una frazione di secondo, poi lo seguì.

Davvero quel posto confondeva le idee. Il corridoio a volta si suddivise quasi subito in un labirinto di strette gallerie che di tanto in tanto sfociavano in stanzette anguste e più di rado in ossari. C'erano ossa e teschi dappertutto, e odore di muffa.

Ora che si erano lasciati dietro le scale, Sulfureo aveva ripreso il suo solito passo scattante e trottava senza apparente difficoltà. — Ci siamo quasi — assicurò.

Raggiunsero una camera che, a giudicare dalla pesante porta di metallo incassata nella parete, doveva essere stata modificata di recente.

Sulfureo tirò fuori una grossa chiave. — Metti le lenti oscuranti — ordinò. Prese dalla tasca un paio di occhialoni scuri e si sistemò con cura le stanghette dietro le orecchie.

Come lui, anche Bombix era un Elfo della Notte. Tirò fuori gli occhiali scuri, dalla montatura di bronzo dorato lavorato in stile barocco, però esitò. — Non c'è molta luce, qua sotto.

— Mettili — ripeté Sulfureo. Infilò la chiave nella serratura, la girò con qualche difficoltà, abbassò la maniglia e tirò a sé il battente.

Bombix guardò dentro e rimase a bocca aperta.

Trentuno

Aurora esitò sulla soglia. Colias era stato un ragazzino così odioso, viscido, infido. Gli aveva voluto bene, naturalmente – in fin dei conti era il suo fratellastro – però non era mai riuscita a trovarlo simpatico. Finché di colpo era cambiato d'aspetto e di carattere: aveva perso peso e guadagnato altezza, trasformandosi in un giovanotto attraente, cortese, sensibile e saggio.

Colias stava levitando con grazia vicino al soffitto della sala prove, la tuta aderente che ne metteva in evidenza il corpo snello e muscoloso impegnato a eseguire figure complesse. Prima o poi avrebbe avuto un effetto devastante sulle ragazze. Aurora scosse la testa. Chi voleva prendere in giro? Colias aveva *già* un effetto devastante sulle ragazze. Ce n'erano otto nella sala, tutte appartenenti al Balletto Reale, e tutte lo guardavano con occhi adoranti.

Una di loro si staccò da terra con abilità consumata e si librò verso di lui. Aveva lunghi capelli neri legati in una crocchia, un corpo che si ottiene solo con anni di allenamenti e gli occhi resi vitrei dalla concentrazione necessaria per levitare.

Colias la raggiunse e la prese per mano. Aurora li fissò affascinata mentre si muovevano, leggeri come petali, nei passi di danza di un classico *pas de deux*: dapprima lentamente, poi più in fretta, ma sempre con grazia, allontanandosi, librandosi, riunendosi, stringendosi in un rapido abbraccio, e infine salendo sempre più in alto. Riconobbe l'*Heliconius* di Februa, uno dei suoi balletti preferiti, e si chiese se Colias e la sua compagna lo avrebbero concluso, secondo tradizione, con un bacio; e quando lo fecero, notò gli sguardi invidiosi delle altre ballerine.

La ragazza bruna calò lentamente verso terra, incapace di mantenere la trance, ma Colias continuò a fluttuare senza problemi. Chiaramente il suo talento lo avrebbe portato lontano. Appena Aurora entrò nella sala, le ballerine corsero a darle il benvenuto con elaborati inchini. Lei ricambiò i loro sorrisi e poi disse con voce sommessa: — Lasciateci soli.

Le ragazze si allontanarono lievi come colombe, a piccoli passi rapidi. Colias cominciò a planare lentamente verso terra.

— Sicurezza? — domandò brusca Aurora appena il fratellastro atterrò. Nonostante lo sforzo richiesto dalla levitazione, era a malapena sudato.

Il Colias di un tempo avrebbe piantato una grana, chiedendole subito che voleva da lui e perché aveva interrotto i suoi esercizi. Il nuovo Colias si limitò a sorridere e annuire, e con passi leggeri andò a chiudere le doppie porte attivandone i sicurincanti. — Siamo isolati, Aurora. — La fissò. — È scoppiata una crisi? — Batté le palpebre e aggiunse: — A parte quelle di cui sono a conoscenza.

Già, quante crisi. Ma almeno adesso poteva fidarsi di lui. Pur essendo ancora giovane, Colias era intelligente e calmo e, in un suo modo discreto, aveva una profonda, sorprendente comprensione della politica del Regno. La qual cosa, considerato quello che stava per chiedergli, era una vera fortuna. Aurora gli rivolse un sorriso affettuoso. — Se è scoppiata, dovrai essere tu a occupartene.

Colias aggrottò appena la fronte, ma era abbastanza sveglio da capire al volo. — Devi lasciare il Palazzo?

Aurora annuì. — Forse per parecchio tempo.

Lui attese, senza staccarle gli occhi dal viso.

— Voglio — disse Aurora — che in mia assenza tu svolga le funzioni di Monarca.

Trentadue

Pyrgus aspettava.

Gli tornò in mente un vecchio motto del Regno: *Il Palazzo non dorme mai.* In teoria significava: "I governanti lavorano senza sosta per il bene dei sudditi", ma ora poteva vederne anche l'aspetto letterale. A qualunque ora del giorno e della notte, i corridoi brulicavano di gente: servi, guardie, messaggeri... Ne osservò il viavai dall'ombra di un'arcata pensando che, a differenza delle vie della città, l'epidemia non aveva diminuito il movimento all'interno del Palazzo.

Ma se eri paziente, prima o poi capitava un'opportunità da cogliere al volo. Più volte, da ragazzino, aveva sfidato suo padre per fuggire... di solito da una punizione. Aspettavi e aspettavi e poi, al momento giusto, te la davi a gambe. Con un pizzico di fortuna, nessuno se ne accorgeva finché non era troppo tardi. Con un bel po' di fortuna, nessuno se ne accorgeva affatto.

Doveva aspettarselo che Aurora avrebbe preteso di andare con lui, ma la sua attenzione era stata così concentrata su altri problemi che semplicemente non ci aveva pensato. Perciò ora non doveva fare altro che filarsela senza di lei. Quando lo avesse scoperto, sarebbe andata su tutte le furie, ma sarebbe stato peggio correre il rischio di farle rovinare tutto.

Pyrgus era sinceramente dispiaciuto per lei. Sapeva da anni che sua sorella era innamorata di Henry, e ora Henry era in pericolo... un pericolo più grande di quelli che aveva già affrontato. Per lei essere tenuta all'oscuro di quello che stava succedendo doveva essere insopportabile. E non poter fare niente per aiutarlo era perfino peggio.

Di colpo il corridoio si svuotò. Senza esitare, Pyrgus lasciò l'ombra dell'arcata, percorse in fretta un centinaio di metri in direzione sud e imboccò un corridoio di servizio poco usato. Avanzò rapido, le orecchie tese a cogliere ogni eventuale scalpiccio in avvicinamento. Naturalmente nessun servo avrebbe osato fermarlo – era un Principe del Regno, e per giunta tutti sapevano che era infetto – ma era comunque meglio non farsi vedere. Le voci circolavano. E sarebbe stato un disastro se quella particolare voce avesse raggiunto Aurora.

A metà del corridoio s'infilò in una stanza vuota e aspettò, tenendo d'occhio il corridoio attraverso uno spiraglio. Sua sorella non era una sciocca e lo conosceva fin troppo bene: non si sarebbe certo stupito di scoprire che aveva ordinato a una delle sue spie di pedinarlo.

I secondi diventarono minuti, mentre Pyrgus ascoltava col fiato sospeso. Dopo un po' cominciò a rilassarsi. Forse Aurora aveva imparato a fidarsi di lui.

Stava per tornare nel corridoio, quando un rumore lo immobilizzò. Tornò a sbirciare dallo spiraglio, e dopo un momento una figura attraversò silenziosa il suo campo visivo: un triniano, a giudicare dall'altezza. Pyrgus sorrise. No, la sua sorellina continuava a non fidarsi.

Aspettò finché non fu sicuro che il triniano fosse a distanza di sicurezza, poi tornò sui propri passi, ripassò sotto l'arcata e attraversò una galleria vuota per imboccare un altro corridoio di servizio parallelo al primo.

Esitò, sentendo avvicinarsi un suono misto di ansiti affannosi, passi strascicati e uno strano sferragliare. Impossibile che fosse un'altra delle spie di Aurora. Azzardò una rapida occhiata nel corridoio, e vide una vecchia donna delle pulizie venire verso di lui trascinandosi dietro un secchio vuoto e una scopa. Pyrgus indietreggiò nascondendosi fra le ombre, e la vecchia gli passò davanti senza neanche accorgersi di lui.

Appena i passi strascicati della donna svanirono, si rimise in moto. Non conosceva a fondo quella parte del Palazzo, ma scoprì in fretta che, costringendolo a cambiare itinerario, la spia della sorella gli aveva fatto un favore. Il corridoio conduceva a una buia scala di legno che portava in una dispensa, che a sua volta portava nelle cantine sotto l'atrio principale. E quella era una zona che lui conosceva alla perfezione.

Raggiunse di corsa una seconda scala che lo condusse in un'area abbandonata delle cucine e, una volta lì, spinse sicuro una porta massiccia ed emerse esattamente nel corridoio che cercava. E che finiva davanti a una porta chiusa che portava all'esterno. Sorridendo, infilò nella serratura una chiave universale: i vecchi incantesimi lo riconobbero all'istante e fecero scorrere i chiavistelli senza esitare. E finalmente Pyrgus si trovò fuori dal Palazzo e respirò a fondo l'aria fresca del fiume che circondava l'Isola Regia.

Anche se ormai le spie di Aurora non potevano rintracciarlo, continuò a muoversi con cautela. Nymph aveva promesso di fargli trovare un volasvelto, col serbatoio pieno e pronto al decollo, nella macchia d'alberi dietro l'alloggio del Viceré. Nessun altro si sarebbe mai sognato di andare lì durante il periodo di lutto successivo alla morte del signor Fogarty, e una volta a bordo, sarebbe stato libero come l'aria.

La tenuta del Viceré, però, era sorvegliata da una dozzina di guardie, e anche se i loro doveri erano in gran parte solo cerimoniali, non poteva ugualmente rischiare che lo vedessero. Perciò fece un lungo giro passando in mezzo ai cespugli, guadando un ruscello e scalando un muro basso.

Provò un fremito scorgendo la superficie lucida del velivolo.

Attraversò il boschetto di corsa, silenzioso come uno spettro, spalancò lo sportello e salì a bordo con un respiro di sollievo.

— Com'è che ci hai messo tanto? — chiese acida Aurora.

Trentatré

C'era un tappeto dorato sul pavimento, tende di velluto alle finestre, una piccola anticamera per Ciancia. Ma, per quanto lussuosa, una prigione rimaneva pur sempre una prigione.

Madama Circe si vestì con cura. Forse era troppo anziana per agire in prima persona, ma non c'erano alternative. Se il caro Alan aveva visto giusto, tutti loro avevano una parte precisa da recitare. Ragion per cui abbandonò le solite sete fluttuanti per l'aderente tuta nera degli assassini, ricoperta da incantesimi che la trasformavano in un'armatura. A dire il vero, l'effetto fu piuttosto attraente: era una soddisfazione constatare che aveva mantenuto così bene la sua silhouette, anche se era triste che Alan non fosse lì ad apprezzarla.

Spense tutte le luci, andò alla finestra ad aprire le tende e per qualche momento rimase a fissare i primi bagliori dell'alba illuminare l'orizzonte lontano.

Il suo pensiero corse ad Aurora. Non ce l'aveva affatto con lei. Considerate le circostanze, che altro avrebbe potuto fare, la povera bambina? Un altro Monarca avrebbe potuto benissimo ordinare la sua esecuzione, o farla torturare fino a strapparle una spiegazione. Aurora invece era stata paziente, generosa e riflessiva. Aveva perfino stabilito un basso livello di sicurezza, in cambio della sua promessa di non tentare la fuga. Un vero peccato ripagare la sua fiducia con un altro tradimento.

Era una situazione così strana! Le ricordava i suoi giorni di gioventù sul palcoscenico come assistente del

Grande Mefisto. All'epoca era una vera bellezza e il pubblico – specialmente maschile – non le staccava gli occhi di dosso. E mentre loro guardavano *lei*, Mefisto eseguiva i trucchi. *Miracoli senza magia*, così si chiamava lo spettacolo. Mefisto non usava un solo incantesimo, garantito!

Riportò a fatica l'attenzione al presente. Doveva concentrarsi. Nella situazione attuale gli elementi imponderabili erano tali e tanti che la più piccola distrazione avrebbe potuto provocare un disastro.

Voltò le spalle alla finestra e azionò l'anello a suoneria che portava al dito. Ciancia comparve all'istante. Con la solita efficienza, aveva anticipato la prossima mossa della sua padrona: anche lui indossava una tuta nera, sicuramente corazzata da incantesimi e completa di un cappuccio appuntito che lo faceva somigliare a un folletto idiota. Si era perfino tinto la pelle, il che era forse un'esagerazione, anche se il suo arancione naturale sarebbe risultato un po' troppo sgargiante alla luce del mattino.

— Immaginavo che intendeste partire, Madama Circe — disse.

— Hai immaginato giusto.

Ciancia aspettò, paziente come sempre, che la padrona gli fornisse le informazioni del caso. Madama Circe lo aveva preso al suo servizio da più anni di quanti le facesse piacere ricordare, ed era ancora praticamente identico a quando lo aveva assunto. Come facevano, i Triniani? Sembrava che non invecchiassero affatto, anche se girava voce che morissero di punto in bianco. E lei... avrebbe scambiato una morte improvvisa per l'aspetto e l'energia della gioventù? Ma ormai era inutile anche solo pensarci: aveva già perso l'antica bellezza, e quello che stava per fare comprendeva il rischio di una morte improvvisa.

Batté le palpebre. Perdere Alan l'aveva resa morbosa. In un modo o nell'altro, continuava a pensare alla morte.

Era uno spreco di energia e disturbava la concentrazione. Doveva mantenere l'autocontrollo.

— Non c'è tempo da perdere — disse a Ciancia.

— No, Madama Circe.

— È importante lasciare il Palazzo, nonché la città, il prima possibile.

— Sì, Madama Circe.

Brintesia prese fiato. — Però è ugualmente importante ritardare al massimo la scoperta della fuga.

— Per ottenere il massimo vantaggio, Madama Circe?

— Esatto. Per questo motivo ho informato le guardie che stamattina non farò colazione.

— Un grave sacrificio, signora.

— Naturalmente porteranno il pranzo, ma per allora, se tutto va bene, io sarò lontana da qui.

A Ciancia non sfuggiva nulla. — Voi, signora... non *noi*?

— Io, Ciancia. Tu resterai qui per confondere le idee alle guardie e, se necessario, creare una diversione.

— Naturalmente, signora. — La guardò con affetto. — Dovrò ucciderle?

— Niente di così eccessivo. — Era già abbastanza sgradevole dover tradire la parola data alla Regina senza aggiungere l'omicidio alle sue colpe. Madama Circe sospirò. — C'è un *doppio* nel materasso.

Stavolta lo sguardo di Ciancia fu di aperta ammirazione. Raggiunse il materasso, lo tagliò con un'unghia artigliata e ne estrasse un pacchetto grande più o meno quanto un mattone. — Immagino sia questo, signora.

Madama Circe annuì. — È disidratato e congelato. Per metterlo in funzione basterà aggiungervi acqua.

— Dopo che sarete andata via, signora?

— No. Sarà meglio attivarlo ora, per sicurezza. Puoi usare la brocca sul comodino.

— Naturalmente, signora. — Ciancia poggiò il mattone

sul copriletto e vi versò sopra il contenuto della brocca. Con un crepitio sommesso, il pacchetto cominciò a ingrandirsi.

Spuntarono gambe e braccia che, dapprima flosce, si srotolarono bruscamente (costringendo Ciancia a indietreggiare) e divennero tridimensionali. Ancora pochi secondi, e sul letto fu visibile una copia viva di Madama Circe: era costata una fortuna, pensò Brintesia fissandola, ma doveva ammettere che ne era valsa la pena. La somiglianza era inquietante, compresa quell'irritante voglia sul didietro.

— Come preferite vestirla? — chiese Ciancia, per niente turbato dalla nudità della creatura.

— Basterà una camicia da notte. Poi mettila a letto. Quando i servi arriveranno con il pranzo, di' loro che sono indisposta, malata, quello che ti pare. Potresti perfino accennare all'epidemia.

— In tal caso è probabile che Sua Maestà ordini una visita medica.

— Il doppio può superarla, purché non cerchino di farlo parlare. Gli organi interni sono duplicati alla perfezione. Con un pizzico di fortuna, penseranno che il suo silenzio sia dovuto alla malattia. Prima o poi scopriranno la verità, ovviamente, ma a quel punto sarò lontana. Ora devo andare. Distraili più a lungo che puoi, dopodiché torna nella mia casa in città. Tu non sei in arresto, perciò non credo che faranno difficoltà. Comunque mi aspetto che tu sia discreto... Assicurati di non essere seguito eccetera.

— Naturalmente — mormorò Ciancia. — È lì che pensate di nascondervi?

— Oh, no... Ho parecchie cose urgenti da fare, ma è meglio per te non esserne al corrente. Tornerò quando avrò concluso la mia missione... almeno spero. Nel frattempo, tienili lontani e prenditi cura di Lancillotta. — Madama Circe tornò alla finestra e la spalancò. — *Au revoir*, Ciancia.

— *Au revoir*, signora.

Madama Circe tolse dalla tasca dell'armatura un rocchetto di filo di ferro, ne agganciò abilmente un capo al davanzale e l'altro alla cintura, saltò fuori dalla finestra e si calò agile lungo il muro come un ragno appeso a un filo di seta.

Ciancia aspettò che toccasse terra sana e salva, dopodiché sganciò il filo di ferro, arrotolò il rocchetto e chiuse le persiane.

Trentaquattro

Faceva tanto, tanto caldo. Il sole splendeva feroce, e la sola ombra a disposizione era quella fornita dalla tomba in rovina. Però Henry doveva allontanarsi da lì. Dubitava che la creatura lo avrebbe inseguito in pieno giorno, però non poteva esserne sicuro. Per giunta, prima o poi il sole sarebbe tramontato, e forse durante la notte quel mostriciattolo sarebbe uscito dalla tana...

Ma da che parte andare?

Si guardò attorno sgomento. Il deserto era una distesa informe: una roccia qui, una lastra di pietra là, un oceano di sabbia scintillante e privo di punti di riferimento. In una situazione del genere, una direzione valeva l'altra.

Eppure Henry esitò. Era già fradicio di sudore e fra non molto avrebbe avuto bisogno d'acqua, però non ne aveva una goccia. Per quanto tempo si poteva sopravvivere in un deserto senz'acqua? Ore? Giorni? Forse giorni, se avevi fortuna, ma quasi sicuramente non più di una settimana. Ragion per cui se avesse preso la direzione sbagliata, se si fosse addentrato nel deserto invece che uscirne, avrebbe firmato la propria condanna a morte.

Allora, da che parte andare?

Rabbrividì. Aveva braccio e gamba in fiamme ed era scosso da tremiti: possibile che gli stesse venendo la febbre?

Dalla tomba provenne un fruscio: a quanto pareva, la creatura era agitata. E anche se probabilmente non si sarebbe avventurata alla luce del sole, il rumore innervosì Henry quanto bastava per indurlo ad allontanarsi.

Decise che avrebbe camminato fino a perdere di vista

la tomba. Così, se per caso il mostriciattolo ne fosse uscito, non lo avrebbe trovato. Dopodiché, si sarebbe seduto per controllare le ferite e fare il punto della situazione. Sembrava la cosa più logica.

Vicino alla tomba c'erano parecchie rocce e il frammento di una pavimentazione che sembrava opera dell'uomo, ma per il resto non si vedeva che sabbia, a perdita d'occhio: una distesa liscia che a un certo punto si sollevava a formare dune ondulate. Camminarci sopra non era facile: cercava di risucchiargli i piedi a ogni passo, e ben presto gli prosciugò le già scarse energie, costringendolo a fermarsi per riprendere fiato. Dopo un po' si rialzò e si rimise faticosamente in moto, tirando un respiro di sollievo solo quando perse completamente di vista la tomba.

A parte il fatto che ora non aveva più il minimo punto di riferimento.

Si accoccolò sulla sabbia ed esaminò le ferite provocate dai morsi e dai graffi della creatura. Quella al braccio aveva smesso di sanguinare e si era richiusa, però era orlata da un filamento verdastro e pulsava a tempo col battito del cuore; comunque non gli faceva troppo male e non sembrava particolarmente gonfia.

Quella alla gamba, invece, era tutta un'altra faccenda. I pantaloni, stracciati e incrostati di sangue, erano incollati alla carne. Strinse i denti e cercò di sollevarli, ma il dolore fu quasi insopportabile. Alla fine, disperato, si slacciò la cintura e li abbassò per dare un'occhiata alla ferita.

Si pentì subito di averlo fatto: la lesione al braccio era dovuta al graffio di un artiglio, ma quella alla gamba era il risultato di un morso. Nel poco tempo trascorso, si era già gonfiata a dismisura, tendendo la pelle e gocciolando un puzzolente pus giallastro. Andava medicata alla svelta. Henry toccò la pelle con un dito, e fu ricompensato da una fitta di dolore così atroce da farlo quasi vomitare.

Si tirò su i pantaloni e allacciò la cintura. Non poteva

fare niente per le ferite, perciò tanto valeva ignorarle e concentrarsi...

Sulla sopravvivenza.

Come si fa a restare vivi nel deserto?

Socchiuse gli occhi e si sforzò di ricordare qualunque cosa al riguardo avesse letto o visto alla tivù. Che avrebbe fatto, in una situazione del genere, un appartenente ai Corpi Speciali? Lentamente, informazioni sconnesse gli filtrarono nella mente dagli angoli annebbiati della memoria. Trovare riparo dal sole, risparmiare energia, viaggiare solo di notte, in mancanza d'acqua bere la propria urina...

Riaprì gli occhi. Il deserto si stendeva in ogni direzione: sterminato, spoglio, desolato. Niente alberi, niente rocce, niente di niente. Come si fa a trovare un riparo quando non ci sono ripari? Però l'idea di viaggiare di notte non era male. Di notte il caldo sarebbe stato meno opprimente. Avrebbe potuto percorrere più strada consumando meno energia e sudando di meno, perciò avrebbe avuto bisogno di meno acqua.

Però un po' di acqua gli serviva comunque. Senza, sarebbe morto nel giro di pochi giorni.

In alternativa, avrebbe dovuto bere la pipì. L'idea era rivoltante, ma probabilmente ci sarebbe riuscito. Il problema era...

Come?

Non poteva farla in una bottiglia e bere da lì perché non aveva una bottiglia. Non poteva farla nel buco di una roccia perché lì attorno non c'erano rocce. E non poteva farla per terra perché la sabbia arroventata avrebbe assorbito in un istante il prezioso fluido. Perciò come?

Incrociò le gambe e si piegò in avanti, prendendo in considerazione le varie angolature. Era un'idea pazzesca, però forse sarebbe stato possibile. Solo se fosse riuscito a produrre un getto forte e deciso... Si raddrizzò e decise di accantonare il problema. Non aveva ancora *tanta* sete.

E ora che fare? Riposare fino a sera e soltanto allora rimettersi in moto? Sembrava logico, eppure ogni fibra del suo corpo gli diceva di non farlo. Mancavano ore al tramonto, e il caldo era semplicemente spaventoso. Se fosse rimasto seduto in pieno sole, sarebbe arrostito molto prima che calasse il buio. E chissà quanto sarebbe peggiorata la ferita alla gamba. Tutto sommato, forse era meglio muoversi finché gli restava un po' di energia, sperando che la fortuna lo spingesse nella direzione giusta, sperando di trovare aiuto. Sperando di non morire prima.

Con uno sforzo sovrumano, Henry si costrinse a rimettersi in piedi.

Trentacinque

Lord Rodilegno perlustrò con lo sguardo l'ufficio squallido e si domandò che fine avesse fatto la sua vita.

Dopo la breve guerra civile, le cose erano andate di male in peggio. Troppe decisioni sbagliate, troppi azzardi falliti. Ma a rovinarlo era stato soprattutto il crollo del mercato. Da quando sua nipote era diventata Regina di Infera, era impossibile procurarsi servi demoni. Gli riusciva ancora difficile credere che qualcuno potesse essere così stupido da liberare gli schiavi, invece Aurora lo aveva fatto, rinunciando con un semplice colpo di penna a una fonte di guadagno praticamente inesauribile. Peggio ancora, costringendo lui a perdere la sua percentuale.

Rodilegno chiuse brevemente gli occhi. E pensare che l'accordo stipulato con Beleth era semplicemente perfetto! Il cinque per cento dei guadagni per ogni demone venduto in servitù. Il *cinque per cento*! A quell'epoca non era mai a corto di soldi, e mai pensava che un giorno si sarebbe trovato in ristrettezze. Neanche quando Aurora aveva ucciso Beleth, lo aveva sfiorato il pensiero che le cose potessero cambiare. Aveva dato per scontato che il vecchio accordo sarebbe proseguito con un nuovo nome sul contratto. Alla peggio, si era aspettato che Aurora diminuisse la sua percentuale... non di molto, però. Perché gli affari andassero avanti, la Regina avrebbe avuto bisogno di lui quanto ne aveva avuto Beleth: in fin dei conti era il capo degli Elfi della Notte, e solo gli Elfi della Notte usavano i demoni come servi. Mai aveva pensato che Aurora avrebbe posto fine a quel commercio lucroso. Ancora oggi quella decisione non aveva senso. Se lui aveva perso milioni quando era sparito il suo cinque per cento, chissà quanto aveva perso la stessa Aurora. In qualità di Regina di Infera avrebbe intascato ogni spicciolo del restante novantacinque per cento.

Ma era inutile rimpiangere il passato. Quello che era fatto era fatto, e niente poteva cambiarlo. Non gli restava che tentare di sostituire la precedente forma di guadagno con una altrettanto redditizia... E ora, grazie a quel vecchio caprone di Sulfureo, sembrava possibile.

L'unico problema era che non si fidava di Sulfureo.

Rodilegno riaprì gli occhi. Il danzanubi stava fingendo di essere seduto sulla poltrona, ma per un leggero errore di calcolo sembrava librarsi qualche centimetro più in alto. Non che questo avesse importanza, visto che in realtà il danzanubi non era lì ma in una dimensione del tutto diversa. Comunque, dato che lo stiracchiamento della realtà cominciava a dargli una vaga nausea, Rodilegno decise di concludere alla svelta l'affare.

— Puoi riuscirci? — chiese. Una domanda retorica, ovviamente. I danzanubi erano capaci di rintracciare chiunque, dovunque. E la loro particolare forma di accesso al cervello elfico li rendeva più efficienti della tortura quando si trattava di estrarne informazioni. Contro quell'essere, Sulfureo non avrebbe avuto la minima possibilità di conservare i propri segreti.

— La paga è la solita — replicò il danzanubi. Aveva una voce strana quanto il suo aspetto: si riverberava nell'aria e nella mente, ma la sincronia non era perfetta, e ogni parola produceva una strana eco mentale.

— Sì, sì — disse impaziente Rodilegno. Naturalmente la paga era la solita. Tutti conoscevano i danzanubi e la loro solita paga. Era l'unico aspetto di quella transazione a non entusiasmarlo, ma almeno la creatura non avrebbe bussato a quattrini. Al momento, quelli erano decisamente scarsi.

— Posso riuscirci — confermò il danzanubi.

— Bene — disse dopo un momento Rodilegno. — Datti da fare.

— Pagamento anticipato — gli ricordò il danzanubi.

Nella stanzetta calò il silenzio mentre la creatura, sempre "non seduta" sulla poltrona, fissava paziente Rodilegno.

— E va bene! — sbottò lui, arrotolandosi la manica sinistra del giustacuore.

Il danzanubi fluttuò verso di lui, arrotolandosi voluttuosamente come un feto.

Trentasei

— Che roba è? — balbettò Bombix.

— Lo sai che roba è — replicò brusco Sulfureo.

Vero. Pur non avendone mai visto uno prima, e senza avere mai immaginato di vederne uno, era impossibile sbagliarsi. Bombix deglutì a fatica. — Come hai fatto a catturarlo?

— Questo non ti riguarda — replicò Sulfureo, varcando la soglia.

La stanza era tappezzata di piombo, nel pavimento scintillavano intarsi di quarzo, e ai quattro punti cardinali erano poste ciotole piene di frattaglie putride. Ciononostante, Bombix esitò. — È sicuro? — chiese.

"Che razza d'imbecille!" pensò Sulfureo. Un imbecille necessario, però. — Sicuro come una cassaforte — rispose. Si augurava che fosse vero, altrimenti sarebbero morti tutt'e due, e metà del paese assieme a loro.

Bombix si avvicinò cauto, senza staccare gli occhi dalla gabbia. — Sicuro che sia sicuro?

— Le sbarre sono di titanio rinforzato. Niente può spezzarle.

— Ma che mi dici... be'... dei suoi poteri?

— Il piombo dovrebbe occuparsi di cancellarli — replicò Sulfureo. — E per giunta è ferito.

— Mi sembrava che avesse un aspetto strano. — Prendendo coraggio, Bombix fece un passo verso la gabbia. — Che pensi di farne?

— Innanzitutto, dovrò portarlo fuori di qui. È solo questione di tempo prima che Rodilegno mi dia la caccia.

— Lanciò un'occhiata a Bombix che aveva infilato l'ombrello attraverso le sbarre. — Smettila.

— Pensavo che tu e Rodilegno foste pappa e ciccia. Fratelli della Fratellanza eccetera.

Sulfureo sbuffò. — Sua Signoria si è unito alla Fratellanza per costruirsi una nuova base di potere. Cosa interessa a lui del sapere arcano? Dopo sei mesi dalla sua iniziazione stava già dando ordini a destra e a manca. Gli effetti di un titolo nobiliare.

Il nervosismo di Bombix stava svanendo in fretta. Girò attorno alla gabbia, esaminandone il contenuto da ogni angolatura. — Dove pensi di portarlo? Da un'altra parte in città?

— No. La città non è sicura. A dire il vero, dubito che lo sia un qualunque posto nel Regno. Dovrò portarlo fuori dal paese.

Bombix sgranò gli occhi, sporse le labbra e cinguettò: — Uaaaauuu! — Poi sorrise. — Non sarà facile trasferirlo. Insomma... sarebbe un problema anche se Rodilegno non ti stesse alle calcagna, ma così... be'... proprio non so come ci riuscirai.

— Mi aiuterai tu — replicò Sulfureo. Bastò a cancellare il sorriso dalla faccia di Bombix.

Trentasette

— Non puoi venire con me — sibilò Pyrgus. — Non puoi! Non puoi!

— Dove stai andando? — replicò Aurora furiosa.

— Non posso dirtelo!

— Perché non puoi dirmelo?

— Perché se lo facessi potrebbe non funzionare!

— *Che cosa* potrebbe non funzionare? — insisté lei. E prima che il fratello potesse rispondere, aggiunse: — Insomma, non pensi che sia il momento di dirmi cosa succede? E non m'importa se per qualche stupida ragione sei convinto di non dovermelo dire. Perché di una cosa sono certa: se non parli subito, se non mi dici *tutto*, di Henry e dov'è finito e perché Madama Circe ha fatto quello che ha fatto, e cosa state combinando, e perché io sono l'unica a non sapere che succede... — Trasse un lungo respiro tremante. — Se non mi dici tutto e subito, non andrai da nessuna parte!

Era soltanto la sua sorellina. — Prova a fermarmi! — sbottò Pyrgus. Le parole gli erano appena uscite di bocca quando si rese conto di avere commesso un grave errore.

Aurora sorrise. — Posso fermarti, eccome — replicò in tono dolce. — O ti sei forse scordato di avermi nominata Regina perché tu eri troppo *coniglio*...

— Non è vero! — protestò offeso Pyrgus.

Ma ormai Aurora si era lanciata. — E in quanto Regina — proseguì — posso chiamare le guardie e farti arrestare. O posso azionare gli impianti di sicurezza del Palazzo in modo da fare esplodere ogni velivolo in fase di decollo.

— Non ti servirebbe a niente — la rimbeccò il fratello. — Posso decollare prima che arrivino le guardie, e i sicurincanti del Palazzo non faranno esplodere *questo* velivolo perché a bordo ci sei tu... — La sua voce diventò acuta in una sarcastica imitazione della sorella. — ... E tu sei la *Regina*.

Per tutta risposta, Aurora sollevò il mento e replicò con calma: — Ma soprattutto posso fermarti e impedire al volasvelto di decollare finché non mi avrai detto tutto... perché ho *questo*! — Aprì una mano affusolata per mostrargli un disco di ossidiana grande quanto una moneta da sette gnutti e fremente di energia magica.

Pyrgus la fissò a bocca aperta. — È l'alimentatore del volasvelto! Come hai fatto a tirarlo fuori?

Lei lo fissò furibonda. — Con un cacciavite!

— Dammelo subito! — gridò Pyrgus.

— No! — gridò di rimando Aurora.

D'impulso, Pyrgus le saltò addosso e finirono tutti e due sul pavimento, mentre lui tentava invano di bloccarla e strapparle l'alimentatore di mano: era più forte della sorella, ma lei si divincolava come un'anguilla. E poi Aurora riuscì a liberare una mano e gli fece il solletico, costringendolo ad abbracciarla per farla smettere. A quel punto scoppiarono a ridere entrambi e continuarono ad azzuffarsi, però stavolta giocosamente.

— Non lo facevamo da quando eravamo bambini — disse Aurora una volta che il fratello la lasciò andare.

— È vero — annuì Pyrgus ansimando e sorridendo.

— Mi sembrava quasi di azzuffarmi con papà. Gli somigli tanto...

Quell'osservazione bastò a farli tornare seri.

— Sono preoccupata per te. La Febbre Temporale... — aggiunse Aurora rimettendosi in piedi.

— Lo so. — Pyrgus la imitò e si rassettò i vestiti. — E so che non è giusto tenerti all'oscuro di tutto. Senti, ti dirò quello che posso... quello che so. Se lo faccio, mi restituirai l'alimentatore?

— Sì.

— E mi lascerai partire senza altre storie?

— Dipende da quello che mi dirai.

— D'accordo. Quando saprai di che si tratta, capirai quanto è importante fare come dico io.

E le raccontò tutto.

Trentotto

— Il signor Fogarty ha visto il futuro — esordì Pyrgus.

Aurora lo fissò perplessa.

— Cioè, lo *ricordava* — si corresse lui.

— Stiamo parlando della Febbre Temporale? — disse lentamente Aurora, aggrottando la fronte.

Pyrgus annuì. — Sì, proprio della febbre. — Era un sollievo poterle dire tutto... o almeno una parte. Non gli era mai piaciuta l'idea di tenerla all'oscuro dei loro piani... in particolare perché, quando ne fosse venuta a conoscenza, lui si sarebbe trovato nei guai fino al collo. Senza contare che Aurora poteva avere qualche buona idea. E nonostante le informazioni fornite loro dal signor Fogarty, avrebbero avuto bisogno di tutto l'aiuto possibile e immaginabile.

— Però tu non riesci a ricordare il futuro... — obiettò sua sorella.

— No.

— E anche tu hai avuto la febbre.

— Sì, ma...

— Allora com'è che il Viceré ci riusciva?

— Per gli umani è diverso. Per noi Elfi diventa tutto una chiazza confusa, una serie di frammenti scollegati. Il signor Fogarty, invece, riusciva a vedere cose che sarebbero successe in altri luoghi del Regno. E se ne ricordava dopo che l'attacco di febbre era finito.

Seguì un lungo silenzio.

— E fra le cose che ricordava, c'era che Henry avrebbe trovato una cura per la pestilenza.

— Henry?

— Sì.

Aurora lo fissò confusa. — Be'... questa è una bella notizia, no?

— Più o meno. Il guaio è che il signor Fogarty ricordava pure che Henry *non* trovava una cura.

— Che sciocchezza! Ti stai inventando tutto per tenermi buona...

— No! No! Te lo giuro. — Pyrgus si sedette accanto a lei. — Durante il primo attacco di febbre, ha visto Henry che trovava una cura. Ma quando, dopo un po', ha avuto il secondo attacco, ne è uscito con un ricordo diverso: Henry *non* trovava la cura e l'epidemia si diffondeva e uccideva migliaia di persone... centinaia di migliaia. In pratica spazzava via l'intera popolazione del Regno!

— Ma...

— Naturalmente ne ha parlato subito a Madama Circe. All'inizio lei ha pensato che si trattasse di allucinazioni provocate dalla malattia. Invece il signor Fogarty era convinto che il futuro non fosse immutabile, e che lui ne avesse visto due versioni *diverse*: in un possibile futuro, Henry salvava il Regno; nell'altro, no.

— Ma perché il signor Fogarty non...? — cominciò Aurora, e subito s'interruppe intuendo la risposta alla propria domanda.

— Lui pensava che, con qualche altro attacco di febbre, sarebbe riuscito a ricordare quanto bastava ad assicurarsi che si realizzasse il futuro giusto. Ecco perché non voleva tornare nel Mondo Analogo! Perché lì gli attacchi di febbre si sarebbero fermati, e tutti noi avremmo rischiato di finire nel futuro dove il Regno veniva distrutto.

Aurora lo fissò sbigottita. — Cioè si è sacrificato per salvare il Regno?

— Non credo che fosse questa la sua intenzione. Probabilmente sperava di poter sopportare qualche altro attacco, ma in conclusione è andata proprio così: si è sacrificato per il Regno.

Nel cruscotto del volasvelto era inserito un piccolo orologio, e di colpo Aurora si rese conto di sentirlo ticchettare. — E...?

— Vuoi sapere se è riuscito a ricordare abbastanza da essere sicuri che sarebbe stata trovata una cura? Sì e no.

— Sì e no *cosa*? O siamo nel futuro dove troveremo la cura, oppure no.

— Dipende.

Aurora chiuse gli occhi. — Da che cosa? — chiese, controllando a stento la propria esasperazione.

— Se facciamo o no le cose giuste. Il signor Fogarty non aveva un quadro d'insieme: soltanto qualche particolare qua e là. Non ha scoperto come ottenere la cura, però si è accorto che alcune cose succedevano in quel futuro e non nell'altro, ed è arrivato alla conclusione che se tutti noi avessimo fatto le cose che ci aveva visto fare nel futuro positivo, avremmo contribuito a farlo diventare realtà... Anche se le nostre azioni non erano direttamente connesse alla cura, o a Henry, o a qualunque altra cosa ovvia.

— Per questo Madama Circe ha usato il trasportincanto su Henry — mormorò lentamente Aurora.

— Esatto. Non sapevamo che importanza avesse, o perfino *se* avesse importanza, ma il signor Fogarty lo ha visto succedere nel futuro positivo e così abbiamo pensato...

— Anche se questo avrebbe messo in pericolo la sua vita — disse Aurora con voce atona.

— Non avevamo scelta.

— Sì, sì. Non ti sto accusando. È solo che... — Si strinse nelle spalle. — Lo sai.

— Sì, lo so. E ne abbiamo discusso a non finire. Siamo tutti affezionati a Henry.

Aurora lo fissò pensierosa. — Insomma, Madama Circe

lo ha trasportato perché è questo che il signor Fogarty ricordava?

— Sì

— E tù vuoi raggiungerlo perché è questo che il signor Fogarty ricordava?

— Sì.

— E mentre tutti corrono attorno facendo le cose che il signor Fogarty ricordava, io cos'è che dovrei fare?

Pyrgus si passò la lingua sulle labbra. — Veramente il signor Fogarty non riusciva a ricordare niente che ti riguardasse. Cioè, non ha detto che te ne stavi seduta a girarti i pollici, questo no. Insomma, non riusciva a ricordare tutto, altrimenti adesso saremmo sicuri di come andranno le cose. Personalmente immagino che tu stessi facendo parecchio, dando un valido contributo, però lui non rammentava che cosa. Non so perché — concluse incerto.

Aurora fece per dire qualcosa, ma Pyrgus riprese fiato e aggiunse in fretta: — Ne abbiamo parlato a non finire, se metterti al corrente dell'intera faccenda oppure no. In fin dei conti sei la Regina! Però alla fine abbiamo deciso che sarebbe stato meglio lasciarti all'oscuro. — Vide l'espressione della sorella e concluse balbettando: — Nel caso tu avessi fatto qualcosa che... non avresti dovuto... fare...

Aurora gli lanciò il disco di ossidiana. — Metti in moto — ordinò.

Trentanove

Henry era sicuro di sognare. Aveva gli occhi aperti, però quello che vedeva non aveva senso. C'era una faccia, librata sopra di lui. Una faccia *azzurra*. Pelle azzurra, capelli azzurri, occhi azzurri. E dietro la faccia azzurra c'era un cielo di un azzurro scolorito dal sole.

Chiuse gli occhi e scoprì di avere le labbra bagnate. Era una scoperta meravigliosa! Sorrise, e sprofondò in un'oscurità senza sogni.

Si svegliò di soprassalto. Era ancora steso sulla sabbia, però si sentiva un po' meglio. Il braccio aveva quasi smesso di fargli male, invece la gamba era intorpidita e pulsante. Comunque, la cosa importante era che si sentiva più forte, più *in sé*, come se qualcuno gli avesse fatto un'iniezione di energia. Era notte, perciò la temperatura era calata. Per l'esattezza, rabbrividiva dal freddo. Mosse la testa e scoprì che qualcuno aveva acceso un fuoco.

La scarica di energia svanì all'istante: sembrava che il semplice gesto di muovere la testa fosse bastato a esaurirla. Rimase immobile, ansimando e guardando le fiamme.

Era disteso al riparo di un masso, però non era lì che era caduto. Dunque qualcuno l'aveva spostato, oppure aveva spostato il masso... Chissà perché, dubitava che la seconda ipotesi fosse la più probabile. Allora qualcuno aveva spostato lui e acceso il fuoco, però a una certa distanza.

Un gemito gli salì alle labbra.

Alla luce delle fiamme guizzanti vide che si trovava in una cavità naturale, protetta da rocce su tre lati. Ma non c'era traccia di vegetazione, niente che spiegasse da dove scaturiva il fuoco.

Una figura passò fra lui e il fuoco.

— Ggggnnnnfff — mugolò Henry.

La figura ricomparve nel suo campo visivo e venne verso di lui. Henry batté le palpebre e la figura prese la forma di un ragazzino nudo, la pelle nera come il carbone.

— Sei sveglio? — chiese ansioso, accucciandosi al suo fianco.

"Chi sei?" pensò Henry. Ma quando cercò di chiederglielo, scoprì che la sua bocca non stava lavorando a dovere perché ne uscì solo: — Iiiie eeeiii?

Incredibilmente, il ragazzino capì. — Lorquinianus... Lorquin. Tribù dei Luchti. — Gli mise sotto il naso una fiaschetta di pelle. — Non parlare e, per Charaxes, non muoverti. Bevi e basta. — Gli avvicinò la fiaschetta alle labbra.

Henry si aspettava acqua, invece gli gocciolò in bocca un liquido aspro e viscoso che gli rinfrescò il palato e gli scivolò nella gola. Doveva essere uno stimolante, e anche potente, perché sentì tornare subito le forze. Cominciò a respirare meglio e mise a fuoco la vista. Il ragazzino, Lorquin, dimostrava sì e no dodici anni, era piccolo e per niente robusto. Era impossibile che fosse riuscito a trasportarlo fin lì da solo.

— Ciao, Lorquin — disse con fatica, nonostante l'ammonimento di non parlare. — Io mi chiamo Henry. — S'interruppe e bevve un altro po'.

Lorquin aveva un odore strano, non sgradevole, ma... fumoso. — Troppo caldo? — chiese.

Henry fece per scuotere la testa, ci ripensò e si limitò a rispondere: — No.

— Troppo freddo?

— Un po'. — Sorrise. Quel ragazzino era davvero gentile.

— Ora ti copro — disse Lorquin. — Non voglio metterti troppo vicino al fuoco. Preferisco non spostarti più dello stretto necessario.

— Grazie — sussurrò Henry. Anche se si sentiva meglio, neanche lui aveva voglia di essere spostato.

— La cosa migliore per te — proseguì serio Lorquin, in tono molto più adulto del suo aspetto — sarebbe riuscire a dormire. Tutta la notte, se puoi. Se non ci riesci, resta sdraiato e riposati Devi raccogliere le forze... ne avrai bisogno.

— Perché?

— Perché domattina dovrò amputarti la gamba.

Quaranta

Henry rinvenne sentendosi vagamente preoccupato, ma senza riuscire a ricordare con esattezza perché. Era mattina. Il fuoco era un mucchietto di braci rosseggianti e l'aria era ancora fresca, ma il sole aveva già cominciato a scalare il cielo limpido, promettendo un'altra giornata rovente.

Era ancora accanto al masso, e qualcuno lo aveva coperto con una leggera membrana coriacea simile all'ala di un pipistrello gigantesco. Era stato il ragazzino, Lorquin, a salvarlo. Si sforzò di mettersi seduto.

Lorquin era accovacciato a pochi metri di distanza e lo fissava con grandi occhi rotondi. Non era nero, ma azzurro: pelle, capelli, occhi... proprio come il viso che aveva visto in sogno. Ma non era stato un sogno. E il ragazzino non era completamente nudo: su un fianco gli ballonzolava una sacchetta di cuoio legata a una striscia di pelle.

— Stai bene? — chiese Lorquin. — Non pensavo che avresti superato la notte.

Henry appoggiò le spalle al masso. — Sto bene. Più o meno. Mi sento debole. Però credo di stare bene. Chi mi ha portato qui?

— Io — fu l'incredibile risposta.

Alla luce del giorno, il ragazzino sembrava più piccolo e magro che mai. — Come? — domandò Henry.

— In spalla. — Lorquin aveva l'aria circospetta, e i suoi occhi continuavano a guizzare qua e là.

E va bene, pensò Henry, forse voleva darsi arie, o forse era più robusto di quanto sembrasse. Ma che importanza aveva? Lo aveva comunque salvato.

— Come va la gamba? — chiese Lorquin.

Di colpo Henry ricordò. «Domattina dovrò amputarti la gamba.» O se l'era sognato? — Fa male — disse cauto.

— Intorpidita?

— Anche.

— È stato un vaettir? — Vedendo che Henry lo fissava perplesso, il ragazzino aggiunse: — Sembra il morso di un vaettir.

— Non saprei. Era una specie di... creatura dentro una tomba.

— Pallido, magro, veloce? Denti aguzzi?

— Sì.

Lorquin annuì. — Vaettir. Non proprio velenosi, però il loro morso non guarisce: la ferita s'infetta, e alla fine l'infezione ti uccide. Meglio dare un'altra occhiata. Tira giù i pantaloni.

Henry si slacciò la cintura mentre Lorquin si alzava in piedi e gli si avvicinava con una bizzarra andatura a balzi. La gamba aveva un aspetto orribile: il gonfiore si era esteso sopra il ginocchio e fino alla coscia, e la pelle era tesa e scolorita.

Il ragazzino si chinò sulla ferita e l'annusò. — Puzza — annunciò disinvolto. — Avevo ragione.

— Ragione su cosa? — gli chiese Henry con la sgradevole sensazione di conoscere già la risposta.

Lorquin si raddrizzò. — È già male che stia nella gamba. Se va nel resto del corpo, te lo fa smettere di funzionare un pezzo alla volta. Quando raggiunge il cuore, muori. Non che a quel punto la cosa t'interessi. — Si strinse nelle spalle. — La sola cura certa è tagliare la gamba.

— Io non me la taglio, la gamba!

— Mica devi tagliarla tu. Ci penso io. Ho un pugnale affilato. E anche qualcosa per segare l'osso.

— Non me la faccio tagliare, la gamba!

— Farò in fretta.

— Quanti anni hai?

Lorquin lo fissò confuso. — Dieci, undici, non so... Questo che c'entra?

Henry non era sicuro che c'entrasse, però di certo gli riusciva difficile prendere sul serio un ragazzino. E Lorquin era un ragazzino davvero *strano*. Avrebbe voluto chiedergli perché era azzurro, se era il suo colore naturale o effetto di una tintura; che ci faceva tutto solo nel deserto, senza mamma e papà; se davvero lo aveva portato in spalla, e com'è che sapeva dei vaettir, e perché andava in giro nudo, e...

D'altro canto, Lorquin era il ragazzino più sicuro di sé che Henry avesse mai visto, molto più sicuro di quanto lui stesso fosse stato a dieci o undici anni. E aveva un certo modo di starsene, azzurro e nudo sulla sabbia... come se *appartenesse* al deserto. Il che probabilmente era vero. Chiunque fosse in grado di girare nudo nel deserto senza andare incontro a morte sicura doveva per forza vivere lì. E se viveva lì, doveva sapere parecchie cose. Sapeva dei vaettir, e accendere un fuoco dove non c'era niente da bruciare, e procurarsi ali di pipistrello per coprire chi aveva freddo. Forse sapeva anche cosa fare se ti mordeva un vaettir.

Una fitta gli attraversò la gamba, così dolorosa da farlo trasalire.

— Stai bene? — chiese subito Lorquin.

— Prima hai detto che tagliare la gamba è la sola cura certa — replicò Henry quando il suo cuore riprese a battere quasi normalmente. — Ce n'è un'altra meno certa?

Lorquin ci pensò su. — Mi è capitato di vedere un saggio incidere l'infezione. A volte funziona. Ma solo se lo fai subito.

— Proviamoci lo stesso.

Lorquin tirò fuori dalla sacchetta un frammento di

selce identico a una punta di freccia preistorica uscita da un museo. Henry ci mise un momento per capire che quello era il suo pugnale. Deglutì. — Come si fa?

— Tagli il cuore della ferita e fai uscire la parte malata. A volte devi strizzare la gamba.

— Ci penso io — disse in fretta Henry. Si morse le labbra. — Passa il pugnale sul fuoco. — Almeno il calore lo avrebbe sterilizzato.

Lorquin lo fissò scandalizzato. — Il fuoco spezza il pugnale.

Probabilmente era vero. Al diavolo, pensò Henry: aveva già tanti batteri maligni nella gamba che qualcuno in più non avrebbe fatto differenza. — Dammelo — disse tendendo la mano.

— Non metterlo sul fuoco.

— No, promesso. — Henry prese la punta di selce e con un guizzo di sollievo notò che il bordo era affilato come un rasoio. — Come si riconosce il cuore della ferita? È dove ci sono i segni dei denti?

Lorquin scosse la testa. — Cerca il posto dove il gonfiore è verde con un punto nero in mezzo. — Tese un dito. — Là... vedi?

La pelle attorno al punto indicato era rigida, e quando Henry la sfiorò gli fece un male cane. — Questa?

— Sì. Un bel taglio profondo.

Henry respirò a fondo e strinse con forza la selce. Probabilmente il ragazzino aveva ragione. Era come incidere una vescica: ti faceva male lì per lì, poi il pus usciva, e dolore e gonfiore sparivano. Be', forse stavolta avrebbe fatto *parecchio* male. Non che avesse importanza. Ne valeva la pena, giusto? Fissò la pelle tesa e pensò al dolore provato quando l'aveva appena sfiorata. Neanche riusciva a immaginare quanto male avrebbe fatto tagliarla con un pugnale di pietra.

— E poi l'allarghi.

— Eh? — fece Henry.

— Tagli in profondità e poi allarghi la ferita. Deve uscire *tutto* il male.

— Pensaci tu — disse Henry d'impulso, restituendogli il pugnale.

L'istante successivo, Lorquin lo calò rapido sul gonfiore, centrando esattamente il punto nero. E poi, veloce come il lampo, lo calò di nuovo ad angolo retto rispetto alla prima incisione. Uno schizzo di sangue e pus colpì la pelle azzurra. Altro sangue e pus verdastro macchiarono la gamba di Henry. Lorquin lasciò andare il pugnale, si chinò e strizzò deciso la gamba fra le mani.

Henry urlò. La sofferenza era indescrivibile. Per un momento credette di svenire, forse di morire. E poi il dolore cominciò ad affievolirsi.

Lorquin si chinò a scrutare la ferita. — Per questa volta, la gamba non la perdi — disse.

Quarantuno

— Pensavo che saremmo andati nella Terra di Halek — disse Bombix.

Sulfureo scosse la testa. — No.

— A Nuova Altran?

— Rodilegno ha cugini laggiù.

— Allora dove?

— Nel Buthner.

Bombix batté le palpebre. — In quel posto abbandonato dagli dei? Il cosiddetto Cimitero degli Elfi?

— Sì.

— Ma non c'è niente, lì! È un paese popolato da selvaggi, e metà della popolazione è nomade. *Mangiano* la gente, nel Buthner!

— Questa è una leggenda urbana.

— Come può essere una leggenda urbana se nel Buthner non ci sono città? — Visto che Sulfureo non rispondeva, Bombix insisté: — Perché un paese infernale come quello?

— Ti viene in mente un posto migliore dove nascondere qualcosa?

Non aveva torto. Bombix guardò immusonito fuori dal finestrino della carrozza. Sarebbe stato molto meglio usare un vailà. Anche se si stavano appena avvicinando al confine meridionale di Altran, il caldo era già opprimente. Va' a sapere che livelli avrebbe raggiunto quando fossero arrivati nel Buthner. E perché non avevano guardie di scorta? Ne avrebbero avuto bisogno per proteggersi dai selvaggi!

Una ruota della carrozza finì in una buca, provocando un tremendo scossone.

— Perché viaggiare via terra? — si lagnò Bombix. — Un vailà sarebbe stato dieci volte più veloce e un milione di volte più comodo.

— Rodilegno poteva tenere d'occhio gli aeroporti.

— Non ha più uomini a sufficienza! E neanche soldi... a parte i miei — precisò acido Bombix.

— Oh, ormai puoi anche bloccare il pagamento — disse Sulfureo col tono di chi si è appena ricordato un particolare di scarsa importanza.

— Sul serio?

— Sì. Non ho più bisogno della Fratellanza. Puoi bloccarlo al confine... di sicuro ci saranno banche o cose del genere.

Perché non gliel'aveva detto prima? Ormai poteva essere troppo tardi, anche se Bombix era deciso a smuovere cielo e terra per bloccare il trasferimento dell'oro. — Se mi avessi avvertito per tempo — ringhiò — avrei potuto usare il contante per noleggiare un volasvelto privato. Praticamente impossibile da rintracciare.

— Non vola — tagliò corto Sulfureo rovistando nella piccola borsa che teneva sulle ginocchia.

— Cos'è che non vola?

Sulfureo accennò al rimorchio dov'era rinchiuso il loro prigioniero.

— Certo che vola! È un...

— Zitto! Se il cocchiere scopre cosa trasportiamo, siamo finiti. Queste carrozze hanno pareti sottili.

— D'accordo, d'accordo. Però sai cosa voglio dire.

— Certo che lo so. — Sulfureo abbassò ancora di più la voce. — Per conto proprio vola, ma viene preso dal panico se provi a metterlo dentro qualcosa che funziona a incantesimi. Lo sanno le Tenebre se ci ho provato. È così che si è ferito.

— Davvero ironico — commentò Bombix. — Comunque...

Sulfureo lo zittì con un cenno. — Siamo vicini alla Dogana. Ora viene la parte difficile. Tieni la bocca chiusa e lascia parlare me.

— Con gioia — replicò Bombix. — La testa è tua. — A parte il fatto che così non era: se i doganieri avessero scoperto il contenuto del rimorchio, sarebbe saltata la testa di entrambi.

Il confine era segnato da una recinzione fatiscente che sembrava incapace di fermare uno slith migratore, ma gli incantesimi che la rivestivano erano in grado di bloccare qualunque cosa meno imponente di un'invasione su larga scala. La Dogana, costruita durante il regno di Scolitandes il Fiacco, era un edificio monumentale, corredato di enormi magazzini dove si ammassavano i beni confiscati. Adesso i tempi erano meno turbolenti e le formalità burocratiche meno rigide, ma i doganieri restavano vigili, e qualunque contrabbandiere colto sul fatto finiva in cella per un pezzo. O sulla forca.

Bombix rabbrividì mentre Sulfureo scendeva dalla carrozza.

Il doganiere era coperto di galloni e tronfio come un piccione. Senza degnare di uno sguardo sia Sulfureo sia il cocchiere, fece impettito il giro della carrozza per fermarsi infine a esaminare il rimorchio coperto.

— Dentro che c'è? — chiese.

— Frumicole da esportazione — rispose pronto Sulfureo, consegnandogli un fascio di documenti in triplice copia. — È tutto in ordine.

— Forse sì e forse no — ribatté il doganiere esaminando un foglio dopo l'altro.

— Non è male, il tempo, per questa stagione — osservò Sulfureo in tono colloquiale, guardandosi intorno. Le carrozze in uscita dal Regno varcavano un'arcata e imboccavano una breve galleria. Quando ne emergevano, erano in terra straniera.

Il doganiere lo ignorò. Dopo un pezzo, tornò a esaminare il rimorchio. — Sono vive?

— Da morte non servono granché — replicò Sulfureo.

— Vediamole un po'.

— Sono dentro una cassa.

— Questo lo so. Vediamole.

— Dovremo aprire la cassa. È sigillata bene.

— In tal caso sarà meglio sbrigarsi.

Sospirando, Sulfureo fece un cenno al cocchiere, che scese e strappò dal rimorchio il telo che lo copriva. Anche Bombix si preparò a scendere, pronto alla fuga. — Torna su. — Sulfureo aveva parlato in tono disinvolto, ma Bombix riconobbe al volo la sfumatura di minaccia e si affrettò a obbedire.

— Visto? — disse il vecchio demonologo accennando alla grande cassa di legno.

— La cassa la vedo — ribatté il doganiere. — Ora voglio vedere quello che c'è *dentro*.

Sulfureo fece di nuovo un cenno al cocchiere, che tirò fuori un piede di porco e si mise al lavoro per forzare un angolo della cassa. Dopo pochi istanti comparve la gabbia. Le pesanti sbarre di titanio erano state rinforzate da una sottile maglia di ferro, oltre le quali svariate centinaia di migliaia di frumicole battevano furiosamente le ali tozze. Sulfureo inclinò la testa, in attesa. Il doganiere si fece avanti per scrutare attraverso la maglia metallica, ma si affrettò a ritrarsi appena le frumicole cominciarono a emettere il loro tipico sibilo, acuto e raschiante.

— Volete entrare nella gabbia? — chiese Sulfureo, tutto innocenza. — C'è una doppia porta per impedire che scappino.

— No, grazie — rispose rigido il doganiere. Sfogliò

ancora una volta i documenti, poi fece un cenno al cocchiere. — Richiudi la cassa. Potete andare.

— Grazie mille, agente — disse Sulfureo in tono untuoso.

Il cocchiere tirò su la fiancata di legno della cassa e la bloccò alla meglio prima di ricoprire il tutto con il solito telo. Di nuovo al buio, le frumicole si calmarono e il loro gemito acuto si spense. Il doganiere si scostò di lato e mosse il braccio in un gesto ampio, teatrale, incitandoli ad avanzare come se fosse ansioso di sbarazzarsi di loro. Il cocchiere risalì al suo posto e Sulfureo fece per tornare a sedersi accanto a Bombix.

E poi, dalle viscere della cassa di legno, una voce gridò: — Aiuto!

Per un istante l'intera scena sembrò raggelarsi, poi il doganiere si voltò lentamente verso il rimorchio.

— È solo un piccolo scherzo — disse a precipizio Sulfureo. — Sono ventriloquo.

— Ne dubito — replicò l'agente. — Riaprite quella cassa.

Quarantadue

— Vai! — urlò Sulfureo al cocchiere.

Subito l'uomo frustò i cavalli e la carrozza scattò in avanti, scaraventando Bombix all'indietro e facendolo atterrare con un tonfo sul sedile. — Ahia!

— Guardie! — urlò il doganiere. — Fermateli!

L'istante successivo un torrente di uomini armati si riversò fuori dalla Dogana. Sulfureo si affacciò al finestrino della carrozza e lanciò contro di loro una palla multicolore che, appena colpì il terreno, ruttò un fumo denso color arcobaleno.

— Attenti! — urlò uno degli uomini. — Un urlatore!

Come se non avesse aspettato altro, la palla lanciò uno strido agghiacciante. Bombix si coprì di scatto le orecchie con le mani. Le guardie si divisero in due rivoli, come un fiume il cui corso venga bloccato da un masso. L'urlatore rimbalzò in mezzo a loro, guadagnò velocità e sfrecciò verso la porta aperta della Dogana. Man mano che il fumo le avvolgeva, anche le guardie cominciarono a ululare, e parecchie ruppero i ranghi, lasciarono cadere le armi e si diedero alla fuga, in preda al panico.

Mentre galoppavano a tutta velocità verso l'arcata, Sulfureo si affrettò a chiudere il finestrino. I sobbalzi e gli scossoni della carrozza dovevano avere disturbato le frumicole, perché ripresero a lanciare gemiti assordanti che sembravano fare eco a quelli dell'urlatore.

Nel frattempo, ticchettando rumorosamente, la sfera si era trasformata in una ventina e più di sfere multicolori più piccole che rimbalzarono, si sparpagliarono e infine volarono con snervante precisione verso le finestre della Dogana.

— Evacuazione! — gridò qualcuno.

Ormai tutte le sfere stavano urlando, riempiendo l'aria di un ululato folle che confondeva la mente e gelava il sangue. I cavalli schizzarono in avanti come se fossero stati punti e s'infilarono a tutta velocità sotto l'arcata, diretti verso la galleria. Il finestrino che finalmente Sulfureo era riuscito a chiudere attutiva il fracasso, ma anche così si poteva sentire il rumore di vetri rotti provocato dalle sfere.

Tutto diventò buio mentre la carrozza s'infilava nella galleria, inseguita dal "bang-bang" di esplosioni regolari. Quando riemersero alla luce, Bombix si mise in piedi a fatica e riaprì il finestrino. L'intera Dogana stava crollando, avvolta da un sudario di polvere e fumo. Alle strida dell'urlatore si sovrappose l'ululato di una sirena. Le fiamme balzarono verso il cielo, mentre ondate di fumo nero scivolavano sul terreno. Le guardie correvano qua e là, gli occhi sbarrati dal terrore.

La carrozza guadagnò velocità, allontanandosi da quella scena di distruzione.

— C'è andata bene — commentò Sulfureo.

Quarantatré

— Dove andiamo? — chiese Aurora mentre il volasvelto sfiorava le cime degli alberi.

— Non lo so — rispose Pyrgus, seduto ai controlli.

— Come, non lo sai? Se non sbaglio, sei tu che piloti quest'affare.

— Non conosco la nostra meta *finale*. Non so dove sia Henry. — Pyrgus staccò gli occhi dai comandi per lanciarle un'occhiataccia. — Te l'ho già detto.

— Sì, ma considerando tutte le bugie che hai raccontato ultimamente, come faccio a capire quando ti capita di dire la verità?

Il volasvelto cominciò a perdere quota, e Pyrgus riportò l'attenzione sui comandi. — Be', è vero che non so dove sia Henry — brontolò.

Voleva essere lasciato in pace perché continuava a nasconderle qualcosa: Aurora lo capiva bene. — Se non stiamo andando a cercare Henry — replicò — dov'è che stiamo andando? O hai semplicemente deciso di farti un giretto?

— Non c'è bisogno di essere sarcastica. Non è regale, e non ti si addice.

— Rispondi alla domanda.

— Stiamo andando da Madama Circe — sbottò Pyrgus, schiacciando con forza un pulsante. — Lei sa dov'è Henry.

— Madama Circe è stata arrestata. O meglio: è agli arresti domiciliari nel Palazzo. Per mio ordine.

— È fuggita — la informò il fratello.

Aurora gli fissò la nuca. — Come lo sai?

— Mi ha detto che sarebbe fuggita. Immagino che ormai l'abbia fatto.

— Mi aveva *promesso* di non fuggire! — esclamò Aurora. — Mi aveva dato la sua parola che non ci avrebbe neanche provato.

— Ha mentito. — Pyrgus fece scattare l'interruttore che inseriva il pilota automatico e si voltò a guardarla. — Non arrabbiarti, Aurora. Né con lei, né con me, con nessuno di noi. Cerchiamo solo di fare la cosa giusta, perché il minimo errore potrebbe essere fatale per il Regno. E anche per alcuni di noi... personalmente, voglio dire. Se finiamo nel futuro sbagliato, Madama Circe si ammala e muore. E così pure Colias e Nymph. Io non guarisco. — Abbassò la voce. — E ti ammali anche tu.

— L'ha visto il signor Fogarty?

— Sì.

— Mi ammalo e muoio?

— Questo il signor Fogarty non l'ha visto. Non ti ha visto morire, cioè. Però ti trasformi in una vecchietta fragile e debole e bisbetica e piena di acciacchi che cerca di governare un Regno dove tutti muoiono, e l'epidemia contagia anche gli animali e diventa sempre peggio. — La guardò ansioso. — Non potevamo permettere che succedesse, non potcvamo! Forse abbiamo sbagliato a non dirti tutto subito, ma il signor Fogarty non ha visto che parte svolgevi nel futuro giusto, e così non ce la siamo sentita di correre il rischio.

— Capisco — disse Aurora dopo un lungo silenzio. I suoi occhi lampeggiavano. — Secondo me avete sbagliato, tutti quanti, però capisco. — Si avvicinò al fratello e gli mise una mano sulla spalla. — Dov'è Madama Circe?

Pyrgus esitò una frazione di secondo, poi disse: — A Casa Mefisto.

— Oh, poveri noi! — sospirò Aurora.

Quarantaquattro

Al culmine della fama, il defunto marito di Madama Circe, il Grande Mefisto, aveva ammassato oro sufficiente a farsi costruire una villa in campagna nella zona più alla moda delle Piane Selvagge. Fedele a se stesso fino in fondo, non aveva usato un solo incantesimo per l'edificio... eppure il posto non era affatto quello che sembrava.

In apparenza era una piccola, deliziosa villa incastonata fra gli alberi sulle rive di un ruscello. I boschi in realtà erano un'astuta scenografia: una combinazione di pannelli dipinti e alberi artificiali. E il ruscello, nonostante tutto il suo gorgogliare, non conteneva una sola goccia d'acqua, ma era un congegno meccanico composto da strisce di carta metallizzata.

E i trucchi non finivano qui. I visitatori riferivano che il portone era dipinto su un muro, e chiunque provasse a guardare attraverso una qualunque delle grandi vetrate vedeva stanze in realtà inesistenti. Il fantasma che infestava la dimora era creato da un'accurata disposizione di lastre di cristallo e specchi; e le sedie in sala da pranzo gemevano orribilmente quando un ospite vi prendeva posto. C'era una scalinata rotante che conduceva a un piano diverso ogni volta che veniva usata; e un grande uccello, un capolavoro di cartapesta, planava ad ali spiegate dalle travi grazie a cavi nascosti. La sala da musica aveva un'orchestra meccanica, e un chiosco in corridoio conteneva la metà superiore di un automa giocatore di scacchi completo di turbante.

A guardarli dall'alto, si scopriva che i giardini erano

potati in modo da rappresentare la faccia sorridente di un pagliaccio con ciuffi di dalie al posto degli occhi.

— Pensi di atterrare nella proprietà? — domandò preoccupata Aurora.

— Sei matta? — replicò il fratello. — Sarà già abbastanza difficile raggiungere la casa a piedi.

Fece scendere il volasvelto sul viale che correva attorno alla tenuta, dopodiché costeggiarono il muro fino a raggiungere il cancello.

— Fa' attenzione — raccomandò Aurora.

— Tentar non nuoce — disse Pyrgus. — Il ciclo di trucchi segue una sequenza casuale: a volte quello che vedi è reale. — Spinse il cancello, che si spalancò all'istante.

— Su, entra — lo incitò la sorella.

Pyrgus varcò il cancello e subito sparì. L'inferriata si richiuse con un tonfo. Aurora aspettò. Dopo un po', Pyrgus ricomparve sul viale con aria perplessa. — Cos'è successo? — gli chiese lei quando la raggiunse.

— Non ne sono sicuro. Ho avuto l'impressione di essere stato afferrato da braccia meccaniche... forse c'era una botola. È successo tutto molto in fretta. A te cos'è sembrato?

— Una specie di invisibilia, però senza scintillio.

— Comunque possiamo entrare dalla porta nel muro che ho usato per uscire: l'ho esaminata bene, e non sembra truccata — suggerì Pyrgus.

Aveva ragione riguardo alla porta, ma quando furono nella proprietà, non riuscirono a trovare la casa. Dapprima si persero in una foresta artificiale i cui sentieri mutavano di continuo; e poi, quando finalmente emersero dal labirinto e si trovarono davanti alla villa, scoprirono che più camminavano verso la casa, più quella si allontanava. Ci misero quasi un quarto d'ora per rendersi conto di avere davanti una serie di riflessi, e anche così avrebbero continuato a girare confusi per un'altra ora se un maggiordomo in livrea non fosse sbucato da sottoterra per indicare loro la strada da seguire.

— Pensi che dovrei dargli la mancia? — sussurrò Pyrgus ad Aurora.

Lei lo fulminò con gli occhi. — Non essere sciocco, è un automa. Il Grande Mefisto ne aveva a dozzine.

Madama Circe era in sala da pranzo, china su una mappa di pergamena spalancata sul tavolo, e sentendoli entrare voltò appena la testa. — Pyrgus, caaavo, appena in... — S'interruppe. — Ah. — E dopo una lunga pausa: — Vostra Maestà.

— Lascia perdere la mia maestà — ribatté Aurora. — Avevo la tua parola che non avresti cercato di fuggire.

— È vero, mia caaava, ma non avrei problemi a romperla di nuovo se pensassi che questo potrebbe aiutare il Regno. — Guardò Pyrgus. — Perché hai portato tua sorella?

— Non ho avuto scelta — brontolò lui.

Madama Circe tornò a rivolgersi ad Aurora. — Mia caaava, per quel che valgono, ti porgo le mie scuse. Posso presumere che Pyrgus ti abbia spiegato perché abbiamo evitato di coinvolgerti?

Aurora annuì cupa. — Me l'ha spiegato. Però non sono sicura di poter accettare una simile spiegazione.

— In effetti è complesso — ammise Madama Circe. — E forse abbiamo sbagliato ad agire così. Il povero Alan non ti ha visto nel futuro che cerchiamo di raggiungere, ma questo non significa che tu non svolga una parte di rilievo. Anzi, sono sicura del contrario. Ciononondimeno, abbiamo preferito seguire quello che sembrava il cammino più sicuro. Però potrebbe non essere quello giusto, o perfino l'unico. Come che sia, non ci metteremo molto a scoprirlo.

Qualcosa nella sua voce allarmò Aurora. — Che significa?

— Alan ha visto questo incontro, qui, in questa stessa stanza. Però c'eravamo soltanto Pyrgus e io. Ora ci sei anche tu. Il futuro è già stato alterato.

Lo sguardo di Aurora andò dal fratello, che esaminava con ostentata indifferenza un canarino meccanico in una gabbia dorata, a Madama Circe. — Alterato in peggio? — chiese.

— Questo dipende dal perché non sei apparsa nelle visioni di Alan — rispose seria Madama Circe. — Comunque — riprese tornando a chinarsi sulla mappa — dato che sei qui e il futuro è stato modificato, non vedo motivo d'impedire oltre il tuo coinvolgimento. Francamente mi turbava tenerti nascosto cosa stava succedendo, ma eravamo convinti che fosse la scelta più sicura. Spero tu possa perdonarci.

— Sì, naturalmente — replicò Aurora in un tono che poco rivelava dei suoi pensieri. Fece un passo avanti, e la sua abituale risolutezza tornò bruscamente a galla. — Molto bene... Anche se il futuro è stato modificato, non significa che dobbiamo accantonare le visioni del signor Fogarty. Alcune possono tornarci ancora utili.

— Sono d'accordo — assentì Madama Circe.

— Pyrgus ha detto che non sa dove sia adesso Henry. Ma tu lo sai, è così?

Di nuovo Madama Circe annuì. — Sì, Alan me l'ha detto. — Indicò un punto sulla mappa.

Aurora si chinò in avanti. — Il Buthner?

— Temo di sì.

— Avevi intenzione di andare là assieme a Pyrgus?

— Sì.

— Con quanti uomini al seguito?

— Neanche uno.

— E come pensavate di sopravvivere, laggiù? — chiese Aurora senza traccia d'ironia. — Il Buthner è uno dei paesi più pericolosi del mondo.

Madama Circe scrollò le spalle. — Mi limitavo a seguire le visioni di Alan. Nel futuro positivo, andavamo da soli.

— E lo pensi ancora? Di andare laggiù senza seguito né soldati?

— Sì. La cosa ti crea qualche problema?

— No — replicò pronta Aurora. — No, se serve a salvare Henry... e il Regno. Come ci arriviamo? Col volasvelto o via terra?

— Non possiamo raggiungere direttamente il Buthner — rispose Madama Circe. — I nativi non comprendono affatto i moderni tecnoincanti. Secondo loro, i volasvelto sono uccelli giganteschi che ingoiano le persone: perciò ritengono che chiunque ne esca sia maledetto e lo uccidono a vista. Temo che il tipico abitante del Buthner sia una creatura semplice, primitiva... e molto, molto feroce. Comunque, il Regno intrattiene rapporti amichevoli con il Governatore di Hass-Verbim, al confine settentrionale del Buthner. Possiamo volare fin lì, e poi attraversare il confine a piedi.

— Sai dove si trova esattamente Henry?

Madama Circe scosse la testa. — No. Dovremo cercarlo.

— Che c'è, Madama Circe? — domandò bruscamente Aurora. — Cos'è che non mi stai dicendo?

— Come mi conosci bene, mia caaava. — Madama Circe abbozzò un sorriso. — Sì, qualcosa c'è. O meglio: *potrebbe* esserci. In entrambi i futuri visti da Alan, sia nel buono che nel cattivo, Henry era nel Buthner. Però la tua comparsa significa che siamo entrati in un terzo possibile futuro, diverso dagli altri due. — Sospirò. — E in *questo* futuro, temo, non abbiamo la minima garanzia che Henry sia davvero nel Buthner.

— E nemmeno che sia ancora vivo — aggiunse Pyrgus.

Quarantacinque

La gamba ancora non riusciva a sostenere il suo peso e continuava a fargli un male cane, però era un dolore pulito, il gonfiore era diminuito, e quando Lorquin strizzava la ferita, ne usciva buon sangue rosso, non quel disgustoso pus giallo-verdastro.

Lorquin aveva costruito per lui un rozzo riparo utilizzando rami secchi – ma dove li aveva trovati? – e l'ala di pipistrello con la quale lo aveva coperto durante la notte. Gli aveva anche dato da bere acqua e il solito succo acidulo, e come cibo gli aveva portato qualcosa di bianco e affumicato che Henry aveva preferito non esaminare con troppa attenzione: sapeva di aglio abbrustolito e gli aveva tolto la fame.

— Lorquin?

— Sì, En Ri?

— Il tuo... hmm... colore. È naturale?

Il ragazzino lo fissò con sguardo vuoto.

— L'azzurro — insisté Henry, pentendosi di aver dato inizio a quella conversazione. — È il tuo colore naturale, o usi una tintura?

— Io sono Luchti. — Lorquin strinse le spalle come se questo spiegasse tutto.

— Luchti è la tua tribù, giusto?

— La mia gente, sì.

— Dove sono?

Lorquin fece un gesto vago verso il lontano orizzonte. L'intera conversazione sembrava renderlo impaziente. O forse solo perplesso.

Henry si passò la lingua sulle labbra. — Com'è che sei tutto solo in mezzo al deserto? Perché *sei* solo, giusto?

— Sì.

— E perché? Insomma, perché non sei con i tuoi?

— Io cerco il draugr — rispose Lorquin. Poi, con stupore di Henry, si aprì in un sorriso radioso. — E trovo te.

Henry si chiese cosa fosse un draugr, ma decise di tornare sull'argomento più tardi. Cominciava a capire cosa stava succedendo. — Stai per diventare uomo, giusto?

Lorquin gonfiò fieramente il petto minuto. — Sì.

"Centro!" pensò Henry. Aveva letto di cose del genere da qualche parte, o forse aveva visto un documentario in televisione. In diverse tribù primitive, i ragazzi dovevano affrontare i cosiddetti riti della pubertà che segnavano il passaggio dall'infanzia all'età adulta: venivano lasciati tutti soli nella boscaglia, o nella giungla, o nel deserto, e se sopravvivevano, diventavano uomini. Certe iniziazioni erano anche parecchio rischiose. I giovani Masai, o Zulu, o qualcosa del genere, dovevano uccidere un leone prima di poter tornare alla loro tribù. Si augurava solo che il draugr cercato da Lorquin non fosse l'equivalente del leone. Aprì la bocca per chiederglielo, ma il ragazzino lo batté sul tempo.

— Trovarti è stato un buon segno, En Ri.

— E perché?

— Quando c'è il Compagno, sappiamo dov'è il vaettir — fu l'incomprensibile risposta.

— Lorquin — riprese Henry dopo un attimo di perplessità. — Questo draugr... è qualcosa che devi trovare per diventare uomo? Tipo un tesoro? Una pianta rara? Qualcosa cui la tua tribù attribuisce grande valore? — In cuor suo già conosceva la risposta, anche se desiderava con tutte le forze di sbagliarsi.

Lorquin sorrise. — Il draugr è qualcosa che noi dobbiamo uccidere, En Ri.

Per un istante quel *noi* sembrò lampeggiare come un'insegna al neon. — Noi? — gli fece eco Henry. — Nel senso di tu e io?

— Tu sei il Compagno annunciato dalle Sacre Saghe — rispose Lorquin senza fare una piega.

— Veramente io...

— E proprio come dicono i canti, il Compagno mi aiuterà a trovare il draugr.

— Lorquin, io non so niente dei tuoi canti! E neanche dei draugr. Non so che cosa siano. Neanche so dove sono io! Né come ci sono arrivato. E tanto meno come uscirne. Neanche so in che paese mi trovo. Non posso...

Ma Lorquin non lo stava ascoltando. Aveva sul viso l'espressione rapita di un missionario che tenta di convertirti. — Sei il mio Compagno. Aiutarmi a uccidere il draugr è il tuo destino.

Pur aspettandosele, quelle parole raggelarono Henry. Stava per essere trascinato con spaventosa ineluttabilità in un'impresa senza dubbio pericolosa... anzi, con ogni probabilità, *terribilmente* pericolosa. Il guaio era che doveva la vita a Lorquin. Non poteva farsi salvare da lui e poi piantarlo in asso, mandandolo ad affrontare da solo l'impresa che secondo la sua tribù lo avrebbe trasformato in un uomo.

— Questo draugr... — chiese cauto dopo avere respirato a fondo. — Non è per caso un altro nome per vaettir?

— Oh, no — rispose allegramente Lorquin. — Il vaettir serve solo a guidarci dal draugr. Il draugr è il padre dei vaettir.

Quarantasei

Bombix continuava a lamentarsi. Della polvere, del caldo, dei disagi, di tutto. Sulfureo si stava chiedendo perché si fosse preso la briga di portarselo dietro. Poi lanciò un'occhiata agli indigeni che trasportavano la cassa e ricordò la risposta: era Bombix ad avere l'oro. Era sempre stato Bombix ad avere l'oro.

Ma fra non molto le cose sarebbero cambiate. Altroché se sarebbero cambiate.

— Mi fanno male i piedi — si lagnò Bombix. — Avevi detto che ormai eravamo arrivati.

— Ci siamo quasi — replicò Sulfureo.

— Mi auguro che valga la pena fare tutta questa fatica.

— Certo che ne vale la pena.

In realtà, nonostante le lamentele di Bombix, il viaggio non era andato affatto male. Una volta passato il confine, si erano trovati davanti una distesa d'erba striminzita, qualche cespuglio e diverse strade ampie: sterrate, d'accordo, però ben tenute. E accanto alla Sbarra di Confine c'erano diversi portatori in attesa. Il guaio era che non c'erano carrozze, né cavalli, né animali da soma, e un governo incredibilmente arretrato e superstizioso proibiva severamente l'uso d'incantesimi. Sulfureo aveva tentato di convincere il loro cocchiere ad accompagnarli per un altro tratto, ma non c'era riuscito neanche con la promessa di una paga doppia.

Dopo un po' la strada si era trasformata in una pista, il caldo era aumentato e il paesaggio era diventato decisamente arido, ma non al punto da giustificare l'incessante brontolio di Bombix. In fin dei conti, erano i portatori a trasportare la cassa e le provviste. L'unica cosa che Bombix si portava dietro era un clicca-e-spara automatico, un congegno rozzo paragonato alle armi magiche del Regno, ma da quelle parti, il contrabbando di magia era punito con lo squartamento, e lui non era pronto a correre un rischio del genere.

— Come si chiama, questo posto? — chiese in tono aggressivo.

— Che posto?

— Quello dove stiamo andando... come si chiama?

— Koob ban Eretz Evets — rispose Sulfureo. — Si traduce grosso modo "Montagne della Follia".

Bombix aggrottò la fronte. — Montagne? Follia?

— Sì. — Sulfureo avrebbe tanto voluto che la smettesse di parlare. Faceva caldo, era stanco anche lui e soprattutto non voleva che gli indigeni origliassero i loro discorsi. Fingevano di non capire l'elfico, ma sapeva che non era così.

— Allora non ci siamo affatto vicino — ringhiò Bombix. — Altrimenti le vedremmo. Le montagne si vedono a chilometri di distanza.

Sulfureo ingoiò un sospiro. — Non queste. Queste sono schermate.

Per un momento sperò che Bombix si sarebbe accontentato, invece no. — Schermate? Non avevi detto che qui non usano la magia?

— Infatti non la usano — replicò pronto Sulfureo. Non conveniva parlare di magia davanti ai portatori: tutti sapevano che gli indigeni erano pronti a uccidere chiunque fosse sospettato di stregoneria. Lo aveva detto e ripetuto a Bombix (e gli aveva fatto spegnere lo stupido scintillincanto che portava sui denti), ma quell'idiota non ascoltava mai. — È un'illusione ottica. Come un miraggio, ma rovesciato. — Era uno dei motivi per i quali aveva scelto Koob ban Eretz Evets per quella gitarella.

Era praticamente impossibile trovare le montagne senza una mappa aggiornata: l'effetto miraggio cambiava con le stagioni, e anche secondo un qualche incomprensibile fattore casuale. Se disegnavi una mappa subito dopo il cambiamento, avevi sei settimane di tempo prima che fosse superata. Mancavano pochi giorni alla scadenza di quella utilizzata da Sulfureo, ma per allora avrebbero raggiunto da un pezzo la loro meta. Inoltre aveva intenzione di lasciare sul posto un tracciatore personalizzato per ritrovare le montagne senza problemi... E al diavolo l'opinione degli indigeni sulla magia!

Purtroppo, la storia dell'illusione ottica incuriosì Bombix. — Come si rovescia un miraggio?

— Non è un vero miraggio — spiegò Sulfureo. — Un miraggio è solo il riflesso di qualcosa molto, molto lontano. Le Montagne della Follia sono più che reali, però nell'aria c'è qualcosa che riflette su di loro un'immagine diversa.

— Insomma — disse lentamente Bombix — credi di vedere un campo, o un lago, e invece hai davanti le montagne?

— Qualcosa del genere. Più probabilmente vedi il deserto. La maggior parte del Buthner è desertica.

— E perché si chiamano Montagne della Follia?

— Cosa vuoi che ne sappia? Forse l'illusione fa ammattire gli indigeni. Ti piacerebbe vivere in un posto dove le montagne appaiono e scompaiono?

— Quando finisce?

— Quando finisce che cosa?

— L'illusione. O ti accorgi di avere raggiunto le montagne quando ci sbatti contro?

Tutto sommato, pensò Sulfureo, era altamente probabile che alla fine avrebbe ucciso Bombix: era peggio delle emorroidi, e lo era sempre stato. Non smetteva mai di parlare o di lamentarsi, e in un viaggio del genere costituiva soltanto un peso. I suoi soldi erano stati utili, d'accordo, ma appena raggiunte le montagne, aveva in mente di congedare i portatori per evitare che vedessero dove nascondeva il suo tesoro. A quel punto avrebbero dovuto pensarci lui e Bombix a trasportare la cassa; una volta attivati i proteggincanti, però, non avrebbe più avuto bisogno di quel rompiscatole. E nemmeno del suo oro. Avrebbe avuto più soldi di quanti potesse spenderne per il resto della vita. E più potere. Sarebbe stata una gioia godersi entrambi senza Jasper Bombix fra i piedi.

— Che c'è? — chiese Bombix.

Sulfureo lo fissò con sguardo assente. — Che c'è cosa?

— Stavi pensando. Di solito significa guai.

— Nient'affatto. — Sulfureo spremette un sorriso. — Pensare? Ma quando mai! Stavo solo riflettendo su quanto fossero intelligenti le tue domande. Riguardo alle montagne nascoste. Molto, molto intelligenti. Tranquillo, non ci finirai contro. Le vedrai fra poco. Da un momento all'altro. Ora non ci sono, e ora eccole qui. Come per ma... — S'interruppe in tempo. — Proprio come una naturalissima, spiegabilissima illusione ottica provocata dalle particolari proprietà dell'aria di questo meraviglioso paese. Perciò tieni gli occhi aperti, Jasper, perché... — Tornò a interrompersi, vedendo Bombix bloccarsi e spalancare la bocca.

Sulfureo si voltò. Dietro di lui, le Montagne della Follia s'innalzavano in tutto il loro repentino splendore.

Quarantasette

Sulfureo avrebbe tentato di ammazzarlo, Bombix ne era sicuro. Il doppio gioco era tipico del vecchio gufo: Rodilegno vuole che Sulfureo uccida Bombix; Sulfureo lo racconta a Bombix per dimostrare che non ha la minima intenzione di farlo; dopodiché lo ammazza comunque. Probabilmente subito dopo aver nascosto quell'accidente di gabbia.

Be', quello era un gioco che si poteva giocare in due. Semplicemente, una volta nascosta la gabbia, Bombix avrebbe agito per primo. Dopodiché, con Sulfureo eliminato e il nascondiglio della gabbia ben chiaro in mente, sarebbe tornato nel Regno e avrebbe ottenuto qualunque cosa volesse: soldi, fama, potere... Soprattutto se la sarebbe potuta godere senza Silas Sulfureo fra i piedi.

Non sarebbe stato difficile ucciderlo: il vecchio pazzo non se l'aspettava, ed era lui quello con il clicca-e-spara. Non ancora, però. Anche se ormai i portatori erano lontani, per sistemare la gabbia erano necessari tutt'e due.

— Quanto manca? — ansimò. Gli facevano male le gambe, le braccia, le spalle, e puzzava disgustosamente di sudore.

— Quanto serve — sbuffò Sulfureo.

— Sì, ma quanto? — insisté Bombix.

Prima di essere congedati, i portatori avevano trascinato la cassa ai piedi delle montagne. Una volta sicuro che fossero lontani, Sulfureo l'aveva aperta e, per alleggerirla, aveva lasciato andare le frumicole. Comunque, già raggiungere l'ingresso della caverna era stata una faticaccia, e ora la stavano spingendo in un dedalo di gallerie che si addentravano nelle viscere del monte. Di sicuro Sulfureo era già stato lì, perché sembrava sapere esattamente dove andare.

— Non molto — rispose nello stesso identico tono di quando gli aveva detto che le montagne erano vicine. Poi, cogliendo il suo vecchio socio alla sprovvista, accennò alla gabbia e aggiunse: — Si nutre di luce.

Bombix scrutò fra le sbarre. — Sul serio?

Sulfureo si fermò e annuì. — Fotosintesi. Come una foglia... Chi l'avrebbe pensato, eh? Insomma, dobbiamo nasconderlo abbastanza in profondità da non poter essere trovato per caso da qualcuno, ma vicino a una fonte di luce per evitare che muoia di fame. Perché morto non ci serve, ti pare? Alla fine ho scovato il posto giusto. Coraggio, ancora un piccolo sforzo e ci siamo.

Ci volle più di un piccolo sforzo, ma quando finalmente arrivarono a destinazione, Bombix dovette ammettere che il nascondiglio scelto da Sulfureo era perfetto: una grotta nel cuore della montagna, difesa da un complicato labirinto di gallerie e coperta da formazioni cristalline che incrostavano le pareti e formavano stalattiti simili a lampadari. Ma il vero colpo di genio stava nella volta della caverna: una spaccatura fra le rocce lasciava entrare un raggio di sole che illuminava l'antro come un riflettore, riverberandosi sulle sfaccettature di innumerevoli cristalli.

— Di sicuro non farà la fame — commentò Bombix.

— Per sicurezza mettiamolo sotto il raggio — suggerì Sulfureo.

Unendo le forze, trascinarono la gabbia sotto la luce. Sembrava un'opera d'arte messa in mostra, o una scenografia particolarmente elaborata. Bombix fece un passo indietro e allungò di soppiatto una mano verso il clicca-e-spara, ma poi esitò. Se avesse ucciso Sulfureo ora, poteva avere difficoltà a uscire dalla montagna. Gli sembrava di ricordare il percorso da seguire per tornare all'aperto, però non ne era sicuro al cento per cento. Era già abbastanza difficile spingere una pesante gabbia anche senza sforzarsi di memorizzare la strada. No, meglio aspettare di essere fuori da lì. A meno che, naturalmente, Sulfureo non facesse la prima mossa: in quel caso avrebbe usato il clicca-e-spara e corso i suoi rischi nelle gallerie.

— Fatto — annunciò Sulfureo. — Non è carino? — Indietreggiò e si stropicciò le mani. — E ora convochiamo il Guardiano.

Bombix batté le palpebre. — Guardiano? — Non aveva mai parlato di un Guardiano.

— Non crederai che voglia lasciarlo senza sorveglianza! Il Guardiano starà nella caverna accanto. — Sulfureo aggrottò la fronte. — O pensi che sarebbe meglio lasciarlo in giro per le gallerie? Ci serve qualcosa che tenga fuori i curiosi, e *quello*... — accennò con la testa alla gabbia — ... dentro.

Bombix lo fissò a bocca aperta. — Un momento, Silas... hai detto Guardiano?

— Sì, sì.

— Un Guardiano *magico*?

— Mi sembra ovvio... — Sulfureo s'interruppe, e un lento sorriso gli si allargò sulla faccia. — O pensavi davvero che sarei venuto qui senza i miei incantesimi?

— Ma in questo paese ti squartano, se scoprono che introduci incantesimi! — mugolò Bombix. Non gli era mai venuto in mente che Sulfureo potesse rischiare tanto. Ma, a quanto pareva, il vecchio pazzo lo aveva fatto. Il che significava che lui era armato solo di un clicca-e-spara, mentre il suo ex socio poteva essere pieno fino agli occhi di armamenti magici.

— Ti squartano soltanto se ti prendono — sogghignò Sulfureo. — Bene, avrò di nuovo bisogno del tuo aiuto — aggiunse, dirigendosi verso la caverna accanto.

Per un momento Bombix rimase immobile, poi si affrettò a seguirlo. — Che razza di Guardiano vuoi metterci? — farfugliò. — Non puoi usare un demone, perché adesso Aurora è Regina di Infera. E se imprigioni uno spirito, prima o poi quello trova il modo di liberarsi. E dubito che un tulpa possa tenere a bada quello che abbiamo qui. Non riesco a immaginare...

Sulfureo si fermò e lo guardò dritto negli occhi. — Veramente pensavo allo Jormungand.

— Per tutti gli dei! — squittì Bombix. — Non lo Jormungand!

Quarantotto

Paragonata alla grotta di cristallo illuminata dal sole, la caverna che la precedeva appariva tetra, ma comunque non completamente buia; e – privilegio raro in quel paese arido – le pareti di roccia stillavano acqua, lasciandole gocciolanti e umide. Sotto molti aspetti, era un alloggio perfetto per lo Jormungand.

Naturalmente Bombix non la smetteva più di frignare. — Sei proprio sicuro, Silas? Ti rendi conto di quanto è pericoloso, Silas? Non potresti scegliere qualcosa di meno azzardato, Silas?

Azzardato! Quell'idiota non avrebbe riconosciuto un azzardo neanche se gli avesse morso il posteriore. Non c'erano dubbi che la sua utilità si era esaurita da un pezzo. Anche se, in effetti, ora come ora una certa utilità ce l'aveva: evocare lo Jormungand richiedeva un sacrificio umano.

Sulfureo si spalmò sulla faccia il suo sorriso più rassicurante. — È un'operazione semplicissima, Jasper — disse in tono gentile. — Comunque, se la cosa ti fa sentire meglio, puoi sparire prima che lo Jormungand arrivi. — *Sparire*. Questa sì che era buona. Altroché, se sarebbe sparito! — Mi serve il tuo aiuto solo per le preparazioni iniziali. — Allargò il sorriso, ma subito si affrettò a mitigarlo. Meglio non esagerare, o il suo compagno si sarebbe insospettito.

— Che tipo di aiuto? — chiese Bombix.

— Oh... sistemare un paio di cosette — rispose Sulfureo tenendosi sul vago. — All'evocazione vera e propria ci penso io.

Bombix si passò la lingua sulle labbra. — Credevo che lo Jormungand venisse da Infera. Insomma, non è lo stesso che usare i demoni? Cioè, considerando la nuova posizione della Regina Aurora... — S'interruppe e lanciò a Sulfureo un'occhiata implorante.

Valeva la pena di essere paziente. Un po' di pazienza avrebbe rassicurato l'idiota, rendendolo più malleabile al momento giusto. — Non esattamente *da* Infera, Jasper — spiegò Sulfureo. — Anche se non poche persone di grande intelligenza sono inciampate nello stesso errore. In realtà lo Jormungand si limita ad *attraversare* Infera. La sua dimora naturale è Midgard, un livello di realtà completamente diverso. — Gli inferi di Midgard, per la precisione... però non era il caso di preoccupare il poveretto con quella piccola, trascurabile informazione. — Perciò, come vedi, Sua Maestà non ha la minima giurisdizione in materia.

— Ma i demoni non interferiranno?

— E perché dovrebbero? Non li riguarda, e il bestione attraversa il loro mondo a grande velocità. — Ovviamente era solo una mezza verità, e per giunta ambigua: dato che lo Jormungand era una creatura acquatica, e Infera una regione infuocata, il suo passaggio avrebbe provocato un notevole disagio ai demoni da poco liberati da Aurora. Comunque non avrebbero potuto farci niente... a parte inviare una protesta diplomatica a Midgard. Ma intanto la spiegazione sarebbe bastata a rassicurare il caro Bombix.

A parte che Bombix non pareva affatto rassicurato. — Ma il suo arrivo non disturberà il Regno?

— Il Regno di Infera o il Regno degli Elfi? — chiese mellifluo Sulfureo.

— Il Regno degli Elfi. Chi se ne frega di Infera! — Bombix si aggrappò a una manica di Sulfureo. — Senti, Silas, questa faccenda sta diventando troppo pericolosa, anche per proteggere... — Accennò con la testa alla caverna di cristallo. — Sono sicuro di avere letto da qualche parte che ormai più nessuno evoca lo Jormungand, perché ha un effetto troppo sconvolgente sulla realtà.

Che gioia sarebbe stata ammazzarlo su due piedi e porre fine una volta per tutte al suo chiacchiericcio, però così non gli sarebbe servito come sacrificio. Perciò Sulfureo si costrinse con enorme sforzo a mantenere la calma. — Solo a livello *locale*: un paio di terremoti, fiumi in secca, i soliti uragani, robetta del genere. Chi vuoi che se ne accorga, in un posto isolato come questo? O a chi vuoi che importi?

— Ma noi riusciremo ad andarcene? Prima dei terremoti e degli uragani?

— Non temere, non sono immediati. È una specie di reazione a catena che aumenta col passare dei giorni... C'entra la tensione cui viene sottoposta la struttura della realtà. — Sulfureo stirò le labbra in un sorriso. — E tu, Jasper, sarai ben lontano molto prima che accada qualcosa di spiacevole.

Con suo sollievo, stavolta Bombix sembrò rassicurato perché, invece di riprendere a lamentarsi, disse: — E va bene, Silas, cos'è che devo fare?

I preparativi richiesero tre quarti d'ora. Quando ebbero finito, la cupa caverna era temporaneamente arredata con un altare completo agli angoli di conincanti ancora spenti, un circolo di candele nere e una serie di glifi tortuosi che Sulfureo aveva tracciato sul pavimento.

— Tutto qui? — chiese Bombix. — Non serve altro per evocare lo Jormungand?

— In realtà questo evoca il suo custode: Bartzabel. Poi, se lo prendi dal verso giusto, lui porterà qui lo Jormungand. Non è una faccenda semplice e richiede parecchia concentrazione. — E parecchio sangue, aggiunse mentalmente Sulfureo. Però si guardò bene dal dirlo a voce alta: non era consigliabile mettere in agitazione chi stava per essere sacrificato. — Adesso va' laggiù, a nord, e non muoverti finché non te lo dico io. È molto importante. Se ti sposti, potresti disturbare le energie con conseguenze imprevedibili.

— Sì, sì, ho capito. — Bombix si diresse verso la parete nord della caverna. — Va bene qui?

— Perfetto. Ora sta' fermo e zitto mentre procedo con l'invocazione.

Bombix non capiva una parola dei borbottii del suo vecchio socio, ma al culmine dell'invocazione le cose si fecero un po' più chiare. — Tu, Dimora dell'Ozio ove porrò il Trono della Giustizia! — declamò Sulfureo. — Tu, corpo inerte che modellerò con fiamma viva! Tu, torpido bue che tramuterò nel Toro della Terra. Bartzabel! Bartzabel! Bartzabel!

Come il solito, fu il nome a mettere in moto la faccenda. L'aria davanti all'altare scintillò e cominciò a prendere la forma di una creatura piccola e compatta. Bombix allungò il collo, incuriosito. Ai vecchi tempi aveva assistito a parecchie evocazioni demoniache, però questa sembrava rientrare in una categoria diversa.

— Ti sciolgo ora dalle tue catene! — strillò Sulfureo. — Fatti avanti e manifestati! Vieni, in forma gentile e gradevole, dal tuo palazzo di stelle eccelse! Vieni, e sii mio schiavo, Bartzabel!

Bombix non sapeva bene cosa aspettarsi: forse un essere orrido e cornuto, ma quel che comparve fu... un pollo. Sbalordito, vide il pennuto materializzarsi a un metro scarso da terra, atterrare sul pavimento e zampettare verso Sulfureo.

— Co-co-co-co — disse fiero il pollo.

Quarantanove

Ai vecchi tempi Sulfureo gli avrebbe tirato il collo. — In forma gentile e gradevole! — gridò, usando la formula appresa a scuola di demonologia. — Meglio ancora se nella tua vera forma.

Il pollo si trasformò all'istante in un pagliaccio variopinto. La creatura superò con una ruota la distanza che lo separava da Sulfureo e gli bisbigliò all'orecchio sorridendo: — Sei proprio sicuro di volerlo fare, Silas?

Sulfureo arretrò di scatto. — Tu non sei Bartzabel!

— È lui Bartzabel? — chiese Bombix dalla sua postazione.

— No che non sono Bartzabel! — sghignazzò il pagliaccio, lanciandosi in una serie stupefacente di ruote che si conclusero lasciandolo seduto sull'altare. Allargò le braccia come un attore alla ricerca dell'applauso e gorgheggiò: — Da-da-da-aaa!

— Non muoverti! — gridò ansioso Sulfureo a Bombix. Aveva il terribile sospetto di conoscere l'identità di quel buffone e, se aveva visto giusto, significava soltanto guai.

— No, non muoverti — gli fece eco il pagliaccio. Sollevò la mano sinistra, e Bombix si bloccò all'istante.

— Non riesco a muovermi! — ansimò. In effetti sembrava avere difficoltà anche a respirare.

Il pagliaccio balzò giù dall'altare, corse verso Sulfureo con la leggerezza di un ballerino e gli prese affettuosamente il viso fra le mani. — Sei stato cooosì gentile a farmi uscire — ridacchiò.

Sulfureo aggrottò la fronte. I suoi sospetti si stavano consolidando a vista d'occhio. — E com'è che avrei fatto?

— Ho trafficato un po' con il rituale di Bartzabel — lo informò il pagliaccio. — Un trucco niente male, eh? Che bello scherzo! — Si protese in avanti finché il suo naso fu a due centimetri da quello di Sulfureo. — E tu ci sei cascato!

— Chi... è... questo idiota? — chiese Bombix con no tevole difficoltà.

E anche con notevole coraggio, dovette ammettere Sulfureo, considerando la sua condizione di prigioniero paralizzato. — Ti presento Loki l'Imbroglione — rispose acido. Fulminò il pagliaccio con gli occhi come per sfidarlo a contraddirlo.

— Mi conosci! — esclamò lui gioioso. — Sono così lusingato! È sempre stato il mio sogno essere famoso.

— Che... ci... fa... qui? — insistette Bombix.

— È il padre dello Jormungand — fu la secca risposta.

Lo sbalordimento sembrò diminuire la paralisi che serrava il petto di Bombix, perché stavolta riuscì a dire chiaramente: — È... *che cosa*?

— Sua mamma era decisamente robusta — lo informò Loki voltando appena la testa. — E anche piuttosto originale. — Però la sua attenzione era chiaramente rivolta altrove. Cominciò a girare con cautela attorno a Sulfureo, e il suo sorriso si spense mentre si protendeva a sussurrargli all'orecchio: — Te lo chiedo di nuovo, Silas: sei proprio sicuro di volerlo fare? Vuoi davvero chiamare il mio ragazzo?

— Sì!

— Un momento — interloquì Bombix. — Forse ha ragione lui. Vogliamo davvero, *davvero*...?

— Sta' zitto, Jasper — ringhiò Sulfureo. — Sono stato minacciato da creature più spaventose di lui.

— Splendido! — esclamò Loki deliziato. — E ancora lo sarai! Ma perché pensi che io ti stia minacciando? Voglio semplicemente essere sicuro che tu sia proprio deciso... — Il sorriso, che era riapparso, tornò a svanire bruscamente. — ... E che tu conosca il prezzo da pagare.

— Lo conosco — sibilò Sulfureo, evitando solo a fatica di voltarsi a guardare Bombix.

— Che prezzo? — chiese ansioso lui.

Fortunatamente Loki lo ignorò. E, ancor più fortunatamente, abbassò la voce per sussurrare malizioso: — Il prezzo del sangue, Silas... ora, o più tardi!

— Lo conosco il prezzo — ripeté imperterrito Sulfureo.

Loki fece un passo indietro e lo fissò con espressione benevola. — Allora vado a chiamarlo, il mio caro, dolce Jormungand? Credo che sia con Angrboda. Lo vizia terribilmente, ma in fondo è quello che fanno tutte le mamme! — Sempre sorridendo, cominciò a camminare all'indietro. — Dunque sei assolutamente sicuro, Silas, completamente, totalmente sicuro?

— Sì! — ringhiò lui.

— Chiedevo solo — disse Loki. E sparì.

Di colpo la caverna sembrò molto vuota e molto, molto silenziosa.

— Si può sapere di che parlava? — chiese Bombix dopo un momento.

— Niente — rispose Sulfureo.

— Silas?

— Che c'è, ora?

— Non riesco ancora a muovermi.

Bene, pensò Sulfureo. Questo avrebbe reso il sacrificio molto più semplice. — Vedrai che l'effetto finirà fra poco — disse. Si chiese se dovesse fare qualcos'altro. Chiamare lo Jormungand direttamente, per esempio? O sciorinare le solite promesse assurde che si facevano sempre per incuriosire quelle creature? O...

Di colpo l'aria umida della caverna sembrò *tendersi.*

— Che succede? — domandò subito Bombix.

Sulfureo intravide uno scintillio sopra l'altare e si affrettò a fare un passo indietro. Lo Jormungand era grosso. E non andava tanto per il sottile. Meglio evitare di stargli troppo vicino quando si fosse materializzato.

Lo scintillio cominciò a prendere forma. All'improvviso l'aria fu piena dell'odore pungente del mare: un misto di pesce, di salmastro e di alghe putride. Dalla gabbia nella caverna accanto si levò un gemito ultraterreno. Più vicino, direttamente sopra di loro, crepitò un fruscio bizzarro.

— Questa storia mi piace sempre meno — disse Bombix.

E finalmente lo Jormungand si materializzò, una spira scintillante sopra l'altra, molto più grande di qualunque cosa Sulfureo avesse mai evocato da Infera. Il guardiano perfetto per il suo tesoro. Però era meglio fargli capire subito chi comandava da quelle parti. — Coraggio, datti una mossa! — sbraitò.

Il serpente finì di materializzarsi con un botto e atterrò sull'altare, sbriciolandolo. La testa enorme si voltò, mettendo in mostra i denti aguzzi e gli occhi fiammeggianti, alla ricerca del suo sacrificio.

— Eccolo! — gridò Sulfureo, indicando Bombix.

Ma Bombix non era più nel suo angolo. Il terrore aveva spezzato la paralisi, e lui ora correva verso l'uscita della caverna a tutta la velocità permessa dalle gambe cicciotte. Il serpente scattò all'inseguimento ma lo mancò, e le sue mascelle si richiusero con uno schiocco agghiacciante. Bombix s'infilò a rotta di collo nella galleria. Troppo grosso per inseguirlo, il bestione si girò a fissare furioso Sulfureo.

— Oh, no, non pensarci neanche! — gridò lui. — Sono stato io a evocarti, ricordi? — Rifletté rapidamente. — Senti la mia proposta: puoi prenderti la prima persona che entra in questa caverna. Morte lenta... morte rapida... decidi tu. Che te ne pare?

— Roooaaarrrr! — ruggì il Serpente di Midgard.

Cinquanta

L'Arconte di Hass-Verbim, un vecchio amico di suo padre, insisté per organizzare un banchetto, e rimase seduto sorridendo, mentre un'orda di tracagnotti in livrea portava in tavola un piatto esotico dopo l'altro. Aurora si sforzava di tenere a freno l'impazienza: non vedeva l'ora di partire, andare nel Buthner, trovare Henry e portarlo in salvo, ma bisognava rispettare i convenevoli diplomatici. Senza contare che, anche se fossero partiti per il Buthner in quello stesso istante, non aveva la minima idea di dove cercare Henry, e tanto meno di dove trovarlo.

Anche Pyrgus friggeva d'impazienza: esibiva la solita espressione remota, non partecipava alla conversazione e si limitava a spilluzzicare il cibo. Madama Circe se la cavava molto meglio. Era seduta alla sinistra dell'Arconte e, con sollievo di Aurora, era riuscita ad accaparrarsi la maggior parte della sua attenzione.

— Un posto terribile — stava dicendo l'Arconte in risposta a una domanda sul Buthner. — Proprio non capisco perché vogliate andarci. Un luogo selvaggio, e per giunta desertico. Spaventosamente caldo. Ai margini del deserto c'è qualche piccola città squallida, ma neanche l'ombra di un governo centrale: soltanto signori della guerra che controllano ognuno la propria regione e si combattono fra loro. E gli abitanti... oh, mia cara, gli abitanti!

— Terribili anche loro? — chiese Madama Circe con un sorrisetto.

L'Arconte si appoggiò allo schienale. — Be', non dovrei essere troppo duro con loro. In fin dei conti, cercano solo di sopravvivere. Troverete portatori in quasi tutti i posti di confine. Rubacchieranno quello che possono dai vostri bagagli, però non credo che cercheranno di uccidervi. È comunque consigliabile stare alla larga dalle città, a meno di non avere una scorta numerosa e bene armata. Ma direi...? — S'interruppe diplomaticamente.

— Niente scorta — confermò Madama Circe. — Né guardie né servi. Viaggiamo, per così dire, in incognito.

— Interessante. — Lo sguardo dell'Arconte guizzò da Aurora a Madama Circe. — Senza dubbio avrete le vostre buone ragioni. Però, se progettate una visita alle città, vi suggerirei di permettermi di fornirvi una scorta.

— Non sono sicura che andremo in città — replicò Madama Circe. — Che mi dite del deserto?

Aurora drizzò le orecchie. Fino a quel momento, Pyrgus e Madama Circe avevano detto e ripetuto di non sapere dove fosse Henry. Era convinta che suo fratello dicesse la verità - era il peggiore bugiardo del mondo - però Madama Circe aveva un debole per i segreti e nascondeva le informazioni quasi d'istinto. Se le interessava il deserto del Buthner, probabilmente c'era un buon motivo.

— Non ne so molto — rispose l'Arconte. — A parte che costituisce i sette ottavi della superficie del paese. Svariati milioni di chilometri quadrati di... be', niente. Sabbia. Qualche pozza d'acqua... difficile definirle oasi. Qualche monastero. Scorpioni. Una manciata di zombi... miserabili scavatori di tane. I nomadi li chiamano vaettir.

— Ah, dunque *ci sono* dei nomadi? — chiese Madama Circe.

— Pare di sì. Sa il cielo come facciano a sopravvivere. A quanto mi risulta, sono estremamente primitivi. Su di loro circolano storie di ogni genere: cannibalismo, vampirismo... un po' di tutto. Nella loro dieta c'è qualcosa che li fa diventare azzurri: pelle, capelli, occhi. Ogni informazione in mio possesso suggerisce che siano perfino più pericolosi degli abitanti delle città, ma dato che per lo più se ne stanno per conto loro, anche addentrandosi nel deserto sarebbe difficile incontrarli. Non è che per caso avete in mente di andare nel deserto?

— Improbabile — rispose soave Madama Circe.

— Vi dirò una cosa davvero interessante sul Buthner — riprese l'Arconte. — Un tempo... molto tempo fa, nella preistoria si potrebbe dire... ospitava quella che era probabilmente la civiltà più avanzata del pianeta. Qui abbiamo una società archeologica, l'Istituto Verbim... — Sorrise. — Ne sono Presidente Onorario e contribuisco alla raccolta dei fondi necessari alle ricerche... Bene, l'istituto ha condotto diversi scavi nelle aree più sicure del Buthner raccogliendo reperti a dir poco straordinari. Sembra che il Buthner, e anche parte dell'Hass-Verbim, perché all'epoca non erano due paesi separati, costituisse il cuore di un vasto impero. — Si voltò a guardare Aurora. — Molto simile al vostro impero attuale, mia cara.

— Davvero? — chiese educatamente lei.

Era chiaro che l'argomento appassionava l'Arconte.

— Oh, sì — replicò, sporgendosi sul tavolo. — E per giunta tecnicamente molto avanzato... tecnologia magica! Alcuni studiosi non vogliono sentirne parlare, ma personalmente ritengo che quei nostri avi potrebbero essere stati perfino più avanzati di noi.

— Credevo che nel Buthner fosse proibito usare la magia — interloquì Madama Circe. — O a proibirla è solo qualche signore della guerra?

— No, no, avete ragione, Brintesia. Gli abitanti del Buthner nutrono una grande diffidenza nei confronti della magia... maggiore perfino di quella nutrita nel mio paese. In alcune regioni, essere trovati in possesso anche di un solo conincanto comporta l'esecuzione immediata. — Esitò. — Non avrete intenzione di contrabbandare conincanti nel Buthner, vero?

— No — rispose Madama Circe senza un attimo di indugio.

L'Arconte sembrò sollevato. — Ah, bene. — Sorrise. — Preferiremmo evitare incidenti diplomatici.

— O esecuzioni — mormorò Aurora.

Evidentemente l'Arconte non la sentì, perché riprese imperterrito il suo monologo. — Ho una teoria... una teoria *personale*, anche se fondata sui reperti archeologici. Secondo me, fu la magia a provocare la caduta dell'antico Impero del Buthner, e l'odierna diffidenza nei suoi confronti risale per l'appunto a quell'evento, trasmessa da una generazione all'altra.

— *Davvero?* — replicò Madama Circe, inserendo nella parola una nota d'interesse molto maggiore di quanto fosse riuscito alla giovane Regina.

— Stai bene, Pyrgus? — chiese Aurora sottovoce, lanciando un'occhiata al fratello.

— Proprio così — proseguì l'Arconte. — Il fatto è che la presenza del deserto non ha la minima spiegazione logica. E nemmeno geologica! È nel deserto che si trovano le rovine delle città principali, perciò è chiaro che all'epoca quello non poteva essere un deserto. E nemmeno si è verificato un profondo, generale mutamento climatico, o anche l'Hass-Verbim si sarebbe desertificato. Allora com'è possibile che all'improvviso una comunità urbanizzata, ricca e prospera si trasformi in deserto? Ed è successo di punto in bianco. I nostri scavi lo hanno confermato senza ombra di dubbio. Secondo me...

— Pyrgus! — esclamò Aurora, di colpo allarmata.

— ... È probabile che una qualche potente operazione magica, più potente di qualunque cosa potremmo organizzare oggi, sia sfuggita al controllo. Forse di tipo militare, o forse...

— Che succede, mia caaava? — chiese Madama Circe.
Aurora fissava inorridita Pyrgus, seduto di fronte a lei dall'altro lato del tavolo: aveva la testa inclinata, gli occhi vitrei e tremava da capo a piedi.
Madama Circe si alzò così di scatto che la sua sedia cadde all'indietro. — Un attacco di febbre! — esclamò.

Cinquantuno

— Quarantena! — sbottò Aurora. — Non ne ha il diritto!

— Ne ha tutto il diritto invece — obiettò Madama Circe. — Al posto suo, avresti agito nello stesso modo. Ci è andata bene che non abbia messo in quarantena anche noi.

— Non oserebbe!

— Al posto suo, io l'avrei fatto — ribatté Madama Circe. — La Febbre Temporale non è da prendere alla leggera.

— Ma non sembra contagiosa! La quarantena è un'assurdità.

Madama Circe scrollò le spalle. — Questo lui non lo sa per certo. E neppure noi.

Erano sedute in una saletta dell'ospedale nel Palazzo dell'Arconte. Al di là di una vetrata c'era Pyrgus, su un letto racchiuso in una bolla d'isolamento, sprofondato in un coma febbricitante.

— Ora che facciamo? — domandò Aurora. — Come possiamo proseguire con il nostro piano? — Era combattuta: una parte di lei voleva disperatamente partire alla ricerca di Henry, ma un'altra parte voleva altrettanto disperatamente restare a prendersi cura di Pyrgus. Mentre lo guardava al di là della bolla trasparente, fu assalita dal terrore irrazionale che morisse come il signor Fogarty. E pur sapendo che era solo l'effetto della sua immaginazione preoccupata, aveva l'impressione di vederlo invecchiare a vista d'occhio.

— Temo che il nostro piano sia già rovinato, mia caaava

— rispose gentilmente Madama Circe. — Pyrgus ha avuto un altro attacco di febbre e, con o senza quarantena, è impossibile che si rimetta in viaggio. Questo futuro ha deviato troppo da quello previsto da Alan, e non ci resta che considerare annullato il nostro progetto originario.

— Vuoi dire che non possiamo salvare Henry? — esclamò Aurora sgomenta. — O fermare l'epidemia? — si affrettò ad aggiungere dopo un istante.

— Non dico questo. Nient'affatto. Però la situazione si è fatta più difficile, e questo rende necessario rivedere il nostro piano.

— In che senso?

Madama Circe sospirò. — Vorrei tanto conoscere la risposta, mia caaava. Il fatto è che Alan aveva visto un futuro nel quale Pyrgus e io andavamo nel Buthner e salvavamo Henry. Questo futuro si è modificato quando ti sei unita a noi, ma sembrava comunque possibile farlo realizzare. Adesso, però, Pyrgus non può andare nel Buthner. Direi anzi che bisognerà trasferirlo nel Mondo Analogo appena possibile, prima che le sue condizioni diventino ancora più critiche: ma nell'Hass-Verbim non hanno la tecnologia necessaria per traslarlo. Sai quanto siano restii a usare gli incantesimi... È una fortuna che abbiano almeno le bolle isolanti. Ragion per cui dobbiamo riportarlo nel Regno il più in fretta possibile.

— L'Arconte lo permetterà?

— L'Arconte sarà fin troppo lieto di vederci partire. L'epidemia non è ancora arrivata qui, perciò prima si sbarazza di noi, meglio è per lui. Sono sicura che ci aiuterà a trasportare nel Regno la bolla isolante di Pyrgus.

— Questo significa abbandonare Henry... — sussurrò Aurora senza staccare lo sguardo dal fratello.

— Forse no. Non possiamo più seguire il nostro piano originario — spiegò Madama Circe — però possiamo ancora presumere che Henry sia nel Buthner. Propongo che una di noi riporti Pyrgus nel Regno, e l'altra vada alla ricerca di Henry.

— Andrò io nel Buthner! — disse subito Aurora.

Con sua sorpresa, Madama Circe non avanzò obiezioni. — Penso sia meglio, mia caaava. Io sono troppo vecchia per andare a passeggio nel deserto, mentre posso provvedere con perfetta efficienza a far traslare Pyrgus nel Mondo Analogo. Sì, penso che debba andare tu; e penso anche che debba andarci da sola, anche se mi addolora farti esporre a un simile rischio. Ma la presenza di una scorta ti sarebbe di ostacolo nel contattare gli indigeni, e non riesco a immaginare come potresti trovare Henry senza la loro collaborazione. Dovrai travestirti, naturalmente: una giovane donna attraente che viaggia da sola può solo andare in cerca di guai...

Questo non rappresentava certo un problema per Aurora. Prima di diventare Regina, era solita travestirsi da ragazzo per visitare luoghi pericolosi e proibiti. — Da dove mi consigli di iniziare?

— Dal deserto, mia caaava. È l'unica parte della visione di Alan che ritengo ancora valida. Purtroppo, come diceva l'Arconte, il deserto occupa l'ottanta per cento del Buthner, però temo che sia la nostra unica possibilità. E credo che la nostra *unica* speranza sia che tu prenda contatto con i nomadi del deserto e li convinca ad aiutarti.

— Sarebbero i nomadi cannibali, vampiri e cacciatori di teste? — s'informò Aurora.

Madama Circe sorrise a denti stretti. — Mi auguro che queste voci siano esagerate, mia caaava.

Cinquantadue

— È questa la tomba? — chiese Lorquin.

Il sole era basso all'orizzonte, e le rovine proiettavano una lunga ombra distorta sulla sabbia. Però era decisamente la stessa tomba. Come Lorquin fosse riuscito a trovarla sulla base dei vaghi indizi che gli aveva fornito era un mistero che rasentava il miracolo.

— Sì — ammise Henry malvolentieri. A volerla dire tutta, aveva paura. Ormai riusciva a camminare, anche se la gamba gli faceva ancora male, e il braccio sembrava guarito, però il pensiero di affrontare il vaettir lo atterriva. E per giunta era consapevole che la sua paura aveva anche un'altra radice. Era ovvio che non sarebbe mai riuscito a sopravvivere nel deserto senza Lorquin: non solo lo aveva salvato e gli aveva curato la gamba, ma era in grado di trovare cibo e acqua in quella desolazione, e sapeva sempre da che parte andare anche se non c'era un solo punto di riferimento visibile.

Se per qualche motivo il ragazzino fosse scomparso, Henry avrebbe senza dubbio affrontato una morte particolarmente sgradevole. E anche se Lorquin non sembrava per nulla intenzionato ad abbandonarlo, era snervante sentirsi così dipendente da un bambino. — Ora che facciamo? — gli chiese.

— Aspettiamo — fu la risposta.

— Aspettiamo che cosa? — domandò Henry.

— Il sole cala. Il vaettir esce al buio.

Esattamente come aveva sospettato, il vaettir era una creatura notturna. — E poi che facciamo?

— Lo seguiamo. Se siamo fortunati, ci porta dal draugr.

Era questa la parte cui Henry preferiva non pensare. Già bastava il ricordo del vaettir a terrorizzarlo. Neanche riusciva a immaginare a che cosa potesse somigliare un draugr. — Senti, Lorquin — si azzardò incerto — a proposito di questo draugr...

— Dobbiamo stare giù, En Ri — lo interruppe il ragazzino. — Coprirci con la sabbia.

— Come? Perché?

— Così il vaettir non ci fiuta quando esce dalla tomba. Sta' molto attento, quando esce nella mezzaluce. Se si accorge di noi, ci attacca; e allora dobbiamo ucciderlo e non ci porta dal draugr.

— Che succede se *lui* uccide *noi*?

Lorquin lo fissò perplesso. — Anche così non ci porta dal draugr.

Era proprio un altro mondo. Era già abbastanza dura adattarsi al Regno, ma adattarsi a un ragazzino azzurro capace di sopravvivere nel deserto era pressoché impossibile. Lorquin era già pancia a terra, impegnato a coprirsi di sabbia tracciando ampi semicerchi con le braccia: in un batter d'occhio furono visibili solo parte della testa e gli occhi vigili. Dopo un momento, Henry lo imitò. Per un po' rimasero in silenzio, fianco a fianco, lo sguardo fisso sui contorni sempre più scuri della tomba.

— Senti, Lorquin — disse infine Henry — mi sa che non potrò esserti di grande aiuto se... quando... quando troviamo questo coso, il draugr. Insomma, dalle mie parti non siamo molto esperti riguardo a riti di passaggio, o combattere creature, o roba del genere.

— E come hai fatto per diventare uomo, En Ri, quando ti sono cresciuti i peli sul corpo e le cose dell'infanzia non ti hanno più interessato?

— Ho cominciato ad ascoltare musica pop. — "E a pensare alle ragazze" aggiunse maliziosa la sua mente.

Certo che suonava decisamente sciocco, se paragonato a uccidere un leone o un draugr. Esitò, lanciando un'occhiata al sole calante. — Il fatto è — proseguì ansioso — che non so niente di questo draugr, perciò non sono granché come Compagno, e allora forse sarebbe meglio che tu lasciassi perdere e tornassi dai tuoi... E magari, se non fosse di troppo disturbo, qualcuno di loro potrebbe mostrarmi la via per uscire dal deserto. — "Così potrei tornare a casa" pensò, anche se non era esattamente sicuro di cosa intendesse per *casa*, e nemmeno come arrivarci anche se fosse uscito dal deserto.

— Ma allora come farei per diventare un uomo? — domandò Lorquin, spalancando sgomento gli occhi che spuntavano appena dalla sabbia.

— Non c'è altro modo? — chiese disperato Henry, cercando di ricordare tutto quello che aveva letto sulle tribù primitive. — Avere una visione o qualcosa del genere? — Qualcosa di tranquillo. Qualcosa che non fosse uccidere... uccidere... — Scusa... che cos'è, esattamente, un draugr?

Ma i grandi occhi di Lorquin non erano più su di lui. — Ora dobbiamo tacere, En Ri — bisbigliò.

Henry seguì il suo sguardo, e vide che la creatura pallida che Lorquin chiamava "vaettir" era emersa dalla tomba.

Cinquantatré

Lorquin non si muoveva particolarmente in fretta, però non rallentava mai, e per Henry, fra la gamba dolorante e lo scarso entusiasmo, era difficile tenergli dietro. Non aveva la minima voglia di seguire il vaettir, e nemmeno di scoprire che cosa fosse un draugr, ma sapeva fin troppo bene che, se avesse perso di vista il ragazzino azzurro, le sue possibilità di sopravvivere sarebbero state uguali a zero. Un'ammissione umiliante.

Il vaettir era un po' più piccolo di quanto ricordasse, ma non meno orribile. Si muoveva con agilità sicura e, come Lorquin, non rallentava mai. E sembrava che puntasse verso il cuore del deserto. Anche se, come previsto dal ragazzino, era stato molto cauto quando era emerso dalla tomba, adesso camminava senza voltarsi indietro, e per giunta erano sottovento rispetto a lui. Comunque Lorquin, con grande sollievo di Henry, si manteneva a distanza di sicurezza.

Il sole tramontò e apparvero le prime stelle. Ma, nonostante l'oscurità sempre più fitta, Lorquin non rallentò: a quanto pareva, al buio ci vedeva decisamente meglio di Henry. Davanti a loro, il vaettir non era che una chiazza biancastra in movimento.

Dovevano essere in cammino da quasi un'ora, quando Henry notò un guizzo di luce all'orizzonte. Altri quindici minuti, e si rese conto che la luce era quella di un falò.

Lorquin si fermò e gli posò una mano sul braccio. — Il vaettir ha fatto il suo lavoro — sussurrò. — Ora dobbiamo essere cauti.

— Pensavo che lo fossimo già — sibilò Henry con l'agghiacciante sensazione che le cose stessero per andare di male in peggio.

— Ora ci dividiamo, En Ri.

— Non mi pare una buona idea... — cominciò a dire lui.

Lorquin lo ignorò. — Tu vai da quella parte... — Puntò il dito. — E giri tutt'intorno per prenderli da nord.

— Prenderli...?

— Fai attenzione, o loro possono tentare di mangiarti...

— Loro? — Chissà perché, ma Henry sospettava che *loro* non fossero solo il vaettir che avevano seguito e il misterioso draugr.

— E poi En Ri, mio Compagno, aspetti finché non sono pronto. Ascolta il suono del nottombulo... — Dalla sua gola sgorgò un tubare sommesso che risuonò spettrale nel buio. — Questo sarà il mio segnale.

— Segnale? — gli fece eco Henry, lottando contro il panico. Sapeva, lo *sapeva* e basta, che stava per succedere qualcosa di spaventoso.

— Al mio segnale — proseguì calmo Lorquin — vieni fuori e ti mostri...

Henry lo fissò a bocca aperta. Mostrarsi a qualunque cosa ci fosse vicino al falò? Fuori discussione! Perché avrebbe dovuto farlo? Perché si sarebbe anche solo dovuto avvicinare al falò?

— E poi agiti le braccia e urli per attirare la loro attenzione, anche se probabilmente sapranno già che sei lì perché sarai sopravento.

Henry chiuse gli occhi. — Perché — chiese, soppesando ogni parola — dovrei attirare la loro attenzione? — Aveva la gola così secca, e non per il caldo del deserto, che a stento riusciva a parlare.

— Così loro t'inseguono — rispose allegramente Lorquin.

— E questi *loro* sarebbero...?

— I vaettir, En Ri — disse paziente Lorquin.

I vaettir, pensò Henry. Al plurale. Non che fosse davvero una sorpresa. — E perché dovrei farmi inseguire dai vaettir?

— Così io vado a uccidere il draugr — spiegò sempre più allegramente Lorquin. — Loro proteggono il draugr, ma se inseguono te... — S'interruppe, e il suo sorriso si allargò.

— E se mi prendono? — protestò Henry col cuore in gola.

Lorquin scosse la testa. — Nei nostri canti non prendono mai il Compagno. — Tacque e aspettò, guardandolo speranzoso.

Ecco, pensò Henry, cosa significa vedersi passare davanti tutta la propria vita. In nome di Dio, che cosa ci faceva lì? Sarebbe dovuto essere a casa, a preoccuparsi degli esami, non sperduto in mezzo al deserto insieme a un mattoide azzurro che voleva convincerlo a farsi inseguire da un branco di creature spaventose, mentre il suddetto mattoide ammazzava un'altra creatura spaventosa della quale lui ignorava perfino l'aspetto.

Era una follia, eppure in cuor suo Henry sapeva che l'avrebbe fatto. Era più atterrito di quanto mai fosse stato in vita sua, però l'avrebbe fatto. Non perché fosse un eroe. E neanche coraggioso. Semplicemente perché non gli veniva in mente una sola scusa per non farlo.

— En Ri? — Lorquin richiamò la sua attenzione.

— Sì, Lorquin.

— Il peggio è quando ti fiutano. Perciò mentre fai il giro, tieniti il più possibile sottovento. Poi, al mio segnale, ti porti subito sopravento, ti assicuri che ti vedano e scappi. Ma questo già lo sai.

— Sì — disse Henry. Soprattutto sapeva che sarebbe scappato.

— En Ri?

— Sì, Lorquin?

— Grazie, mio Compagno. Grazie di aiutarmi a diventare uomo.

Cinquantaquattro

Stranamente, quando lasciò Lorquin e prese ad avvicinarsi cauto al falò, Henry cominciò a sentirsi meglio. L'attesa era finita, e con quella il culmine della sua paura. Finalmente stava facendo qualcosa: doveva solo concentrarsi.

Il suo compito non era facile. La luce delle stelle non gli permetteva di vedere a grande distanza, e di tanto in tanto la distesa di sabbia era interrotta da sassi che ne sporgevano infidi. Davanti a sé vide i contorni sfocati di quello che forse era uno spuntone roccioso. La gamba gli faceva ancora male e la sabbia gli si incollava ai piedi, ostacolandolo a ogni passo; e poi c'erano i sassi che gli graffiavano i polpacci e lo facevano inciampare. Peggio ancora, il vento del Nord era intermittente: a volte calava e a volte minacciava di cambiare direzione. Ma Henry continuò ad andare avanti, il cuore in gola, timoroso che il suo odore potesse precederlo.

Quella che gli era sembrata una sporgenza rocciosa si rivelò il bordo frastagliato di un antico cratere. Lo scalò, sollevato all'idea di lasciarsi dietro la sabbia risucchiante, ma quando, pochi istanti dopo, ne raggiunse la cima, si sentì agghiacciare.

Sotto di lui si svolgeva una scena da incubo. Nell'anfiteatro naturale formato dal cratere, fiammeggiavano parecchi falò che proiettavano tutt'intorno un bagliore rossastro. Il terreno brulicava di vaettir che, nel silenzio più assoluto, si muovevano rapidi attorno a una creatura uscita dritta dalla fantasia di Stephen King. Pallida come i vaettir – ma più grossa di dieci di loro messi insieme – una larva mostruosa, munita di mandibole, antenne e artigli, era distesa pulsante, simile a una balena spiaggiata, al centro dell'anfiteatro.

Henry la fissò a bocca aperta, sforzandosi di ricordare se avesse mai visto qualcosa di altrettanto ripugnante in vita sua. Si augurò che non fosse quello il draugr di Lorquin, ma in cuor suo sapeva che lo era. Dapprima gli sembrò che i vaettir girassero senza scopo attorno all'orrida creatura, ma dopo un po' si accorse del ripetersi di particolari schemi di comportamento. Alcuni portavano manciate di una sostanza morbida, simile a cera, e la spingevano tra le fauci del draugr, che ruminava come una mucca soddisfatta. Altri sembravano impegnati a pulire i suoi enormi occhi, passandovi sopra a intervalli regolari spugne bagnate col liquido, probabilmente acqua, contenuto in grandi vesciche.

Dopo averli osservati per un po', Henry si accorse che un gruppetto di vaettir, la cui pelle pareva avere una sfumatura rosea, erano riuniti dietro il draugr e ne massaggiavano gentilmente l'addome. All'improvviso il corpo enorme fu scosso da una convulsione: da sotto la coda sottile sbucò una sacca luccicante, che subito i vaettir sollevarono e portarono via trionfanti. Il draugr aveva appena fatto l'uovo!

Era un'immagine al tempo stesso ripugnante e affascinante, come un documentario sugli insetti. In effetti, a pensarci bene, Henry si rese conto che la scena davanti a lui rifletteva da vicino quella di un formicaio. Il draugr era la regina dei vaettir!

Fu strappato dalle sue riflessioni dal richiamo di un nottombulo.

Si irrigidì. Quando aveva acconsentito a quella missione folle, si era immaginato inseguito da una dozzina di vaettir, il che era già abbastanza spaventoso. Ma laggiù ce n'erano almeno cinquanta, o forse un centinaio! Lorquin non poteva aspettarsi che se li attirasse addosso tutti. E *nessuno* poteva aspettarsi che lo facesse e sopravvivesse.

Il richiamo si ripeté.

Comunque, non l'avrebbero certo inseguito tutti. Quella era una colonia. Anche se si fosse messo a saltare su e giù agitando le braccia, non gli sarebbero corsi dietro dal primo all'ultimo. Alcuni sarebbero andati a vedere cosa stava succedendo, come formiche-guerriere; altri sarebbero rimasti a servire la loro regina. E per Lorquin sarebbe stato un bel guaio. Non che avesse comunque la minima possibilità di ammazzare una creatura così enorme, ma se ci avesse provato, le sue probabilità di salvare la pelle con dozzine di vaettir ancora in circolazione sarebbero state meno di zero. Perciò era molto più sensato che Henry *non* si portasse sopravento e *non* si facesse inseguire da alcuni vaettir. Invece doveva fare una bella chiacchierata da fratello maggiore con il giovane Lorquin, e fargli capire quanto fosse idiota l'intera faccenda. E se davvero spedire bambini ad ammazzare mostri circondati da mostri rientrava fra le usanze della sua tribù, sarebbe stato più che contento di tornare da loro insieme a Lorquin e spiegare quanto fosse stupido...

Il richiamo si ripeté una terza volta, e stavolta il nottombulo sembrava decisamente impaziente.

Il guaio era che Henry non sapeva dove si fosse cacciato Lorquin. Il richiamo fluttuava nell'aria senza che riuscisse a capire da dove provenisse. E se non gli avesse fatto una ramanzina, quel moccioso era proprio il tipo capace di partire in quarta e attaccare l'intera colonia. Henry trattenne a stento un gemito. Se avesse distratto *alcuni* vaettir, per Lorquin le cose sarebbero state un po' più facili, anche se la missione restava comunque un suicidio. Però, se non si fosse mosso, forse Lorquin non avrebbe attaccato il draugr, nel qual caso si sarebbero salvati entrambi e se la sarebbero filata di soppiatto e...

Stavolta non poteva sbagliarsi: il richiamo veniva da qualche parte sotto di lui. Lorquin si stava avvicinando ai vaettir! A quanto pareva, aveva deciso di non lasciargli scelta.

Henry scattò in piedi e corse a portarsi sopravento. Sotto di lui, vide i vaettir alzare la testa e annusare l'aria, individuando il suo odore. Alcuni lo avrebbero inseguito, altri no: in entrambi i casi, lo avrebbero probabilmente acciuffato. Non che questo avesse importanza. Come per molte altre cose nella sua vita, era tutto un gran pasticcio.

— Ehi, voi laggiù! — gridò ai vaettir in agitazione. — Venite a prendermi!

Cinquantacinque

Finalmente ad Aurora venne il dubbio di aver commesso un errore. Nonostante la vettura puntasse verso sud, aveva la inquietante sensazione di essersi persa. Il veicolo era un piccolo cocchio monoposto motorizzato, completo di una tenda regolabile per procurare un po' di ombra al passeggero. In omaggio all'avversione provata dagli abitanti del Buthner nei confronti della magia, il motore era puramente meccanico: un quarto d'ora di duro lavoro alla manovella ogni mattina, e il veicolo era in grado di trottare per il resto della giornata... non velocemente, ma con un'andatura regolare che macinava chilometri su chilometri. Comunque, la sua caratteristica più impressionante era la figura a grandezza naturale che torreggiava sul retro e che, grazie a meccanismi ingegnosi e assolutamente incomprensibili ad Aurora, puntava sempre le braccia a sud, indicando la strada per tornare a casa.

Grazie a un'ampia scorta di tavolette di cibo compresso e acqua disidratata, poteva sopravvivere per mesi, ma il problema rimaneva comunque. Il deserto era smisurato, molto più vasto di quanto si fosse immaginata. E per giunta totalmente privo di punti di riferimento. Ormai era in viaggio da tre giorni, e il panorama non era praticamente mai mutato: una vasta pianura sabbiosa, un oceano senz'acqua che si stendeva fino all'orizzonte in ogni direzione, un'infinita, abbacinante distesa di dune. Quanto alle antiche rovine che tanto entusiasmavano l'Arconte, finora non ne aveva visto traccia. Peggio ancora: non aveva visto traccia dei nomadi.

E se non li avesse trovati? Cosa sarebbe successo a Henry?

Finora aveva puntato a nord, inoltrandosi nel deserto, però non era affatto sicura che fosse la direzione giusta. Madama Circe non era stata in grado di aggiungere altro a quanto le aveva già detto. E dato che il signor Fogarty era morto, non potevano sperare in una nuova visione o in qualche particolare dimenticato di quelle passate. Era sola, priva di guida, *e andava tutto storto!*

Senza contare il senso di colpa che ormai da giorni continuava a crescerle dentro. Forse Pyrgus e Madama Circe avevano ragione. Forse, se lei non avesse interferito, a quel punto avrebbero trovato Henry e salvato il Regno. Forse il futuro nel quale aveva scaraventato tutti imponendo la sua presenza non era un futuro a lieto fine.

D'impulso fece ruotare il veicolo in modo che non puntasse più a nord, ma a nord-ovest. Una direzione andava bene quanto un'altra, e finché l'automa continuava a indicare il Sud, non avrebbe avuto problemi a ritrovare la strada per uscire dal deserto.

Il cambiamento di rotta non servì a molto: per una buona mezz'ora continuò a viaggiare su un ininterrotto mare di sabbie sconfinate. Provò a modificarla di nuovo, stavolta più bruscamente e a caso. Un'occhiata alla figura le indicò che procedeva verso ovest e il sole calante.

Dopo un po', pur non avendo affatto fame, pensò di fermarsi per mangiare qualcosa. Madama Circe l'aveva avvertita che doveva rifocillarsi e, soprattutto, bere a intervalli regolari per assicurarsi di mantenere le forze. Purtroppo il cibo compresso sapeva di cartapesta e le tavolette di acqua disidratata, pur mantenendo inalterato l'equilibrio dei fluidi nel corpo, non facevano granché per la gola secca e la sete costante. Alla fine decise di mangiare quando il sole fosse tramontato, e poi magari proseguire ancora per un po' prima che calasse il buio.

Stava manovrando svogliatamente il veicolo, quando scorse qualcosa a est.

Fermò la carrozza all'istante. Aveva già scoperto che mente e occhi potevano giocare brutti scherzi in quella desolazione, specialmente quando la luce cominciava ad affievolirsi. Però laggiù sembrava davvero esserci qualcosa, ed era quasi certa che non si trattasse di un'altra duna. Recuperò un binocolo (cosa non avrebbe dato per un vistaschermo decente e azionato a incanti!) e lo puntò in quella direzione. La foschia e l'angolatura del sole non permettevano una buona visuale, ma quello che aveva davanti sembrava proprio un edificio basso, o forse una qualche struttura temporanea. Che fosse una delle rovine di cui aveva parlato l'Arconte? O una grande tenda dei nomadi? Per la prima volta si rese conto di ignorare quasi tutto di quei nomadi misteriosi: come vivevano, come si spostavano, se usavano tende e animali da soma, se avevano...

Domande inutili. L'unica cosa sicura era che di solito evitavano ogni contatto. Però se quello era davvero uno dei loro accampamenti, forse sarebbe riuscita a raggiungerlo prima che la vedessero e si dileguassero. E allora, le mormorò una vocina maliziosa nella testa, avrebbe scoperto la verità a proposito delle voci sulle loro abitudini cannibalesche.

Fece ruotare il cocchio e si avviò con cautela in direzione della struttura all'orizzonte. Se si trattava davvero di nomadi, prima di cominciare a fare domande doveva guadagnarsi la loro fiducia. Aveva portato con sé dei doni – a questo aveva provveduto Madama Circe – ma da soli non sarebbero stati sufficienti. Forse sarebbe stato meglio lasciare il carro a distanza di sicurezza e percorrere a piedi il resto del tragitto: con un po' di fortuna, sarebbe riuscita a osservarli prima di avvicinarsi.

Ma dopo neanche dieci minuti si sentì sommergere da

un'ondata di delusione: quello che, quando l'aveva esaminato attraverso il binocolo, le era sembrato un edificio, era solo un picco eroso dal tempo che faceva parte di una catena montuosa... poco più che colline, in realtà, ma senza ombra di dubbio naturali.

Si stava chiedendo se fare marcia indietro e tornare ad addentrarsi nel deserto – il veicolo non era assolutamente in grado di affrontare una montagna – quando la sua attenzione fu attratta da qualcosa rincantucciato ai piedi delle colline. E stavolta era abbastanza vicina perché il binocolo le mostrasse una serie di tozze costruzioni di pietra.

Ancora una volta Aurora fermò il cocchio e, gli occhi incollati al binocolo, esaminò attentamente gli edifici: erano antichi, questo sì, ma non erano rovine. Ci viveva qualcuno, o almeno ci aveva vissuto fino a poco tempo prima. Non nomadi, però. Quelle erano strutture permanenti, costruite da popolazioni stanziali.

Però, se laggiù abitava qualcuno, forse avrebbe saputo dirle dove trovarli... e magari consigliarle il modo migliore di avvicinarli.

Rimise in moto il veicolo, consapevole dell'allungarsi delle ombre. Anche se il posto fosse stato disabitato, avrebbe comunque potuto passarci la notte. Da quando era entrata nel deserto, aveva dormito sul cocchio, protetta solo dalla tenda. Nell'oscurità, ascoltava il sussurro del vento e i fruscii delle creature notturne. Nessuno l'aveva attaccata, e nemmeno disturbata, però quei rumori la innervosivano e la facevano sentire vulnerabile. Non le sarebbe dispiaciuto passare una notte fra solide mura di pietra.

Comunque, man mano che si avvicinava, divenne evidente che il posto era abitato. Figure lontane si aggiravano intorno senza fretta, e individuò anche una piccola striscia coltivata: a quanto pareva, qualcuno aveva creato un sistema d'irrigazione per strapparla al deserto.

Più da vicino, le figure si rivelarono quelle di individui dal cranio rasato, avvolti in lunghe vesti verdi; e tutti, dal primo all'ultimo, maschi. Una comunità monastica. Dove, forse, non sarebbe stata esattamente la benvenuta. In certi monasteri maschili del Regno, la semplice vista di una donna bastava a mettere in fuga i monaci. Ma quando questa possibilità le venne in mente, era già troppo tardi: il cocchio stava ormai puntando verso una strada rozzamente pavimentata. Una delle figure in verde, un monaco magro, la pelle resa coriacea dal sole del deserto, si staccò dai compagni e le andò incontro.

— Sii il benvenuto, giovanotto — disse in tono grave.

Aurora batté le palpebre, e poi si ricordò che stava viaggiando in incognito.

Cinquantasei

Henry correva.

Il terreno sotto i suoi piedi era irregolare, e la visibilità ridotta a non più di un paio di metri. Normalmente, non si sarebbe mai sognato di mettersi a correre in simili condizioni. Per la precisione, normalmente, se ci avesse *provato*, sarebbe inciampato di sicuro. Ma quelle non erano circostanze normali, ed era incoraggiato dagli ululati alle sue spalle... e dalla velocità con la quale i vaettir guadagnavano terreno.

Più correva, più gli si schiariva il cervello. Stava per morire, lo sapeva con assoluta certezza. Non sarebbe mai riuscito a distanziare quelle creature, e nemmeno a sopravvivere al loro attacco. Stranamente, però, questo pensiero non lo fece piombare nel panico. Anzi, era calmissimo. Si scoprì a pensare a sua madre e a Charlie, alla scuola e agli esami. E ad Aurora, e al pasticcio che aveva combinato con lei. Si scoprì a chiedersi come fosse riuscito a vivere così a lungo senza sapere quello che realmente voleva, e tanto meno come ottenerlo. Aveva l'impressione di essere stato sballottato qua e là per anni, da sua mamma innanzitutto, e dalle circostanze poi. Ce l'aveva messa tutta per fare le cose giuste, ma in realtà erano tutte cose che qualcun altro voleva fargli fare. Per non sconvolgere gli altri, si era sempre limitato a seguire la corrente. Gli sarebbe piaciuto che il signor Fogarty fosse ancora vivo. Il signor Fogarty aveva sempre fatto la cosa giusta per se stesso senza preoccuparsi che questo sconvolgesse o no gli altri. Aveva *rapinato banche*, perbacco!, quando gli era sembrato che fosse la cosa giusta da fare.

E ora che stava per morire, a Henry veniva il sospetto di avere sprecato tutta la sua vita.

A parte il fatto che forse, in fin dei conti, non sarebbe morto. Non ne era sicurissimo, però aveva l'impressione di avere distanziato i vaettir. Forse erano come certi felini: velocissimi sulla breve distanza, ma non sulla lunga. Forse, se fosse riuscito a mantenere quel passo, avrebbe riportato a casa la pelle.

In effetti, la cosa aveva senso. Lorquin poteva essere un tipo strano, però era un ragazzino a posto. Non avrebbe chiesto al suo *Compagno* di suicidarsi per permettergli di diventare un uomo. Poteva correre qualche rischio, d'accordo, in fondo gli abitanti del deserto dovevano esserci abituati, però niente di mortale. In fin dei conti era Lorquin che doveva dimostrare di essere un uomo. Lui non doveva fare altro che mantenere una certa andatura, aspettare che i vaettir si sfiatassero e...

Il terreno sussultò sotto i suoi piedi.

Henry perse l'equilibrio, barcollò in avanti e finì faccia a terra: avvertì una fitta alla gamba ferita e la bocca gli si riempì di sabbia, ma quasi non ci fece caso. Il terreno continuava a sussultare, e nella testa gli risuonava un rombo cupo più spaventoso dell'orda di vaettir che lo inseguiva.

Per un momento non seppe cosa pensare; poi si rese conto che quello era un terremoto. Si aggrappò al terreno e lo sentì vibrare. Non si era mai trovato in mezzo a un terremoto, né aveva mai conosciuto qualcuno che ci si fosse trovato, però aveva letto da qualche parte che non duravano mai a lungo... quindici, trenta secondi, roba così. E aveva anche letto che, se ti trovavi all'aperto, correvi meno pericoli. Erano i palazzi che crollavano ad ammazzarti. Non doveva fare altro che restare steso là e aspettare. Sarebbe andato tutto bene.

Il primo vaettir gli piombò ululando sulla schiena.

Henry si stava contorcendo, tentando di liberarsi, quando ne arrivò un altro, e poi un altro, e un altro ancora. Si divincolò freneticamente, preso dal panico, ma ormai i vaettir lo avevano bloccato. Ne sentì il fiato puzzolente sulla faccia e sul collo. Ancora non avevano cominciato a mordere e a graffiare, ma era solo questione di tempo. Ne arrivavano sempre di più, piombandogli addosso, immobilizzandolo con il loro peso. Non aveva possibilità di fuga. Da un momento all'altro lo avrebbero sbranato.

Da qualche parte alle sue spalle si levò un gemito acuto, agghiacciante. Di colpo il peso che lo schiacciava svanì, e Henry tornò a respirare. Voltò cauto la testa e vide sbalordito che tutti i vaettir se n'erano andati. Si rimise lentamente in piedi. Il terreno aveva smesso di tremare. Il terremoto era finito. Era solo nel deserto. Sempre più lontano, percepì lo scalpiccio affrettato dei piedi dei vaettir. Era assurdo, però era vivo.

Non aveva idea di che cosa li avesse messi in fuga, ma adesso uno di loro stava tornando. Lo sentiva avvicinarsi di corsa, e poi una figura emerse rapida dall'oscurità. Henry ebbe l'impressione che qualcosa dentro di lui si spezzasse, e fu assalito da una furia incontrollabile. Strinse i pugni. Era già sopravvissuto all'attacco di un singolo vaettir, e stavolta era pronto ad affrontare il mostriciattolo. Stavolta...

— En Ri! — sibilò il vaettir.

Henry batté le palpebre. — Lorquin?

— L'abbiamo fatto! — gridò il ragazzino, raggiungendolo. Sorrideva.

— Il draugr è morto? — Henry lo fissò incredulo.

— L'ho ucciso! — esultò Lorquin.

"Uccisa" lo corresse mentalmente Henry. Il draugr era la regina dei vaettir. Però evitò di dirlo a voce alta.

— Sei stato grande, En Ri — disse Lorquin. — I canti

parleranno di te come di un Compagno meraviglioso. Hai allontanato i vaettir più abilmente di qualunque altro Compagno nella storia del mondo.

Probabilmente era un'esagerazione, ma tutto quello che a Henry venne in mente di dire fu: — I vaettir se ne sono andati. — Il che rispondeva a verità, anche se non aveva la minima idea del perché.

— Devono tornare se il draugr urla — spiegò Lorquin. — È sempre così. — Gli sorrise di nuovo. — L'ho fatto urlare bene, sì?

— Altroché! — rispose Henry. Per la prima volta, notò che Lorquin stringeva un pugnale di pietra la cui lama era coperta da macchie scure. Doveva avere usato quello per uccidere il draugr.

— Adesso sono un uomo! — annunciò fiero il ragazzino. — Gli dei hanno celebrato la mia vittoria... Hai sentito come ha tremato la terra? — Afferrò una mano di Henry e la strinse in un buffo gesto d'affetto. Poi tornò serio. — Ora dobbiamo andare, En Ri. I vaettir faranno un nuovo draugr, ma a volte prima desiderano vendicarsi. Possono cercarci.

— Dove andiamo? — chiese Henry.

— Dalla mia gente — rispose felice Lorquin.

Cinquantasette

L'Abate era grosso, muscoloso, con la testa rasata e lunghi baffi spioventi. Somigliava più a un bandito che a un monaco, e ad Aurora fu subito simpatico. Soprattutto, però, le riusciva difficile staccare gli occhi dal suo compagno: un ometto rugoso che indossava una sudicia veste gialla. — Lui è il Purlisa — le disse l'Abate, usando un termine arcaico che, le sembrò di ricordare, significava "Tesoro" o "Prezioso".

Dato che si trattava chiaramente di un titolo onorifico, Aurora chinò rispettosamente la testa. — Rogna Rognonis — si presentò, ricorrendo a uno dei tanti pseudonimi usati in passato quando si travestiva da ragazzo.

— Ti aspettavamo — disse il Purlisa. Guardò l'Abate con occhi splendenti. — Non è così, Jamides?

Per tutta risposta, l'Abate sbuffò.

— Sorprendente — commentò Aurora sorridendo all'ometto. — Fino a pochi minuti fa non avevo la minima idea di venire qui.

— Strane sono le vie del Fato — replicò allegramente lui. — Non è così, Jamides?

L'Abate tornò a sbuffare. — Il Prezioso — spiegò ad Aurora — aveva previsto l'arrivo di un eroe in grado di liberarci da un particolare problema che ci troviamo a fronteggiare. Io, dal canto mio, ritenevo che i pronostici fossero sfavorevoli. E ora vuole cantare vittoria.

— Tutti noi possiamo commettere errori, Jamides. — Gli occhi scintillanti del Purlisa si chiusero in un lungo, lento ammicco, e il sorriso si allargò. — Anche se alcuni ne commettono più di altri.

L'ultima cosa della quale aveva bisogno era farsi coinvolgere nei problemi del monastero. — Non sono un eroe — replicò Aurora. Erano seduti nell'alloggio dell'Abate, una cella disadorna che dava su uno spicchio di giardino, in attesa che le venissero portati cibo e bevande.

— Non sempre le persone sono quello che sembrano — osservò il Purlisa. — O quello che credono di essere. — Le sorrise. — Forse neanche tu sei quello che sembri, Rogna Rognonis...

Nel suo tono c'era qualcosa che la mise in allerta. — Posso assicurarvi, Purlisa... — cominciò Aurora, costringendosi a sfoggiare un sorriso disinvolto.

Ma l'Abate la interruppe: — Poco ma sicuro, sei stata proprio intelligente a travestirti da ragazzo.

— Causa tanti problemi in meno, in un monastero — aggiunse il Purlisa facendole l'occhiolino.

— Abate... — balbettò Aurora, senza sapere che cosa dire.

Ma l'Abate accantonò con un gesto le sue spiegazioni. — Non devi preoccuparti per noi. In qualità di Abate sono troppo disciplinato per avere pensieri erotici, e il Purlisa è troppo vecchio.

— *Quasi* troppo vecchio — precisò lui.

L'Abate gli scoccò un'occhiataccia.

Il Purlisa ammiccò benevolo. — È molto graziosa, sotto gli incantesimi.

— Ah — disse Aurora. Aveva la sensazione di essere in guai seri, però le riusciva ugualmente difficile non scoppiare a ridere. — A proposito di incantesimi...

Il Purlisa strinse le labbra e agitò un dito ammonitore. — Sono proibitissimi, qui nel Buthner. Assolutamente illegali. E sono previste punizioni molto severe... addirittura barbare, le giudicherebbero alcuni. Ovviamente, in nessun luogo la magia è più blasfema che in un monastero. — Tornò a sorriderle. — Però presumo che tu non lo sapessi.

L'abate la guardò con affetto. — E ci hai risparmiato un sacco di problemi con i monaci più giovani...

— Immagino che potremmo passarci sopra — disse il Purlisa.

— Immagino che potremmo passarci sopra — gli fece eco l'Abate.

Le rivolsero entrambi un sorriso raggiante.

— Come ve ne siete accorti? — chiese Aurora. Aveva corso il rischio di usare gli incantesimi soprattutto perché Madama Circe le aveva assicurato che erano a livello spionistico e assolutamente impossibili da individuare.

— Il Purlisa è un mistico — rispose l'Abate.

Il Purlisa agitò le mani con fare teatrale. — Vedo al di là delle apparenze — declamò in tono lugubre. Sorrise, poi tornò serio. — Per esempio, vedo una preoccupazione nel tuo cuore.

Di colpo, ogni desiderio di ridere abbandonò Aurora.

— Sarà un perduto amore — sbuffò l'Abate.

— *È* un perduto amore — disse irritato il Purlisa. — Non è così? — aggiunse voltandosi verso Aurora.

Quel vecchietto era incredibile. — Sì — mormorò lei.

— È tutto collegato. Tutto intrecciato. Fa parte dell'arazzo della vita.

— Ogni cosa fa parte dell'arazzo della vita — brontolò l'Abate. — Il che non risolve il nostro problema.

— Ma questo fa parte di quella parte dell'arazzo della vita che *include* il nostro problema — lo rimbeccò il Purlisa fulminandolo con gli occhi. Riportò la sua attenzione su Aurora e sorrise. — Qual è il tuo vero nome? Presumo sia più melodioso di Rogna Rognonis.

Per un momento Aurora si chiese se fosse il caso di dare un altro nome falso, ma poi decise che non poteva mentire al Prezioso. — Aurora — rispose. — Antocharis Cardamines.

Il Purlisa guardò l'Abate. — Perché questo nome mi suona familiare? — chiese.

— È così che si chiama la Regina del Regno, vecchio sciocco — sbottò l'Abate. Guardò Aurora e chiese: — Non è che per caso siete imparentate?

Stupita, Aurora si rese conto di essere arrossita.

L'Abate batté le palpebre. — Tu *sei* la Regina?

Aurora annuì in silenzio.

— Vedi, Jamides! Uno spirito regale! Esattamente come ho predetto!

Ignorando il Purlisa, l'Abate si concentrò su Aurora. — E che ci fai nel deserto del Buthner?

Il Purlisa cominciò ad andare avanti e indietro gesticolando. — Uno spirito regale! — ripeté elettrizzato. — *Esattamente* come avevo predetto. Su, Jamides... coraggio, ammettilo! — Ruotò su se stesso e sorrise ad Aurora. — E anche il resto è come ho detto, sì? Un perduto amore?

— Immagino di sì — ammise Aurora. — Un perduto amore.

— Vedi, Jamides! Vedi! — Il vecchietto agitò in aria i pugni. — Devi raccontarci tutto del tuo perduto amore. Poi l'Abate ti parlerà del nostro problema. E poi è altamente probabile che io ti dica come uno può collegarsi all'altro. — Avvicinò una sedia e vi si lasciò cadere con aria estremamente soddisfatta. All'istante, l'Abate si sedette accanto a lui.

— Non c'è molto da dire — cominciò Aurora. — Il mio amico Henry...

— Il tuo *amato* Henry — la corresse il Purlisa.

Aurora esitò, poi disse: — Sì, d'accordo. Il mio amato, Henry, è scomparso, e penso che possa essere qui, nel deserto del Buthner. Perciò sono venuta a cercarlo. In effetti le cose sono un po' più complicate, ma questo è il fatto principale.

L'Abate le rivolse uno sguardo acuto. — Un momento. Hai detto *Henry*? Sembra un nome umano.

— Lo è. Henry è un ragazzo umano.

— Vedi? — tornò a esclamare il Purlisa. — Umano! Non avevo detto umano? Ora ti deciderai a prendere sul serio le mie visioni?

— Le prendo sul serio! — mugugnò l'Abate. — Le ho sempre prese sul serio! Però non sempre sono giuste. E devi ammettere che l'ultima era così inverosimile...

Rendendosi conto all'improvviso di essere l'unica ancora in piedi, anche Aurora si sedette. — Chiedo scusa — disse — ma avrei una certa fretta. Henry potrebbe essere in pericolo. Potete aiutarmi a trovarlo?

Il Purlisa le sorrise. — Tu aiuti noi. Noi aiutiamo te!

Cinquantotto

Quando Aurora ebbe finito di mangiare, l'Abate disse:
— C'è qualcosa che dovresti vedere.

Il monastero somigliava a una piccola comunità, un villaggio composto da parecchi edifici, alcuni dei quali sembravano scavati nella montagna. Circondavano un giardino nascosto, più rigoglioso e curato della striscia coltivata che Aurora aveva intravisto al suo arrivo. Strada facendo, passarono davanti a un consumato bacile di pietra issato su un piedistallo, dentro il quale i monaci avevano piantato una replica in miniatura del giardino abbellita da una piccolissima pagoda di mattoni.

— La dimora del nostro ultimo Abate — spiegò il Purlisa quando si accorse che Aurora la stava guardando.

— Un modellino della sua casa?

— No, no. È lì che vive adesso. Da quando ha conseguito l'immortalità, si è rimpicciolito.

Aurora si chiese cosa avesse voluto dire, mentre uscivano dal giardino per raggiungere una delle strutture scavate nella montagna. Imboccarono un corridoio in discesa che li condusse fino a una rampa di stretti scalini di pietra illuminati da torce guizzanti: niente lucciglobi, naturalmente, in quel paese antimagia.

— Un tempo questa parte del monastero era una fortezza — spiegò l'Abate con aria vagamente vergognosa. — Temo che qui sotto ci siano le segrete.

— Naturalmente abbiamo benedetto le celle e le sale di tortura — si affrettò a sottolineare il Purlisa. — E comunque non ci tratterremo a lungo laggiù; torneremo ben presto in ambienti più lieti per discutere i nostri piani.

Aurora prese nota della parola *nostri*. A quanto pareva, lo volesse o no, era stata trascinata nei problemi del monastero. Però non riusciva a capire come evitarlo. Senza aiuto, non le restava che rimettersi a perlustrare il deserto.

— Fa' attenzione — le raccomandò l'Abate. — I gradini sono scivolosi.

Aurora trovava quel posto semplicemente spaventoso. Le gallerie scavate alla bell'e meglio nella roccia erano tetre, claustrofobiche e, incredibile ma vero, umide... Addirittura, in un punto l'acqua scorreva lungo le pareti. Ma forse non c'era di che stupirsi. Un monastero, come la fortezza che lo aveva preceduto, aveva bisogno di una sorgente. Con ogni probabilità ce l'avevano costruito sopra.

Di colpo la galleria si allargò in una camera sotterranea nella quale si aprivano quelle che chiaramente un tempo erano state celle. Tutte le porte erano spalancate, e Aurora poté vedere che alcune erano state trasformate in stanzette austere e deprimenti (solo un monaco deciso a fare penitenza avrebbe scelto di dormirci), ma altre erano rimaste com'erano, complete di ceppi e catene.

— Abbiamo un progetto di restauro — borbottò l'Abate. — Ma i fondi sono pochi e ci vorrà parecchio.

— Devi solo dare un'occhiata — disse il Purlisa senza spiegare a che cosa.

— Alla tua sinistra — aggiunse l'Abate, puntando il dito.

Il locale nel quale entrarono era molto più grande delle celle e sembrava essere stato usato per le torture. C'era ancora qualche attrezzo arrugginito: una sedia di metallo con un braciere sotto il sedile, una ruota spezzata, un palo dove legare la vittima da frustare. E, al centro della stanza, una gabbia appesa a una catena fissata al soffitto con un gancio. All'interno della gabbia era rannicchiato un vecchio con la testa voltata in direzione opposta rispetto a dov'erano loro.

— Che gli avete fatto? — esclamò Aurora sbigottita.

— Guarda meglio — la invitò pacato il Purlisa.

Aurora obbedì, e vide che la porta della gabbia, come quella della stanza, era spalancata. — Perché sta là dentro? — chiese in un sussurro.

— Si rifiuta di uscire — spiegò l'Abate. — Abbiamo tentato di mettergli il cibo al centro della stanza per convincerlo a lasciare la gabbia, ma piuttosto che venire fuori ha digiunato per tre giorni. Così ora gli diamo da mangiare là dentro.

— Ma deve uscire per... sì, insomma...

L'Abate scosse la testa. — Neanche per quello. Si capisce dalla puzza. Per fortuna mangia pochissimo.

Sopraffatta dalla pietà per la creatura nella gabbia, Aurora ricacciò indietro le lacrime a fatica. Poi il vecchio voltò la testa. — Per la Luce! — L'esclamazione le sfuggì d'impeto. — Ma è Sulfureo!

Il Purlisa reagì all'istante. — Lo conosci?

Eccome se lo conosceva! Sulfureo era il demonologo che una volta aveva tentato di sacrificare Pyrgus al demone Beleth, e che aveva aiutato il Principe delle Tenebre ad attaccare il Regno passando per il Mondo Analogo. Che ci faceva lì, nel deserto del Buthner? Che interesse avevano su di lui l'Abate e il Purlisa? Ma soprattutto...

— Che gli è successo? — bisbigliò Aurora.

— Riteniamo sia caduto vittima di un danzanubi — la informò l'Abate.

Cinquantanove

— Lo hai trovato? — chiese Rodilegno
— Sì.
— Lo hai raggiunto?
— Sì.
— Dov'era?
— Vicino alle Montagne della Follia.

Rodilegno aggrottò la fronte. Non aveva mai sentito parlare delle Montagne della Follia. — Dove sarebbero?

— Nel Buthner.

Il Buthner? Quel buco dimenticato dagli dei? Che c'era andato a fare, Sulfureo, nel Buthner? E poi, come un fulmine, gli arrivò la risposta. A nascondere qualcosa. Non il qualcosa che interessava a lui, però. Impossibile. Non sarebbe mai riuscito a contrabbandare *quello* fuori dal paese. Doveva trattarsi di qualcos'altro. Ma forse Sulfureo non voleva nascondere qualcosa. Forse era andato nel Buthner per *trovare* qualcosa.

Un turbine di pensieri vorticava nella mente di Rodilegno. Ma in fondo era per quello che aveva assunto il danzanubi, giusto? — Che c'è andato a fare, laggiù? — gli domandò.

— Non lo so.

Rodilegno lo fulminò con lo sguardo. — Come non lo sai? Non gliel'hai chiesto?

— Sì.

— E...? — lo incalzò Rodilegno, quando fu ovvio che la creatura non avrebbe aggiunto altro.

— Si è rifiutato di dirmelo.

— Ovvio che si è rifiutato di dirtelo! Che ti aspettavi? Se il vecchio caprone fosse stato disposto a raccontarlo ai quattro venti, gliel'avrei chiesto io stesso. Per questo ti ho assunto, razza d'idiota incorporeo! Perché gli tirassi fuori l'informazione. Non dirmi che non ci hai provato!

— Ci ho provato, sì.

— E...? — ripeté Rodilegno, quando per la seconda volta fu ovvio che il danzanubi non avrebbe aggiunto altro.

— Temo di avere esagerato.

— Cosa te lo fa pensare?

— Perché adesso è pazzo.

— Lo hai fatto impazzire? — ululò Rodilegno. — Vuoi dire che ora non è più in grado di rispondere a nessuna domanda?

— Sì.

Rodilegno calò i pugni sul tavolo con tanta forza da scheggiarlo. — E cosa pensi di fare per rimediare?

Parte di un braccio del danzanubi sparì, tornando a tuffarsi nella sua dimensione, e dopo un momento ricomparve con una caraffa che piazzò sul tavolo davanti a Rodilegno. Senza esitare, la creatura s'infilò due dita in gola e vomitò nella caraffa un grumo di sangue coagulato.

Dopodiché fissò trionfante Rodilegno. — Ti restituisco l'onorario.

Sessanta

— Dove l'avete trovato? — chiese Aurora. Avevano lasciato le segrete ed erano seduti in giardino, riparati dal sole cocente dall'ampia chioma di un albero.

— Vagava nel deserto quando uno dei nostri monaci si è imbattuto in lui — rispose l'Abate. — Se non lo avesse visto, sarebbe morto nel giro di poche ore. In effetti, era *quasi* morto.

— Quando lo avete trovato era già in quello stato? — Perfino riferendosi a Sulfureo, le riusciva difficile usare la parola *pazzo*.

L'Abate annuì. — Sì. È molto vecchio. Pensavamo che potesse morire, ma i guaritori del monastero sono riusciti a curare il suo corpo. Per la mente, però, non abbiamo potuto fare nulla.

— Chiedo scusa — intervenne il Purlisa. Era seduto sulla panca accanto ad Aurora e i suoi sandali sfioravano appena il terreno. — Prima stavi dicendo che lo conosci...?

— È uno dei miei sudditi. Silas Sulfureo. Un Elfo della Notte che in passato possedeva una fabbrica nella capitale. — Esitò, poi aggiunse: — Non è una brava persona.

— Torna con le mie visioni — commentò il Purlisa. In quel vecchietto c'era qualcosa che la faceva sentire come se fossero amici da una vita. — Penso che fareste meglio a parlarmi di queste vostre visioni — lo esortò Aurora.

— Da quando ero piccolo — cominciò il Purlisa (e Aurora riuscì in qualche modo a non sorridere) — talvolta mi vengono concesse rivelazioni su fatti passati e presenti e, a volte, anche se non spesso, futuri. Temo che tu abbia detto bene: quel Silas Sulfureo non è una brava persona. Ha evocato il Serpente di Midgard.

Aurora lo fissò confusa. — Cosa sarebbe il Serpente di Midgard?

— Questa è la parte più difficile — brontolò l'Abate.

Il Purlisa lo fissò irritato, poi si voltò a sorridere ad Aurora. — Sai qualcosa degli Antichi Dei, Regina Aurora?

— Oh, sì — rispose lei senza entrare nei particolari. Non era passato molto da quando si era trovata faccia a faccia con uno di loro.

— Prima dell'alba della nostra storia, uno di loro, Loki, sposò una gigantessa ed ebbe da lei tre figli. Il secondo era un serpente di mare...

L'Abate sbuffò sprezzante.

— Stiamo parlando di una realtà completamente diversa! — scattò il Purlisa. — Te l'ho detto e ripetuto, Jamides.

— Me l'hai detto, però io non ci credo.

— Vi prego, non litigate — intervenne Aurora. — Mi piacerebbe sentire questa storia.

Il Purlisa tornò a rivolgersi a lei. — Immagino che non si sia trattato affatto di una nascita naturale. Il padre era un imbroglione fatto e finito, e può avere usato la magia per trasformare il povero piccino. Come che sia, il Sovrano degli Antichi Dei lo venne a sapere e decise che la nascita di quella creatura era un abominio...

— Non mi pare che avesse tutti i torti — interloquì l'Abate.

Il Purlisa lo ignorò. — ... E scaraventò il serpente nel grande oceano che circonda Midgard.

— Dove per sua fortuna scoprì di essere un serpente *di mare* — precisò l'Abate, alzando gli occhi al cielo.

— Dove cominciò a crescere a dismisura fino a circondare tutta Midgard.

— Un momento... — intervenne Aurora. — Avete visto tutto questo in una visione?

Il Purlisa scosse la testa. — No, no. Le visioni non c'entrano. È tutto riportato negli Annali degli Antichi Dei.

— Che alcuni di noi evitano di prendere alla lettera — precisò l'Abate.

Il Purlisa chiuse gli occhi. — Che Jamides è troppo *moderno* per prendere alla lettera. — Riaprì gli occhi. — Dunque, la creatura cominciò a stringere le sue spire, provocando terremoti e ondate colossali e uragani e via dicendo, finché fu ovvio che bisognava fare qualcosa, o l'intera Midgard sarebbe stata distrutta e ogni traccia di vita cancellata. — Rabbrividì. — Che pensiero spaventoso. Nel tentativo di risolvere il problema, il Sovrano inviò un eroe dopo l'altro, ma il serpente se li mangiò tutti. E poi, finalmente, uno di loro scoprì che l'unica arma efficace contro di lui era una mazza: non le spade, non i proiettili... Soltanto una mazza. Così, appena l'eroe usò la sua mazza da guerra, il serpente rimpicciolì a dimensioni normali e smise di combinare guai, e a Midgard le cose filarono lisce per svariate migliaia di anni.

— Dov'è esattamente questa Midgard? — chiese Aurora.

— È la nostra realtà attuale. L'insieme del Regno degli Elfi e del Mondo Analogo. Credo che comprenda anche Infera. È l'insieme di ogni dimensione di realtà a noi nota.

— Oh.

— E ora il Purlisa pensa che i guai stiano per ricominciare — intervenne sorridendo l'Abate.

— *So* che stanno per ricominciare — ribatté serio il Purlisa. — Il tuo amico Sulfureo...

— Non è mio amico — protestò Aurora.

— ... Ha evocato il Serpente. Lo ha chiamato nella nostra realtà, cioè a Midgard. La mia visione me l'ha mostrato chiaramente. Questo rimetterà in moto il ciclo. La creatura crescerà a dismisura, e se non troviamo alla svelta un eroe che lo fermi, finirà per distruggere la nostra realtà.

Seguì un lungo silenzio. — Ma... — disse infine Aurora esitante — ... la storia del Serpente di Midgard non è un mito?

— Ovvio che lo è! — sbuffò l'Abate.

— *Forse* lo è — replicò il Purlisa. — Ma la mia visione mostra che, prima di perdere la ragione, il signor Sulfureo ha evocato un serpente di qualche tipo. — Ammiccò con espressione soave. — E i terremoti sono già iniziati.

Aurora guardò l'Abate, che annuì riluttante e si affrettò a precisare: — Ma naturalmente nel Buthner ci sono spesso terremoti.

— Finora sono stati limitati alle zone più interne del deserto — proseguì imperterrito il Purlisa — ma peggioreranno finché un eroe non abbatterà il serpente. — Sorrise radioso ad Aurora. — È qui che entri in gioco tu.

Aurora lo fissò allibita. Quel vecchietto le piaceva moltissimo, ma questo non significava che prendesse ogni sua parola come oro colato. Tutta quella storia di Midgard *sembrava* un mito, ne era convinto perfino l'Abate. Forse Sulfureo aveva evocato un qualche serpente... In fin dei conti non faceva che evocare demoni prima che lei proibisse quell'assurdità, e ora poteva benissimo avere scoperto qualche altra fonte di creature mostruose. Forse aveva davvero fatto qualcosa che aveva provocato un terremoto. In ogni caso non aveva importanza. Questi non erano affari suoi. Non era lei l'eroe che aspettavano. E neanche l'eroina. Senza contare che aveva ben altro da fare. Ma prima che potesse avanzare qualsiasi obiezione, il Purlisa la precedette.

— Se non lo fai — disse serafico — il tuo amato Henry morirà.

Sessantuno

Anche se sarebbe morta prima di ammetterlo, Madama Circe si sentiva vecchia. C'erano tante cose da fare e, per la prima volta in vita sua, cominciava a dubitare di riuscire a portarle a termine. Era tornata a pieno titolo nel suo ufficio a Palazzo – un ordine scritto di Aurora aveva risolto quello sciocco equivoco del suo arresto – ma anche così sentiva la presa sugli eventi scivolarle fra le dita.

Una grossa parte del problema era costituita dalla pestilenza. I rapporti sulla sua diffusione erano diventati una valanga, e non erano dovuti solo al panico che sempre seguiva l'esplosione di ogni grave epidemia. Le venivano riferiti di continuo casi reali, che colpivano indiscriminatamente giovani e vecchi. Due della sua squadra ne seguivano la diffusione sulle mappe del Quartier Generale sotto il Palazzo, e i risultati delle loro proiezioni erano preoccupanti. O meglio, terrificanti. Ormai la malattia aveva attraversato il confine, spargendosi nei paesi vicini: era solo questione di tempo prima che quegli stessi confini cominciassero a sbarrarsi, con effetti nefasti sul commercio.

Peggio ancora, i decessi aumentavano a vista d'occhio. E si verificavano soprattutto fra i giovani, che in teoria avrebbero potuto attingere a una più vasta riserva di futuro. O l'epidemia era sempre più virulenta, o – e questo era un pensiero che la sgomentava – nessuno, giovane o vecchio, aveva ormai davanti a sé un lungo futuro. Era possibile che l'intero Regno si trovasse davanti un disastro di dimensioni inaudite. Quanto avrebbe voluto che ci fosse ancora Alan! Lui avrebbe saputo cosa fare. Sempre che ci fosse ancora qualcosa da fare...

Come se non bastasse, aveva l'impressione che la sua rete di spionaggio funzionasse con efficienza minore di un tempo. Per esempio, aveva perso i contatti con Bombix. Un uomo insopportabile, e con ogni probabilità un potenziale traditore, ma poteva comunque tornare utile. Chiaramente la Fratellanza complottava qualcosa, e il suo istinto le suggeriva che poteva esserci un collegamento con l'epidemia. Possibile che quegli imbecilli si fossero messi a sperimentare armi biologiche? Era un'idea difficile da accettare, ma adesso Lord Rodilegno aveva deciso di usare la Fratellanza come base per ricostruire il suo potere, e quell'individuo era capace di qualunque cosa.

Sentendo bussare alla porta, mormorò un distratto — Avanti — pensando che fosse un segretario. Invece, alzando lo sguardo, si trovò davanti Nymph. — Mia caaava, che piacevole sorpresa. Pensavo tu fossi ancora nel Mondo Analogo insieme a Pyrgus. Come sta il caaavo...? — Vide la sua espressione e s'interruppe. — Che succede?

— Pyrgus — la informò Nymph — ha preso una malattia analoga.

Sessantadue

Henry aveva l'impressione che le sue mani stessero diventando azzurre.

Le fissò accigliato. Non *esattamente* azzurre, non proprio, però avevano una sfumatura azzurrina. Dapprima aveva pensato fosse la sua immaginazione, e poi che dipendesse dalla luce, ma ormai era certo che si trattava di un fenomeno fisico. Forse era l'effetto del deserto. Forse c'era qualcosa nella sabbia, o magari nello spettro luminoso del sole, che agiva sulla pelle facendola diventare azzurra... proprio come il sole del suo mondo la faceva abbronzare.

Il braccio e la gamba non gli davano più molto fastidio. La sete era un sottofondo continuo, ma in genere riusciva a ignorarla e a bere sempre meno del liquido che Lorquin gli passava di tanto in tanto. Riusciva anche a camminare più a lungo prima di doversi fermare a riprendere fiato. Aveva perfino cominciato a procedere a balzi come Lorquin – un'imitazione solo in parte consapevole – e la nuova andatura lo aiutava a macinare i chilometri con minore fatica.

Ma per quanto Lorquin si fosse sforzato d'insegnarglielo, era ancora totalmente incapace di orientarsi. A quanto sembrava, il trucco consisteva nello studiare sia l'angolatura del sole sia i disegni che il vento creava sulla sabbia. La faccenda del sole Henry riusciva a seguirla abbastanza bene: in fondo si muoveva nel cielo quasi esattamente come nel suo mondo; invece non riusciva a scorgere i disegni che Lorquin vedeva sulla sabbia.

In cuor suo, Henry aveva dato per scontato che la tribù di Lorquin sarebbe stata abbastanza vicina al posto dov'era stato ucciso il draugr... e forse era così quando Lorquin era partito per la sua missione. Ma si trattava di nomadi, e di sicuro nel frattempo si erano allontanati. Dopo due giorni di cammino, non se ne scorgeva traccia. Nemmeno quando Lorquin annunciò che erano arrivati.

Henry si guardò attorno. Si era aspettato una parete rocciosa completa di caverne, o rovine popolate, o un insieme di tende. Invece tutt'intorno non c'era che una distesa di sabbia informe. Perfino le dune ondulate erano scomparse.

— Benvenuto nel mio villaggio — esclamò Lorquin con un sorriso fiero.

Di nuovo Henry si guardò attorno. Che il villaggio di Lorquin fosse invisibile? Sembrava assurdo. Perché lanciare un incantesimo su un'intera comunità? E, se così era, come facevano le persone a trovarsi? No, l'invisibilità non c'entrava. Però lì non si vedevano villaggi. — Dov'è? — chiese dopo un po', sentendosi molto sciocco.

L'istante successivo fece letteralmente un salto quando qualcosa sfrecciò fuori dalla sabbia. E poi qualcos'altro, e qualcos'altro ancora. In un batter d'occhio si trovò circondato da un cerchio di gente azzurra e nuda. Alcuni uomini erano armati di lancia. Uno esibiva spaventosi tatuaggi multicolori. E tutti lo fissavano con aria ostile.

Henry fece un passo indietro, il cuore in gola. Ma Lorquin si lanciò ad abbracciare un tizio accigliato, con la fronte da scarafaggio e denti che sembravano limati. — L'ho fatto, papà! — gridò. — Ho ucciso il draugr!

Le sue parole scatenarono l'entusiasmo generale. Tutti cominciarono a saltare e ululare, parecchi uomini si fecero avanti per dare a Lorquin pacche sulla schiena, ed Henry notò una delle ragazze più giovani sorridergli. Una donna paffuta, dagli occhi gentili e il sorriso ampio, si fece largo tra la folla e lo abbracciò: Henry immaginò che fosse sua madre, e gli sembrò perfino di vedere fra loro una certa somiglianza. — Stasera si fa festa! — gridò un uomo insolitamente alto (forse il capo della tribù?). L'annuncio fu accolto da un urlo esultante, e poi Lorquin fu sballottato, spinto, scrollato, baciato, abbracciato e sommerso di congratulazioni.

Finché, di punto in bianco, tutti si zittirono e, nel silenzio improvviso, si voltarono lentamente a fissare Henry.

Lui fece un altro passo indietro, sorrise nervosamente e disse: — Ah... — Smise di sorridere e si passò la lingua sulle labbra, chiedendosi se fosse in grado di correre abbastanza veloce da sfuggire a quei terrificanti abitanti del deserto. Dubitava di avere molte possibilità a suo favore.

Lorquin prese il padre per mano e lo tirò verso di lui. — Questo è il mio Compagno — annunciò.

Tanto bastò a cambiare di colpo l'atmosfera. Henry si ritrovò circondato da gente che gli sorrideva, lo toccava, gli tastava incuriosita i vestiti e gli parlava in un incomprensibile garbuglio di voci. Avvertì un odore speziato e forte. Sentì la parola "Compagno" rimbalzare come una palla attraverso il chiasso.

L'uomo alto si fece largo nel parapiglia, gli disse qualcosa che lui non riuscì a capire, poi all'improvviso s'immobilizzò e si drizzò in tutta la sua altezza, ruotando lentamente la testa in un movimento bizzarro che la fece girare molto più di quanto sembrasse umanamente possibile. — Vaettir in arrivo — annunciò, anche se non c'era niente in vista. Raddrizzò il suo incredibile collo e guardò Lorquin. — Ti hanno seguito.

Quello che accadde poi fu così rapido che Henry ebbe a stento il tempo di rendersene conto. Uno dopo l'altro, seguendo un ordine preciso che gli fece venire in mente il formarsi di un'onda, tutti i membri della tribù si presero per mano. Lorquin fu l'ultimo, ma subito si protese ad afferrare la mano del Compagno. L'istante successivo Henry ebbe la sensazione di cadere, o meglio di affondare, come nelle sabbie mobili. Inorridito, si rese conto che era *esattamente* quanto stava succedendo: l'intera tribù sprofondava lentamente nella sabbia, e lui assieme a loro. Fece per urlare, ma la sabbia gli era già arrivata all'altezza delle spalle, del collo, del mento, della bocca... Lo avrebbe soffocato!

Si divincolò freneticamente, ma la stretta di Lorquin era ferrea. Pochi istanti ancora, e la sabbia li aveva inghiottiti.

Sessantatré

Henry si rese conto di essere avvolto da una polverosa luminosa foschia arancione. La luce non era molto forte, però bastava per vedere quello che aveva attorno e, man mano che la sua vista si adattava, le cose divennero un po' più chiare. Si muovevano tutti assieme, come un branco di pesci: nuotando. Non nell'acqua, però. Almeno di questo era sicuro. Innanzitutto poteva respirare senza difficoltà. Eppure stava proprio nuotando. Per andare su o giù gli bastava battere i piedi, e per andare avanti gli era sufficiente muovere le braccia. Lorquin era vicino a lui: gli aveva lasciato andare la mano, ma gli faceva cenno di seguirlo.

La tribù si stendeva in una lunga formazione a V, simile a un gigantesco stormo di oche, con l'uomo alto in testa. Si slanciavano avanti e verso il basso, tuffandosi a capofitto, in un movimento fluido, come un branco di delfini. Ma... nuotavano? Henry continuava a pensarc di essere affondato nella sabbia, quella però non poteva essere sabbia: non si nuota, nella sabbia. E nemmeno nelle sabbie mobili. Si affoga e basta. Eppure era affondato nella sabbia, e nel deserto non c'era acqua sufficiente a formare sabbie mobili, e stavano decisamente nuotando (e respirando!) e...

In effetti era una sensazione piacevole. Di colpo Henry fece qualcosa che si concedeva di rado: si rilassò. Senza smettere di nuotare, rotolò sulla schiena e girò la testa in modo da non perdere di vista Lorquin e la tribù. La luce arancione era più forte verso l'alto, e gli sembrò di poter distinguere la posizione del sole. Nuotavano sotto la sabbia! Per forza. Qualunque altra spiegazione non avrebbe avuto senso, anche se in effetti neppure quella ce l'aveva. Era come essere sott'acqua, a parte il fatto che erano sotto la sabbia. Nuotava e respirava e galleggiava ed era molto, molto piacevole.

Uno strano cinguettio lo raggiunse – anche questo gli fece venire in mente i delfini – e voltandosi vide che Lorquin gli faceva segno di non lasciarsi distanziare. Henry batté i piedi con forza e fu ricompensato da uno scatto esaltante. Era magnifico! Una volta, durante una traslazione nel Regno degli Elfi, gli erano spuntate le ali ed era stato in grado di volare, però neanche quell'esperienza reggeva il confronto. Nuotare nella sabbia era caldo e comodo e meraviglioso.

Però continuava a chiedersi come fosse possibile. Lorquin e la sua gente sembravano elfi... primitivi, d'accordo, ma pur sempre elfi. E anche se fossero appartenuti a una qualche altra razza strana che aveva sviluppato l'abilità di nuotare nella sabbia, questo non spiegava come potesse riuscirci pure lui. Era bastato che Lorquin lo prendesse per mano, e ora eccolo lì!

Davanti a loro comparve una città.

Henry batté le palpebre. (Come fai a battere le palpebre sotto la sabbia?) Vedeva torri e guglie e mura e torrette innalzarsi dal fondo del mare... no, non il fondo del mare, non era sott'acqua, però non avrebbe saputo come altro chiamarlo. Vide resti di strade pavimentate. La luce era scarsa, ma non aveva dubbi su quello che vedeva. A meno che non fosse un miraggio, un'illusione gigantesca, davanti a loro c'era una città... e puntavano dritti in quella direzione.

Batté forte i piedi fino a raggiungere gli altri e si affiancò a Lorquin. *Cos'è quella?*, provò a chiedere, ma gli uscì di bocca solo una serie di trilli.

Lorquin si voltò a sorridergli e gli rispose a sua volta con una serie di trilli che però Henry non riuscì a decifrare. Adesso che la città era più vicina, vide che era in rovina: una vasta Atlantide sottomarina ingoiata da un'enorme ondata preistorica.

Davanti a loro, i capi della tribù raggiunsero una striscia piatta di selciato sgretolato e vi atterrarono bruscamente. L'istante successivo avanzavano camminando – non più nuotando! – verso gli edifici torreggianti. Mentre li raggiungeva, Henry provò una fitta di panico, ma poi, all'improvviso, superò con uno schiocco una specie di membrana invisibile e, lieve come un ciuffo di soffione, calò anche lui verso il selciato.

Mosse qualche passo esitante dietro gli altri e provò una strana sensazione di peso crescente.

Lorquin gli apparve accanto, allegro come al solito.

— Siamo a casa — annunciò con la sua voce normale, senza più traccia di trilli. — È qui che viviamo. — Gli rivolse un sorriso radioso. — Puoi viverci anche tu — aggiunse. — Perché sei il mio Compagno.

Sessantaquattro

Madama Circe non era mai stata nel Mondo Analogo, e impiegò meno di mezz'ora a decidere che non le piaceva.

La cosa peggiore erano i vestiti assolutamente *orridi* che bisognava indossare. Privi di stile, di taglio, di colore. E dato che, ovviamente, non c'erano tessincanti, la stoffa ti penzolava addosso con tutta l'eleganza di una pappetta spiaccicata.

— Questi che sono? — chiese in tono gelido quando Nymph le tese un capo particolarmente ripugnante.

— Pantaloni — rispose Nymph.

— Indumenti maschili? — esclamò Madama Circe. — Ti aspetti che mi *travesta*?

Nymph scosse la testa. — No, no. Non sono indumenti maschili. Fanno parte di un completo da donna. Giacca e pantaloni. Colori smorzati, sfumature più scure. È un tipo di abbigliamento piuttosto comune nel Mondo Analogo. — Esitò e aggiunse: — Soprattutto per le donne anziane.

Madama Circe la fulminò con gli occhi. — In tal caso *sicuramente* non li indosserò.

Alla fine scelse una camicetta scollata e piena di gale, una gonna zingaresca lunga fino alle caviglie, un paio di sandali e una sciarpa di seta per aggiungere un tocco di colore: niente a che fare con gli abiti che era solita indossare, ma almeno mostrava un minimo di eleganza. Nymph la fissò incerta. — Niente discussioni — la bloccò Madama Circe. Bisognava mantenere un certo stile, perfino nel Mondo Analogo.

A dire la verità, la traslazione in sé fu piuttosto divertente. Varcò insieme a Nymph le fredde fiamme azzurrine del Portale del Palazzo, e per un istante provò la sensazione, stranamente piacevole, di cadere da una rupe.

Tuttavia *piacevole* non era l'aggettivo più adatto a descrivere il Mondo Analogo. Per vivere in quella ridicola realtà, Pyrgus e Nymph avevano affittato una piccola tenuta di campagna, un'abitazione a malapena adeguata alla posizione di Principe degli Elfi e consorte. Per giunta, l'edificio era costruito su una piattaforma granitica con un contenuto di quarzo così alto da rendere impossibile usare la tecnologia del portale nelle sue immediate vicinanze. Naturalmente i giovani prendevano alla leggera questo genere di scomodità, e Nymph aveva pronto un mezzo di trasporto nei pressi del loro punto d'arrivo.

Brintesia fissò sbigottita il veicolo. — E questo cos'è?

— Si chiama automobile — la informò la ragazza.

— Perché ha una forma così strana?

— Le fabbricano così — rispose Nymph, aprendo lo sportello.

Madama Circe scrutò sospettosa l'interno. — Non usavano i cavalli per trainare i loro veicoli?

Nymph scosse la testa. — Questo succedeva parecchio tempo fa.

— Ora usano i tecnoincanti?

Di nuovo Nymph scosse la testa. — La maggior parte degli umani non crede più nella magia... Anche per Henry è stato piuttosto difficile.

— Allora come funziona? Perché *funziona*, sì?

— Con un motore meccanico. Nascosto dentro quel bozzo sul davanti.

— Per la Luce! Ma è sicuro?

— Non molto — ammise Nymph — però non dobbiamo andare lontano. — Entrò nel veicolo e sollecitò Madama Circe a fare altrettanto.

— Dov'è il nostro autista? — chiese lei sedendosi cauta.

— Guido io — rispose Nymph.

— *Tu*, mia caaava?

— Me l'ha insegnato Pyrgus — spiegò Nymph con un sorriso fiero. — È piuttosto bravo. — Trafficò sulla parte anteriore dell'abitacolo, che vibrò e ringhiò come un gatto impazzito.

— Fa sempre questo rumore? — s'informò Madama Circe.

Lontano o no, il viaggio fu estremamente sgradevole. Quel coso non volava, e nemmeno si librava, ma avanzava a scatti e sussulti, sferragliando su ruote primitive (ruote!) lungo strade piene – assolutamente *piene*! – di altri veicoli ripugnanti. C'erano puzza, confusione, rumore, e la povera Nymphalis era costretta a manovrare personalmente quel congegno. Senza neanche l'aiuto di un elementale.

La situazione migliorò un po' via via che si avvicinavano alla casa di Pyrgus, soprattutto perché sorgeva a una certa distanza da ogni centro abitato, e di conseguenza c'erano in circolazione molte meno – come le aveva chiamate Nymph? – *automobili*. Comunque, questo non rendeva il Mondo Analogo più attraente. Il cielo aveva la sfumatura sbagliata di azzurro, almeno dove si riusciva a vedere l'azzurro, e le nuvole avevano una forma vagamente diversa da quelle del Regno. Perfino la luce del sole era sbagliata! Era stranamente biancastra, di gran lunga meno gradevole dello splendore dorato del "loro" sole.

Finalmente Nymph portò il veicolo fuori dalla strada, oltre un cancello imponente. Madama Circe rabbrividì. — Non sarà per caso di ferro? — chiese.

— Sì — fu l'agghiacciante risposta.

— Ma mia caaava, non sai quanto è pericoloso il ferro? — Di colpo a Madama Circe venne in mente che la misteriosa "malattia analoga" di Pyrgus poteva essere dovuta proprio al ferro. Per un elfo, anche solo sfiorare quel metallo era mortale.

— Qui lo usano dappertutto — spiegò disinvolta Nymph. — E non sembra avere su di noi un effetto così forte come nel nostro mondo. — Colse l'espressione di Madama Circe e si affrettò ad aggiungere: — Ci stiamo attenti, naturalmente. In casa ce n'è pochissimo.

Pochissimo? In una casa elfica come si deve non si sarebbe dovuta vedere una sola scheggia di ferro!

L'abitazione in sé risultò meno deludente. Piccola per un principe, però gradevole, e dall'architettura piuttosto interessante. Brintesia ricordava di avere letto da qualche parte che fra il Mondo Analogo e i Mondi degli Elfi c'era una leggera differenza gravitazionale: non così forte da essere rilevante, ma abbastanza da influenzare i materiali da costruzione e di conseguenza gli stili architettonici. Ma non fu quella la sola differenza che le saltò agli occhi.

— Dov'è la servitù? — chiese a Nymph mentre l'orrido veicolo si fermava davanti alla casa. Si aspettava di vedere tutti allineati davanti al portone, pronti ad accogliere la loro signora.

— Non ne abbiamo — rispose Nymph mentre spegneva qualunque cosa avesse acceso nel veicolo e sfilava la chiave.

Madama Circe batté le palpebre. — Non essere ridicola! Naturale che avete la servitù.

— Abbiamo una cuoca, perché io non sono brava a cucinare e Pyrgus è un disastro. E un'infermiera che si occupa di lui in mia assenza. Ma non abbiamo servitù come si intende nel Regno. Qui è difficile da trovare, anche pagandola a peso d'oro.

Madama Circe scese dal veicolo scuotendo la testa. Se Pyrgus e Nymph fossero stati costretti a restare ancora a lungo nel Mondo Analogo, avrebbe assolutamente dovuto fare qualcosa per migliorare il loro livello di vita. Mise in spalla la borsetta a rete piena di curincanti. Appena avesse guarito Pyrgus, avrebbe dedicato un po' del suo tempo per organizzare le cose a dovere.

L'infermiera si rivolgeva ai suoi datori di lavoro con eccessiva familiarità, però sembrava sinceramente preoccupata per Pyrgus, tanto da richiedere che fosse chiamato con urgenza un medico analogo.

— Io *sono* un medico — la informò maestosamente Madama Circe. Ed era verissimo, dato che riteneva i suoi curincanti molto più efficaci dei rimedi di qualunque mestierante analogo.

L'infermiera ebbe la sfrontatezza di squadrarla da capo a piedi, ma arretrò davanti al suo sguardo gelido, lasciandole finalmente libere di entrare nella stanza del povero Pyrgus.

Appena varcata la soglia, però, Madama Circe si bloccò, impietrita. Un'occhiata alla figura sul letto bastò a dirle tutto quello che le serviva sapere. Lasciò cadere la borsetta piena di inutili incantesimi. — Questa non è una malattia analoga — sussurrò. — È la Febbre Temporale.

Nymph la fissò incredula. — Ma nel Mondo Analogo la Febbre Temporale si blocca!

— Era quello che pensavamo — ribatté Madama Circe. — A quanto pare ci siamo sbagliati.

Sessantacinque

— Non vedo montagne — disse Aurora.
— Appariranno fra un momento — la rassicurò l'Abate.

— È un'illusione ottica — spiegò il Purlisa con un sorriso benevolo. — Guarda — aggiunse. — Ora ci sono.

Aurora si voltò seguendo il suo sguardo: le montagne si stagliavano nette e azzurrine contro l'orizzonte. — E il serpente è là? — chiese. — In una caverna sulle montagne?

Il Purlisa annuì. — Questa è stata la mia visione.

— E anche Henry è lì, prigioniero del serpente? — Non era sicura di credere a una sola parola di quello che le aveva detto il Purlisa, però le aveva descritto Henry con assoluta esattezza. Per giunta, lei non aveva altri indizi su dove potesse trovarsi.

Con la coda dell'occhio vide l'Abate lanciargli quella che sembrava un'occhiata d'avvertimento, ma il Purlisa si limitò ad annuire e a rispondere: — Sì.

Erano alla testa del gruppetto di monaci che li aveva scortati fin lì. Un instancabile animale da soma, di una specie che Aurora non conosceva, trasportava un minimo di provviste, inclusa la sua presunta arma. — E ora che succede? — domandò.

Il vecchietto la guardò in silenzio.

— Mi aiuterete? — insisté Aurora.

Il Purlisa continuò a restare in silenzio. Accanto a lui, l'Abate distolse imbarazzato lo sguardo.

Aurora si voltò a fissare le montagne. — Devo andare lassù da sola?

— Sì. — Il Purlisa tese una mano per dare una pacca alla bestia da soma. — Puoi farti accompagnare dal charno. Lui porterà la tua arma.

— A voi non serve? — chiese Aurora. — Per le provviste?

— Le provviste sono per te — rispose il Purlisa. — Noi monaci siamo abituati alle privazioni.

— Il viaggio di ritorno non è lungo — aggiunse l'Abate. Sembrava ancora imbarazzato.

— Come posso essere sicura di trovare la caverna giusta?

— È il tuo destino — rispose semplicemente il Purlisa, consegnandole le redini del charno.

Dopo un lungo istante, Aurora si voltò e si allontanò tirandosi dietro la bestia. I monaci rimasero a fissarla in silenzio, finché i primi contrafforti montuosi la nascosero alla vista.

Sessantasei

Il charno era una creatura dall'aspetto bizzarro, con piedi enormi e lunghe orecchie flosce, che si accovacciava sulle possenti zampe posteriori come una lepre gigantesca. Erano già saliti parecchio, quando Aurora scoprì che poteva parlare.

— Ti hanno imbrogliata, sai — disse l'animale di punto in bianco.

Aurora batté le palpebre.

— L'Abate e il piccoletto — precisò il charno. — Ti hanno imbrogliata. — Aveva una voce ruvida, raschiante.

— Non sapevo che sapessi parlare — osservò scioccamente Aurora.

— Di solito non ho granché da dire — replicò lui.

— In che senso mi hanno imbrogliata?

— Quei due hanno i loro piani. Il tuo amichetto non è ancora lassù.

Aurora lo fissò a bocca aperta. Il fatto strano era che gli credeva... almeno riguardo ai piani dei monaci. C'erano state troppe occhiatine strane fra l'Abate e il Purlisa. Però non era sicura che le avessero esattamente mentito, soprattutto non il Purlisa. — Hai un nome? — chiese dopo un momento.

— Charno — rispose il charno.

— Intendevo un nome tutto tuo.

— Puoi chiamarmi Uno. È così che noi facciamo le cose — aggiunse, senza spiegare chi intendesse per *noi*.

— Come sai che Henry non è lassù, Uno?

— Ho i miei informatori — rispose il charno, picchiettandosi il lato del naso con una zampa. Voltò il muso dentuto verso la montagna, e seguendo il suo sguardo Aurora scoprì che stava fissando l'ingresso di una caverna. — E per giunta — aggiunse — origlio parecchio.

— Perché l'Abate e il Purlisa vogliono mandarmi lassù?

— Non l'Abate. È tutta opera del piccoletto matto. — Sollevò una grossa zampa posteriore e si grattò con entusiasmo dietro l'orecchio.

— Non pensi che lassù ci sia un serpente?

— *Qualcosa* c'è. Serpente. Drago. Biscione. Va' a saperlo. Di sicuro non ha cominciato a sgranocchiare il tuo amichetto perché lui ancora non c'è.

— *Ancora*?

— Perché non c'è.

— Hai detto *ancora*.

— No che non l'ho detto — si affrettò a negare il charno.

— Sì che l'hai detto... due volte.

— Mi è sfuggito. Non c'è. Henry. Non c'è. — Uno distolse lo sguardo con aria furtiva.

— Non stai dicendo la verità.

— Sì, invece.

— Allora perché non mi guardi negli occhi?

— Perché sono una specie inferiore.

Aurora sbuffò in un modo che avrebbe fatto invidia all'Abate. — Senti, Uno, diamo un taglio a queste sciocchezze. L'Abate e il Purlisa non sono i soli ad avere i loro piani, giusto?

Uno abbassò lo sguardo sugli unghioni. — No — ammise vergognoso.

— Tu non vuoi andare lassù, vero?

— Tu ci vorresti andare, in una caverna dove c'è un serpente mangiaumani? Be', forse *tu* sì, ma *io* no. Io non ce l'ho, un amichetto, lassù. — Era il discorso più lungo che il charno avesse mai fatto, e probabilmente questo provava quanto fosse sconvolto.

Comunque, ad Aurora interessò solo l'ultima frase.
— Insomma, Henry è lassù?

— No, no. Su questo ho detto la verità.

— Però ci sarà?

— Forse. — Il charno guardò con aria innocente il cielo di un azzurro sbiadito dal sole.

Aurora riafferrò decisa le redini. — Vieni — disse. — Muoviamoci. — Per un momento pensò che la bestia avrebbe opposto resistenza come un mulo cocciuto, invece si rimise in piedi e le trottò dietro obbediente.

— Mi auguro che tu non debba pentirtene — fu il suo unico commento.

Sessantasette

Aurora si fermò sullo spiazzo sassoso davanti all'imboccatura della caverna. — Non c'è bisogno che entri — disse al charno.

— Bah — replicò la bestia in tono cinico.

— Come sarebbe: *bah*? — chiese irritata Aurora. — Perché *bah*?

— Ti servirà la mazza.

Aurora lo fissò confusa, poi ricordò. — Oh, *quella* mazza! Sì, mi servirà. — Il Purlisa aveva detto e ripetuto che l'unica arma efficace contro il Serpente di Midgard era una mazza, e l'Abate aveva tirato fuori un'antica mazza da guerra: era un oggetto strano da conservare in un monastero, e aveva contribuito ad aumentare i suoi sospetti riguardo all'intera faccenda.

— Da sola non ce la fai a portarla — la informò il charno.

— Certo che sì!

— Ci hai provato?

Veramente no. L'Abate, o i suoi monaci, o *qualcuno* aveva caricato tutto sul charno, permettendole di vedere la mazza, o quello che era, solo di sfuggita. Sembrava pesante, ma aveva dato per scontato che, se era previsto che la usasse contro un qualsiasi mostro, non le sarebbe stato impossibile sollevarla.

Di colpo le venne in mente che l'intera faccenda era assurda. Se davvero nella montagna c'era un serpente, stava per affrontarlo come una guerriera mitica, armata di un'anticaglia fornitale da un paio di tizi incontrati appena il giorno prima. A parte il fatto che lei non era una guerriera mitica... anzi, non era affatto una guerriera! Era soltanto una principessa – anche adesso che era diventata Monarca pensava a se stessa come a una principessa – e nelle leggende e nei miti era la principessa a essere salvata, non il contrario!

Di colpo le furono chiare due cose. La prima era che non credeva completamente alla storia che le aveva raccontato il Purlisa riguardo al serpente. La seconda era che per Henry era pronta a fare assolutamente qualunque cosa. Se davvero c'era un serpente, per Henry lo avrebbe affrontato. Avrebbe attraversato un deserto, per Henry. Avrebbe seguito ogni traccia, per quanto minima, nella speranza di trovarlo. Questo doveva essere amore, giusto?

— No, non ci ho provato — disse ad alta voce, rispondendo alla domanda del charno.

Lui si voltò, aprì lo zaino che portava sulle spalle, ne tirò fuori un voluminoso fagotto di stoffa e lo srotolò, mettendo a nudo la mazza da guerra fornita dall'Abate. Era un'arma solida, dall'impugnatura di quercia coperta da intagli complicati e ammaccature prodotte da antiche battaglie. Senza aprire bocca, gliela tese.

Aurora la prese... e l'istante successivo la lasciò cadere a terra. Quell'affare pesava una *tonnellata*! Anche se il charno la maneggiava come se fosse una piuma, era troppo pesante perché lei riuscisse anche solo a sollevarla.

— Visto? — disse Uno.

— Ma è assurdo! — esclamò Aurora. — Che senso ha darmi un'arma che non sono in grado di usare? Vogliono *uccidermi*?

Era una domanda retorica, ma il charno rispose serio: — Te l'avevo detto che ti hanno imbrogliata.

Tanto bastò a chiuderle la bocca. L'Abate le stava simpatico, e anche il Purlisa, perciò era portata d'istinto a fidarsi di loro... Ma *dovevi* risultare simpatico per imbrogliare la gente. Nessuno si sarebbe fidato di un viscido furfante. Possibile che quei due avessero deciso di mandarla a morire?

E poi *perché*?

— Perché? — chiese a voce alta.

— Va' a saperlo — rispose il charno con una scrollata di spalle.

— Dovevano immaginarsi che avrei scoperto di non poter usare quest'arma!

— Avresti dovuto scoprirlo solo dentro la caverna.

— Cioè troppo tardi?

— Esatto.

— E tu avresti dovuto trasportarla e consegnarmela solo al momento di affrontare il serpente?

— Sì.

— Perché non l'hai fatto?

— Non sono leale fino a questo punto. I serpenti mangiano i charno.

Era assolutamente logico... a parte il fatto che non aveva il minimo senso. Perché l'Abate e il Purlisa la volevano morta? L'avevano incontrata appena il giorno prima. Era finita nel loro monastero per puro caso. — Secondo te c'è davvero un serpente?

— Probabile — rispose il charno.

Rimasero lì, sullo spiazzo sassoso, a guardarsi. Dietro di loro torreggiava l'imboccatura della caverna, buia e minacciosa.

Il problema era che Aurora non si fidava del tutto neppure del charno.

E che, a dispetto di tutte le bugie, Henry poteva davvero trovarsi là dentro.

Sessantotto

C'erano un bel po' di cose che Henry non riusciva a capire.

A cominciare dalla città in rovina. Era chiaro che non era stata la gente di Lorquin a costruirla. Fra tutte le antiche leggende della tribù, ne parlava solo quella che raccontava come l'avevano trovata. Henry la sentì narrare da Brenthis, il loro contastorie più importante.

Molto tempo fa, aveva raccontato Brenthis, quando il mondo era rigoglioso e ricco d'acqua, i Luchti erano considerati cibo dalla razza selvaggia dei Buth. I Buth li tenevano rinchiusi, o concedevano loro di aggirarsi in vasti terreni cintati, ma ogni anno in primavera macellavano due terzi dei loro giovani e li conservavano per nutrirsi.

Finché, un giorno, una Luchti di nome Eufrosine scoprì un'arca meravigliosa che le permetteva di parlare direttamente con Charaxes. Tipo l'Arca dell'Antico Testamento, pensò Henry quando Brenthis arrivò a quella parte della storia. E Charaxes sembrava assetato di sangue quanto il Dio della Bibbia, perché colpì i Buth con una Grande Calamità che li distrusse interamente, liberando sì i Luchti, ma inaridendo al tempo stesso la terra e trasformandola in un deserto. Fu così che i Luchti diventarono nomadi, sempre alla ricerca di cibo e acqua.

Grazie all'arca meravigliosa, proseguì Brenthis, Charaxes aveva potuto accompagnare i Luchti nel loro viaggio, e quando avevano raggiunto un deserto che sembrava non offrire possibilità di vita, aveva insegnato loro un segreto della mente che permetteva di alterare taluni aspetti della realtà. Apprenderlo non era facile, e c'erano voluti mesi per perfezionarlo, ma alla fine l'intera tribù sprofondò nella sabbia e scoprì le rovine di una città possente, quale mai nessuno aveva visto. E a quelle rovine erano sempre tornati, anche se ogni anno continuavano a girovagare per mesi nel deserto per celebrare la liberazione dalla schiavitù.

A Henry sembrava il tipo di leggenda basata sulla manipolazione di eventi reali. Forse, in un tempo remoto, i Luchti erano davvero tenuti in cattività. Forse i loro padroni, i Buth, erano stati sconfitti in guerra o erano caduti vittima di una qualche calamità naturale. Ma chi aveva costruito la città? E come faceva a restare intatta quell'impossibile bolla sotto la sabbia? Com'era possibile che, benché in rovina, fosse rifornita di luce e aria e acqua? E, ancora più misterioso, com'erano riusciti a raggiungerla i Luchti? Qualunque disciplina mentale usassero, era molto al di là delle sue possibilità di comprensione. Ogni volta che voleva riemergere in superficie, doveva essere accompagnato da Lorquin o da qualche altro membro della tribù.

E la città era solo l'inizio. Ancora non aveva capito come facessero i Luchti a sopravvivere durante i loro vagabondaggi nel deserto. A quanto gli risultava, non c'era acqua sufficiente a sopravvivere, e nemmeno cibo o possibilità di ripararsi.

Come poteva sostenerli, il deserto? Quando lo chiese a Brenthis, il contastorie si limitò a rispondergli con una scrollata di spalle: — Siamo forse meno abili dei vaettir? — Ma pur essendo vero che anche i vaettir e il loro draugr sembravano trovare nel deserto mezzi di sostentamento, la risposta continuava a non spiegare granché.

E nemmeno c'erano spiegazioni per parecchie altre cose che preoccupavano Henry. Quando aveva chiesto ai Luchti come mai avevano la pelle azzurra, gli avevano risposto semplicemente che era «la volontà di Charaxes». (Però la sua pelle non era più cambiata da quando aveva notato una lieve sfumatura bluastra.) Ignoravano tutto del Mondo Analogo, della Regina Aurora e del suo impero nel Regno degli Elfi. Non conoscevano il nome del proprio paese (era solo "il Deserto"), non sapevano come avesse fatto Henry a finirci in mezzo, né, cosa più importante, come potesse uscirne.

Comunque, una cosa la *sapevano*: la tribù si meritava una festa a lungo rimandata.

Lorquin era gonfio d'orgoglio. — È la *mia* festa, En Ri — spiegò all'amico. — Non potevano tenerla prima che avessi ucciso il draugr. Comunque non è solo per me. Serve anche a fissare i canti per l'anno prossimo, e a ringraziare Charaxes, e tutti mangeranno a crepapelle e balleranno, e forse io troverò moglie e...

— Moglie!? — lo interruppe Henry. — Ma hai solo dieci anni!

— Lo so — disse allegramente Lorquin. — E poi Ino consulterà le ossa, ed Eufrosine parlerà con Charaxes, e suoneranno i tamburi e tutti berranno molto *melor*.

Henry aggrottò la fronte. *Eufrosine?* Ino era il tipo tarchiato con i tatuaggi, una specie di stregone, però Eufrosine era il nome della donna che aveva trovato la misteriosa arca di Charaxes all'alba della storia tribale. — Quanti anni ha Eufrosine? — chiese perplesso.

— Vent'anni e sette mesi — rispose pronto Lorquin.

— Non è mica la stessa Eufrosine che ha trovato l'arca?

Lorquin gli lanciò un'occhiata perplessa. — Se non fossi il mio Compagno, En Ri, potrei pensare che sei un po' debole di testa. Eufrosine è la figlia della figlia della figlia della figlia della...

— Ho capito! — si affrettò a interromperlo Henry. Chiaramente si trattava di una discendente della Eufrosine originaria, una specie di sacerdozio al servizio di

Charaxes passato da madre in figlia. Si chiese se i Luchti avessero ancora l'arca vera e propria. Sarebbe stato interessante vederla.

— ... della figlia della figlia della figlia della figlia della figlia della figlia della figlia...

Quando Henry sgattaiolò via, Lorquin stava ancora elencando le figlie.

Sessantanove

Iniziò con un tamburino solitario.

Henry lo guardò entrare nell'ampia piazza principale della città. Come tamburo usava un affusolato tubo di legno, aperto a un'estremità e chiuso all'altra da quella che sembrava una pelle di capra, decorato con teschi dipinti a colori vivaci e così piccoli che potevano essere appartenuti solo a qualche roditore.

L'uomo si mosse a casaccio sul selciato sgretolato, alzando lo sguardo sugli edifici in rovina. Una volta raggiunto un lato della piazza, si accucciò con il tamburo fra le ginocchia, accarezzò la pelle di capra e cominciò a suonare un singolo tap... tap... tap... privo di qualsiasi ritmo riconoscibile. Il tamburo non aveva una grande risonanza, o forse l'ambiente così vasto assorbiva la maggior parte del suono.

— Scendiamo? — sussurrò Henry. Lui e Lorquin erano davanti a una finestra in quello che restava del secondo piano di un edificio squadrato. Tutt'intorno, alle finestre di molti altri edifici si scorgevano facce azzurre.

— No — rispose Lorquin, gli occhi scintillanti.

Un secondo tamburino sbucò dall'ombra di un vicolo e puntò verso il centro della piazza. Anche lui si accucciò e cominciò a suonare, ma stavolta un ritmo c'era: il suono combinato dei due tamburi somigliava al pulsare di un grande cuore, e adesso si poteva anche avvertire la risonanza che prima mancava. Henry ebbe quasi l'impressione di udire un sospiro collettivo levarsi dagli spettatori. Per lunghi momenti niente cambiò: tud-buum... tud-buum... tud-buum... Un suono vagamente ipnotico che lo rilassò piacevolmente. Lorquin però continuava a guardare fuori dalla finestra con gli occhi che brillavano.

Da un punto oltre la piazza arrivò il suono di un altro tamburo, e poi di un altro ancora, formando un delicato contrappunto al battito del grande cuore. Altri due tamburini entrarono nella piazza, la testa rivolta verso l'alto, muovendosi a tempo col ritmo dei loro strumenti, ma con un'andatura strana: due passi avanti e uno indietro. Ciascuno raggiunse uno dei primi due tamburini e gli si accucciò accanto. Ormai il suono echeggiava senza pause.

Henry, che una volta era stato ipnotizzato dal signor Fogarty, stava scivolando in un torpore sonnolento, quando un repentino urlo collettivo lo fece raddrizzare di scatto, il cuore in gola. Altri otto tamburini entrarono saltando e danzando, i corpi percorsi da elaborati disegni bianchi. Dopo aver fatto il giro della piazza, raggiunsero i primi quattro, e tutti insieme diedero il via a un nuovo ritmo, più secco e rapido, che percorse le rovine della città come il rimbombo senza fine di un tuono.

Visibilmente elettrizzato, Lorquin cominciò a passare il peso da un piede all'altro.

— Ora? — chiese Henry. Sapeva che la festa si sarebbe svolta in piazza, e che quello cui stava assistendo non erano che i preliminari.

— Non ancora — rispose Lorquin col fiato corto. — Fra poco.

Le donne della tribù entrarono danzando nella piazza. Anche i loro corpi erano dipinti, ma non di bianco come quelli dei tamburini: elaborate spirali verdi, rosse, gialle e arancione contrastavano con la pelle azzurra, trasforman dole in uccelli multicolori. Henry non aveva mai visto niente del genere, e quello spettacolo gli fece battere più forte il cuore.

Impettite come pavoni, voltandosi e dimenandosi, le

donne fluirono nella piazza a tempo con i tamburi. Tutti sorridevano.

— Ora — disse Lorquin. — Ora noi uomini andiamo.

Fu strano l'effetto che quella parola, *noi*, ebbe sul cuore di Henry. «Noi uomini.» Lorquin, quel ragazzino che lo aveva salvato dal deserto, adesso era un uomo perché aveva ucciso il draugr. Ed era un uomo anche Henry, accettato dalla tribù in quanto suo Compagno. Nessuno metteva in discussione il suo coraggio, la sua maturità. Per tutta la vita Henry era cresciuto in una casa dominata dalle donne. Anche in passato suo padre non aveva avuto gran voce in capitolo contro le certezze della madre e le manipolazioni piagnucolose della sorella. E poi, quando se n'era andato e Anais si era trasferita da loro, Henry si era trovato ad affrontare tre donne e spesso si era sentito sotto assedio. Ma adesso era uno degli uomini, quasi parte della tribù. Adesso aveva amici e si sentiva accettato. «Noi uomini.» Anche se a dirlo era stato un ragazzino, quelle parole lo riempirono di gioia.

Scesero a pianterreno e si unirono al torrente di uomini diretti verso la piazza. Henry si abbandonò subito al ritmo, uno strascichio cadenzato dei piedi sottolineato da sbuffi profondi, a tempo con il battito dei tamburi. Il calore di tanti corpi gli risultò stranamente confortante. Come Lorquin, tutti gli uomini erano nudi, anche se le strisce bianche li facevano sembrare vestiti. Henry aveva rinunciato alla camicia (la temperatura del deserto era simile a quella di una spiaggia tropicale, e sotto la sabbia era impossibile scottarsi) però non era riuscito a eliminare anche i pantaloni. Comunque, anche se aveva declinato la proposta di Lorquin di dipingergli la pelle, si sentiva ugualmente parte della festa.

Appena entrarono nella piazza, si trovò risucchiato dalla danza: si muoveva a passo regolare all'interno di un enorme serpente formato da corpi maschili, intersecato dai movimenti aggraziati delle donne, a volte così vicini da sfiorarsi. In qualunque altra occasione si sarebbe sentito terribilmente imbarazzato, invece non batté ciglio nemmeno quando alcune delle ragazze più giovani e più graziose gli sorrisero. Per la prima volta in vita sua si sentiva parte di qualcosa più grande di lui.

Il battito dei tamburi accelerò, e la danza diventò più frenetica, mentre la tribù cominciava a cantare a ritmo con il suono. Anche se il canto era in un linguaggio che Henry non comprendeva, ne afferrò le parole in pochi minuti, e in breve cominciò a cantare anche lui. La combinazione di tamburi, movimento e canto lo stordiva sempre più, ma non gliene importava. Quando qualcuno gli passò una zucca svuotata e riempita di un liquido giallo, bevve senza esitare.

Pochi istanti dopo, la sua testa sembrò esplodere. Una sensazione strepitosa. Era pieno di energia, di forza... e ubriaco. Era forte come un uomo fatto. Era vecchio, era giovane, era saggio. E amava Aurora.

Lorquin si materializzò al suo fianco. — Melor! — gridò sovrastando il canto e indicando la zucca vuota.

Henry annuì e sorrise.

Dopo, tutto diventò un po' confuso. Henry continuò a danzare sempre più rapidamente, cantando a squarciagola. Una donna lo fece piroettare, un'altra lo baciò sulla guancia. Danzò in mezzo ad altri due uomini, ululando come pellirosse sul sentiero di guerra. A un certo punto perse i pantaloni, ma la cosa non lo turbò minimamente. Aveva la testa piena del rimbombare dei tamburi e del canto.

Poi si ritrovò seduto a terra, a guardare Ino, lo sciamano tatuato, che borbottava e si scrollava e ondeggiava e sbraitava al centro della piazza. Sembrava drogato. Tutti gli uomini della tribù, e Henry assieme a loro, ondeggiavano a tempo con lui, e urlarono quando lanciò sul selciato una manciata di ossicini scoloriti. Un bambino ancora più giovane di Lorquin corse a esaminarli e poi trotterellò a sussurrare qualcosa all'orecchio dello sciamano, che rabbrividì e gridò, scosso dalle convulsioni.

— Le linee del canto sono fissate — disse sorridendo un uomo seduto accanto a Henry. Sembrava soddisfatto, anche se Henry non aveva la minima idea di cosa stesse succedendo.

Dopo un po', Ino si accasciò a terra e fu portato via, però nessuno appariva preoccupato.

I tamburi tacquero e iniziò un nuovo canto: sommesso, lento, melodioso. Dolce e rilassante come un canto gregoriano. Appena si rese conto che solo gli uomini stavano cantando, Henry si unì a loro, chiudendo gli occhi e abbandonandosi alla vibrazione, lasciandosi galleggiare nell'oscurità su una zattera di suoni.

Dopo quella che sembrò un'eternità, il canto s'interruppe bruscamente, seguito da un silenzio totale, assoluto. Henry riaprì gli occhi e si guardò attorno felice: nei visi che lo circondavano, si rispecchiava chiaro un senso di attesa. Gli uomini ripresero a cantare a voce più bassa, meno distinta, più simile al ronzio degli insetti in un giorno d'estate. E poi la voce delle donne si levò pura e chiara nell'aria secca. Henry si sentì salire le lacrime agli occhi, mentre le voci s'innalzavano e si libravano in una melodia così triste da stringere il cuore.

Anche se non riuscì a cogliere che poche parole qua e là, ebbe l'impressione che il canto delle donne narrasse l'antica storia della tribù: le tribolazioni al tempo della schiavitù, la libertà donata loro da Charaxes, i dolori e le gioie, accumulando un fardello di emozioni così pesante da risultare quasi insopportabile.

Una dopo l'altra le voci si spensero, finché ne rimase soltanto una. Henry allungò il collo per scoprire a chi appartenesse, e alla fine individuò una ragazza paffuta poco più grande di lui, che continuava a cantare con gli occhi chiusi e la testa piegata all'indietro.

Mentre la ragazza cantava, quattro uomini entrarono nella piazza portando in spalla due lunghi pali, cui era fissata con cinghie di cuoio una scatola di legno piuttosto piccola. Il cuore di Henry diede un balzo. Era quella l'arca di Eufrosine? Di nuovo allungò il collo, ma anche altri attorno a lui stavano facendo lo stesso e gli bloccarono la visuale. Quando i portatori calarono con reverenza la scatola sul terreno, notò che era sicuramente antica... forse abbastanza antica da essere l'arca originaria. A parte questo, però, era difficile distinguerne i particolari nella luce sempre più fievole.

Per giunta, gli uomini che l'avevano portata nella piazza ora ci stavano trafficando attorno, sfilando le cinghie di cuoio e sistemandola in quella che con ogni probabilità era la sua posizione rituale. Da ciò che Henry riuscì a vedere, la superficie di legno era coperta da intarsi di metallo: di argento e oro, forse, ma potevano anche essere di acciaio e ottone.

Il canto terminò. Henry ebbe l'impressione che l'intera tribù trattenesse il fiato. I quattro uomini si allontanarono, portando i pali con loro. Stupefatto, vide che erano riusciti a costruire una specie di tavolo sul quale avevano deposto l'arca.

Dopo un momento, un rumore alla sua destra lo fece voltare, e vide che la folla si stava aprendo per lasciare passare una donna. A differenza delle altre, non aveva il corpo dipinto, ma indossava una scintillante veste dorata che sembrava di seta, e la copriva dalle spalle alle caviglie. L'effetto di quell'apparizione già di per sé sorprendente – era la prima volta che Henry vedeva uno dei Luchti indossare una qualunque cosa – era accresciuto dalla maschera d'argento che le celava il viso. A testa alta, la donna s'incamminò verso l'arca.

Accanto a Henry un uomo mormorò: — Eufrosine... — L'istante successivo il suo vicino gli fece eco, e poi un altro ancora, finché la parola diventò un canto sommesso: Eufrosine... Eufrosine... Eufrosine...

La donna andò verso l'arca, scortata dagli uomini con i pali che si muovevano fieri come guardie del corpo o sacerdoti, e quando fu davanti al tavolo, cadde in ginocchio e tese le braccia verso l'alto in un gesto di supplica. — Charaxes! — chiamò. — Charaxes! — Aveva una voce limpida, chiara, e di colpo Henry ricordò che questa Eufrosine aveva appena vent'anni.

La folla riprese la sua invocazione. — Charaxes! Charaxes! Charaxes!

L'arca cominciò a splendere.

Henry batté le palpebre. Tutto si era aspettato, ma non che l'arca reagisse. Per i Luchti quella era ovviamente un'esperienza religiosa. Il pensiero cinico che si trattasse di un trucco organizzato da Eufrosine e dai suoi sacerdoti gli attraversò la mente, ma si disse che difficilmente dei tizi che se ne andavano in giro nudi nel deserto possedevano una tecnologia in grado di fare risplendere un'arca.

Incurante della vampa luminosa, Eufrosine appoggiò la testa contro il lato dell'arca come per ascoltare qualcosa. — Charaxes le sta parlando — mormorò tranquillo l'uomo accanto a Henry, come se fosse la cosa più normale del mondo.

Ma dopo un istante la donna mascherata si rialzò e, fra i mormorii di sorpresa dei Luchti, voltò lentamente la testa come se cercasse un viso tra la folla.

Alla fine s'immobilizzò. Era difficile esserne sicuri per via della maschera, però sembrava che fissasse qualcuno. Mentre riattraversava la piazza, Henry fu assalito dalla snervante sensazione che puntasse proprio verso di *lui*.

Deglutì a fatica. Eufrosine lo raggiunse e gli si fermò davanti. — Charaxes vuole parlare con te — annunciò.

Settanta

Attraversare la piazza sembrò a Henry la camminata più lunga che avesse mai fatto in vita sua. Si sentiva addosso gli occhi di tutti. Ogni suo istinto gli diceva di essere nei guai. Che doveva fare? Come si parla a un dio?

Secondo la Bibbia, un tempo Dio non faceva che parlare al popolo, però Henry era penosamente consapevole che al giorno d'oggi solo gli svitati affermavano di sentirlo. Non che, in quella specifica situazione, la cosa avesse importanza. Charaxes non era il Dio che preghi la domenica e ignori per il resto della settimana. Charaxes era la divinità dei Luchti, e loro ci credevano senza discussioni: era stato Charaxes a liberarli dalla schiavitù, a guidarli in quella città nascosta e va' a sapere che altro. Come l'avrebbero presa, quando avessero scoperto che lui non riusciva a sentirlo?

A meno che...

Sentì riaffiorare il sospetto che l'intera faccenda fosse stata montata da Eufrosine e dai suoi assistenti. Aveva letto da qualche parte che i sacerdoti dell'Antica Grecia – o era l'Antico Egitto? – avevano costruito dentro le statue dei loro dei una sorta di condotti attraverso i quali il Sacerdote Capo parlava ai fedeli, convinti invece che a parlare fosse la divinità. Un trucco del genere sembrava in effetti un po' sofisticato per i Luchti, ma forse Eufrosine era ventriloqua.

In cuor suo, Henry decise che se l'arca gli avesse parlato, sarebbe stato al gioco. Che importava se Eufrosine imbrogliava la sua gente? Probabilmente quel trucco serviva a dare loro forza per affrontare una vita difficile. E anche se l'arca non avesse parlato, lui poteva fingere che lo avesse fatto... magari che gli avesse comunicato qualcosa di bello per tirare su di morale la tribù, tipo: Dio vi vuole bene e vi protegge. Non molto onesto, ma in fin dei conti era il minimo che potesse fare. La tribù lo aveva accettato senza discussioni, e Lorquin gli aveva salvato la vita.

Eufrosine raggiunse l'arca e si fermò così bruscamente che Henry evitò per un pelo di sbatterle contro. Da vicino vide che gli intarsi erano realmente preziosi: argento e oro, senza dubbio. Non aveva mai visto i Luchti lavorare i metalli, ma l'arca sembrava così antica da poter essere benissimo opera di una civiltà precedente... forse addirittura la stessa che aveva costruito la città.

Eufrosine fece scivolare un gancio, sollevò il coperchio della scatola di legno e fece un passo indietro. Henry scorse una corta bacchetta di metallo uscire dall'arca Eufrosine si voltò verso di lui e, cogliendolo di sorpresa, si tolse la maschera d'argento. Aveva un viso simpatico: non particolarmente grazioso, ma fresco e allegro. Gli rivolse un sorriso radioso. — Ora parla Charaxes — lo informò.

Senza la maschera metteva meno soggezione, e Henry scordò all'istante tutti i propri piani. — Che faccio? — le chiese. Di colpo gli venne in mente che forse Eufrosine era una specie di medium che andava in trance e parlava per conto della divinità, nel qual caso sarebbe stato tutto molto più facile.

— Parli all'arca. Dici "sono qui" — rispose Eufrosine. — Charaxes non vede, ma ti sentirà.

Per qualche motivo, a Henry neanche venne in mente di fare qualcosa di diverso da quanto gli era stato detto. Fece tre passi avanti, si passò la lingua sulle labbra e disse a voce bassa: — Sono qui.

— Si può sapere a che accidente di gioco credi di giocare? — La voce di Charaxes uscì chiara dall'arca. Henry fece un passo indietro, raggelato, il cuore in gola. Quella non era la voce di un dio.

Era la voce del signor Fogarty.

Settantuno

Appena uscirono dal Portale del Palazzo, si trovarono davanti una squadra d'emergenza. Due degli uomini s'infilarono tra le fiamme azzurrine e ne riemersero dopo pochi istanti trasportando la barella sulla quale era disteso Pyrgus. — Mettetelo subito in stasi — ordinò Madama Circe.

— Un momento — intervenne in tono pomposo il Capo Guaritore Croesus, avvolto come sempre nella sua veste cerimoniale. I portantini si fermarono.

— Che c'è? — sbottò Madama Circe. Quel tizio non le piaceva. Era uno della vecchia guardia, con enorme esperienza e abilissimo nel suo lavoro, però era invadente e arrogante.

— La messa in stasi di un Principe vivente richiede un ordine esecutivo del Monarca regnante — la informò Croesus.

Madama Circe lo fulminò con gli occhi. — La Monarca regnante non è qui.

— Esattamente.

Il corpo sulla barella non era più quello di un giovanotto, e nemmeno quello dell'adulto maturo che aveva cercato rifugio nel Mondo Analogo. Pyrgus sembrava rattrappito, rugoso e vecchio, come se la febbre lo stesse consumando sempre più in fretta.

— Questa è un'emergenza — affermò Madama Circe.

Croesus le elargì un sorriso condiscendente. — Temo che nella legge non ci sia posto per le emergenze. — Si lisciò la veste. — Forse... — S'interruppe di colpo e sbarrò gli occhi.

Nymph era accanto a lui, il pugnale premuto contro la sua gola. — Sono la moglie del Principe Pyrgus — sibilò gelida. — Forse basterà che lo firmi io, quell'ordine.

Il Capo Guaritore deglutì visibilmente. — Sì — squittì. — Forse basterà.

Dato che la stasi era di solito usata per conservare i cadaveri, Pyrgus venne portato direttamente all'obitorio. Madama Circe rabbrividì, e non solo per il freddo. Personalmente non temeva la morte – strano come quel timore si affievolisse con l'avanzare dell'età – e ne accettava l'inevitabilità per i vecchi. Ma Pyrgus, nonostante il suo aspetto attuale, non era vecchio. A dire il vero, quando la febbre lo aveva colpito era poco più di un ragazzo. Vederlo così raggrinzito, rattrappito, chiaramente prossimo a morire, era un abominio.

Il pugnale era tornato nel fodero, ma anche se il Capo Guaritore e la sua squadra lavoravano con silenziosa efficienza, Nymph non si staccò dal loro fianco: Pyrgus era in coma da troppo tempo, e lei non aveva intenzione di permettere ulteriori ritardi.

Era già pronta una capsula di stasi, spaventosamente simile a una bara trasparente, ma doveva essere preparata e attivata prima di potervi infilare Pyrgus. Un'infermiera cominciò a spennellarvi sopra il rivestincanto, e mentre la guardava lavorare con fredda efficienza, Nymph si sentì assalire dall'esasperazione.

Finalmente i vari incantesimi furono spalmati sulle diverse superfici, e il rivestincanto fu completato.

— Perché non lo mettete dentro? — domandò Nymph vedendo un altro membro della squadra sostituire l'infermiera.

— È necessario il catalizzatore — le rispose cauto il Capo Guaritore, azzardandosi poi ad aggiungere: — Si tratta di un lavoro complicato.

Probabilmente lo era. Nymph notò che a svolgerlo

era un Elfo della Notte. Da quando Aurora era diventata Regina, il Palazzo brulicava di Notturni: rientrava nella sua politica di pacificazione, però la loro presenza continuava a mettere a disagio la giovane Principessa. Osservò l'Elfo della Notte applicare una larga striscia adesiva sul fondo della cassa, per poi fissarvi una piccola gemma a un'estremità e una specie di miccia metallica all'altra: niente di quello che faceva le sembrò particolarmente complicato, ma forse era necessario calibrare il tutto con estrema precisione. Di sicuro ogni gesto del Notturno, per quanto rapido, era improntato a una grande cautela. Quando ebbe finito, lanciò un'occhiata al Capo Guaritore e annuì.

Croesus annuì di rimando e disse un'unica parola: — Innesco.

Il Notturno schioccò le dita, e una scintilla balzò dal suo pollice all'estremità della miccia, che si accese sfrigolando. La striscia adesiva svanì in un lampo silenzioso, lasciandosi dietro uno sgradevole odore di bruciato, e la piccola gemma cominciò a pulsare e a risplendere, per esplodere anch'essa pochi istanti dopo in una tacita vampa di luce verdastra.

Il Capo Guaritore si avvicinò a ispezionare la capsula trasparente, annusandone a lungo la superficie ed esaminandone scrupolosamente l'interno. — Mettete dentro Sua Altezza — ordinò infine raddrizzandosi.

— È vero che si tratta di una procedura rischiosa? — non seppe trattenersi dal chiedergli Nymph.

Croesus la fissò gelido. — Sì. Di solito la stasi è utilizzata per conservare cadaveri o oggetti inanimati. Quando la si applica a esseri viventi, esiste un rischio, sia pure irrisorio.

— Quanto irrisorio?

— Statisticamente misurabile, ma comunque estremamente piccolo. — Esitò, poi aggiunse: — Di sicuro, se non lo mettessimo in stasi, vostro marito correrebbe un pericolo molto maggiore. Se cadessi vittima della Febbre Temporale, è quello che ordinerei per me stesso. Bisogna bloccare l'avanzare della malattia finché non riusciremo a trovare una cura.

— Procedete pure — disse Nymph, ripromettendosi di uccidere il Capo Guaritore se a Pyrgus fosse capitato qualcosa di male.

Se anche intuì i suoi pensieri, Croesus non batté ciglio. Fece un cenno alla sua squadra, e pochi istanti dopo Pyrgus era rinchiuso nella capsula sigillata, spaventosamente simile a un cadavere, sebbene Nymph potesse ancora vedere il suo petto sollevarsi e abbassarsi al ritmo lento del respiro. Però, appena attivata la capsula, anche quello si sarebbe fermato. Tutto si sarebbe fermato. Pyrgus, che era divorato dal Tempo, sarebbe rimasto bloccato nel Tempo.

Croesus tirò fuori da una tasca della veste una bacchetta sottile lunga una quindicina di centimetri e la batté sulla capsula all'altezza della gola di Pyrgus. La capsula ronzò per un istante, poi anche quel suono cessò. Pyrgus smise di respirare. — Fatto — annunciò il Capo Guaritore.

Forse fu la totale immobilità di Pyrgus a sconvolgere Nymph. Tutto attorno a lei cominciò a sfocarsi, come se le lacrime le offuscassero la vista, però non stava piangendo... non piangeva mai. Aveva un nodo allo stomaco, sicuramente provocato dall'ansia. Si voltò e si accorse di barcollare.

— Nymph, mia caaava... — La voce di Madama Circe sembrava arrivare da molto lontano.

La stanza era troppo affollata. Le persone apparivano e sparivano e si agitavano... erano una folla che si assottigliava e si gonfiava come una strana marea. E qualcosa non andava con la luce, perché continuava a guizzare e tremolare.

— Nymph? — ripeté Madama Circe.

Aveva bisogno di aria fresca, di allontanarsi da quegli odori di morte. Ora che avevano messo Pyrgus in stasi, avrebbero trasportato la capsula nei suoi alloggi nel Palazzo, e piazzato sentinelle davanti alla porta per assicurarsi che non fosse disturbato. Avrebbero continuato a cercare una cura. Non c'era altro che lei potesse fare.

— Nymph, che hai? — chiese Madama Circe in tono allarmato.

Nymph fece un passo avanti, e il mondo le vorticò attorno.

— Nymph! — Adesso era quasi un urlo.

E poi risuonò la voce stentorea del Capo Guaritore: — State indietro, Madama Circe — ordinò deciso. — Ha la Febbre Temporale.

Settantadue

Aurora arrivò a una decisione. — Io entro — disse.

Aveva l'impressione di essere stata scaraventata nel bel mezzo di un mito. Le era stata assegnata la parte dell'eroina che uccide il mostro. O forse, pensò acida, quella della vittima che viene catturata dal mostro. Finora non le era venuto in mente di guardare oltre i due ruoli classici - eroe o vittima - ma, a pensarci bene, non era costretta ad accettare nessuno dei due. C'era una terza via. Poteva sgusciare nella caverna, scansare il serpente (sempre che *ci fosse* un serpente) e scoprire se Henry era là dentro. Se non c'era, poteva sgusciare fuori e tornare indietro. Se c'era, avrebbe cercato un modo per salvarlo... possibilmente uno che non richiedesse di ammazzare un mostro.

— Verrò con te — disse il charno.

— Non ce n'è bisogno. — Il charno poteva essere agli ordini dell'Abate. Non che la cosa avesse importanza. Ora che aveva smesso di fare il loro gioco, Aurora sentiva di avere ripreso il controllo della situazione.

— Chi porterà la mazza?

La mazza era una presa in giro. Secondo il Purlisa, la mazza da guerra era l'unica arma in grado di uccidere il Serpente di Midgard, però era troppo pesante perché lei riuscisse a sollevarla. Perché dunque si erano presi il disturbo di dargliela?

— La mazza non mi serve — replicò.

Si aspettava che il charno cominciasse a discutere, invece si limitò a fissarla in silenzio con i grandi occhi castani. Nonostante tutti i suoi sospetti, Aurora si sentì dispiaciuta per lui: anche se era agli ordini dell'Abate e del Purlisa, in fondo stava facendo solo il suo lavoro.

— Puoi tornare indietro — gli disse gentilmente. — Me la caverò benissimo da sola.

— Aspetterò — ribatté lui. — Dopo posso portarvi indietro. Tu e Henry.

Di colpo Aurora ebbe una ridicola immagine di lei aggrappata al dorso del charno mentre quella specie di lepre gigantesca saltellava nel deserto. Neanche riusciva a immaginare come avrebbe potuto portare anche Henry: era una bestia da soma, del tutto inadatta a trasportare passeggeri.

— Come ti pare — gli disse scrollando le spalle. Si voltò e s'incamminò decisa verso l'ingresso della caverna.

— No!

Con un sospiro, Aurora tornò a voltarsi verso il charno. — Ora che c'è?

— Non sono stato io a parlare — replicò lui.

Aurora fece letteralmente un salto vedendo qualcosa muoversi alle spalle della bestia. Era un uomo, ma così impolverato, contuso, insanguinato, lacero e magro che per un momento non riuscì a riconoscerlo. — Bombix! — esclamò poi. Che ci faceva lì, Bombix? Socchiuse gli occhi, sospettosa. Sempre che quello fosse davvero Bombix.

L'uomo fece un passo avanti, e di colpo si accasciò a terra. — Chiedo scusa — bofonchiò. Poi, a voce più alta: — Perdonate, Maestà.

Aurora lo fissò allibita. Bombix era un vecchio nemico – una volta aveva tentato di ucciderla, e in passato era stato coinvolto in vari complotti contro il Regno – ma da oltre un anno sembrava scomparso dalla circolazione. E ora eccolo lì, in pieno deserto del Buthner, sulle Montagne della Follia, davanti all'ingresso di una caverna dove in teoria si trovava il Serpente di Midgard. Non poteva essere una coincidenza.

Fu il charno a fare la mossa successiva. — Acqua?

— chiese, tendendo a Bombix una fiasca tolta dal solito zaino.

Bombix tracannò avido l'acqua e si rimise faticosamente in piedi. — Chiedo scusa per il mio aspetto — balbettò, come se questo avesse una qualsiasi importanza. — Vostra Maestà non deve entrare nella grotta.

— Davvero? — replicò fredda Aurora, ritrovando la voce e voltandosi verso l'ingresso della caverna.

— Non sapete cosa c'è là dentro! — urlò Bombix in un tono che rasentava il panico.

Aurora aprì la bocca per replicare, e poi la richiuse di scatto. Sulfureo nella gabbia al monastero! Un tempo, Bombix e Sulfureo erano soci... Che avessero ricominciato a lavorare assieme? Doveva essere così, per forza. E ora Sulfureo era ammattito.

— Il Serpente di Midgard? — chiese con aria innocente, fissando Bombix.

Lui sgranò gli occhi. — Come lo sapete?

Che importanza aveva se Bombix e Sulfureo avevano ricominciato con i loro vecchi trucchi? O se poteva o no fidarsi del Purlisa? O perfino se tutti le avevano detto la verità e là dentro c'era davvero un mostro? Soltanto Henry aveva importanza. Aurora fece un altro passo verso l'ingresso della caverna.

— Per piacere... — piagnucolò Bombix.

Qualcosa nella sua voce la bloccò, spingendola a voltarsi di nuovo verso di lui. — Perché non vuoi che entri là dentro?

— Vi farete ammazzare — bisbigliò Bombix.

— E perché questo dovrebbe preoccuparti? — domandò freddamente Aurora.

— Lavoro per Madama Circe — fu l'inaspettata risposta.

Era così assurdo che poteva anche essere vero. Aurora si accorse di essere rimasta a bocca spalancata e si affrettò a chiuderla. Bombix era già abbastanza infido di suo, senza permettergli di vedere che l'aveva colta alla sprovvista. Aveva bisogno di riflettere, e alla svelta. Madama Circe non le aveva mai detto di avere assoldato quel tizio, ma questo era nella norma. Nella sua veste di Capo dei Servizi Segreti, svolgeva numerose attività delle quali non parlava a nessuno. Neppure alla Regina. A volte, *soprattutto* alla Regina. E Bombix era una spia esperta. In passato aveva lavorato per Lord Rodilegno: era stato a capo delle sue spie! Perciò era possibile che ora lavorasse per Madama Circe. Non sarebbe stato il primo degli agenti di Rodilegno passati al servizio di Brintesia. La domanda era: per fare che cosa?

— Ti ha chiesto di proteggermi? — chiese Aurora per metterlo alla prova. Se Bombix stava mentendo, come lei sospettava, avrebbe colto al volo il suggerimento, senza sapere che fino a pochi giorni prima era stata Madama Circe in persona ad accompagnarla, e che era dovuta tornare indietro solo in seguito a circostanze del tutto impreviste. Ragion per cui non avrebbe mai incaricato un suo agente di seguirla.

Bombix scosse la testa. — Mi ha ordinato di spiare Silas Sulfureo.

Aveva senso... almeno in parte. In quanto suo ex socio, Bombix sarebbe stato una scelta logica. Perciò forse stava dicendo la verità. — È stato Sulfureo a evocare il serpente?

— Sì.

— È quello che ha detto il Purlisa — mormorò Aurora.

— Chi? — chiese Bombix.

La domanda sembrava spontanea, e questo significava che lui non conosceva il Purlisa. E probabilmente neanche l'Abate. — E perché lo ha evocato? — insisté Aurora.

— Non lo so. Però se entrate, siete morta. Io sono riuscito a sfuggirgli solo per un pelo.

Mentiva riguardo a qualcosa, poco ma sicuro. Ma che cosa? — Eri nella caverna?

— Quando l'ha evocato? Sì. La creatura più spaventosa che abbia mai visto. Non tornerei là dentro senza un esercito alle spalle, e anche così ci penserei due volte. — La fissò implorante, come se volesse convincerla con la semplice forza della volontà.

— C'è Henry, là?

Bombix batté le palpebre. — Henry? — Scosse la testa. — No...

Aurora poteva quasi sentirlo chiedersi: "Chi è questo Henry?", come se fosse all'ultimo posto nei suoi pensieri.

Stavolta sembrava sincero, però non poteva esserne sicura. Comunque, se Henry non era nella caverna, lei non aveva motivo di affrontare il serpente. (Sempre che un serpente ci fosse.) Non aveva motivo di andare là.

La qual cosa era esattamente quello che voleva Bombix.

Ma com'era possibile fidarsi di Bombix? Anche se lavorava davvero per Madama Circe, era assurdo che temesse per la sua sicurezza.

Aurora decise di smetterla di rimuginare e concentrarsi su fatti precisi.

Uno: non aveva la minima idea se Henry fosse o no nella caverna.

Due: il Purlisa e l'Abate volevano che lei entrasse nella caverna.

Tre: Bombix non voleva che ci entrasse.

Guardò il charno, ma non le venne in mente niente che lo riguardasse, a parte che aveva zampe enormi.

Girò sui tacchi. — Io entro — disse per la seconda volta.

Settantatré

Era come se Eufrosine, i Luchti, l'intera città avessero cessato di esistere.

— Ma lei è morto — balbettò Henry in un sussurro rauco.

— Sì, lo so — sbuffò impaziente il signor Fogarty.

— Cos'è successo?

— La vecchiaia, ecco cos'è successo. Ho esaurito il tempo a mia disposizione. Non che ne sia sicuro... la morte non è una faccenda chiara come si potrebbe pensare.

— No, non mi riferivo a questo. — Henry ancora non riusciva a credere a quello che stava succedendo, però la voce era proprio quella del signor Fogarty. E gli stava parlando, parlando sul serio, non era come una vecchia registrazione. Era impossibile che Eufrosine, o chiunque altro, fosse riuscita a falsificare una cosa del genere. Respirò a fondo. — Voglio dire, dov'è che sta?

— Bella domanda. Di sicuro non su una nuvola a suonare l'arpa.

Dopo un momento, rendendosi conto che non avrebbe ottenuto altra risposta, Henry balbettò: — No, cioè... — S'interruppe. Sapeva che stava per tuffarsi a capofitto in un'altra delle sue famose figuracce. Se stava parlando col signor Fogarty, e cioè con qualcuno che era davvero *morto*, poteva scoprire cose importanti, cose sconosciute a chiunque altro. Riprese fiato e, con voce più ferma, chiese: — Riesce a ricordare esattamente cos'è successo quando... quando... — tossicchiò — ... è venuto a mancare?

— Certo che posso. Sono morto, mica afflitto da demenza senile.

— Vuole dirmelo?

— Senti, Henry, sono qui per parlarti di altre cose...

Per la prima volta in vita sua, il ragazzo trovò il coraggio d'interromperlo. — Per piacere. È importante. — Seguendo l'ispirazione, aggiunse: — Sa, potrebbe aiutarci a comunicare come si deve.

Suonava deboluccia, come scusa, però sembrò funzionare. — E va bene — disse il signor Fogarty. — Un po' di tempo ce l'abbiamo. È andata così: mi sono svegliato nel letto...

— Allora non aveva la Febbre Temporale? Non era in coma o altro?

— No, ero sveglio.

— E niente febbre?

— Senti, se continui a interrompermi...

— Chiedo scusa. Vada avanti, per piacere.

Il signor Fogarty sospirò. — Mi sono svegliato, e per un paio di minuti è andato tutto bene, ma poi ho avuto la sensazione di essere sott'acqua e...

— Non era una ricaduta?

— No, niente a che fare con la febbre. Si può sapere perché continui a chiedermi della febbre? Ero...

— È proprio sicuro?

— Santiddio, Henry!

— Chiedo scusa. Vada avanti. Io non... non dirò...

— Provavo la sensazione di affondare. Ero debole, ma questo era normale perché la febbre t'indebolisce. Però era strano. Era come se il mio corpo si rimpicciolisse. Una sensazione mai provata. Dopodiché la vista mi si è sfocata: è stato allora che mi è sembrato di essere sott'acqua... Poi ho cominciato a intorpidirmi. Non posso dire che mi piacesse, ma a essere sincero non avevo ancora capito che stavo morendo. Quindi è arrivato il freddo e la stanza ha cominciato a svanire, e non riuscivo più a sentire i rumori esterni. Allora ho capito di essere nei guai, ma... sai una cosa?... non m'importava. Più niente aveva importanza. E poi ho smesso di respirare e ho sentito il cuore fermarsi.

— Però! — esclamò Henry.

— È strano — proseguì il signor Fogarty. — Passi l'intera vita cercando di tirare avanti, e alla fine non te ne importa. — Dopo una pausa meditabonda, riprese: — Il fatto più curioso è che ero ancora lì. Non riuscivo a vedere la stanza e avevo la mente annebbiata, però ero ancora io. Circondato da una specie di... oscurità luminescente, direi. In una specie di dormiveglia. E poi ho perso conoscenza.

Lo disse in tono così definitivo che a Henry sfuggì un rude: — Insomma, era morto.

— La cosa interessante è che non sono rimasto morto.

— No?

— No. È durato solo per pochi secondi, o così mi è sembrato. Per un po' ero al buio, come se avessi gli occhi chiusi e mi fossi appisolato; poi tutto è tornato a illuminarsi ed ero di nuovo nella mia stanza a Palazzo.

— Cioè non era davvero morto?

— No, no, ero morto, però non lo sapevo. Mi sentivo meglio di quanto non lo fossi da anni. Niente artrite, vista perfetta, pieno di energia. C'era un viavai di guaritori, quegli scocciatori non ti lasciano mai in pace, ma quando ho cercato di avvertirli che stavo meglio, mi hanno ignorato. Ci ho messo parecchio a capire cos'era successo, ma quando sono passato attraverso un muro, si è accesa la lampadina. Ero un fantasma. La cosa buffa è che fino ad allora neanche mi ero accorto del corpo sul letto. Ma era là, gli occhi chiusi, l'espressione compunta tipo sono-andato-a-incontrare-il-mio-Creatore, e troppo pallido per godere di buona salute. Ero morto stecchito.

— Perciò è questo che è adesso? Un fantasma? — Henry si chiese come avesse fatto il fantasma del signor Fogarty a finire nell'arca dei Luchti. E come facesse a parlare con lui, visto che con i guaritori nella sua stanza non c'era riuscito.

— Non esattamente.

— Non esattamente?

— È proprio una brutta abitudine — lo rimbeccò il signor Fogarty, e se Henry non lo avesse conosciuto, avrebbe potuto pensare di avvertire una sfumatura d'affetto nella sua voce. — Ripeti sempre quello che dicono gli altri.

— Chiedo scusa.

— E chiedi scusa di continuo. Dovresti piantarla, sai. In questo modo passi per un mollaccione. — Tornò a sospirare... un suono stranamente consolante. — No, non sono un fantasma, non proprio. È difficile da spiegare, e non sono sicuro che sia possibile capirlo a meno di esserci passati. È un po', ecco... sai com'è quando dormi e sogni?

— Sì.

— Be', quando sei morto, sogni da sveglio.

No, Henry non capiva. — Insomma, si è addormentato? — Non poteva fare a meno di pensare che solo il signor Fogarty poteva addormentarsi subito dopo essere morto.

— Apri bene le orecchie — sbottò lui, recuperando in pieno la vecchia irritabilità. — *Non* ti addormenti. Però sogni da sveglio. Il tutto avviene per cicli, un po' come quando dormi, ma dato che *non* dormi, non capisci quand'è che sogni. Te l'avevo detto che non era facile.

— No, no, ho capito, davvero — si affrettò a dire Henry. — Dev'essere complicato, sognare da svegli.

Il signor Fogarty sembrò calmarsi un po'. — Sì. Molto complicato. Un momento sei nel Palazzo, o dove sei morto, e quello dopo da un'altra parte. O meglio: *sogni* di essere da un'altra parte, però non sai che è un sogno, perciò ti sembra reale. E a volte sogni di essere ancora nel Palazzo, e questo ti confonde ancora di più le idee perché è là che *dovresti* essere. A quel punto devo concentrarmi, e alla fine riesco a capire quando sogno e quando no. Quasi sempre. A volte non ne sono sicuro... come ora.

— Ora non sta sognando — lo rassicurò Henry.

— Come faccio a sapere che non sto sognando te che mi dici che non sto sognando?

— Certo che non sta sognando! — Di colpo Henry divenne consapevole di una mano che gli stringeva il gomito. Alzò lo sguardo e si trovò davanti il viso serio di Eufrosine.

— Non resta molto tempo, En Ri.

— Ha ragione — concordò il signor Fogarty. — Il congegno che stai utilizzando è davvero interessante: psicotronica a un livello estremamente avanzato. Dio sa com'è finito fra le mani di questa gente. Funziona con una specie di batteria... sfrutta un'energia che ancora non sono riuscito a capire, forse è collegata alla posizione del sole. Comunque, questa comunicazione s'interromperà fra non molto e ho ancora parecchie cose da dirti.

— Sì, bene — disse Henry, chiedendosi perplesso perché i Luchti credessero che il signor Fogarty fosse il loro dio Charaxes. Come se l'erano cavata, prima che lui morisse? In effetti era tutto assurdo. La prima Eufrosine aveva parlato con Charaxes molto prima che il signor Fogarty fosse *nato*!

— Allora, apri bene le orecchie — riprese il signor Fogarty. — E se la trasmissione dovesse interrompersi, cerca di convincerli a rimettere in funzione questo aggeggio appena possibile... è chiaro?

— Chiaro. — Adesso sì che Henry era nervoso, però stavolta sapeva perché: quando il signor Fogarty usava quel tono, significava sempre che c'erano guai in vista...

— Quando sei morto — disse il signor Fogarty — riesci a vedere il futuro.

— Come quando aveva la Febbre Temporale?

Chissà perché, la domanda irritò il signor Fogarty. — No, per niente. La febbre ti fa vedere tutti i futuri *possibili*, però hai la febbre e in realtà non vedi granché, e quel poco è confuso e difficile da decifrare. Per giunta, devi decidere quale futuro ti conviene cercare di realizzare. Non è facile. Lì per lì alcuni sembrano fantastici, ma a una seconda occhiata scopri che sono una schifezza. — Di colpo nella sua voce entrò una nota animata. — Però adesso è diverso. Ora so che cosa dovresti fare... che cosa *devi* fare, per rimettere le cose a posto. Cosa non avrei dato per avere questa abilità quando ero giovane! Vale quasi la pena morire... però c'è una fregatura.

— E sarebbe?

— Sarebbe che sei morto e non puoi più avere un futuro. È troppo tardi, perciò a che serve? A pensarci bene, questi quassù avrebbero potuto organizzare meglio le cose.

Henry si chiese chi fossero *questi*. E anche dove fosse *quassù*. C'erano un sacco di domande che avrebbe voluto fare, ma era preoccupato che la batteria si scaricasse. Probabilmente era frutto della sua immaginazione, però aveva l'impressione che la voce del signor Fogarty si fosse affievolita, e non voleva che svanisse del tutto prima che finisse quello che doveva dirgli. — Sì — mormorò, annuendo come per concordare con lui che sì, quelli lassù avrebbero potuto organizzare meglio le cose.

— Insomma — riprese il signor Fogarty — ora so che cosa devi fare per mettere le cose a posto. So *esattamente* che cosa devi fare...

Non era frutto della sua immaginazione: la voce del signor Fogarty era sempre più fievole. Henry si voltò verso Eufrosine. — Non puoi alzare il volume?

La giovane scosse la testa. — Presto Charaxes andrà via.

La sua solita fortuna! La sua solita schifosissima fortuna! Tornò a voltarsi verso l'arca. — Che devo fare? — gridò. — Che devo fare per rimettere le cose a posto?

La voce che usciva dall'arca era ormai quasi svanita, ma Henry riuscì comunque a distinguere l'ultima frase con estrema chiarezza.

— Devi salvare Aurora — disse il signor Fogarty.

Settantaquattro

— È in isolamento? — chiese Madama Circe.

— Ormai è la procedura normale in questi casi — rispose stancamente il Capo Guaritore Croesus. — Ma a essere franchi, dubito che sia davvero necessario. Non abbiamo la minima prova che la febbre sia contagiosa.

— Non l'ha infettata Pyrgus?

— Tanto per cominciare, è incredibile che il Principe Pyrgus si sia ammalato. Fin dall'inizio dell'epidemia abbiamo adottato misure estremamente severe per proteggere l'intera famiglia reale. Nessuno di loro sarebbe dovuto restare contagiato.

"Sempre che Pyrgus abbia fatto quello che gli era stato detto" pensò Madama Circe. "Di solito non lo fa."

— Inoltre — proseguì Croesus — si trovava nel Mondo Analogo, e secondo tutte le nostre conoscenze è impossibile che la febbre si manifesti lì.

— Invece è successo — mormorò Brintesia.

— E invece è successo — assentì Croesus.

— Come la state curando? — chiese dopo un attimo Madama Circe.

— Nymphalis? In nessun modo, al momento. — Croesus scrollò le spalle. — Le infermiere la controllano di continuo, e usiamo incantesimi per mantenere la temperatura entro livelli tollerabili. Ma quanto a curare davvero la malattia... — Sospirò. — Non abbiamo una cura che serva realmente a qualcosa.

— Però ci state lavorando?

— Certo. Volete vedere?

L'offerta la colse alla sprovvista, ma fu comunque bene accetta. — Sì, grazie.

Erano già nell'Ala Medica del Palazzo. Percorsero fianco a fianco i lunghi corridoi bianchi che conducevano al Settore Ricerche, e una volta lì, Croesus si fermò davanti a una grande vetrata. — Meglio non andare oltre, Madama Circe. — Le rivolse un sorrisetto ironico. — Nel caso mi sbagliassi riguardo al contagio.

La vetrata era coperta da rivestincanti per consentire la vista aerea di un'intera corsia, dotata sul fondo sia di laboratori alchemici che magici. Bastava concentrarsi per osservare ogni letto, o quanto accadeva nei laboratori, ma anche senza la minima concentrazione risultava evidente che il posto brulicava di attività come un alveare.

— Qui abbiamo due tipi di pazienti — spiegò Croesus in tono professionale. — Nobili e servitù del Palazzo, e ora anche un esponente della famiglia reale, il Principe Pyrgus...

— Esponenti — lo corresse Madama Circe. — Al plurale. C'è anche Nymphalis.

— Ah, sì, una principessa della *foresta*... — Dal tono di Croesus, era chiaro quello che pensava degli Elfi della Foresta. Tornò a voltarsi verso la vetrata. — Come dicevo, nel primo tipo di pazienti rientrano coloro che cerchiamo di curare. Nel secondo, gli *hoi polloi*, i miserabili che usiamo come cavie per sperimentare le possibili cure.

Madama Circe accennò appena un sorriso. — Non è un po' cinico, Capo Guaritore?

— Nient'affatto. Stanno molto meglio qui che a morire per strada. E dal momento che tentiamo solo cure riguardo alle quali nutriamo qualche speranza di successo, è perfino possibile che possano guarire prima dei nobili.

— Ma alcune cure non sono pericolose?

— Per una situazione così estrema servono rimedi estremi. O preferireste che le sperimentassimo sulla famiglia reale?

— No — rispose onestamente Madama Circe. In effetti Croesus faceva esattamente quello che anche lei avrebbe fatto nella sua posizione.

All'improvviso individuò Nymph e si concentrò per metterla a fuoco. La ragazza sembrava addormentata, ma in realtà era ancora immersa nel coma della febbre: anche se il suo viso non mostrava i segni della vecchiaia evidenti in Pyrgus, esibiva già una maturità inquietante al posto della sua fresca giovinezza.

Madama Circe si voltò verso il Capo Guaritore, e per la prima volta si rese conto di quanto apparisse stanco: la faccia paffuta era tirata, la carnagione pallida, gli occhi arrossati dalla mancanza di sonno. Continuava a non restarle simpatico, ma decise di essere stata troppo dura con lui. In fin dei conti, portava sulle spalle tutto il peso della crisi: sua era la responsabilità della vita dei pazienti che gli erano stati affidati, e cercava disperatamente di trovare una cura per una malattia spaventosa e sconosciuta. Per giunta passava le sue giornate – e la maggior parte delle notti – in mezzo ai malati. Per cui aveva grande coraggio e non si risparmiava nell'adempimento del suo lavoro.

— Perché non avete messo in stasi anche Nymph? — gli domandò. Era una domanda, non una sfida, e chiaramente Croesus la riconobbe come tale.

— È giovane — rispose con calma. — E questo è il suo primo attacco di febbre. Può perdere pochi giorni del suo futuro, ma niente di più... Almeno speriamo. Come ho detto, la stasi comporta un minimo rischio. Col Principe Pyrgus non avevamo alternative, ma quello di Nymphalis è tutto un altro caso. Inoltre... — S'interruppe.

— Inoltre...?

— Stavo per dire che, quando avremo trovato una cura, speriamo anche di poter ribaltare gli effetti dell'invecchiamento precoce, ma francamente non ho idea se sarà possibile.

— Progressi riguardo alla cura? — chiese ancora Madama Circe.

Croesus sospirò. — Pochissimi, se devo essere onesto. Il problema principale è che la febbre non mostra alcuna delle caratteristiche di una qualunque altra infezione a noi nota. Sotto molti aspetti, non si comporta affatto come una malattia. Per questo motivo, approcci che in passato hanno dato buoni risultati ora non sembrano funzionare. — Raddrizzò le spalle. — Però ci stiamo lavorando. E continueremo a lavorarci. — Tornò a guardare la vetrata e aggiunse: — Ovviamente, se la febbre proseguisse, dovremo porre in stasi anche Nymphalis prima che la sua situazione diventi troppo critica.

— Grazie — mormorò Madama Circe. Aggrottò la fronte, ripensando a qualcosa che Croesus aveva detto poco prima. — Insomma, secondo voi la malattia non è contagiosa?

Il Capo Guaritore sembrò più teso che mai. — In tutta confidenza, Madama Circe, abbiamo perfino tentato di trasmettere l'infezione da un paziente all'altro in un gruppo di controllo. Senza il minimo successo. Non è servito neanche iniettare in una persona sana il sangue di un paziente malato. Francamente, non ho la minima idea di come l'epidemia si propaghi.

— Però si sta propagando? — Di colpo Madama Circe si rese conto che, con tutto quello che era successo, non aveva tenuto d'occhio con la dovuta attenzione i rapporti sulla diffusione dell'epidemia.

— Altroché — rispose tetro Croesus. — Ormai ci vengono riferiti giornalmente più di un migliaio di nuovi casi.

Madama Circe si sentì gelare. — Più di un *migliaio*?

— Peggio ancora. Le ultime analisi suggeriscono una progressione geometrica: il numero dei malati è raddoppiato nel giro di poche settimane. Le cifre devono essere ricontrollate, è ovvio, ma se la tendenza continua, potrebbe essere solo questione di settimane prima che l'intero Regno sia contagiato.

— Settimane?! Perché non sono stata avvertita?

Croesus scrollò le spalle. — Che avreste potuto fare, per evitarlo? Per l'esattezza: che cosa può fare chiunque di noi?

Madama Circe lo fissò, costringendosi a rilassarsi. Il Capo Guaritore aveva ragione. Tutti stavano facendo il possibile. Riferirle gli sviluppi del diffondersi dell'epidemia sarebbe solo servito ad aumentare le sue preoccupazioni. Di colpo si sentì molto, molto stanca. In tempi meno agitati sarebbe andata nel suo alloggio, si sarebbe chiusa la porta alle spalle e avrebbe dormito come un sasso. Ma ora...

— Grazie, Croesus — disse a voce bassa. — A questo punto non mi resta che lasciarvi al vostro lavoro e tornare al mio.

Era a metà del corridoio quando la stanchezza la travolse.

Settantacinque

Solo quando fu ben all'interno della caverna Aurora ingoiò il primo cristallo gattovista. I gattovista erano velenosi. Prenderne un paio non ti ammazzava, d'accordo, però l'effetto era cumulativo e, una volta raggiunto il punto critico, la morte era rapida e improvvisa. Ma che scelta aveva? Se doveva perlustrare quelle caverne senza mettere in allarme il serpente, non poteva andare in giro brandendo una torcia fiammeggiante o facendo levitare un lucciglobo. Non che avesse contrabbandato un lucciglobo in quel paese dimenticato dagli dei. E, a dire il vero, nemmeno levincanti.

I gattovista non erano azionati dalla magia, ma la loro struttura alchemica le fece pizzicare gola e stomaco: una sensazione ingannevolmente piacevole. Per un momento non successe niente, poi il cristallo entrò in azione e di colpo Aurora si scoprì capace di vedere al buio... anche se i colori erano un po' strani e ogni cosa sembrava avere una sfumatura grigiastra.

L'imboccatura della caverna si restringeva rapidamente in un corridoio in discesa che svoltava quasi subito, rendendo impossibile scorgere cosa ci fosse più avanti. Notò turbata parecchie ossa sparpagliate sul terreno, come se un animale avesse di recente mangiato qualcosa... anche se non aveva modo di sapere che cosa. Tese l'orecchio, rimpiangendo che gli alchimisti non fossero riusciti a trovare il modo di fornirle un udito migliore, e dopo un momento, non riuscendo a sentire alcun suono, scese cauta il breve pendio.

Le bastò arrivare in fondo alla discesa per capire che quella non era una semplice caverna, bensì il punto di partenza di una serie di gallerie che sembravano puntare in ogni direzione, anche se alcune erano probabilmente vicoli ciechi. Fu assalita dal fondato sospetto di essere sul punto di addentrarsi in un labirinto, nel qual caso il pericolo principale non era costituito da un ipotetico serpente mitico, ma dalla ben più concreta possibilità di smarrirsi.

Si tolse lo zaino di spalla, lo appoggiò per terra e lo aprì. Non aveva mai imparato a fare i bagagli, perciò dovette rovistare parecchio prima di trovare quello che cercava: un piccolo cilindro appuntito a un'estremità, simile a una penna tozza. Ne schiacciò la base, e il cilindro ronzò brevemente. Aurora fece tre passi avanti e si voltò: niente. Batté due volte le palpebre, e vide un filamento luminoso che andava dal congegno nella sua mano al punto dove lo aveva attivato. Un altro battito di palpebre, e il filamento svanì. Perfetto. Infilò in tasca il cilindro attivato. Ora, dovunque andasse, si sarebbe lasciata dietro una scia luminosa, e per ritrovare l'uscita le sarebbe bastato seguirla. Meglio ancora, soltanto lei avrebbe potuto vederla.

Tornò a rovistare nello zaino. Già che c'era, tanto valeva tirarne fuori qualcos'altro. In cuor suo dubitava dell'esistenza di una creatura che potesse essere uccisa da un'unica, particolare arma, per cui la sua mano strinse l'elsa del pugnale Halek e lo estrasse cauta. Pyrgus l'avrebbe strozzata, se avesse scoperto che glielo aveva preso: da anni quel pugnale era il suo orgoglio e la sua gioia. Aurora lo sollevò a pochi centimetri dal viso, così vicino da sentire l'alone di energie prigioniere pizzicarle la pelle. Qualunque fosse l'opinione del Purlisa, sulla faccia del pianeta non c'era nessuno che quell'arma non potesse uccidere.

Infilò il pugnale alla cintura e si rimise lo zaino in spalla. Dunque... da che parte andare? Una rapida occhiata le bastò per contare diciotto gallerie che si staccavano da quella dove si trovava. Per un momento esitò, indecisa, ma poi si disse che, non avendo la minima idea della direzione da seguire, l'una valeva l'altra, e imboccò quella più vicina.

Si rivelò più stretta di quanto avesse creduto, e il terreno sassoso le ostacolava il cammino, ma finalmente si allargò, permettendole di avanzare più in fretta. Dopo un po' scorse una luce davanti a sé... non un effetto del gattovista, ma una vera e propria luce. Rallentò, timorosa di non essere la sola a esplorare le viscere della montagna, ma non ci mise molto a scoprire che la luce veniva da una chiazza di funghi abbarbicata a una parete rocciosa. Poco più avanti, la galleria finiva di colpo davanti a un ammasso di pietre.

Tornò indietro senza bisogno di ricorrere al filamento luminoso e imboccò un'altra galleria: questa scendeva ripida, però era più larga, più sgombra e molto più facile da percorrere. Purtroppo si biforcava di continuo, costringendola ogni volta a scegliere un nuovo corridoio da seguire, e senza il filamento si sarebbe senza dubbio smarrita.

Solo quando aveva già percorso diverse centinaia di metri, Aurora si accorse di essere seguita.

S'immobilizzò, raggelata.

Era un suono fioco, ma chiaro: uno strascichio intermittente, sottolineato da un ticchettio sommesso. Le fece venire in mente una belva che tentasse invano di muoversi in silenzio. Che fosse il Serpente di Midgard? Dal rumore non lo si sarebbe detto... di certo un serpente avrebbe prodotto un suono scivoloso, giusto? Il guaio era che quel suono non sembrava somigliare a nessun altro.

Represse un attacco di panico e si costrinse a riflettere. Si trovava nelle viscere di una montagna in un paese sconosciuto. Solo gli dei sapevano che cosa poteva vivere in quelle gallerie. Un orso, forse. O un leone... E talvolta anche gli haniel privi delle ali si stabilivano nelle montagne. Però dubitava che fosse un qualsiasi animale normale.

Il suono si ripeté, più vicino.

Aurora estrasse il pugnale Halek dalla cintura e s'infilò in una fenditura che si apriva nella parete della galleria. Aveva un piano: sarebbe rimasta nascosta finché il suo inseguitore fosse passato, e poi lo avrebbe colpito con la lama mortale. Era un grosso rischio: se si fosse voltato e l'avesse vista, sarebbe stata in trappola, e per giunta con uno spazio appena sufficiente a manovrare l'arma. Per di più sapeva benissimo che se il pugnale Halek si fosse spezzato, avrebbe scaricato la sua energia mortale su chi lo stringeva, uccidendolo all'istante.

Ma anche in questo caso, che scelta aveva? Se avesse cominciato a correre, il rumore avrebbe messo in allarme chiunque fosse a seguirla... e non aveva la minima garanzia che anche quella galleria non fosse un vicolo cieco.

Trattenne il fiato e aspettò.

L'inseguitore si fermò e tirò su col naso, come per annusare. Aurora chiuse gli occhi, augurandosi che non individuasse il suo odore, e soffocò un respiro di sollievo quando quello riprese a muoversi alla stessa velocità di prima. Di colpo le venne in mente che il ticchettio poteva essere il suono di artigli sulla roccia. Comunque, poco ma sicuro, non sembrava che avesse particolare fretta di passare all'attacco... non ancora, cioè. Forse non si era accorto della sua presenza. Forse...

Ormai era così vicino che riusciva a sentirlo respirare. Una mole massiccia passò davanti al suo nascondiglio. Agendo d'istinto, Aurora ne uscì con un balzo, sollevò il pugnale e...

— Ferma! — squittì il charno.

L'ondata di sollievo fu così enorme da lasciarla scossa da un tremito. — Ma si può sapere che stai facendo? — esclamò quando finalmente riuscì a riprendere fiato.

— Ti seguivo — rispose il charno.

— Ma perché? Te l'ho detto che non era necessario. Non posso usare quella stupida mazza. E tu stesso hai detto che i Serpenti di Midgard mangiano i charno. Allora perché... farmi prendere un colpo. .

— Pensavo che avresti gradito un po' di compagnia — replicò Uno.

— È stato il Purlisa a ordinarti di non perdermi d'occhio? Lui e l'Abate?

— Sì.

— Volevano essere sicuri che io entrassi qua dentro!

— Sì.

— Allora perché hai cercato di convincermi a non entrare?

— Spirito di contraddizione — rispose la bestia.

Per un momento Aurora pensò di avere capito male. — Che vuoi dire?

Il charno scrollò le spalle. — A sentire il Purlisa, sei una bastian contraria.

Stavolta Aurora fu sicura di aver capito male. — *Che cosa?*

Il charno sospirò paziente. — Una di quelle persone che fanno sempre l'opposto di quanto gli viene detto. Temeva che tu potessi decidere che quel tuo Henry non era quaggiù.

— E ti ha ordinato di fare in modo che io entrassi ugualmente?

— Sì.

— Dicendomi di non entrare?

— Sì.

Gli occhi di Aurora erano sgranati dallo stupore e dalla collera... gran parte della quale derivava dalla consapevolezza che il Purlisa aveva assolutamente ragione: lei *era* una bastian contraria. — Henry è qui?

Il charno scosse la testa. — No.

— E il serpente?

— Oh, sì. Quello c'è.

— E io dovrei affrontarlo?

Di nuovo Uno scosse il capo. — No, tu sei quella che viene catturata.

— Be', tu e il tuo prezioso Purlisa potete toglierveIo dalla testa! Sono entrata nella caverna solo perché pensavo che ci fosse Henry, ma se lui non c'è, niente in tutto il Regno potrebbe convincermi a restare qui un istante di più. — Batté due volte le palpebre per attivare il filamento luminoso. — E ora me ne vado.

Con suo assoluto sbalordimento, il charno si trasformò in un pagliaccio sogghignante. — Temo che per questo sia troppo tardi — la informò Loki.

Settantasei

— Fatelo tornare! — urlò Henry in preda al panico. Doveva salvare Aurora, d'accordo, ma da che cosa? E quando? Era in pericolo in quello stesso istante, o lo sarebbe stata in futuro? Si era ammalata? Era stata contagiata dalla Febbre Temporale? E, soprattutto, dov'era? Doveva saperne di più! Ma quella stupida arca se ne restava lì, silenziosa e inerte.

— Presto, En Ri. — Eufrosine annuì sorridente.

Henry provò l'impulso di scrollarla, ma si controllò e disse deciso: — Ora!

— Ora non si può — replicò calma lei. Stava ancora sorridendo, ma nel suo tono c'era una fermezza che lo zittì.

Henry sentì il panico sgonfiarsi come un palloncino punto da un ago. Se fosse stato in suo potere, Eufrosine l'avrebbe aiutato. Tutti i Luchti lo avrebbero aiutato: anche se erano primitivi sotto molti aspetti, erano le persone più gentili che avesse mai conosciuto. Non avrebbe ottenuto niente mettendosi a urlare. Doveva fare domande intelligenti, *mostrare* loro come potevano aiutarlo. Aveva bisogno di informazioni. Soprattutto sul signor Fogarty: su come aveva fatto a diventare il dio di quella gente dopo che era morto, e come riusciva a parlare attraverso l'arca.

— Eufrosine... — cominciò. — È con Charaxes che ho appena parlato, giusto?

Lei annuì. — Sì.

— Il tuo popolo parla con Charaxes da secoli, giusto?

— Sì.

Con la coda dell'occhio, Henry vide avvicinarsi altri

membri della tribù, compreso Lorquin. Anche a distanza, si vedeva chiaramente che erano di ottimo umore. — Come faceva Charaxes a parlarvi secoli fa? — chiese ancora.

— Attraverso l'arca — rispose allegramente Eufrosine.

— Sì, d'accordo, lo so, però secoli fa Charaxes non poteva essere là dentro.

Eufrosine lo fissò perplessa. — Charaxes è sempre là dentro, altrimenti noi come potremmo essere qui? Come potresti esserci *tu*, En Ri?

— Cioè Charaxes ha creato il mondo? — L'idea del signor Fogarty come creatore del mondo era più di quanto potesse affrontare. Decisamente c'era qualcosa che non tornava.

— Oh, no! — Eufrosine lo guardò allibita. — Il mondo è stato creato miliardi di anni fa nella Grande Esplosione che ha dato vita all'intero universo. Charaxes non c'entra. Loro non erano ancora nati.

Loro? C'era più di un Charaxes? — Eufrosine... — disse lentamente Henry. — Chi sono i Charaxes?

— I nostri antenati — rispose pronta lei. — Non hai forse appena parlato con il tuo illustre antenato, En Ri?

Be', non era esattamente così, però adesso diverse cose cominciavano a chiarirsi. L'arca non era un oggetto religioso che i Luchti usavano per parlare con la divinità, bensì un congegno che metteva in contatto con i parenti defunti. E anche se il signor Fogarty non era un parente in senso stretto, di sicuro era defunto, e di sicuro era molto più vicino a lui dei nonni che non aveva mai conosciuto. Gli sfuggì un sospiro di sollievo. Ora che cominciava a capire, forse sarebbe riuscito a rimettere in moto le cose.

— C'è un modo — chiese — un modo qualsiasi, perché possa rimettermi di nuovo in contatto con il mio Charaxes? Ora, in questo stesso momento, cioè.

— Ti aiuto io, En Ri — disse una voce strozzata alle sue spalle.

Settantasette

Henry si voltò e si trovò davanti Ino. Lo sciamano tatuato aveva un aspetto spaventoso: gli occhi vitrei, le gambe così molli da dover essere sorretto da due uomini robusti e il petto coperto da graffi simili a quelli provocati da un gatto inferocito. La pelle azzurra aveva assunto una sfumatura verdastra che lo faceva somigliare a un cadavere ambulante. Però sorrise a Henry. — Posso chiamare io il tuo Charaxes — affermò.

Lo sguardo di Henry rimbalzò da Ino a Eufrosine e viceversa. — Ma stai abbastanza bene? — chiese.

— Ho fissato le linee dei canti — biascicò Ino per tutta risposta. Poi le gambe gli cedettero e si afflosciò fra le braccia dei suoi aiutanti.

Lorquin si fece avanti e guardò serio Henry. — Fissare le linee dei canti è molto difficile — spiegò. — Solo un uomo intelligente come Ino poteva riuscirci. Ora desidera aiutarti, En Ri. Sa che vuoi parlare di nuovo col tuo Charaxes.

— Sì, ma... — Henry prese da parte Lorquin e gli disse a voce bassa: — Ha un aspetto orribile.

— Ce l'ha sempre — replicò il ragazzino. — Sono i tatuaggi.

— I tatuaggi non c'entrano — insisté Henry. — Sembra che debba crollare da un momento all'altro.

— È sempre così dopo avere fissato le linee dei canti — ribatté Lorquin. — Ma se non gli permetti di aiutarti, come farai a parlare con il tuo Charaxes prima dell'anno prossimo?

— L'anno prossimo? — esclamò Henry. Si affrettò ad abbassare la voce. — Ma Eufrosine ha detto che potevamo usare l'arca fra poco!

— L'anno prossimo arriverà più in fretta di quanto pensi. Ma se desideri parlare con il tuo Charaxes prima di allora, devi usare Ino.

— Ino sta male! Neanche si regge in piedi. Insomma, è gentile da parte sua, ma non posso chiedergli...

— Non glielo stai chiedendo tu, En Ri — lo interruppe Lorquin. — Ino ti offre un dono. È un uomo come lo sei tu e come lo sono io. Devi permettergli di agire in amicizia, come fanno gli uomini. Devi avere fiducia nella sua capacità di giudicare la propria forza.

Henry lo fissò, chiedendosi come qualcuno così giovane fosse riuscito a diventare così saggio. Guardò Ino, che ancora barcollava, ma era riuscito a rimettersi in piedi da solo. — E va bene — disse. — Grazie, Ino. Grazie mille.

A dispetto delle assicurazioni di Lorquin, non fu facile; e non fu opera soltanto di Ino. L'intera tribù si radunò a formare un circolo; tre tamburini si portarono in prima fila e iniziarono a suonare un ritmo regolare, complesso, che ebbe su Ino un effetto immediato. Lo sciamano roteò gli occhi fino a mostrare solo il bianco, e prese a ondeggiare a scatti avanti e indietro. Dopo un po' cominciò a sbavare, e poi – mentre Henry lo teneva nervosamente d'occhio – fu scosso da una serie di convulsioni.

Il nervosismo di Henry aumentò quando si guardò attorno. Molti uomini, *quasi tutti*, avevano gli occhi rovesciati all'indietro e ondeggiavano a tempo con il ritmo dei tamburi, come se anche loro fossero caduti in trance. Perfino Lorquin aveva l'aria stordita.

Diverse donne ripresero a danzare, ma questa era una danza selvaggia, frenetica, che a volte le faceva sbattere l'una contro l'altra. Parecchi uomini lanciarono urla discordanti. Sembrava che da un momento all'altro la situazione sarebbe sfuggita al controllo, e a Henry la cosa non piaceva affatto. Ancora meno gli fece piacere accorgersi che lo strano ritmo dei tamburi stava influenzando anche lui, appesantendogli le palpebre e la mente.

Di colpo i tamburi tacquero. Le donne lanciarono un ululato acuto e Ino si gettò a terra contorcendosi con violenza, a scatti convulsi, sbattendo la testa sulle pietre.

— Sentite... — balbettò Henry, inorridito.

Ino reagì alla sua voce come se fosse stato punto: eseguì un incredibile balzo in aria, atterrò in posizione accucciata ed emise un urlo agghiacciante.

— Charaxes! — intonò la tribù al completo. — Charaxes! Charaxes! Charaxes!

Senza muovere un muscolo, Ino lanciò a Henry un'occhiata feroce. Somigliava a una belva, tanto che per un momento il ragazzo temette che gli saltasse addosso. Ma poi gli occhi dello sciamano si chiusero, la sua faccia si afflosciò e perse ogni espressione, le sue labbra cominciarono a muoversi. Le urla della tribù si spensero all'istante.

Accantonando ogni timore, Henry si accovacciò accanto a lui. Il borbottio di Ino assomigliava a una conversazione origliata attraverso una porta massiccia, però non riusciva a distinguerne una parola. — Che cosa? Che dici?

Lorquin si portò al suo fianco. — Zitto, En Ri — sussurrò. — Ino parla col tuo Charaxes.

Henry aspettò. Ino si voltò bruscamente verso di lui e disse: — Lo vedo.

— Vedi chi? — domandò scioccamente Henry.

— Il tuo Charaxes. Vuole che ti chieda perché non hai fatto come ti ha ordinato.

Henry lo fissò confuso.

Ino lo guardò dritto negli occhi, batté le palpebre e disse: — Ha preso il mio filamento. — Stavolta aveva parlato con una voce femminile che Henry riconobbe all'istante.

— Aurora...? — bisbigliò tremando, lo stomaco contratto. Aurora era già morta?

— Non riesco a trovare la strada per uscire — disse Ino.

— Aurora? Aurora, dove sei?

— Al buio — rispose Ino. La voce somigliava sempre di più a quella di Aurora.

— Che filamento? — gridò Henry. — Chi l'ha preso?

— Il pagliaccio — rispose Ino. — L'ha preso lui.

Era assurdo... però quella era proprio la voce di Aurora. Non sapeva come, ma stava parlando ad Aurora attraverso la bocca di uno sciamano Luchti. — Che pagliaccio? — E in tono più ansioso: — Dove sei, Aurora?

— Il serpente mi prenderà — disse la voce di Aurora in tono sognante, come se fosse mezzo addormentata.

Henry avrebbe voluto afferrare Ino e scrollarlo, ma un'occhiata alla sua faccia bastò a mostrargli che lo sciamano non era più in sé: aveva lo sguardo perso nel vuoto, e si era afflosciato a tal punto da sembrare una bambola di pezza. Con enorme sforzo si costrinse a mantenere la calma. — C'è un serpente che ti dà la caccia? — Se stava per essere attaccata da un serpente, non c'era proprio niente che lui potesse fare per aiutarla. Perfino se fosse stata ad appena un chilometro di distanza, non sarebbe mai riuscito ad arrivare in tempo per salvarla.

— Fra poco — disse la voce di Aurora con quel suo tono sognante. — L'Imbroglione ha preso il mio filamento.

Dato che pagliacci e serpenti e filamenti non avevano senso, Henry si concentrò sull'unica cosa che forse poteva averne. — Dove sei, Aurora? Dimmi dove sei!

— Al buio — ripeté lei. E poi, con orrore di Henry, la sua voce sembrò affievolirsi.

— Al buio *dove*? — gridò, disperato. — Nel Palazzo? In città? *Dove*, Aurora?

Rispose qualcosa, ma ormai la sua voce era così fioca che Henry non riuscì a capire.

Cedendo al panico, afferrò Ino per un braccio. — Dove sei, Aurora? — gridò. — Ti prego, amore, dimmi dove sei!

— È sulle Montagne della Follia — rispose Ino con la voce stizzita del signor Fogarty. — E non chiamarmi "amore".

Settantotto

— Diagnosi? — chiese Madama Circe riabbottonandosi la camicetta.

— Temo che siate risultata positiva — rispose a voce bassa Croesus, senza voltarsi a guardarla.

— La Febbre Temporale?

— Nello stadio iniziale. Sì.

Si trovavano nell'ambulatorio privato del Capo Guaritore. C'era una sentinella davanti alla porta, ed erano stati azionati sicurincanti di livello militare. Con la Regina Aurora assente dal Palazzo, il Viceré morto e Pyrgus in stasi, Madama Circe era penosamente consapevole del fatto che lo stato della sua salute aveva implicazioni politiche. — Cosa suggerite? — chiese pacata.

— Stasi immediata — fu la pronta risposta.

— Impossibile. — Madama Circe finì di rivestirsi e aggiunse: — Ora potete voltarvi.

Croesus ruotò lentamente il corpo massiccio. Aveva un'espressione seria, tesa. — Impossibile...? — le fece eco stancamente.

— Fino al ritorno di Sua Maestà c'è bisogno di me a Palazzo.

— Nessuno è indispensabile.

Madama Circe sospirò. — Temo di esserlo, Capo Guaritore. Almeno fino al ritorno della Regina Aurora, e forse anche in seguito. È semplicemente impossibile che io sia posta in stasi.

— Impossibile o no, è necessario. — Rimasero a fissarsi in silenzio per un pezzo finché, lasciandola sbalordita,

Croesus le afferrò una mano. — Brintesia — sussurrò — il principe Pyrgus è giovane, poco più di un ragazzino, e avete visto quali devastazioni la febbre ha prodotto in lui. Quando il Viceré si è ammalato, era anziano... e avete visto come la febbre lo ha ucciso rapidamente. — La guardò negli occhi. — Perdonatemi, Brintesia, ma voi siete molto più anziana del Viceré Fogarty. Potete non sentire il peso degli anni, potete non dimostrarli, ma questa è la verità: ho la vostra cartella clinica.

Madama Circe liberò gentilmente la mano e distolse lo sguardo. — È vero — ammise. — Alan non lo ha mai saputo... è un effetto della differenza fra la fisiologia elfica e quella umana, naturalmente, e io non ho mai provato il bisogno di dirglielo. — Tornò a guardare Croesus, gli occhi di colpo scintillanti. — Ma non è l'età che conta, giusto? Per quanto sono riuscita a capire dell'epidemia, a essere davvero importante è la quantità di futuro che rimane a ciascuno di noi. Non è così? Un elfo ottantenne con un centinaio di anni davanti a sé può cavarsela meglio di un ottantenne umano che potrebbe averne al massimo una decina.

— Voi non avete ottant'anni — replicò gentilmente Croesus. — E non ve ne restano cento.

— No — ammise Madama Circe — però avete capito cosa voglio dire.

— Ho capito, ma c'è qualcos'altro da prendere in considerazione. Le nostre ricerche mostrano che la malattia progredisce più rapidamente quando la si contrae in età avanzata.

A questo non aveva mai accennato prima. Madama Circe batté le palpebre, ma riuscì a non far trapelare l'irritazione dalla voce. — Insomma, la malattia consuma il futuro di un adulto più in fretta di quanto consumi quello di un bambino?

— Esatto. Al suo inizio, la febbre attacca il malato con

violenza inaudita. Se l'aveste contratta cinquant'anni fa, ci sarebbero voluti mesi, forse addirittura anni, per consumare tutto il vostro futuro; ma dato che vi siete appena ammalata, il tempo che vi resta potrebbe essere poco. — Esitò, poi aggiunse: — Pochissimo. — La fissò serio. — La vostra sola speranza, l'*unica*, è la stasi immediata. Quella almeno vi manterrà in vita, anche se non vi permetterà di agire.

Madama Circe sapeva che Croesus aveva a cuore la sua sorte. Il problema era che il Capo Guaritore era esattamente quello: un guaritore, niente di più e niente di meno. Per lui la Febbre Temporale non era che una malattia da combattere, un'epidemia da fermare. Non si rendeva conto delle implicazioni più vaste... Non vedeva, per esempio, come indeboliva il Regno, lasciandolo indifeso di fronte a una possibile rivoluzione dall'interno o a un attacco dall'esterno. Non capiva l'importanza di una mano salda al comando in un momento del genere. Colias andava a meraviglia per sbrigare gli affari correnti, però non aveva l'esperienza necessaria ad affrontare un'emergenza del genere. Croesus non si rendeva conto che l'assenza della Regina rendeva la loro posizione estremamente precaria.

Prese fiato. — La vostra diagnosi sulla mia condizione è basata su pochi sintomi premonitori, giusto?

— Non nutro il minimo dubbio — rispose deciso Croesus. — Avete la febbre. Tentare d'illudervi che non sia così sarebbe un grave errore.

Brintesia scosse la testa. — Me ne rendo perfettamente conto, però la febbre non si è ancora manifestata.

— Potrebbe farlo da un momento all'altro.

— Ma fino a quel momento il mio futuro non è in pericolo?

— In teoria no, ma...

— Capo Guaritore — lo interruppe Madama Circe — è

fuori discussione che io acconsenta a essere messa in stasi adesso. Ho troppo da fare. Vi suggerisco comunque di tenere pronta una capsula: al primo manifestarsi della febbre, avete il mio permesso di agire immediatamente.

— Sempre che io, o un mio collega, sia presente quando avrete il primo attacco — obiettò lui.

Madama Circe rimase in silenzio.

— Brintesia — riprese il Capo Guaritore — non so come sottolineare con abbastanza forza il rischio di quello che mi chiedete di fare. Alla vostra età, la febbre potrebbe consumare tutto il vostro futuro nel giro di un'ora, o addirittura meno... molto meno. Se il primo attacco vi colpisse stanotte, mentre dormite, al mattino vi troverebbero morta. E anche se vi colpisse mentre siete in mezzo alla gente, e io fossi miracolosamente al vostro fianco, potreste morire prima di riuscire a raggiungere la capsula di stasi.

— È un rischio che devo correre — replicò Madama Circe.

Settantanove

Maledizione, maledizione, maledizione... il gattovista si stava esaurendo! Aurora non riusciva a crederci. Quella creatura, il pagliaccio, quello che si era travestito da charno, le aveva strappato di mano il filamento luminoso e si era dileguato, lasciandola senza aiuto a trovare la strada per uscire da quel labirinto di gallerie. Anche così, ci sarebbe forse potuta riuscire – aveva un buon senso dell'orientamento e un'ottima memoria visiva – ma senza il gattovista era cieca. Cominciava già a vederci sempre meno: non oltre qualche passo di distanza. Al di là, ogni cosa svaniva in una nebbia fitta.

Poteva azzardarsi a ingoiare un altro cristallo?

Per fortuna la creatura le aveva lasciato lo zaino. Vi rovistò affannosamente, ma quando infine trovò quello che cercava, si sentì sprofondare: i cristalli si erano agglomerati formando un unico ammasso. A volte lo facevano, se ti scordavi di separarli per tempo, e lei non lo aveva fatto! Poteva spezzarne una parte, questo sì, ma non sarebbe stata piccola. Il che significava assumerne una dose massiccia... oppure niente.

Si ordinò di restare calma. La situazione presentava un lato buono e uno cattivo. Quello buono era che una dose massiccia di gattovista sarebbe durata molto a lungo, probabilmente più di quanto le sarebbe servito per esplorare le gallerie, salvare Henry – se davvero era lì – e fuggire assieme a lui. Quello cattivo era che una dose massiccia l'avrebbe quasi di sicuro uccisa.

Dopo un lungo momento decise di scoprire quanto

ancora sarebbe riuscita a procedere senza ingoiare un altro cristallo. Era inutile rischiare prima di esserci costretta. In fin dei conti era ancora in grado di vedere dove metteva i piedi, e forse l'effetto dei cristalli sarebbe durato abbastanza da permetterle di fare quello che doveva.

Un'ora dopo sapeva con certezza che non sarebbe durato abbastanza. Ormai quasi del tutto cieca, avanzava carponi in uno stretto corridoio, pochi centimetri per volta, aiutandosi più col tatto che con la vista, e fin troppo consapevole di essersi smarrita. Non le restava che rischiare e assumere un'altra dose di gattovista: solo così poteva sperare di avere almeno una possibilità di portare a termine la missione.

Stava per prendere i cristalli, quando vide un puntolino di luce davanti a sé.

Era troppo bello per essere vero. Di sicuro quel luccichio era dovuto a un'altra chiazza del solito fungo luminoso. Però questa luce non presentava sfumature verdastre: era limpida e chiara come quella del sole. Avanzò cautamente, e dopo pochi minuti fu sicura che non si trattava dei funghi. Ancora qualche minuto, e fu in grado di stare dritta e camminare senza utilizzare il sempre più debole gattovista. Cominciò a correre. Sapeva che avrebbe dovuto usare maggiore prudenza, ma ormai la luce era un faro. Sentì il cuore balzarle in gola. Forse c'era un varco che riportava in superficie...

Uscì d'impeto dalla galleria e si trovò in una vasta caverna sotterranea. Era illuminata, ma non dal sole: il fulgore si riversava da un'apertura che portava in una caverna più piccola. Era troppo forte per essere la luce del sole, però non aveva idea da dove provenisse. Nell'aria c'era un pesante odore di magia, e Aurora avrebbe giurato che era la puzza di un'evocazione.

Si fermò di colpo, confusa. Il pavimento della caverna ricordava un oceano in tempesta: una turbolenza grigia cosparsa di scaglie verdi, azzurre e bianche. Per un momento non riuscì a capire che cosa avesse davanti; poi qualcosa si mosse e di colpo tutto fu chiaro. A riempire la caverna erano le spire verdi-azzurre di un serpente enorme, una creatura così gigantesca che non sarebbe mai potuta essere figlia del mondo naturale.

La testa che si voltò lentamente a fissarla era più grande di una fattoria. Seduto là sopra c'era il pagliaccio che aveva incontrato poco prima, e giocherellava con un piccolo gomitolo di filamento luminoso.

Appena la vide, le rivolse un sorriso smagliante. — Com'è che ci hai messo tanto?

Ottanta

— Chi sei? — urlò furibonda Aurora. Ce l'aveva con l'Abate e il Purlisa che l'avevano spedita laggiù. Con il charno, che si era tramutato in questo pagliaccio (o questo pagliaccio che si era travestito da charno... ancora non l'aveva capito). Con Madama Circe, che aveva trasportato Henry chissà dove. Col signor Fogarty, che era morto proprio quando c'era tanto bisogno dei suoi consigli. Con Pyrgus, che si era ammalato. Ma soprattutto con se stessa, che si era infilata a capofitto in quella incredibile, incomprensibile, assurda, stupida situazione. E poi, dato che in realtà soltanto di quello le importava, urlò: — Dov'è Henry?

— Ah, Henry — disse il pagliaccio. — L'eroe della nostra storia. — Si guardò ostentatamente attorno. — Henry...? — chiamò. — Dove sei, Henry? — E poi: — Henry, Henry, Henry — come se stesse chiamando un micio. Finalmente tornò a voltarsi verso Aurora e di nuovo le sorrise. — Qui non c'è nessun Henry.

Aurora aprì la bocca, e la richiuse di scatto. Il pagliaccio non aveva detto: "Chi è Henry?" E nemmeno "Di chi parli?" Invece aveva eseguito quella stupida scenetta, prendendola in giro come se sapesse esattamente chi era Henry. Doveva essere tutto organizzato. Il pagliaccio, travestito da charno, era stato inviato dal Purlisa per... per... per cosa? Attirarla nella caverna? Accertarsi che lo facesse? Ma perché travestirsi da charno? O da pagliaccio? E perché, innanzitutto, mandarla nella caverna se Henry non c'era? Più ci pensava, più si sentiva confusa. Che stava succedendo?

Di colpo le venne in mente che stava trascurando la cosa più strana, più sbalorditiva di tutte: il pagliaccio stava seduto sulla testa del rettile più enorme che lei avesse mai visto. Che fosse il Serpente di Midgard del quale aveva parlato il Purlisa? Almeno riguardo a questo aveva detto la verità? Ma se era il Serpente di Midgard – e anche se non lo era – perché non attaccava il pagliaccio?

«I serpenti mangiano i charno.» Le parole di Uno le echeggiarono nella memoria. Però l'aveva seguita nella caverna, per poi trasformarsi in pagliaccio e sottrarle il suo unico mezzo per uscire di lì e...

Un momento! Forse non era affatto così. Aveva visto un charno nella galleria, un charno che poi si era trasformato nel pagliaccio, però forse non era lo *stesso* charno venuto con lei dal monastero. Dubitava di poter distinguere un charno dall'altro in piena luce, figuriamoci nelle viscere di una montagna! Forse il *suo* charno era ancora fuori, che aspettava paziente. Forse il pagliaccio aveva semplicemente assunto la forma del charno per confonderle le idee?

Ma perché trasformarsi in un pagliaccio appena lei era uscita allo scoperto? E se non era stato mandato dall'Abate o dal Purlisa, allora chi era? E chiunque fosse, come poteva starsene seduto sulla testa del serpente più grosso del mondo senza che quello ne facesse un solo boccone?

Era troppo. Troppe domande e non abbastanza risposte. Però aveva la risposta all'unica domanda che aveva davvero importanza. Henry non era lì.

— Io me ne vado — disse, e girò sui tacchi.

Il serpente si contrasse, e una frazione dell'enorme coda le bloccò la strada.

Aurora tornò a voltarsi di scatto. Il serpente la fissava con enormi occhi scintillanti. Il pagliaccio non si era mosso, le gambe penzoloni ai lati del naso della gigantesca creatura.

— Sei tu che controlli questo mostro? — gli domandò Aurora. — Digli di lasciarmi passare!

"Di nuovo nelle gallerie" le bisbigliò una vocina nella testa "senza gattovista e senza filamento luminoso?" La respinse con decisione: per cominciare, doveva uscire di lì.

— Controllarlo? — disse il pagliaccio, esibendo un'espressione sbalordita. — È un adolescente, benedetto lui. Nessuno controlla un adolescente. — Scosse la testa. — Sta in giro a tutte le ore. Frequenta cattive compagnie. Mette incinte graziose piccole serpentelle. — Sporse le labbra e sgranò gli occhi. — Non fa niente di quello che gli dico io.

Di scatto Aurora sfilò il pugnale Halek dalla cintura e, in un singolo movimento fluido, lo affondò nella coda del serpente.

La scarica di energia fu spaventosa: sgorgò dalla lama come un lampo, contorcendosi e crepitando, e un soffocante odore di ozono riempì la caverna. Il pagliaccio trasalì e abbassò lo sguardo come se qualcosa gli avesse morso il didietro, poi si lasciò scivolare lungo il corpo del serpente e saltò agilmente a terra. — Mi hai fatto il solletico! — esclamò.

Aurora ritrasse il pugnale. La lama di cristallo era intatta, ma opaca e senza vita, come se fosse completamente scarica. Il serpente la fissò stranamente. Non aveva mosso una singola spira.

Lasciando cadere l'inutile pugnale, Aurora se la diede a gambe. Anche se l'ingresso della galleria da dov'era arrivata era bloccato, potevano esserci altre via di fuga. Forse la luce che filtrava dalla caverna accanto era davvero quella del sole. D'istinto, corse in quella direzione.

Senza fretta, il serpente la raggiunse, le si avvolse attorno, e cominciò a stringere.

Ottantuno

— Non è giusto — disse Henry.

— Che cosa? — chiese Lorquin.

Trottavano da ore nel deserto, sotto un sole spietato che tuttavia sembrava avere su Henry meno effetto che in precedenza. A quanto pareva, le sue avventure con Lorquin e il soggiorno presso i Luchti lo avevano parecchio temprato.

— Che tu venga con me — rispose. — Questa faccenda potrebbe essere pericolosa.

— En Ri, tu eri mio Compagno quando sono diventato uomo. È giusto che ora io sia *tuo* Compagno. — Gli rivolse uno dei suoi sorrisi lampeggianti. — Inoltre, come faresti a trovare la strada senza di me?

Vero. Anche se Henry aveva appreso dai Luchti parecchi trucchi, orientarsi nel deserto non rientrava fra quelli. Per quanto si concentrasse, non riusciva a scorgere sulla sabbia gli schemi che ci vedeva Lorquin. — Comunque — ribadì — se dovessero esserci problemi, voglio che tu stia alla larga. Basta che mi mostri come raggiungere le montagne e poi... — S'interruppe. Stava per dire: "E poi puoi tornare dalla tua gente." Però gli vennero in mente parecchie cose. La prima era che *non voleva* che Lorquin tornasse dalla sua gente: si era affezionato a quel ragazzino, e gli sarebbe dispiaciuto che scomparisse dalla sua vita. Lorquin era diventato un po' il fratello minore che non aveva mai avuto.

Ma questo era solo uno dei motivi per cui non voleva che se ne andasse. L'altro era che, se avesse dovuto salvare Aurora, avrebbe probabilmente avuto bisogno di tutto l'aiuto possibile... Lui non era un eroe. Cercava sempre di evitare le zuffe e, anche se per Aurora avrebbe fatto qualunque cosa, conosceva i propri limiti. Per giunta, se fosse riuscito a salvarla da qualunque guaio in cui si fosse cacciata, restava il problema di tornare a casa. E non ce l'avrebbero mai fatta senza l'aiuto di Lorquin.

— ... E poi resta a distanza di sicurezza — concluse fiaccamente.

— Mi comporterò come si comporta un Compagno — rispose serio Lorquin.

Continuarono a camminare in silenzio per un'altra ora, e finalmente il ragazzino annunciò: — Siamo arrivati.

Henry si guardò attorno. Il deserto di sabbia aveva ceduto il posto a una distesa arida e sassosa, ma a parte questo non si vedeva niente d'interessante. — Pensavo che dovessimo raggiungere le montagne.

— Le abbiamo raggiunte — replicò Lorquin.

E così era. Le montagne torreggiavano davanti a loro, solide, minacciose e tetre. Henry batté le palpebre. Non aveva idea di come si fosse potuto avvicinare tanto a una catena montuosa senza accorgersene. Si fermò, lo sguardo puntato sulle vette lontane, e di colpo si rese conto di quanto impreparato fosse ad affrontare quell'avventura. Per il signor Fogarty era facile dirgli di andare sulle Montagne della Follia e salvare Aurora. Ma da che cosa? E soprattutto, *dove*, sulle Montagne della Follia? Potevano perlustrarle per un mese senza trovare traccia di lei.

Si rese conto di avere parlato a voce alta quando Lorquin disse: — Posso trovare io le sue tracce, En Ri.

Henry non riusciva a capire come avrebbe fatto, ma da un pezzo aveva smesso di sottovalutare le capacità di Lorquin. Comunque, obiettò ugualmente: — Neanche sai che aspetto ha.

— È vero, En Ri, ma dato che le montagne sono infestate, ci sale poca gente. Posso trovare le tracce più recenti: le seguiamo una dopo l'altra, e prima o poi troveremo quelle della tua Aurora. — Fissò Henry e aggiunse: — Sarà più veloce che perlustrare tutte le montagne.

— Sì — annuì Henry, sia pure dubbioso. Qualunque cosa sarebbe stata più veloce che perlustrare tutte le montagne, ma era il massimo che si poteva dire a favore del piano di Lorquin. Il guaio era che lui non ne aveva uno migliore. — Sì, buona idea, Lorquin. Grazie.

In effetti ci volle molto meno di quanto avesse immaginato. Prima riposarono mezz'ora, poi Lorquin puntò deciso verso un punto ai piedi delle montagne sovrastato da due massi enormi. — Cominciamo qui — disse.

Henry si guardò attorno. — Perché?

— Noi siamo venuti dal deserto, però credo che la tua amica sia arrivata dalla grande città o dalle dimore dei sant'uomini. In entrambi i casi, doveva usare questo passo. Da lì, è il modo più facile per raggiungere le montagne.

Henry lo fissò. Quel ragazzino era assolutamente incredibile. — Ora che facciamo? — gli chiese dopo un momento.

— Tu riposa, En Ri, e raccogli le forze per la prova che ti aspetta. Ti avverto quando trovo le tracce.

Quando, pensò Henry, non *se*. Appoggiò le spalle a un masso, si lasciò scivolare sul terreno e guardò Lorquin girare lì attorno un paio di volte, gli occhi incollati a terra, e poi superare il passo. Prima di sparire al di là dei massi, voltò la testa e gridò: — Torno, En Ri, quando trovo quello che cerchiamo.

In effetti, tornò appena dopo pochi minuti.

— Allora? — chiese Henry, rialzandosi stupito.

— In parecchi sono passati di qui da poco. Purtroppo non posso dire per certo se ci fosse anche la tua amica.

— Insomma, sappiamo da che parte andare?

— Oh, sì. Sono andati tutti nello stesso posto.

— Davvero? — Henry aggrottò la fronte. Che Aurora viaggiasse con una scorta? O si trattava di una compagnia molto più sinistra? — Non è che per caso sai quanti erano?

— Prima sono arrivati in parecchi con una carovana, ma la maggior parte non ha osato salire sulla montagna: soltanto due hanno proseguito tirando un carro pesante. Nessuno dei due era la tua amica, perché erano uomini, però lei poteva stare sul carro. Dopo è arrivata un'altra persona con un charno...

— Un charno? — lo interruppe Henry. — Che cos'è? — In realtà si stava chiedendo come facesse Lorquin a sapere che i due arrivati per primi erano uomini: perché non due donne, o due ragazzi? Forse aveva visto le loro orme e controllato la misura dei piedi.

— Il charno è una bestia che porta le cose di chi non sa che è meglio viaggiare senza portarsi dietro niente — rispose Lorquin. — La persona col charno era una donna, perciò forse è la tua amica.

— E tu hai visto tutto questo dalle tracce?

— Se vuoi, En Ri, posso insegnarlo anche a te.

— Non adesso. — Henry provò un impeto di eccitazione. — Se Aurora è davvero lassù, non abbiamo tempo da perdere.

— Una decisione saggia — annuì serio Lorquin, voltandosi a lanciare un'occhiata al sentiero appena percorso. — Su queste montagne c'è qualcosa di molto pericoloso.

Ottantadue

Madama Circe fissò sbigottita la creatura patetica che aveva davanti. — Hai lasciato che la tua Regina entrasse in una caverna sorvegliata dal *Serpente di Midgard*?

Bombix si guardò i piedi e farfugliò qualcosa.

— Parla, razza di pavido imbecille! — gridò Madama Circe.

Bombix trasalì. — Sì — ammise a voce più alta.

— E quando lei è entrata, tu sei semplicemente... scappato?

— Sono corso a riferirvelo, Madama Circe — protestò Bombix. — Più in fretta che potevo. Ho perfino noleggiato un volasvelto a mie spese, un velivolo in condizioni disastrose, pericolosissimo, rischiando la vi...

— Oh, sta' zitto — replicò stancamente lei. — Immagino che da un maiale ci si possano aspettare soltanto grugniti. — Modificò la propria posizione sulla nube sospesa per poterlo meglio fulminare con gli occhi. — E come ha fatto il Serpente di Midgard a finire dentro quelle montagne, signor Bombix? Meglio ancora: come ha fatto a finire nella nostra *realtà*?

— L'hanno evocato — bofonchiò lui. Si chiese come facesse quella vecchia strega a farlo sentire così ridicolmente in colpa quando niente di quanto accaduto era colpa sua!

— Evocato, signor Bombix? E chi potrebbe essere così *stupido* da evocare il Serpente di Midgard?

— Sulfureo — rispose lui, evitando il suo sguardo.

Madama Circe sorrise tetra. — Il tuo ex socio — sibilò.

— Sì, be', non potete farmene una colpa.

— No? — replicò lei. — Se dovesse succedere qualcosa di male alla Regina Aurora, resterai sorpreso di quante cose posso ritenerti colpevole, signor Bombix. Perciò ora farai meglio a dirmi tutto quello che sai.

Bombix si passò la lingua sulle labbra, chiedendosi quanto potesse azzardarsi a tenere per sé. La situazione era grave, molto grave, e poteva peggiorare con estrema facilità. Però in ogni crisi c'erano sempre i furbi che ne approfittavano per migliorare la propria condizione, gente che manteneva i nervi a posto e puntava sul partito vincente. Il guaio era che al momento era difficile decidere chi avrebbe vinto. Ormai, con ogni probabilità, quell'imbecille della Regina era già morta... e questo, in condizioni normali, avrebbe fatto oscillare l'equilibrio a favore di Lord Rodilegno. Ma in questa impresa Rodilegno dipendeva totalmente da Sulfureo, e Sulfureo era impazzito. Era già stato un pazzo a evocare il Serpente di Midgard, ma lo sfortunato incontro col danzanubi – Bombix deglutì a fatica – gli aveva dato il colpo di grazia. Perciò adesso come se la sarebbe cavata Sua Signoria?

Prese una decisione. Da qualunque parte inclinasse la bilancia del potere, certe cose non cambiavano mai: una era che le informazioni avevano valore; l'altra, che il tempismo era tutto. Adesso il trucco era dire a quella strega quanto bastava a soddisfarla, ma nasconderle sufficienti informazioni per usarle come moneta di scambio in seguito... quando fosse stato chiaro chi sarebbe stato il vincitore.

Si spalmò sulla faccia un'espressione di sublime innocenza e cominciò a fare il suo conciso rapporto.

Ottantatré

— Lorquin... hai appena detto che su queste montagne c'è qualcosa di molto pericoloso, giusto?

— Sì, En Ri.

— Come fai a saperlo? Hai visto qualcosa?

— L'ho sentito — rispose il ragazzino, come se "sentire" un pericolo fosse la cosa più naturale del mondo. — Perché vuoi saperlo, En Ri?

— Mi chiedevo se ti riferissi a quello.

Lorquin in testa, avevano lasciato il sentiero principale, seguendo tracce invisibili a Henry. In realtà, gli aveva spiegato l'amico, quelli che stavano seguendo erano rimasti sul sentiero, ma temendo che avessero fatto prigioniera Aurora, aveva suggerito di prenderla larga per evitare di finire bruscamente contro chiunque l'avesse catturata. Dopo un pezzo erano finalmente arrivati su uno stretto altipiano che sovrastava uno spiazzo roccioso, davanti all'imboccatura buia di una caverna. E sullo spiazzo c'era un animale spaventoso.

Somigliava vagamente a un canguro, però era molto più grande, con spalle e arti muscolosi e massicce zampe piatte munite di unghioni. Aveva una grossa testa con dentoni sporgenti e lunghe orecchie di coniglio che gli ricadevano flosce fin sul collo. Ma la cosa più strana era che portava sulle spalle un robusto zaino di tela, e stava ritto come una sentinella accanto all'ingresso della caverna.

Lorquin abbassò lo sguardo. — No, non è quello.

Erano sottovento rispetto alla bestia e parlavano a voce

bassa, perciò era impossibile che li sentisse. — Ne sei sicuro? — insisté Henry.

— Quello è un charno, En Ri. Porta i bagagli dei viaggiatori.

Per un momento Henry lo fissò perplesso, poi di colpo sorrise. — Cioè sarebbe un animale da soma?! — Come animale da soma, il charno aveva un aspetto a dir poco improbabile, anche se in effetti *portava* uno zaino. E dato che stava davanti a una caverna e lo zaino era bello grosso, questo poteva significare una cosa soltanto. — Pensi che abbia portato provviste per... — Be', per chiunque stessero seguendo. Chiunque avesse catturato Aurora, se era prigioniera. O per Aurora stessa, se non lo era. Comunque, chiunque fosse, ormai doveva essere dentro la caverna.

— Cerchiamo di scoprirlo — disse Lorquin. E prima che Henry potesse fermarlo, cominciò a scendere il pendio.

— Ehi, aspetta! — gli gridò dietro.

Sotto di loro, il charno sollevò i grandi occhi castani.

Ottantaquattro

Era ancora viva. E sana e salva. In effetti stava quasi comoda tra quelle spire gigantesche che – a differenza di quanto si era aspettata – erano tiepide e muscolose. Però non riusciva a muoversi. Aveva le braccia strette contro i fianchi, e l'inesorabile presa del serpente non le lasciava la minima possibilità di fuga.

A meno di procurarsene una a suon di chiacchiere.

Dall'alto della sua postazione, abbassò lo sguardo sul pagliaccio. — Tu non sei il mio charno, vero?

— Certo che no. — Loki le rivolse un inchino teatrale. — Non sono che un semplice intrattenitore.

"Tu non hai niente di semplice" pensò Aurora. Ora come ora le servivano soprattutto informazioni. Doveva trovare il modo di portarsi in vantaggio, o sarebbe rimasta bloccata lì, perduta per Henry e per il Regno, insieme a... insieme a che cosa? Nella sua mente cominciava a prendere forma un sospetto, ma finché non avesse scoperto esattamente che cosa stava succedendo, non poteva passare all'azione. — Volevo dire che non sei tu il charno venuto assieme a me dal monastero. Ne hai solo preso la forma per seguirmi dentro la montagna.

Il pagliaccio batté beffardo le mani. — Bravissima! E brava anche per avere capito che, prima di tutto, devi scoprire cosa sta succedendo qui. La maggior parte delle persone non ci arriva, e sono costretto a ucciderle.

Aurora prese nota della minaccia, ma preferì ignorarla. I suoi sospetti si stavano rafforzando. Aveva già incontrato uno degli Antichi Dei. Il pagliaccio non somigliava affatto al mostruoso Yidam (che, rammentò a se stessa, aveva provato simpatia per lei, perciò forse non tutto era perduto), eppure in qualche modo glielo ricordava. Lo squadrò da capo a piedi. — Neanche questo è il tuo vero aspetto, giusto?

Il pagliaccio applaudì di nuovo. — Certo che no. Questo aspetto si limita a simboleggiare la mia natura.

Per qualche motivo, Aurora sentiva che era importante scoprire cosa si nascondeva dietro la facciata. — Ti va di mostrarmi il tuo vero aspetto? — chiese senza troppe speranze.

— Ma sicuro — replicò il pagliaccio e, lasciandola a bocca aperta, si trasformò all'istante in un giovanotto straordinariamente attraente che ruotò su se stesso, mettendosi in mostra come un pavone che fa la ruota. — Allora... ti piaccio? — le domandò sorridendo e guardandola dritto negli occhi.

Aurora si sentì mancare il fiato e provò una stretta improvvisa al cuore. Sarebbe morta piuttosto che ammetterlo, ma la verità era che le *piaceva*... e molto. Era il giovanotto più bello che avesse mai visto, con i capelli e gli occhi scuri, e un sorriso così malizioso, così... pericoloso!

Distolse a fatica lo sguardo, e nella sua mente si formò un'altra immagine: Henry. Henry non era bello... non *così* bello, cioè; anzi, non era affatto bello. E non era circondato da quell'irresistibile alone di pericolo. Però, anche se talvolta finiva per irritarla, era coraggioso, gentile, sensibile, affettuoso, e lei ne era innamorata da anni. Ignorando la domanda sfacciata, frugò nella memoria alla ricerca di qualcosa che le aveva detto il Purlisa, e infine disse: — Sei Loki, vero?

Per un istante il giovanotto sembrò sinceramente sorpreso, quasi colto alla sprovvista, ma subito si affrettò a rivolgerle un altro inchino teatrale. — Al tuo servizio, madamigella. Com'è che conosci il mio nome?

— Sei famoso. — Le parole le uscirono di bocca senza esitazione, nate dall'istinto che quel particolare dio avesse un debole per l'adulazione.

Un'occhiata alla sua faccia le confermò di avere indovinato. Loki stava sorridendo: non il solito sorriso malizioso, ma un sorriso sincero, aperto. — Bene bene bene — commentò. — È bello sapere che alcuni di noi non sono stati dimenticati.

Aurora prese fiato per ammannirgli qualche altra lode, qualche bugia su quanto tutti lo rispettassero nell'intero Regno, ma poi si trattenne. Meglio non esagerare: Loki poteva apparire giovane e attraente, ma non era affatto quello che sembrava. Gli Antichi Dei erano tutti pericolosi, dal primo all'ultimo.

— Com'è che fai? — chiese, costringendosi a usare un tono disinvolto. — A trasformarti da charno in pagliaccio, e da pagliaccio in un... in quello che sei ora? È illusione o magia?

Loki scosse la testa. — Sono un mutaforma. È un talento che ho dalla nascita.

— Ce l'hanno tutti gli Antichi Dei?

— Solo io.

"Provaci" suggerì ad Aurora il suo istinto. Nel tono più spigliato che riuscì a trovare, chiese: — Perché non ordini alla tua creatura di mettermi giù, così possiamo discutere di quello che vuoi da me?

— Non è la mia creatura — replicò Loki tranquillo. — È mio figlio.

Aurora si sarebbe presa a calci. Lo *sapeva* che quel bestione era suo figlio. Il Purlisa gliene aveva parlato quando le aveva raccontato il mito. A parte il fatto che il mito era assurdo. Era pressoché impossibile crederci. — Come si chiama? — si affrettò a chiedere nel tentativo di riguadagnare terreno.

Per fortuna non sembrava che Loki si fosse offeso, perché rispose con calma: — Jormungand. — Fece scivolare lo sguardo sulla mole smisurata del serpente, e quasi con una sfumatura di rispetto aggiunse: — E tu hai tentato di ucciderlo.

Di male in peggio, pensò Aurora. Si schiarì la voce. — Mi dispiace. Davvero. Mi dispiace tantissimo. — Aggrottò la fronte, e non seppe trattenersi dall'aggiungere: — Qualcuno mi ha detto che le mazze possono fargli del male.

— Così si dice, sì. — Loki annuì con espressione imperturbabile.

Quando fu chiaro che non aveva intenzione di aggiungere altro, Aurora si sforzò di sorridere e commentò allegramente: — Comunque non sembra che il mio coltellino gli abbia fatto male.

— Forse è stata una fortuna — replicò lui, enigmatico.

Era come quell'intrico di gallerie: alcune erano vicoli ciechi. Loki si era ben guardato dall'ordinare al suo incredibile figlio di lasciarla libera, e il serpente si era ben guardato dal farlo spontaneamente. Non sarebbe mai riuscita a sgusciare via come un topolino, a nascondersi o fuggire o...

Del resto, non era sicura di voler fuggire, non ancora. — Henry è qui? — chiese. Neanche per un istante dubitò che Loki potesse non sapere chi fosse Henry.

— Non ancora.

Non *ancora*?

Per la prima volta le venne in mente che forse stava sognando. In effetti, l'intera faccenda aveva un che d'irreale. Personaggi mitologici, pericoli spaventosi che però la lasciavano illesa, Henry che forse presto sarebbe arrivato lì... Possibile che in realtà stesse dormendo nella sua stanza a Palazzo?

Se così era, il pensiero non l'aiutò a svegliarsi.

Per quanto volesse disperatamente saperne di più riguardo a Henry, l'istinto le disse che per tirarsi fuori da quel pasticcio aveva bisogno di conoscere meglio il suo avversario. Prese fiato e pose la domanda critica: — Perché sei venuto in questa realtà?

Capì all'istante di essere sulla pista giusta. L'atmosfera nella caverna cambiò. Loki la fissò attento. Perfino il grande serpente cambiò posizione, allentando la presa... non tanto, però, da permetterle di sfuggirgli.

Dopo un momento, Loki tornò a distogliere lo sguardo. — Il mio piccolino è stato evocato — rispose.

— Da Sulfureo?

— Sì. Una cosa estremamente pericolosa, vero? Però l'ha pagata cara.

— Allora non è stato un danzanubi?

Loki sorrise. — Oh, sì che è stato un danzanubi. Giustizia poetica, non ti pare?

Aurora sarebbe voluta andare a fondo anche riguardo a quella faccenda, ma aveva la sensazione che Loki tentasse di distrarla. — E perché sei qui anche tu?

— Sono stato evocato pure io — rispose, ma stavolta nella sua voce non si avvertivano toni taglienti.

— Sulfureo vi ha evocati entrambi?

— Oh, no, solo Jormungand.

Aurora lo fissò sospettosa. — E chi ha chiamato te?

Loki le rivolse un sorriso estremamente soddisfatto. — Quel nanerottolo buffo: il Purlisa.

Il Purlisa? Ma perché il Purlisa avrebbe dovuto evocare uno degli Antichi Dei, soprattutto quell'Antico Dio, se era tanto preoccupato per il Serpente di Midgard?

— Per essere sicuro che tutto andrà bene fra te e Henry — concluse Loki, come se le avesse letto nel pensiero.

Ottantacinque

Lord Rodilegno era furibondo. Mentre le guardie lo scortavano dal traghetto al Palazzo, continuava a friggere di collera impotente. Aveva già subito l'affronto di una perquisizione, e ora veniva scortato come se fosse un comune criminale. E per ordine di chi, poi? Sull'argomento, la sua scorta era stata molto vaga. Naturalmente, essendo Guardie del Palazzo, in teoria obbedivano a sua nipote, la Regina Aurora... Però al momento Aurora non era a Palazzo, di questo era sicuro. A meno che non fosse appena tornata. Ma anche in questo caso, perché farlo arrestare? Era impossibile che fosse venuta a conoscenza dei suoi piani.

Non che lo avessero arrestato formalmente, questo no. Pur avendo perso la sua influenza politica e la maggior parte delle sue ricchezze, era ancora un Lord di sangue reale, ragion per cui le guardie lo avevano "invitato" ad accompagnarle. Quando aveva declinato l'invito, però, avevano insistito cortesemente ma con fermezza. E quando poi lo avevano addirittura perquisito, aveva capito che perfino l'apparenza della cortesia era stata abbandonata.

Ironia della sorte, il Capitano delle Guardie era uno dei suoi uomini... o meglio, lo era stato. Subito dopo l'incoronazione, allo scopo di riunificare il Regno in uno spirito di armonia e cooperazione, Aurora aveva inaugurato una politica di affratellamento: demoni, Elfi della Notte... tutti erano benvenuti al servizio del Palazzo. Tipica ingenuità adolescenziale, aveva pensato Rodilegno, ma la cosa irritante era che sembrava avere funzionato.

Un tempo, lui avrebbe potuto contare sull'obbedienza indiscussa di un qualsiasi Elfo della Notte. Ora neanche riusciva a convincere questo idiota a fornirgli un minimo d'informazioni.

Fece un altro tentativo. — Di che si tratta, esattamente, capitano?

— Lo ignoro, Signoria — rispose lui.

Ormai la mole scura del Palazzo, annerita dal tempo, torreggiava davanti a loro. Evitarono l'ingresso principale per varcare invece una porticina secondaria: un altro indizio, pensò Rodilegno, che quello non era un invito formale di sua nipote. Però non avevano usato una delle normali entrate di servizio: non quella dei diplomatici, né quella dei mercanti, e nemmeno quella dei postulanti. Se i suoi ricordi delle mappe del Palazzo erano giusti, si dirigevano verso le cantine. Chi alloggiava laggiù? Nessuno, a quanto gli risultava.

Poco dopo, in effetti, cominciarono a scendere diverse rampe di scale e a percorrere una serie di corridoi sempre più bui man mano che si addentravano nella parte più antica del Palazzo, là dove sorgeva il torrione originario. Ma solo quando svoltarono un angolo ricoperto di mattoni, Rodilegno si rese conto all'improvviso che erano diretti verso le antiche segrete.

Bastò l'idea di un simile affronto a togliergli il fiato. A quanto pareva, qualcuno aveva ordinato non solo il suo arresto, ma anche la sua incarcerazione. E non nelle Prigioni di Stato, ma in qualche dimenticata cella sotterranea dove sarebbe rimasto a marcire per il resto dei suoi giorni! Era un oltraggio così enorme da risultare quasi incredibile. Ai vecchi tempi non sarebbe mai potuta succedere una cosa del genere: la sola idea avrebbe innescato una rivolta in tutto il Regno. Ma ormai quei tempi sembravano finiti, e i suoi vecchi nemici potevano agire impunemente... o così credevano. La domanda era: *quale* vecchio nemico?

Il Capitano delle Guardie aprì una porta e lo spinse, non troppo gentilmente, dentro una stanza illuminata. Dove Rodilegno trovò la risposta che cercava. — Ah, Madama Circe — mormorò. — Gentile da parte vostra avermi invitato.

La vecchia strega era semisdraiata su una di quelle ridicole nubi librate. Qualcuno aveva accennato che ultimamente sembrava usarle più spesso... forse un indizio che le sue ossa stavano diventando più fragili. Comunque, fragile o no, non conveniva sottovalutarla. Indossava una lunga veste fluttuante, intessuta di ipnoincanti che suggerivano grazia e bellezza. E sembrava estremamente a proprio agio, il che era un brutto segno. La camera era spoglia, a parte la schiera di lucciglobi che la illuminava e una tenda di pesante velluto scuro che ne celava il fondo.

— Gentile da parte vostra essere venuto — replicò Madama Circe. — Rivolse un cenno alle guardie che si ritirarono in silenzio, chiudendosi dietro la porta. — Vi inviterei ad accomodarvi, Lord Rodilegno, ma a quanto pare ho dimenticato di procurarmi una sedia.

— Non importa. Immagino che il nostro colloquio non richiederà molto tempo.

— Dipende. — Madama Circe gli rivolse un'occhiata dura. — Dalla cooperazione.

— Non facciamo che cooperare, di questi tempi — ribatté disinvolto Rodilegno. — Lo pensavo giusto mentre venivo qui. — Quello che pensava adesso era che, se l'avesse uccisa, sarebbe forse riuscito a scamparla. Alla perquisizione era sfuggito il pugnale che portava fissato alla coscia: poteva estrarlo da una tasca laterale, dopodiché sarebbe bastato farle un graffio dietro l'orecchio, e il rivestimento velenoso avrebbe provveduto al resto. Con un pizzico di fortuna, mentre lui si allontanava, le guardie avrebbero pensato che Madama si stava facendo un pisolino. E, ovviamente, era impossibile individuare il veleno. Non sarebbe stato male mettere fuori gioco Brintesia. Non ancora, però. Prima doveva scoprire perché lo aveva fatto trascinare lì e che cosa voleva da lui.

— Mi fa piacere sentirlo — replicò Madama Circe. — In tal caso sicuramente il nostro sarà un colloquio molto breve.

Rodilegno aspettò, notando che sulla stessa nube librata di Brintesia era poco igienicamente raggomitolato quell'odioso gattaccio trasparente: doveva essere vecchio almeno quanto lei, e ancora si rifiutava di morire. Il gatto gli scoccò un'occhiata malevola, ma era ormai troppo lento per agire come guardia del corpo. Probabilmente Madama Circe continuava a tenerselo vicino per abitudine, o per un assurdo senso di gratitudine. Un errore. Quando qualcosa - o qualcuno - non serve più, meglio sbarazzarsene.

— Lord Rodilegno — chiese lei pacata — perché avete dato inizio all'epidemia temporale?

Dunque era di questo che si trattava. Si era chiesto quanto ci avrebbe messo, quella strega, a insospettirsi. Per metterla alla prova e scoprire fino a che punto era informata, la fissò con espressione insieme sbalordita e accigliata. — L'epidemia? Non capisco...

— Capite benissimo — lo interruppe bruscamente Brintesia. — Sappiamo bene entrambi che questo non è un morbo naturale. Me lo ha confermato proprio oggi il nostro Capo Guaritore. Non si diffonde normalmente, non reagisce alle cure tradizionali e attacca le sue vittime con virulenza senza precedenti. Questa non è una malattia, Lord Rodilegno. Questa è un'arma. E io penso che siate voi a brandirla.

Niente male, pensò Rodilegno. Ben lontano dalla verità, però era una deduzione logica e puntava grosso modo nella direzione giusta. L'età non le aveva ancora offuscato il cervello. Però l'aveva resa meno attenta all'uso delle parole. «E io penso che siate voi a brandirla.» Pensare non equivaleva a sapere. Se fosse stata in possesso di prove certe, avrebbe detto: "So che siete voi..."

Dunque questo incontro le serviva solo a sondare il terreno.

Allargò le braccia. — Madama Circe, sapete quanto vi ammiri benché fra noi non ci sia mai stata grande amicizia, ma dov'è la logica in quanto sostenete? La Febbre Temporale è una malattia fuori dal comune, lo ammetto, ma suggerite forse che io l'abbia in qualche modo... *provocata*? E a quale scopo? Avete usato il termine "arma". L'epidemia colpisce sia Elfi della Notte sia Elfi della Luce. Che razza di arma sarebbe?

— Una molto sottile. Quello che progettate non è un attacco contro gli Elfi della Luce, ma qualcosa che mira a indebolire le fondamenta stesse dell'Impero, a fare esplodere una crisi che getti le basi per una rivoluzione... una rivoluzione sanguinosa guidata da voi, Lord Rodilegno, nel tentativo di riconquistare il potere perduto.

Niente male, come idea, pensò Rodilegno. Però molto meno efficiente del suo vero piano. A quanto pareva, Brintesia non ne aveva ancora la minima idea. A questo punto non gli restava che districarsi da quell'interrogatorio e tornare a occuparsi di faccende più importanti: Madama Circe non poteva trattenerlo senza prove, e adesso lui sapeva per certo che non ne aveva. — Un'idea interessante, ma priva del minimo fondamento. Ora, se volete scusarmi... — Fece per girare sui tacchi e andarsene, ma quando tentò di muoversi, non ci riuscì. Si sentiva perfettamente normale, eppure era paralizzato dalla testa ai piedi.

— Lord Rodilegno — sospirò Madama Circe — non ho tempo da perdere con questi giochetti. Nessuno di noi ce l'ha. L'epidemia si sta diffondendo in modo esponenziale.

Lasciate che sia franca. Non conosco i particolari del vostro piano. Non so come siate riuscito a scatenarla. E non so come fermarla. Ecco perché siete qui. Di solito avrei atteso pazientemente che i miei agenti lo scoprissero, ma ormai non posso permettermi questo lusso. Devo saperlo *ora*. E voi me lo direte.

Non si sentiva odore di conincanto, e nemmeno la minima indicazione di un campo magico, perciò doveva trattarsi di una delle nuove tecniche di magia mentale. Chi avrebbe mai pensato che alla sua età Brintesia fosse in grado di padroneggiare quelle discipline? Concentrandosi a sufficienza, sarebbe riuscito a liberarsi con la forza, ma forse era più facile usare l'elemento sorpresa. Meglio prendere tempo. Fingere di non essersi ancora reso conto di essere paralizzato, distrarla, lasciarla cullare in un falso senso di sicurezza e liberarsi di scatto. Una volta spezzato il blocco, le sarebbe servito almeno qualche minuto per rimetterlo in funzione. Tempo più che sufficiente per permettergli di usare il pugnale.

Ragion per cui Lord Rodilegno sorrise e scosse la testa.
— Non posso dirvi quello che non so. Vi assicuro, Madama Circe...

Brintesia mosse appena una mano, e la tenda che nascondeva il fondo della stanza si aprì. Rodilegno si sentì gelare il sanguc. Aveva davanti una sedia mentale, completa di cinghie e pronta per l'uso. Sull'elmetto lampeggiava una luce verde; il vistaschermo era vuoto, però non lo sarebbe rimasto per molto. Ma più spaventoso di tutto era il conduttore con la sua tessera metallica.

— Ve l'ho detto che non ho tempo da perdere — gli ricordò Madama Circe.

La paralisi s'interruppe, ma non il potere che Brintesia esercitava su di lui. Rodilegno sollevò goffamente la gamba destra, la mosse in avanti e appoggiò il piede a terra. Traballò, riprese il controllo, e poi sentì la gamba sinistra imitare la destra. A scatti, come una marionetta appesa ai fili, andò verso il congegno.

— Non potete farlo! — urlò. Quello strumento era di solito usato per recuperare i ricordi dei Triniani: la tessera metallica s'infilava nella fessura craniale. Per loro era relativamente privo di conseguenze dannose. Ma se veniva usato su un Elfo della Notte, o su un Elfo della Luce, gli prosciugava del tutto la mente, lasciandolo in uno stato vegetativo. Doveva spezzare la presa che quella maledetta aveva su di lui, e alla svelta.

— Oh, sì che posso — replicò tetra Madama Circe. — È in gioco il futuro del Regno.

Le gambe di Rodilegno scattarono di nuovo, costringendolo a fare un altro passo barcollante. Una volta seduto su quella sedia, per lui sarebbe stata la fine. Le cinghie automatiche lo avrebbero bloccato, e quella strega sarebbe stata libera di azionare personalmente la macchina. Il suo piano, il suo vero piano, era vicinissimo alla superficie dei ricordi: entro mezz'ora al massimo sarebbe stato trasmesso sullo schermo e registrato. Non che la cosa avesse importanza, dato che a quel punto sarebbe stato un vegetale, o un pazzo.

Furioso, scagliò tutte le proprie energie mentali contro i legami che lo bloccavano. La debolezza del sistema era che si basava interamente sulla resistenza mentale di chi lo usava. Di sicuro una vecchia megera come Madama Circe non sarebbe stata in grado di resistere a un uomo della sua forza.

Ma la vecchia megera lo costrinse a fare un altro passo avanti, e poi un altro ancora. Incredibile ma vero, il suo controllo sembrava rafforzarsi invece che indebolirsi. Ormai Rodilegno era a un metro scarso dalla sedia.

Smise di opporsi alla tecnica mentale e si concentrò invece sul tentativo di riprendere il controllo del proprio corpo, di costringerlo a cambiare direzione. La manovra doveva averla colta di sorpresa, perché riuscì a ruotare su se stesso in modo da dare le spalle al congegno, e perfino a muovere un passo incerto in direzione opposta. Ma l'istante successivo Brintesia riprese il controllo e di nuovo lo fece andare verso la sedia. Doveva dirle tutto? A quel punto era quasi impensabile rinunciare al piano, ma comunque meglio che finire come un guscio senza mente.

Rodilegno si fermò. Ma gli avrebbe creduto, Madama Circe? Quello che aveva fatto sembrava incredibile perfino a lui. E il peggio era che non poteva essere fermato, non ora, con Sulfureo finito chissà dove e Bombix inutile come sempre. Dietro di lui risuonò un tonfo. No, Madama Circe non avrebbe mai creduto che gli fosse impossibile bloccare tutto... non senza una conferma da parte di quella maledetta macchina. Il che lo riportava al punto di partenza. Il che significava...

Di colpo si rese conto di essersi fermato. Non si stava più muovendo a scatti verso la macchina. Provò a sollevare un braccio, e scoprì di avere riacquistato il controllo del proprio corpo.

Si voltò di scatto. Madama Circe giaceva raggomitolata sul pavimento.

La mente di Rodilegno si mise freneticamente al lavoro. Con un pizzico di fortuna, poteva essersi spezzata il collo. Però aveva gli occhi aperti e ancora respirava. Cos'era successo? La nube librata aveva smesso di fluttuare, però era ancora sotto di lei, e probabilmente aveva attutito il tonfo. Ma perché era caduta? Aveva gli occhi vitrei e la fronte imperlata di sudore. Non aveva più il controllo della nube e, soprattutto, di lui.

Comunque, tutto questo non aveva importanza. Quello che importava era che non poteva difendersi. Rodilegno tese la mano a prendere il pugnale.

Ottantasei

— Com'è che ci hai messo tanto? — chiese il charno.

— Tu parli! — balbettò Henry. A dispetto della sorpresa, trovò la cosa confortante. Per qualche motivo, sembrava meno probabile che una creatura in grado di parlare lo attaccasse.

— Sicuro — replicò il charno. — Allora... hai intenzione o no di rispondere alla mia domanda?

— Ci aspettavi? — farfugliò Henry, chiedendosi se la vita potesse diventare più strana di così. Era su una montagna nel Regno degli Elfi, insieme a un ragazzino azzurro, e parlava con una lepre gigante.

— Non lui — rispose il charno accennando a Lorquin. — Soltanto te.

— Perché mi aspettavi? — chiese Henry, sbalordito.

— Il Purlisa mi ha detto di tenere gli occhi aperti.

Per un momento Henry lo fissò a bocca aperta, poi chiese: — Chi è il Purlisa?

— Un sant'uomo. — Fu Lorquin a rispondere. — Vive con i monaci nel monastero.

"Che monastero?" pensò Henry.

Aveva aperto la bocca per fare un'altra domanda, quando il charno disse: — Aurora è là dentro.

La notizia lo colpì con la forza di un tuono. Anche se fino ad allora avevano seguito quelle che secondo Lorquin potevano essere le tracce di Aurora, la conferma aveva un che di reale, di definitivo: lei si trovava là e doveva essere salvata. All'improvviso provò una paura opprimente unita a un'eccitazione soffocante.

Senza una parola, si voltò e si diresse verso l'imboccatura della caverna.

— Dentro c'è un serpente — lo informò il charno.

Henry si fermò. — Eh?

— Aurora è là dentro insieme al Serpente di Midgard — spiegò paziente l'animale.

Ancora una volta Henry non seppe fare altro che fissarlo a bocca aperta. — E che cos'è il Serpente di Midgard? — chiese finalmente.

— Un grosso serpente. — Il charno lanciò un'occhiata al cielo e aggiunse: — Un serpente *molto* grosso.

Lorquin scosse la testa. — Se il charno dice la verità, è uno degli Antichi Dei.

Il che aveva un suono che a Henry non piacque affatto. — Com'è che sai tutte queste cose? — chiese quasi rabbioso.

Lorquin scrollò le spalle. — Storie della mia tribù. — Sul viso gli comparve un'espressione imbarazzata. — E per l'esattezza è un serpente di mare. Le ho ascoltate bene.

«Un serpente di mare» diceva il ragazzo che non aveva mai visto il mare. Aurora era in quella grotta insieme a un mostruoso *coso*... una specie di antico dio serpente. Era tutto assolutamente folle, ma di colpo Henry capì che non aveva importanza: qualunque cosa ci fosse là dentro, non aveva importanza. E nemmeno aveva importanza che lui avesse una gran paura. Doveva salvare Aurora. L'amava, e soltanto questo importava. Tornò a voltarsi verso l'imboccatura della caverna.

Il charno tirò su col naso. — Vuoi attaccarlo senza armi?

Henry si fermò di nuovo. Per la prima volta da quando erano partiti, si rese conto di non avere armi. Era incredibile, ma fino a quel momento neanche l'aveva sfiorato il pensiero che forse gli avrebbe fatto comodo portarne con sé una. Era possibile essere così stupidi? Che pensava di fare: partire alla carica e affrontare il serpente a mani nude?

— Ho io le nostre armi, En Ri — disse Lorquin.

Henry lo guardò, e fu sommerso da un’ondata di affetto. Naturalmente! Lorquin era il piccolo uomo capace di sopravvivere nel deserto, uccidere draugr, individuare piste, salvargli la vita e pensare a tutto il resto. Lorquin era il suo Compagno in questa assurda impresa, proprio come lo era stato lui. — Ce l’ha Lorquin, la mia arma — replicò, guardando fiero il charno.

Lorquin estrasse dalla sua sacchetta due corti pugnali di selce, lunghi sì e no dieci centimetri, e gliene tese uno con fare solenne. — Sarebbe questa... la mia... arma? — balbettò Henry.

— È quella che ho usato per diventare uomo — rispose Lorquin con un sorriso.

— Non servirà a niente — affermò il charno. — Solo la mazza può abbattere il Serpente di Midgard.

Nel suo tono c’era qualcosa che raggelò Henry. — Mazza? Una mazza ferrata, cioè?

— Qualcosa del genere.

Henry guardò Lorquin. — Non è che abbiamo una mazza ferrata, eh?

Lorquin gli rispose con un cenno di diniego.

— Ce l’ho io — disse il charno. Subito si mise a rovistare nello zaino, ne tirò fuori l’antica mazza e la tese a Lorquin, che era il più vicino a lui.

Il ragazzino la prese... e l’istante successivo la lasciò cadere sulla roccia con un tonfo. — Per me è troppo pesante, En Ri.

Henry si fece avanti e tentò a sua volta di sollevarla: usando entrambe le mani e mettendocela tutta, riuscì a smuoverla di pochi centimetri, ma subito fu costretto a lasciarla ricadere. — Perbacco, se pesa! — esclamò, lanciando al charno un’occhiata di rimprovero.

La bestia scrollò le spalle. — Metallo speciale — spiegò.

Henry tornò a guardare l’arma. Probabilmente sarebbe

riuscito a portarsela dietro se il charno lo avesse aiutato a mettersela in spalla, però usarla in un combattimento era fuori discussione. Pesava troppo, punto e basta. — Non mi serve — ammise riluttante. — Dovrò accontentarmi del pugnale di Lorquin.

— Il serpente ti ucciderà — lo informò il charno senza particolare entusiasmo.

Per l'ennesima volta, Henry si voltò verso l'imboccatura della caverna. — Correrò il rischio — disse.

Ottantasette

Il Capo Guaritore Croesus non riusciva a crederci. Era impossibile, semplicemente impossibile. Andava contro tutte le leggi della magia, tutte le leggi della natura. Ed era un disastro irrimediabile.

Doveva avvertire al più presto Madama Circe.

Mentre percorreva affannato i corridoi del Palazzo, ripassò mentalmente quello che le avrebbe detto.

"Un guasto negli incantesimi, Capo Guaritore?" gli avrebbe senza dubbio chiesto lei.

"Di rado gli incantesimi si guastano, signora."

"Però può succedere?"

"Sì, può succedere. Tuttavia in questo caso abbiamo controllato e ricontrollato... e non ci sono guasti."

Non era un guasto. Era questa la cosa incredibile. In effetti, era la prima possibilità che gli era venuta in mente. Perciò aveva fatto controllare gli incantesimi da cima a fondo, e poi li aveva controllati personalmente, e poi ricontrollati di nuovo, e ricontrollati ancora. Non c'erano guasti.

"Allora di che si tratta, Croesus?" chiese Madama Circe dentro la sua testa.

Il guaio era che non ne aveva la minima idea. Nonostante tutta la sua esperienza, niente gli forniva il minimo indizio. La stasi era una magia affidabile, provata e riprovata. Se ricordava bene, la prima capsula era stata progettata e costruita oltre settecento anni prima. Da allora c'erano stati miglioramenti estetici, naturalmente, ma il principio base restava immutato. E si trattava di un principio fondamentale, basilare. La stasi non poteva smettere di funzionare... Invece era successo!

Si rese conto di avere il fiato mozzo e si costrinse a rallentare. Ma che cosa era preso a Madama Circe per decidere di trasferire il suo ufficio nelle antiche segrete? E nelle sue condizioni, poi! Era pazzesco stare così lontano dall'infermeria.

Scostò impaziente una domestica finita sul suo cammino, la mente ancora concentrata su quello che avrebbe detto. Di sicuro Madama Circe avrebbe voluto sapere tutto nei minimi dettagli. Lo faceva sempre. Per fortuna lui era stato presente fin dall'inizio. Ripassò mentalmente la sequenza degli eventi. Un'infermiera aveva notato il peggioramento nelle condizioni di Nymphalis e lo aveva chiamato all'istante. Lui aveva esaminato la malata, confermato l'opinione dell'infermiera (ma perché la malattia aveva accelerato?) e ordinato di metterla subito in stasi.

Aveva controllato di persona la preparazione della capsula accanto a quella del Principe Pyrgus... un tocco umano, aveva pensato. Solo la Luce sapeva che cosa lo aveva spinto ad aspettare per eseguire un ultimo controllo su Nymphalis dopo che vi era stata infilata. L'istinto del guaritore, probabilmente, perché in teoria non ce n'era assolutamente bisogno con tutti gli affari più urgenti che reclamavano la sua attenzione. Invece era rimasto lì... e si era accorto che la Principessa continuava a invecchiare *dopo essere stata posta in stasi!* Era impossibile. Sapeva che era impossibile, eppure lo aveva visto con i propri occhi.

A quel punto aveva controllato anche Pyrgus. Nel suo caso, dato che era già molto invecchiato, il problema risultava meno evidente, ma un attento esame dei referti medici mostrava un chiaro, indiscutibile peggioramento. Il che poteva significare una cosa soltanto: la stasi, l'unico trattamento fino a quel momento affidabile per tenere a freno la Febbre Temporale, aveva smesso di funzionare.

Cominciò a scendere le scale, alcune con gradini così stretti da mettere in seria difficoltà un uomo della sua stazza: si sarebbe detto che il torrione originale fosse stato costruito da gnomi... e magri, per giunta.

C'erano soldati di guardia in fondo al corridoio, ma per fortuna lo riconobbero e lo lasciarono passare. Ciononostante, la cosa lo stupì. Sembrava strano che Madama Circe avesse messo sentinelle davanti al proprio ufficio. O forse no. A dirla tutta, Brintesia era sempre stata un po' paranoica... una caratteristica che tendeva a peggiorare con l'età.

Raggiunse la porta e la spalancò senza bussare. Se qualcosa era urgente, era sempre meglio sottolinearlo evitando i convenevoli.

Madama Circe era distesa sul pavimento, una figura ammantata di nero china su di lei. Sentendolo entrare, la figura si voltò di scatto. Per un momento Croesus non si rese conto di chi aveva davanti, poi: — Lord Rodilegno... cos'è successo?

Rodilegno spinse qualcosa fra le pieghe della giacca. — Siete arrivato giusto in tempo, Capo Guaritore — ringhiò. — Madama Circe è svenuta.

Croesus si inginocchiò rapido al suo fianco. — Cos'è successo esattamente?

— Stavamo discutendo... faccende di stato. Madama Circe era su una nube librata quando ha perso conoscenza. La nube ha attutito la caduta, e poi si è dissolta.

— Quando è accaduto? — insisté Croesus, ponendo una mano sulla fronte di Brintesia.

— Proprio adesso. Pochi istanti fa... neanche un minuto, direi. Quando siete entrato, stavo per dare l'allarme. È morta?

Croesus scosse la testa. Madama Circe respirava in

brevi ansiti affannosi e aveva un colorito pessimo, però era decisamente viva. Per il momento, almeno.

— Non sapevo che cosa fare — riprese Rodilegno.

— Non c'era niente che poteste fare. Madama Circe è vittima della Febbre Temporale.

E una capsula di stasi non sarebbe più servita a fermarne i danni.

Ottantotto

— Bene, bene — disse allegramente Loki. — Non possiamo restare qui tutto il giorno a chiacchierare. Bisogna organizzare la scena.

Aveva di nuovo sottilmente alterato la propria apparenza: non più l'attraente giovanotto bruno, e non esattamente il pagliaccio, ma una via di mezzo di entrambi, molto più inquietante. Ancora stretta fra le spire del serpente, Aurora distolse lo sguardo da lui e si sforzò di riflettere. «Per essere sicuro che tutto andrà bene fra te e Henry.» Che aveva voluto dire? Che cosa sapeva di Henry? Che cosa stava *realmente* facendo qui? Deglutì. — Questa creatura mi sta facendo male — disse.

Loki le lanciò un'occhiata e sorrise. — Macché. Il mio piccolo è gentile come un agnellino. Vuoi che ti metta giù per tentare di scappare.

— Hai la mia parola che non lo farò — dichiarò Aurora. E in parte era vero. Voleva disperatamente saperne di più su Henry.

— Sicuro che lo farai, invece — replicò Loki. — Io lo farei, nella tua situazione. Ma niente paura: fra poco dirò al mio Jorm di metterti giù. — Sorrise con affetto all'enorme serpente. — È così che lo chiamo: il mio Jorm. Molto più carino che Jormungand, ti pare? È stata sua madre a scegliere quel nome, perché è così grosso. Dato che è una gigantessa, ha un debole per i nomi fuori misura.

C'era da ammattire! Aurora non aveva problemi ad affrontare i farabutti – in fondo l'aveva fatto per tutta la vita – ma quell'essere assurdo era così esasperante che, se fosse riuscita a liberarsi le braccia, l'avrebbe strozzato con gioia. Perché doveva fingere di essere il padre di un serpente? Era ridicolo, e neanche molto divertente. Eppure il serpente non solo ne tollerava la presenza, ma sembrava addirittura obbedirgli. La domanda era: come poteva riuscire, lei, a controllarlo? Come poteva imbrogliare l'Imbroglione?

— Devo solo assicurarmi che manterrai la tua parola... — disse Loki.

Fece un gesto, e a una a una tutte le gallerie che partivano dall'immensa caverna e conducevano lontano da lì si chiusero. Al loro posto non rimase che solida roccia levigata. Aurora restò a bocca aperta. Non c'era stato odore di magia, né sfrigolio di conincanti: era successo e basta. I suoi occhi increduli videro chiudersi una via di fuga dopo l'altra, finché ne rimasero soltanto due: una stretta galleria alla sua destra e l'arcata di pietra che metteva in comunicazione con la grotta adiacente, quella da dove proveniva la luce accecante. Di colpo, un cancello di ferro calò a chiudere l'arcata. Aurora rabbrividì: il metallo era mortale per gli elfi.

Loki lanciò un'occhiata all'unica galleria rimasta aperta. — Per il povero, caro Henry — disse sorridendo.

— Che sai di Henry? — gridò Aurora. — Che ci fai qui? Di' a questa bestiaccia di mettermi giù!

— Mettila giù, Jorm — ordinò Loki.

Incredibilmente, il serpente allentò subito la presa, permettendole di scivolare sul pavimento; dopodiché si srotolò e si rilassò con tale evidente sollievo che ad Aurora sembrò quasi di sentirlo sospirare. — Grazie — disse a denti stretti, rassettandosi i vestiti e riflettendo freneticamente. Con la coda dell'occhio vide il pugnale Halek là dove l'aveva lasciato cadere: la lama era di nuovo trasparente e scintillante. A quanto pareva, si era ricaricata.

— Bene, bene — riprese Loki. — E ora occupiamoci

della scenografia. Spolverare, spazzare, decorare... sempre lavoro lavoro lavoro! — Sollevò le braccia e lanciò una specie di ululato. All'istante, i contorni della caverna cominciarono a cambiare.

— Che fai? — esclamò Aurora, di colpo allarmata. Era un po' irrigidita per essere stata immobilizzata così a lungo, ma era quasi sicura di poter raggiungere il pugnale in tre, al massimo quattro passi. E stavolta non aveva intenzione di usarlo sul serpente.

— Sto creando una scena degna della situazione — la informò educatamente Loki. — Non vorremmo che al suo arrivo Henry restasse deluso.

— Henry sta venendo qui? — chiese Aurora.

— Sì.

— Perché?

Loki le rivolse un sorriso affascinante. — Per salvarti, è ovvio. Non è dolce? — Le voltò le spalle. — Su, da brava, ora non disturbarmi... i prodigi esigono una certa concentrazione. — Allargò le braccia a formare una V capovolta, ingobbì le spalle e chinò la testa. Con uno strano rombo raschiante, il pavimento della caverna cominciò a trasformarsi: al suo centro si sollevò una piattaforma di granito, dalla quale s'innalzava un pilastro di roccia alto tre metri.

Il serpente aveva rilassato le spire, c l'attenzione di Loki era concentrata altrove. Il pugnale Halek era a pochi passi: Aurora poteva afferrarlo e affondarglielo nella schiena prima che si rendesse conto di cosa stava succedendo.

Eppure esitò. La lama non aveva funzionato sul serpente. E se non avesse funzionato nemmeno su Loki? In tal caso, attentare alla sua vita sarebbe servito solo a farlo infuriare. Che fosse meglio aspettare un'occasione migliore? In realtà, una parte di lei sapeva benissimo che cosa la faceva davvero esitare: non il timore del fallimento, ma la curiosità.

Sul pilastro apparvero manette e catene. Con uno schianto simile a un tuono, una fenditura si allargò sul pavimento della caverna: ne sgorgò un pigro ruscello di lava fiammeggiante che circondò l'intera piattaforma.

Loki si guardò alle spalle. — Niente male, eh?

Aurora non aprì bocca. Che stava facendo quell'essere? Era senz'altro un'entità dotata di poteri divini, e lei non aveva la minima idea del perché li stesse usando.

— Troppa luce... — mormorò Loki. — Non c'è un'atmosfera abbastanza drammatica. — Inclinò la testa all'indietro e fissò il soffitto della caverna. Un pesante tendaggio calò sul cancello di metallo che chiudeva l'arcata, bloccando la luce e facendo piombare la caverna in una penombra rossastra.

— Mooolto bene! — sussurrò. Tornò a muovere le mani.

Aurora sentì il risultato prima di udirlo: una profonda vibrazione subsonica che le fece fremere le ossa, per poi gonfiarsi in una cupa, minacciosa musica d'organo. L'intera scena cominciava a somigliare a una produzione teatrale di second'ordine, dove il buon gusto era sacrificato per esaltare il melodramma.

— Ora Jormungand, mio caro, devi avere un aspetto adeguato alla parte!

Stavolta Loki non fece alcun gesto, ma Aurora sentì uno strano fruscio dietro di sé, e si voltò giusto in tempo per vedere l'enorme serpente rimpicciolire e trasformarsi rapidamente. Per un istante i suoi occhi non riuscirono a metterlo a fuoco, come se lo spazio stesso si distorcesse, e poi si trovò davanti un magnifico drago dalle squame grigio-argento, molto più piccolo del serpente, ma comunque enorme. Il drago inclinò all'indietro la testa e sbuffò un pennacchio fiammeggiante che le passò sopra come un'onda arroventata.

— Splendido! — esclamò Loki. Guardò con affetto il drago attraversare a passi pesanti la caverna, prendere posto davanti alla piattaforma e, arricciata la grande coda uncinata, alitare un altro pennacchio infuocato. — E ora — aggiunse voltandosi — tocca a te, mia cara.

— Aspetta un mom... — cominciò a dire Aurora, scorgendo nei suoi occhi qualcosa che non le piacque affatto.

Loki tese la mano destra, che si allungò in un artiglio affilato come un rasoio. Prima che Aurora potesse muoversi, l'artiglio le sfiorò la gola. — Anche tu devi avere un aspetto adeguato alla parte — la informò, e poi l'artiglio calò di scatto.

Aurora si ritrasse in preda al panico, ma non vide né sangue né ferite. L'artiglio si era limitato a lacerarle la camicia. Ne afferrò rapida i lembi, cercando di coprirsi alla meglio, ma prima di riuscirci si ritrovò sulla piattaforma di granito, ammanettata alla colonna. Il drago, accucciato sotto di lei, si voltò a guardarla con occhi di lucertola. Al di là del drago, Loki si piantò le mani sui fianchi e inclinò la testa, ammirando la propria opera. — Perfetto! — esclamò. — Il prototipo della damigella in pericolo. — Le sorrise. — Ora non ci resta che aspettare Henry.

Ottantanove

Henry era proprio nei guai. Non aveva preparato un piano: era partito in quarta alla ricerca di Aurora senza neanche chiedersi che tipo di pericolo corresse e, particolare più importante, cosa potesse tornargli utile per salvarla. Poteva contare soltanto su una misera lama di selce e su una mazza che neanche riusciva a sollevare.

Non aveva funi o picconi per arrampicarsi; non aveva cibo, a parte quello che Lorquin aveva infilato nella sua solita sacchetta; e l'ultima cosa che aveva pensato di procurarsi era una fonte di luce.

Per fortuna aveva incontrato il charno.

Nella penombra della caverna, tolse dal suo involucro la torcia fornitagli dalla bestia. Era un congegno a lui sconosciuto, però avvolto attorno all'impugnatura c'era un foglietto con le istruzioni stampate sotto il promettente titolo *Fiamma Perpetua*. C'era da augurarsi che non si trattasse solo di pubblicità. Sarebbe stato spaventoso restare bloccato là dentro senza luce.

Le istruzioni erano scritte in caratteri minuscoli, così che per leggerle dovette tornare vicino all'imboccatura della caverna. C'era disegnata una donna alta, avvolta in una tunica uguale a quella della Statua della Libertà, che sollevava una torcia fiammeggiante. Purtroppo, per lo più il foglietto si limitava a cantare le lodi della torcia senza spiegare come usarla. A quanto pareva, la storia della "fiamma perpetua" *era* pubblicità, però la ditta produttrice sosteneva che, usata normalmente, la torcia sarebbe durata "parecchi anni": in effetti sembrava improbabile anche questo.

Però chissà cosa significava "usata normalmente". Henry girò il foglietto e continuò a leggere, e alla fine trovò un paragrafo intitolato *Istruzioni per l'uso*. C'era scritto soltanto: "Si accende automaticamente al buio."

Fissò quella breve frase pensando che doveva esserci per forza un errore. La torcia era rimasta chiusa nello zaino del charno e nel buio totale. E mica si era accesa, giusto? Certo che no! Altrimenti avrebbe mandato a fuoco lo zaino! A meno che il disegno della torcia fiammeggiante non fosse solo un'immagine simbolica, e in realtà la torcia non producesse una fiamma, ma si limitasse a emettere luce come una normale torcia elettrica. Comunque, anche così non aveva senso: non era possibile che si accendesse ogni volta che la chiudevi in una scatola, o perfino ogni notte, dovunque fosse! In tal caso difficilmente sarebbe durata parecchi anni!

Lesse in fretta il resto del foglietto, ma non trovò altre istruzioni. Tornò a inoltrarsi nella caverna, sollevando la torcia come la Statua della Libertà. Senza risultato. Forse avrebbe fatto meglio a chiedere spiegazioni al charno, però non ne aveva voglia: avrebbe fatto la figura dello scemo. "Si accende automaticamente al buio." Però, là dove si era fermato, il buio non era totale. In fondo era a pochi metri dall'ingresso, e dall'esterno filtrava un po' di luce.

Andando avanti, la grotta si restringeva e diventava una galleria in discesa.

Non lo entusiasmava l'idea di entrarci senza una luce – potevano esserci ragni, o scorpioni, oppure orsi – ma se era necessaria l'oscurità totale per fare accendere quell'arnese...

Mosse qualche passo e si fermò, risollevando la torcia. Niente. Aspettò. Ancora niente. La sua solita fortuna: ritrovarsi con una torcia automatica guasta! Però, man mano che i suoi occhi si adattavano alla penombra, si rese conto che in realtà nella galleria arrivava ancora un po' di luce dall'esterno, sufficiente a permettergli di vedere cos'aveva attorno. La galleria continuava a scendere per poi svoltare bruscamente. E il terreno era cosparso di quelle che sembravano ossa.

Si passò la lingua sulle labbra. Forse più avanti sarebbe stato abbastanza buio.

Facendo attenzione a non calpestare le ossa, fece qualche altro passo esitante, svoltò l'angolo e avanzò a tentoni ancora un po'. Qui era decisamente più buio. Per la precisione, sarebbe stato disposto a giurare che era assolutamente, totalmente, completamente buio. Risollevò la torcia e l'agitò avanti e indietro. Zero assoluto.

Rimase immobile, avvolto dalle tenebre come da un sudario di velluto. Era il caso di andare avanti? Di colpo, la sua immaginazione fin troppo fervida gli presentò un'immagine spaventosa: si trovava sull'orlo di un burrone. Ancora un passo e sarebbe precipitato verso la morte. Pensò ad Aurora e fece un altro passo avanti. Non precipitò verso la morte, ma si rese conto che non poteva andare avanti così: era impossibile trovare Aurora nel buio più totale.

Allargò le braccia per tastare le pareti della galleria, e scoprì che una era sparita: la parete alla sua destra non c'era più, o almeno non era a portata della sua mano, la qual cosa significava che il corridoio si era allargato, o era sfociato in un'altra caverna (o svanito in un burrone, gli sussurrò la sua immaginazione). Come che fosse, la situazione era per forza cambiata... quasi sicuramente in peggio.

Si fermò e si costrinse a pensare logicamente. Finché era in una galleria – e *sapeva* di essere in una galleria – poteva sempre girare sui tacchi e tornare indietro a tentoni. Ma se la galleria fosse finita in una caverna, e lui ci fosse entrato e avesse tentato di esplorarla al buio, era altamente probabile che non sarebbe più riuscito a trovare la strada per rientrare nella galleria. Potevano esserci altri corridoi. Poteva smarrirsi. Anzi, si sarebbe smarrito di sicuro... si conosceva fin troppo bene. Si sarebbe perso nell'oscurità, incapace di trovare la via d'uscita, per sempre.

E completamente incapace di aiutare Aurora.

La cosa da fare, l'*unica* cosa ragionevole da fare, era tornare indietro finché poteva. Non che volesse abbandonare Aurora, non ci pensava nemmeno. Questo significava semplicemente dare prova di buonsenso. Ora si sarebbe voltato, sarebbe tornato indietro, sarebbe uscito dalla caverna e avrebbe chiesto al charno un'altra torcia! Doveva averne un'altra! Per forza, con tutta la paccottiglia che c'era in quello zaino! E se non ce l'aveva, forse avrebbe avuto un fiammifero per poter accendere *questa* torcia. Doveva tornare indietro, ecco cosa doveva fare.

In un momento di totale follia, fece un altro passo avanti.

La torcia che stringeva in mano avvampò di colpo, bruciacchiandogli i capelli. E illuminando due facce che, entrambe a pochi centimetri dalla sua, lo guardavano una dall'alto e l'altra dal basso.

— Aaaahhhh! — strillò Henry, e arretrò di scatto, sbattendo un calcagno contro qualcosa. Cadde a terra. E così pure la torcia, che rotolò sul pavimento roccioso per qualche metro e si fermò, senza smettere di ardere. Nella luce guizzante, Henry si accorse di essere uscito dalla galleria e di trovarsi su un largo cornicione roccioso che dava su un'altra caverna. Ora le facce che lo guardavano dall'alto erano due. In preda al panico, indietreggiò senza rialzarsi, strisciando il didietro sui sassi e facendo schizzare sassolini sotto i talloni. Finché, dopo qualche istante: — E voi due che ci fate qui? — sbraitò.

— Io sono il tuo Compagno — gli ricordò Lorquin.

Il charno annuì e confermò: — Ha ragione. È il tuo Compagno.

Henry si rimise in piedi. Si era spellato un gomito e gli faceva male il didietro. — Ti avevo detto di tornare a casa! — sibilò a Lorquin. — Pensavo che te ne fossi andato. Questa faccenda è pericolosa. Molto pericolosa.

— È per questo che devo restare con te — replicò lui.

Henry provò l'impulso di strozzarlo. E anche di abbracciarlo. Non c'era modo di ficcargli nella zucca le normali regole. Esasperato, affrontò il charno: — E tu perché sei qui? Avevo capito che avresti aspettato fuori.

Il charno scrollò le spalle. — Qualcuno doveva portare le tue provviste.

Henry sapeva riconoscere una sconfitta. Raccolse la torcia. — D'accordo — si arrese. — E ora che si fa?

Gli altri due lo guardarono fiduciosi.

— Sei tu il capo — disse Lorquin.

Novanta

Si rimisero in moto, Henry in mezzo con la torcia. Il charno trotterellava dietro di lui: era sorprendentemente silenzioso per una bestia di quelle dimensioni, anche se alla lunga il ticchettio degli unghioni sulla roccia dava un po' sui nervi. Lorquin precedeva entrambi, annusando continuamente l'aria.

— Perché fai così? — gli chiese Henry dopo un po'.

- Fiuto la pista, En Ri.

Henry si accigliò. — Prima non l'hai mai fatto. — Lorquin lo aveva portato in giro per mezzo deserto, però lavorando soprattutto con gli occhi e seguendo segnali impercettibili.

— All'aperto non si può — gli spiegò paziente l'amico. — Il vento trascina via l'odore, il sole lo brucia. Al chiuso è diverso. L'odore resta.

Henry si fermò. Questa era un'informazione interessante, e forse anche importante. — E cosa ti dice, l'odore?

Lorquin scrollò le spalle. — Che da qui è passata parecchia gente. Due uomini, insieme, ma molto tempo fa. E con loro c'era qualcosa di strano, che non ho mai fiutato prima. Poi...

— Qualcosa di strano, come? — lo interruppe Henry. — Un animale?

— Forse, non so.

— E poi?

— Sì, e poi? — chiese il charno, sporgendosi sopra la spalla di Henry.

— Poi è passata una donna. Una giovane donna...

Aurora! Doveva essere Aurora! Quante giovani donne se ne andavano in giro dentro le montagne? — Perché non l'hai detto subito? — esplose Henry.

— Tu mi hai chiesto delle altre cose, En Ri — rispose tranquillo Lorquin.

— Devi seguire l'odore della giovane donna. È lei che m'interessa. Lascia perdere gli altri.

— Era il suo, l'odore che stavo seguendo. Pensavo che potesse essere la tua Tramonto...

— Aurora! Si chiama Aurora.

— Ha incontrato gli altri? — chiese il charno.

Lorquin scosse la testa. — Le loro piste si sovrappongono. Se si sono incontrati, non ho ancora trovato dove.

— Andiamo avanti — suggerì Henry.

Parecchi minuti dopo, si fermò di botto.

— Ehi! — esclamò. — Stiamo tornando indietro.

— Come ha fatto lei — replicò Lorquin. — Io posso solo seguire l'odore.

— Lui può solo seguire l'odore — ripeté il charno.

— Ma piantala — sbuffò Henry. A dire la verità, si sentiva terribilmente a disagio. Lui non era tagliato per questo genere d'imprese. Lorquin era molto più adatto per fare l'eroe: sapeva seguire una pista, sopravvivere nel deserto, trovare il cibo, uccidere un draugr... Perfino il charno sarebbe stato un eroe migliore. Se non altro era in grado di sollevare la mazza. Invece, almeno in teoria, era lui quello che avrebbe dovuto salvare Aurora. Ma da che cosa? Non ne aveva la minima idea. Quella storia del Serpente di Midgard sembrava un'assurdità, una superstizione tribale. Perché Aurora si sarebbe dovuta mettere a trafficare con un serpente gigantesco? Eppure tutti parevano prendere la faccenda fin troppo sul serio. Un'idea lo colpì improvvisa, spingendolo a chiedere: — Lorquin... non è che puoi annusare quest'affare di Midgard?

— L'odore è dappertutto — rispose il ragazzino. Gli rivolse un rapido, buffo sorriso, e aggiunse: — Però ancora non so come raggiungerlo.

Si rimisero in cammino.

La pista olfattiva li condusse in parecchi vicoli ciechi, costringendoli più volte a tornare sui propri passi.

Un vicolo cieco, però, si rivelò diverso dagli altri. — È passata di qua — annunciò accigliato Lorquin.

— Ma è impossibile... la galleria finisce qui! — obiettò Henry.

— Eppure è passata di qua — insisté Lorquin, esaminando la parete rocciosa.

Henry si portò al suo fianco. — Vuoi dire che c'è stato un crollo o roba simile?

— Nessun crollo. Eppure lei è in una caverna alla fine di questa galleria, e l'ha raggiunta passando da qui.

— Come sai...? — cominciò Henry, e subito s'interruppe. Non aveva importanza. Se Lorquin diceva che Aurora era dietro a quei massi, lui gli credeva. Passò una mano sulla fredda pietra levigata. — Come facciamo a raggiungerla?

— Dobbiamo trovare un'altra strada — rispose calmo Lorquin tornando indietro.

Ci volle quasi un'ora, durante la quale perlustrarono gallerie, corridoi, tunnel, grotte e caverne, ma finalmente Lorquin imboccò una galleria ampia e dal soffitto alto, si fermò e annunciò: — Da qui si va nella caverna dove c'è la ragazza. — Guardò Henry con aria di attesa.

Chiaramente si aspettava che gli dicesse che cosa fare, ma lui non ne aveva la minima idea. Il suo cuore andava a mille, e la fronte era imperlata di sudore. Si passò la lingua sulle labbra di colpo secche. — Che succede se anche questo passaggio finisce contro una parete di roccia come gli altri? — chiese con voce rauca.

— No — gli assicurò Lorquin. — Questo porta alla caverna. Gli odori sono troppo forti.

— Odori? — gli fece eco Henry. — Ce n'è più di uno?

Per la prima volta da quando si erano incontrati, Lorquin sembrò cedere all'impazienza. — Il serpente, e la ragazza che cerchi, e... — Esitò.

— E...?

Lorquin aggrottò la fronte. — C'è un altro odore, e poi anche un altro, più in là, però sono strani. E uno continua a cambiare.

— A cambiare? — gli fece eco Henry.

— Prenditela comoda, mi raccomando — intervenne funereo il charno. — Tanto a questo punto il serpente se la sarà già mangiata.

Aveva ragione. Henry la stava tirando per le lunghe, perdendo tempo prezioso, mentre Aurora era probabilmente in pericolo di vita. Pyrgus avrebbe saputo cavarsela molto meglio di lui. *Chiunque altro* avrebbe saputo cavarsela molto meglio di lui. Però non c'era nessun altro. Toccava a lui agire. Uno strano pensiero gli attraversò la mente: stava per affrontare il suo draugr.

Senza aggiungere altro, superò Lorquin e si avviò nel passaggio tenendo alta la torcia.

Novantuno

Qualcuno stava suonando un organo. Era assurdo, però Henry lo sentiva: una nota sinistra, cupa, che fluttuava nella galleria e gli gelava il sangue. Gli fece venire in mente *Il Fantasma dell'Opera*, un mattoide in abito da sera che pestava sghignazzando su una tastiera. Non che al momento qualcuno sghignazzasse, e in fondo quella non era una musica vera e propria, però era un suono che ti faceva vedere immagini raccapriccianti e metteva una gran paura. Si sarebbe tanto voluto fermare. Tornare indietro. Darsela a gambe e continuare a correre fino a ritrovare la luce del sole.

Ricacciò indietro la paura e continuò a camminare.

Davanti a lui c'era luce, un bagliore verdognolo... no, rossastro, che aveva parecchio in comune con l'organo. Ti faceva pensare a cose che strisciano tra le cripte, o ad alieni che schizzano a tradimento fuori dal petto di John Hurt. La luce e il suono s'intrecciavano, collaborando ad aumentare la sua paura, ma Henry ignorò entrambi e proseguì.

Emerse dalla galleria ed entrò in una caverna illuminata dal sinistro chiarore verde-rossastro. Il suono d'organo si gonfiò a raggiungere un crescendo.

C'era un *drago*, nella caverna!

Alto quanto un autobus a due piani, ma molto più lungo, e coperto di squame corazzate color argento. Somigliava ai draghi che da piccolo aveva visto nei libri illustrati, ma senza quel tanto d'aggraziato che chissà come i disegnatori riuscivano sempre a infilarci. Questo mostro era invece tutto muscoli frementi e denti affilati, mascelle enormi e occhi gelidi. La grande testa si voltò verso di lui sbuffando fumo, e sputò un piccolo pennacchio fiammeggiante. Era la creatura più terrificante che avesse mai visto. Era un'immagine che paralizzava la mente.

Per un lungo istante Henry rimase immobile, sapendo che l'unica cosa logica da fare era scappare a gambe levate, ma assolutamente incapace di muovere un muscolo. E poi, come spinti da volontà propria, i suoi occhi si mossero e si posarono su Aurora.

Era incatenata a un pilastro di roccia su una piattaforma dietro il drago. Aveva la camicetta a brandelli e il panico negli occhi.

— Torna indietro, Henry! — gli gridò. — Scappa! Ti prego, scappa!

Henry la fissò a bocca aperta. Un ruscello di lava scorreva attorno alla piattaforma emettendo tremolanti ondate di calore. Le catene sferragliarono mentre Aurora, la fronte imperlata di sudore, si divincolava disperatamente. — Scappa, Henry! Ti ucciderà!

In effetti, Henry sospettava che avesse ragione. Strinse automaticamente una mano attorno al pugnale di selce di Lorquin, ma in cuor suo sapeva che, se pure si fosse portato dietro un bazooka, sarebbe stato inutile contro il drago. Quella creatura era una macchina per uccidere, un ammasso di tendini, muscoli, ossa e sangue coperti da una corazza impenetrabile. E fra un momento avrebbe attraversato come un lampo la caverna per ingoiarlo in un boccone.

Con i suoi colori violenti, l'intera scena sembrava la copertina di un fumetto fantasy: il verde malaticcio unito al bagliore rosso della lava, il drago argenteo che sputava fuoco, ma soprattutto Aurora, con quei vestiti stracciati in punti strategici. Era incatenata, spaventata, sudata. Bella da impazzire, e così *sexy*! Ogni cosa dentro la caverna appariva... studiata.

Rendendosi improvvisamente conto di una presenza al suo fianco, Henry abbassò lo sguardo e scoprì che Lorquin si era unito a lui. — Uccidilo, En Ri — lo incitò in un sussurro sibilante, fissando il drago con espressione di gioia reverente. — Ti aiuterò io.

Eccolo, dunque, il momento nel quale si concentrava tutta la sua vita, il momento della decisione finale. Scappare, o uccidere. Fuggire, o combattere. Salvare se stesso, o salvare la persona amata. A parte il fatto che non sarebbe mai riuscito a salvarla, non da quel mostro. Qualunque cosa tentasse di fare, avrebbe ottenuto lo stesso effetto di un topolino che mordesse un dinosauro. Era impossibile uccidere quella creatura, impossibile anche solo farle del male.

Però Lorquin pensava che lui ne fosse capace.

— Resta dove sei! — gli ordinò Henry. E si slanciò verso il drago.

Novantadue

Aurora lo aveva visto appena aveva messo piede nella caverna. Era cencioso, magro e molto abbronzato, snello e più robusto di quanto ricordasse. Ma era vivo! Era questa la cosa importante, meravigliosa, stupenda. Dovunque fosse stato, qualunque cosa gli fosse successa, era vivo!

Il drago aveva voltato la testa e lo aveva guardato.

Perfino a quella distanza, Aurora scorse la paura negli occhi di Henry, però vi vide anche decisione... Si augurò che prevalesse la paura, perché in quel caso sarebbe scappato e si sarebbe salvato. E lei voleva disperatamente che si salvasse. Se fosse rimasto lì, il drago lo avrebbe sbranato. Sarebbe stato terribile scoprire che era vivo e poi vederlo uccidere dal drago prima... prima di avere il tempo...

Prima di avere il tempo di abbracciarlo.

Si divincolò disperatamente, facendo sferragliare le catene. Non aveva idea di come fosse finita incatenata lassù. Opera di Loki, naturalmente. Era stato lui a combinare tutto, però non ricordava come. Un momento stava parlando con lui, quello dopo era sulla piattaforma rocciosa, incatenata come un'offerta sacrificale. Loki doveva avere usato la magia, però di un tipo a lei sconosciuto.

E ora Loki era sparito.

Non lo aveva visto allontanarsi. Quando Henry era arrivato, lui era semplicemente... be', non c'era più. Non sapeva che cos'avesse in mente, né perché avesse fatto tutto questo. Aveva solo preparato la scena e poi se n'era andato, lasciando che le cose seguissero il loro corso. Non aveva senso, però il pericolo era reale.

— Torna indietro, Henry! — strillò. — Scappa! Ti prego, scappa! — Riprese a divincolarsi, scrollando le catene, ed ebbe l'impressione che uno degli anelli fissati al pilastro cedesse appena. Qualsiasi tipo di magia avesse usato, Loki non aveva fatto un buon lavoro. Forse, se si fosse divincolata abbastanza, sarebbe riuscita a liberarsi. Henry continuava a fissarla allocchito. — Scappa, Henry! Ti ucciderà!

Un ragazzino magro e con la pelle azzurra emerse dalle ombre e si fermò accanto a lui. Aurora non aveva idea di chi fosse o da dove fosse sbucato. Non aveva mai visto nessuno con la pelle azzurra, però ricordava vagamente di avere letto da qualche parte che nel deserto del Buthner vivevano razze di quel colore. Si chiese che ci facesse quel bambino assieme a Henry. Stranamente, non sembrava affatto spaventato dal drago.

Qualcos'altro si mosse alle loro spalle, e per un attimo Aurora si chiese quale nuovo mostro avesse fatto comparire Loki. Un istante dopo riconobbe il charno che aveva lasciato fuori dalla caverna. Doveva avere seguito Henry e il ragazzino azzurro.

A meno che non fosse un altro dei trucchetti di Loki. Già una volta l'aveva imbrogliata facendosi passare per il charno.

Riprese a divincolarsi. Doveva riuscire a mandare via Henry. Vide il ragazzino azzurro muovere le labbra per dirgli qualcosa e poi, prima che lei avesse il tempo di gridare ancora, vide Henry lanciarsi verso il drago.

Il mostro ruggì.

Novantatré

Il drago ruggì e scattò verso di lui. Henry scartò di lato e sollevò la lama di selce. Non aveva la minima speranza di uccidere quel bestione con un'arma del genere, ma forse sarebbe riuscito a distrarlo quanto bastava per dare ad Aurora la possibilità di liberarsi. Forse sarebbe perfino riuscito a spaventarlo. Forse il pugnale di selce poteva pungere il drago e fermarlo per qualche secondo.

Passò sotto la testa del mostro e calò con forza il pugnale. Che colpì una squama della zampa anteriore e gli si spezzò fra le mani.

Con la coda dell'occhio, intravide un lampo azzurro: Lorquin si era lanciato a sua volta. Si sentì sprofondare. Perché quel ragazzino non faceva mai come gli veniva detto? Non era che un bambino, eppure sembrava pronto ad affrontare qualunque cosa per il suo Compagno... Henry sentì un nodo alla gola. Dubitava di poter vivere in pace con se stesso se fosse capitato qualcosa a Lorquin. Ma probabilmente gli sarebbe stato risparmiato qualunque rimorso. A meno di un miracolo, sarebbero morti tutti nel giro di pochi minuti.

Gettò via l'inutile frammento di selce e di nuovo scartò per evitare una zampata del drago Era enorme, più forte e più potente di qualunque belva avesse mai visto, però era lento. Cioè, no, non lento: ritenerlo lento poteva rivelarsi un errore mortale. Goffo, piuttosto. Chiaramente non era abituato ad avversari piccoli e veloci. Henry pensò che forse avrebbe potuto volgere la cosa a proprio vantaggio.

La zampa artigliata lo mancò, e l'impeto portò il drago alle sue spalle: una torreggiante mole grigio-argento che lo sfiorò come un jumbo-jet di passaggio. L'istante successivo, lo vide partire alla carica di qualcosa che lui non poteva vedere. Poi sentì una voce familiare, e si rese conto che Lorquin lo stava distraendo.

Henry non poteva fare niente per lui. Meglio accettare il suo coraggio e approfittarne finché poteva. Forse, mentre il drago era distratto, sarebbe riuscito a raggiungere Aurora e a liberarla. Girò sui tacchi e corse verso la piattaforma... per bloccarsi davanti al ruscello di lava che la circondava come un fossato.

Non era molto largo, e se dall'altra parte ci fosse stato un po' di spazio per atterrare, probabilmente sarebbe riuscito a superarlo con un salto. Però dall'altra parte c'era soltanto la parete liscia e ripida della piattaforma di roccia, troppo alta per essere raggiunta con un balzo. Aurora poteva saltare giù evitando senza problemi il ruscello di lava, però lui non sarebbe mai riuscito a salire su.

— Aurora! — urlò disperato.

Lei si stava divincolando come una forsennata e, guardando meglio, Henry vide che, nel punto dov'erano fissate alla colonna, le catene cominciavano ad allentarsi. Dietro di lui risuonò un boato, e il terreno gli tremò sotto i piedi. Aurora smise di contorcersi e si voltò a indicargli qualcosa. Henry si girò di scatto e vide il drago galoppargli incontro, spaventosamente simile a un treno lanciato a tutta velocità.

Ma nel girarsi, scorse il pugnale Halek a pochi metri da lui, la lama di cristallo percorsa da guizzanti scintille di energia. Non aveva mai usato un pugnale Halek, però Pyrgus gliene aveva parlato a lungo. Erano fabbricati in edizione limitata da stregoni della Terra di Halek, e potevano uccidere chiunque. Bastava affondare il pugnale e, se la lama non si spezzava, le energie fluivano in chi era stato colpito, uccidendolo all'istante. Non si poteva ferire, con un pugnale Halek. Si poteva soltanto uccidere. Chiunque e qualunque cosa.

Perfino un drago!

Henry afferrò il pugnale mentre il mostro stava per raggiungerlo.

Novantaquattro

— Henry! — urlò Aurora. Cosa faceva là immobile, stringendo quello stupido pugnale? Il drago gli era quasi addosso e, invece di darsela a gambe, lui se ne stava ad aspettarlo. Com'era possibile essere così stupido, stupido, stupido...?

E poi, all'improvviso, capì. Henry credeva che il pugnale Halek potesse uccidere il drago! Pyrgus non faceva che dirgli com'erano fantastici quei pugnali... nutriva una vera passione per quelle armi. E adesso Henry non sapeva che contro quella creatura era assolutamente inutile.

Un sospetto spaventoso la fulminò, togliendole il fiato. Le squame del drago erano dure come la selce. Quando lo aveva usato lei, la lama non si era spezzata... però una fortuna del genere difficilmente si ripeteva, e se ora il pugnale si fosse spezzato, Henry sarebbe morto. Già le sembrava di vedere il drago che lo sbranava, lo divorava...

— Henry! — urlò di nuovo. Strattonò follemente le catene, che finalmente cedettero.

Per un momento Aurora barcollò sull'orlo della piattaforma, gli occhi fissi sul fiume di lava che scorreva sotto di lei. Poi le catene scivolarono fuori dagli anelli che le fissavano alle manette, e di colpo fu libera. Agitò disperatamente le braccia per riprendere l'equilibrio, ma era troppo tardi, sarebbe caduta...

Piegò le ginocchia e si diede lo slancio, saltando il più lontano possibile dal bordo della piattaforma. Il balzo la portò, sia pure per un pelo, al di là del ruscello di lava. Atterrò in posizione accucciata con un tonfo che le fece vibrare tutto il corpo, e per un momento pensò di essersi storta una caviglia, però non aveva il tempo di preoccuparsene. Davanti a lei, il drago aveva quasi raggiunto Henry, che lo aspettava immobile, le gambe divaricate e i piedi ben piantati a terra, pronto ad affrontarlo come un re guerriero.

— Henry! — urlò per la terza volta Aurora, e corse verso di lui.

Novantacinque

Henry ebbe l'impressione che qualcuno dietro di lui gridasse il suo nome, ma non aveva tempo per voltarsi, non aveva tempo per niente che non fosse fissare il mostro. Sollevò il pugnale Halek.

Il difficile sarebbe stato scansarsi per evitare che, cadendo, il drago lo spiaccicasse come un insetto. Da quanto gli aveva raccontato Pyrgus, la morte sarebbe stata immediata, ma l'impeto della corsa avrebbe fatto proseguire il drago di qualche metro e perciò, quando fosse crollato, non doveva essergli davanti.

Fu distratto da un movimento intravisto con la coda dell'occhio. Guardò meglio e – incredibile ma vero – vide il charno trotterellare con aria rassegnata dentro la caverna. Era impazzito? Cosa credeva di fare? Ma ora non aveva tempo di pensare a lui. Senza rallentare, il drago aveva abbassato la testa, e di colpo Henry si rese conto che il suo piano aveva una grossa falla. Se adesso quel mostro avesse deciso di sputare una fiammata, lo avrebbe carbonizzato nel giro di pochi secondi, e nessuna arma, nemmeno il pugnale Halek, avrebbe potuto salvarlo.

Però il drago non sputò fuoco. Spalancò invece le mascelle preparandosi a inghiottirlo, e Henry si ritrovò a guardare – al di là delle fauci enormi bordate da denti fitti e giganteschi – la fiammella che gli guizzava perpetua in fondo alla gola. Aspettò fino a sentire la puzza del fiato del bestione, fino a sentire vibrare il terreno sotto i piedi, e poi si scostò rapido, sollevò il pugnale Halek e...

— Henry! — Aurora era al suo fianco. Gli afferrò il

polso e gli tirò indietro il braccio, facendogli perdere l'equilibrio e mancare il colpo. Caddero insieme, mentre il drago passava oltre.

— Che fai? — urlò Henry, tentando di liberarsi dalla sua stretta.

— Il pugnale Halek non funziona — ansimò Aurora mentre si rimettevano in piedi.

— Soltanto la mazza funziona — li informò paziente il charno, lasciando cadere ai loro piedi la mazza ferrata.

— Neanche riesco a sollevarlo, quell'affare! — urlò Henry.

Risuonò un ruggito che li scosse fino alle ossa, uno stridio terrificante di artigli sulla roccia e, voltandosi, videro che il drago era pronto per un'altra carica.

— Il pugnale Halek non funziona! — ripeté Aurora.

Però adesso erano insieme. Almeno sarebbero morti insieme. E insieme al charno e a Lorquin. Sarebbero morti tutti quanti.

Il drago raspò il terreno come un toro.

— Perché non la usi tu, la mazza? — urlò Henry al charno. In fin dei conti, aveva trasportato l'arma fin lì, e sembrava capace di manovrarla come se fosse una piuma.

— Non dire sciocchezze — replicò lui.

— Io non riesco a sollevarla — disse di nuovo Henry in tono lamentoso rivolto ad Aurora.

— Lo so. Nemmeno io ci sono riuscita.

Il drago caricò.

— Forse — suggerì Aurora — potremmo sollevarla insieme.

Lorquin attaccò il drago di lato, brandendo un rozzo pugnale di selce identico a quello che si era spezzato nella mano di Henry.

All'unisono, Aurora e Henry si chinarono sulla mazza ferrata. Le loro mani la raggiunsero insieme, insieme ne strinsero l'impugnatura. Insieme la sollevarono facendola oscillare sopra la testa. Lorquin saltò a cavalcioni della coda del drago e ne colpì le squame corazzate: il pugnale si spezzò esattamente come quello di Henry, ma il drago neanche sembrò accorgersene. Ormai era a pochi metri. La testa scattò avanti, il collo teso; la bocca si spalancò, simile a una caverna fiammeggiante. Aurora e Henry calarono la mazza.

L'arma colpì il muso del drago ed esplose in una pioggia di scintille. Ci fu un suono bizzarro, come di qualcosa che venisse lacerato. Piattaforma e ruscello di lava svanirono. Una luce abbagliante si riversò nella caverna da un'arcata fino a quel momento invisibile. Per un istante il drago si tramutò in un serpente gigantesco che sembrò riempire il mondo intero, e poi sparì. Lorquin, ancora a cavalcioni della coda, cadde a terra, rimbalzò e si rimise in piedi con un sorriso radioso.

— L'hai fatto, En Ri! — gridò eccitato. — L'hai ucciso!

— Veramente penso che lo abbiamo rimandato a casa — precisò Aurora.

Novantasei

Henry non riusciva a staccarsi da lei. L'abbracciò, la baciò sulle guance, sul naso, l'abbracciò di nuovo. Si sfilò la giacca e gliela mise sulle spalle per coprire la camicetta stracciata. Poi l'emozione lo sopraffece e l'abbracciò una terza volta.

Non sembrava che ad Aurora la cosa dispiacesse. — Anch'io sono contenta di vederti — mormorò sorridendo.

Poi Henry fece una cosa strana. Con un braccio attorno alla sua vita, la condusse davanti al ragazzino azzurro e procedette a una presentazione formale. — Lorquin, questa è la Princ... la Regina Aurora, del Regno degli Elfi. Aurora, lui è Lorquin. — Esitò una frazione di secondo e aggiunse: — Il mio Compagno.

Il ragazzino s'inchinò con aria estremamente soddisfatta e, intuendo che c'era in gioco qualcosa d'importante, Aurora fece altrettanto.

Soltanto allora Henry riportò lo sguardo sulla piattaforma con la sua colonna di roccia. — Com'è successo? Il drago e il resto?

— È una lunga storia — rispose Aurora. — Ti stavo cercando...

— E io cercavo te! — Henry sorrise felice. Era un pezzo che non si sentiva così felice. Tornò ad abbracciarla.

— Mi stritoli, Henry — protestò lei. Però sorrideva, e non sembrava un invito a smettere, così Henry la baciò sul serio. Aurora chiuse gli occhi e ricambiò il bacio.

— Abbiamo affrontato un *drago*! — mormorò lui quando smisero di baciarsi.

Il sorriso di Aurora si allargò. — L'abbiamo rimandato a casa.

— Tutti noi vorremmo tornare a casa — interloquì il charno. I grandi occhi castani ammiccarono lentamente, molto lentamente, mentre aggiungeva: — Se voi due avete finito di sbaciucchiarvi.

— Puoi trovare l'uscita? — chiese Henry a Lorquin.

— Forse non ce n'è bisogno — disse Aurora, accennando all'arcata. — Quella sembra la luce del sole.

— Oh, sì, giusto — concordò Henry, chiedendosi perché non ci avesse pensato. Era incredibilmente su di giri, e aveva l'impressione di librarsi a dieci centimetri da terra. Tolse il braccio dalla vita di Aurora e attraversò di corsa la caverna per scoprire quale fosse la fonte di quella luce. Ma appena varcò l'arcata, si fermò. Poi arretrò di un passo, e si fermò di nuovo.

A bocca aperta.

— Bontà divina! — bisbigliò.

Aurora si affrettò a raggiungerlo, e lo stesso fece Lorquin. Dopodiché rimasero tutti e tre immobili sotto l'arco di roccia, gli occhi fissi sulla luce.

Dopo un lungo momento, Aurora chiese con voce rauca: — Ma che cos'è, Henry?

E lui rispose: — È un angelo.

Novantasette

Henry si sentiva come limatura di ferro in presenza di una calamita. A dispetto della paura, fece un passo avanti. Probabilmente gli altri provavano la stessa sensazione, perché lo imitarono. L'essere nella gabbia era diverso da qualunque altro avesse mai visto: aveva l'aspetto di un uomo, ma era molto più alto – quasi due metri e mezzo! – e la gabbia lo costringeva a stare curvo. Il suo torso era muscoloso come quello di un uomo, ma lì finiva ogni somiglianza.

L'angelo splendeva. Ogni centimetro quadrato della sua pelle era letteralmente fluorescente, ed emetteva una luce bianca così forte da fare male agli occhi. Eppure neanche questa era la cosa più strana. La cosa più strana in assoluto erano le ali.

Henry ne aveva viste parecchie, di ali d'angelo. I suoi libri di storia dell'arte ne erano pieni, e le aveva anche viste scolpite nel marmo quella volta che sua madre aveva trascinato l'intera famiglia in un giro culturale delle cattedrali britanniche. Però queste erano qualcosa di completamente diverso. Artisti e scultori le avevano sempre immaginate bianche e simili a quelle degli uccelli, come se le spalle degli angeli avessero muscoli capaci di farli volare come aquile. Invece le ali che aveva davanti non erano affatto così. Non erano di piume, e non erano bianche. In effetti, in un certo senso, neanche sembravano esserci davvero.

Henry batté le palpebre. Le ali si allargavano dietro l'angelo, simili a scintillanti ventagli di energia, luccicando e fremendo come i nastri violacei dell'aurora boreale. Erano la cosa più bella che gli fosse capitato di vedere. Non era mai stato particolarmente religioso, però in quelle ali c'era qualcosa che faceva venire voglia d'inginocchiarsi e pregare.

Aurora fece un altro passo avanti, e così pure Lorquin, e l'impulso di pregare lasciò Henry di colpo. — Fermi! — sibilò nel tipico sussurro che di solito ci si sente in dovere di usare dentro una chiesa. Poi, visto che non gli davano ascolto, disse più bruscamente e a voce più alta: — Non avvicinatevi troppo! — Aveva un nodo allo stomaco. Chissà perché, era convinto che l'angelo fosse pericoloso quanto il drago.

Come al solito, Aurora non gli diede retta, gli occhi sbarrati e un sorriso stranamente vacuo. Quanto a Lorquin, aveva un'espressione estatica. Entrambi fecero un altro passo avanti, portandosi a neanche un metro dalla gabbia.

L'angelo cambiò posizione, e l'ondata di energia proiettata dalle sue ali fluì ad avvolgere Aurora e Lorquin.

— Aurora! — urlò Henry.

La vide cambiare davanti a lui. In un batter d'occhio diventò una donna matura, i capelli striati di grigio, le prime rughe sulla fronte; poi altrettanto di colpo diventò vecchia... non come Pyrgus quando era comparso nel giardino del signor Fogarty, ma *davvero* vecchia, come il signor Fogarty o Madama Circe. Si teneva ancora dritta, e nell'inclinazione della testa era possibile scorgere la familiare traccia di arroganza, ma per il resto era irriconoscibile.

— Aurora! — urlò di nuovo.

Il cambiamento in Lorquin fu, se possibile, perfino più spettacolare. Si voltò a guardare Henry e gli rivolse il suo solito sorriso luminoso, ma ora quel sorriso illuminava la faccia di un uomo attraente, ben piantato, alto e fiero: il sorriso di un eroe che aveva lottato e visto molte cose.

Poi le ali fluttuarono indietro e si piegarono, e Aurora tornò a essere Aurora, e Lorquin un ragazzino.

Henry udì la propria voce urlare: — Non avvicinatevi!

— Dobbiamo liberarlo — replicò Aurora. — Soffre.

Era ovvio che l'angelo soffriva. Da settimane era prigioniero in quella gabbia - in questa *realtà* - incapace perfino di stare dritto. Ma peggio di tutto era la magia usata da Sulfureo per imprigionarlo e che gli bruciava il corpo come un ferro arroventato. Henry lo sapeva, anche se non sapeva come faceva a saperlo.

L'angelo voltò la testa e lo guardò dritto negli occhi.

— Dobbiamo liberarlo — ripeté Aurora.

L'angelo stava *parlando* a Henry, parlando senza parole. Era una sensazione stranissima, intima e calda, come quando sei accanto a qualcuno e scopri di esserne innamorato. Un torrente di sapere fluì dalla mente dell'angelo in quella del ragazzo. Non c'era da stupirsi che li avessero chiamati Messaggeri.

Aurora fece per muoversi, ma stavolta Henry fu più rapido: la raggiunse in tempo e l'afferrò per un braccio. — Se ti avvicini, ti ucciderà — disse serio.

Lo sguardo vacuo di Aurora andò da lui all'angelo. — Non mi farebbe mai del male — disse in tono sognante.

— Non lo farebbe apposta — replicò Henry. — Il fatto è che non dovrebbe essere in questa realtà. Basta la sua presenza a distorcerla, a mutare il flusso del tempo. E quando le muove, le ali inviano correnti di mutamento temporale in tutto il Regno. Ma che le muova o no, basta essergli vicino perché ti uccida.

L'espressione sognante svanì dal viso di Aurora. — Allora noi come lo liberiamo?

— Non *noi* — replicò Henry. — *Io*.

Aurora capì al volo. — Vuoi dire che su di te non avrà effetto perché sei del Mondo Analogo? Puoi avvicinarlo senza farti uccidere perché questa non è la tua realtà?

Henry respirò a fondo. — Penso di sì. — Si augurò che Aurora si accontentasse di quella spiegazione e non facesse altre domande.

— Ne sei sicuro? — insisté lei.

Henry le mollò il braccio. — C'è un solo modo per scoprirlo — disse. E andò deciso verso la gabbia.

Novantotto

Il Capo Guaritore Croesus aggrottò la fronte. Stava guardando il corpo della Principessa Nymphalis, chiuso in una capsula di stasi accanto a quella del Principe Pyrgus. Entrambi mostravano gli effetti della Febbre Temporale, Pyrgus più di Nymph: da quando la stasi aveva smesso di funzionare, si era trasformato in un vegliardo decrepito. Ma anche su di lei erano chiari i segni dell'età: appariva già una donna di mezza età, e Croesus si stava chiedendo se non fosse il caso di aumentare l'intensità del campo di stasi. Non che in realtà servisse a qualcosa – o la stasi funzionava, oppure non funzionava – ma detestava quell'insopportabile sensazione d'impotenza. Tornò a fissare Nymphalis e...

E si accorse che sembrava un po' più giovane.

Impossibile, naturalmente. La Febbre Temporale era un viaggio a senso unico. Perfino quando la stasi riusciva ancora a fermarla, niente poteva ribaltarne le conseguenze. Perciò questo poteva essere solo un effetto della sua immaginazione. A volte la forza di un desiderio può influenzare perfino l'osservatore più addestrato. Eppure non riusciva a liberarsi dalla sensazione che Nymphalis sembrasse più giovane: la sua carnagione aveva un colorito più sano, e avrebbe potuto giurare che le rughe fossero diminuite, sia pure di poco.

D'impulso si avvicinò alla capsula di Pyrgus. E quello che vide gli levò il fiato. Anche lui appariva più giovane, *molto* più giovane. Non c'era ombra di dubbio. Gli effetti della febbre si stavano annullando.

Per una volta Croesus scordò la propria dignità e galoppò verso le corsie, ma già prima di raggiungerle un suono di voci agitate lo informò che stava succedendo qualcosa. Quando irruppe nel corridoio, vide infermiere che si sparpagliavano in ogni direzione e guaritori che correvano a destra e a manca, ma più stupefacente, più sorprendente, più sbalorditivo di ogni altra cosa era che anche i pazienti erano in piedi... pazienti che appena quella mattina aveva visto stesi a letto immersi nel coma.

Croesus agguantò per un braccio un guaritore vestito d'azzurro. — Che succede? — domandò.

— Remissione spontanea — fu la brusca risposta.

Esattamente il tipo d'idiozia che erano addestrati a dire quando non avevano idea di cosa stesse succedendo.

— Questo lo vedo da me — sbottò Croesus. — Ma che cosa l'ha causata?

Il guaritore scosse la testa. — Non lo so, signore. — Gli rivolse un sorriso irritante. — Però è magnifico, vero, signore?

Magnifico, ma inconcepibile. Quando Croesus finì di effettuare qualche rapido esame per convincersi che le guarigioni erano genuine, dall'esterno stava arrivando una valanga di rapporti su "remissioni spontanee" in tutta la capitale. Non aveva il minimo dubbio che di lì a poco notizie simili sarebbero arrivate dal resto del paese.

Con tanti pazienti da dimettere su due piedi, era già pomeriggio avanzato prima che Croesus si ricordasse che Nymph e Pyrgus erano ancora nelle loro capsule di stasi. E subito dopo si ricordò che anche Madama Circe era in stasi: anche se ormai era chiaro che non serviva più a fermare la febbre, l'aveva fatta ugualmente mettere in una capsula, perché quella era la procedura normale per le persone della sua età. Del resto, che altro avrebbe potuto fare? Forse la stasi aveva rimandato di qualche ora la morte inevitabile. O forse era già morta.

O forse anche nel suo caso si era verificata una remissione spontanea.

Stava correndo a controllare, quando qualcuno lo informò che la Regina Aurora era tornata a Palazzo.

Novantanove

Pioveva, naturalmente. Da quando aveva ereditato il castello che un tempo era stato di Panolis, Duca di Flammea, Lord Rodilegno aveva trovato più economico lasciare al loro posto i pluvincanti che neutralizzarli. Perciò il posto era esattamente come lo aveva voluto Panolis: un incubo gotico aggrappato a una rupe, schiaffeggiato dai marosi, frustato dalla pioggia battente e dai venti ululanti.

Non che la cosa avesse importanza. Anzi, ben si adattava al suo umore.

Rodilegno uscì sugli spalti, stringendosi addosso il mantello. Da lassù poteva vedere il mare spumeggiante e la strada che portava al maniero. Non c'erano in vista né vailà né veicoli di qualunque tipo. Niente battelli, né volasvelti. Nessuno veniva più a fargli visita. E se anche l'avessero fatto, non avrebbero trovato servitù ad accoglierli.

Il gelo s'infiltrò sotto il mantello, ma Rodilegno lo ignorò. Quando era, si chiese, che tutto aveva cominciato ad andare storto? Sembrava fosse passato un attimo da quando il mondo intero e i suoi fasti si erano stesi sconfinati ai suoi piedi. Sua sorella aveva sposato il Monarca. Lui godeva dell'appoggio indiscusso degli Elfi della Notte. Era solo questione di tempo, poco tempo, prima che gli fosse possibile prendere il controllo del Regno.

Ma ormai tutto era cambiato. Suo cognato, Danaus Plexippus, il vecchio Monarca, era morto, resuscitato e poi di nuovo morto. La figlia di Plexippus era salita al trono. Il suo antico alleato demoniaco, Beleth, era morto pure lui e, incredibile ma vero, Aurora era diventata Regina di Infera. Tutte le antiche alleanze, gli antichi accordi, erano a brandelli. I Luminosi avevano l'assoluto controllo del Regno. Com'era possibile che tutto fosse andato così orribilmente storto?

Le sue mani si serrarono sulla pietra degli spalti. E dov'era finito, si chiese, tutto il suo denaro? Era facile dire che, con la morte di Beleth, era scomparsa la sua principale fonte di reddito. Ma dov'erano finiti i suoi possedimenti, le riserve auree, i massicci crediti?

Il problema era che vivere all'altezza della sua posizione risultava rovinosamente costoso. Solo in bustarelle spendeva una fortuna; e se non facevi attenzione a mantenere una certa apparenza, nessuno ti prendeva sul serio. Perciò, e in un tempo spaventosamente breve, le sue riserve auree si erano ridotte, i crediti prosciugati e i possedimenti erano stati venduti o ipotecati. Con loro erano scomparsi i cosiddetti amici... non che questa fosse una sorpresa. Non aveva mai nutrito illusioni su nessuno di loro. Alla fin fine, aveva sempre fatto conto soltanto su se stesso.

Eppure il suo piano – ne era ancora convinto! – era praticamente perfetto. Luminosi o Notturni che fossero, chiunque avesse soldi avrebbe sempre avuto bisogno di servitù a poco prezzo... ecco perché era stato così conveniente usare servi demoni! Un unico pagamento, e avevi un servo a vita. Non era riuscito a capire perché la cosa non avesse mai interessato ai Luminosi: in fin dei conti, se tornava comodo, erano abbastanza pronti ad abbandonare le loro credenze religiose in altri campi! Ma questo non importava quando lui aveva il monopolio del mercato fra i Notturni.

E il nuovo piano era perfino migliore! Chi poteva avere qualcosa da obiettare su servi angeli?

A che punto era andato tutto storto?

Si avvicinò al bordo, e avvertì il vento strattonarlo con dita gigantesche. Come gli era capitato così spesso in passato, si sentiva vagamente irritato, risentito, deluso, ma soprattutto confuso e stanco fino al midollo.

Com'era possibile che fosse andato tutto storto?

Lord Rodilegno fece un passo avanti e precipitò dagli spalti verso le rupi sottostanti. Mentre cadeva, il vento allargò il suo mantello, facendolo somigliare in tutto e per tutto a un gigantesco pipistrello.

Cento

La riunione si svolse nella sala del trono. Una scelta interessante, perché significava che Aurora era pronta a permettere che qualunque decisione raggiunta si diffondesse rapidamente in tutto il Palazzo, e da lì, ancor più rapidamente, nel Regno in attesa.

Lo sguardo di Madama Circe passò da un viso all'altro. Aurora sembrava in effetti un po' invecchiata: ormai una giovane donna più che una ragazza, in apparenza calmissima, ma forse provata dalle esperienze. Accanto a lei era seduto Henry, anche lui cambiato, in modo più sottile eppure profondo: a parte il fatto di essere abbronzato e dimagrito, aveva più o meno l'aspetto di sempre, ma un atteggiamento diverso. Sembrava più a proprio agio con se stesso, più sicuro, più... come dicevano gli Analoghi?... sciolto. Come al solito non parlava molto, però dava l'impressione che poco sfuggisse ai suoi occhi guizzanti.

Anche Colias sembrava vigile, ma al tempo stesso piacevolmente rilassato. Aveva svolto i suoi doveri con dignità e ceduto il trono senza problemi appena la sorella era tornata. In mezzo agli altri, Nymph appariva quella di sempre: serena, sicura, bella, ogni residuo di Febbre Temporale svanito, e in forma perfetta. Quanto a Pyrgus, aveva un aspetto più giovane, come se nel suo caso gli effetti della malattia non solo si fossero annullati, ma lo avessero riportato un po' indietro nel tempo. Madama Circe incrociò il suo sguardo e accennò un sorriso: Pyrgus sembrava di nuovo un ragazzo... identico a suo padre quando era ragazzo. Strano come, sia pure senza l'aiuto di un'epidemia, a volte il tempo sembri compiere un percorso circolare.

Anche se di solito non era incluso in quel tipo di riunioni, stavolta era presente anche Croesus... alto, sovrappeso, arrogante, pomposo, affidabile e competente come al solito. Aveva lavorato sodo per cercare di contrastare l'epidemia, e meritava di sapere che cosa l'aveva scatenata.

L'unico assente di rilievo, notò Madama Circe con una fitta di dolore quasi insopportabile, era Alan. Avrebbero sentito tutti la mancanza dei suoi consigli. Si chiese se Aurora l'avrebbe nominata Viceré: non le veniva in mente nessun altro possibile candidato.

Le grandi porte della sala del trono si chiusero, e tutti gli occhi si puntarono sulla Regina. L'intera faccenda era stata opera di Rodilegno, di questo Madama Circe era sicura, però ancora non sapeva come o perché.

— È stato mio zio — disse brusca Aurora, come se le avesse letto nel pensiero.

— Ha scatenato lui la Febbre Temporale? — chiese Croesus aggrottando la fronte.

Aurora annuì. — Ne è stato la causa, sì.

— Immagino che fosse una qualche arma, mia caaava — disse Madama Circe. — Biologica? Voleva usarla per indebolire la tua posizione?

Cogliendola completamente alla sprovvista, Aurora scosse la testa. — No. Non aveva previsto niente di quanto è successo: né la febbre, né l'emergenza. Men che meno aveva in mente un colpo di stato. Il propagarsi dell'epidemia non è stato che un effetto collaterale del suo vero piano.

— A volte sei proprio insopportabile, Aurora — sbuffò Pyrgus. — Perché non la smetti di tirarla per le lunghe e non ci dici chiaro e tondo cos'è successo?

— Molto bene — replicò lei nascondendo un sorriso.

— Sai che, quando sono diventata Regina di Infera, nostro zio ha perso parecchio denaro e parecchia influenza...

— Ti riferisci al commercio di schiavi? — la interruppe il fratello. — Del fatto che si arricchiva piazzando servi demoni?

— Esatto. Ha semplicemente tentato di rimpinguare i propri forzieri riprendendo quel commercio.

Stavolta toccò a Pyrgus aggrottare la fronte. — Ma è impossibile! Non gli avresti mai permesso di usare i demoni come faceva Beleth

— Non con i demoni — replicò Aurora. — Con gli angeli.

Per una quindicina di battiti di cuore, nella sala del trono calò un silenzio assoluto. Poi: — Non dirai sul serio, mia caaava — mormorò Madama Circe.

— Altroché — ribatté Aurora. — Rodilegno aveva incaricato il nostro vecchio amico Sulfureo, che come ben sapete era un demonologo esperto, di evocare e imprigionare un angelo. Non so esattamente come, ma c'è riuscito. L'idea era che una volta stabilito il migliore metodo di evocazione da usare, e una volta che Sulfureo avesse dimostrato di poter imprigionare un angelo, Rodilegno avrebbe cominciato a catturarli su scala commerciale per poi noleggiarli come servi... o meglio: schiavi. Come tutti sapete, gli angeli hanno grandi poteri, molto maggiori dei demoni. Il potenziale profitto... — scrollò le spalle — ... sarebbe stato enorme.

— Ma Vostra Maestà — intervenne Croesus in tono formale — questo che c'entra con la Febbre Temporale?

— Ne è stata la causa diretta — rispose pronta Aurora. — Come sapete, Empireo è molto più lontano di Infera dal Regno degli Elfi. La brutale cattura dell'angelo ha sottoposto la trama stessa della nostra realtà a una tensione straordinaria, quasi insopportabile. In breve, tutti noi abbiamo cominciato ad avvertire quella tensione come tempo che fuggiva... e, ritenendola una malattia, l'abbiamo chiamata Febbre Temporale. Invece non era una malattia, bensì una distorsione della nostra realtà.

Croesus la fissò sgomento. — Ma perché questo Sulfureo non ha liberato l'angelo appena ha scoperto cosa stava succedendo? Perché Lord Rodilegno non lo ha costretto a farlo?

— Non lo sapevano — rispose Aurora. — Nessuno di loro. Come noi, erano convinti che la Febbre Temporale fosse una malattia. E dubito che chiunque avrebbe mai scoperto la verità senza... — lanciò una rapida occhiata a Henry — ... un intervento esterno.

— Che tipo d'intervento? — indagò Pyrgus.

— Ora questo non ha importanza — replicò ferma Aurora. — Importa solo che l'angelo è stato liberato, la nostra realtà sta tornando normale e gli effetti della distorsione, la cosiddetta Febbre Temporale, stanno svanendo.

Per un momento sembrò che Pyrgus fosse intenzionato a insistere per strapparle altre informazioni, ma quando tornò a parlare chiese soltanto: — Che ne facciamo di zio Rodilegno e Sulfureo?

— Niente — rispose Aurora.

Madama Circe inarcò un sopracciglio. — Niente?

— Sulfureo è impazzito — la informò Aurora. — Non ci procurerà altri fastidi. Quanto a mio zio... be', senza dubbio, e avendone la possibilità, ci procurerà altri fastidi, ma ora come ora il suo tentativo di migliorare la propria posizione è fallito clamorosamente, e ogni nostra mossa contro di lui potrebbe suscitare fra gli Elfi della Notte qualche simpatia a suo favore.

Madama Circe la fissò ammirata. La ragazza stava imparando i trucchi della politica.

Aurora si alzò bruscamente. — Forse più tardi avrò un altro annuncio importante — concluse — ma per il momento non ho niente da aggiungere.

Cento e uno

Allo sciabordio dell'acqua si mescolavano i suoni lontani della città: il fragore dei carri, i richiami dei venditori. Di notte la città diventava molto più viva che di giorno. Henry era seduto accanto ad Aurora in riva al fiume, su una panchina seminascosta da una mimosa. Si tenevano per mano.

— Di che annuncio importante parlavi? — le chiese.

— Non so — replicò Aurora. — Perché non me lo dici tu?

Quando Henry la fissò con occhi vacui, distolse lo sguardo.

Dopo un po', lui si decise a parlare. — In un certo senso sembrava tutta una messa in scena.

Aurora capì che si riferiva alla loro avventura col drago. — *Era* una messa in scena — replicò. — Organizzata da uno degli Antichi Dei.

— Perché? — chiese Henry a voce bassa, lasciando vagare lo sguardo sul fiume. Sapeva che stavano parlando di questo perché non si sentiva ancora pronto a parlare di quello che gli stava realmente a cuore.

— Per aiutare la nostra realtà, credo — rispose Aurora. Esitò, e aggiunse: — E per assicurarsi che le nostre storie seguissero il giusto corso.

— Che storie?

— La nostra. La tua e la mia.

C'era un uccello che zampettava nelle acque basse del fiume. Lì per lì Henry non lo riconobbe: di sicuro non era nativo delle Isole Britanniche, e forse nemmeno del

Mondo Analogo. Poi la curva del becco gli fece tornare in mente un disegno visto in un libro sull'Egitto e lo riconobbe: era un ibis.

— Non capisco — mormorò senza guardare Aurora.

— Tempo fa un sacerdote mi ha detto che secondo gli Antichi Dei, i mortali vivono solo per recitare certe storie. E a volte le divinità intervengono per essere sicure che le storie si svolgano come dovrebbero... com'è destino che si svolgano, ecco.

— Allora non eravamo davvero in pericolo? Era solo una specie di recita?

— Il drago avrebbe potuto ucciderti — ribatté seria Aurora. — Non so cos'avrebbe fatto a me. Le storie sono reali e riflettono l'indirizzo che diamo alla nostra vita. Alcune finiscono in tragedia... con te divorato da un drago, per esempio. — Accennò un sorriso. — Ma tu sei stato coraggioso, perciò non è andata così.

— Aurora...? — disse Henry dopo un altro lungo silenzio.

— Sì?

— Ti ricordi l'ultima volta che siamo stati qui, in riva al fiume?

— Sì, me lo ricordo.

— Ti ricordi che cosa mi chiedesti?

Aurora annuì. — Sì, ricordo anche questo.

Henry si passò la lingua sulle labbra, augurandosi che lei non sentisse i tonfi martellanti del suo cuore, e prese fiato. — Mi chiedesti di sposarti.

— Ero molto giovane — replicò Aurora in tono inespressivo.

Henry ebbe l'impressione di sentirsi sgonfiare qualcosa dentro, ma ormai si era spinto troppo avanti per fermarsi. E poi di che aveva paura? Aveva affrontato un drago, giusto? Tornò a passarsi la lingua sulle labbra. — Vuoi ancora sposarmi?

Seguì un lungo silenzio rotto solo dallo sciabordio dell'acqua; poi Aurora disse: — Quello che voglio io non ha importanza, vero? Non realmente. Tu hai la tua vita nel Mondo Analogo.

— Non è che quella vita mi piaccia granché — ammise Henry. — Non ci tengo a diventare un insegnante.

— E i tuoi genitori? — chiese Aurora. Aveva lo sguardo fisso sull'acqua e gli aveva lasciato andare la mano.

— Mia madre ha Anais. E mio padre se n'è andato, non lo vedo spesso. Vive con la sua ragazza, si è rifatto una vita ed è felice... credo. Almeno non ha fra i piedi mamma che gli dice di continuo che cosa fare. — Tentò di riprenderle la mano, ma Aurora la ritrasse gentilmente. Senza farsi smontare, Henry proseguì d'un fiato: — Però non è questo il punto. Insomma, fra un po' dovrò andarmene anch'io... cioè, anche se restassi nel Mondo Analogo, fra poco me ne andrò di casa. All'università, o in qualche scuola per diventare insegnante. E dato che dalle mie parti non ce ne sono, dovrò andarmene comunque. Non li vedrei spesso, né mamma né papà. E in seguito avrei la mia vita, da insegnante o altro. Cresci, esci di casa... è così che vanno le cose. Se restassi qui, sarebbe come se sposassi una ragazza del Mondo Analogo e andassimo a stare in un'altra città.

Aurora insisteva a non guardarlo, però a Henry sembrò d'intravederle sulle labbra l'ombra di un sorriso. — Non *esattamente* lo stesso — replicò. — Dove racconteresti loro che vivi?

Henry batté le palpebre. — Eh?

— Nel regno delle favole? — insisté Aurora, inarcando le sopracciglia. Ovviamente aveva sentito il termine da qualche parte e ne conosceva il significato.

— Pensavo di fare come il signor Fogarty, dire che voglio emigrare... che so, in Nuova Zelanda o in Australia, roba del genere. Un posto lontano. — Respirò a fondo.

— Magari potrei usare un conincanto per convincerli a non fare storie.

— A quanto pare ci hai pensato su parecchio — commentò Aurora, lanciandogli una rapida occhiata. — E che mi dici dei tuoi studi?

— Potrei finirli qui. Sarebbe molto più interessante. — Henry la fissò e attese. Poi, visto che lei non diceva altro, glielo chiese: — Allora... vuoi?

— Voglio che cosa?

— Vuoi ancora sposarmi?

Aurora si voltò a guardarlo dritto in faccia. — Mi stai chiedendo di sposarti, Henry Atherton?

— Sì — rispose lui. — Proprio così.

— Perché?

— Perché ti amo.

Aurora distolse lo sguardo. — Non posso sposare un plebeo.

— Che cosa?

— Non posso sposare un plebeo — ripeté Aurora. — Sono Regina degli Elfi e Regina di Infera. Non posso sposare un plebeo. — Tornò a guardarlo, però stavolta sorrideva. — Dovrò nominarti Signore degli Elfi.

Henry la fissò incredulo. — Allora mi sposi?

— Quando vuoi, Henry — sussurrò Aurora.

A quel punto lui la baciò.

Cento e due

Le strade erano state cosparse di ghiaia fresca, e stendardi sventolavano da ogni edificio. Henry salutò la folla dal finestrino del vailà, come aveva visto fare la Regina d'Inghilterra durante le cerimonie di Stato. Gli applausi e le acclamazioni non s'interruppero un istante mentre la carrozza lo portava verso la cattedrale. Il cuore gli batteva così forte da fargli temere che sarebbe scoppiato.

Il vailà calò lentamente davanti alla cattedrale, un valletto ne spalancò lo sportello e s'inchinò profondamente, mentre Henry ne usciva. Già una volta era entrato là dentro, per l'incoronazione di Pyrgus, e la scena non era molto diversa. La cattedrale torreggiava sopra i soldati in parata, i cortigiani, la folla vociante. Era un edificio gigantesco, molto più grande di ogni altra cattedrale del Mondo Analogo, ma la sua architettura – una filigrana simile a merletti – poteva essere frutto solo di magia. O forse di un intervento divino. Ora che aveva visto un angelo con i propri occhi, era pronto a credere a qualunque cosa.

Pyrgus stava venendo verso di lui con un sorriso che andava da un orecchio all'altro. Indossava un'elaborata uniforme navale, probabilmente relativa a uno dei suoi tanti titoli. Strinse la mano di Henry, poi lo abbracciò e gli diede una pacca sulla schiena mormorando: — Vecchio furfante. Che vecchio furfante!

— Lei c'è già? — bisbigliò Henry. Una parte di lui sapeva che tutto questo non stava succedendo... o, se anche stava succedendo, era troppo bello per essere vero.

Avrebbe voluto avere Lorquin al suo fianco per riceverne sostegno morale, ma Lorquin era tornato dalla sua tribù, e del resto sarebbe stato totalmente frastornato da quello che stava succedendo. Perciò non gli restava che affrontare la cerimonia da solo. Di sicuro Aurora non sarebbe arrivata, o si sarebbe scoperto che era già sposata, o sarebbe andato storto qualcos'altro. Era impossibile che si sposasse *davvero*... non con una principessa degli elfi, non con Aurora.

— Ancora no — bisbigliò di rimando Pyrgus. — Prima devi esserci tu. Il Vascello di Gala è ormeggiato a Miseranda, e ora che sei qui invieranno un segnale.

Non fosse stato per Pyrgus, Henry neanche sarebbe riuscito a trovare l'ingresso della cattedrale. Anche così, ebbe solo una confusa impressione di soldati che scattavano sull'attenti, e di folle scalmanate, e di un'impalpabile nevicata rosea che, dopo un momento, scoprì composta di petali di rosa.

Dentro era perfino peggio. La cattedrale era un parapiglia di colori e odore d'incenso. C'erano minimo un centinaio di Sacerdoti della Luce in spettacolari vesti dorate, e file e file di aristocratici, i cui elaborati abiti di gala rivaleggiavano fra loro in eleganza. Al centro della cattedrale, un falò smisurato crepitava e scintillava, senza però emanare eccessivo calore.

L'attesa fu terribile.

Ogni dieci secondi chiedeva a Pyrgus: — Non è ancora arrivata?

E ogni dieci secondi Pyrgus sorrideva, scuoteva la testa e rispondeva: — No.

Henry allungò così spesso il collo per tenere d'occhio l'ingresso della cattedrale che cominciò a fargli male. Aurora non sarebbe arrivata. Ci aveva ripensato. Era scappata con qualcuno più bello di lui.

— Quanto ci vuole al Vascello...? — stava chiedendo a

Pyrgus, quando sentì la confusione alle sue spalle e seppe che Aurora era arrivata. Si voltò e la vide: sola, senza servitù né seguito, e così bella da fargli salire le lacrime agli occhi.

Per lui, lo svolgimento dell'intera cerimonia fu avvolto in una foschia. C'era un ramo spinoso, simbolo di chissà cosa; e poi un enorme albero che sembrò spuntare dentro la cattedrale; e loro due dovettero girare un sacco attorno al falò. (Mentre giravano, intravide Nymph tra la folla: sorrideva, però aveva gli occhi lucidi.)

La cerimonia fu eseguita dall'Arcimandrake Apollinus, un individuo barbuto e imponente con una voce che sembrava salirgli come un tuono dagli stivali. — Davanti al Regno e a tutti coloro che sono qui riuniti, accetti di dare te stessa a Henry? — chiese infine ad Aurora. — Prometti ai sommi Signori della Luce di essergli fedele e amarlo, qui e ora e nei mondi che verranno? Vuoi tu prenderlo in sposo?

E Aurora, con voce netta e chiara, rispose: — Lo voglio.

Epilogo

Il tempio del portale era zeppo di gente festante, ma tutti si zittirono quando il grande portale entrò in azione fiammeggiando.

— È tutto pronto... sì... dall'altra parte? — bisbigliò Henry, lo sguardo incollato sulle fredde fiamme azzurre. Non era esattamente la parte più eccitante di una già eccitante giornata, però ci andava vicino.

— Sì, signore — rispose sorridendo l'Ingegnere Capo Phoebus.

— Non ha fatto che parlare di questo... molto più di quanto abbia mai parlato delle nozze — commentò sorridendo Aurora.

— Posso testimoniare che è così — confermò Pyrgus. Per l'occasione aveva indossato un abito multicolore e messo un dopobarba particolarmente repellente.

— Ora che si fa? — chiese ansioso Henry all'Ingegnere Capo. — Bisogna fare scattare un interruttore o qualcosa del genere?

— Pensavo che forse vi sarebbe piaciuto farlo personalmente. — Phoebus indicò un pulsante rosso.

Henry tese la mano, poi esitò. — Sicuro che sia lì? Dall'altra parte? Insomma, non è che è andato a farsi un giro? È un vecchio girellone, sapete.

— Abbiamo modificato il portale secondo i principi scoperti dal Viceré Fogarty — lo rassicurò Phoebus. — Ormai è agganciato. Non dovete fare altro che schiacciare il pulsante.

Henry deglutì a fatica. L'unica altra cosa che avrebbe

potuto rendere perfetta quella giornata sarebbe stato avere accanto il signor Fogarty... ma quanto stava per accadere, stranamente, era quello che ci arrivava più vicino. Schiacciò il pulsante.

Le fiamme azzurre guizzarono mentre Poutpourri le attraversava a coda ritta, la punta appena appena arricciata. Si fermò e si guardò attorno. Poi si accovacciò, sollevò una zampa dietro l'orecchio e cominciò a pulirsi il posteriore.

Glossario

Sigle:

EDL: Elfo della Luce
EDN: Elfo della Notte
UM: Umano

Acciaio Invitto Titolo onorario di Henry nel Regno degli Elfi.
Antiopa, Nymphalis (Nymph) Figlia della Regina Cleopatra, Principessa degli Elfi della Foresta.
Arconte Governatore dell'Hass-Verbim.
Atherton, Aisling (UM) Sorella minore di Henry Atherton, nonché spina-nel-fianco.
Atherton, Henry (UM) Adolescente inglese entrato in contatto con il Regno degli Elfi quando ha salvato il Principe Pyrgus Malvae dagli artigli di un gatto.
Atherton, Martha (UM) Direttrice di una scuola femminile nel Sud dell'Inghilterra. Moglie di Tim Atherton, madre di Henry e Aisling.
Atherton, Tim (UM) Dirigente di successo. Marito di Martha Atherton, padre di Henry e di Aisling.
Aurora, Regina Antocharis Cardamines (EDL) Sorella minore del Principe Pyrgus Malvae e figlia del defunto Monarca Danaus Plexippus.
Bartzabel Demone guardiano.
Beleth (alias Principe dei Demoni, Principe delle Tenebre) Prin-

cipe di Infera, una dimensione alternativa della realtà popolata da demoni.
Biancopozzo Quartiere della capitale degli Elfi della Luce.
Bombix, Jasper (EDN) Collega d'affari di Silas Sulfureo ed ex capo in incognito dei servizi segreti di Lord Rodilegno.
Boscalto Quartiere della capitale degli Elfi della Luce.
Brenthis Contastorie della tribù dei Luchti.
Buthner Uno dei paesi che compongono il Regno degli Elfi.
Caffè Bevanda amarognola che manda su di giri gli umani e procura esperienze psichedeliche agli elfi.
Callophrys Avis (EDN) Membro della Fratellanza.
Casa Danaus La famiglia reale del Regno degli Elfi.
Charaxes Antenati dei Luchti.
Charno Animale da soma intelligente e (più o meno) eloquente, simile a una lepre gigante
Ciancia Triniano arancione al servizio di Madama Circe.
Colias, Principe (EDL/EDN) Fratellastro del Principe Pyrgus e della Regina Aurora (stesso padre, madri diverse).
Conincanto Coni tascabili, alti non oltre cinque centimetri, imbevuti di energie magiche dirette a un risultato specifico. Quelli vecchio stampo andavano accesi in modo tradizionale. Nella versione più moderna sono ad autoaccensione e basta "graffiarli" con un'unghia. Entrambi i tipi producono una specie di fuochi d'artificio.
Creen Come i nativi chiamano la Terra di Halek.
Croesus Capo Guaritore del Regno degli Elfi.
D'Urville (EDN) Maggiordomo alquanto confuso che si prende cura del quartier generale segreto della Fratellanza.
Danaus Plexippus (EDL) Padre del Principe Pyrgus, del Principe Colias e della Regina Aurora. Fu Monarca per oltre vent'anni.
Demone Forma solitamente assunta dai mutaforma che popolano il Regno di Infera quando entrano in contatto con elfi o umani.
Doppio Una replica liofilizzata che può sostituire una persona

mentre quella se la dà a gambe. Molto usato da spie e avventurieri.

Draugr Il padre dei vaettir.

Elfi della Foresta Come riferirsi agli Elfi Selvatici se si vuole evitare di offenderli.

Elfi della Luce (Luminosi) Uno dei due principali tipi di elfi, culturalmente avversi all'uso dei demoni in qualunque circostanza e di solito membri della Chiesa di Luce.

Elfi della Notte (Notturni) Uno dei due principali tipi di elfi, fisicamente distinti dagli Elfi della Luce per gli occhi felini fotosensibili. Usavano i demoni come servi.

Elfi Selvatici Popolo di elfi nomadi che vive e caccia nella grande foresta primordiale che copre buona parte del Regno degli Elfi. Gli Elfi Selvatici non hanno giurato fedeltà né agli Elfi della Luce né agli Elfi della Notte.

Elfi, Regno degli Realtà parallela popolata da varie specie aliene, inclusi gli Elfi della Luce e gli Elfi della Notte.

Elfico standard La "lingua franca" del Regno degli Elfi.

En Ri Così i Luchti pronunciano "Henry".

Eufrosine Colei che, nella mitologia dei Luchti, ha scoperto l'Arca.

Febbre Temporale (alias FT) Una misteriosa epidemia che si è diffusa nel Regno degli Elfi.

Fogarty, Alan (UM) Paranoico ex fisico e rapinatore di banche con uno straordinario talento per fabbricare ammennicoli d'ogni genere. È stato nominato Viceré di Casa Danaus quale ricompensa per l'aiuto fornito al Principe Pyrgus, anche se, all'inizio, il suo gatto aveva quasi fatto un boccone del suddetto Principe.

Fogarty, Angela (alias signora Barenbohm) (UM) Figlia di Alan Fogarty.

Fratellanza, La Loggia magica degli Elfi della Notte, ormai molto meno potente di un tempo.

Gattovista Cristalli tossici che, assunti in piccole dosi, consentono di vedere al buio.
Gnammeth Croz Patria degli Elfi della Notte.
Grande Mefisto Defunto sposo di Madama Circe.
Gravistat Fluido usato dagli elfi per preservare i cadaveri, pietrificandoli.
Guardiano Ologramma di sicurezza azionato da incantesimi.
Halek, pugnale (o lama) Arma di cristallo che sprigiona energie magiche per uccidere chiunque ne sia trafitto. I pugnali Halek hanno però la tendenza a spezzarsi di tanto in tanto, nel qual caso il flusso di energia uccide chi li sta usando.
Halek, stregoni Né umani né elfi. Reputati i più abili praticanti di magia nel Regno degli Elfi. Di solito gli stregoni Halek sono specializzati nella fabbricazione di armi.
Halek, Terra di Patria degli stregoni Halek.
Haniel Leone alato che vive nella foresta del Regno degli Elfi.
Hass-Verbim Uno dei paesi che compongono il Regno degli Elfi. Confina con il Buthner.
Infera Termine più gentile di Inferno.
Ino Sciamano della tribù dei Luchti.
Isola Regia L'isola dove sorge il Palazzo del Monarca.
Jalindra (EDN) Prima vittima della Febbre Temporale.
Jamides Abate del monastero nel deserto del Buthner.
Jormungand Serpente abbastanza grosso da stritolare la realtà, se ne avesse l'occasione
Krantas Vampiro che parecchi secoli fa terrorizzava il Regno.
Lancillotta La gatta trasparente di Madama Circe.
Loki Uno degli Antichi Dei del Regno degli Elfi. Detto l'Imbroglione, per qualche strano motivo compare anche nella mitologia norvegese.
Lomanio, Ponte Il ponte principale sul fiume che attraversa la capitale degli Elfi della Luce.
Lorquin (Lorquinianus) Giovane appartenente alla tribù dei

Luchti e Compagno di Henry.
Luchti Tribù che vive nel deserto del Buthner.
Madama Circe (alias Brintesia) (EDL) Anziana eccentrica, i cui estesi contatti l'hanno resa uno degli agenti più preziosi della Regina Aurora.
Malvae, Principe Pyrgus (EDL) Fratello della Regina Aurora, ama gli animali più della politica. Una volta, dopo un litigio particolarmente violento con il padre, è addirittura scappato di casa per vivere come un comune cittadino.
Melor Tipo di sidro molto amato dai Luchti.
Midgard Remoto livello di realtà che comprende sia il Regno degli Elfi che il Mondo Analogo.
Miseranda Quartiere della capitale degli Elfi della Luce.
Monarca Sovrano del Regno degli Elfi.
Monbello Quartiere della capitale degli Elfi della Luce.
Mondo Analogo (alias il Regno della Terra) Nomi usati nel Regno degli Elfi per indicare il banale mondo fatto di scuola, brufoli e genitori pronti a divorziare da un momento all'altro.
Nottombulo Uccello del deserto.
Panolis, Duca di Flammea (EDN) Eroe di guerra e stretto alleato di Lord Rodilegno.
Phoebus Ingegnere Capo addetto al Portale di Casa Danaus.
Piane Selvagge Distesa di cespugli spinosi situata a nord della capitale elfica, dove si sono stabiliti molti ricconi del Regno dal momento che la difficoltà di attraversarla garantisce la loro privacy. È possibile muoversi nelle Piane solo con i levitocarri, perché qualunque altro mezzo di trasporto viene attaccato dal pizzichello, una pianta semi-cosciente che sciama sopra ogni veicolo e lo blocca in pochi minuti. Attraversare la zona a piedi è impossibile: il pizzichello prima paralizza i pedoni, e poi li sbrana.
Portale Cancello infradimensionale a energia; può essere naturale, modificato o artificiale.

Poutpourri Il gatto del signor Fogarty.
Psicotronica Oscura branca della scienza del Regno della Terra che studia l'interazione della mente umana con la realtà fisica. L'applicazione pratica della psicotronica sembra indistinguibile da alcuni tipi di magia usati nel Regno degli Elfi.
Purlisa Titolo onorifico usato nelle comunità monastiche per indicare una persona la cui evoluzione spirituale ha raggiunto un livello molto alto. Equivalente a un santo del Mondo Analogo, ma più simpatico.
Raffreddore cavallino Malattia infantile (non molto grave) comune nel Regno degli Elfi.
Rodilegno, Lord (EDN) Nobile capo di Casa Rodilegno e comandante degli Elfi della Notte.
Severs, Charlotte (Charlie) (UM) La migliore amica di Henry Atherton nel Regno della Terra.
Simbala Musica intossicante venduta legalmente nei pochi locali autorizzati e illegalmente altrove.
Slith Pericoloso rettile grigio che vive nella foresta del Regno degli Elfi. Secerne un acido altamente tossico che può sputare a notevole distanza.
Stasincanto Incantesimo che blocca qualcosa nel tempo e nello spazio, lasciandolo intatto fino a quando dura l'incantesimo.
Stimlus Arma a energia di uso personale.
Storpio, Porta dello Uno degli ingressi della capitale degli Elfi della Luce.
Sulfureo, Silas (EDN) Vecchio demonologo, ex proprietario di una fabbrica di colla.
Teletrasporto Versione portatile del congegno usato in Star Trek, opera del signor Fogarty.
Triniano Razza gnomica, né umana né elfica, che vive nel Regno degli Elfi. Gli Arancione sono dediti al servizio altrui, i Viola alla guerra e i Verdi si specializzano nella gnomotecnologia e nella costruzione di macchine viventi.

Tulpa Forma-pensiero intelligente.
Vaettir Nome elfico della letale creatura zannuta e pelle-e-ossa che vive nelle tombe e che il professor Tolkien ha ribattezzato Spettro dei Tumuli.
Vailà Levitocarro azionato da incantesimi.
Viceré Antico titolo usato per indicare il Consigliere Capo di una Nobile Casa.
Volasvelto Velivolo del Regno equivalente più o meno a una macchina sportiva volante.
Ward, Anaïs (UM) Amante della madre di Henry.
Weiskei Sentinella della Fratellanza.
Yidam Uno degli Antichi Dei che popolavano il Regno prima dell'avvento della Luce.

INDICE